BIBLIOTHÈQUE
DE LA PLÉIADE

MARCEL PROUST

Contre Sainte-Beuve

précédé de

Pastiches et mélanges

et suivi de

Essais et articles

ÉDITION ÉTABLIE PAR PIERRE CLARAC
AVEC LA COLLABORATION D'YVES SANDRE

nrf

GALLIMARD

CE VOLUME CONTIENT :

AVANT-PROPOS

Avec ce volume s'achève l'édition des œuvres de Proust dans la Bibliothèque de la Pléiade. Nous n'avons pas compris dans notre plan sa correspondance qui est un monde à part[1]. Entre les propos qu'un écrivain échange avec ses relations, par écrit ou de vive voix, dans sa vie du dehors, et ce qu'il note, même à la hâte, lorsqu'il est seul en face de lui -même, docile à ses voix intérieures, il y a, selon Proust, une différence de nature. Cette opposition lui semblait essentielle.

Nous n'avons pas non plus cru devoir reproduire les traductions de Ruskin qui ont paru sous son nom, car il est difficile de savoir quelle part il a eue à leur élaboration[2].

Ce volume s'ouvre sur le recueil de *Pastiches et mélanges*. Proust ne l'a publié qu'en 1919; mais la plupart des pastiches ont été composés et ont paru dans *Le Figaro* dès 1908; presque tous les textes des *Mélanges* sont antérieurs à cette date.

On s'étonnera peut-être que notre *Contre Sainte-Beuve* ressemble si peu à celui qui a paru en 1954. Nous exposons plus loin les principes qui nous ont guidés. L'article ou l'essai que Proust a porté dans sa tête pendant quatre ou cinq ans est resté inachevé. Nous n'avions qu'à rassembler les fragments de ce projet abandonné qu'on rencontre dans le manuscrit 45 de la Bibliothèque nationale et parmi les soixante-deux « cahiers » où Proust consignait les idées qui traversaient son esprit[3].

1. M. Kolb, qui a déjà consacré à Proust des publications si précieuses, se propose d'éditer bientôt méthodiquement toutes celles de ses lettres qui sont aujourd'hui accessibles.

2. Au contraire on trouvera ici naturellement l'importante préface qu'il a écrite pour sa traduction de *Sésame et les lys*.

3. On ne saurait trop répéter que ces « cahiers » n'ont été numérotés qu'après leur entrée à la Bibliothèque nationale et que l'ordre dans lequel ils ont été classés n'a aucune valeur chronologique.

La dernière partie de notre volume comprend les articles, les essais, les notes qu'au long de sa vie Proust a jetés sur le papier pour le public ou pour lui-même. Ils vont de ses devoirs d'écolier jusqu'aux réponses qu'il a pu faire, près de mourir, aux journalistes qui l'interviewaient.

Dans l'avant-propos du tome précédent nous avons assuré de notre gratitude tous ceux qui ont bien voulu faciliter nos recherches. En les remerciant ici à nouveau, nous tenons à dire de quel secours nous ont été deux ouvrages d'une importance exceptionnelle parus récemment, les *Textes retrouvés* de MM. Kolb et Price et les *Pastiches de Proust* de M. Jean Milly.

PIERRE CLARAC.

Pour *Les Plaisirs et les jours* et *Jean Santeuil,* les numéros de pages renvoient au volume de la Bibliothèque de la Pléiade intitulé *Jean Santeuil précédé de Les Plaisirs et les jours.*

PASTICHES
ET MÉLANGES[1]

À MONSIEUR WALTER BERRY[1]

Avocat et lettré, qui, depuis le premier jour de la guerre, devant l'Amérique encore indécise, a plaidé, avec une énergie et un talent incomparables, la cause de la France, et l'a gagnée.

Son ami,
MARCEL PROUST.

PASTICHES[1]

L'AFFAIRE LEMOINE*[1]

I

DANS UN ROMAN DE BALZAC[3]

Dans un des derniers mois de l'année 1907, à un de ces « routs » de la marquise d'Espard où se pressait alors l'élite de l'aristocratie parisienne (la plus élégante de l'Europe, au dire de M. de Talleyrand, ce Roger Bacon de la nature sociale, qui fut évêque et prince de Bénévent), de Marsay et Rastignac, le comte Félix de Vandenesse, les ducs de Rhétoré et de Grandlieu, le comte Adam Laginski, Mme Octave de Camps, lord Dudley, faisaient cercle[4] autour de Mme la princesse de Cadignan, sans exciter pourtant la jalousie de la marquise.

* On a peut-être[2] oublié, depuis dix ans, que Lemoine ayant faussement prétendu avoir découvert le secret de la fabrication du diamant et ayant reçu, de ce chef, plus d'un million du président de la De Beers, Sir Julius Werner, fut ensuite, sur la plainte de celui-ci, condamné le 6 juillet 1909 à six ans de prison. Cette insignifiante affaire de police correctionnelle, mais qui passionnait alors l'opinion, fut choisie un soir par moi, tout à fait au hasard, comme thème unique de morceaux, où j'essayerais d'imiter la manière d'un certain nombre d'écrivains. Bien qu'en donnant sur des pastiches la moindre explication on risque d'en diminuer l'effet, je rappelle pour éviter de froisser de légitimes amours-propres, que c'est l'écrivain pastiché qui est censé parler, non seulement selon son esprit, mais dans le langage de son temps. À celui de Saint-Simon par exemple, les mots bonhomme, bonne femme n'ont nullement le sens familier et protecteur d'aujourd'hui. Dans ses *Mémoires,* Saint-Simon dit couramment le bonhomme Chaulnes pour le duc de Chaulnes qu'il respectait infiniment, et pareillement de beaucoup d'autres.

N'est-ce pas en effet une des grandeurs de la maîtresse de maison — cette carmélite de la réussite mondaine — qu'elle doit immoler sa coquetterie, son orgueil, son amour même, à la nécessité de se faire un salon dont ses rivales seront parfois le plus piquant ornement ? N'est-elle pas en cela l'égale de la sainte ? Ne mérite-t-elle pas sa part, si chèrement acquise, du paradis social ? La marquise — une demoiselle de Blamont-Chauvry, alliée des Navarreins, des Lénoncourt, des Chaulieu — tendait à chaque nouvel arrivant cette main que Desplein[1], le plus grand savant de notre époque, sans en excepter Claude Bernard, et qui avait été élève de Lavater, déclarait la plus profondément calculée qu'il lui eût été donné d'examiner. Tout à coup la porte s'ouvrit devant l'illustre romancier Daniel d'Arthez. Un physicien du monde moral qui aurait à la fois le génie de Lavoisier et de Bichat — le créateur de la chimie organique — serait seul capable d'isoler les éléments qui composent la sonorité spéciale du pas des hommes supérieurs. En entendant résonner celui de d'Arthez vous eussiez frémi. Seul pouvait ainsi marcher un sublime génie ou un grand criminel. Le génie n'est-il pas d'ailleurs une sorte de crime contre la routine du passé que notre temps punit plus sévèrement que le crime même, puisque les savants meurent à l'hôpital qui est plus triste que le bagne ?

Athénaïs[2] ne se sentait pas de joie en voyant revenir chez elle l'amant qu'elle espérait bien enlever à sa meilleure amie. Aussi pressa-t-elle la main de la princesse en gardant le calme impénétrable que possèdent les femmes de la haute société au moment même où elles vous enfoncent un poignard dans le cœur.

« Je suis heureuse pour vous, ma chère, que M. d'Arthez soit venu, dit-elle à Mme de Cadignan, d'autant plus qu'il aura une surprise complète, il ne savait pas que vous seriez ici.

— Il croyait sans doute y rencontrer M. de Rubempré dont il admire le talent, répondit Diane[3] avec une moue câline qui cachait la plus mordante des railleries, car on savait que Mme d'Espard ne pardonnait pas à Lucien de l'avoir abandonnée.

— Oh! mon ange, répondit la marquise avec une aisance surprenante, nous ne pouvons retenir ces gens-là, Lucien subira le sort du petit d'Esgrignon, ajouta-t-elle en confondant les personnes présentes par l'infamie de ces paroles dont chacune était un trait accablant pour la princesse. (Voir *Le Cabinet des Antiques*.)

— Vous parlez de M. de Rubempré, dit la vicomtesse de Beauséant qui n'avait pas reparu dans le monde depuis la mort de M. de Nueil et qui, par une habitude particulière aux personnes qui ont longtemps vécu en province, se faisait une fête d'étonner des Parisiens avec une nouvelle qu'elle venait d'apprendre. Vous savez qu'il est fiancé à Clotilde de Grandlieu. »

Chacun fit signe à la vicomtesse de se taire, ce mariage étant encore ignoré de Mme de Sérizy, qu'il allait jeter dans le désespoir.

« On me l'a affirmé, mais cela peut être faux », reprit la vicomtesse qui, sans comprendre exactement en quoi elle avait fait une gaucherie, regretta d'avoir été aussi démonstrative.

« Ce que vous dites ne me surprend pas, ajouta-t-elle, car j'étais étonnée que Clotilde se fût éprise de quelqu'un d'aussi peu séduisant.

— Mais au contraire, personne n'est de votre avis, Claire », s'écria la princesse en montrant la comtesse de Sérizy qui écoutait.

Ces paroles furent d'autant moins saisies par la vicomtesse qu'elle ignorait entièrement la liaison de Mme de Sérizy avec Lucien.

« Pas séduisant, essaya-t-elle de corriger, pas séduisant... du moins pour une jeune fille!

— Imaginez-vous, s'écria d'Arthez avant même[1] d'avoir remis son manteau à Paddy, le célèbre tigre de feu Beaudenord (voir *Les Secrets de la princesse de Cadignan*), qui se tenait devant lui avec l'immobilité spéciale à la domesticité du Faubourg Saint-Germain, oui, imaginez-vous, répéta le grand homme avec cet enthousiasme[2] des penseurs qui paraît ridicule au milieu de la profonde dissimulation du grand monde.

— Qu'y a-t-il ? que devons-nous nous imaginer, demanda ironiquement de Marsay en jetant à Félix de Vandenesse et au prince Galathionne ce regard[3] à double entente, véritable privilège de ceux qui avaient longtemps vécu dans l'intimité de MADAME.

— *Tuchurs pô !* renchérit le baron de Nucingen avec l'affreuse vulgarité des parvenus qui croient, à l'aide des plus grossières rubriques, se donner du genre et singer les Maxime de Traïlles ou les de Marsay; *et fous afez du quir ; fous esde le frai brodecdir tes baufres, à la Jambre.* »

(Le célèbre financier[1] avait d'ailleurs des raisons particulières d'en vouloir à d'Arthez qui ne l'avait pas suffisamment soutenu, quand l'ancien amant d'Esther avait cherché en vain à faire admettre sa femme, née Goriot, chez Diane de Maufrigneuse.)

« *Fite, fite, mennesir, la ponhire zera gomblète bir mi si vi mi druffez tigne ti savre ke vaudille himachinei ?*

— Rien, répondit avec à-propos d'Arthez, je m'adresse à la marquise. »

Cela fut dit d'un ton si perfidement épigrammatique que Paul Morand[2], un de nos plus impertinents secrétaires d'ambassade, murmura : « Il est plus fort que nous ! » Le baron, se sentant joué, avait froid dans le dos. Mme Firmiani suait dans ses pantoufles, un des chefs-d'œuvre de l'industrie polonaise. D'Arthez fit semblant de ne pas s'être aperçu de la comédie qui venait de se jouer, telle que la vie de Paris peut seule en offrir d'aussi profonde (ce qui explique pourquoi la province a toujours donné si peu de grands hommes d'État à la France) et sans s'arrêter à la belle Négrepelisse, se tournant vers Mme de Sérizy avec cet effrayant sang-froid[3] qui peut triompher des plus grands obstacles (en est-il pour les belles âmes de comparables à ceux du cœur ?) :

« On vient, madame, de découvrir le secret de la fabrication du diamant.

— *Cesde iffire esd eine crant dressor,* s'écria le baron ébloui.

— Mais j'aurais cru qu'on en avait toujours fabriqué », répondit naïvement Léontine.

Mme de Cadignan, en femme de goût, se garda bien de dire un mot, là où des bourgeoises se fussent lancées dans une conversation où elles eussent niaisement étalé leurs connaissances en chimie. Mais Mme de Sérizy n'avait pas achevé cette phrase qui dévoilait une incroyable ignorance, que Diane, en enveloppant la comtesse tout entière, eut un regard sublime. Seul Raphaël[4] eût peut-être été capable de le peindre. Et certes, s'il y eût réussi, il eût donné un pendant à sa célèbre *Fornarina,* la plus saillante de ses toiles, la seule qui le place au-dessus d'André del Sarto dans l'estime des connaisseurs.

Pour comprendre le drame qui va suivre, et auquel la scène que nous venons de raconter peut servir d'introduction, quelques mots d'explication sont nécessaires. À la fin de l'année 1905, une affreuse tension régna dans les rapports de la France et de l'Allemagne[1]. Soit que Guillaume II comptât effectivement déclarer la guerre à la France, soit qu'il eût voulu seulement le laisser croire afin de rompre notre alliance avec l'Angleterre, l'ambassadeur d'Allemagne reçut l'ordre d'annoncer au gouvernement français qu'il allait présenter ses lettres de rappel. Les rois de la finance jouèrent alors à la baisse sur la nouvelle d'une mobilisation prochaine. Des sommes considérables furent perdues à la Bourse. Pendant toute une journée on vendit des titres de rente que le banquier Nucingen, secrètement averti par son ami le ministre de Marsay de la démission du chancelier Delcassé[2], qu'on ne sut à Paris que vers quatre heures, racheta à un prix dérisoire et qu'il a gardés depuis.

Il n'est pas jusqu'à Raoul Nathan qui ne crût à la guerre, bien que l'amant de Florine, depuis que du Tillet, dont il avait voulu séduire la belle-sœur (voir *Une fille d'Ève*), lui avait fait faire un puff à la Bourse, soutînt dans son journal la paix à tout prix.

La France ne fut alors sauvée[3] d'une guerre désastreuse que par l'intervention, restée longtemps inconnue des historiens, du maréchal de Montcornet, l'homme le plus fort de son siècle après Napoléon. Encore[4] Napoléon n'a-t-il pu mettre à exécution son projet de descente en Angleterre, la grande pensée de son règne. Napoléon, Montcornet, n'y a-t-il pas entre ces deux noms comme une sorte de ressemblance mystérieuse ? Je me garderais bien d'affirmer qu'ils ne sont pas rattachés l'un à l'autre par quelque lien occulte. Peut-être notre temps, après avoir douté de toutes les grandes choses sans essayer de les comprendre, sera-t-il forcé de revenir à l'harmonie préétablie de Leibniz. Bien plus, l'homme qui était alors à la tête de la plus colossale affaire de diamants de l'Angleterre s'appelait Werner, Julius Werner, Werner! ce nom ne vous semble-t-il pas évoquer bizarrement le moyen âge ? Rien qu'à l'entendre, ne voyez-vous pas déjà le docteur Faust, penché sur ses creusets, avec ou sans Marguerite ? N'implique-t-il pas l'idée de la pierre philosophale ? Werner ! Julius ! Werner ! Changez deux lettres et vous avez Werther. *Werther* est de Gœthe.

Julius Werner se servit de Lemoine, un de ces hommes extraordinaires qui, s'ils sont guidés par un destin favorable, s'appellent Geoffroy Saint-Hilaire, Cuvier, Ivan le Terrible, Pierre le Grand, Charlemagne, Berthollet, Spallanzani[1], Volta. Changez les circonstances et ils finiront comme le maréchal d'Ancre[2], Balthazar Claës, Pugatchef[3], Le Tasse, la comtesse de la Motte[4] ou Vautrin. En France, le brevet que le gouvernement octroie aux inventeurs n'a aucune valeur par lui-même. C'est là qu'il faut chercher la cause qui paralyse, chez nous, toute grande entreprise industrielle. Avant la Révolution, les Séchard, ces géants de l'imprimerie, se servaient encore à Angoulême des presses à bois, et les frères Cointet hésitaient à acheter le second brevet d'imprimeur. (Voir les *Illusions perdues*.) Certes[5], peu de personnes comprirent la réponse que Lemoine fit aux gendarmes venus pour l'arrêter. « Quoi ? L'Europe m'abandonnerait-elle ? » s'écria le faux inventeur avec une terreur profonde. Le mot colporté le soir dans les salons du ministre Rastignac y passa inaperçu.

« Cet homme serait-il devenu fou ? », dit le comte de Granville étonné.

L'ancien clerc de l'avoué Bordin devait précisément prendre la parole dans cette affaire au nom du ministère public, ayant retrouvé depuis peu, par le mariage de sa seconde fille avec le banquier du Tillet, la faveur que lui avait fait perdre auprès du nouveau gouvernement son alliance avec les Vandenesse, etc.[6]

II

L'AFFAIRE LEMOINE PAR GUSTAVE FLAUBERT[7]

La chaleur devenait étouffante, une cloche tinta, des tourterelles s'envolèrent, et, les fenêtres ayant été fermées sur l'ordre du président, une odeur de poussière se répandit. Il était vieux, avec un visage de pitre, une robe trop étroite pour sa corpulence, des prétentions à l'esprit; et ses favoris égaux, qu'un reste de tabac salissait, donnaient à toute sa personne quelque chose de décoratif et de vulgaire. Comme la suspension d'audience se prolongeait, des intimités s'ébauchèrent; pour entrer en conversation, les malins se plaignaient à haute voix du manque d'air, et, quelqu'un ayant dit reconnaître le ministre de l'Intérieur dans un monsieur qui sortait, un réactionnaire soupira : « Pauvre France! » En tirant de sa poche une orange, un nègre s'acquit de la considération, et, par amour de la popularité, en offrit les quartiers à ses voisins, en s'excusant, sur un journal : d'abord à un ecclésiastique, qui affirma « n'en avoir jamais mangé d'aussi bonne; c'est un excellent fruit, rafraîchissant »; mais une douairière prit un air offensé, défendit à ses filles de rien accepter « de quelqu'un qu'elles ne connaissaient pas », pendant que d'autres personnes, ne sachant pas si le journal arriverait jusqu'à elles, cherchaient une contenance : plusieurs tirèrent leur montre, une dame enleva son chapeau. Un perroquet le surmontait. Deux jeunes gens s'en étonnèrent, auraient voulu savoir s'il avait été placé là comme souvenir ou peut-être par goût excentrique. Déjà les farceurs commençaient à s'interpeller d'un banc à l'autre, et les femmes, regardant leurs maris, s'étouffaient de rire dans un mouchoir, quand un silence s'établit, le président parut s'absorber pour dormir, l'avocat de Werner prononçait sa plaidoirie. Il avait débuté sur un ton d'emphase, parla deux heures, semblait dyspeptique, et chaque fois qu'il disait « Monsieur le Président » s'effondrait dans une révérence si profonde qu'on aurait dit une jeune fille devant un roi, un diacre quittant l'autel. Il fut terrible pour Lemoine, mais l'élégance des formules atténuait l'âpreté du réquisitoire. Et ses périodes se succédaient sans interruption, comme les eaux d'une cascade, comme un ruban qu'on déroule. Par moments, la monotonie de son discours était telle qu'il ne se distinguait plus du silence, comme une cloche dont la vibration persiste, comme un écho qui s'affaiblit. Pour finir, il attesta les portraits des présidents Grévy et Carnot, placés au-dessus du tribunal; et chacun, ayant levé la tête, constata que la moisissure les avait gagnés dans cette salle officielle et malpropre qui exhibait nos gloires et sentait le renfermé. Une large baie la divisait par le milieu, des bancs s'y alignaient jusqu'au pied du tribunal; elle avait de la poussière sur le parquet, des araignées aux angles du plafond, un rat dans chaque trou, et on était obligé de l'aérer souvent à cause du voisinage du calorifère, parfois d'une odeur plus nauséabonde. L'avocat de Lemoine, répliquant, fut bref. Mais il avait un accent méridional, faisait appel aux passions généreuses, ôtait à tout moment son lorgnon. En l'écoutant, Nathalie ressentait ce trouble où conduit l'éloquence; une douceur l'envahit et son cœur s'étant soulevé, la batiste de son corsage palpitait, comme une herbe au bord d'une fontaine prête à sourdre, comme le plumage d'un pigeon qui va s'envoler. Enfin le président fit un signe, un murmure s'éleva, deux parapluies tombèrent : on allait entendre à nouveau l'accusé. Tout de suite les gestes de colère des assistants le désignèrent; pourquoi n'avait-il pas dit vrai, fabriqué du diamant, divulgué son invention ? Tous, et jusqu'au plus pauvre, auraient su — c'était certain — en tirer des millions. Même ils les voyaient devant eux, dans la violence du regret où l'on croit posséder ce qu'on pleure. Et beaucoup se livrèrent une fois encore à la douceur des rêves qu'ils avaient formés, quand ils avaient entrevu la fortune, sur la nouvelle de la découverte, avant d'avoir dépisté l'escroc.

Pour les uns, c'était l'abandon de leurs affaires, un hôtel avenue du Bois, de l'influence à l'Académie; et même un yacht qui les aurait menés l'été dans des pays froids, pas au Pôle pourtant, qui est curieux, mais la nourriture y sent l'huile, le jour de vingt-quatre heures doit être gênant pour dormir, et puis comment se garer des ours blancs ?

À certains, les millions ne suffisaient pas; tout de suite ils les auraient joués à la Bourse; et, achetant des valeurs au plus bas cours la veille du jour où elles remonteraient — un ami les aurait renseignés — verraient centupler leur capital en quelques heures. Riches alors comme Carnegie, ils se garderaient de donner dans l'utopie humanitaire. (D'ailleurs, à quoi bon ? Un milliard partagé entre tous les Français n'en enrichirait pas un seul, on l'a calculé.) Mais, laissant le luxe aux vaniteux, ils rechercheraient seulement le confort et l'influence, se feraient nommer président de la République, ambassadeur à Constantinople, auraient dans leur chambre un capitonnage de liège qui amortit[1] le bruit des voisins. Ils n'entreraient pas au Jockey-Club, jugeant l'aristocratie à sa valeur. Un titre du pape les attirait davantage. Peut-être pourrait-on l'avoir sans payer. Mais alors à quoi bon tant de millions ? Bref, ils grossiraient le denier de saint Pierre tout en blâmant l'institution. Que peut bien faire le pape de cinq millions de dentelles, tant de curés de campagne meurent de faim ?

Mais quelques-uns, en songeant que la richesse aurait pu venir à eux, se sentaient prêts à défaillir; car ils l'auraient mise aux pieds d'une femme dont ils avaient été dédaignés jusqu'ici, et qui leur aurait enfin livré le secret de son baiser et la douceur de son corps. Ils se voyaient avec elle, à la campagne, jusqu'à la fin de leurs jours, dans une maison tout en bois blanc, sur le bord triste d'un grand fleuve. Ils auraient connu le cri du pétrel, la venue des brouillards, l'oscillation des navires, le développement des nuées, et seraient restés des heures avec son corps sur leurs genoux, à regarder monter la marée et s'entre-choquer les amarres, de leur terrasse, dans un fauteuil d'osier, sous une tente rayée de bleu, entre des boules de métal. Et ils finissaient par ne plus voir que deux grappes de fleurs violettes[2], descendant jusqu'à l'eau rapide qu'elles touchent presque, dans la lumière crue d'un après-midi sans soleil, le long d'un mur rougeâtre qui s'effritait. À ceux-là, l'excès de leur détresse ôtait la force de maudire l'accusé; mais tous le détestaient, jugeant qu'il les avait frustrés de la débauche, des honneurs, de la célébrité, du génie; parfois de chimères plus indéfinissables, de ce que chacun recélait de profond et de doux, depuis son enfance, dans la niaiserie particulière de son rêve.

III
CRITIQUE DU ROMAN DE M. GUSTAVE FLAUBERT SUR L' « AFFAIRE LEMOINE » PAR SAINTE-BEUVE, DANS SON FEUILLETON DU *CONSTITUTIONNEL*[1].

L'Affaire Lemoine... par M. Gustave Flaubert! Sitôt surtout après *Salammbô,* le titre a généralement surpris. Quoi ? l'auteur avait dressé son chevalet en plein Paris, au Palais de justice, dans la chambre même des appels correctionnels... : on le croyait encore à Carthage! M. Flaubert — estimable en cela dans sa velléité et sa prédilection — n'est pas de ces écrivains que Martial a bien finement raillés et qui, passés maîtres sur un terrain, ou réputés pour tels, s'y cantonnent, s'y fortifient, soucieux avant tout de ne pas offrir de prise à la critique, n'exposant jamais dans la manœuvre qu'une aile à la fois. M. Flaubert, lui, aime à multiplier les reconnaissances et les sorties, à faire front de tous côtés, que dis-je, il tient les défis, quelques conditions qu'on propose, et ne revendique jamais le choix des armes ni l'avantage du terrain. Mais cette fois-ci, il faut le reconnaître, cette volte-face si précipitée, ce retour d'Égypte (ou peu s'en faut) à la Bonaparte, et qu'aucune victoire bien certaine ne devait ratifier, n'ont pas paru très heureux; on y a vu, ou cru y voir, disons-le, comme un rien de mystification. Quelques-uns ont été jusqu'à prononcer, non sans apparence de raison, le mot de gageure. Cette gageure, M. Flaubert, du moins, l'a-t-il gagnée ? C'est ce que nous allons examiner en toute franchise, mais sans jamais oublier que l'auteur est le fils d'un homme bien regrettable, que nous avons tous connu, professeur à l'École de médecine de Rouen, qui a laissé dans sa profession et dans sa province sa trace et son rayon; et que cet aimable fils — quelque opinion qu'on puisse d'ailleurs opposer à ce que des jeunes gens bien hâtifs ne craignent pas, l'amitié aidant, d'appeler déjà son talent — mérite, d'ailleurs, tous les égards par la simplicité reconnue de ses relations toujours sûres et parfaitement suivies — lui, le contraire même de la simplicité dès qu'il prend une plume! — par le raffinement et la délicatesse invariable de son procédé.

Le récit débute par une scène qui, mieux conduite, aurait pu donner de M. Flaubert une idée assez favorable, dans ce genre tout immédiat et impromptu du croquis, de l'étude prise sur la réalité. Nous sommes au Palais de justice, à la chambre correctionnelle, où se juge l'affaire Lemoine, pendant une suspension d'audience. Les fenêtres viennent d'être fermées sur l'ordre du président. Et ici un éminent avocat m'assure que le président n'a rien à voir, comme il semble en effet plus naturel et convenable, dans ces sortes de choses, et à la suspension même s'était certainement retiré dans la chambre du conseil. Ce n'est qu'un détail si l'on veut. Mais vous qui venez nous dire (comme si en vérité vous les aviez comptés!) le nombre des éléphants et des onagres dans l'armée carthaginoise, comment espérez-vous, je vous le demande, être cru sur parole quand, pour une réalité si prochaine, si aisément vérifiable, si sommaire même et nullement détaillée, vous commettez de telles bévues! Mais passons : l'auteur voulait une occasion de décrire le président, il ne l'a pas laissée échapper. Ce président a « un visage de pitre (ce qui suffit à désintéresser le lecteur), une robe[1] trop étroite pour sa corpulence (trait assez gauche et qui ne peint rien), des prétentions à l'esprit ». Passe encore pour le visage de pitre! L'auteur est d'une école qui ne voit jamais rien dans l'humanité de noble ou d'estimable. Pourtant M. Flaubert, bas Normand s'il en fut, est d'un pays de fine chicane et de haute sapience qui a donné à la France assez de considérables avocats et magistrats, je ne veux point distinguer ici. Sans même se borner aux limites de la Normandie, l'image d'un président Jeannin, sur lequel M. Villemain nous a donné plus d'une indication délicate, d'un Mathieu Marais, d'un Saumaise, d'un Bouhier, voire de l'agréable Patru, de tel de ces hommes distingués par la sagesse du conseil et d'un mérite si nécessaire, serait aussi intéressante, je crois, et aussi vraie que celle du président à « visage de pitre » qui nous est ici montrée. Va pourtant pour visage de pitre! Mais s'il a des « prétentions à l'esprit », qu'en savez-vous, puisque aussi bien il n'a pas encore ouvert la bouche ? Et de même, un peu plus loin, l'auteur, dans le public qu'il nous décrit, nous montrera du doigt un « réactionnaire ». C'est une désignation assez fréquente aujourd'hui. Mais ici, je le demande encore à M. Flaubert : « Un réactionnaire ? à quoi reconnaissez-vous cela à distance ? Qui vous l'a dit ? Qu'en savez-vous ? » L'auteur, évidemment, s'amuse, et tous ces traits sont inventés à plaisir. Mais ce n'est rien encore, poursuivons. L'auteur continue à peindre le public, ou plutôt de purs « modèles » bénévoles qu'il a groupés à loisir dans son atelier : « En tirant une orange de sa poche, un nègre... » Voyageur! vous n'avez à la bouche que les mots de vérité, d' « objectivité », vous en faites profession, vous en faites parade; mais, sous cette prétendue impersonnalité, comme on vous reconnaît vite, ne serait-ce qu'à ce nègre, à cette orange, tout à l'heure à ce perroquet, fraîchement débarqués avec vous, à tous ces accessoires *rapportés* que vous vous dépêchez bien vite de venir *plaquer* sur votre esquisse, la plus bigarrée, je le déclare, la moins véridique, la moins ressemblante où se soit jamais évertué votre pinceau.

Donc le nègre tire de sa poche une orange, et ce faisant, il... « s'attire de la considération »! M. Flaubert, j'entends bien, veut dire que dans une foule quelqu'un qui peut faire emploi et montre d'un avantage, même usuel et familier à chacun, qui tire un gobelet par exemple quand près de lui on boit à la bouteille; un journal, s'il est le seul qui ait pensé à l'acheter, que ce quelqu'un-là est aussitôt désigné à la remarque et à la distinction des autres. Mais avouez qu'au fond vous n'êtes pas fâché, en hasardant cette expression si bizarre et déplacée de considération, d'insinuer que toute considération, jusqu'à la plus haute et la plus recherchée, n'est pas beaucoup plus que cela, qu'elle est faite de l'envie que donnent aux autres des biens au fond sans valeur. Eh bien, nous le disons à M. Flaubert, cela n'est pas vrai; la considération, — et nous savons[1] que l'exemple vous touchera, car vous n'êtes de l'école de l'insensibilité, de l'*impassibilité,* qu'en littérature, — on l'acquiert par toute une vie donnée à la science, à l'humanité. Les lettres, autrefois, pouvaient la procurer aussi, quand elles n'étaient que le gage et comme la fleur de l'urbanité de l'esprit, de cette disposition tout humaine qui peut avoir, certes, sa prédilection et sa visée, mais admet, à côté des images du vice et des ridicules, l'innocence et la vertu. Sans remonter aux Anciens (bien plus « naturalistes » que vous ne serez jamais, mais qui, sur le tableau découpé dans un cadre réel, font toujours descendre à l'air libre et comme à ciel ouvert un rayon tout divin qui pose sa lumière au fronton et éclaire le contraste), sans remonter jusqu'à eux, qu'ils aient nom Homère ou Moschus, Bion ou Léonidas de Tarente, et pour en venir à des peintures plus préméditées, est-ce autre chose, dites-le-nous, qu'ont toujours fait ces mêmes écrivains dont vous ne craignez pas de vous réclamer ? Et Saint-Simon d'abord, à côté des portraits tout atroces et calomniés d'un Noailles ou d'un Harlay, quels grands coups de pinceau n'a-t-il pas pour nous montrer, dans sa lumière et sa proportion, la vertu d'un Montal, d'un Beauvillier, d'un Rancé, d'un Chevreuse ? Et, jusque dans cette « Comédie humaine », ou soi-disant telle, où M. de Balzac, avec une suffisance qui prête à sourire, prétend tracer des « scènes (en réalité toutes fabuleuses) de la vie parisienne[1] et de la vie de province » (lui, l'homme incapable d'observer s'il en fut), en regard et comme en rachat des Hulot, des Philippe Bridau, des Balthazar Claes, comme il les appelle, et à qui vos Narr'Havas[2] et vos Shahabarims[3] n'ont rien à envier, je le confesse, n'a-t-il pas imaginé une Adeline Hulot[4], une Blanche de Mortsauf[5], une Marguerite de Solis[6] ?

Certes, on eût bien étonné, et à bon droit, les Jacquemont, les Daru, les Mérimée, les Ampère, tous ces hommes de finesse et d'étude qui l'ont si bien connu et qui ne croyaient pas qu'il y eût besoin, pour si peu, de faire sonner tant de cloches, si on leur avait dit[7] que le spirituel Beyle, à qui l'on doit tant de vues claires et fructueuses, tant de remarques appropriées, passerait romancier de nos jours. Mais enfin, il est encore plus *vrai* que vous ! Mais il y a plus de vérité dans la moindre étude, je dis de Sénac de Meilhan, de Ramond ou d'Althon Shée, que dans la vôtre, si laborieusement inexacte ! Tout cela est faux à crier, vous ne le sentez donc pas ?

Enfin l'audience est reprise (tout cela est bien dépourvu

de circonstances et de détermination), l'avocat[1] de Werner a la parole, et M. Flaubert nous avertit qu'en se tournant vers le président il fait, chaque fois, « une révérence si profonde qu'on aurait dit un diacre quittant l'autel ». Qu'il y ait eu de tels avocats, et même au barreau de Paris, « agenouillés », comme dit l'auteur, devant la cour et le ministère public, c'est bien possible. Mais il y en a d'autres aussi — cela, M. Flaubert ne veut pas le savoir — et il n'y a pas si longtemps que nous avons entendu le bien considérable Chaix d'Est-Ange[2] (dont les discours publiés ont perdu non certes toute l'impulsion et le sel, mais l'à-propos et le colloque) répondre fièrement à une sommation hautaine du ministère public : « Ici, à la barre, M. l'avocat général et moi, nous sommes égaux, au talent près ! » Ce jour-là, l'aimable juriste qui ne pouvait certes trouver autour de lui l'atmosphère, la résonance divine du dernier âge de la République, avait su pourtant, tout comme un Cicéron, lancer la flèche d'or.

Mais l'action, un moment déprimée, se motive[3] et se hâte. L'accusé est introduit, et d'abord, à sa vue, certaines personnes regrettent (toujours des suppositions !) la richesse qui leur aurait permis de partir au loin[4] avec une femme aimée jadis, à ces heures dont parle le poète, seules dignes d'être vécues et où l'on s'enflamme parfois pour toute la vie, *vita dignior*[5] *aetas !* Le morceau, lu à haute voix, — et bien qu'y manque un peu ce ressentiment d'impressions douces et véritables, où se sont laissés aller avec bien de l'agrément un Monselet, un Frédéric Soulié — présenterait[6] assez d'harmonie et de vague :

« Ils auraient connu le cri des pétrels, la venue des brouillards, l'oscillation des navires, le développement des nuées ». Mais, je le demande, que viennent faire ici les pétrels ? L'auteur visiblement recommence à s'amuser, tranchons le mot, à nous mystifier. On peut n'avoir pas pris ses us en ornithologie et savoir que le pétrel est un oiseau fort commun sur nos côtes, et qu'il n'est nul besoin d'avoir découvert le diamant et fait fortune pour le rencontrer. Un chasseur qui en a souvent poursuivi m'assure que son cri n'a absolument rien de particulier et qui puisse si fort émouvoir celui qui l'entend. Il est clair que l'auteur a mis cela au hasard de la phrase. Le cri du pétrel, il a trouvé que cela faisait bien et, dare-dare, il nous l'a servi. M. de Chateaubriand[1] est le premier qui ait ainsi fait entrer dans un cadre étudié des détails ajoutés après coup et sur la vérité desquels il ne se montrait pas difficile. Mais lui, même dans son annotation dernière, il avait le don divin, le mot qui dresse l'image en pied, pour toujours, dans sa lumière et sa désignation, il possédait, comme disait[2] Joubert[3], le talisman de l'Enchanteur. Ah! postérité d'Atala, postérité d'Atala, on te retrouve partout aujourd'hui, jusque sur la table de dissection des anatomistes! etc.

IV

PAR HENRI DE RÉGNIER[4]

Le diamant ne me plaît guère. Je ne lui trouve pas de beauté. Le peu qu'il en ajoute à celle des visages est moins un effet de la sienne qu'un reflet de la leur. Il n'a ni la transparence marine de l'émeraude, ni l'azur illimité du saphir. Je lui préfère le rayon saure de la topaze, mais surtout le sortilège crépusculaire des opales. Elles sont emblématiques et doubles. Si le clair de lune irise une moitié de leur face, l'autre semble teinte par les feux roses et verts du couchant. Nous[5] ne nous divertissons pas tant des couleurs qu'elles nous présentent, que nous ne sommes touchés du songe que nous nous y représentons. À qui ne sait rencontrer au-delà de soi-même que la forme de son destin, elles en montrent le visage alternatif et taciturne.

Elles se trouvaient en grand nombre dans la ville où Hermas me conduisit. La maison que nous habitions valait plus par la beauté du site que par la commodité des êtres. La perspective des horizons y était mieux ménagée, que l'aménagement des lieux n'y était bien entendu. Il était plus agréable d'y songer qu'il n'était aisé d'y dormir. Elle était plus pittoresque que confortable. Accablés par la chaleur pendant le jour, les paons faisaient entendre toute la nuit leur cri fatidique et narquois qui, à vrai dire, est plus propice à la rêverie qu'il n'est favorable au sommeil. Le bruit des cloches empêchait d'en trouver pendant la matinée, à défaut de celui qu'on ne goûte bien qu'avant le jour, un second qui répare au moins dans une certaine mesure la fatigue d'avoir été entièrement privé du premier. La majesté des cérémonies dont leurs sonneries annonçaient l'heure, compensait mal le contretemps d'être réveillé à celle où il convient de dormir, si l'on veut ensuite pouvoir profiter des autres. La seule ressource était alors de quitter la toile des draps et la plume de l'oreiller pour aller se promener dans la maison. L'entreprise, à vrai dire, si elle offrait du charme, présentait aussi du danger. Elle était divertissante sans laisser d'être périlleuse. On aimait encore mieux en répudier le plaisir que d'en poursuivre l'aventure. Les parquets que M. de Séryeuse avait rapportés des îles étaient multicolores et disjoints, glissants et géométriques. Leur mosaïque était brillante et inégale. Le dessin de ses losanges, tantôt rouges et tantôt noirs, offrait aux regards un plus plaisant spectacle que la boiserie ici exhaussée, là rompue, ne garantissait aux pas une promenade assurée.

L'agrément de celle qu'on pouvait faire dans la cour n'était pas acheté par tant de risques. On y descendait vers midi. Le soleil chauffait les pavés, ou la pluie dégouttait des toits. Parfois le vent faisait grincer la girouette. Devant la porte close, monumentale et verdie, un Hermès sculpté donnait à l'ombre qu'il projetait la forme de son caducée. Les feuilles mortes des arbres voisins descendaient en tournoyant jusqu'à ses talons et repliaient sur les ailes de marbre leurs ailes d'or. Votives et pansues, des colombes venaient se percher dans les voussures de l'archivolte ou sur l'ébrasement du piédestal, et en laissaient souvent tomber une boule fade, écailleuse et grise. Elle venait aplatir sur le gravier ou sur le gazon sa masse intermittente et grenue, et poissait de l'herbe qu'elle avait été celle dont abondait la pelouse et dont ne manquait pas l'allée de ce que M. de Séryeuse appelait son jardin.

Lemoine venait souvent s'y promener.

C'est là que je le vis pour la première fois. Il paraissait plutôt ajusté dans la souquenille du laquais qu'il n'était coiffé du bonnet du docteur. Le drôle pourtant prétendait l'être et en plusieurs sciences où il est plus profitable de réussir qu'il n'est souvent prudent de s'y livrer.

Il était midi quand son carrosse arriva en décrivant un cercle devant le perron. Le pavé résonna des sabots de l'attelage, un valet courut au marchepied. Dans la rue, des femmes se signèrent. La bise soufflait. Au pied de l'Hermès de marbre, l'ombre caducéenne avait pris quelque chose de fugace et de sournois. Pourchassée par le vent, elle semblait rire. Des cloches sonnèrent. Entre les volées de bronze d'un bourdon, un carillon hasarda à contretemps sa chorégraphie de cristal. Dans le jardin, une escarpolette grinçait. Des graines séchées étaient disposées sur le cadran solaire. Le soleil brillait et disparaissait tout à tour. Agatisé par sa lumière, l'Hermès du seuil s'obscurcissait plus de sa disparition qu'il n'eût fait de son absence. Successif et ambigu, le visage marmoréen vivait. Un sourire semblait allonger en forme de caducée les lèvres expiatrices. Une odeur d'osier, de pierre ponce, de cinéraire et de marqueterie s'échappait par les persiennes fermées du cabinet[1] et par la porte entrouverte du vestibule. Elle rendait plus lourd l'ennui de l'heure. M. de Séryeuse et Lemoine continuaient à causer sur le perron. On entendait un bruit équivoque et pointu comme un éclat de rire furtif. C'était l'épée du gentilhomme qui heurtait la cornue de verre du spagirique[2]. Le chapeau à plumes de l'un garantissait mieux du vent que le serre-tête de soie de l'autre. Lemoine s'enrhumait. De son nez qu'il oubliait de moucher, un peu de morve avait tombé sur le rabat et sur l'habit. Son noyau visqueux et tiède avait glissé sur le linge de l'un, mais avait adhéré au drap de l'autre et tenait en suspens au-dessus du vide la frange argentée et fluente qui en dégouttait. Le soleil en les traversant confondait la mucosité gluante et la liqueur diluée. On ne distinguait plus qu'une seule masse juteuse, convulsive, transparente et durcie; et dans l'éphémère éclat dont elle décorait l'habit de Lemoine, elle semblait y avoir immobilisé le prestige d'un diamant momentané, encore chaud, si l'on peut dire, du four dont il était sorti, et dont cette gelée instable, corrosive et vivante qu'elle était pour un instant encore, semblait à la fois, par sa beauté menteuse et fascinatrice, présenter la moquerie et l'emblème.

V

DANS LE « JOURNAL DES GONCOURT[1] »

21 décembre 1907.

Dîné avec Lucien Daudet[2], qui parle avec un rien de verve blagueuse des diamants fabuleux vus sur les épaules de Mme X..., diamants dits par Lucien dans une fort jolie langue, ma foi, à la notation toujours artiste, à l'épellement savoureux de ses épithètes décelant l'écrivain tout à fait supérieur, être malgré tout[3] une pierre bourgeoise, un peu bébête, qui ne serait pas comparable, par exemple, à l'émeraude ou au rubis. Et au dessert, Lucien nous jette de la porte que Lefebvre de Béhaine lui disait ce soir, à lui Lucien, et à l'encontre du jugement porté par la charmante femme qu'est Mme de Nadaillac, qu'un certain Lemoine[4] aurait trouvé le secret de la fabrication du diamant. Ce serait, dans le monde des affaires, au dire de Lucien, tout un émoi rageur devant la dépréciation possible du stock de diamants encore invendu, émoi qui pourrait bien finir par gagner la magistrature, et amener l'internement de ce Lemoine pour le reste de ses jours en quelque *in pace,* pour crime de lèse-bijouterie. C'est plus fort que l'histoire de Galilée, plus moderne, plus prêtant à l'artiste évocation d'un milieu, et tout d'un coup je vois un beau sujet de pièce pour nous, une pièce où il pourrait y avoir de fortes choses sur la puissance de la haute industrie d'aujourd'hui, puissance menant, au fond, le gouvernement et la justice, et s'opposant à ce qu'a de calamiteux pour elle toute nouvelle invention. Comme bouquet, on apporte à Lucien la nouvelle, me donnant le dénouement de la pièce déjà ébauchée, que leur ami Marcel Proust se serait tué, à la suite de la baisse des valeurs diamantifères, baisse anéantissant une partie de sa fortune. Un curieux être, assure Lucien, que ce Marcel Proust, un être qui vivrait tout à fait dans l'enthousiasme, dans le *bondieusement* de certains paysages, de certains livres, un être par exemple qui serait complètement enamouré des romans de Léon[5]. Et après un long silence, dans l'expansion enfiévrée de l'après-dîner, Lucien affirme : « Non, ce n'est pas parce qu'il s'agit de mon frère, ne le croyez pas, monsieur de Goncourt, absolument pas. Mais enfin il faut bien dire la vérité ». Et il cite ce trait qui ressort joliment dans le faire miniaturé de son dire : « Un jour, un monsieur rendait un immense service à Marcel Proust, qui pour le remercier l'emmenait déjeuner à la campagne. Mais voici qu'en causant, le monsieur, qui n'était autre que Zola, ne voulait absolument pas reconnaître qu'il n'y avait jamais eu en France qu'un écrivain tout à fait grand et dont Saint-Simon seul approchait, et que cet écrivain était Léon. Sur quoi, fichtre! Proust oubliant la reconnaissance qu'il devait à Zola l'envoyait, d'une paire de claques, rouler dix pas plus loin, les quatre fers en l'air. Le lendemain on se battait, mais, malgré l'entremise de Ganderax[1], Proust s'opposait bel et bien à toute réconciliation. » Et tout à coup, dans le bruit des *mazagrans* qu'on passe, Lucien me fait à l'oreille, avec un geignardement comique, cette révélation : « Voyez-vous, moi, monsieur de Goncourt, si, même avec *La Fourmilière*[2], je ne connais pas cette vogue, c'est que même les paroles que disent les gens, je les *vois,* comme si je peignais, dans la *saisie* d'une nuance, avec la même *embué* que la Pagode de Chanteloup. » Je quitte[3] Lucien, la tête tout échauffée par cette affaire de diamant et de suicide, comme si on venait de m'y verser des cuillerées de cervelle. Et dans l'escalier je rencontre le nouveau ministre du Japon qui, de son air un tantinet avortonné et *décadent,* air le faisant ressembler au samouraï tenant, sur mon paravent de Coromandel, les deux pinces d'une écrevisse, me dit gracieusement avoir été[4] longtemps en mission chez les Honolulus où la lecture de nos livres, à mon frère et à moi, serait la seule chose capable d'arracher les indigènes aux plaisirs du caviar, lecture se prolongeant très avant dans la nuit, d'une seule traite, aux intermèdes consistant seulement dans le chiquage de quelques cigares du pays enfermés dans de longs étuis de verre, étuis destinés à les protéger pendant la traversée contre une certaine maladie que leur donne la mer. Et le ministre me confesse son goût de nos livres, avouant avoir connu à Hong-Kong une fort grande dame de là-bas qui n'avait que deux ouvrages sur sa table de nuit : *La Fille Elisa*[5] et *Robinson Crusoé.*

22 décembre.

Je me réveille de ma sieste de quatre heures avec le pressentiment d'une mauvaise nouvelle, ayant rêvé que la dent qui m'a fait tant souffrir quand Cruet me l'a arrachée, il y a cinq ans, avait repoussé. Et aussitôt Pélagie[1] entre, avec cette nouvelle apportée par Lucien Daudet, nouvelle qu'elle n'était pas venue me dire pour ne pas troubler mon cauchemar : Marcel Proust ne s'est pas tué, Lemoine n'a rien inventé du tout, ne serait qu'un escamoteur pas même habile, une espèce de Robert Houdin[2] manchot. Voilà bien notre guigne! Pour une fois que la vie plate, envestonnée d'aujourd'hui, *s'artistisait,* nous jetait un sujet de pièce! À Rodenbach[3], qui attendait mon réveil, je ne peux contenir ma déception, me reprenant à m'animer, à jeter des tirades déjà tout écrites, que m'avait inspirées la fausse nouvelle de la découverte et du suicide, fausse nouvelle plus artiste, plus *vraie,* que le dénouement trop optimiste et *public,* le dénouement à la Sarcey[4], raconté être le vrai par Lucien à Pélagie. Et c'est de ma part toute une révolte chuchotée pendant une heure à Rodenbach sur cette guigne qui nous a toujours poursuivis, mon frère et moi, faisant des plus grands événements comme des plus petits, de la révolution d'un peuple comme du rhume d'un souffleur, autant d'obstacles levés contre la marche en avant de nos œuvres. Il faut cette fois que le syndicat des bijoutiers s'en mêle! Alors Rodenbach de me confesser le fond de sa pensée, qui serait que ce mois de décembre nous a toujours été malchanceux, à mon frère et à moi, ayant amené nos poursuites en correctionnelle, l'échec voulu par la presse d'*Henriette Maréchal*[5], le bouton que j'ai eu sur la langue à la veille du seul discours que j'aie jamais eu à prononcer, bouton ayant fait dire que je n'avais pas osé parler sur la tombe de Vallès[6], quand c'est moi qui avais demandé à le faire; tout un ensemble de fatalités qui, dit superstitieusement l'homme du Nord artiste qu'est Rodenbach, devrait nous faire éviter de rien entreprendre ce mois-là. Alors moi, interrompant les théories cabalistiques de l'auteur de *Bruges la Morte,* pour aller passer un frac rendu nécessaire[7] par le dîner chez la Princesse[8], je lui jette, en le quittant à la porte de mon cabinet de toilette : « Alors, Rodenbach, vous me conseillez de réserver ce mois-là pour ma mort! »

VI

« L'AFFAIRE LEMOINE » PAR MICHELET[1]

Le diamant, lui, se peut extraire à d'étranges profondeurs (1 300 mètres). Pour en ramener la pierre fort brillante, qui seule peut soutenir le feu d'un regard de femme (en Afghanistan, diamant se dit « œil de flamme »), sans fin faudra-t-il descendre au royaume sombre. Que de fois Orphée s'égarera avant de ramener au jour Eurydice! Nul découragement pourtant. Si le cœur faiblit, la pierre est là qui, de sa flamme fort distincte, semble dire : « Courage, encore un coup de pioche, je suis à toi. » Du reste une hésitation, et c'est la mort. Le salut n'est que dans la vitesse. Touchant dilemme. À le résoudre, bien des vies s'épuisèrent au moyen âge. Plus durement se posa-t-il au commencement du vingtième siècle (décembre 1907-janvier 1908). Je raconterai quelque jour cette magnifique affaire Lemoine dont aucun contemporain n'a soupçonné la grandeur, je montrerai ce petit homme, aux mains débiles, aux yeux brûlés par la terrible recherche, juif probablement (M. Drumont[2] l'a affirmé non sans vraisemblance; aujourd'hui encore les Lemoustiers — contraction de Monastère — ne sont pas rares en Dauphiné, terre d'élection d'Israël pendant tout le moyen âge), menant pendant trois mois toute la politique de l'Europe, courbant l'orgueilleuse Angleterre à consentir un traité de commerce ruineux pour elle, pour sauver ses mines menacées, ses compagnies en discrédit. Que nous lui livrions l'homme, sans hésiter elle le payerait au poids de sa chair[3]. La liberté provisoire, la plus grande conquête des temps modernes (Sayous, Batbie), trois fois fut refusée. L'Allemand fort déductivement devant son pot de bière, voyant chaque jour les cours de la De Beers baisser, reprenait courage (revision du procès Harden[4], loi polonaise, refus de répondre au Reichstag).

Touchante immolation du juif au long des âges! « Tu me calomnies, obstinément m'accuses de trahison contre toute vraisemblance, sur terre, sur mer (affaire Dreyfus[1], affaire Ullmo[2]); eh bien! je te donne mon or (voir le grand développement des banques juives à la fin du XIXe siècle), et plus que l'or, ce qu'au poids de l'or tu ne pourrais pas toujours acheter : le diamant. » — Grave leçon; fort tristement la méditais-je souvent durant cet hiver de 1908 où la nature même, abdiquant toute violence, se faisait perfide. Jamais on ne vit moins de grands froids, mais un brouillard qu'à midi même le soleil ne parvenait pas à percer. D'ailleurs, une température fort douce, — d'autant plus meurtrière. Beaucoup de morts — plus que dans les dix années précédentes — et, dès janvier, des violettes sous la neige. L'esprit fort troublé de cette affaire Lemoine, qui très justement m'apparut tout de suite comme un épisode de la grande lutte de la richesse contre la science, chaque jour j'allais au Louvre où d'instinct le peuple, plus souvent que devant la *Joconde* du Vinci, s'arrête aux diamants de la Couronne. Plus d'une fois j'eus peine à en approcher. Faut-il le dire, cette étude m'attirait, je ne l'aimais pas. Le secret de ceci ? Je n'y sentais pas la vie. Toujours ce fut ma force, ma faiblesse aussi, ce besoin de la vie. Au point culminant du règne de Louis XIV, quand l'absolutisme semble avoir tué toute liberté en France, durant deux longues années — plus d'un siècle — (1680-1789), d'étranges maux de tête me faisaient croire chaque jour que j'allais être obligé d'interrompre mon histoire. Je ne retrouvai vraiment mes forces qu'au serment du Jeu de Paume (20 juin 1789). Pareillement me sentais-je troublé devant cet étrange règne de la cristallisation qu'est le monde de la pierre. Ici plus rien de la flexibilité de la fleur qui au plus ardu de mes recherches botaniques, fort timidement — d'autant mieux — ne cessa jamais de me rendre courage : « Aie confiance, ne crains rien, tu es toujours dans la vie, dans l'histoire. »

VII

DANS UN FEUILLETON DRAMATIQUE DE M. ÉMILE FAGUET[1]

L'auteur de *Le Détour* et de *Le Marché* — c'est à savoir M. Henri Bernstein[2] — vient de faire représenter par les comédiens du Gymnase un drame, ou plutôt un ambigu de tragédie et de vaudeville, qui n'est peut-être pas son *Athalie* ou son *Andromaque*, son *L'Amour veille* ou son *Les Sentiers de la vertu,* mais encore est quelque chose comme son *Nicomède,* qui n'est point, comme vous avez peut-être ouï-dire, une pièce entièrement méprisable et n'est point tout à fait le déshonneur de l'esprit humain. Tant est que la pièce est allée, je ne dirai pas par-dessus les nues, mais enfin est allée aux nues, où il y a un peu d'exagération, mais d'un succès légitime, comme la pièce de M. Bernstein fourmille d'invraisemblances, mais sur un fond de vérité. C'est par où *L'Affaire Lemoine* diffère de *La Rafale*[3], et, en général, des tragédies de M. Bernstein, comme aussi d'une bonne moitié des comédies d'Euripide, lesquelles fourmillent de vérités, mais sur un fond d'invraisemblance. De plus c'est la première fois qu'une pièce de M. Bernstein intéresse des personnes, dont il s'était jusqu'ici gardé. Donc, l'escroc[4] Lemoine, voulant faire une dupe avec sa prétendue découverte de la fabrication du diamant, s'adresse... au plus grand propriétaire de mines de diamants du monde. Comme invraisemblance, vous m'avouerez que c'est une assez forte invraisemblance. Et d'une. Au moins, pensez-vous que ce potentat, qui a dans la tête toutes les plus grandes affaires du monde, va envoyer promener Lemoine, comme le prophète Néhémie disait du haut des remparts de Jérusalem à ceux qui lui tendaient une échelle pour descendre : *Non possum descendere, magnum opus facio*[5]. Ce qui serait parler de cire. Pas du tout, il s'empresse de prendre l'échelle. La seule différence est, qu'au lieu d'en descendre, il y monte. Un peu jeune, ce Werner. Ce n'est pas un rôle pour M. Coquelin le cadet[6], c'est un rôle pour M. Brulé[7]. Et de deux. Notez que ce secret, qui n'est naturellement qu'une poudre de perlimpinpin insignifiante, Lemoine ne lui en fait pas cadeau. Il le lui vend deux millions et encore lui fait comprendre que c'est donné :

Admirez mes bontés et le peu qu'on vous vend
Le trésor merveilleux que ma main vous dispense.
Ô grande puissance
De l'orviétan[1] *!*

Ce qui ne change pas grand-chose, à tout prendre, à l'invraisemblance n° 1, mais ne laisse pas d'aggraver considérablement l'invraisemblance n° 2. Mais enfin, tout coup vaille! Mon Dieu, remarquez que jusqu'ici nous suivons l'auteur qui, en somme, est bon dramatiste. On nous dit que Lemoine a découvert le secret de la fabrication du diamant. Nous n'en savons rien, après tout; on nous le dit, nous voulons bien, nous marchons. Werner, grand connaisseur en diamants, a marché, et Werner, financier retors, a casqué. Nous marchons de plus en plus. Un grand savant anglais, moitié physicien, moitié grand seigneur, un lord anglais, comme dit l'autre (mais non, madame, tous les lords sont Anglais, donc un lord anglais est un pléonasme; ne recommencez pas, personne ne vous a entendue), jure que Lemoine a vraiment découvert la pierre philosophale. On ne peut pas plus marcher que nous ne marchons. Patatras! voilà les bijoutiers qui reconnaissent dans les diamants de Lemoine des pierres qu'ils lui ont vendues et qui viennent *précisément de la mine de Werner*. Un peu gros, cela. Les diamants *ont encore les marques qu'y avaient mises les bijoutiers*. De plus en plus gros :

Au diamant marqué qui sort ainsi du four,
Je ne reconnais plus l'auteur de Le Détour[2].

Lemoine est arrêté, Werner redemande son argent, le lord anglais ne dit plus mot; du coup, nous ne marchons plus, et comme toujours, en pareil cas, nous sommes furieux d'avoir marché et nous passons notre mauvaise humeur sur... Parbleu! l'auteur est là pour quelque chose, je pense. Werner aussitôt demande au juge de faire saisir l'enveloppe où est le fameux secret.

Le juge y consent immédiatement. Personne de plus aimable que ce juge. Mais l'avocat de Lemoine dit au juge que la chose est illégale. Le juge renonce aussitôt; personne de plus versatile que ce juge. Quant à Lemoine, il veut absolument aller se balader avec le juge, les avocats, les experts, etc., jusqu'à Amiens[1] où est son usine, pour leur prouver qu'il sait faire du diamant. Et chaque fois que le juge aimable et versatile lui répète qu'il a escroqué Werner, Lemoine répond : « Laissons ce discours et voyons ma balade[2]. » À quoi le juge pour lui donner la réplique : « La balade, à mon goût, est une chose fade. » Personne de plus versé dans le répertoire molièriste que ce juge. Etc.

VII

PAR ERNEST RENAN[3]

Si Lemoine avait réellement fabriqué du diamant, il eût sans doute contenté par là, dans une certaine mesure, ce matérialisme grossier avec lequel devra compter de plus en plus celui qui prétend se mêler des affaires de l'humanité; il n'eût pas donné aux âmes éprises d'idéal cet élément d'exquise spiritualité sur lequel, après si longtemps, nous vivons encore. C'est d'ailleurs ce que paraît avoir compris avec une rare finesse le magistrat qui fut commis pour l'interroger. Chaque fois que Lemoine, avec le sourire que nous pouvons imaginer, lui proposait de venir à Lille[4], dans son usine, où l'on verrait s'il savait ou non faire du diamant, le juge Le Poittevin[5], avec un tact exquis, ne le laissait pas poursuivre, lui indiquait d'un mot, parfois d'une plaisanterie un peu vive*, toujours contenue par un rare sentiment de la mesure, qu'il ne s'agissait pas de cela, que la cause était ailleurs. Rien, du reste, ne nous autorise à affirmer que même à ce moment où se sentant perdu (dès le mois de janvier, la sentence ne faisant plus de doute) l'accusé s'attachait naturellement à la plus fragile planche de salut,

* *Procès,* t. II, *passim,* et notamment pages, etc.

Lemoine ait jamais prétendu qu'il savait fabriquer le diamant. Le lieu où il proposait aux experts de les conduire et que les traductions nomment « usine », d'un mot qui a pu prêter au contresens, était situé à l'extrémité de la vallée de plus de trente kilomètres qui se termine à Lille. Même de nos jours, après tous les déboisements qu'elle a subis, c'est un véritable jardin, planté de peupliers et de saules, semé de fontaines et de fleurs. Au plus fort de l'été, la fraîcheur y est délicieuse. Nous avons peine à imaginer aujourd'hui qu'elle a perdu ses bois de châtaigniers, ses bosquets de noisetiers et de vignes, la fertilité qui en faisait au temps de Lemoine un séjour enchanteur. Un Anglais qui vivait à cette époque, John Ruskin, que nous ne lisons malheureusement que dans la traduction d'une platitude pitoyable que Marcel Proust[1] nous en a laissée, vante la grâce de ses peupliers, la fraîcheur glacée de ses sources. Le voyageur sortant à peine des solitudes de la Beauce et de la Sologne, toujours désolées par un implacable soleil, pouvait croire vraiment, quand il voyait étinceler à travers les feuillages leurs eaux transparentes, que quelque génie, touchant le sol de sa baguette magique, en faisait ruisseler à profusion le diamant. Lemoine, probablement, ne voulut jamais dire autre chose. Il semble qu'il ait voulu, non sans finesse, user de tous les délais de la loi française, qui permettaient aisément de prolonger l'instruction jusqu'à la mi-avril, où ce pays est particulièrement délicieux. Aux haies, le lilas, le rosier sauvage, l'épine blanche et rose sont en fleurs et tendent au long de tous les chemins une broderie d'une fraîcheur de tons incomparable[2], où les diverses espèces d'oiseaux de ce pays viennent mêler leurs chants. Le loriot, la mésange, le rossignol à tête bleue, quelquefois le bengali, se répondent de branche en branche. Les collines, revêtues au loin des fleurs roses des arbres fruitiers, se déploient sur le bleu du ciel avec des courbes d'une délicatesse ravissante. Aux bords des rivières qui sont restées le grand charme de cette région, mais où les scieries entretiennent aujourd'hui à toute heure un bruit insupportable, le silence ne devait être troublé que par le brusque plongeon d'une de ces petites truites[3] dont la chair assez insipide pourtant est pour le paysan picard le plus exquis des régals. Nul doute qu'en quittant la fournaise du

Palais de justice, experts et juges n'eussent subi comme les autres l'éternel mirage de ces belles eaux que le soleil à midi vient vraiment diamanter. S'allonger au bord de la rivière, saluer de ses rires une barque dont le sillage raye la soie changeante des eaux, distraire quelques bribes azurées de ce gorgerin de saphir qu'est le col du paon, en poursuivre gaiement de jeunes blanchisseuses jusqu'à leur lavoir en chantant un refrain populaire*, tremper dans la mousse du savon un pipeau taillé dans le chaume à la facon de la flûte de Pan, y regarder perler des bulles qui unissent les délicieuses couleurs de l'écharpe d'Iris et appeler cela enfiler des perles, former parfois des chœurs en se tenant par la main, écouter chanter le rossignol, voir se lever l'étoile du berger, tels étaient sans doute les plaisirs auxquels Lemoine comptait convier les honorables MM. Le Poittevin, Bordas[2] et consorts, plaisirs d'une race vraiment idéaliste, où tout finit par des chansons, où dès la fin du dix-neuvième siècle la légère ivresse du vin de Champagne paraît trop grossière encore, où l'on ne demande plus la gaieté qu'à la vapeur qui, de profondeurs parfois incalculables, monte à la surface d'une source faiblement minéralisée.

Le nom de Lemoine ne doit pas d'ailleurs nous donner l'idée d'une de ces sévères obédiences ecclésiastiques qui l'eussent rendu lui-même peu accessible à ces impressions d'une poésie enchanteresse. Ce n'était probablement qu'un surnom, comme on en portait souvent alors, peut-être un simple sobriquet que les manières réservées du jeune savant, sa vie peu adonnée aux dissipations mondaines, avaient tout naturellement amené sur les lèvres des personnes frivoles. Au reste il ne semble pas que nous devions attacher beaucoup d'importance à ces surnoms, dont plusieurs paraissent avoir été choisis au

* Quelques-uns de ces chants d'une délicieuse naïveté nous ont été conservés. C'est généralement une scène empruntée à la vie quotidienne que le chanteur retrace gaiement. Seuls les mots de *Zizi Panpan,* qui les coupent presque toujours à intervalles réguliers, ne présentent à l'esprit qu'un sens assez vague. C'était sans doute de pures indications rythmiques destinées à marquer la mesure pour une oreille qui eût été sans cela tentée de l'oublier, peut-être même simplement une exclamation admirative, poussée à la vue de l'oiseau de Junon, comme tendraient[1] à le faire croire ces mots plusieurs fois répétés *les plumes de paon,* qui les suivent à peu d'intervalle.

hasard[1], probablement pour distinguer deux personnes qui sans cela eussent risqué d'être confondues. La plus légère nuance, une distinction parfois tout à fait oiseuse, conviennent alors parfaitement au but que l'on se propose. La simple épithète d'*aîné,* de *cadet,* ajoutée à un même nom, semblait suffisante. Il est souvent question dans les documents de cette époque d'un certain *Coquelin aîné* qui paraît avoir été une sorte de personnage proconsulaire, peut-être un riche administrateur à la manière de Crassus[2] ou de Murena[3]. Sans qu'aucun texte certain permette d'affirmer qu'il eût servi en personne, il occupait un rang distingué dans l'ordre de la Légion d'honneur, créé expressément par Napoléon pour récompenser le mérite militaire. Ce surnom d'aîné lui avait peut-être été donné pour le distinguer d'un autre Coquelin, comédien de mérite, appelé *Coquelin cadet,* sans qu'on puisse savoir s'il existait entre eux une différence d'âge bien réelle. Il semble qu'on ait voulu seulement marquer par là la distance qui existait encore à cette époque entre l'acteur et le politicien, l'homme ayant rempli des charges publiques. Peut-être tout simplement voulait-on éviter une confusion sur les listes électorales.

... Une société où la femme belle, où le noble de naissance pareraient leur corps de vrais diamants serait vouée à une grossièreté irrémédiable. Le mondain, l'homme à qui suffisent le sec bon sens, le brillant tout superficiel que donne l'éducation classique, s'y plairait peut-être. Les âmes vraiment pures, les esprits passionnément attachés au bien et au vrai y éprouveraient une insupportable sensation d'étouffement. De tels usages ont pu exister dans le passé. On ne les reverra plus. À l'époque de Lemoine, selon toute apparence, ils étaient depuis longtemps tombés en désuétude. Le plat recueil de contes sans vraisemblance qui porte le titre de *Comédie humaine* de Balzac n'est peut-être l'œuvre ni d'un seul homme ni d'une même époque. Pourtant son style informe encore, ses idées tout empreintes d'un absolutisme suranné nous permettent d'en placer la publication deux siècles au moins avant Voltaire. Or, Mme de Beauséant qui, dans ces fictions d'une insipide sécheresse, personnifie la femme parfaitement distinguée, laisse déjà avec mépris aux femmes des financiers enrichis de paraître en public ornées de pierres précieuses. Il est probable qu'au temps de Lemoine la femme soucieuse de plaire se contentait de mêler à sa chevelure des feuillages où tremblait encore quelque goutte de rosée, aussi étincelante que le diamant le plus rare. Dans le centon de poèmes disparates appelé *Chansons des rues et des bois,* qui est communément attribué à Victor Hugo, quoiqu'il soit probablement un peu postérieur, les mots de diamants, de perles, sont indifféremment employés pour peindre le scintillement des gouttelettes qui ruissellent d'une source murmurante, parfois d'une simple ondée. Dans une sorte de petite romance érotique qui rappelle le *Cantique des Cantiques,* la fiancée dit en propres termes à l'Époux qu'elle ne veut d'autres diamants que les gouttes de la rosée. Nul doute qu'il s'agisse ici d'une coutume généralement admise, non d'une préférence individuelle. Cette dernière hypothèse est, d'ailleurs, exclue d'avance par la parfaite banalité de ces petites pièces qu'on a mises sous le nom d'Hugo en vertu sans doute des mêmes considérations de publicité qui durent décider Cohélet (l'*Ecclesiaste*)[1] à couvrir du nom respecté de Salomon, fort en vogue à l'époque, ses spirituelles maximes.

Au reste, qu'on apprenne demain à fabriquer le diamant, je serai sans doute une des personnes les moins faites pour attacher à cela une grande importance. Cela tient beaucoup à mon éducation. Ce n'est guère que vers ma quarantième année, aux séances publiques de la Société des Études juives, que j'ai rencontré quelques-unes des personnes capables d'être fortement impressionnées par la nouvelle d'une telle découverte. À Tréguier, chez mes premiers maîtres, plus tard à Issy, à Saint-Sulpice, elle eût été accueillie avec la plus extrême indifférence, peut-être avec un dédain mal dissimulé. Que Lemoine eût ou non trouvé le moyen de faire du diamant, on ne peut imaginer à quel point cela eût peu troublé ma sœur Henriette[2], mon oncle Pierre, M. Le Hir ou M. Carbon. Au fond, je suis toujours resté sur ce point-là, comme sur bien d'autres, le disciple attardé de saint Tudual et de saint Colomban. Cela m'a souvent conduit à commettre, dans toutes les choses qui regardent le luxe, des naïvetés impardonnables. À mon âge, je ne serais pas capable d'aller acheter seul une bague chez un bijoutier. Ah! ce n'est pas dans notre Trégorrois que les jeunes filles reçoivent de leur fiancé, comme la Sulamite, des rangs de perles, des colliers de prix, sertis d'argent, *vermiculatas*[1] *argento*. Pour moi, les seules pierres précieuses qui seraient encore capables de me faire quitter le Collège de France, malgré mes rhumatismes, et prendre la mer, si seulement un de mes vieux saints bretons consentait à m'emmener sur sa barque apostolique, ce sont celles que les pêcheurs de Saint-Michel-en-Grève aperçoivent parfois au fond des eaux, par les temps calmes, là où s'élevait autrefois la ville d'Ys, enchâssées dans les vitraux de ses cent cathédrales englouties.

... Sans doute des cités comme Paris, Londres, Paris-Plage, Bucarest, ressembleront de moins en moins à la ville qui apparut à l'auteur présumé du IVe Évangile[2], et qui était bâtie d'émeraude, d'hyacinthe, de béryl, de chrysoprase, et des autres pierres précieuses, avec douze portes formées chacune d'une seule perle fine[3]. Mais l'existence dans une telle ville nous ferait vite bâiller d'ennui, et qui sait si la contemplation incessante d'un décor comme celui où se déroule l'*Apocalypse* de Jean ne risquerait pas de faire périr brusquement l'univers d'un transport au cerveau ? De plus en plus le *« fundabo te in sapphiris et ponam jaspidem propugnacula tua et omnes terminos tuos in lapides desiderabiles »* nous apparaîtra comme une simple parole en l'air, comme une promesse qui aura été tenue pour la dernière fois à Saint-Marc de Venise. Il est clair que s'il croyait ne pas devoir s'écarter des principes de l'architecture urbaine tels qu'ils ressortent de la Révélation et s'il prétendait appliquer à la lettre le *« Fundamentum primum calcedonius..., duodecimum amethystus »,* mon éminent ami M. Bouvard risquerait d'ajourner indéfiniment le prolongement du boulevard Haussmann.

Patience donc! Humanité, patience! Rallume encore demain le four éteint mille fois déjà d'où sortira peut-être un jour le diamant! Perfectionne, avec une bonne humeur que peut t'envier l'Éternel, le creuset où tu porteras le carbone à des températures inconnues de Lemoine et de Berthelot. Répète inlassablement le *sto ad ostium et pulso,* sans savoir si jamais une voix te répondra : *« Veni, veni, coronaberis »*. Ton histoire est désormais entrée dans une voie d'où les sottes fantaisies du vaniteux et de l'aberrant ne réussiront pas à t'écarter. Le jour où

Lemoine, par un jeu de mots exquis, a appelé pierres précieuses une simple goutte d'eau qui ne valait que par sa fraîcheur et sa limpidité, la cause de l'idéalisme a été gagnée pour toujours. Il n'a pas fabriqué de diamant : il a mis hors de conteste le prix d'une imagination ardente, de la parfaite simplicité de cœur, choses autrement importantes à l'avenir de la planète. Elles ne perdraient de leur valeur que le jour où une connaissance approfondie des localisations cérébrales et le progrès de la chirurgie encéphalique permettraient d'actionner à coup sûr les rouages infiniment délicats qui mettent en éveil la pudeur, le sentiment inné du beau. Ce jour-là, le libre penseur, l'homme qui se fait une haute idée de la vertu, verrait la valeur sur laquelle il a placé toutes ses espérances subir un irrésistible mouvement de dépréciation. Sans doute, le croyant, qui espère échanger contre une part des félicités éternelles une vertu qu'il a achetée à vil prix avec des indulgences, s'attache désespérément à une thèse insoutenable. Mais il est clair que la vertu du libre penseur ne vaudrait guère davantage le jour où elle résulterait nécessairement du succès d'une opération intracranienne.

Les hommes d'un même temps voient entre les personnalités diverses qui sollicitent tour à tour l'attention publique des différences qu'ils croient énormes et que la postérité n'apercevra pas. Nous sommes tous des esquisses où le génie d'une époque prélude à un chef-d'œuvre qu'il n'exécutera probablement jamais. Pour nous, entre deux personnalités telles que l'honorable M. Denys Cochin et Lemoine[1] les dissemblances sautent aux yeux. Elles échapperaient peut-être aux *Sept Dormants*[2], s'ils s'éveillaient une seconde fois du sommeil où ils s'endormirent sous l'empereur Decius et qui ne devait durer que trois cent soixante-douze ans. Le point de vue messianique ne saurait plus être le nôtre. De moins en moins la privation de tel ou tel don de l'esprit nous apparaîtra comme devant mériter les malédictions merveilleuses qu'il a inspirées à l'auteur inconnu du *Livre de Job*. « Compensation », ce mot, qui domine la philosophie d'Emerson, pourrait bien être le dernier mot de tout jugement sain, le jugement du véritable agnostique. La comtesse de Noailles[3], si elle est l'auteur des poèmes qui lui sont attribués, a laissé une œuvre extraordinaire, cent fois supérieure au Cohélet[1], aux chansons de Béranger. Mais quelle fausse position ça devait lui donner dans le monde ! Elle paraît d'ailleurs l'avoir parfaitement compris et avoir mené à la campagne, peut-être non sans quelque ennui*, une vie entièrement simple et retirée, dans le petit verger qui lui sert habituellement d'interlocuteur. L'excellent chanteur Polin, lui, manque peut-être un peu de métaphysique ; il possède un bien plus précieux mille fois, et que le fils de Sirach[3] ni Jérémie ne connurent jamais : une jovialité délicieuse, exempte de la plus légère trace d'affectation, etc.

IX

DANS LES MÉMOIRES DE SAINT-SIMON[4]

Mariage de Talleyrand-Périgord. — Succès remportés par les Impériaux devant Château-Thierry, fort médiocres. — Le Moine, par la Mouchi, arrive au Régent. — Conversation que j'ai avec M. le duc d'Orléans à ce sujet. — Il est résolu de porter l'affaire au duc de Guiche. — Chimères des Murat sur le rang de prince étranger. — Conversation du duc de Guiche avec M. le duc d'Orléans sur Le Moine, au parvulo donné à Saint-Cloud pour le roi d'Angleterre voyageant incognito en France. — Présence inouïe du comte de Fels à ce parvulo. — Voyage en France d'un Infant d'Espagne, très singulier.

Cette année-là vit le mariage de la bonne femme Blumenthal avec L. de Talleyrand-Périgord[5] dont il a été maintes fois parlé, avec force éloges, et très mérités, au cours de ces Mémoires. Les Rohan en firent la noce[6] où

* On peut se demander si cet exil était bien volontaire et s'il ne faut pas plutôt voir là une de ces décisions de l'autorité analogue à celle qui empêchait Mme de Staël de rentrer en France, peut-être en vertu d'une loi dont le texte ne nous est pas parvenu et qui défendait aux femmes d'écrire. Les exclamations mille fois répétées dans ces poèmes avec une insistance si monotone[2] : « Ah ! partir ! ah ! partir ! prendre le train qui siffle en bondissant ! » *(Occident.)* « Laissez-moi m'en aller, laissez-moi m'en aller. » *(Tumulte dans l'aurore.)* « Ah ! Laissez-moi partir » *(Les Héros.)* « Ah ! rentrer dans ma ville, voir la Seine couler entre sa noble rive. Dire à Paris : je viens, je te

se trouvèrent des gens de qualité. Il ne voulut pas que sa femme fût assise en se mariant, mais elle osa la housse sur sa chaise et se fit incontinent appeler duchesse de Montmorency, dont elle ne fut pas plus avancée. La campagne continua contre les Impériaux qui malgré les révoltes d'Hongrie, causées par la cherté du pain, remportèrent quelques succès devant Château-Thierry[1]. Ce fut là qu'on vit pour la première fois l'indécence de M. de Vendôme traité publiquement d'Altesse[2]. La gangrène gagna jusqu'aux Murat et ne laissait pas de me causer des soucis contre lesquels je soutenais difficilement mon courage, si bien que j'étais allé loin de la cour, passer à la Ferté[3] la quinzaine de Pâques en compagnie d'un gentilhomme qui avait servi dans mon régiment et était fort considéré par le feu Roi, quand la veille de Quasimodo un courrier que m'envoyait Mme de Saint-Simon me rendit une lettre par laquelle elle m'avisait d'être à Meudon dans le plus bref délai qu'il se pourrait, pour une affaire d'importance, concernant M. le duc d'Orléans. Je crus d'abord qu'il s'agissait de celle du faux marquis de Ruffec, qui a été marquée en son lieu[4]; mais Biron[5] l'avait écumée, et par quelques mots échappés à Mme de Saint-Simon, de pierreries et d'un fripon appelé Le Moine, je ne doutai plus qu'il ne s'agît encore d'une de ces affaires d'alambics qui, sans mon intervention auprès du chancelier, avaient été si près de faire — j'ose à peine à l'écrire — enfermer M. le duc d'Orléans à la Bastille. On sait en effet que ce malheureux prince, n'ayant aucun savoir juste et étendu sur les naissances, l'histoire des familles, ce qu'il y a de fondé dans les prétentions, l'absurdité qui éclate dans d'autres et laisse voir le tuf[6] qui n'est que néant, l'éclat des alliances et des charges, encore moins l'art de distinguer dans sa politesse le rang plus ou moins élevé, et d'enchanter par une parole obligeante qui montre qu'on sait le réel et le consistant, disons le mot, l'intrinsèque des généalogies, n'avait jamais su se plaire à la cour, s'était vu abandonné

reprends, j'arrive! » etc., montrent bien qu'elle n'était pas libre de prendre le train. Quelques vers où elle semble s'accommoder de sa solitude : « Et si déjà mon ciel est trop divin pour moi », etc., ont été évidemment ajoutés après coup pour tâcher de désarmer par une soumission apparente les rigueurs de l'Administration.

par la suite de ce dont il s'était détourné d'abord, tant et si loin qu'il en était tombé, encore que premier prince du sang, à s'adonner à la chimie, à la peinture, à l'Opéra, dont les musiciens venaient souvent lui apporter leurs livres et leurs violons qui n'avaient pas de secrets pour lui. On a vu aussi avec quel art pernicieux ses ennemis, et par-dessus tous le maréchal de Villeroy[1], avaient usé contre lui de ce goût si déplacé de chimie, lors de la mort étrange du Dauphin et de la Dauphine[2]. Bien loin que les bruits affreux qui avaient été alors semés avec une pernicieuse habileté par tout ce qui approchait la Maintenon eussent fait repentir M. le duc d'Orléans de recherches qui convenaient si peu à un homme de sa sorte, on a vu qu'il les avait poursuivies avec Mirepoix, chaque nuit, dans les carrières de Montmartre, en travaillant sur du charbon qu'il faisait passer dans un chalumeau où, par une contradiction qui ne se peut concevoir que comme un châtiment de la Providence, ce prince qui tirait une gloire abominable de ne pas croire en Dieu m'a avoué plus d'une fois avoir espéré voir le diable.

Les affaires du Mississipi avaient tourné court et le duc d'Orléans venait, contre mon avis, de rendre son inutile édit contre les pierreries. Ceux qui en possédaient, après avoir montré de l'empressement et éprouvé de la peine à les offrir, préférèrent[3] les garder en les dissimulant, ce qui est bien plus facile que pour l'argent, de sorte que malgré tous les tours de gobelets et diverses menaces d'enfermerie, la situation des finances n'avait été que fort peu et fort passagèrement améliorée. Le Moine le sut et pensa faire croire à M. le duc d'Orléans qu'elle le serait s'il le persuadait qu'il était possible de fabriquer du diamant. Il espérait du même coup flatter par là les détestables goûts de chimie de ce prince et qu'il lui ferait ainsi sa cour. C'est ce qui n'arriva pas tout de suite. Il n'était pourtant pas difficile d'approcher M. le duc d'Orléans pourvu qu'on n'eût ni naissance, ni vertu. On a vu ce qu'étaient les soupers de ces roués d'où seule la bonne compagnie était tenue à l'écart par une exacte clôture. Le Moine, qui avait passé sa vie enterré dans la crapule la plus obscure et ne connaissait pas à la cour un homme qui se pût nommer, ne sut pourtant à qui s'adresser pour entrer au Palais Royal; mais à la fin, la Mouchi[4] en fit la planche[5]. Il vit M. le duc d'Orléans, lui dit qu'il savait faire du diamant, et ce prince, naturellement crédule, s'en coiffa. Je pensai d'abord que le mieux était d'aller au Roi par Maréchal[1]. Mais je craignis de faire éclater la bombe, qu'elle n'atteignît[2] d'abord celui que j'en voulais préserver, et je résolus de me rendre tout droit au Palais Royal. Je commandai mon carrosse, en pétillant d'impatience et je m'y jetai comme un homme qui n'a pas tous ses sens à lui. J'avais souvent dit à M. le duc d'Orléans que je n'étais pas homme à l'importuner de mes conseils, mais que lorsque j'en aurais, si j'osais dire, à lui donner, il pourrait penser qu'ils étaient urgents et lui demandais qu'il me fît alors la grâce de me recevoir de suite car je n'avais jamais été d'une humeur à faire antichambre. Ses valets les plus principaux me l'eussent évité[3], du reste, par la connaissance que j'avais de tout l'intérieur de sa cour. Aussi bien me fit-il entrer ce jour-là sitôt que mon carrosse se fut rangé dans la dernière cour du Palais Royal, qui était toujours remplie de ceux à qui l'accès eût dû en être interdit, depuis que, par une honteuse prostitution de toutes les dignités et par la faiblesse déplorable du Régent, ceux[4] des moindres gens de qualité, qui ne craignaient même plus d'y monter en manteaux longs, y pouvaient pénétrer aussi bien et presque sur le même rang que ceux des ducs. Ce sont là des choses qu'on peut traiter de bagatelles, mais auxquelles n'auraient pu ajouter foi ceux des hommes du précédent règne, qui, pour leur bonheur, sont morts assez tôt pour ne les point voir. Aussitôt entré auprès du Régent que je trouvai sans un seul de ses chirurgiens ni de ses autres domestiques, et après que je l'eusse salué d'une révérence fort médiocre et fort courte qui me fut exactement rendue : « Eh bien, qu'y a-t-il encore ? me dit-il d'un air de bonté et d'embarras. — Il y a, puisque vous me commandez de parler, Monsieur, lui dis-je avec feu en tenant mes regards fichés sur les siens qui ne les purent soutenir, que vous êtes en train de perdre auprès de tous le peu d'estime et de considération — ce furent là les termes dont je me servis — qu'a gardé pour vous le gros du monde. »

Et, le sentant outré de douleur (d'où, malgré ce que je savais de sa débonnaireté[5], je conçus quelque espérance), sans m'arrêter, pour me débarrasser en une fois de la fâcheuse pilule qu'il me fallait lui faire prendre, et ne pas lui laisser le temps de m'interrompre, je lui représentai avec le plus terrible détail en quel abandon il vivait à la cour, quel progrès ce délaissement, il fallait dire le vrai mot, ce mépris, avaient fait depuis quelques années; combien ils s'augmenteraient de tout le parti que les cabales ne manqueraient pas de tirer scélératement des prétendues inventions du Moine pour jeter contre lui-même des accusations ineptes, mais dangereuses au dernier point; je lui rappelai — et je frémis encore parfois, la nuit quand je me réveille, de la hardiesse que j'eus d'employer ces mots mêmes — qu'il avait été accusé à plusieurs reprises d'empoisonnement contre les princes qui lui barraient la voie au trône; que ce grand amas de pierreries qu'on ferait accepter comme vraies l'aiderait à atteindre plus facilement à celui d'Espagne, pour quoi on ne doutait point qu'il y eût concert entre lui, la cour de Vienne, l'empereur et Rome; que par la détestable autorité de celle-ci[1] il répudierait Mme d'Orléans dont c'était pour lui une grâce de la Providence que les dernières couches eussent été heureuses, sans quoi eussent été renouvelées les infâmes rumeurs d'empoisonnement; qu'à vrai dire, pour vouloir la mort de Madame sa femme, il n'était pas comme son père[2] convaincu du goût italien — ce furent encore mes termes — mais que c'était le seul vice dont on ne l'accusât pas (non plus que n'avoir pas les mains nettes), puisque ses relations avec Mme la duchesse de Berry[3] paraissaient à beaucoup ne pas être celles d'un père; que s'il n'avait pas hérité l'abominable goût de Monsieur[4], pour tout le reste il en était bien le fils par l'habitude des parfums qui l'avaient mis mal avec le Roi qui ne les pouvait souffrir, et plus tard avaient favorisé les bruits affreux d'avoir attenté à la vie de la Dauphine, et par avoir toujours mis en pratique la détestable maxime de diviser pour régner à l'aide des redites de l'un à l'autre qui étaient la peste de sa cour, comme elles l'avaient été de celle de Monsieur, son père, où elles avaient empêché de régner l'unisson : qu'il avait gardé pour les favoris de celui-ci une considération qu'il n'accordait à pas un autre, et que c'étaient eux — je ne me contraignis pas à nommer Effiat[5] — qui, aidés de Mirepoix et de la Mouchi, avaient frayé un chemin au Moine; que n'ayant pour tout bouclier que des hommes qui ne comptaient plus depuis la mort de Monsieur et ne l'avaient pu pendant sa vie que par l'horrible conviction où était chacun, et jusqu'au Roi qui avait ainsi fait le mariage de Mme d'Orléans[1], qu'on obtenait tout d'eux par l'argent, et de lui par eux entre les mains de qui il était, on ne craindrait pas de l'atteindre par la calomnie la plus odieuse, la plus touchante[2], qu'il n'était que temps, s'il l'était encore, qu'il relevât enfin sa grandeur et pour cela un seul moyen, prendre dans le plus grand secret les mesures pour faire arrêter Le Moine et, aussitôt la chose décidée, n'en point retarder l'exécution et ne le laisser de sa vie rentrer en France.

M. le duc d'Orléans, qui s'était seulement écrié une ou deux fois au commencement de ce discours, avait ensuite gardé le silence d'un homme anéanti par un si grand coup; mais mes derniers mots en firent sortir enfin quelques-uns de sa bouche. Il n'était pas méchant et la résolution n'était pas son fort :

« Eh quoi! me dit-il d'un ton de plainte, l'arrêter ? Mais enfin si son invention était vraie ?

— Comment, Monsieur, lui dis-je étonné au dernier point d'un aveuglement si extrême et si pernicieux, vous en êtes là, et si peu de temps après avoir été détrompé sur l'écriture du faux marquis de Ruffec[3]. Mais enfin, si vous avez seulement un doute, faites venir l'homme de France qui se connaît le mieux à la chimie comme à toutes les sciences, ainsi qu'il a été reconnu par les académies et par les astronomes, et dont aussi le caractère, la naissance, la vie sans tache qui l'a suivie, vous garantissent[4] la parole. » Il comprit que je voulais parler du duc de Guiche[5] et avec la joie d'un homme empêtré dans des résolutions contraires et à qui un autre ôte le souci d'avoir à prendre celle qui conviendra :

« Oh bien! nous avons eu la même idée, me dit-il. Guiche en décidera, mais je ne peux le voir aujourd'hui. Vous savez que le roi d'Angleterre, voyageant très incognito sous le nom de comte de Stanhope, vient demain parler avec le Roi des affaires d'Hollande et d'Allemagne; je lui donne une fête à Saint-Cloud où Guiche se trouvera. Vous lui parlerez et moi pareillement, après le souper. Mais êtes-vous sûr qu'il y viendra ? » ajouta-t-il[6] d'un air embarrassé.

Je compris qu'il n'osait faire mander le duc de Guiche au Palais Royal, où, comme on peut bien penser et par le genre de gens que M. le duc d'Orléans voyait et avec lesquels Guiche n'avait nulle familiarité, hors avec Besons[1] et avec moi, il venait le moins souvent qu'il pouvait, sachant que c'étaient les roués qui y tenaient le premier rang plutôt que des hommes du sien. Aussi le Régent craignant toujours qu'il chantât pouilles sur lui, vivait à son égard dans des inquiétudes et des mesures perpétuelles. Fort attentif à rendre à chacun ce qui lui était dû et n'ignorant pas ce qui l'était au propre fils de Monsieur, Guiche le visitait aux occasions seulement, et je ne crois pas qu'on l'eût revu au Palais Royal depuis qu'il était venu lui faire sa cour pour la mort de Monsieur et la grossesse de Mme d'Orléans. Encore ne restait-il[2] que quelques instants, avec un air de respect il est vrai, mais qui savait montrer avec discernement qu'il s'adressait, plutôt qu'à la personne, au rang de premier prince du sang. M. le duc d'Orléans le sentait et ne laissait pas d'être touché d'un traitement si amer et si cuisant.

Comme je quittais le Palais Royal, au désespoir de voir remettre au parvulo[3] de Saint-Cloud un parti pris et qui ne serait peut-être pas exécuté s'il ne l'était à l'instant même, tant étaient grandes la versatilité et les cavillations[4] habituelles de M. le duc d'Orléans, il m'arriva une curieuse aventure que je ne rapporte ici que parce qu'elle n'annonçait que trop ce qui devait se passer à ce parvulo. Comme je venais de monter dans mon carrosse où m'attendait Mme de Saint-Simon, je fus au comble de l'étonnement en voyant que se préparait à passer devant lui le carrosse de J.[5] Murat, si connu par sa valeur aux armées, et celle de tous les siens. Ses fils s'y sont couverts d'honneur par des traits dignes de l'antiquité; l'un, qui y a laissé une jambe, brille partout de beauté; un autre est mort, laissant des parents qui ne se pourront consoler; tellement qu'ayant montré des prétentions aussi insoutenables que celles des Bouillon, ils n'ont point perdu comme eux l'estime des honnêtes gens.

J'aurais pourtant dû être moins surpris par cette entreprise du carrosse, en me rappelant quelques propositions[6] assez étranges, comme à un des derniers marlis[7] où Mme Murat avait tenté le manège de céder à Mme de Saint-Simon, mais fort équivoquement et sans affecter de place, en disant qu'il y avait moins d'air là, que Mme de Saint-Simon le craignait et qu'à elle au contraire Fagon le lui avait recommandé; Mme de Saint-Simon ne s'était pas laissé étourdir par des paroles si osées et avait vivement répondu qu'elle se mettait à cette place non parce qu'elle craignait l'air, mais parce que c'était la sienne et que si Mme Murat faisait mine d'en prendre une, elle et les autres duchesses iraient demander à Mme la duchesse de Bourgogne de s'en plaindre au Roi. Sur quoi, la princesse Murat n'avait répondu mot, sinon qu'elle savait ce qu'elle devait à Mme de Saint-Simon, qui avait été fort applaudie pour sa fermeté par les duchesses présentes et par la princesse d'Espinoy. Malgré ce marli fort singulier, qui m'était resté dans la mémoire et où j'avais bien compris que Mme Murat avait voulu tâter le pavé, je crus cette fois à une méprise, tant la prétention me parut forte; mais voyant que les chevaux du prince Murat prenaient l'avance, j'envoyai un gentilhomme le prier de les faire reculer, à qui il fut répondu que le prince Murat l'eût fait avec grand plaisir s'il avait été seul, mais qu'il était avec Mme Murat, et quelques paroles vagues sur la chimère de prince étranger. Trouvant que ce n'était pas le lieu de montrer le néant d'une entreprise si énorme, je fis donner l'ordre à mon cocher de lancer mes chevaux qui endommagèrent quelque peu au passage le carrosse du prince Murat. Mais fort échauffé par l'affaire du Moine, j'avais déjà oublié celle du carrosse, pourtant si importante pour ce qui regarde le bon fonctionemment de la justice et l'honneur du royaume, quand le jour même du parvulo de Saint-Cloud, les ducs de Mortemart[1] et de Chevreuse me vinrent avertir, comme qui avait au cœur le plus juste souci des anciens et incontestables privilèges des ducs, véritable fondement de la monarchie, que le prince Murat, à qui on avait déjà fait la complaisance si dangereuse de l'eau bénite, avait prétendu à la main, pour le souper, sur le duc de Gramont[2], appuyant cette belle prétention sur être le petit-fils d'un homme qui avait été roi des Deux-Siciles[3], qu'il l'avait exposée à M. d'Orléans par Effiat, comme ayant été le principal ressort de la cour de Monsieur son père, que M. le duc d'Orléans, embarrassé au dernier point et n'ayant pas d'ailleurs cette instruction claire, nette, profonde, dont le décisif met à néant les chimères, n'avait pas osé se prononcer fermement sur celle-ci, avait répondu qu'il verrait, qu'il en parlerait à la duchesse d'Orléans. Étrange disparate d'aller remettre les intérêts les plus vitaux de l'État, qui repose sur les droits des ducs, tant qu'il n'est pas touché à eux, à qui[1] n'y tenait que par les liens les plus honteux et n'avait jamais su ce qui lui était dû, encore bien moins[2] à Monsieur son époux et à la pairie tout entière. Cette réponse fort curieuse et inouïe avait été rendue par la princesse Soutzo[3] à MM. de Mortemart et de Chevreuse qui, étonnés à l'extrême, m'étaient aussitôt venus trouver. Il est suffisamment au su de chacun qu'elle est la seule femme qui, pour mon malheur, ait pu me sortir de la retraite où je vivais depuis la mort du Dauphin et de la Dauphine. On ne connaît guère soi-même la raison de ces sortes de préférences et je ne pourrais dire par où celle-là réussit, là où tant d'autres avaient échoué. Elle ressemblait à Minerve, telle qu'elle est représentée sur les belles miniatures en pendants d'oreilles que m'a laissées ma mère. Ses grâces m'avaient enchaîné et je ne bougeais guère de ma chambre de Versailles que pour aller la voir. Mais je remets à une autre partie de ces Mémoires qui sera surtout consacrée à la comtesse de Chevigné[4] de parler plus longuement d'elle et de son mari[5] qui s'était fort distingué par sa valeur et était parmi les plus honnêtes gens que j'aie connus. Je n'avais quasi nul commerce avec M. de Mortemart depuis l'audacieuse cabale qu'il avait montée contre moi chez la duchesse de Beauvillier pour me perdre dans l'esprit du Roi. Jamais esprit plus nul, plus prétendant au contraire, plus tâchant d'appuyer ce contraire de brocards sans fondement aucun, qu'il allait colporter ensuite. Pour M. de Chevreuse, menin[6] de Monseigneur, c'était un homme d'une autre sorte et il a été ici trop souvent parlé de lui en son temps pour que j'aie à revenir sur ses qualités infinies, sur sa science, sur sa bonté, sur sa douceur, sur sa parole éprouvée. Mais c'était un homme, comme on dit, à faire des trous dans la lune[7] et qui vainement s'embarrassait d'un rien comme d'une montagne. On a vu les heures que j'avais passées à lui représenter l'inconsistant de sa chimère sur l'ancienneté de Chevreuse et les rages qu'il avait failli donner au chancelier pour l'érection de Chaulnes[8]. Mais enfin, ils étaient ducs tous deux et fort justement attachés aux prérogatives de leur rang; et comme ils savaient que j'en étais plus jaloux moi-même que pas un qui fût à la cour, ils étaient venus me trouver parce que j'étais de plus ami particulier de M. le duc d'Orléans, qui n'avais jamais eu en vue que le bien de ce prince et ne l'avais jamais abandonné quand les cabales de la Maintenon et du maréchal de Villeroy le laissaient seul au Palais Royal. Je tâchai d'arraisonner M. le duc d'Orléans, je lui représentai l'injure qu'il faisait non seulement aux ducs, qui se sentiraient tous atteints en la personne du duc de Gramont, mais au bon sens, en laissant le prince Murat, comme autrefois les ducs de La Tremoïlle, sous le vain prétexte de prince étranger et de son grand-père, si connu par sa bravoure, roi de Naples pendant quelques années, avoir, pendant le parvulo de Saint-Cloud, la main qu'il se garderait bien de ne pas exiger ensuite à Versailles, à Marly, et qu'elle servirait de véhicule à l'Altesse, car on sait où conduisent ces sourdes et profondes menées de princerie quand elles ne sont pas étouffées dans l'œuf. On en a vu l'effet avec MM. de Turenne[1] et de Vendôme. Il y aurait fallu plus de commandement et un savoir plus étendu que n'en avait M. le duc d'Orléans. Jamais pourtant cas plus simple, plus clair, plus facile à exposer, plus impossible, plus abominable à contredire. D'un côté, un homme[2] qui ne peut pas remonter à plus de deux générations sans se perdre dans une nuit où plus rien de marquant n'apparaît; de l'autre, le chef[3] d'une famille illustre connue depuis mille ans, père et fils de deux maréchaux de France, n'ayant jamais compté que les plus grandes alliances. L'affaire du Moine ne touchait pas à des intérêts si vitaux pour la France.

Dans le même temps, Delaire[4] épousa une Rohan et prit très étrangement le nom de comte de Cambacérès. Le marquis d'Albuféra[5], qui était fort de mes amis et dont la mère[6] l'était, porta force plaintes qui, malgré l'estime infinie et, on le verra par la suite, bien méritée que le Roi avait pour lui, restèrent sans effet. Et il en est maintenant de ces beaux comtes de Cambacérès (sans même parler du vicomte Vigier, qu'on imagine toujours dans les Bains d'où il est sorti), comme des comtes à la même mode de Montgomery et de Brye[7] que le Français ignorant croit descendre de G. de Montgomery[8], si célèbre pour son duel sous Henri II, et appartenir à la famille de Briey, dont était mon amie la comtesse de Briey[1] laquelle a souvent figuré dans ces Mémoires et qui appelait plaisamment les nouveaux comtes de Brye, d'ailleurs gentilshommes de bon lieu quoique d'un moins haut parage, « les non brils ».

Un autre et plus grand mariage[2] retarda la venue du roi d'Angleterre, qui n'intéressait pas que ce pays. Mlle Asquith, qui était probablement la plus intelligente d'aucun[3], et semblait une de ces belles figures peintes à fresque qu'on voit en Italie, épousa le prince Antoine Bibesco, qui avait été l'idole de ceux où il avait résidé. Il était fort l'ami de Morand[4], envoyé du Roi auprès de leurs Majestés Catholiques, duquel il sera souvent question au cours de ces Mémoires, et le mien. Ce mariage fit grand bruit, et partout d'applaudissement. Seul, un peu d'Anglais mal instruits crurent[5] que Mlle Asquith ne contractait pas une assez grande alliance. Elle pouvait certes prétendre à toutes, mais ils ignoraient que ces Bibesco en ont[6] avec les Noailles, les Montesquiou, les Chimay, et les Bauffremont[7] qui sont de la race capétienne et pourraient revendiquer avec beaucoup de raison la couronne de France, comme j'ai souvent dit.

Pas un des ducs ni un homme titré n'alla à ce parvulo de Saint-Cloud, hors[8] moi, à cause de Mme de Saint-Simon par la place de dame d'atour de Mme la duchesse de Bourgogne[9], acceptée de vive force, sur le péril du refus et la nécessité d'obéir au Roi, mais avec toute la douleur et les larmes qu'on a vues et les instances infinies de M. le duc et de Mme la duchesse d'Orléans; les ducs de Villeroy et de La Rochefoucauld par ne pouvoir se consoler de n'être plus que de peu, on peut dire de rien, et vouloir pomper un dernier petit fumet d'affaires, qui s'en servirent aussi comme d'une occasion d'en faire leur cour au Régent; le chancelier, faute de conseil, dont il n'y avait pas ce jour-là; à des moments[10], Artagnan, capitaine des gardes, quand il vint dire que le Roi était servi; un peu après, à son fruit, apporter des biscotins pour ses chiennes couchantes; enfin, quand il annonça que la musique était commencée, dont il voulut ardemment tirer une distinction qui ne put venir à terme.

Il[11] était de la maison de Montesquiou; une de ses sœurs avait été fille[12] de la Reine, s'était accommodée[13] et avait épousé le duc de Gesvres. Il avait prié son cousin Robert de Montesquiou-Fezensac de se trouver à ce parvulo de Saint-Cloud. Mais celui-ci répondit par cet admirable apophtegme qu'il descendait des anciens comtes de Fezensac, lesquels sont connus avant Philippe-Auguste, et qu'il ne voyait pas pour quelle raison cent ans — c'était le prince Murat qu'il voulait dire — devraient passer avant mille ans. Il[1] était le fils de T. de Montesquiou qui était fort dans la connaissance de mon père et dont j'ai parlé en son lieu, et avec une figure et une tournure qui sentaient fort ce qu'il était et d'où il était sorti, le corps toujours élancé, et ce n'est pas assez dire, comme renversé en arrière, qui se penchait, à la vérité, quand il lui en prenait fantaisie, en grande affabilité et révérences de toutes sortes, mais revenait assez vite à sa position naturelle[2] qui était toute de fierté, de hauteur, d'intransigeance à ne plier devant personne et à ne céder sur rien, jusqu'à marcher droit devant soi sans s'occuper du passage, bousculant sans paraître le voir, ou s'il voulait fâcher, montrant qu'il le voyait, qui était sur le chemin, avec un grand empressement toujours autour de lui des gens des plus de qualité et d'esprit à qui parfois il faisait sa révérence de droite et de gauche, mais le plus souvent leur laissait, comme on dit, leurs frais pour compte, sans les voir, les deux yeux devant soi, parlant fort haut et fort bien à ceux de sa familiarité qui riaient de toutes les drôleries qu'il disait, et avec grande raison, comme j'ai dit, car il était spirituel autant que cela se peut imaginer, avec des grâces qui n'étaient qu'à lui et que tous ceux qui l'ont approché ont essayé, souvent sans le vouloir et parfois même sans s'en douter, de copier et de prendre, mais pas un jusqu'à y réussir, ou à autre chose qu'à laisser paraître en leurs pensées, en leurs discours et presque dans l'air de l'écriture et le bruit de la voix qu'il avait toutes deux fort singulières et fort belles, comme un vernis de lui qui se reconnaissait tout de suite et montrait par sa légère et indélébile surface, qu'il était aussi difficile de ne pas chercher à l'imiter que d'y parvenir.

Il avait souvent auprès de lui un Espagnol dont le nom était Yturri[3] et que j'avais connu lors de mon ambassade à Madrid[4], comme il a été rapporté. En un temps où chacun ne pousse guère ses vues plus loin qu'à faire distinguer son mérite, il avait celui, à la vérité fort rare, de mettre tout le sien à faire mieux éclater celui de ce comte, à l'aider dans ses recherches, dans ses rapports avec les libraires, jusque dans les soins de sa table, ne trouvant nulle tâche fastidieuse si seulement elle lui en épargnait quelqu'une, la sienne n'étant, si l'on peut dire, qu'écouter et faire retentir au loin les propos de Montesquiou, comme faisaient ces disciples qu'avaient accoutumé d'avoir toujours avec eux les anciens sophistes, ainsi qu'il appert des écrits d'Aristote et des discours de Platon. Cet Yturri avait gardé la manière bouillante de ceux de son pays, lesquels à propos de tout ne vont pas sans tumulte, dont[1] Montesquiou le reprenait fort souvent et fort plaisamment, à la gaieté de tous et tout le premier d'Yturri même, qui s'excusait en riant sur la chaleur de la race et avait garde d'y rien changer, car cela plaisait ainsi. Il se connaissait en objets d'autrefois, dont beaucoup profitaient pour l'aller voir et consulter là-dessus, jusque dans la retraite[2] que s'étaient ajustée nos deux ermites et qui était sise, comme j'ai dit, à Neuilly, proche la maison de M. le duc d'Orléans.

Montesquiou invitait fort peu et fort bien, tout le meilleur et le plus grand, mais pas toujours les mêmes, et à dessein, car il jouait fort au roi, avec des faveurs et des disgrâces jusqu'à l'injustice à en crier, mais tout cela soutenu par un mérite si reconnu, qu'on le lui passait, mais quelques-uns pourtant fort fidèlement et fort régulièrement, qu'on était presque toujours sûr de trouver chez lui quand il donnait un divertissement, comme la duchesse [de Rohan][3], Mme de Clermont-Tonnerre[4], de laquelle il sera parlé beaucoup plus loin, qui était fille de Gramont, petite-fille du célèbre ministre d'État, sœur du duc de Guiche[5], qui était fort tourné, comme on l'a vu, vers la mathématique et la peinture, et Mme Greffulhe[6], qui était Chimay, de la célèbre maison princière des comtes de Bossut[7]. Leur nom est Hennin-Liétard et j'en ai déjà parlé à propos du prince de Chimay[8], à qui l'Électeur de Bavière fit donner la Toison d'or par Charles II et qui devint mon gendre, grâce à la duchesse Sforze, après la mort de sa première femme, fille du duc de Nevers. Il n'était pas moins attaché à Mme de Brantes[9], fille de Cessac, dont il a déjà été parlé fort souvent et qui reviendra maintes fois dans le cours de ces Mémoires, et aux duchesses de la Roche-Guyon et de Fezensac. J'ai suffisamment parlé de ces Montesquiou à propos de leur plaisante chimère de descendre de Pharamond, comme si leur antiquité n'était pas assez grande et assez reconnue pour ne pas avoir besoin de la barbouiller de fables, et de l'autre[1] à propos du duc de La Roche-Guyon, fils aîné du duc de La Rochefoucauld et survivancier de ses deux charges, de l'étrange présent[2] qu'il reçut de M. le duc d'Orléans, de sa noblesse à éviter le piège[3] que lui tendit l'astucieuse scélératesse du premier président de Mesmes et du mariage de son fils avec Mlle de Toiras. On y voyait fort aussi Mme de Noailles[4], femme du dernier frère du duc d'Ayen, aujourd'hui duc de Noailles, et dont la mère est La Ferté. Mais j'aurai l'occasion de parler d'elle plus longuement comme de la femme du plus beau génie poétique qu'ait vu son temps, et qui a renouvelé, et l'on peut dire agrandi, le miracle de la célèbre Sévigné. On sait que ce que j'en dis est équité pure, étant assez au su de chacun en quels termes j'en suis venu avec le duc de Noailles[5], neveu du cardinal[6] et mari de Mlle d'Aubigné, nièce de Mme de Maintenon[7], et je me suis assez étendu en son lieu sur ses astucieuses menées contre moi jusqu'à se faire avec Canillac[8] avocat des conseillers d'État contre les gens de qualité, son adresse à tromper son oncle le cardinal, à bombarder Daguesseau chancelier, à courtiser Effiat[9] et les Rohan, à prodiguer les grâces pécuniaires énormes de M. le duc d'Orléans au comte d'Armagnac pour lui faire épouser sa fille, après avoir manqué pour elle le fils aîné du duc d'Albret. Mais j'ai trop parlé de tout cela pour y revenir, et de ses noirs manèges à l'égard de Law[10] et dans l'affaire des pierreries et lors de la conspiration du duc et de la duchesse du Maine[11]. Bien différent, et à tant de générations d'ailleurs, était Mathieu de Noailles[12], qui avait épousé celle dont il est question ici et que son talent a rendue fameuse. Elle était la fille de Brancovan[13], prince régnant de Valachie, qu'ils nomment là-bas hospodar, et avait autant de beauté que de génie. Sa mère était Musurus, qui est le nom d'une famille très noble et très des premières de la Grèce, fort illustrée par diverses ambassades nombreuses et distinguées et par l'amitié d'un de ces Musurus avec le célèbre Érasme. Montesquiou avait été le premier à parler de ses vers. Les duchesses allaient souvent écouter les siens, à Versailles, à Sceaux, à Meudon, et depuis quelques années les femmes de la ville les imitent par une mécanique connue et font venir des comédiens qui les récitent dans le dessein d'en attirer quelqu'une, dont beaucoup iraient chez le Grand Seigneur plutôt que de ne pas les applaudir. Il y avait toujours quelque récitation dans sa maison de Neuilly[1], et aussi le concours tant des poètes les plus fameux que des plus honnêtes gens et de la meilleure compagnie, et de sa part, à chacun, et devant les objets de sa maison, une foule de propos, dans ce langage si particulier à lui que j'ai dit, dont chacun restait émerveillé.

Mais toute médaille a son revers. Cet homme d'un mérite si hors de pair, où le brillant ne nuisait pas au profond, cet homme qui a pu être dit délicieux, qui se faisait écouter pendant des heures avec amusement pour les autres comme pour lui-même, car il riait fort de ce qu'il disait comme s'il avait été à la fois l'auteur et le parleur, et avec profit pour eux, cet homme, avait un vice : il n'avait pas moins soif d'ennemis que d'amis. Insatiable des derniers, il était implacable aux autres, si l'on peut ainsi dire, car à quelques années de distance, c'était les mêmes dont il avait cessé d'être engoué. Il lui fallait toujours quelqu'un, sous le prétexte de la plus futile pique, à détester, à poursuivre, à persécuter, par où il était la terreur de Versailles, car il ne se contraignait en rien et de sa voix qu'il avait fort haute lançait devant qui ne lui revenait pas les propos les plus griefs, les plus spirituels, les plus injustes, comme quand il cria fort distinctement devant Diane de Feydeau de Brou[2], veuve estimée du marquis de Saint-Paul, qu'il était aussi fâcheux pour le paganisme que pour le catholicisme qu'elle s'appelât à la fois Diane et Saint-Paul. C'était de ces rapprochements de mots dont personne ne se fût avisé et qui faisaient trembler. Ayant passé sa jeunesse dans le plus grand monde, son âge mûr parmi les poètes, revenu également des uns et des autres, il ne craignait personne et vivait dans une solitude qu'il rendait de plus en plus stricte par chaque ancien ami qu'il en chassait. Il était fort de ceux de Mme Straus, fille et veuve des célèbres musiciens Halévy et Bizet, femme d'Émile Straus, avocat à la cour des Aides[3], et de qui les admirables répliques sont dans la mémoire de tous. Sa figure était restée charmante et aurait suffi sans son esprit à attirer tous ceux qui se pressaient autour d'elle. C'est elle qui, une fois dans la chapelle de Versailles où elle avait son carreau, comme M. de Noyon, dont le langage était toujours si outré et si éloigné du naturel, demandait s'il ne lui semblait pas que la musique qu'on entendait était octogonale, lui répondit : « Ah! monsieur, j'allais le dire! » comme à quelqu'un qui a prononcé avant tous une chose qui vient naturellement à l'esprit[1].

On ferait un volume si l'on rapportait tout ce qui a été dit par elle et qui vaut de n'être pas oublié. Sa santé avait toujours été délicate. Elle en avait profité de bonne heure pour se dispenser des Marly, des Meudon, n'allait faire sa cour au Roi que fort rarement, où elle était toujours reçue seule et avec une grande considération. Les fruits et les eaux dont elle avait fait en tous temps un usage qui surprenait, sans liqueurs, ni chocolat, lui avaient noyé l'estomac, dont Fagon n'avait pas voulu s'apercevoir depuis qu'il diminuait. Il appelait charlatans ceux qui donnent des remèdes ou n'avaient pas été reçus dans les Facultés, à cause de quoi il chassa un Suisse qui aurait pu la guérir. À la fin, comme son estomac s'était déshabitué des nourritures trop fortes, son corps du sommeil et des longues promenades, elle tourna cette fatigue en distinction. Mme la duchesse de Bourgogne la venait voir et ne voulait pas être conduite au-delà de la première pièce. Elle recevait les duchesses assise, qui la visitaient tout de même tant c'était un délice de l'écouter. Montesquiou ne s'en faisait pas faute; il était fort aussi dans la familiarité de Mme Standish[2], sa cousine, qui vint à ce parvulo de Saint-Cloud, étant l'amie la plus anciennement admise en tout et dans la plus grande proximité avec la reine d'Angleterre, la plus distinguée par elle, où toutes les femmes ne lui cédèrent point le pas comme cela aurait dû être et ne fut pas par l'incroyable ignorance de M. le duc d'Orléans, qui la crut peu de chose parce qu'elle s'appelait Standish, alors qu'elle était fille d'Escars, de la maison de Pérusse, petite-fille de Brissac, et une des plus grandes dames du royaume comme aussi l'une des plus belles, et avait toujours vécu dans la société la plus trayée[3] dont elle était le suprême élixir. M. le duc d'Orléans ignorait aussi que H. Standish était fils d'une Noailles, de la branche des marquis d'Arpajon. Il fallut que M. d'Hinnisdal[1] le lui apprît[2]. On eut donc à ce parvulo le scandale fort remarquable du prince Murat, sur un ployant[3], à côté du roi d'Angleterre. Cela fit un étrange vacarme qui retentit bien loin de Saint-Cloud[4]. Ceux qui avaient à cœur le bien de l'État en sentirent les bases sapées ; le Roi, si peu versé dans l'histoire des naissances et des rangs, mais comprenant la flétrissure infligée à sa couronne par la faiblesse d'avoir anéanti la plus haute dignité du royaume, attaqua de conversation là-dessus le comte A. de La Rochefoucauld, qui l'était[5] plus que personne et qui, commandé de répondre par son maître, qui était aussi son ami, ne craignit pas de le faire en termes si nets et si tranchants qu'il fut entendu de tout le salon où se jouait pourtant à gros bruit un fort lansquenet. Il déclara que, fort attaché à la grandeur de sa maison, il ne croyait pas pourtant que cet attachement l'aveuglât et lui fît[6] rien dérober à quiconque, quand il trouvait qu'il était — pour ne pas dire plus — un aussi grand seigneur que le prince Murat ; que pourtant il avait toujours cédé le pas au duc de Gramont et continuerait à faire de même. Sur quoi le Roi fit faire défense au prince Murat de ne prendre en nulle circonstance plus que la qualité d'Altesse et le traversement du parquet. Le seul qui eût pu y prétendre était Achille Murat, parce qu'il a des prérogatives souveraines dans la Mingrélie qui est un État avoisinant ceux du czar. Mais il était aussi simple qu'il était brave, et sa mère, si connue pour ses écrits et dont il avait hérité l'esprit charmant, avait bien vite compris que le solide et le réel de sa situation était moins chez ces Moscovites que dans la maison bien plus que princière qui était la sienne, car elle était la fille du duc de Rohan-Chabot[7].

Le prince J. Murat ploya un moment sous l'orage, le temps de passer ce fâcheux détroit, mais il n'en fut[8] pas davantage et on sait que maintenant, même à ses cousins, les lieutenants généraux ne font point difficulté, sans aucune raison qui se puisse approfondir, de donner le Pour[9] et le Monseigneur, et le Parlement, quand il va les complimenter, envoie ses huissiers les baguettes levées, à quoi Monsieur le Prince[10] avait eu tant de peine d'arriver, malgré le rang de prince du sang. Ainsi tout décline, tout s'avilit, tout est rongé dès le principe, dans un État où le fer rouge n'est pas porté d'abord sur les prétentions pour qu'elles ne puissent plus renaître.

Le roi d'Angleterre était accompagné de milord Derby[1] qui jouissait ici, comme dans son pays, de beaucoup de considération. Il n'avait pas au premier abord cet air de grandeur et de rêverie qui frappait tant chez B. Lytton[2], mort depuis, ni le singulier visage et qui ne se pouvait oublier de milord Dufferin. Mais il plaisait peut-être plus encore qu'eux par une façon d'amabilité que n'ont point les Français et par quoi ils sont conquis. Louvois l'avait voulu presque malgré lui auprès du Roi à cause de ses capacités et de sa connaissance approfondie des affaires de France.

Le roi d'Angleterre évita de qualifier M. le duc d'Orléans en lui parlant, mais voulut qu'il eût un fauteuil, à quoi il ne prétendait pas, mais qu'il eut garde[3] de refuser. Les princesses du sang mangèrent au grand couvert par une grâce qui fit crier très fort mais ne porta pas d'autre fruit. Le souper fut servi par Olivier[4], premier maître d'hôtel du Roi. Son nom était Dabescat; il était respectueux, aimé de tous, et si connu à la cour d'Angleterre que plusieurs des seigneurs qui accompagnaient le Roi le virent avec plus de plaisir que les chevaliers de Saint-Louis récemment promus par le Régent et dont la figure était nouvelle. Il gardait une grande fidélité à la mémoire du feu Roi et allait chaque année à son service à Saint-Denis, où, à la honte des courtisans oublieux, il se trouvait presque toujours seul avec moi. Je me suis arrêté un instant sur lui, parce que par la connaissance parfaite qu'il avait de son état, par sa bonté, par sa liaison avec les plus grands sans se familiariser ni bassesse, il n'avait pas laissé de prendre de l'importance à Saint-Cloud et d'y faire un personnage singulier.

Le Régent fit à Mme Standish la remarque fort juste qu'elle ne portait pas ses perles comme les autres dames, mais d'une façon qu'avait imitée la reine d'Angleterre. Guiche[5] se trouvait là, qui y avait été mené comme au licou par la peur de s'attirer[6] pour toujours le Régent et n'était pas fort aise d'y être. Il se plaisait bien plus à la Sorbonne et dans les Académies dont il était recherché plus que personne. Mais enfin le Régent l'avait fait prendre, il sentit ce qu'il devait au respect de la naissance, sinon de la personne, au bien de l'État, peut-être à sa propre sûreté, ce qu'il y aurait de trop marqué à ne pas venir, ne pas y avoir de milieu entre se perdre et refuser, et il sauta le bâton[1]. À ce mot de perles, je le cherchai des yeux. Les siens, très ressemblants à ceux de sa mère, étaient admirables, avec un regard qui, bien que personne n'aimât autant que lui à se divertir, semblait percer au travers de sa prunelle, dès que son esprit était tendu à quelque objet sérieux. On a vu qu'il était Gramont, dont le nom est Aure, de cette illustre maison considérée par tant d'alliances et d'emplois depuis Sanche-Garcie d'Aure et Antoine d'Aure, vicomte d'Aster, qui prit le nom et les armes de Gramont[2]. Armand de Gramont, dont il est question ici, avec tout le sérieux que n'avait pas l'autre[3], rappelait les grâces de ce galant comte de Guiche, qui avait été si initié[4] dans les débuts du règne de Louis XIV. Il dominait[5] sur tous les autres ducs, ne fût-ce que par son savoir infini et ses admirables découvertes. Je peux dire avec vérité que j'en parlerais de même si je n'avais reçu de lui tant de marques d'amitié. Sa femme était digne de lui, ce qui n'est pas peu dire. La position de ce duc était unique. Il était les délices de la cour, l'espoir avec raison des savants, l'ami sans bassesse des plus grands, le protecteur avec choix de ceux qui ne l'étaient pas encore, le familier avec une considération infinie de José Maria Sert[6] qui est l'un des premiers peintres de l'Europe pour la ressemblance des visages et la décoration sage et durable des bâtiments. Il a été marqué en son temps comment, quittant ma berline[7] pour des mules en me rendant à Madrid pour mon ambassade, j'avais été admirer ses ouvrages dans une église[8] où ils sont disposés avec un art prodigieux, entre la rangée des balcons, des autels et des colonnes incrustées des marbres les plus précieux. Le duc de Guiche causait avec Ph. de Caraman-Chimay, oncle de celui qui était devenu mon gendre. Leur nom est Riquet et celui-là avait vraiment l'air de Riquet à la Houppe tel qu'il est dépeint dans les contes. Nonobstant, son visage promettait l'agrément et la finesse et tenait ses promesses, à ce que m'ont dit ses amis. Mais je n'avais nulle habitude[9] avec lui, pour ainsi dire pas de commerce, et je ne parle dans ces Mémoires que des choses que j'ai pu connaître par moi-même. J'entraînai le duc de Guiche dans la galerie pour qu'on ne pût nous entendre : « Eh bien! lui dis-je, le Régent vous a-t-il parlé du Moine ? — Oui, me répondit-il en souriant, et pour ce coup, malgré ces cunctations[1], je crois l'avoir persuadé. » Pour que notre bref colloque ne fût pas remarqué, nous nous approchâmes fort à côté du Régent, et Guiche me fit remarquer qu'on parlait encore de pierreries, Standish[2] ayant conté que dans un incendie tous les diamants de sa mère, Mme de Poix, avaient brûlé et étaient devenus noirs, pour laquelle particularité, fort curieuse en effet, on les avait portés au cabinet du roi d'Angleterre où ils étaient conservés : « Mais alors si le diamant noircit par le feu, le charbon ne pourrait-il être changé en diamant ? » demanda le Régent en se tournant vers Guiche d'un air embarrassé, qui haussa les épaules en me regardant confondu par cet ensorcellement d'un homme qu'il avait pensé convaincu.

On vit pour la première fois à Saint-Cloud le comte de Fels[3], dont le nom est Frich, qui vint pour faire sa cour au roi d'Angleterre. Ces Frich, bien que sortis autrefois de la lie du peuple, sont fort glorieux. C'est à l'un d'eux que la bonne femme Cornuel[4] répondit, comme il lui faisait admirer la livrée d'un de ses laquais et ajoutait qu'elle lui venait de son grand-père : « Eh! là, monsieur, je ne savais pas que monsieur votre grand-père était laquais. » La présence au parvulo du comte de Fels parut étrange à ceux qui s'étonnent encore; l'absence du marquis de Castellane[5] les surprit davantage. Il avait travaillé plus de vingt ans avec le succès que l'on sait au rapprochement de la France et de l'Angleterre où il eût fait un excellent ambassadeur, et du moment que le roi d'Angleterre venait à Saint-Cloud, son nom, illustre à tant d'égards, était le premier qui fût venu à l'esprit. On vit à ce parvulo une autre nouveauté fort singulière, celle d'un prince d'Orléans voyageant en France incognito sous le nom très étrange d'Infant d'Espagne. Je représentai en vain à M. le duc d'Orléans que, si grande que fût la maison d'où sortait ce prince, on ne concevait pas qu'on pût appeler Infant d'Espagne qui ne l'était pas dans son pays même où on donne seulement ce nom à l'héritier de la couronne, comme on l'a vu dans la conversation que j'eus avec Gualterio lors de mon ambassade à Madrid[6]; bien plus, que d'Infant d'Espagne à Infant tout court, il n'y avait qu'un pas et que le premier servirait de chausse-pied[1] au second. Sur quoi M. le duc d'Orléans se récria qu'on ne disait le Roi tout court que pour le Roi de France, qu'il avait été ordonné à M. le duc de Lorraine, son oncle, de ne plus se permettre de dire le Roi de France, en parlant du Roi, faute de quoi il ne sortirait oncques de Lorraine et qu'enfin si l'on dit le Pape, sans plus, c'est que tout autre nom ne serait pour lui de nul usage. Je ne pus rien répliquer à tous ces beaux raisonnements, mais je savais où la faiblesse du Régent le conduirait et je me licenciai à le lui dire. On en a vu la fin et qu'il y a beau temps qu'on ne dit plus que l'Infant tout court. Les envoyés du roi d'Espagne l'allèrent chercher à Paris et le menèrent à Versailles, où il fut faire sa révérence au Roi qui resta enfermé avec lui durant une grande heure, puis passa dans la galerie et le présenta, où tout le monde admira fort son esprit. Il visita près de la maison de campagne du prince de Cellamare celle du comte et de la comtesse de Beaumont[2] où s'était déjà rendu le roi d'Angleterre. On a dit avec raison que jamais mari et femme n'avaient été faits si parfaitement l'un pour l'autre, ni pour eux leur magnifique et singulière demeure sise sur le chemin des Annonciades où elle semblait les attendre depuis cent ans. Il loua la magnificence des jardins en termes parfaitement choisis et mesurés, et de là se rendit à Saint-Cloud pour le parvulo, mais y scandalisa par la prétention insoutenable d'avoir la main[3] sur le Régent. La faiblesse de celui-ci fit que les discussions aboutirent à ce mezzo-termine[4] fort inouï que le Régent et l'Infant d'Espagne entrèrent en même temps, par une porte différente, dans la salle où se donnait le souper. Ainsi crut-on couvrir la main[5]. Il y charma de nouveau tout le monde par son esprit, mais ne baisa aucune des princesses et seulement la reine d'Angleterre, ce qui surprit fort. Le Roi fut outré d'apprendre la prétention de la main et que la faiblesse du Régent lui eût permis d'éclore. Il n'admit pas davantage le titre d'Infant et déclara que ce prince serait reçu seulement à son rang d'ancienneté, aussitôt après le duc du Maine. L'Infant d'Espagne essaya d'arriver à son but par d'autres voies. Elles ne lui réussirent point. Il cessa de visiter le Roi autrement que par un reste d'habitude et avec une assiduité légère. À la fin il en essuya des dégoûts et on ne le vit plus que rarement à Versailles où son absence se fit fort sentir et causa le regret qu'il n'y eût pas porté ses tabernacles. Mais cette disgression sur les titres singuliers nous a entraînés trop loin de l'affaire du Moine.

(À suivre[1]*.)*

MÉLANGES[1]

EN MÉMOIRE DES ÉGLISES ASSASSINÉES[1]

I
LES ÉGLISES SAUVÉES
LES CLOCHERS DE CAEN. LA CATHÉDRALE DE LISIEUX

JOURNÉES EN AUTOMOBILE[2]

Parti de... à une heure assez avancée[3] de l'après-midi, je n'avais pas de temps à perdre si je voulais arriver avant la nuit chez mes parents, à mi-chemin à peu près entre Lisieux et Louviers. À ma droite, à ma gauche, devant moi, le vitrage de l'automobile, que je gardais fermé, mettait pour ainsi dire sous verre la belle journée de septembre que, même à l'air libre, on ne voyait qu'à travers une sorte de transparence. Du plus loin qu'elles nous apercevaient, sur la route où elles se tenaient courbées, de vieilles maisons bancales couraient prestement au-devant de nous en nous tendant quelques roses fraîches ou nous montraient avec fierté la jeune rose trémière qu'elles avaient élevée et qui déjà les dépassait de la taille. D'autres venaient, appuyées tendrement sur un poirier que leur vieillesse aveugle avait l'illusion d'étayer encore, et le serraient contre leur cœur meurtri où il avait immobilisé et incrusté à jamais l'irradiation chétive et passionnée de ses branches. Bientôt, la route tourna et le talus qui la bordait sur la droite s'étant abaissé, la plaine de Caen apparut, sans la ville[1] qui, comprise pourtant dans l'étendue que j'avais sous les yeux, ne se laissait voir ni deviner, à cause de l'éloignement. Seuls[2], s'élevant du niveau uniforme de la plaine et comme perdus en rase campagne, montaient vers le ciel les deux clochers de Saint-Étienne. Bientôt, nous en vîmes trois, le clocher de Saint-Pierre les avait rejoints*. Rapprochés en une triple aiguille montagneuse, ils apparaissaient comme, souvent dans Turner[4], le monastère ou le manoir qui donne son nom au tableau, mais qui, au milieu de l'immense paysage de ciel, de végétation et d'eau, tient aussi peu de place, semble aussi épisodique et momentané, que l'arc-en-ciel, la lumière de cinq heures du soir, et la petite paysanne qui, au premier plan, trotte sur le chemin entre ses paniers. Les minutes passaient, nous allions vite et pourtant les trois clochers étaient toujours seuls devant nous, comme des oiseaux posés sur la plaine, immobiles, et qu'on distingue au soleil. Puis, l'éloignement se déchirant comme une brume qui dévoile complète et dans ses détails une forme invisible l'instant d'avant, les tours de la Trinité apparurent, ou plutôt une seule tour, tant elle cachait exactement l'autre derrière elle. Mais elle s'écarta, l'autre s'avança et toutes deux s'alignèrent. Enfin, un clocher retardataire (celui de Saint-Sauveur, je suppose) vint, par une volte hardie, se placer en face d'elles. Maintenant, entre les clochers multipliés, et sur la pente desquels on distinguait la lumière qu'à cette distance on voyait sourire, la ville, obéissant d'en bas à leur élan sans pouvoir y atteindre, développait d'aplomb et par montées verticales la fugue compliquée mais franche de ses toits. J'avais demandé au mécanicien de m'arrêter

* Je me suis naturellement abstenu de reproduire dans ce volume les nombreuses pages que j'ai écrites sur des églises dans *Le Figaro,* par exemple : «L'église de village» (bien que très supérieure à mon avis à bien d'autres qu'on lira plus loin). Mais elles avaient passé dans *À la Recherche du Temps Perdu* et je ne pouvais me répéter. Si j'ai fait une exception pour celle-ci, c'est que dans *Du côté de chez Swann* elle n'est que citée partiellement d'ailleurs, entre guillemets, comme un exemple de ce que j'écrivis dans mon enfance. Et dans le IVe volume (non encore paru) de *À la Recherche du Temps Perdu,* la publication dans *Le Figaro* de cette page remaniée est le sujet de presque tout un chapitre[3].

un instant devant les clochers de Saint-Étienne; mais me rappelant combien nous avions été longs à nous en rapprocher quand dès le début ils paraissaient si près, je tirais ma montre pour voir combien de minutes nous mettrions encore, quand l'automobile tourna et m'arrêta à leur pied. Restés si longtemps inapprochables à l'effort de notre machine qui semblait patiner vainement[1] sur la route, toujours à la même distance d'eux, c'est dans les dernières secondes seulement que la vitesse de tout le temps, totalisée, devenait appréciable. Et, géants, surplombant de toute leur hauteur, ils se jetèrent si rudement au-devant de nous que nous eûmes tout juste le temps d'arrêter pour ne pas nous heurter contre le porche.

Nous poursuivîmes notre route; nous avions déjà quitté Caen depuis longtemps, et la ville, après nous avoir accompagnés quelques secondes, avait diparu, que, restés seuls à l'horizon à nous regarder fuir, les deux clochers de Saint-Étienne et le clocher de Saint-Pierre agitaient encore en signe d'adieu leurs cimes ensoleillées. Parfois, l'un s'effaçait pour que les deux autres pussent nous apercevoir un instant encore; bientôt, je n'en vis plus que deux. Puis ils virèrent une dernière fois comme deux pivots d'or, et disparurent à mes yeux. Bien souvent depuis, passant au soleil couché dans la plaine de Caen, je les ai revus, parfois de très loin et qui n'étaient que comme deux fleurs peintes sur le ciel, au-dessus de la ligne basse des champs; parfois, d'un peu plus près et déjà rattrapés par le clocher de Saint-Pierre, semblables aux trois jeunes filles d'une légende abandonnées dans une solitude où commençait à tomber l'obscurité[2]; et tandis que je m'éloignais je les voyais timidement chercher leur chemin et, après quelques gauches essais et trébuchements maladroits de leurs nobles silhouettes, se serrer les uns contre les autres, glisser l'un derrière l'autre, ne plus faire sur le ciel encore rose qu'une seule forme noire délicieuse et résignée et s'effacer dans la nuit.

Je commençais de désespérer d'arriver assez tôt à Lisieux pour être le soir même chez mes parents, qui heureusement n'étaient pas prévenus de mon arrivée, quand vers l'heure du couchant nous nous engageâmes sur une pente rapide au bout de laquelle, dans la cuvette sanglante de soleil où nous descendions à toute vitesse, je vis Lisieux qui nous y avait[1] précédés, relever et disposer à la hâte ses maisons blessées, ses haute cheminées teintes de pourpre; en un instant tout avait repris sa place et quand quelques secondes plus tard nous nous arrêtâmes au coin[2] de la rue aux Fèvres, les vieilles maisons dont les fines tiges de bois nervuré s'épanouissent à l'appui des croisées en têtes de saints ou de démons, semblaient ne pas avoir bougé depuis le XVe siècle. Un accident de machine nous força de rester jusqu'à la nuit tombante à Lisieux; avant de partir je voulus revoir à la façade de la cathédrale[3] quelques-uns des feuillages dont parle Ruskin, mais les faibles lumignons qui éclairaient les rues de la ville cessaient sur la place où Notre-Dame était[4] presque plongée dans l'obscurité. Je m'avançais pourtant, voulant au moins toucher de la main l'illustre futaie de pierre dont le porche est planté et entre les deux rangs si noblement taillés de laquelle défila peut-être la pompe nuptiale d'Henri II[5] d'Angleterre et d'Éléonore de Guyenne. Mais au moment où je m'approchais d'elle à tâtons, une subite clarté l'inonda; tronc par tronc, les piliers sortirent de la nuit, détachant vivement, en pleine lumière sur un fond d'ombre, le large modelé de leurs feuilles de pierre. C'était mon mécanicien, l'ingénieux Agostinelli, qui, envoyant aux vieilles sculptures le salut du présent dont la lumière ne servait plus qu'à mieux lire les leçons du passé, dirigeait successivement sur toutes les parties du porche, à mesure que je voulais les voir, les feux du phare de son automobile*. Et quand je revins vers la voiture je vis un groupe d'enfants que la curiosité avait amenés là et qui, penchant sur le phare leurs têtes dont les boucles palpitaient dans cette lumière surnaturelle, recomposaient ici, comme projetée de la cathédrale dans un rayon, la figuration angélique d'une Nativité. Quand nous quittâmes Lisieux, il faisait nuit noire; mon mécanicien avait revêtu une vaste mante de caoutchouc et coiffé une sorte de capuche

* Je ne prévoyais guère quand j'écrivais ces lignes que sept ou huit ans plus tard ce jeune homme me demanderait à dactylographier un livre de moi, apprendrait l'aviation sous le nom de Marcel Swann dans lequel il avait amicalement associé mon nom de baptême et le nom d'un de mes personnages et trouverait la mort à vingt-six ans, dans un accident d'aéroplane, au large d'Antibes[6].

qui, enserrant la plénitude de son jeune visage imberbe, le faisait ressembler, tandis que nous nous enfoncions de plus en plus vite dans la nuit, à quelque pèlerin ou plutôt à quelque nonne de la vitesse. De temps à autre — sainte Cécile improvisant sur un instrument plus immatériel encore — il touchait le clavier et tirait un des jeux de ces orgues cachées dans l'automobile et dont nous ne remarquons guère la musique, pourtant continue, qu'à ces changements de registre[1] que sont les changements de vitesse; musique pour ainsi dire abstraite, tout symbole et tout nombre, et qui fait penser à cette harmonie que produisent, dit-on, les sphères, quand elles tournent dans l'éther. Mais la plupart du temps il tenait seulement dans sa main sa roue — sa roue de direction (qu'on appelle volant) — assez semblable aux croix de consécration que tiennent les apôtres adossés aux colonnes du chœur dans la Sainte-Chapelle de Paris, à la croix de Saint-Benoît, et en général à toute stylisation de la roue dans l'art du moyen âge. Il ne paraissait pas s'en servir tant il restait immobile, mais la tenait comme il aurait fait d'un symbole dont il convenait qu'il fût accompagné; ainsi les saints, aux porches des cathédrales, tiennent l'un une ancre, un autre une roue, une harpe, une faux, un gril, un cor de chasse, des pinceaux. Mais si ces attributs étaient généralement destinés à rappeler l'art dans lequel ils excellèrent de leur vivant, c'était aussi parfois l'image de l'instrument par quoi ils périrent; puisse le volant de direction du jeune mécanicien qui me conduit rester toujours le symbole de son talent plutôt que d'être la préfiguration de son supplice! Nous dûmes nous arrêter dans un village où je fus pendant quelques instants, pour les habitants, ce « voyageur » qui n'existait plus depuis les chemins de fer et que l'automobile a ressuscité, celui à qui la servante dans les tableaux flamands verse le coup de l'étrier, qu'on voit dans les paysages de[2] Cuyp, s'arrêtant pour demander son chemin, comme dit Ruskin, « à un passant dont l'aspect seul indique qu'il est[3] incapable de le renseigner[4] », et qui, dans les fables de La Fontaine[5], chevauche au soleil et au vent, couvert d'un chaud balandras à l'entrée de l'automne, « quand la précaution au voyageur est bonne », — ce « cavalier » qui n'existe plus guère aujourd'hui dans la réalité et que pourtant nous apercevons encore quelquefois galopant à marée basse au bord de la mer quand le soleil se couche (sorti sans doute du passé à la faveur des ombres du soir), faisant du paysage de mer que nous avons sous les yeux, une « marine » qu'il date et qu'il signe, petit personnage qui semble ajouté par Lingelbach, Wouwermans ou Adrien Van de Velde, pour satisfaire le goût d'anecdotes et de figures des riches marchands de Harlem, amateurs de peinture, à une plage de Guillaume Van de Velde ou de Ruysdaël. Mais surtout de ce voyageur, ce que l'automobile nous a rendu de plus précieux, c'est cette admirable indépendance qui le faisait partir à l'heure qu'il voulait et s'arrêter où il lui plaisait. Tous ceux-là me comprendront que parfois le vent en passant a soudain touchés[1] du désir irrésistible de fuir avec lui jusqu'à la mer où ils pourront voir, au lieu des inertes pavés du village vainement cinglés par la tempête, les flots soulevés lui rendre coup pour coup et rumeur pour rumeur; tous ceux surtout qui savent ce que peut être, certains soirs, l'appréhension de s'enfermer avec sa peine pour toute la nuit, tous ceux qui connaissent quelle allégresse c'est, après avoir lutté longtemps contre son angoisse et comme on commençait à monter vers sa chambre en étouffant les battements de son cœur, de pouvoir s'arrêter et se dire : « Eh bien! non, je ne monterai pas; qu'on selle le cheval, qu'on apprête l'automobile », et toute la nuit de fuir, laissant derrière soi les villages où notre peine nous eût étouffé, où nous la devinons sous chaque petit toit qui dort, tandis que nous passions à toute vitesse, sans être reconnu d'elle, hors de ses atteintes.

Mais l'automobile s'était arrêtée[2] au coin d'un chemin creux, devant une porte feutrée d'iris défleuris et de roses. Nous étions arrivés à la demeure de mes parents. Le mécanicien donne de la trompe pour que le jardinier vienne nous ouvrir, cette trompe dont le son nous déplaît par sa stridence et sa monotonie, mais qui pourtant, comme toute matière, peut devenir beau s'il s'imprègne d'un sentiment. Au cœur de mes parents il a retenti joyeusement comme une parole inespérée... « Il me semble que j'ai entendu... Mais alors ce ne peut être que lui! » Ils se lèvent, allument une bougie tout en la protégeant contre le vent de la porte qu'ils ont déjà ouverte dans leur impatience, tandis qu'au bas du parc la trompe dont ils ne peuvent plus méconnaître le son devenu joyeux, presque humain, ne cesse plus de jeter son appel uniforme comme l'idée fixe de leur joie prochaine, pressant et répété comme leur anxiété grandissante. Et je songeais que dans *Tristan et Isolde* (au deuxième acte d'abord quand Isolde agite son écharpe comme un signal, au troisième acte ensuite à l'arrivée de la nef) c'est, la première fois, à la redite stridente, indéfinie et de plus en plus rapide de deux notes dont la succession est quelquefois produite par le hasard dans le monde inorganisé des bruits ; c'est, la deuxième fois, au chalumeau d'un pauvre pâtre, à l'intensité croissante, à l'insatiable monotonie de sa maigre chanson, que Wagner, par une apparente et géniale abdication de sa puissance créatrice, a confié l'expression de la plus prodigieuse attente de félicité qui ait jamais rempli l'âme humaine.

II

JOURNÉES DE PÈLERINAGE[1]

RUSKIN À NOTRE-DAME D'AMIENS, À ROUEN, ETC.*

Je voudrais donner au lecteur le désir et le moyen d'aller passer à Amiens une journée en une sorte de pèlerinage ruskinien. Ce n'était pas la peine de commencer par lui demander d'aller à Florence ou à Venise, quand Ruskin a écrit sur Amiens tout un livre**[2]. Et,

* Une partie de cette étude a paru au *Mercure de France,* en tête d'une traduction de *La Bible d'Amiens*. Nous tenons à exprimer toute notre reconnaissance à M. Alfred Vallette, directeur du *Mercure,* qui nous a gracieusement autorisé à reproduire ici notre préface. Elle fut et reste offerte en témoignage d'admiration et de reconnaissance à Léon Daudet.

** Voici, selon M. Collingwood, les circonstances dans lesquelles Ruskin écrivit ce livre :

« M. Ruskin n'avait pas été à l'étranger depuis le printemps de 1877, mais en août 1880, il se sentit en état de voyager de nouveau. Il partit faire un tour aux cathédrales du nord de la France, s'arrêtant auprès de ses vieilles connaissances, Abbeville, Amiens, Beaud'autre part, il me semble que c'est ainsi que doit être célébré le « culte des Héros », je veux dire en esprit et en vérité. Nous visitons le lieu où un grand homme est né et celui où il est mort; mais les lieux qu'il admirait entre tous, dont c'est la beauté même que nous aimons dans ses livres, ne les habitait-il pas davantage ?

Nous honorons d'un fétichisme qui n'est qu'illusion une tombe où reste seulement de Ruskin ce qui n'était pas lui-même, et nous n'irions pas nous agenouiller devant ces pierres d'Amiens, à qui il venait demander sa pensée, et qui la gardent encore, pareilles à la tombe d'Angleterre où d'un poète dont le corps fut consumé,

vais, Chartres, Rouen, et puis revint avec M. A. Severn et M. Brabanson à Amiens, où il passa la plus grande partie d'octobre. Il écrivait un nouveau livre, *La Bible d'Amiens,* destinée à être aux *Seven Lamps* ce que *Saint-Mark's*[1] *Rest* était aux *Stones of Venice.* Il ne se sentit pas en état de faire un cours à des étrangers à Chesterfield, mais il visita de vieux amis à Eton, le 6 novembre 1880, pour faire une conférence sur Amiens. Pour une fois il oublia ses notes, mais le cours ne fut pas moins brillant et intéressant. C'était, en réalité, le premier chapitre de son nouvel ouvrage *La Bible d'Amiens,* lui-même conçu comme le premier volume de *Our Fathers,* etc., *Esquisses de l'Histoire de la Chrétienté,* etc.

« Le ton nettement religieux de l'ouvrage fut remarqué comme marquant sinon un changement chez lui, du moins le développement très accusé d'une tendance qui avait dû se fortifier depuis un certain temps. Il avait passé de la phase du doute à la reconnaissance de la puissante et salutaire influence d'une religion grave : il était venu à une attitude d'esprit dans laquelle, sans se dédire en rien de ce qu'il avait dit contre les croyances étroites et les pratiques contradictoires, sans formuler aucune doctrine définie de la vie future, et sans adopter le dogme d'aucune secte, il regardait la crainte de Dieu et la révélation de l'Esprit Divin comme de grands faits et des mobiles à ne pas négliger dans l'étude de l'histoire, comme la base de la civilisation et les guides du progrès » (Collingwood, *The Life and Work of John Ruskin,* II, p. 206 et suivantes). À propos du sous-titre de *La Bible d'Amiens,* que rappelle M. Collingwood, « Esquisses de l'Histoire de la Chrétienté pour les garçons et les filles qui ont été tenus sur les fonts baptismaux », je ferai remarquer combien il ressemble à d'autres sous-titres de Ruskin, par exemple à celui de *Mornings in Florence,* « De simples études sur l'Art chrétien pour les voyageurs anglais », et plus encore à celui de *Saint-Mark's*[1] *Rest,* « Histoire de Venise pour les rares voyageurs qui se soucient encore de ses monuments ».

ne reste — arraché aux flammes par un autre poète[1] — que le cœur* ?

Sans doute le snobisme, qui fait paraître raisonnable tout ce qu'il touche, n'a pas encore atteint (pour les Français du moins), et par là préservé du ridicule, ces promenades esthétiques. Dites que vous allez à Bayreuth entendre un opéra de Wagner, à Amsterdam visiter une exposition de Primitifs flamands, on regrettera[3] de ne pouvoir vous accompagner. Mais si vous avouez que vous allez voir, à la Pointe du Raz, une tempête[4], en Normandie, les pommiers en fleurs, à Amiens, une statue aimée de Ruskin, on ne pourra s'empêcher de sourire. Je n'en espère pas moins que vous irez à Amiens après m'avoir lu[5].

Quand on travaille pour plaire aux autres on peut ne pas réussir, mais les choses qu'on a faites pour se contenter soi-même ont toujours chance d'intéresser quelqu'un. Il est impossible qu'il n'existe pas de gens qui prennent quelque plaisir à ce qui m'en a tant donné. Car personne n'est original et fort heureusement pour la sympathie et la compréhension qui sont de si grands plaisirs dans la vie, c'est dans une trame universelle que nos individualités sont taillées. Si l'on savait analyser l'âme comme la matière, on verrait que, sous l'apparente diversité des esprits aussi bien que sous celle des choses, il n'y a que peu de corps simples et d'éléments irréductibles et qu'il

* Le cœur de Shelley, arraché aux flammes devant lord Byron par Hunt, pendant l'incinération[2]. — M. André Lebey (lui-même auteur d'un sonnet sur la mort de Shelley) m'adresse à ce sujet une intéressante rectification. Ce ne serait pas Hunt mais Trelawney qui aurait retiré de la fournaise le cœur de Shelley, non sans se brûler gravement la main. Je regrette de ne pouvoir publier ici la curieuse lettre de M. Lebey. Elle reproduit notamment ce passage des Mémoires de Trelawney : « Byron me demanda de garder le crâne pour lui, mais me souvenant qu'il avait précédemment transformé un crâne en coupe à boire, je ne voulus pas que celui de Shelley fût soumis à cette profanation. » La veille, pendant qu'on reconnaissait le corps de Williams, Byron avait dit à Trelawney : « Laissez-moi voir la mâchoire, je puis reconnaître aux dents quelqu'un avec qui j'ai conversé. » Mais, s'en tenant aux récits de Trelawney et sans même faire la part de la dureté que Childe Harold affectait volontiers devant le Corsaire, il faut se rappeler que, quelques lignes plus loin, Trelawney racontant l'incinération de Shelley, déclare : « Byron ne put soutenir ce spectacle et regagna à la nage le *Bolivar* ».

entre dans la composition de ce que nous croyons être notre personnalité, des substances fort communes et qui se retrouvent un peu partout dans l'Univers.

Les indications que les écrivains nous donnent dans leurs œuvres sur les lieux qu'ils ont aimés sont souvent si vagues que les pèlerinages que nous y essayons gardent quelque chose d'incertain et d'hésitant et comme la peur d'avoir été illusoires. Comme ce personnage d'Edmond de Goncourt cherchant une tombe qu'aucune croix n'indique[1], nous en sommes réduits à faire nos dévotions « au petit bonheur ». Voilà un genre de déboires que vous n'aurez pas à redouter avec Ruskin, à Amiens surtout; vous ne courrez pas le risque d'y être venu passer un après-midi sans avoir su le trouver dans la cathédrale : il est venu vous chercher à la gare. Il va s'informer non seulement de la façon dont vous êtes doué pour ressentir les beautés de Notre-Dame, mais du temps que l'heure du train que vous comptez reprendre vous permet d'y consacrer. Il ne vous montrera pas seulement le chemin qui mène à la cathédrale, mais tel ou tel chemin, selon que vous serez plus ou moins pressé. Et comme il veut que vous le suiviez dans les libres dispositions de l'esprit que donne la satisfaction du corps, peut-être aussi pour vous montrer qu'à la façon des saints à qui vont ses préférences, il n'est pas contempteur du plaisir « honnête* », avant de vous mener à l'église, il

* Voir l'admirable portrait de saint Martin au livre I de *La Bible d'Amiens*[2] : « Il accepte volontiers la coupe de l'amitié, il est le patron d'une honnête boisson. La farce de votre oie de la Saint-Martin est odorante à ses narines et sacrés pour lui sont les derniers rayons de l'été qui s'en va[3]. »

Ces repas évoqués par Ruskin ne vont pas même sans une espèce de cérémonial. « Saint Martin était un jour à dîner à la première table du monde, à savoir chez l'empereur et l'impératrice de Germanie, se rendant agréable à la compagnie, pas le moins du monde un saint à la saint Jean-Baptiste. Bien entendu, il avait l'empereur à sa gauche, l'impératrice à sa droite, tout se passait dans les règles » (*La Bible d'Amiens,* chap. I, § 30). Ce protocole auquel Ruskin fait allusion ne paraît d'ailleurs avoir rien de celui des maîtres de maison terribles, de ceux trop formalistes et dont le modèle me semble avoir été tracé à jamais par ces versets de saint Matthieu : « Le roi aperçut à table un homme qui n'avait pas d'habit de noces. Il lui dit : " Mon ami, comment n'êtes-vous pas en habit ? " Cet homme ayant

vous conduira chez le pâtissier. Vous arrêtant à Amiens dans une pensée d'esthétique, vous êtes déjà le bienvenu, car beaucoup ne font pas comme vous : « L'intelligent voyageur anglais[4], dans ce siècle fortuné, sait que, à mi-chemin entre Boulogne et Paris, il y a une station de

gardé le silence, le roi dit aux serviteurs : " Liez-lui les pieds et les mains et jetez-le dans les ténèbres du dehors. " »

Pour revenir à cette conception d'un saint qui « ne dépense[1] pas un souffle en une exhortation désagréable », il semble que Ruskin ne soit pas[2] seul à se représenter ses saints favoris sous ces traits. Même pour les simples clergymen[3] de George Eliot ou les prophètes de Carlyle, voyez combien ils sont différents de saint Firmin qui tapage et crie comme un énergumène dans les rues d'Amiens, insulte, exhorte, persuade, baptise, etc. Dans Carlyle, voyez Knox : « Ce que j'aime beaucoup en ce Knox, c'est qu'il avait une veine de drôlerie en lui. C'était un homme de cœur, honnête, fraternel, frère du grand, frère aussi du petit, sincère dans sa sympathie pour les deux; il avait sa pipe de Bordeaux dans sa maison d'Édimbourg, c'était un homme joyeux et sociable. Ils errent grandement, ceux qui pensent que ce Knox était un fanatique sombre, spasmodique, criard. Pas du tout : c'était un des plus solides d'entre les hommes. Pratique, prudent, patient, etc. » De même Burns « était habituellement gai de paroles, un compagnon d'infini enjouement, rire, sens et cœur. Ce n'est pas un homme lugubre; il a les plus gracieuses expressions de courtoisie, les plus bruyants flots de gaieté, etc. » Et Mahomet : « Mahomet, sincère, sérieux, cependant aimable, cordial, sociable, enjoué même, un bon rire en lui avec tout cela. » Carlyle aime à parler du rire de Luther (Carlyle, *Les Héros,* traduction Izoulet, p. 237, 298, 299, 85, etc.).

Et dans George Eliot, voyez M. Irwine dans *Adam Bede,* M. Gilfil dans les *Scènes de la vie du Clergé,* M. Farebrother dans *Middlemarch,* etc.

« Je suis obligé de reconnaître que M. Gilfil ne demanda pas à Mme Fripp pourquoi elle n'avait pas été à l'église et ne fit pas le moindre effort pour son édification spirituelle. Mais le jour suivant il lui envoya un gros morceau de lard, etc. Vous pouvez conclure de cela que ce vicaire ne brillait pas dans les fonctions spirituelles de sa place, et, à la vérité, ce que je puis dire de mieux sur son compte, c'est qu'il s'appliquait à remplir ses fonctions avec célérité et laconisme. » Il oubliait d'enlever ses éperons avant de monter en chaire et ne faisait pour ainsi dire pas de sermons. Pourtant jamais vicaire ne fut aussi aimé de ses ouailles et n'eut sur elles une meilleure influence. « Les fermiers aimaient tout particulièrement la société de M. Gilfil, car non seulement il pouvait fumer sa pipe et assaisonner les détails des affaires paroissiales de force plaisanteries, etc. Aller à cheval était la principale distraction du vieux

chemin de fer importante* où son train, ralentissant son allure, le roule avec beaucoup plus que le nombre moyen des bruits et des chocs attendus à l'entrée de chaque grande gare française, afin de rappeler par des sursauts le voyageur somnolent ou distrait au sentiment de sa situation. Il se souvient aussi probablement qu'à cette halte

monsieur maintenant que les jours de chasse étaient passés pour lui. Ce n'était pas aux seuls fermiers de Shepperton que la société de M. Gilfil était agréable, il était l'hôte bienvenu des meilleures maisons de ce côté du pays. Si vous l'aviez vu conduire lady Sitwell[1] à la salle à manger (comme tout à l'heure saint Martin l'impératrice de Germanie) et que vous l'eussiez entendu lui parler avec sa galanterie fine et gracieuse, etc. Mais le plus souvent il restait à fumer sa pipe en buvant de l'eau et du gin. Ici, je me trouve amené à vous parler d'une autre faiblesse du vicaire, etc. » (*Le Roman de M. Gilfil,* traduction d'Albert Durade, p. 116, 117, 121, 124, 125, 126). « Quant au ministre, M. Gilfil, vieux monsieur qui fumait de très longues pipes et prêchait des sermons très courts » (*Tribulations du Rév. Amos Barton,* même trad., p. 4). « M. Irwine n'avait effectivement ni tendances élevées, ni enthousiasme religieux et regardait comme une vraie perte de temps de parler doctrine et réveil chrétien au vieux père Taft ou à Cranage, le forgeron. Il n'était ni laborieux, ni oublieux de lui-même, ni très abondant en aumônes et sa croyance même était assez large. Ses goûts intellectuels étaient plutôt païens, etc. Mais il avait cette charité chrétienne qui a souvent manqué à d'illustres vertus. Il était indulgent pour les fautes du prochain et peu enclin à supposer le mal, etc. Si vous l'aviez rencontré monté sur sa jument grise, ses chiens courant à ses côtés, avec un sourire de bonne humeur, etc. L'influence de M. Irwine dans sa paroisse fut plus utile que celle de M. Ryde qui insistait fortement sur les doctrines de la Réformation, condamnait sévèrement les convoitises de la chair, etc., qui était très savant. M. Irwine était aussi différent de cela que possible, mais il était si pénétrant; il comprenait ce qu'on voulait dire à la minute, il se conduisait en gentilhomme avec les fermiers, etc. Il n'était pas un fameux prédicateur, mais ne disait rien qui ne fût propre à vous rendre plus sage si vous vous en souveniez » (*Adam Bede,* même trad., p. 84, 85, 226, 227, 228, 230). — (Note du traducteur.)

* Cf. *Praeterita*[2] : « Vers le moment de l'après-midi où le moderne voyageur fashionable, parti par le train du matin de Charing-Cross pour Paris, Nice et Monte-Carlo, s'est un peu remis des nausées de sa traversée et de l'irritation d'avoir eu à se battre pour trouver des places à Boulogne, et commence à regarder sa montre pour voir à quelle distance il se trouve du buffet d'Amiens, il est exposé au désappointement et à l'ennui d'un arrêt inutile du train, à une gare sans importance où il lit le nom « Abbeville ». Au moment où le

au milieu de son voyage, il y a un buffet bien servi où il a le privilège de dix minutes d'arrêt[6]. Il n'eſt toutefois pas aussi clairement conscient que ces dix minutes d'arrêt lui sont accordées à moins de minutes de marche de la grande place d'une ville qui a été un jour la Venise de la France. En laissant de côté les îles des lagunes, la " Reine

train se remet en marche, il pourra voir, s'il se soucie de lever pour un inſtant les yeux de son journal, deux tours carrées qui[1] dominent les peupliers et les osiers du sol marécageux qu'il traverse. Il eſt probable que ce coup d'œil eſt tout ce qu'il souhaiterait jamais d'attirer son attention, et je ne sais guère jusqu'à quel point je pourrais arriver à faire comprendre au lecteur, même le plus sympathique, l'influence qu'elles ont eue sur ma propre vie... Car la pensée de ma vie a eu trois centres : Rouen, Genève et Pise... Et Abbeville eſt comme la préface et l'interprétation de Rouen... Mes bonheurs les plus intenses, je les ai connus dans les montagnes. Mais comme plaisir, joyeux et sans mélange, arriver en vue d'Abbeville par une belle après-midi d'été, sauter à terre dans la cour de l'hôtel de l'Europe et descendre la rue en courant pour voir Saint-Wulfran avant que le soleil ait quitté les tours, sont des choses pour lesquelles il faut chérir le passé jusqu'à la fin. De Rouen et de sa cathédrale, ce que j'ai à dire trouvera place, si les jours me sont donnés, dans *Nos Pères nous ont dit.* »

Si, au cours de cette étude, j'ai cité tant de passages de Ruskin tirés d'autres ouvrages de lui que *La Bible d'Amiens,* en voici la raison. Ne lire qu'un livre d'un auteur, c'eſt n'avoir avec cet auteur qu'une rencontre. Or, en causant[2] une fois avec une personne on peut discerner en elle des traits singuliers. Mais c'eſt seulement par leur répétition dans des circonſtances variées qu'on peut les reconnaître pour caractériſtiques[3] et essentiels. Pour un écrivain, comme pour un musicien ou un peintre, cette variation des circonſtances qui permet de discerner, par une sorte d'expérimentation, les traits permanents du caractère, c'eſt la variété des œuvres. Nous retrouvons dans un second livre, dans un autre tableau, les particularités dont la première fois nous aurions pu croire qu'elles appartenaient au sujet traité autant qu'à l'écrivain ou au peintre. Et du rapprochement des œuvres différentes nous dégageons les traits communs dont l'assemblage compose la physionomie morale de l'artiſte. En mettant[4] une note au bas des passages cités de *La Bible d'Amiens,* chaque fois que le texte éveillait par des analogies, même lointaines, le souvenir[5] d'autres ouvrages de Ruskin, et en traduisant dans la note le passage qui m'était ainsi revenu à l'esprit, j'ai tâché de permettre au lecteur de se placer dans la situation de quelqu'un qui ne se trouverait pas en présence de Ruskin pour la première fois, mais qui, ayant déjà eu avec lui des entretiens antérieurs, pourrait, dans ses paroles, reconnaître ce qui eſt chez lui, permanent et fondes Eaux " de la France était[5] à peu près aussi large que Venise elle-même[6], et traversée non par de longs courants de marée montante et descendante*, mais par onze

damental. Ainsi j'ai essayé de pourvoir le lecteur comme d'une mémoire improvisée où j'ai diposé des souvenirs des autres livres de Ruskin, — sorte de caisse de résonance, où les paroles de *La Bible d'Amiens* pourront prendre quelque retentissement en y éveillant des échos fraternels. Mais aux paroles de *La Bible d'Amiens* ces échos ne répondront pas sans doute, ainsi qu'il arrive dans une mémoire qui s'est faite elle-même, de ces horizons inégalement lointains, habituellement cachés à nos regards et dont notre vie elle-même a mesuré jour par jour les distances variées. Ils n'auront pas, pour venir rejoindre la parole présente dont la ressemblance les a attirés, à traverser la résistante douceur de cette atmosphère interposée qui a l'étendue même de notre vie et qui est toute la poésie de la mémoire.

Au fond, aider le lecteur à être impressionné par ces traits singuliers, placer sous ses yeux des traits similaires qui lui permettent de les tenir pour les traits essentiels du génie d'un écrivain devrait être la première partie de la tâche de tout critique.

S'il a senti cela, et aidé les autres à le sentir, son office est à peu près rempli. Et, s'il ne l'a pas senti, il pourra écrire tous les livres du monde sur Ruskin : « l'homme[1], l'écrivain, le prophète, l'artiste, la portée de son action, les erreurs de la doctrine », toutes ces constructions s'élèveront peut-être très haut, mais à côté du sujet; elles pourront porter aux nues la situation littéraire du critique, mais ne vaudront pas[2], pour l'intelligence de l'œuvre, la perception exacte d'une nuance juste, si légère semble-t-elle.

Je conçois pourtant que le critique devrait ensuite aller plus loin. Il essayerait de reconstituer ce que pouvait être la singulière vie spirituelle d'un écrivain hanté de réalités si spéciales, son inspiration étant la mesure dans laquelle il avait la vision de ces réalités, son talent la mesure dans laquelle il pouvait les recréer dans son œuvre, sa moralité enfin, l'instinct qui les lui faisant considérer sous un apect d'éternité (quelque particulières que ces réalités nous paraissent) le poussait à sacrifier au besoin de les apercevoir et à la nécessité de les reproduire pour en assurer une vision durable et claire, tous ses plaisirs[3], tous ses devoirs et jusqu'à sa propre vie, laquelle n'avait de raison d'être que comme étant la seule manière possible d'entrer en contact avec ces réalités, de valeur que celle que peut avoir pour un physicien un instrument indispensable à ses expériences. Je n'ai pas besoin de dire que cette seconde partie de l'office du critique, je n'ai même pas essayé de la remplir dans cette petite étude qui aura comblé mes ambitions si elle donne le désir de lire Ruskin et de revoir quelques cathédrales[4].

* Cf. Dans *Praeterita* l'impression des lents courants de marée montante et descendante le long des marches de l'hôtel Danielli[7].

beaux cours d'eau à truites... aussi larges que la Dove d'Isaac Walton*, qui se réunissant de nouveau après qu'ils ont tourbillonné à travers ses rues, sont bordés, comme ils descendent vers les sables[1] de Saint-Valéry, par des bois de trembles et des bouquets de peupliers** dont la grâce et l'allégresse semblent jaillir de chaque magnifique avenue comme l'image de la vie de l'homme juste : *Erit tanquam lignum quod plantatum est secus decursus aquarum.* »

Mais la Venise de Picardie ne dut pas seulement son nom à la beauté de ses cours d'eau, mais au fardeau qu'ils portaient. Elle fut une ouvrière, comme la princesse Adriatique, en or et en verre, en pierre, en bois, en ivoire; elle était habile comme une Égyptienne dans le tissage des fines toiles de lin, et mariait les différentes couleurs dans ses ouvrages d'aiguille avec la délicatesse des filles de Juda. Et de ceux-là, les fruits de ses mains qui la célébraient dans ses propres portes, elle envoyait aussi une part aux nations étrangères et sa renommée se répandait dans tous les pays[3]. Velours de toutes couleurs, employés pour lutter, comme dans Carpaccio[4], contre les tapis du Turc et briller sur les tours arabesques de Barbarie. Pourquoi cette fontaine d'arc-en-ciel jaillissait-elle ici près de la Somme ? Pourquoi une petite fille française pouvait-elle se dire la sœur de Venise et la servante de Carthage et de Tyr[5] ? L'intelligent voyageur anglais[6], contraint d'acheter son sandwich au jambon et d'être prêt pour le « En voiture, messieurs », n'a naturellement pas de temps à perdre à aucune de ces questions. Mais c'est trop parler de voyageurs[7] pour qui Amiens n'est qu'une station importante à vous qui êtes venu pour visiter la cathédrale et qui méritez qu'on vous fasse mieux employer votre temps; on va vous mener à Notre-Dame, mais par quel chemin ?

« Je n'ai jamais été capable de décider[8] quelle était vraiment la meilleure manière d'aborder la cathédrale

* Ruskin veut parler ici de l'auteur du *Parfait pêcheur à la ligne* (Londres, 1653), Isaac Walton, célèbre pêcheur de la Dove, né en 1593, à Strefford, mort en 1683.

** Déjà, dans *Modern Painters,* Ruskin, une trentaine d'années plus tôt, parle de « la simplicité sereine et de la grâce des peupliers d'Amiens[2] ».

pour la première fois. Si vous avez plein loisir et que le jour soit beau*, le mieux serait de descendre la rue principale de la vieille ville, traverser la rivière et passer tout à fait en dehors vers la colline calcaire sur laquelle s'élève la citadelle. De là vous comprendrez[2] la hauteur réelle des tours et de combien elles s'élèvent au-dessus du reste de la ville; puis, en revenant, trouvez votre chemin par n'importe quelle rue de traverse; prenez les ponts que vous trouverez; plus les rues seront tortueuses et sales[3], mieux ce sera, et, que vous arriviez d'abord à la façade ouest[4] ou à l'abside, vous les trouverez dignes de toute la peine que vous aurez eue à les atteindre.

« Mais si le jour est sombre, comme cela peut arriver quelquefois, même en France, ou si vous ne pouvez ni ne voulez marcher, ce qui peut aussi arriver à cause de tous nos sports athlétiques et de nos lawn-tennis, ou si vraiment il faut que vous alliez à Paris cet après-midi et que vous vouliez seulement voir tout ce que vous pouvez en une heure ou deux, alors en supposant cela, malgré ces faiblesses, vous êtes encore une assez gentille sorte de personne pour laquelle il est de quelque conséquence de savoir par quelle voie elle arrivera à une jolie chose et commencera à la regarder. J'estime que le mieux est alors de monter à pied la rue des Trois-Cailloux. Arrêtez-vous un moment sur le chemin pour vous tenir en bonne humeur, et achetez quelques tartes et bonbons dans une des charmantes boutiques de pâtissier qui sont à gauche. Juste après les avoir passées, demandez le théâtre, et vous monterez droit au transept sud[5] qui a vraiment en soi de quoi plaire à tout le monde. Chacun[6] est forcé d'aimer l'ajourement aérien de la flèche qui le surmonte et qui semble se courber vers le vent d'ouest, bien que cela ne soit pas; — du moins sa courbure est une longue habitude contractée graduellement avec une grâce et une

* Vous aurez peut-être alors comme moi la chance (si même vous ne trouvez pas le chemin indiqué par Ruskin) de voir la cathédrale, qui de loin ne semble qu'en pierres, se transfigurer tout à coup, et — le soleil traversant de l'intérieur, rendant visibles et volatilisant ses vitraux sans peintures, — tenir debout vers le ciel, entre ses piliers de pierre, de géantes et immatérielles apparitions d'or vert et de flamme. Vous pourrez aussi chercher près des abattoirs le point de vue d'où est prise la gravure : *Amiens, le jour des Trépassés*[1].

soumission croissantes pendant ces trois derniers cents ans, — et arrivant tout à fait au porche, chacun doit aimer la jolie petite Madone française qui en occupe le milieu, avec sa tête un peu de côté, son nimbe de côté aussi, comme un chapeau seyant. Elle est une Madone de décadence, en dépit, ou plutôt en raison de sa joliesse*

* Cf. *The two Paths*[1] : « Ces statues (celles du porche occidental de Chartres) ont été longtemps et justement considérées comme représentatives de l'art le plus élevé du XIIe ou du commencement du XIIIe siècle en France ; et, en effet, elles possèdent une dignité et un charme délicat qui manquent, en général, aux œuvres plus récentes. Ils sont dus, en partie, à une réelle noblesse de traits, mais principalement à la grâce mêlée de sévérité des lignes tombantes de l'excessivement *mince* draperie ; aussi bien qu'à un fini des plus étudiés dans la composition, chaque partie de l'ornementation s'harmonisant tendrement avec le reste. Autant que leur pouvoir sur certains modes de l'esprit religieux est dû[2] à un degré palpable de non-naturalisme en eux, je ne le loue pas, la minceur exagérée du corps et la raideur de l'attitude sont des défauts ; mais ce sont de nobles défauts, et ils donnent aux statues l'air étrange de faire partie du bâtiment lui-même et de le soutenir non comme la cariatide grecque sans effort, ou comme la cariatide de la Renaissance par un effort pénible ou impossible, mais comme si tout ce qui fut silencieux et grave, et retiré à part, et raidi avec un frisson au cœur dans la terreur de la terre, avait passé dans une forme de marbre éternel ; et ainsi l'Esprit a fourni, pour soutenir les piliers de l'église sur la terre, toute la nature anxieuse et patiente dont il n'était plus besoin dans le ciel. Ceci est la vue transcendentale de la signification de ces sculptures.

« Je n'y insiste pas. Ce sur quoi je m'appuie est uniquement leurs qualités de vérité et de vie. Ce sont toutes des portraits — la plupart d'inconnus, je crois — mais de palpables et d'indiscutables portraits ; s'ils n'ont pas été pris d'après la personne même qui est censée représentée, en tout cas ils ont été étudiés d'après quelque personne vivante dont les traits peuvent, sans invraisemblance, représenter ceux du roi ou du saint en question. J'en crois plusieurs authentiques, il y en a un d'une reine qui, évidemment, de son vivant, fut remarquable pour ses brillants yeux noirs. Le sculpteur a creusé bien profondément l'iris dans la pierre et ses yeux foncés brillent encore pour nous avec son sourire.

« Il y a une autre chose que je désire que vous remarquiez spécialement dans ces statues, la façon dont la moulure florale est associée aux lignes verticales de la statue.

« Vous avez ainsi la suprême complexité et richesse de courbes côte à côte avec les pures et délicates lignes parallèles, et les deux caractères gagnent en intérêt et en beauté ; mais il y a une signification plus profonde dans la chose qu'un simple effet de composition ;

et de son gai sourire de soubrette; elle n'a rien à faire là non plus, car ceci est le porche de saint Honoré, non le sien. Saint Honoré avait coutume de se tenir là, rude et gris, pour vous recevoir; il est maintenant banni au porche nord où jamais n'entre personne. Il y a longtemps de cela, dans le XIVe siècle, quand le peuple commença

signification qui n'a pas été voulue par le sculpteur, mais qui a d'autant plus de valeur qu'elle est inintentionnelle. Je veux dire l'association intime de la beauté de la nature inférieure dans les animaux et les fleurs avec la beauté de la nature plus élevée dans la forme humaine. Vous n'avez jamais ceci dans l'œuvre grecque. Les statues grecques sont toujours isolées ; de blanches surfaces de pierre, ou des profondeurs d'ombre, font ressortir la forme de la statue tandis que le monde de la nature inférieure qu'ils méprisaient était retiré de leur cœur dans l'obscurité. Ici la statue drapée semble le type de l'esprit chrétien, sous beaucoup de rapports, plus faible et plus contractée mais plus pure; revêtue de ses robes blanches et de sa couronne, et avec les richesses de toute la création à côté d'elle.

« Le premier degré du changement sera placé devant vous dans un instant, simplement en comparant cette statue de la façade ouest de Chartres avec celle de la Madone de la porte du transept sud d'Amiens.

« Cette Madone, avec la sculpture qui l'entoure, représente le point culminant de l'art gothique au XIIIe siècle. La sculpture a progressé continuellement dans l'intervalle ; progressé simplement parce qu'elle devient chaque jour plus sincère et plus tendre et plus suggestive. Chemin faisant, la vieille devise de Douglas : " Tendre et vrai " peut cependant être reprise par nous tous pour nous-mêmes, non moins dans l'art que dans les autres choses. Croyez-le, la première caractéristique universelle de tout grand art est la tendresse, comme la seconde est la vérité. Je trouve ceci chaque jour de plus en plus vrai; un infini de tendresse est le don par excellence et l'héritage de tous les hommes vraiment grands. Il implique sûrement en eux une intensité relative de dédain pour les choses basses et leur donne une apparence sévère et arrogante aux yeux de tous les gens durs, stupides et vulgaires, tout à fait terrifiante pour ceux-ci s'ils sont capables de terreur, et haïssable pour eux s'ils[1] ne sont capables de rien de plus élevé que la haine. L'esprit du Dante est le grand type de cette classe d'esprit. Je dis que le *premier* héritage est la tendresse — le *second* la vérité; parce que la tendresse est dans la nature de la créature, la vérité dans ses habitudes et dans sa connaissance acquise; en outre, l'amour vient le premier, aussi bien dans l'ordre de la dignité que dans celui du temps, et est toujours pur et entier : la vérité, dans ce qu'elle a de meilleur, est parfaite.

« Pour revenir à notre statue, vous remarquerez que l'arrangement de la sculpture est exactement le même qu'à Chartres. Une

pour la première fois à trouver le christianisme trop grave, fit une foi plus joyeuse pour la France et voulut avoir partout une Madone soubrette aux regards brillants, laissant sa propre Jeanne d'Arc aux yeux sombres se faire brûler comme sorcière; et depuis lors les choses allèrent leur joyeux train, tout droit, " ça allait, ça ira ", aux plus joyeux jours de la guillotine. Mais pourtant ils savaient encore sculpter au XIVe siècle, et la Madone et son linteau d'aubépines en fleurs* sont dignes que vous les regardiez, et encore plus les sculptures aussi délicates et plus calmes** qui sont au-dessus, qui racontent la

sévère draperie tombante rehaussée sur les côtés par un riche ornement floral; mais la statue est maintenant complètement animée; elle n'est plus immuable comme un pilier rigide, mais elle se penche en dehors de sa niche et l'ornement floral, au lieu d'être une guirlande conventionnelle est un exquis arrangement d'aubépines. L'œuvre toutefois dans l'ensemble, quoique parfaitement caractéristique du progrès de l'époque comme style et comme intention, est, en certaines qualités plus subtiles, inférieure à celle de Chartres. Individuellement, le sculpteur, quoique appartenant à une école d'art plus avancée, était lui-même un homme d'une qualité d'âme inférieure à celui qui a travaillé à Chartres. Mais je n'ai pas le temps de vous indiquer les caractères plus subtils auxquels je reconnais ceci.

« Cette statue marque donc le point culminant de l'art gothique parce que, jusqu'à cette époque, les yeux de ses artistes avaient été fermement fixés sur la vérité naturelle; ils avaient été progressant de fleur en fleur, de forme en forme, de visage en visage, gagnant perpétuellement en connaissance et en véracité, perpétuellement, par conséquent, en puissance et en grâce. Mais arrivés à ce point un changement fatal se fit dans leur idéal. De la statue, ils commencèrent à tourner leur attention principalement sur la niche de la statue, et de l'ornement floral aux moulures qui l'entouraient, etc. » (*The two Paths,* § 33-39).

* Moins charmantes[1] que celles de Bourges. Bourges est la cathédrale de l'aubépine (cf. *Stones of Venice :* « L'architecte de la cathédrale de Bourges aimait l'aubépine, aussi a-t-il couvert son porche d'aubépines. C'est une parfaite Niobé de mai. Jamais il n'y eut une pareille aubépine. Vous la cueilleriez immédiatement sans la crainte de vous piquer »).

** « Remarquez[2] que le calme est l'attribut de l'art le plus élevé. » (*Relations de Michel-Ange et de Tintoret,* § 219 à propos d'une comparaison entre les anges de Della Robbia et de Donatello « attentifs à ce qu'ils chantent, ou même transportés — les anges de Bernardino Luini, pleins d'une conscience craintive — et les anges de Bellini qui, au contraire, même les plus jeunes, chantent avec autant de calme que filent les Parques ».)

propre histoire de saint Honoré dont on parle peu aujourd'hui dans le faubourg de Paris qui porte son nom.

« Mais vous devez être impatient[1] d'entrer dans la cathédrale. Mettez d'abord un sou dans la boîte de chacun des mendiants qui se tiennent là*. Ce n'est pas votre affaire de savoir s'ils devraient ou non être là ou s'ils méritent d'avoir le sou. Sachez seulement si vous-même méritez d'en avoir un à donner et donnez-le joliment et non comme s'il vous brûlait les doigts[3]. »

C'est ce deuxième itinéraire[4], le plus simple, et celui, je suppose, que vous préférerez, que j'ai suivi, la première fois que je suis allé à Amiens; et, au moment où le portail sud m'apparut, je vis devant moi, sur la gauche, à la même place qu'indique Ruskin, les mendiants dont il parle, si vieux d'ailleurs que c'étaient peut-être encore les mêmes. Heureux de pouvoir commencer si vite à suivre les prescriptions ruskiniennes, j'allai avant tout leur faire l'aumône, avec l'illusion, où il entrait de ce fétichisme que je blâmais tout à l'heure, d'accomplir un acte élevé de piété envers Ruskin. Associé à ma charité, de moitié dans mon offrande, je croyais le sentir qui conduisait mon geste. Je connaissais et, à moins de frais, l'état d'âme de Frédéric Moreau dans *L'Éducation sentimentale*, quand sur le bateau, devant Mme Arnoux, il allonge vers la casquette du harpiste sa main fermée et « l'ouvrant avec pudeur » y dépose un louis d'or. « Ce n'était pas, dit Flaubert, la vanité qui le poussait à faire cette aumône devant elle, mais une pensée de bénédiction où il l'associait, un mouvement de cœur presque religieux[5]. »

Puis, étant trop près du portail pour en voir l'ensemble, je revins sur mes pas, et arrivé à la distance qui me parut convenable, alors seulement je regardai. La journée était splendide et j'étais arrivé à l'heure où le soleil fait, à cette époque, sa visite quotidienne à la

* Cf. *Mornings in Florence*[2] : « Mais je veux tout d'abord vous donner un bon conseil, payez bien votre guide ou votre sacristain. Il fera preuve de reconnaissance en échange de vingt sous... Parmi mes connaissances, sur cinquante personnes qui m'écriraient des lettres pleines de tendres sentiments, une seule me donnerait vingt sous. Je vous serai donc obligé si vous me donnez vingt sous pour chacune de ces lettres, quoique j'aie fourni plus de travail que vous ne le soupçonnerez jamais pour les rendre à vos yeux dignes des vingt sous. »

Vierge jadis dorée et que seul il dore aujourd'hui pendant les instants où il lui restitue, les jours où il brille, comme un éclat différent, fugitif et plus doux. Il n'est pas d'ailleurs un saint que le soleil ne visite, donnant aux épaules de celui-ci un manteau de chaleur, au front de celui-là une auréole de lumière. Il n'achève jamais sa journée sans avoir fait le tour de l'immense cathédrale. C'était l'heure de sa visite à la Vierge, et c'était à sa caresse momentanée qu'elle semblait adresser son sourire séculaire, ce sourire que Ruskin trouve, vous l'avez vu, celui d'une soubrette à laquelle il préfère les reines, d'un art plus naïf et plus grave, du porche royal de Chartres[1]. Si j'ai cité le passage où Ruskin explique cette préférence, c'est que *The two Paths* étant de 1858 et *La Bible d'Amiens* de 1885, le rapprochement des textes et des dates montre à quel point *La Bible d'Amiens* diffère de ces livres comme nous en écrivons tant sur les choses que nous avons étudiées pour pouvoir en parler (à supposer même que nous ayons pris cette peine) au lieu de parler des choses parce que nous les avons dès longtemps étudiées, pour contenter un goût désintéressé, et sans songer qu'elles pourraient faire plus tard la matière d'un livre. J'ai pensé que vous aimeriez mieux *La Bible d'Amiens,* de sentir qu'en la feuilletant ainsi, c'étaient des choses sur lesquelles Ruskin a, de tout temps, médité, celles qui expriment par là le plus profondément sa pensée, que vous preniez connaissance; que le présent qu'il vous faisait était de ceux qui sont le plus précieux à ceux qui aiment, et qui consistent dans les objets dont on s'est longtemps servi soi-même sans intention de les donner un jour, rien que pour soi[2]. En écrivant son livre, Ruskin n'a pas eu à travailler pour vous, il n'a fait que publier sa mémoire et vous ouvrir son cœur. J'ai pensé que la Vierge Dorée prendrait quelque importance à vos yeux, quand vous verriez que, près de trente ans avant *La Bible d'Amiens,* elle avait, dans la mémoire de Ruskin, sa place où, quand il avait besoin de donner à ses auditeurs un exemple, il savait la trouver, pleine de grâce et chargée de ces pensées graves à qui il donnait souvent rendez-vous devant elle. Alors elle comptait déjà parmi ces manifestations de la beauté qui ne donnaient pas seulement à ses yeux sensibles une délectation comme il n'en connut jamais de plus vive, dans lesquelles la Nature, en lui donnant[1] ce sens esthétique, l'avait prédestiné à aller chercher, comme dans son expression la plus touchante de qui peut-être recueilli sur la terre du Vrai et du Divin.

Sans doute si, comme on l'a dit, à l'extrême vieillesse, la pensée déserta la tête de Ruskin, comme cet oiseau mystérieux qui dans une toile célèbre de Gustave Moreau[2] n'attend pas l'arrivée de la mort pour fuir la maison, — parmi les formes familières qui traversèrent encore la confuse rêverie du vieillard sans que la réflexion pût s'y appliquer au passage, tenez pour probable qu'il y eut la Vierge Dorée. Redevenue maternelle, comme le sculpteur d'Amiens l'a représentée, tenant dans ses bras la divine enfance, elle dut être comme la nourrice que laisse seule rester à son chevet celui qu'elle a longtemps bercé. Et, comme dans le contact des meubles familiers, dans la dégustation des mets habituels, les vieillards éprouvent, sans presque les connaître, leurs dernières joies, discernables du moins à la peine souvent funeste qu'on leur causerait en les en privant, croyez que Ruskin ressentait un plaisir obscur à voir un moulage de la Vierge Dorée, descendue, par l'entraînement invincible du temps, des hauteurs de sa pensée et des prédilections de son goût, dans la profondeur de sa vie inconsciente et dans les satisfactions de l'habitude.

Telle qu'elle est avec son sourire si particulier, qui fait non seulement de la Vierge une personne, mais de la statue une œuvre d'art individuelle, elle semble rejeter ce portail hors duquel elle se penche, à n'être que le musée où nous devons nous rendre quand nous voulons la voir, comme les étrangers sont obligés d'aller au Louvre pour voir *la Joconde*. Mais si les cathédrales, comme on l'a dit, sont les musées de l'art religieux au moyen âge, ce sont des musées vivants auxquels M. André Hallays ne trouverait rien[3] à redire. Ils n'ont pas été construits pour recevoir les œuvres d'art, mais ce sont elles — si individuelles qu'elles soient d'ailleurs, — qui ont été faites pour eux et ne sauraient sans sacrilège (je ne parle ici que de sacrilège esthétique) être placées ailleurs. Telle qu'elle est[4] avec son sourire si particulier, combien j'aime la Vierge Dorée, avec son sourire de maîtresse de maison céleste; combien j'aime son accueil à cette porte de la cathédrale, dans sa parure exquise et simple d'aubépines. Comme les rosiers, les lys, les figuiers d'un autre porche, ces aubépines sculptées sont encore en fleurs. Mais ce printemps[1] médiéval, si longtemps prolongé, ne sera pas éternel et le vent des siècles a déjà effeuillé devant l'église, comme au jour solennel d'une Fête-Dieu sans parfums, quelques-unes de ses roses de pierre. Un jour sans doute aussi le sourire de la Vierge Dorée (qui a déjà pourtant duré plus que notre foi)[2] cessera, par l'effritement des pierres qu'il écarte gracieusement, de répandre, pour nos enfants, de la beauté, comme, à nos pères croyants, il a versé du courage. Je sens que j'avais tort de l'appeler une œuvre d'art : une statue qui fait ainsi à tout jamais partie de tel lieu de la terre, d'une certaine ville, c'est-à-dire d'une chose qui porte un nom comme une personne, qui est un individu, dont on ne peut jamais trouver la toute pareille sur la face des continents, dont les employés de chemins de fer, en nous criant son nom, à l'endroit où il a fallu inévitablement venir pour la trouver, semblent nous dire, sans le savoir : « Aimez ce que jamais on ne verra deux fois », — une telle statue a peut-être quelque chose de moins universel qu'une œuvre d'art; elle nous retient, en tout[3] cas, par un lien plus fort que celui de l'œuvre d'art elle-même, un de ces liens comme en ont, pour nous garder, les personnes et les pays. La Joconde est la Joconde de Vinci. Que nous importe (sans vouloir déplaire à M. Hallays) son lieu de naissance, que nous importe même qu'elle soit naturalisée française ? — Elle est quelque chose comme une admirable « sans-patrie ». Nulle part où des regards chargés de pensée se lèveront sur elle, elle ne saurait être une « déracinée ». Nous n'en pouvons dire autant de sa sœur souriante et sculptée (combien inférieure du reste, est-il besoin de le dire ?) la Vierge Dorée. Sortie sans doute des carrières voisines d'Amiens, n'ayant accompli dans sa jeunesse qu'un voyage, pour venir au porche Saint-Honoré, n'ayant plus bougé depuis, s'étant peu à peu hâlée à ce vent humide de la Venise du Nord, qui au-dessus d'elle a courbé la flèche, regardant depuis tant de siècles les habitants[4] de cette ville dont elle est le plus ancien et le plus sédentaire habitant*, elle est vraiment une Amiénoise. Ce n'est pas

* Et regardée d'eux : je peux, en ce moment même, voir les hommes qui se hâtent vers la Somme accrue par la marée, en

une œuvre d'art.[1] C'est une belle amie que nous devons laisser sur la place mélancolique de province d'où personne n'a pu réussir à l'emmener, et où, pour d'autres yeux que les nôtres, elle continuera à recevoir en pleine figure le vent et le soleil d'Amiens, à laisser les petits moineaux se poser avec un sûr instinct de la décoration au creux de sa main accueillante, ou picorer les étamines de pierre des aubépines antiques qui lui font depuis tant de siècles une parure jeune. Dans ma chambre une photographie de la Joconde garde seulement la beauté d'un chef-d'œuvre. Près d'elle une photographie de la Vierge Dorée prend la mélancolie d'un souvenir. Mais n'attendons pas que, suivi de son cortège innombrable de rayons et d'ombres qui se reposent à chaque relief de la pierre, le soleil ait cessé d'argenter la grise vieillesse du portail, à la fois étincelante et ternie. Voilà trop longtemps que nous avons perdu de vue Ruskin. Nous l'avions laissé aux pieds de cette même Vierge devant laquelle son indulgence aura patiemment attendu que nous ayons adressé à notre guise notre personnel hommage. Entrons avec lui dans la cathédrale.

« Nous ne pouvons pas y pénétrer plus avantageusement que par cette porte sud, car toutes les cathédrales de quelque importance produisent à peu près le même effet, quand vous entrez par le porche ouest[2], mais je n'en connais pas d'autre qui découvre à ce point sa noblesse, quand elle est vue du transept sud. La rose qui est en face est exquise et splendide et les piliers des bas côtés du transept forment avec ceux du chœur et de la nef un ensemble merveilleux. De là aussi l'abside montre mieux sa hauteur, se découvrant à vous au fur et à mesure que vous avancez du transept dans la nef centrale. Vue de l'extrémité ouest de la nef au contraire, une personne irrévérente pourrait presque croire que ce n'est pas l'abside qui est élevée, mais la nef qui est étroite. Si d'ailleurs vous ne vous sentez pas pris d'admiration pour le chœur et le cercle lumineux qui l'entoure, quand vous élevez vos regards vers lui du centre de la croix, vous[3] n'avez pas besoin de continuer à voyager et à cher-

passant devant le porche qu'ils connaissent pourtant depuis si longtemps, lever les yeux vers « l'Étoile de la Mer ».

cher à voir des cathédrales, car la salle d'attente de n'importe quelle gare du chemin de fer est un lieu qui vous convient mille fois mieux. Mais si, au contraire, il vous étonne et vous ravit d'abord, alors, mieux vous le connaîtrez, plus il vous ravira, car il n'est pas possible à l'alliance de l'imagination et des mathématiques d'accomplir une chose plus puissante et plus noble que cette procession de verrières, en mariant la pierre au verre, ni rien qui paraisse plus grand.

« Quoi que vous voyiez[1] ou soyez forcé de laisser de côté, sans l'avoir vu, à Amiens, si les écrasantes responsabilités de votre existence et les nécessités inévitables d'une locomotion qu'elles précipitent vous laissent seulement un quart d'heure — sans être hors d'haleine — pour la contemplation de la capitale de la Picardie, donnez-le entièrement aux boiseries du chœur de la cathédrale. Les portails, les vitraux en ogives, les roses, vous pouvez voir cela ailleurs aussi bien qu'ici, mais un tel chef-d'œuvre de menuiserie, vous ne le pourrez pas. C'est du flamboyant dans son plein développement juste à la fin du XVe siècle. Vous verrez là l'union de la lourdeur flamande et de la flamme charmante du style français : sculpter le bois a été la joie du Picard; dans tout ce que je connais je n'ai jamais rien vu d'aussi merveilleux qui ait été taillé dans les arbres de quelque pays que ce soit; c'est un bois doux, à jeunes grains; du chêne choisi et façonné pour un tel travail et qui résonne maintenant de la même manière qu'il y a quatre cents ans. Sous la main du sculpteur, il semble s'être modelé comme de l'argile, s'être plié comme de la soie, avoir poussé comme des branches vivantes, avoir jailli comme de la flamme vivante... et s'élance, s'entrelace et se ramifie en une clairière enchantée, inextricable, impérissable, plus pleine de feuillage qu'aucune forêt et plus pleine d'histoire qu'aucun livre*. »

* Commencées le 3 juillet 1508, les 120 stalles furent achevées en 1522, le jour de la Saint-Jean. Le bedeau vous laissera[2] vous promener au milieu de la vie de tous ces personnages qui, dans la couleur de leur personne, les lignes de leur geste, l'usure de leur manteau, la solidité de leur carrure, continuent à découvrir l'essence du bois, à montrer sa force et à chanter sa douceur. Vous verrez Joseph voyager sur la rampe. Pharaon dormir sur la crête où[3] se déroule la figure de ses rêves, tandis que sur les miséricordes inférieures les devins s'occupent à les interpréter. Il vous laissera pincer

Maintenant célèbres dans le monde entier, représentées dans les musées par des moulages, que les gardiens ne laissent pas toucher, ces stalles continuent[2], elles-mêmes si vieilles, si illustres et si belles, à exercer à Amiens, leurs modestes fonctions de stalles — dont elles s'acquittent depuis plusieurs siècles à la grande satisfaction des Amiénois — comme ces artistes qui, parvenus à la gloire, n'en continuent pas moins à garder un petit emploi ou à donner des leçons. Ces fonctions consistent, avant même d'instruire les âmes, à supporter les corps, et c'est à quoi, rabattues pendant chaque office et présentant leur envers, elles s'emploient modestement.

Les bois toujours frottés de ces stalles ont peu à peu revêtu[3] ou plutôt laissé paraître cette sombre pourpre qui est comme leur cœur et que préfère à tout, jusqu'à ne plus pouvoir regarder les couleurs des tableaux qui semblent, après cela, bien grossières, l'œil qui s'en est une fois enchanté. C'est alors une sorte d'ivresse qu'on éprouve à goûter dans l'ardeur toujours plus enflammée du bois ce qui est comme la sève, avec le temps débordante, de l'arbre. La naïveté des personnages ici sculptés prend de la matière dans laquelle ils vivent quelque chose comme de deux fois naturel. Et quant[4] à « ces fruits, ces fleurs, ces feuilles et ces branches », tous motifs tirés de la végétation du pays et que le sculpteur amiénois a sculptés dans du bois d'Amiens, la diversité des plans ayant eu pour conséquence la différence des frottements, on y voit de ces admirables oppositions de tons, où la feuille se détache d'une autre couleur que la tige, faisant[5] penser à ces nobles accents que M. Gallé a su tirer du cœur harmonieux des chênes[6].

Mais il est temps d'arriver à ce que Ruskin appelle plus particulièrement « La Bible d'Amiens », au Porche Occidental. Bible est pris ici au sens propre, non au sens figuré. Le porche d'Amiens n'est pas seulement, dans le sens vague où l'aurait pris Victor Hugo*, un livre de

sans risque d'aucun dommage pour elles les longues cordes de bois et vous les entendrez rendre comme un son d'instrument de musique, qui semble dire et qui prouve, en effet, combien elles sont indestructibles et ténues[1].

* Mlle Marie Nordlinger, l'éminente artiste anglaise, me met sous les yeux une lettre de Ruskin où *Notre-Dame de Paris*, de Victor Hugo, est qualifiée de rebut de la littérature française.

pierre, une Bible de pierre : c'est « La Bible » en pierre. Sans doute, avant de le savoir, quand vous voyez pour la première fois la façade occidentale d'Amiens, bleue dans le brouillard, éblouissante au matin, ayant absorbé le soleil et grassement dorée l'après-midi, rose et déjà fraîchement nocturne au couchant, à n'importe laquelle de ces heures que ses cloches sonnent dans le ciel, et que Claude Monet[1] a fixées dans des toiles sublimes[2] où se découvre la vie de cette chose que les hommes ont faite, mais que la nature a reprise en l'immergeant en elle, une cathédrale, et dont la vie comme celle de la terre en sa double révolution se déroule[3] dans les siècles et d'autre part se renouvelle et s'achève chaque jour, — alors, la dégageant des changeantes couleurs dont la nature l'enveloppe, vous ressentez devant cette façade une impression confuse mais forte. En voyant monter vers le ciel ce fourmillement monumental et dentelé de personnages de grandeur humaine dans leur stature de pierre tenant à la main leur croix, leur phylactère ou leur sceptre, ce monde de saints, ces générations de prophètes, cette suite d'apôtres, ce peuple de rois, ce défilé de pécheurs, cette assemblée de juges, cette envolée d'anges, les uns à côté des autres, les uns au-dessus des autres, debout près de la porte, regardant la ville du haut des niches ou au bord des galeries, plus haut encore, ne recevant plus que vagues et éblouis les regards des hommes au pied des tours et dans l'effluve des cloches, sans doute à la chaleur de votre émotion vous sentez que c'est une grande chose que cette ascension géante, immobile et passionnée. Mais une cathédrale n'est pas seulement une beauté à sentir. Si même ce n'est plus pour vous un enseignement à suivre, c'est du moins encore un livre à comprendre. Le portail d'une cathédrale gothique, et plus particulièrement d'Amiens, la cathédrale gothique par excellence, c'est la Bible. Avant de vous l'expliquer je voudrais, à l'aide d'une citation de Ruskin vous faire comprendre que, quelles que soient vos croyances, la Bible est quelque chose de réel, d'actuel, et que nous avons à trouver en elle autre chose[4] que la saveur de son archaïsme et le divertissement de notre curiosité.

« Les I, VIII, XII, XV, XIX, XXIII et XXIVes psaumes[5], bien appris et crus, sont assez pour toute direction personnelle, ont en eux la loi et la prophétie de tout gouvernement juste, et chaque nouvelle découverte de la science naturelle est anticipée dans le CIVe. Considérez quel autre groupe de littérature historique et didactique a une étendue pareille à celle de la Bible[1].

« Demandez-vous si vous pouvez comparer sa table des matières, je ne dis pas à aucun autre livre, mais à aucune autre littérature. Essayez, autant qu'il est possible à chacun de nous — qu'il soit défenseur ou adversaire de la foi — de dégager son intelligence de l'habitude et de l'association du sentiment moral basé sur la Bible, et demandez-vous quelle littérature pourrait avoir pris sa place ou remplir sa fonction, quand même toutes les bibliothèques de l'univers seraient restées intactes. Je ne suis pas contempteur de la littérature profane, si peu que je ne crois pas qu'aucune interprétation de la religion grecque ait jamais été aussi affectueuse, aucune de la religion romaine aussi révérente que celle qui se trouve à la base de mon enseignement de l'art et qui court à travers le corps entier de mes œuvres. Mais ce fut de la Bible que j'appris les symboles d'Homère et la foi d'Horace*. Le devoir qui me fut imposé dès ma première

* Cf. « Vous êtes[2] peut-être surpris d'entendre parler d'Horace comme d'une personne pieuse. Les hommes sages savent qu'il est sage, les hommes sincères qu'il est sincère. Mais les homme pieux, par défaut d'attention ne savent pas toujours qu'il est pieux. Un grand obstacle à ce que vous le compreniez est qu'on vous a fait construire des vers latins toujours avec l'introduction forcée du mot « Jupiter » quand vous étiez en peine d'un dactyle. Et il vous semble toujours qu'Horace ne s'en servait que quand il lui manquait un dactyle. Remarquez l'assurance qu'il nous donne de sa piété : *Dis pietas mea, et musa cordi est,* etc. » (*Val d'Arno,* chap. IX, § 218, 219, 220, 221 et suiv.). Voyez aussi : « Horace est exactement aussi sincère dans sa foi religieuse que Wordsworth, mais tout pouvoir de comprendre les honnêtes poètes classiques a été enlevé à la plupart de nos gentlemen par l'exercice mécanique de la versification au collège. Dans tout le cours de leur vie, ils ne peuvent se délivrer complètement de cette idée que tous les vers ont été écrits comme exercices et que Minerve n'était qu'un mot commode à mettre comme avant-dernier dans un hexamètre et Jupiter comme dernier. Rien n'est plus faux... Horace consacre son pin favori à Diane, chante son hymne automnal à Faunus, dirige la noble jeunesse de Rome dans son hymne à Apollon, et dit à la petite-fille du fermier que les dieux l'aimeront quoiqu'elle n'ait à leur offrir qu'une poignée

jeunesse[1], en lisant chaque mot des évangiles et des prophéties, de bien me pénétrer qu'il était écrit par la main de Dieu, me laissa l'habitude d'une attention respectueuse qui, plus tard, rendit bien des passages des auteurs profanes, frivoles pour les lecteurs irréligieux, profondément graves pour moi[2]. Jusqu'à quel point mon esprit a été paralysé par les fautes et les chagrins de ma vie*; jusqu'où[5] ma connaissance de la vie est courte, comparée à ce que j'aurais pu apprendre si j'avais marché plus fidèlement dans la lumière qui m'avait été départie, dépasse ma conjecture ou ma confession. Mais comme

de sel et de farine — juste aussi sérieusement que jamais gentleman anglais ait enseigné la foi chrétienne à la jeunesse anglaise, dans ses jours sincères » (*The Queen of the air,* I, 47, 48). Et enfin : « La foi d'Horace en l'esprit de la fontaine de Brundusium, en le Faune de sa colline et en la protection des grands dieux est constante, profonde et effective. » (*Fors Clavigera,* lettre XCII, 111.)

* Cf. *Praeterita,* I, XII : « J'admire[3] ce que j'aurais pu être si à ce moment-là l'amour avait été avec moi au lieu d'être contre moi, si j'avais eu la joie d'un amour permis et l'encouragement incalculable de sa sympathie et de son admiration. » C'est toujours la même idée que le chagrin, sans doute parce qu'il est une forme d'égoïsme[4] est un obstacle au plein exercice de nos facultés. De même plus haut (p. 224 de *La Bible*) : « Toutes les adversités, qu'elles résident dans le *tentation* ou dans la *douleur* » et dans la préface d'*Arrows of the Chase :* « J'ai dit à mon pays des paroles dont pas une n'a été altérée par l'intérêt ou affaiblie par la douleur. » Et dans le texte qui nous occupe *chagrin* est rapproché de *faute* comme dans ces passages *tentation* de *peine* et *intérêt* de *douleur.* « Rien n'est frivole comme les mourants », disait Emerson. À un autre point de vue, celui de la sensibilité de Ruskin, la citation de *Praeterita :* « Que serais-je devenu si l'amour avait été avec moi au lieu d'être contre moi », devrait être rapprochée de cette lettre de Ruskin à Rossetti, donnée par M. Bardoux : « Si l'on vous dit que je suis dur et froid, soyez assuré que cela n'est point vrai. Je n'ai point d'amitiés et point d'amours, en effet; mais avec cela je ne puis lire l'épitaphe des Spartiates aux Thermopyles, sans que mes yeux se mouillent de larmes, et il y a encore, dans un de mes tiroirs, un vieux gant qui s'y trouve depuis dix-huit ans et qui aujourd'hui encore est plein de prix pour moi. Mais si par contre vous vous sentez jamais disposé à me croire particulièrement bon, vous vous tromperez tout autant que ceux qui ont de moi l'opinion opposée. Mes seuls plaisirs consistent à voir, à penser, à lire et à rendre les autres hommes heureux, dans la mesure où je puis le faire, sans nuire à mon propre bien. » — (Note du Traducteur.)

je n'ai jamais écrit pour ma renommée, j'ai été préservé des erreurs[1] dangereuses pour les autres*... et les expressions fragmentaires... que j'ai été capable de donner... se relient à un système général d'interprétation[3] de la littérature sacrée, à la fois classique et chrétienne .... Qu'il y ait[4] une littérature classique[5] sacrée parallèle à celle des Hébreux et se fondant avec les légendes symboliques de la chrétienté au moyen âge, c'est un fait qui apparaît de la manière la plus tendre et la plus frappante dans l'influence indépendante et cependant similaire de Virgile sur le Dante et l'évêque Gawane Douglas[6]. Et l'histoire du lion de Némée[7] vaincu avec l'aide d'Athênê[8] est la véritable racine de la légende du compagnon de saint Jérôme, conquis par la douceur guérissante de l'esprit de vie. Je l'appelle une légende seulement. Qu'Héraklès ait jamais tué** ou saint Jérôme jamais chéri la créature sauvage ou blessée, est sans importance pour nous. Mais la légende de saint Jérôme reprend la prophétie du millénium et prédit avec la Sibylle de Cumes***, et avec Isaïe, un jour où la crainte de l'homme cessera d'être chez les créatures inférieures de la haine, et s'étendra sur elles comme une bénédiction[11], où il ne sera plus fait de mal ni de destruction d'aucune sorte dans toute l'étendue de la Montagne sainte**** et où la paix de la terre sera délivrée de son présent chagrin, comme le présent et glorieux univers animé est sorti du désert naissant dont les profondeurs étaient le séjour des dragons et les montagnes des dômes de feu. Ce jour-là aucun homme ne le connaît*****, mais le royaume de Dieu est déjà venu pour ceux qui ont arraché de leur propre cœur ce qui était rampant et de nature inférieure[14] et ont appris à

* Cf. *The Queen of the air* : « Comme[2] j'ai beaucoup aimé — et non dans des fins égoïstes — la lumière du matin est encore visible pour moi sur les collines, vous pouvez croire en mes paroles et vous serez heureux ensuite de m'avoir cru ! »

** Cf. *La Couronne d'olivier sauvage* : « Le Grec lui-même sur ses poteries ou ses amphores mettait un Hercule égorgeant des lions[9]. »

*** Allusion probable à Virgile : *Nec magnos metuent armenta leones*[10].

**** Allusion à Isaïe, XI, 9[12].

***** Allusion à saint Matthieu, XXIV, 36[13].

chérir ce qui est charmant et humain dans les enfants errants des nuages et des champs*[1]. »

Et peut-être maintenant voudrez-vous bien suivre le résumé que je vais essayer de vous donner, d'après Ruskin, de la Bible écrite au porche occidental d'Amiens[3].

Au milieu est la statue[4] du Christ qui est non au sens figuré, mais au sens propre, la pierre angulaire de l'édifice. À sa gauche (c'est-à-dire à droite pour nous qui en regardant le porche faisons face au Christ, mais nous emploierons les mots gauche et droite par rapport à la statue du Christ) six apôtres : près de lui Pierre, puis s'éloignant de lui, Jacques le Majeur, Jean, Matthieu, Simon. À sa droite Paul[5], puis Jacques l'évêque, Philippe, Barthélemy, Thomas et Jude**. À la suite des apôtres sont les quatre grands prophètes. Après Simon, Isaïe et Jérémie; après Jude, Ézéchiel et Daniel; puis, sur les trumeaux de la façade occidentale tout entière viennent[6] les douze prophètes mineurs; trois sur chacun des quatre trumeaux, et, en commençant par le trumeau qui se trouve le plus à gauche : Osée, Joël, Amos, Michée, Jonas, Abdias, Nahum, Habakuk, Sophonie, Aggée, Zacharie, Malachie. De sorte que la cathédrale, toujours au sens propre, repose sur le Christ et sur les prophètes qui l'ont prédit ainsi que sur les apôtres qui l'ont proclamé. Les prophètes du Christ et non ceux de Dieu le Père :

« La voix du monument tout entier est celle qui vient du ciel au moment de la Transfiguration***[7]. " Voici mon

* Cf. Bossuet, *Élévations sur les Mystères :* « Contenons les vives saillies de nos pensées vagabondes, par ce moyen nous commanderons en quelque sorte aux oiseaux du ciel; ce sera dompter des lions que d'assujettir notre impétueuse colère[2]. »

** M. Huysmans dit : « Les Évangiles insistent pour qu'on ne confonde pas saint Jude avec Judas, ce qui eut lieu, du reste; et, à cause de sa similitude de nom avec le traître, pendant le moyen âge les chrétiens le renient... Il ne sort de son mutisme que pour poser une question au Christ sur la Prédestination et Jésus répond à côté ou pour mieux dire ne lui répond pas », et plus loin parle « du déplorable renom que lui vaut son homonyme Judas » (*La Cathédrale,* p. 454 et 455).

*** Saint Matthieu, XVII, 5[8].

fils bien-aimé, écoutez-le " ». Aussi Moïse qui fut un apôtre non du Christ mais de Dieu, aussi Élie qui fut un prophète non du Christ mais de Dieu, ne sont pas ici. « Mais, ajoute Ruskin, il y a un autre grand prophète qui d'abord ne semble pas être ici. Est-ce que le peuple entrera dans le temple en chantant : " Hosanna au fils de David "*, et ne verra aucune image de son père ?** Le Christ lui-même n'a-t-il pas déclaré : " Je suis la racine et l'épanouissement de David ", et la racine n'aurait près de soi pas trace de la terre qui l'a nourrie ? Il n'en est pas ainsi ; David et son fils sont ensemble. David est le pié-

* Saint Matthieu, XXI,7[1].

** Cette apostrophe[2] permet (malgré des analogies simplement apparentes, « Isaïe déclara aux conservateurs de son temps », « un marchand juif — le roi Salomon — qui avait fait une des fortunes les plus considérables de l'époque » [*Unto this last*]) de faire sentir combien le génie de Ruskin diffère de celui de Renan. De ce même mot « fils de David », Renan dit : « La famille de David était éteinte depuis longtemps. Jésus se laissa pourtant donner un titre sans lequel il ne pouvait espérer aucun succès ; il finit, ce semble, par y prendre plaisir, etc. » L'opposition n'apparaît ici qu'à propos d'une simple dénomination. Mais quand il s'agit de longs versets, elle s'aggrave. On sait avec quelle magnificence dans la *Couronne d'olivier sauvage* (dans *Eagle's nest*), et surtout dans les *Lys des Jardins des Reines,* Ruskin a cité la parole rapportée par saint Luc, IX, 58 : « Jésus lui répondit : " Les renards ont des tanières et les oiseaux du ciel des nids, mais le Fils de l'Homme n'a pas où reposer sa tête ". » Avec cette ingéniosité merveilleuse qui, commentant les Évangiles à l'aide de l'histoire et de la géographie (histoire et géographie d'ailleurs forcément un peu hypothétiques), y donne aux moindres paroles du Christ un tel relief de vie et semble les mouler exactement sur des circonstances et des lieux d'une réalité indiscutable, mais qui parfois risque par là-même d'en restreindre un peu le sens et la portée, Renan, dont il peut être intéressant d'opposer ici la glose à celle de Ruskin, croit voir dans ce verset de saint Luc comme un signe que Jésus commençait à éprouver quelque lassitude de sa vie vagabonde (*Vie de Jésus,* p. 324 des premières éditions). Il semble qu'il y ait dans une telle interprétation, retenu sans doute par un sentiment exquis de la mesure et une sorte de pudeur sacrée, le germe de cette ironie spéciale qui se plaît à traduire, sous une forme terre à terre et actuelle, des paroles sacrées ou seulement classiques. L'œuvre de Renan est sans doute une grande œuvre, une œuvre de génie. Mais par moments on n'aurait pas beaucoup à faire pour voir s'y esquisser comme une sorte de *Belle Hélène* du christianisme.

destal de la statue du Christ. Il tient son sceptre dans la main droite, un phylactère dans la gauche[1].

« De la statue du Christ[2] elle-même je ne parlerai pas, aucune sculpture ne pouvant, ni ne devant satisfaire l'espérance d'une âme aimante qui a appris à croire en lui. Mais à cette époque elle dépassa ce qui avait jamais été atteint jusque-là en tendresse sculptée. Et elle était connue au loin sous le nom de : le beau Dieu d'Amiens[3]. Elle n'était d'ailleurs qu'un signe, un symbole de la présence divine et non une idole, dans notre sens du mot. Et pourtant chacun la concevait comme l'Esprit vivant, venant l'accueillir à la porte du temple, la Parole de vie, le Roi de gloire, le Seigneur des armées. Le " Seigneur des Vertus ", *Dominus Virtutum*[4], c'est la meilleure traduction de l'idée que donnaient à un disciple instruit du XIIIe siècle les paroles du XXIVe psaume[5]. »

Nous ne pouvons pas nous arrêter à chacune des statues du porche occidental. Ruskin vous expliquera le sens des bas-reliefs qui sont placés au-dessous (deux bas-reliefs quatre-feuilles placés au-dessous l'un de l'autre sous chacune d'elles), ceux qui sont placés sous chaque apôtre représentant : le bas-relief supérieur la vertu qu'il a enseignée ou pratiquée, l'inférieur le vice opposé. Au-dessous des prophètes les bas-reliefs figurent leurs prophéties[6].

Sous saint Pierre est le Courage[7] avec un léopard sur son écusson; au-dessous du Courage la Poltronnerie est figurée par un homme qui, effrayé par un animal, laisse tomber son épée, tandis qu'un oiseau continue de chanter : « Le poltron n'a pas le courage d'une grive[8]. » Sous saint André est la Patience dont l'écusson porte un bœuf (ne reculant jamais)[9].

Au-dessous de la Patience*, la Colère[11] : une femme poignardant un homme avec une épée (la Colère, vice essentiellement féminin qui n'a aucun rapport avec l'indignation). Sous saint Jacques, la Douceur dont l'écusson porte un agneau, et la Grossièreté : une femme donnant un coup de pied par-dessus son échanson, « les

* Cf. La description des chapiteaux du Palais des Doges (dans *The Stones of Venice*[10]).

formes de la plus grande grossièreté française étant dans les gestes du cancan ».

Sous saint Jean, l'Amour, l'Amour divin, non l'amour humain : « Moi en eux et toi en moi. » Son écusson supporte un arbre avec des branches greffées dans un tronc abattu. « Dans ces jours-là le Messie sera abattu, mais pas pour lui-même. » Au-dessous de l'Amour, la Discorde : un homme et une femme qui se querellent; elle a laissé tomber sa quenouille. Sous saint Matthieu, l'Obéissance. Sur son écusson, un chameau :

« Aujourd'hui c'est la bête la plus désobéissante et la plus insupportable, dit Ruskin; mais le sulpteur du Nord connaissait peu son caractère. Comme elle passe malgré tout sa vie dans les services les plus pénibles, je pense qu'il l'a choisie comme symbole de l'obéissance passive qui n'éprouve ni joie ni sympathie, comme en ressent le cheval et qui, d'autre part, n'est pas capable de faire du mal comme le bœuf*. Il est vrai que sa morsure est assez dangereuse, mais à Amiens il est fort probable que cela n'était pas connu, même des croisés, qui ne montaient que leurs chevaux ou rien[2]. »

Au-dessous de l'Obéissance, la Rébellion**, un homme claquant du doigt devant son évêque (« comme Henri VIII devant le Pape et les badauds anglais et français devant tous les prêtres quels qu'ils soient[4] »).

Sous saint Simon, la Persévérance caresse un lion et tient sa couronne. « Tiens ferme ce que tu as afin qu'aucun homme ne prenne ta couronne. » Au-dessous, l'Athéisme laisse ses souliers à la porte de l'église[5].

« L'infidèle insensé est toujours représenté, aux XIIe

* Cf. Volney, *Voyage en Syrie*[1].

** Cf. Émile Mâle, *L'Art religieux du XIIIe siècle :* « La rébellion n'apparaît au moyen âge que sous un seul aspect, la désobéissance à l'Église. La rose de Notre-Dame de Paris (ces petites scènes sont presque identiques à Paris, Chartres, Amiens et Reims) offre ce curieux détail : l'homme qui se révolte contre l'évêque porte le bonnet conique des Juifs. Le Juif, qui depuis tant de siècles refusait d'entendre la parole de l'Église, semble être le symbole même de la révolte et de l'obstination[3]. »

et XIIIe siècles, nu-pieds, le Christ ayant ses pieds enveloppés avec la préparation de l'Évangile de la Paix. " Combien sont beaux tes pieds dans tes souliers, ô fille de Prince! "* »

Au-dessous de saint Paul est la Foi. Au-dessous de la Foi est l'Idolâtrie adorant un monstre[2]. Au-dessous de saint Jacques l'évêque est l'Espérance qui tient un étendard avec une croix. Au-dessous de l'Espérance[3], le Désespoir, qui se poignarde[4].

Sous saint Philippe est la Charité qui donne son manteau à un mendiant nu**.

Sous saint Barthélemy[8], la Chasteté avec le phœnix, et au-dessous d'elle, la Luxure, figurée par un jeune homme embrassant une femme qui tient un sceptre et un miroir. Sous saint Thomas, la Sagesse (un écusson avec une racine mangeable signifiant la tempérance commencement de la sagesse). Au-dessous d'elle la Folie : le type usité dans tous les psautiers primitifs d'un glouton armé d'un gourdin. « Le fou a dit dans son cœur : " Il n'y a pas de Dieu, il dévore mon peuple comme un morceau de pain " (psaume LIII)***[9]. Sous saint Jude, l'Humilité

* *Cantique des Cantiques,* VII, 1. La citation précédente se rapporte à *Éphésiens,* VI, 15[1].

** Dans *La Bible d'Amiens,* Ruskin dit[5] : « Dans ces temps-là on ne disait aucune bêtise sur les fâcheuses conséquences d'une charité indistincte. Au-dessous de la Charité, l'Avarice a un coffre et de l'argent, notion moderne commune aux Anglais et aux Amiénois de la divine consommation de la manufacture de laine ». Cf. *Pleasures of England.* « Tandis que[6] la Charité idéale de Giotto, à Padoue, présente à Dieu son cœur dans sa main, et foule aux pieds des sacs d'or, et donne seulement du blé et des fleurs, au porche ouest d'Amiens, elle se contente de vêtir un mendiant avec une pièce de drap de la manufacture de la ville[7]. » La même comparaison est venue certainement d'une manière fortuite à l'esprit de M. Émile Mâle : « La Charité qui tend à Dieu son cœur enflammé, dit-il, est du pays de saint François d'Assise. La Charité qui donne son manteau aux pauvres est du pays de saint Vincent de Paul. » Cf. encore les diverses interprétations de la Charité dans *The Stones of Venice.*

*** Cf. cette expression avec celle d'Achille : δημοβόρος[10], commentée ainsi par Ruskin : « Mais je n'ai pas de mots pour l'étonnement que j'éprouve quand j'entends encore parler de royauté,

qui porte un écusson avec une colombe, et l'Orgueil qui tombe de cheval.

« Remarquez, dit Ruskin, que les apôtres sont tous sereins[3], presque tous portent un livre, quelques-uns une croix, mais tous le même message : " Que la paix soit dans cette maison et si le Fils de la Paix est ici ", etc.*, mais les prophètes tous chercheurs, ou pensifs, ou tourmentés, ou s'étonnant, ou priant, excepté Daniel. Le plus tourmenté de tous est Isaïe. Aucune scène de son martyre n'est représentée, mais le bas-relief qui est au-dessous de lui le montre apercevant le Seigneur dans son temple et cependant il a le sentiment qu'il a les lèvres impures. Jérémie aussi porte sa croix, mais plus sereinement. »

Nous ne pouvons malheureusement pas nous arrêter aux bas-reliefs qui figurent, au-dessous des prophètes, les versets de leurs principales prophéties : Ézéchiel assis devant deux roues**, Daniel tenant un livre que soutiennent des lions***, puis assis au festin de Balthazar, le figuier et la vigne sans feuilles, le soleil et la lune sans lumière qu'a prophétisés Joël****, Amos cueillant les feuilles de la vigne sans fruits pour nourrir ses moutons qui ne trouvent pas d'herbe*****, Jonas s'échappant des flots, puis assis sous un calebassier, Habakuk qu'un ange tient par les cheveux visitant Daniel qui caresse un jeune lion******, les prophéties de Sophonie : les bêtes de Ninive, le Seigneur, une lanterne dans chaque main, le hérisson et le butor*******, etc.

Je n'ai pas le temps de vous conduire aux deux

comme si les nations gouvernées étaient une propriété individuelle et pouvaient être acquises comme des moutons de la chair desquels le roi peut se nourrir et si l'épithète indiquée d'Achille : " Mangeur[1] de peuples ", était le titre approprié de tous les monarques et si l'extension des territoires d'un roi signifiait la même chose que l'agrandissement des terres d'un particulier. » *(Des Trésors des Rois*[2]*.)*

* Saint Luc, x, 5[4].

** Ézéchiel, I, 16.

*** Daniel, VI, 22.

**** Joël, I, 7 et II, 10.

***** Amos, IV, 7.

****** Habakuk, II, 1[5].

******* Sophonie, II, 15 ; I, 12 ; II, 14.

portes secondaires du porche occidental, celle de la Vierge* (qui contient outre la statue de la Vierge : à gauche de la Vierge, celle de l'Ange Gabriel, de la Vierge Annunciade, de la Vierge Visitante, de sainte Élisabeth, de la Vierge présentant l'Enfant et[2] de saint Siméon, et à droite les trois Rois Mages, Hérode, Salomon et la reine de Saba, chaque statue ayant au-dessous d'elle, comme celles du porche principal, des bas-reliefs dont le sujet se rapporte à elle), — et celle de saint Firmin qui contient les statues de saints du Diocèse[3]. C'est sans doute à cause de cela, parce que ce sont « des amis des Amiénois », qu'au-dessous d'eux les bas-reliefs représentent les signes[4] du Zodiaque et les travaux de chaque mois, bas-reliefs que Ruskin admire entre tous. Vous[5] trouverez au musée du Trocadéro les moulages de ces bas-reliefs de la porte Saint-Firmin[6] et dans le livre de M. Mâle des commentaires charmants sur la vérité locale et climatérique de ces petites scènes de genre**.

* Ruskin en arrivant à cette porte dit[1] : « Si vous venez, bonne protestante ma lectrice, venez civilement, et veuillez vous souvenir que jamais le culte d'aucune femme morte ou vivante n'a nui à une créature humaine — mais que le culte de l'argent, le culte de la perruque, le culte du chapeau tricorne et à plumes, ont fait et font beaucoup plus de mal, et que tous offensent des millions de fois plus le Dieu du Ciel, de la Terre et des Étoiles, que toutes les plus absurdes et les plus charmantes erreurs commises par les générations de ses simples enfants sur ce que la Vierge Mère pourrait, ou voudrait, ou ferait, ou éprouverait pour eux. »

** « Ce sont vraiment[7], dit-il en parlant de ces calendriers sculptés, les Travaux et les Jours. » Après avoir montré leur origine byzantine et romane il dit d'eux : « Dans ces petits tableaux, dans ces belles géorgiques de la France, l'homme fait des gestes éternels. » Puis il montre malgré cela le côté tout réaliste et local de ces œuvres : « Au pied des murs de la petite ville du moyen âge commence la vraie campagne... le beau rythme des travaux virgiliens. Les deux clochers de Chartres se dressent au-dessus des moissons de la Beauce et la cathédrale de Reims domine les vignes champenoises. À Paris, de l'abside de Notre-Dame on apercevait les prairies et les bois; les sculpteurs en imaginant leurs scènes de la vie rustique purent s'inspirer de la réalité voisine », et plus loin : « Tout cela est simple, grave, tout près de l'humanité. Il n'y a rien là des grâces un peu fades des fresques antiques : nul amour vendangeur, nul génie ailé qui moissonne. Ce ne sont pas les charmantes déesses florentines de Botticelli qui dansent à la fête de la Primavera

« Je n'ai pas ici[2], dit alors Ruskin, à étudier l'art de ces bas-reliefs. Ils n'ont jamais dû servir autrement que comme guides pour la pensée. Et si le lecteur veut simplement se laisser conduire ainsi, il sera libre de se créer à lui-même de plus beaux tableaux dans son cœur; et en tout cas, il pourra entendre les vérités suivantes qu'affirme leur ensemble.

« D'abord, à travers ce Sermon sur la Montagne d'Amiens, le Christ n'est jamais représenté comme le Crucifié, n'éveille pas un instant la pensée du Christ mort, mais apparaît comme le Verbe Incarné — comme l'Ami présent — comme le Prince de la Paix sur la terre* — comme le Roi Éternel dans le ciel. Ce que sa vie *est,* ce que ses commandements *sont* et ce que son jugement *sera,* voilà ce qui nous est enseigné, non pas ce qu'il a fait jadis, ce qu'il a souffert jadis, mais bien ce qu'il fait à présent, et ce qu'il nous ordonne de faire. Telle est la pure, joyeuse et belle leçon que nous donne le christianisme; et la décadence de cette foi, et les corruptions d'une pratique dissolvante peuvent être attribuées à ce que nous nous sommes accoutumés à fixer nos regards sur la mort du Christ, plutôt que sur sa vie, et à substituer la méditation de sa souffrance passée à celle de notre devoir présent**.

C'est l'homme tout seul, luttant avec la nature; et l'œuvre est[1] si pleine de vie, qu'elle a gardé, après cinq siècles, toute sa puissance d'émouvoir. »

* Isaïe, IX, 5[3].

** Cf. *Lectures on Art,* sur l'imagerie d'un art morbide et réaliste[4]. « Essayez de vous représenter la somme de temps et d'anxieuse et frémissante émotion qui a été gaspillée par ces tendres et délicates femmes de la chrétienté pendant ces derniers six cent ans, comme elles se peignaient ainsi à elles-mêmes, sous l'influence d'une semblable imagerie, ces souffrances corporelles passées depuis longtemps, qui, puisqu'on les conçoit comme ayant été supportées par un être divin, ne peuvent pas, pour cette raison, avoir été plus difficiles à endurer que les agonies d'un être humain quelconque sous la torture; et alors essayez d'apprécier à quel résultat on serait arrivé pour la justice et la félicité de l'humanité si on avait enseigné à ces mêmes femmes le sens profond des dernières paroles qui leur furent dites par leur Maître : " Filles de Jérusalem, ne pleurez pas sur moi, mais pleurez sur vous-mêmes et sur vos enfants ", si on leur avait enseigné à appliquer leur pitié à mesurer les tortures des champs de bataille, les tourments de la mort lente chez les enfants succombant à la faim, bien plus, dans notre propre vie de paix, l'agonie

« Puis secondement, quoique le Christ ne porte pas sa croix, les prophètes affligés, les apôtres persécutés, les disciples martyrs, portent les leurs. Car s'il vous est salutaire de vous rappeler ce que votre créateur immortel a fait pour vous, il ne l'est pas moins de vous rappeler ce que des hommes mortels, nos semblables, ont fait aussi. Vous pouvez, à votre gré, renier le Christ, renoncer à lui, mais le martyre, vous pouvez seulement l'oublier; le nier vous ne le pouvez pas. Chaque pierre de cette construction a été cimentée de son sang. Gardant donc ces choses dans votre cœur, tournez-vous maintenant vers la statue centrale du Christ; écoutez son message et comprenez-le. Il tient le livre de la Loi éternelle dans sa main gauche; avec la droite, il bénit, mais bénit sous conditions : " Fais ceci et tu vivras " ou plutôt dans un sens plus strict, plus rigoureux : " Sois ceci et tu vivras : montrer de la pitié n'est rien, ton âme doit être pleine de pitié; être pur en action n'est rien, tu dois être pur aussi dans ton cœur ".

« Et avec cette parole de la loi inabolie :

" Ceci si tu ne le fais pas, ceci si tu ne l'es pas, tu mourras "*. Mourir — quelque sens que vous donniez au mot — totalement et irrévocablement.

« L'évangile et sa puissance sont entièrement écrits dans[3] les grandes œuvres des vrais croyants : en Normandie et en Sicile, sur les îlots des rivières de France, aux vallées des rivières d'Angleterre, sur les rochers d'Orvieto, près des sables de l'Arno. Mais l'enseignement qui

de créatures qui ne sont ni nourries, ni enseignées, ni secourues, qui s'éveillent au bord du tombeau pour apprendre comment elles auraient dû vivre, et la souffrance encore plus terrible de ceux dont toute l'existence, et non sa fin, est la mort; ceux auxquels le berceau fut une malédiction, et pour lesquels les mots qu'ils ne peuvent entendre " la cendre à la cendre " sont tout ce qu'ils ont jamais reçu de bénédiction. Ceux-là, vous qui pour ainsi dire avez pleuré à ses pieds ou vous êtes tenus près de sa croix, ceux-là vous les avez toujours avec vous! et non pas Lui. »

Cf. *La Bible d'Amiens* sur sainte Geneviève. « Il y a des milliers de jeunes filles pieuses qui n'ont jamais figuré dans aucun calendrier, mais qui ont passé et gâché leur vie dans la désolation, Dieu sait pourquoi, car nous ne le savons pas, mais en voici une, en tout cas, qui ne soupire pas après le martyre et ne se consume pas dans les tourments, mais devient une Tour du Troupeau (allusion à *Michée,* IV, 8) et toute sa vie lui construit un bercail[1]. »

* Saint Luc x[2].

est à la fois le plus simple et le plus complet, qui parle avec le plus d'autorité à l'esprit actif du Nord est celui qui de l'Europe se dégage des premières pierres d'Amiens.

« Toutes les créatures[1] humaines, dans tous les temps et tous les endroits du monde, qui ont des affections chaudes, le sens commun et l'empire sur elle-mêmes, ont été et sont naturellement morales. La connaissance et le commandement de ces choses n'a rien à faire avec la religion*[2].

* Le lecteur trouvera, je pense, une certaine parenté[3] entre l'idée exprimée ici par Ruskin (depuis « Toutes les créatures humaines ») et la théorie de l'Inspiration divine dans le chapitre III : « Il ne sera pas doué d'aptitudes plus hautes ni appelé à une fonction nouvelle. Il sera inspiré... selon les capacités de sa nature » et, cette remarque : « La forme que prit plus tard l'esprit monastique tint beaucoup plus... qu'à un changement amené par le christianisme dans l'idéal de la vertu et du bonheur humains ». Sur cette dernière idée Ruskin a souvent insisté, disant que le culte qu'un païen offrait à Jupiter n'était pas très différent de celui qu'un chrétien, etc... D'ailleurs dans ce même chapitre III de *La Bible d'Amiens,* le Collège des Augures et l'institution des Vestales sont rapprochés des ordres monastiques chrétiens. Mais bien que cette idée soit par le lien que l'on voit si proche des précédentes, et comme leur alliée, c'est pourtant une idée nouvelle. En ligne directe elle donne à Ruskin l'idée de la foi d'Horace et d'une manière générale tous les développements similaires. Mais surtout elle est étroitement apparentée à une idée bien différente de celles que nous signalons au commencement de cette note, l'idée (analysée dans la note des p. 244, 245, 246) de la permanence d'un sentiment esthétique que le christianisme n'interrompt pas. Et maintenant que, de chaînon en chaînon, nous sommes arrivés à une idée si différente de notre point de départ (bien qu'elle ne soit pas nouvelle pour nous), nous devons nous demander si ce n'est pas l'idée de la continuité de l'art grec par exemple, des métopes du Parthénon aux mosaïques de Saint-Marc et au labyrinthe d'Amiens (idée qu'il n'a probablement crue vraie que parce qu'il l'avait trouvée belle) qui aura ramené Ruskin étendant cette vue d'abord esthétique à la religion et à l'histoire, à concevoir pareillement le collège des Augures comme assimilable à l'Institution bénédictine, la dévotion à Hercule comme équivalente à la dévotion à saint Jérôme, etc., etc.

Mais du moment que la religion chrétienne différait peu de la religion grecque (idée : « plutôt qu'à un changement amené par le christianisme dans l'idée de la vertu et du bonheur humains ») Ruskin n'avait pas besoin, au point de vue logique, de séparer si fortement la religion et la morale. Aussi il y a dans cette nouvelle idée, si même c'est la première qui a conduit Ruskin à elle, quelque chose

« Mais si, aimant les créatures[1] qui sont comme vous-même, vous sentez que vous aimeriez encore plus chèrement des créatures meilleures que vous-même si elles vous étaient révélées ; si, vous efforçant de tout votre pouvoir d'améliorer ce qui est mal près de vous et autour de vous, vous aimiez à penser au jour où le juge de toute la terre rendra tout juste* et où les petites collines se réjouiront de tous côtés** ; si, vous séparant des compagnons qui vous ont donné toute la meilleure joie que vous ayez eue sur la terre, vous désirez jamais rencontrer de nouveau leurs yeux et presser leurs mains — là où les yeux ne seront plus voilés, où les mains ne failliront plus ; si, vous préparant à être couché[4] sous l'herbe dans le silence et la solitude sans plus voir la beauté, sans plus sentir la joie, vous vouliez vous préoccuper de la promesse qui vous a été faite d'un temps dans lequel vous verriez la lumière de Dieu et connaîtriez les choses que vous aviez soif de connaître, et marcheriez dans la paix de l'amour éternel — alors l'espoir de ces choses pour vous est la religion ; leur substance dans votre vie est la foi. Et dans leur vertu il nous est promis que les royaumes

de plus. Et c'est une de ces vues assez particulières à Ruskin, qui ne sont pas proprement philosophiques et qui ne se rattachent à aucun système, qui, aux yeux du raisonnement purement logique peuvent paraître fausses, mais qui frappent aussitôt toute personne capable, à la couleur particulière d'une idée, de deviner, comme ferait un pêcheur pour les eaux, sa profondeur. Je citerai dans ce genre parmi les idées de Ruskin, qui peuvent paraître les plus surannées aux esprits banals, incapables d'en comprendre le vrai sens et d'en éprouver la vérité, celle qui tient la liberté pour funeste à l'artiste et l'obéissance et le respect pour essentiels, celle qui fait de la mémoire l'organe intellectuel le plus utile à l'artiste, etc., etc.

Si on voulait essayer de retrouver l'enchaînement souterrain, la racine commune d'idées si éloignées les unes des autres, dans l'œuvre de Ruskin, et peut-être aussi peu liées dans son esprit, je n'ai pas besoin de dire que l'idée notée au bas des pages 212, 213 et 214 à propos de « je suis le seul auteur à penser avec Hérodote » est une simple modalité de « Horace est pieux comme Milton », idée qui n'est elle-même qu'un pendant des idées esthétiques analysées dans la note des pages 244, 245, 246 : « Cette coupole est uniquement un vase grec, cette Salomé une canéphore, ce chérubin une Harpie », etc.

* Genèse, XVIII, 23[2].

** Psaumes, LXV, 13[3].

de ce monde deviendront un jour les royaumes de Notre-Seigneur et de son Christ*[1] ».

Voici terminé l'enseignement que les hommes du XIIIe siècle allaient chercher à la cathédrale et que, par un luxe inutile et bizarre, elle continue à offrir en une sorte de livre ouvert, écrit dans un langage solennel où chaque caractère est une œuvre d'art, et que personne ne comprend plus. Lui donnant un sens moins littéralement religieux qu'au moyen âge ou même seulement un sens esthétique, vous avez pu néanmoins le rattacher à quelqu'un de ces sentiments qui nous apparaissent par-delà notre vie comme la véritable réalité, à une de « ces étoiles à qui il convient d'attacher notre char[3] ». Comprenant mal jusque-là la portée de l'art religieux au moyen âge, je m'étais dit, dans ma ferveur pour Ruskin : Il m'apprendra, car lui aussi, en quelques parcelles du moins, n'est-il pas la vérité ? Il fera entrer mon esprit là où il n'avait pas accès, car il est la porte. Il me purifiera, car son inspiration est comme le lys de la vallée. Il m'enivrera et me vivifiera, car il est la vigne et la vie. Et j'ai senti en effet que le parfum mystique des rosiers de Saron n'était pas à tout jamais évanoui, puisqu'on le respire encore, au moins dans ses paroles. Et voici que les pierres d'Amiens ont pris pour moi la dignité des pierres de Venise, et comme la grandeur qu'avait la Bible, alors qu'elle était encore vérité dans le cœur des hommes et beauté grave dans leurs œuvres. *La Bible d'Amiens* n'était, dans l'intention de Ruskin, que le premier livre d'une série intitulée : *Nos pères nous ont dit ;* et en effet si les vieux prophètes du porche d'Amiens furent sacrés à Ruskin, c'est que l'âme des artistes du XIIIe siècle était encore en eux. Avant même de savoir si je l'y trouverais, c'est l'âme de Ruskin que j'y allais chercher et qu'il a imprimée aussi profondément aux pierres d'Amiens qu'y avaient imprimé la leur ceux qui les sculptèrent, car les paroles du génie peuvent aussi bien que le ciseau donner aux choses une forme immortelle. La littérature aussi est une « lampe du sacrifice » qui se consume pour éclairer les descendants. Je me conformais inconsciemment à l'esprit du titre : *Nos pères nous ont dit,* en allant à Amiens dans ces pensées et

* Saint Jean, *Révélation,* XI, 15[2].

dans le désir d'y lire la Bible de Ruskin. Car Ruskin, pour avoir cru en ces hommes d'autrefois, parce qu'en eux étaient la foi et la beauté, s'était trouvé écrire aussi sa Bible, comme eux pour avoir cru aux prophètes et aux apôtres avaient écrit la leur. Pour Ruskin, les statues de Jérémie, d'Ézéchiel et d'Amos n'étaient peut-être plus tout à fait dans le même sens que pour les sculpteurs d'autrefois les statues de Jérémie, d'Ézéchiel et d'Amos; elles étaient du moins l'œuvre pleine d'enseignements de grands artistes et d'hommes de foi, et le sens éternel des prophéties désapprises. Pour nous, si d'être l'œuvre de ces artistes et le sens de ces paroles ne suffit plus à nous les rendre précieuses, qu'elles soient du moins pour nous les choses[1] où Ruskin a trouvé cet esprit, frère du sien et père du nôtre. Avant que nous arrivions à la cathédrale, n'était-elle pas pour nous surtout celle qu'il avait aimée ? et ne sentions-nous pas qu'il y avait encore des Saintes Écritures, puisque nous cherchions pieusement la Vérité dans ses livres ? Et maintenant nous avons beau nous arrêter devant les statues d'Isaïe, de Jérémie d'Ézéchiel et de Daniel en nous disant : « Voici les quatre grands prophètes, après ce sont les prophètes mineurs, mais il n'y a que quatre grands prophètes », il y en a un de plus qui n'est pas ici et dont pourtant nous ne pouvons pas dire qu'il est absent, car nous le voyons partout. C'est Ruskin : si sa statue n'est pas à la porte de la cathédrale[2], elle est à l'entrée de notre cœur. Ce prophète-là a cessé de faire entendre sa voix. Mais c'est qu'il a fini de dire toutes ses paroles. C'est aux générations de les reprendre en chœur[3].

III[4]

JOHN RUSKIN

Comme les « Muses quittant Apollon leur père pour aller éclairer le monde* », une à une les idées de Ruskin avaient quitté la tête divine qui les avait portées et,

* Titre d'un tableau de Gustave Moreau qui se trouve au musée Moreau[5].

incarnées en livres vivants, étaient allées enseigner les peuples. Ruskin s'était retiré dans la solitude où vont souvent finir les existences prophétiques jusqu'à ce qu'il plaise à Dieu de rappeler à lui le cénobite ou l'ascète[1] dont la tâche surhumaine est finie. Et l'on ne put que deviner, à travers le voile tendu par des mains pieuses, le mystère[2] qui s'accomplissait, la lente destruction d'un cerveau périssable qui avait abrité une postérité immortelle.

Aujourd'hui la mort a fait entrer l'humanité en possession de l'héritage immense que Ruskin lui avait légué. Car l'homme de génie ne peut donner naissance à des œuvres qui ne mourront pas qu'en les créant à l'image non de l'être mortel qu'il est, mais de l'exemplaire d'humanité qu'il porte en lui. Ses pensées lui sont, en quelque sorte, prêtées pendant sa vie, dont elles sont les compagnes. À sa mort, elles font retour à l'humanité et l'enseignent. Telle cette demeure auguste et familière de la rue de La Rochefoucauld[3] qui s'appela la maison de Gustave Moreau tant qu'il vécut et qui s'appelle, depuis qu'il est mort, le Musée Gustave Moreau.

Il y a depuis longtemps un Musée John Ruskin*. Son catalogue semble un abrégé de tous les arts et de toutes les sciences. Des photographies de tableaux de maîtres y voisinent avec des collections de minéraux, comme dans la maison de Gœthe. Comme le Musée Ruskin, l'œuvre de Ruskin[4] est universelle. Il chercha la vérité, il trouva la beauté jusque dans les tableaux chronologiques et dans les lois sociales. Mais les logiciens ayant donné[5] des « Beaux Arts »[6] une définition qui exclut aussi bien la minéralogie que l'économie politique, c'est seulement de la partie de l'œuvre de Ruskin qui concerne les « Beaux Arts » tels qu'on les entend généralement, de Ruskin esthéticien et critique d'art que j'aurai à parler ici[7].

On a d'abord dit[8] qu'il était réaliste. Et, en effet, il a souvent répété que l'artiste devait s'attacher à la pure imitation de la nature, « sans rien rejeter, sans rien mépriser, sans rien choisir ».

Mais on a dit aussi qu'il était intellectualiste parce qu'il a écrit que le meilleur tableau était celui qui renfermait les pensées les plus hautes. Parlant du groupe d'enfants qui, au premier plan de la *Construction de Carthage*

* À Sheffield.

de Turner, s'amusent à faire voguer des petits bateaux, il concluait : « Le choix exquis de cet épisode, comme moyen d'indiquer le génie maritime d'où devait sortir la grandeur future de la nouvelle cité, est une pensée qui n'eût rien perdu à être écrite, qui n'a rien à faire avec les technicismes de l'art. Quelques mots l'auraient transmise à l'esprit aussi complètement que la représentation la plus achevée du pinceau. Une pareille pensée est quelque chose de bien supérieur à tout art; c'est de la poésie de l'ordre le plus élevé. » « De même, ajoute Milsand* qui cite ce passage, en analysant une *Sainte Famille* de Tintoret, le trait auquel Ruskin reconnaît le grand maître, c'est un mur en ruines et un commencement de bâtisse, au moyen desquels l'artiste fait symboliquement comprendre que la nativité du Christ était la fin de l'économie juive et l'avènement de la nouvelle alliance. Dans une composition du même Vénitien, une *Crucifixion,* Ruskin voit un chef-d'œuvre de peinture parce que l'auteur a su, par un incident en apparence insignifiant, par l'introduction d'un âne broutant des palmes à l'arrière-plan du Calvaire, affirmer l'idée profonde que c'était le matérialisme juif, avec son attente d'un Messie tout temporel et avec la déception de ses espérances lors de l'entrée à Jérusalem, qui avait été la cause de la haine déchaînée contre le Sauveur et, par là, de sa mort. »

On a dit qu'il supprimait la part de l'imagination dans l'art en y faisant à la science une part trop grande. Ne disait-il pas que « chaque classe de rochers, chaque variété de sol, chaque espèce de nuage doit être étudiée et rendue avec une exactitude géologique et météorologique ?... Toute formation géologique a ses traits essentiels qui n'appartiennent qu'à elle, ses lignes déterminées de fracture qui donnent naissance à des formes constantes dans les terrains et les rochers, ses végétaux particuliers, parmi lesquels se dessinent encore des différences plus particulières par suite des variétés d'élévation et de température. Le peintre observe dans la plante tous ses caractères de

* Entre les écrivains qui ont parlé de Ruskin, Milsand a été un des premiers, dans l'ordre du temps, et par la force de la pensée. Il a été une sorte de précurseur, de prophète inspiré et incomplet et n'a pas assez vécu pour voir se développer l'œuvre qu'il avait en somme annoncée[1].

forme et de couleur... saisit les lignes de rigidité ou de repos... remarque ses habitudes locales, son amour ou sa répugnance pour telle ou telle exposition, les conditions qui la font vivre ou qui la font périr. Il l'associe... à tous les traits des lieux qu'elle habite... Il doit retracer la fine fissure et la courbe descendante et l'ombre ondulée du sol qui s'éboule et cela le rendre d'un doigt aussi léger que les touches de la pluie... Un tableau est admirable en raison du nombre et de l'importance des renseignements qu'il nous fournit sur les réalités* ».

Mais on a dit, en revanche, qu'il ruinait la science en y faisant la place trop grande à l'imagination. Et, de fait, on ne peut s'empêcher de penser au finalisme naïf de Bernardin de Saint-Pierre disant que Dieu a divisé les melons par tranches pour que l'homme les mange plus facilement, quand on lit des pages comme celle-ci : « Dieu a employé la couleur dans sa création comme l'accompagnement de tout ce qui est pur et précieux, tandis qu'il a réservé aux choses d'une utilité seulement matérielle ou aux choses nuisibles les teintes communes. Regardez le cou d'une colombe et comparez-le au dos gris d'une vipère. Le crocodile est gris, l'innocent lézard est d'un vert splendide. »

Si l'on a dit qu'il réduisait l'art à n'être que le vassal de la science, comme il a poussé la théorie de l'œuvre d'art considérée comme renseignement sur la nature des choses jusqu'à déclarer qu' « un Turner en découvre plus sur la nature des roches qu'aucune académie n'en saura jamais », et qu' « un Tintoret n'a qu'à laisser aller sa main pour révéler sur le jeu des muscles une multitude de vérités qui déjoueront tous les anatomistes de la terre », on a dit aussi qu'il humiliait la science devant l'art.

On a dit enfin que c'était un pur esthéticien et que sa

* Dans *The Stones of Venice,* et il y revient dans *Val d'Arno,* dans *La Bible d'Amiens,* etc., Ruskin considère les pierres brutes comme étant déjà une œuvre d'art que l'architecte ne doit pas mutiler : « En elles est déjà écrite une histoire et dans leurs veines et leurs zones, et leurs lignes brisées, leurs couleurs écrivent les légendes diverses toujours exactes des anciens régimes politiques du royaume des montagnes auxquelles ces marbres ont appartenu, de ses infirmités et de ses énergies, de ses convulsions et de ses consolidations depuis le commencement des temps[1].

seule religion était celle de la Beauté, parce qu'en effet il l'aima toute sa vie.

Mais, par contre, on a dit que ce n'était même pas un artiste, parce qu'il faisait intervenir dans son appréciation de la beauté des considérations peut-être supérieures, mais en tout cas étrangères à l'esthétique. Le premier chapitre des *Sept lampes de l'architecture* prescrit à l'architecte de se servir des matériaux les plus précieux et les plus durables, et fait dériver ce devoir du sacrifice de Jésus, et des conditions[1] permanentes du sacrifice agréable à Dieu, conditions qu'on n'a pas lieu de considérer comme modifiées, Dieu ne nous ayant pas fait connaître expressément qu'elles l'aient été. Et dans les *Peintres modernes,* pour trancher la question de savoir qui a raison des partisans de la couleur et des adeptes du clair-obscur, voici un de ses arguments : « Regardez l'ensemble de la nature et comparez généralement les arcs-en-ciel, les levers de soleil, les roses, les violettes, les papillons, les oiseaux, les poissons rouges, les rubis, les opales, les coraux, avec les alligators, les hippopotames, les requins, les limaces, les ossements, les moisissures, le brouillard et la masse des choses qui corrompent, qui piquent, qui détruisent, et vous sentirez alors comme la question se pose entre les coloristes et les clair-obscuristes, lesquels ont la nature et la vie de leur côté, lesquels le péché et la mort. »

Et comme on a dit de Ruskin tant de choses contraires, on en a conclu qu'il était contradictoire.

De tant d'aspects de la physionomie de Ruskin, celui qui nous est le plus familier[2], parce que c'est celui dont nous possédons, si l'on peut ainsi parler, le portrait le plus étudié et le mieux venu, le plus frappant et le plus répandu*, c'est le Ruskin[3] qui n'a connu toute sa vie qu'une religion : celle de la Beauté.

Que l'adoration de la Beauté ait été, en effet, l'acte perpétuel de la vie de Ruskin, cela peut être vrai à la

* Le Ruskin de M. de La Sizeranne. Ruskin a été considéré jusqu'à ce jour, et à juste titre, comme le domaine propre de M. de La Sizeranne ; si j'essaie parfois de m'aventurer sur ses terres, ce ne sera certes pas pour méconnaître ou pour usurper son droit qui n'est pas que celui du premier occupant. Au moment d'entrer dans ce sujet que le monument magnifique qu'il a élevé à Ruskin domine de toute part, je lui devais ainsi rendre hommage et payer tribut.

lettre; mais j'estime que le but de cette vie, son intention profonde, secrète et constante était autre, et si je le dis, ce n'est pas pour prendre le contre-pied du système de M. de La Sizeranne, mais pour empêcher qu'il ne soit rabaissé dans l'esprit[1] des lecteurs par une interprétation fausse, mais naturelle et comme inévitable.

Non seulement la principale religion de Ruskin fut la religion tout court (et je reviendrai sur ce point tout à l'heure, car il domine et caractérise son esthétique), mais, pour nous en tenir en ce moment à la « Religion de la Beauté », il faudrait avertir notre temps qu'il ne peut prononcer ces mots, s'il veut faire une allusion juste à Ruskin, qu'en redressant le sens que son dilettantisme esthétique est trop porté à leur donner. Pour un âge, en effet, de dilettantes et d'esthètes, un adorateur de la Beauté, c'est un homme qui, ne pratiquant pas d'autre culte que le sien et ne reconnaissant pas d'autre dieu qu'elle, passerait sa vie dans la jouissance que donne la contemplation voluptueuse des œuvres d'art.

Or, pour des raisons dont la recherche toute métaphysique dépasserait une simple étude d'art, la Beauté ne peut pas être aimée d'une manière féconde si on l'aime seulement pour les plaisirs qu'elle donne. Et, de même que la recherche du bonheur pour lui-même n'atteint que l'ennui, et qu'il faut pour le trouver chercher autre chose que lui, de même le plaisir esthétique nous est donné par surcroît si nous aimons la Beauté pour elle-même, comme quelque chose de réel existant en dehors de nous et infiniment plus important que la joie qu'elle nous donne. Et, très loin d'avoir été un dilettante ou un esthète, Ruskin fut précisément le contraire, un de ces hommes à la Carlyle, averti par leur génie de la vanité de tout plaisir et, en même temps, de la présence auprès d'eux d'une réalité éternelle, intuitivement perçue par l'inspiration. Le talent leur est donné comme un pouvoir de fixer cette réalité à la toute-puissance et à l'éternité de laquelle, avec enthousiasme et comme obéissant[2] à un commandement de la conscience, ils consacrent, pour lui donner quelque valeur, leur vie éphémère. De tels hommes, attentifs et anxieux devant l'univers à déchiffrer, sont avertis des parties de la réalité sur lesquelles leurs dons spéciaux leur départissent une lumière particulière, par une sorte de démon qui les guide, de voix qu'ils entendent, l'éternelle inspiration des êtres géniaux. Le don spécial, pour Ruskin, c'était le sentiment de la Beauté, dans la nature comme dans l'art. Ce fut dans la Beauté que son tempérament le conduisit à chercher la réalité, et sa vie toute religieuse en reçut un emploi tout esthétique. Mais cette Beauté à laquelle il se trouva ainsi consacrer sa vie ne fut pas conçue par lui comme un objet de jouissance fait pour la charmer, mais comme une réalité infiniment plus importante que la vie, pour laquelle il aurait donné la sienne. De là vous allez voir découler l'esthétique de Ruskin. D'abord vous comprendrez que les années où il fait connaissance avec une nouvelle école d'architecture et de peinture aient pu être les dates principales de sa vie morale. Il pourra parler des années où le gothique lui apparut avec la même gravité, le même retour ému, la même sérénité qu'un chrétien parle du jour où la vérité lui fut révélée. Les événements de sa vie sont intellectuels et les dates importantes sont celles où il pénètre une nouvelle forme d'art, l'année où il comprend Abbeville, l'année où il comprend Rouen, le jour où la peinture de Titien et les ombres dans la peinture de Titien lui apparaissent comme plus nobles que la peinture de Rubens, que les ombres dans la peinture de Rubens.

Vous comprendrez ensuite que, le poète étant pour Ruskin, comme pour Carlyle, une sorte de scribe écrivant sous la dictée de la nature une partie plus ou moins importante de son secret, le premier devoir de l'artiste est de ne rien ajouter de son propre cru à ce message divin. De cette hauteur vous verrez s'évanouir, comme les nuées qui se traînent à terre, les reproches de réalisme aussi bien que d'intellectualisme adressés à Ruskin. Si ces objections ne portent pas, c'est qu'elles ne visent pas assez haut. Il y a dans ces critiques erreur d'altitude. La réalité que l'artiste doit enregistrer est à la fois matérielle et intellectuelle. La matière est réelle parce qu'elle est une expression de l'esprit. Quant à la simple apparence, nul n'a plus raillé que Ruskin ceux qui voient dans son imitation le but de l'art. « Que l'artiste, dit-il, ait peint le héros ou son cheval, notre jouissance, en tant qu'elle est causée par la perfection du faux semblant, est exactement la même. Nous ne la goûtons qu'en oubliant le héros et sa monture pour considérer exclusivement l'adresse de l'artiste. Vous pouvez envisager des larmes comme l'effet d'un artifice ou d'une douleur, l'un ou l'autre à votre gré ; mais l'un et l'autre en même temps, jamais ; si elles vous émerveillent comme un chef-d'œuvre de mimique, elles ne[1] sauraient vous toucher comme un signe de souffrance. » S'il attache tant d'importance à l'aspect des choses, c'est que seul il révèle leur nature profonde. M. de La Sizeranne a admirablement traduit une page où Ruskin montre que les lignes maîtresses d'un arbre nous font voir quels arbres néfastes l'ont jeté de côté, quels vents l'ont tourmenté, etc. La configuration d'une chose n'est pas seulement l'image de sa nature, c'est le mot de sa destinée et le tracé de son histoire.

Une autre conséquence de cette conception de l'art est celle-ci : si la réalité est une et si l'homme de génie est celui qui la voit, qu'importe la matière dans laquelle il la figure, que ce soit des tableaux, des statues, des symphonies, des lois, des actes ? Dans ses *Héros*[2], Carlyle ne distingue pas entre Shakespeare et Cromwell, entre Mahomet et Burns. Emerson compte parmi ses *Hommes représentatifs de l'humanité* aussi bien Swedenborg que Montaigne. L'excès du système, c'est, à cause de l'unité de la réalité traduite, de ne pas différencier assez profondément les divers modes de traduction. Carlyle dit qu'il était inévitable que Boccace et Pétrarque fussent de bons diplomates, puisqu'ils étaient de bons poètes. Ruskin commet la même erreur quand il dit qu' « une peinture est belle dans la mesure où les idées qu'elle traduit en images sont indépendantes de la langue des images ». Il me semble que, si le système de Ruskin pèche par quelque côté, c'est par celui-là. Car la peinture ne peut atteindre la réalité une des choses et rivaliser par là avec la littérature, qu'à condition de ne pas être littéraire.

Si Ruskin a promulgué le devoir pour l'artiste d'obéir scupuleusement à ces « voix » du génie qui lui disent ce qui est réel et doit être transcrit, c'est que lui-même a éprouvé ce qu'il y a de véritable dans l'inspiration, d'infaillible dans l'enthousiasme, de fécond dans le respect. Seulement, quoique ce qui excite l'enthousiasme, ce qui commande le respect, ce qui provoque l'inspiration soit différent pour chacun, chacun finit par lui attribuer un caractère plus particulièrement sacré. On peut dire que pour Ruskin cette révélation, ce guide, ce fut la Bible[1].

Arrêtons-nous ici comme à un point fixe, au centre de gravité de l'esthétique ruskinienne. C'est ainsi que son sentiment religieux a dirigé son sentiment esthétique. Et d'abord, à ceux qui pourraient croire qu'il l'altéra, qu'à l'appréciation artistique des monuments, des statues, des tableaux, il mêla des considérations religieuses qui n'y ont que faire, répondons que ce fut tout le contraire. Ce quelque chose de divin que Ruskin sentait au fond du sentiment que lui inspiraient les œuvres d'art, c'était précisément ce que ce sentiment avait de profond, d'original et qui s'imposait à son goût sans être susceptible d'être modifié. Et le respect religieux qu'il apportait à l'expression de ce sentiment, sa peur de lui faire subir en le traduisant la moindre déformation, l'empêcha, au contraire de ce qu'on a souvent pensé, de mêler jamais à ses impressions devant les œuvres d'art aucun artifice de raisonnement qui leur fût étranger. De sorte que ceux qui voient en lui un moraliste et un apôtre aimant dans l'art ce qui n'est pas l'art, se trompent à l'égal de ceux qui, négligeant l'essence profonde de son sentiment esthétique, le confondent avec un dilettantisme voluptueux. De sorte enfin que sa ferveur religieuse, qui avait été le signe de sa sincérité esthétique, la renforça encore et la protégea de toute atteinte étrangère. Que telle ou telle des conceptions de son surnaturel esthétique soit fausse, c'est ce qui, à notre avis, n'a aucune importance. Tous ceux qui ont quelque notion des lois de développement du génie savent que sa force se mesure plus à la force de ses croyances qu'à ce que l'objet de ces croyances peut avoir de satisfaisant pour le sens commun. Mais, puisque le christianisme de Ruskin tenait à l'essence même de sa nature intellectuelle, ses préférences artistiques, aussi profondes, devaient avoir avec lui quelque parenté. Aussi, de même que l'amour des paysages de Turner correspondait chez Ruskin à cet amour de la nature qui lui donna ses plus grandes joies, de même à la nature foncièrement chrétienne de sa pensée correspondit sa prédilection permanente, qui domine toute sa vie, toute son œuvre, pour ce qu'on peut appeler l'art chrétien : l'architecture et la sculpture du moyen âge français, l'architecture, la sculpture et la peinture du moyen âge italien. Avec quelle passion désintéressée il en aima les œuvres, vous n'avez pas besoin d'en chercher les traces dans sa vie, vous en trouverez la preuve dans ses livres. Son expérience était si vaste, que bien souvent les connaissances les plus approfondies dont il fait preuve dans un ouvrage ne sont utilisées ni mentionnées, même par une simple allusion, dans ceux des autres livres où elles seraient à leur place. Il est si riche qu'il ne nous prête pas ses paroles; il nous les donne et ne les reprend plus. Vous savez, par exemple, qu'il écrivit un livre sur la cathédrale d'Amiens. Vous en pourriez conclure que c'est la cathédrale qu'il aimait le plus ou qu'il connaissait le mieux. Pourtant, dans *Les Sept Lampes de l'Architecture,* où la cathédrale de Rouen est citée quarante fois comme exemple, celle de Bayeux neuf fois, Amiens n'est pas cité une fois. Dans *Val d'Arno,* il nous avoue que l'église qui lui a donné la plus profonde ivresse du gothique est Saint-Urbain de Troyes. Or, ni dans *Les Sept Lampes* ni dans *La Bible d'Amiens,* il n'est question une seule fois de Saint-Urbain*. Pour ce qui est de l'absence de références à Amiens dans *Les Sept Lampes,* vous pensez peut-être qu'il n'a connu Amiens qu'à la fin de sa vie ? Il n'en est rien. En 1859, dans une conférence faite à Kensington, il compare longuement La Vierge Dorée d'Amiens avec les statues d'un art moins habile, mais d'un sentiment plus profond, qui semblent soutenir le porche occidental de Chartres. Or, dans *La Bible d'Amiens* où nous pourrions croire qu'il a réuni tout ce qu'il avait pensé sur Amiens, pas une seule fois, dans les pages où il parle de La Vierge Dorée, il ne fait allusion aux statues de Chartres. Telle est la richesse infinie de son amour, de son savoir. Habituellement, chez un écrivain, le retour à de certains exemples préférés, sinon même la répétition de certains développements, vous rappelle que vous avez affaire à un homme qui eut une certaine vie, telles connaissances qui lui tiennent lieu de telles autres, une expérience limitée dont il tire tout le profit qu'il peut. Rien qu'en consultant les index des différents ouvrages de Ruskin, la perpétuelle nouveauté

* Pour être plus exact, il est question une fois de Saint[1] Urbain dans *Les Sept Lampes,* et d'Amiens une fois aussi (mais seulement dans la préface de la 2e édition), alors qu'il y est question d'Abbeville, d'Avranches, de Bayeux, de Beauvais, de Bourges, de Caen, de Caudebec, de Chartres, de Coutances, de Falaise, de Lisieux, de Paris, de Reims, de Rouen, de Saint-Lô, pour ne parler que de la France.

des œuvres citées, plus encore le dédain d'une connaissance dont il s'est servi une fois et, bien souvent, son abandon à tout jamais, donnent l'idée de quelque chose de plus qu'humain, ou plutôt l'impression que chaque livre est d'un homme nouveau qui a un savoir différent, pas la même expérience, une autre vie[1].

C'était le jeu charmant de sa richesse inépuisable de tirer des écrins merveilleux de sa mémoire des trésors toujours nouveaux : un jour la rose précieuse d'Amiens, un jour la dentelle dorée du porche d'Abbeville, pour les marier aux bijoux éblouissants d'Italie.

Il pouvait, en effet, passer ainsi d'un pays à l'autre, car la même âme qu'il avait adorée dans les pierres de Pise était celle aussi qui avait donné aux pierres de Chartres leur forme immortelle. L'unité de l'art chrétien au moyen âge, des bords de la Somme aux rives de l'Arno, nul ne l'a sentie comme lui, et il a réalisé dans nos cœurs le rêve des grands papes du moyen âge : l' « Europe chrétienne ». Si, comme on l'a dit, son nom doit rester attaché au préraphaélisme, on devrait entendre par là non celui d'après Turner, mais celui d'avant Raphaël. Nous pouvons oublier aujourd'hui les services qu'il a rendus à Hunt[2], à Rossetti[3], à Millais[4] ; mais ce qu'il a fait pour Giotto, pour Carpaccio, pour Bellini, nous ne le pouvons pas. Son œuvre divine ne fut pas de susciter des vivants, mais de ressusciter des morts.

Cette unité de l'art chrétien du moyen âge n'apparaît-elle pas à tout moment dans la perspective de ces pages où son imagination éclaire çà et là les pierres de France d'un reflet magique d'Italie ? Nous l'avons vu tout à l'heure dans *Pleasures of England* comparer à la Charité d'Amiens celle de Giotto. Voyez-le[5], dans *Nature of Gothic,* comparer la manière dont les flammes sont traitées dans le gothique italien et dans le gothique français, dont le porche de Saint-Maclou de Rouen est pris comme exemple. Et, dans *Les Sept Lampes de l'Architecture,* à propos de ce même porche, voyez encore se jouer sur ses pierres grises comme un peu des couleurs de l'Italie.

« Les bas-reliefs du tympan du portail de Saint-Maclou, à Rouen, représentent le Jugement dernier, et la partie de l'Enfer est traitée avec une puissance à la fois terrible et grotesque, que je ne pourrais mieux définir que comme un mélange des esprits d'Orcagna et de Hogarth. Les démons sont peut-être même plus effrayants que ceux d'Orcagna; et dans certaines expressions de l'humanité dégradée, dans son suprême désespoir, le peintre anglais est au moins égalé. Non moins farouche est[1] l'imagination qui exprime la fureur et la crainte, même dans la manière de placer les figures. Un mauvais ange, se balançant sur son aile, conduit les troupes des damnés hors du siège du Jugement; ils sont pressés[2] par lui si furieusement, qu'ils sont emmenés non pas simplement à l'extrême limite de cette scène que le sculpteur a enfermée ailleurs à l'intérieur du tympan, mais hors du tympan et *dans les niches* de la voûte; pendant que les flammes qui les suivent, activées, comme il semble, par le mouvement des ailes des anges, font irruption aussi dans les niches et jaillissent au travers de leurs réseaux, les trois[3] niches les plus basses étant représentées comme tout en feu, tandis que, au lieu de leur dais voûté et côtelé habituel, il y a un démon sur le toit de chacune, avec ses ailes pliées, grimaçant hors de l'ombre noire. »

Ce parallélisme des différentes sortes d'arts et des différents pays n'était pas le plus profond auquel il dût s'arrêter. Dans les symboles païens et dans les symboles chrétiens, l'identité de certaines[4] idées religieuses devait le frapper*. M. Ary Renan[5] a remarqué avec profondeur ce qu'il y a déjà du Christ dans le Prométhée de Gustave Moreau. Ruskin, que sa dévotion à l'art chrétien ne rendit jamais contempteur du paganisme[6], a comparé, dans un sentiment esthétique et religieux, le lion de saint Jérôme au lion de Némée[7], Virgile à Dante, Samson à Hercule, Thésée au Prince Noir, les prédictions d'Isaïe aux prédictions de la Sibylle de Cumes. Il n'y a certes pas lieu de comparer Ruskin[8] à Gustave Moreau, mais on peut dire qu'une tendance naturelle, développée

* Dans *Saint Mark's Rest,* il va jusqu'à dire qu'il n'y a qu'un art grec, depuis la bataille de Marathon jusqu'au doge Selvo (Cf. les pages de *La Bible d'Amiens,* où il fait descendre de Dédale, « le premier sculpteur qui ait donné une représentation pathétique de la vie humaine », les architectes qui creusèrent l'ancien labyrinthe d'Amiens); et aux mosaïques du baptistère de Saint-Marc il reconnaît dans un séraphin une Harpie, dans une Hérodiade une canéphore, dans une coupole d'or un vase grec, etc.

par la fréquentation des Primitifs, les avait conduits tous deux à proscrire en art l'expression des sentiments violents, et, en tant qu'elle s'était appliquée à l'étude des symboles, à quelque fétichisme dans l'adoration des symboles eux-mêmes, fétichisme peu dangereux d'ailleurs pour des esprits si attachés au fond au sentiment symbolisé qu'ils pouvaient passer d'un symbole à l'autre, sans être arrêtés par les diversités de pure surface. Pour ce qui est de la prohibition systématique de l'expression des émotions violentes en art, le principe[1] que M. Ary Renan a appelé le principe de la Belle Inertie, où le trouver mieux défini que dans les pages des « Rapports de Michel-Ange et du Tintoret* » ? Quant à l'adoration un peu exclusive

* De même[2] dans *Val d'Arno,* le lion de saint Marc descend en droite ligne du lion de Némée, et l'aigrette qui le couronne est celle qu'on voit sur la tête de l'Hercule de Camarina[3] (*Val d'Arno,* I, § 16, p. 13) avec cette différence indiquée ailleurs dans le même ouvrage (*Val d'Arno,* VIII, § 203, p. 169) « qu'Héraklès assomme la bête et se fait un casque et un vêtement de sa peau, tandis que le Grec saint Marc convertit la bête et en fait un évangéliste ».

Ce n'est pas pour trouver une autre descendance sacrée au lion de Némée que nous avons cité ce passage, mais pour insister sur toute la pensée de la fin de ce chapitre de *La Bible d'Amiens,* « qu'il y a un art sacré classique ». Ruskin ne voulait pas *(Val d'Arno)* qu'on opposât grec à chrétien, mais à gothique (p. 161), « car saint Marc est grec comme Héraklès ». Nous touchons ici à une des idées les plus importantes de Ruskin, ou plus exactement à un des sentiments les plus originaux qu'il ait apportés à la contemplation et à l'étude des œuvres d'art grecques et chrétiennes, et il est nécessaire, pour le faire bien comprendre, de citer un passage de *Saint Mark's Rest,* qui, à notre avis, est un de ceux de toute l'œuvre de Ruskin où ressort le plus nettement, où se voit le mieux à l'œuvre cette disposition particulière de l'esprit qui lui faisait ne pas tenir compte de l'avènement du christianisme, reconnaître déjà une beauté chrétienne dans des œuvres païennes, suivre la persistance d'un idéal hellénique dans des œuvres du moyen âge. Que cette disposition d'esprit, à notre avis tout esthétique au moins logiquement en son essence, sinon chronologiquement en son origine, se soit systématisée dans l'esprit de Ruskin et qu'il l'ait étendue à la critique historique et religieuse, c'est bien certain. Mais même quand Ruskin compare la royauté grecque et la royauté franque (*Val d'Arno,* chap. « Franchise »), quand il déclare dans *La Bible d'Amiens* que « le christianisme n'a pas apporté un grand changement dans l'idéal de la vertu et du bonheur humain », quand il parle comme nous l'avons vu à la page précédente de la religion d'Horace, il ne fait que tirer des conclusions théoriques du plaisir esthétique qu'il avait éprouvé

des symboles, l'étude de l'art du moyen âge italien et français n'y devait-elle pas fatalement conduire ? Et comme, sous l'œuvre d'art, c'était l'âme d'un temps qu'il cherchait, la ressemblance de ces symboles du portail de Chartres aux fresques de Pise devait nécessairement le toucher comme une preuve de l'originalité typique de l'esprit qui animait alors les artistes, et leurs différences comme un témoignage de sa variété. Chez tout autre, les sensations esthétiques eussent risqué d'être refroidies par le raisonnement. Mais[5] tout chez lui était amour et l'ico-

à retrouver dans une Hérodiade une canéphore, dans un séraphin une Harpie, dans une coupole byzantine un vase grec. Voici le passage de *Saint Mark's Rest :* « Et ceci est vrai non pas seulement de l'art byzantin, mais de tout art grec. Laissons aujourd'hui de côté le mot de byzantin. Il n'y a qu'un art grec, de l'époque d'Homère à celle du doge Selvo[1] » (nous pourrions dire de Theognis[2] à la comtesse Mathieu de Noailles), « et ces mosaïques de Saint-Marc ont été exécutées dans la puissance même de Dédale avec l'instinct constructif grec, aussi certainement que fut jamais coffre de Cypselus[3] ou flèche d'Érechtée[4] ».

Puis Ruskin entre dans le baptistère de Saint-Marc et dit : « Au-dessus de la porte est le festin d'Hérode. La fille d'Hérodias danse avec la tête de saint Jean-Baptiste dans un panier sur sa tête; c'est simplement, transportée ici, une jeune fille grecque quelconque d'un vase grec, portant une cruche d'eau sur sa tête... Passons maintenant dans la chapelle sous le sombre dôme. Bien sombre pour mes vieux yeux, à peine déchiffrable pour les vôtres, s'ils sont jeunes et brillants, cela doit être bien beau, car c'est l'origine de tous les fonds à dômes d'or de Bellini, de Cima, et de Carpaccio; lui-même est un vase grec, mais avec de nouveaux dieux. Le Chérubin à dix ailes qui est dans le retrait derrière l'autel porte écrit sur sa poitrine : « Plénitude de la Sagesse ». Il symbolise la largeur de l'Esprit, mais il n'est qu'une Harpie grecque et sur ses membres bien peu de chair dissimule à peine les griffes d'oiseaux qu'ils étaient. Au-dessus s'élève le Christ porté dans un tourbillon d'anges et de même que les dômes de Bellini et de Carpaccio ne sont que l'amplification du dôme où vous voyez cette Harpie, de même le Paradis de Tintoret n'est que la réalisation finale de la pensée contenue dans cette étroite coupole.

« Ces mosaïques ne sont pas antérieures au XIIIe siècle. Et pourtant elles sont encore absolument grecques dans tous les modes de la pensée et dans toutes les formes de la tradition. Les fontaines de feu et d'eau sont purement la forme de la Chimère et de la Sirène, et la jeune fille dansant, quoique princesse du XIIIe siècle à manches d'hermine, est encore le fantôme de quelque douce jeune fille pornographie, telle qu'il l'entendait, se serait mieux appelée iconolâtrie. À ce point[2], d'ailleurs, la critique d'art fait place à quelque chose de plus grand peut-être; elle a presque les procédés de la science, elle contribue à l'histoire. L'apparition d'un nouvel attribut aux porches des cathédrales ne nous avertit pas de changements moins profonds dans l'histoire, non seulement de l'art, mais de la civilisation, que ceux qu'annonce aux géologues l'apparition d'une nouvelle espèce sur la terre. La pierre sculptée par la nature n'est pas plus instructive que la

tant l'eau d'une fontaine d'Arcadie. » Cf. quand Ruskin dit : « Je suis seul, à ce que je crois, à penser encore avec Hérodote. » Toute personne ayant l'esprit assez fin pour être frappée des traits caractéristiques de la physionomie d'un écrivain, et ne s'en tenant pas au sujet de Ruskin à tout ce qu'on a pu lui dire, que c'était un prophète, un voyant, un protestant et autres choses qui n'ont pas grand sens, sentira que de tels traits, bien que certainement secondaires, sont cependant très « ruskiniens ». Ruskin vit dans une espèce de société fraternelle avec tous les grands esprits de tous les temps, et comme il ne s'intéresse à eux que dans la mesure où ils peuvent répondre à des questions éternelles, il n'y a pas pour lui d'anciens et de modernes et il peut parler d'Hérodote comme il ferait d'un contemporain. Comme les anciens n'ont de prix pour lui que dans la mesure où ils sont « actuels », peuvent servir d'illustration à nos méditations quotidiennes, il ne les traite pas du tout en anciens. Mais aussi toutes leurs paroles ne subissant pas le déchet du recul, n'étant plus considérées comme relatives à une époque, ont une plus grande importance pour lui, gardent en quelque sorte la valeur scientifique qu'elles purent avoir, mais que le temps leur avait fait perdre. De la façon dont Horace parle à la fontaine de Bandusie[1], Ruskin déduit qu'il était pieux, « à la façon de Milton ». Et déjà à onze ans, apprenant les odes d'Anacréon pour son plaisir, il y apprit « avec certitude, ce qui me fut très utile dans mes études ultérieures sur l'art grec, que les Grecs aimaient les colombes, les hirondelles, et les roses tout aussi tendrement que moi » (*Praeterita,* § 81). Évidemment pour un Emerson la « culture » a la même valeur. Mais sans même nous arrêter aux différences qui sont profondes, notons d'abord, pour bien insister sur les traits particuliers de la physionomie de Ruskin, que la science et l'art n'étant pas distincts à ses yeux (Voir l'*Introduction,* p. 51-57), il parle des anciens comme savants avec la même révérence que des anciens comme artistes. Il invoque le CIV[e] psaume quand il s'agira de découvertes d'histoire naturelle, se range à l'avis d'Hérodote (et l'opposerait volontiers à l'opinion d'un savant contemporain) dans une question d'histoire religieuse, admire une peinture de Carpaccio comme une contri-

pierre sculptée par l'artiste, et nous ne tirons pas un profit plus grand de celle qui nous conserve un ancien monstre que de celle qui nous montre un nouveau dieu.

Les dessins[1] qui accompagnent les écrits de Ruskin sont à ce point de vue très significatifs. Dans une même planche vous pourrez voir un même motif d'architecture, tel qu'il est traité à Lisieux, à Bayeux, à Vérone et à Padoue, comme s'il[2] s'agissait des variétés d'une même espèce de papillons sous différents cieux. Mais jamais cependant ces pierres qu'il a tant aimées ne deviennent pour lui des exemples abstraits. Sur chaque[3] pierre vous voyez la nuance de l'heure unie à la couleur des siècles. « Courir à Saint-Wulfran d'Abbeville, nous dit-il, *avant que le soleil ait quitté les tours,* fut toujours pour moi une de ces joies pour lesquelles il faut chérir le passé jusqu'à la fin. » Il alla même plus loin; il ne sépara pas les cathédrales de ce fond de rivières et de vallées où elles apparaissent au voyageur qui les approche, comme dans un tableau de primitif. Un de ses dessins les plus instructifs à cet égard est celui que reproduit la deuxième gravure de *Our Father have told us,* et qui est intitulée : *Amiens, le jour des Trépassés.* Dans ces villes d'Amiens, d'Abbeville, de Beauvais, de Rouen, qu'un séjour de Ruskin a consacrées, il passait son temps à dessiner, tantôt dans les églises (« sans être inquiété par le sacristain »), tantôt[4] en plein air. Et ce

bution importante à l'histoire descriptive des perroquets (*Saint Mark's Rest :* The Shrine of the Slaves). Évidemment nous rejoindrions vite ici l'idée de l'art sacré classique (voir plus loin, les notes des pages 244, 245, 246 et des pages 338 et 339) « il n'y a qu'un art grec, etc., saint Jérome et Hercule », etc., chacune de ces idées conduisant aux autres. Mais en ce moment nous n'avons encore qu'un Ruskin aimant tendrement sa bibliothèque, ne faisant pas de différence entre la science et l'art, par conséquent pensant qu'une théorie scientifique peut rester vraie comme une œuvre d'art peut demeurer belle (cette idée n'est jamais explicitement exprimée par lui, mais elle gouverne secrètement et seule a pu rendre possible toutes les autres) et demandant à une ode antique ou à un bas-relief du moyen âge un renseignement d'histoire naturelle ou de philosophie critique, persuadé que tous les hommes sages de tous les temps et de tous les pays sont plus utiles à consulter que les fous, fussent-ils d'aujourd'hui. Naturellement cette inclination est réprimée par un sens critique si juste que nous pouvons entièrement nous fier à lui, et il l'exagère seulement pour le plaisir de faire de petites plaisanteries sur « l'entomologie du XIIIe siècle », etc., etc.

durent être dans ces villes de bien charmantes colonies passagères, que cette troupe de dessinateurs, de graveurs, qu'il emmenait avec lui, comme Platon nous montre les sophistes suivant Protagoras de ville en ville, semblables aussi aux hirondelles, à l'imitation desquelles ils s'arrêtaient de préférence aux vieux toits, aux tours anciennes des cathédrales. Peut-être pourrait-on retrouver encore quelques-uns de ces disciples de Ruskin qui l'accompagnaient aux bords de cette Somme évangélisée de nouveau, comme si étaient revenus les temps de saint Firmin et de saint Salve, et qui, tandis que le nouvel apôtre parlait, expliquait Amiens comme une Bible, prenaient au lieu de notes, des dessins, notes gracieuses dont le dossier se trouve sans doute dans une salle de musée anglais, et où j'imagine que la réalité doit être légèrement arrangée, dans le goût de Viollet-le-Duc. La gravure *Amiens, le jour des Trépassés,* semble[1] mentir un peu pour la beauté. Est-ce la perspective seule, qui approche ainsi, des bords d'une Somme élargie, la cathédrale et l'église Saint-Leu ? Il est vrai que Ruskin pourrait nous répondre en reprenant à son compte les paroles de Turner qu'il a citées dans *Eagle's Nest*[2] et qu'a traduites M. de La Sizeranne : « Turner, dans la première période de sa vie, était quelquefois de bonne humeur et montrait aux gens ce qu'il faisait. Il était un jour à dessiner le port de Plymouth et quelques vaisseaux, à un mille ou deux de distance, vus à contre-jour. Ayant montré ce dessin à un officier de marine, celui-ci observa avec surprise et objecta avec une très compréhensible indignation que les vaisseaux de ligne n'avaient pas de sabords. “ Non, dit Turner, certainement non. Si vous montez sur le mont Edgecumbe et si vous regardez les vaisseaux à contre-jour, sur le soleil couchant, vous verrez que vous ne pouvez apercevoir les sabords. — Bien, dit l'officier toujours indigné, mais vous savez qu'il y a là des sabords ? — Oui, dit Turner, je le sais de reste, mais mon affaire est de dessiner ce que je vois, non ce que je sais[3]. ” »

Si, étant à Amiens, vous allez dans la direction[4] de l'abattoir, vous aurez une vue qui n'est pas différente de celle de la gravure. Vous verrez l'éloignement disposer, à la façon mensongère et heureuse d'un artiste, des monuments, qui reprendront, si ensuite vous vous rapprochez, leur position primitive, toute différente; vous le verrez, par exemple, inscrire dans la façade de la cathédrale la figure d'une des machines à eau de la ville et faire de la géométrie plane avec de la géométrie dans l'espace. Que si néanmoins vous trouvez ce paysage, composé avec goût par la perspective, un peu différent de celui que relate le dessin de Ruskin, vous pourrez en accuser surtout les changements qu'ont apportés dans l'aspect de la ville les presque vingt années écoulées depuis le séjour qu'y fit Ruskin, et, comme il l'a dit pour un autre site qu'il aimait, « tous les *embellissements* survenus, depuis que j'ai composé et médité là* ».

Mais du moins cette gravure de *La Bible d'Amiens* aura associé dans votre souvenir les bords de la Somme et la cathédrale plus que votre vision n'eût sans doute pu le faire à quelque point de la ville que vous vous fussiez placé. Elle vous prouvera mieux que tout ce que j'aurais pu dire, que Ruskin ne séparait pas la beauté[1] des cathédrales du charme de ces pays d'où elles surgirent, et que chacun de ceux qui les visitent goûte[2] encore dans la poésie particulière du pays et le souvenir brumeux ou doré de l'après-midi qu'il y a passé. Non seulement le premier chapitre de *La Bible d'Amiens* s'appelle : *Au bord des courants d'eau*[3] *vive,* mais le livre que Ruskin projetait d'écrire sur la cathédrale de Chartres devait être intitulé : *Les Sources de l'Eure*. Ce n'était donc point seulement dans ses dessins qu'il mettait les églises au bord des rivières et qu'il associait la grandeur des cathédrales gothiques à la grâce des sites français**. Et le charme individuel, qu'est le charme d'un pays, nous le sentirions plus vivement si nous n'avions pas à notre disposition ces bottes de sept lieues que sont les grands express, et si, comme autrefois, pour arriver dans un coin de terre nous étions obligés de traverser des campagnes de plus en plus semblables à celle[5] où nous tendons, comme des zones d'harmonie graduée qui, en la rendant moins aisément pénétrable à ce qui est différent d'elle, en la protégeant

* *Praeterita,* I, ch. II.

** Quelle intéressante collection on ferait avec les paysages de France vus par des yeux anglais : les rivières de France de Turner; le *Versailles,* de Bonington; l'*Auxerre* ou le *Valenciennes,* le *Vézelay* ou l'*Amiens,* de Walter Pater; le *Fontainebleau,* de Stevenson[4] et tant d'autres!

avec douceur et avec mystère de ressemblances fraternelles, ne l'enveloppent pas seulement dans la nature, mais la préparent encore dans notre esprit.

Ces études de Ruskin sur l'art chrétien[1] furent pour lui comme la vérification et la contre-épreuve de ses idées[2] sur le christianisme et d'autres idées que nous n'avons pu indiquer ici et dont nous laisserons tout à l'heure Ruskin définir lui-même la plus célèbre : son horreur du machinisme et de l'art industriel. « Toutes les belles choses furent faites, quand les hommes du moyen âge *croyaient* la pure, joyeuse et belle leçon du christianisme. » Et il voyait ensuite l'art décliner avec la foi, l'adresse prendre la place du sentiment. En voyant le pouvoir de réaliser la beauté qui fut le privilège des âges de foi, sa croyance en la bonté de la foi devait se trouver renforcée. Chaque volume de son dernier ouvrage : *Our Fathers have told us* (le premier seul est écrit) devait comprendre quatre chapitres, dont le dernier était consacré au chef-d'œuvre qui était l'épanouissement de la foi dont l'étude faisait l'objet des trois premiers chapitres. Ainsi le christianisme, qui avait bercé le sentiment esthétique de Ruskin, en recevait une consécration suprême. Et après avoir raillé, au moment de la conduire devant la statue de la Madone, sa lectrice protestante « qui devrait comprendre que le culte d'aucune Dame[3] n'a jamais été pernicieux à l'humanité », ou devant la statue de saint Honoré, après avoir déploré qu'on parlât si peu de ce saint « dans le faubourg de Paris qui porte son nom », il aurait pu dire comme à la fin de *Val d'Arno :*

« Si vous voulez fixer vos esprits sur ce qu'exige de la vie humaine celui qui l'a donnée : " Il t'a montré, homme, ce qui est bien, et qu'est-ce que le Seigneur demande de toi[4], si ce n'est d'agir avec justice et d'aimer la pitié, de marcher humblement avec ton Dieu ? " vous trouverez qu'une telle obéissance est toujours récompensée par une bénédiction. Si vous ramenez vos pensées vers l'état[5] des multitudes oubliées qui ont travaillé en silence et adoré humblement, comme les neiges de la chrétienté ramenaient le souvenir de la naissance du Christ ou le soleil de son printemps le souvenir de sa résurrection, vous connaîtrez que la promesse des anges de Bethléem a été littéralement accomplie, et vous prierez pour que vos champs anglais, joyeusement, comme les bords de l'Arno, puissent encore dédier leurs purs lis à Sainte-Marie-des-Fleurs. »

Enfin les études médiévales de Ruskin confirmèrent, avec sa croyance en la bonté de la foi, sa croyance en la nécessité du travail libre, joyeux et personnel, sans intervention de machinisme. Pour que vous vous en rendiez bien compte, le mieux est de transcrire ici une page très caractéristique de Ruskin. Il parle[1] d'une petite figure de quelques centimètres, perdue au milieu de centaines de figures minuscules, au portail des Libraires[2], de la cathédrale de Rouen.

« Le compagnon est ennuyé et embarrassé dans sa malice, et sa main est appuyée fortement sur l'os de sa joue et la chair de la joue ridée[3] au-dessous de l'œil par la pression. Le tout peut paraître terriblement rudimentaire, si on le compare à de délicates gravures; mais, en le considérant comme devant remplir simplement un interstice de l'extérieur d'une porte de cathédrale et comme l'une quelconque de trois cents figures analogues ou plus, il témoigne[4] de la plus noble vitalité dans l'art de l'époque.

« Nous avons un certain travail à faire pour gagner notre pain, et il doit être fait avec ardeur; d'autre travail à faire pour notre joie, et celui-là doit[5] être fait avec cœur; ni l'un ni l'autre ne doivent être faits à moitié ou au moyen d'expédients, mais avec volonté; et ce qui n'est pas digne de cet effort ne doit pas être fait du tout; peut-être que tout ce que nous avons à faire ici-bas n'a pas d'autre objet que d'exercer le cœur et la volonté, et est en soi-même inutile; mais en tout cas, si peu que ce soit, nous pouvons nous en dispenser si ce n'est pas digne que nous y mettions nos mains et notre cœur. Il ne sied pas[6] à notre immortalité de recourir à des moyens qui contrastent avec son autorité, ni de souffrir qu'un instrument dont elle n'a pas besoin s'interpose entre elle et les choses qu'elle gouverne. Il y a assez[7] de songe-creux, assez de grossièreté et de sensualité dans l'existence humaine, sans en changer en mécanisme les quelques moments brillants; et, puisque notre vie — à mettre les choses au mieux — ne doit être qu'une vapeur qui apparaît un temps, puis s'évanouit, laissons-la du moins apparaître comme un nuage dans la hauteur du ciel et non comme l'épaisse obscurité qui s'amasse autour du souffle de la fournaise et des révolutions de la roue. »

J'avoue qu'en relisant cette page au moment de la mort de Ruskin, je fus pris du désir de voir le petit homme dont il parle. Et j'allai à Rouen comme obéissant à une pensée testamentaire, et comme si Ruskin en mourant avait en quelque sorte confié à ses lecteurs la pauvre créature à qui il avait en parlant d'elle rendu la vie et qui venait, sans le savoir, de perdre à tout jamais celui qui avait fait autant pour elle que son premier sculpteur. Mais quand j'arrivai près de l'immense cathédrale et devant la porte où les saints se chauffaient au soleil, plus haut, des galeries où rayonnaient les rois jusqu'à ces suprêmes altitudes de pierre[1] que je croyais inhabitées et où, ici, un ermite sculpté vivait isolé, laissant les oiseaux demeurer sur son front, tandis que, là, un cénacle d'apôtres écoutait le message[2] d'un ange qui se posait près d'eux, repliant ses ailes, sous un vol de pigeons qui ouvraient les leurs et non loin d'un personnage qui, recevant un enfant sur le dos, tournait la tête d'un geste brusque et séculaire; quand je vis, rangés devant ses porches ou penchés aux balcons de ses tours, tous les hôtes de pierre de la cité mystique respirer le soleil ou l'ombre matinale, je compris qu'il serait impossible de trouver parmi ce peuple surhumain une figure de quelques centimètres. J'allai pourtant au portail des Libraires[3]. Mais comment reconnaître la petite figure entre des centaines d'autres ? Tout à coup, un jeune sculpteur de talent et d'avenir, Mme L. Yeatman[4], me dit : « En voici une qui lui ressemble. » Nous regardons un peu plus bas, et... la voici. Elle ne mesure pas dix centimètres. Elle est effritée, et pourtant c'est son regard encore, la pierre garde le trou qui relève la pupille et lui donne cette expression qui me l'a fait reconnaître. L'artiste mort depuis des siècles a laissé là, entre des milliers d'autres, cette petite personne qui meurt un peu chaque jour, et qui était morte depuis bien longtemps, perdue au milieu de la foule des autres, à jamais. Mais il l'avait mise là. Un jour, un homme pour qui il n'y a pas de mort, pour qui il n'y a pas d'infini matériel, pas d'oubli, un homme qui, jetant loin de lui ce néant qui nous opprime pour aller à des buts qui dominent sa vie, si nombreux qu'il ne pourra pas tous les atteindre alors que nous paraissions en manquer, cet homme est venu, et, dans ces vagues de pierre où chaque écume dentelée paraissait ressembler aux autres, voyant là toutes les lois de la vie, toutes les pensées de l'âme, les nommant de leur nom, il dit[1] : « Voyez, c'est ceci, c'est cela. » Tel qu'au jour du Jugement, qui non loin de là est figuré, il fait entendre en ses paroles comme la trompette de l'archange et il dit : « Ceux qui ont vécu vivront, la matière n'est rien. » Et, en effet, telle que les morts que non loin le tympan figure, réveillés à la trompette de l'archange, soulevés, ayant repris leur forme, reconnaissables, vivants, voici que la petite figure a revécu et retrouvé son regard, et le Juge a dit : « Tu as vécu, tu vivras. » Pour lui, il n'est pas un juge immortel, son corps mourra; mais qu'importe! comme s'il ne devait pas mourir il accomplit sa tâche immortelle, ne s'occupant pas de la grandeur de la chose qui occupe son temps et, n'ayant qu'une vie humaine à vivre, il passe plusieurs jours devant l'une des dix mille figures d'une église. Il l'a dessinée. Elle correspondait pour lui à ces idées qui agitaient sa cervelle, insoucieuse de la vieillesse prochaine. Il l'a dessinée, il en a parlé. Et la petite figure inoffensive et monstrueuse aura ressuscité, contre toute espérance, de cette mort qui semble plus totale que les autres, qui est la disparition au sein de l'infini du nombre et sous le nivellement des ressemblances, mais d'où le génie a tôt fait de nous tirer aussi. En la retrouvant là[2], on ne peut s'empêcher d'être touché. Elle semble vivre et regarder, ou plutôt avoir été prise par la mort dans son regard même, comme les Pompéiens dont le geste demeure interrompu. Et c'est une pensée du sculpteur, en effet, qui a été saisie ici dans son geste par l'immobilité de la pierre. J'ai été touché[3] en la retrouvant là; rien ne meurt donc de ce qui a vécu, pas plus la pensée du sculpteur que la pensée de Ruskin.

En la rencontrant là, nécessaire à Ruskin qui, parmi si peu de gravures qui illustrent son livre*, lui en a consacré une parce qu'elle était[5] pour lui partie actuelle et durable de sa pensée, et agréable à nous parce que sa pensée nous est nécessaire, guide de la nôtre qui l'a rencontrée sur son chemin, nous nous sentions[6] dans un état d'esprit plus rapproché de celui des artistes qui sculptèrent aux tym-

* *The Seven Lamps of Architecture*[4].

pans le Jugement dernier et qui pensaient que l'individu, ce qu'il y a de plus particulier dans une personne, dans une intention, ne meurt pas, reste dans la mémoire de Dieu et sera ressuscité. Qui a raison du fossoyeur ou d'Hamlet quand l'un ne voit qu'un crâne là ou le second se rappelle une fantaisie[1] ? La science peut dire : le fossoyeur; mais elle a compté sans[2] Shakespeare, qui fera durer le souvenir de cette fantaisie au-delà de la poussière du crâne. À l'appel de l'ange, chaque mort se trouve être resté là, à sa place, quand nous le croyions depuis longtemps en poussière. À l'appel de Ruskin, nous voyons la plus petite figure qui encadre un minuscule quatre-feuilles ressuscitée dans sa forme, nous regardant avec le même regard qui semble ne tenir qu'en un millimètre de pierre. Sans doute[3], pauvre petit monstre, je n'aurais pas été assez fort, entre les milliards de pierres des villes, pour te trouver, pour dégager ta figure, pour retrouver ta personnalité, pour t'appeler, pour te faire revivre. Mais ce n'est pas que l'infini, que le nombre, que le néant qui nous oppriment soient très forts; c'est que ma pensée n'est pas bien forte. Certes, tu n'avais en toi rien de vraiment beau. Ta pauvre[4] figure, que je n'eusse jamais remarquée, n'a pas une expression bien intéressante, quoique évidemment elle ait, comme toute personne, une expression qu'aucune autre n'eut jamais. Mais, puisque tu vivais assez pour continuer à regarder de ce même regard oblique, pour que Ruskin te remarquât et, après qu'il eût dit ton nom, pour que son lecteur pût te reconnaître, vis-tu assez maintenant, es-tu assez aimé ? Et l'on ne peut s'empêcher de penser à toi[5] avec attendrissement, quoique tu n'aies pas l'air bon, mais parce que tu es une créature vivante, parce que, pendant de si longs siècles, tu es mort sans espoir de résurrection, et parce que tu es ressuscité. Et un de ces jours peut-être quelque autre ira te trouver à ton portail, regardant avec tendresse ta méchante et oblique figure ressuscitée[6], parce que ce qui est sorti d'une pensée peut seul fixer un jour une autre pensée qui à son tour a fasciné la nôtre. Tu as eu raison de rester là, inregardé, t'effritant. Tu ne pouvais rien attendre de la matière où tu n'étais que du néant. Mais les petits n'ont rien à craindre, ni les morts. Car, quelquefois l'Esprit visite la terre; sur son passage les morts se lèvent, et les petites figures oubliées retrouvent le regard et fixent celui des vivants qui, pour elles, délaissent les vivants qui ne vivent pas et vont chercher de la vie seulement où l'Esprit leur en a montré, dans des pierres qui sont déjà de la poussière et qui sont encore de la pensée.

Celui qui enveloppa les vieilles cathédrales de plus d'amour et de plus de joie que ne leur en dispense le soleil quand il ajoute son sourire fugitif à leur beauté séculaire ne peut pas, à le bien entendre, s'être trompé. Il en est du monde des esprits comme de l'univers physique, où la hauteur d'un jet d'eau ne saurait dépasser la hauteur du lieu d'où les eaux sont d'abord descendues. Les grandes beautés littéraires correspondent à quelque chose, et c'est peut-être l'enthousiasme en art qui est le critérium de la vérité. À supposer que Ruskin se soit quelquefois trompé, comme critique, dans l'exacte appréciation de la valeur d'une œuvre, la beauté de son jugement erroné est souvent plus intéressante que celle de l'œuvre jugée et correspond à quelque chose qui, pour être autre qu'elle, n'est pas moins précieux. Que Ruskin[1] ait tort quand il dit que *Le Beau Dieu* d'Amiens « dépassait en tendresse sculptée ce qui avait été atteint jusqu'alors, bien que toute représentation du Christ doive éternellement décevoir l'espérance que toute âme aimante a mise en lui », et que ce soit M. Huysmans qui ait raison quand il appelle ce même *Dieu* d'Amiens un « bellâtre à figure ovine », c'est[2] ce que nous ne croyons pas, mais c'est ce qu'il importe peu de savoir[3]. Que *Le Beau Dieu* d'Amiens soit ou non ce qu'a cru Ruskin est sans importance pour nous. Comme Buffon a dit que « toutes les beautés intellectuelles qui s'y trouvent (dans un beau style), tous les rapports dont il est composé, sont autant de vérités aussi utiles et peut-être plus précieuses pour l'esprit public que celles qui peuvent faire le fond du sujet », les vérités dont se compose[4] la beauté des pages de *La Bible* sur *Le Beau Dieu* d'Amiens ont une valeur indépendante de la beauté de cette statue et Ruskin ne les aurait pas trouvées s'il en avait parlé avec dédain, car l'enthousiasme seul pouvait lui donner la puissance de les découvrir.

Jusqu'où cette âme merveilleuse a fidèlement reflété l'univers, et sous quelles formes touchantes et tentatrices le mensonge a pu se glisser malgré tout au sein de sa sincérité[5] intellectuelle, c'est ce qu'il ne nous sera peut-être jamais donné de savoir, et ce qu'en tout cas nous ne pouvons chercher ici[1]. Quoi qu'il en soit, il aura été un de ces « génies » dont même ceux d'entre nous qui ont reçu à leur naissance les dons des fées ont besoin pour être initiés à la connaissance et à l'amour d'une nouvelle partie de la Beauté. Bien des paroles qui servent à nos contemporains pour l'échange des pensées portent son empreinte, comme on voit, sur les pièces de monnaiè, l'effigie du souverain du jour. Mort, il continue à nous éclairer, comme ces étoiles éteintes dont la lumière nous arrive encore, et on peut dire de lui ce qu'il disait à la mort de Turner : « C'est par ces yeux, fermés à jamais au fond du tombeau, que des générations qui ne sont pas encore nées verront la nature[2]. »

« Sous quelles formes magnifiques et tentatrices le mensonge a pu se glisser jusqu'au sein de sa sincérité intellectuelle... » Voici ce que je voulais dire : il y a une sorte d'idolâtrie que personne n'a mieux définie que Ruskin dans une page de *Lectures on Art :* « Ç'a été, je crois, non sans mélange de bien, sans doute, car les plus grands maux apportent quelques biens dans leur reflux, ç'a été, je crois, le rôle vraiment néfaste de l'art, d'aider à ce qui, chez les païens comme chez les chrétiens — qu'il s'agisse du mirage des mots, des couleurs ou des belles formes, — doit vraiment, dans le sens profond du mot, s'appeler idolâtrie, c'est-à-dire le fait de servir avec le meilleur de nos cœurs et de nos esprits quelque chère ou triste image que nous nous sommes créée, pendant que nous désobéissons à l'appel présent du Maître, qui n'est pas mort, qui ne défaille pas en ce moment sous sa croix, mais nous ordonne de porter la nôtre*. »

Or, il semble bien qu'à la base de l'œuvre de Ruskin, à la racine de son talent, on trouve précisément cette idolâtrie. Sans doute il ne l'a jamais laissée[4] recouvrir complètement, — même pour l'embellir, — immobiliser, paralyser et finalement tuer, sa sincérité intellectuelle et morale. À chaque ligne de ses œuvres comme à tous les moments de sa vie, on sent ce besoin de sincérité qui lutte contre l'idolâtrie, qui proclame sa vanité, qui humi-

* Cette phrase de Ruskin s'applique, d'ailleurs, mieux à l'idolâtrie telle que je l'entends, si on la prend ainsi isolément, que là où elle est placée dans *Lectures on Art*. J'ai, du reste, donné plus loin[3], dans une note, le début du développement.

lie la beauté devant le devoir, fût-il inesthétique. Je n'en prendrai pas d'exemples dans sa vie (qui n'est pas comme la vie d'un Racine, d'un Tolstoï, d'un Maeterlinck, esthétique d'abord et morale ensuite, mais où la morale fit valoir ses droits dès le début au sein même de l'esthétique — sans peut-être s'en libérer jamais aussi complètement que dans la vie des Maîtres que je viens de citer). Elle est assez connue, je n'ai pas besoin d'en rappeler les étapes, depuis les premiers scrupules qu'il éprouve à boire du thé en regardant des Titien jusqu'au moment où, ayant englouti dans les œuvres philanthropiques et sociales les cinq millions que lui a laissés son père, il se décide à vendre ses Turner. Mais il est un dilettantisme plus intérieur que le dilettantisme de l'action (dont il avait triomphé) et le véritable duel entre son idolâtrie et sa sincérité se jouait non pas à certaines heures de sa vie, non pas dans certaines pages de ses livres, mais à toute minute, dans ces régions profondes, secrètes, presque inconnues à nous-mêmes, où notre personnalité reçoit de l'imagination les images, de l'intelligence les idées, de la mémoire les mots, s'affirme elle-même dans le choix incessant qu'elle en fait, et joue en quelque sorte incessamment le sort de notre vie spirituelle et morale. Dans ces régions-là, j'ai l'impression que le péché d'idolâtrie n'ait cessé[1] d'être commis par Ruskin. Et au moment même où il prêchait la sincérité, il y manquait lui-même, non en ce qu'il disait, mais par la manière dont il le disait. Les doctrines qu'il professait étaient des doctrines morales et non des doctrines esthétiques, et pourtant il les choisissait pour leur beauté. Et comme il ne voulait pas les présenter comme belles, mais comme vraies, il était obligé de se mentir à lui-même sur la nature des raisons qui les lui faisaient adopter. De là une si incessante compromission de la conscience que les doctrines immorales sincèrement professées auraient peut-être été moins dangereuses pour l'intégrité de l'esprit que ces doctrines morales où l'affirmation n'est pas absolument sincère, étant dictée par une préférence esthétique inavouée. Et le péché était commis d'une façon constante, dans le choix même de chaque explication donnée d'un fait, de chaque appréciation donnée sur une œuvre, dans le choix même des mots employés — et finissait par donner à l'esprit qui s'y adonnait ainsi sans cesse une attitude mensongère.

Pour mettre le lecteur plus en état de juger de l'espèce de trompe-l'œil qu'est pour chacun et qu'était évidemment pour Ruskin lui-même une page de Ruskin, je vais citer une de celles que je trouve le plus belles et où ce défaut est pourtant le plus flagrant. On verra que si la beauté y est *en théorie* (c'est-à-dire en apparence, le fond des idées étant[1] toujours dans un écrivain l'apparence, et la forme, la réalité) subordonnée au sentiment moral et à la vérité, en réalité la vérité et le sentiment moral y sont subordonnés au sentiment esthétique, et à un sentiment esthétique un peu faussé par ces compromissions perpétuelles. Il s'agit des *Causes de la décadence de Venise**.

« Ce n'est pas dans le caprice de la richesse, pour le plaisir des yeux et l'orgueil de la vie, que ces marbres furent taillés dans leur force transparente et que ces arches furent parées des couleurs de l'iris. Un message est dans leurs couleurs, qui fut un jour écrit dans le sang ; et un son dans les échos de leurs voûtes, qui un jour remplira la voûte des cieux : " Il viendra pour rendre jugement et justice. " La force de Venise lui fut donnée aussi longtemps qu'elle s'en souvint ; et le jour de sa destruction arriva lorsqu'elle l'eut[3] oublié ; elle vint irrévocable, parce qu'elle n'avait pour l'oublier aucune excuse. Jamais cité n'eut une Bible plus glorieuse. Pour les nations du Nord, une rude et sombre sculpture remplissait leurs temples d'images confuses, à peine lisibles ; mais pour elle, l'art et les trésors de l'Orient avaient doré chaque lettre, illuminé chaque page, jusqu'à ce que le Temple-Livre brillât au loin comme l'étoile des Mages. Dans d'autres villes, souvent les assemblées du peuple se tenaient dans des lieux éloignés de toute association religieuse, théâtre de la violence et des bouleversements ; sur l'herbe du dangereux rempart, dans la poussière de la rue troublée, il y eut des actes accomplis, des conseils tenus à qui nous ne pouvons pas trouver de justification, mais à qui nous pouvons quelquefois donner notre pardon. Mais les péchés de Venise, commis dans

* Comment M. Barrès, élisant, dans un chapitre admirable de son dernier livre, un sénat idéal de Venise, a-t-il omis Ruskin[2] ? N'était-il pas plus digne d'y siéger que Léopold Robert ou Théophile Gautier et n'aurait-il pas été là bien à sa place, entre Byron et Barrès, entre Goethe et Chateaubriand ?

son palais ou sur sa piazza, furent accomplis en présence de la Bible qui était à sa droite. Les murs sur lesquels le livre de la loi était écrit n'étaient séparés que par quelques pouces de marbre de ceux qui protégeaient les secrets de ses conciles ou tenaient prisonnières les victimes de son gouvernement. Et quand, dans ses dernières heures, elle rejeta toute honte et toute contrainte, et que la grande place de la cité se remplit de la folie de toute la terre, rappelons-nous que son péché fut d'autant plus grand qu'il était commis à la face de la maison de Dieu où brillaient les lettres de sa loi.

« Les saltimbanques et les masques rirent leur rire et passèrent leur chemin; et un silence les a suivis qui n'était pas sans avoir été prédit; car au milieu d'eux tous, à travers les siècles et les siècles où s'étaient entassés les vanités et les forfaits, ce dôme blanc de Saint-Marc avait prononcé ces mots dans l'oreille morte de Venise : " Sache que pour toutes ces choses Dieu t'appellera en jugement*. " »

Or, si Ruskin avait été entièrement sincère avec lui-même, il n'aurait pas pensé que les crimes des Vénitiens avaient été plus inexcusables et plus sévèrement punis que ceux des autres hommes parce qu'ils possédaient une église en marbre de toutes couleurs au lieu d'une cathédrale en calcaire, parce que le palais des Doges était à côté de Saint-Marc au lieu d'être à l'autre bout de la ville, et parce que dans les églises byzantines le texte biblique, au lieu d'être simplement figuré comme dans la sculpture des églises du Nord est accompagné, sur les mosaïques, de lettres qui forment une citation de l'Évangile ou des prophéties. Il n'en est pas moins vrai que ce passage des *Stones of Venice* est d'une grande beauté, bien qu'il soit assez difficile de se rendre compte des raisons de cette beauté. Elle nous semble reposer sur quelque chose de faux et nous avons quelque scrupule à nous y laisser aller.

Et pourtant il doit y avoir en elle quelque vérité. Il n'y a pas à proprement parler de beauté tout à fait mensongère, car le plaisir esthétique est précisément celui qui accompagne la découverte d'une vérité. À quel ordre de

* *Stones of Venice*, I, IV, § 71[1]. — Ce verset est tiré de *L'Ecclésiaste*[2], XII, 9.

vérité peut correspondre le plaisir esthétique très vif que l'on prend à lire une telle page, c'est ce qu'il est assez difficile de dire. Elle est elle-même mystérieuse, pleine d'images à la fois de beauté et de religion comme cette même église de Saint-Marc où toutes les figures de l'*Ancien* et du *Nouveau Testament* apparaisssent sur le fond d'une sorte d'obscurité splendide et d'éclat changeant. Je me souviens de l'avoir lue pour la première fois dans Saint-Marc même, pendant une heure d'orage et d'obscurité où les mosaïques ne brillaient plus que de leur propre et matérielle lumière et d'un or interne, terrestre et ancien, auquel le soleil vénitien, qui enflamme jusqu'aux anges des campaniles, ne mêlait plus rien de lui; l'émotion que j'éprouvais à lire là cette page, parmi tous ces anges qui s'illuminaient des ténèbres environnantes, était très grande et n'était pourtant peut-être pas très pure. Comme la joie de voir les belles figures mystérieuses s'augmentait, mais s'altérait du plaisir en quelque sorte d'érudition que j'éprouvais à comprendre les textes apparus en lettres byzantines à côté de leurs fronts nimbés, de même[1] la beauté des images de Ruskin était avivée et corrompue par l'orgueil de se référer au texte sacré. Une sorte de retour égoïste sur soi-même est inévitable dans ces joies mêlées d'érudition et d'art où le plaisir esthétique peut devenir plus aigu, mais non rester aussi pur. Et peut-être cette page des *Stones of Venice* était-elle belle surtout de me donner précisément ces joies mêlées que j'éprouvais dans Saint-Marc, elle qui, comme l'église byzantine, avait aussi dans la mosaïque de son style éblouissant dans l'ombre, à côté de ses images sa citation biblique inscrite auprès. N'en était-il pas d'elle, d'ailleurs, comme de ces mosaïques de Saint-Marc qui se proposaient d'enseigner et faisaient bon marché de leur beauté artistique ? Aujourd'hui elles ne nous donnent plus que du plaisir. Encore le plaisir que leur didactisme donne à l'érudit est-il égoïste, et le plus désintéressé est encore celui que donne à l'artiste cette beauté méprisée ou ignorée même de ceux qui se proposaient seulement d'instruire le peuple et la lui donnèrent par surcroît.

Dans la dernière[2] page de *La Bible d'Amiens,* le « si[3] vous voulez vous souvenir de la promesse qui vous a été faite » est un exemple du même genre. Quand, encore dans *La Bible d'Amiens,* Ruskin termine le morceau sur l'Égypte* en disant : « Elle fut l'éducatrice de Moïse[1] et l'Hôtesse du Christ », passe encore pour l'éducatrice de Moïse : pour éduquer il faut certaines vertus. Mais le fait[2] d'avoir été *« l'hôtesse »* du Christ, s'il ajoute de la beauté à la phrase, peut-il vraiment être mis en ligne de compte dans une appréciation motivée des qualités du génie égyptien ?

C'est avec mes plus chères impressions esthétiques que j'ai voulu lutter ici, tâchant de pousser jusqu'à ses dernières et plus cruelles limites la sincérité intellectuelle. Ai-je besoin d'ajouter que, si je fais, en quelque sorte *dans l'absolu,* cette réserve générale moins sur les œuvres de Ruskin que sur l'essence de leur inspiration et la qualité de leur beauté, il n'en est pas moins pour moi un des plus grands écrivains de tous les temps et de tous les pays. J'ai essayé de saisir en lui, comme en un « sujet » particulièrement favorable à cette observation, une infirmité essentielle à l'esprit humain, plutôt que je n'ai voulu dénoncer un défaut personnel à Ruskin. Une fois que le lecteur aura[3] bien compris en quoi consiste cette « idolâtrie », il s'expliquera l'importance excessive que Ruskin attache dans ses études d'art à la lettre des œuvres (importance dont j'ai signalé, bien trop sommairement, une autre cause dans la préface, voir plus haut page 100[4]) et aussi cet abus des mots « irrévérent », « insolent », et « des difficultés que nous serions insolents de résoudre, un mystère qu'on ne nous a pas demandé d'éclaircir » (*Bible d'Amiens,* p. 239), « que l'artiste se méfie de l'esprit de choix, c'est un esprit insolent » *(Modern Painters),* « l'abside pourrait presque paraître trop grande à un spectateur irrévérent » *(Bible d'Amiens),* etc., etc., — et l'état d'esprit qu'ils révèlent. Je pensais à cette idolâtrie (je pensais aussi à ce plaisir qu'éprouve Ruskin à balancer ses phrases en un équilibre qui semble imposer à la pensée une ordonnance symétrique plutôt que le recevoir d'elle** quand je disais : « Sous quelles formes touchantes et ten-

* Chap. III, § 27.

** Je n'ai pas le temps de m'expliquer aujourd'hui sur ce défaut, mais il me semble qu'à travers ma traduction, si terne qu'elle soit, le lecteur pourra percevoir comme à travers le verre grossier mais brusquement illuminé d'un aquarium, le rapt rapide mais visible que la phrase fait de la pensée, et la déperdition immédiate que la pensée en subit.

tatrices le mensonge a pu malgré tout se glisser au sein de sa sincérité intellectuelle, c'est ce que je n'ai pas à chercher. » Mais j'aurais dû, au contraire, le chercher et pécherais précisément par idolâtrie si je continuais à m'abriter derrière cette formule essentiellement ruskinienne* de respect. Ce n'est pas que je méconnaisse les vertus du respect, il est la condition même de l'amour. Mais il ne doit jamais, là où l'amour cesse, se substituer à lui pour nous permettre de croire sans examen et d'admirer de confiance. Ruskin aurait d'ailleurs été le premier à nous approuver de ne pas accorder à ses écrits une autorité infaillible, puisqu'il la refusait même aux Écritures Saintes. « Il n'y a pas de forme de langage humain où l'erreur n'ait pu se glisser » (*Bible d'Amiens,* III, 49). Mais l'attitude de la « révérence » qui croit « insolent d'éclaircir un mystère » lui plaisait. Pour en finir avec l'idolâtrie et être plus certain qu'il ne reste là-dessus entre le lecteur et moi aucun malentendu, je voudrais faire comparaître ici un de nos contemporains les plus justement célèbres[1] (aussi différent d'ailleurs de Ruskin qu'il se peut !) mais qui dans sa conversation, non dans ses livres, laisse paraître ce défaut et, poussé à un tel excès qu'il est plus facile chez lui de le reconnaître et de le montrer, sans avoir plus besoin de tant s'appliquer à le grossir. Il est quand il parle affligé — délicieusement — d'idolâtrie[2]. Ceux qui[3] l'ont une fois entendu trouveront bien grossière une « imitation » où rien ne subsiste de son agrément, mais sauront pourtant de qui je veux parler, qui je prends ici pour exemple, quand je leur dirai qu'il reconnaît avec admiration dans l'étoffe où se drape une tragédienne, le propre tissu qu'on voit sur la Mort dans *Le Jeune homme et la Mort*[4], de Gustave Moreau, ou dans la toilette d'une de ses amies : « la robe et la coiffure mêmes que portait la princesse de Cadignan le jour où elle vit d'Arthez pour la première fois. » Et en regardant la draperie de la tragédienne ou la robe de la femme du monde, touché par la noblesse de son souvenir, il s'écrie : « C'est bien beau ! » non parce que l'étoffe est belle, mais parce qu'elle est l'étoffe peinte par Moreau ou décrite par Balzac et qu'ainsi elle est à jamais sacrée... aux idolâtres.

* Au cours de *La Bible d'Amiens,* le lecteur rencontrera souvent des formules analogues.

Dans sa chambre vous verrez, vivants dans un vase ou peints à fresque sur le mur par des artistes de ses amis, des dielytras, parce que c'est la fleur même qu'on voit représentée à la Madeleine de Vézelay. Quant à un objet qui a appartenu à Baudelaire, à Michelet, à Hugo, il l'entoure d'un respect religieux. Je goûte trop profondément et jusqu'à l'ivresse les spirituelles[1] improvisations où le plaisir d'un genre particulier qu'il trouve à ces vénérations conduit et inspire notre idolâtre pour vouloir le chicaner là-dessus le moins du monde.

Mais au plus vif de mon[2] plaisir je me demande si l'incomparable causeur — et l'auditeur qui se laisse faire — ne pèchent pas également par insincérité; si parce qu'une fleur (la passiflore) porte sur elle les instruments de la passion, il est sacrilège d'en faire présent à une personne d'une autre religion, et si le fait qu'une maison ait été habitée par Balzac (s'il n'y reste d'ailleurs rien qui puisse nous renseigner sur lui) la rend plus belle. Devons-nous[3] vraiment, autrement que pour lui faire un compliment esthétique, préférer une personne parce qu'elle s'appellera Bathilde[4] comme l'héroïne de Lucien Leuwen ?

La toilette[5] de Mme de Cadignan est une ravissante invention de Balzac parce qu'elle donne une idée de l'art de Mme de Cadignan, qu'elle nous fait connaître l'impression que celle-ci veut produire sur d'Arthez et quelques-uns de ses « secrets[6] ». Mais une fois[7] dépouillée de l'esprit qui est en elle, elle n'est plus qu'un signe dépouillé de sa signification, c'est-à-dire rien; et continuer à l'adorer, jusqu'à s'extasier de la retrouver dans la vie sur un corps de femme, c'est là proprement de l'idolâtrie. C'est le péché intellectuel favori des artistes et auquel il en est bien peu qui n'aient succombé. *Felix culpa !* est-on tenté de dire en voyant combien il a été fécond pour eux en inventions charmantes. Mais il faut au moins qu'ils ne succombent pas sans avoir lutté. Il n'est pas dans la nature de forme particulière, si belle soit-elle, qui vaille autrement que par la part de beauté infinie qui a pu s'y incarner : pas même la fleur du pommier, pas même la fleur de l'épine rose. Mon amour pour elles est infini et les souffrances *(hay fever)* que me cause leur voisinage me permettent de leur donner chaque printemps des preuves de cet amour qui ne sont pas à la portée de tous. Mais même envers elles, envers elles si peu littéraires, se rapportant si peu à une tradition esthétique, qui ne sont pas « la fleur même qu'il y a dans tel tableau du Tintoret », dirait Ruskin, ou dans tel dessin de Léonard, dirait notre contemporain (qui nous a révélé entre tant d'autres choses, dont chacun parle maintenant et que personne n'avait regardées avant lui — les dessins de l'Académie des Beaux-Arts de Venise[1]) je me garderai toujours d'un culte exclusif qui s'attacherait en elles à autre chose qu'à la joie qu'elles nous donnent[2], un culte au nom de qui, par un retour égoïste sur nous-mêmes, nous en ferions « nos » fleurs, et prendrions soin de les honorer en ornant notre chambre des œuvres d'art où elles sont figurées. Non, je ne trouverai pas un tableau plus beau parce que l'artiste aura peint au premier plan une aubépine, bien que je ne connaisse rien de plus beau que l'aubépine, car je veux rester sincère et que je sais que la beauté d'un tableau ne dépend pas des choses qui y sont représentées. Je ne collectionnerai pas les images de l'aubépine. Je ne vénère pas l'aubépine, je vais la voir et la respirer. Je me suis permis cette courte incursion — qui n'a rien d'une offensive — sur le terrain de la littérature contemporaine, parce qu'il me semblait que les traits d'idolâtrie en germe chez Ruskin apparaîtraient clairement au lecteur ici où ils sont grossis et d'autant plus qu'ils y sont aussi différenciés. Je prie en tout cas notre contemporain, s'il s'est reconnu dans ce crayon bien maladroit, de penser qu'il a été fait sans malice, et qu'il m'a fallu, je l'ai dit, arriver aux dernières limites de la sincérité avec moi-même, pour faire à Ruskin ce grief et pour trouver dans mon admiration absolue pour lui cette partie fragile. Or[3], non seulement « un partage avec Ruskin n'a rien du tout qui déshonore[4] », mais encore je ne pourrai jamais trouver d'éloge plus grand à faire à ce contemporain que de lui avoir adressé le même reproche qu'à Ruskin. Et si j'ai eu la discrétion de ne pas le nommer, je le regrette presque. Car, lorsqu'on est admis auprès de Ruskin, fût-ce dans l'attitude du donateur, et pour soutenir seulement son livre et aider à y lire de plus près, on n'est pas à la peine, mais à l'honneur.

Je reviens à Ruskin. Cette idolâtrie et ce qu'elle mêle parfois d'un peu factice aux plaisirs[5] littéraires les plus vifs qu'il nous donne, il me faut descendre jusqu'au fond de moi-même pour en saisir la trace, pour en étudier le caractère, tant je suis aujourd'hui « habitué » à Ruskin. Mais elle a dû me choquer souvent quand j'ai commencé à aimer ses livres, avant de fermer peu à peu les yeux sur leurs défauts, comme il arrive dans tout amour. Les amours pour les créatures vivantes ont quelquefois une origine vile qu'ils épurent ensuite. Un homme fait la connaissance d'une femme parce qu'elle peut l'aider à atteindre un but étranger à elle-même. Puis une fois qu'il la connaît il l'aime pour elle-même, et lui sacrifie sans hésiter ce but qu'elle devait seulement l'aider à atteindre. À mon amour pour les livres de Ruskin se mêla ainsi à l'origine quelque chose d'intéressé, la joie du bénéfice intellectuel que j'allais en retirer. Il est certain qu'aux premières pages que je lus, sentant leur puissance et leur charme, je m'efforcai de n'y pas résister, de ne pas trop discuter avec moi-même, parce que je sentais que si un jour le charme de la pensée de Ruskin se répandait pour moi[1] sur tout ce qu'il avait touché, en un mot si je m'éprenais tout à fait de sa pensée, l'univers s'enrichirait de tout ce que j'ignorais jusque-là, des cathédrales gothiques, et de combien de tableaux d'Angleterre et d'Italie qui n'avaient pas encore éveillé en moi ce désir sans lequel il n'y a jamais de véritable connaissance. Car la pensée de Ruskin n'est pas comme la pensée d'un Emerson par exemple, qui est contenue tout entière dans un livre, c'est-à-dire un quelque chose d'abstrait, un pur signe d'elle-même. L'objet auquel s'applique une pensée comme celle de Ruskin et dont elle est inséparable n'est pas immatériel, il est répandu çà et là sur la surface de la terre. Il faut aller le chercher là où il se trouve, à Pise, à Florence, à Venise, à la National Gallery, à Rouen, à Amiens, dans les montagnes de la Suisse. Une telle pensée qui a un autre objet qu'elle-même, qui s'est réalisée dans l'espace, qui n'est plus la pensée infinie et libre, mais limitée et assujettie, qui s'est incarnée en des corps de marbre sculpté, de montagnes neigeuses, en des visages peints, est peut-être moins divine qu'une pensée pure. Mais elle nous embellit davantage l'univers, ou du moins certaines parties individuelles, certaines parties nommées, de l'univers, parce qu'elle y a touché, et qu'elle nous y a initiés en nous obligeant, si nous voulons les comprendre, à les aimer.

Et ce fut ainsi, en effet; l'univers reprit tout d'un coup[1] à mes yeux un prix infini. Et mon admiration pour Ruskin donnait une telle importance aux choses qu'il m'avait fait aimer, qu'elles me semblaient chargées d'une valeur plus grande même que celle de la vie. Ce fut à la lettre et dans une circonstance où je croyais mes jours comptés; je partis pour Venise afin d'avoir pu, avant de mourir, approcher, toucher, voir incarnées, en des palais défaillants mais encore debout et roses, les idées[2] de Ruskin sur l'architecture domestique au moyen âge. Quelle importance, quelle réalité peut avoir aux yeux de quelqu'un qui bientôt doit quitter la terre, une ville aussi spéciale, aussi localisée dans le temps, aussi particularisée dans l'espace que Venise et comment[3] les théories d'architecture domestique que j'y pouvais étudier et vérifier sur des exemples vivants pouvaient-elles être de ces « vérités qui dominent la mort, empêchent de la craindre, et la font presque aimer* » ? C'est le pouvoir du génie de nous faire aimer une beauté que nous sentons plus réelle que nous, dans ces choses qui aux yeux des autres sont aussi particulières et aussi périssables que nous-mêmes.

Le « Je dirai qu'ils sont beaux quand tes yeux l'auront dit » du poète[4], n'est pas très vrai, s'il s'agit des yeux d'une femme aimée. En un certain sens, et qu'elles que puissent[5] être, même sur ce terrain de la poésie, les magnifiques revanches qu'il nous prépare, l'amour nous dépoétise la nature. Pour l'amoureux, la terre n'est plus que « le tapis des beaux pieds d'enfant » de sa maîtresse, la nature n'est plus que « son temple ». L'amour qui nous fait découvrir tant de vérités psychologiques profondes, nous ferme au contraire au sentiment poétique de la nature**, parce qu'il nous met dans des dispositions égoïstes (l'amour est au degré le plus élevé dans l'échelle des égoïsmes, mais il est égoïste encore) où le sentiment poétique se produit difficilement. L'admiration pour une

* Renan.

** Il me restait quelque inquiétude sur la parfaite justesse de cette idée, mais qui me fut bien vite ôtée par le seul mode de vérification qui existe pour nos idées, je veux dire la rencontre fortuite avec un grand esprit. Presque au moment, en effet, où je venais d'écrire ces lignes, paraissaient dans *La Revue des Deux Mondes* les vers de la comtesse de Noailles[6] que je donne ci-dessous. On verra que, sans

pensée au contraire fait surgir à chaque pas la beauté parce qu'à chaque moment elle en éveille le désir. Les personnes médiocres croient généralement que se laisser guider ainsi par les livres qu'on admire, enlève à notre faculté de juger une partie de son indépendance. « Que peut vous importer ce que sent Ruskin : sentez par vous-même. » Une telle opinion repose sur une erreur psychologique dont feront justice tous ceux qui, ayant accepté ainsi une discipline spirituelle, sentent que leur puissance de comprendre et de sentir en est infiniment accrue, et leur sens critique jamais paralysé. Nous sommes simplement alors dans un état de grâce où toutes nos facultés, notre sens critique aussi bien que les autres, sont accrues. Aussi[1] cette servitude volontaire est-elle le commencement de la liberté. Il n'y a pas de meilleure manière d'arriver à prendre conscience de ce qu'on sent soi-même que d'essayer de recréer en soi ce qu'a senti un maître. Dans cet effort profond c'est notre pensée elle-même que nous mettons, avec la sienne, au jour. Nous sommes libres dans la vie, mais en ayant des buts : il y a longtemps qu'on a percé à jour le sophisme de la liberté d'indifférence. C'est à un sophisme tout aussi naïf qu'obéissent sans le savoir les écrivains qui font à tout moment le vide dans leur esprit, croyant le débarrasser de toute influence extérieure, pour être bien sûrs de rester personnels. En réalité les seuls cas où nous disposons vraiment de toute notre puissance d'esprit sont ceux où nous ne croyons pas faire œuvre d'indépendance, où nous ne choisissons pas arbitrairement le but de notre effort. Le sujet du romancier, la vision du poète, la vérité du philosophe s'imposent à eux d'une façon presque nécessaire, extérieure pour ainsi dire à leur pensée. Et c'est en soumet-

le savoir, j'avais, pour parler comme M. Barrès à Combourg, « mis mes pas dans les pas du génie » :

> *Enfants, regardez bien toutes les plaines rondes ;*
> *La capucine avec ses abeilles autour ;*
> *Regardez bien l'étang, les champs, avant l'amour ;*
> *Car, après, l'on ne voit plus jamais rien du monde.*
> *Après l'on ne voit plus que son cœur devant soi ;*
> *On ne voit plus qu'un peu de flamme sur la route*
> *On n'entend rien, on ne sait rien, et l'on écoute*
> *Les pieds du triste amour qui court ou qui s'asseoit.*

tant son esprit à rendre cette vision, à approcher de cette vérité, que l'artiste devient vraiment lui-même.

Mais en parlant de cette passion, un peu factice au début, si profonde ensuite que j'eus pour la pensée de Ruskin, je parle à l'aide de la mémoire et d'une mémoire qui ne se rappelle que les faits, « mais du passé profond ne peut rien ressaisir ». C'est seulement quand certaines périodes de notre vie sont closes à jamais, quand, même dans les heures où la puissance et la liberté nous semblent données, il nous est défendu d'en rouvrir furtivement les portes, c'est quand nous sommes incapables de nous remettre même pour un instant dans l'état où nous fûmes pendant si longtemps, c'est alors seulement que nous nous refusons à ce que de telles choses soient entièrement abolies. Nous ne pouvons plus les chanter, pour avoir méconnu le sage avertissement de Gœthe, qu'il n'y a de poésie que des choses que l'on sent encore. Mais ne pouvant réveiller les flammes du passé, nous voulons du moins recueillir sa cendre. À défaut d'une résurrection dont nous n'avons plus le pouvoir, avec la mémoire glacée que nous avons gardée de ces choses, — la mémoire des faits qui nous dit : « tu étais tel » sans nous permettre de le redevenir, qui nous affirme la réalité d'un paradis perdu au lieu de nous le rendre dans le souvenir, nous voulons du moins le décrire et en constituer la science. C'est quand Ruskin est bien loin de nous que nous traduisons ses livres et tâchons de fixer dans une image ressemblante les traits de sa pensée. Aussi ne connaîtrez-vous pas les accents de notre foi ou de notre amour, et c'est notre piété seule que vous apercevrez çà et là, froide et furtive, occupée, comme la Vierge Thébaine[1], à restaurer un tombeau.

LA MORT DES CATHÉDRALES*[2]

Supposons pour un instant le catholicisme éteint depuis des siècles, les traditions de son culte perdues. Seu-

* C'est sous ce titre que je fis paraître autrefois dans *Le Figaro* une étude qui avait pour but de combattre un des articles de la loi

les, monuments devenus inintelligibles d'une croyance oubliée, subsistent les cathédrales, désaffectées et muettes. Un jour, des savants arrivent[1] à reconstituer les cérémonies qu'on y célébrait autrefois, pour lesquelles ces cathédrales avaient été construites et sans lesquelles on n'y trouvait plus qu'une lettre morte ; lors des artistes, séduits par le rêve[2] de rendre momentanément la vie à ces grands vaisseaux qui s'étaient tus, veulent en refaire pour une heure le théâtre du drame mystérieux qui s'y déroulait, au milieu des chants et des parfums, entreprennent, en un mot, pour la messe et les cathédrales, ce que les félibres ont réalisé pour le théâtre d'Orange et les tragédies antiques. Certes le gouvernement ne manquerait pas de subventionner une telle tentative. Ce qu'il a fait pour des ruines romaines, il n'y faillirait pas pour des monuments français, pour ces cathédrales qui sont la plus haute et la plus originale expression du génie de la France.

Ainsi donc voici des savants[3] qui ont su retrouver la signification perdue des cathédrales : les sculptures et les vitraux reprennent leurs sens, une odeur mystérieuse flotte de nouveau dans le temple, un drame sacré s'y joue, la cathédrale se remet à chanter. Le gouvernement subventionne avec raison, avec plus de raison que les représentations du théâtre d'Orange, de l'Opéra-Comique et de l'Opéra, cette résurrection des cérémonies catholiques, d'un tel intérêt historique, social, plastique, musical et de la beauté desquelles seul Wagner s'est approché, en l'imitant, dans *Parsifal*.

Des caravanes de snobs vont à la ville sainte (que ce

de séparation. Cette étude est bien médiocre ; je n'en donne un court extrait que pour montrer combien, à quelques années de distance, les mots changent de sens et combien sur le chemin tournant du temps, nous ne pouvons pas apercevoir l'avenir d'une nation plus que d'une personne. Quand je parlai de la mort des Cathédrales, je craignis que la France fût transformée en une grève où de géantes conques ciselées sembleraient échouées, vidées de la vie qui les habita et n'apportant même plus à l'oreille qui se pencherait sur elles la vague rumeur d'autrefois, simples pièces de musée, glacées elles-mêmes. Dix ans ont passé, « la mort des Cathédrales », c'est la destruction de leurs pierres par les armées allemandes, non de leur esprit par une Chambre anticléricale qui ne fait plus qu'un avec nos évêques patriotes.

soit Amiens, Chartres, Bourges, Laon, Reims, Beauvais, Rouen, Paris), et une fois[1] par an ils ressentent l'émotion qu'ils allaient autrefois chercher à Bayreuth et à Orange : goûter l'œuvre d'art dans le cadre même qui a été construit pour elle. Malheureusement, là comme à Orange, ils ne peuvent être que des curieux, des « dilettanti » ; quoi qu'ils fassent, en eux n'habite pas l'âme d'autrefois. Les artistes qui sont venus exécuter les chants, les artistes qui jouent le rôle des prêtres, peuvent être instruits, s'être pénétrés de l'esprit des textes. Mais, malgré tout, on ne peut s'empêcher de penser combien ces fêtes[2] devaient être plus belles au temps où c'étaient des prêtres qui célébraient les offices, non pour donner aux lettrés une idée de ces cérémonies, mais parce qu'ils avaient en leur vertu la même foi que les artistes qui sculptèrent le jugement dernier au tympan du porche, ou peignirent la vie des saints aux vitraux de l'abside. Combien l'œuvre tout entière devait parler plus haut, plus juste, quand tout un peuple répondait à la voix du prêtre, se courbait à genoux quand tintait la sonnette de l'élévation, non pas comme dans ces représentations rétrospectives, en froids figurants stylés, mais parce qu'eux aussi, comme le prêtre, comme le sculpteur, croyaient.

Voilà ce qu'on se dirait si la religion catholique était morte. Or, elle existe et pour nous imaginer[3] ce qu'était vivante, et dans le plein exercice de ses fonctions, une cathédrale du XIIIe siècle, nous n'avons pas besoin de faire d'elle le cadre de reconstitutions, de rétrospectives exactes peut-être, mais glacées. Nous n'avons qu'à entrer à n'importe quelle heure, pendant que se célèbre un office. La mimique, la psalmodie et le chant ne sont pas confiés ici à des artistes. Ce sont[4] les ministres mêmes du culte qui officient[5], dans un sentiment non d'esthétique, mais de foi, d'autant plus esthétiquement. Les figurants ne pourraient être souhaités plus vivants et plus sincères, puisque c'est le peuple qui prend la peine de figurer pour nous, sans s'en douter. On peut dire que grâce à la persistance dans l'Église catholique des mêmes rites et, d'autre part, de la croyance catholique dans le cœur des Français, les cathédrales ne sont pas seulement les plus beaux monuments de notre art, mais les seuls qui vivent encore leur vie intégrale, qui soient restés en rapport avec le but pour lequel ils furent construits.

Or, la rupture du gouvernement français avec Rome[1] semble rendre prochaine la mise en discussion et probable l'adoption d'un projet de loi, aux termes[2] duquel, au bout de cinq ans, les églises pourront être, et seront souvent désaffectées; le gouvernement non seulement ne subventionnera plus la célébration des cérémonies rituelles dans les églises, mais pourra[3] les transformer en tout ce qui lui plaira : musée, salle de conférence ou casino.

Quand le sacrifice[4] de la chair et du sang du Christ ne sera plus célébré dans les églises, il n'y aura plus de vie en elles. La liturgie catholique ne fait qu'un avec l'architecture et la sculpture de nos cathédrales, car les unes comme l'autre dérivent d'un même symbolisme. On a vu dans la précédente étude qu'il n'y a guère dans les cathédrales de sculpture, si secondaire qu'elle paraisse, qui n'ait sa valeur symbolique.

Or, il en est de même des cérémonies du culte.

Dans un livre admirable : *L'Art religieux du*[5] *XIII*^e^ *siècle,* M. Émile Mâle[6] analyse ainsi, d'après le *Rational des divins Offices,* de Guillaume Durand, la première partie de la fête du samedi-saint :

« Dès le matin, on commence par éteindre dans l'église toutes les lampes, pour marquer que l'ancienne Loi, qui éclairait le monde, est désormais abrogée.

« Puis, le célébrant bénit le feu nouveau, figure de la Loi nouvelle. Il l'a[7] fait jaillir du silex, pour rappeler que Jésus-Christ est, comme le dit saint Paul, la pierre angulaire du monde. Alors, l'évêque et le diacre se dirigent vers[8] le chœur et s'arrêtent devant le cierge pascal.

« Ce cierge, nous apprend Guillaume Durand, est un triple symbole. Éteint, il symbolise à la fois la colonne obscure qui guidait les Hébreux pendant le jour, l'ancienne Loi et le corps de Jésus-Christ. Allumé, il signifie la colonne de lumière qu'Israël voyait pendant la nuit, la Loi nouvelle et le corps glorieux de Jésus-Christ ressuscité. Le diacre fait allusion à ce triple symbolisme en récitant, devant le cierge, la formule de l'*Exultet.*

« Mais il insiste surtout sur la ressemblance du cierge et du corps de Jésus-Christ. Il rappelle que la cire immaculée a été produite par l'abeille, à la fois chaste et féconde comme la Vierge qui a mis au monde le Sauveur. Pour rendre sensible aux yeux la similitude de la cire et du corps divin, il enfonce dans le cierge cinq grains d'encens, qui rappellent à la fois les cinq plaies de Jésus-Christ et les parfums achetés par les Saintes Femmes[1] pour l'embaumer. Enfin, il allume le cierge avec le feu nouveau, et, dans toute l'église, on rallume les lampes, pour représenter la diffusion de la nouvelle Loi dans le monde. »

Mais ceci, dira-t-on, n'est qu'une fête exceptionnelle. Voici l'interprétation d'une cérémonie quotidienne, la messe[2], qui, vous allez le voir, n'est pas moins symbolique.

« Le chant grave et triste de l'*Introït* ouvre la cérémonie; il affirme[3] l'attente des Patriarches et des Prophètes. Le chœur des clercs est le chœur même des saints de l'ancienne Loi, qui soupirent après la venue du Messie, qu'ils ne doivent point voir. L'évêque entre alors et il apparaît comme la vivante image[4] de Jésus-Christ. Son arrivée symbolise l'avènement du Sauveur, attendu par les nations. Dans les grandes fêtes, on porte devant lui sept flambeaux pour rappeler que, suivant la parole du prophète, les sept dons du Saint-Esprit se reposèrent[5] sur la tête du Fils de Dieu. Il s'avance sous un dais triomphal dont les quatre porteurs peuvent se comparer aux quatre évangélistes. Deux acolytes marchent à sa droite et à sa gauche et figurent Moïse et Élie[6], qui se montrèrent sur le Thabor aux côtés de Jésus-Christ. Ils nous enseignent que Jésus avait pour lui l'autorité de la Loi et l'autorité des Prophètes.

« L'évêque s'assied sur son trône et reste silencieux. Il ne semble prendre aucune part à la première partie de la cérémonie. Son attitude contient un enseignement : il nous rappelle par son silence que les premières années de la vie de Jésus-Christ s'écoulèrent dans l'obscurité et dans le recueillement. Le sous-diacre, cependant, s'est dirigé vers le pupitre, et, tourné vers la droite, il lit l'Épître à haute voix. Nous entrevoyons ici le premier acte du drame de la Rédemption.

« La lecture de l'Épître, c'est la prédication de saint Jean-Baptiste dans le désert. Il parle avant que le Sauveur ait commencé à faire entendre sa voix, mais il ne parle qu'aux Juifs. Aussi le sous-diacre, image du Précurseur, se tourne-t-il vers le nord, qui est le côté de l'ancienne Loi. Quand la lecture est terminée, il s'incline devant l'évêque, comme le Précurseur s'humilia devant Jésus-Christ.

« Le chant du *Graduel* qui suit la lecture de l'Épître, se

rapporte encore à la mission de saint Jean-Baptiste : il symbolise les exhortations à la pénitence qu'il adresse aux Juifs, à la veille des temps nouveaux.

« Enfin, le célébrant lit l'Évangile. Moment solennel, car c'est ici que commence la vie active du Messie; sa parole se fait entendre pour la première fois dans le monde. La lecture de l'Évangile est la figure même de sa prédication.

« Le *Credo* suit l'Évangile comme la foi suit l'annonce de la vérité. Les douze articles du *Credo* se rapportent à la vocation des douze apôtres.

« Le costume même que le prêtre[1] porte à l'autel, ajoute M. Mâle, les objets qui servent au culte sont autant de symboles. La chasuble, qui se met par-dessus les autres vêtements, c'est la charité qui est supérieure à tous les préceptes de la Loi et qui est elle-même la Loi suprême. L'étole, que le prêtre se passe au cou, est le joug léger du Seigneur; et comme il est écrit que tout chrétien doit chérir ce joug, le prête baise l'étole en la mettant et en l'enlevant. La mître à deux pointes de l'évêque symbolise la science qu'il doit avoir de l'un et de l'autre Testament : deux rubans y sont attachés pour rappeler que l'Écriture doit être interprétée suivant la lettre et suivant l'esprit. La cloche est la voix des prédicateurs. La charpente à laquelle elle est suspendue est la figure de la croix. La corde faite de trois fils tordus signifie la triple intelligence de l'Écriture, qui doit être interprétée dans le triple sens : historique, allégorique et moral. Quand on prend la corde dans sa main pour ébranler la cloche, on exprime symboliquement cette vérité fondamentale que la connaissance des Écritures doit aboutir à l'action. »

Ainsi tout, jusqu'au moindre geste du prêtre, jusqu'à l'étole qu'il revêt, est d'accord pour le symboliser avec le sentiment profond qui anime la cathédrale tout entière.

Jamais[2] spectacle comparable, miroir aussi géant de la science, de l'âme et de l'histoire ne fut offert aux regards et à l'intelligence de l'homme. Le même symbolisme embrasse jusqu'à la musique qui se fait entendre alors dans l'immense vaisseau et de qui les sept tons grégoriens figurent les sept vertus théologales et les sept âges du monde. On peut dire qu'une représentation de Wagner à Bayreuth (à plus forte raison d'Émile Augier ou de Dumas sur une scène de théâtre subventionné) est peu[3] de chose auprès de la célébration de la grand-messe dans la cathédrale de Chartres.

Sans doute ceux-là seuls qui ont étudié l'art religieux du moyen âge sont capables d'analyser complètement la beauté d'un tel spectacle. Et cela suffirait pour que l'État eût[1] l'obligation de veiller à sa perpétuité. Il subventionne les cours du Collège de France, qui ne s'adressent cependant qu'à un petit nombre de personnes et qui, à côté de cette complète résurrection intégrale qu'est une grand-messe dans une cathédrale, paraissent bien froids[2]. Et à côté de l'exécution de pareilles symphonies, les représentations de nos théâtres également subventionnés correspondent à des besoins littéraires bien mesquins. Mais empressons-nous d'ajouter que ceux-là qui peuvent lire à livre ouvert dans la symbolique du moyen âge, ne sont pas les seuls pour qui la cathédrale vivante, c'est-à-dire la cathédrale sculptée, peinte, chantante, soit le plus grand des spectacles. C'est ainsi qu'on peut sentir la musique sans connaître l'harmonie. Je sais bien que Ruskin, montrant quelles raisons spirituelles expliquent la disposition[3] des chapelles dans l'abside des cathédrales, a dit : « Jamais vous ne pourrez vous enchanter des formes de l'architecture si vous n'êtes pas en sympathie avec les pensées d'où elles sortirent. » Il n'en est pas moins vrai que nous connaissons tous le fait d'un ignorant, d'un simple rêveur, entrant dans une cathédrale, sans essayer de comprendre, se laissant aller à ses émotions, et éprouvant une impression plus confuse sans doute, mais peut-être aussi forte. Comme témoignage littéraire de cet état d'esprit, fort différent à coup sûr de celui du savant dont nous parlions tout à l'heure, se promenant dans la cathédrale comme dans une « forêt de symboles, qui l'observent avec des regards familiers », mais qui permet pourtant de trouver dans la cathédrale, à l'heure des offices, une émotion vague, mais puissante, je citerai la belle page de Renan appelée la Double Prière[4] :

« Un des plus beaux spectacles religieux[5] qu'on puisse encore contempler de nos jours (et qu'on ne pourra plus bientôt contempler, si la Chambre vote le projet en question) est celui[6] que présente à la tombée de la nuit l'antique cathédrale de Quimper. Quand l'ombre a rempli les bas-côtés du vaste édifice, les fidèles des deux sexes se réunissent dans la nef et chantent en langue bretonne la prière du soir sur un rythme simple et touchant. La cathédrale n'est éclairée que par deux ou trois lampes. Dans la nef, d'un côté, sont les hommes, debout; de l'autre, les femmes agenouillées forment comme une mer immobile de coiffes blanches. Les deux moitiés chantent alternativement et la phrase commencée par l'un des chœurs est achevée par l'autre. Ce qu'ils chantent est fort beau. Quand je l'entendis, il me sembla qu'avec quelques légères transformations, on pourrait l'accommoder à tous les états de l'humanité. Cela surtout me fit rêver une prière qui, moyennant certaines variations, pût convenir également aux hommes et aux femmes. »

Entre cette vague rêverie qui n'est pas sans charme et les joies plus conscientes du « connaisseur » en art religieux, il y a bien des degrés. Rappelons, pour mémoire, le cas de Gustave Flaubert étudiant, mais pour l'interpréter dans un sentiment moderne, une des plus belles parties de la liturgie catholique :

« Le prêtre trempa son pouce dans l'huile sainte et commença les onctions sur ses yeux d'abord... sur ses narines friandes de brises tièdes et de senteurs amoureuses, sur ses mains qui s'étaient délectées aux contacts suaves... sur ses pieds enfin, si rapides quand ils couraient à l'assouvissance de ses désirs, et qui maintenant ne marcheraient plus. »

Nous disions[1] tout à l'heure que presque toutes les images dans une cathédrale étaient symboliques. Quelques-unes ne le sont point. Ce sont celles des êtres qui, ayant contribué[2] de leurs deniers à la décoration de la cathédrale, voulurent y conserver à jamais une place pour pouvoir, des balustres de la niche ou de l'enfoncement du vitrail, suivre silencieusement les offices et participer sans bruit aux prières, *in saecula saeculorum*. Les bœufs de Laon eux-mêmes ayant chrétiennement monté jusque sur la colline où s'élève la cathédrale les matériaux qui servirent à la construire, l'architecte les en récompensa en dressant leurs statues au pied[3] des tours, d'où vous pouvez les voir encore aujourd'hui, dans le bruit des cloches et la stagnation du soleil, poursuivre jusqu'à l'horizon des plaines de France leur « songe intérieur[4] ». Hélas, s'ils ne sont pas détruits, que n'ont-ils pas vu dans ces campagnes où chaque printemps ne vient plus fleurir que des tombes ? Pour des bêtes, c'est tout ce qu'on pouvait faire, les placer ainsi au dehors, sortant comme d'une arche de Noë gigantesque qui se serait arrêtée sur ce mont Ararat, au milieu du déluge de sang. Aux hommes on accordait davantage.

Ils entraient[1] dans l'église, ils y prenaient leur place qu'ils gardaient après leur mort et d'où ils pouvaient continuer, comme au temps de leur vie, à suivre le divin sacrifice, soit que penchés hors de leur sépulture de marbre, ils tournent légèrement la tête du côté de l'Évangile ou du côté de l'Épître, pouvant apercevoir, comme à Brou, et sentir autour de leur nom l'enlacement étroit et infatigable de fleurs emblématiques et d'initiales adorées, gardant parfois jusque dans le tombeau, comme à Dijon, les couleurs éclatantes de la vie; soit qu'au fond du vitrail, dans leurs manteaux de pourpre, d'outre-mer ou d'azur qui emprisonnent le soleil, s'en enflamment, remplissent de couleur ses rayons transparents et brusquement les délivrent, multicolores, errant sans but parmi la nef qu'ils teignent, dans leur splendeur désorientée et paresseuse, leur palpable irréalité, ils restent les donateurs[2] qui, à cause de cela même, avaient mérité la concession d'une prière à perpétuité. Et tous, ils veulent que l'Esprit-Saint, au moment où il descendra dans[3] l'église, reconnaisse bien les siens. Ce n'est pas seulement la reine et le prince qui portent leurs insignes, leur couronne ou leur collier de la Toison d'Or. Les changeurs se sont fait représenter vérifiant le titre des monnaies, les pelletiers vendant leurs fourrures (voir dans l'ouvrage de M. Mâle la reproduction de ces deux vitraux), les bouchers abattant des bœufs, les chevaliers portant leur blason, les sculpteurs taillant des chapiteaux. De leurs vitraux de Chartres, de Tours, de Sens, de Bourges, d'Auxerre, de Clermont, de Toulouse[4], de Troyes, les tonneliers, pelletiers, épiciers, pèlerins, laboureurs, armuriers, tisserands, tailleurs de pierre, bouchers, vanniers, cordonniers, changeurs[5], grande démocratie silencieuse, fidèles obstinés à entendre l'office, n'entendront plus la messe qu'ils s'étaient assurée en donnant pour l'édification de l'église le plus clair de leurs deniers. Les morts ne gouvernent plus les vivants. Et les vivants, oublieux, cessent de remplir les vœux des morts[6].

SENTIMENTS FILIAUX D'UN PARRICIDE[1]

Quand M. van Blarenberghe le père mourut il y a quelques mois, je me souvins que ma mère avait beaucoup connu sa femme. Depuis la mort de mes parents je suis (dans un sens qu'il serait hors de propos de préciser ici) moins moi-même, davantage leur fils. Sans me détourner de mes amis, plus volontiers je me retourne vers les leurs. Et les lettres que j'écris maintenant, ce sont pour la plupart celles que je crois qu'ils auraient écrites, celles qu'ils ne peuvent plus écrire et que j'écris à leur place, félicitations, condoléances surtout, à des amis à eux que souvent je ne connais presque pas. Donc, quand Mme van Blarenberghe perdit son mari, je voulus qu'un témoignage lui parvînt de la tristesse que mes parents en eussent éprouvée[2]. Je me rappelais que j'avais, il y avait déjà bien des années, dîné quelquefois, chez des amis communs, avec son fils. C'est à lui que j'écrivis, pour ainsi dire au nom de mes parents disparus, bien plus qu'au mien. Je reçus en réponse la belle lettre suivante, empreinte d'un si grand amour filial. J'ai pensé[3] qu'un tel témoignage, avec la signification qu'il reçoit du drame qui l'a suivi de si près, avec la signification qu'il lui donne surtout, devait être rendu public. Voici cette lettre :

Les Timbrieux, par Josselin (Morbihan),
24 septembre 1906.

Je regrette vivement, cher monsieur, de ne pas avoir pu vous remercier encore de la sympathie que vous m'avez témoignée dans ma douleur. Vous voudrez bien m'excuser[4] : cette douleur a été telle, que, sur le conseil des médecins, pendant quatre mois, j'ai constamment voyagé. Je commence seulement, et avec une peine extrême, à reprendre ma vie habituelle.

Si tardivement que cela soit, je veux vous dire aujourd'hui que j'ai été extrêmement sensible au fidèle souvenir que vous avez gardé de nos anciennes et excellentes relations et profondément touché du sentiment qui vous a inspiré de me parler, ainsi qu'à ma mère, au nom de vos parents, si prématurément disparus. Je n'avais personnellement l'honneur de les connaître que fort peu, mais je sais combien mon père appréciait le vôtre et quel plaisir ma mère avait toujours à voir Mme Proust. J'ai trouvé extrêmement délicat, et sensible, que vous nous ayez envoyé d'eux un message d'outre-tombe.

Je rentrerai assez prochainement à Paris, et si je réussis d'ici peu à surmonter le besoin d'isolement que m'a causé jusqu'ici la disparition de celui à qui je rapportais tout l'intérêt de ma vie, qui en faisait toute la joie, je serais bien heureux d'aller vous serrer la main et causer avec vous du passé.

Très affectueusement à vous.

H. VAN BLARENBERGHE.

Cette lettre me toucha beaucoup, je plaignais celui qui souffrait ainsi; je le plaignais, je l'enviais : il avait encore sa mère pour se consoler en la consolant. Et si je ne pus répondre aux tentatives qu'il voulut bien faire pour me voir, c'est que j'en fus matériellement empêché. Mais surtout cette lettre modifia, dans un sens plus sympathique, le souvenir que j'avais gardé de lui. Les bonnes relations auxquelles il avait fait allusion dans sa lettre étaient en réalité de fort banales relations mondaines. Je n'avais guère eu l'occasion de causer avec lui à la table où nous dînions quelquefois ensemble, mais l'extrême distinction d'esprit des maîtres de maison m'était et m'est restée un sûr garant qu'Henri van Blarenberghe, sous des dehors un peu conventionnels et peut-être plus représentatifs du milieu où il vivait que significatifs de sa propre personnalité, cachait une nature plus originale et vivante. Au reste, parmi ces étranges instantanés de la mémoire que notre cerveau, si petit et si vaste, emmagasine en nombre prodigieux, si je cherche, entre ceux qui figurent Henri van Blarenberghe, l'instantané qui me semble resté le plus net, c'est toujours un visage souriant que j'aperçois, souriant du regard surtout qu'il avait singulièrement fin, la bouche encore entrouverte après avoir jeté une fine répartie. Agréable[1] et assez distingué, c'est ainsi que je le « revois » comme on dit avec raison. Nos yeux[1] ont plus de part qu'on ne croit dans cette exploration active du passé qu'on nomme le souvenir. Si au moment où sa pensée va chercher quelque chose du passé pour le fixer, le ramener un moment à la vie, vous regardez les yeux de celui qui fait effort pour se souvenir, vous verrez qu'ils se sont immédiatement vidés des formes qui les entourent et qu'ils reflétaient il y a un instant. « Vous avez un regard absent, vous êtes ailleurs », disons-nous, et pourtant nous ne voyons que l'envers du phénomène qui s'accomplit[2] à ce moment-là dans la pensée. Alors les plus beaux yeux du monde ne nous touchent plus par leur beauté, ils ne sont plus, pour détourner de sa signification une expression de Wells, que des « machines à explorer le Temps[3] », des télescopes de l'invisible, qui deviennent à plus longue portée à mesure qu'on vieillit. On sent si bien, en voyant se bander pour le souvenir le regard, fatigué de tant d'adaptation à des temps si différents, souvent si lointains, le regard rouillé des vieillards, on sent si bien que sa trajectoire, traversant « l'ombre des jours[4] » vécus, va atterrir, à quelques pas devant eux, semble-t-il, en réalité à cinquante ou soixante ans en arrière. Je me souviens combien les yeux charmants de la princesse Mathilde changeaient de beauté, quand ils se fixaient sur telle ou telle image qu'avaient déposée *eux-mêmes* sur sa rétine et dans son souvenir tels grands hommes, tels grands spectacles du commencement du siècle, et c'est cette image-là, émanée d'eux, qu'elle voyait et que nous ne verrons jamais. J'éprouvais une impression de surnaturel à ces moments où mon regard[5] rencontrait le sien qui, d'une ligne courte et mystérieuse, dans une activité de résurrection, joignait le présent au passé.

Agréable et assez distingué, disais-je, c'est ainsi que je revoyais Henri van Blarenberghe dans une des meilleures images que ma mémoire ait conservée de lui[6]. Mais après avoir reçu cette lettre, je retouchai cette image au fond de mon souvenir, en interprétant[7], dans le sens d'une sensibilité plus profonde, d'une mentalité moins mondaine, certains éléments du regard ou des traits qui pouvaient en effet comporter une acception plus intéressante et plus généreuse que celle où je m'étais d'abord arrêté. Enfin, lui ayant dernièrement demandé des renseignements sur un employé des Chemins de fer de l'Est (M. van Blarenberghe était président du conseil d'administration) à qui[1] un de mes amis s'intéressait, je reçus de lui la réponse suivante qui, écrite le 12 janvier dernier, ne me parvint, par suite de changements d'adresse[2] qu'il avait ignorés, que le 17 janvier, il n'y a pas quinze jours, moins de huit jours avant le drame :

48, rue de la Bienfaisance,
12 janvier 1907.

Cher Monsieur,

Je me suis informé à la Compagnie de l'Est de la présence possible dans le personnel[3] de X... et de son adresse éventuelle. On n'a rien découvert. Si vous êtes bien sûr du nom, celui qui le porte a disparu de la Compagnie sans laisser de traces ; il ne devait y être attaché que d'une manière bien provisoire et accessoire.

Je suis vraiment bien affligé des nouvelles que vous me donnez de l'état de votre santé depuis la mort si prématurée et cruelle de vos parents. Si ce peut être une consolation pour vous, je vous dirai que moi aussi j'ai bien du mal, physiquement et moralement, à me remettre de l'ébranlement que m'a causé la mort de mon père. Il faut espérer toujours... Je ne sais ce que me réserve l'année 1907, mais souhaitons qu'elle nous apporte à l'un et à l'autre, quelque amélioration, et que dans quelques mois nous puissions nous voir.

Veuillez agréer, je vous prie, mes sentiments les plus sympathiques.

H. VAN BLARENBERGHE.

Cinq ou six jours après avoir reçu cette lettre, je me rappelai, en m'éveillant, que je voulais y répondre. Il faisait un de ces grands froids inattendus qui sont comme les « grandes marées » du ciel, recouvrent[4] toutes les digues que les grandes villes dressent entre nous et la nature et, venant battre nos fenêtres closes, pénètrent jusque dans nos chambres, en faisant sentir à nos frileuses épaules, par un vivifiant contact, le retour offensif des forces élémentaires. Jours troublés de brusques changements barométriques, de secousses plus graves. Nulle joie d'ailleurs dans tant de force. On pleurait d'avance la neige qui allait tomber et les choses elles-mêmes, comme dans le beau vers d'André Rivoire, avaient l'air d' « attendre de la neige ». Qu'une dépression « s'avance vers les Baléares », comme disent les journaux, que seulement la Jamaïque commence à trembler, au même instant à Paris les migraineux, les rhumatisants, les asthmatiques, les fous sans doute aussi, prennent leurs crises, tant les nerveux sont unis aux points les plus éloignés de l'univers par les liens d'une solidarité qu'ils souhaiteraient souvent moins étroite. Si l'influence des astres, sur certains au moins d'entre eux, doit être un jour reconnue (Framery, Pelletan, cités par M. Brissaud) à qui mieux appliquer qu'à tel nerveux, le vers du poète :

Et de longs fils soyeux l'unissent aux étoiles[1].

En m'éveillant je me disposais à répondre à Henri van Blarenberghe. Mais avant de le faire, je voulus jeter un regard sur *Le Figaro,* procéder à cet acte abominable et voluptueux qui s'appelle *lire le journal* et grâce auquel tous les malheurs et les cataclysmes de l'univers pendant les dernières vingt-quatre heures, les batailles qui ont coûté la vie à cinquante mille hommes, les crimes, les grèves, les banqueroutes, les incendies, les empoisonnements, les suicides, les divorces, les cruelles émotions de l'homme d'État et de l'acteur, transmués pour notre usage personnel à nous qui n'y sommes pas intéressés, en un régal matinal, s'associent excellemment, d'une façon particulièrement excitante et tonique, à l'ingestion recommandée de quelques gorgées de café au lait. Aussitôt rompue d'un geste indolent, la fragile bande du *Figaro* qui seule nous séparait encore de toute la misère du globe et dès les premières nouvelles sensationnelles où la douleur de tant d'êtres « entre comme élément[2] », ces nouvelles sensationnelles que nous aurons tant de plaisir à communiquer tout à l'heure à ceux qui n'ont pas encore lu le journal, on se sent soudain allègrement rattaché à l'existence qui, au premier instant du réveil, nous paraissait bien inutile à ressaisir. Et si par moments quelque chose comme une larme a mouillé nos yeux satisfaits, c'est à la lecture d'une phrase comme celle-ci : « Un silence impressionnant étreint tous les cœurs, les tambours battent aux champs, les troupes présentent les armes, une immense clameur retentit : " Vive Fallières ! " » Voilà ce qui nous arrache un pleur, un pleur que nous refuserions à un malheur proche de nous. Vils comédiens que seule fait pleurer la douleur d'Hécube[1], ou moins que cela, le voyage du Président de la République! Ce matin-là[2] pourtant la lecture du *Figaro* ne me fut pas douce. Je venais de parcourir d'un regard charmé les éruptions volcaniques, les crises ministérielles et les duels d'apaches et je commençais avec calme la lecture d'un fait divers que son titre : « Un drame de la folie » pouvait rendre particulièrement propre à la vive stimulation[3] des énergies matinales, quand tout d'un coup je vis que la victime c'était Mme van Blarenberghe, que l'assassin, qui s'était ensuite tué, c'était son fils, Henri van Blarenberghe, dont j'avais encore la lettre près de moi, pour y répondre : « *Il faut espérer toujours... Je ne sais ce que me réserve 1907, mais souhaitons qu'il nous apporte un apaisement,* etc. » Il faut espérer toujours! Je ne sais ce que me réserve 1907! La vie n'avait pas été longue à lui répondre. 1907 n'avait pas encore laissé tomber son premier mois de l'avenir dans le passé[4], qu'elle lui avait apporté son présent, fusil, revolver et poignard, avec, sur son esprit, le bandeau qu'Athéné attachait sur l'esprit d'Ajax pour qu'il massacrât pasteurs et troupeaux dans le camps des Grecs sans savoir ce qu'il faisait. « C'est moi qui ai jeté des images mensongères dans ses yeux. Et il s'est rué, frappant çà et là, pensant tuer de sa main les Atrides et se jetant tantôt sur l'un, tantôt sur l'autre. Et moi, j'excitais l'homme en proie à la démence furieuse et je le poussais dans des embûches; et il vient de rentrer là, la tête trempée de sueur et les mains ensanglantées[5]. » Tant que les fous frappent, ils ne savent pas, puis la crise passée, quelle douleur ! Tekmessa, la femme d'Ajax, le dit : « Sa démence est finie, sa fureur est tombée comme le souffle du Notos[6]. Mais ayant recouvré l'esprit, il est maintenant tourmenté d'une douleur nouvelle, car contempler ses propres maux quand personne ne les a causés que soi-même, accroît amèrement les douleurs. Depuis qu'il sait ce qui s'est passé, il se lamente en hurlements lugubres, lui qui avait coutume de dire qu'il était indigne d'un homme de pleurer. Il reste assis, immobile, hurlant, et certes il médite contre lui-même quelque noir dessein[7]. » Mais quand l'accès est passé, pour Henri van Blarenberghe ce ne sont pas des troupeaux et des pasteurs égorgés qu'il a devant lui. La douleur ne tue pas en un instant, puisqu'il n'est pas mort en apercevant sa mère assassinée devant lui, puisqu'il n'est pas mort en entendant sa mère mourante lui dire, comme la princesse Andrée dans Tolstoï[1] : « Henri, qu'as-tu fait de moi! qu'as-tu fait de moi! » « En arrivant au palier qui interrompt la course de l'escalier entre le premier et le second étages, dit *Le Matin,* ils (les domestiques que dans ce récit, peut-être d'ailleurs inexact, on n'aperçoit jamais qu'en fuite et redescendant les escaliers quatre à quatre) virent Mme van Blarenberghe, le visage révulsé par l'épouvante, descendre deux ou trois marches en criant : " Henri[2]! Henri! qu'as-tu fait! " Puis la malheureuse, couverte de sang, leva les bras en l'air et s'abattit, la face en avant... Les domestiques épouvantés redescendirent pour chercher du secours. » Peu après, quatre agents qu'on est allé chercher, forcèrent les portes verrouillées de la chambre du meurtrier. « En dehors des blessures[3] qu'il s'était faites avec son poignard, il avait tout le côté gauche du visage labouré par un coup de feu. *L'œil pendait sur l'oreiller.* » Ici ce n'est plus à Ajax que je pense. Dans cet œil « qui pend sur l'oreiller » je reconnais arraché, dans le geste le plus terrible que nous ait[4] légué l'histoire de la souffrance humaine, l'œil même du malheureux Œdipe! « Œdipe se précipite à grands cris, va, vient, demande une épée... Avec d'horribles cris il se jette contre les doubles portes, arrache les battants des gonds creux, se rue dans la chambre où il voit Jocaste pendue à la corde qui l'étranglait. Et la voyant ainsi, le malheureux frémit d'horreur, dénoue la corde, le corps de sa mère n'étant plus retenu tombe à terre. Alors, il arrache les agrafes d'or des vêtements de Jocaste, il s'en crève les yeux ouverts, disant qu'ils ne verront plus les maux qu'il avait soufferts et les malheurs qu'il avait causés, et, criant des imprécations, il frappe encore ses yeux aux paupières levées, et ses prunelles saignantes coulaient sur ses joues, en une pluie, une grêle de sang noir. Il crie qu'on montre à tous les Cadméens le parricide. Il veut être chassé de cette terre. Ah! l'antique félicité était ainsi nommée de son vrai nom. Mais à partir de ce jour, rien ne manque à tous les maux qui ont un nom, les gémissements, le désastre, la mort, l'opprobre[5]. » Et en songeant à la douleur d'Henri van Blarenberghe quand il vit sa mère morte, je pense aussi à un autre fou bien malheureux, à

Lear étreignant le cadavre de sa fille Cordelia. « Oh ! elle est partie pour toujours ! Elle est morte comme la terre. Non, non, plus de vie ! Pourquoi un chien, un cheval, un rat ont-ils la vie, quand tu n'as même plus le souffle ? Tu ne reviendras[1] plus jamais ! jamais ! jamais ! jamais ! jamais ! Regardez ! Regardez ses lèvres ! Regardez-la[2] ! »

Malgré ses horribles blessures, Henri van Blarenberghe ne meurt pas tout de suite. Et je ne peux m'empêcher de trouver bien cruel (quoique peut-être utile, est-on si certain de ce que fut en réalité le drame ? Rappelez-vous les frères Karamazov) le geste du commissaire de police. « Le malheureux n'est pas mort. Le commissaire le prit par les épaules[3] et lui parla : " M'entendez-vous ? Répondez ". Le meurtrier ouvrit l'œil intact, cligna un instant et retomba dans le coma. » À ce cruel commissaire j'ai envie de redire les mots dont Kent, dans la scène du *Roi Lear,* que je citais précisément tout à l'heure, arrête Edgar qui voulait réveiller Lear déjà évanoui : « Non ! ne troublez pas son âme ! Oh ! laissez-la partir ! C'est le haïr que vouloir sur la roue de cette rude vie l'étendre plus longtemps. »

Si j'ai répété avec insistance ces grands noms tragiques, surtout ceux d'Ajax et d'Œdipe, le lecteur doit comprendre pourquoi, pourquoi[4] aussi j'ai publié ces lettres et écrit cette page. J'ai voulu montrer dans quelle pure, dans quelle religieuse atmosphère de beauté morale eut lieu cette explosion de folie et de sang qui l'éclabousse sans parvenir à la souiller. J'ai voulu aérer la chambre du crime d'un souffle qui vînt du ciel, montrer que ce fait divers était exactement un de ces drames grecs dont la représentation était presque une cérémonie religieuse, et que le pauvre parricide n'était pas une brute criminelle, un être en dehors de l'humanité, mais un noble exemplaire d'humanité, un homme d'esprit éclairé, un fils tendre et pieux, que la plus inéluctable fatalité — disons pathologique pour parler comme tout le monde — a jeté — le plus malheureux des mortels — dans un crime et une expiation dignes de demeurer illustres.

« Je crois difficilement à la mort », dit Michelet dans une page admirable. Il est vrai qu'il le dit à propos d'une méduse[5], de qui la mort, si peu différente de sa vie, n'a rien d'incroyable, en sorte qu'on peut se demander si Michelet n'a pas fait qu'utiliser dans cette phrase un de ces « fonds de cuisine » que possèdent assez vite les grands écrivains et grâce à quoi ils sont assurés de pouvoir servir à l'improviste à leur clientèle le régal particulier qu'elle réclame d'eux. Mais si je crois sans difficulté à la mort d'une méduse, je ne puis croire facilement à la mort d'une personne, même à la simple éclipse, à la simple déchéance de sa raison. Notre sentiment de la continuité de l'âme est le plus fort. Quoi! cet esprit qui, tout à l'heure, de ses vues dominait la vie, dominait la mort, nous inspirait tant de respect, le voilà dominé par la vie, par la mort, plus faible que notre esprit qui, quoi qu'il en ait, ne se peut plus incliner devant ce qui est si vite devenu un presque néant! Il en est pour cela de la folie comme de l'affaiblissement des facultés chez le vieillard, comme de la mort. Quoi ? L'homme qui a écrit hier la lettre que je citais tout à l'heure, si élevée, si sage, cet homme aujourd'hui... ? Et même, pour descendre à des infiniments petits fort importants ici, l'homme qui très raisonnablement était attaché aux petites choses de l'existence, répondait si élégamment à une lettre, s'acquittait si exactement d'une démarche, tenait à l'opinion des autres, désirait leur paraître sinon influent, du moins aimable, qui conduisait avec tant de finesse et de loyauté son jeu sur l'échiquier social!... Je dis que cela est fort important ici, et si j'avais cité toute la première partie de la seconde lettre qui, à vrai dire, n'intéressait en apparence que moi, c'est que cette raison pratique semble plus exclusive encore de ce qui est arrivé que la belle et profonde tristesse des dernières lignes. Souvent, dans un esprit déjà dévasté, ce sont les maîtresses branches, la cime, qui survivent les dernières, quand toutes les ramifications plus basses sont déjà élaguées par le mal. Ici la plante spirituelle est intacte. Et tout à l'heure en copiant ces lettres, j'aurais voulu pouvoir faire sentir l'extrême délicatesse, plus, l'incroyable fermeté de la main qui avait tracé ces caractères, si nets et si fins[1]...

« Qu'as-tu fait de moi! qu'as-tu fait de moi! » Si nous voulions y penser, il n'y a peut-être pas une mère vraiment aimante qui ne pourrait, à son dernier jour, souvent bien avant, adresser ce reproche à son fils. Au fond, nous vieillissons, nous tuons tout ce qui nous aime par les soucis que nous lui donnons, par l'inquiète tendresse elle-même que nous inspirons et mettons sans cesse en alarme. Si nous savions voir[1] dans un corps chéri le lent travail de destruction poursuivi par la douloureuse tendresse qui l'anime, voir[2] les yeux flétris, les cheveux longtemps restés indomptablement noirs, ensuite vaincus comme le reste et blanchissants, les artères durcies, les reins[3] bouchés, le cœur forcé, vaincu le courage devant la vie, la marche alentie, alourdie, l'esprit qui sait qu'il n'a plus à espérer, alors qu'il rebondissait si inlassablement en invincibles espérances, la gaieté même, la gaieté innée et semblait-il immortelle, qui faisait si aimable compagnie avec la tristesse, à jamais tarie, peut-être celui qui saurait voir cela, dans ce moment tardif de lucidité que les vies les plus ensorcelées de chimère peuvent bien avoir, puisque celle même de don Quichotte eut le sien, peut-être celui-là, comme Henri van Blarenberghe quand il eut achevé sa mère à coups de poignard, reculerait devant l'horreur de sa vie et se jetterait sur un fusil[4], pour mourir tout de suite. Chez la plupart des hommes, une vision si douloureuse (à supposer qu'ils puissent se hausser jusqu'à elle) s'efface[5] bien vite aux premiers rayons de la joie de vivre. Mais quelle joie, quelle raison de vivre, quelle vie peuvent résister[6] à cette vision ? D'elle ou de la joie, quelle est vraie, quel est « le Vrai[7] » ?

JOURNÉES DE LECTURE*[1]

Il n'y a peut-être pas de jours de notre enfance que nous ayons si pleinement vécus que ceux que nous avons cru laisser sans les vivre[2], ceux que nous avons passés avec un livre préféré. Tout ce qui, semblait-il, les remplissait pour les autres, et que nous écartions comme un obstacle vulgaire à un plaisir divin : le jeu pour lequel un ami venait nous chercher au passage le plus intéressant, l'abeille ou le rayon de soleil gênants qui nous forçaient à lever les yeux de la page ou à changer de place, les provisions de goûter qu'on nous avait fait emporter et que nous laissions à côté de nous sur le banc, sans y toucher, tandis que, au-dessus de notre tête, le soleil diminuait de force dans le ciel bleu, le dîner pour lequel il avait fallu rentrer et pendant lequel nous ne pensions qu'à monter finir, tout de suite après, le chapitre interrompu, tout cela, dont la lecture aurait dû nous empêcher de percevoir autre chose que l'importunité, elle en gravait au contraire en nous un souvenir tellement doux (tellement plus précieux à notre jugement actuel que ce que nous lisions alors avec amour) que, s'il nous arrive encore aujourd'hui de feuilleter ces livres[3] d'autrefois, ce n'est plus que comme les seuls calendriers que nous ayons gardés des jours enfuis, et avec l'espoir de voir reflétés sur leurs pages les demeures et les étangs[4] qui n'existent plus.

* On trouvera ici la plupart des pages écrites pour une traduction de *Sésame et les Lys* et réimprimées ici grâce à la généreuse autorisation de M. Alfred Vallette. Elles étaient dédiées à la princesse Alexandre de Caraman-Chimay en témoignage d'un admiratif attachement que vingt années n'ont pas affaibli.

Qui ne se souvient comme moi[1] de ces lectures faites au temps des vacances, qu'on allait cacher successivement dans toutes celles des heures du jour qui étaient assez paisibles et assez inviolables pour pouvoir leur donner asile. Le matin, en rentrant du parc, quand tout le monde était parti faire une promenade, je me glissais dans la salle à manger, où, jusqu'à l'heure encore lointaine du déjeuner, personne n'entrerait que la vieille Félicie relativement silencieuse, et où je n'aurais pour compagnons, très respectueux de la lecture, que les assiettes peintes accrochées au mur, le calendrier dont la feuille de la veille avait été fraîchement arrachée, la pendule et le feu qui parlent sans demander qu'on leur réponde et dont les doux propos vides de sens ne viennent pas, comme les paroles des hommes, en substituer un différent à celui des mots que vous lisez. Je m'installais sur une chaise, près du petit feu de bois dont, pendant le déjeuner, l'oncle matinal et jardinier dirait : « Il ne fait pas de mal! On supporte très bien un peu de feu; je vous assure qu'à six heures il faisait joliment froid dans le potager. Et dire que c'est dans huit jours Pâques! » Avant le déjeuner[2] qui, hélas! mettrait fin à la lecture, on avait encore deux grandes heures. De temps en temps, on entendait le bruit de la pompe d'où l'eau allait découler et qui vous faisait lever les yeux vers elle et la regarder à travers la fenêtre fermée, là, tout près, dans l'unique allée du jardinet qui bordait de briques et de faïences en demi-lunes ses plates-bandes de pensées : des pensées cueillies, semblait-il, dans ces ciels trop beaux, ces ciels versicolores et comme reflétés des vitraux de l'église qu'on voyait parfois entre les toits du village, ciels tristes qui apparaissaient avant les orages, ou après, trop tard, quand la journée allait finir. Malheureusement la cuisinière venait longtemps d'avance mettre le couvert; si encore elle l'avait mis sans parler! Mais elle croyait devoir dire : « Vous n'êtes pas bien comme cela; si je vous approchais une table ? » Et rien que pour répondre : « Non, merci bien », il fallait arrêter net[3] et ramener de loin sa voix qui, en dedans des lèvres, répétait sans bruit, en courant, tous les mots que les yeux avaient lus; il fallait l'arrêter, la faire sortir, et, pour dire convenablement : « Non, merci bien », lui donner une apparence de vie ordinaire, une intonation de réponse, qu'elle avait perdues. L'heure passait[4]; souvent, longtemps avant le déjeuner, commençaient à arriver dans la salle à manger ceux qui, étant fatigués, avaient abrégé la promenade, avaient « pris par Méréglise[1] », ou ceux qui n'étaient pas sortis ce matin-là, ayant « à écrire ». Ils disaient bien : « Je ne veux pas te déranger », mais commençaient aussitôt à s'approcher du feu, à consulter l'heure, à déclarer que le déjeuner ne serait pas mal accueilli. On entourait d'une particulière déférence celui ou celle qui était « restée à écrire » et on lui disait : « Vous avez fait votre petite correspondance » avec un sourire où il y avait du respect, du mystère, de la paillardise et des ménagements, comme si cette « petite correspondance » avait été à la fois un secret d'État, une prérogative, une bonne fortune et une indisposition. Quelques-uns, sans plus attendre[2], s'asseyaient d'avance à table, à leurs places. Cela, c'était la désolation, car ce serait d'un mauvais exemple pour les autres arrivants, allait faire croire[3] qu'il était déjà midi, et prononcer trop tôt à mes parents la parole fatale : « Allons, ferme ton livre, on va déjeuner. » Tout était prêt, le couvert entièrement mis sur la nappe où manquait seulement ce qu'on n'apportait qu'à la fin du repas, l'appareil en verre où l'oncle horticulteur et cuisinier faisait lui-même le café à table, tubulaire et compliqué comme un instrument de physique qui aurait senti bon et où c'était si agréable de voir monter dans la cloche de verre l'ébullition soudaine qui laissait ensuite aux parois embuées une cendre odorante et brune; et aussi la crème et les fraises que le même oncle mêlait, dans des proportions toujours identiques, s'arrêtant juste au rose[4] qu'il fallait, avec l'expérience d'un coloriste et la divination d'un gourmand. Que le déjeuner me paraissait long! Ma grand-tante ne faisait[5] que goûter aux plats pour donner son avis avec une douceur qui supportait, mais n'admettait pas la contradiction. Pour un roman, pour des vers, choses où elle se connaissait très bien, elle s'en remettait toujours, avec une humilité de femme, à l'avis de plus compétents. Elle pensait que c'était là le domaine flottant du caprice où le goût d'un seul ne peut pas fixer la vérité. Mais sur les choses dont les règles et les principes lui avaient été enseignés par sa mère, sur la manière de faire certains plats, de jouer les sonates de Beethoven et de recevoir avec amabilité, elle était certaine d'avoir une idée juste de la perfection et de discerner si les autres s'en rapprochaient plus ou moins. Pour les trois choses, d'ailleurs, la perfection était presque la même : c'était une sorte de simplicité dans les moyens, de sobriété et de charme. Elle repoussait avec horreur qu'on mît des épices dans les plats qui n'en exigent pas absolument, qu'on jouât avec affectation et abus de pédales, qu'en « recevant » on sortît d'un naturel parfait et parlât de soi avec exagération. Dès la première bouchée, aux premières notes, sur un simple billet, elle avait la prétention de savoir si elle avait affaire à une bonne cuisinière, à un vrai musicien, à une femme bien élevée. « Elle peut avoir beaucoup plus de doigts que moi[1], mais elle manque de goût en jouant avec tant d'emphase cet andante si simple. » « Ce peut être une femme très brillante et remplie de qualités, mais c'est un manque de tact de parler de soi en cette circonstance. » « Ce peut être une cuisinière très savante, mais elle ne sait pas faire le bifteck aux pommes. » Le bifteck aux pommes ! morceau de concours idéal, difficile par sa simplicité même, sorte de « Sonate pathétique » de la cuisine, équivalent gastronomique de ce qu'est dans la vie sociale la visite de la dame qui vient vous demander des renseignements sur un domestique et qui, dans un acte si simple, peut à tel point faire preuve, ou manquer, de tact et d'éducation. Mon grand-père[2] avait tant d'amour-propre, qu'il aurait voulu que tous les plats fussent réussis, et s'y connaissait trop peu en cuisine pour jamais savoir quand ils étaient manqués. Il voulait bien admettre qu'ils le fussent parfois, très rarement d'ailleurs, mais seulement par un pur effet du hasard. Les critiques toujours motivées de ma grand-tante, impliquant au contraire que la cuisinière n'avait pas su faire tel plat, ne pouvaient manquer de paraître particulièrement intolérables à mon grand-père. Souvent, pour éviter des discussions avec lui, ma grand-tante, après avoir goûté du bout des lèvres, ne donnait pas son avis, ce qui, d'ailleurs, nous faisait connaître immédiatement qu'il était défavorable[3]. Elle se taisait, mais nous lisions dans ses yeux doux une désapprobation inébranlable et réfléchie qui avait le don de mettre mon grand-père en fureur. Il la priait ironiquement de donner son avis, s'impatientait de son silence, la pressait de questions, s'emportait, mais on sentait qu'on l'aurait conduite au martyre plutôt que de lui faire confesser la croyance de mon grand-père : que l'entremets n'était pas trop sucré.

Après le déjeuner, ma lecture reprenait tout de suite; surtout si la journée était un peu chaude, chacun montait se retirer dans sa chambre, ce qui me permettait, par le petit escalier aux marches rapprochées, de gagner tout de suite la mienne, à l'unique étage si bas que des fenêtres enjambées on n'aurait eu qu'un saut d'enfant à faire pour se trouver dans la rue. J'allais fermer ma fenêtre sans avoir pu[1] esquiver le salut de l'armurier d'en face, qui, sous prétexte de baisser ses auvents, venait tous les jours après déjeuner fumer sa pipe devant sa porte[2] et dire bonjour aux passants, qui, parfois, s'arrêtaient à causer. Les théories de William Morris[3], qui ont été si constamment appliquées par Maple et les décorateurs anglais, édictent qu'une chambre n'est belle qu'à la condition de contenir seulement des choses qui nous soient utiles et que toute chose utile, fût-ce un simple clou, soit non pas dissimulée, mais apparente. Au-dessus du lit à tringles de cuivre et entièrement découvert, aux murs nus de ces chambres hygiéniques, quelques reproductions de chefs-d'œuvre. À la juger d'après les principes de cette esthétique, ma chambre n'était nullement belle, car elle était pleine de choses qui ne pouvaient servir à rien et qui dissimulaient pudiquement, jusqu'à en rendre l'usage extrêmement difficile, celles qui servaient à quelque chose. Mais c'est justement de ces choses qui n'étaient pas là pour ma commodité, mais semblaient y être venues pour leur plaisir, que ma chambre tirait pour moi sa beauté. Ces hautes courtines blanches qui dérobaient aux regards le lit placé comme au fond d'un sanctuaire; la jonchée de couvre-pieds en marceline, de courtes-pointes à fleurs, de couvre-lits brodés, de taies d'oreillers en batiste, sous laquelle il disparaissait le jour, comme[4] un autel au mois de Marie sous les festons et les fleurs, et que, le soir[5], pour pouvoir me coucher, j'allais poser avec précaution sur un fauteuil où ils consentaient à passer la nuit; à côté du lit, la trinité du verre à dessins bleus, du sucrier pareil et de la carafe (toujours vide depuis le lendemain de mon arrivée sur l'ordre de ma tante qui craignait de me la voir « répandre »), sortes d'instruments du culte — presque aussi saints que la précieuse liqueur de fleur d'oranger placée près d'eux dans une ampoule de verre — que je n'aurais pas cru[6] plus permis de profaner ni même possible d'utiliser pour mon usage personnel que si ç'avaient été des ciboires consacrés[1], mais que je considérais longuement avant de me déshabiller, dans la peur de les renverser par un faux mouvement; ces petites étoles ajourées au crochet qui jetaient sur le dos des fauteuils[2] un manteau de roses blanches qui ne devaient pas être sans épines[3] puisque, chaque fois que j'avais fini de lire et que je voulais me lever, je m'apercevais que j'y étais resté accroché; cette cloche de verre, sous laquelle, isolée des contacts vulgaires, la pendule bavardait dans l'intimité pour des coquillages venus de loin et pour une vieille fleur sentimentale, mais qui était si lourde à soulever que, quand la pendule s'arrêtait, personne, excepté l'horloger, n'aurait été assez imprudent pour entreprendre de la remonter; cette blanche nappe en guipure qui, jetée comme un revêtement d'autel sur la commode ornée de deux vases, d'une image du Sauveur et d'un buis bénit, la faisait ressembler à la Sainte Table (dont un prie-Dieu, rangé là tous les jours quand on avait « fini la chambre », achevait d'évoquer l'idée), mais dont les effilochements toujours engagés dans la fente des tiroirs en arrêtaient si complètement le jeu que je ne pouvais jamais prendre un mouchoir sans faire tomber d'un seul coup image du Sauveur, vases sacrés, buis bénit, et sans trébucher moi-même en me rattrapant au prie-Dieu; cette triple superposition enfin de petits rideaux d'étamine, de grands rideaux de mousseline et de plus grands rideaux de basin, toujours souriants dans leur blancheur d'aubépine souvent ensoleillée, mais au fond bien agaçants dans leur maladresse et leur entêtement à jouer autour de leurs barres de bois parallèles et à se prendre les uns dans les autres et tous dans la fenêtre dès que je voulais l'ouvrir ou la fermer, un second étant toujours prêt, si je parvenais à en dégager un premier, à venir prendre immédiatement sa place dans les jointures aussi parfaitement bouchées par eux qu'elles l'eussent été par un buisson d'aubépines réelles ou par des nids d'hirondelles qui auraient eu la fantaisie de s'installer là, de sorte que cette opération, en apparence si simple, d'ouvrir ou de fermer ma croisée, je n'en venais jamais à bout sans le secours de quelqu'un de la maison; toutes ces choses qui non seulement ne pouvaient répondre à aucun de mes besoins, mais apportaient même une entrave, d'ailleurs légère, à leur satisfaction, qui évidemment n'avaient jamais été mises là pour l'utilité de quelqu'un, peuplaient[1] ma chambre de pensées en quelque sorte personnelles, avec cet air de prédilection d'avoir choisi de vivre là et de s'y plaire qu'ont souvent, dans une clairière, les arbres, et, au bord des chemins ou sur les vieux murs, les fleurs. Elles la remplissaient[2] d'une vie silencieuse et diverse, d'un mystère où ma personne se trouvait à la fois perdue et charmée; elles faisaient de cette chambre une sorte de[3] chapelle où le soleil — quand il traversait les petits carreaux rouges que mon oncle avait intercalés au haut des fenêtres — piquait sur les murs, après avoir rosé l'aubépine des rideaux, des lueurs aussi étranges que si la petite chapelle avait été enclose dans une plus grande nef à vitraux; et où le bruit des cloches arrivait si retentissant à cause de la proximité[4] de notre maison et de l'église, à laquelle d'ailleurs, aux grandes fêtes, les reposoirs nous liaient par un chemin de fleurs, que je pouvais imaginer qu'elles étaient sonnées dans notre toit, juste au-dessus de la fenêtre d'où je saluais souvent le curé tenant son bréviaire, ma tante revenant de vêpres ou l'enfant de chœur qui nous portait du pain bénit. Quant à la photographie par Brown du *Printemps* de Botticelli[5] ou au moulage de la *Femme inconnue* du musée de Lille, qui, aux murs et sur la cheminée des chambres de Maple, sont la part concédée par William Morris à l'inutile beauté, je dois avouer qu'ils étaient remplacés dans ma chambre par une sorte de gravure représentant le prince Eugène, terrible et beau dans son dolman, et que je fus très étonné d'apercevoir une nuit, dans un grand fracas de locomotives et de grêle, toujours terrible et beau, à la porte d'un buffet de gare, où il servait de réclame à une spécialité de biscuits. Je soupçonne aujourd'hui mon grand-père de l'avoir autrefois reçu, comme prime, de la munificence d'un fabricant, avant de l'installer à jamais dans ma chambre. Mais alors je ne me souciais pas de son origine, qui me paraissait historique et mystérieuse, et je ne m'imaginais pas qu'il pût y avoir plusieurs exemplaires de ce que je considérais comme une personne, comme un habitant permanent de la chambre que je ne faisais que partager avec lui et où je le retrouvais tous les ans, toujours pareil à lui-même. Il y a maintenant bien longtemps que je ne l'ai vu, et je suppose que je ne le reverrai jamais.

Mais si une telle fortune m'advenait, je crois qu'il aurait bien plus de choses à me dire que le *Printemps* de Botticelli. Je laisse les gens de goût orner leur demeure avec la reproduction des chefs-d'œuvre qu'ils admirent et décharger leur mémoire du soin de leur conserver une image précieuse en la confiant à un cadre de bois sculpté. Je laisse les gens de goût faire de leur chambre l'image même de leur goût et la remplir seulement de choses qu'il puisse approuver. Pour moi, je ne me sens vivre et penser que dans une chambre où tout est la création et le langage de vies profondément différentes de la mienne, d'un goût opposé au mien, où je ne retrouve rien de ma pensée consciente, où mon imagination s'exalte en se sentant plongée au sein du non-moi; je ne me sens heureux qu'en mettant le pied — avenue de la Gare, sur le port ou place de l'Église — dans un de ces hôtels de province aux longs corridors froids où le vent du dehors lutte avec succès contre les efforts du calorifère, où la carte de géographie détaillée de l'arrondissement est encore[1] le seul ornement des murs, où chaque bruit ne sert qu'à faire apparaître le silence en le déplaçant, où les chambres gardent un parfum de renfermé que le grand air vient laver, mais s'efface pas, et que les narines aspirent cent fois pour l'apporter à l'imagination, qui s'en enchante, qui le fait poser comme un modèle pour essayer de le recréer en elle avec tout ce qu'il contient de pensées et de souvenirs[2]; où le soir[3], quand on ouvre la porte de sa chambre, on a le sentiment de violer toute la vie qui y est restée éparse, de la prendre hardiment par la main quand, la porte refermée, on entre plus avant, jusqu'à la table ou jusqu'à la fenêtre; de s'asseoir dans une sorte de libre promiscuité avec elle sur le canapé exécuté par le tapissier du chef-lieu dans ce qu'il croyait le goût de Paris; de toucher partout la nudité de cette vie dans le dessein de se troubler soi-même par sa propre familiarité, en posant ici et là ses affaires, en jouant le maître dans cette chambre pleine jusqu'aux bords de l'âme des autres et qui garde jusque dans la forme des chenêts et le dessin des rideaux l'empreinte de leur rêve, en marchant pieds nus sur son tapis inconnu; alors, cette vie secrète, on a le sentiment de l'enfermer avec soi quand on va, tout tremblant, tirer le verrou; de la pousser devant soi dans le lit et de coucher enfin[4] avec elle dans les grands draps blancs qui vous montent par-dessus la figure, tandis que, tout près, l'église sonne pour toute la ville les heures d'insomnie des mourants et des amoureux.

Je n'étais pas depuis bien longtemps à lire dans ma chambre qu'il fallait aller au parc[1], à un kilomètre du village[2]. Mais après le jeu obligé, j'abrégeais la fin du goûter apporté dans des paniers et distribué aux enfants au bord de la rivière, sur l'herbe où le livre avait été posé avec défense de le prendre encore. Un peu plus loin, dans certains fonds assez incultes et assez mystérieux du parc, la rivière cessait d'être une eau rectiligne et artificielle, couverte de cygnes et bordée[3] d'allées où souriaient des statues, et, par moments[4] sautelante de carpes, se précipitait, passait à une allure rapide la clôture du parc, devenait une rivière dans le sens géographique du mot — une rivière qui devait avoir un nom — et ne tardait pas à s'épandre (la même vraiment qu'entre les statues et sous les cygnes ?) entre des herbages où dormaient des bœufs et dont elle noyait les boutons d'or, sortes de prairies rendues par elle assez marécageuses et qui, tenant[5] d'un côté au village par des tours informes, restes, disait-on du moyen âge, joignaient de l'autre, par des chemins montants d'églantiers et d'aubépines, la « nature » qui s'étendait à l'infini, des villages qui avaient d'autres noms, l'inconnu. Je laissais les autres finir de goûter dans le bas du parc, au bord des cygnes, et je montais en courant dans le labyrinthe jusqu'à telle charmille où je m'asseyais, introuvable, adossé aux noisetiers taillés, apercevant le plant d'asperges, les bordures de fraisiers, le bassin où, certains jours, les chevaux faisaient monter l'eau en tournant, la porte blanche qui était la « fin du parc » en haut, et au-delà, les champs de bleuets et de coquelicots. Dans cette charmille, le silence était profond, le risque d'être découvert presque nul, la sécurité rendue plus douce par les cris éloignés[6] qui, d'en bas, m'appelaient en vain, quelquefois même se rapprochaient, montaient les premiers talus, cherchant partout, puis s'en retournaient, n'ayant pas trouvé; alors plus aucun bruit; seul de temps en temps le son d'or des cloches qui au loin, par-delà les plaines, semblait tinter derrière le ciel bleu, aurait pu m'avertir de l'heure[7] qui passait; mais surpris par sa douceur et troublé par le silence plus profond, vidé des derniers sons, qui le suivait[8], je n'étais jamais sûr du nombre des coups. Ce n'était pas les cloches tonnantes qu'on entendait en rentrant dans le village — quand on approchait[1] de l'église qui, de près, avait repris sa taille haute et raide, dressant sur le bleu du soir son capuchon d'ardoise ponctué de corbeaux — faire voler le son en éclats sur la place « pour les biens de la terre ». Elles n'arrivaient au bout du parc que faibles et douces et ne s'adressant pas à moi, mais à toute la campagne, à tous les villages, aux paysans isolés dans leur champ, elles ne me forçaient nullement à lever la tête, elles passaient près de moi[2], portant l'heure aux pays lointains, sans me voir, sans me connaître et sans me déranger.

Et quelquefois à la maison, dans mon lit, longtemps après le dîner, les dernières heures de la soirée abritaient aussi ma lecture, mais cela, seulement les jours où j'étais arrivé aux derniers chapitres d'un livre, où il n'y avait plus beaucoup à lire pour arriver à la fin. Alors, risquant d'être puni si j'étais découvert et l'insomnie qui, le livre fini, se prolongerait peut-être toute la nuit, dès que mes parents étaient couchés je rallumais ma bougie; tandis que, dans la rue toute proche, entre la maison de l'armurier et la poste, baignées de silence, il y avait plein d'étoiles au ciel sombre et pourtant bleu, et qu'à gauche, sur la ruelle exhaussée où commençait en tournant son ascension surélevée, on sentait veiller, monstrueuse et noire, l'abside de l'église dont les sculptures la nuit ne dormaient pas, l'église villageoise et pourtant historique, séjour magique du Bon Dieu, de la brioche bénite, des saints multicolores et des dames des châteaux voisins qui, les jours de fête, faisant[3], quand elles traversaient le marché, piailler les poules et regarder les commères, venaient à la messe « dans leurs attelages », non sans acheter au retour, chez le pâtissier de la place, juste après avoir quitté l'ombre du porche où les fidèles en poussant la porte à tambour semaient les rubis errants de la nef, quelques-uns de ces gâteaux en forme de tours, protégés du soleil par un store, — « manqués », « saint-honorés » et « génoises », — dont l'odeur oisive et sucrée est restée mêlée pour moi[4] aux cloches de la grand-messe et à la gaieté des dimanches.

Puis la dernière page était lue, le livre était fini. Il fallait arrêter la course éperdue des yeux et de la voix qui suivait sans bruit, s'arrêtant seulement pour reprendre haleine, dans un soupir profond. Alors, afin de donner aux tumultes depuis trop longtemps déchaînés en moi pour pouvoir se calmer ainsi d'autres mouvements à diriger, je me levais, je me mettais à marcher le long de mon lit, les yeux encore fixés à quelque point qu'on aurait vainement cherché dans la chambre ou dehors, car il n'était situé qu'à une distance d'âme, une de ces distances qui ne se mesurent pas par mètres et par lieues, comme les autres, et qu'il est d'ailleurs impossible de confondre avec elles quand on regarde les yeux « lointains » de ceux qui pensent « à autre chose ». Alors, quoi ? ce livre, ce n'était que cela ? Ces êtres à qui on avait donné plus de son attention et de sa tendresse qu'aux gens de la vie, n'osant pas toujours avouer à quel point on les aimait, et même quand nos parents nous trouvaient en train de lire et avaient l'air de sourire de notre émotion, fermant le livre, avec une indifférence affectée ou un ennui feint; ces gens pour qui on avait haleté et sangloté, on ne les verrait plus jamais, on ne saurait plus rien d'eux. Déjà[1], depuis quelques pages, l'auteur, dans le cruel « Épilogue », avait eu soin de les « espacer » avec une indifférence incroyable pour qui savait l'intérêt avec lequel il les avait suivis jusque-là pas à pas. L'emploi[2] de chaque heure de leur vie nous avait été narré[3]. Puis subitement : « Vingt ans après ces événements[4] on pouvait rencontrer dans les rues de Fougères* un vieillard encore droit, etc. » Et le mariage dont deux volumes avaient été employés à nous faire entrevoir la possibilité délicieuse nous effrayant puis nous réjouissant de chaque obstacle dressé puis

* J'avoue que certain emploi de l'imparfait de l'indicatif — de ce temps cruel qui nous présente la vie comme quelque chose d'éphémère à la fois et de passif, qui, au moment même où il retrace nos actions, les frappe d'illusion, les anéantit dans le passé sans nous laisser comme le parfait, la consolation de l'activité — est resté pour moi une source inépuisable de mystérieuses tristesses. Aujourd'hui encore je peux avoir pensé pendant des heures à la mort avec calme; il me suffit d'ouvrir un volume des *Lundis* de Sainte-Beuve et d'y tomber par exemple sur cette phrase de Lamartine (il s'agit de Mme d'Albany)[5] : « Rien ne *rappelait* en elle à cette époque... *C'était* une petite femme dont la taille un peu affaissée sous son poids avait perdu, etc. » pour me sentir aussitôt envahi par la plus profonde mélancolie. — Dans les romans, l'intention de faire de la peine est si visible chez l'auteur qu'on se raidit un peu plus[6].

aplani, c'est par une phrase incidente d'un personnage secondaire que nous apprenions qu'il avait été célébré, nous ne savions pas au juste quand, dans cet étonnant épilogue écrit, semblait-il, du haut du ciel, par une personne indifférente à nos passions d'un jour, qui s'était substituée à l'auteur. On aurait tant voulu que le livre continuât, et, si c'était impossible, avoir d'autres renseignements sur tous ces personnages, apprendre maintenant quelque chose de leur vie, employer la nôtre à des choses qui ne fussent pas tout à fait étrangères à l'amour qu'ils nous avaient inspiré* et dont l'objet nous faisait tout à coup défaut, ne pas avoir aimé en vain, pour une heure, des êtres qui demain ne seraient plus qu'un nom sur une page oubliée, dans un livre sans rapport avec la vie et sur la valeur duquel nous nous étions bien mépris puisque son lot ici-bas, nous le comprenions maintenant et nos parents nous l'apprenaient au besoin d'une phrase dédaigneuse, n'était nullement, comme nous l'avions cru, de contenir l'univers et la destinée, mais d'occuper une place fort étroite dans la bibliothèque du notaire, entre les fastes sans prestige du *Journal de modes illustré* et de *La Géographie d'Eure-et-Loir*.

. . . .

... Avant d'essayer de montrer au seuil des « Trésors des Rois » pourquoi à mon avis la Lecture ne doit pas

* On peut l'essayer, par une sorte de détour, pour les livres qui ne sont pas d'imagination pure et où il y a un substratum historique[1]. Balzac, par exemple, dont l'œuvre en quelque sorte impure est mêlée d'esprit et de réalité trop peu transformée, se prête[2] parfois singulièrement à ce genre de lecture. Ou du moins il a trouvé le plus admirable de ces « lecteurs historiques » en M. Albert Sorel qui a écrit sur *Une Ténébreuse Affaire* et sur *L'Envers de l'Histoire Contemporaine* d'incomparables essais. Combien la lecture, au reste, cette jouissance à la fois ardente et rassise, semble bien convenir à M. Sorel[3], à cet esprit chercheur, à ce corps calme et puissant, la lecture, pendant laquelle les mille sensations de poésie et de bien-être confus qui s'envolent avec allégresse du fond de la bonne santé viennent composer autour de la rêverie du lecteur un plaisir doux et doré comme le miel. — Cet art[4] d'ailleurs d'enfermer tant d'originales et fortes méditations dans une lecture, ce n'est pas qu'à propos d'œuvres à demi historiques que M. Sorel l'a porté à cette perfection. Je me souviendrai toujours — et avec quelle reconnaissance — que mon étude sur *La Bible d'Amiens*[5] a été pour lui le sujet des plus puissantes pages peut-être qu'il ait jamais écrites[6].

jouer dans la vie le rôle prépondérant que lui assigne Ruskin dans ce petit ouvrage, je devais mettre hors de cause les charmantes lectures de l'enfance dont le souvenir doit rester pour chacun de nous une bénédiction. Sans doute je n'ai que trop prouvé par la longueur et le caractère du développement qui précède ce que j'avais d'abord avancé d'elles : que ce qu'elles laissent surtout en nous, c'est l'image des lieux et des jours où nous les avons faites. Je n'ai pas échappé à leur sortilège : voulant parler d'elles, j'ai parlé de toute autre chose que des livres parce que ce n'est pas d'eux qu'elles m'ont parlé[1]. Mais peut-être les souvenirs qu'elles m'ont l'un après l'autre rendus en auront-ils eux-mêmes éveillé chez le lecteur[2] et l'auront-ils peu à peu amené, tout en s'attardant dans ces chemins fleuris et détournés, à recréer dans son esprit l'acte psychologique original appelé *Lecture,* avec assez de force pour pouvoir suivre maintenant comme au-dedans de lui-même les quelques réflexions qu'il me reste à présenter.

On sait que les « Trésors des Rois » est une conférence sur la lecture que Ruskin donna à l'hôtel de ville de Rusholme, près Manchester, le 6 décembre 1864, pour aider à la création d'une bibliothèque à l'institut de Rusholme. Le 14 décembre, il en prononçait une seconde, « Des Jardins des Reines » sur le rôle de la femme, pour aider à fonder des écoles à Ancoats. « Pendant toute cette année 1864, dit M. Collingwood dans son admirable ouvrage *Life and Work of Ruskin,* il demeura *at home,* sauf pour faire de fréquentes visites à Carlyle[3]. Et quand en décembre il donna à Manchester les cours qui, sous le nom de *Sésame et les lys,* devinrent son ouvrage le plus populaire*, nous pouvons discerner son meilleur état de santé physique et intellectuelle dans les couleurs plus brillantes de sa pensée. Nous pouvons reconnaître l'écho de ses entretiens avec Carlyle dans l'idéal héroïque,

* Cet ouvrage[4] fut ensuite augmenté par l'addition aux deux premières conférences d'une troisième : « The Mystery of Life and its Arts. » Les éditions populaires continuèrent à ne contenir que « Des Trésors des Rois » et « Des Jardins des Reines ». Nous n'avons traduit, dans le présent volume, que ces deux conférences, et sans les faire précéder d'aucune des préfaces que Ruskin écrivit pour *Sésame et les lys.* Les dimensions de ce volume et l'abondance de

aristocratique et stoïque qu'il propose et dans l'insistance avec laquelle il revient sur la valeur des livres et des bibliothèques publiques, Carlyle étant le fondateur de la London Bibliothèque... »

Pour nous, qui ne voulons ici que discuter en elle-même, et sans nous occuper de ses origines historiques, la thèse de Ruskin, nous pouvons la résumer assez exactement par ces mots de Descartes, que « la lecture de tous les bons livres est comme une conversation avec les plus honnêtes gens des siècles passés qui en ont été les auteurs ». Ruskin n'a peut-être pas connu cette pensée d'ailleurs un peu sèche du philosophe français, mais c'est elle en réalité qu'on retrouve partout dans sa conférence, enveloppée seulement dans un or[1] apollinien où fondent des brumes anglaises, pareil à celui dont la gloire illumine les paysages de son peintre préféré[2]. « À supposer, dit-il, que nous ayons et la volonté et l'intelligence de bien choisir nos amis, combien peu d'entre nous en ont le pouvoir, combien est limitée la sphère de nos choix. Nous ne pouvons connaître qui nous voudrions... Nous pouvons par une bonne fortune entrevoir un grand poète et entendre le son de sa voix, ou poser une question à un homme de science qui nous répondra aimablement. Nous pouvons usurper dix minutes d'entretien dans le cabinet d'un ministre, avoir une fois dans notre vie le privilège d'arrêter le regard d'une reine. Et pourtant ces hasards fugitifs nous les convoitons, nous dépensons nos années, nos passions et nos facultés à la poursuite d'un peu moins que cela, tandis que, durant ce temps, il y a une société qui nous est continuellement ouverte, de gens qui nous parleraient aussi longtemps que nous le souhaiterions, quel que soit notre rang. Et cette société, parce qu'elle est si nombreuse et si douce et que nous pouvons la faire attendre près de nous toute une journée — rois et hommes d'État attendant patiemment non pour accorder une audience, mais pour l'obtenir — nous n'allons jamais la chercher dans ces antichambres simplement meublées

notre propre commentaire ne nous ont pas permis de mieux faire. Sauf pour quatre d'entre elles (Smith, Elder et Cie) les nombreuses éditions de *Sésame et les lys* ont toutes paru chez Georges Allen, l'illustre éditeur de toute l'œuvre de Ruskin, le maître de Ruskin House.

que sont les rayons de nos bibliothèques, nous n'écoutons jamais un mot de ce qu'ils auraient à nous dire*. » « Vous me direz peut-être, ajoute Ruskin, que si vous aimez mieux causer avec des vivants, c'est que vous voyez leur visage », etc., et réfutant cette première objection, puis une seconde, il montre que la lecture est exactement une conversation avec des hommes beaucoup plus sages et plus intéressants que ceux que nous pouvons avoir l'occasion de connaître autour de nous. J'ai essayé de montrer dans les notes dont j'ai accompagné ce volume que la lecture ne saurait être ainsi assimilée à une conversation, fût-ce avec le plus sage des hommes; que ce qui diffère essentiellement entre un livre et un ami, ce n'est pas leur plus ou moins grande sagesse, mais la manière dont on communique avec eux, la lecture, au rebours de la conversation, consistant pour chacun de nous à recevoir communication d'une autre pensée, mais tout en restant seul, c'est-à-dire en continuant à jouir de la puissance intellectuelle qu'on a dans la solitude et que la conversation dissipe immédiatement, en continuant à pouvoir être inspiré, à rester en plein travail fécond de l'esprit sur lui-même. Si Ruskin avait tiré les conséquences d'autres vérités qu'il a énoncées quelques pages plus loin, il est probable[2] qu'il aurait rencontré une conclusion analogue à la mienne. Mais évidemment il n'a pas cherché à aller au cœur même de l'idée de *lecture*. Il n'a voulu, pour nous apprendre le prix de la lecture, que nous conter une sorte de beau mythe platonicien, avec cette simplicité des Grecs qui nous ont montré à peu près toutes les idées vraies et ont laissé aux scrupules modernes le soin de les approfondir. Mais si je crois que la lecture, dans son essence originale, dans ce miracle fécond d'une communication au sein de la solitude, est quelque chose de plus, quelque chose d'autre que ce qu'a dit Ruskin, je ne crois pas malgré cela qu'on puisse lui reconnaître dans notre vie spirituelle le rôle prépondérant qu'il semble lui assigner.

Les limites de son rôle dérivent de la nature de ses vertus. Et ces vertus, c'est encore aux lectures d'enfance que je vais aller demander en quoi elles consistent. Ce livre, que vous m'avez vu tout à l'heure lire au coin du

* *Sésame*[1] *et les lys,* Des Trésors des Rois, 6.

feu dans la salle à manger, dans ma chambre, au fond du fauteuil revêtu d'un appuie-tête au crochet, et pendant les belles heures de l'après-midi, sous les noisetiers et les aubépines du parc, où tous les souffles des champs infinis[1] venaient de si loin jouer silencieusement auprès de moi, tendant sans mot dire à mes narines distraites l'odeur des trèfles et des sainfoins sur lesquels mes yeux fatigués se levaient parfois ; ce livre, comme vos yeux en se penchant vers lui ne pourraient déchiffrer son titre à vingt ans de distance, ma mémoire, dont la vue est plus appropriée à ce genre de perceptions, va vous dire[2] quel il était : *Le Capitaine Fracasse*[3], de Théophile Gautier. J'en aimais par-dessus tout deux ou trois phrases qui m'apparaissaient comme les plus originales et les plus belles de l'ouvrage. Je n'imaginais pas qu'un autre auteur en eût jamais écrit de comparables. Mais j'avais le sentiment que leur beauté correspondait à une réalité dont Théophile Gautier ne nous laissait entrevoir, une ou deux fois par volume, qu'un petit coin[4]. Et comme je pensais qu'il la connaissait assurément tout entière, j'aurais voulu lire d'autres livres de lui où toutes les phrases seraient aussi belles que celles-là et auraient pour objet les choses sur lesquelles j'aurais désiré avoir son avis. « Le rire n'est point cruel de sa nature ; il distingue l'homme de la bête, et il est, ainsi qu'il appert en l'*Odyssée* d'Homerus, poète grégeois, l'apanage des dieux immortels et bienheureux qui rient olympiennement tout leur saoul durant les loisirs de l'éternité*. » Cette phrase me donnait une véritable ivresse. Je

*En réalité[5], cette phrase ne se trouve pas, au moins sous cette forme, dans *Le Capitaine Fracasse*. Au lieu de « ainsi qu'il appert[6] en l'*Odyssée* d'Homerus, poète grégeois », il y a simplement « suivant Homerus ». Mais comme les expressions « il appert d'Homerus », « il appert de l'*Odyssée* », qui se trouvent ailleurs dans le même ouvrage, me donnaient un plaisir de même qualité, je me suis permis, pour que l'exemple fût plus frappant pour le lecteur, de fondre toutes ces beautés en une, aujourd'hui que je n'ai plus pour elles, à vrai dire, de respect religieux. Ailleurs encore dans *Le Capitaine Fracasse*, Homerus est qualifié de poète grégeois, et je ne doute pas que cela aussi m'enchantât[7]. Toutefois je ne suis plus capable de retrouver avec assez d'exactitude ces joies oubliées pour être assuré que je n'ai pas forcé la note et dépassé la mesure en accumulant en une seule phrase tant de merveilles ! Je ne le crois pas pourtant. Et je pense avec regret que l'exaltation avec laquelle je répétais la phrase

croyais apercevoir une antiquité merveilleuse à travers ce moyen âge[1] que seul Gautier pouvait me révéler. Mais j'aurais voulu qu'au lieu de dire cela furtivement, après l'ennuyeuse description d'un château que le trop grand nombre de termes que je ne connaissais pas m'empêchait de me figurer le moins du monde, il écrivît[2] tout le long du volume des phrases de ce genre et me parlât de choses qu'une fois son livre fini je pourrais continuer à connaître et à aimer. J'aurais voulu qu'il me dît, lui, le seul sage détenteur de la vérité, ce que je devais penser au juste de Shakespeare, de Saintine, de Sophocle, d'Euripide, de Silvio Pellico que j'avais lu pendant un mois de mars très froid, marchant, tapant des pieds, courant par les chemins, chaque fois que je venais de fermer le livre, dans l'exaltation de la lecture finie, des forces accumulées dans l'immobilité, et du vent salubre qui soufflait dans les rues du village. J'aurais voulu surtout qu'il me dît si j'avais plus de chance d'arriver à la vérité en redoublant ou non ma sixième et en étant[3] plus tard diplomate ou avocat à la Cour de cassation. Mais aussitôt la belle phrase finie il se mettait à décrire une table couverte « d'une telle couche de poussière qu'un doigt aurait pu y tracer des caractères », chose trop insignifiante à mes yeux pour que je pusse[4] même y arrêter mon attention; et j'en étais réduit à me demander quels autres livres Gautier avait écrits qui contenteraient mieux mon aspiration et me feraient connaître enfin sa pensée tout entière.

Et c'est là, en effet, un des grands et merveilleux caractères des beaux livres (et qui nous fera comprendre le rôle à la fois essentiel et limité que la lecture peut jouer dans notre vie spirituelle) que pour l'auteur ils pourraient s'appeler « Conclusions » et pour le lecteur « Incitations ». Nous sentons très bien que notre sagesse commence où celle de l'auteur finit, et nous voudrions qu'il nous donnât des réponses, quand tout ce qu'il peut faire est de nous donner des désirs. Et ces désirs, il ne peut les éveiller en nous qu'en nous faisant contempler la beauté suprême à laquelle le dernier effort de son art lui a permis d'at-

du *Capitaine Fracasse* aux iris et aux pervenches penchés au bord de la rivière, en piétinant les cailloux de l'allée, aurait été plus délicieuse encore si j'avais pu trouver en une seule phrase de Gautier tant de ses charmes que mon propre artifice réunit aujourd'hui, sans parvenir, hélas! à me donner aucun plaisir.

teindre. Mais par une loi singulière et d'ailleurs providentielle de l'optique des esprits (loi qui signifie peut-être que nous ne pouvons recevoir la vérité de personne, et que nous devons la créer nous-même), ce qui est le terme de leur sagesse ne nous apparaît que comme le commencement de la nôtre, de sorte que c'est au moment où ils nous ont dit tout ce qu'ils pouvaient nous dire qu'ils font naître en nous le sentiment qu'ils ne nous ont encore rien dit. D'ailleurs, si nous leur posons[1] des questions auxquelles ils ne peuvent pas répondre, nous leur demandons aussi des réponses qui ne nous instruiraient pas. Car c'est un effet de l'amour que les poètes éveillent en nous de nous faire attacher une importance littérale à des choses qui ne sont pour eux que significatives d'émotions personnelles. Dans chaque tableau qu'ils nous montrent, ils ne semblent nous donner qu'un léger aperçu d'un site merveilleux, différent du reste du monde, et au cœur duquel nous voudrions qu'ils nous fissent pénétrer. « Menez-nous », voudrions-nous pouvoir dire à M. Maeterlinck[2], à Mme de Noailles, " dans le jardin de Zélande où croissent les fleurs démodées ", sur la route parfumée " de trèfle et d'armoise " et dans tous les endroits de la terre dont vous ne nous avez pas parlé dans vos livres, mais que vous jugez aussi beaux que ceux-là. » Nous voudrions aller voir ce champ que Millet (car les peintres nous enseignent à la façon des poètes[3]) nous montre dans son *Printemps,* nous voudrions que M. Claude Monet[4] nous conduisît à Giverny, au bord de la Seine, à ce coude de la rivière qu'il nous laisse à peine distinguer à travers la brume du matin. Or, en réalité, ce sont de simples hasards de relations ou de parenté qui, en leur donnant l'occasion de passer ou de séjourner auprès d'eux, ont fait choisir[5] pour les peindre à Mme de Noailles, à Maeterlinck, à Millet, à Claude Monet, cette route, ce jardin, ce champ, ce coude de rivière, plutôt que tels autres. Ce qui nous les fait paraître autres et plus beaux que le reste du monde, c'est qu'ils portent sur eux comme un reflet insaisissable l'impression qu'ils ont donnée[6] au génie, et que nous verrions errer aussi singulière et aussi despotique sur la face indifférente et soumise de tous les pays qu'il aurait peints. Cette apparence[7] avec laquelle ils nous charment et nous déçoivent et au-delà de laquelle nous voudrions aller, c'est l'essence même de cette chose en quelque sorte sans épaisseur — mirage arrêté sur une toile — qu'est une vision[1]. Et cette brume que nos yeux avides voudraient percer, c'est le dernier mot de l'art du peintre. Le suprême effort de l'écrivain comme de l'artiste n'aboutit qu'à soulever partiellement pour nous le voile de laideur et d'insignifiance qui nous laisse incurieux devant l'univers. Alors, il nous dit : « Regarde, regarde,

> *Parfumés de trèfle et d'armoise,*
> *Serrant leurs vifs ruisseaux étroits*
> *Les pays de l'Aisne et de l'Oise.*

« Regarde la maison de Zélande, rose et luisante comme un coquillage. Regarde! Apprends à voir! » Et à ce moment il disparaît. Tel est le prix de la lecture et telle est aussi son insuffisance. C'est donner un trop grand rôle à ce qui n'est qu'une incitation[2] d'en faire une discipline. La lecture est au seuil de la vie spirituelle; elle peut nous y introduire : elle ne la constitue pas.

Il est cependant certains cas, certains cas pathologiques pour ainsi dire, de dépression spirituelle, où la lecture peut devenir une sorte de discipline curative et être chargée, par des incitations répétées, de réintroduire perpétuellement un esprit paresseux dans la vie de l'esprit. Les livres jouent alors auprès de lui un rôle analogue à celui des psychothérapeutes auprès de certains neurasthéniques.

On sait que, dans certaines affections du système nerveux, le malade, sans qu'aucun de ses organes soit lui-même atteint, est enlisé dans une sorte d'impossibilité de vouloir, comme dans une ornière profonde, d'où il ne peut se tirer seul, et où il finirait par dépérir, si une main puissante et secourable ne lui était tendue. Son cerveau[3], ses jambes, ses poumons, son estomac, sont intacts. Il n'a aucune incapacité réelle de travailler, de marcher, de s'exposer au froid, de manger. Mais ces différents actes, qu'il serait très capable d'accomplir, il est incapable de les vouloir. Et une déchéance organique qui finirait par devenir l'équivalent des maladies qu'il n'a pas serait la conséquence irrémédiable de l'inertie de sa volonté, si l'impulsion qu'il ne peut trouver en lui-même ne lui venait de dehors, d'un médecin qui voudra pour lui, jusqu'au jour où seront peu à peu rééduqués ses divers vouloirs[1] organiques. Or, il existe certains esprits qu'on pourrait comparer à ces malades et qu'une sorte de paresse* ou de frivolité empêche de descendre spontanément dans les régions profondes de soi-même où commence la véritable vie de l'esprit. Ce n'est pas qu'une fois qu'on les y a conduits ils ne soient capables d'y découvrir et d'y exploiter[6] de véritables richesses, mais, sans cette intervention étrangère, ils vivent à la surface dans un perpétuel oubli d'eux-mêmes, dans une sorte de passivité qui les rend le jouet de tous les plaisirs, les diminue à la taille de ceux qui les entourent et les agitent, et, pareils à ce gentilhomme qui, partageant depuis son enfance la vie des voleurs de grand chemin ne se souvenait plus de son nom pour avoir depuis trop longtemps cessé de le porter, ils finiraient[7] par abolir en eux tout sentiment et tout souvenir de leur noblesse spirituelle, si une impulsion extérieure ne venait les réintroduire en quelque sorte de force dans la vie de l'esprit, où ils retrouvent subitement la puissance de penser par eux-mêmes et de créer. Or, cette impulsion que l'esprit paresseux ne peut trouver en lui-même et qui doit lui

* Je la sens[2] en germe chez Fontanes, dont Sainte-Beuve a dit[3] : « Ce côté épicurien était bien fort chez lui .. sans ces habitudes un peu matérielles, Fontanes avec son talent aurait produit bien davantage... et des œuvres plus durables. » Notez que l'impuissant prétend toujours qu'il ne l'est pas. Fontanes dit :

Je perds mon temps s'il faut les croire,
Eux seuls du siècle sont l'honneur

et assure qu'il travaille beaucoup.

Le cas de Coleridge est déjà plus pathologique. « Aucun homme de son temps, ni peut-être d'aucun temps, dit Carpenter (cité par M. Ribot dans son beau livre sur les Maladies de la Volonté)[4], n'a réuni plus que Coleridge la puissance du raisonnement du philosophe, l'imagination du poète, etc. Et pourtant, il n'y a personne qui, étant doué d'aussi remarquables talents, en ait tiré[5] si peu : le grand défaut de son caractère était le manque de volonté pour mettre ses dons naturels à profit, si bien qu'ayant toujours flottant dans l'esprit de gigantesques projets, il n'a jamais essayé sérieusement d'en exécuter un seul. Ainsi, dès le début de sa carrière, il trouva un libraire généreux qui lui promit trente guinées pour des poèmes qu'il avait récités, etc. Il préféra venir toutes les semaines mendier sans fournir une seule ligne de ce poème qu'il n'aurait eu qu'à écrire pour se libérer. »

venir d'autrui, il est clair qu'il doit la recevoir au sein de la solitude hors de laquelle, nous l'avons vu, ne peut se produire cette activité créatrice qu'il s'agit[1] précisément de ressusciter en lui. De la pure solitude l'esprit paresseux ne pourrait rien tirer, puisqu'il est incapable de mettre de lui-même en branle son activité créatrice. Mais la conversation la plus élevée, les conseils les plus pressants ne lui serviraient non plus à rien, puisque cette activité originale ils ne peuvent la produire directement. Ce qu'il faut donc, c'est une intervention qui, tout en venant d'un autre, se produise au fond de nous-mêmes, c'est bien l'impulsion d'un autre esprit, mais reçue au sein de la solitude. Or, nous avons vu que c'était précisément là la définition de la lecture, et qu'à la lecture seule elle convenait. La seule discipline qui puisse exercer une influence favorable sur de tels esprits, c'est donc la lecture : ce qu'il fallait démontrer, comme disent les géomètres. Mais, là encore, la lecture n'agit[2] qu'à la façon d'une incitation qui ne peut en rien se substituer à notre activité personnelle; elle se contente de nous en rendre l'usage, comme, dans les affections nerveuses auxquelles nous faisions allusion tout à l'heure, le psychothérapeute ne fait que restituer au malade la volonté de se servir de son estomac, de ses jambes, de son cerveau, restés intacts. Soit d'ailleurs que tous les esprits participent plus ou moins à cette paresse, à cette stagnation dans les bas niveaux, soit que, sans lui être nécessaire, l'exaltation qui suit certaines lectures ait une influence propice sur le travail personnel, on cite plus d'un écrivain qui aimait à lire une belle page avant de se mettre au travail. Emerson commençait rarement à écrire sans relire quelques pages de Platon. Et Dante n'est pas le seul poète que Virgile ait conduit jusqu'au seuil du paradis.

Tant que la lecture est pour nous l'incitatrice dont les clefs magiques[3] nous ouvrent au fond de nous-même la porte des demeures où nous n'aurions[4] pas su pénétrer, son rôle dans notre vie est salutaire. Il devient dangereux au contraire quand, au lieu de nous éveiller à la vie personnelle de l'esprit, la lecture tend à se substituer à elle, quand la vérité ne nous apparaît plus comme un idéal que nous ne pouvons réaliser que par le progrès intime de notre pensée et par l'effort de notre cœur, mais comme une chose matérielle, déposée entre les feuillets des livres comme un miel tout préparé par les autres et que nous n'avons qu'à prendre la peine d'atteindre sur les rayons des bibliothèques et de déguster ensuite passivement dans un parfait repos de corps et d'esprit[1]. Parfois même, dans certains cas un peu exceptionnels, et d'ailleurs, nous le verrons, moins dangereux, la vérité, conçue[2] comme extérieure encore, est lointaine, cachée dans un lieu d'accès difficile. C'est alors quelque document secret, quelque correspondance inédite, des mémoires qui peuvent jeter sur certains caractères un jour inattendu, et dont il est difficile d'avoir communication. Quel bonheur, quel repos pour un esprit fatigué de chercher la vérité en lui-même de se dire qu'elle est située hors de lui, aux feuillets d'un in-folio jalousement conservé dans un couvent de Hollande, et que si, pour arriver jusqu'à elle, il faut se donner de la peine, cette peine sera toute matérielle, ne sera pour la pensée qu'un délassement plein de charme. Sans doute, il faudra faire un long voyage, traverser en coche d'eau les plaines gémissantes de vent, tandis que sur la rive les roseaux s'inclinent et se relèvent tour à tour dans une ondulation sans fin; il faudra s'arrêter à Dordrecht[3], qui mire son église couverte de lierre dans l'entrelacs des canaux dormants et dans la Meuse frémissante et dorée où les vaisseaux en glissant dérangent, le soir, les reflets alignés des toits rouges et du ciel bleu; et enfin, arrivé au terme du voyage, on ne sera pas encore certain de recevoir communication de la vérité. Il faudra pour cela faire jouer de puissantes influences, se lier avec le vénérable archevêque d'Utrecht, à la belle figure carrée d'ancien janséniste, avec le pieux gardien des archives d'Amersfoort. La conquête[4] de la vérité est conçue dans ces cas-là comme le succès d'une sorte de mission diplomatique où n'ont manqué ni les difficultés du voyage, ni les hasards de la négociation. Mais, qu'importe ? Tous ces membres de la vieille petite église d'Utrecht, de la bonne volonté de qui il dépend que nous entrions en possession[5] de la vérité, sont des gens charmants dont les visages du XVIIe siècle nous changent des figures accoutumées et avec qui il sera si amusant de rester en relations, au moins par correspondance. L'estime dont ils continueront à nous envoyer de temps à autre le témoignage nous relèvera à nos propres yeux et nous garderons leurs lettres[6] comme un certificat et comme une curiosité. Et nous ne manquerons pas un jour de leur dédier un de nos livres, ce qui est bien le moins que l'on puisse faire pour des gens qui vous ont fait don[1]... de la vérité. Et quant aux quelques recherches, aux courts travaux que nous serons obligés de faire dans la bibliothèque du couvent[2] et qui seront les préliminaires indispensables de l'acte d'entrée en possession de la vérité — de la vérité que pour plus de prudence et pour qu'elle ne risque pas de nous échapper nous prendrons en note — nous aurions mauvaise grâce[3] à nous plaindre des peines qu'ils pourront nous donner : le calme et la fraîcheur du vieux couvent sont si exquis[4], où les religieuses portent encore le haut hennin aux ailes blanches qu'elles ont dans le Roger Van der Weyden du parloir; et, pendant que nous travaillons, les carillons du XVIIe siècle étourdissent si tendrement l'eau naïve du canal qu'un peu de soleil pâle suffit à éblouir[5] entre la double rangée d'arbres dépouillés dès la fin de l'été qui frôlent des miroirs accrochés aux maisons à pignons des deux rives*.

Cette conception d'une vérité sourde aux appels de la

* Je n'ai pas besoin de dire qu'il serait inutile de chercher ce couvent près d'Utrecht et que tout ce morceau est de pure imagination. Il m'a pourtant été suggéré par les lignes suivantes de M. Léon Séché dans son ouvrage sur Sainte-Beuve : « Il (Sainte-Beuve) s'avisa un jour, pendant qu'il était à Liège, de prendre langue avec la petite église d'Utrecht. C'était un peu tard, mais Utrecht était bien loin de Paris et je ne sais pas si *Volupté* aurait suffi à lui ouvrir à deux battants les archives d'Amersfoort. J'en doute un peu, car même après les deux premiers volumes de son *Port-Royal,* le pieux savant qui avait alors la garde de ces archives, etc. Sainte-Beuve obtint avec peine du bon M. Karsten la permission d'entre-bâiller certains cartons... Ouvrez la deuxième édition de *Port-Royal* et vous verrez la reconnaissance que Sainte-Beuve témoigna à M. Karsten » (Léon Séché, *Sainte-Beuve,* t. I, p. 229 et suivantes). Quant aux détails du voyage, ils reposent tous sur des impressions vraies. Je ne sais si on passe par Dordrecht pour aller à Utrecht, mais c'est bien telle que je l'ai vue que j'ai décrit Dordrecht. Ce n'est pas en allant à Utrecht, mais à Vollendam, que j'ai voyagé en coche d'eau, entre les roseaux. Le canal que j'ai placé à Utrecht est à Delft. J'ai vu à l'hôpital de Beaune un Van der Weyden, et des religieuses d'un ordre venu, je crois, des Flandres, qui portent encore la même coiffe non que dans le Roger van der Weyden, mais que dans d'autres tableaux vus en Hollande.

réflexion et docile au jeu des influences, d'une vérité qui s'obtient par lettres de recommandation[1], que nous remet en mains propres celui qui la détenait matériellement sans peut-être seulement la connaître, d'une vérité qui se laisse copier sur un carnet, cette conception de la vérité est pourtant loin d'être la plus dangereuse de toutes[2]. Car bien souvent pour l'historien, même pour l'érudit, cette vérité qu'ils vont chercher au loin dans un livre est moins, à proprement parler, la vérité elle-même que son indice ou sa preuve, laissant par conséquent place à une autre vérité qu'elle annonce ou qu'elle vérifie et qui, elle, est du moins une création individuelle de leur esprit. Il n'en est pas de même pour le lettré. Lui, lit pour lire, pour retenir ce qu'il a lu. Pour lui, le livre n'est pas l'ange qui s'envole aussitôt qu'il a ouvert les portes du jardin céleste, mais une idole immobile, qu'il adore pour elle-même[3], qui, au lieu de recevoir une dignité vraie des pensées qu'elle éveille, communique une dignité factice à tout ce qui l'entoure. Le lettré invoque en souriant en l'honneur de tel nom qu'il se trouve dans Villehardouin ou dans Boccace*, en faveur de tel usage qu'il est décrit dans Virgile. Son esprit sans activité originale ne sait pas isoler dans les livres la substance qui pourrait le rendre plus fort; il s'encombre de leur forme intacte[5], qui, au lieu d'être pour lui un élément assimilable, un principe de vie, n'est qu'un corps étranger, un principe de mort. Est-il besoin de dire que si je qualifie de malsains ce goût, cette sorte de respect fétichiste pour les livres, c'est relativement à ce que seraient les habitudes idéales d'un esprit sans défauts qui n'existe pas, et comme font les physiologistes qui décrivent un fonctionnement d'organes normal tel qu'il ne s'en rencontre guère chez les êtres vivants. Dans la

* Le snobisme pur est plus innocent. Se plaire dans la société de quelqu'un parce qu'il a eu un ancêtre aux croisades, c'est de la vanité, l'intelligence n'a rien à voir à cela. Mais se plaire dans la société de quelqu'un parce que le nom de son grand-père se retrouve souvent dans Alfred de Vigny ou dans Chateaubriand, ou (séduction vraiment irrésistible pour moi, je l'avoue) avoir le blason de sa famille (il s'agit d'une femme bien digne d'être admirée sans cela) dans la grande Rose de Notre-Dame d'Amiens, voilà où le péché[4] intellectuel commence. Je l'ai du reste analysé trop longuement ailleurs, quoiqu'il me reste beaucoup à en dire, pour avoir à y insister autrement ici.

réalité[1], au contraire, où il n'y a pas plus d'esprits parfaits que de corps entièrement sains[2], ceux que nous appelons les grands esprits sont atteints comme les autres de cette « maladie littéraire ». Plus que les autres, pourrait-on dire. Il semble[3] que le goût des livres croisse avec l'intelligence, un peu au-dessous d'elle, mais sur la même tige, comme toute passion s'accompagne d'une prédilection pour ce qui entoure son objet, a du rapport avec lui, dans l'absence lui en parle encore. Aussi, les plus grands écrivains, dans les heures où ils ne sont pas en communication directe avec la pensée, se plaisent dans la société des livres. N'est-ce pas surtout pour eux, du reste, qu'ils ont été écrits; ne leur dévoilent-ils pas mille beautés, qui restent cachées au vulgaire ? À vrai dire, le fait que des esprits supérieurs soient ce que l'on appelle livresques ne prouve nullement que cela ne soit pas un défaut de l'être. De ce que les hommes médiocres sont souvent travailleurs et les intelligents souvent paresseux, on ne peut pas conclure que le travail n'est pas pour l'esprit une meilleure discipline que la paresse. Malgré cela, rencontrer chez un grand homme un de nos défauts nous incline toujours à nous demander si ce n'était pas au fond une qualité méconnue, et nous n'apprenons pas sans plaisir qu'Hugo savait Quinte-Curce, Tacite et Justin par cœur, qu'il était en mesure, si on contestait devant lui la légitimité d'un terme*, d'en établir la filiation, jusqu'à l'origine, par des citations qui prouvaient une véritable érudition. (J'ai montré ailleurs[5] comment cette érudition avait chez lui nourri le génie au lieu de l'étouffer, comme un paquet de fagots qui éteint un petit feu et en accroît un grand.) Maeterlinck, qui est pour nous le contraire du lettré, dont l'esprit est perpétuellement ouvert aux mille émotions anonymes communiquées par la ruche, le parterre ou l'herbage, nous rassure grandement sur les dangers de l'érudition, presque de la bibliophilie, quand il nous décrit en amateur les gravures qui ornent une vieille édition[6] de Jacob Cats ou de l'abbé Sanderus[7]. Ces dangers, d'ailleurs, quand ils existent, menaçant beaucoup moins l'intelligence que la sensibilité, la capacité de lecture profitable, si l'on peut ainsi dire, est beaucoup

* Paul Stapfer[4], *Souvenirs sur Victor Hugo,* parus dans la *Revue de Paris.*

plus grande chez les penseurs que chez les écrivains d'imagination. Schopenhauer, par exemple, nous offre l'image d'un esprit dont la vitalité porte légèrement la plus énorme lecture, chaque connaissance nouvelle étant immédiatement réduite à la part de réalité, à la portion vivante qu'elle contient.

Schopenhauer n'avance jamais une opinion sans l'appuyer aussitôt sur plusieurs citations, mais on sent que les textes cités ne sont pour lui que des exemples, des allusions inconscientes et anticipées où il aime à retrouver quelques traits de sa propre pensée, mais qui ne l'ont[1] nullement inspirée. Je me rappelle une page du *Monde comme Représentation et comme Volonté* où il y a peut-être vingt citations à la file. Il s'agit du pessimisme (j'abrège naturellement les citations) : « Voltaire, dans *Candide,* fait la guerre à l'optimisme d'une manière plaisante. Byron l'a faite, à sa façon tragique, dans *Caïn.* Hérodote[2] rapporte que les Thraces saluaient le nouveau-né par des gémissements et se réjouissaient à chaque mort. C'est ce qui est exprimé dans les beaux vers que nous rapporte Plutarque : *Lugere genitum, tanta qui intravit mala*[3]*,* etc. C'est à cela qu'il faut attribuer la coutume des Mexicains de souhaiter[4], etc., et Swift obéissait au même sentiment quand il avait coutume dès sa jeunesse (à en croire sa biographie par Walter Scott) de célébrer le jour de sa naissance comme un jour d'affliction. Chacun connaît ce passage de *L'Apologie de Socrate*[5] où Platon dit que la mort est un bien admirable. Une maxime d'Héraclite était conçue de même : *Vitae nomen quidem est vita, opus autem mors*[6]. Quant aux beaux vers de Théognis ils sont célèbres : *Optima sors homini natum*[7] *non esse,* etc. Sophocle, dans l'*Œdipe à Colone* (1224), en donne l'abrégé suivant : *Natum non esse sortes vincit alias omnes*[8]*,* etc. Euripide dit : *Omnis hominum vita est plena dolore* (*Hippolyte,* 189)[9], et Homère l'avait déjà dit : *Non enim quidquam alicubi est calamitosius homine omnium, quotquot super terram spirant*[10], etc. D'ailleurs Pline l'a dit aussi : *Nullum melius esse tempestiva morte*[11]. Shakespeare met ces paroles dans la bouche du vieux roi Henri IV : " *O, if this were seen — The happiest youth, — Would shut the book and sit him down and die*[12]. " Byron enfin : "*Tis something better not to be*[13]." Balthazar Gracian nous dépeint l'existence sous les plus noires couleurs dont le *Criticon,* etc. * » Si je ne m'étais déjà laissé entraîner trop loin par Schopenhauer, j'aurais eu plaisir[2] à compléter cette petite démonstration à l'aide des *Aphorismes sur la Sagesse dans la Vie,* qui est peut-être de tous les ouvrages que je connais celui qui suppose chez un auteur, avec le plus de lecture, le plus d'originalité, de sorte qu'en tête de ce livre, dont chaque page renferme plusieurs citations, Schopenhauer a pu écrire le plus sérieusement du monde : « Compiler n'est pas mon fait. »

Sans doute, l'amitié, l'amitié qui a égard aux individus, est une chose frivole, et la lecture est une amitié. Mais du moins c'est une amitié sincère, et le fait qu'elle s'adresse à un mort, à un absent[3], lui donne quelque chose de désintéressé, de presque touchant. C'est de plus une amitié débarrassée de tout ce qui fait la laideur des autres. Comme nous ne sommes tous, nous les vivants, que des morts[4] qui ne sont pas encore entrés en fonctions, toutes ces politesses, toutes ces salutations dans le vestibule que nous appelons déférence, gratitude, dévouement et où nous mêlons tant de mensonges, sont stériles et fatigantes. De plus, — dès les premières relations de sympathie, d'admiration, de reconnaissance, — les premières paroles que nous prononçons, les premières lettres que nous écrivons, tissent autour de nous les premiers fils d'une toile d'habitudes, d'une véritable manière[5] d'être, dont nous ne pouvons plus nous débarrasser dans les amitiés suivantes; sans compter que pendant ce temps-là les paroles excessives que nous avons prononcées restent comme des lettres de change que nous devons payer, ou que nous paierons plus cher encore toute notre vie des remords de les avoir laissé protester. Dans la lecture, l'amitié est soudain ramenée à sa pureté première. Avec les livres, pas d'amabilité. Ces amis-là, si nous passons la soirée avec eux, c'est vraiment que nous en avons envie. Eux, du moins, nous ne les quittons souvent qu'à regret. Et quand nous les avons quittés, aucune de ces pensées qui gâtent l'amitié : Qu'ont-ils pensé de nous ? — N'avons-nous pas manqué de tact ? — Avons-nous plu ? — et la peur d'être oublié pour tel autre. Toutes ces agitations de l'amitié expirent au seuil de cette amitié

* Schopenhauer, *Le Monde comme Représentation et comme Volonté* (chapitre de la Vanité et des Souffrances de la Vie)[1].

pure et calme qu'est la lecture. Pas de déférence non plus; nous ne rions de ce que dit Molière que dans la mesure exacte où nous le trouvons drôle; quand il nous ennuie nous n'avons pas peur d'avoir l'air ennuyé, et quand nous avons décidément assez d'être avec lui, nous le remettons à sa place aussi brusquement que s'il n'avait ni génie ni célébrité. L'atmosphère de cette pure amitié est le silence, plus pur que la parole. Car nous parlons pour les autres, mais nous nous taisons pour nous-mêmes. Aussi le silence ne porte pas, comme la parole, la trace de nos défauts, de nos grimaces. Il est pur, il est vraiment une atmosphère. Entre la pensée de l'auteur et la nôtre il n'interpose pas ces éléments irréductibles, réfractaires à la pensée, de nos égoïsmes différents. Le langage même du livre est pur (si le livre mérite ce nom), rendu transparent par la pensée de l'auteur qui en a retiré tout ce qui n'était pas elle-même jusqu'à le rendre son image fidèle; chaque phrase, au fond, ressemblant aux autres, car toutes sont dites par l'inflexion unique d'une personnalité; de là une sorte de continuité, que les rapports de la vie et ce qu'ils mêlent à la pensée d'éléments qui lui sont étrangers excluent et qui permet très vite de suivre la ligne même de la pensée de l'auteur, les traits de sa physionomie qui se reflètent dans ce calme miroir. Nous savons nous plaire tour à tour aux traits de chacun sans avoir besoin qu'ils soient admirables, car c'est un grand plaisir pour l'esprit de distinguer ces peintures[1] profondes et d'aimer d'une amitié sans égoïsme, sans phrases, comme en soi-même. Un Gautier[2], simple, bon garçon, plein de goût[3] (cela nous amuse de penser qu'on a pu le considérer comme le représentant de la perfection dans l'art), nous plaît[4] ainsi. Nous ne[5] nous exagérons pas sa puissance spirituelle, et dans son *Voyage en Espagne*[6], où chaque phrase, sans qu'il s'en doute, accentue et poursuit le trait plein de grâce et de gaieté de sa personnalité (les mots se rangeant d'eux-mêmes pour la dessiner, parce que c'est elle qui les a choisis et disposés dans leur ordre), nous ne pouvons nous empêcher de trouver bien éloignée de l'art véritable cette obligation à laquelle il croit devoir s'astreindre de ne pas laisser passer une seule forme[7] sans la décrire entièrement, en l'accompagnant d'une comparaison qui, n'étant née d'aucune impression agréable et forte, ne nous charme nullement. Nous ne pouvons qu'accuser la pitoyable sécheresse de son imagination quand il compare la campagne avec ses cultures variées « à ces cartes de tailleurs où sont collés les échantillons de pantalons et de gilets » et quand il dit que de Paris à Angoulême il n'y a rien à admirer. Et nous sourions de ce gothique fervent qui n'a même pas pris la peine d'aller à Chartres visiter la cathédrale*.

Mais quelle bonne humeur, quel goût! comme nous le suivons volontiers dans ses aventures, ce compagnon plein d'entrain; il est si sympathique que tout autour de lui nous le devient. Et après les quelques jours qu'il a passés auprès du commandant Lebarbier de Tinan, retenu par la tempête à bord de son beau vaisseau « étincelant comme de l'or », nous sommes tristes[1] qu'il ne nous dise plus un mot de cet aimable marin et nous le fasse quitter pour toujours sans nous apprendre ce qu'il est devenu**. Nous sentons bien que sa gaieté hâbleuse et ses mélancolies aussi sont chez lui habitudes un peu débraillées de journaliste. Mais nous lui passons tout cela, nous faisons ce qu'il veut, nous nous amusons quand il rentre trempé jusqu'aux os, mourant de faim et de sommeil, et nous nous attristons quand il récapitule avec une tristesse de feuilletoniste les noms des hommes de sa génération[3] morts avant l'heure. Nous disions à propos de lui que ses phrases dessinaient sa physionomie, mais sans qu'il s'en doutât; car si les mots sont choisis, non par notre pensée selon les affinités de son essence, mais par notre désir de nous peindre, il représente ce désir et ne nous représente pas. Fromentin, Musset, malgré tous leurs dons, parce qu'ils ont voulu laisser leur portrait à la postérité, l'ont peint fort médiocre; encore nous intéressent-ils infiniment même par là, car leur échec est instructif. De sorte que quand un livre n'est pas le miroir d'une individualité puissante, il est encore le miroir de défauts[4] curieux de l'esprit. Penchés sur un livre de Fro-

* « Je regrette d'avoir passé par Chartres sans avoir pu voir la cathédrale » (*Voyage en Espagne,* p. 2).

** Il devint, me dit-on, le célèbre amiral de Tinan, père de Mme Pochet de Tinan, dont le nom est resté cher aux artistes, et le grand-père du brillant officier de cavalerie[2]. — C'est lui aussi, je pense, qui, devant Gaëte, assura quelque temps le ravitaillement et les communications de François II et de la reine de Naples (voir Pierre de la Gorce, *Histoire du second Empire*).

mentin ou sur un livre de Musset, nous apercevons au fond du premier ce qu'il y a de court et de niais dans une certaine « distinction », au fond du second, ce qu'il y a de vide dans l'éloquence.

Si le goût des livres[1] croît avec l'intelligence, ses dangers, nous l'avons vu, diminuent avec elle. Un esprit original sait subordonner la lecture à son activité personnelle. Elle n'est plus pour lui que la plus noble des distractions, la plus ennoblissante surtout[2], car, seuls, la lecture et le savoir donnent les « belles manières » de l'esprit. La puissance de notre sensibilité et de notre intelligence, nous ne pouvons la développer qu'en nous-mêmes, dans les profondeurs de notre vie spirituelle. Mais c'est dans ce contact avec les autres esprits qu'est la lecture, que se fait l'éducation des « façons » de l'esprit. Les lettrés restent, malgré tout, comme les gens de qualité de l'intelligence, et ignorer certain livre, certaine particularité de la science littéraire, restera toujours, même chez un homme de génie, une marque de roture intellectuelle. La distinction et la noblesse consistent dans l'ordre de la pensée aussi, dans une sorte de franc-maçonnerie d'usages, et dans un héritage de traditions*.

Très vite, dans ce goût et ce divertissement de lire, la préférence des grands écrivains va aux livres des anciens. Ceux mêmes qui parurent à leurs contemporains le plus « romantiques » ne lisaient guère que les classiques. Dans la conversation de Victor Hugo, quand il parle de ses lectures, ce sont les noms de Molière, d'Horace, d'Ovide, de Regnard, qui reviennent le plus souvent. Alphonse Daudet, le moins livresque des écrivains, dont l'œuvre toute de modernité et de vie semble avoir rejeté tout héritage classique, lisait, citait, commentait sans cesse Pascal, Montaigne, Diderot, Tacite**. On pourrait presque aller

* La distinction vraie, du reste, feint toujours de ne s'adresser qu'à des personnes distinguées qui connaissent les mêmes usages, et elle n' « explique » pas. Un livre d'Anatole France sous-entend une foule de connaissances érudites, renferme de perpétuelles allusions que le vulgaire n'y aperçoit pas et qui en font, en dehors de ses autres beautés, l'incomparable noblesse[3].

** C'est[4] pour cela sans doute que souvent, quand un grand écrivain fait de la critique, il parle beaucoup des éditions qu'on donne d'ouvrages anciens, et très peu des livres contemporains. Exemple les *Lundis* de Sainte-Beuve et la *Vie littéraire* d'Anatole France. Mais jusqu'à dire, renouvelant peut-être, par cette interprétation d'ailleurs toute partielle, la vieille distinction entre classiques et romantiques, que ce sont les publics (les publics intelligents, bien entendu) qui sont romantiques, tandis que les maîtres (même les maîtres dits romantiques, les maîtres préférés des publics romantiques) sont classiques. (Remarque qui pourrait s'étendre à tous les arts. Le public va entendre la musique[4] de M. Vincent d'Indy, M. Vincent d'Indy relit celle de Monsigny*. Le public va aux expositions[9] de M. Vuillard et de M. Maurice Denis cependant que ceux-ci vont au Louvre.) Cela tient sans doute à ce que cette pensée contemporaine que les écri-

tandis que M. Anatole France juge à merveille ses contemporains, on peut dire que Sainte-Beuve a méconnu[1] tous les grands écrivains de son temps. Et qu'on n'objecte pas[2] qu'il était aveuglé par des haines personnelles. Après avoir incroyablement rabaissé le romancier chez Stendhal, il célèbre, en manière de compensation, la modestie, les procédés délicats de l'homme, comme s'il n'y avait rien d'autre de favorable à en dire ! Cette cécité[3] de Sainte-Beuve, en ce qui concerne son époque, contraste singulièrement avec ses prétentions à la clairvoyance, à la prescience. « Tout le monde est fort, dit-il, dans *Chateaubriand et son groupe littéraire*, à prononcer sur Racine et Bossuet... Mais la sagacité du juge, la perspicacité du critique, se prouve surtout sur des écrits neufs, non encore essayés du public. Juger à première vue, deviner, devancer, voilà le don critique. Combien peu le possèdent. »

* Et, réciproquement, les classiques n'ont pas de meilleurs commentateurs que les « romantiques ». Seuls, en effet, les romantiques savent lire les ouvrages classiques, parce qu'ils les lisent comme ils ont été écrits, romantiquement, parce que, pour bien lire un poète ou un prosateur, il faut être soi-même, non pas érudit, mais poète ou prosateur[5]. Cela est vrai pour les ouvrages les moins « romantiques ». Les beaux vers de Boileau, ce ne sont pas les professeurs de rhétorique qui nous les ont signalés, c'est[6] Victor Hugo :

Et dans quatre mouchoirs de sa beauté salis
Envoie au blanchisseur ses roses et ses lys[7].

C'est M. Anatole France :

L'ignorance et l'erreur à ses naissantes pièces
En habits de marquis, en robes de comtesses[8].

Le dernier numéro de *La Renaissance latine* (15 mai 1905) me permet, au moment où je corrige ces épreuves, d'étendre, par un nouvel exemple, cette remarque aux beaux-arts. Elle nous montre, en effet, dans M. Rodin (article de M. Mauclair) le véritable commentateur de la statuaire grecque.

vains et les artistes originaux rendent accessible et désirable au public, fait dans une certaine mesure tellement partie d'eux-mêmes qu'une pensée différente les divertit mieux. Elle leur demande, pour qu'ils aillent à elle, plus d'effort, et leur donne aussi plus de plaisir; on aime toujours un peu à sortir de soi, à voyager, quand on lit.

Mais il est une autre cause à laquelle je préfère, pour finir, attribuer cette prédilection des grands esprits pour les ouvrages anciens*. C'est qu'ils n'ont pas seulement pour nous, comme les ouvrages contemporains, la beauté qu'y sut mettre l'esprit qui les créa. Ils en reçoivent une autre plus émouvante encore, de ce que leur matière[3] même, j'entends la langue où ils furent écrits, est comme un miroir de la vie. Un peu du bonheur qu'on éprouve à se promener dans une ville comme Beaune qui garde intact son hôpital du xve siècle[4], avec son puits, son lavoir sa voûte de charpente lambrissée et peinte, son toit à hauts pignons percé de lucarnes que couronnent de légers épis en plomb martelé (toutes ces choses qu'une époque en disparaissant a comme oubliées là, toutes ces choses qui n'étaient qu'à elle, puisque aucune des époques qui l'ont suivie n'en a vu naître de pareilles), on ressent encore un peu de ce bonheur à errer au milieu d'une tragédie de Racine ou d'un volume de Saint-Simon. Car ils contiennent toutes les belles formes de langage abolies qui gardent le souvenir d'usages, ou de façons de sentir[5] qui n'existent plus[6], traces persistantes du passé à quoi rien du présent ne ressemble et dont le temps, en passant sur elles, a pu seul embellir encore la couleur[7].

Une tragédie de Racine, un volume des Mémoires de Saint-Simon ressemblent à de belles choses qui ne se font plus. Le langage dans lequel ils ont été sculptés par de grands artistes avec une liberté qui en fait briller la douceur et saillir la force native, nous émeut comme la vue de certains marbres, aujourd'hui inusités, qu'employaient

* Prédilection qu'eux-mêmes croient généralement fortuite[1] : ils supposent que les plus beaux livres se trouvent par hasard avoir été écrits par les auteurs anciens; et sans doute cela peut arriver puisque les livres anciens que nous lisons sont choisis dans le passé tout entier, si vaste auprès de l'époque contemporaine. Mais une raison en quelque sorte accidentelle ne peut suffire à expliquer une attitude d'esprit si générale[2].

les ouvriers d'autrefois. Sans doute dans tel de ces vieux édifices la pierre a fidèlement gardé la pensée du sculpteur, mais aussi, grâce au sculpteur, la pierre, d'une espèce aujourd'hui inconnue, nous a été conservée, revêtue de toutes les couleurs qu'il a su tirer d'elle, faire apparaître, harmoniser. C'est bien[1] la syntaxe vivante en France au XVIIe siècle — et en elle des coutumes et un tour de pensée disparus — que nous aimons à trouver dans les vers de Racine. Ce sont les formes mêmes de cette syntaxe, mises à nu, respectées, embellies par son ciseau si franc et si délicat, qui nous émeuvent dans ces tours de langage familiers jusqu'à la singularité et jusqu'à l'audace* et dont nous voyons, dans les morceaux les plus doux et les plus tendres, passer comme un trait rapide ou

* Je crois par exemple que le charme qu'on a l'habitude de trouver à ces vers d'*Andromaque*[2] :

> *Pourquoi l'assassiner ? Qu'a-t-il fait ? À quel titre ?*
> *Qui te l'a dit ?*

vient précisément de ce que le lien habituel de la syntaxe est volontairement rompu. « À quel titre ? » se rapporte non pas à « Qu'a-t-il fait ? » qui le précède immédiatement, mais à « Pourquoi l'assassiner ? » Et « Qui te l'a dit ? » se rapporte aussi à « assassiner ». (On peut, se rappelant un autre vers d'*Andromaque :* « Qui vous l'a dit, Seigneur, qu'il me méprise ? » supposer que[3] : « Qui te l'a dit ? » est pour[4] « Qui te l'a dit, de l'assassiner ? »). Zigzags de l'expression (la ligne récurrente et brisée dont je parle ci-dessus) qui ne laissent pas d'obscurcir un peu le sens, si bien que j'ai entendu une grande actrice plus soucieuse de la clarté du discours que de l'exactitude de la prosodie dire carrément : « Pourquoi l'assassiner ? À quel titre ? Qu'a-t-il fait ? » Les plus célèbres vers de Racine le sont en réalité parce qu'ils charment ainsi par quelque audace familière de langage jetée comme un pont hardi entre deux rives de douceur. « Je t'aimais inconstant, *qu'aurais-je fait*[5] fidèle. » Et quel plaisir cause la belle rencontre de ces expressions dont la simplicité presque commune donne au sens, comme à certains visages dans Mantegna, une si douce plénitude, de si belles couleurs :

> *Et dans un fol amour ma jeunesse* embarquée[6]...
> *Réunissons trois cœurs qui n'ont pu* s'accorder[7].

Et c'est pourquoi il convient de lire les écrivains classiques dans le texte et non de se contenter de morceaux choisis. Les pages illustres des écrivains sont souvent celles où cette contexture intime de leur langage est dissimulée par la beauté, d'un caractère presque universel, du morceau. Je ne crois pas que l'essence particulière de

revenir en arrière en belles lignes brisées, le brusque dessin. Ce sont ces formes révolues prises à même la vie du passé que nous allons visiter dans l'œuvre de Racine comme dans une cité ancienne et demeurée intacte. Nous éprouvons devant elles la même émotion que devant ces formes abolies, elles aussi, de l'architecture[2], que nous ne pouvons plus admirer que dans les rares et magnifiques exemplaires que nous en a légués le passé qui les façonna : telles que les vieilles enceintes des villes, les donjons et les tours, les baptistères des églises; telles qu'auprès du cloître, ou sous le charnier de l'Aitre, le petit cimetière[3] qui oublie au soleil, sous ses papillons et ses fleurs, la Fontaine funéraire et la Lanterne des Morts.

Bien plus, ce ne sont pas seulement les phrases qui dessinent à nos yeux les formes de l'âme ancienne. Entre les phrases — et je pense à des livres très antiques qui furent[4] d'abord récités, — dans l'intervalle qui les sépare se tient encore aujourd'hui comme dans un hypogée inviolé, remplissant les interstices, un silence bien des fois séculaire. Souvent dans l'Évangile de saint Luc, rencontrant les *deux points* qui l'interrompent avant chacun des morceaux presque en forme de cantiques dont il est parsemé*[5], j'ai entendu le silence du fidèle qui venait d'arrêter sa lecture à haute voix pour entonner les versets

la musique de Gluck se trahisse autant dans tel air sublime que dans telle cadence de ses récitatifs où l'harmonie est comme le son même de la voix de son génie quand elle retombe sur une intonation involontaire où est marquée toute sa gravité naïve et sa distinction, chaque fois qu'on l'entend pour ainsi dire reprendre haleine. Qui a vu des photographies de Saint-Marc de Venise peut croire (et je ne parle pourtant que de l'extérieur du monument) qu'il a une idée de cette église à coupoles, alors que c'est seulement en approchant, jusqu'à pouvoir les toucher avec la main, le rideau diapré de ces colonnes riantes, c'est seulement en voyant la puissance étrange et grave qui enroule des feuilles ou perche des oiseaux dans ces chapiteaux qu'on ne peut distinguer que de près, c'est seulement en ayant sur la place même l'impression de ce monument bas, tout en longueur de façade, avec ses mâts fleuris et son décor de fête, son aspect de « palais d'exposition », qu'on sent éclater dans ces traits significatifs mais accessoires et qu'aucune photographie ne retient, sa véritable et complexe individualité[1].

* « Et Marie dit : " Mon âme exalte le Seigneur et se réjouit en Dieu mon Sauveur ", etc. — Zacharie son père fut rempli du Saint Esprit et il prophétisa en ces mots : " Béni soit le Seigneur, le Dieu

suivants* comme un psaume qui lui rappelait les psaumes plus anciens de la Bible. Ce silence remplissait[1] encore la pause de la phrase qui, s'étant scindée pour l'enclore, en avait gardé la forme; et plus d'une fois, tandis que je lisais, il m'apporta le parfum d'une rose que la brise entrant par la fenêtre ouverte avait répandu dans la salle haute[2] où se tenait l'Assemblée et qui ne s'était pas évaporé[3] depuis près de deux mille ans. *La Divine comédie,* les pièces de Shakespeare, donnent aussi l'impression de contempler, inséré dans l'heure actuelle, un peu de passé; cette impression si exaltante qui fait ressembler certaines « Journées de lecture » à des journées de flânerie à Venise, sur la Piazetta par exemple, quand on a devant soi, dans leur couleur à demi irréelle de choses situées à quelques pas et à bien des siècles, les deux colonnes de granit gris et rose qui portent sur leurs chapiteaux, l'une le lion de saint Marc, l'autre saint Théodore foulant le crocodile; ces deux belles et sveltes étrangères sont venues jadis d'Orient sur la mer qui se brise à leurs pieds; sans comprendre les propos échangés autour d'elles, elles continuent à attarder leurs jours du XIIe siècle dans la foule d'aujourd'hui, sur cette place publique où brille encore distraitement, tout près, leur sourire lointain.

d'Israël de ce qu'il a racheté " », etc. « Il la reçut dans ses bras, bénit Dieu et dit : " Maintenant, Seigneur, tu laisses ton serviteur s'en aller en paix... " »

* À vrai dire aucun témoignage positif ne me permet d'affirmer que dans ces lectures le récitant chantât les sortes de psaumes que saint Luc a introduits dans son évangile. Mais il me semble que cela ressort suffisamment du rapprochement de différents passages de Renan et notamment de saint Paul, p. 257 et suiv., les Apôtres. p. 99 et 100, Marc-Aurèle, p. 502-503, etc.

APPENDICE

Pastiches non publiés par Proust[1]

[L'AFFAIRE LEMOINE
PAR SAINTE-BEUVE[2]]

M. Delécluze, qui avait été fort initié dans ce petit monde et ces mystères [de] l'Abbaye au bois, me disait tenir d'original que les choses ne s'étaient pas du tout passées ainsi. C'est bien Chateaubriand, déjà ambassadeur du roi de France [Charles X][3] comme il nous répétait[4] sans cesse, et comme si en vérité il n'y avait jamais eu que lui qui l'eût été, qui avait vu là, ou cru voir, un moyen de refaire sa fortune avec cette étourderie, tranchons le mot, avec cette inconscience qui l'a suivi jusqu'à la fin. M. Molé, qui, en cela au moins et sous les rapports de l'homme privé et tout honorable, était bien supérieur, l'avait inutilement averti, comme il fit plus tard, au sujet de Lemoine. [L']autre avait promis, et manqué à[5] sa parole, pour la dixième et vingtième fois, on pourrait compter. Ce qui confond ici, c'est moins le désir, assez vil pourtant chez un homme qui pose sans cesse au paladin des vieux âges, de refaire une fortune qu'il ne tenait qu'à lui de ménager, que la naïveté du provincial, oui, du natif de Combourg et de Quimper-Corentin, croyant au sérieux d'une pareille escroquerie. Il y a du bas-breton chez Chateaubriand, disait M. Ballanche, et le duc de Laval ajoutait : « Oui, du bas-breton corrompu ». Et une fois qu'on a ainsi croisé et recroisé les témoignages sur l'homme, cela n'empêche pas de reconnaître et saluer le puissant écrivain, de subir l'enchantement, comme disait M. Joubert. Il y a du farfadet dans tout cela. Seulement, quand l'enchantement cesse, on voit qu'on a été entraîné tout le temps à côté de la vérité. Oh! qu'on est plus tranquille avec les génies véridiques, avec les Térence, les Addison, les Racine, les Vauvenargues et, pour fermer plus près de nous la chaîne d'or, les Xavier de Maistre et les Gasparin*.

Les Girondins[1] de Lamartine, disait un homme bien à même d'en juger, M. Duchatel, c'est une seconde édition des *Mystères de Paris*[2]. Et moi je réponds : une seconde édition malhonnête et ennuyeuse, ce que n'était pas la première; Sue du moins n'a jamais cherché à tromper personne et plaisait, et en art c'est tout de même bien quelque chose. Avec Lamartine, il faudra toujours en revenir à l'amant d'Elvire, à l'astre qui brillait encore chastement dans la pénombre et la suavité, mais ce Lamartine-là, Olympio[3] l'a si bien fait pâlir qu'il est presque effacé. C'est qu'[à] l'heure naissante même du premier rayon et du mol enchantement, il avait bien peu de contours. Lamartine, disait encore un homme qui excelle à démêler, à accuser un peu durement ces parentés littéraires, c'est du Parny, et il répétait cela volontiers chez Mme de Boigne[4], quand il y avait peu de monde[5]. Un jour que M. Royer-Collard était là, il semblait hésiter et enfin [hasarda][6] cette ressemblance de Jocelyn[7] avec Parny. Alors M. Royer-Collard, de ce ton qui imposait à tout le monde : « Sans la vivacité, Monsieur, sans la vivacité. » Et maintenant, sur Chateaubriand et sur Lamartine, je crois avoir tout dit, et comme montré le fond du sac, tout en n'oubliant rien du dessus du panier.

[L'AFFAIRE LEMOINE

PAR CHATEAUBRIAND[8]]

Il y avait alors à Paris un pauvre diable du nom de Lemoine qui pensait avoir découvert la fabrication du diamant. Si c'est une illusion qu'il nourrissait, différait-il en cela du reste des hommes ? Il vint me confier sa chimère, je me gardai d'en sourire; j'ai les miennes, et quand

* Si vous aviez su, après avoir exhalé vos Dernières Harmonies, [si] vous aviez su vous envoler au Ciel et y régner et présider, en sereine constellation, comme le Cygne, ô le plus décevant, lâchons le mot, le plus charlatan des hommes, Lamartine, peut-être seriez-vous de ceux-là. Mais en Lamartine comme en Chateaubriand, l'homme a toujours fait tort au poète et finalement l'expia.

le vain bruit qui s'attache à mon nom se sera tu, vaudront-elles plus que la sienne ? Il se mit sous ma protection. Il voulait[1], disait-il, mettre son trésor aux pieds de ma gloire, comme si l'une n'avait pas été aussi imaginaire que l'autre. Je ne porte pas bonheur à ceux qui s'approchent [de] moi. La fortune n'a jamais voulu de moi. Lemoine échoua dans son entreprise. Il fut arrêté, puis condamné. Son crime était d'avoir poursuivi la richesse. Depuis que le monde existe, c'est celui de tous les hommes. Il trouva le moyen de s'enfuir et a vécu longtemps dans la pauvreté. S'il eût remué à flots le diamant, aurait-il été plus heureux ? J'ai toujours méprisé les richesses, je les ai souvent désirées, parfois elles sont venues jusqu'à moi; fidèle en cela à la devise de ma vieille Laconie, je n'ai jamais su les retenir. Dans cette Angleterre où j'avais vécu pauvre étudiant[2], je suis revenu, dans les carrosses de Sa Majesté Britannique, comme ambassadeur de Charles X[3] et maintenant, importun à mes rois, que le vain bruit de ma gloire poursuit inutilement sur les routes de l'exil, n'ayant pour désaltérer mes lèvres que le verre d'eau pure que m'offre le chantre de la Révolution[4], je vis confondu parmi les pauvres de Mme [de] Chateaubriand, n'ayant pour oreiller, comme j'ai dit dans *Atala,* que la pierre de mon tombeau. Encore ai-je été obligé de l'engager à des libraires[5]. Si, plus habile que Lemoine, j'avais su faire le diamant, je serais mort pauvre comme lui. Peut-être mon nom du moins aurait-il chance de durer. Les hommes ne se soucient[6] point de la gloire littéraire, mais ils ont besoin de la fortune. Si j'avais su la leur donner, quand on ne saurait plus rien de mes livres, on se souviendrait encore de moi.

[L'AFFAIRE LEMOINE

PAR MAETERLINCK[7]]

On s'est demandé plus d'une fois au cours de ces dernières années, mais jamais d'une façon aussi pressante que pendant l'Affaire Lemoine, si la Chimie était capable de fabriquer du diamant. La réponse des savants a été à peu près celle-ci : au jour, prochain peut-être, où on pourra élever le carbone à des températures que nous n'avons pu obtenir jusqu'ici, le problème de la fabrication du diamant sera chose résolue. Sans doute il est déjà singulier de penser que la Science moderne, avec les terribles moyens de destruction qu'elle possède et auxquels ne peuvent longtemps résister, si elles n'en sont elles-mêmes munies, les places les mieux fortifiées, les armées ou les flottes les plus aguerries, sans doute il est singulier qu'après un siège qui dure depuis si longtemps la science n'ait pas encore réussi à forcer les issues du palais de houille devant lequel elle a mis le siège, et[1] où depuis le commencement du monde dort dans l'obscurité le Roi fabuleux de la lumière, celui dont l'existence est mise à prix et si convoitée, que sur de simples promesses de capture, des escrocs réussissent à se faire attribuer d'avance une partie de la récompense. Nous avons réussi à enfumer quelques pièces d'avant-garde, le premier de ces vestibules, où dans chacun un dormeur étincelant a été placé pour tromper l'assaillant qui, croyant s'être emparé du diamant lui-même, renoncera au siège, heureux d'une victoire facile et qu'il ne saura pas incomplète, fier d'un trophée éblouissant et menteur. Et le serviteur qui s'est ainsi dévoué pour protéger le sommeil et couvrir la retraite du vieux roi qui n'a rien entendu encore et dort depuis vingt mille ans au cœur même de la demeure enchantée, a si bien pris soin de revêtir son éclat et de prendre sa ressemblance, que, si nous ne mettions pas à contrôler l'identité du captif plus de soin que nous n'en apportons à vérifier les réalités, infiniment plus précieuses pour nous, de la destinée et du bonheur, nous ne douterions pas un instant d'avoir capturé de nos mains le Prince authentique qui fait remonter son origine à la source même de la lumière, le frère de celui qui, imprudemment sorti de son palais dont les incendies naturels lui avaient ouvert les portes, tombe chaque jour sans défense aux mains de l'homme dans les mines du Cap et de l'Amérique. Mais les savants qui ont réglé eux-mêmes le siège du palais magique avec une précision plus grande que n'en eurent jamais dans aucune guerre, si récente soit-elle, les hommes de guerre les plus réputés, les plus habiles ingénieurs, nous avaient averti[s] que ce n'est que dans le dernier embrasement de l'incendie, que nous pourrions nous emparer du vieux roi réfugié sur la[1] dernière terrasse de son palais en flammes. Et ils ont tôt fait de nous dire que le brillant captif dont nous nous faisons gloire n'est que le... que le..., qui à vrai dire a usé pour nous tromper des mêmes artifices qu'emploient[2] les bijoutiers et les femmes elles-mêmes quand, n'ayant pas de diamant, elles veulent cependant nous faire croire qu'elles en portent, ce qui tendrait à prouver que l'intelligence des pierres n'est peut-être pas si essentiellement différente de celle de l'homme qu'on l'a toujours cru, mais plutôt qu'une seule intelligence baigne l'univers tout entier et [l']unit dans la communion du désir et la similitude de la ruse.

Et jusqu'ici les forces les plus écrasantes dont les savants disposent, celles auprès de qui les incendies de nos pères n'étaient qu'un[e] jolie réussite de couleurs à peu près aussi inoffensives que la chaleur du soleil de Juin, ou que la pourpre des couchants, celles qui brisent en une seconde les dernières résistances du fer et de l'acier et les font bondir docilement comme une gouttelette d'argent dans une urne de cristal, aucune[3] n'a pu entamer cette demeure qui a l'apparence d'une maison de charbonnier et où est caché, en sûreté en somme depuis un temps infiniment plus long que celui que l'homme a passé sur la terre, le roi dont nous avons mis l'existence à prix à des sommes si fabuleuses, que la fallacieuse promesse d'y réussir extorque l'argent des financiers et devient une base nouvelle à l'industrie des escrocs[4].

Et l'on peut être assuré que si l'homme avait mis à poursuivre[5] le hasard dans sa retraite et à s'emparer de son destin, la moitié des efforts qu'il dépense sans compter pour chasser le diamant de sa demeure ou pour forcer l'amaryllis cypripedium[6] à donner une double fleur, le guignon[7], la maladie, et sans doute la mort seraient bien près d'être bannis à jamais de l'existence humaine. Sans doute, à force de vivre côte à côte avec lui, le hasard a fini par prendre quelquefois, bien rarement pourtant, quelque chose des fins de l'intelligence humaine. Sans doute il n'est pas impossible qu'une flèche, tirée de la tour d'une cathédrale par une folle à qui on a bandé les yeux, vienne, au milieu d'une assemblée de patineurs aveugles, frapper précisément un hermaphrodite. Sans doute les aventures de Vatteville, telles qu'on les lit dans Saint-Simon[1], ont quelque chose qui révèle dans le hasard moderne un progrès notable sur le hasard antique, qui n'a pas subi le contact de l'intelligence, celui qui est le ressort aveugle, irréversible, multiple, unique et absolu des tragédies grecques.

Malgré cela, de tels exemples sont rares et même dans le domaine où il est le plus facile de s'emparer de lui, de le domestiquer et de faire de ce maître un esclave que nous n'appellerons que quand nous en aurons besoin, dans le domaine de la médecine, il est incroyable à quel point nous lui laissons encore le gouvernement à peu près entier d'une vie dont il ignore entièrement le bien et la fin, tandis que nous devrions seulement lui faire appel pour quelque besogne purement mécanique où nous serons[2] moins habiles que lui, et où, en le guidant pas à pas, et en lui expliquant point par point ce que nous désirons, nous le chargerons[3] seulement de graisser à nouveau ou même de refaire les ressorts que jusqu'ici il se contente ordinairement de briser. En présence d'une maladie contagieuse, tant que nous ne sommes pas atteints, les médecins lui donnent le nom de plus ou moins grande réceptivité, et quand nous le sommes, de plus ou moins grande résistance vitale, se contentant d'ailleurs de nous interdire par la diète et par le régime une nourriture et un mouvement que nous étions incapable[s] de prendre, [et] d'adresser à la transpiration, au lieu de l'appel des mystérieuses quatre fleurs, d'un ennui si salutaire, et de la vénérable bourrache de nos jardins, auquel elle s'empressait immédiatement d'obtempérer, les impérieuses injonctions d'un sudorifique, auxquel[les] elle reste presque toujours sourde[4]. Son seul pouvoir réel est de métamorphoser, à l'aide de calmants, la vieille fièvre bienfaisante, qui exorcisait le mal en trois jours et le chassait sans retour, en un malaise néfaste, innombrable, incessant, inépuisable, qui reparaît après chaque accalmie avec un nouveau cortège de maux, et de faire reculer par les prières insidieuses de la morphine ou la menace plus formelle du laudanum, le flot des bonnes sécrétions naturelles, préposées de tout temps au nettoyage de notre corps et à la propreté de ses artères, et qui allaient entraîner bien loin de lui les germes mortifères et les poisons. Tout au plus, à l'aide des antispasmodiques, réussira-t-il à épargner au cœur la fatigue de la dyspnée, en lui en imposant une infiniment plus dangereuse, ayant trouvé le moyen d'endormir par ruse le gardien pourtant si vigilant de nos forces, si miraculeusement résistant et actif, si infatigable, si attentif, si sensible, si indispensable, le myocarde.

En ce temps où la mort[1] sort de chaque caillou de la route, de chaque fissure de l'essieu, et est forcée de marcher derrière nous pour embellir notre triomphe, [où,] cachée derrière la vitesse, [elle] épuise devant nous le mirage innombrable, terrible, inutile et incessant de ses tentations, cache la pierre où elle s'est blottie, fait paraître droite la route au coude de laquelle elle s'est embusquée, dérobe dans un nuage de poussière l'autre automobile à bord de laquelle elle est montée, nous fait paraître assez grand pour y faire passer deux voitures, un chemin où une seule ne peut se déplacer d'une ligne sans tomber dans l'abîme au-dessus duquel elle est suspendue, raccourcit le temps qu'il faut à l'une pour nous rejoindre, allonge celui que nous mettrons à l'éviter, elle est en réalité impuissante à arrêter sur la route où, salués au passage par les gueules-de-loup qui laissent échapper de leurs lèvres de safran la goutte de rosée que l'aurore leur confia comme un secret qu'elles devaient garder jusqu'à midi, nous nous avançons avec une vitesse effrayante, et paisibles [...]

LA BÉNÉDICTION DU SANGLIER[2]

Étude des Fresques de Giotto
Représentant l'Affaire Lemoine
À l'usage
Des Jeunes Étudiants et Étudiantes
du Corpus Christi[3]
Qui se soucient encore d'*elle*

par John Ruskin.

(La traduction que nous suivons ici est celle de l'Édition des Voyageurs[4], due à M. Marcel Proust. La grande édition commence en effet par deux chapitres : le « Libellé de l'Églantine » et « l'Abjuration du faquin[5] » formant tout le premier volume, mais qui ont été supprimés de l'Édition des Voyageurs, parce qu'ils ne se rapportent pas à l'affaire Lemoine. L'Édition des Voyageurs commence au IIIe chapitre (1er du 2e volume de la grande édition) : « *Tu imperium regere* », que nous donnons ici, en le faisant précéder toutefois du célèbre début du « Libellé de l'Églantine », cette description de Paris, à vol d'aéroplane[1], qui est à bon droit connue comme un des plus parfaits morceaux du maître. Pour tout le reste nous avons suivi la traduction que M. Marcel Proust a donnée de l'Édition des Voyageurs, traduction où d'adroits contresens ne font qu'ajouter un charme d'obscurité à la pénombre et au mystère du texte. M. Proust toutefois ne paraît pas avoir eu conscience de ces contresens, car à plusieurs reprises, dans des notes extrêmement fréquentes, il remercie avec effusion un directeur de théâtre, une demoiselle du téléphone et deux membres du comité de la Société des Steeple-Chase, d'avoir bien voulu lui éclaircir les passages qu'il n'avait pas compris).

Au temps qui ne sera plus jamais revu où l'Anglais curieux de connaître le monde[2] et ignorant encore des sleeping-car[s], éditions de sept heures du soir et autres inventions de notre époque votive, émotive et locomotive, ne voyageait qu'en aéroplane [et] ne connaissait d'autre Ouest, encore irracheté par M. Barthou[3] et Beelzébuth, que celui dont vous parle un vieux livre, beaucoup moins lu aujourd'hui que l'Almanach Hachette ou le dernier roman de Maurice Duplay[4], mais dont pourtant vous auriez tort de sourire : « Tu suivras le chemin du vautour et le sentier de la brise embaumée de l'Ouest », en ces temps lointains, dis-je, mais dont le souvenir ineffaçablement gravé aux murs dédaliens de Knossos reste pour beaucoup comme une bénédiction, le touriste, quand il arrivait au-dessus de Paris dans les flammes du soleil couchant qu'il traversait sur l'oiseau de Wilbur[5], sans en être plus incommodé que si ç'avait été l'incombustible et chaste Phénix, pouvait pendant quelques instants contempler un spectacle dont l'actuelle possibilité d'un souper froid au Terminus[6] ne compense peut-être qu'à demi la disparition.

Tandis qu'à ses pieds le dôme des Invalides présentait cette forme unique alors, qui devait plus tard, sur l'azur du Canal Grande à Venise, se fiancer à la pâleur éternelle de l'albâtre dans l'église Santa Maria de la Salute, mais sans ressembler plus à sa mère française qu'une grossière boule de neige qui contrefait la pomme d'or du jardin des Hespérides, l'église à peine plus ancienne du Sacré-Cœur de Montmartre présentait au soleil couchant comme dans une corbeille la fructification symétrique de ses coupoles bleuâtres, dont il couvrait quelques-unes d'une lueur d'orange.

L'île de la Cité, alors remplie seulement d'acacias qui secouaient au vent du soir leur blonde chevelure embaumée, ornée de pâles fleurs roses — comme les nymphes dans l'île de Calypso — ne présentait pas encore les deux cubes gris en forme de cheminées d'usine appelée[s][1] tours de Notre-Dame, comme si quelque monument que ce soit pouvait être élevé à la gloire de la Reine des Anges par les propres fils du Démon, et si une montagne de silex, à peu près aussi noire qu'à le droit [d'] être une gare de chemins de fer, pouvait être sanctifiée par la présence et bénie par l'adoration de Celle dont il a été dit : « Ma maison sera de jaspe et de turquoise et ma lampe l'étoile du matin. » Que s'il voulait, tandis que l'oiseau de Wilbur descendait majestueusement en ligne verticale, donner un coup d'œil à des monuments plus anciens, restes de cet âge de fer, plus grossier sans doute, mais aussi plus puissant et plus grandiose, il avait à sa droite la tour Eiffel, fichée droit dans le sol comme le propre javelot d'Odin, qui, tandis qu'il voyait dans le ciel se fermer à son fer de lance les pâles roses du crépuscule, était déjà comme envahi à sa base par le reflet des torrents empourprés que charriait le fleuve.

Puis l'aéroplane atterrit, un conducteur d'omnibus demande au voyageur s'il veut une correspondance pour Austerlitz ou pour Solférino, « car la France avait encore le souvenir de ses gloires, comme Athènes au jour du Marathon et Venise au temps de Dandolo » et Ruskin lui conseille, après avoir pris quelque nourriture dans une des jolies petites pâtisseries[2] qui bordent la rue Royale « encore pareille alors à une rue de Turner, dans les *Rivières de France* »[3] de venir avec lui voir les fresques de Giotto consacrées à l'affaire Lemoine.

CHAPITRE III
Tu regere imperium

Peut-être demanderez-vous : « Mais quelle idée Giotto a-t-il eue de représenter l'Affaire Lemoine ? Ce n'est pas *ce* sujet, il me semble, que j'aurais choisi. » *Le* sujet que vous auriez choisi, ami lecteur, croyez-moi, importe peu[1]. Et si vous devez en présence de Giotto interposer entre ses fresques et votre admiration, votre propre pitoyable mentalité de lecteur cockney[2], croyez-moi, il est inutile que vous perdiez votre temps à regarder n'importe quelle fresque que ce soit, de Giotto ou de tout autre grand artiste. Le propre des sujets choisis par les grands artistes, si vous voulez bien y songer, depuis le *Sanglier d'Erymanthe* jusqu'au Chauchard de Léon Bonnat[3], est qu'il vous semble que ce n'est pas *le* sujet que vous auriez choisi. Mais, croyez-moi, cela importe peu. Tandis que pourquoi le sujet agréait à Giotto est une question d'une importance incalculable et telle que si vous l'avez bien comprise, il n'y a à peu près pas un seul morceau d'architecture ou de peinture à Florence, à Pise ou à Venise en valant la peine que vous ne soyez capable de comprendre aussi bien que moi. Mais d'abord savez-vous qui est Giotto ?

Je vous ai dit dans les *Lois de Fiesole*[4] que si vous prenez une pomme de terre cuite au four et après l'avoir délicatement déshabillée de sa peau, comme je suppose que vos parents ou à leur défaut votre cuisinière ont dû certainement vous apprendre à le faire pour les jours où vous auriez envie d'en manger à une heure où elle n'*est* pas là, et si ayant déshabillé cette pomme de terre vous la marquez d'encre au dos et précisément sur les points de son relief que quelqu'un qui la tient devant lui ne peut apercevoir sans se casser la tête et une bonne semaine de torticolis, vous avez l'histoire de tout le développement de la peinture murale en Italie, notamment des fresques de Giotto dans la chapelle des Espagnols à Florence* et

* Ruskin fait ici une confusion. Ces fresques sont celles qu'il a décrites si longuement dans les « Matins à Florence » comme étant de Simone Memmi[5]. Elles sont d'ailleurs de Lorenzo de Monaco.

[d]es mosaïques qui représentent les fleurs du Paradis à Saint-Marc, à Venise. Mais pour mieux éclaircir ceci, suivez-moi devant la 1re des fresques qui représentent l'Affaire Lemoine, nous reviendrons à la vie de Giotto après. Lemoine fait son expérience devant l'avocat Lepoittevin. L'avocat, remarquez bien, non le juge comme vous pourriez croire. Giotto probablement savait aussi bien que vous ce que c'est qu'un juge. Et quand il a voulu représenter ce juge, *il* l'a toujours coiffé du bonnet conique qu'a la synagogue au porche ouest d'Amiens. Si vous ne savez pas cela, croyez-moi, ne continuez pas à parcourir le monde à la recherche des fresques de Giotto. Celles de n'importe quel coxcomb[1], de peintre cockney de Pentonville[2] ou de Trafalgar-Square vous feront le même effet. Mais, dites-vous, ce Lepoittevin était pourtant un juge ? Ce n'est pas l'avis de Giotto. Giotto, je pense que vous le savez, était l'ami de Dante, qui n'était pas un *grand* ami des juges. Peut-être seriez-vous curieux de connaître sur les juges l'opinion de Dante et celle de Giotto ? Mais avant cela il faut que vous remarquiez dans ces fresques quelque chose qui vous paraîtra étonnant au premier abord. Nulle part le diamant n'est représenté. Probablement vous souriez et dans votre cervelle darwinienne [...] de lecteur cockney, vous vous dites que si Giotto n'a pas peint le diamant, c'est qu'il ne *pouvait* pas le peindre, qu'il n'était pas assez habile pour cela. Croyez-moi, Giotto était aussi habile dans la reproduction de n'importe quoi que M. Lerolle ou M. Sargent et s'il n'a pas peint le diamant, c'est qu'*il* n'a pas voulu le peindre. Mais pourquoi, demanderez-vous, Giotto n'a-t-il pas voulu peindre le diamant ? Attendez un instant, vous le saurez tout à l'heure. Et d'abord, regardez un peu la figure de Lemoine. Vous vous étiez sans doute [figuré] que Giotto lui avait donné le visage d'un fourbe, une expression peu plaisante. Non, Giotto n'a pas fait cela. Giotto croyait sans doute...

[PASTICHE DE PELLÉAS ET MÉLISANDE[1]]

ÉCHO[2]

Notre ami Marcel Proust dont les lecteurs du *Figaro* connaissent les pastiches, a une immense admiration pour le *Pelléas et Mélisande* de Debussy. L'autre jour, il sortait d'une réunion avec un ami qui ne pouvait pas trouver son chapeau. Marcel Proust improvisa le duo suivant. Que le lecteur mette sous les questions la déclamation pressante, rapide, sous les réponses la gravité mélancolique, la mystérieuse cantilène de Debussy, et il sentira la justesse extrême de ce petit pastiche non pas de la pièce de Maeterlinck, mais du livret de Debussy (il y a une nuance).

MARKEL[3] : Vous avez eu tort de laisser ce chapeau! vous ne le retrouverez jamais!

PELLÉAS[4] : Pourquoi ne le retrouverai-je pas ?

MARKEL : On ne retrouve jamais rien... ici... Il est perdu pour toujours.

PELLÉAS : En nous en allant, nous en prendrons un, — qui lui ressemble!

MARKEL : Il n'y en a pas qui lui ressemble!

PELLÉAS : Comment était-il donc ?

MARKEL, *très doucement*[5] :

C'était un pauvre petit chapeau
Comme en porte tout le monde!

Personne n'aurait pu dire de chez qui il venait... il avait l'air de venir du bout du monde...!

Maintenant il ne faut plus le chercher, car nous ne le retrouverions pas.

PELLÉAS : Il me semble que ma tête commence à avoir froid pour toujours. Il fait un grand froid dehors. C'est l'hiver! Si encore le soleil n'était pas couché. Pourquoi avait-on laissé la fenêtre ouverte. Il faisait là-dedans une atmosphère lourde et empoisonnée, j'ai cru plusieurs fois que j'allais me trouver mal. Et maintenant tout l'air de toute la terre...

MARKEL : Vous avez, Pelléas, le visage grave et plein de larmes [de][1] ceux qui se sont enrhumés pour longtemps ! Allons-nous-en. Nous ne le retrouverons pas. Quelqu'un qui n'est pas d'ici l'aura emporté et Dieu sait où il est en ce moment. Il est trop tard. Tous les autres chapeaux sont partis. Nous ne pourrons plus en prendre un autre. C'est une chose terrible, Pelléas.

Mais ce n'est pas notre faute.

PELLÉAS : Quel est ce bruit ?

MARKEL : Ce sont les voitures qui partent.

PELLÉAS : Pourquoi partent-elles ?

MARKEL : Nous les aurons effrayées. Elles savaient que nous nous en allions très loin d'ici et elles sont parties. Elles ne reviendront jamais.

Ainsi Marcel Proust divertissait sa mélancolie, tout en retournant travailler à une œuvre considérable[2] qu'on ne connaîtra pas avant l'année prochaine.

CONTRE SAINTE-BEUVE

[PROJETS DE PRÉFACE[1]]

Chaque jour j'attache moins de prix à l'intelligence. Chaque jour je me rends mieux compte que ce n'est qu'en dehors d'elle que l'écrivain peut ressaisir quelque chose de nos impressions passées, c'est-à-dire atteindre quelque chose de lui-même et la seule matière de l'art. Ce que l'intelligence nous rend sous le nom du passé n'est pas lui. En réalité, comme il arrive pour les âmes des trépassés dans certaines légendes populaires, chaque heure de notre vie, aussitôt morte, s'incarne et se cache en quelque objet matériel. Elle y reste captive, à jamais captive, à moins que nous ne rencontrions l'objet. À travers lui nous la reconnaissons, nous l'appelons, et elle est délivrée. L'objet où elle se cache — ou la sensation, puisque tout objet par rapport à nous est sensation —, nous pouvons très bien ne le rencontrer jamais. Et c'est ainsi qu'il y a des heures de notre vie qui ne ressusciteront jamais. C'est que cet objet est si petit, si perdu dans le monde, il y a si peu de chances pour qu'il se trouve sur notre chemin ! Il y a une maison de campagne où j'ai passé plusieurs étés de ma vie. Parfois je pensais à ces étés, mais ce n'étaient pas [eux[2]]. Il y avait grandes chances pour qu'ils restent à jamais morts pour moi. Leur résurrection a tenu, comme toutes les résurrections, à un simple hasard. L'autre soir, étant rentré glacé, par la neige, et ne pouvant me réchauffer, comme je m'étais mis à lire dans ma chambre sous la lampe, ma vieille cuisinière me proposa de me faire une tasse de thé, dont je ne prends jamais. Et le hasard fit qu'elle m'apporta quelques tranches de pain grillé. Je fis tremper le pain grillé dans la tasse de thé, et au moment où je mis le pain grillé dans ma bouche et où j'eus la sensation de son amollissement pénétré d'un goût de thé contre mon palais, je ressentis un trouble, des odeurs de géraniums, d'orangers, une sensation d'extraordinaire lumière, de bonheur; je restai immobile, craignant par un seul mouvement d'arrêter ce qui se passait en moi et que je ne comprenais pas, et m'attachant toujours à ce goût du pain trempé qui semblait produire tant de merveilles, quand soudain les cloisons ébranlées de ma mémoire cédèrent, et ce furent les étés que je passais dans la maison de campagne que j'ai dite qui firent irruption dans ma conscience, avec leurs matins, entraînant avec eux le défilé, la charge incessante des heures bienheureuses. Alors je me rappelai : tous les jours, quand j'étais habillé, je descendais dans la chambre de mon grand-père qui venait de s'éveiller et prenait son thé. Il y trempait une biscotte et me la donnait à manger. Et quand ces étés furent passés, la sensation de la biscotte ramollie dans le thé fut un des refuges où les heures mortes — mortes pour l'intelligence — allèrent se blottir, et où je ne les aurais sans doute jamais retrouvées, si ce soir d'hiver, rentré glacé par la neige, ma cuisinière ne m'avait proposé le breuvage auquel la résurrection était liée, en vertu d'un pacte magique que je ne savais pas. Mais aussitôt [que] j'eus goûté à la biscotte, ce fut tout un jardin, jusque-là vague et terne à mes yeux avec ses allées oubliées, qui se peignit, corbeille par corbeille, avec toutes ses fleurs, dans la petite tasse de thé, comme ces petites fleurs japonaises qui ne reprennent que dans l'eau.

De même bien des journées de Venise que l'intelligence n'avait pu me rendre étaient mortes pour moi quand, l'an dernier, en traversant une cour, je m'arrêtai net au milieu des pavés inégaux et brillants. Les amis avec qui j'étais craignaient que je n'eusse glissé, mais je leur fis signe de continuer leur route, que j'allais les rejoindre : un objet plus important m'attachait, je ne savais pas encore lequel, mais je sentais au fond de moi-même tressaillir un passé que je ne reconnaissais pas; c'était en posant le pied sur le pavé que j'avais éprouvé ce trouble. Je sentais un bonheur qui m'envahissait, et que j'allais être enrichi d'un peu de cette pure substance de nous-même qu'est une impression passée, de la vie pure conservée pure (et que nous ne pouvons connaître que conservée, car au moment où nous la vivons, elle ne se présente pas à notre mémoire, mais au milieu des sensations qui la suppriment) et [qui] ne demandait qu'à être délivrée, qu'à venir accroître mes trésors de poésie et de vie. Mais je ne me sentais pas la puissance de la délivrer. J'avais peur que ce passé m'échappât. Ah! l'intelligence ne m'eût servi à rien en un pareil moment. Je refis quelques pas en arrière pour revenir à nouveau sur ce pavé inégal et brillant, pour tâcher de me remettre dans le même état. Tout à coup, un flot de lumière m'inonda. C'était une même sensation du pied que j'avais éprouvée sur le pavage un peu inégal et lisse du baptistère de Saint-Marc. L'ombre qu'il y avait ce jour-là sur le canal où m'attendait ma gondole, tout le bonheur, tout le trésor de ces heures se précipita à la suite de cette sensation reconnue, et, dès ce jour, lui-même revécut pour moi.

Non seulement l'intelligence ne peut rien pour[1] ces résurrections, mais encore ces heures du passé ne vont se blottir que dans des objets où l'intelligence n'a pas cherché à les incarner. Les objets en qui[2] vous avez cherché à établir consciemment[3] des rapports avec l'heure que vous viviez, dans ceux-là elle ne pourra pas trouver asile. Et bien plus, si une autre chose peut les ressusciter, eux, quand ils ressusciteront avec elle, seront dépouillés de poésie.

Je me souviens qu'un jour de voyage, de la fenêtre du wagon, je m'efforçais d'extraire des impressions du paysage qui passait devant moi. J'écrivais tout en voyant[4] passer le petit cimetière de campagne, je notais des barres lumineuses de soleil sur les arbres, les fleurs du chemin pareilles à celles du *Lys dans la vallée*. Depuis, souvent j'essayais, en repensant à ces arbres rayés de lumière, à ce cimetière de village, d'évoquer cette journée, j'entends cette journée *elle-même,* et non son froid fantôme. Jamais je n'y parvenais et je désespérais d'y réussir, quand l'autre jour, en déjeunant, je laissai tomber ma cuiller sur mon assiette. Et il se produisit alors exactement le même son que celui du marteau des aiguilleurs qui frappait ce jour-là les roues du train dans les arrêts. À la même minute, l'heure brûlante et aveuglée où ce bruit tintait revécut pour moi, et toute cette journée dans sa poésie, d'où s'exceptaient seulement, acquis par l'observation voulue et perdus pour la résurrection poétique, le cimetière de village, les arbres rayés de lumière et les fleurs balzaciennes du chemin.

Hélas! parfois l'objet, nous le rencontrons[1], la sensation perdue nous fait tressaillir, mais le temps eśt trop lointain, nous ne pouvons pas nommer la sensation, l'appeler, elle ne ressuscite pas. En traversant l'autre jour une office, un morceau de toile verte bouchant une partie du vitrage qui était cassée me fit arrêter net, écouter en moi-même. Un rayonnement d'été m'arrivait. Pourquoi ? J'essayai de me souvenir. Je voyais des guêpes dans un rayon de soleil, une odeur de cerises sur la table, je ne pus pas me souvenir. Pendant un inśtant, je fus comme ces dormeurs qui en s'éveillant dans la nuit ne savent pas où ils sont, essayant d'orienter leur corps pour prendre conscience du lieu où ils se trouvent, ne sachant dans quel lit, dans quelle maison, dans quel lieu de la terre, dans quelle année de leur vie ils se trouvent. J'hésitai ainsi un inśtant, cherchant autour du carré de toile verte les lieux, le temps où mon souvenir qui s'éveillait à peine devait se situer. J'hésitais à la fois entre toutes les impressions confuses, connues ou oubliées de ma vie; cela ne dura qu'un inśtant, bientôt je ne vis plus rien, [mon[2]] souvenir s'était à jamais rendormi.

Que de fois des amis m'ont [vu] ainsi, au cours d'une promenade, m'arrêter devant une allée qui s'ouvrait devant nous, ou devant un groupe d'arbres, leur demander de me laisser seul un moment! C'était en vain; j'avais beau, par moments, pour reprendre des forces fraîches pour ma poursuite du passé, fermer les yeux, ne plus penser à rien, puis tout d'un coup les ouvrir, afin de tâcher de revoir ces arbres comme la première fois, je ne pouvais savoir où je les avais vus. Je reconnaissais leur forme, leur disposition, la ligne qu'ils dessinaient semblait calquée sur quelque myśtérieux dessin aimé qui tremblait dans mon cœur. Mais je ne pouvais en dire plus, eux-mêmes semblaient dans leur attitude naïve et passionnée dire leur regret de ne pouvoir s'exprimer, de ne pouvoir me dire le secret qu'ils sentaient bien que je ne pouvais démêler. Fantômes d'un passé cher, si cher que mon cœur battait à se rompre, ils me tendaient des bras impuissants, comme ces ombres qu'Énée rencontre aux Enfers. Était-ce dans les promenades autour de la ville où j'étais heureux petit enfant, était-[ce] seulement dans ce pays imaginaire où plus tard je rêvais maman si malade, auprès d'un lac, dans une forêt où il faisait clair toute la nuit, pays rêvé seulement mais presque aussi réel que le pays de mon enfance, qui n'était déjà plus qu'un songe ? Je n'en savais rien. Et j'étais obligé de rejoindre mes amis qui m'attendaient au coin de la route, avec l'angoisse de tourner le dos pour jamais à un passé que je ne reverrais plus, de renier des morts qui me tendaient des bras impuissants et tendres, et semblaient dire : Ressuscite-nous. Et avant de reprendre rang et causerie avec mes camarades, je me retournais encore par moments pour jeter un regard de moins en moins perspicace vers la ligne courbe et fuyante des arbres expressifs et muets qui sinuaient encore à mes yeux et ne disaient plus rien à mon cœur.

À côté de ce passé, essence intime de nous-même, les vérités de l'intelligence semblent bien peu réelles. Aussi, surtout à partir du moment où nos forces décroissent, est-ce vers tout ce qui peut nous aider à le retrouver que nous nous portons, dussions-nous être peu compris de ces personnes intelligentes qui ne savent pas que l'artiste vit seul, que la valeur absolue des choses qu'il voit n'importe [pas] pour lui, que l'échelle des valeurs ne peut être trouvée qu'en lui-même. Il pourra se faire [qu'] une[1] détestable représentation musicale dans un théâtre de province, un bal que les gens de goût trouvent ridicule, soit évoquent en lui des souvenirs, soit se rapportent en lui à un ordre de rêveries et de préoccupations, bien plus qu'une admirable exécution à l'Opéra, qu'une soirée ultra-élégante dans le faubourg Saint-Germain. Le nom de stations[2] dans un indicateur de chemin de fer du Nord, où il aimerait imaginer qu'il descend de wagon par un soir d'automne, quand les arbres sont déjà dépouillés et sentent fort dans l'air vif, un livre insipide pour les gens de goût, plein de noms qu'il n'a pas entendus depuis l'enfance, peuvent avoir pour lui un tout autre prix que de beaux livres de philosophie, et font dire aux gens de goût que pour un homme de talent il a des goûts très bêtes.

On s'étonnera peut-être que, faisant peu de cas de l'intelligence, j'aie donné pour sujet aux quelques pages qui vont suivre justement quelques-unes de ces remarques que notre intelligence nous suggère, en contradiction avec les banalités que nous entendons dire ou que nous lisons. À une heure où mes heures sont peut-être comptées (d'ailleurs tous les hommes n'en sont-ils pas là ?) c'est peut-être être bien frivole que de faire œuvre *intellectuelle*. Mais d'une part les vérités de l'intelligence, si elles sont moins précieuses que ces secrets du sentiment dont je parlais tout à l'heure, ont aussi leur intérêt. Un écrivain n'est pas qu'un poète. Même les plus grands de notre siècle, dans notre monde imparfait où les chefs-d'œuvre de l'art ne sont que les épaves du naufrage de grandes intelligences, ont relié d'une trame d'intelligence les joyaux de sentiments où ils n'apparaissent que çà et là. Et si on croit que sur ce point important on entend les meilleurs de son temps se tromper, il vient un moment où on secoue sa paresse et où on éprouve le besoin de le dire. La méthode de Sainte-Beuve n'est peut-être pas au premier abord [un] objet si important. Mais peut-être sera-t-on amené, au cours de ces pages, à voir qu'elle touche à de très importants problèmes intellectuels, peut-être au plus grand de tous pour un artiste, à cette infériorité de l'intelligence dont je parlais en commençant. Et cette infériorité de l'intelligence, c'est tout de même à l'intelligence qu'il faut demander de l'établir. Car si l'intelligence ne mérite pas la couronne suprême, c'est elle seule qui est capable de la décerner. Et si elle n'a dans la hiérarchie des vertus que la seconde place, il n'y a qu'elle qui soit capable de proclamer que l'instinct doit occuper la première.

Bien[1] que chaque jour j'attache moins de prix à la critique et même, s'il faut le dire, à l'intelligence, car de plus en plus je la crois impuissante à cette recréation de la réalité qui est tout l'art, c'est à l'intelligence que je me fie aujourd'hui pour écrire un essai[2] tout critique.

Sainte-Beuve[3].

Chaque jour j'accorde moins de prix à l'intelligence...[4]. Chaque jour je sens mieux que ce n'est pas dans sa zone de lumière que l'écrivain peut évoquer ces impressions passées qui sont la matière de l'art. Elle ne peut rien nous en rendre. C'est que, aussitôt morte, chaque heure de notre vie est allée, comme les âmes dans une croyance antique, s'incarner dans quelque objet, dans quelque parcelle de matière, et y restera captive jusqu'à ce que nous rencontrions l'objet. Alors elle est délivrée...

... Maman[1] me quitte, mais je repense à mon article et tout d'un coup j'ai l'idée d'un prochain *Contre Sainte-Beuve*. Dernièrement, je l'ai relu, j'ai pris contre mon habitude des quantités de petites notes que j'ai là dans un tiroir, et j'ai des choses importantes à dire là-dessus. Je commence à bâtir l'article dans ma tête. À toute minute des idées nouvelles me viennent. Il n'y a pas une demi-heure de passée, et l'article tout entier est bâti dans ma tête. Je voudrais bien demander à maman ce qu'elle en pense. J'appelle, aucun bruit ne répond. J'appelle de nouveau, j'entends des pas furtifs, une hésitation à ma porte qui grince.

« Maman.

— Tu m'avais bien appelée, mon chéri ?

— Oui.

— Je te dirai que j'avais peur de m'être trompée et que mon loup me dise :

C'est vous, Esther, qui sans être attendue[2]?

ou même :

Sans mon ordre on porte ici ses pas ?
Quel mortel insolent vient chercher le trépas[3] ?

— Mais non, ma petite maman.

Esther, que craignez-vous, suis-je pas votre frère ?
Est-ce pour vous qu'on fit un ordre si sévère[4] ?

— Cela n'empêche pas que je crois que, si je l'avais réveillé, je ne sais pas si mon loup m'aurait si facilement tendu son sceptre d'or.

— Écoute, je voulais te demander un conseil. Assieds-toi.

— Attends que je trouve le fauteuil; je te dirai qu'il ne fait pas très clair chez toi. Est-ce que je peux dire à Félicie d'apporter l'électricité ?

— Non, non, je ne pourrais plus m'endormir. »

Maman en riant :

« C'est toujours Molière.

Défendez, chère Alcmène, aux flambeaux d'approcher[1].

— Bien, voilà. Voilà ce que je voulais te dire. Je voudrais te soumettre une idée d'article que j'ai.

— Mais tu sais que ta maman ne peut pas te donner de conseils dans ces choses-là. Je n'ai pas étudié comme toi dans *le grand Cyre*[2].

— Enfin, écoute-moi. Le sujet serait : contre la méthode de Sainte-Beuve.

— Comment, je croyais que c'était si bien ! Dans l'essai de Taine [et] l'article de Bourget[3] que tu m'as fait lire, ils disent que c'est une méthode si merveilleuse qu'il ne s'est trouvé personne dans le XIXe siècle pour l'appliquer.

— Hélas oui, ils disent cela, mais c'est stupide. Tu sais en quoi elle consiste, cette méthode ?

— Fais comme si je ne le savais pas.

— Son idée était que... »

« Je voudrais[4] faire un article sur Sainte-Beuve, je voudrais montrer que sa méthode critique qu'on admire tant, est absurde, que c'est un mauvais écrivain, et peut-être cela me mènerait-il à dire des vérités plus importantes.

— Comment, mais je croyais que c'était très bien, Sainte-Beuve (maman ne disait jamais que quelque chose était bien, ou n'était pas bien, ne se croyait pas capable d'avoir un avis).

— Non, tu te trompes... »

« Une telle méthode demande tant de temps, etc., dit M. Paul Bourget[5], qu'on s'explique comment personne que lui », etc. Sainte-Beuve lui-même[6] s'inquiétait de voir qu'elle n'était pas toujours applicable. « Pour les anciens », dit-il. Et même pour nos contemporains, comme il craignait... Aussi reprochait-il à ceux qui auraient pu nous laisser des documents qu'ils ne nous ont pas laissés... Valincour[7]... à tous ceux qui ont bien connu un écrivain...

« Rares[8] ont été les élèves de ce maître qui aurait dû en laisser beaucoup, tant sa méthode fut excellente. L'auteur des *Lundis* définissait la critique : une botanique morale. Il voulait qu'avant de juger une œuvre, l'analyste littéraire essayât de la comprendre... »

LA MÉTHODE DE SAINTE-BEUVE[1]

Je suis arrivé à un moment, ou, si l'on veut, je me trouve dans telles circonstances où l'on peut craindre que les choses qu'on désirait le plus dire — ou, à défaut du moins de celles-là, si l'affaiblissement de la sensibilité et la banqueroute du talent ne le permettent plus, celles qui venaient ensuite, qu'on était porté, par comparaison avec ce plus haut et plus secret idéal, à ne pas estimer beaucoup, mais enfin qu'on n'a lues nulle part, qu'on peut penser qui ne seront pas dites si on ne les dit pas, et qu'on s'aperçoit qui tiennent tout de même à une partie même moins profonde de notre esprit, — on ne puisse plus tout d'un coup les dire. On ne se considère plus que comme le dépositaire, qui peut disparaître d'un moment à l'autre, de secrets intellectuels, qui disparaîtront avec lui, et on voudrait faire échec à la force d'inertie de la paresse antérieure, en obéissant à ce beau commandement du Christ dans saint Jean : « Travaillez pendant que vous avez encore la lumière[2]. » Il me semble que j'aurais ainsi à dire sur Sainte-Beuve, et bientôt beaucoup plus à propos de lui que sur lui-même, des choses qui ont peut-être leur importance, qu'en montrant en quoi il a péché, à mon avis, comme écrivain et comme critique, j'arriverais peut-être à dire, sur ce que doit être la critique et sur ce qu'est l'art, quelques choses auxquelles j'ai souvent pensé. En passant, et à propos de lui, comme il le fait si souvent, je le prendrais comme occasion de parler de certaines formes de vie...[3]. Je pourrais [dire] quelques mots de quelques-uns de ses contemporains sur lesquels j'ai aussi quelque avis. Et puis, après avoir critiqué les autres et lâchant cette fois Sainte-Beuve tout à fait, je tâcherais de dire ce qu'aurait été pour moi l'art, si...

Cette définition et cet éloge de la méthode de Sainte-Beuve, je les ai demandés[1] à cet article de M. Paul Bourget[2], parce que la définition était courte et l'éloge autorisé. Mais j'aurais pu citer vingt autres critiques. Avoir fait l'histoire naturelle des esprits, avoir demandé à la biographie de l'homme, à l'histoire de sa famille, à toutes ses particularités, l'intelligence de ses œuvres et la nature de son génie, c'est là ce que tout le monde reconnaît comme son originalité, c'est ce qu'il reconnaissait lui-même, en quoi il avait d'ailleurs raison. Taine lui-même, qui rêvait d'une histoire naturelle des esprits plus systématique et mieux codifiée, et avec qui d'ailleurs Sainte-Beuve n'était pas d'accord sur les questions de race, ne dit pas autre chose dans son éloge de Sainte-Beuve[3] : « La méthode de M. Sainte-Beuve n'est pas moins précieuse que son œuvre. En cela, il a été un inventeur. Il a importé dans l'histoire morale les procédés de l'histoire naturelle. Il a montré...[4] » (page 96), jusqu'à « des sciences positives ».

Seulement, il ajoutait : « Il n'y a qu'à l'appliquer...[5] » jusqu'à « ... un monument durable[6] ».

Taine disait cela, parce que sa conception intellectualiste de la réalité ne laissait de vérité que dans la science. Comme il avait cependant du goût et admirait diverses manifestations de l'esprit, pour expliquer leur valeur il les considérait comme des auxiliaires de la science (voir Préface de *L'Intelligence*). Il considérait Sainte-Beuve comme un initiateur, comme remarquable *pour son temps,* comme ayant presque trouvé sa méthode à lui, Taine.

Or, en art il n'y a pas (au moins dans le sens scientifique) d'initiateur, de précurseur. Tout [est[7]] dans l'individu, chaque individu recommence, pour son compte, la tentative artistique ou littéraire; et les œuvres de ses prédécesseurs ne constituent pas, comme dans la science, une vérité acquise dont profite celui qui suit. Un écrivain de génie aujourd'hui a tout à faire. Il n'est pas beaucoup plus avancé qu'Homère.

Mais les philosophes qui n'ont pas su trouver ce qu'il y a de réel et d'indépendant de toute science dans l'art, ont [été[8]] obligés de s'imaginer l'art, la critique, etc. comme des sciences où le prédécesseur est forcément moins avancé que celui qui le suit.

Mais, du reste, à quoi bon nommer tous ceux qui voient là l'originalité, l'excellence de la méthode de Sainte-Beuve? Il n'y a qu'à lui laisser la parole à lui-même : p. 15 (en supprimant les anciens[1]), p. 16, 17.

« La littérature, disait Sainte-Beuve[2], n'est pas pour moi distincte ou du moins séparable du reste de l'homme et de l'organisation... On[3] ne saurait s'y prendre de trop de façons et par trop de bouts pour connaître un homme, c'est-à-dire autre chose qu'un pur esprit. Tant qu'on ne s'est pas adressé sur un auteur un certain nombre de questions et qu'on n'y a pas répondu, ne fût-ce que pour soi seul et tout bas, on n'est pas sûr de le tenir tout entier, quand même ces questions sembleraient le plus étrangères à la nature de ses écrits : Que pensait-il en religion ? Comment était-il affecté du spectacle de la nature ? Comment se comportait-il sur l'article femmes, argent ? Était-il riche, pauvre; quel était son régime, sa manière de vivre journalière ? Quel était son vice ou son faible ? Aucune des réponses à ces questions n'est indifférente pour juger l'auteur d'un livre et le livre lui-même, si ce livre n'est pas un traité de géométrie pure, si c'est surtout un ouvrage littéraire, c'est-à-dire où il entre [de] tout, etc. » Cette méthode qu'il appliqua d'instinct toute sa vie et où vers la fin il voyait les premiers linéaments d'une sorte de botanique littéraire...[4].

L'œuvre de Sainte-Beuve n'est pas une œuvre profonde. La fameuse méthode, qui en fait, selon Taine, selon M. Paul Bourget et tant d'autres, le maître inégalable de la critique au XIXe, cette méthode qui consiste à ne pas séparer l'homme et l'œuvre, à considérer qu'il n'est pas indifférent pour juger l'auteur d'un livre, si ce livre n'est pas « un traité de géométrie pure », d'avoir d'abord répondu aux questions qui paraissent le plus étrangères à son œuvre (comment se comportait-il...), à s'entourer de tous les renseignements possibles sur un écrivain, à collationner ses correspondances, à interroger les hommes qui l'ont connu, en causant avec eux s'ils vivent encore, en lisant ce qu'ils ont pu écrire sur lui s'ils sont morts, cette méthode méconnaît ce qu'une fréquentation un peu profonde avec nous-même nous apprend : qu'un livre est le produit d'un autre moi que celui que nous manifestons dans nos habitudes, dans la société, dans nos vices. Ce moi-là, si nous voulons essayer de le comprendre, c'est au fond de nous-même, en essayant de le recréer en nous, que nous pouvons y parvenir. Rien ne peut nous dispenser de cet effort de notre cœur. Cette vérité, il nous faut la faire de toutes pièces et...[1]. Il est trop facile de croire qu'elle nous arrivera un beau matin dans notre courrier, sous forme d'une lettre inédite qu'un bibliothécaire de nos amis nous communiquera, ou que nous la recueillerons de la bouche de quelqu'un qui a beaucoup [connu] l'auteur. Parlant de la grande admiration qu'inspire à plusieurs écrivains de la nouvelle génération l'œuvre de Stendhal, Sainte-Beuve dit[2] : « Qu'ils me permettent de le leur dire, pour juger au net de cet esprit assez compliqué, et sans rien exagérer dans aucun sens, j'en reviendrai toujours de préférence, indépendamment de mes propres impressions et souvenirs, à ce que m'en diront ceux qui l'ont connu en ses bonnes années et à ses origines, à ce qu'en dira M. Mérimée, M. Ampère, à ce que m'en dirait Jacquemont s'il vivait, ceux, en un mot, qui l'ont beaucoup vu et goûté sous sa forme première. »

Pourquoi cela ? En quoi le fait d'avoir été l'ami de Stendhal permet-il de le mieux juger ? Il est probable, au contraire, que cela gênerait beaucoup pour cela. Le moi qui produit les œuvres est offusqué pour ces camarades par l'autre, qui peut être très inférieur au moi extérieur de beaucoup de gens. Du reste, la meilleure preuve en est que Sainte-Beuve, ayant connu Stendhal, ayant recueilli auprès de « M. Mérimée » et de « M. Ampère » tous les renseignements qu'il pouvait, s'étant muni, en un mot, de tout ce qui permet, selon lui, au critique de juger plus exactement d'un livre, a jugé Stendhal de la façon suivante : « Je viens de relire, ou d'essayer, les romans de Stendhal; ils sont franchement détestables[3]. » Ailleurs[4] il reconnaît que *Le Rouge et le Noir* « intitulé ainsi on ne sait trop pourquoi et par un emblème qu'il faut deviner, *a du moins de l'action*. Le premier volume a de l'intérêt, malgré la manière et les invraisemblances. *Il y a là une idée*. Beyle avait pour ce commencement de roman un exemple précis, *m'assure-t-on,* dans quelqu'un de sa connaissance et, *tant qu'il s'y est tenu, il a pu paraître vrai.* La prompte introduction de ce jeune homme timide dans ce monde pour lequel il n'a pas été élevé, etc., *tout cela est bien rendu ou, du moins, le serait si l'auteur,* etc... Ce ne sont pas des êtres vivants, mais des automates ingénieusement construits... Dans les nouvelles qui ont des sujets italiens, *il a mieux réussi... La Chartreuse de Parme* est, de tous les romans de Beyle, celui *qui a donné à quelques personnes* la plus grande idée de son talent dans ce genre. On voit combien je suis loin, à l'égard de *La Chartreuse* de Beyle, de partager l'enthousiasme de M. de Balzac. Quand on a lu cela, on revient, tout naturellement, ce me semble, au genre français, etc... On demande une part de raison, etc., telle que l'offrent l'histoire des *Fiancés* de Manzoni, tout bon roman de Walter Scott ou une adorable et vraiment simple nouvelle de Xavier de Maistre; le reste n'est que l'œuvre d'un homme d'esprit... »

Et cela finit par ces deux perles : « En[1] critiquant ainsi avec quelque franchise les romans de Beyle, je suis loin de le blâmer de les avoir écrits... Ses romans sont ce qu'ils peuvent, mais ils ne sont pas vulgaires. Ils sont comme sa critique, surtout à l'usage de ceux qui en font... » Et ces mots par lesquels l'étude finit : « Beyle[2] avait au fond une droiture et une sûreté dans les rapports intimes qu'il ne faut jamais oublier de reconnaître quand on lui a dit d'ailleurs ses vérités. » Tout compte fait, ce Beyle, un brave homme. Ce n'était peut-être pas la peine de rencontrer si souvent à dîner, à l'Académie, etc. M. Mérimée, de tant « faire parler M. Ampère », pour arriver à ce résultat et, quand on a lu cela, on est moins inquiet que Sainte-Beuve en pensant que viendront de nouvelles générations. Barrès, avec une heure de lecture et sans « renseignements », en eût fait plus que vous. Je ne dis pas que tout ce qu'il dit de Stendhal soit faux. Mais, quand on se rappelle sur quel ton d'enthousiasme il parle des nouvelles de Mme de Gasparin[3] ou Töpffer, il est bien clair que, si tous les ouvrages du XIXe siècle avaient brûlé sauf les *Lundis,* et que ce soit dans les *Lundis* que nous dussions nous faire une idée des *rangs* des écrivains du XIXe siècle, Stendhal nous apparaîtrait inférieur [à[4]] Charles de Bernard, [à] Vinet, [à] Molé, [à] Mme de Verdelin, [à] Ramond, [à] Sénac de Meilhan, [à] Vicq d'Azyr, à combien d'autres, et assez indistinct, à vrai dire, entre d'Alton Shée et Jacquemont[5]. Et là il n'avait pas pour l'égarer les rancunes qu'il put avoir contre d'autres écrivains.

« Un artiste... », a dit Carlyle, et il finit par ne plus voir le monde que « pour l'emploi d'une illusion à décrire[1] ».

En aucun temps, Sainte-Beuve ne semble avoir compris ce qu'il y a de particulier dans l'inspiration et le travail littéraire, et ce qui le différencie entièrement des occupations des autres hommes et des autres occupations de l'écrivain. Il ne faisait pas de démarcation entre l'occupation littéraire où, dans la solitude, faisant taire ces paroles qui sont aux autres autant qu'à nous, et avec lesquelles, même seuls, nous jugeons les choses sans être nous-mêmes, nous nous remettons face à face avec nous-mêmes, nous tâchons d'entendre, et de rendre, le son vrai de notre cœur, — et la conversation! « Écrire...[2]. »

Ce n'est que l'apparence menteuse de l'image qui donne ici quelque chose de plus extérieur et de plus vague [au métier[3]], quelque chose de plus approfondi et recueilli à l'intimité. En réalité, ce qu'on donne au public, c'est ce qu'on a écrit seul, pour soi-même, c'est bien l'œuvre de soi... Ce qu'on donne à l'intimité, c'est-à-dire à la conversation (si raffinée soit-elle, et la plus raffinée est la pire de toutes, car elle fausse la vie spirituelle en se l'associant : les conversations de Flaubert avec sa nièce et l'horloger sont sans danger) et à ces productions destinées à l'intimité, c'est-à-dire rapetissées au goût de quelques personnes et qui ne sont guère que de la conversation écrite, c'est l'œuvre d'un soi bien plus extérieur, non pas du moi profond qu'on ne retrouve qu'en faisant abstraction des autres et du moi qui connaît les autres, le moi qui a attendu pendant qu'on était avec les autres, qu'on sent bien le seul réel, et pour lequel seul les artistes finissent par vivre, comme un dieu qu'ils quittent de moins en moins et à qui ils ont sacrifié une vie qui ne sert qu'à l'honorer. Sans doute, à partir des *Lundis*, non seulement Sainte-Beuve changera de vie, mais il s'élèvera — pas bien haut! — à l'idée qu'une vie de travail forcé, comme celle qu'il mène, est au fond plus féconde, nécessaire à certaines natures volontiers oisives et qui, sans elle, ne donneraient pas leurs richesses. «   », dira-t-il en parlant de Favre[4], de Fauriel, etc., etc.

Il dira souvent que la vie de l'homme de lettres est

dans son cabinet, malgré l'incroyable protestation qu'il élèvera contre ce que Balzac dit dans *La Cousine Bette*[1]. Mais il continuera à ne pas comprendre ce monde unique, fermé, sans communication avec le dehors qu'est l'âme du poète. Il croira que les autres peuvent lui donner des conseils, l'exciter, le réprimer : « Pas de Boileau...[2]. »

Et pour ne pas avoir vu l'abîme qui sépare l'écrivain de l'homme du monde, pour n'avoir pas compris que le moi de l'écrivain ne se montre que dans ses livres, et qu'il ne montre aux hommes du monde (ou même à ces hommes du monde que sont dans le monde les autres écrivains, qui ne redeviennent écrivains que seuls) qu'un homme du monde comme eux, il inaugurera cette fameuse méthode qui, selon Taine, Bourget, tant d'autres, est sa gloire, et qui consiste à interroger avidement, pour comprendre un poète, un écrivain, ceux qui l'ont connu, qui le fréquentaient, qui pourront nous dire comment il se comportait sur l'article femmes, etc., c'est-à-dire précisément sur tous les points où le moi véritable du poète n'est pas en jeu.

En aucun temps de sa vie Sainte-Beuve ne semble avoir conçu la littérature d'une façon vraiment profonde. Il la met sur le même plan que la conversation[3].

Cette conception si superficielle, nous le verrons, ne changera pas, mais cet idéal factice[4] fut à jamais perdu. La nécessité l'obligea de renoncer à cette vie. Ayant dû donner sa démission d'administrateur de la bibliothèque Mazarine, il avait besoin d'un travail qui lui permît, etc., et accepter volontiers les offres de...[5].

À partir de ce moment, ce loisir qu'il avait souhaité fut remplacé par un travail acharné. « Dès le matin, nous dit un de ses secrétaires, etc. »

Sans doute, ce travail le força à mettre dehors une foule d'idées qui, peut-être, s'il s'en fût tenu à la vie paresseuse qu'il prévoyait au début, n'auraient jamais vu le jour. Il semble avoir été frappé du profit que certains esprits peuvent tirer ainsi de la nécessité de produire (Favre[6], Fauriel, Fontanes). Pendant dix ans, tout ce qu'il eût réservé pour des amis, pour lui-même, pour une œuvre longuement méditée qu'il n'eût sans doute jamais écrite, dut prendre une forme, sortir sans cesse de lui. Ces réserves où nous tenons de précieuses pensées, celle-ci autour de laquelle devait se cristalliser un roman, celle-là qu'il développerait dans une poésie, telle autre dont il avait, un jour, senti la beauté, se levaient du fond de sa pensée, tandis qu'il lisait le livre dont il devait parler et bravement, pour faire l'offrande plus belle, il sacrifiait son plus cher Isaac, sa suprême Iphigénie. « Je fais flèche de tout bois, disait-il, je tire mes dernières cartouches. » On peut dire que, dans la fabrication de ces fusées qu'il tira pendant dix ans chaque lundi avec un éclat incomparable, il fit entrer la matière, désormais perdue, de livres plus durables. Mais il savait bien que tout cela n'était pas perdu et que, puisqu'un peu d'éternel ou tout au moins de durable était entré dans la composition de cet éphémère, cet éphémère-là serait ramassé, recueilli, et que les générations continueraient à en extraire du durable. Et, de fait, cela est devenu ces livres parfois si amusants, parfois même vraiment agréables, qui font passer des moments de si vrai divertissement que quelques personnes, j'en suis sûr[1], appliqueraient sincèrement à Sainte-Beuve ce qu'il dit d'Horace : « ...[2]. »

Leur titre de *Lundis* nous rappelle qu'ils furent pour Sainte-Beuve le travail fiévreux et charmant d'une semaine, le réveil glorieux de cette matinée du lundi. Dans sa petite maison de la rue du Mont-Parnasse, le lundi matin, à l'heure où, l'hiver, le jour est encore blême au-dessus des rideaux fermés, il ouvrait *Le Constitutionnel* et sentait qu'au même moment les mots qu'il avait choisis venaient apporter dans bien des chambres de Paris la nouvelle des pensées brillantes qu'il avait trouvées, et exciter chez beaucoup cette admiration qu'éprouve pour soi-même celui qui a vu naître chez lui une idée meilleure que ce qu'il a jamais lu chez les autres et qui l'a présentée dans toute sa force, avec tous ses détails qu'il n'avait pas lui-même aperçus d'abord, en pleine lumière, avec des ombres aussi qu'il a amoureusement caressées. Sans doute n'avait-il pas l'émotion du débutant[3], qui a[4] depuis longtemps un article dans un journal, qui, ne le voyant jamais quand il ouvre le journal, finit par désespérer qu'il paraisse. Mais un matin, sa mère, en entrant dans sa chambre, a posé près de lui le journal d'un air plus distrait que de coutume, comme s'il n'y avait rien de curieux à y lire. Mais néanmoins, elle l'a posé tout près de lui pour qu'il ne puisse manquer de le lire, s'est vite retirée, et a repoussé vivement la vieille servante qui allait entrer dans la chambre. Et lui, a souri, parce qu'il a compris que sa mère bien-aimée voulait qu'il ne se doutât de rien, qu'il eût toute la surprise de sa joie et qu'il fût seul à la savourer et ne fût pas irrité par des paroles des autres pendant qu'il lisait, et obligé par fierté de cacher sa joie à ceux qui auraient indiscrètement demandé à la partager avec lui. Cependant, au-dessus du jour blême, le ciel est de la couleur de la braise : dans les rues brumeuses, des milliers de journaux, humides encore de la presse et du petit jour mouillé, courant, plus nourrissants et plus savoureux que les brioches chaudes qu'on brisera, autour de la lampe encore allumée, dans le café au lait, vont porter sa pensée mille fois multipliée dans toutes les demeures. Il fait vite acheter d'autres exemplaires du journal, pour bien toucher du doigt le miracle de cette multiplication surprenante, se faire l'âme d'un nouvel acheteur, ouvrir d'un œil non prévenu cet autre exemplaire et y trouver la même pensée. Et comme le soleil s'étant gonflé, rempli, illuminé, a sauté par le petit élan de sa dilatation au-dessus de l'horizon violacé, il voit, triomphant dans chaque esprit, sa pensée, à la même heure, monter comme un soleil et le teindre tout entier de ses couleurs.

Sainte-Beuve n'était plus un débutant et n'éprouvait plus de ces joies. Mais cependant, dans le petit jour d'hiver, il voyait, dans son lit à hautes colonnes, Mme de Boigne ouvrant *Le Constitutionnel ;* il se disait qu'à deux heures le Chancelier[1] viendrait la voir et en parlerait avec elle, que peut-être, ce soir, il allait recevoir un mot de Mme Allart ou de Mme d'Arbouville lui disant ce qu'on en aurait pensé. Et ainsi ses articles lui apparaissaient comme une sorte d'arche dont le commencement était bien dans sa pensée et dans sa prose, mais dont la fin plongeait dans l'esprit et l'admiration de ses lecteurs, où elle accomplissait sa courbe et recevait ses dernières couleurs. Il en est d'un article comme de ces phrases que nous lisons en frémissant, dans le journal, au compte rendu de la Chambre : « M. LE PRÉSIDENT DU CONSEIL, MINISTRE DE L'INTÉRIEUR ET DES CULTES : " Vous verrez... " *(Vives protestations à droite, salve d'applaudissements à gauche, rumeur prolongée.)* » et dans la composition desquelles l'indication qui la précède, et les marques d'émotion qui la suivent, entrent pour une partie aussi intégrante que les mots prononcés. En réalité, à « vous verrez » la phrase n'est nullement finie, elle commence à peine, et « vives protestations à droite, etc. » est sa fin, plus belle que son milieu, digne de son début. Ainsi la beauté journalistique n'est pas tout entière dans l'article; détachée des esprits où elle s'achève, ce n'est qu'une Vénus brisée. Et comme c'est de la foule (cette foule fût-elle une élite) qu'elle reçoit son expression dernière, cette expression est toujours un peu vulgaire. C'est aux silences de l'approbation imaginée de tel ou tel lecteur que le journaliste pèse ses mots et trouve leur équilibre avec sa pensée. Aussi son œuvre, écrite avec l'inconsciente collaboration des autres, est-elle moins personnelle.

Comme nous voyons Sainte-Beuve croire que la vie de salon qui lui plaisait, était indispensable à la littérature, et la projeter à travers les siècles, ici cour de Louis XIV, là cercle choisi du Directoire, de même... En réalité, ce créateur de toute la semaine [qui] souvent même ne s'est [pas] reposé le dimanche et reçoit son salaire de gloire le lundi par le plaisir qu'il cause à de bons juges et les coups qu'il inflige aux méchants, conçoit toute littérature aussi comme des sortes de *Lundis* que peut-être on pourra relire, mais qui doivent avoir été écrits à leur heure, avec souci de l'opinion des bons juges, pour plaire, et sans trop compter sur la postérité. Il voit[1] la littérature sous la catégorie du temps. « Je vous annonce une intéressante saison poétique », écrit-il à Béranger[2]. [...] Il se demande si on aimera plus tard la littérature et il dit aux Goncourt, à propos de *Madame Gervaisais* : « [3]. » La littérature lui paraît une chose d'époque et qui vaut ce que valait le personnage. En somme, il vaut mieux jouer un grand rôle politique et ne pas écrire que d'être un mécontent politique et écrire un livre de morale..., etc. Aussi n'est-il pas comme Émerson qui disait qu'il fallait atteler son char à une étoile. Il tâche de l'atteler à ce qui est le plus contingent, la politique : « Collaborer à un grand mouvement social m'a paru intéressant », dit-il. Il est revenu vingt fois sur le regret que Chateaubriand, que Lamartine, qu'Hugo aient fait de la politique; mais en réalité, la politique est plus étrangère à leurs œuvres qu'à ses critiques. Pourquoi dit-il pour Lamartine, « le talent est en dehors » ?

Pour Chateaubriand : « Ces *Mémoires* sont peu aimables... Car pour le talent...[1]. » « Je ne pourrais en effet parler d'Hugo. »

On y[2] avait pour lui du goût, mais aussi de la considération. « Sachez que si vous tenez à l'opinion des autres, on tient à la vôtre », lui écrivait Mme d'Arbouville, et il nous dit qu'elle lui avait donné comme devise : Vouloir plaire et rester libre. En réalité, libre il l'était si peu[3] que, tant que Mme Récamier vécut, il tremblait de dire quelque chose d'hostile sur Chateaubriand. Par exemple, dès que Mme Récamier et Chateaubriand furent morts, il se rattrapa; je ne sais pas si c'est ce qu'il a appelé dans ses « notes et pensées » : « Après avoir été avocat, j'ai bien envie de devenir juge[4]. » Toujours est-il qu'il détruisit, morceau par morceau, ses opinions précédentes. Ayant eu à rendre compte des *Mémoires d'outre-tombe* après une lecture qui avait eu lieu chez Mme Récamier, arrivé à l'endroit où Chateaubriand dit : «   [5] », il protestait, trouvait que ce scrupule faisait voir trop de délicatesse[6] : « Non, ce n'est pas chez vous... » Quand, après la mort de Chateaubriand et de Mme Récamier, il rendit compte des *Mémoires d'outre-tombe,* arrivé à ce même passage, il interrompt de nouveau l'auguste narrateur, mais cette fois, ce n'est plus pour lui dire : « Mais c'est trop naturel. » — « Comment! lui dit-il...[7]. » Même sur le compte d'un des hommes dont il a dit le plus de bien, avec le plus d'éclat, le plus de goût, le plus de continuité, le chancelier Pasquier, il me semble que s'il n'a pas contredit ses éloges enthousiastes, c'est sans doute que la vieillesse indéfiniment prolongée de Mme de Boigne l'en a empêché. « Mme de Boigne se plaint de ne plus vous voir, lui écrit le Chancelier (comme George Sand lui écrivait : « Alfred de Musset...[8]. »). Voulez-vous venir me prendre au Luxembourg ? Nous causerons, etc. » À la mort du Chancelier, Mme de Boigne vit encore[9]. Trois articles sur le Chancelier, assez élogieux pour plaire à cette amie désolée. Mais à la mort de [Mme de Boigne[10]] nous lisons dans les *Portraits :* « Cousin dit... », et il dit[11] au dîner Magny à Goncourt[12] qui ne peut pas s'empêcher de dire : « C'est affreux d'être pleuré par Sainte-Beuve. »

Mais généralement sa susceptibilité, son humeur changeante, son prompt dégoût de ce dont il s'était d'abord engoué, faisaient que, du vivant même des gens, il « se rendait libre ». On n'avait pas besoin d'être mort, il suffisait d'être brouillé avec lui et c'est ainsi que nous avons les articles contradictoires sur Hugo, Lamartine, Lamennais, etc. et sur Béranger, dont il dit dans les...[1]. Cette « liberté reprise » faisait à sa « volonté de plaire » le contrepoids qui était indispensable à la considération. Il faut ajouter qu'en lui il [y] avait, avec une certaine disposition à s'incliner devant les pouvoirs établis, une certaine disposition à s'en affranchir, une tendance mondaine et conservatrice, une tendance libérale et libre penseuse. À la première, nous devons la place énorme que tous les grands personnages politiques de la monarchie de Juillet tiennent dans son œuvre, où on ne peut pas faire un pas, dans ces salons où il assemble les interlocuteurs illustres, pensant que de la discussion jaillira la lumière, sans rencontrer M. Molé, tous les Noailles possibles, qu'il respecte au point de trouver qu'il serait coupable, après deux cents ans, de citer entièrement, dans un de ses articles, le portrait de Mme de Noailles dans Saint-Simon, et qu'à côté de cela, et comme en revanche de cela, il tonne contre les candidatures aristocratiques à l'Académie (pourtant à propos de l'élection si légitime du duc de Broglie[2]), disant : ces gens-là finiront par faire nommer leurs concierges.

Vis-à-vis de l'Académie même, son attitude est à la fois d'un ami de M. Molé, qui trouve que la candidature Baudelaire, pourtant son grand ami, serait une plaisanterie[3], et qui écrit qu'il doit être déjà fier d'avoir plu aux académiciens : « Vous avez fait bonne impression, cela n'est-il rien[4] ? », et tantôt d'un ami de Renan, qui trouve que Taine s'est humilié en soumettant ses *Essais* au jugement d'académiciens qui ne peuvent pas le comprendre, qui tonne contre Mgr Dupanloup qui a empêché Littré d'être de l'Académie et qui dit à son secrétaire dès le premier jour : « Le jeudi je vais à l'Académie, mes collègues sont des gens insignifiants. » Il fait des articles de complaisance, il l'a avoué lui-même, sur l'un ou l'autre, mais refuse, avec violence, de dire du bien de M. Pongerville dont il dit : « Aujourd'hui, il n'entrerait pas[5]. » Il a ce qu'il appelle le sentiment de sa dignité, et le manifeste d'une façon solennelle qui est quelquefois un peu comique. Passe encore que, stupidement accusé d'avoir touché un pot-de-vin de cent francs, il raconte qu'il écrivit au *Journal des Débats* une lettre « dont l'accent ne trompe pas, comme seuls peuvent en écrire des honnêtes gens ». Passe encore qu'accusé par M. de Pontmartin[1] ou que, se croyant indirectement visé par un discours de M. Villemain, il s'écrie : « ... » Mais il est comique qu'après avoir averti les Goncourt qu'il dirait du mal de *Madame Gervaisais* et ayant appris par un tiers qu'ils avaient dit à la princesse : « Sainte-Beuve va bien... », il entre dans une colère blanche sur ce mot d'éreintement, s'écrie : « Je ne fais pas d'éreintement[2]. » C'est un des Sainte-Beuve, qui répondit au...[3].

Ses livres[4], *Chateaubriand et son groupe littéraire* plus que tous, ont l'air de salons en enfilade où l'auteur a invité divers interlocuteurs, qu'on interroge sur les personnes qu'ils ont connues, qui apportent leur témoignage destiné à en contredire d'autres et, par là, à montrer que dans l'homme qu'on a l'habitude de louer, il y a aussi fort à dire, ou pour classer par là celui qui contredira dans une autre famille d'esprits[5].

Et ce n'est pas entre deux visites, c'est au sein d'un même visiteur qu'est la contradiction. Sainte-Beuve ne se fait pas faute de rappeler une anecdote, d'aller chercher une lettre, d'appeler en témoignage un homme d'autorité et de sagesse qui se chauffait les pieds avec philosophie, mais qui ne demande pas mieux que d'apporter son petit coup de marteau, pour montrer que celui qui vient de donner un tel avis en avait un tout autre.

M. Molé, son chapeau haut de forme à la main, rappelle que Lamartine, quand il apprit que Royer-Collard se présentait à l'Académie, lui écrivit spontanément pour lui demander de voter [pour] lui, mais le jour de l'élection venu, vota contre lui, et une autre fois, ayant voté contre Ampère, envoya Mme de Lamartine [le] féliciter chez Mme Récamier[6].

Je me demande par moments si ce qu'il y a encore de mieux dans l'œuvre de Sainte-Beuve, ce ne sont pas ses vers. Tout jeu de l'esprit a cessé. Les choses ne sont plus approchées de biais avec mille adresses et prestiges. Le cercle infernal et magique est rompu. Comme si le mensonge constant de la pensée tenait chez lui à l'habileté factice de l'expression, en cessant de parler en prose il cesse de mentir. Comme un étudiant, obligé de traduire sa pensée en latin, est obligé de la mettre à nu, Sainte-Beuve se trouve pour la première fois en présence de la réalité et en reçoit un sentiment direct. Il y a plus de sentiment direct dans les *Rayons jaunes,* dans les *Larmes de Racine,* dans tous ses vers, que dans toute sa prose. Seulement si le mensonge l'abandonne, tous ses avantages l'abandonnent aussi. Comme un homme habitué à l'alcool et qu'on met au régime du lait, il perd, avec sa vigueur factice, toute force. « Cet être, comme il est gauche et laid[1]. » Il n'y a rien de plus touchant que cette pauvreté de moyens chez le grand et prestigieux critique, rompu à toutes les élégances, les éloquences, les finesses, les farces, les attendrissements, les démarches, les caresses de style. Plus rien. De son immense culture, de ses grands exercices de lettré, il lui reste seulement le rejet de toute enflure, de toute banalité, de toute expression peu contrôlée, et les images sont cherchées et sévèrement choisies : quelque chose qui rappelle le studieux et l'exquis des vers d'un André Chénier, d'un Anatole France. Mais tout cela est voulu et pas à lui. Il cherche à faire ce qu'il a admiré chez Théocrite, chez Cooper, chez Racine. De lui, de lui inconscient, profond, personnel, il n'y a guère que la gaucherie. Elle revient souvent, comme le naturel. Mais ce peu de chose, ce peu de chose charmant et sincère d'ailleurs qu'est sa poésie, cet effort savant et quelquefois heureux pour exprimer la pureté de l'amour, la tristesse des fins d'après-midi dans les grandes villes, la magie du souvenir, l'émotion des lectures, la mélancolie des vieillesses incrédules, montre — parce qu'on sent que c'est la seule chose réelle en lui — l'absence de signification de toute une œuvre critique merveilleuse, immense, bouillonnante — puisque toutes ces merveilles se ramènent à cela. Apparence, les *Lundis*. Réalité, ce peu de vers. Les vers d'un critique, c'est le poids à la balance de l'éternité de toute son œuvre.

[GÉRARD DE NERVAL[1]]

Ce jugement[2] semble surprenant aujourd'hui où on s'accorde à proclamer *Sylvie* un chef-d'œuvre. Le dirai-je pourtant, *Sylvie* est admirée aujourd'hui si à contresens à mon avis, que je préférerais presque pour elle l'oubli où l'a laissée Sainte-Beuve et d'où du moins elle pouvait sortir intacte, dans sa miraculeuse fraîcheur. Il est vrai que même de cet oubli qui l'abîme davantage, qui le défigure sous des couleurs qu'[il[3]] n'a pas, un chef-d'œuvre a tôt fait de sortir, quand une interprétation vraie lui rend sa beauté. La sculpture grecque a peut-être été plus déconsidérée par l'interprétation de l'Académie, ou la tragédie de Racine par les néo-classiques, qu'elles n'auraient pu l'être par un oubli total. Il valait mieux ne pas lire Racine que d'y voir du Campistron. Mais aujourd'hui il a été nettoyé de ce poncif et se montre à nous aussi original et nouveau que s'il avait été inconnu. Ainsi de la sculpture grecque. Et c'est un Rodin, c'est-à-dire un anticlassique, qui montre cela.

Il est convenu aujourd'hui que Gérard de Nerval était un écrivain du XVIIIe siècle attardé et que le romantisme n'influença pas, un pur Gaulois, traditionnel et local, qui a donné dans *Sylvie* une peinture naïve et fine de la vie française idéalisée. Voilà ce qu'on a fait de cet homme, qui à vingt ans traduisait *Faust*, allait voir Goethe à Weimar, pourvoyait le romantisme de toute son inspiration étrangère, était dès sa jeunesse sujet à des accès de folie, était finalement enfermé, avait la nostalgie de l'Orient et finissait par y partir, était trouvé pendu à la poterne d'une cour immonde, sans que, dans l'étrangeté de fréquentations et d'allure où l'avaient conduit l'excentricité de sa nature [et] le dérangement de son cerveau[4], on ait pu décider s'il s'était tué dans un accès de folie ou avait été assassiné par un de ses compagnons habituels, les deux hypothèses paraissant également plausibles! Fou, non pas d'une folie en quelque sorte purement organique et n'influant en rien sur la nature de la pensée, comme nous en avons connu de ces fous qui en dehors de leurs crises avaient plutôt trop de bon sens, un esprit presque trop raisonnable, trop positif, tourmenté seulement d'une mélancolie toute physique. Chez Gérard de Nerval la folie naissante et pas encore déclarée n'est qu'une sorte de subjectivisme excessif, d'importance plus grande pour ainsi dire, attachée à un rêve, à un souvenir, à la qualité personnelle de la sensation, qu'à ce que cette sensation signifie de commun à tous, de perceptible pour tous, la réalité. Et quand cette disposition qui est au fond la disposition artistique, la disposition qui conduit, selon l'expression de Flaubert, à ne considérer la réalité que « pour l'emploi d'une illusion à décrire[1] » et à faire des illusions qu'on trouve du prix à décrire une sorte de réalité, finit par devenir la folie, cette folie est tellement le développement de son originalité littéraire dans ce qu'elle a d'essentiel, qu'il la décrit au fur et à mesure qu'il l'éprouve, au moins tant qu'elle reste descriptible, comme un artiste noterait en s'endormant les états de conscience qui conduisent de la veille au sommeil, jusqu'au moment où le sommeil rend le dédoublement impossible. Et c'est aussi dans cette période de sa vie qu'il a écrit ces admirables poèmes où il y a peut-être les plus beaux vers de la langue française, mais aussi obscurs que du Mallarmé, obscurs, a dit Théophile Gautier, à faire trouver clair Lycophron : « Je suis le ténébreux...[2] » etc.

Or, il n'y a nullement solution de continuité entre Gérard poète et l'auteur de *Sylvie*. On peut même dire — et c'est évidemment un des reproches qu'on peut lui faire, une des choses qui montrent en lui tout de même l'auteur, sinon de second ordre, du moins sans génie vraiment déterminé, créant sa forme d'art en même temps que sa pensée — que ses vers et ses nouvelles ne sont (comme les *Petits poèmes en prose* de Baudelaire et *Les Fleurs du mal,* par exemple) que des tentatives différentes pour exprimer la même chose. Chez de tels génies la vision intérieure est bien certaine, bien forte. Mais, maladie de la volonté ou manque d'instinct déterminé, prédominance de l'intelligence qui indique plutôt les voies différentes qu'elle ne passe en une, on essaye en vers, puis pour ne pas perdre la première idée on fait en prose, etc.

On voit des vers qui expriment presque la même chose. De même que dans Baudelaire nous avons un vers :

Le ciel pur où frémit l'éternelle chaleur[1]

et dans le « petit poème en prose » correspondant : « un ciel pur où se prélasse l'éternelle chaleur[2] », de même, vous avez déjà reconnu dans ce vers que je citais à l'instant :

Et la treille où le pampre à la rose s'allie[3]

la fenêtre de *Sylvie* « où le pampre s'enlace aux rosiers[4] ». Et d'ailleurs c'est ensuite à chaque maison dans *Sylvie* que nous voyons les roses s'unir aux vignes. M. Jules Lemaitre, qui n'est nullement visé d'ailleurs (je m'en expliquerai tout à l'heure) dans les admirateurs de Gérard dont je parlais tout à l'heure, a cité dans son *Racine* ce début de *Sylvie*[5] : « ... le cœur de la France. » Traditionnel, bien français ? Je ne le trouve pas du tout. Il faut remettre cette phrase où elle est, dans son éclairage. C'est dans une sorte de rêve : « J'essayais de m'endormir... les combinaisons bizarres...[6] » etc. Vous avez reconnu immédiatement cette poésie de Gérard :

Il est un air pour qui je donnerais...[7].

Donc ce que nous avons ici, c'est un de ces tableaux d'une couleur irréelle, que nous ne voyons pas dans la réalité, que les mots même n'évoquent pas, mais que parfois nous voyons dans le rêve, ou que la musique évoque. Parfois, au moment de s'endormir, on les aperçoit, on veut fixer et définir leur charme, alors on s'éveille et on ne les voit plus, on s'y laisse aller et avant qu'on ait su les fixer on est endormi, comme si l'intelligence n'avait pas la permission de les voir. Les êtres eux-mêmes qui sont dans de tels tableaux sont des êtres rêvés.

... une femme
Que dans une autre existence peut-être
J'ai vue[1] et dont je me souviens...

Qu'y a-t-il de moins racinien que cela ? Que l'objet même du désir et du rêve soit précisément ce charme français où Racine a vécu et qu'il a exprimé (?) sans d'ailleurs le ressentir, c'est très possible, mais c'est comme si l'on trouvait qu'une classe de choses absolument pareilles[2] sont un verre d'eau fraîche et un fiévreux, parce qu'il le désire, ou l'innocence d'une jeune fille et la lubricité d'un vieillard parce que la première est le rêve du second. M. Lemaitre, et je dis cela sans que cela altère en rien ma profonde admiration pour lui, sans que cela ôte rien à son livre merveilleux, incomparable, sur Racine, a été l'inventeur, dans ce temps où il y en a si peu, d'une critique qui est bien à lui, qui est toute une création et où, dans les morceaux les plus caractéristiques et qui resteront parce qu'ils sont tout à fait personnels, il aime à faire sortir d'une œuvre une quantité de choses qui en pleuvent alors en profusion, un peu comme des gobelets qu'il y aurait mis.

Mais, en réalité, il n'y a absolument rien de tout cela dans *Phèdre* ni dans *Bajazet*. Si pour une raison quelconque on met le mot Turquie dans un livre, si d'ailleurs on n'en a aucune idée, aucune impression, aucun désir, on ne peut pas dire que la Turquie soit dans ce livre. Racine solaire, rayonnement[3] du soleil, etc. On ne peut compter en art que ce qui est exprimé ou ressenti. Dire que la Turquie n'est pas absente d'une œuvre, c'est dire que l'idée de la Turquie, la sensation de la Turquie, etc.

Je sais bien qu'il est de l'amour de certains lieux d'autres formes que l'amour littéraire, des formes moins conscientes, aussi profondes peut-être. Je sais qu'il est des hommes qui ne sont pas des artistes, de petits [ou[4]] grands bourgeois, des chefs de bureau, des médecins qui, au lieu d'avoir un bel appartement à Paris ou une voiture, ou d'aller au théâtre, emploient une partie de leur revenu pour avoir une petite maison en Bretagne, où ils se promènent le soir, inconscients du plaisir artistique qu'ils éprouvent, et qu'ils expriment tout au plus en disant de temps en temps : « Il fait beau », ou

« il fait bon », ou « c'est agréable de se promener le soir[1] ». Mais rien ne nous dit même que cela existât chez Racine, et en tous cas cela n'aurait eu nullement le caractère nostalgique, la couleur de rêve de *Sylvie*. Aujourd'hui toute une école, qui à vrai dire a été utile, en réaction de la logomachie abstraite régnante, a imposé à l'art un nouveau jeu qu'elle croit renouvelé de l'ancien, et où comme on commence par convenir que pour ne pas alourdir la phrase on ne lui fera rien exprimer du tout, que pour rendre le contour du livre plus net on en bannira l'expression de toute impression difficile à rendre, toute pensée, etc., et pour conserver à la langue son caractère traditionnel on se contentera constamment de phrases qui existent, toutes faites, sans même prendre la peine de les repenser, il n'y a pas un extrême mérite à ce que le tour[2] soit assez rapide, la syntaxe d'assez bon aloi et l'allure assez dégagée. Il n'est pas difficile de faire le chemin au pas de course si on commence avant de partir par jeter à la rivière tous les trésors qu'on était chargé d'apporter. Seulement la rapidité du voyage est assez indifférente[3], puisque à l'arrivée on n'apporte rien.

Si un tel art a pu se réclamer du passé, il peut, en tous cas, moins que de personne, se réclamer de Gérard de Nerval[4]. Ce qui le leur a donné à croire, c'est qu'ils aiment à se borner dans leurs articles, leurs poèmes ou leurs romans à décrire une beauté française « modérée, avec de claires architectures, sous un ciel aimable, avec des coteaux et des églises comme celles de Dammartin et d'Ermenonville ». Rien n'est plus loin de *Sylvie !*

Si un écrivain aux antipodes des[5] claires et faciles aquarelles a cherché à se définir laborieusement à lui-même, à saisir, à éclairer des nuances troubles, des lois profondes, des impressions presque insaisissables de l'âme humaine, c'est Gérard de Nerval dans *Sylvie*. Cette histoire que vous appelez une peinture naïve, c'est le rêve d'un rêve, rappelez-vous. Gérard essaie de se définir une sensation bizarre qu'il a éprouvée au théâtre, tout d'un coup il comprend ce que c'est, c'est le souvenir d'une femme qu'il aimait en même temps qu'une autre, qui domine ainsi certaines heures de sa vie et qui tous les soirs le reprend à une certaine heure. Et en évoquant ce temps dans un tableau de rêve, il est pris du désir de partir pour ce pays, il descend de chez lui, se fait rouvrir la porte, prend une voiture, et tout en allant en cahotant vers Loisy, [il] se rappelle et raconte. Il arrive après cette nuit d'insomnie, et ce qu'il voit alors, pour ainsi dire détaché de la réalité par cette nuit d'insomnie, par ce retour dans un pays qui est plutôt pour lui un passé qui existe au moins autant dans son cœur que sur la carte, est entremêlé si étroitement aux souvenirs qu'il continue à évoquer, qu'on est obligé à tout moment de tourner les pages qui précèdent pour voir[1] où on se trouve, si c'est présent ou rappel du passé.

Les êtres eux-mêmes sont comme la femme des vers que nous citions, « que dans une autre existence j'ai connue et dont je me souviens ». Cette Adrienne qu'il croit être la comédienne, ce qui fait qu'il devient amoureux de la comédienne, et qui n'était pas elle, ces châteaux, ces personnes nobles qu'il semble voir vivre plutôt dans le passé, cette fête qui a lieu le jour de la Saint-Barthélemy et dont il n'est pas bien sûr qu'elle ait eu lieu et qu'elle ne soit pas un rêve, « le fils du garde était gris[2] », etc. : j'ai raison de dire que dans tout cela même les êtres ne sont que les ombres d'un rêve. La divine matinée sur les chemins, la visite à la maison de la grand-mère de Sylvie, cela est réel... Mais rappelez-vous : cette nuit-là, il n'a encore pas dormi, qu'un moment à la belle étoile, et d'un étrange sommeil où il percevait encore les choses, puisqu'il se réveille avec les sons de l'angélus dans l'oreille, qu'il n'a pas entendus.

De telles matinées sont réelles, si l'on veut; mais on y a cette exaltation où la moindre beauté vous grise et vous donne presque, quoique la réalité habituellement ne puisse pas le faire, un plaisir de rêve. La couleur juste de chaque chose vous émeut comme une harmonie, on a envie de pleurer de voir que les roses sont roses ou, si c'est l'hiver, de voir sur les troncs des arbres de belles couleurs vertes presque réfléchissantes, et si un peu de lumière vient toucher ces couleurs, comme par exemple au coucher du soleil où le lilas blanc fait chanter sa blancheur, on se sent inondé de beauté. Dans les demeures où l'air vif de la nature vous exalte encore, dans les demeures paysannes ou dans les châteaux, cette exaltation est aussi vive qu'elle était dans la promenade, et un objet ancien qui vous apporte un motif de rêve accroît cette exaltation. Que de châtelains positifs j'ai dû ainsi étonner par l'émotion de ma reconnaissance ou de mon admiration, rien qu'en[1] montant un escalier couvert d'un tapis aux diverses couleurs, ou en voyant pendant le déjeuner le pâle soleil de mars faire briller les transparents coloris[2] verts [dont] sont satinés[3] les troncs du parc et venir chauffer son pâle rayon sur le tapis près du grand feu, pendant que le cocher venait prendre les ordres pour la promenade que nous allions faire[4] ! Telles sont ces matinées bénies, creusées (par une insomnie, l'ébranlement nerveux d'un voyage, une ivresse physique, une circonstance exceptionnelle) dans la dure pierre de nos journées, et gardant miraculeusement les couleurs délicieuses, exaltées, le charme de rêve qui les isole dans notre souvenir comme une grotte merveilleuse, magique et multicolore dans son atmosphère spéciale.

La couleur de *Sylvie,* c'est une couleur pourpre, d'une rose pourpre en velours pourpre ou violacée, et nullement les tons aquarellés de leur France modérée. À tout moment ce rappel de rouge revient, tirs, foulards rouges, etc. Et ce nom lui-même pourpré de ses deux *i :* Sylvie, la vraie Fille du Feu. Pour moi qui pourrais les dénombrer, ces mystérieuses lois de la pensée que j'ai souvent souhaité d'exprimer et que je trouve exprimées dans *Sylvie* — j'en pourrais compter, je le crois, jusqu'à cinq et six — j'ai le droit de dire que, quelque distance qu'une exécution parfaite — et qui est tout — mette[5] entre une simple velléité de l'esprit et un chef-d'œuvre, mette[6] entre les écrivains dits en dérision penseurs et Gérard, c'est eux qui peuvent pourtant se réclamer de lui [plutôt[7]] que ceux à qui la perfection de l'exécution n'est pas difficile, puisqu'ils n'exécutent rien du tout. Certes, le tableau présenté par Gérard est délicieusement simple. Et c'est la fortune unique de son génie. Ces sensations si subjectives, si nous disons seulement la chose qui les provoque, nous ne rendons pas précisément ce qui [leur] donne du prix à nos yeux. Mais aussi, si nous essayons en analysant notre impression de rendre ce qu'elle a de subjectif, nous faisons évanouir l'image et le tableau. De sorte que par désespoir nous alimentons encore mieux nos rêveries avec ce qui nomme notre rêve sans l'expliquer, avec les indicateurs de chemin de fer, les récits de voyageurs, les noms des commerçants et des rues d'un village, les notes de M. Bazin où chaque espèce d'arbre est nommée, que dans un trop subjectif Pierre Loti. Mais Gérard a trouvé le moyen de ne faire que peindre et de donner à son tableau les couleurs de son rêve. Peut-être y a-t-il encore un peu trop d'intelligence dans sa nouvelle...[1].

Si quand M. Barrès[2] nous parle des cantons de Chantilly, de Compiègne et d'Ermenonville, quand il nous parle « d'aborder aux îles du Valois » ou d'aller dans « les bois de Chââlis ou de Pontarmé », nous éprouvons ce trouble délicieux, c'est que ces noms, nous les avons lus dans *Sylvie,* qu'ils sont faits, non avec des souvenirs de pays réels, mais avec ce plaisir de fraîcheur, mais à base d'inquiétude, que ressentait « ce fol délicieux » et qui faisait pour lui de ces matinées dans les bois ou plutôt de leur souvenir « à demi rêvé » un enchantement plein de trouble. L'Île-de-France, pays de mesure, de grâce moyenne, etc., Ah! que c'est loin de cela, comme ici il y a de l'inexprimable, quelque chose au-delà de la fraîcheur, au-delà du matin, au-delà du beau temps, au-delà de l'évocation du passé même, ce quelque chose qui faisait sauter, danser et chanter Gérard, mais pas d'une joie saine, et qui nous communique ce trouble infini, quand nous pensons que ces pays existent et que nous pouvons aller nous promener au pays de Sylvie! Aussi pour le suggérer, que fait M. Barrès ? Il nous dit ces noms, il nous parle de choses qui ont l'air traditionnel et dont le sentiment, le fait de s'y plaire est bien d'aujourd'hui, bien peu sage, bien peu « grâce moyenne », bien peu « Île-de-France » selon M. Hallays et M. Boulenger[3], comme « la divine douceur des cierges vacillants en plein jour dans nos enterrements » et « les cloches dans la brume d'octobre[4] ». Et la meilleure preuve, c'est que quelques pages plus loin on peut lire la même évocation, [mais cette fois par[5]] M. de Vogüé qui, lui, en reste à la Touraine, aux paysages « composés selon notre goût », à « la blonde Loire[6] ». Que cela est à cent lieues de Gérard! Certes, nous nous rappelons l'ivresse de ces premières matinées d'hiver, le désir du voyage, l'enchantement des lointains ensoleillés. Mais notre plaisir est fait de trouble. La grâce mesurée du paysage en est la matière[7], mais il va au-delà. Cet au-delà est indéfinissable. Il sera un jour chez Gérard la folie. En attendant il n'a rien de mesuré, de bien français. Le génie de

Gérard en a imprégné ces noms, ces lieux. Je pense que tout homme qui a une sensibilité aiguë peut se laisser suggestionner par cette rêverie qui nous laisse une sorte de pointe, « car il n'est pas de pointe plus acérée que celle de l'Infini ». Mais on ne nous rend pas le trouble que nous donne notre maîtresse en parlant de l'amour, mais en disant ces petites choses qui peuvent l'évoquer, le tissu[1] de sa robe, son prénom. Ainsi tout cela n'est rien, ce sont les mots Châlis, Pontarmé, îles de l'Île-de-France, qui exaltent jusqu'à l'ivresse la pensée que nous pouvons, par un beau matin d'hiver, partir, aller voir les pays, ces pays de rêve, où se promena Gérard.

C'est pourquoi tous les éloges qu'on pourra nous donner sur des pays [célèbres[2]] nous laissent froids. Et nous voudrions tant avoir écrit ces pages de *Sylvie !* Mais on ne peut pas à la fois avoir le ciel et être riche, dit Baudelaire[3]. On ne peut pas avoir fait avec l'intelligence et le goût un paysage, même comme Victor Hugo, même comme Heredia dans *la Viole*[4], et avoir empreint un pays de cette atmosphère de rêve que Gérard a laissée en Valois, parce que c'est bien de son rêve qu'il l'a tirée. On peut penser sans trouble à l'admirable *Villequier* d'Hugo, à l'admirable *Loire*[5] de Heredia. On frissonne quand on a lu dans un indicateur de chemin de fer le nom de Pontarmé. Il y a en lui quelque chose d'indéfinissable, qui se communique, qu'on voudrait par calcul avoir brut[6], mais qui est un élément original, qui entre dans la composition de ces génies et n'existe pas dans la composition des autres, et qui est quelque chose de plus, comme il y a dans le fait d'être amoureux quelque chose de plus que dans l'admiration esthétique et de goût. C'est cela qu'il y a dans certains éclairages de rêve, comme celui qu'il y a devant le château Louis XIII, et si intelligent qu'on soit comme Lemaitre, quand on le cite comme un modèle de grâce mesurée, on erre. C'est un modèle de hantise maladive. Maintenant, rappeler ce que sa folie avait d'inoffensif, de serein, de presque traditionnel et d'ancien, en l'appelant un « fol délicieux », c'est de la part de Barrès un manque de goût charmant[7].

Mais Gérard allait revoir le Valois pour composer *Sylvie?* Mais oui. La passion croit son objet réel, l'amant de rêve d'un pays veut le voir. Sans cela, ce ne serait pas sincère. Gérard eﬆ naïf et voyage. Marcel Prévoﬆ se dit : reﬆons chez nous, c'eﬆ un rêve. Mais tout compte fait, il n'y a que l'inexprimable, que ce qu'on croyait ne pas réussir à faire entrer dans un livre qui y reﬆe. C'eﬆ quelque chose de vague et d'obsédant comme le souvenir. C'eﬆ une atmosphère. L'atmosphère bleuâtre et pourprée de *Sylvie*. Cet inexprimable-là, quand nous ne l'avons pas ressenti nous nous flattons que notre œuvre vaudra celle de ceux qui l'ont ressenti, puisque en somme les mots sont les mêmes. Seulement ce n'eﬆ pas dans les mots, ce n'eﬆ pas exprimé, c'eﬆ tout mêlé entre[1] les mots, comme la brume d'un matin de Chantilly.

SAINTE-BEUVE
ET BAUDELAIRE[1]

Un poète que tu n'aimes qu'à demi et à l'égard de qui [il eﬆ] convenu[2] que Sainte-Beuve, qui était très lié avec lui, a fait preuve de la plus clairvoyante, de la plus divinatrice admiration, c'eﬆ Baudelaire. Or si Sainte-Beuve, touché de l'admiration, de la déférence, de la gentillesse de Baudelaire qui tantôt lui envoyait des vers, et tantôt du pain d'épices[3], et lui écrivait sur *Joseph Delorme,* sur *Les Consolations,* sur ses *Lundis* les lettres les plus exaltées, lui adressait d'affectueuses lettres, il n'a jamais répondu aux prières réitérées de Baudelaire de faire même un seul article sur lui. Le plus grand poète du XIXe siècle, et qui en plus était son ami, ne figure pas dans les *Lundis* où tant de comtes Daru, de d'Alton Shée et d'autres ont le leur. Du moins, il n'y figure qu'accessoirement. Une fois, au moment du procès de Baudelaire, Baudelaire implore une lettre de Sainte-Beuve le défendant : Sainte-Beuve trouve que ses attaches avec le régime impérial le lui interdisent, et se contente de rédiger anonymement* un plan de défense dont l'avocat était autorisé à se servir, mais sans nommer Sainte-Beuve, et où il disait que Béranger avait été aussi hardi que Baudelaire, en ajoutant : « Loin de moi de diminuer rien à la gloire d'un illuﬆre poète (ce n'eﬆ pas Baudelaire, c'eﬆ Béranger), d'un poète national cher à tous, que l'empereur a jugé digne de publiques funérailles, etc. »

Mais il avait adressé à Baudelaire une lettre sur *Les Fleurs du mal* qui a été reproduite dans les *Causeries du*

* « Sainte-Beuve heureux de pouvoir venir en aide à son ami sans se compromettre », comme dit naïvement M. Crépet, qui croit faire l'éloge de la conduite de Sainte-Beuve.

lundi[1], en faisant valoir, pour diminuer sans doute la portée de l'éloge, que cette lettre avait été écrite dans la pensée de venir en aide à la défense[2]. Il commence par remercier Baudelaire de sa dédicace, ne peut pas se décider à dire un mot d'éloge, dit que ces pièces, qu'il avait déjà lues, font, réunies, « un tout autre effet », qu'évidemment c'est triste, affligeant[3], mais que Baudelaire le sait bien. Cela dure ainsi pendant une page, sans qu'un seul adjectif laisse supposer si Sainte-Beuve trouve le livre bien. Il nous apprend seulement que Baudelaire aime beaucoup Sainte-Beuve[4] et que Sainte-Beuve sait les qualités de cœur de Baudelaire. Enfin, vers le milieu de la seconde page, il se lance, enfin une appréciation (et c'est dans une lettre de remerciement et à quelqu'un qui l'a traité avec quelle tendresse et quelle déférence!) : « En faisant cela avec subtilité (première appréciation mais qui peut se prendre en bien ou en mal), avec raffinement, avec un talent curieux (c'est le premier éloge, si c'en est un, il ne faut du reste pas être difficile, ce sera à peu près le seul) et un abandon quasi *précieux* d'expression en *perlant* [le détail] (souligné par Sainte-Beuve) ou *pétrarquisant* sur l'horrible... », et paternellement : « Vous avez dû beaucoup souffrir, mon cher enfant. » Suivent quelques critiques, puis de grands compliments sur deux pièces seulement : le sonnet *Tristesses de la lune* « qui a l'air d'être d'un Anglais contemporain de la jeunesse de Shakespeare » et *À celle qui est trop gaie*[5] dont il dit : « Pourquoi cette pièce n'est-elle pas en latin, ou plutôt en grec[6] ? » J'oublie qu'un peu plus haut il lui avait parlé de sa « finesse d'exécution ». Et comme il aime les métaphores suivies[7], il termine ainsi : « Mais encore une fois, il ne s'agit pas de cela, ni de compliments; j'ai plutôt envie de gronder. » (Il ne s'agit pas de compliments à quelqu'un qu'on aime et qui vient de vous envoyer *Les Fleurs du mal*, quand on a passé sa vie à en faire à tant d'écrivains sans talent!) Copier la fin[8].

Mais ce n'est pas tout : cette lettre, Sainte-Beuve, dès qu'il avait su qu'on comptait la publier, l'avait redemandée, probablement pour voir s'il ne s'était pas laissé aller à trop d'éloges (ceci du reste est simplement une supposition de ma part). En tous cas en la donnant dans les *Causeries du lundi,* il crut devoir la faire précéder — je dirai franchement l'affaiblir encore — par un petit préambule où il dit que cette lettre avait été écrite « dans la pensée de venir en aide à la défense ». Et voici comment dans ce préambule il parle des *Fleurs du mal,* bien que cette fois-ci, où il ne s'adresse plus au poète « son ami », il n'ait[1] plus à le gronder, et il pourrait être question de compliments : « Le poète Baudelaire... avait mis des années à extraire de tout sujet et de toute fleur (cela veut dire à écrire *Les Fleurs du mal*) un suc vénéneux, et même, il faut le dire, *assez agréablement* vénéneux. C'était d'ailleurs (toujours la même chose!) un homme d'esprit (!), assez aimable à ses heures (en effet, il lui écrivait : " J'ai besoin de vous voir comme Antée de toucher la Terre[2] ") et très capable d'affection (c'est en effet tout ce qu'il y a à dire sur l'auteur des *Fleurs du mal.* Sainte-Beuve nous a déjà dit de même que Stendhal était modeste et Flaubert bon garçon). Lorsqu'il eut publié *ce recueil intitulé Fleurs du mal* (" Je sais que vous faites des vers, n'avez-vous jamais été tentée d'en donner un petit recueil? " disait un homme du monde à Mme de Noailles), il n'eut pas seulement affaire à la critique, la Justice s'en mêla, comme s'il y avait véritablement danger à *ces malices enveloppées et sous-entendues dans des rimes élégantes...* » Puis les lignes[3] ayant l'air (du moins, c'est mon impression) d'excuser par la raison du service à rendre à l'accusé, les éloges de la lettre. Remarquons en passant que les « malices enveloppées » ne vont pas beaucoup avec le « Vous avez dû souffrir beaucoup, mon cher enfant ». Avec Sainte-Beuve que de fois on est tenté de s'écrier : quelle vieille bête ou quelle vieille canaille!

Une[4] autre fois (et peut-être bien parce que Sainte-Beuve avait été publiquement attaqué par les amis de Baudelaire pour n'avoir pas eu le courage de témoigner pour lui en même temps que d'Aurevilly, etc., devant la cour d'assises) à propos des élections à l'Académie, Sainte-Beuve fit un article[5] sur les diverses candidatures. Baudelaire était candidat. Sainte-Beuve, qui du reste aimait donner des leçons de littérature à ses collègues de l'Académie comme il aimait donner des leçons de libéralisme à ses collègues du Sénat, parce que, s'il restait de son milieu, il lui était très supérieur et qu'il avait des velléités, des accès, des prurits d'art nouveau, d'anticléricalisme et de révolution, Sainte-Beuve parla en termes charmants et brefs des *Fleurs du mal* « ce petit pavillon[1] que le poète s'est construit à l'extrémité du Kamtchatka littéraire, j'appelle cela la " Folie Baudelaire " (toujours des « mots », des mots que les hommes d'esprit peuvent citer en ricanant : il appelle cela la « Folie Baudelaire ». Seulement le genre des causeurs qui citaient cela à dîner le pouvaient quand le mot était sur Chateaubriand ou sur Royer-Collard. Ils ne savaient pas qui était Baudelaire). Et il termine par ces mots inouïs : « Ce qui est certain, c'est que M. Baudelaire *gagne à être vu,* que là où l'on s'attendait à voir entrer un homme étrange, excentrique, on se trouve en présence d'un *candidat poli, respectueux, exemplaire,* d'un GENTIL GARÇON, fin de langage et *tout à fait classique dans les formes*[2]. » Je ne peux pas croire qu'en écrivant les mots *gentil garçon, gagne à être connu, classique dans les formes,* Sainte-Beuve n'ait pas cédé à cette espèce d'hystérie de langage qui, par moments, lui faisait trouver un irrésistible plaisir à parler comme un bourgeois qui ne sait pas écrire, à dire de *Madame Bovary :* « Le début est finement touché. » Mais c'est toujours le même procédé : faire quelques éloges « d'ami » de Flaubert, des Goncourt, de Baudelaire, et dire que d'ailleurs ce sont dans le particulier les hommes les plus délicats, les amis les plus sûrs. Dans l'article rétrospectif sur Stendhal, c'est encore la même chose (« plus sûr dans son procédé »). Et après avoir conseillé à Baudelaire de retirer sa candidature, comme Baudelaire l'a écouté et a écrit sa lettre de désistement[3], Sainte-Beuve l'en félicite et le console de la façon suivante : « Quand on a lu (à la séance de l'Académie) votre dernière phrase de remerciement, conçue en termes *si modestes et si polis,* on a dit *tout haut : Très bien. Ainsi vous avez laissé de vous une bonne impression. N'est-ce donc rien ?* » N'était-ce rien que d'avoir fait l'impression d'un homme modeste, d'un « gentil garçon » à M. de Sacy et à Viennet ? N'était-ce rien de la part de Sainte-Beuve, grand ami de Baudelaire, que d'avoir donné des conseils à son avocat, à condition que son nom ne fût pas cité, d'avoir refusé tout article sur *Les Fleurs du mal,* même sur les traductions de Poe, mais enfin d'avoir dit que la « Folie Baudelaire » était un charmant pavillon, etc. ?

Sainte-Beuve trouvait que tout cela, c'était beaucoup. Et ce qu'il y a de plus effrayant (et qui vient bien à l'appui de ce que je te disais,) si fantastique que cela puisse paraître, Baudelaire était du même avis ! Quand ses amis s'indignent du lâchage de Sainte-Beuve au moment de son procès et laissent percer leur mécontentement dans la presse, Baudelaire est affolé, il écrit lettre sur lettre à Sainte-Beuve, pour le bien persuader qu'il n'est pour rien dans ces[1] attaques, il écrit à Malassis et à Asselineau : « Voyez donc combien cette affaire peut m'être désagréable...[2]. Babou sait bien que je suis très lié avec l'oncle Beuve, que je tiens vivement à son amitié, et que je me donne moi la peine de cacher mon opinion quand elle est contraire à la sienne, etc.[3]. Babou a l'air de vouloir me défendre contre quelqu'un qui m'a rendu une foule de services[4]. » (?) Il écrit à Sainte-Beuve que loin d'avoir inspiré cet article, il avait persuadé à l'auteur « que vous (Sainte-Beuve) faisiez toujours tout ce que vous deviez et pouviez faire. Il y a encore peu de temps que je parlais à Malassis de cette grande amitié qui me fait honneur, etc.[5]. »

À supposer que Baudelaire ne fût pas sincère alors, et que ce fût par politique qu'il tînt à ménager Sainte-Beuve et à lui laisser croire qu'il trouvait qu'il avait bien agi, cela revient toujours au même, cela prouve l'importance que Baudelaire attachait à un article de Sainte-Beuve (qu'il ne peut d'ailleurs pas obtenir), à défaut d'article aux quelques phrases d'éloges qu'il finira par lui accorder. Et tu as vu quelles phrases. Mais si piètres qu'elles nous semblent, elles ravissent Baudelaire. Après l'article « gagne à être connu, c'est un gentil garçon, folie Baudelaire, etc. », il écrit à Sainte-Beuve[6] : « Encore un service que je vous dois ! Quand cela finira-t-il ? Et comment vous remercier ?... Quelques mots, cher ami, pour vous peindre le genre particulier de plaisir que vous m'avez procuré... Quant à ce que vous appelez mon Kamtchatka, si je recevais souvent *des encouragements aussi vigoureux* que celui-là, je crois que j'aurais la force d'en faire une immense Sibérie, etc. Quand je vois votre activité, votre vitalité, je suis tout honteux (de son impuissance littéraire !) ... Faut-il maintenant que moi, l'amoureux incorrigible des *Rayons jaunes* et de *Volupté,* du Sainte-Beuve poète et romancier, je complimente le journaliste ?

Comment avez-vous fait pour arriver à cette certitude de forme[1], etc., j'ai retrouvé là toute votre éloquence de conversation, etc. », et pour finir : « Poulet-Malassis brûle de faire une brochure avec votre admirable article. » Il ne borne pas sa reconnaissance à une lettre, il fait un article non signé dans la *Revue anecdotique* sur l'article de Sainte-Beuve : « Tout l'article eſt un chef-d'œuvre de bonne humeur, de gaieté, de sagesse, de bon sens et d'ironie. Tous ceux qui ont l'honneur de connaître intimement l'auteur de *Joseph Delorme*, etc.[2]. » Sainte-Beuve remercie le direćteur en disant à la fin, toujours avec ce goût de faire dérailler le sens des mots : « Je salue et *reſpećte* le bienveillant anonyme. » Mais Baudelaire, n'étant pas certain que Sainte-Beuve l'avait reconnu, lui écrit pour lui dire que l'article eſt de lui.

Tout cela vient à l'appui de ce que je te disais, que l'homme qui vit dans un même corps avec tout grand génie a peu de rapport avec lui, que c'eſt lui que ses intimes connaissent, et qu'ainsi il eſt absurde de juger comme Sainte-Beuve le poète par l'homme ou par le dire de ses amis. Quant à l'homme lui-même, il n'eſt qu'un homme, et peut parfaitement ignorer ce que veut[3] le poète qui vit en lui.

Baudelaire se trompait-il à ce point sur lui-même ? Peut-être pas, théoriquement. Mais si sa modeſtie, sa déférence étaient de la ruse, il ne se trompait pas moins pratiquement sur lui-même puisque lui qui avait écrit *Le Balcon, Le Voyage, Les Sept Vieillards,* il s'apercevait dans une sphère où un fauteuil à l'Académie, un article de Sainte-Beuve étaient beaucoup pour lui. Et on peut dire que ce sont les meilleurs, les plus intelligents qui sont ainsi, vite redescendus de la sphère où ils écrivent *Les Fleurs du mal, Le Rouge et le Noir, L'Éducation sentimentale* — et dont nous pouvons nous rendre compte, nous qui ne connaissons que les livres, c'eſt-à-dire les génies, et que la fausse image de l'homme ne vient pas troubler, à quelle hauteur elle eſt au-dessus de celle où furent écrits les *Lundis, Carmen* et *Indiana* —, pour accepter avec déférence, par calcul, par élégance de carađtère ou par amitié, la fausse supériorité d'un Sainte-Beuve, d'un Mérimée, d'une George Sand. Ce dualisme si naturel a quelque chose de si troublant. Voir Baudelaire désincarné, respećtueux avec Sainte-Beuve, et tantôt d'autres intriguer pour la croix, Vigny qui vient d'écrire *Les Destinées* mendiant une réclame dans un journal (je ne me rappelle pas exactement mais ne crois pas me tromper)*.

Comme le ciel de la théologie catholique qui se compose de plusieurs ciels superposés, notre personne, [dans[2]] l'apparence que lui donne notre corps avec sa tête qui circonscrit à une petite boule notre pensée, notre personne morale se compose de plusieurs personnes superposées. Cela est peut-être plus sensible encore pour les poètes qui ont un ciel de plus, un ciel intermédiaire entre le ciel de leur génie, et celui de leur intelligence, de leur bonté, de leur finesse journalières, c'est leur prose. Quand Musset écrit ses *Contes,* on sent encore à un je ne sais quoi, par moments, le frémissement, le soyeux, le prêt à s'envoler des ailes qui ne se soulèveront pas. C'est ce qu'on a du reste dit beaucoup mieux :

Même quand l'oiseau marche, on sent qu'il a des ailes[3].

Un poète qui écrit en prose (excepté naturellement quand il y fait de la poésie comme Baudelaire dans ses *Petits Poèmes* et Musset dans son théâtre), Musset, quand il écrit ses *Contes,* ses essais de critique, ses discours d'Académie, c'est quelqu'un qui a laissé de côté son génie, qui a cessé de tirer de lui des formes qu'il prend dans un monde surnaturel et exclusivement personnel à lui et qui pourtant s'en ressouvient, nous en fait souvenir. Par moments, à un développement, nous pensons à des vers célèbres, invisibles, absents, mais dont la forme vague, indécise, semble transparaître derrière des propos que pourrait cependant tenir tout le monde

* Ajouter à Baudelaire, quand je parle du poète qui désire être de l'Académie, etc. (suprême ironie, *Bergson* et les visites académiques[1]).

Et c'est peut-être mieux ainsi. C'est notre raisonnement qui, dégageant de l'œuvre du poète sa grandeur, dit : c'est un Roi, et le voit Roi, et voudrait qu'il se conduisît en Roi. Mais le poète ne doit nullement se voir ainsi, pour que la réalité qu'il peint lui reste objective et qu'il ne pense pas à lui. Aussi se voit-il comme un pauvre homme qui serait bien flatté d'être invité chez un duc et d'avoir des voix à l'Académie. Et si cette humilité est la condition de sa sincérité et de son œuvre, qu'elle soit bénie!

et leur donne une sorte de grâce, de majesté, d'émouvante allusion. Le poète a déjà fui, mais derrière les nuages on aperçoit son reflet encore. Dans l'homme, dans l'homme de la vie, des dîners, de l'ambition, il ne reste plus rien, et c'est celui-là à qui Sainte-Beuve prétend demander l'essence de l'autre, dont il n'a rien gardé.

Je comprends que tu n'aimes qu'à demi Baudelaire. Tu as trouvé dans ses lettres, comme dans celles de Stendhal, des choses cruelles sur sa famille. Et cruel, il l'est dans sa poésie, cruel avec infiniment de sensibilité, d'autant plus étonnant dans sa dureté que les souffrances qu'il raille, qu'il présente avec cette impassibilité, on sent qu'il les a ressenties jusqu'au fond de ses nerfs. Il est certain que dans un poème sublime comme *Les Petites Vieilles,* il n'y a pas une de leurs souffrances qui lui échappe. Ce n'est pas seulement leurs immenses douleurs :

Ces yeux sont des puits faits d'un million de larmes...[1]
Toutes auraient pu faire un fleuve avec leurs pleurs,

il est dans leur corps, il frémit avec leurs nerfs, il frissonne avec leur faiblesses :

...flagellés par les bises iniques,
Frémissant au fracas roulant des omnibus...,
Se traînent, comme font les animaux blessés,

Mais la beauté descriptive et caractéristique du tableau ne le fait reculer devant aucun détail cruel :

Et[2] *dansent, sans vouloir danser, pauvres sonnettes...*
Celle-là, droite encor, fière et sentant la règle...

Avez-vous observé que maints cercueils de vieilles
Sont presque aussi petits que celui d'un enfant ?
La Mort savante met dans ces bières pareilles
Un symbole d'un goût bizarre et captivant...

À moins que méditant sur la géométrie
Je ne cherche, à l'aspect de ces membres discords,
Combien de fois il faut que l'ouvrier varie
La forme de la boîte où l'on met tous ces corps.

Mais surtout :

> *Mais moi, moi qui de loin tendrement vous surveille,*
> *L'œil inquiet, fixé sur vos pas incertains,*
> *Tout comme si j'étais votre père, ô merveille!*
> *Je goûte à votre insu des plaisirs clandestins.*

Et c'est ce qui fait qu'aimer Baudelaire —, comme dirait Sainte-Beuve[1], dont je m'interdis de prendre à mon compte cette formule comme j'en avais été souvent tenté, pour ôter de ce projet d'article tout jeu d'esprit, mais ici ce n'est pas pastiche, c'est une remarque que j'ai faite, où les noms me viennent à la mémoire ou aux lèvres, et qui s'impose à moi en ce moment — aimer Baudelaire, j'entends l'aimer même à la folie en ces poèmes si pitoyables et humains, n'est pas forcément signe d'une grande sensibilité. Il a donné de ces visions qui, au fond, lui avaient fait mal, j'en suis sûr, un tableau si puissant, mais d'où toute expression de sensibilité est si absente, que des esprits purement ironiques et amoureux de couleur, des cœurs vraiment durs peuvent s'en délecter. Le vers sur ces *Petites Vieilles*[2] :

> *Débris d'humanité pour l'éternité mûrs !*

est un vers sublime et que de grands esprits, de grands cœurs aiment à citer. Mais que de fois je l'ai entendu citer, et pleinement goûté, par une femme d'une extrême intelligence, mais la plus inhumaine, la plus dénuée de bonté et de moralité que j'aie rencontrée, et qui s'amusait, le mêlant à de spirituels et d'atroces outrages, à [le] lancer comme une prédiction de mort prochaine, sur le passage de telles vieilles femmes qu'elle détestait. Ressentir toutes les douleurs mais être assez maître de soi pour ne pas se déplaire à les regarder, pouvoir supporter la douleur qu'une méchanceté provoque artificiellement (même on oublie en le citant combien est cruel le vers délicieux :

> *Le violon* frémit *comme un cœur qu'*on afflige[3],

oh! ce frémissement d'un cœur à qui on fait mal — tout à l'heure ce n'était que le frémissement des nerfs des vieilles femmes, au fracas roulant des omnibus) :

peut-être cette subordination de la sensibilité à la vérité, à l'expression, est-elle au fond une marque du génie, de la force, de l'art supérieur à la pitié individuelle. Mais il y a plus étrange que cela dans le cas de Baudelaire. Dans les plus sublimes expressions qu'il a données de certains sentiments, il semble qu'il ait fait une peinture extérieure de leur forme, sans sympathiser avec eux[1]. Un des plus admirables vers sur la charité, un de ces[2] vers immenses et déroulés de Baudelaire, est celui-ci :

Pour que tu puisses faire à Jésus, quand il passe,
Un tapis triomphal avec ta charité[3].

Mais y a-t-il rien de moins charitable (volontairement, mais cela ne fait rien) que le sentiment où cela est dit :

Un Ange furieux fond du ciel comme un aigle,
Du mécréant saisit à plein poing les cheveux,
Et dit, le secouant : « Tu connaîtras la règle !
(Car je suis ton bon Ange, entends-tu ?) Je le veux !

Sache qu'il faut aimer, sans faire la grimace,
Le pauvre, le méchant, le tortu, l'hébété,
Pour que tu puisses faire à Jésus, quand il passe,
Un tapis triomphal avec ta charité[4]. »

Certes, il comprend tout ce qu'il y a dans toutes ces vertus, mais il semble en bannir l'essence de ses vers. C'est bien tout le dévouement, ce qu'il y a dans ces vers des *Petites Vieilles*[5] :

Toutes m'enivrent ! Mais parmi ces êtres frêles
Il en est qui, faisant de la douleur un miel,
Ont dit au Dévouement qui leur prêtait ses ailes :
« Hippogriffe puissant, mène-moi jusqu'au ciel ! »

Il semble qu'il éternise par la force extraordinaire, inouïe du verbe (cent fois plus fort, malgré tout ce qu'on dit, que celui d'Hugo), un sentiment qu'il s'efforce de ne pas ressentir au moment où il le nomme, où il le peint plutôt qu'il ne l'exprime. Il trouve pour toutes les douleurs, pour toutes les douceurs, de ces formes inouïes, ravies à son monde spirituel à lui, et qui ne se trouveront jamais dans aucun autre, formes d'une planète où lui seul a habité et qui ne ressemblent à rien de ce que nous connaissons. Sur chaque catégorie de personnes, il pose toute chaude[1] et suave, pleine de liqueur et de parfum, une de ces grandes formes, de ces sacs qui pourraient contenir une bouteille ou un jambon, mais s'il le dit avec des lèvres bruyantes comme le tonnerre, on dirait qu'il s'efforce de ne le dire qu'avec les lèvres, quoiqu'on sente qu'il a tout ressenti, tout compris, qu'il est la plus frémissante sensibilité, la plus profonde intelligence.

L'une, par sa patrie au malheur exercée,
L'autre, que son époux surchargea de douleurs,
L'autre, par son enfant Madone transpercée,
Toutes auraient pu faire un fleuve avec leurs pleurs[2] !

Exercée est admirable, *surchargé*[3] est admirable, *transpercée* est admirable. Chacun pose sur l'idée une de ces belles formes sombres, éclatantes, nourrissantes[4]. Mais a-t-il l'air de « compatir », d'être dans ces cœurs ?

De ces belles formes d'art, inventées par lui, dont je te parlais et qui posent leurs grandes formes chaleureuses et colorées sur les faits qu'il énumère, un certain nombre en effet sont des formes d'art faisant allusion à la patrie des anciens :

L'une, par sa patrie au malheur exercée...

Les uns, joyeux de fuir une patrie infâme...[5]

C'est la bourse du pauvre et sa patrie antique[6].

Comme les belles formes sur la famille (« D'autres, l'horreur de leurs berceaux[7] ») qui entrent vite dans la catégorie des formes bibliques et de toutes ces images qui font la puissance véhémente d'une pièce comme *Bénédiction* où tout est grandi par cette dignité d'art :

Dans le pain et le vin destinés à sa bouche
Ils mêlent de la cendre avec d'impurs crachats ;
Avec hypocrisie ils jettent ce qu'il touche,
Et s'accusent d'avoir mis leurs pieds dans ses pas.

Sa femme va criant sur les places publiques...
Je ferai le métier des idoles antiques, etc.

Ah ! que n'ai-je mis bas tout un nœud de vipères,
Plutôt que de nourrir cette dérision[1] !

À côté de vers raciniens si fréquents chez Baudelaire :

Tous ceux qu'il veut aimer l'observent avec crainte[2],

les grands vers flamboyants « comme des ostensoirs[3] » qui sont la gloire de ses poèmes :

Elle-même prépare au fond de la Géhenne
Les bûchers consacrés aux crimes maternels[4].

et tous les autres éléments du génie de Baudelaire, que j'aimerais tant t'énumérer, si j'avais le temps. Mais dans cette pièce ce sont déjà les belles images de la théologie catholique qui l'emportent.

Des Trônes, des Vertus, des Dominations.

Je sais que la douleur est la noblesse unique
Où ne mordront jamais la terre et les enfers,
Et qu'il faut pour tresser ma couronne mystique
Imposer tous les temps et tous les univers[5].

(Image celle-là pas ironique de la douleur, comme étaient celles du dévouement et de la charité que j'ai citées, mais encore bien impassible, plus belle de forme, d'allusion à des œuvres d'art du Moyen Âge catholique, plus picturale qu'émue.)

Je ne parle pas des vers sur la Madone, puisque là c'est précisément le jeu de prendre toutes ces formes catholiques. Mais plutôt ces merveilleuses images :

Je traîne des serpents qui mordent mes souliers[6]

ce mot « soulier » qu'il aime tellement [reprendre] de l'Écriture[7] : « Que tu es belle dans tes pieds sans souliers, ô fille de prince[8]. » « L'infidèle laisse ses souliers au pied de l'église », « Et ces serpents sous [tes[9]] pieds comme sous les pieds de Jésus », *inculcabis aspidem :* « tu marcheras sur l'aspic ». Mais peu à peu, en négligeant celles qui sont trop connues (et qui sont peut-être les plus essentielles), il me semble que je pourrais commencer, forme par forme, à t'évoquer ce monde de la pensée de Baudelaire, ce pays de son génie, dont chaque poème n'est qu'un fragment[1] et qui, dès qu'on le lit, se rejoint aux autres fragments que nous en connaissons, comme dans un salon, dans un cadre que nous n'y avions pas encore vu, certaine montagne antique où le soir rougeoie et où passe un poète à figure de femme suivi de deux ou trois Muses, c'est-à-dire un tableau de la vie antique conçue d'une façon naturelle, ces Muses étant des personnes qui ont existé, qui se promenaient le soir à deux ou trois avec un poète, etc., tout cela, dans un moment, à une certaine heure, dans l'éphémère qui donne quelque chose de réel à la légende immortelle, vous sentez[2] un fragment du pays de Gustave Moreau. Pour cela, il te faudrait tous ces ports, non pas seulement « un port rempli de voiles et de mâts[3] », et ceux

Où les vaisseaux, glissant dans l'or et dans la moire,
Ouvrent leurs vastes bras pour embrasser la gloire
D'un ciel pur où frémit l'éternelle chaleur,

mais ceux qui ne sont que « des portiques »

Que les soleils marins teignaient de mille feux[4],

« le portique ouvert sur les Cieux inconnus[5] ». Les cocotiers d'Afrique, aperçus pâles comme des fantômes,

Les cocotiers absents de la superbe Afrique
Derrière la muraille immense du brouillard...[6]

Des cocotiers absents les fantômes épars[7].

Le soir, dès qu'il s'allume, et où le soleil met[8]

ses beaux reflets de cierge
Sur la nappe frugale et les rideaux de serge[9],

jusqu'à l'heure où il est fait « de rose et de bleu mystique[10] », et avec ces restes de musiques qui[1] traînent toujours chez lui et lui ont permis de créer l'exaltation la plus délicieuse peut-être depuis *La Symphonie héroïque* de Beethoven :

... Ces concerts riches de cuivre
Dont les soldats parfois inondent nos jardins
Et qui par ces soirs d'or où l'on se sent revivre
Versent quelque héroïsme au cœur des citadins[2].

Le son de la trompette est si délicieux
Dans ces soirs [solennels] de célestes vendanges...[3].

Le vin, non pas seulement dans toutes les pièces divines où il est chanté depuis le moment où il mûrit

... sur la colline en flamme[4].

jusqu'au moment où la « chaude poitrine » du travailleur lui est une « douce tombe », mais partout où lui, et tout élixir, toute végétale ambroisie (une autre de ses personnelles et délicieuses préparations) entre[5] secrètement dans la fabrication de l'image, comme quand il dit de la mort qu'elle

... nous monte et nous enivre,
Et nous donne le cœur de marcher jusqu'au soir[6].

Les[7] horizons bleus où sont collées des voiles blanches,

Brick, tartane ou frégate
Dont les formes au loin frissonnent dans l'azur...[8].

Le ciel était charmant, la mer était unie...[9].

Et la négresse, et le chat, comme dans un tableau de Manet...[10].

Du reste[11] est-il rien qu'il n'ait peint ? J'ai passé les Tropiques, comme un aspect trop connu de son génie, au moins trop connu de nous deux[12], puisque j'ai eu tant de mal à t'habituer à *La Chevelure,* mais n'a-t-il pas peint le soleil « dans son enfer polaire » comme « un bloc rouge et glacé[13] » ? S'il a écrit sur le clair de lune des vers qui sont comme cette pierre qui, comme sous verre, dans une gaine de silex, contient le cabochon dont on tire l'opale et qui est comme un clair de lune sur la mer et au milieu de laquelle, comme un fil d'une autre essence, de violette ou d'or, filtre une irisation pareille au rayon de Baudelaire[1], il a peint tout différemment la lune comme « une médaille neuve[2] », et si j'ai omis l'automne dont tu sais comme moi par cœur tous les vers, il a eu sur le printemps des vers tout différents et divins :

Le printemps vaporeux fuira vers l'horizon[3]

Le printemps adorable a perdu son odeur...[4].

FIN DE BAUDELAIRE[5]

Et du reste peut-on compter ces formes, quand il n'a jamais parlé de rien (et il a parlé de toute l'âme) qu'il n'ait montré par un symbole, et toujours si matériel, si frappant, si peu abstrait, avec les mots les plus forts, les plus usuels, les plus dignifiés ?

Bâton des exilés, lampe des inventeurs !...
Toi qui fais au proscrit ce regard calme et haut
Qui damne tout un peuple autour d'un échafaud...[6].

et sur la mort :

C'est l'auberge fameuse, *inscrite sur le livre*
Où l'on pourra manger, et dormir, et s'asseoir ;
. . . .
Et qui REFAIT LE LIT *des gens pauvres et nus ;*
C'est la gloire des dieux, c'est le grenier mystique...
C'est le portique ouvert sur les Cieux inconnus[7] *!*

sur la pipe :

Je fume comme la chaumine...[8].

Et toutes ses femmes, et ses printemps et leur odeur, et ses matins avec la poussière de la voirie, et ses villes forées comme des fourmilières, et ses « Voix » qui promettent des mondes, celles qui parlent dans la bibliothèque et celles qui parlent au-devant du navire, celles qui disent que « la Terre eſt un gâteau plein de douceur[1] » et celles qui disent :

C'eſt ici qu'on vendange
Les fruits miraculeux dont votre cœur a faim.

Rappelle-toi que toutes les couleurs vraies, modernes, poétiques, c'eſt lui qui les a trouvées, pas très poussées, mais délicieuses, surtout les roses, avec du bleu, de l'or ou du vert :

Vous êtes un beau ciel d'automne, clair et rose...[2]

Les soirs au balcon, voilés de vapeurs roses[3],

« semés de bleu » (chercher), « la fumée » (chercher) et tous les soirs où il y a du rose.

Et dans cet univers, un autre plus interne encore, contenu dans les parfums, mais nous n'en finirions pas; et si nous prenions n'importe quelle pièce de lui (je ne dis pas ses grandes pièces sublimes que tu aimes comme moi, *Le Balcon, Le Voyage*), mais des pièces secondaires, tu serais ſtupéfaite d'y voir, tous les trois ou quatre vers, un vers célèbre, pas absolument baudelairien, dont tu ne savais pas où il était, un vers matrice, semble-t-il, tant il eſt général et nouveau, de mille autres vers congénères mais qu'on n'a jamais pu faire aussi bien, et dans tous les genres*, des vers comme :

Et les grands ciels qui font rêver d'éternité[5]

que tu pourrais croire d'Hugo, [comme[6]] :

Et tes yeux attirants comme ceux d'un portrait[7]

que tu pourrais croire de Gautier, [comme] :

Ô toi que j'eusse aimé, ô toi qui le savais[8]

* À côté des vers plus baudelairiens peut-être, et divins :
Beaux écrins sans joyaux, médaillons sans reliques.[4]

que tu pourrais croire de Sully Prudhomme, [comme] :

Tous ceux qu'il veut aimer l'observent avec crainte[1]

que tu pourrais croire de Racine, [comme] :

Ô charme du néant follement attifé[2]

que tu pourrais croire de Mallarmé, comme tant d'autres que tu pourrais croire de Sainte-Beuve, de Gérard de Nerval, — de Gérard de Nerval qui a tant de rapports avec lui, qui était plus tendre, qui lui aussi a des démêlés de famille (ô Stendhal, Baudelaire, Gérard !) mais où il est si tendre, qui est un névrosé comme lui, et qui comme lui a fait les plus beaux vers qu'on devait reprendre ensuite, et comme lui paresseux, avec des certitudes d'exécution dans le détail, et de l'incertitude dans le plan. C'est si curieux, ces poèmes de Baudelaire avec ces grands vers que son génie, emporté dès le tournant de l'hémistiche précédent, s'apprête, à pleins essieux, à remplir dans toute leur gigantesque carrière, et qui donnent ainsi la plus grande idée de la richesse, de l'éloquence, de l'illimité d'un génie :

Et dont les yeux auraient fait pleuvoir les aumônes
(tournant)
Sans la méchanceté qui brillait dans leurs yeux[3].

... *Ce petit fleuve,*
Triste et pauvre miroir où jadis resplendit (tournant)
L'immense majesté de vos douleurs de veuve...[4].

et cent autres exemples*, et la fin de ces pièces, brusquement arrêtées, les ailes coupées, comme s'il n'avait pas

* Quelquefois[5], sans que le vers suivant soit sublime, il y a pourtant cet admirable ralentissement à l'hémistiche qui va lancer le char dans la carrière du vers suivant, cette montée du trapèze qui va encore, encore plus haut, librement, sans grand but, pour lancer mieux :

Nul œil ne distinguait,
(Pour augmenter la poussée) du même enfer venu,
[*(tournant)*
Ce jumeau centenaire...[6].

la force de continuer, celui qui faisait voler son char dès l'avant-dernier vers dans l'immense arène.

Fin d'*Andromaque*[1] :

Aux captifs, aux vaincus, à bien d'autres encor...

Fin du *Voyage* :

Au fond de l'Inconnu pour trouver du nouveau...

Fin des *Sept Vieillards* :

Et mon âme dansait, dansait, vieille gabare
Sans mâts, sur une mer monstrueuse et sans [bords].

Il est [vrai[2]] que certaines répétitions chez Baudelaire semblent un goût et ne peuvent guère être prises pour une cheville.

Mettre avant[3]. — Hélas, un jour devait venir où arriva pour lui ce qu'il avait appelé *Châtiment de l'orgueil* :

... Sa raison s'en alla.
L'éclat de ce soleil d'un crêpe se voila.
Tout le chaos roula dans cette intelligence,
Temple autrefois vivant, plein d'ordre et d'opulence,
Sous les plafonds duquel tant de pompe avait lui.
Le silence et la nuit s'installèrent en lui,
Comme dans un caveau dont la clef est perdue.
Dès lors il fut semblable aux bêtes de la rue,
Et quand il s'en allait sans rien voir, à travers
Les champs, sans distinguer les étés des hivers,
Sale, inutile et laid comme une chose usée,
Il faisait des enfants la joie et la risée[4].

Alors, il ne pouvait plus (lui qui, et quelques jours encore auparavant, avait momentanément détenu le verbe le plus puissant qui ait éclaté sur des lèvres humaines) prononcer que ces seuls mots « nom, crénom »; et, s'étant aperçu dans une glace qu'une amie (une de ces amies barbares qui croient vous faire du bien en vous forçant à « être soigné » et qui ne craignent pas de tendre une glace à un visage moribond qui s'ignore et qui de ses yeux presque déjà fermés s'imagine un visage de vie) lui avait apportée pour qu'il se peignât, ne se reconnaissant pas, il salua !

Je pense à toutes ces choses et, comme il dit, « à bien d'autres encor[1] », et je ne peux pas penser qu'il a été tout de même un grand critique, celui qui, ayant parlé si abondamment de tant d'imbéciles, bien disposé d'ailleurs pour Baudelaire, ayant sans cesse l'esprit attiré vers sa production qu'il prétendait d'ailleurs voisine de la sienne (*Joseph Delorme,* ce sont *Les Fleurs du mal* avant la lettre. Vérifier) a écrit sur lui seulement quelques lignes où en dehors d'un trait d'esprit (« Kamtchatka littéraire » et « Folie Baudelaire »), il n'y a que ceci qui peut s'appliquer aussi bien à beaucoup de conducteurs de cotillons : « Gentil garçon, gagne à être connu, poli, fait bonne impression. »

Encore est-il un de ceux, à cause tout de même de sa merveilleuse intelligence, qui l'ont le mieux compris. Lui qui a lutté toute sa vie contre la misère et la calomnie, quand il est mort, on l'avait tellement représenté à sa mère comme un fou et un pervers qu'elle fut stupéfaite et ravie d'une lettre de Sainte-Beuve qui lui parlait de son fils comme d'un homme intelligent et bon. Le pauvre Baudelaire avait dû lutter toute sa vie contre le mépris de tous. Mais

... les vastes éclairs de son esprit lucide
Lui dérobaient l'aspect des peuples furieux[2].

Furieux jusqu'au bout. Quand il était paralysé, sur ce lit de souffrances où la négresse qui avait été sa seule passion, venait le relancer par ses demandes d'argent[3], il fallait que les pauvres mots d'impatience contre le mal, mal prononcés par sa bouche aphasique, aient paru des impiétés et des blasphèmes à la supérieure du couvent où il était soigné et qu'il dut quitter. Mais comme Gérard, il jouait avec le vent, causait avec le nuage,

S'enivrait en chantant du chemin de la croix[4].

Comme Gérard qui demandait qu'on dise à ses parents qu'il était intelligent (vérifier). C'est à cette époque de sa vie que Baudelaire avait ces grands cheveux blancs qui lui donnaient l'air, disait-il, « d'un académicien (à l'étranger!) ». Il a surtout sur ce dernier portrait une ressemblance fantastique avec Hugo, Vigny et Leconte de Lisle, comme si tous les quatre n'étaient que des épreuves un peu différentes d'un même visage, du visage de ce grand poète qui au fond est un, depuis le commencement du monde, dont la vie intermittente, mais aussi longue que celle de l'humanité, eut en ce siècle ses heures tourmentées et cruelles, que nous appelons : vie de Baudelaire, ses heures laborieuses et sereines, que nous appelons : vie de Hugo, ses heures vagabondes et innocentes que nous appelons : vie de Gérard et peut-être de Francis Jammes, ses égarements et abaissements sur des buts d'ambition étrangers à la vérité, que nous appelons : vie de Chateaubriand et de Balzac, ses égarements et surélévations[1] au-dessus de la vérité, que nous appelons : deuxième partie de la vie de Tolstoï, comme de Racine, de Pascal, de Ruskin, peut-être de Maeterlinck, et dont les chants, contradictoires parfois, comme il est naturel dans une si grande œuvre, malgré tout au sein d' « une ténébreuse et profonde unité[2] », se relient, se comprendraient l'un l'autre si les parties se connaissaient entre elles et, dans nos cœurs qui les ont reçus et s'y reconnaissent, « se répondent »!

[SAINTE-BEUVE ET BALZAC]

Un[1] des contemporains qu'il a méconnus est Balzac. Tu fronces le sourcil. Je sais que tu ne l'aimes pas. Et là tu n'as pas tout à fait tort. La vulgarité de ses sentiments est si grande que la vie n'a pu l'élever. Ce n'est pas seulement à l'âge où débute Rastignac qu'il a donné pour but à la vie la satisfaction des plus basses ambitions, ou, du moins, à de plus nobles buts a si bien mêlé celui-là qu'il est presque impossible de les séparer. Un an avant sa mort, sur le point de toucher à la réalisation du grand amour de toute sa vie, à son mariage avec Mme Hanska qu'il aime depuis seize ans, il en parle à sa sœur en ces termes : « Va[2], Laure, c'est quelque chose à Paris que de pouvoir, quand on le veut, ouvrir son salon et y rassembler l'élite de la société, qui y trouve une femme polie, imposante comme une reine, d'une naissance illustre, alliée aux plus grandes familles, spirituelle, instruite et belle. Il y a là un grand moyen de domination... Que veux-tu, pour moi, l'affaire actuelle, sentiment à part (l'insuccès me tuerait moralement) c'est tout ou rien, c'est quitte ou double... Le cœur, l'esprit, l'ambition ne veulent pas en moi autre chose que ce que je poursuis depuis seize ans; si ce bonheur immense m'échappe, je n'ai plus besoin de rien. Il ne faut pas croire que j'aime le luxe. J'aime le luxe de la rue Fortunée avec tous ses accompagnements : une *belle femme, bien née, dans l'aisance* et *avec les plus belles relations.* » Ailleurs[3], il parle encore d'elle en ces termes : « Cette personne qui apporte avec elle (fortune à part) les plus précieux avantages sociaux. » On ne peut pas s'étonner après cela que dans *Le Lys dans la vallée,* sa femme *idéale* par excellence, l' « ange », Mme de Mortsauf, écrivant à l'heure de la mort à l'homme, à l'enfant qu'elle aime, Félix de Vandenesse, une lettre dont le souvenir lui restera si sacré que bien des années après il en dira[1] : « Voici l'adorable voix qui tout à coup retentit dans le silence de la nuit, voici la sublime figure qui se dressa pour me montrer le vrai chemin », lui donnera les préceptes de l'art de parvenir. De parvenir honnêtement, chrétiennement. Car Balzac sait qu'il doit nous peindre une figure de sainte. Mais il ne peut imaginer que, même aux yeux d'une sainte, la réussite sociale ne soit pas le but suprême. Et quand il célébrera à sa sœur et à ses nièces les bienfaits qu'on retire de l'intimité avec une créature admirable comme la femme qu'il aime, cette perfection qu'elle pourra leur communiquer consiste en une certaine noblesse de manières qui sait marquer et garder les distances de l'âge, de la situation, etc., sans compter quelques billets de théâtre, « des places aux Italiens, à l'Opéra et à l'Opéra-Comique ». Et Rastignac quand il est épris de sa tante, Mme de Beauséant, lui avouera ses malices : « Vous pouvez beaucoup pour moi[2]. » Mme de Beauséant* ne s'en étonne pas et sourit.

Je ne parle pas de la vulgarité de son langage. Elle était si profonde qu'elle va jusqu'à corrompre son vocabulaire, à lui faire employer de ces expressions qui feraient tache dans la conversation la plus négligée. *Les Ressources de Quinola* devaient s'appeler d'abord *Les Rubriques de Quinola***. Et chaque fois qu'il veut dissimuler cette vulgarité, il a cette distinction des gens vulgaires, qui est comme ces poses sentimentales, ces doigts précieusement appuyés sur le front qu'ont d'affreux gros

* Comparez[3] comme délicatesse morale la stupéfaction de l'héroïne de *La Nouvelle Espérance* de Mme de Noailles[4], quand l'homme qui semblait lui faire la cour, lui dit : « Faites-moi faire un bon mariage. »

** À propos des vulgarités de Balzac[5], pour peindre l'étonnement de d'Arthez : « Il avait froid dans le dos » (*Secrets,* p. 145[6]). Quelquefois elles semblent au lecteur purement homme du monde contenir une vérité profonde sur la société : « Les anciennes amies de Vandenesse, Mmes d'Espard, de Manerville, lady Dudley, quelques autres moins connues[7] sentirent au fond de leurs cœurs des serpents se réveiller, elles furent jalouses du bonheur de Félix; elles auraient volontiers donné *leurs plus jolies pantoufles* pour qu'il lui arrivât malheur[8] ».

boursiers dans leur voiture au Bois. Alors il dit « chère », ou mieux « cara », « addio » pour adieu, etc.

Tu as quelquefois trouvé Flaubert vulgaire par certains côtés dans ses correspondances. Mais lui du moins n'a rien de cette vulgarité-là[1], car lui, a compris que le but de la vie de l'écrivain est dans son œuvre, et que le reste n'existe « que pour l'emploi d'une illusion à décrire[2] ». Balzac met tout à fait sur le même plan les triomphes de la vie et de la littérature. « Si je ne suis pas grand par *La Comédie humaine,* écrit-il à sa sœur, je le serai par cette réussite[3] » (la réussite du mariage avec Mme Hanska)*.

Mais, vois-tu, cette vulgarité même est peut-être la cause de la force de certaines de ses peintures. Au fond, même dans ceux d'entre nous chez qui c'est précisément l'élévation, de ne pas vouloir admettre ces mobiles vulgaires, de les condamner, de les épurer, ils peuvent exister, transfigurés. En tous cas, même quand l'ambitieux a un amour idéal, même s'il n'y transfigure pas des pensées d'ambition, hélas! cet amour n'est pas toute sa vie, ce n'est souvent qu'un moment meilleur de sa jeunesse. C'est avec cette partie-là de lui-même seulement qu'un écrivain fait un livre. Mais il y a toute une partie qui se trouve exclue. Aussi quelle force de vérité nous trouvons à voir un tendre amour de Rastignac, un tendre amour de Vandenesse, et à savoir que ce Rastignac, [ce Vandenesse,] ce sont de froids ambitieux, dont toute la vie a été calcul et ambition, et où ce roman de leur jeunesse (oui, presque plus un roman de leur jeunesse qu'un roman de Balzac) est oublié, où ils ne se[6] reportent qu'en souriant, avec le sourire de ceux qui ont vraiment oublié, où les autres et l'auteur même parlent de l'aventure avec Mme de Mortsauf comme d'une aventure quelconque et sans même la tristesse qu'elle n'ait pas rempli de son souvenir toute leur vie! Pour donner à ce point le sentiment de la vie selon le monde et l'expérience, c'est-à-dire

* La vérité[4] du point de vue de Flaubert, Mallarmé, etc., nous a-t-elle un peu rassasiés et commencerions-nous à avoir faim de l'infiniment petite part de vérité qu'il peut y avoir dans l'erreur opposée (comme quelqu'un qui, après un long et utile régime déchloruré, aurait besoin de sel, comme ces sauvages qui se sentent « mauvaise bouche » et se jettent, selon M. Paul Adam, sur d'autres sauvages, afin de manger le sel qu'ils ont dans la peau[5]) ?

celle où il est convenu que l'amour ne dure pas, que c'est une erreur de jeunesse, que l'ambition et la chair y ont bien leur part, que tout cela ne paraîtra pas grand-chose un jour, etc., pour montrer que le sentiment le plus idéal peut n'être qu'un prisme où l'ambitieux transfigure pour lui-même son ambition, en [la[1]] montrant d'une façon peut-être inconsciente, mais la plus saisissante, c'est-à-dire en montrant objectivement comme le plus sec aventurier l'homme qui pour lui-même, à ses propres yeux, subjectivement, se croit un amoureux idéal, peut-être était-ce un privilège, la condition essentielle même, que l'auteur précisément conçût tout naturellement les sentiments les plus nobles d'une façon si vulgaire que, quand il croirait nous peindre l'accomplissement du rêve de bonheur d'une vie, il nous parlât des avantages sociaux de ce mariage. Il n'y a pas ici à séparer sa correspondance de ses romans. Si l'on a beaucoup dit que les personnages étaient pour lui des êtres réels et qu'il discutait sérieusement si tel parti était meilleur pour Mlle de Grandlieu, pour Eugénie Grandet, on peut dire que sa vie était un roman qu'il construisait absolument de la même manière. Il n'y avait pas démarcation entre la vie réelle (celle qui ne l'est pas à notre avis) et la vie de ses romans (la seule vraie pour l'écrivain). Dans les lettres à sa sœur où il parle des chances de ce mariage avec Mme Hanska, non seulement tout est construit comme un roman, mais tous les caractères sont posés, analysés, déduits, comme dans ses livres, en tant que facteurs qui rendront l'action claire. Voulant lui montrer que la façon dont sa mère le traite en petit garçon dans ses lettres, et aussi que la révélation non seulement de ses dettes à lui, Balzac, mais qu'il a une famille endettée, peut faire rater le mariage et faire préférer à Mme Hanska un autre parti, il déduit tout comme il pourrait le faire dans *Le Curé de Tours* (p. 381) : « Alors[2] vous apprenez que l'état de sculpteur a des chances... » jusqu'à « tout va à vau-l'eau pour des vétilles ». Ailleurs, ce sera « la recherche de l'absolu » dans ces arrangements pour retrouver en Sicile des mines des Romains[3]. Et le mobilier du cousin Pons ou de Claës n'est pas décrit avec plus d'amour, de réalité et d'illusion qu'il ne décrit sa galerie de la rue Fortunée ou celle de Wierzchownia : « J'ai reçu[4] la fontaine de salle à manger que Bernard Palissy a faite pour Henri II ou pour

Charles IX; c'est un de ses premiers morceaux et l'un des plus curieux, morceau hors de prix, car il porte de quarante à cinquante centimètres de diamètre et soixante-dix centimètres de hauteur, etc., etc. La[1] petite maison de la rue Fortunée va bientôt recevoir de beaux tableaux, une tête charmante de Greuze qui provient de la galerie du dernier roi de Pologne, deux Canaletti ayant appartenu au pape Clément XIII, deux Van Huysum, un Van Dyck, trois toiles de Rotari, le Greuze de l'Italie, une *Judith* de Cranach qui est une merveille, etc., etc. Ces tableaux sont *di primo cartello* et ne dépareraient pas la plus belle galerie » (p. 349). « Quelle[2] différence avec ce Holbein de ma galerie, frais et pur après trois cents ans ! » (p. 389). « Le *Saint-Pierre*[3] d'Holbein a été trouvé sublime; dans une vente publique, il pourrait aller à trois mille francs[4]. » À Rome, il a acheté « un Sébastien del Piombo[5], un Bronzino et un Mirevelt de la dernière beauté » (p. 236). Il a des vases de Sèvres « qui ont dû être offerts à Latreille[6] car on n'a pu faire un pareil travail que pour une très grande célébrité de l'entomologie. C'est une vraie trouvaille, une occasion comme je n'en ai jamais vu ». [Il parle] de son « lustre[7] qui vient du mobilier de quelque empereur d'Allemagne, car il est surmonté de l'aigle à deux têtes », de son portrait de la reine Marie « qui[8] n'est pas de Coypel, mais fait dans son atelier par un élève, soit Lancret soit un autre; il faut être connaisseur pour ne pas le croire un Coypel ». « Un Natoire[9] charmant, signé et bien authentique, un peu mignard toutefois au milieu des solides peintures qui sont dans mon cabinet. » « Une[10] délicieuse esquisse de la naissance de Louis XIV, une *Adoration des bergers* où les bergers sont [coiffés] à la mode du temps et représentent Louis XIII et ses ministres. » Son *Chevalier de Malte,* « un[11] de ces lumineux chefs-d'œuvre qui sont, comme le joueur de violon, le soleil d'une galerie. Tout y est harmonieux comme dans un original bien conservé du Titien; ce qui excite le plus d'admiration, c'est le vêtement qui, selon l'expression des connaisseurs, *contient un homme...* Sébastien del Piombo est incapable d'avoir fait cela. C'est en tous cas une des plus belles œuvres de la Renaissance italienne, c'est de l'école de Raphaël avec progrès dans la couleur. Mais tant que vous n'aurez pas vu mon portrait de femme de Greuze vous ne saurez pas, croyez-moi, ce que c'est que l'école française. Dans un certain sens Rubens, Rembrandt, Raphaël, Titien ne sont pas plus forts. Dans son genre, c'est aussi beau que le *Chevalier de Malte*. Une *Aurore* du Guide dans sa manière forte, quand il était tout Caravage. Cela rappelle Canaletto, mais c'est plus grandiose. Enfin, pour moi du moins*, c'est incomparable. » « Mon[1] service Watteau, le pot au lait qui est magnifique et les deux boîtes à thé », « le[2] plus beau Greuze que j'aie vu, fait par Greuze pour Mme Geoffrin, deux Watteau faits par Watteau pour Mme Geoffrin : ces trois tableaux valent quatre-vingt mille francs. Il y a avec cela deux Leslie admirables : Jacques II et sa première femme; un Van Dyck, un Cranach, un Mignard, un Rigaud sublimes, trois Canaletti achetés par le roi, un Van Dyck acheté à Van Dyck par le trisaïeul de Mme Hanska, un Rembrandt; quels tableaux! La comtesse[3] veut que les trois Canaletti soient dans ma galerie. Il y a deux Van Huysum, qui couverts de diamants ne seraient pas payés. Quels trésors dans ces grandes maisons polonaises! » (p. 420).

Cette réalité à mi-hauteur, trop chimérique pour la vie, trop terre à terre pour la littérature, fait que nous goûtons souvent dans sa littérature des plaisirs à peine [différents] de ceux que nous donne la vie. Ce n'est pas pure illusion quand Balzac, voulant citer de grands médecins, de grands artistes, citera pêle-mêle des noms réels et des personnages de ses livres, dira : « Il avait le génie des Claude Bernard, des Bichat, des Desplein, des Bianchon », comme ces peintres de panorama, qui mêlent aux premiers plans de leur œuvre, les figures en relief réel, et le trompe-l'œil du décor.

Bien souvent ses personnages seront réels, ne [seront[4]] *pas plus que réels*.

Aussi continuerons-nous à ressentir et presque à satisfaire, en lisant Balzac, les passions dont la haute littérature doit nous guérir. Une soirée dans le grand monde décrite dans [5] y est dominée par la pensée de l'écrivain, notre mondanité y est purgée comme dirait

* Il disait souvent « pour moi du moins ». Parlant du *Cousin Pons* : « C'est pour moi du moins une de ces belles œuvres. » C'est sa mère qui avait dû lui dire : « Dis *pour moi du moins* quand tu dis de ces choses. »

Aristote; dans Balzac, nous avons presque une satisfaction mondaine à y assister*.

Le style est tellement la marque de la transformation que la pensée de l'écrivain fait subir à la réalité, que, dans Balzac, il n'y a pas à proprement parler de style. Sainte-Beuve s'est trompé là du tout au tout : « Ce style... comme les membres d'un esclave antique[2].» Rien n'est plus faux. Dans le style de Flaubert, par exemple, toutes les parties de la réalité sont converties en une même substance, aux vastes surfaces, d'un miroitement monotone. Aucune impureté n'est restée. Les surfaces sont devenues réfléchissantes. Toutes les choses s'y peignent, mais par reflet, sans en altérer la substance homogène. Tout ce qui était différent a été converti et absorbé. Dans Balzac au contraire coexistent, non digérés, non encore transformés, tous les éléments d'un style à venir qui n'existe pas. Ce style ne suggère pas, ne reflète pas : il explique. Il explique d'ailleurs à l'aide des images les plus saisissantes, mais non fondues avec le reste, qui font comprendre ce qu'il veut dire comme on le fait comprendre dans la conversation si on a une conversation géniale, mais sans se préoccuper de l'harmonie du tout

* Ses titres[1] eux-mêmes portent cette marque positive. Tandis que souvent chez les écrivains le titre est plus ou moins un symbole, une image qu'il faut prendre dans un sens plus général, plus poétique que la lecture du livre lui donnera, avec Balzac c'est plutôt le contraire. La lecture de cet admirable livre qui s'appelle *Les Illusions perdues* restreint et matérialise plutôt ce beau titre, « Illusions perdues ». Il signifie que Lucien de Rubempré, venant à Paris, s'est rendu compte que Mme de Bargeton était ridicule et provinciale, que les journalistes étaient fourbes, que la vie était difficile. Illusions toutes particulières, toutes contingentes, dont la perte peut l'acculer au désespoir et qui donnent une puissante marque de réalité au livre, mais qui font rabattre un peu de la poésie philosophique du titre. Chaque titre doit ainsi être pris au pied de la lettre : *Un grand homme de province à Paris, Splendeurs et misères des courtisanes, À combien l'amour revient aux vieillards,* etc. Dans *La Recherche de l'absolu,* l'absolu est plutôt une formule, une chose alchimique que philosophique. Du reste, il en est peu question. Et le sujet du livre est bien plutôt les ravages que l'égoïsme d'une passion étend dans une famille aimante qui la subit, quel que soit d'ailleurs l'objet de cette passion : Balthazar Claës est le frère des Hulot, des Grandet. Celui qui écrira la vie de la famille d'un neurasthénique pourra faire une peinture du même genre.

et de ne pas intervenir. Si, dans sa correspondance, il dira[1] : « Les bons mariages[2] sont comme la crème : un rien les fait manquer », c'eſt par des images de ce genre, c'eſt-à-dire frappantes, juſtes, mais qui détonnent, qui expliquent au lieu de suggérer, qui ne se subordonnent à aucun but de beauté et d'harmonie, qu'il emploiera : « Le rire de M. de Bargeton, qui était comme des boulets endormis qui se réveillent, etc., etc.[3]. » « Son teint avait pris le ton chaud d'une porcelaine dans laquelle eſt enfermée une lumière. » (*Duchesse de Langeais*[4], p. 187). « Ses yeux paraissaient couverts d'une taie transparente : vous eussiez dit de la nacre sale dont les reflets bleuâtres châtoient à la lueur des bougies[5]. » « Enfin, pour peindre cet homme par un trait dont la valeur sera appréciée par les gens habitués à traiter les affaires, il portait des verres bleus deſtinés à... » (*Illusions perdues,* p. 31, t. III[6]).

S'il se contente de trouver le trait qui pourra nous faire comprendre comment eſt la personne, sans chercher à le fondre dans un ensemble beau, de même il donne des exemples précis au lieu d'en dégager ce qu'ils peuvent contenir. Il décrit ainsi l'état d'esprit de Mme de Bargeton : « Elle concevait le pacha de Janina; elle aurait voulu lutter avec lui dans le sérail et trouvait quelque chose de grand à être cousue dans un sac et jetée à l'eau. Elle enviait Lady Eſther Stanhope, ce bas-bleu du désert*[9]. » Ainsi, au lieu de se contenter d'inspirer le sentiment qu'il veut que nous éprouvions d'une chose, il la qualifie immédiatement : « Il eut une affreuse expression. Il eut alors un regard sublime. » Il nous parlera des qualités de Mme de Bargeton qui deviennent « de l'exagération en se prenant aux riens de la province[10]. » Et il ajoute comme la comtesse d'Escarbagnas[11] (p. 48)... Et « certes un coucher de soleil eſt un grand poème, etc.**[12] ».

* Et[7] de fait, il a de la beauté de l'image une idée si dérisoire que Mme de Mortsauf écrira à Félix de Vandenesse : « Pour employer une image *qui se grave dans votre eſprit poétique,* que le chiffre soit d'une grandeur démesurée, tracé en or, écrit au crayon, ce ne sera jamais qu'un chiffre[8]. »

** Même[13] dans *Le Lys dans la vallée,* « une des pierres les plus travaillées de son édifice », dit-il lui-même, et on sait qu'il redemandait aux imprimeurs jusqu'à sept et huit épreuves, il eſt si pressé de dire le fait que la phrase s'arrange comme elle peut. Il lui a donné le renseignement dont elle doit inſtruire le leɕteur, à elle de s'en

Ne concevant pas la phrase comme faite d'une substance spéciale où doit s'abîmer et ne plus être reconnaissable tout ce qui fait l'objet de la conversation, du savoir, etc., il ajoute à chaque mot la notion qu'il en a, la réflexion qu'elle lui inspire. S'il parle d'un artiste, immédiatement il dit ce qu'il en sait, par simple apposition. Parlant de l'imprimerie Séchard, il dit qu'il était nécessaire d'adapter le papier aux besoins de la civilisation française qui menaçait d'étendre la discussion à tout et de reposer sur une perpétuelle manifestation de la pensée individuelle — un vrai malheur, car les peuples qui délibèrent agissent très peu, etc., etc. Et il met ainsi toutes ces réflexions, qui à cause de cette vulgarité de nature sont souvent médiocres et qui prennent de cette espèce de naïveté avec laquelle elles se [présentent[1]] au milieu d'une phrase, quelque chose d'assez comique. D'autant plus que les expressions « propres à », etc., dont l'usage vient précisément du besoin de définir au milieu d'une phrase et de donner un renseignement, leur donne quelque chose de plus solennel. Par exemple, dans *Le Colonel Chabert,* il est question à plusieurs reprises de « l'intrépidité naturelle aux avoués, de la défiance naturelle aux avoués ». Et quand il y a une explication à donner, Balzac n'y met pas de façons; il écrit : « Voici pourquoi »; suit un chapitre. De même, il a des résumés où il affirme tout ce que nous devons savoir, sans donner d'air, de place : « Dès le second mois de son mariage, David passait la plus grande partie de son temps », etc. « Trois mois après son arrivée à Angoulême[2], » etc. « La religieuse donna au *Magnificat* de riches, de gracieux développements dont les différents rythmes accusaient une gaieté humaine. Ses motifs eurent le brillant des roulades d'une cantatrice, etc. Ses chants sautillèrent comme l'oiseau[3] », etc., etc.

Mais précisément tout cela plaît à ceux qui aiment Balzac; ils se redisent en souriant : « Le prénom ignoble d'Amélie », « biblique, répéta Fifine étonnée[4] », « la princesse de Cadignan était une des femmes les plus fortes sur la toilette[5] ». Aimer Balzac! Sainte-Beuve qui aimait

acquitter comme elle pourra : « Malgré la chaleur, je descendis dans la prairie, afin d'aller revoir l'Indre et ses îles, la vallée et ses coteaux *dont je parus un admirateur passionné*[14]. »

tant définir ce que c'était que d'aimer quelqu'un[1] aurait eu là un joli morceau à faire. Car les autres romanciers, on les aime en se soumettant à eux, on reçoit d'un Tolstoï la vérité comme de quelqu'un de plus grand et de plus pur que soi. Balzac, on sait toutes ses vulgarités, elles vous ont souvent rebuté au début; puis on a commencé à l'aimer, alors on sourit à toutes ces naïvetés qui sont si bien lui-même; on l'aime, avec un tout petit peu d'ironie qui se mêle à la tendresse; on connaît ses travers, ses petitesses, et on les aime parce qu'elles le caractérisent fortement.

Balzac, ayant gardé par certains côtés un style inorganisé, on pourrait croire qu'il n'a pas cherché à objectiver le langage de ses personnages, ou, quand il l'a fait objectif, qu'il n'a pu se tenir de faire à toute minute remarquer ce qu'il avait de particulier. Or, c'est tout le contraire. Ce même homme qui étale naïvement des vues historiques, artistiques, etc., cache les plus profonds desseins, et laisse parler d'elle-même la vérité de la peinture du langage de ses personnages, si finement qu'elle peut passer inaperçue, et il ne cherche en rien à la signaler. Quand il fait parler la belle Mme [Roguin] qui, Parisienne d'esprit, pour Tours est la femme du préfet de la province, comme toutes les plaisanteries qu'elle fait sur l'intérieur des [Rogron] sont bien d'*elle* et non de Balzac[2]!

Quand la duchesse de Langeais cause avec Montriveau, elle a de ces « ... Vrai[3]! », et Montriveau, des banalités de soldat : «   [4] ». Le chant de Vautrin, les plaisanteries des clercs : Trinn la la trinn trinn! » (p. 11, *Chabert*[5]) la nullité de la conversation du duc de Grandlieu et du vidame de Pamiers : « Le comte de Montriveau est mort, dit le vidame, c'était un gros homme qui avait une incroyable passion pour les huîtres. — Combien en mangeait-il donc ? dit le duc de Grandlieu. — Tous les jours dix douzaines. — Sans être incommodé ? — Pas le moins du monde. — Oh! mais c'est extraordinaire! Ce goût ne lui a pas donné la pierre ? — Non, il s'est parfaitement porté, il est mort par accident. — Par accident! La nature lui avait dit de manger des huîtres, elles lui étaient probablement nécessaires[6]. » Lucien de Rubempré, même dans ses apartés, a juste la gaieté vulgaire, le relent de jeunesse inculte qui doit plaire à Vautrin : « Allons, pensa Lucien, il connaît la bouillotte. » « Le voilà pris. » « Quelle nature d'Arabe! » « Lucien se dit à lui-même : "Je vais le faire poser[1]." "C'eſt un lascar qui n'eſt pas plus prêtre que moi." » Et de fait, Vautrin n'a pas été seul à aimer Lucien de Rubempré. Oscar Wilde, à qui la vie devait hélas apprendre plus tard qu'il eſt de plus poignantes douleurs que celles que nous donnent les livres, disait dans sa première époque (à l'époque où il disait : « Ce n'eſt que depuis l'école des lakiſtes qu'il y a des brouillards sur la Tamise ») : « Le plus grand chagrin de ma vie? La mort de Lucien de Rubempré dans *Splendeurs et misères des courtisanes**. »

Dans cette dernière scène de cette première partie de la *Tétralogie* de Balzac (car dans Balzac, c'eſt rarement le roman qui eſt l'unité; le roman eſt conſtitué par un cycle, dont un roman n'eſt qu'une partie) chaque mot, chaque geſte, a ainsi des dessous dont Balzac n'avertit pas le lecteur et qui sont d'une profondeur admirable. Ils relèvent d'une psychologie si spéciale et qui, sauf par Balzac, n'a jamais été faite par personne, qu'il eſt assez délicat de les indiquer. Mais tout, depuis la manière dont Vautrin arrête sur la route Lucien qu'il ne connaît pas et dont le physique seul a donc pu l'intéresser, jusqu'à ces geſtes involontaires par lesquels il lui prend le bras, etc., ne trahit-il pas le sens très différent et très précis des théories de domination, d'alliance à deux dans la vie, etc., dont le faux chanoine colore aux yeux de Lucien, et peut-être aux siens mêmes, une pensée inavouée. La parenthèse à propos de l'homme qui a la passion de manger du papier[3] n'eſt-elle pas aussi un trait

* Il y a d'ailleurs[2] quelque chose de particulièrement dramatique dans cette prédilection et cet attendrissement d'Oscar Wilde, au temps de sa vie brillante, pour la mort de Lucien de Rubempré. Sans doute, il s'attendrissait sur elle, comme tous les lecteurs, en se plaçant au point de vue de Vautrin, qui eſt le point de vue de Balzac. Et à ce point de vue d'ailleurs, il était un lecteur particulièrement choisi et élu pour adopter ce point de vue plus complètement que la plupart des lecteurs. Mais on ne peut s'empêcher de penser que, quelques années plus tard, il devait être Lucien de Rubempré lui-même. Et la fin de Lucien de Rubempré à la Conciergerie, voyant toute sa brillante exiſtence mondaine écroulée sur la preuve qui eſt faite qu'il vivait dans l'intimité d'un forçat, n'était que l'anticipation — inconnue encore de Wilde, il est vrai — de ce qui devait précisément arriver à Wilde.

de caractère admirable de Vautrin et de tous ses pareils, une de leurs théories favorites, le peu qu'ils laissent échapper de leur secret ? Mais le plus beau sans conteste est le merveilleux passage où les deux voyageurs passent devant les ruines du château de Rastignac. J'appelle cela la *Tristesse d'Olympio* de l'Homosexualité[1] : *Il voulut tout revoir, l'étang près de la source*[2]. On sait que Vautrin, à la pension Vauquer, dans *Le Père Goriot,* a formé sur Rastignac, et inutilement, le même dessein de domination qu'il a maintenant sur Lucien de Rubempré. Il a échoué, mais Rastignac n'en a pas moins été fort mêlé à sa vie [...[3]] Plus tard, quand Rastignac sera hostile à Lucien de Rubempré, Vautrin, masqué, lui rappellera certaines choses de la pension Vauquer et le contraindra à protéger Lucien, et même après la mort de Lucien, Rastignac souvent fera appeler Vautrin dans une rue obscure. Citer le passage.

De tels effets ne sont guère possibles que grâce à cette admirable invention de Balzac d'avoir gardé les mêmes personnages dans tous ses romans. Ainsi un rayon détaché du fond de l'œuvre, passant sur toute une vie, peut venir toucher[4] de sa lueur mélancolique et trouble cette gentilhommière de Dordogne et cet arrêt des deux voyageurs. Sainte-Beuve n'a absolument rien compris à ce fait de laisser le nom aux personnages : « Cette prétention l'a finalement conduit... » (*Portraits contemporains,* p. 337 note[5].)

C'est l'idée de génie de Balzac que Sainte-Beuve méconnaît là. Sans doute, pourra-t-on dire, il ne l'a pas eue tout de suite. Telle partie de ses grands cycles ne s'y est trouvée rattachée qu'après coup. Qu'importe ? *L'Enchantement du vendredi saint* est un morceau que Wagner écrivit avant de penser à faire *Parsifal* et qu'il y introduisit ensuite. Mais les ajoutages, ces beautés rapportées, les rapports nouveaux aperçus brusquement par le génie entre les parties séparées de son œuvre qui se rejoignent, vivent et ne pourraient plus se séparer, ne sont-ce pas de ses plus belles intuitions ? La sœur de Balzac nous a raconté la joie qu'il éprouva le jour où il eut cette idée, et je la trouve aussi grande ainsi, que s'il l'avait eue avant de commencer son œuvre. C'est un rayon qui a paru, qui est venu se poser à la fois sur diverses parties ternes jusque-là de sa création, les a unies, fait vivre, illuminées, mais ce rayon n'en est pas moins parti de sa pensée.

Les autres critiques de Sainte-Beuve ne sont pas moins absurdes. Après avoir reproché à Balzac ces « délices de style » dont malheureusement il est dépourvu, il lui reproche des fautes de goût, ce qui chez lui est trop réel, mais, comme exemple, il cite une phrase qui dépend d'un de ces morceaux admirablement écrits comme il y en a tout de même beaucoup chez Balzac, où la pensée a refondu, unifié le style, où la phrase est faite. Ces vieilles filles, « logées toutes dans la ville de manière à y figurer les vaisseaux capillaires d'une plante, aspiraient, avec la soif d'une feuille pour la rosée, les nouvelles, les secrets de chaque ménage, les pompaient et les transmettaient machinalement à l'abbé Troubert, comme les feuilles communiquent à la tige la fraîcheur qu'elles ont absorbée[1] ». Et quelques pages plus loin, la phrase incriminée par Sainte-Beuve : « Telle était la substance des phrases jetées en avant par les tuyaux capillaires du grand conciliabule femelle, et complaisamment répétées par la ville de Tours[2]. » Il ose donner comme raison de succès qu'il a flatté les infirmités des femmes, celles qui commencent à ne plus être jeunes *(La Femme de trente ans) :* « Mon sévère ami disait : Henri IV a conquis son royaume ville à ville; M. de Balzac a conquis son public maladif par infirmités. Aujourd'hui les femmes de trente ans, demain celles de cinquante (il y a même eu celles de soixante), après-demain les chlorotiques, dans Claës les contrefaites, etc. » Et il ose ajouter une autre raison de la vogue rapide de Balzac par toute la France : « C'est son habileté dans le choix successif des lieux où il établit la suite de ses récits. » On montrera au voyageur dans une des rues de Saumur la maison d'Eugénie Grandet, à Douai probablement on désigne déjà la maison Claës. De quel doux orgueil a dû sourire, tout indulgent Tourangeau qu'il est, le possesseur de la Grenadière! Cette flatterie adressée à chaque ville où l'auteur pose ses personnages lui en vaut la conquête. Que, parlant de Musset qui dit qu'il aime les bonbons et les roses, etc.[3] : « Quand on a aimé tant de choses...* », on le comprend. Mais qu'il semble faire un grief à Balzac de l'immensité même de son dessein, de la multiplicité de ses peintures, qu'il appelle cela

* C'était de ces choses qu'il aimait dire et il a dit cela aussi de Chateaubriand.

un pêle-mêle effrayant : « Ôtez... » (*Portraits contemporains*, p. 341). Or, c'était cela la grandeur même de l'œuvre de Balzac. Sainte-Beuve a dit qu'il s'est jeté sur le XIXe siècle comme sur son sujet, que la société est femme, qu'elle voulait son peintre, qu'il l'a été, qu'il n'a rien eu de la tradition en la peignant, qu'il a renouvelé les procédés et les artifices du pinceau à l'usage de cette ambitieuse et coquette société qui tenait à ne dater que d'elle-même et à ne ressembler qu'à elle. Or, Balzac ne s'est pas proposé cette simple peinture, au moins dans le simple sens de peintre de portraits fidèles. Ses livres résultaient de belles idées, d'idées de belles peintures si l'on veut, car il concevait souvent un art dans la forme d'un autre, mais alors d'un bel effet de peinture, d'une grande idée de peinture. Comme il voyait dans un effet de peinture une belle idée, de même il pouvait voir dans une idée de livre un bel effet. Il se représentait à lui-même un tableau où il y a quelque originalité saisissante et qui émerveillera. Imaginons aujourd'hui un littérateur à qui l'idée serait venue de traiter vingt fois, avec des lumières diverses, le même thème, et qui aurait la sensation de faire quelque chose de profond, de subtil, de puissant, d'écrasant, d'original, de saisissant, comme les cinquante cathédrales ou les quarante nénuphars de Monet. Amateur passionné de peinture, il avait parfois joie à penser que lui aussi avait une belle idée de tableau, d'un tableau dont on raffolerait. Mais toujours c'était une idée, une idée dominante, et non une peinture non préconçue comme le croit Sainte-Beuve. À ce point de vue Flaubert même avait moins cette idée préconçue que lui. Couleur de *Salammbô, Bovary*. Commencement d'un sujet qui ne lui plaît pas, prend n'importe quoi pour travailler. Mais tous les grands écrivains se rejoignent par certains points, et sont comme les différents moments, contradictoires parfois, d'un seul homme de génie qui vivrait autant que l'humanité. Où Flaubert rejoint Balzac, c'est quand il dit : « Il me faut une fin splendide pour Félicité[1]. »

Cette réalité selon la vie des romans de Balzac, fait qu'ils donnent pour nous une sorte de valeur littéraire à mille choses de la vie qui jusque-là nous paraissaient trop contingentes. Mais c'est justement la loi de ces contingences qui est dégagée dans son œuvre. Ne reparlons pas des événements, des personnages balzaciens. Nous ne disons jamais, nous deux[1], n'est-ce pas, que des choses que les autres n'ont pas dites. Mais par exemple, une femme de mauvaise vie, qui a lu Balzac et qui, dans un pays où elle n'est pas connue, éprouve un amour sincère qui lui est rendu; ou même, étendons la chose, un homme qui a un vilain passé ou une mauvaise réputation politique par exemple, et qui, dans un pays où il n'est pas connu, forme de douces amitiés, se voit entouré de relations agréables et pense que bientôt, quand ces gens vont demander qui il est, on va peut-être se détourner de lui, et cherche aux moyens de détourner l'orage. Dans les routes de cette villégiature qu'il va quitter et où bientôt peut-être de fâcheux renseignements sur lui vont parvenir, il promène solitaire une mélancolie inquiète mais qui n'est pas sans charmes, car il a lu *Les Secrets de la princesse de Cadignan,* il sait qu'il participe à une situation en quelque sorte littéraire et qui prend par là quelque beauté. À son inquiétude, tandis que la voiture le long des routes d'automne l'amène vers les amis encore confiants, se mêle un charme que n'aurait pas la tristesse de l'amour, si la poésie n'existait pas. À plus forte raison, si ces crimes qu'on lui reproche sont imaginaires, est-il impatient de l'heure où ses fidèles d'Arthez[2] recevront le baptême de la boue, de Rastignac et de Marsay. La vérité en quelque sorte contingente et individuelle des situations, qui fait qu'on peut mettre des noms propres sous tant de situations comme, par exemple, celle de Rastignac épousant la fille de sa maîtresse Delphine de Nucingen, ou[3] de Lucien de Rubempré arrêté à la veille d'épouser Mlle de Grandlieu, ou de Vautrin héritant de Lucien de Rubempré dont il cherchait à faire la fortune, comme la fortune des [Lanty[4]] fondée sur l'amour du cardinal pour un castrat, le petit vieillard à qui chacun rend des devoirs là, [...] est frappante. Il en est de plus profondes comme Paquita Valdès aimant précisément l'homme qui ressemble à la femme avec qui elle vit[5], comme Vautrin entretenant la femme qui peut voir tous les jours son Sallenauve, son fils; comme Sallenauve épousant [6]. Là, sous l'action apparente et extérieure du drame, circulent de mystérieuses lois de la chair et du sentiment[7].

La seule chose qui effraye un peu dans cette interprétation de son œuvre, c'est que c'est justement ces choses-là dont il n'a jamais parlé. Dans sa correspondance où il dit des moindres livres que c'est sublime, il parle avec le plus grand dédain de *La Fille aux yeux d'or,* et pas un mot sur la fin d'*Illusions perdues,* sur l'admirable scène dont j'ai parlé. Le caractère d'Ève[1], qui nous semble insignifiant, lui paraît, dirait-on, une autre trouvaille. Mais tout cela peut tenir au hasard des lettres que nous avons, et même de celles qu'il écrivait.

Sainte-Beuve, avec Balzac, fait comme toujours. Au lieu de parler de la femme de trente ans de Balzac, il parle de la femme de trente ans en dehors de Balzac (citer le passage sur « le Bal des mères[2] »), et après quelques mots sur Balthazar Claës (de *La Recherche de l'absolu*) il parle d'un Claës de la vie réelle qui a précisément laissé un ouvrage sur sa propre « recherche de l'absolu » et donne de longues citations de cet opuscule, naturellement sans valeur littéraire. Du haut de sa fausse et pernicieuse idée de dilettantisme littéraire, il juge à faux la sévérité de Balzac pour Steinbock de *La Cousine Bette,* simple amateur qui ne réalise pas, qui ne produit pas, qui ne comprend pas qu'il faut se donner tout entier à l'art pour être un artiste. Sainte-Beuve à ce propos s'élève avec une dignité froissée contre les expressions de Balzac qui dit : « Homère... vivait en concubinage avec la Muse[3]. » Le mot n'est peut-être pas très heureux. Mais en réalité, il ne peut y avoir d'interprétation des chefs-d'œuvre du passé que si on les considère du point de vue de celui qui les écrivait, et non du dehors, à une distance respectueuse, avec une déférence académique. Que les conditions extérieures de la production littéraire aient changé au cours du dernier siècle, que le métier d'homme de lettres soit devenu chose plus absorbante et exclusive, c'est possible. Mais les lois intérieures, mentales, de cette production n'ont pas pu changer[4]. Un écrivain, qui aurait par moments du génie *pour* pouvoir mener le reste du temps une vie agréable de dilettantisme mondain et lettré, est une conception aussi fausse et naïve que celle d'un saint ayant la vie morale la plus élevée pour pouvoir mener au paradis une vie de plaisirs vulgaires. On est plus près de comprendre les grands hommes de l'antiquité en les comprenant comme Balzac qu'en les comprenant comme Sainte-Beuve. Le dilettantisme n'a jamais rien créé. Horace même était certainement plus près de Balzac que de M. Daru ou de M. Molé.

Balzac naturellement, comme les autres romanciers, et plus qu'eux, a eu un public de lecteurs qui ne cherchaient pas dans ses romans une œuvre littéraire, mais de simple intérêt d'imagination et d'observation. Pour ceux-là, les défauts de son style ne les arrêtaient pas, mais plutôt ses qualités et sa recherche. Dans la petite bibliothèque du second, où, le dimanche, M. de Guermantes court se réfugier au premier coup de timbre des visiteurs de sa femme, et où on lui apporte son sirop et ses biscuits à l'heure du goûter, il a tout Balzac, dans une reliure en veau doré avec une étiquette de cuir vert, de chez Mme Béchet ou Werdet[1], ces éditeurs à qui il écrit pour leur annoncer l'effort surhumain qu'il va faire de leur envoyer cinq feuillets au lieu de trois d'une œuvre appelée au plus grand retentissement, et à qui il réclame en échange un supplément de prix. Souvent, quand je venais voir Mme de Guermantes, quand elle sentait que les visiteurs m'ennuyaient, elle me disait : « Voulez-vous monter voir Henri ? Il dit qu'il n'est pas là, mais vous, il sera ravi de vous voir » (déchirant ainsi d'un coup les mille précautions que prenait M. de Guermantes pour qu'on ne sût pas qu'il était à la maison et qu'on ne pût trouver impoli qu'il ne se montrât pas). « Vous n'avez qu'à vous faire conduire à la bibliothèque du second, vous le trouverez en train de lire Balzac. » « Ah ! si vous mettez mon mari sur Balzac ! » disait-elle souvent, d'un air d'effroi et de congratulation, comme si Balzac avait été à la fois un contretemps qui empêchait de sortir à l'heure et faisait manquer la promenade et aussi une sorte de faveur particulière à M. de Guermantes, qu'il n'accordait pas à tout le monde, et dont je devais me trouver bien heureux d'être gratifié*.

* Mme de Guermantes[2] expliquait aux personnes qui ne savaient pas : « C'est que mon mari, vous savez, quand on le met sur Balzac, c'est comme le stéréoscope ; il vous dira d'où vient chaque photographie, le pays qu'[elle] représente ; je ne sais pas comment il peut se rappeler tout cela, et pourtant c'est bien différent de Balzac, je ne comprends pas comment il peut mener des choses si différentes de front. » Une parente désagréable, la baronne des Tapes[3], prenait toujours à ce moment une expression glaciale, l'air de ne pas entendre, d'être absente et cependant blâmer, — car elle estimait

À vrai dire j'étais dans les privilégiés, puisqu'il suffisait que je fusse là pour consentir[1] à montrer le stéréoscope[2]. Ce stéréoscope contenait des photographies d'Australie que je ne sais qui avait rapportées à M. de Guermantes, mais il les eût prises lui-même devant des sites qu'il eût le premier explorés, défrichés et colonisés, que le fait de « montrer le stéréoscope » n'aurait pas paru une communication plus précieuse, plus directe et plus difficile à obtenir de la science de M. de Guermantes. Certainement, si chez Victor Hugo un convive souhaitait après le dîner qu'il donnât lecture d'un drame inédit, il n'éprouvait pas autant de timidité devant l'énormité de sa proposition que l'audacieux qui demandait chez les Guermantes si, après dîner, le comte ne montrerait pas le stéréoscope. Mme de Guermantes levait les bras en l'air d'un air de dire : « Vous en demanderez tant! » Et certains jours spéciaux, quand on voulait honorer particulièrement un invité ou reconnaître de ces services qu'on n'oublie pas, la comtesse chuchotait d'un air intimidé, confidentiel et émerveillé, comme n'osant pas encourager, sans être absolument sûre, de trop grandes espérances, mais on sentait bien que même pour le dire dubitativement il fallait qu'elle en fût sûre : « Je crois qu'après le dîner Monsieur de Guermantes montrera le stéréoscope. » Et si M. de Guermantes le montrait pour moi, elle disait : « Dame, que voulez-vous, pour ce petit-là, vous savez, je ne sais pas ce que mon mari ne ferait pas. » Et les personnes présentes me regardaient avec envie, et une certaine cousine pauvre de Villeparisis qui aimait beaucoup flatter les Guermantes disait sur un ton de marivaudage piqué : « Mais Monsieur n'est pas le seul, je me rappelle très bien que mon cousin a montré le stéréoscope pour moi, il y a deux ans, vous ne vous rappelez [pas] ? Oh! moi je n'oublie pas ces choses-là, j'en suis très fière! » Mais la cousine n'était pas admise à monter dans la bibliothèque du second[3].

La pièce était fraîche, les volets étant toujours fermés,

que Pauline se rendait ridicule et manquait de tact en disant cela, M. de Guermantes « menant de front », en effet, beaucoup d'aventures qui étaient peut-être plus fatigantes et qui auraient dû plus attirer l'attention de sa femme que la lecture de Balzac et le maniement du stéréoscope.

la fenêtre aussi s'il faisait très chaud dehors. S'il pleuvait, la fenêtre était ouverte; on entendait la pluie couler sur les arbres, mais même si elle cessait, le comte n'ouvrait pas les volets, dans sa peur qu'on pût l'apercevoir d'en bas et savoir qu'il était là. Si je m'approchais de la fenêtre, il me tirait précipitamment : « Prenez garde qu'on ne vous voie, on devinerait que je suis là », ne sachant pas que sa femme avait dit devant tout le monde : « Montez donc au second voir mon mari. » Je ne dis pas que le bruit de la pluie tombant par la fenêtre[1] dévidât en lui ce parfum ténu, interminable et glacé [dont] Chopin* a étiré jusqu'au bout la substance fragile et précieuse dans son célèbre morceau *La Pluie,* morceau qu'éclaire seule cette lueur basse qui signifie que le temps est pris pour toute la journée, et qu'agite et fait frissonner seulement le mouvement aristocratique d'une femme qui est venue pleurer dans la chambre sans feu, et qui rapproche de ses épaules sa polonaise qui ne lui fait que mieux toucher leur froid[3], sans avoir le courage, dans cette anesthésie de toutes choses à laquelle elle participe, de se lever, d'aller dire dans la chambre à côté la parole de réconciliation, d'action, de chaleur et de vie, et qui laisse sa volonté s'affaiblir et son corps se glacer de seconde en seconde, comme si chaque larme qu'elle ravale, chaque seconde qui passe, chaque goutte de pluie qui tombe était une des gouttes de son sang qui s'échappât, la laissant plus faible, plus glacée, plus précieuse, plus sensible à la douceur maladive de la journée.

D'ailleurs[4] la pluie qui tombe sur des arbres où les corolles et les feuilles restées dehors semblent comme la certitude et la promesse indestructible et fleurie du soleil et de la chaleur qui va bientôt revenir, cette pluie n'est guère que le bruit d'un arrosage un peu long

* Chopin[2], ce grand artiste maladif, sensible, égoïste et dandy qui déploie pendant un instant doucement dans sa musique les aspects successifs et contrastés d'une disposition intime qui change sans cesse et n'est pendant plus d'un moment doucement progressive sans que vienne l'arrêter, se heurtant à elle et s'y juxtaposant, une toute différente, mais toujours avec un accent intime maladif, et replié sur moi-même dans ses frénésies d'action, avec toujours de la sensibilité et jamais de cœur, souvent de furieux élans, jamais la détente, la douceur, la fusion à quelque chose d'autre que soi, qu'a Schumann.

auquel on assiste sans tristesse. Mais soit qu'il entrât ainsi par la fenêtre ouverte, soit que, dans les brûlantes après-midi ensoleillées, on entendît dans le lointain une musique militaire ou foraine comme une bordure éclatante à la chaleur poussiéreuse, il[1] aimait certainement le séjour dans la bibliothèque, depuis le moment où, en arrivant et fermant les volets, il chassait le soleil étendu sur son canapé et sur la vieille carte royale de l'Anjou pendue au-dessus, ayant l'air de lui dire : « Ôte-toi de là que je m'y mette », jusqu'au moment où il demandait ses affaires et faisait dire au cocher d'atteler[2].

Quelquefois le marquis était venu voir son frère; dans ce cas ils « se mettaient » volontiers sur Balzac, car c'était une lecture de leur temps, ils avaient lu ces livres-là dans la bibliothèque de leur père, celle précisément qui était maintenant chez le comte qui en avait hérité. Leur goût pour Balzac avait gardé, dans sa naïveté première, les préférences des lecteurs d'alors, avant que Balzac ne fût [devenu[3]] un grand écrivain, et soumis comme tel aux variations du goût littéraire. Quand quelqu'un disait Balzac, le comte, si la personne était *persona grata,* citait quelques titres, et ce n'étaient pas ceux des romans de Balzac que nous admirons le plus. Il disait : « Ah ! Balzac ! Balzac ! Il faudrait du temps ! *Le Bal de Sceaux* par exemple ! Vous avez lu *Le Bal de Sceaux ?* C'est charmant ! » Il est vrai qu'il disait de même du *Lys dans la vallée :* « Mme de Mortsauf ! Vous n'avez pas lu tout cela, vous autres, hein ! Charles (interpellant son frère), Mme de Mortsauf, *Le Lys dans la vallée,* c'est charmant ! » Il parlait aussi du *Contrat de mariage* qu'il appelait de son premier titre *La Fleur des pois* et aussi de *La Maison du Chat-qui-pelote.* Les jours où il était tout à fait mis sur Balzac, il citait aussi [des œuvres] qui à vrai dire ne sont pas de Balzac, mais de Roger de Beauvoir et de Céleste de Chabrillan. Mais il faut dire à son excuse que la petite bibliothèque, où on lui montait le sirop et les biscuits[4], était pourvue à la fois des œuvres de Balzac, d'Alphonse Karr, de Céleste de Chabrillan, de Roger de Beauvoir et d'Alexandre Duval, tous reliés pareils. Quand [on] les ouvrait et que le même papier mince couvert de grands caractères vous présentait le nom de l'héroïne, absolument comme si ce fût elle-même qui se fût présentée à vous sous cette apparence portative et confortable, accompagnée d'une légère odeur de colle, de poussière et de vieillesse qui était comme l'émanation de son charme, il était bien difficile d'établir entre ces livres une division prétendue littéraire qui reposât artificiellement sur des idées étrangères à la fois au sujet des romans et à l'apparence des volumes. Et Blanche de Mortsauf et [1] employaient pour s'adresser à vous des caractères d'une netteté si persuasive (le seul effort que vous aviez à faire pour les suivre était de tourner ce papier que la vieillesse avait rendu transparent et doré, mais qui gardait le moelleux d'une mousseline) qu'il était impossible de croire[2] que le conteur ne fût pas le même et qu'il [n']y eût [pas] une parenté beaucoup plus étroite entre *Eugénie Grandet* et *La Duchesse de Mers* qu'entre *Eugénie Grandet* et un roman de Balzac à un franc.

Cependant si M. de Guermantes trouvait « charmantes » c'est-à-dire en réalité distrayantes et sans vérité, « le changeant de la vie », les histoires de René Longueville ou de Félix de Vandenesse, il appréciait souvent par contraste chez Balzac l'exactitude de l'observation : « La vie des avoués, une étude, c'est tout à fait cela; j'ai eu affaire avec ces gens-là; c'est tout à fait cela. *César Birotteau* et *Les Employés !* »

Une personne qui n'était pas de son avis et que je te cite aussi parce qu'elle est un autre type des lecteurs de Balzac, c'était la marquise de Villeparisis[3]. Elle niait l'exactitude de ses peintures : « Ce monsieur nous dit : je vais vous faire parler un avoué. Jamais un avoué n'a parlé comme cela. » Mais surtout, ce qu'elle ne pouvait pas admettre, c'est qu'il eût prétendu peindre la société : « D'abord il n'y était pas allé, on ne le recevait pas, qu'est-ce qu'il pouvait en savoir ? Sur la fin, il connaissait Mme de Castries, mais ce n'est pas là qu'il pouvait rien voir, elle n'était de rien. Je l'ai vu une fois chez elle quand j'étais toute jeune mariée, c'était un homme très commun, qui n'a dit que des choses insignifiantes, et je n'ai pas voulu qu'on me le présente. Je[4] ne sais pas comment, sur la fin, il avait trouvé le moyen d'épouser une Polonaise d'une bonne famille qui était un peu parente à nos cousins Czartoryski. Toute la famille en a été désolée et je vous assure qu'ils ne sont pas fiers quand on leur en parle. Du reste, cela a très mal fini. Et il est mort presque tout de suite. » Et, en baissant les yeux d'un air bougon sur son tricot : « J'ai entendu dire même des vilaines choses là-dessus. C'est sérieusement que vous dites qu'il aurait dû être *à* l'Académie ? (comme on dit *au* Jockey). D'abord il n'avait pas un « bagage » pour cela. Et puis l'Académie est une *sélection*. Sainte-Beuve, lui, voilà un homme charmant, fin, de bonne compagnie; il se tenait parfaitement à sa place et on ne le voyait que quand on voulait. C'était autre chose que Balzac. Et puis il était allé à Champlâtreux[1], lui, au moins, il aurait pu raconter des choses du monde. Et il s'en gardait bien parce que c'était un homme de bonne compagnie. Du reste, ce Balzac, c'était un mauvais homme. Il n'y a pas un bon sentiment dans ce qu'il écrit, il n'y a pas de bonnes natures. C'est toujours désagréable à lire, il ne voit jamais que le mauvais côté de tout. Toujours le mal. Même s'il peint un pauvre curé, il faut qu'il soit malheureux, que tout le monde soit contre lui. — Ma tante, vous ne pouvez pas nier, disait le comte devant la galerie enthousiasmée d'assister à une joute si intéressante et qui se poussait du coude pour se montrer la marquise « s'emballant », que le curé de Tours auquel vous faites allusion ne soit bien peint. Cette vie de province, est-ce assez cela! — Mais justement, disait la marquise dont c'était un des raisonnements favoris et le jugement universel qu'elle appliquait à toutes les productions littéraires, en quoi cela peut-il m'intéresser de voir reproduites des choses que je connais aussi bien que lui ? On me dit : c'est bien cela, la vie de province. Certainement; mais je la connais, j'y ai vécu, alors quel intérêt cela a-t-il ? » Et si fière de ce raisonnement, auquel elle tenait beaucoup, qu'un sourire d'orgueil venait briller dans ses yeux qu'elle tournait vers les personnes présentes, et [pour] mettre fin à l'orage, elle ajoutait : « Vous me trouverez peut-être bien sotte, mais j'avoue [que] quand je lis un livre, j'ai la faiblesse d'aimer qu'il m'apprenne quelque chose. » On en avait pour deux mois à raconter jusque chez les cousines les plus éloignées de la comtesse, que ce jour-là, chez les Guermantes, ç'avait été tout ce qu'il y a de plus intéressant.

Car pour un écrivain, quand il lit un livre, l'exactitude de l'observation sociale, le parti pris de pessimisme, ou d'optimisme, sont des conditions données qu'il ne discute pas, dont il ne s'aperçoit même pas. Mais pour les lecteurs « intelligents », le fait que cela soit « faux » ou « triste » est comme un défaut personnel à l'écrivain, qu'ils sont étonnés et assez enchantés de retrouver, et même exagéré, dans chaque volume de lui, comme s'il n'avait pas pu s'en corriger, et qui finissent par lui donner à leurs yeux le caractère antipathique d'une personne sans jugement ou qui porte aux idées noires et qu'il est préférable de ne pas fréquenter, si bien que chaque fois que le libraire leur présente un Balzac ou un Eliot, ils répondent en le repoussant : « Oh! non, c'est toujours faux, ou sombre, le dernier encore plus que tous les autres, je n'en veux plus. »

Quant à la comtesse, quand le comte disait : « Ah! Balzac! Balzac! Il faudrait du temps, vous avez lu *La Duchesse de Mers*[1] ? », elle disait : « Moi, je n'aime pas Balzac, je trouve qu'il est exagéré. » D'une façon générale, elle n'aimait pas les gens « qui exagèrent » et qui, par là, semblent un blâme pour ceux qui comme elle n'exagèrent pas, les gens qui donnent des pourboires « exagérés » qui faisaient paraître les siens extrêmement pingres, les gens qui avaient pour la mort d'un des leurs plus que la tristesse habituelle, les gens qui, pour un ami dans le malheur, faisaient plus qu'on ne fait généralement, ou allaient exprès dans une exposition pour voir un tableau qui n'était pas le portrait d'un de leurs amis ou la chose « à voir ». Pour elle, qui n'était pas exagérée, quand on lui demandait si à l'exposition elle avait vu tel tableau, elle répondait simplement : « Si c'est à voir, je l'ai vu[2]. »

[NOTES COMPLÉMENTAIRES[3]]

Noter ceci (quand je dis que Balzac se récrie d'admiration sur les mots de ses personnages, c'est-à-dire sur lui-même, je ne sais trop à quelle page je parle de cela[4]) : Quelquefois ce n'est pas directement que Balzac exprime cette admiration que ses moindres mots lui inspirent. Il confie l'expression de cette admiration aux personnages en scène. Il y a une nouvelle de Balzac fort célèbre, appelée *Autre étude de femme*. Elle se compose de deux récits qui n'exigeraient pas grande figuration, mais presque tous les personnages de Balzac sont rangés là autour des narrateurs comme dans ces « à-propos », ces « cérémonies » que la Comédie-Française donne à l'occasion d'un anniversaire, d'un centenaire. Chacun y va de sa réplique, comme aussi dans les dialogues des morts où on veut faire figurer toute une époque. À tout instant un autre paraît. De Marsay commence son récit en expliquant que l'homme d'État est une espèce de monstre de sang-froid. « Vous[1] nous expliquez là pourquoi l'homme d'État est si rare en France », dit le vieux Lord Dudley. Marsay poursuit : « Ce monstre, il l'est devenu grâce à une femme. » « Je croyais que nous défaisions beaucoup plus de politique que nous n'en faisions », dit Mme de Montcornet en souriant. « S'il s'agit d'une aventure d'amour, dit la baronne de Nucingen, je demande qu'on ne la coupe par aucune réflexion. » « La réflexion y est si contraire », s'écria Joseph Bridau... « Il n'a pas voulu souper », dit Mme de Sérizy. « Oh! faites-nous grâce de vos horribles sentences », dit Mme de Camps en souriant. Et à tour de rôle la princesse de Cadignan, Lady Barimore, la marquise d'Espard, Mlle des Touches, Mme de Vandenesse, Blondet, Daniel d'Arthez, le marquis de Montriveau, le comte Adam Laginski, etc., viennent successivement dire leur mot, comme les sociétaires, défilant à l'anniversaire de Molière devant le buste du poète, y déposent une palme. Or, ce public un peu artificiellement rassemblé est pour Balzac, et tout autant que Balzac lui-même dont il est le truchement, excessivement bon public. De Marsay ayant fait cette réflexion : « L'amour unique et vrai produit une sorte d'apathie corporelle en harmonie avec la contemplation dans laquelle on tombe. L'esprit complique tout alors, il se travaille lui-même, se dessine des fantaisies, en fait des réalités, des tourments, et cette jalousie est aussi charmante que gênante », un ministre étranger « sourit en se rappelant, à la clarté d'un souvenir, la vérité de cette observation ». Un peu plus loin, [il] termine le portrait d'une de ses maîtresses par [une] comparaison qui n'est pas très jolie, mais qui doit plaire à Balzac, car nous en retrouvons une analogue dans *Les Secrets de la princesse de Cadignan* : « Il y a toujours un fameux singe dans la plus jolie et la plus angélique des femmes. » À ces mots, dit Balzac, *toutes les femmes baissèrent les yeux, comme blessées par cette cruelle vérité si cruellement observée*[1]. « Je ne vous dis rien de la nuit ni de la semaine que j'ai passées, reprit de Marsay; je me suis reconnu homme d'État. — *Ce mot fut si bien dit* que nous laissâmes tous échapper un geste d'admiration. » De Marsay explique ensuite que sa maîtresse faisait semblant de l'aimer uniquement : « Elle ne pouvait pas vivre sans moi, etc., enfin elle faisait de moi son dieu. » « Les femmes qui entendirent de Marsay parurent offensées *en se voyant si bien jouées.* » « La femme comme il faut peut donner lieu à la calomnie, dit plus loin de Marsay[2], jamais à la médisance. » « Tout cela est horriblement vrai, dit la princesse de Cadignan. » (Encore cette dernière parole peut-elle se justifier par le caractère particulier de la princesse de Cadignan.) D'ailleurs Balzac ne nous avait pas laissé ignorer d'avance le régal que nous allions savourer : « C'est à Paris seulement qu'abonde cet esprit particulier... Paris, capitale du goût, connaît seul cette science qui change une conversation en une joute... Ingénieuses reparties, observations fines, railleries excellentes, peintures dessinées avec une netteté brillante, pétillèrent et se pressèrent, furent *délicieusement senties et délicatement savourées.* » (On a vu que sur ce point Balzac disait vrai.) Nous ne sommes pas toujours aussi prompts à l'admiration que ce public. Il est vrai que nous n'assistons pas comme eux à la mimique du narrateur, faute de laquelle, nous avertit Balzac, reste intraduisible « cette ravissante improvisation ». Nous sommes en effet obligés de croire Balzac sur parole quand il nous dit qu'un mot de de Marsay « fut accompagné par des mines, des poses de tête et des minauderies qui faisaient illusion » ou que « les femmes ne purent s'empêcher de rire des minauderies par lesquelles Blondet illustrait ses railleries ».

Aussi Balzac ne veut-il[3] nous laisser ignorer en rien le succès qu'eurent tous ces mots. « Ce cri naturel qui eut de l'écho chez les convives piqua leur curiosité déjà si savamment excitée... Ce mot détermina chez tous ce mouvement que les journalistes peignent ainsi dans les discours parlementaires : Profonde sensation. » Balzac veut-il par là nous retracer le succès qu'eut le récit de de Marsay, le succès qu'il eut, lui Balzac, dans cette soirée à laquelle nous n'avons pas assisté ? Cède-t-il tout simplement à l'admiration que lui inspirent les traits échappés à sa plume : il y a peut-être des deux. J'ai un ami, un des rares authentiquement géniaux que j'aie connus, et doué d'un magnifique orgueil balzacien. Redisant pour moi une conférence qu'il avait faite dans un théâtre et à laquelle je n'avais pas assisté, il s'interrompait de temps à autre pour claquer des mains là où le public avait applaudi. Mais il y mettait une telle fureur, une telle verve[1], que je crois bien que plutôt que de me peindre fidèlement la séance, comme Balzac il s'applaudissait lui-même.

De même[2] que sa sœur, son beau-frère, sa mère, — sa mère vis-à-vis de qui, tout en l'adorant, il n'a en rien la touchante humilité de ces grands hommes qui vis-à-vis de leur mère restent jusqu'à la fin des enfants qui oublient, comme elle l'oublie, qu'ils ont du génie (il dit : la mère d'un homme comme moi*, et quand il parle de sa tendresse pour elle, de son humilité devant elle, c'est comme quand il peint la nature idéale, angélique de Mme de Mortsauf, il pousse, exalte, charge cet idéal, mais l'impur alliage reste toujours; une femme idéale, pour lui, c'est tout de même une femme qui a eu plaisir à se sentir embrasser les épaules par un inconnu et qui connaît et professe la politique mondaine; ses anges sont des anges de Rubens avec des ailes et une forte encolure) nous plaisent comme les personnages du roman qu'il vit, *Un grand mariage,* — de même ses tableaux, soit ceux de « sa galerie », soit ceux qu'il voit à Wierzchownia et qui, presque tous, doivent aller rue Fortunée, ces tableaux sont aussi des « personnages de roman »; chacun est l'objet de courts historiques, de ces notices d'amateur, de cette admiration qui tourne vite à l'illusion, absolument comme s'ils figuraient non dans la galerie de Balzac, mais dans celle de Pons ou de Claës, ou dans

* « Ma[3] pauvre mère termine en déclarant qu'elle subordonne sa tendresse à ma conduite (une mère maîtresse d'aimer ou non un fils comme moi!). » « Cette mère écrit à son fils, qui est David, ou Pradier, ou Ingres, une lettre où elle le traite comme un gamin et lui dit qu'elle l'aimera sous conditions. »

la simple bibliothèque de l'abbé Chapeloud[1], dans ces romans de Balzac où il en est des tableaux comme des personnages et où le moindre Coypel « ne déparerait pas la plus belle galerie », de même que Bianchon est l'égal des Cuvier, des Lamark, des Geoffroy Saint-Hilaire.

Bien[2] montrer pour Balzac (*Fille aux yeux d'or, Sarrazine, La Duchesse de Langeais,* etc.) les lentes préparations, le sujet qu'on ligote peu à peu, puis l'étranglement foudroyant de la fin. Et aussi l'interpolation des temps *(Duchesse de Langeais, Sarrazine),* comme dans un terrain où les laves d'époques différentes sont mêlées.

À ajouter[3] au *verso suivant,* ou ailleurs, enfin quelque part où je parlerai de la manière dont il parle de ses personnages : Il va même jusqu'à les appeler tout d'un coup, et quand on a encore peu parlé d'eux, par leurs prénoms, que ce soit la princesse de Cadignan (« Certes Diane ne paraissait pas avoir vingt-cinq ans[4] »), Mme de Sérizy (« Personne n'aurait pu suivre Léontine, elle volait[5] ») ou Mme de [Bartas[6]] (« Biblique ? » répondit Fifine étonnée[7]). Dans cette familiarité nous voyons un peu de vulgarité, et nullement ce snobisme qui faisait dire à Mme de Nucingen « Clotilde » en parlant de Mlle de Grandlieu, « pour se donner, dit Balzac, le genre de l'appeler par son petit nom, comme si elle, née Goriot, hantait cette société[8] ».

Sur Balzac[9] dire encore (placer cela dans ce qui est écrit) : La vie de ses personnages est un effet de l'art de Balzac, mais cause à l'auteur une satisfaction qui n'est pas du domaine de l'art. Il parle d'eux comme de personnages réels, voire illustres : « le célèbre ministère de de Marsay, le seul grand homme d'État qu'ait produit la révolution de Juillet ; le seul par qui la France eût pu être sauvée » (vérifier si cette dernière partie de la phrase [« le seul homme par qui la France eût pu être sauvée »] se trouve bien dans *Le Député d'Arcis ;* sinon, s'arrêter après « la révolution de Juillet[10] »), tantôt avec la complaisance d'un parvenu qui ne se contente pas d'avoir de beaux tableaux, mais fait sonner perpétuellement le nom du peintre et le prix qu'on lui a offert de la toile, tantôt avec la naïveté d'un enfant qui, ayant baptisé ses poupées, leur prête une existence véritable.

À ces traits, nous reconnaissons Balzac et nous sourions, non sans sympathie. Mais, à cause de cela, tous les détails destinés à faire ressembler davantage les personnages du roman à des personnes réelles, tournent à l'encontre. Le personnage vivait, Balzac en est si fier qu'il cite sans nécessité le chiffre de sa dot, ses alliances avec d'autres personnages de *La Comédie humaine* qui sont ainsi considérés également comme réels, ce qui lui semble faire coup double : « Mme de Sérizy n'y était pas reçue, quoique née de Ronquerolles[1]. » Mais parce qu'on voit le tour de main de Balzac, on croit un peu moins à la réalité de ces Grandlieu qui ne recevaient pas Mme de Sérizy.

Si l'impression de la vitalité du charlatan, de l'artiste, est accrue, c'est aux dépens de l'impression de vie de l'œuvre d'art. Œuvre d'art tout de même et qui, si elle s'adultère un peu de tous ces détails trop réels, de tout ce côté Musée Grévin, les tire à elle aussi, en fait un peu de l'art. Et comme tout cela se rapporte à une époque, en montre la défroque extérieure, en juge le fond avec grande intelligence, quand l'intérêt du roman est épuisé, il recommence une vie nouvelle comme document d'historien. De même que *L'Énéide,* là où elle n'a rien à dire aux poètes, peut passionner les mythologues. Peyrade[2], Félix de Vandenesse, bien d'autres ne nous semblaient pas très riches de vie. Albert Sorel[3] va nous dire que c'est en eux qu'il faut étudier la police du Consulat ou la politique de la Restauration. Le roman même en bénéficie. À ce moment si triste où il nous faut quitter un personnage de roman, moment que Balzac a retardé tant qu'il a pu en le faisant reparaître dans d'autres, au moment où il va s'évanouir et n'être plus qu'un songe, comme les gens qu'on a connus en voyage et qu'on va quitter, on apprend qu'ils prennent le même train, qu'on pourra les retrouver à Paris; Sorel nous dit : « Mais non, ce n'est pas un songe, étudiez-les, c'est de la vérité, c'est de l'histoire. »

Ajouter[4] quelque part : Balzac est comme ces gens qui, entendant un monsieur dire : « le Prince » en parlant du duc d'Aumale, « Madame la duchesse » en parlant à une duchesse, et [le voyant] poser son chapeau par terre dans un salon, avant d'apprendre qu'on dit d'un prince : le Prince, qu'il s'appelle le comte de Paris, le prince de Joinville, ou le duc de Chartres, et d'autres usages, [ont[1]] dit : « Pourquoi dites-vous : le Prince, puisqu'il est duc ? Pourquoi dites-vous Mme la duchesse, comme un domestique, etc. » Mais, depuis qu'ils savent que c'est l'usage, ils croient l'avoir toujours su, ou s'ils se rappellent avoir fait ces objections, n'en font pas moins la leçon aux autres, et prennent plaisir à leur expliquer les usages du grand monde, usages qu'ils connaissent depuis peu de temps. Leur ton péremptoire de savants de la veille est précisément celui de Balzac quand il dit ce qui se fait et ce qui ne se fait pas. Présentation de d'Arthez à la princesse de Cadignan : « La princesse ne fit à l'homme célèbre aucun de ces compliments dont l'accablaient les gens vulgaires... Les personnes pleines de goût comme la princesse se distinguent surtout par leur manière d'écouter... À dîner, d'Arthez fut placé près de la princesse qui, loin d'imiter les exagérations de diète que se permettent les minaudières, mangea, etc.[2]. » Présentation de Félix de Vandenesse à Mme de Mortsauf : « Mme de Mortsauf entama sur le pays, sur les récoltes, ... une conversation à laquelle j'étais étranger. Chez une maîtresse de maison, cette façon d'agir atteste un manque d'éducation, etc. Mais à quelques mois de là, je compris combien était significatif, etc.[3]. » Là, du moins, ce ton de certitude s'explique, puisqu'il ne fait que constater des usages. Mais il gardera le même quand il portera un jugement : « Dans le monde, personne ne s'intéresse à une souffrance, à un malheur, tout y est parole » — ou donnera des interprétations : « Le duc de Chaulieu vint trouver dans son cabinet le duc de Grandlieu qui l'attendait : « Dis donc, Henri... (Ces deux ducs se tutoyaient et s'appelaient par leurs noms. C'est une de ces nuances inventées pour marquer les degrés de l'intimité, repousser les envahissements de la familiarité française et humilier les amours-propres[4]). » Il faut du reste dire que, comme ces littérateurs néo-chrétiens qui attribuent à l'Église, sur les écrits des littérateurs, un pouvoir auquel les papes les plus sévères sur l'orthodoxie n'ont jamais pensé, Balzac confère aux ducs des privilèges dont Saint-Simon, qui pourtant les place si haut, eût été bien stupéfait de les voir douer : « Le duc jeta sur Mme Camusot un de ces rapides regards par lesquels les grands seigneurs analysent toute une existence, et souvent l'âme... Ah! si la femme du juge avait pu connaître ce don des ducs...[1]. » Si vraiment les ducs du temps de Balzac possédaient ce don, il faut reconnaître qu'il y a, comme on dit, quelque chose de changé.

Ajouter[2] quelque part : Il a de ces fines vérités cueillies dans la superficie de la vie mondaine et pourtant à un degré de généralité assez grand pour qu'après très longtemps on puisse se dire : comme c'est vrai! (Dans *Une fille d'Ève,* les deux sœurs, Mme de Vandenesse et Mme du Tillet, si différemment mariées et qui pourtant s'adorent, et, par suite des révolutions, le beau-frère sans naissance, du Tillet, devenant pair, quand Félix de Vandenesse ne l'est plus — et les deux belles-sœurs, la comtesse et la marquise de Vandenesse, ayant des désagréments à cause de la similitude de nom.)

Sainte-Beuve[3] reproche à Balzac d'avoir grandi l'abbé Troubert qui devient à la fin une sorte de Richelieu, etc.[4]. Il a fait de même pour Vautrin, combien d'autres. Ce n'est pas seulement par admiration et grandissement de ces personnages et [pour] les faire ce qu'il y a de mieux dans leur genre, comme Bianchon ou Desplein sont les égaux de Claude Bernard ou de Laennec, et M. de Grandville[5] de d'Aguesseau. Non, c'est aussi en vertu d'une théorie chère à Balzac sur le grand homme à qui la grandeur des circonstances a manqué, et parce qu'en réalité c'est précisément son objet de romancier : faire de l'histoire anonyme, étudier certains caractères historiques, tels qu'ils se présentent en dehors du facteur historique qui les pousse à la grandeur. Tant que c'est une vue de Balzac, cela ne choque pas. Mais quand Lucien de Rubempré au moment de se tuer écrit à Vautrin : « Quand Dieu le veut, ces êtres mystérieux sont Moïse, Attila, Charlemagne, Mahomet ou Napoléon; mais quand il laisse rouiller au fond de l'océan d'une génération ces instruments gigantesques, ils ne sont plus que Pougatcheff, Fouché, Louvel ou l'abbé Carlos Herrera. Adieu donc, adieu, vous qui dans la bonne voie eussiez été plus que Ximenez, plus que Richelieu, etc.[1] », Lucien parle trop comme Balzac et il cesse d'être une personne réelle, différente de toutes les autres. Ce qui, malgré la prodigieuse diversité entre eux et identité avec eux-mêmes des personnages de Balzac, arrive tout de même quelquefois pour une cause ou une autre. Par exemple quand tout de même, les types étant chez lui moins nombreux que les individus, on sent que l'un n'est qu'un des différents noms d'un même type. Par moments, Mme de Langeais semble être Mme de Cadignan, ou M. de Mortsauf, M. de Bargeton.

Le lecteur[2] de Balzac sur qui son influence se fit le plus sentir fut la jeune marquise de Cardaillec[3], née Forcheville. Parmi les propriétés de son mari[4], il y avait à Alençon le vieil hôtel de Forcheville, avec une grande façade sur la place comme dans *Le Cabinet des antiques,* avec un jardin descendant jusqu'à la Gracieuse[5] comme dans *La Vieille Fille.* Le comte de Forcheville l'avait laissé aux jardiniers du jardin, ne trouvant aucun plaisir à aller « s'enterrer » à Alençon. Mais la jeune marquise le rouvrit et allait y passer quelques semaines tous les ans, y trouvant un grand charme qu'elle qualifiait elle-même de balzacien. Elle fit venir du château de Forcheville, dans les combles duquel ils avaient été relégués comme démodés, quelques vieux meubles venant de la grand-mère du comte de Forcheville qui avait été gouvernante des enfants du duc de Provence, et quelques portraits des Forcheville, quelques objets se rattachant à l'histoire ou à quelque souvenir à la fois sentimental et aristocratique de la famille. Elle était devenue, en effet, à Paris une de ces femmes de la société aristocratique qui aiment leur caste d'un goût en quelque sorte esthétique, et qui sont à l'ancienne noblesse ce que [sont[6]] à la plèbe bretonne ou normande les hôteliers avisés du mont Saint-Michel ou de « Guillaume le Conquérant », qui[7] ont compris que leur charme était précisément dans la sauvegarde de cette antiquité, charme rétrospectif auquel elles furent surtout initiées par des littérateurs épris de leur propre charme à elles, ce qui jette un double reflet de littérature et de beauté contemporaine (quoique racée) sur cet esthétisme.

Les photographies des plus belles entre les grandes

dames d'aujourd'hui étaient posées dans l'hôtel d'Alençon sur les consoles en vieux chêne de Mlle Cormon[1]. Mais elles y avaient ces poses anciennes, pleines d'art, [si bien] associées par des chefs-d'œuvre d'art et de littérature à des grâces d'autrefois, qu'elles n'ajoutaient qu'un charme d'art de plus au décor, où d'ailleurs, dès le vestibule, la présence des domestiques, ou, dans le salon, la conversation des maîtres étaient hélas forcément d'aujourd'hui. Si bien que la petite évocation de l'hôtel d'Alençon fut surtout balzacienne pour les personnes de plus de goût que d'imagination, sachant voir, mais ayant besoin de voir, et qui en revenaient émerveillées. Mais pour ma part, j'en fus un peu déçu. Quand j'avais appris que Mme de Cardaillec habitait à Alençon l'hôtel de Mlle Cormon ou de Mme de Bargeton[2], de savoir qu'existait ce que je voyais si bien dans ma pensée m'avait donné une trop forte impression pour que les disparates de la réalité puissent la reconstituer.

Je dois dire cependant, et pour quitter enfin Balzac, que c'est en balzacienne de beaucoup d'esprit que le montrait Mme de Cardaillec. « Si vous voulez, vous viendrez demain avec moi à Forcheville, me dit-elle, vous verrez l'impression que nous produirons dans la ville. C'est le jour où Mlle Cormon attelait sa jument pour aller au Prébaudet[3]. En attendant mettons-nous à table, vous allez manger une de ces [[4]], et si vous avez le courage de rester jusqu'à lundi, soir où je « reçois », vous ne quitterez pas ma province sans avoir vu, de vos yeux vu, M. du Bousquier[5] et Mme de Bargeton, et vous verrez en l'honneur de toutes ces personnes allumer le lustre, ce qui causa, vous vous en souvenez, tant d'émotion à Lucien de Rubempré[6]. »

Les personnes peu au courant voyaient dans cette pieuse restitution de ce passé aristocratique et provincial un effet du sang Forcheville. Moi, je savais que c'était un effet du sang Swann, dont elle avait perdu le souvenir, mais dont elle avait hérité l'intelligence, le goût et jusqu'à ce détachement intellectuel assez complet de l'aristocratie (quelque attachement utilitaire qu'elle pût avoir à elle) pour lui trouver, comme à une chose étrangère, inutile et morte, un charme esthétique.

AJOUTER[1] AU BALZAC DE M. DE GUERMANTES

Je dois avouer que je comprends M. de Guermantes, moi qui pendant toute mon enfance ai lu de la même manière, pour qui *Colomba* a été si longtemps « le volume où on ne me permettait pas de lire la *Vénus d'Ille* » (*on*, c'était toi[2] !). Ces volumes où on a lu un ouvrage la première fois, c'est comme la première robe où on a vu une femme, ils nous disent ce que ce livre était pour nous alors, ce que nous étions pour lui. Les rechercher est ma seule manière d'être bibliophile. L'édition où j'ai lu un livre pour la première fois, l'édition où il m'a donné une impression originale, voilà les seules « premières » éditions, les « éditions originales » dont je suis amateur. Encore est-ce assez pour moi de me souvenir de ces volumes-là. Leurs vieilles pages sont si poreuses au souvenir que j'aurais peur qu'ils absorbent aussi les impressions d'aujourd'hui et que je n'y retrouve plus mes impressions d'autrefois. Je veux, chaque fois que j'y penserai, qu'ils s'ouvrent sur la page où je les fermais près de la lampe ou sur le fauteuil d'osier du jardin, quand papa me disait : « Tiens-toi droit. »

Et je me demande quelquefois si encore aujourd'hui ma manière de lire ne ressemble pas plus à celle de M. de Guermantes qu'à celle des critiques contemporains. Un ouvrage est encore pour moi un tout vivant, avec qui je fais connaissance dès la première ligne, que j'écoute avec déférence, à qui je donne raison tant que je suis avec lui, sans choisir et sans discuter. Quand je vois M. Faguet dire dans ses *Essais de critique* que le premier volume du *Capitaine Fracasse* est admirable et que le second est insipide[3], que dans *Le Père Goriot* tout ce qui se rapporte à Goriot est de premier ordre et tout ce qui se rapporte à Rastignac du dernier, je suis aussi étonné que si j'entendais dire que les environs de Combray étaient laids du côté de Méséglise mais beaux du côté de Guermantes. Quand M. Faguet continue en disant que les amateurs ne lisent pas *Le Capitaine Fracasse* au-delà du premier volume, je ne peux que plaindre les amateurs, moi qui ai tant aimé le second, mais quand il ajoute que le premier volume a été écrit pour les amateurs et le second pour les écoliers, ma pitié pour les amateurs se change en mépris [pour] moi-même, car je découvre combien je suis resté écolier. Enfin quand il assure que c'est avec le plus profond ennui que Gautier a écrit ce second volume, je suis bien étonné que cela ait jamais pu être si ennuyeux d'écrire une chose qui fût plus tard si amusante à lire.

Ainsi de Balzac, où Sainte-Beuve et Faguet distinguent et démêlent, trouvent que le commencement est admirable et que la fin ne vaut rien*. Le seul progrès que j'aie pu faire à ce point de vue depuis mon enfance, et le seul point par où, si l'on veut, je me distingue de M. de Guermantes, c'est que ce monde inchangeable, ce bloc dont on ne peut rien distraire, cette réalité donnée, j'en ai un peu étendu les bornes, ce n'est plus pour moi un seul livre, c'est l'œuvre d'un auteur. Je ne sais pas voir entre ses différents ouvrages de bien grandes différences. Les critiques qui trouvent comme M. Faguet que Balzac a écrit dans *Un ménage de garçon* un chef-d'œuvre, et dans *Le Lys dans la vallée* le plus mauvais ouvrage qui soit, m'étonnent autant que Mme de Guermantes qui trouvait que certains soirs le duc de X... avait été intelligent et que tel autre jour il avait été bête. Moi, l'idée que je me fais de l'intelligence des gens change quelquefois, mais je sais bien que c'est mon idée qui change et non leur intelligence. Et je ne crois pas que cette intelligence soit une force changeante que Dieu fait quelquefois puissante et quelquefois faible. Je crois que la hauteur à laquelle elle s'élève dans l'esprit est constante et que c'est précisément à cette hauteur-là, que ce soit *Un ménage de garçon* ou *Le Lys dans la vallée,* qu'elle s'élève dans ces vases qui communiquent avec le passé et qui sont les œuvres...[1].

Balzac[2] se sert de toutes les idées qui lui viennent à l'esprit et ne cherche pas à les faire entrer, dissoutes, dans

* Ce qui est assez drôle et assez rassurant, c'est que Sainte-Beuve dit : « Qui a jamais mieux peint les duchesses de la Restauration ? » M. Faguet s'esclaffe sur ses duchesses et en appelle à M. Feuillet. Enfin, M. Blum, qui aime distinguer, admire ses duchesses, mais non en tant que duchesses de la Restauration. Ici, je l'avoue, je dirai comme Sainte-Beuve : « Qui vous l'a dit, qu'en savez-vous ? » et « sur ce point, j'aime mieux m'en tenir aux personnes qui les ont connues », et... à Sainte-Beuve tout le premier.

un style où elles s'harmoniseraient et suggéreraient ce qu'il veut dire. Non, il le dit tout simplement, et, si hétéroclite et disparate (comme Renan, du reste, en cela) que soit l'image, toujours juste d'ailleurs, il la juxtapose : « Les sourires de M. de Bargeton comme des boulets endormis qui se réveillent[1]. » « M. du Châtelet était comme les melons qui de verts deviennent jaunes en une nuit[2]. » « On ne pouvait pas ne pas comparer M. à une vipère gelée[3]. »

Dans[4] ce cabinet qui donnait sur le jardin, une bibliothèque, la bibliothèque de son père[5], contenait sous une même reliure d'un or passé tout Balzac, tout Roger de Beauvoir[6], tout Fenimore Cooper, tout Walter Scott et le théâtre complet d'Alexandre Duval[7]. Le comte adorait ces livres qu'il relisait souvent, et on pouvait lui parler de Balzac sans le trouver pris au dépourvu. Comme presque toutes les personnes qui aimaient Balzac naïvement, il trouvait cela « charmant, bien observé », *Le Bal de Sceaux, La Femme de trente ans, Eugénie Grandet,* « un peu dur, mais un petit chef-d'œuvre », et *Modeste Mignon,* et *Mademoiselle de Choisy,* peut-être plus joli que tout.

Mademoiselle de Choisy est-ce donc une œuvre de Balzac qui n'aurait pas été réimprimée ? Car le comte avait Balzac dans une de ces éditions qui sont si souvent nommées dans la Correspondance, chez Mme Béchet[8], « au coin du quai des Grands Augustins », à qui il écrivait : « Je vous envoie quelque chose de [plus] beau que l'Évangile, de plus touchant encore que *Pierrette.* J'ai pleuré moi-même en le lisant. Vous ne m'avez donné que mille francs pour 15 feuillets, ce qui met à 10 francs la page, alors que vous m'en aviez promis 12, etc. »

Mais si on le demandait au comte, il disait : « Je crois que c'est de Roger de Beauvoir. » Mais il confondait aisément ces livres tous « charmants », qui avaient la même couverture, comme les gens du peuple confondent le séné et la morphine, parce que c'est dans une petite bouteille blanche. « Ah! si vous le mettez dans Balzac », disait la comtesse, faisant sentir la faveur que c'était quand il parlait de sa « spécialité ». Mais la marquise[9] bougonnait : « D'abord, c'est faux, tout ce qu'il a écrit sur la société. Il n'y était pas reçu. Pourquoi écrivait-il sur ce qu'il ne savait pas ? Il a prétendu peindre la société des dames d'atour de Madame. Moi, je les ai bien connues. Ce n'était pas du tout comme ça. Il dit que M. de Talleyrand était gros. C'est pas vrai, je l'ai bien connu, il venait souvent chez ma mère qui était sa cousine, il était maigre. Et la duchesse de Langeais! Tout ça, c'est faux. Il connaissait Mme d'Abrantès, mais elle n'était pas du tout de la société. Quand j'étais jeune, on m'a fait déjeuner une fois avec elle qui était vieille, et malgré cela j'ai dit que je ne me laisserais pas présenter. Et c'est elle qui s'est fait présenter, et elle était au bout de la table. On ne la connaissait pas. Les écrivains...[1].

À AJOUTER À FLAUBERT[1]

Sainte-Beuve (et tous depuis d'ailleurs) l'a critiqué ou loué, mais, semble-t-il, sans apercevoir ce qui faisait son immense nouveauté. Comme il a tant peiné sur sa syntaxe, c'est en elle qu'il a logé pour toujours son originalité. C'est un génie grammatical. Et son génie est un dieu à ajouter aux dieux singuliers de *La Tentation de saint Antoine,* il a la forme d'un passé défini, d'un pronom et d'un participe présent. Son originalité immense, durable, presque méconnaissable parce qu'elle s'est tellement incarnée à la langue littéraire de notre temps que nous lisons du Flaubert sous le nom d'autres écrivains sans savoir qu'ils ne font que parler comme lui, est une originalité grammaticale. Il peut faire comprendre ce qu'ont été certains peintres dans l'histoire de l'art qui ont changé la couleur (?) (Cimabue, Giotto). Et la révolution de vision, de représentation du monde qui découle — ou est exprimée — par sa syntaxe, est peut-être aussi grande que celle de Kant déplaçant le centre de la connaissance du monde dans l'âme. Dans [ses[2]] grandes phrases les choses existent non pas comme l'accessoire d'une histoire, mais dans la réalité de leur apparition; elles sont généralement le sujet de la phrase, car le personnage n'intervient pas et subit la vision : « Un village parut, des peupliers s'alignèrent etc. » Et même quand l'objet représenté est humain, comme il est connu comme un objet, ce qui en apparaît est décrit comme apparaissant, et non comme produit par la volonté. Même déjà dans *Madame Bovary,* tant Flaubert trouve dès le début cette forme qui est peut-être la plus nouvelle qu'il y ait dans toute l'histoire de la littérature française. Quand il y a une action dont un autre écrivain ferait sortir les différentes phrases du motif qui les inspire, il y a un tableau dont les différentes parties semblent ne pas plus recéler d'intention que s'il s'agissait de décrire un coucher de soleil. Mme Bovary veut se chauffer au feu. Voici comment c'eﬆ dit : « Mme Bovary (il n'a été dit nulle part qu'elle eût froid) s'approcha de la cheminée... (voir p. 86[1]).

En[2] *Madame Bovary* pourtant n'eﬆ pas éliminé complètement ce qui n'eﬆ pas de Flaubert. Le dernier mot : « Il vient de recevoir la croix d'honneur » pourrait être d'Émile Augier : « Pair de France en 48[3] ». Nous sommes fatigués des formules symétriques ironiques et brutales qui étaient bien de Flaubert, mais qui, ayant défrayé depuis toute la littérature et donné un aspect de pensée aux lettres des diplomates (genre de Pierre Mill[4]) et un aspect d'autorité aux discours des universitaires (discours de réception de Doumic[5] à l'Académie, ce qui [met] en liesse[6] les imbéciles) nous paraissent bien banales[7]. Enfin les images gardant encore un peu de lyrisme ou d'esprit, ne sont pas encore écrasées, défaites, absorbées dans la prose, ne sont pas une simple apparition des choses. Ainsi la campagne d'Yonville qui « ressemble à un grand manteau déplié qui a un collet de velours vert, bordé d'un galon d'argent » (p. 76[8]); « ces bons vieux gîtes qui sentaient toujours [...], comme des valets de ferme habillés en bourgeois » (p. 247[9]).

Dans[10] le passage d'en face (« galon d'argent ») citer aussi : « où picorent des paons, luxe des fermes cauchoises[11] » (voir première visite de Bovary à la ferme d'Emma). Ce n'eﬆ pas encore ce ﬆyle uni de porphyre sans un interﬆice, sans un ajoutage. Non que les sentences en seront absentes. Et ici placer la chose sur son disciple[12] (*Boule de suif,* maximes) et tâcher d'en citer avant une ou deux de Flaubert, d'*Un cœur simple* par exemple.

Quand[13] le tableau était purement matériel, les choses y agissaient comme des personnes. C'était un drame; un état[14] qui se prolongeait réclamait l'imparfait, puis il cessait pour une action nouvelle des choses, et c'était le parfait[15] (voir page 74), et le parfait était généralement précédé d'un participe présent qui indiquait le commencement de l'action soit comme une cause, soit pour faire tourner à nos yeux les différentes faces de la toupie (pour le premier chercher exemple partout[1], pour le second p. 74[2]). Si c'était un tableau de personnes, pour bien montrer que ce n'était qu'un tableau, un détail qui n'avait aucun trait à l'action, qui montrait que l'action était décrite comme un tableau où nous ne savons pas si telle petite tache n'est pas aussi importante que tel geste puisque nous ne sommes pas censés savoir que c'est un geste, ce trait était ajouté (citer exemple). Et comme d'autre part il rapportait sans réflexions, sans lien, les stupidités dites par les hommes (phrase des chiens perdus page 86[3]) cette ironie se répandit sur les traits purement descriptifs du tableau qui semblèrent, par la disproportion entre le graphique où se schématisent les plus grandes actions, prendre une sorte de teinte philosophique. Ainsi le conte *Hérodias,* qui relate la mort de saint Jean-Baptiste, finit ainsi : « Et comme la tête était très lourde, ils la portaient alternativement », phrase qui est déjà un peu dans *Madame Bovary* quand le père Rouault, qui vient de suivre l'enterrement de sa fille, se retourne pour voir les lieux où elle a vécu et aperçoit le cimetière où elle repose, « puis il continua sa route, au petit trot, car son bidet boitait[4]. »

(Parenthèse[5] intercalée dans la phrase précédente.) Ces symétries des substantifs et adjectifs opposés : « Cette célébrité sentimentale servit à sa réputation artistique... La fascination de sa personne et la sensibilité de son âme... Plus de tempérament que d'intelligence et plus d'emphase que de lyrisme, achevaient de rehausser cette admirable nature de charlatan, où il y avait du coiffeur et du toréador[6]. » Que de droits d'auteur les collaborateurs « fantaisistes » du *Journal des Débats* qui n'ont jamais fait que copier cette phrase, devraient payer à Flaubert, comme pour celle sur les imbéciles[7] ou, à la fin de *Madame Bovary,* celle d'Homais méditant sur l'injustice du gouvernement[8] ! M. Faguet, quand il est lapidaire, ce qui est rare, fait du Flaubert : « Il unit [...] et des réflexions d'imbécile » (sur Balzac[9]).

Il commande aussi Régnier[10] par la précision et la beauté des descriptions et par la concomitance des paysages.

Montrer que c'est (cette symétrie) — et ce sera la transition — un autre côté, moins beau, plus universitaire, rhéteur et latin[1], par où il commande ce qu'il y a de moins bon dans la littérature moderne.

[NOTES SUR LA LITTÉRATURE ET LA CRITIQUE[1]]

Dès[2] que je lisais un auteur, je distinguais bien vite sous les paroles l'air de la chanson qui en chaque auteur est différent de ce qu'il est chez tous les autres et, tout en lisant, sans m'en rendre compte, je le chantonnais, je pressais les mots ou les ralentissais ou les interrompais tout à fait[3], comme on fait quand on chante où on attend souvent longtemps, selon la mesure de l'air, avant de dire la fin d'un mot[4].

Je savais bien que si, n'ayant jamais pu travailler, je ne savais écrire, j'avais cette oreille-là plus fine et plus juste que bien d'autres, ce qui m'a permis de faire des pastiches, car chez les écrivains, quand on tient l'air, les paroles viennent bien vite. Mais ce don, je ne l'ai pas employé et, de temps en temps, à des périodes différentes de ma vie, celui-là, comme celui aussi de découvrir un lien profond entre deux idées, deux sensations, je le sens toujours vif en moi, mais pas fortifié, et qui sera bientôt affaibli et mort. Pourtant, il aura de la peine, car c'est souvent quand je suis le plus malade, que je n'ai plus d'idées dans la tête ni de forces, que ce moi que je reconnais parfois aperçoit ces liens entre deux idées, comme c'est souvent à l'automne, quand il n'y a plus de fleurs ni de feuilles, qu'on sent dans les paysages les accords les plus profonds. Et ce garçon qui joue ainsi en moi sur les ruines n'a besoin d'aucune nourriture, il se nourrit simplement du plaisir que la vue de l'idée qu'il découvre lui donne, il la crée, elle le crée, il meurt, mais une idée le ressuscite, comme ces graines qui s'interrompent de germer dans une atmosphère trop sèche, qui sont mortes : mais un peu d'humidité et de chaleur suffit à les ressusciter.

Et je pense que le garçon qui en moi s'amuse à cela, doit être le même que celui qui a aussi l'oreille fine et juste pour sentir entre deux impressions, entre deux idées, une harmonie très fine que tous ne sentent pas. Qu'est-ce que c'est que cet être, je n'en sais rien. Mais s'il crée en quelque sorte ces harmonies, il vit d'elles, aussitôt il se soulève, germe, grandit de tout ce qu'elles lui donnent de vie, et meurt ensuite, ne pouvant vivre que d'elles. Mais si prolongé que soit le sommeil où il se trouve ensuite (comme pour les graines de M. Becquerel), il ne meurt pas, ou plutôt il meurt mais [peut] ressusciter si une autre harmonie se présente, même simplement si entre deux tableaux d'un même peintre il aperçoit une même sinuosité de profils, une même pièce d'étoffe, une même chaise, montrant entre les deux tableaux quelque chose de commun : la prédilection et l'essence de l'esprit du peintre*. Car il meurt instantanément dans le particulier, et se remet immédiatement à flotter et à vivre dans le général. Il ne vit que du général, le général l'anime et le nourrit, et il meurt instantanément dans le particulier. Mais le temps qu'il vit, sa vie n'est qu'une extase et qu'une félicité. Il n'y a que lui qui devrait écrire mes livres. Mais aussi seraient-ils beaux. Il est intermittent... Il est...[2].

Qu'importe[3] qu'on nous dise : vous perdez à cela votre habileté. Ce que nous faisons, c'est remonter à la vie, c'est briser de toutes nos forces la glace de l'habitude et du raisonnement qui se prend immédiatement sur la réalité et fait que nous ne la voyons jamais, c'est retrouver la mer libre. Pourquoi cette coïncidence entre deux

* Ce qu'il y a dans un tableau d'un peintre ne peut pas le nourrir, ni dans un livre d'un auteur non plus, et dans un second tableau du peintre, un second livre de l'auteur. Mais si dans le second tableau ou le second livre, il aperçoit quelque chose qui n'est pas dans le second et dans le premier, mais qui en quelque sorte est entre les deux, dans une sorte de tableau idéal, qu'il voit en matière spirituelle se modeler hors du tableau, il a reçu sa nourriture et recommence à exister et à être heureux. Car pour lui, exister et être heureux, ce n'est qu'une seule chose. Et si entre ce tableau idéal et ce livre idéal dont chacun suffit à le rendre heureux, il trouve un lien plus haut encore, sa joie s'accroît encore. S'il découvre entre deux tableaux de Ver Meer...[1].

impressions nous rend-elle la réalité ? Peut-être parce qu'alors elle ressuscite avec ce qu'elle *omet*, tandis que si nous raisonnons, si nous cherchons à nous rappeler, nous ajoutons ou nous retirons.

Bergson[1], Jacques Blanche et Rolland (?). Mais, malgré cela, il est absurde (Bataille) de tout nier de l'ancien...

Les[2] beaux livres sont écrits dans une sorte de langue étrangère. Sous chaque mot chacun de nous met son sens ou du moins son image qui est souvent un contresens. Mais dans les beaux livres, tous les contresens qu'on fait sont beaux. Quand je lis le berger de *L'Ensorcelée*[3], je vois un homme à la Mantegna et de la couleur de la T...[4] de Botticelli. Ce n'est peut-être pas du tout ce qu'a vu Barbey. Mais il y a dans sa description un ensemble de rapports qui, étant donné le point de départ faux de mon contresens, lui donnent la même progression de beauté*. Les sept vieillards de Baudelaire : l'Avarice de Giotto; les serpents qui mordront mes souliers[6] : Envie de Giotto[7], ou Christ, ou « Combien tes souliers sont beaux, ô fille de prince...[8] », etc.

Il[9] semble que l'originalité d'un homme de génie ne soit que comme une fleur, une cime superposée au même moi que celui des gens de talent médiocres de sa génération; mais ce même moi, ce même talent médiocre existe chez eux. Nous croyons que Musset, que Loti, que Régnier[10] sont des êtres à part. Mais quand Musset bâclait de la critique d'art, nous voyons avec horreur les phrases les plus plates de Villemain naître sous sa plume, nous sommes stupéfaits de découvrir en Régnier un Brisson[11]; quand Loti a à faire un discours académique ou un article sur la main-d'œuvre de l'État, et quand Musset a à fournir un article [pour une[12]] revue de peu d'importance, n'ayant pas le temps de forer son moi

* Aussi les variantes, les corrections, les meilleures éditions n'ont-elles pas tant d'importance. Diverses versions du sonnet de Verlaine[5] *Tite et Bérénice*. Saint-Simon, préface de Sainte-Beuve. Les grands écrivains français ne savent pas beaucoup de français : « défaille » dans Verlaine, et chaque fois qu'on cite une lettre de Vigny, de Hugo, de Lamartine, Beaunier ou d'autres sont obligés de mettre *sic*. Flaubert et ses scrupules (pas grammaticaux au fond).

banal pour en faire sortir l'autre qui viendrait se superposer, nous voyons que sa pensée et son langage sont pleins de...[1].

Il[2] eſt si personnel, si unique, le principe qui agit en nous quand nous écrivons et crée au fur et à mesure notre œuvre, que dans la même génération les esprits de même sorte, de même famille, de même culture, de même inspiration, de même milieu, de même condition, prennent la plume pour écrire presque de la même manière la même chose[3] et ajoutent chacun la broderie particulière qui n'eſt qu'à lui, et qui fait de la même chose une chose toute nouvelle, où toutes les proportions des qualités des autres sont déplacées. Et ainsi la gamme des écrivains originaux se poursuit, chacun faisant entendre une note aussi belle[4] qui cependant, par un intervalle imperceptible, eſt irréductiblement différente de celle qui la précède et de celle qui la suit. Voyez, l'un à côté de l'autre, tous nos écrivains : les originaux seulement, et les grands aussi, qui sont aussi des écrivains originaux et qu'à cause de cela, ici, il n'y a pas lieu d'en diſtinguer. Vois[5] comme ils se touchent et comme ils diffèrent. Suis à côté l'un de l'autre, comme dans une guirlande tressée à l'âme et faite de fleurs immortelles mais toutes différentes, sur un rang, France, Henri de Régnier, Boylesve, Francis Jammes[6].

Sans doute quand Régnier et France ont commencé tous deux à écrire, avaient-ils la même culture, la même idée de l'art, ont-ils cherché à peindre de même. Et ces tableaux qu'ils essayaient de peindre, ils avaient sur leur réalité objective à peu près la même idée. Pour France la vie eſt le rêve d'un rêve, pour Régnier les choses ont le visage de nos songes. Mais cette similitude de nos pensées et des choses, aussitôt Régnier, méticuleux et approfondi, eſt plus tourmenté de n'oublier jamais de la vérifier, de démontrer la coïncidence, il répand en son œuvre sa pensée, sa phrase s'allonge, se précise, se tortille, sombre et minutieuse comme une ancolie, quand celle de France rayonnante, épanouie et lisse eſt comme une rose de France.

ROMAIN ROLLAND[1]

... Et parce que cette réalité véritable est intérieure, peut se dégager d'une impression commune, même frivole ou mondaine, quand elle est à une certaine profondeur et libérée de ces apparences, pour cette raison je ne fais aucune différence entre l'art élevé, qui ne s'occupe pas que de l'amour, à nobles idées, et l'art[2] immoral ou futile, ceux[3] qui font la psychologie d'un savant ou d'un saint plutôt que d'un homme du monde. D'ailleurs dans tout ce qui est du caractère et des passions, des réflexes, il n'y a pas de différence; le caractère est le même pour les deux, comme les poumons et les os, et le physiologiste, pour démontrer les grandes lois de la circulation du sang, ne se soucie pas que les viscères aient été extraits du corps d'un artiste ou d'un boutiquier. Peut-être quand nous aurons affaire à un artiste véritable qui, ayant brisé les apparences, sera descendu à la profondeur de la vie véritable, pourrons-nous alors, comme il y aura œuvre d'art, nous intéresser davantage à une œuvre mettant en jeu des problèmes plus étendus (ne pas laisser cet horrible style). Mais d'abord qu'il y ait profondeur, qu'on ait atteint les régions de la vie spirituelle où l'œuvre d'art peut se créer. Or, quand nous verrons un écrivain, à chaque page, à chaque situation où se trouve son personnage, ne jamais l'approfondir, ne pas le repenser sur lui-même, mais se servir des expressions toutes faites que ce qui en nous vient des autres (et des plus mauvais autres) nous suggère quand nous voulons parler d'une chose, si nous ne descendons pas dans ce calme profond où la pensée choisit les mots où elle se reflétera tout entière, — un écrivain qui ne voit pas sa propre pensée, alors invisible à lui, mais se contente de la grossière apparence qui la masque à chacun de nous à tout moment de notre vie, dont le vulgaire se contente dans une perpétuelle ignorance, et que l'écrivain écarte, cherchant à voir ce qu'il y a au fond, — quand par le choix ou plutôt l'absence absolue [de] choix de ses mots, de ses phrases, la banalité rebattue de toutes ses images, l'absence d'approfondissement d'aucune situation, nous sentirons qu'un tel livre, même si à chaque page il flétrit l'art maniéré, l'art immoral, l'art matérialiste, est, lui, bien plus matérialiste, car il ne descend même pas dans la région spirituelle d'où sont sorties des pages ne faisant que décrire des choses matérielles peut-être, mais avec ce talent qui est la preuve indéniable qu'elles viennent de l'esprit, il aura beau nous dire que l'autre art n'est pas de l'art populaire, mais de l'art pour quelques-uns, nous penserons, nous, que c'est le sien qui est cet art-là, car il n'y a qu'une manière d'écrire pour tous, c'est d'écrire sans penser à personne, pour ce qu'on a en soi d'essentiel et de profond; tandis que, lui, écrit en pensant à quelques-uns, à ces artistes dits maniérés, et non pas en essayant de voir par où ils pèchent, approfondissant jusqu'à trouver l'éternel l'impression qu'ils lui produisent, éternel que cette impression contient aussi bien que le contient un souffle d'aubépine ou n'importe quelle chose qu'on sait pénétrer; mais ici comme partout, en ignorant ce qui se passe au fond de lui, en se contentant des formules rebattues et de sa mauvaise humeur, sans chercher à voir au fond : « Air renfermé de chapelle! Allez donc au-dehors! Que me fait votre pensée ? Hé bien! qu'est-ce que ça peut faire qu'on soit clérical ? Vous me dégoûtez, ces femmes-là devraient être fessées. Il n'y a donc plus de soleil en France. Vous ne pouvez donc pas faire une musique légère. Il faut que vous salissiez tout », etc. Il est d'ailleurs en quelque sorte obligé à cette superficialité et ce mensonge, puisqu'il a choisi pour héros un génie mauvais coucheur dont les boutades terriblement banales sont exaspérantes, mais pourraient se rencontrer chez un homme de génie. Malheureusement quand Jean Christophe, car c'est de lui que je parle, cesse de parler, M. Romain Rolland continue à entasser banalités sur banalités, et quand il cherche une image plus précise, c'est une œuvre de recherche et non de trouvaille, et où il est inférieur à tout écrivain d'aujourd'hui. Les clochers de ses églises, qui sont comme de grands bras, est inférieur[1] à tout ce qu'ont trouvé M. Renard, M. Adam, peut-être même M. M. Leblond[2].

Aussi cet art est-il le plus superficiel, le plus insincère, le plus matériel (même si son *sujet* est l'esprit, puisque la seule manière pour qu'il y ait de l'esprit dans un livre, ce n'est pas que l'esprit en soit le *sujet* mais l'ait fait : il y a plus d'esprit dans *Le Curé de Tours* de Balzac que dans son caractère du peintre Steinbock[1]), et aussi le plus mondain. Car il n'y a que les personnes qui ne savent[2] pas ce que c'est que la profondeur et qui, voyant à tout moment des banalités, des faux raisonnements, des laideurs, ne les aperçoivent pas mais s'enivrent de l'éloge de la profondeur, qui disent : « Voilà de l'art profond »; de même que, quand quelqu'un dit tout le temps : « Ah ! moi je suis franc, moi je n'envoie pas dire ce que je pense, tous nos beaux messieurs sont des flatteurs, moi je suis un rustre », [il] fait illusion aux gens qui ne savent pas. Un homme délicat sait que ces déclarations n'ont rien à voir avec la vraie franchise en art. C'est comme en morale : la prétention ne peut être réputée pour le fait. Au fond, toute ma philosophie revient, comme toute philosophie vraie, à justifier, à reconstruire ce qui est. (En morale, en art, on ne juge plus seulement un tableau sur ses prétentions à la grande peinture et la valeur morale d'un homme sur ses discours. — Mettre cela ailleurs, et dire qu'en littérature on retarde.) Le bon sens des artistes, le seul critérium de la spiritualité d'une œuvre, c'est le talent.

Ne pas oublier : le talent est le critérium de l'originalité, l'originalité est le critérium de la sincérité, le plaisir (pour celui qui écrit) est peut-être le critérium de la vérité du talent.

Ne pas oublier qu'il est presque aussi stupide de dire pour parler d'un livre : « C'est très intelligent », que « Il aimait bien sa mère. » Mais le premier n'est pas encore mis en lumière.

Ne pas oublier : les livres sont l'œuvre de la solitude et les *enfants du silence*. Les enfants du silence ne doivent rien avoir de commun avec les enfants de la parole, les pensées nées du désir de dire quelque chose, d'un blâme, d'une opinion, c'est-à-dire d'une idée obscure.

Ne pas oublier : la matière de nos livres, la substance de nos phrases doit être immatérielle, non pas prise telle quelle dans la réalité, mais nos phrases elles-mêmes et les épisodes aussi doivent être faits de la substance transparente de nos minutes les meilleures, où nous sommes hors de la réalité et du présent. C'est de ces gouttes de lumière[3] qu'est fait le style et la fable d'un livre.

Note[1]. — En outre, il est aussi vain d'écrire spécialement pour le peuple que pour les enfants. Ce qui féconde un enfant, ce n'est pas un livre d'enfantillages. Pourquoi croit-on qu'un ouvrier électricien a besoin que vous écriviez mal et parliez de la Révolution française pour vous comprendre ? D'abord c'est juste le contraire. Comme les Parisiens aiment à lire des voyages d'Océanie et les riches des récits de la vie des mineurs russes, le peuple aime autant lire des choses qui ne se rapportent pas à sa vie. De plus, pourquoi faire cette barrière ? Un ouvrier (voir Halévy[2]) peut être baudelairien.

Cette[3] mauvaise humeur qui ne veut pas voir au fond de soi (qui est en esthétique le pendant d'un homme qui tient à connaître quelqu'un et qui, snobé, dit : « Est-ce que j'ai besoin de lui, ce monsieur ? Qu'est-ce que ça peut me faire de le connaître, il me dégoûte »), c'est en bien plus gros ce que je reproche à Sainte-Beuve, c'est (bien que l'auteur ne parle que d'Idées, etc.) une critique matérielle, de mots qui font plaisir aux lèvres, aux coins de la bouche, aux sourcils remontés, aux épaules, et au contre-flot desquels[4] l'esprit n'a pas le courage de remonter pour voir ce qu'il y a. Mais dans Sainte-Beuve, malgré tout, beaucoup plus d'art prouve beaucoup plus de pensée.

MORÉAS[5]

L'archaïsme est fait de beaucoup d'insincérités, dont l'une est de prendre pour des traits assimilables du génie des anciens des traits extérieurs, évocateurs dans un pastiche, mais dont ces anciens eux-mêmes n'avaient pas conscience, car leur style ne rendait pas alors de son ancien. De nos jours un poète s'est rencontré qui croit qu'a passé en lui la grâce à la fois de Virgile et de Ronsard, parce qu'il appelle le premier comme fait le second « le docte Mantouan[6] ». Son *Ériphyle* a de la grâce, car un des premiers il a senti que la Grèce avait dû vivre, et il donne à la fille de[7]   le gentil zézaiement d'une petite femme : « Mon époux, *c*'était un héros », mais il avait trop de barbe[8], [et] elle secoue la tête avec fâcherie à la fin comme une petite jument; et (peut-être ayant remarqué la vie que donnent les anachronismes involontaires de la Renaissance et du XVIIe siècle) son amant lui dit : « Noble dame[1] » (églises chrétiennes de Grèce, gentilhomme du Péloponnèse[2]). Il se rattache à l'école (Boulenger[3] ?) — et Barrès — en ce qu'il indique d'un mot, l'école du sous-entendu. C'est juste l'opposé de Romain Rolland. Mais ce n'est qu'une qualité, et cela ne prévaut pas contre le néant du fond et l'absence d'originalité. Ses célèbres *Stances* ne se sauvent que parce que l'inachèvement, une sorte de banalité et de manque de souffle sont voulues[4] et, comme elles seraient sans cela involontaires, les défauts du poète conspirent avec son but. Mais dès qu'il s'oublie et veut dire quelque chose, dès qu'il parle il écrit des choses comme ceci... (citer la stance où il y a « d'un esprit trop sot et d'une âme trop basse » et qui finit par cette banalité dite cent fois depuis Leconte de Lisle : « l'ombre d'un rêve[5] »).

Les[6] écrivains que nous admirons ne peuvent pas nous servir de guides, puisque nous possédons en nous, comme l'aiguille aimantée ou le pigeon voyageur, le sens de notre orientation. Mais tandis que guidés par cet instinct[7] intérieur nous volons de l'avant et suivons notre voie, par moments, quand nous jetons les yeux de droite et de gauche sur l'œuvre nouvelle de Francis Jammes ou de Maeterlinck, sur une page que nous ne connaissions pas de Joubert ou d'Emerson, les réminiscences anticipées que nous y trouvons de la même idée, de la même sensation, du même effort d'art que nous exprimons en ce moment, nous font plaisir comme d'aimables poteaux indicateurs qui nous montrent que nous ne nous sommes pas trompés, ou, tandis que nous reposons un instant dans un bois, nous nous sentons confirmés dans notre route par le passage tout près de nous à tire-d'aile de ramiers fraternels qui ne nous ont pas vus. Superflus[8] si l'on veut. Pas tout à fait inutiles cependant. Ils nous montrent [que] ce qui a paru[9] précieux et vrai à ce moi tout de même un peu subjectif qu'est notre moi œuvrant, l'est aussi, d'une valeur plus universelle, pour les moi analogues, pour ce moi plus objectif, ce tout-le-monde cultivé que nous sommes quand nous lisons, l'est non seulement pour notre monade particulière mais aussi pour notre monade universelle.

À propos[1] de ce qui est ci-dessous, il faudra montrer que, quand je suis mondain, j'attache trop d'importance au danger de la mondanité, quand ma mémoire s'affaiblit, trop d'importance à l'acte[2] reconstructeur : les natures éprises d'idéal pensent toujours que le plus beau est ce qui leur est le plus difficile, ce qui du reste est la morale instinctive pour contrebalancer nos vices et nos faiblesses.

Important soit pour le côté de Méséglise, soit pour Bergotte, soit pour la conclusion[3].

Les belles choses que nous écrirons si nous avons du talent sont en nous, indistinctes, comme le souvenir d'un air qui nous charme sans que nous puissions en retrouver le contour, le fredonner, ni même en donner un dessin quantitatif, dire s'il y a des pauses, des suites de notes rapides. Ceux qui sont hantés de ce souvenir confus des vérités qu'ils n'ont jamais connues sont [les] hommes[4] qui sont doués. Mais s'ils se contentent de dire qu'ils entendent un air délicieux, ils n'indiquent rien aux autres, ils n'ont pas de talent. Le talent est comme une sorte de mémoire qui leur permettra de finir par rapprocher d'eux cette musique confuse, de l'entendre clairement, de la noter, de la reproduire, de la chanter. Il arrive un âge où le talent faiblit comme la mémoire, où le muscle mental qui approche les souvenirs intérieurs comme les extérieurs n'a plus de force. Quelquefois cet âge dure toute la vie, par manque d'exercice, par trop rapide satisfaction de soi-même. Et personne ne saura jamais, pas même soi-même, l'air qui vous poursuivait de son rythme insaisissable et délicieux[5].

ESSAIS ET ARTICLES

JUVENILIA[1]

[TRAVAUX D'ÉCOLIER]

DEVOIR DE FRANÇAIS[2]

L'air est embaumé des senteurs qu'exhale un frais lilas. Le soleil se lève gaiement. Il dore la campagne de ses rayons : enfin c'est un radieux matin de mai qui nous occupe. Là-bas dissimulée sous l'aubépine est une vieille chaumière enfumée[3] que Denis Revolle a achetée lors de son mariage. C'est le témoin de douces soirées passées au foyer. Ce grand brun à veste blanche et à casquette bleue qui sort chantonnant du petit édifice, c'est ce même Denis Revolle qui, il y a cinq ans, se trouvait à Saint-André, pourquoi c'est ce qu'il est inutile de dire. On dirait qu'il lui coûte de sortir, il hésite, se tourne, penche vers la maison, puis vers la ville, enfin il rentre dans sa modeste demeure. Au bout de cinq minutes, peut-être dix, car l'impatience que j'avais de connaître sa dernière résolution m'avait fait trouver le temps long, il ressort suivi d'une jeune femme assez jolie, blonde avec des yeux bleus ce qui va sans dire, emmaillotée dans un cachemire, cachemire duquel l'on aurait pu dire :

Et les trous sur le drap marquaient tous ses exploits[4],

n'en déplaise à Corneille car je n'aurais pas porté à son plus haut degré la satisfaction de Denis en laissant le vers intact comme l'a fait Racine dans ses *Plaideurs*[5] ; du reste quel rapport entre un vieillard et une jeune femme ? Deux petits garçons l'accompagnèrent jusqu'à la porte et la petite fille[6], jeune Hébé dont les cheveux, si les lèvres étaient de vermillon, auraient pu être de filasse. Elle lui cria, d'une voix fraîche qui pour un naturaliste eût été le son de l'air se brisant contre les cordes vocales et pour un romancier un chant de rossignol (moi qui ne suis ni romancier ni naturaliste, simplement amateur, c'était une jolie voix possible[1] de charmer tout le monde, excepté moi) : « Adieu, papa, pense à la poupée. » La mère sourit et elle aussi lui cria, mais cette fois je n'analyserai pas sa voix et pour cause : « Prends garde aux bâtis[2]. Je sais bien que tu es prudent... mais tu sais il suffit d'une fois... et puis... on n'est jamais sûr... bon courage. » Ses traits prirent une attitude singulière. Ses yeux semblaient tâcher de débrouiller l'avenir comme du milieu d'un nuage épais et pourtant semblaient avoir peur de chercher trop. Sa physionomie s'est gravée à jamais dans ma mémoire. Je vois encore ce teint pâle et pourtant rose, ces cheveux volant au vent, cet aspect prophétique et maternel, enfin un je ne sais quoi qui n'a de nom dans aucune langue[3].

Mais, tandis que je parle de la mère, Denis Revolle en maçon courageux se mettait à l'ouvrage. N'ayant pas la mémoire des numéros, je dirai seulement que c'était Faubourg Saint-Germain. Au bout de deux heures la maison s'est achevée ou plutôt a été achevée. Voyez ces fenêtres rectangulaires, ces gracieux ornements; pénétrez dans l'intérieur, voyez ces plafonds avec des sujets historiques. Là-bas ces salles à manger fraîches et éclairées. Mais je m'arrête là pour ne pas mériter le « Ce ne sont que festons, ce ne sont qu'astragales[4]. » On va placer un drapeau au pignon, les ouvriers sont réjouis. Ils s'éparpillent, l'un ramasse sa scie, l'autre rentre son crayon; un troisième savoure du pain tartiné de fromage blanc qu'il vient de sortir de sa poche. Ce ne sont pas des gens comme les mendiants étrangers, déguenillés et portant des bijoux. Ils n'ont pas d'objets voyants mais leurs vêtements sont soigneusement raccommodés. Ils sont peut-être aussi pauvres mais moins vagabonds. Enfin l'un est l'homme errant, vivant dans la montagne, puis dans la prairie, puis dans la ville. De ce manque d'habitation résultent des habitudes de la montagne et de la ville unies, et puis tout le reste se comprend. Ce qui fait dire : « Pierre qui roule n'amasse pas mousse. »

Deux messieurs passèrent, pantalon gris, veston jaune marron, chapeau rond, gants tyrols, cravate fantaisie, monocle. Voici leur conversation :

M. — À qui la maison ?
N. — Au comte X.
M. — Fortune ?
N. — Oui.
M. — Enfants ?
N. — Fille.
M. — Quel âge ?
N. — Dix-huit ans.
M. — Jolie ?
N. — Charmante.
M. — Ah!... Bonne affaire pour le gendre.
N. — Et pour l'héritier.
M. — Au plaisir.
N. — Adieu.

Moi aussi j'aurais dit « adieu » non pas « au revoir », certainement pas « au plaisir ». Mais j'aurais bien continué, si je n'avais pas été distrait par ces cris : « Ah! Oh! Eh! Ah! Ah! Oh! Les malheureux! Au secours, mon Dieu, Seigneur! Et pis c'te pauv'chèr' comtesse, quand è va apprendre que c't abomination là a eu lieu ici! » Et tous de courir.

Moi de lever la tête et d'apercevoir... non jamais vous ne le devinerez, jamais : deux êtres vivants, Denis Revolle et un personnage qui vient d'entrer en scène, un garçon économe, doux, habile, sérieux, intelligent, en deux mots Jacques que vous n'aviez pas vu, qui accompagnait Denis au travail, suspendus à une planche qui va céder sous leur poids. Voyez leurs yeux, en feux éteints qui se rallument, regarder fixement la terre. Il faut pour sauver l'un que l'autre se dévoue. Jacques pense aux enfants, à la femme et presque à la belle-mère de Denis. Il rompt sa corde et s'élance dans l'immensité, dans l'infini. Je vis cette masse vivante rouler à terre puis rien ne fut. Tout était en silence.

Mais quels sont ces pas d'enfants que j'entends ? « Hé, ma poupée, papa », cria une jolie voix. C'était cette jeune enfant qui nous a déjà occupé pendant une demi-page, c'est-à-dire beaucoup trop. Sa mère, inquiète de ne pas voir revenir son père, attendit midi, personne ne vint. Elle attendit un quart d'heure qui lui sembla deux siècles, personne. Alors elle se lève effarée, la petite la suit et elles arrivent courant quand ces mots[1] frappèrent l'oreille de Denis. Quel fut le sentiment qu'il éprouva ? La honte et le chagrin. Pouvait-il survivre à Jacques ? Devait-il garder une vie pour le salut de laquelle la mort était nécessaire ? Mais de quel enthousiasme furent pénétrées les âmes de tous les assistants ! Qu'un héros meure, risque ses jours dans une bataille, la renommée sera sa récompense. Mais mourir dans un coin de terre connu seulement de la pierre qui l'a reçu et du cœur pour qui il s'est dévoué. Encore s'en souviendra-t-il[2] éternellement, les bienfaits[3] s'effacent bien plus vite de la mémoire des hommes que les bienfaits qu'ils en ont reçus !

Conclusion.

Hé bien que fit Denis ? On aurait pu croire qu'il garda un pur amour pour Jacques. Hé bien non, il vint à le détester. Tacite a dit qu'il est dans le propre de la nature humaine de haïr celui que l'on a offensé. Il ne l'avait pas offensé, mais son amour-propre en avait été blessé. C'est triste mais c'est vrai. Et si l'on disait à cela que Denis Revolle et que le sacrifice [de] Jacques ne sont que fiction pure je répondrais comme Edmond About : « Les histoires les plus vraies ne sont pas celles qui sont arrivées. »

NARRATION

Procès de Pison devant le Sénat romain[4]

Agrippine entre dans la Curie, et tous les vieux sénateurs se découvrent devant cette femme vénérable par son malheur, et tous ces hommes chez lesquels la servilité a éteint tous les nobles sentiments sentent naître dans leur cœur le désir inconnu de la justice. Ils accueillent respectueusement Agrippine et entendent avec plaisir le peuple crier au-dehors : « À mort Pison ! à mort l'assassin ! »

Seuls quelques amis de Pison se lèvent et demandent au nom de l'Empire que l'accusé soit jugé sans passion :

« Pères conscrits, vous laisserez-vous donc influer[5] par les cris d'une vile populace ou par les pleurs d'une femme ? Songez que la justice fait la force de Rome en même temps que sa gloire ! Auriez-vous donc le courage de condamner sans jugement, de supplicier sans appel ? Non, vous vous devez à vous-mêmes, vous devez à l'Empire, vous devez à l'empereur de rester calmes dans ce jugement. Que la passion soit exclue de vos décisions. Écoutez avec autant de bienveillance le défenseur que l'accusateur. Songez que de votre décision dépend la vie d'un homme et l'honneur de toute une famille. Montrez que Rome n'a pas dégénéré. »

Agrippine elle-même est frappée de la sagesse de ce discours, et craignant que sa proie ne lui échappe, elle se lève, l'œil en feu et dit d'une voix ardente :

« Germanicus est mort, et son meurtrier vit ! Ce perfide l'a empoisonné : il n'eût pas osé se mesurer à armes égales avec le vainqueur des Germains ; aussi il l'a tué traîtreusement. C'est un assassin. Il a attaqué l'empereur en tuant son héritier ; il a mis en danger les possessions de l'Empire en tuant leur conquérant ; il a violé tous les honnêtes gens en tuant Germanicus. Il est donc avant tout nuisible à l'État et c'est la voix de l'intérêt public qui me pousse à demander sa mort. Mais maintenant considérez ma situation, ô pères conscrits : moi qui ai vu mon époux sortir sain et sauf des révoltes, qui l'ai vu rester calme au milieu des légions révoltées, je le vois lâchement empoisonné. Ma vue avait ému de pitié des soldats enivrés du sang de leurs chefs : ne vous commandera-t-elle pas la vengeance, ô pères conscrits ? Songez que si vous laissez Pison impuni, ce vous sera un éternel opprobre. Il est mauvais citoyen : donc, supprimez-le du rang des citoyens. Vous allez proposer l'exil peut-être ? Mais le traître qui a tué Germanicus s'alliera avec les barbares auprès desquels l'assassinat du premier général de l'Empire est un titre de gloire : non, non, il faut condamner Pison à mort. Il le mérite comme rebelle à l'empereur. »

Emportés par la chaleur de ce discours, enivrés par la vue de cette femme, dont l'auguste beauté est encore rehaussée par la colère, ils se laissent emporter contre Pison. Son arrêt de mort va être prononcé.

Mais ils voient l'empereur rester impassible et, honteux de s'être laissé entraîner loin de leur chef, de l'avoir contrarié peut-être, ils balbutient honteusement, parlent du courage de Pison, des services qu'il a rendus, lorsque Séjan entre, tenant un poignard sanglant à la main :

« Voici l'arme, dit-il, avec laquelle Pison s'est donné

la mort. Quand je suis entré dans sa prison, croyant que c'était le peuple qui venait, il s'est tué pour ne pas tomber vivant aux mains de ses concitoyens. Quand il m'a vu, reconnaissant son erreur, il m'a dit d'une voix mourante : " J'ai cru que le peuple arrivait et je n'ai pas voulu qu'il me donnât la mort : je regrette cet acte de vivacité, car j'aurais voulu expliquer au Sénat que j'étais innocent, et sauver mon nom de l'opprobre qui l'attend éternellement ". Je lui dis alors que l'empereur aurait pitié de son fils en tout cas, et je le conjurai de me dire s'il était coupable. Se redressant alors, il me jura le grand serment des dieux qu'il était innocent, et aussitôt un flux de sang sortit de sa bouche et il tomba raide mort. Il est donc innocent, car un mourant ne se serait pas damné éternellement[1] en parjurant, surtout quand l'amour paternel n'avait plus rien à craindre. »

Mais à ces mots Cneus[2] se lève, le visage empourpré de colère, et la réprimant, il dit d'une voix rauque :

« Oh Séjan, vous êtes bien habile et un ignorant serait joué, mais mon père m'a tout dit : il était coupable, mais par l'ordre de Tibère. L'empereur a senti qu'il fallait à tout pris enfouir son secret et résolu de le faire périr avec Pison, mais comme l'illustre accusé aurait parlé devant le Sénat, il l'a fait assassiner dans sa prison : c'est en vain, car mon père m'avait confié son secret. »

Puis d'une voix ironique :

« Je suis certes bien reconnaissant à l'empereur qu'il ait trouvé que c'était déjà assez de faire périr Pison sans jugement — quand il n'avait fait qu'obéir aux ordres de son prince — et qu'il ait voulu du moins relever sa mémoire, en inventant cette fable. Mais la vérité avant tout : mon père était coupable, mais Tibère encore plus, et lorsque vous disiez, Agrippine, que Pison avait attaqué l'empereur en tuant son héritier, vous vous êtes étrangement trompée, car c'est l'empereur lui-même qui avait ordonné la mort de Germanicus. Quant à moi je veux finir ma vie, après avoir montré l'infamie de l'empereur et la perfidie de Séjan. »

À ces mots, arrachant le poignard des mains de Séjan, il s'en perça le sein[3].

Devant cette révélation subite, Tibère sent tous ses projets déjoués, il se voit couvert de honte, il se sent détesté. Il sait bien que personne ne laissera percer un seul signe de mépris, mais il sait bien qu'en dedans des cœurs on médira de lui. Son esprit déjà aigri et tout plein de fiel, s'assombrit encore davantage : la colère l'emporte, non pas de ces colères franches et exubérantes, mais une colère qu'il renferme dans son cœur; les muscles de son visage n'expriment aucun sentiment, mais de terribles résolutions l'agitent et il se promet de faire périr ces sénateurs, coupables de connaître son secret, et d'éloigner cette Agrippine dont la nature franche lui était déjà insupportable, et à laquelle il s'est rendu odieux.

Quant à elle, sans se répandre en invectives contre l'empereur, elle sort en lui lançant un regard de souverain mépris et va pleurer devant le cadavre de Cneus : la perfidie de l'empereur avait en effet absous Pison pour elle.

Et pendant ce temps, les sénateurs sortent en tumulte, n'osant pas affronter l'empereur après un tel orage.

LE GLADIATEUR MOURANT[1]

Le gladiateur est blessé à mort. Il est étendu sur l'arène, soutenant d'une main faible sa tête qui chancelle baignée dans un flot de sang. Il sent la vie qui l'abandonne. Il consent à mourir, mais il déguisera son agonie, et il ne sera pas dit qu'il a été vaincu et qu'on l'a vu souffrir.

Son sang s'écoule toujours; il n'en a presque plus. Ses forces l'abandonnent goutte à goutte. L'amphithéâtre retentit alors de bruyantes acclamations qui saluent la victoire de son adversaire. Peuple féroce, il te fallait donc insulter à la douleur de cet homme; il t'a repu des joies du cirque pendant des années. Peuple ingrat, il n'a plus de sang, tu veux donc qu'il te donne des larmes. Peuple cruel, tu viens d'insulter l'homme dans le gladiateur.

Mais il n'entend tes acclamations que comme un murmure confus, comme un dernier écho de la vie quand son âme s'enfuit déjà chez les morts. Il ne s'en émeut pas; peuple de sang, ce n'est pas à toi qu'il doit ses dernières pensées. Il les porte là-bas, bien loin sur les rives fleuries du Danube, vers une cabane sauvage qu'il entrevoit dans son esprit comme une douce et cruelle image de sa vie passée. Le lierre en couronne le toit. Là sa femme eſt assise nourrissant avec peine deux petits enfants jeunes encore. Époux ingrat, père dénaturé ! Il a quitté tous ces biens pour les applaudissements passagers de quelques milliers d'hommes corrompus qui viennent d'insulter à sa défaite. S'il pouvait seulement les revoir et obtenir leur pardon ! Il mourrait tranquille. La sueur au front, usant ses jours dans un labeur au-dessus de ses forces, elle pense à lui, peut-être lui reprochant d'avoir abandonné ses enfants. Si elle savait comme il se repent, comme ces souvenirs sont pour lui une dure punition elle lui pardonnerait peut-être, elle a le cœur si bon, elle l'aime peut-être encore un peu.

Il meurt pour le plaisir de méchants, de sauvages, d'hommes pervertis, pour le plaisir de Rome. Il va s'évanouir de même qu'une de ces violentes tempêtes qui après avoir tout ébranlé se dissipent, ne laissant rien d'elles, pas même un souvenir. Il meurt en lion devant ces tigres altérés de sang[1]. Ne sera-t-il donc pas vengé ? Ne sera-t-elle pas punie cette multitude inconſtante et féroce ? Puissent tous ces hommes mourir malheureux, loin de leur femme et de leurs enfants, pleins de remords, insultés à leur dernier moment.

Mais à mesure qu'il s'approche de l'heure suprême, ses sentiments s'épurent et s'élèvent. Il sent qu'il a besoin qu'on lui pardonne, qu'il eſt aussi coupable que tous ces hommes. L'idée d'un jugement rendu après la mort se présente de plus en plus nette à son esprit. Comment le juge suprême pourra-t-il être indulgent pour lui, qui eſt si dur envers les autres... Mais le temps ne lui appartient plus. La mort a gagné tous ses membres, la mort va l'avoir glacé complètement, il eſt au seuil de l'éternité. Réunissant alors toutes ses forces, il bégaie une prière, il supplie au[2] juge qu'il entrevoit vaguement comme dans un rêve de pardonner à ses ennemis[3].

COMPOSITION FRANÇAISE[4]

Depuis trois jours Corinthe eſt la proie des flammes[5]. Les murs de cette belle cité sont tombés sous les coups redoublés des béliers romains et les œuvres d'art qu'elle contenait sont le butin de soldats ignorants et barbares, du consul Mummius et de ses légionnaires. Les habitants ont été massacrés presque tous, les femmes emmenées en esclavage, et de cette population si civilisée il ne reste plus que des enfants. Le farouche Mummius a décidé leur sort. Les enfants nobles périront; c'est un exemple à donner aux cités révoltées; mais à quoi bon faire mourir les fils des esclaves ? Rome peut tirer des avantages de sa clémence à leur égard. Mais comment les distinguer ? Mummius s'est souvenu que tout Grec libre savait écrire et il a ordonné qu'on lui amenât les petits Corinthiens pour leur faire tracer quelques lignes; il les attend sur la place publique, entouré de quelques lieutenants.

Bientôt tous ces enfants arrivèrent, les uns petits encore, les autres déjà grands et qui pouvaient atteindre leur quatorzième année. Devant, derrière eux, les maisons enflammées s'écroulaient avec d'horribles craquements. La sinistre lueur de l'incendie donnait aux ombres des soldats et des maisons en ruine un aspect de fantôme effrayant. Les rues étaient teintes de sang, jonchées de cadavres, le ciel était embrasé. Beaucoup de ces enfants pouvaient voir le cadavre de leur père gisant mutilé non loin d'eux, beaucoup pouvaient entendre les gémissements de leur mère qui, la chaîne aux pieds et aux mains, était emmenée en esclavage sur une terre étrangère, bien loin de ses enfants, du cadavre de son époux, bien loin de sa si douce patrie. Éperdus au milieu de ces ruines sinistres, les plus petits tremblaient de tous leurs membres, suppliant qu'on leur laissât la vie. Ils en avaient tant vu massacrer sans pitié, d'hommes et même de vieillards, qu'ils espéraient à peine mais se raidissaient de toute leur force contre la mort. Ils ne pouvaient pleurer tant leur angoisse était grande. La douleur des plus grands était peut-être plus vive quoique plus contenue; ils comprenaient mieux le danger de leur situation présente et l'horreur de leur vie s'ils obtenaient la grâce du vainqueur maintenant qu'ils avaient tout perdu. Ils ne prononçaient pas une parole et pensaient que c'était pour entendre leur arrêt de mort qu'on les amenait ici. On n'entendait que des soupirs, des plaintes, des sanglots étouffés, quelques paroles à voix basse, quelque dernier adieu d'un petit enfant à son ami.

Ils furent tous bien étonnés quand on leur apporta des tablettes. Ils écrivirent l'un après l'autre sous les yeux de Mummius et de ses lieutenants, se demandant quelle pouvait être la cause de cet acte étrange; et c'était vraiment chose touchante, que de voir toutes ces pauvres petites têtes folles de crainte et de désespoir, implorant sur leurs tablettes la grâce du vainqueur ou la permission de rejoindre leur mère.

On avait passé les tablettes à presque tous les enfants. Il n'en restait plus que quelques-uns, et tous ceux qui n'avaient pu écrire, avaient été séparés des autres. Les soldats arrivèrent à un bel enfant qui pouvait avoir environ treize ans, au visage pur et de lignes belles, au regard fier et courageux. Tous ses camarades avaient essayé d'attendrir les soldats. Lui les regarda avec mépris, prit rapidement la tablette, et d'une main qui ne tremblait pas, seul, abandonné au milieu de ces gens cruels et de cette ville en flammes, il écrivit ces deux vers d'Homère : « O trois et quatre fois heureux ceux qui sont morts en combattant dans [les] champs d'Ilion[1]! » Mummius se tenait auprès de lui avec ses deux lieutenants, pour examiner ce qu'il avait écrit; quand le bel enfant grec lui eut remis hardiment ses tablettes, le farouche Romain ne put s'empêcher de regarder le petit héros avec intérêt; même son regard se troubla et une larme furtive glissa de ses paupières.

Le jour où la Grèce entière venait de succomber aux coups d'un ennemi grossier et barbare, cet acte de courage était un bel exemple de l'utilité morale des études littéraires. Certes la nature de cet enfant était noble et généreuse, mais ce qui lui inspirait cette belle action c'était l'exemple du divin Ulysse, c'étaient les vers du divin Homère. Combien d'actes héroïques n'ont d'autres causes que l'admiration. Combien de sentiments fiers et généreux n'ont d'autre source que la poésie. Les études littéraires nous permettent de dédaigner la mort, elles nous élèvent au-dessus des choses de la terre en nous parlant des choses de l'esprit; elles épurent tous nos sentiments; et ce courage raisonné, presque philosophique est bien plus beau que le courage du corps, que l'intrépidité des sens car il est en réalité le courage de l'esprit. Et il ne faut pas croire qu'il nous coûte. C'est plein d'un calme infini d'âme et d'une légitime fierté, qu'on plane ainsi au-dessus de la vie et de ses misères, et la poésie, cette brillante fleur, s'épanouit dans les belles âmes comme en un terrain favorable. Elle y apporte son parfum et sa grâce, et aussi son éclat et sa force. Elle rend l'air autour de nous plus pur et plus sain; elle nous enflamme de cet amour divin qui porte en soi sa récompense. Et n'est-ce pas aussi un poétique symbole de la destinée de la Grèce que ce bel enfant qui répétait une dernière fois à sa patrie mourante le nom de son poète et de ses héros et berçait son dernier sommeil d'une musique harmonieuse et divine ?

L'ÉCLIPSE[1]

Les calomnies les plus odieuses inventées par les envieux, toutes les hontes et toutes les railleries, tous les mépris et tous les déboires, l'ingratitude du prince auquel il venait de procurer la richesse et la gloire, rien n'avait découragé Colomb. À peine sorti de prison, et privé désormais de tout titre, l'illustre vieillard voulut faire au nouveau monde un quatrième voyage qui devait être le dernier[2].

Christophe Colomb dirigea avec la même hardiesse et la même fermeté qu'autrefois cette dernière expédition. Très vieilli par les chagrins, il n'en avait pas moins conservé toute son activité matérielle et morale. C'était toujours aussi le savant admirable qui par l'étendue et la profondeur de ses connaissances, par la précision et l'élévation de ses recherches, était parvenu à faire la merveilleuse découverte qui devait l'illustrer et qui, à cette époque, tenait du miracle et du prodige.

Se réglant toujours sur les mouvements des astres qu'il connaissait avec une exactitude merveilleuse, il guida rapidement sa flotte sur le chemin qu'il avait déjà parcouru trois fois; et même, il n'eut pas à déployer dans cette traversée son sang-froid, sa présence d'esprit qui avaient chez cet homme une véritable grandeur lorsque dans une révolte qui mettait en danger non seulement sa vie, mais l'existence même de ses découvertes, il soumettait les révoltés par la dignité et la fermeté de son attitude; car maintenant son équipage mettait en lui tout son espoir, l'aimait et le vénérait comme un homme supérieur et dont il sentait dépendre quelque chose de plus grand que les intérêts du jour. Mais à l'entrée de la mer de Cuba, une tempête assaillit la flotte de Colomb et ses navires ballottés quelques jours sur les flots furieux allèrent échouer à la Jamaïque; Colomb s'y arrêta et envoya quelques-uns de ses compagnons chercher un vaisseau à Saint-Domingue. Il fut d'abord bien reçu à la Jamaïque par les indigènes. Il avait découvert cette île en 1494, et depuis elle appartenait aux Espagnols. Mais quelques jours après son arrivée, pendant qu'une partie de ses compagnons étaient à Saint-Domingue, soit qu'ils eussent voulu saisir cette occasion pour s'affranchir d'une domination dont ils étaient las, soit qu'ils eussent été maltraités par les matelots du grand voyageur, soit enfin que cette rébellion fût l'œuvre des ennemis de Colomb, de ceux que F[erdinand] le Catholique avait mis à sa place dans le gouvernement des Antilles et qui craignaient de lui voir recouvrer dans cette expédition son crédit et ses honneurs, les indigènes se révoltèrent.

Colomb n'avait avec lui qu'une cinquantaine de matelots, quand plus de cent mille indigènes vinrent entourer son habitation. Les compagnons de Colomb s'épouvantent, veulent fuir, mais ils n'ont pas de navire pour quitter cette île ennemie. D'ailleurs, comment franchir ce rempart de corps et de lames qui les environne ? Colomb leur ordonne de le suivre avec confiance; il songe à part lui et se demande ce qu'il va dire à ces hommes, mais reste calme et ferme; soudain un éclair a passé dans ses yeux tristes et éteints par la tristesse et les années; il quitte rapidement sa demeure, suivi de ses hommes effrayés; son attitude noble et courageuse impose aux indigènes qui suspendent un instant leurs cris pour laisser parler le vieillard.

« Homme Caraïbes, dit-il d'une voix ferme et qui ne tremble pas, vous vous révoltez contre votre seigneur et maître, le roi d'Espagne; mais la colère divine s'appesantira sur vous et dans quelques heures la lune qui maintenant brille si claire au ciel, se voilera et Dieu vous plongera dans l'obscurité la plus profonde. » Colomb entendait par là une éclipse de lune que ses calculs lui avaient révélée. La physionomie du grand homme reprit bientôt une expression calme et douce que lui donnaient le sentiment du devoir accompli et la conscience qu'il venait peut-être de sauver bien des vies humaines.

Mais les sauvages ont été peu émus de ce qu'ils considèrent comme de vaines menaces; pourtant, ils attendent, poussés par un sentiment de curiosité habituel à ces peuples. La lune brillante et claire au milieu d'un ciel pur et constellé d'étoiles épandait sur les plaines fertiles de l'île de larges bandes de lumière pâle et mystérieuse. C'était une de ces belles nuits pures et sans nuages qui n'étendent que sur les contrées équatoriales leur calme et leur majesté. Et tous ces corps nus et cuivrés, armés de lames brillantes, ce vieillard à la longue barbe blanche qui regardait le ciel, cette végétation luxuriante et extraordinaire de la Jamaïque, enfin au fond la mer unie, silencieuse, azurée, ce tableau poignant et poétique prenait sous cette diffusion de lumière céleste des teintes étranges et féeriques. Bientôt un petit nuage noir glisse comme une tâche dans l'azur brillant et immaculé du ciel; il approche de la lune et entame bientôt le disque argenté. Puis peu à peu le globe brillant disparaît tout entier sous [un] voile noir et épais. Les Peaux-Rouges alors sont saisis de terreur; éperdus, ils se précipitent aux genoux de Colomb en le suppliant de leur pardonner.

Et c'était un spectacle touchant que celui de ces pauvres sauvages terrifiés et fous d'angoisse, conjurant Colomb de leur laisser revoir l'astre bien-aimé. Colomb leur pardonne aisément et l'espace résonna longtemps des joyeux trépignements des Caraïbes, anxieux encore cependant, car la lune était toujours voilée.

Mais bientôt, un point lumineux, puis peu à peu l'astre tout entier sortit lentement de son voile, et la lune brillante et majestueuse revint éclairer cette scène splendide et symbolique, où les sauvages apaisés, toujours à genoux devant Colomb, semblaient une image vivante de la barbarie adorant et divinisant la civilisation.

LES NUAGES[1]

Dans tous les temps, dans tous les pays où le ciel n'est pas toujours limpide et bleu, les nuages ont dû séduire l'imagination de l'homme par leurs formes changeantes et souvent fantastiques. Toujours l'homme a dû y deviner les êtres imaginaires ou réels qui occupaient son esprit. Chacun peut y trouver ce qui lui plaît; le contour de ces vapeurs est si léger, si indécis... une brise les transforme, un souffle les détruit. Le soir, quand le soleil vient de disparaître à l'horizon, que ses reflets pourprés colorent encore le ciel, les nuages découpés en formes bizarres sont amoncelés au couchant; l'homme religieusement ému par le calme majestueux et solennel de cette heure poétique, aime à contempler le ciel; il peut découvrir alors dans les nuées des géants et des tours[1] et toutes les fantaisies brillantes de son imagination exaltée. Ces belles couleurs de pourpre et d'or donneront à son rêve un éclat magnifique et grandiose plutôt que charmant et gracieux; et pourtant dans les vapeurs légères et roses qui voltigent çà et là dans le ciel, on peut saisir les contours poétiques d'un chœur dansant de jeunes filles[2]. Puis, se laissant aller presque involontairement à une rêverie qui l'absorbe, l'homme oublie peu à peu les objets qui l'entourent; ne voyant plus rien, n'entendant plus rien près de soi, il prête à son illusion le caractère de la réalité, donne la vie aux formes qu'il a devinées et assiste à un spectacle grandiose que lui-même il a créé. Ces géants qu'il avait complaisamment découverts, se livrent entre eux de terribles batailles dans le vaste champ du ciel. De temps à autre un des plus vaillants tombe dans un chatoiement de couleurs éblouissantes; bientôt les vainqueurs s'évanouissent aussi et ces guerriers indomptables ont été renversés par une douce [brise[3]] de la terre. Alors l'illusion est détruite, la vision est disparue et l'on retombe à terre avec la sensation désagréable qu'on éprouve le matin après la fin d'un beau rêve.

Mais les nuages ne prêtent pas toujours à ces hallucinations, leurs formes ne sont pas toujours assez découpées pour que l'imagination, même la plus complaisante, puisse y découvrir des formes humaines; mais toujours les nuages nous font rêver; si leur forme bizarre ne transporte pas notre imagination dans le pays des rêves éclatants, leur passage rapide plonge notre âme au plus profond des méditations philosophiques. Car l'homme a dans son cœur comme un fil secret et étroit qui le relie si bien à toutes les parties de la nature que quand il en voit quelqu'une il se sent en proie à une émotion qui varie à l'infini mais qui existe presque toujours. Il aime à confier ses peines de cœur au ruisseau qui murmure, à l'arbre près duquel il a coutume de s'asseoir. Que de fois, délicieusement ému, j'ai raconté mes peines aux feuilles[4] et aux oiseaux, croyant ouvrir mon cœur à des êtres vivants qui me comprenaient, mais en même temps à des êtres supérieurs et divins qui me fournissaient de poétiques consolations. Mais rien dans la nature n'appelle tant les aveux que les nuages. Bien souvent je les ai chargés de commissions qu'hélas ils n'ont jamais portées. Je les faisais les confidents de mes chagrins et bientôt ils s'enfuyaient à l'horizon. Resté seul je songeais fièvreusement que ces beaux messagers devaient être doués de vie, qu'ils iraient au moins vers Dieu lui demander pour moi quelque consolation, et j'espérais ainsi follement jusqu'à ce qu'un autre nuage revînt pour recommencer ma douce illusion. Ô beaux nuages, combien vous avez entendu d'aveux que vous n'avez pas répétés, combien vous avez vu de tristesses que vous n'avez pas dissipées, de combien de désespoirs vous avez été témoins que vous n'avez pas consolés. Et surtout de ceux-là qui pleurent éternellement sur une terre étrangère leur femme, leurs enfants, leur patrie si douce, et qui comme Ulysse regrettent la fumée légère qui s'échappe de leur maison[1]. De ceux qui, captifs dans les fers, restent des années, l'œil fixé sur l'horizon, le fouillant minutieusement de leur regard inquiet et attentif pour y découvrir une voile, un signal et n'y voyant que vous, légers nuages, seuls témoins de leur infortune, seuls confidents de leurs aveux secrets. Ô beaux nuages, merci de toutes les consolations que vous avez données aux malheureux[2]. Car votre approche les a remplis de cette mélancolie rêveuse, de cette tristesse poétique qui seule peut adoucir les douleurs qu'on ne peut pas calmer, car elle les purifie, les élève et en fait [un] sentiment subtil et divin qui remplit d'un légitime orgueil ceux qui le portent, en faisant poète et philosophe celui qui n'était que malheureux.

DISSERTATION FRANÇAISE[3]

« Celui qui aime passionnément Corneille peut n'être pas ennemi d'un peu de jactance. Aimer passionnément Racine, c'est risquer d'avoir trop ce qu'on appelle en France le goût, et qui rend parfois si dégoûté[4]. »

Les créations de la poésie et de la littérature ne sont pas les œuvres de la pensée pure, elles expriment aussi un tempérament différent chez chaque poète, qui leur donne leur marque[1]. Tant que ce tempérament anime l'artiste sans l'entraîner[2], que, soumis aux plus hautes nécessités de l'art, appelées parfois règles, il leur prête pourtant un peu de sa force et de sa nouveauté, l'artiste est dans sa période de grandeur. Il écrit le *Cid,* il écrit *Andromaque,* et l'expression la plus haute de son âme semble l'expression même de l'âme de l'humanité. Mais soit au début, soit à la fin de sa carrière, ne sachant pas encore maîtriser ses penchants, ou ne le sachant plus, il ne traduit plus qu'eux dans son œuvre. De la tendresse, il tombe dans la préciosité galante; excédant la grandeur, il va jusqu'à l'extravagance. Avant d'écrire *Andromaque,* il ne peut écrire que *Les Frères ennemis.* Désormais incapable d'un nouveau *Cid,* il va d'*Agésilas* à *Attila.* De l'excès du principe qui avait fait sa nouveauté, son charme et la vie de son œuvre, naissent les erreurs de son génie et les causes de sa décadence. Mais à ce moment où, moins parfait, il ne fond pas harmonieusement dans une œuvre son originalité propre avec les beautés de son art, n'est-il pas encore plus lui-même ? Et ceux qui l'aimaient plus passionnément encore qu'ils ne l'admiraient impartialement, qui louaient moins Corneille et Racine d'être de grands écrivains que d'avoir découvert, l'un une nouvelle nuance de l'exquis, l'autre un nouveau rayon du sublime, ceux-là ne trouvent-ils pas une joie plus vive encore dans les œuvres où le poète laisse apparaître plus manifestement ses qualités et ses défauts, où il ne les tempère plus, ne les modère[3] plus, ne les subordonne plus et ne les fond plus ? Et ne se grave-t-il pas ainsi dans l'esprit charmé des disciples une image à la fois plus exacte et plus fausse, plus étroite et plus personnelle des écrivains qu'ils aiment ? Ne verront-ils pas un Corneille trop orgueilleux, un Racine trop délicat ? C'est sans doute dans ce sens respectueux qu'il faut interpréter le jugement de Sainte-Beuve. Sans doute n'a-t-il pas voulu dire que les tragédies de Corneille font voir trop de jactance, et celles de Racine « trop de délicatesse »[4]. À peine dirait-il qu'elles sont les défauts caractéristiques de leurs mauvaises pièces. On peut croire que la critique s'applique seulement à ces fervents des deux grands poètes, qui sont plus cornéliens que Corneille, plus épris que Quinault encore que de Racine, chérissant leurs défauts et sur eux renchérissant. Mais si les œuvres excessives et personnelles jusqu'au *paradoxe de l'élégance ou de la grandeur,* de Corneille et de Racine, si tout au moins les conséquences extrêmes que des amateurs passionnés ont tirées de leur esthétique présentent cette image de jactance ou de préciosité, n'est-ce pas que dans leurs chefs-d'œuvre mêmes il y en avait comme le germe, au moins la promesse, et vers elle comme une naturelle inclination ? Les combats que Chimène impose à Rodrigue, malgré la douloureuse réalité morale sur laquelle son scrupule repose et qui dans la suite de l'œuvre de Corneille fera souvent défaut, ne les multiplie-t-elle pas un peu trop et, comme on dit à l'armée, « pour la parade » ? Pour quoi de plus sérieux que pour une coquetterie de renoncement de sa part, et pour un plus pompeux étalage d'héroïsme et de constance chez Rodrigue, recule-t-elle si loin le moment qui les verra réunis ? Quelles belles et énergiques âmes ! Mais comme elles le savent, et quelle sublime habileté à donner tout son cadre à leur beauté, à diversifier et sans cesse élargir le champ de leur énergie ! Certes, c'est bien au drame le plus haut de la moralité que Corneille nous fait assister, mais avec quels intermèdes glorieux, pour la magnificence des *cœurs* et du *style,* comme s'il déroulait devant nous, avec pompe et complaisance, *« les Jeux de l'Amour et du Devoir ».* Et si de Racine on peut dire que, même dans les sujets les plus hardis, il a gardé, par la science inimitable du langage, « l'étroite bienséance[1] », ne peut-on en revanche l'accuser d'y avoir pris trop de plaisir, d'y avoir mis trop d'adresse, d'avoir fait consister l'art parfois dans quelque chose de trop formel et de trop subtil ? Si de nos jours la critique a prétendu découvrir le réalisme farouche qui ferait le fond des tragédies de Racine, peut-elle nous l'objecter ? Et n'est-ce pas plutôt reconnaître avec quel amour il en avait fondu et adouci la forme, pour qu'il y ait eu là matière à découverte et qu'on s'en soit si tard avisé ? Ne pas dire tout à fait ce qu'on veut dire, ou plutôt le dire de certaine manière raffinée qui en voile l'horreur d'élégance *(et de volupté),* répugner à un art plus direct et exempt de ces *gentillesses* compliquées : si ce ne sont pas là toujours les habitudes de Racine, ou si du moins ce ne sont que ses défauts habituels, chez d'autres ce sont des grâces qu'on appelle, avec un peu de raison, « raciniennes ».

Mais il y a une manière d'aimer les grands hommes qui, pour ne pas excuser, ou pour mieux dire préférer leurs défauts, eſt pourtant une bonne manière d'aimer et assez haute. Elle consiſte à ne pas aimer un grand écrivain en pur dilettante, comme on se complaît aux défauts d'un enfant ou d'un acteur :

Et ce n'eſt pas, ma sœur, imiter notre mère
Que de tousser et de cracher comme elle[1],

à faire plutôt moins de ses défauts l'essence de son originalité que de ses qualités l'axe de son génie et la loi de son développement. On peut ainsi aimer pourtant passionnément — et, dans ce sens, aimer passionnément Racine ce sera simplement aimer la plus profonde, la plus tendre, la plus douloureuse, la plus sincère intuition de tant de vies charmantes et martyrisées, comme aimer passionnément Corneille, ce serait aimer dans toute son intègre beauté, dans sa fierté inaltérable, la plus haute réalisation d'un idéal héroïque.

LA REVUE VERTE

[CONSIDÉRANT QUE *LA REVUE VERTE*...][2]

Considérant que *la Revue Verte,* n'étant ni payante ni tirée à un grand nombre d'exemplaires, eſt tout à fait différente des feuilles dites publiques, qu'elle n'exiſte que pour le divertissement d'un cercle très reſtreint et tout à fait d'élection, que donc ses directeurs sont libres d'imposer à des lecteurs qu'ils choisissent des conditions qui leur plaisent;

Considérant que le but de la revue eſt le simple divertissement que peuvent procurer les occupations de rédaction, de discussion, de publication, et qu'en conséquence les articles écrits par manière de jeu ne sont que le reflet inconsiſtant de la mobilité d'imaginations qui s'amusent;

Considérant enfin que ces imaginations, point gênées dans leur libre jeu par la crainte de la publicité, ni par la réserve qu'imposeraient certains lecteurs, se livrent dans une intimité complète;

M. le Secrétaire s'oppose formellement à la demande de M. D. Halévy, qu'il ignorait. Son opposition n'est pas inconstitutionnelle (1er considérant). Elle a pour but d'empêcher la mauvaise opinion qu'on pourrait avoir plus tard, en leur attribuant une importance qu'elles n'ont jamais prétendu avoir, de feuilles journalières écrites à la hâte; 2° de respecter leur caractère tout privé en les protégeant contre les critiques de lecteurs en vue desquels elles ne furent point griffonnées.

M. le Secrétaire espère que M. Bizet voudra bien, ainsi que M. Halévy, avoir égard à sa demande, sans quoi il aurait le regret de refuser son concours à une revue désormais tout autre que celle où il pensait collaborer.

LA REVUE LILAS[1]

[LE CIEL EST D'UN VIOLET SOMBRE...]

Pour la Revue Lilas.
Sous réserve de destruction ultérieure.

À mon cher ami Jacques Bizet.

Quinze ans. 7 heures du soir. Octobre.

Le ciel est d'un violet sombre marqué de taches luisantes. Toutes les choses sont noires. Voici les lampes, l'horreur des choses usuelles.

Elles m'oppressent. La nuit qui tombe comme un couvercle noir ferme l'espoir, grand ouvert au jour, d'y échapper. Voici l'horreur des choses usuelles, et l'insomnie des premières heures du soir, pendant qu'au-dessus de moi on joue des valses et que j'entends le bruit crispant des vaisselles remuées dans une pièce voisine...

Dix-sept ans. 11 heures du soir. Octobre.

La lampe illumine faiblement les recoins sombres de ma chambre et met un grand rond de lumière vive, où entrent ma main, tout d'un coup ambrée, mon livre, mon bureau. Aux murs bleuissent de minces filets de lune entrés par l'imperceptible écartement des tentures rouges. Tout le monde est couché dans le grand appartement silencieux... — J'entrouvre la fenêtre pour revoir une dernière fois la douce face fauve, bien ronde, de la lune amie. J'entends comme l'haleine très fraîche, froide, de toutes les choses qui dorment — l'arbre d'où suinte de la lumière bleue — de la belle lumière bleue transfigurant au loin par une échappée de rues, comme un paysage polaire électriquement illuminé, les pavés bleus et pâles. Par-dessus s'étendent les infinis champs bleus où fleurissent de frêles étoiles... — J'ai refermé la fenêtre. Je suis couché. Ma lampe posée près de mon lit sur une tablette, au milieu de verres, de flacons, de boissons fraîches, de petits livres précieusement reliés, de lettres d'amitié ou d'amour, éclaire vaguement dans le fond ma bibliothèque. L'heure divine! Les choses usuelles, comme la nature, je les ai sacrées, ne pouvant les vaincre. Je les ai vêtues de mon âme et d'images intimes ou splendides. Je vis dans un sanctuaire, au milieu d'un spectacle. Je suis le centre des choses et chacune me procure des sensations et des sentiments magnifiques ou mélancoliques, dont je jouis. J'ai devant les yeux des visions splendides. Il fait doux dans ce lit... Je m'endors.

[IMPRESSIONS DE THÉÂTRE][1]

Vu Jules Lemaitre[2] pour la première fois. Jolie tête de jeune taureau, face de faune songeur avec deux yeux d'un bleu bien pur, bleus comme un reflet de pervenche dans une source claire. Ne comprends pas son indifférence[3] à l'égard de l'acte délicieux de Darzens[4], et surtout qu'il ne parle pas de Mévisto[5], merveilleux Christ qui a produit à tous une impression extraordinaire. Presque égal au divin Mounet[6], il est au-dessus de toute comparaison avec n'importe quel autre tragédien. Pourquoi l'Odéon ne l'engage-t-il pas, au lieu de permettre à l'exécrable X... de continuer à déshonorer les vers admirables d'*Athalie ?* (Mlle Weber[7] est admirable en Zacharie, Tessandier[8] très faible. Si j'ai le temps, je vous en reparlerai un peu la prochaine fois, de cette étonnante Weber). Excessivement remarquable, Alice Lavigne, dans les *Joyeusetés de l'Année*. Dans la scène de la Danse, avec un sens merveilleux de l'eurythmie; très fine la charge vraiment éminente d'un entrechat imperturbablement continué et comme automatique pendant la conversation des deux danseuses. Du contraste, dirait tel maître[1], jaillit un comique imprévu, et des fusées de rire traversent la salle. L'imitation de Paulus[2] est d'une vérité extraordinaire et grâce au corps plus fluet, à la peau plus fine, à la voix plus fraîche de l'actrice, d'un charme extrême. Mlle Y... médiocre en Mignon. Pourquoi ajoute-t-elle tant de « roulades » ? Au moment de l' « Air de Ballet », on se croirait vraiment à la foire de Neuilly, comme me le fait remarquer une femme exquise. Noter dans *Cendrillon* les gestes de Thérésa[3] pendant le chœur de la Victoire. C'est bien supérieur à Paulus. Bien faibles les *Pieds de Mouton*. Pour prendre une expression[4] « que je vous cueille sur les lèvres mêmes de Mme Théo », on se tord à *Mimi*.

[QUESTIONNAIRE[5]]

Your favourite virtue. — Toutes celles qui ne sont pas particulières à une secte, les universelles.

Your favourite qualities in man. — L'intelligence, le sens moral.

Your favourite qualities in woman. — La douceur, le naturel, l'intelligence.

Your favourite occupation. — La lecture, la rêverie, les vers, l'histoire, le théâtre.

Your chief characteristic[6]. —

Your idea of happiness. — Vivre près de tous ceux que j'aime avec les charmes de la nature, une quantité de livres et de partitions, et pas loin un théâtre français.

Your idea of misery. — Être séparé de maman.

Your favourite colour and flower. — Je les aime toutes, et pour les fleurs, je ne sais pas.

If not yourself, who would you be ? — N'ayant pas à me poser la question, je préfère ne pas la résoudre. J'aurais cependant bien aimé être Pline le Jeune.

Where would you like to live? — Au pays de l'idéal, ou plutôt de mon idéal.

Your favourite prose authors. — George Sand, Aug. Thierry.

Your favourite poets. — Musset.

Your favourite painters and composers. — Meissonnier, Mozart, Gounod.

Your favourite heroes in real life. — Un milieu entre Socrate, Périclès, Mahomet, Musset, Pline le Jeune, Aug. Thierry.

Your favourite heroines in real life. — Une femme de génie ayant l'existence d'une femme ordinaire.

Your favourite heroes in fiction. — Les héros romanesques poétiques, ceux qui sont un idéal plutôt qu'un modèle.

Your favourite heroines in fiction. — Celles qui sont plus que des femmes sans sortir de leur sexe, tout ce qui est tendre, poétique, pur, beau dans tous les genres.

Your favorite food and drink[1]. —

Your favourite names. —

Your pet aversion. — Les gens qui ne sentent pas ce qui est bien, qui ignorent les douceurs de l'affection.

What characters in history do you most dislike. —

What is your present state of mind. —

For what fault have you most toleration? — Pour la vie privée des génies.

Your favourite motto. — Une qui ne peut pas se résumer parce que sa plus simple expression est ce qu'[il y] a[2] de beau, de bon, de grand dans la nature.

MARCEL PROUST PAR LUI-MÊME[3]

Le principal trait de mon caractère[4]. — Le besoin d'être aimé et, pour préciser, le besoin d'être caressé et gâté bien plutôt que le besoin d'être admiré.

La qualité que je désire chez un homme. — Des charmes féminins.

La qualité que je préfère chez une femme. — Des vertus d'homme et la franchise dans la camaraderie.

Ce que j'apprécie le plus chez mes amis. — D'être tendres pour moi, si leur personne est assez exquise pour donner un grand prix à leur tendresse.

Mon principal défaut. — Ne pas savoir, ne pas pouvoir « vouloir ».

Mon occupation préférée. — Aimer.

Mon rêve de bonheur. — J'ai peur qu'il ne soit pas assez élevé, je n'ose pas le dire, et j'ai peur de le détruire en le disant.

Quel serait mon plus grand malheur. — Ne pas avoir connu ma mère ni ma grand-mère.

Ce que je voudrais être. — Moi, comme les gens que j'admire me voudraient.

Le pays où je désirerais vivre. — Celui où certaines choses que je voudrais se réaliseraient comme par un enchantement et *où les tendresses seraient toujours partagées.*

La couleur que je préfère. — La beauté n'est pas dans les couleurs, mais dans leur harmonie.

La fleur que j'aime. — La sienne — et après, toutes.

L'oiseau que je préfère. — L'hirondelle.

Mes auteurs favoris en prose. — Aujourd'hui Anatole France et Pierre Loti[1].

Mes poètes préférés. — Baudelaire et Alfred de Vigny.

Mes héros dans la fiction. — Hamlet.

Mes héroïnes favorites dans la fiction. — Bérénice[2].

Mes compositeurs préférés. — Beethoven, Wagner, Schumann.

Mes peintres favoris. — Léonard de Vinci, Rembrandt.

Mes héros dans la vie réelle. — M. Darlu, M. Boutroux.

Mes héroïnes dans l'histoire. — Cléopâtre.

Mes noms favoris. — Je n'en ai qu'un à la fois.

Ce que je déteste par-dessus tout. — Ce qu'il y a de mal en moi.

Caractères historiques que je méprise le plus. — Je ne suis pas assez instruit.

Le fait militaire que j'admire le plus. — Mon volontariat!

La réforme que j'estime le plus[3]. —

Le don de la nature que je voudrais avoir. — La volonté, et des séductions.

Comment j'aimerais mourir. — Meilleur — et aimé.

État présent de mon esprit. — L'ennui d'avoir pensé à moi pour répondre à toutes ces questions.

Fautes qui m'inspirent le plus d'indulgence. — Celles que je *comprends.*

Ma devise. — J'aurais trop peur qu'elle ne me porte malheur.

DÉBUTS LITTÉRAIRES

[LA SATIRE ET L'ESPRIT FRANÇAIS][1]

L'esprit français étant de sa nature, par définition, académique, léger, ironique et piquant, son histoire est contenue presque tout entière dans l'histoire de la satire en France. Ne voyons donc un instant dans le génie de notre race que ce qu'y voient les auteurs de manuels ou les faiseurs de discours, un génie d'observation légère et de raillerie spirituelle, et examinons comment la satire a toujours représenté ce génie moqueur, se modifiant sinon avec lui, au moins avec les conditions qui transformaient ses moyens de s'exercer et de se donner carrière. Cette façon d'envisager l'histoire de la satire ne saurait être illusoire; car si l'esprit français est autre chose que l'esprit satirique et même que l'esprit précieux, quoi qu'en ait dit dernièrement M. Gustave Larroumet, cet esprit-là existe assurément dans le génie français; si ce génie a d'autres faces, même très nombreuses, il est assurément l'une d'elles. Il tient même une assez grande place dans le génie français, et si la définition académique qui lui donne tant d'importance est devenue banale, c'est apparemment qu'elle a été vraie. Cet esprit, l'esprit satirique, apparaît d'ailleurs presque au début de notre littérature, au moins de la littérature vraiment française qui se débarrasse de l'imitation latine, et aujourd'hui, au milieu d'une littérature byzantinisée de décadents subtils et, comme dit M. Jules Lemaitre, de « barbares précieux[2] », il est encore très vivace dans le roman, dans la poésie, dans le journalisme. Cette persistance même de l'esprit satirique en France rendrait très longue une histoire de la satire française. On peut pourtant très rapidement, non pas l'esquisser à grands traits, mais la caractériser dans ses quelques très curieuses époques.

Il faut d'abord laisser de côté deux périodes qui seraient très longues à étudier, précisément parce qu'elles sont très intéressantes, l'époque contemporaine et le Moyen Âge. D'abord les contemporains, on les aime et on les connaît trop pour ne pas leur faire une part plus grande qu'aux anciens dont la postérité n'a laissé subsister que quelques maîtres. Il est bien évident, par exemple, que *Les Moineaux francs*[1] de M. Jacques Normand ou même *Les Repues franches* de M. Dionys Ordinaire ne peuvent figurer dans un résumé très restreint où Gringoire[2] serait à peine cité. Outre la familiarité dans laquelle on vit avec les contemporains, familiarité qui gêne pour retrancher d'une étude beaucoup de vrais amis littéraires, on choisit mal et péniblement dans les époques de décadence. D'abord l'extrême habileté dans la facture est si commune que l'on se fait illusion sur le poète; et à vrai dire le plus humble des Parnassiens ou même des Symbolistes sonne[3] mieux un sonnet que le grand Corneille. Puis le nombre infini des idées acquises, renouvelées et même démarquées, l'excès des « écritures apprises » rend un juste triage presque impossible. Pour le Moyen Âge c'est autre chose; la besogne serait facile, la forêt même émondée par le temps reste touffue et l'on pourrait cueillir à pleines mains les fleurs et les fruits. Mais ce serait trop long; d'ailleurs de Régnier à Gilbert[4] il y a encore assez de chemin pour qu'on puisse avec les observations faites en route caractériser la satire française.

Ce que la satire a eu de très remarquable au Moyen Âge c'est qu'elle a été à la fois morale, sociale et politique, c'est surtout que l'auteur a été placé dans une telle situation que son œuvre n'est ni d'un noble, ni d'un roturier, ni d'un prêtre, mais d'un être particulier qui ne rentre pas dans la société, d'un trouvère ou d'un « sot ». En un mot (c'est au moins ce qui semble ressortir de la lecture des quelques extraits qu'on lit habituellement) l'homme de lettres, ce personnage qui a fourni à l'un de nos critiques le sujet de tant d'invectives cruelles, existait au Moyen Âge. Mais cet homme de lettres ne ressemblait en rien à l'« auteur » (comme dit Chrysale[5]) du

XVIIe siècle qui est un homme de salon, ni au mandarin subtil et baudelairisant du XIXe qui est un homme de boudoir. C'était un homme de voyage, et qui surtout ne pratiquait pas le désintéressement d'un Voiture ou d'un Gautier. La société l'intéressait dans les multiples aspects qu'elle revêtait pour lui dans ses tournées de poète. Tandis qu'il divertissait un seigneur en raillant des manants pris sur le vif, il observait curieusement et en riant sous cape le seigneur et sa famille. Un jour ou l'autre, dans un village, il lirait une nouvelle satire, et ce serait les vilains qui riraient des nobles. Ainsi alerte, claire et vive comme un ruisseau murmurant, charriant des observations morales et des traits d'esprit, unissant de ses flots jaseurs toutes les régions et toutes les rives plutôt que les séparant, la satire court en France du XIIIe au XVIe siècle, s'élargissant peu à peu et, après avoir commencé (c'est l'époque des dicts moraux, des bestiaires et des castoiements[1]) par un petit filet d'eau, elle grossit et s'enfle pour emporter avec d'Aubigné et Régnier toutes les barrières de la bienséance et de la timidité. Grondeuse et profonde, elle entraînera tous les vices, elle submergera tous les abus.

Le XVIIe siècle voudra endiguer ce fleuve impétueux et clarifier ses eaux puissantes mais lourdes de galets et jaunes de sable. Majestueuse mais amoindrie, elle promènera lentement ses eaux tranquilles entre deux murs de pierre. Mais cette libre enfant du sol natal ne sait pas retenir craintivement ses ébats et ses rires. Son caractère c'est de ne respecter rien, de rire de tout. Au XVIIe siècle elle se venge de la contrainte et de l'étiquette par des gaietés de chantre et des farces de sacristie. Au XVIIIe le silence forcé l'a aigrie. Le petit domaine qui lui reste pour exercer son métier, elle le saccage, elle le brûle. Gilbert ne peut plus parler que des auteurs, il les maltraitera au lieu de les railler. Mais bientôt la satire sent trop tout ce que la société a perdu depuis que ne sonne plus, comme un tocsin d'alarme, son rire clair. Elle ose se plaindre. Alors paraissent *Les Iambes* de Chénier. Désormais, elle attaquera de nouveau la société et le gouvernement, elle ne se renfermera plus dans la littérature, chose morte. Elle revivra, la vraie satire française : elle secouera la longue torpeur où elle dormait depuis Régnier. Elle va lancer partout ses flèches « amères ».

Mais la poésie qu'on lit ne lui suffit pas. Durant son esclavage de deux siècles elle avait promené parfois sa *fantaisie* au théâtre, dans le roman. Elle va y régner. Beaumarchais ne fait qu'inaugurer ce que l'auteur du *Demi-Monde* appelle le *théâtre utile*. Les romans de Voltaire ne sont que les premiers des romans satiriques. Les mazarinades font place à la satire journalière qui donne dans différentes feuilles la monnaie de la satire antique. Enfin pendant la belle période de 1800 à 1850, c'est à qui s'armera du fouet de la satire.

Mais aujourd'hui, surtout après l'invasion du renanisme dans cette société qu'un critique infiniment délicat qualifiait de douce et d'émiettée, on est trop détaché pour s'appliquer à détruire des abus ou à flétrir des vices. À peine si l'on signale des ridicules. La vieille gaieté française est restée l'apanage des théâtres des boulevards, de *La Vie parisienne* et des feuilles révolutionnaires. Ce qui n'empêche pas régulièrement[1] messieurs les membres de l'Académie de définir l'esprit français « un esprit mordant, fin et railleur », et M. Sarcey de dire une fois tous les mois[2] qu'il est « léger comme la mousse qui couronne un verre de champagne ».

[PÂLES, AINSI QU'ON VOIT[3]...]

... Pâles, ainsi qu'on voit aux rares porcelaines
Le rêve d'une mer d'opale près d'Yuldo,
Avril y sourirait sur un fin glacis d'eau
Bien douce avec le ton clair des japoneries.
Un pâle pommier[4] effeuillerait parmi
(En ce pays l'absurde adorable est permis)
Le trésor délicat des pétales chéris.
Dessus miroiterait un vol de blancs phalènes
D'une nuance exquise et tendre de satin;
Au ciel s'alanguiraient les roses du matin...

[LA BEAUTÉ VÉRITABLE[1]]

Il y a des gens qui se contentent de jouir des livres qui les charment, comme ils font des fleurs, des belles journées, des femmes. D'autres, tourmentés par une excessive sincérité, gâtent leur plaisir en voulant en éprouver la profondeur, le bien-fondé. Ils se demandent sans cesse : est-ce ma pensée qui est réellement réjouie par ce livre, ou seulement mon goût pour la mode, l'instinct d'imitation qui met tant d'unité dans les goûts d'une génération, ou quelque autre préférence méprisable ? Aussi sont-ils ballottés d'un livre à l'autre, roulés par le vent sans pitié de l'inquiétude, sans pouvoir se fixer ni goûter un innocent bonheur. Pourtant un jour ils semblent avoir rencontré le port définitif, un tranquille havre de grâce où ils trouveront partout les immobiles miroirs de la Beauté. Flaubert ou Leconte de Lisle les a menés dans ce calme pays, et la beauté qu'il leur montre est si manifeste, ses sources sont si visibles que, certains cette fois d'être en présence de la Beauté véritable, ils se réjouissent longuement. Puis un doute leur vient, du pâle souvenir sans doute de la Beauté véritable, peut-être contemplée avant que leur âme ait pris corps : elle ne peut être si extérieure, la véritable Beauté, on doit la pressentir et l'aimer comme une âme à travers des ombres infinies, plutôt que de la saisir matérielle, si directement, si parfaitement qu'en vérité on en ferait d'équivalentes contrefaçons. Encore cette fois, le vent furieux de l'inquiétude les a touchés de son aile impitoyable. Ils quittent le Port qui ne suffit [plus] aux exigences de leurs rêves[2] de paix divine, et reprennent leur voyage : ils vont tâtonnants et douloureux à la recherche de la Beauté, risée de ceux qui jouissent des livres comme des fleurs, des belles journées et des femmes, et qui appellent ces inquiets migrateurs des fous, des persécutés. Inquiétude pénible en effet comme un délire, persécution qui fait fuir tous les artistes comme autant de trompeurs, d'empoisonneurs séduisants, à ces âmes altérées de ce que le ciel seul donne peut-être, et de ce que ne saurait nous prêter ici-bas [que] la naïve simplicité[3].

UN CONTE DE NOËL

LES PETITS SOULIERS

PAR M. LOUIS GANDERAX

(*Revue des Deux Mondes* du 1er janvier 1892)[1]

La plus douce peut-être de ces fleurs du sentiment que la réflexion flétrit bien vite est ce qu'on pourrait appeler l'espérance mystique en l'avenir. L'amant malheureux qui, rebuté aujourd'hui comme il l'était hier, espère que demain celle qu'il aime, et qui ne l'aime pas, se mettra tout d'un coup à l'aimer; — celui, dont les forces n'égalent pas le devoir qu'il lui faudrait remplir, [qui] se dit : « Demain, j'aurai comme par quelque enchantement cette volonté qui me manque »; — tous ceux enfin qui, les yeux levés vers l'Orient, attendent qu'une clarté soudaine en laquelle ils ont foi, vienne illuminer leur ciel mélancolique, tous ceux-là mettent en l'avenir une espérance mystique en ce sens qu'elle est l'œuvre de leur seul désir et qu'aucune prévision du raisonnement ne la justifie. Hélas! un jour vient où nous n'attendons plus à chaque instant une lettre passionnée d'une amie jusqu'ici indifférente, où nous comprenons que les caractères ne changent pas tout d'un coup, que notre désir ne peut orienter à son gré les volontés des autres, tant elles ont de choses derrière elles qui les poussent et auxquelles elles ne peuvent résister; un jour vient où nous comprenons que demain ne saurait être tout autre qu'hier, puisqu'il en est fait.

Pourtant, dans certaines âmes pas trop desséchées par la réflexion, refleurissent, à certaines époques favorables, ces espérances mystiques. La nuit de Noël, par exemple, un parfum d'espérances monte des âmes vers Dieu, des âmes qui veulent être enfin meilleures, qui veulent être enfin aimées. Comme ce parfum doit être agréable à Dieu, quelquefois le soir de Noël, un grand artiste se plaît, bon jardinier des cœurs, à arroser les espérances prêtes à s'ouvrir. Il justifie aux yeux de la raison les téméraires affirmations du sentiment dans une sorte de petit conte à la fois vraisemblable et mystérieux, où quelque bonheur jusque-là rêvé se réalise dans la nuit de Noël. Cette année nous n'avions pas eu de conte de Noël. On ne peut pas donner ce nom, au sens d'ailleurs tout arbitraire où nous l'avons pris, à l'admirable *Procurateur de Judée*[1] de M. Anatole France. — Mais *La Revue des Deux Mondes* nous a apporté le 1er janvier un tardif mais authentique et délicieux conte de Noël, *Les Petits Souliers* de M. Louis Ganderax, que vous n'avez pu lire sans attendrissement et sans admiration. C'est que la pitié s'y mêle à la volupté comme pour la rendre plus douce encore. À la fin de cette nuit de Noël-là, d'invisibles cassolettes répandirent l'encens et la myrrhe dans le cœur de M. de Nieulles, et la dernière partie du conte en est embaumée d'une odeur divine. Les paroles d'un petit enfant le touchèrent assez pour qu'il changeât de vie et pour qu'il retournât auprès de sa femme qu'il avait abandonnée. Les belles délaissées qui lisent *La Revue des Deux Mondes*, celles qu'un mari ou un amant a trahies, ont dû recevoir de ce petit conte un divin réconfort. De quelles larmes n'ont-elles pas dû mouiller ces pages exquises qui les feront rêver bien longtemps de réconciliation jusque-là crue impossible et ne cesseront plus d'exalter leurs plus chères, mais leurs plus timides espérances. — Avant de nous le rendre ainsi touchant, M. Ganderax nous avait fait de M. de Nieulles un portrait ironique, qui témoigne chez l'auteur d'une merveilleuse clairvoyance des caractères. Pauvre M. de Nieulles! Pendant sa vie terrestre, bien chétive sans doute, presque irréelle auprès de celle dont son poète l'anima, il rencontra souvent M. Ganderax « dans le monde ». Derrière le plastron de sa chemise, telle une cuirasse sans défaut, derrière le monocle dont il bouchait son œil, seule ouverture sur son cœur et par où l'on aurait pu entrer dans cette place bien gardée, derrière ses attitudes composées pour la défensive, il se croyait impénétrable; mais l'esprit de M. Ganderax, immatérielle fée « qui passe au travers des serrures », comme Athênê, voltigeait déjà dans le cœur de M. de Nieulles, lui dérobait l'étincelle, la petite flamme qui luit dans les âmes les plus obscurcies et qui lui a servi à le recréer pour nous, bien vivant. M. Ganderax respecte cette vie qu'il donne. Aussi peut-on dire qu'il est véritablement réaliste. De la créature, il ne retranche pas plus les beautés que les laideurs; il montre à la fois l'âme et le corps et à la fin du conte la poésie naît pour ainsi dire de la vérité. Ainsi les plus belles fleurs de nos rêves ont pour sève notre sang et pour racines ces petits filaments blancs qui sont nos nerfs. S'il a retenu pour nous et comme concentré toute la poésie qui se dégage de l'histoire des *Petits Souliers,* il n'a pas essayé (et en cela il est poète) de « poétiser », d'« idéaliser » les personnages. Si le charmant miracle d'amour a lieu chez une courtisane, ce n'est pas en effet que M. Ganderax obéisse à l'audacieuse psychologie des romantiques et des naturalistes qui douèrent une Marion Delorme, puis une Boule de Suif des vertus qu'ils refusaient aux « bourgeois[1] ». Pâquerette Vernon est peut-être une mère tendre. Elle nous est surtout montrée comme une mère pratique, désireuse pour sa fille de « chic » et de « vie régulière ».

Mais à qui je ne puis m'empêcher de penser, c'est à l'absente, à cette Mme de Nieulles qui projette sur ce conte où elle n'apparaît pas, l'ombre de son corps douloureux et charmant. Aussi bien n'est-ce pas un peu pour elle que ce conte est écrit ? Et n'est-ce pas pour la toucher davantage que les personnages sont pris « dans son monde », un monde où d'ailleurs les maris délaissent plus leurs femmes que dans les autres. C'est que l'art plonge si avant ses racines dans la vie sociale que dans la fiction particulière dont on revêt une réalité sentimentale très générale, les mœurs, les goûts d'une époque ou d'une classe ont souvent une grande part, et peuvent même en aviver singulièrement l'agrément. N'était-ce pas un peu pour des spectatrices de la cour, voluptueusement torturées par la passion, que Racine, quand il voulait, dans des jeux mêlés de délices et de crimes, figurer l'accomplissement de tragiques destinées, évoquait de préférence les ombres des princesses et des rois ? Hélas il est bien probable qu'elle attendra en vain, la pauvre Mme de Nieulles, le miracle que M. Ganderax semblait lui annoncer en nous le racontant. Mais, qu'importe, sa déception ne sera pas trop cruelle; elle ne pourra reprocher à l'art de lui avoir menti, car en ôtant à sa douleur son caractère égoïste, en la transposant, si l'on peut ainsi dire, il a bien rempli le rôle d'un ingénieux consolateur. Ses mensonges sont les seules réalités, et pour peu qu'on les aime d'un amour véritable, l'existence de ces choses qui sont autour de nous et qui nous subjuguaient, diminue peu à peu. Le pouvoir de nous rendre heureux ou malheureux se retire d'elles pour aller croître dans notre âme où nous convertissons la douleur en beauté. Là est le bonheur et la véritable liberté.

UN LIVRE CONTRE L'ÉLÉGANCE

SENS DESSUS DESSOUS[1]

Chaque fois que le « Bonhomme Jadis », dans le petit acte qui porte son nom[2], proclame quelque axiome d'une banalité écœurante, les autres personnages, fidèles interprètes de l'admiration de l'auteur pour son héros, s'écrient : « Quel original que ce M. Jadis! Ah! monsieur Jadis, vous n'êtes pas comme tout le monde! » On ne s'exposerait pas au même ridicule en adressant ces reproches flatteurs au paradoxal auteur (anonyme) de *Sens dessus dessous,* exquis petit livre qui vient de paraître. C'est qu'en effet, malgré tout l'esprit dont il témoigne, malgré même une certaine grâce chagrine et charmante, ce livre est, en son fond, si contestable, à notre avis, qu'on y reconnaît la verve d'une mauvaise humeur qui s'épanche plutôt que les nobles efforts d'une pensée soucieuse de se mettre d'accord avec la réalité même. Notre décadence au XIXe siècle vient, selon l'auteur de *Sens dessus dessous,* de « la toilette, ce fléau de la société française... qui a peu à peu ébranlé les bases de l'édifice social », et les causes de ce fléau doivent être cherchées selon lui « dans la tendance démocratique et égalitaire, au sens le plus vulgaire du mot ». — « ... Quand la monarchie existait sous la forme raide et compassée de Louis XIV, le point de vue général de la vie publique se trouvait en haut et les efforts communs de tous les artisans tendaient inconsciemment vers un but élevé. » Pour ce qui est du fléau lui-même et de sa prétendue aggravation au XIXe siècle, que l'auteur de *Sens dessus dessous* ouvre n'importe quelle histoire du costume, quel recueil de lois somptuaires, qu'il relise Alexis[3] ou Théocrite[4], les *Quinze joies du mariage*[5], les *Sermons* de Maillard[6], ou la *Toilette d'une dame romaine au siècle d'Auguste,* il se convaincra que, si la toilette est un fléau, ce fléau n'a pas attendu le dix-neuvième siècle pour sévir et que notre temps est un de ceux où il est le moins effroyable. Aristophane disait déjà dans *Lysistrata* par la bouche de Cléonice[1] : « Eh ! comment les femmes accompliraient-elles un acte sensé, elles qui vivent au fond de leurs demeures, vêtues de légers tissus de soie jaune ou de longues robes flottantes, parfumées, fardées, parées de fleurs et chaussées d'élégants brodequins ? » Il me semble que l'auteur de *Sens dessus dessous* est plus paradoxal encore quand il attribue le développement du fléau à une influence « démocratique et égalitaire ». Si sous la vieille monarchie « tous les regards étaient tournés en haut », comme il l'assure, pense-t-il sérieusement qu'ils y contemplaient un spectacle bien édifiant d'inélégance et de simplicité ? M. de Laferrière[2] énumère dans un de ses livres toutes les parties du trousseau désormais célèbre d'une dame d'honneur de la cour des Valois, et ce trousseau laisse loin derrière lui les trousseaux des plus élégantes juives de notre temps, trousseaux dont la description donne tant d'intérêt à la lecture des journaux catholiques. Et aujourd'hui encore, puisque l'auteur de *Sens dessus dessous* déclare être un de ceux qui aiment surtout avec la femme le commerce esthétique (et ce mot implique, je suppose, commerce avec des femmes bien habillées), il doit bien savoir qu'il ne faut pas aller le chercher, sauf exceptions, chez les femmes « républicaines ». Non, quoi qu'il en dise, nous ne pouvons pas nous représenter la Démocratie comme une personne possédant le privilège, selon lui détestable, des élégances. Nous l'envisageons plutôt comme une grave matrone, assez bien vêtue si elle l'est solidement et chaudement, et brisant avec une ardeur stupide les flacons de parfums et les pots de fard sur l'autel du travail et de l'austérité. Comme on ne peut pourtant plus contredire jusqu'à la fin un homme d'autant d'esprit et de talent que l'auteur de *Sens dessus dessous,* nous lui citerons un fait que rapporte M. Théodore Reinach[3]. Les femmes juives de Lyon vivaient au treizième siècle dans un luxe si excessif et sacrifiaient tant à l'élégance, qu'on fut obligé de prendre contre elles des arrêtés très rigoureux. Il faut accorder à l'auteur de *Sens dessus dessous* que celles de Paris jouissent aujourd'hui d'une plus large tolérance.

L'IRRÉLIGION D'ÉTAT[1]

La France d'aujourd'hui ressemble fort à ce « Disciple »[2] dont M. Paul Bourget nous a raconté la tragique histoire et qui souffrit tant pour cette raison qu'il avait été enseigné par un philosophe matérialiste. Pourtant le lecteur tiendra le gouvernement actuel pour bien plus coupable que le philosophe matérialiste du roman, s'il considère que les leçons de M. Sixte[3] s'adressaient seulement à des esprits raffinés et qu'on pouvait présumer capables d'éprouver le fort et le faible des doctrines de leur maître. Tandis que la plupart des élèves des « écoles sans Dieu » ne sont point « têtes philosophiques »; ils ne peuvent accepter que sans examen les raisons qu'on leur donne sinon de désespérer, au moins de n'espérer qu'en un bonheur terrestre et de préférer en conséquence, à la prière le vote, au vote la dynamite. Aussi bien un enseignement qui n'est pas religieux n'est-il pas forcément athéiste ? Ne pas prendre parti sur Dieu, sur l'âme, quand il s'agit d'un enseignement tout entier, n'est-ce pas encore une façon, et la pire, de prendre parti ? « On se contente de ne pas parler de ces choses-là », dit-on. C'est précisément le matérialisme. La substitution de l'irréligion d'État à une religion d'État n'a donc rien qui puisse surprendre. On pourrait s'étonner seulement que la négation d'une religion ait le même cortège de fanatisme, d'intolérance et de persécution que la religion elle-même. Les radicaux qui détiennent actuellement la puissance publique, soit par les adeptes qu'ils comptent dans le gouvernement, soit par l'effroi qu'ils inspirent à de plus modérés, persécutent la religion sous toutes ses formes. Mais, voudrait-on leur dire, si le matérialisme était vrai (ce dont l'accord à travers les siècles des grandes philosophies idéalistes est un suffisant démenti) et si, sans croire à la réalité de sa fiction, un homme imaginait aujourd'hui une théorie de la vie humaine, si riche d'illusions bienfaisantes que les hommes, en l'acceptant, se résigneraient aussitôt et cesseraient d'essayer de jouir ici-bas par la violence, pour mériter, par leurs bonnes et nobles œuvres, leur salut éternel, l'État ne devrait-il pas s'en remettre à ce poète ingénieux et persuasif du soin de guérir celles de nos misères qui comportent avant tout une solution morale, comme le socialisme. Eh bien, cette théorie de la vie et du bonheur existe, elle a été longtemps acceptée et à juste titre; elle est vraie, d'une vérité, il faut bien le dire, qui a contre elle d'être méconnue des rédacteurs de *L'Intransigeant* et de *La Lanterne* (mais il n'y a pas d'autorité en matière de philosophie!) La France a grandi en l'apprenant, grandi en courage, en désintéressement, en honneur délicat. C'est à des esprits comme élevés au-dessus d'eux-mêmes par le Christianisme que la France doit ses plus purs chefs-d'œuvre, soit dans le domaine de l'action, soit dans le domaine de la spéculation. Aujourd'hui encore, tandis que les missionnaires français civilisent l'Orient, le plus hardi philosophe de ce temps pourrait scandaliser l'épicier matérialiste du coin par sa piété rigoureuse. Cette discipline religieuse à laquelle il se soumet, et qui ne gênait ni Descartes, ni Pascal, serait une entrave, paraît-il, pour le libre génie de certains conseillers municipaux. Et c'est pour cela que, du même coup, la France en fut « délivrée ». Misérable délivrance! Quand on se délivre d'un devoir, on est moins libre, on s'enchaîne à ses mauvais penchants. Un attentat sur la personne de son empereur montra naguère au prince de Bismark les funestes conséquences du « Kulturkampf[1]. » Puissent les progrès du socialisme épouvanter le gouvernement, l'avertir qu'il y a autre chose à craindre aujourd'hui que la trop grande puissance de l'Église, et que si on ne peut pas réfuter sérieusement une philosophie aussi vaine que celle de M. Homais[2], les faits se chargent de développer ses conséquences dans la pratique, que c'est comme celle de tous les imbéciles, une doctrine de destruction et de mort.

LAURENCE.

CHOSES D'ORIENT[1]

À propos du *Voyage en Turquie d'Asie*,
par M. le comte de Cholet[2].

À Henri de Rothschild[3], pour son goût des voyages.

I

Étonnants voyageurs, quelles nobles histoires
Nous lisons dans vos yeux, profonds comme les mers !
Ouvrez-nous les écrins de vos riches mémoires,
Ces bijoux merveilleux faits d'astres et d'éthers.

Nous voulons voyager sans vapeur et sans voile.
Faites, pour égayer l'ennui de nos prisons,
Passer sur nos esprits, tendus comme une toile,
Vos souvenirs avec leurs cadres d'horizons.

Dites qu'avez-vous vu ?

BAUDELAIRE, *Le Voyage*[4].

Les voyageurs nous l'ont dit — malgré que nul ne l'ait su dire aussi bien que M. de Cholet, avec cette maîtrise dans l'évocation, cette adresse de magicien à faire apparaître devant nous les formes diverses des êtres et des choses. Mais Baudelaire, également enivré de la beauté du monde et de sa vanité[5], avait dit que ces « nobles histoires » étaient sans réalité :

Les plus riches cités, les plus beaux paysages
Ne contiennent jamais l'attrait mystérieux
De ceux que le hasard fait avec les nuages.

Nous avons vu partout...
Le spectacle ennuyeux de l'immortel péché...

Amer savoir, celui qu'on tire du voyage !
Le monde, monotone et petit, aujourd'hui,
Hier, demain, toujours, nous fait voir notre image :
Une oasis d'horreur dans un désert d'ennui.

(*Ibid.*[1])

Mais à une génération sensible surtout à la splendeur inutile des choses, en a succédé une soucieuse avant tout de rendre à la vie son but, sa signification, à l'homme le sentiment qu'il crée en une certaine mesure sa destinée. La réalité morale du voyage lui a été restituée (voir Paul Desjardins[2], *Le Devoir présent*). Elle consiste dans l'effort de volonté dont il résulte, dans l'amélioration morale où il aboutit. Nous avons voulu montrer par là que les artistes les plus raffinés et aussi les moralistes les plus élevés peuvent se plaire aux livres de voyages, qu'ils n'ont pas seulement un intérêt scientifique, surtout si, comme celui que nous recommandons au lecteur, ils témoignent de l'intelligence la plus haute et de la plus admirable énergie.

II

« Nature généreuse si riche dans l'expansion de sa vitalité. » C'est de la France que M. de Cholet parle en ces termes et il semble à qui a terminé son livre, qu'il parlait ainsi de lui-même. Ce qui anime ce livre et lui donne tant d'intérêt, c'est en effet la vitalité sous toutes ses formes, vie voluptueuse de l'imagination artistique qui s'attache aux paysages les plus divers et les recrée, vie austère de la pensée qui médite les plus graves problèmes de l'histoire, vie énergique d'une volonté sans limites et sans défaillances qui poursuit les entreprises les plus difficiles et les mène à bonne fin. La fièvre de la pensée et de l'activité donne sa chaleur au récit qui embrasse tout le voyage du comte de Cholet, depuis Constantinople jusqu'à Erzeroum, Diarbekir[3], Bagdad et Alexandrette, voyage accompli sans hésitations, sans plaintes, malgré la rigueur extraordinaire de la température, le voisinage des brigands, malgré de toutes parts des difficultés presque insurmontables et surmontées avec une allégresse qui donne au style une vie singulière. La compagnie d'un officier (M. Jullien) qui pouvait converser avec les indigènes dans leur langue, a permis à M. de Cholet de recueillir chemin faisant de bien amusantes légendes qui ne forment pas la partie la moins agréable de son livre. Elles ont le parfum des fleurs écloses très loin de nous, sur des lèvres d'hommes qui diffèrent de ceux que nous voyons, et dont la pensée, en nous restant tout de même intelligible, devient comme étrange et autre. Le fond de ces légendes est souvent d'un réalisme très savoureux, témoin cette merveilleuse « histoire des châteaux de l'amoureux et de l'amoureuse », que nous aurions contée ici, si *L'Écho de Paris* ne l'avait donnée dans son dernier supplément, et qui, malgré son titre prestigieux et la poésie de l'affabulation, se réduit à un conseil d'hygiène et, si j'ose le dire, à une prescription de bains froids contre l'impuissance.

III

Les Kurdes et les Turcs ont en somme fait très bonne impression à M. de Cholet, qui loue en plusieurs endroits leurs sentiments de famille. Il consacre même à la beauté des jeunes Turcs une description charmante. Les Arméniens lui ont inspiré des pages moins favorables, quoique non moins brillantes. « Singulier pays que cette Turquie d'Asie, dit M. de Cholet après avoir parlé d'eux, où non seulement les races les plus dissemblables vivent côte à côte sans se mélanger, mais où de plus, se pratiquent sans disparaître les religions les plus variées. Arméniens ou Grecs, Mahométans ou Syriaques, Maronites ou Chaldéens, Grégoriens ou Nestoriens, séparés quelquefois par des questions insignifiantes de rites ou d'interprétation, se dressent irréconciliables les uns contre les autres, excités surtout par leur trop nombreux et trop misérable clergé. Quelques-uns cependant sont plus éclectiques, et l'on nous citait l'un des grands commerçants chrétiens de la ville (Césarée) qui, ayant mis son fils aîné à l'école arménienne, avait fait entrer le second chez les jésuites et le troisième à l'Institut protestant. Il était sûr de la sorte d'avoir des appuis dans chaque parti, et ne considérait le culte différent qu'il faisait pratiquer à chacun de ses enfants que comme le moyen de leur faire donner gratuitement une excellente éducation. » Cet habitant de Césarée n'a-t-il pas l'air d'un personnage de M. Meilhac qui aurait quitté ses immatériels camarades pour aller coloniser en Asie Mineure ? Le chapitre sur Erzeroum eſt un des plus amusants. Pendant que la police eſt aux trousses de M. de Cholet et de son escorte, l'armée lui prodigue les marques de son respect et défile devant lui. Il eſt obligé de passer une grande revue d'honneur, lui très jeune lieutenant. « À peine avons-nous fait quelques pas que nous sommes reconnus, et voilà les tambours qui battent aux champs, les soldats qui présentent les armes, les officiers, les drapeaux qui saluent sur notre passage, la musique qui joue, et nous, pauvres lieutenants, habitués à rendre de pareils honneurs, mais non pas à les recevoir, obligés de défiler devant tout le front de régiment avec nos manteaux de voyage, la toque sur la tête et la cravache à la main, nous nous croyons dans un rêve et regardons avec étonnement les manches de nos effets pour voir si, en une seule nuit, il n'y a pas poussé par hasard quelques étoiles. »

Je voudrais résumer pour finir les quelques considérations générales que consacre à l'état actuel de l'empire ottoman ce voyageur parti dans l'espérance de le bien étudier, et dont l'espérance, pour qui lira tout son ouvrage, ne paraîtra pas avoir été déçue.

Entre le développement des idées morales et le progrès de la science, il faut une harmonie dans un État équilibré. En Turquie elle n'exiſte pas, on voit un gouvernement qui, sous la pression de l'Europe, édicte des réformes admirables, achète des machines, outille des arsenaux, et se trouve, quand il faut appliquer les lois, manier les inventions nouvelles et tirer un coup de fusil, en face d'une hiérarchie de fonctionnaires où les contrôleurs ne pensent qu'à pressurer les contrôlés. — Le paysan qui n'a personne au-dessous de lui, victime des exactions qui se poursuivent avec méthode du vali au simple zaptieh[1], travaille avec une ardeur admirable, et jamais n'arrive à acquitter l'impôt qu'on lui réclame. — Une armée d'adminiſtrateurs mangeant (c'eſt le terme consacré) leurs adminiſtrés, tel eſt le spectacle que présente l'empire ottoman. — Catherine II comparant les fautes de ses généraux à l'incurie des Turcs, disait : « Chez nous, c'eſt l'ignorance de la première jeunesse, mais chez eux la décrépitude d'une vieillesse imbécile. » — Il ne semble pas que le jugement à porter sur l'avenir de l'empire turc ait changé depuis un siècle.

Tel est ce livre sans prétention, mais non sans talent, bien vivant, puisqu'il est œuvre à la fois de réflexion et d'observation pittoresque, où les descriptions ont une limpidité d'aquarelles; enfin tout y parle avec cet accent de la chose directement contemplée, mieux, faite ou soufferte personnellement[1], accent toujours inimitable et qui va au cœur.

TEL QU'EN SONGE

PAR HENRI DE RÉGNIER[2]

Tel qu'en songe, par Henri de Régnier.

Les magistrats, les médecins, les administrateurs, les gens du monde ne sont pas seuls incompétents en matière de poésie. On peut être aussi un grand orateur, un grand historien, un grand auteur dramatique, on peut être un grand « lettré », et ne pas aimer véritablement la poésie. Aussi ne pourra-t-on pas taxer de fatuité notre prétention à signaler ici un admirable volume de vers, puisqu'il n'y est besoin ni d'érudition, ni même d'intelligence. *Tel qu'en songe* prépare aux personnes susnommées, qui n'aiment pas la poésie, une déception plus cruelle encore que l'inévitable déception inséparable pour tout bon esprit de la lecture d'un poème. Car généralement la poésie contient plus ou moins en dissolution des éléments étrangers et qui font son affaire : M. Haraucourt, la dose d'éloquence, et M. Richepin, d'une rhétorique à la fois éclatante et brutale, avec une audace captivante à partir sur l'Argo à la conquête des toisons d'or[3].

Mais cette fois, rien de matériel où se raccrocher, rien qu'un infini bruissant et bleuâtre, reflétant l'éternité du ciel, vierge comme la mer, sans un vestige humain, sans un débris terrestre. Mais aussi, ceux qui aiment la poésie y pourront rêver sans fin comme s'ils voguaient sur la mer ou sur les vers de Baudelaire, de Lamartine ou de Vigny. Car Henri de Régnier est le pair de ces grands poètes et siègera dans notre admiration bien au-dessus des Parnassiens en apparence inaccessibles. Mais nos louanges — si brèves soient-elles — doivent être bien entendues. Si une telle poésie n'est pas œuvre d'intelligence, comment oserons-nous la juger divine, et pourrons-nous tout à la fois nous en griser et nous mépriser de nous en être grisés ?

Au-dessus de ce qu'on appelle généralement intelligence, les philosophes cherchent à saisir une raison supérieure une et infinie comme le sentiment, à la fois objet et instrument de leurs méditations. C'est un peu de cette raison, de ce sentiment mystérieux et profond des choses que *Tel qu'en songe* réalise ou pressent[1].

LA CONFÉRENCE PARLEMENTAIRE DE LA RUE SERPENTE[2]

À Robert de Flers.

I

Avec, peut-être même avant la gloire de l'acteur, la gloire de l'homme politique est à la fois la plus retentissante et la plus directe, la plus prodigieusement enivrante qui soit. Il était donc tout naturel de voir les « gens du monde » désirer d'y participer et qu'après la comédie de société nous ayons le parlementarisme de salon — ou de conférence, où des jeunes gens avides — et exempts — d'honneurs ou au moins de fonctions publiques, se donneraient la joie de voter des lois, de constituer, de renverser des cabinets, d'être enfin hommes politiques par plaisir, comme ils seront demain cochers amateurs, et de conduire chacun à son tour dans la voie de son rêve, le mail[3] de l'État. Ils connaîtront les joies de l'homme politique, celles de l'acteur aussi qui, bourgeois paisible ce matin, sera, ce soir, au Châtelet, général en chef, mais sans armée, éloquent et inobéi, qui piquera fièrement les flancs d'un cheval de cirque avec des éperons en papier d'argent. Mais dans une assemblée parlementaire fictive, la part d'illusion qui entre forcément dans ce pouvoir de chacun et dans la joie de tous, se tourne aisément en symbole, et le spectateur impartial qui entend proposer par un gouvernement sans réalité, voit voter par une Chambre chimérique des lois que personne ne songe à exécuter, se demande s'il ne s'est pas trompé de porte et s'il n'est pas en face du vrai Parlement. Et de l'excès du rêve, du débordement de l'impossible, naît une très suffisante réalité.

II

Ces remarques faciles, je ne saurais les appliquer à la conférence qui vient de se fonder rue Serpente et dont j'ai d'excellentes raisons pour ne dire que du bien. On ne me croirait pas si je disais que, même en m'exceptant, tous les membres sont doués d'un vrai génie politique, d'un sérieux sans bornes et d'une modestie sans exemples. Mais il y a une proportion très forte de jeunes gens très intelligents. Si l'on osait se permettre sur eux une seule plaisanterie, bien sympathique d'ailleurs, ce serait à l'endroit de leur puissance d'illusion, de la persistante gravité et du naturel parfait avec lequel ils disent : « Monsieur le président du Conseil », « mon cher collègue », « mon long passé politique », « les haines séculaires du parti que vous représentez », « le gouvernement qui siège sur ces bancs a la France avec lui », toute une phraséologie à peine comique et très touchante, qui semble impliquer que par un miracle hebdomadaire la personne de ces députés, pas tous majeurs, se prolonge tout à coup le lundi soir dans le passé, s'enrichit de l'âme ardente et obstinée de leur parti depuis la Révolution... au moins. J'ai vu une fois, au bord de la mer, des petites filles qui jouaient. L'une, courant à petits pas, faisait une princesse en voiture. Une autre la rattrapait pour lui apporter un manchon oublié et elle criait de toutes ses forces : « Madame, Votre Altesse Royale a oublié son manchon. La Princesse a oublié son manchon. Votre manchon, ma Princesse. » La petite fille remerciait d'un sourire et prenait le manchon sans étonnement. Tel le député de la rue Serpente à qui l'on dit : « Monsieur le Ministre, prenez ce portefeuille. » Mais s'ils ne sourient pas, c'est qu'ils travaillent au fond très sérieusement et que sous l'éminente direction d'un homme supérieur, M. André Lebon, leurs études ont pris beaucoup d'ampleur, de force et comme de valeur historique. Car les lois repoussées à la Chambre des députés et qu'on vote là, seront un jour des précédents. Elles sont, en attendant, des signes de l'orientation politique de la jeunesse, qui semble beaucoup plus tolérante, beaucoup plus pénétrée de l'importance de l'idée religieuse que la génération précédente. Nous ne pouvons énumérer ici tous les orateurs de la rue Serpente, n'en ayant encore entendu que quelques-uns. Le président du Conseil[1], qui vient d'être renversé pour avoir soutenu les lois scolaires, M. Paisant, prononce et chante ses discours avec une force douce et calme qui est délicieuse. Il est le plus habile, le plus insinuant et fuyant tour à tour, le plus harmonieusement changeant des orateurs de la rue Serpente. On peut dire qu'il y exécute, avec beaucoup de grâce et de souplesse, la danse Serpentine. Ce qui ne l'empêche pas de savoir ce qu'il veut et de sacrifier très généreusement son portefeuille à ses idées. M. de Calan est le grand leader de la droite, d'une énergie sombre, d'une dialectique enflammée. M. de Torrès, le nouveau président du Conseil, est aussi très apprécié pour sa réelle action sur l'auditoire. Mais M. de Soussay, très fin, très énergique aussi, d'une grande élévation de pensée, est peut-être plus modéré, plus ingénieux, plus raisonnable. J'en dirai autant de M. Zevallos.

Mais j'aurais voulu savoir chanter les louanges de M. Payen, qui a été le triomphateur de la dernière séance et de qui l'on ne saurait trop admirer les idées si élevées, le talent si puissant et si charmant, la belle tenue à la tribune. Son discours était un chef-d'œuvre et une promesse de beaucoup d'autres merveilles. Il semble que ce doive être un penseur, un orateur, un homme politique, simplement.

MARCEL PROUST.

P.-S. — On me dit que M. de Peyerhimof s'est, à la dernière séance où je n'assistais pas, révélé un dialecticien et un orateur hors ligne[2].

M. P.

Un roman à lire :

LE NEZ DE CLÉOPÂTRE

PAR HENRI DE SAUSSINE[1]

Si la nouvelle génération diffère de la précédente et vaut mieux qu'elle, c'est assurément par l'intensité de la réflexion, l'essor du rêve, l'ambition très haute de restituer sa place à la pensée que les matérialistes avaient bannie de l'univers et les naturalistes de l'art, par des aspirations vagues peut-être, mais assurément puissantes, qui tendent à donner à la vie un arrière-plan, à notre destinée un sens, à nos actes une sanction. Mais s'ils ont jusqu'à présent et sauf des exceptions bien chères, échoué dans leurs généreuses tentatives, c'est qu'à trop raisonner sur la vie, on perd le don de la donner, qu'une œuvre trop réfléchie est rarement vivante, que plus l'analyse gagne en profondeur, la couleur perd en intensité, et que les êtres vivants sont comme ces papillons que l'on dépouille, en les clouant pour les étudier, d'un peu du mirage de leurs ailes. L'art est un instinct, et les réfléchis sont un peu des impuissants, tel est à peu près le sens du mauvais sort jeté aux nobles œuvres modernes, qui les frappe à leur naissance d'une mort immédiate.

Le mauvais sort est-il conjuré ? Le comte Henri de Saussine, sous ce titre, *Le Nez de Cléopâtre*, vient d'écrire un livre aussi saisissant de vie qu'infini en ses profondeurs, où l'abstrait le plus absolu se réalise et pour ainsi dire s'incarne en le concret le plus éclatant et du plus de relief, où les personnages vivent comme de par Zola, tout en étant commentés et expliqués comme par Stendhal et jugés enfin comme par Tolstoï, sans préjudice de l'originalité de l'auteur que le rythme et le personnel refrain de sa langue nous chantent sur tous les modes, jusqu'à nous ravir. Langue exquise qu'on aimerait à comparer à ces abeilles, hôtes charmants de l'Hymette, trop rares parmi nous. Comme elles la langue de notre écrivain possède à la fois un aiguillon qui perce tout à jour, la saveur d'un miel exquis — et des ailes!

Ses personnages, comme sont les êtres vivants, sont à la fois plastiquement beaux et particuliers, socialement situés, acteurs dans les drames de l'amour et de la mort qui se jouent dans chaque famille, et sujets éternellement souffrants et responsables d'une destinée qu'ils créent plus encore qu'ils ne la subissent. D'où des descriptions de peintre, des intuitions de poète, des études de mœurs d'une finesse incroyable, des récits de passions et de ces grandes vues mélancoliques sur les causes profondes de nos joies et de nos peines où l'on sent tantôt comme le prolongement d'*Hamlet* (scène de la mort de la mère et des doutes de son fils), et tantôt comme la critique de *Roméo* (déception après la possession de Christine). Çà et là (et sans ralentir le dialogue qui nous mène d'un train d'enfer au ciel de la « vita nuova » pavée de notre effort et rafraîchie de nos pleurs), des pensées de la profondeur de celle-ci : « Pour la beauté, comme pour le talent souvent aussi d'ailleurs, la célébrité commence à l'heure où cesse la cause qui l'a fait naître, justifiant l'éternelle loi qui veut que le bruit suive la lumière au lieu de l'accompagner », ou de celle-ci : « Le culte des snobs classe une femme comme l'orgue de Barbarie consacre un air. »

Je ne veux rien raconter du livre : rien qu'en la touchant, on craint de déflorer une fleur aussi rare, d'un jet aussi pur, d'un parfum aussi grisant, d'un coloris si chaud et qui pousse si avant et partout dans le sol des racines si délicates. Le lecteur saisira lui-même combien par la fraternité de tous les arts quand ils sont à un certain degré dans l'élévation, les *leitmotive* wagnériens sont ici, pour ainsi dire, transposés dans l'écriture, solidarisant par exemple, comme dans le rappel de l'ancêtre de Bassompierre[1], d'une façon à la fois profondément philosophique et étrangement poétique, le présent au passé qui le dirige en l'hypnotisant. Pour comprendre tout cela d'un art si riche et si neuf, pour s'édifier à l'émouvante leçon de philosophie si moderne qui termine le livre et en dégage la portée, donnez-vous la joie profonde, rare, nouvelle et noble, de lire *Le Nez de Cléopâtre*.

UNE FÊTE LITTÉRAIRE À VERSAILLES[1]

La grille aux fers dorés est ouverte sur la large avenue de Paris qui mène droit au théâtre de Versailles. Appuyé sur l'une des extrémités de la grille, un coquet pavillon se dresse; un large tapis rouge est étendu sur le sable, devant la porte; des fleurs, des roses jonchent le chemin. Sur le seuil, aimable, souriant, très bon, le seigneur de la calme demeure reçoit les amis qu'il convia. Un orchestre, dissimulé dans un bosquet, murmure une douce musique.

Une pente douce, semée d'une pelouse verte, abritée par des bouquets d'arbres, mène au théâtre, qui fut aménagé dans la partie plate du frais jardin. Une merveille, ce théâtre improvisé, « éphémère »[2], comme il est écrit sur la frise. — Tout ce qui est beau et tout ce qui est bon n'est-il pas éphémère ? — Un artiste l'éleva. C'est un long rectangle en forme de temple, que précède un atrium aux lourdes draperies, et que termine une petite scène surélevée. Le décor figure une colonnade circulaire; entre les colonnes on aperçoit des bosquets et des charmilles, derrière lesquelles, peut-être, Mme de La Vallière ou Mme de Montespan vont nous apparaître.

La salle est remplie. Et quelle salle ! Quel « Tout-Paris »!

Mme la comtesse Greffulhe, délicieusement habillée : la robe est de soie lilas rosé, semée d'orchidées, et recouverte de mousseline de soie de même nuance, le chapeau fleuri d'orchidées et tout entouré de gaze lilas; Mlle Geneviève de Caraman Chimay, la comtesse de Fitz-James, popeline noire et blanche, ombrelle bleue, incrustée de turquoises, jabot Louis XV; la comtesse de Pourtalès, taffetas gris perle, parsemé de fleurs foncées, les parements clairs, le chapeau surmonté d'une aigrette jaune; le duc de Luynes, la comtesse Aimery de La Rochefoucauld, crêpe de Chine héliotrope avec ruche noire, chapeau héliotrope; la marquise d'Hervey de Saint-Denis, crêpe blanc, chapeau de paille de riz blanc avec plumes blanches, pèlerine en alpaga blanc avec broderie grise; la comtesse

Pierre de Brissac en robe rayée de blanc et jaune, chapeau noir avec des roses; la duchesse de Gramont, la comtesse Adhéaume de Chevigné, Mme Arthur Baignères et M. Baignères, Mme Henri Baignères, la princesse de Chimay, robe de drap brodé de violettes et de mimosas, chapeau noir avec des nœuds héliotrope; Mlles de Heredia, robe de mousseline rose; la comtesse Louis de Montesquiou, en noir; la vicomtesse de Kergariou, crêpe de Chine gris avec des nœuds hortensia bleu, chapeau noir avec nœuds d'hortensia; la marquise de Lubersac, pèlerine d'hermine sur une robe noire et blanche; comtesse Potocka, Mme de Brantes, la princesse de Wagram, la comtesse de Brigode, la marquise de Biencourt, la princesse de Brancovan, en robe rayée; Mme Austin Lee, la princesse de Broglie, la comtesse Jean de Montebello, la comtesse de Périgord, gris argenté, chapeau iris; Mme Arcos, la marquise de Massa, la duchesse d'Albuféra, le baron et la baronne Denys Cochin, M. Paul Deschanel, le comte et la comtesse de Lambertye, le comte et la comtesse de Ganay, le comte de Ravignan, la baronne de Poilly, le comte et la comtesse de Janzé, la princesse de Poix, le prince de Sagan, venu en voiture à vapeur avec le comte de Dion; le comte et la comtesse d'Aramon, le comte de Saint-Phalle, le comte de Gabriac, le comte et la comtesse Bertrand de Montesquiou, le marquis du Lau, Mme Madeleine Lemaire, bengaline prune, blouse pompadour, chapeau mauve; Mlle [Suzette[1]] Lemaire, mousseline blanche et satin jaune, chapeau noir semé de roses; le prince de Lucinge, la vicomtesse de Trédern, le comte et la comtesse de Guerne, la comtesse de Chaponay, la princesse Bibesco, la comtesse de Kersaint, la comtesse de Chevigné, la comtesse de Berkheim, le comte et la comtesse de Chandieu, la marquise de Lur-Saluces, le marquis et la marquise d'Adelsward, le marquis et la marquise de Ganay, M. Joubert, la marquise de Balleroy, le baron de Saint-Amand, le comte de Castellane, M. Charles Ephrussi, M. et Mme Jules Claretie, M. et Mme Francis Magnard, M. et Mme Ganderax, M. et Mme Gervex, M. Rodenbach, M. et Mme Maurice Barrès, Mme Alphonse Daudet; M. et Mme Léon Daudet, M. et Mme Duez, M. et Mme Helleu, Mme Jeanniot, M. et Mme Roger-Jourdain, M. et Mme Jacques Saint-Cère, M. Émile Blavet, M. et Mme Aldolphe Aderer, M. Jean Béraud, Mlle Louise Abbéma, M. et Mme Pozzi, M. Henry Simond, MM. Boldini, Tissot, Haraucourt, Henri de Régnier, Mme Judith Gautier, M. et Mme de La Gandara, M. et Mme Dubule, M. Aurélien Scholl, M. et Mme Detelbach, M. Dieulafoy, M. de Heredia, le comte de Saussine.

Une sonnette discrète réclame le silence. M. Léon Delafosse[1] se met au piano et exécute avec le talent qu'on lui sait une gavotte de Bach, une fantaisie de Chopin, une barcarolle de Rubinstein. M. Yann Nibor[2] lui succède; il dit *Les Anciens, L'Ouragan, Les Quatre Frères et l'Ella,* et cette poésie simple, franche, vigoureuse, émeut profondément tous les délicats qui l'écoutent.

Mais voici Mlle Reichenberg, toute gracieuse, habillée de rose pâle et coiffée d'un large chapeau blanc que couvrent de grandes plumes roses. On lui fait fête, car elle lit à ravir le *Menuet* de François Coppée, la *Mandoline* de Verlaine, le madrigal de M. Robert de Montesquiou et la *Dormeuse* de Mme Desbordes-Valmore.

Si l'enfant sommeille
Il verra l'abeille,
Quand elle aura fait son miel,
Danser entre terre et ciel.

Si l'enfant repose,
Un ange tout rose,
Que la nuit seule on peut voir,
Viendra lui dire : « Bonsoir ».

S'il brame, s'il crie,
Par l'aube en furie,
Ce cher agneau révolté
Sera peut-être emporté.

Oui, mais s'il est sage,
Sur son doux visage,
La Vierge se penchera
Et longtemps lui parlera.

Nouvel enchantement. Mme Sarah Bernhardt, vêtue d'une longue robe de soie argentée, garnie d'une magnifique guipure de Venise; Mlle Bartet, ayant une jupe de dentelle blanche et un corsage de mousseline de soie bleuet, et Mlle Reichenberg apparaissent toutes trois réunies. De longs applaudissements les accueillent.

Elles disent, avec un art exquis, en se partageant les strophes, cette fameuse *Ode à Versailles,* qu'André Chénier composa après le 10 août 1792, lorsque, retiré de la lutte, il s'en allait rêver à Versailles. Il était alors épris de Fanny, c'est-à-dire de Mme Le Coulteux, qui habitait Louveciennes :

Ô Versaille, ô bois, ô portiques,
Marbres vivants, berceaux antiques,
Par les dieux et les rois Élysée embelli,
À ton aspect, dans ma pensée,
Comme sur l'herbe aride une fraîche rosée,
Coule un peu de calme et d'oubli.

Un court entracte, pendant lequel les amis de M. de Montesquiou admirent les petites merveilles du jardin, la serre japonaise, avec ses fleurs rares et ses fins oiseaux, ou se réunissent autour du buffet, préparé sous une tente... Et l'on n'entend que ces mots : « Que c'est charmant!... Quelle jolie fête!... Et quel beau temps! » Car le soleil s'est mis de la partie et il fait resplendir les fraîches toilettes roses, mauves, jaunes, lilas, violettes, douce caresse pour les yeux.

La Muse reprend ses droits. De nouveau M. Delafosse est au piano. Cette fois, il accompagne des mélodies que lui-même composa sur des poésies de M. de Montesquiou et que chante avec beaucoup de sentiment M. Bagès.

Mlle Bartet nous revient aussi, exquise, extraordinaire. Elle récite le *Parfum impérissable,* de M. Leconte de Lisle; le *Récif de corail,* de M. José-Maria de Heredia, une chose délicieuse de Mlle de Heredia, l'*Étang bleu ;* le *Figuier* et *Aria*, de M. Robert de Montesquiou :

... Tout ce qui fut diaphane
Et délicat — et se fane :

Ombrages de tendelets
Squelettes de roitelets...

Opacité des feuillages,
Fumée aux toits des villages.

Moins d'épanouissements
Que d'évanouissements...

Mais surtout, du haut des ormes,
Les reflets, échos des formes.

Mais encore, au fond des bois,
Les échos, reflets des Rois.

Rien n'égale le triomphe de Mlle Bartet... si ce n'est celui de Mme Sarah Bernhardt, qui nous dit, elle aussi, des vers du maître de la maison : *Salomé, Une romance* et le *Coucher de la morte,* une page qui restera :

Un jour qu'elle sentit que son cœur était las,
Voyant qu'il lui faudrait mourir à cette peine,
Elle fit travailler une bière d'ébène
Et disposer au fond de riches matelas.

Pour qu'ils fussent moelleux, elle les fit emplir
De tous les billets doux dont on l'avait lassée :
Dans la chambre on les fait apporter par brassée
Et bientôt le tapis s'en voit ensevelir...

Mais quand elle se fut de ce geste acquittée,
La belle fut plus calme en songeant que ce jour
Elle aurait, pour dormir sa dernière nuitée,
Un lit harmonieux de murmures d'amour...

Il faut que l'auteur lui-même vienne, avec ses incomparables interprètes, recevoir les applaudissements enthousiastes de l'assistance. M. Yann Nibor réapparaît pour dire trois autres de ses œuvres, non moins saisissantes que les premières. M. Delafosse exécute la rhapsodie de Liszt.

C'est fini. Le rêve est terminé. Il faut revenir à Paris, où l'on parle de déclaration ministérielle, d'interpellations et autres choses semblables. Avec quel délicat souvenir et avec quel regret nous quittons Versailles, la ville royale, où, pendant quelques heures, nous crûmes que nous vivions au siècle de Louis le Grand !

TOUT-PARIS.

[*L'ESPRIT CHRÉTIEN ET LE PATRIOTISME,* DE TOLSTOÏ[1]]

À quelle direction intellectuelle oserait-on se confier ? Tolstoï est probablement aujourd'hui l'esprit le plus capable de vérité, la volonté la plus tendue vers le bien. Au milieu du mensonge et du mal universels il réagit aussi âprement qu'un Socrate a pu le faire. Voici que, dans son livre *Le Patriotisme et l'Esprit chrétien* qu'il a écrit pour flétrir les fêtes franco-russes, il s'efforce d'anéantir l'idée de patrie. Le patriotisme est absurde et contradictoire, dit-il, puisqu'il réside pour l'Allemand dans ce jugement : « L'Allemagne est la plus belle des patries », pour l'Italien dans celui-ci : « L'Italie est la plus belle des patries », etc. Faudra-t-il donc nier aussi le sentiment de la famille, puisqu'il consiste dans une préférence de chaque fils pour sa mère et pour son père ? « Du reste, ajoute Tolstoï, le patriotisme, artificiellement excité par les gouvernements, laisse le peuple indifférent, tandis que le socialisme, réprimé par les gouvernements, le passionne chaque jour davantage. Un paysan russe préférera aller vivre dans n'importe quel pays s'il est mieux payé », etc. Si malheureusement cela était vrai, cela prouverait seulement que les sentiments égoïstes tendent à prédominer sur les sentiments altruistes. Comment Tolstoï peut-il s'en réjouir, comment peut-il essayer de tarir volontairement cette source de désintéressement qu'est, actuellement au moins, le patriotisme, sans être sûr d'en faire jaillir une autre du rocher ? Si le socialisme implique de la part des classes riches qui y collaborent volontairement une prédominance des instincts altruistes sur les instincts égoïstes, [il[2]] marque, au contraire, chez les pauvres une prédominance des instincts égoïstes sur les instincts altruistes ; chez les uns et chez les autres, au contraire, le patriotisme subordonne les instincts égoïstes aux instincts altruistes.

Enfin ce qui indigne le plus Tolstoï dans la guerre est que les hommes qui s'y entre-tuent n'ont pas de haine les uns contre les autres. N'est-ce pas précisément ce qui lui laisse un certain caractère de moralité ? Ce n'est pas pour assouvir une passion basse, c'est « par devoir » qu'un peuple entier va se battre. Bien plus, après la guerre, entre les officiers ennemis il n'y a souvent pas de haine.

Dans le monde de la matière et de la force on peut détruire pour créer, utiliser le mal, se servir des contraires, subordonner les moyens à la fin. Il n'en est pas ainsi dans le monde de la Justice et de l'Amour. Les anarchistes qui s'imaginent qu'après avoir conquis le monde par l'injustice, ils y feront régner la Justice, qui pensent faire triompher la Charité par la violence, méconnaissent le sens des mots justice et charité et la nature de ces vertus. Toutes les fortunes pourraient être également réparties par la force. Jamais la Justice n'aura été plus loin de régner sur le monde. Les antisémites en étant violents, médisants, exclusifs pourront convertir par la force l'univers au catholicisme. Ce jour-là l'univers sera déchristianisé, puisque christianisme signifie Dieu intérieur, vérité désirée par le cœur, consentie par la conscience. Ne subordonnons jamais à un devoir obscur, lointain et incertain, un devoir précis, immédiat de justice et de charité.

[À MADELEINE LEMAIRE[1]]

Quel trop subtil voleur coupe dans les vergers
Ces raisins lumineux dont ma lèvre est éprise ?
Le zéphyr soufflant ces chandelles par surprise
Lui seul est assez doux pour ne les pas blesser,
Mais non, pour les pinceaux quittant fuseaux et laine,
Vous faites plus que Dieu : un éternel printemps,
Et c'est auprès des lys et des rosiers grimpants
Que vous allez chercher vos couleurs, Madeleine.

Vous avez la beauté frêle de l'éphémère,
Et pourtant fleurs d'un jour vous ne périrez pas,
Fleurs vivant[1] et pourtant immortelles, lilas,
Œillets ou lys qu'a peints Madeleine Lemaire.
Mais vous, qui vous peindra, belle jardinière[2]
Par qui, tous les printemps, nous naissent tant de fleurs ?
Vous seule au...

MENSONGES[3]

Si le bleu de l'opale est tendre
Est-ce d'aimer confusément ?
Le clair de lune semble attendre
Un cœur qui saura le comprendre.

La douceur du ciel bleu sourit au cœur aimant.
Si le bleu de tes yeux est triste
Comme un doux regret qui persiste,
Est-ce d'aimer ce qui n'existe
Pas en ce monde ? Aimer est triste.
Tes yeux vagues, tes yeux avides,
Tes yeux profonds hélas! sont vides;
Profonds et vides sont les cieux,
Et la tendresse du bleu pâle
Est un mensonge dans l'opale
Et dans le ciel et dans tes yeux.

UN DIMANCHE AU CONSERVATOIRE[4]

Je venais d'arriver au Conservatoire, ce « Sénat » des concerts, qui, comme *Le Journal des Débats* ou *La Revue des Deux Mondes,* s'en tient à cette forme indirecte, centre-gauche et limitée de l'influence, à cette sorte d'influence honoraire qui s'appelle l'autorité, vieille maison où, comme dans certaines parties du faubourg Saint-Germain, l'inconfort, à force d'avoir été une habitude, a reçu de l'avancement et pris le rang d'un principe, d'un privilège, flatteur ici pour les invités, là pour les abonnés, qui se considèrent et s'enorgueillissent un peu, d'ailleurs, comme s'ils étaient des invités. L'exécution y est plus parfaite que partout ailleurs. Hier encore, la voix intarissable d'une jeune femme et d'une jeune fille y jaillissait, ruisselait sur les vieilles pierres comme une source, et l'antique demeure ressemblait à la cité construite par Aristophane[1] quand y chantent l'alouette et le rossignol.

Ce jour-là, on donnait la Cinquième Symphonie de Beethoven. J'étais avec mon frère et le lieutenant S... Le concert n'était pas encore commencé et nous échangions quelques paroles sans cordialité, chacun de nous étant absorbé par des soucis personnels. Les loges se remplissaient peu à peu. Mme*** venait d'entrer avec deux musiciens et deux hommes du monde, ses invités de ce jour-là, et elle goûtait visiblement la saveur de cette salade, qu'elle jugeait unique. La composition de plusieurs autres loges, pourtant, était presque pareille, mais n'obtenait que ses sarcasmes ou sa sincère indifférence. C'est ainsi qu'elle concevait, dans la chaleur de l'imagination, le bonheur des élus qu'elle admettait à dîner chez elle, et que chaque soir, dans l'ennui glacé de l'expérience, elle se préparait avec une résignation difficile à assister chez les autres à des dîners pourtant identiques.

Je sortis pour parler à un ami. Le premier morceau commença, on ne me laissa pas rentrer; je me perdis dans les couloirs et j'arrivai à un endroit d'où, sans rien entendre qu'un mumure confus, j'aperçus quelques rangs de fauteuils. Des « sujets » plongés dans un état proche de l'hypnose, des fumeurs de haschish qui se seraient enivrés de compagnie, tel est le spectacle que m'offrit la partie de la salle sur laquelle étaient tombés mes regards. Malgré que toutes ces personnes, probablement tranquilles dans l'ordinaire de la vie, fussent confortablement assises dans des fauteuils et habillées comme on l'est quand on va goûter et qu'on veut aviver un plaisir paisible, décent et social, leurs figures respiraient tour à tour une volupté alanguie et une vivacité presque guerrière. Par moments, la tristesse assombrissait leurs yeux, mais, peu à peu, elles se laissaient aller aux promesses d'une consolation qui les aurait bientôt rassérénées. Puis tous semblèrent écouter avec attention un raisonnement d'une logique inflexible et tout à fois d'un imprévu charmant.

Maintenant les bouches ne pouvaient s'empêcher de sourire, les têtes oscillaient sur les épaules et retenaient à peine des saluts gracieux comme au cours d'une promenade élégante ou pendant qu'on danse un menuet. Tous semblaient suivre avec exaltation et comme du haut d'un rempart les péripéties passionnantes des événements qui se déroulaient et qui devaient être à la fois une bataille incertaine, un bal de Cour, des serments d'amour qui gagnaient le cœur de chacun, des funérailles et un lever de soleil. Un lien incompréhensible mais fort réunissait maintenant toutes ces personnes, tout à l'heure si étrangères les unes aux autres. Près de la porte, je voyais mon frère et le lieutenant S... échanger des regards où brillait la sympathie, ardente et qui assemble chacun autour d'elle, comme un feu d'hiver. Tels les soldats d'une troupe en marche, les assistants exprimaient diversement le même découragement ou la même allégresse dans leur militante immobilité. Seul, debout contre une colonne, comme un ibis ou un ascète, un vieux monsieur semblait recueilli et descendu au fond de lui-même pour y goûter des joies qui ne finiraient plus. Tous ils étaient plus beaux ainsi que tout à l'heure, dépouillés pour ainsi dire des circonstances particulières, et assez hors d'eux-mêmes pour sembler loin dans le passé. Le lieutenant S... n'était plus mesquin, et Mme*** n'était plus ridicule. J'éprouvais à les considérer aussi peu d'antipathie personnelle et autant de plaisir esthétique que si j'avais eu devant moi Lysandre, qui fut capitaine, et Praxô, qui fut courtisane.

Le premier morceau était fini, je rentrai dans la salle et m'assis auprès de mon frère. Mais il parut ne pas s'apercevoir de mon retour et répondit à une question que je lui fis par un sourire distrait, indulgent et ravi. Pour suggérer ainsi à ceux qui l'écoutaient tant d'émotions diverses, avec une force aussi irrésistible, la musique avait dû d'abord endormir leur attention à tout le reste. Et quand le concert eut recommencé, bientôt magnétisé moi-même par le rythme, je n'étais plus qu'un « sujet » docile aux insinuations et aux commandements de la symphonie.

Devant moi ondulait l'orchestre que je n'apercevais

pas tout à l'heure. Le chef d'orchestre, tel qu'un général dirigeant la manœuvre de son armée, mais qui livrerait une bataille hors de la souffrance de l'espace et du temps, était comme enivré. Chaque geste de sa tête, chaque dodelinement de sa main, imprimait à tous les musiciens, aux événements dont la musique développait la marche, à nos cœurs et jusqu'à nos gestes, la même ardeur ou la même solennité qui le possédait. Cette toute-puissance, à vrai dire il n'était pas libre de l'exercer dans un sens ou dans un autre; aussi n'y avait-il nulle hésitation dans ses commandements, nulle incohérence, nulle fièvre, et pourtant lui-même n'était pas commandé. Mais chaque signe qu'il faisait avec son bâton et avec sa tête d'où jaillissaient aussitôt ces conséquences innombrables et délicieuses, si notre raison eût été impuissante à le définir d'avance, le plus ardent élan de nos cœurs venait de le réclamer. Anxieux et heureux d'être à chaque seconde mieux compris que de nous-mêmes et plus puissamment réalisés, nous étions à la fois au paroxyme de notre étonnement et au comble de nos vœux. Pour moi, suivant sur les crêtes des lames de l'harmonie un courant qui m'entraînait à travers les mille bruits de la tempête, je sentais mon souffle devenir court. La musique, battant comme un cœur momentané à la place de mon cœur, ralentissait ou précipitait à son gré les battements de mon sang dans mes veines — au point que, parfois, je me sentais défaillir et comme stagner en moi-même, et qu'à d'autres moments, jouer de la hache et grimper comme un mousse en haut des cordages eût été un faible emploi à mon activité centuplée.

Cependant la musique, comme elle faisait à tous moments l'unité en chacun de nous, y versant tour à tour jusqu'à en chasser tout le reste et à l'emplir tout entier, l'anxiété, l'héroïque ardeur ou la crainte, la réalisait entre nos cœurs. Comme pour pousser un esquif en mer les mille bouches du vent se collent à tous les empiècements de la toile, pourrai-je jamais oublier que j'ai senti tant de cœurs, pendant l'*Andante de la Symphonie en ut mineur*, gonflés et tendus comme une seule voile, par une immense espérance! Comme les Satyres et les Thyades, célébrant la fête de Bacchus, semblent seulement secouer des thyrses ou suspendre leurs lèvres à des grappes ; mais le délire sacré du dieu les gagne, et elles[1] connaissent sans souffrir les peines et, plus douloureuses que les peines, les joies, — ainsi ces deux cents musiciens semblaient tenir de petits violons, brandir des baguettes comme des thyrses et suspendre leurs lèvres à des flûtes comme à des grappes d'où découle la mélodie. Mais une abondante ivresse émanait de ces rites qui, pour être traditionnels, n'en resteront pas moins à jamais incompréhensibles et mystérieux. Maintenant les espérances blessées étaient retombées à terre ; c'était une retraite rapide, en bon ordre, la nuit, par des chemins mal éclairés. Et je déplorais, sans en comprendre, sans en chercher la cause, les adieux que l'orchestre laissait tomber sans ralentir sa marche, avec une gravité virile, après un malheur inconnu, mais certain.

À ce moment, j'entendis tout près de moi une dame qui disait à une autre : « Voulez-vous des bonbons ? » La souffrance que j'éprouvai était pleine de pitié, de mauvaise humeur, d'étonnement surtout que dans ces circonstances héroïques où tous les intérêts d'un esprit magnanime sont engagés, on se sentît encore un estomac gourmand, un corps oisif. Je remarquai seulement alors que beaucoup des assistants étaient restés réfractaires au bercement, puis aux suggestions voluptueuses ou terribles tentées par la musique. Nous tous qui les avions subies, quand, après le concert, nous nous trouvâmes dehors, nous reprenions à peine haleine et nos cœurs étaient pour un instant désobstrués de tout ce qui les empêchait de voir la vérité et la beauté. Des nuages ombrageaient comme des palmiers les jardins ardents du ciel, puis s'y couchèrent mollement comme des jeunes filles dont le vent dénoua les ceintures, diminuèrent et s'incrustèrent comme des coquillages roses que la mer a laissés sur une grève immense, puis, par un changement aussi rapide et aussi harmonieux qu'un changement de ton dans une symphonie, flottèrent comme des écharpes, se flétrirent comme des couronnes et un moment encore persistèrent en souriant comme des regrets. Bientôt seule, sur les vitraux de l'Occident, une vapeur enflait encore ses joues roses comme un chérubin. Et par-delà les collines et les vallées brumeuses du ciel, une nuée grise et fine cernait l'Orient avec une lassitude plus passionnée qu'un œil plein d'amour. Déjà nos yeux retrouvant au ciel, aussi riches mais apaisées, les émotions de la musique, s'emplissaient de larmes. En ce moment, nous nous serions facilement élevés jusqu'à une tragédie de Sophocle, à un dialogue de Platon, à la vie de Spinoza, à la mort de Philopœmen. Mais bientôt la vie nous reprit. Nous avions décidé d'aller au Louvre encore ouvert; le lieutenant S... se rappela, au bout de quelques minutes, qu'il avait des visites à faire, mon frère gagna le thé de la rue Royale où il espérait recontrer Mme*** et les autres allèrent renier leur âme, quelques-uns où ils en avaient envie, le plus grand nombre où il en avait l'habitude.

[CHARDIN ET REMBRANDT[1]]

Prenez un jeune homme de fortune modeste, de goûts artistes, assis dans la salle à manger au moment banal et triste où on vient de finir de déjeuner et où la table n'est pas encore complètement desservie. L'imagination pleine de la gloire des musées, des cathédrales, de la mer, des montagnes, c'est avec malaise et avec ennui, avec une sensation proche de l'écœurement, un sentiment voisin du spleen, qu'il voit un dernier couteau traîner sur la nappe à demi relevée qui pend jusqu'à terre, à côté d'un reste de côtelette saignante et fade. Sur le buffet un peu de soleil, en touchant gaiement le verre d'eau que des lèvres désaltérées ont laissé presque plein, accentue cruellement, comme un rire ironique, la banalité traditionnelle de ce spectacle inesthétique. Au fond de la pièce le jeune homme voit sa mère, déjà assise au travail, qui dévide lentement, avec sa tranquillité quotidienne, un écheveau de laine rouge. Et derrière elle, perché sur une armoire, à côté d'un biscuit qu'on tient en réserve pour une « grande occasion », un chat gros et court semble le génie mauvais et sans grandeur de cette médiocrité domestique.

Le jeune homme détourne les yeux et voilà qu'ils tombent sur l'argenterie luisante et nette[2], plus bas sur les chenets flambants. Plus irrité de l'ordre de la chambre que du désordre de la table, il envie les financiers de goût qui ne se meuvent qu'au milieu de belles choses, dans des chambres où tout, jusqu'à la pincette de la cheminée et au bouton de la porte, tout est une œuvre d'art. Il maudit cette laideur ambiante, et honteux d'être resté un quart d'heure à en éprouver, non pas la honte, mais le dégoût et comme la fascination, il se lève et, s'il ne peut pas prendre le train pour la Hollande ou pour l'Italie, va chercher au Louvre des visions de palais à la Véronèse, de princes à la Van Dyck, de ports à la Claude Lorrain, que, ce soir, viendra de nouveau ternir et exaspérer le retour dans leur cadre familier des scènes journalières.

Si je connaissais ce jeune homme, je ne le détournerais pas d'aller au Louvre et je l'y accompagnerais plutôt; mais le menant dans la galerie Lacaze et dans la galerie des peintres français du XVIIIe siècle[1], ou dans telle autre galerie française, je l'arrêterais devant les Chardin. Et quand il serait ébloui de cette peinture opulente de ce qu'il appelait la médiocrité, de cette peinture savoureuse d'une vie qu'il trouvait insipide, de ce grand art d'une nature qu'il croyait mesquine, je lui dirais : Vous êtes heureux ? Pourtant qu'avez-vous vu là qu'une bourgeoise aisée montrant à sa fille les fautes qu'elle a faites dans sa tapisserie *(La Mère laborieuse)*, une femme qui porte des pains *(La Pourvoyeuse)*, un intérieur de cuisine où un chat vivant marche sur des huîtres, tandis qu'une raie morte pend aux murs, un buffet déjà à demi dégarni avec des couteaux qui traînent sur la nappe *(Fruits et Animaux)*, moins encore, des objets de table ou de cuisine, non pas seulement ceux qui sont jolis, comme des chocolatières en porcelaine de Saxe *(Ustensiles variés)*, mais ceux qui vous semblent le plus laids, un couvercle reluisant, les pots de toute forme et toute matière (la salière, l'écumoire), les spectacles qui vous répugnent, poissons morts qui traînent sur la table (dans le tableau de *La Raie*), et les spectacles qui vous écœurent, des verres à demi vidés et trop de verres pleins *(Fruits et Animaux)*.

Si tout cela vous semble maintenant beau à voir, c'est que Chardin l'a trouvé beau à peindre. Et il l'a trouvé beau à peindre parce qu'il le trouvait beau à voir. Le plaisir que vous donne sa peinture d'une chambre où l'on coud, d'une office, d'une cuisine, d'un buffet, c'est, saisi au passage, dégagé de l'instant, approfondi, éternisé, le plaisir que lui donnait la vue d'un buffet, d'une cuisine, d'une office, d'une chambre où l'on coud. Ils sont si inséparables l'un de l'autre que, s'il n'a pas pu s'en tenir au premier et qu'il a voulu se donner et donner aux autres le second, vous ne pourrez pas vous en tenir au second et vous reviendrez forcément au premier. Vous l'éprouviez déjà inconsciemment, ce plaisir que donne le spectacle de la vie humble et de la nature morte, sans cela il ne se serait [pas] levé dans votre cœur, quand Chardin avec son langage impératif et brillant est venu l'appeler. Votre conscience était trop inerte pour descendre jusqu'à lui. Il a dû attendre que Chardin vînt le prendre en vous pour l'élever jusqu'à elle. Alors vous l'avez reconnu et pour la première fois vous l'avez goûté. Si en regardant un Chardin vous pouvez vous dire : cela est intime, est confortable, est vivant comme une cuisine, en vous promenant dans une cuisine vous vous direz : cela est curieux, cela est grand, cela est beau comme un Chardin. Chardin n'aura été qu'un homme qui [se] plaisait dans sa salle à manger, entre les fruits et les verres, mais un homme d'une conscience plus vive, dont le plaisir trop intense aura débordé en touches onctueuses, en couleurs éternelles. Vous serez un Chardin, moins grand sans doute, grand dans la mesure où vous l'aimerez, où vous redeviendrez lui-même, mais pour qui, comme pour lui, les métaux et le grès s'animeront et les fruits parleront.

Voyant qu'il vous confie les secrets qu'il tient d'eux, ils ne se cacheront plus de vous les confier à vous-même. La nature morte deviendra surtout la nature vivante. Comme la vie, elle aura toujours quelque chose de nouveau à vous dire, quelque prestige à faire luire, quelque mystère à révéler; la vie de tous les jours vous charmera, si pendant quelques jours vous avez écouté sa peinture comme un enseignement; et pour avoir compris la vie de sa peinture vous aurez conquis la beauté de la vie.

Dans [ces][1] chambres où vous ne voyez rien que l'image de la banalité des autres et le reflet de votre ennui, Chardin entre comme la lumière, donnant à chaque chose sa couleur, évoquant de la nuit éternelle où ils étaient ensevelis tous les êtres de la nature morte ou animée, avec la signification de sa forme si brillante pour le regard, si obscure pour l'esprit. Comme la Princesse réveillée, chacun est rendu à la vie, reprend ses couleurs, se met à causer avec vous, à vivre, à durer. Sur ce buffet[1] où, depuis les plis rapides de la nappe à demi relevée jusqu'au couteau posé de côté, dépassant de toute la lame, tout garde le souvenir de la hâte des domestiques, tout porte le témoignage de la gourmandise des invités. Le compotier aussi glorieux encore et dépouillé déjà qu'un verger d'automne se couronne au sommet de pêches joufflues et roses comme des chérubins, inaccessibles et souriantes comme des immortels. Un chien qui lève la tête ne peut arriver jusqu'à elles et les rend plus désirables d'être vainement désirées. Son œil les goûte et surprend sur le duveté de leur peau qu'elle humecte, la suavité de leur saveur. Transparents comme le jour et désirables comme des sources, des verres où quelques gorgées de vin doux se prélassent comme au fond d'un gosier, sont à côté de verres déjà presque vides, comme à côté des emblèmes de la soif ardente, les emblèmes de la soif apaisée. Incliné comme une corolle flétrie un verre est à demi renversé; le bonheur de son attitude découvre le fuseau de son pied, la finesse de ses attaches, la transparence de son vitrage, la noblesse de son évasement. À demi fêlé, indépendant désormais des besoins des hommes qu'il ne servira plus, il trouve dans sa grâce inutile la noblesse d'une buire de Venise. Légères comme des coupes nacrées et fraîches comme l'eau de la mer qu'elles nous tendent, des huîtres traînent sur la nappe, comme, sur l'autel de la gourmandise, ses symboles fragiles et charmants.

Dans un seau de l'eau fraîche traîne à terre, toute poussée encore par le pied rapide qui l'a vivement dérangée. Un couteau qu'on y a vivement caché et qui marque la précipitation de la jouissance, soulève les disques d'or des citrons qui semblent posés là par le geste de la gourmandise, complétant l'appareil de la volupté.

Maintenant venez jusqu'à la cuisine dont l'entrée est sévèrement gardée par la tribu des vases de toute grandeur, serviteurs capables et fidèles, race laborieuse et belle. Sur la table les couteaux actifs, qui vont droit au but, reposent dans une oisiveté menaçante et inoffensive. Mais au-dessus de vous un monstre étrange, frais encore comme la mer où il ondoya, une raie est suspendue, dont la vue mêle au désir de la gourmandise le charme curieux du calme ou des tempêtes de la mer dont elle fut le formidable témoin, faisant passer comme un souvenir du Jardin des Plantes à travers un goût de restaurant. Elle est ouverte et vous pouvez admirer la beauté de son architecture délicate et vaste, teintée de sang rouge, de nerfs bleus et de muscles blancs, comme la nef d'une cathédrale polychrome. À côté, dans l'abandon de leur mort, des poissons sont tordus en une courbe raide et désespérée, à plat ventre, les yeux sortis. Puis un chat, superposant à cet aquarium la vie obscure de ses formes plus savantes et plus conscientes, l'éclat de ses yeux posé sur la raie, fait manœuvrer avec une hâte lente le velours de ses pattes sur les huîtres soulevées[1] et décèle à la fois la prudence de son caractère, la convoitise de son palais et la témérité de son entreprise. L'œil qui aime à jouer avec les autres sens et à reconstituer à l'aide de quelques couleurs, plus que tout un passé, tout un avenir, sent déjà la fraîcheur des huîtres qui vont mouiller les pattes du chat et on entend déjà, au moment où l'entassement précaire de [ces[2]] nacres fragiles fléchira sous le poids du chat, le petit cri de leur fêlure et le tonnerre de leur chute.

Comme les objets coutumiers, les visages habituels ont leur charme. Il y a plaisir à voir une mère examiner la tapisserie de sa fille, les yeux pleins de passé de l'une qui sait, qui calcule et qui prévoit, les yeux ignorants de l'autre. Le poignet, la main ne sont pas moins significatifs que les autres, et, en face d'un spectateur digne de l'apprécier, un petit doigt est encore un excellent interprète qui joue son rôle dans le caractère, avec une agréable vérité.

C'est un petit esprit, un artiste qui en a tout au plus le langage et l'habit, qui cherche seulement dans la nature les êtres en qui il reconnaît l'harmonieuse proportion des figures allégoriques. Pour l'artiste véritable, comme pour le naturaliste, chaque genre est intéressant, et le plus petit muscle a son importance. Vous n'aimiez pas voir les vieilles gens qui n'ont pas une certaine régularité de traits pompeuse ou fine, les vieilles gens que la vieillesse a rongés et rougis comme une rouille. Allez voir, dans la galerie des Pastels, les portaits que Chardin fit de lui-même, à soixante-dix ans. Au-dessus de l'énorme lorgnon, descendu jusqu'au bout du nez qu'il pince de ses deux disques de verre tout neufs, tout en haut des yeux éteints, les prunelles usées sont remontées, avec l'air d'avoir beaucoup vu, beaucoup raillé, beaucoup aimé, et de dire avec un ton fanfaron et attendri : « Hé bien oui, je suis vieux! » Sous la douceur éteinte dont l'âge les a saupoudrées, elles ont de la flamme encore. Mais les paupières fatiguées comme un fermoir qui a trop servi sont rouges au bord. Comme le vieil habit qui enveloppe son corps, sa peau elle aussi a durci et passé. Comme l'étoffe elle a gardé, presque avivé ses tons roses et par endroits s'est enduite d'une sorte de nacre dorée. Et l'usure de l'une rappelle à tous moments les tons de l'usure de l'autre, étant comme les tons de toutes les choses finissantes, depuis les tisons qui meurent, les feuilles qui pourrissent, les soleils [qui] se couchent, les habits qui s'usent et les hommes qui passent, infiniment délicats, riches et doux. On s'étonne en regardant comme le plissement de la bouche est exactement commandé par l'ouverture de l'œil à laquelle obéit aussi le froncement du nez. Le moindre pli de la peau, le moindre relief d'une veine est la traduction très fidèle et très curieuse de trois originaux correspondants : le caractère, la vie, l'émotion présente. Désormais, dans la rue ou dans votre maison, j'espère que vous vous pencherez avec [un] intérêt respectueux sur ces caractères usés qui, si vous savez les déchiffrer, vous diront infiniment plus de choses, plus saisissantes et plus vives que les plus vénérables manuscrits.

Dans le portrait dont nous venons de parler, la négligence du déshabillé de Chardin, la tête déjà coiffée d'un bonnet de nuit[1], le faisait ressembler à une vieille femme. Elle atteint, dans l'autre pastel que Chardin nous a laissé de lui, à l'étrangeté cocasse d'un vieux touriste anglais. Depuis l'abat-jour vigoureusement enfoncé sur le front jusqu'au masulipatan noué autour du cou, tout donne envie de sourire, sans qu'on songe à s'en cacher, devant ce vieil original qui doit être si intelligent, si fou, si doucement docile à accepter une raillerie. Si artiste surtout. Car chaque détail de cette toilette formidable et négligée, tout armée pour la nuit, semble autant qu'un défi à la correction un indice de goût. Si ce masulipatan rose est si vieux, c'est que le vieux rose est plus doux. En voyant ces nœuds roses et jaunes dont la peau jaunie et rosée semble garder les reflets, en reconnaissant dans le rebord bleu de l'abat-jour le sombre éclat des besicles d'acier, l'étonnement, que la mise surprenante du vieillard excite d'abord, se fond en un charme doux, dans le plaisir aristocratique aussi de retrouver, jusque dans le désordre apparent du déshabillé d'un vieux bourgeois, la noble hiérarchie des couleurs précieuses, l'ordre des lois de la beauté.

Mais en regardant mieux dans ce pastel la figure de Chardin vous hésiterez, et dans l'incertitude de l'expression de cette figure vous vous troublerez, n'osant ni sourire, ni vous justifier, ni pleurer. Il arrive souvent à un jeune homme devant un vieillard, ce qui ne lui arrive jamais auprès d'un jeune homme, je veux dire de ne pas comprendre clairement ce langage, figuré comme une image, mais rapide, direct, surprenant comme une réplique et que nous appelons le jeu de la physionomie. Chardin nous regarde-t-il ici avec la fanfaronnade d'un vieillard qui ne se prend pas au sérieux, exagérant, pour nous amuser ou montrer qu'il n'en est pas dupe, la gaillardise de sa bonne santé encore alerte, de son humeur encore brouillonne : « Ah ! vous croyez qu'il n'y a que vous autres jeunes ? » Ou bien notre jeunesse a-t-elle blessé son impuissance, se révolte-t-il dans un défi passionné, inutile et qui fait mal à voir ? On pourrait presque le croire, tant la vivacité des yeux, le frémissement de la bouche ont l'air graves. Combien d'entre nous sont ainsi restés incertains sur le sens et sur l'intention de certaines paroles de vieillard, et surtout de certains regards d'yeux de vieillard, certain frémissement du nez, certain plissement de la bouche ! Nous sourions quelquefois devant les vieillards comme devant de vieux et charmants fous. Mais quelquefois aussi nous avons peur devant eux comme devant des fous. Le sourire a tant de fois pendant une longue vie tourné sur les gonds de leur bouche, la colère ou la tendresse a tant de fois rallumé le feu de leurs yeux ou soufflé dans la trompette de leur voix, la vivacité d'un sang toujours prêt a tant de fois dû se porter si rapidement, tout entière, à la paroi transparente de leurs joues, que la bouche dont les ressorts sont usés ne s'ouvre plus sous l'effort du sourire, ou ferme mal quand le sérieux est rentré. Le feu des yeux ne prend plus, s'obscurcit de fumée; les joues ne rougissent plus, ou bien, stagnantes comme un lac de pourpre, rougissent trop. Aussi la figure ne traduisant plus exactement par une expression appropriée chaque pensée, chaque émotion de l'âme, mais en omettant ici l'émotion sans laquelle une assurance devient une plaisanterie, ici l'affectueuse ironie sans laquelle une bravade devient une menace, devient, du langage figuré mais exact qu'elle était de nos sentiments, une sorte de radotage attristant et obscur qui laisse parfois, entre deux expressions contraires et qui ne se rejoignent plus, une place soudaine à notre inquiétude, à nos commentaires, à notre rêverie.

Vous avez vu les objets et fruits vivants comme des personnes, et la figure des personnes, d'une peau, d'un duvet, d'une couleur curieuse à considérer comme des fruits. Chardin va plus loin encore en réunissant objets et personnes dans ces chambres qui sont plus qu'un objet et peut-être aussi qu'une personne, qui sont le lieu de leur vie, la loi de leurs affinités ou de leurs contrastes, le parfum flottant et contenu de leur charme, confident silencieux et pourtant indiscret de leur âme, le sanctuaire de leur passé. Comme entre êtres et choses qui vivent depuis longtemps ensemble avec simplicité, ayant besoin les uns des autres, goûtant aussi des plaisirs obscurs à se trouver les uns avec les autres, tout ici est amitié. L'orgueil des vieux chenets, comme de bons serviteurs où reluit l'honneur de leur maîtres, s'attendrit quand les regarde la flamme d'une douceur cordiale; et l'attitude digne des fauteuils immobiles est hospitalière, dans cette chambre où s'écoule leur vie, où tous les matins, quand pour les battre à l'air on les approche de la fenêtre, s'accomplit, exactement à la même heure, leur ponctuelle promenade de vieillards ou leur lente révolution.

Combien d'amitiés particulières nous apprendrons à connaître dans une chambre en apparence monotone, comme dans un courant d'air qui passe ou qui dort à côté de nous on peut distinguer, si le soleil le traverse, d'infinis tourbillons vivants! Regardez *La Mère laborieuse* ou *Le Bénédicité*. C'est l'amitié qui règne entre cette pelote et le vieux chien qui vient tous les jours, à la place accoutumée, dans une pose habituelle, adosser contre sa molle étoffe rembourrée son dos paresseux et douillet. C'est l'amitié qui porte si naturellement vers le vieux rouet, où ils seront si bien, les pieds mignons de cette femme distraite, dont le corps obéit ainsi, sans qu'elle le sache, à des habitudes et à des affinités qu'elle ignore et qu'elle subit. Amitié encore, ou mariage, entre les couleurs du devant de feu et les couleurs de la pelote et de l'écheveau de laine, — entre le corps penché, les mains heureuses de la femme qui prépare la table, la nappe antique et les assiettes encore intactes dont depuis tant d'années elle sent la fermeté douce résister toujours à la même place entre ses mains soigneuses, — entre cette nappe et la lumière qui lui donne, en souvenir de ses visites de chaque jour, la douceur de crème ou d'une toile de Flandres, — entre la lumière et toute cette chambre qu'elle caresse, où elle s'endort, où tantôt elle se promène lentement, tantôt elle entre gaiement à l'improviste, si tendrement depuis tant d'années, — entre la chaleur et les étoffes, — entre les êtres et les choses, — entre le passé et la vie, — entre le clair et l'obscur.

Nous sommes ici au terme de ce voyage d'initiation à la vie ignorée de la nature morte que chacun de nous peut accomplir en se laissant guider par Chardin, comme Dante se laissa jadis guider par Virgile. Pour aller plus loin, il faudrait maintenant nous confier à un autre maître. Ne franchissons pas le seuil de Rembrandt. Nous avions appris de Chardin qu'une poire est aussi vivante qu'une femme, qu'une poterie vulgaire est aussi belle qu'une pierre précieuse. Le peintre avait proclamé la divine égalité de toutes choses devant l'esprit qui les considère, devant la lumière qui les embellit. Il nous avait fait sortir d'un faux idéal pour pénétrer largement dans la réalité, pour y retrouver partout la beauté, non plus prisonnière affaiblie d'une convention ou d'un faux goût, mais libre, forte, universelle : en nous ouvrant le monde réel, c'est sur la mer de beauté qu'il nous entraîne. Avec Rembrandt la réalité même sera dépassée. Nous comprendrons que la beauté n'est pas dans les objets, car sans doute alors elle ne serait si profonde et si mystérieuse. Nous verrons les objets n'être rien par eux-mêmes, orbites creux dont la lumière est l'expression changeante, le reflet prêté de la beauté, le regard divin. Nous verrons dans *Les Deux Philosophes,* par exemple, la lumière déclinante rougir une fenêtre comme un four ou la peindre comme un vitrail, faire régner dans la chambre si simple de tous les jours la splendeur majestueuse et multicolore d'une église, le mystère d'une crypte, la peur des ténèbres, de la nuit, de l'inconnu, du crime. Nous verrons de même dans *Le Bon Samaritain,* pendant qu'à deux fenêtres correspondantes, une figure dans [la] nuit déjà se dérobe au sourire d'une figure encore dans la lumière, un même rayon, mettant la terre à l'unisson du ciel, faire vibrer à la fois, comme une corde tendue, une beauté mystérieuse dans le coteau lointain, dans le dos d'un cheval, un seau qui descend le long de la fenêtre, faisant passer sur ces objets si familiers, si usuels, le reflet et comme le frisson de cet être que nous sentons partout et que nous ne pouvons saisir nulle part, de cette lumière qui fait tout le jour la beauté des objets et le soir tout leur mystère, qui, en se retirant d'eux, modifie à tel point leur existence que nous sentons bien qu'elle en est le principe et qu'eux-mêmes semblent passer, dans ces minutes si inquiétantes et si belles, par toutes les affres de la mort. À cette heure-là nous sommes tous comme le philosophe de Rembrandt. Nous tressaillons à voir, écrits en traits de feu sur le mur, les mots mystérieux. Par-dessus le fleuve ou la mer éblouissante ou troublée, par-dessus les fenêtres étincelantes, émaillées, ardentes, les toits transfigurés des maisons, nous regardons le ciel dont nous avons partout reconnu le reflet sur la terre, ce reflet que nous ne connaîtrons jamais et que nous connaissons[1] si bien, qui est la beauté de tout ce que nous avons jamais vu, qui en est aussi le mystère et l'inconnu. Nous faisons tous comme le philosophe en regardant le ciel, mais nous ne cherchons pas comme lui à prendre conscience de notre joie ou de notre angoisse, de leur essence ou de leur raison. Sans doute même le peintre qui a peint ce philosophe n'a pas raisonné comme le philosophe. Pourtant, il avait bien regardé le ciel comme lui, puisqu'il l'a peint[2]....

Avec Chardin j'ai montré ce que pouvait être pour nous l'œuvre d'un grand peintre, par tout ce qu'elle avait été pour lui. N'étant nullement un étalage de qualités spéciales, mais l'expression de ce qu'il y avait de plus intime dans sa vie et de ce qu'il y a de plus profond dans les choses, c'est à notre vie qu'elle s'adresse, c'est notre vie qu'elle vient toucher[3], lentement incline vers les choses, rapproche du cœur des choses. Je veux ajouter pour les peintres qui reprochent sans cesse aux littérateurs leur incapacité à parler peinture, leur complaisance à prêter aux peintres des intentions qu'ils n'eurent jamais, que si en effet les peintres font ce que j'ai dit, ou pour être plus précis si Chardin a fait tout ce que j'ai dit, il n'en eut jamais l'intention, il est même fort probable qu'il n'en eut jamais la conscience. Peut-être serait-il fort étonné en apprenant qu'il a rendu si ardemment la vie de la nature qu'on croyait morte, goûté à la coupe nacrée des huîtres, à la fraîcheur de l'eau de mer, sympathisé avec la tendresse d'une nappe pour une table, du clair de soleil pour une nappe, de l'obscur pour le clair. Ainsi le gynécologiste pourrait étonner une femme qui vient d'accoucher en lui expliquant ce qui s'est passé dans son corps, en lui décrivant le processus physiologique de l'acte qu'elle a eu la force mystérieuse d'accomplir, mais dont elle ignore la nature; les actes créateurs procèdent en effet non de la connaissance de leurs lois, mais d'une puissance incompréhensible et obscure, et qu'on ne fortifie pas en l'éclairant. Une femme n'a pas besoin de savoir la médecine pour enfanter, un homme n'a pas besoin de savoir la psychologie de l'amour pour aimer, un homme n'a pas besoin de connaître le mécanisme de la colère pour[1]...

[CAMILLE SAINT-SAËNS, PIANISTE[2]]

Saint-Saëns a tenu hier au Conservatoire la partie de piano dans le *Concerto* de Mozart. À la sortie, on voyait beaucoup de gens déçus et qui, ne connaissant pas la raison de leur déception, l'attribuaient à des causes diverses : il a joué trop vite, il a joué trop sec, il avait mal choisi son morceau. Or, voici la raison : c'est que c'était vraiment beau. La vraie beauté est en effet la seule chose qui ne puisse répondre à l'attente d'une imagination romanesque. Toutes les autres choses ne sont pas inférieures à l'idée qu'elle s'en faisait : l'habileté l'émerveille, la vulgarité la flatte, la sensualité la grise, le cabotinage l'éblouit. Mais la beauté s'étant à l'origine des âges unie à la vérité par une amitié éternelle n'a point à sa disposition tous ces charmes. Quelles déceptions n'a-t-elle pas causées depuis qu'elle apparaît à la foule des hommes! Une femme va voir un chef-d'œuvre aussi émue que si elle terminait un feuilleton, consultait la tireuse de cartes, attendait son amant. Cependant, elle voit dans une chambre où il ne fait pas très clair, un homme assis près de la fenêtre qui rêve. Elle attend un instant pour voir si rien de plus n'apparaîtra, comme dans les transparents du Boulevard. Et si l'hypocrisie lui ferme la bouche, elle dit au fond de son cœur : « Comment, *Le Philosophe* de Rembrandt, ce n'est que cela ? »

Il n'y avait dans le jeu de Saint-Saëns ni[1] pianissimo où il semble qu'on va défaillir s'ils se prolongent et [qu'un] forte réconfortant vient juste à point interrompre, pas de ces accords qui rendus en plusieurs fois vous chatouillent en un instant du haut en bas des nerfs, aucun de ces fortissimo qui vous cassent bras et jambes comme un bain de vagues, de ces ondulations du corps du pianiste, de ces hochements de tête, de ces frémissements de mèches qui mêlent à la pureté de la musique la sensualité de la danse, parlent à l'imagination de l'écouteuse, à sa badauderie, à ses sens, et lui donnent, avec un élément de plaisir et une raison d'enthousiasme, le cadre de ses souvenirs et la matière de ses récits. Saint-Saëns n'avait rien de cela dans [son[2]] jeu. Mais c'était un jeu royal. Or, les rois ne s'avancent pas une couronne d'or sur la tête, sur un palanquin porté [par] des esclaves. C'est dans la manière de saluer, de sourire, de tendre la main, d'offrir une chaise, d'interroger, de répondre que se montrent les grands rois comme les grands comédiens. C'est le parvenu qui se guinde, le charlatan qui pose. Mais le roi est si naturellement noble et gracieux que sa noblesse ne nous étonne pas plus que la noblesse du chêne, et sa grâce que la grâce d'une tige de rosier. Toutes les mauvaises manières, emphatiques ou vulgaires, spontanées ou apprises, et les mouvements du corps sont dénudés de tout appareil jusqu'à montrer la simplicité. Le jeu d'un grand acteur est plus nu et donne ainsi moins de prise à l'admiration de la foule que le jeu d'un acteur habile. Car son geste et sa voix sont si parfaitement décantés de toutes parcelles d'or ou scories qui le troublaient, qu'il semble que c'est seulement l'eau claire, comme un vitrage qui laisse seulement voir l'objet naturel qui est au-delà. C'est à cette pureté, à cette transparence qu'est arrivé le jeu de Saint-Saëns. On ne voit pas le *Concerto* de Mozart à travers un vitrail ou une rampe, mais comme à travers l'air qui nous sépare de notre table ou de notre ami, si pur que nous ne le remarquons même pas.

Certes, ce n'est pas étonnant qu'il y réussisse : pour celui qui a composé la plus belle des symphonies depuis les symphonies de Beethoven, et tant d'opéras, c'était une petite chose, un amusement[1], un rien de jouer un concerto de Mozart. Mais par là aussi, cela nous semblait une grande chose. Car les actions des hommes ne sont pas pour nous comme les fleurs des violettes qui, une fois tombées, ne servent plus à la petite plante, et l'éclosion des autres n'en sera pas embellie, ni leur chute retardée. Mais nous considérons plutôt les actions des hommes à la façon des branches annuelles des arbres qui, même dépérissantes, exhaussent de toute leur élévation au-dessus du sol les branches futures, de sorte que l'arbre grandit par la hauteur successive de ses branches, ou encore à la façon des petites dents blanches des jeunes chevaux qui, venant se ranger l'une à côté de l'autre dans leur grande bouche, indiquent sûrement à l'éleveur leur âge et leur force. Ainsi faisons-nous des actions des hommes. Et la plus petite, comme la plus frêle et la plus récente fleur d'un marronnier élevé de toute la taille des branches plus anciennes, sent les actions antérieures qui viennent, à la façon d'ancêtres et de vénérables répondants, lui prêter le prestige de leur grandeur et l'appui de leur force. Ainsi au moment où Saint-Saëns assis, comme les enfants qui sont au Conservatoire, devant un concerto de Mozart, le jouait avec simplicité, il n'y avait pas une seule des belles inspirations de la *Symphonie en ut mineur,* par un des tristes accents d'*Henri VIII,* pas un des beaux chœurs de *Samson et Dalila,* pas une des inventives transcriptions de Bach qui ne fussent là, entourant le musicien d'un chœur aussi imposant que le chœur des Muses, souriant au génie qu'elles entretenaient comme un feu sacré dans son âme et répandant dans la nôtre le charme, l'enthousiasme et le respect.

FIGURES PARISIENNES

CAMILLE SAINT-SAËNS[1]

« C'est un génie, dit une vieille légende, mais c'est un malin génie. Roi des esprits de la musique et du chant, il possède tous les secrets, et même celui, dès qu'on veut l'approcher, de s'enfuir au plus loin, toujours insaisissable. » Au moment d'*Ascanio*[2], pendant qu'on le cherche en France, il parcourt les Canaries. Ce soir, caché sous le nom d'un charmant musicien défunt qu'il va ressusciter[3], il se dérobera encore à nos hommages. Va-t-il maintenant échapper aux prises de ma pensée qui cherche à le saisir, et ne me laissera-t-il, entre les mains, comme un lutin disparu, que « du vent » ?

Génie inspiré de la musique, doué d'une sensibilité profonde — vous n'avez, sans parler de la lyre et la harpe, qu'à parcourir *Ascanio*, cette lyre, ou *Samson et Dalila*[4], cette harpe, — il se plaît, comme un Gustave Flaubert, comme un Anatole France à la cacher sous sa richesse, sous sa science de grand écrivain musical. Car nul ne semble avoir mieux retenu cette pensée célèbre : « Toutes les beautés intellectuelles qui se trouvent dans un beau style, tous les rapports dont il est composé sont autant de vérités... plus précieuses peut-être que celles qui peuvent faire le fond du discours. »

Il sait rajeunir une formule en l'employant dans sa vieille acception, et prendre, pour ainsi dire, chaque phrase musicale, dans son sens étymologique. Il emprunte leurs grâces à Beethoven et à Bach, ou plutôt, comme dans une de ses plus belles transcriptions, prête à Bach des grâces qui n'étaient pas à lui.

Peindre dans un accord, dramatiser avec la fugue, éterniser par le style; faire tenir autant d'invention et de génie créateur dans l'emploi de la gamme qu'un autre dans le contour d'une mélodie, la faire courir autour d'une idée, comme le lierre antique qui préserve de la ruine le monument; faire octroyer ainsi par l'archaïsme ses lettres de noblesse à la modernité; donner peu à peu à un lieu commun la valeur d'une imagination originale par la propriété savante, singulière, sublime, de l'expression, faire d'un archaïsme un trait d'esprit, une idée générale, le résumé d'une civilisation, l'essence d'une race, un trait de génie jailli de l'outil ou tombé du ciel; donner l'accent anglais à un prélude, prélude d'*Henri VIII*[1], le caractère matrimonial à une scène, duo d'Anne de Boleyn et d'Henri VIII, la lumière napolitaine à un chœur, *Quand vous chantez Scozzone,* plaisanter un art dans une marche, *Suite algérienne,* fixer le style de l'orfèvrerie de la Renaissance dans un opéra, *Ascanio ;* enfin, pour faire comprendre une religion, détester un tyran, plaindre une femme, voir Éros, entendre l'Éternel, s'en tenir aux ressources non pas même de la musique, mais du langage musical, s'amuser comme un dieu et comme le diable à faire tenir le monde dans la musique, la musique dans l'harmonie, toute l'étendue de l'orgue dans l'exiguïté du piano, voilà les jeux habiles, déconcertants, diaboliques et divins de cet humaniste musical qui fait éclater à chaque instant l'invention et le génie dans ce qui semblait le domaine borné de la tradition, de l'imitation et du savoir.

AU TEMPS DE JEAN SANTEUIL

[ÉROS ET VÉNUS[1]]

Je voudrais adresser une objection à M. Lemaitre au sujet de la dernière scène de *La Bonne Hélène ;* je louerai ensuite toute la pièce.

Dans cette scène, d'ailleurs exquise, Vénus reproche à Pâris d'être jaloux de sa femme.

Les yeux qu'elle a charmés font-ils les siens moins beaux ?
Non, une seule torche allume cent flambeaux
Et garde intacte sa lumière.

Puis, jouant comme une déesse ou comme un critique avec les idées et avec les siècles, elle définit un autre amour qui

Ressemble à la haine elle-même.
On veut être aimé seul, on veut (que d'embarras !)
Faire tout le bonheur ou, si l'on ne peut pas,
Tout le malheur de ce qu'on aime.

(On appréciera combien La Bruyère[2] est adroitement cité et protégé ici, si l'on veut bien se rappeler combien les plus grands poètes ont été gauches à insérer de la prose dans leurs vers, croyant par exemple citer l'Évangile en disant, l'un :

Laissez venir à moi tous ces petits enfants,

l'autre :

Laissez venir à moi les tout petits enfants,

un troisième :

Laissez venir à moi les petits enfants blonds[1].)

Mais, ajoute Vénus, ce n'est pas moi, c'est Éros qui inspire cet amour :

Éros est grave et triste, il rêve on ne sait quoi
Par-delà le réel... Je suis très simple, moi,
Et n'ai pas de mélancolie.

Rien n'est plus charmant que cette comparaison de l'amour chrétien, de l'amour romantique, de l'amour d'aujourd'hui, de l'amour insatisfait, rêveur et triste, avec l'amour purement sensuel, et rien ne serait plus juste si la jalousie ne nous était présentée comme un dérivé, comme un dérivé de ce second amour, comme une souffrance que l'âme ajoute au plaisir du corps, comme la sombre, comme la sanglante fleur du rêve.

Certes notre rêve peut, aussi bien qu'à toute souffrance humaine, s'appliquer à la jalousie et rendre le plus grand mais le plus simple de nos maux, subtil et savant comme une torture. Mais ce n'est pas du rêve, ce n'est pas de la mélancolie, ce n'est pas de la pensée, c'est du corps que vient la jalousie. Elle est la fille obscure du plaisir (faite à son image et pour sa rançon), qui lui ressemble par cette soif immense que rien ne peut assouvir. La Bruyère dit mal : on n'est pas jaloux, à prendre le mot à son sens strict et terrible, du bonheur mais du plaisir de celle qu'on aime, du plaisir qu'elle donne et du plaisir qu'elle prend. La jalousie est née bien avant l'intelligence; aussi ne la connaît-elle pas, et l'intelligence ne peut rien lui dire pour la consoler. L'esprit est désarmé devant la jalousie comme devant la maladie et devant la mort.

Comme on voit, mon objection n'est nullement une critique et ne vise point la beauté de cette scène, que mes citations vous ont peut-être laissé deviner, mais une idée, qui en tout cas est très intéressante et — comme je me trompe sans doute — peut-être très vraie. Toute la pièce est traitée avec une rigueur dans la fantaisie, une simplicité dans la superposition des genres, un fondu dans le mélange des styles, qui rappelle l'auteur de nos seules comédies raciniennes[2]. Si le sujet nous en touche tant, c'est qu'il est au fond : la puissance de la beauté d'Hélène. En rapprochant Hélène de nos plus innocentes et plus dangereuses cocottes, M. Lemaitre rend à la beauté d'Hélène, qui en est encore grandie, cette puissance mystérieuse qu'il dénie à son caractère abaissé. Et plus on nous montre qu'elle ne fut que la bonne Hélène, plus nous comprenons à quel point elle dut être la belle Hélène. Or, si une chose soumet notre âme autant que la vue de la beauté même, c'est d'apprendre, par un exemple comme celui d'Hélène, qu'elle est soumise à la beauté, à la puissance terrible de sa douceur. Quand nous lisons que les vieillards, dont depuis dix ans les fils allaient à la mort pour elle, qu'ils ne connaissaient pas,

Dessus les murs troyens voyant passer Hélène,

ne se trouvent pas injustement traités

Si pour telle beauté nous souffrons telle peine :
Notre mal ne vaut pas un seul de ses regards[1],

nous sommes aussi émus que nous l'aurions été par la vue d'Hélène. Il y a telle beauté que nous n'avons jamais vue, dont nous nous sentons les sujets, pour savoir l'empire universel de son charme. Nous la connaissons, si l'aimer c'est déjà la connaître. Et jamais, œuvre d'art ou femme, nous ne la verrons pour la première fois. Ainsi le pouvoir que, vivante, Hélène tira de sa beauté, survécut à sa vie et à sa beauté. Les historiens l'expliquent en disant que la race grecque était une race esthétique, je dirais plutôt que la race humaine est amie de la beauté. Nous n'en éprouvons plus que la douceur. Les Anciens n'auraient pas pu en dire autant. Trois ou quatre siècles après Homère, pour avoir médit d'Hélène, le poète Stésichore perdit la vue[2]. Mais plus subtil qu'Homère, il devina aussitôt la cause de son mal et écrivit[3] un poème qui commençait ainsi : « Non, tu n'es pas partie sur des vaisseaux aux nombreux tillacs. Non, tu n'as jamais été à Troie. Après tout, c'est plutôt le contraire de ce que je disais qui est le vrai. » Certains lundis des *Débats* ne finissent pas autrement que ne commençait ce poème[4]. Et l'on peut penser que Stésichore, qui fit aussi sa *Bonne Hélène,* fut, avec un moindre éclat, dans d'autres genres et en bien moins grand, quelque chose comme le Jules Lemaitre de l'Antiquité.

CONTRE L'OBSCURITÉ[1]

« Êtes-vous de la jeune école ? » demande à tout étudiant de vingt ans qui fait de la littérature tout monsieur de cinquante qui n'en fait pas. « Moi, j'avoue que je ne comprends pas, il faut être initié... D'ailleurs, il n'y a jamais eu plus de talent; aujourd'hui presque tout le monde a du talent. »

En essayant de dégager de la littérature contemporaine quelques vérités esthétiques que je suis d'autant plus certain d'apercevoir qu'elle les signale elle-même en les niant, je vais m'exposer à l'accusation d'avoir voulu jouer avant l'âge le rôle du monsieur de cinquante ans : je ne tiendrai pourtant pas son langage. Je crois en effet que, comme tous les mystères, la Poésie n'a jamais pu être entièrement pénétrée sans initiation et même sans élection. Quant au talent qui n'a jamais été très commun, il semble qu'il y en eut rarement moins qu'aujourd'hui. Certes si le talent consiste dans une certaine rhétorique ambiante qui apprend à faire des « vers libres » comme une autre apprenait à faire des vers latins, dont les « princesses », les « mélancolies », « accoudées » ou « souriantes », les « béryls » sont à tout le monde, on peut dire qu'aujourd'hui tout le monde a du talent. Mais ce ne sont là que vains coquillages, sonores et vides, morceaux de bois pourris ou ferrailles rouillées que le flux a jetés sur le rivage et que le premier venu peut prendre, s'il lui plaît, tant qu'en s'en retirant la génération ne les a pas emportés. Mais que faire avec du bois pourri, souvent débris d'une belle flotte ancienne — image méconnaissable de Chateaubriand ou d'Hugo ?...

Mais il est temps d'en venir à l'erreur d'esthétique que j'ai voulu signaler ici et qui me semble dénuer de talent tant de jeunes gens originaux, si le talent est en effet plus que l'originalité du tempérament, je veux dire le pouvoir de réduire un tempérament original aux lois générales de l'art, au génie permanent de la langue. Ce pouvoir fait certainement défaut à beaucoup, mais d'autres, assez doués pour l'acquérir, semblent systématiquement n'y pas prétendre. La double obscurité qui en résulte dans leurs œuvres, obscurité des idées et des images d'une part, obscurité grammaticale de l'autre, est-elle justifiable en littérature ? Je vais essayer de l'examiner ici.

Les jeunes poètes (en vers ou en prose) auraient un argument préliminaire à faire valoir, pour éluder ma question.

« Notre obscurité, pourraient-ils nous dire, est cette même obscurité qu'on reprochait à Hugo, qu'on reprochait à Racine. Dans la langue tout ce qui est nouveau est obscur. Et comment la langue ne serait-elle pas nouvelle, quand la pensée, quand le sentiment ne sont plus les mêmes ? La langue pour rester vivante doit changer avec la pensée, se prêter à ses besoins nouveaux, comme les pattes qui se palment chez les oiseaux qui auront à aller sur l'eau. Grand scandale pour ceux qui n'avaient jamais vu les oiseaux que marcher ou voler; mais, l'évolution accomplie, on sourit qu'elle ait choqué. Un jour, l'étonnement que nous vous causons étonnera, comme étonnent aujourd'hui les injures dont le classicisme finissant salua les débuts du romantisme. »

Voilà ce que nous diraient les jeunes poètes. Mais nous, les ayant félicités d'abord pour ces paroles ingénieuses, nous leur dirions : Ne voulant pas sans doute faire allusion aux écoles précieuses, vous avez joué sur le mot « obscurité » en faisant remonter si haut la noblesse de la vôtre. Elle est au contraire bien récente dans l'histoire des lettres. C'est autre chose que l'étonnement et, si vous voulez, le malaise que purent causer les premières tragédies de Racine et les premières odes de Victor Hugo. Or, le sentiment de la même nécessité, de la même constance des lois de l'univers et de la pensée, qui m'interdit d'imaginer, à la façon des enfants, que le monde va changer au gré de mes désirs, m'empêche de croire que, les conditions de l'art étant subitement modifiées, les chefs-d'œuvre seront maintenant ce qu'ils n'ont jamais été, au cours des siècles : à peu près inintelligibles.

Mais les jeunes poètes pourraient répondre : « Vous vous étonnez que le maître soit obligé d'expliquer ses idées à ses disciples. Mais n'est-ce pas ce qui est toujours arrivé dans l'histoire de la philosophie où les Kant, les Spinoza, les Hegel, aussi obscurs qu'ils sont profonds, ne se laissent pas pénétrer sans des difficultés bien grandes. Vous vous serez mépris sur le caractère de nos poèmes : ce ne sont pas des fantaisies, ce sont des systèmes. »

Le romancier bourrant de philosophie un roman qui sera sans prix aux yeux du philosophe aussi bien que du littérateur, ne commet pas une erreur plus dangereuse que celle que je viens de prêter aux jeunes poètes et qu'ils ont non seulement mise en pratique, mais érigée en théorie.

Ils oublient, comme ce romancier, que si le littérateur et le poète peuvent aller, en effet, aussi profond dans la réalité des choses que le métaphysicien même, c'est par un autre chemin, et que l'aide du raisonnement, loin de le fortifier, paralyse l'élan du sentiment qui seul peut les porter au cœur du monde. Ce n'est pas par une méthode philosophique, c'est par une sorte de puissance instinctive que *Macbeth* est, à sa manière, une philosophie. Le fond d'une telle œuvre, comme le fond même de la vie, dont elle est l'image, même pour l'esprit qui l'éclaircit de plus en plus, reste sans doute obscur.

Mais c'est une obscurité d'un tout autre genre, féconde à approfondir et dont il est méprisable de rendre l'accès impossible par l'obscurité de la langue et du style.

Ne s'adressant pas à nos facultés logiques, le poète ne peut bénéficier du droit qu'a tout philosophe profond de paraître d'abord obscur. S'y adresse-t-il au contraire ? Sans arriver à faire de la métaphysique qui veut une langue autrement rigoureuse et définie, il cesse de faire de la poésie.

Puisqu'on nous dit qu'on ne peut séparer la langue de l'idée, nous en profiterons pour faire remarquer ici que si la philosophie où les termes ont une valeur à peu près scientifique, doit parler une langue spéciale, la poésie ne le peut pas. Les mots ne sont pas de purs signes pour le poète. Les symbolistes seront sans doute les premiers à nous accorder que ce que chaque mot garde, dans sa figure ou dans son harmonie, du charme de son origine ou de la grandeur de son passé, a sur notre imagination et sur notre sensibilité une puissance d'évocation au moins aussi grande que sa puissance de stricte signification. Ce sont ces affinités anciennes et mystérieuses entre notre langage maternel et notre sensibilité qui, au lieu d'un langage conventionnel comme sont les langues étrangères, en font une sorte de musique latente que le poète peut faire résonner en nous avec une douceur incomparable. Il rajeunit un mot en le prenant dans une vieille acception, il réveille entre deux images disjointes des harmonies oubliées, à tout moment il nous fait respirer avec délices le parfum de la terre natale. Là est pour nous le charme natal du parler de France — ce qui semble signifier aujourd'hui le parler de M. Anatole France, puisqu'il est un des seuls qui veuille ou qui sache s'en servir encore. Le poète renonce à ce pouvoir irrésistible de réveiller tant de Belles au bois dormant en nous, s'il parle une langue que nous ne connaissons pas, où des adjectifs, sinon incompréhensibles, au moins trop récents pour ne pas être muets pour nous, succèdent dans des propositions qui semblent traduites à des adverbes intraduisibles. À l'aide de vos gloses, j'arriverai peut-être à comprendre votre poème comme un théorème ou comme un rébus. Mais la poésie demande un peu plus de mystère et l'impression poétique, qui est tout instinctive et spontanée, ne sera pas produite.

Je passerai presque sous silence la troisième raison que pourraient alléguer les poètes, je veux dire l'intérêt des idées ou des sensations obscures, plus difficiles à exprimer, mais aussi plus rares, que les sensations claires et plus courantes.

Quoi qu'il en soit de cette théorie, il est trop évident que si les sensations obscures sont plus intéressantes pour le poète, c'est à condition de les rendre claires. S'il parcourt la nuit, que ce soit comme l'Ange des ténèbres, en y portant la lumière.

Enfin j'arrive à l'argument le plus souvent invoqué par les poètes obscurs en faveur de leur obscurité, à savoir le désir de protéger leur œuvre contre les atteintes du vulgaire. Ici le vulgaire ne me semble pas être où l'on pense. Celui qui se fait d'un poème une conception assez naïvement matérielle pour croire qu'il peut être atteint autrement que par la pensée et le sentiment (et si le vulgaire pouvait l'atteindre ainsi, il ne serait pas le vulgaire), celui-là a de la poésie l'idée enfantine et grossière qu'on peut précisément reprocher au vulgaire. Cette précaution contre les atteintes du vulgaire est donc inutile aux œuvres. Tout regard en arrière vers le vulgaire, que ce soit pour le flatter par une expression facile, que ce soit pour le déconcerter par une expression obscure, a fait à jamais manquer le but à l'archer divin. Son œuvre gardera impitoyablement la trace de son désir de plaire ou de déplaire à la foule, désirs également médiocres, qui raviront, hélas, des lecteurs de second ordre...

Qu'il me soit permis de dire encore du symbolisme, dont en somme il s'agit surtout ici, qu'en prétendant négliger les « accidents de temps et d'espace » pour ne nous montrer que des vérités éternelles, il méconnaît une autre loi de la vie qui est de réaliser l'universel ou éternel, mais seulement dans des individus. Dans les œuvres comme dans la vie les hommes, pour plus généraux qu'ils soient, doivent être fortement individuels (cf. *La Guerre et la Paix*, *Le Moulin sur la Floss*), et on peut dire d'eux, comme de chacun de nous, que c'est quand ils sont le plus eux-mêmes qu'ils réalisent le plus largement l'âme universelle.

Les œuvres purement symboliques risquent donc de manquer de vie et par là de profondeur. Si, de plus, au lieu de toucher l'esprit, leurs « princesses » et leurs « chevaliers » proposent un sens imprécis et difficile à sa perspicacité, les poèmes, qui devraient être de vivants symboles, ne sont plus que de froides allégories.

Que les poètes s'inspirent plus de la nature, où, si le fond de tout est un et obscur, la forme de tout est individuelle et claire. Avec le secret de la vie, elle leur apprendra le dédain de l'obscurité. Est-ce que la nature nous cache le soleil, ou les milliers d'étoiles qui brillent sans voiles, éclatantes et indéchiffrables aux yeux de presque tous ? Est-ce que la nature ne nous fait pas toucher, rudement et à nu, la puissance de la mer ou du vent d'ouest ? À chaque homme elle donne d'exprimer clairement, pendant son passage sur la terre, les mystères les plus profonds de la vie et de la mort. Sont-ils pour cela pénétrés du vulgaire, malgré le vigoureux et expressif langage des désirs et des muscles, de la souffrance, de la chair pourrissante ou fleurie ? Et je devrais citer surtout, puisqu'il est la véritable *heure d'art* de la nature, le clair de lune où pour les seuls initiés, malgré qu'il luise si doucement sur tous, la nature, sans un néologisme, depuis tant de siècles fait de la lumière avec de l'obscurité et joue de la flûte avec le silence.

Telles sont les remarques que j'ai cru utile d'exposer, à propos de la poésie et de la prose contemporaines. Leur sévérité pour la jeunesse qu'on voudrait, plus on l'aime, voir mieux faire, les aurait rendues plus seyantes dans la bouche d'un vieillard. Qu'on excuse leur franchise, plus méritoire peut-être dans la bouche d'un jeune homme.

[LA JEUNESSE FLAGORNÉE[1]]

Le suffrage universel de la postérité immédiate n'est ni beaucoup plus intelligent, ni beaucoup plus difficile à corrompre que l'autre. Aussi est-il bien naturel de voir nombre d'écrivains non seulement flatter les jeunes gens comme des électeurs, mais même se représenter devant eux avec des programmes habilement modifiés selon les goûts de la jeunesse. Comme la république, le symbolisme a ses ralliés[2], qui se rallient aussi bien à n'importe quoi plutôt que de se résigner à n'être ni réélus ni relus. Loin de s'autoriser de ce qu'ils sont nos aînés pour devenir nos maîtres, ils prétendent aller à l'école chez nous et dissimulent qu'ils détestent en nous des successeurs, en nous admirant comme des courtisans. Mais ces pratiques ne se rencontrent que chez des écrivains qui se font de l'art une conception si temporelle, qui croient si naïvement que son royaume est de ce monde, que nous ne pouvons regretter qu'à moitié les leçons qu'ils ne nous donnent pas. Il en est, hélas, qui, pour des raisons plus hautes, agissent de même, qui écoutent la jeunesse au lieu de lui parler, qui ont la certitude — ils donnent en cela le nom de certitude à la plus arbitraire espérance — d'entendre d'elle les paroles qu'ils désirent et qui, en attendant, cessent de nous donner [les] enseignements que nous avions le droit d'attendre d'eux.

Mais il est une chose encore plus étrange. C'est que pas un jeune homme n'ait encore eu, depuis plusieurs années que cela dure, le courage de leur dire : « Nous n'avons rien à dire parce que nous ne pensons à rien. Nous sommes la plus trompeuse jeunesse qu'il y ait jamais eu. Et si nous paraissons plus pleins de promesses que d'autres, c'est à la façon des enfants prodiges et ce sont des promesses qui sont des mensonges. Si jamais, comme on le répète partout, il n'y a eu tant de talents, c'est qu'il y a certaines grâces de style qui s'apprennent et qu'un journaliste peu doué peut savoir en quelques années son métier, comme une courtisane le sien. Vous êtes assez vieux pour être revenus de celle-ci. Serez-vous encore longtemps dupés par les autres ? » Et il aurait pu donner de cela quelques raisons. Jamais il n'y a eu si faible sentiment du devoir, jamais si complet mépris de la tradition. Les jeunes gens intelligents ne se soucient pas d'une vie morale, ne travaillent pas, ne lisent rien que des conteurs contemporains, font leur rhétorique avec Mendès ou Moréas, en prennent un vernis aussi extérieur que les écoliers d'autrefois ce vernis classique qui ne dupe plus personne. La vogue du bon élève en littérature contemporaine durera-t-elle plus longtemps ? Ce serait bien malheureux...

JULES RENARD[1]

Il est admirable parce qu'il ne cherche pas d'échappatoires, au contraire de presque tous [qui[2]] ne pouvant approfondir leur sensation, au lieu d'insister, de chercher ce qu'il y a dedans, ne s'obstinent pas, glissent ailleurs, ne peuvent y pénétrer davantage et, de ratages[3] en ratages, finissent par couvrir une immense circonférence, croient que cela finit par être plus beau que, d'un point quelconque, avoir su descendre au centre. Lui approfondit, saisit la vérité cachée dans la sensation. La vérité tout entière ? Non. Il a aussi, mais enfin à une certaine profondeur et après être déjà descendu, ses petites échappatoires, ou plutôt deux métaux différents avec lesquels il finit le corps de son petit poème, n'ayant de vérité que pour un membre. Et ces deux autres choses qui font que ce n'est pas tout vérité et que, quand il sent la vérité manquer, il se jette sur [elles[1]] pour pouvoir tout de même faire le morceau, garder la vérité qui sans cet alliage serait infime, ce sont la drôlerie et la préciosité. (La pintade : « Elle ne rêve que plaies à cause de sa bosse. Et par terre elle se roule comme une bossue[2]. » La poule : « Elle ne pond jamais d'œufs d'or, etc. » Le papillon : « Ce billet doux plié en deux cherche une adresse de fleur. »)

Remarquer que la drôlerie y est presque toujours précieuse, c'est-à-dire image continuée (exemple la [pintade[3]] citée ci-dessus). Et que la préciosité y est quelquefois vérité. Ainsi, dans le papillon, « cherche une adresse de fleur » n'est pas simplement de la préciosité, c'est-à-dire, quand on n'a plus de vérité pour continuer, continuer l'image qui fait calembour et donne une fin qui n'est plus en rapport qu'avec son apparence verbale. Là, dans le papillon, « chercher une adresse de fleur » a sa vérité dans les tâtonnements du papillon qui va à chaque fleur, et demande, et a dû se tromper, puisqu'il va à une autre. Le « Chasseur d'images » est bien faible[4].

SILHOUETTE D'ARTISTE*[5]

C'est un genre. Et, bien que la nécessité d'aller souvent au théâtre et l'illusion de s'y sentir regardé aient donné au monsieur qui le cultive des habitudes d'élégance, — pour être drôlatique — il signe ses articles : « Le monsieur du contrôle » ou « un Pompier de service », faisant

* Ai-je besoin de dire que cette silhouette ne prétend ressembler à personne, et que tous les traits en sont inventés selon la fantaisie toute pure ? Si par hasard il se trouvait dans la presse un « Monsieur du Contrôle » ou un « Pompier de service », qu'il m'excuse d'avoir à mon insu pris son nom, comme je lui pardonne de m'avoir soufflé mon « mot »; il n'a rien à envier au « marchand de lorgnettes ». C'est ainsi que je devais d'abord signer cet article. Et j'ai des raisons bien meilleures que l'intention de m'y adonner quelquefois moi-même, pour ne pas médire sérieusement d'un genre récemment illustré par M. Henry Gauthier-Villars[6].

celui qui allume les quinquets ou celui qui vend les programmes. Souvent, c'est un jeune homme. Alors, de préférence, il fait des silhouettes d'actrices. Il flatte celles qui sont jolies, essaye de lancer celles qui n'ont pas de talent pour s'en bien faire venir, vendant son indépendance pour acheter leurs faveurs. Avec les débutantes, il sait trouver un ton paternel. Pour les artistes qu'il admire il énumère, compare, exalte leurs différents rôles. « Tour à tour cruel dans Néron, mélancolique dans Fantasio, impétueux dans Ruy Blas, etc. » empruntant d'ailleurs aux autres arts les termes de ses comparaisons. Quelquefois à la musique : « M. Worms ne pouvait être bon dans ce rôle. Il n'est pas écrit dans sa voix. » Plus souvent à la sculpture. Elle fournit les bas-reliefs « antiques », les « bronzes florentins », les « exquises tanagras ». On se fait peintre pour louer les « nuances fondues » de la diction de Sarah Bernhardt, pour reconnaître en Mounet-Sully « un Titien descendu de son cadre » et « marchant parmi nous ».

Les grands artistes ne sont jamais deux jours de suite les mêmes. Tant mieux, car l'irrégularité est une des marques du génie. Sarah Bernhardt un jour « cherchait visiblement à se surpasser ». Le lendemain, elle « était au-dessous d'elle-même » et « n'a pas donné ce qu'elle aurait pu ». Quelques-uns sont « en progrès ». D'autres « dans une mauvaise voie ». Les conseils à ceux-là ne leur sont point épargnés. Parfois un article est intitulé : « Un peu de conscience, messieurs de la comédie. »

S'il échappe au critique une locution telle que « tandis que M. Worms[1] s'esbigne », il ajoute plaisamment « comme dirait feu Royer-Collard » ou « si j'ose m'exprimer ainsi ».

Et si le nom de M. Maubant « vient sous sa plume » il mettra entre parenthèses : « Vous êtes tous empoisonnés, messeigneurs[2]. »

Avec lui nous entrons dans l'intimité des artistes. Nous apprenons que Mlle Z..., l'artiste, est doublée d'une « fine mouche » ou d'une « rusée commère », que M. Truffier est un délicat poète « à ses heures » et M. Duflos « un de nos plus intrépides pédaliers[3] ».

Et sa vie à lui aussi nous la connaissons, car dans son besoin de se révéler, sa pensée lui semble trop impersonnelle, il nous livre ses habitudes. Nous apprenons que, dînant en ville le soir d'une première, il est parti avant le café pour arriver à l'heure et que le rideau ne s'est levé que longtemps après. Il prend le parti du public,

De celui qui paye, le vrai

(parodie d'un vers connu), incrimine l'administration du Vaudeville, met en cause le directeur des Beaux-Arts. Dans dix ans il réunira ses « silhouettes », « ses pointes sèches » et ses « sanguines ». À la première page une lettre de M. Duquesnel[1] signifiera qu'il en accepte la dédicace. Pour le moment, il cherche à entrer à la *Revue d'art dramatique.*

LA PERSONNE D'ALPHONSE DAUDET, « ŒUVRE D'ART[2] »

En quelques rares artistes[3] le corps a reçu comme l'âme la forme de la beauté. La contemplation de leur personne matérielle comme d'une de leurs œuvres, non de la moins personnelle, nous donne ce plaisir rêveur qu'on appelle plaisir esthétique. Leur portrait — que ce soit celui de M. de Goncourt par Bracquemond ou celui de M. de Montesquiou par Whistler — ne répond pas exclusivement, comme les autres portraits d'hommes de lettres, à la badauderie du public qui défile chaque année dans les expositions, également curieux de la calvitie d'un romancier et de l'embonpoint d'un vaudevilliste. Autant que du critique ils relèvent du peintre, leur pensée ne dessinant pas moins le caractère de leurs traits que le caractère de leurs livres.

On a tout dit sur M. Daudet artiste : je voudrais parler aujourd'hui de M. Daudet, œuvre d'art.

C'est une œuvre d'art unique, s'il est vrai que dans toutes les autres l'ardeur du sentiment, de [la] puissance expressive trouble la pureté plastique des lignes, comme la fusion d'une médaille en efface l'effigie. Dans la figure de M. Daudet, l'intensité de la souffrance n'a pas altéré la perfection de la beauté. La gloire de ce front, où la chevelure est partagée comme en deux ailes puissantes et légères, n'est pas seulement celle d'un martyr. C'est celle d'un dieu ou d'un roi. Car le charme royal, l'aisance souveraine des formes et des attitudes, la noblesse visible existent ailleurs que dans l'imagination des snobs et les romans pour les concierges. Moins physique que la beauté, moins spirituelle que la noblesse de l'esprit et du caractère, elle est, si l'on veut, comme l'habitude de cette noblesse, c'est-à-dire cette noblesse devenue inconsciente, convertie en belles lignes du corps et du visage, en mouvements larges et simples, de la noblesse qui a pris corps. Seulement où les snobs se trompent, c'est en la cherchant sur le trône où elle se trouve rarement. En ce sens M. Alphonse Daudet est un roi, un roi maure, au visage énergique et fin comme le fer d'une sarrasine[1]. Je sais reconnaître aussi en un roi et en un prétendant une véritable grâce royale. C'est en le roi Charles Ier peint par Van Dyck, et en le prince Hamlet joué par Mounet-Sully.

Mais si je me suis permis un instant de considérer M. Daudet comme un spectacle, c'est afin de pouvoir en dégager maintenant la grandeur réconfortante. Quand je me trouvai pour la première fois en face de M. Daudet[2], j'osais à peine lever les yeux [sur[3]] lui. Je savais que depuis dix ans il souffrait si atrocement qu'il devait plusieurs fois par jour se piquer à la morphine. À peine couché, ses douleurs deviennent intolérables et, chaque soir, il avale une bouteille de chloral pour s'endormir. Je ne pouvais comprendre comment il pouvait cependant continuer à produire. Surtout je me rappelais combien des souffrances, si faibles auprès des siennes qu'il les eût sans doute goûtées comme un répit, m'avaient rendu indifférent aux autres, à la vie, à tout ce qui n'était pas mon corps malheureux, vers lequel mon esprit restait obstinément tourné, comme un malade dans son lit reste la tête tournée contre le mur[4]. Alors, sans pouvoir comprendre comment il avait pu résister à ces attaques quotidiennes de la douleur, je sentais que pour lui ma vue devait être une fatigue, ma bonne santé une insulte, mon existence même une importunité. Alors, je vis cette chose sublime, qui doit nous faire rougir, nous tous lâches que nous sommes, ou plutôt, comme la parole de celui[1] par qui nous connûmes que nous étions non des malades et des serfs mais des esprits et des rois, qui doit nous faire lever, rhumatisants ou paralytiques, nous rendre le calme, fiévreux, nous donner aux autres, égoïstes, nous rendre à la pensée, tous esclaves du plaisir ou de la souffrance de notre chair : je vis ce beau malade, que le mal embellissait encore, ce poète, à l'approche de qui la souffrance devenait poésie, comme le fer s'embrase dans le feu, qui, détaché de lui-même et tout à nous[2], préoccupé de mon avenir et de l'avenir d'autres amis, nous souriait, qui célébrait le bonheur, l'amour, la vie, qu'il employait mieux que combien de nous, continuant à penser, à composer, à dicter, à écrire, passionné comme un jeune homme pour la vérité, la beauté, le courage, nous parlant sans cesse, et plus héroïquement encore nous écoutant. Au milieu d'une discussion, il sortit un instant et de la porte jeta quelques mots enflammés et brûlants. En rentrant, il l'attisa de nouveau avec le même feu. Je sus que la reprise de ses douleurs avait été si violente que, pour ne pas la laisser paraître, il était allé se piquer à la morphine. Son front brillait de gouttes de sueur. Il semblait sortir d'une lutte, mais il respirait le calme de la victoire. Sur ce beau front, dans ses yeux où la « flamme » encore de la jeunesse était déjà, selon le beau vers de Victor Hugo, « de la lumière[3] », je voyais le combat de la lumière, de la pensée, d'Hélios et des perfides esprits de la nuit. Hélios a vaincu, lentement les a repoussés au royaume sombre. Depuis un an. M. Daudet va mieux. Après un voyage[4], un dernier acte d'héroïsme qui semblait devoir lui coûter la vie, la vie lui est revenue. Dans son corps, il n'y avait plus d'espoir. Hé bien, de toute la force de cette énergie qui avait fait face aux ennemis pendant la guerre de 70, et qui avait dû se centupler dans ce combat silencieux, dans cet effrayant combat assis, couché, contre l'ennemi, c'est son âme qui a recréé l'espoir, la vie.

« M. Daudet va mieux » : c'est une parole que personne ne peut écouter sans frisson, comme toute parole qui, réveillant en nous de mystérieux souvenirs d'avant la vie, élève par-dessus la loi de fer de la nécessité physique, la loi de lumière de la toute-puissance de l'âme. C'est pourquoi je vais souvent, et je crois que tout homme aurait joie et profit spirituel à aller souvent rue de Bellechasse[1], en pèlerinage auprès de cette œuvre d'art délicate et sublime qu'est M. Daudet, et où la nature, dans un langage autrement expressif et vivant que le nôtre, à travers des prunelles plus transparentes que notre style, plus profondes que nos pensées, une peau plus purement colorée que nos images, et le rude vocabulaire des muscles plissés par la souffrance et redressés par l'énergie, nous enivre de tout le sens de la douleur, de la beauté, de la volonté et de l'esprit tout-puissants[2].

ADIEUX[3]

Les amis de Daudet sont venus lui dire adieu pendant toute la journée d'hier et encore ce matin devant ce lit, couvert de fleurs maintenant et sur lequel, pour la première fois, depuis tant d'années de martyre on peut dire qu'il *repose*. Tous sont venus, les plus illustres comme Anatole France et les plus obscurs comme moi; des adversaires comme Zola et Drumont; ceux qui étaient restés un temps éloignés de lui comme Drumont, demandant à la mort de mettre un peu de son éternel oubli sur des dissentiments éphémères; ceux qui l'appelaient leur maître venant demander à sa bouche muette, mais encore éloquente dans son silence, un dernier conseil, un suprême exemple, comme Barrès, comme Hervieu qui, tout à l'heure, a baisé au front son ami mort, en pleurant.

Pendant ce temps, La Gandara[4] fixait dans une esquisse admirable ces traits immortels et si beaux. Et chacun reste étonné, en contemplant une dernière fois Alphonse Daudet pour la première fois de ne pas le voir souffrir.

Au désespoir de cette Sainte Famille que forment, avec celle qui fut sa femme incomparable, ses fils qui, bien plus que ses œuvres, étaient sa fierté, se mêle le désespoir de tous.

Et l'on ne peut s'empêcher de pleurer en voyant le crucifix d'argent qu'une main pieuse a attaché sur la poitrine de ce grand homme, qui fut pendant les dernières années de sa vie un crucifié. On ne peut s'empêcher de pleurer en voyant sur sa poitrine cette croix d'argent moins lourde que celle qu'il avait portée jusque-là, en voyant sur sa poitrine ce symbole de Notre-Seigneur auquel il ressemblait et qui comme lui a tant souffert.

ROBERT DE FLERS[1]

De tous les jeunes gens[2] qui ont débuté dans les lettres depuis quelques années, M. Robert de Flers est peut-être le seul qui n'ait pas à se dire : « Je ne suis peut-être qu'un raté. C'est peut-être pour une ombre que j'ai lâché la proie. Ma vocation pour écrire — que tous les autres hommes de lettres d'ailleurs, et pourtant les seuls compétents, nient — se manifeste surtout par mon absence de vocation pour tout le reste, par l'absence totale des qualités diverses qui dans la vie font réussir. Je suis peut-être un Gustave Flaubert, mais je ne suis peut-être que le Frédéric Moreau de l'*Éducation sentimentale.* » M. de Flers est peut-être le seul qui ne puisse se dire cela, qui chaque jour, je ne dis pas seulement ait un succès de plus, mais une action de plus, ce qui est tout autre chose. Il a trouvé dans la vie le parfait milieu d'adaptation pour ses dons. Et cela est d'autant plus admirable, révèle, à mon avis, en lui une puissance d'autant plus merveilleuse et rare que, à la différence de tant d'autres, et je parle de ceux de premier ordre, chez lui les dons étaient multiples, je pourrais presque dire universels. Songez-y. M. de Flers a abordé la réalité qui gît au fond de la vie, à peu près par tous les bouts. À ses innombrables aspects son esprit a paru assez multiforme [pour] faire à peu près face. À vingt ans je le vois, versificateur prôné des versificateurs, sentant jusqu'au fond par exemple les vers de Mallarmé, les phrases de Barrès, écrire des nouvelles exquises, ne pas laisser passer une légende, un fait, sans en extraire le sens et la poésie; pendant ce temps-là suivre sur mer l'itinéraire de Paris à Jérusalem et rapporter ce livre de voyage qui ne se contente pas de charmer les lettrés, mais qui intéresse les savants, que couronne l'Académie[3]. Aucune goutte de la vie n'est perdue pour lui. Pendant qu'il devient plus savant, qu'il dépouille les collections d'autographes, de pièces originales que nous rêvons tous de lire, mais où nous ne mettons jamais le nez, il est le critique littéraire et dramatique de plusieurs journaux. Il a la fièvre du présent comme du passé. Et pas un enthousiasme n'a soulevé les spectateurs d'un théâtre de drame ou d'un café-concert — ces étranges enthousiasmes que les vieux savants à la fin de leur vie regrettent quelquefois de n'avoir pas connus, craignant de s'être trompés de vie — qu'il n'en ait été fou pendant une heure, le jeune sage, pour en raisonner après. Vous croyez que c'est tout. Vous vous trompez bien. Ayez le même joyeux étonnement que celui de l'admirateur de sir John Lubbock[1], le grand naturaliste, quand il apprend que le Lubbock, grand directeur de difficiles entreprises commerciales, c'est le même. Ayez le même joyeux étonnement en apprenant que cet érudit, ce poète, ce romancier, ce publiciste est le jeune directeur qui, depuis qu'il a pris les Escholiers[2], en a fait un théâtre où, de par son goût de grand lettré et son incroyable autorité sur les hommes, des artistes comme Granier, Mayer, de Max[3] jouent des auteurs comme... tous les plus remarquables auteurs de ce temps, c'est le même. — Et si vous alliez dans la Lozère[4], et si vous saviez que chaque paysan n'a qu'un nom à la bouche, celui du jeune homme qui vit de sa vie, qui prend tant de peine pour qu'il ait pu avoir sa part de la justice et de la charité ignorées ailleurs, qui fait de son département une sorte de province fénelonienne, que diriez-vous en apprenant que ce Robert de Flers, dont on voudrait tant faire un député là-bas, c'est encore, c'est toujours le même ? Ce n'est pas tout, mais pour aujourd'hui c'est assez. Et admirez avec moi celui qui vous apprend que le talent et le succès, que l'art et la vie, que les jouissances de la vie et le talent, que la hauteur morale et l'estime du peuple ne sont pas inconciliables.

De sorte que seul d'entre nous tous il me paraît travailler à la seule chose importante, à transformer la vie autour de nous, de façon à ce qu'elle devienne, au lieu de la forteresse de la bêtise, le temple du beau, au lieu [du] repaire de la méchanceté, l'asile de la justice. Pourquoi cela ? Parce qu'il a les dons que ceux qui ont le talent et ceux qui connaissent les lois de la justice et veulent son règne[5] (et qui ne sont d'ailleurs pas toujours les mêmes, et qui en lui sont le même) n'ont jamais. Sans doute, on en pourrait citer d'autres qui sont de grands lettrés, mais ceux-là croyez-vous qu'ils sauront imposer un auteur de talent, diriger un théâtre dans le sens de leur goût, parler seulement à une actrice ? Ils seront exquis et impuissants. Sans doute dans nos provinces, il y a d'autres gens de cœur. Mais sont-ce les mêmes qui sauront parler au peuple, s'en faire aimer, s'en faire croire, le mener où ils veulent ? Sans doute il y a d'autres artistes raffinés goûtant les voluptés les plus subtiles que le baudelairisme ait découvertes dans le monde moral. Mais ceux-là ne seront ni érudits, ni bien souvent lettrés, presque jamais hantés de la réalisation des idées de justice dans la société, assurément jamais capables d'assurer cette réalisation. Robert de Flers est surtout cela. Si j'étais effrayé de la multiplicité de ses idées, si je me demandais où est le fond permanent et solide de tout cela, j'irais revoir ceux qui le connaissent le mieux, qui après tous les succès de Paris, le retrouvent toujours le même, tout à eux, les paysans témoins de la grandeur de son caractère, en dernier lieu véritable mesure de sa valeur.

[ROBERT DE MONTESQUIOU]

[« LE SOUVERAIN DES CHOSES TRANSITOIRES[1] »]

M. Robert de Montesquiou est très admiré des gens du monde — comme Wagner. Les personnes, qui au fond n'aiment que l'opérette et *La Favorite*[2] et, en littérature, trouvent M. Leconte de Lisle incompréhensible et M. Mallarmé insensé, se pâment à *La Walkyrie* et se pâmeront au *Chef des odeurs suaves,* se consolant d'être des imbéciles, en se donnant l'illusion d'être des précurseurs. La faveur dont jouit M. Robert de Montesquiou ne serait donc pas une raison de l'admirer, mais ce n'est pas non plus une raison pour lui en vouloir, comme font plusieurs. Cela n'a simplement pas de rapport avec son talent, qui est assez fort pour résister à tout, même à la mode. Mais de plus libres esprits, encore asservis pourtant à certains paradoxes un peu fanés, qui tournent déjà au préjugé, ne le comprennent pas mieux, à mon modeste sens, en l'aimant comme une sorte de Prince de la Décadence, régnant en despote capricieux sur toutes les corruptions de l'esprit et tous les raffinements de l'Imagination[1]. C'est un domaine attirant, mais limité, et qui de plus en plus semble ouvert à tout le monde. L'élégance et le péché ne sont pas des choses profondes. Le satanisme est assez court et le dandysme aussi. Les vraies royautés doivent être fondées sur une naissance plus haute ou sur une plus immatérielle conquête. À supposer même que personne ne vînt le détrôner, M. Robert de Montesquiou, s'il n'était que cela, ne serait qu'un exemplaire original et somptueux du banal jeune homme contemporain. Mais qu'on les compare, on verra les différences ou plutôt la contradiction, et peut-être dégagera-t-on mieux la nature véritable du poète des *Chauves-souris*[2].

La génération proprement décadente eut pour décret constitutif ces lignes de Théophile Gautier dans la préface des *Fleurs du mal*[3], qui non seulement fit prendre conscience aux jeunes gens de leurs pires faiblesses intellectuelles, mais leur persuada qu'elles étaient une supériorité bien digne d'être conservée et accrue. Il déclare que le style des décadences, « la langue marbrée déjà des verdeurs de la décomposition et comme faisandée », est bien « l'idiome nécessaire et fatal des peuples et des civilisations où la vie factice a remplacé la vie naturelle et développé chez l'homme des besoins inconnus ». Cette vie factice et même la dépravation qui en est la conséquence sont supérieures à la vie intellectuelle et morale des âges classiques comme « une femme plus mûre, employant toutes les ressources d'une coquetterie savante, devant une toilette couverte de flacons d'essences, de lait virginal, de brosses d'ivoire et de pinces d'acier » à « une simple jeune fille n'ayant d'autre cosmétique que l'eau de sa cuvette ». Quant à la dépravation, c'est « une preuve de grandeur ». Car « la dépravation, c'est-à-dire l'écart du type normal, est impossible à la bête, fatalement conduite par l'instinct immuable. »

Ces théories qui semblèrent neuves et qui paraissent déjà singulièrement surannées, à qui l'on voudrait appliquer le mot profond de Dostoïevski : « un paradoxe, c'est l'envers d'un préjugé, ce n'est pas plus que lui la vérité », ces théories eurent, pour ne retenir ici que celles-là, deux graves conséquences. La première fut de substituer à l'admiration que tout noble esprit devrait vouer à Baudelaire, comme au plus grand poète du XIXe siècle, comme au seul intellectuel et classique, en franche opposition avec le romantisme, les sentiments que peut inspirer un pur satanique et décadent, fatalement destinés à osciller entre l'engouement et l'irritation, à créer autour de la réalité géniale de Baudelaire une obscurcissante légende qui n'est pas dissipée aujourd'hui encore (M. Robert de Montesquiou est en train d'être victime d'une légende identique). La deuxième conséquence fut d'enfanter des générations qui se continuent sans cesser guère de se ressembler, et dont nous voudrions différencier profondément M. Robert de Montesquiou, au lieu d'en faire leur chef comme il est leur dieu. Vous les connaissez tous, ces jeunes gens, si vous en connaissez un. Ils sont tous pareils. D'abord ils ont tous une « maladie de la volonté ». Ils ne peuvent pas vouloir, d'où ils ne savent agir et ne veulent pas penser. La plupart s'en glorifient, d'autres affectent de s'en plaindre, comme d'une faiblesse infiniment distinguée. Quelques-uns sentent la profondeur du mal, ses ravages dans l'esprit et dans l'action, mais ne peuvent changer, justement parce que pour cela il faudrait vouloir. Si ce n'était la plus pitoyable des misères, ce serait la plus écœurante des banalités.

Or, ce qui frappe d'abord chez M. de Montesquiou c'est la volonté, adroite, tenace, impérieuse, toute-puissante. Sa conversation en est l'image. Sa gloire en est le triomphe. Dès qu'il parle, on est dompté par un rythme puissant qui étonne d'abord, habitué qu'on est aux molles voix, sans accents, d'aujourd'hui. La riche musique de sa voix rappelle ces vers admirables des *Fleurs du mal* sur

ces concerts, riches de cuivre,
Dont les soldats parfois inondent nos jardins,
Et qui, dans ces soirs d'or où l'on se sent revivre,
Versent quelque héroïsme au cœur des citadins[1].

Il ressemble plus à ces conquistadors que M. de Heredia a immortalisés, qu'aux névrosés d'aujourd'hui. Ne dit-il pas lui-même, dans une de ses théories originales où il entre toujours tant de vérité, qu'il veut faire cesser cette loi stupide qui veut que les mauvais écrivains fassent fortune et que les grands meurent de faim, que le talent doit servir, non pas au moins à cela, mais aussi à cela ?

Le décadent est généralement ignorant, au moins de ce qui n'est pas les littératures de décadence. Il n'est jamais réfléchi, et son œuvre, s'il n'est pas encore arrivé à la stérilité littéraire, reflète avec les nuances morbides de ses sensations le néant de sa pensée. M. de Montesquiou est profondément nourri des littératures classiques, comme ses épigraphes, choisies avec un art exquis, suffiraient à le prouver. Mais par-dessus tout, et c'est là ce que, en commençant, nous reprochions à ses plus fervents admirateurs de ne pas voir, ce qui les fait rester en dessous de la vérité dans leurs plus grands éloges, M. de Montesquiou ne se contente pas d'être le plus raffiné des sensitifs, c'est aussi un des seuls poètes penseurs du XIXe siècle. C'est un intellectuel avant tout. Aussi, comme il est arrivé pour Baudelaire, les vers-maximes abondent dans ses vers, et ses vers sont aussi souvent cornéliens que ceux de Baudelaire sont souvent raciniens. Essayez ce jeu. Demandez de qui sont ces vers sur la mort du Paon :

Ses yeux se sont éteints, mais non ceux de sa traîne.
Il rayonnait vivant, il rayonne défunt,
Il enseigne à mourir d'une façon sereine[1] ;

celui-ci :

Ceux que la pudeur fière a voués au cil sec[2] ;

cet autre :

L'âme y voit mieux en elle au déclin des clartés[3].

De Corneille ? Non, de Montesquiou.

Ceux-ci (sauf peut-être le troisième) :

Et c'est encor, Seigneur, le meilleur témoignage
Que nous puissions donner de notre dignité
Que cet ardent sanglot qui roule d'âge en âge
Et vient mourir au bord de votre éternité[4].

Ces autres :

Ah ! Seigneur, donnez-moi la force et le courage
De contempler mon cœur et mon corps sans dégoût[1],

devraient être de Racine et sont de Baudelaire.

J'ai devant moi en écrivant, une photographie de M. de Montesquiou qui a gardé la beauté parfaite, la noblesse pensive de sa figure. Sur cette tête aux cheveux légèrement bouclés comme celles des statues grecques qui ont ce même charme léger et brillant, on voudrait voir « le divin laurier des âmes exilées ». Au-dessous, le poète a écrit ce vers qui commence une pièce des *Chauves-souris* :

Je suis le souverain des choses transitoires[2],

c'est-à-dire (quelque gaucherie qu'il y ait à résumer une pièce aussi parfaite) le souverain du reflet des nuances et de l'ombre des apparitions. La conclusion de ces courtes réflexions ne serait-elle [pas] que son royaume n'est pas seulement de ce monde et que les choses éternelles autant que les transitoires l'ont aussi souvent préoccupé ? Puisqu'on a tant récité cette année *Le Coucher de la morte*, qu'on écoute une fois *Laus Noctis*[3]. C'est le meilleur argument que nous avons gardé pour la fin.

[ROBERT DE MONTESQUIOU À VERSAILLES[4]]

Je suis allé dernièrement à Versailles. Non loin de l'allée des Marmousets où vingt-deux bambins « font un troupeau complet[5] », j'ai vu, tout en fleurs,

Laissant pleuvoir sur nous leurs baisers que disculpe
Une absolution d'avoir beaucoup aimé[6],

les

Lauriers-roses pareils à des bouquets de bouches[7].

Je suis entré un moment dans les appartements du Roi où j'ai vu,

Étrange aboutissant d'une splendeur si grande[1],

le masque en cire du grand roi, qui n'est plus ici

qu'une vieille poupée[2].

Mais bientôt je les ai délaissés pour

Ces verts appartements dessinés par Le Nôtre[3]

et je me suis promené dans ces bosquets où jadis se promenait seul Bossuet au milieu de figures tirées des fables de Benserade[4],

Solitude peuplée, agréable au grand prêtre[5],

et où le grand prêtre aujourd'hui ne les trouverait plus. Le soleil, une fois de plus, mêlait d'or et de pourpre les pièces d'eau :

Tant de soleils sont morts dans ces bassins augustes[6]!

Croyant apercevoir dans l'horizon ensanglanté par le couchant les rouges lointains de l'histoire de la monarchie, je pouvais répéter avec le poète :

L'horizon est vraiment historique ce soir...
La nature à l'histoire emprunte ses effets[7],

tandis que les derniers rayons frappant les vitres du palais

Y versaient les joyaux des verrières de Chartres[8].

Puis ce « beau ciel sanguinolent » devint comme « une batiste rose » et je revins lentement par le château où l'herbe croît « au dallage des cours »[9], ayant jeté un dernier regard sur

Ces dieux à qui [les rois[10]*] voulaient des airs de ducs*

et qui s'apercevaient déjà plus obscurément dans les bassins bleuis maintenant par la lune naissante,

Heureux de se mirer à l'heure de mourir[11].

En revenant je pensais au poète dont la noble figure « jeune et de race antique[1] » m'avait invisiblement conduit dans cette promenade où ces vers que j'adore, qui sont superbes et qu'on sait par cœur, se lèvent devant chaque statue comme son ombre, devant chaque arbuste comme son arôme, devant chaque mort comme son âme, tant ils ont d'indestructibles fondements, de racines mystérieuses et profondes dans ce sol sacré, dans sa nature et son histoire. Ce n'est pas une preuve médiocre de leur beauté que cette nécessité qui les impose à l'esprit en présence de la réalité et en font les compagnons inséparables de nos impressions les plus fortes, les hôtes augustes de notre mémoire. Chacun connaît aujourd'hui et les meilleurs révèrent ce poète : Robert de Montesquiou.

[M. DE MONTESQUIOU, HISTORIEN ET POÈTE[2]]

C'est un charme de plus quand les écrivains qui firent plus ou moins grande figure dans l'histoire des lettres, ont été, en plus, de séduisantes, amusantes ou poétiques silhouettes. Ceux-là, nous aimons les voir, et eux du reste ils aiment à se montrer dans leurs livres, Chateaubriand les cheveux au vent, Lamartine suivi de ses lévriers, ou patinant comme Gœthe, ou sur un de ces chevaux « qu'il a tant aimés ». Il serait long d'expliquer, mais il est aisé de sentir, pour ceux qui sentent, que M. de Montesquiou est de la même race, que tout autour de lui est poésie et que ses idées ne sont pas seules poétiques, que l'arrangement des circonstances de sa vie est esthétique, symbolique même. Dans le nouveau livre *Les Perles rouges* dont nous citions en écrivant — parce qu'en parlant ou en pensant ils nous viennent souvent à l'esprit — les beaux vers, et qui sera pour tout lettré un émerveillement à la fois violent et délicat, M. Besnard[3] a figuré le poète dans ce cadre de Versailles, le plus noble, le plus chargé de pensées fières, fines et mélancoliques qui soit au monde, et certes le poète ne dépare pas le cadre et je ne sais rien de plus noble, de plus fin et de plus fier que cette mélancolique stature. Dédaigneux de la littérature facile et des historiettes vulgaires, vivant dans la compagnie austère et fraternelle des grands morts dont j'évoquais, parce qu'il l'évoque, le souvenir, ce penseur, ce poète à la fois si grandiosement vaste d'envol et si artistement minutieux d'exécution, ajoute chaque année, plus souvent même, à un monument déjà consacré une dalle nouvelle, large, impossible à mesurer et à soupeser aux esprits faibles, et hiéroglyphiée de signes charmants au sens mystérieux et profond qui reproduisent dans leur variété les mille formes de la nature. Cette fois-ci le poète s'est fait historien, mais l'historien est resté poète. C'est une poésie étrangement forte, nourrie de faits, désaltérée de vie, ne reculant pas devant le comique, devant l'horreur, devant l'érudition, poésie singulière et singulièrement belle dont, continuateur d'un romantisme et par-delà d'un XVIIe siècle oublié, M. de Montesquiou est peut-être aujourd'hui le seul représentant. Tout ce qui domine ce temps, de Leconte de Lisle[1] à Verlaine, l'a aimé et l'a distingué. Et cet artiste infatigable et merveilleux est un des plus hauts penseurs, un des plus étonnants « originaux » (dans le beau sens du mot) qui soit. À chaque nouveau volume il convient de s'incliner et de saluer.

MEMOR.

[LA CRÉATION POÉTIQUE[2]]

La vie du poète a ses petits événements comme celle des autres hommes. Il va à la campagne, il voyage. Mais le nom de la ville où il a passé un été, inscrit avec la date au bas de la dernière page d'une œuvre, nous montre que la vie qu'il partage avec les autres hommes lui sert à un tout autre usage, et parfois si ce nom de ville, datant à la fin du volume le moment et le lieu où le livre a été écrit, est justement celui de la ville où se passe le roman, nous sentons tout le roman comme une sorte de prolongement immense qui s'adapte à la réalité, et nous comprenons que la réalité fut pour le poète quelque chose de tout autre que pour les autres, quelque chose qui contient la chose précieuse qu'il cherchait et qu'il n'est pas facile d'en faire sortir.

L'état d'esprit où il trouve ainsi facilement, dans une sorte d'enchantement, en toute chose la chose précieuse qui y est cachée, est rare. De là les raisonnements, les efforts pour se remettre en selle sur le génie, en se faisant aider par la lecture, par le vin, par l'amour, par le voyage, par le retour aux lieux connus. De là les ouvrages interrompus, repris, sans cesse recommencés, quelquefois achevés au bout de soixante ans comme le *Faust* de Gœthe, quelquefois laissés inachevés et sans que le génie y ait passé, si bien qu'à la dernière heure, voyant clair au moment de mourir comme Don Quichotte, un Mallarmé qui s'acharnait depuis dix ans à une œuvre immense dit à sa fille de brûler ses manuscrits. De là les insomnies, les doutes, l'appel à l'exemple des maîtres, les mauvais ouvrages, le refuge dans toutes choses qui ne demandent pas de génie, les excuses trouvées dans l'affaire Dreyfus, les affaires de famille, une passion qui a troublé sans inspirer, la critique littéraire, la notation de choses justes qui apparaissent telles à l'intelligence mais dépourvues de cet enivrement qui est le seul signe des choses remarquables par quoi nous puissions les distinguer au moment où elles nous viennent. De là l'effort perpétuel qui finit par faire pénétrer notre préoccupation esthétique jusque dans le domaine inconscient de la pensée, de sorte que nous cherchons encore la beauté des paysages que nous voyons en dormant, que nous tâchons d'embellir les phrases que nous prononçons en rêve, et qu'au moment de mourir Gœthe dans le délire parle du coloris de son hallucination.

[LE POUVOIR DU ROMANCIER[1]]

Nous sommes tous devant le romancier comme les esclaves devant l'empereur : d'un mot, il peut nous affranchir. Par lui, nous perdons notre ancienne condition pour connaître celle du général, du tisseur, de la chanteuse, du gentilhomme campagnard, la vie des champs, le jeu, la chasse, la haine, l'amour, la vie des camps. Par lui, nous sommes Napoléon, Savonarole, un paysan, bien plus — existence que nous aurions pu ne jamais connaître — nous sommes nous-même. Il prête une voix à la foule, à la solitude, au vieil ecclésiastique, au sculpteur, à l'enfant, au cheval, à notre âme. Par lui nous sommes le véritable Protée qui revêt successivement toutes les formes de la vie. À les échanger ainsi les unes contre les autres, nous sentons que pour notre être, devenu si agile et si fort, elles ne sont qu'un jeu, un masque lamentable ou plaisant, mais qui n'a rien de bien réel. Notre infortune ou notre fortune cesse pour un instant de nous tyranniser, nous jouons avec elle et avec celle des autres. C'est pourquoi en fermant un beau roman, même triste, nous nous sentons si heureux.

[« VOICI LA SEMAINE[1]... »]

Voici la semaine de Pâques et, comme à un opéra aimé aux douces influences musicales de qui on brûle d'aller se soumettre, chacun décide d'aller au plus vite à la campagne. La représentation est d'ailleurs particulièrement brillante, il faut se hâter d'en profiter. Car ce n'est que pour quelques jours que les cerisiers, les pommiers et les poiriers se montreront dans toute la splendeur de leur légère robe blanche ou rose. Et les frêles lilas qui prolongent leur séjour tous les ans de quelques semaines pour paraître à côté de ces cerisiers devant la beauté presque féerique de qui ils s'effacent en souriant, comme les femmes souvent admirent une autre femme — les frêles lilas sont encore là, inclinant gracieusement leur tête violette ou blanche de cygne. Et quoique leur beauté soit certes moins éclatante, peut-être la préférez-vous à celle des cerisiers, et trouvez-vous à leur parfum un charme unique. À chaque étage des vieux marronniers, les feuilles — hôtes joyeux du printemps qui restent assez tard à jouir de la belle saison et dont quelques-unes, plus résistantes que les autres aux vents redoutés de Septembre prolongent leur séjour, s'exposant vaillamment seules sur la branche désertée aux intempéries de l'automne — les feuilles déjà sont au complet. Les jours où le soleil est accablant dans l'air silencieux, les unes à côté des autres elles restent des heures immobiles, dans un repos magnifique. D'autres fois si la brise se lève, suspendues à la branche infatigable et douce qui les soutient si haut au-dessus du sol et les laisse se pencher comme elles veulent, elles jouent avec l'air qui passe, chacune suit l'autre et toute la colonie semble agitée par un doux assentiment. Des oiseaux habitent là parmi elles, mais comme un hôte plus indépendant qui a faculté d'aller se promener où il veut pourvu qu'il rentre le soir quand tout s'endort dans l'arbre gigantesque et silencieux. On n'entend plus que le frisson passager d'une feuille qui se retourne sans se réveiller au bruit du vent qui passe, ou le balbutiement confus et la mystérieuse agitation des branches qui rêvent. Il est charmant d'ailleurs, ce pensionnaire émancipé de l'arbre qu'est l'oiseau. Actif et doux il amuse les feuilles de son adresse et de son talent, joue avec elles sans les blesser, comme un frère espiègle et doué avec ses petites sœurs émerveillées. Durant ces longues journées il distrait de sa vie exubérante l'immobilité un peu monotone des belles prisonnières. Il chante et toutes les feuilles l'écoutent, et il entame à tous moments la conversation avec un autre oiseau d'un autre arbre. Ils causent ainsi d'un arbre à l'autre, mais les feuilles, personnes bien élevées, ne se mêlent pas à la conversation. Elles restent silencieuses les unes près des autres, se balançant parfois d'un mouvement souple. Jusqu'à leur arrivée l'arbre était mort comme une maison vide dont les volets sont clos. Maintenant à travers les fenêtres ouvertes on voit que la vie est rentrée dans la maison. Ainsi, quand[1] tout d'un coup cinq cents feuilles ont planté leurs merveilleuses tentes vertes sur l'arbre réhabité. Maintenant l'orage peut venir. On sent que la jeunesse, la vie, la vie qui demain resplendira à un nouveau soleil est là. Le ciel s'est voilé, il pleut. Mais l'arbre n'a pas rentré ses magnifiques feuillages verts, plus verts peut-être encore dans cette terne atmosphère sans lumière d'un jour de pluie, verts jusqu'aux bords des feuilles, semblant éclater intérieurement d'une lumière, d'une vie, d'un été réfugié en eux, sensible à ce vert riche et solide, qui fait rire de la pluie, et qui promet que, le nuage crevé, vont ressortir et recommencer la promenade, soleil dans le ciel bleu, et rayons sur les chemins, autour de l'ombre. Ce jour gris est presque plus beau que le jour d'or et bleu, puisque toute cette riche volupté de l'arbre en feuilles est encore là. L'oiseau n'en [continue[1]] pas moins de chanter, et son chant, moins permis dans ce jour pluvieux, moins innocent, trouble davantage, comme ces fleurs qui envoient leur parfum plus insinuant encore et comme à la dérobée, [que[2]] dans le grand jour du soleil qui les brûlait à mesure. Au milieu du bonheur la mélancolie, l'angoisse vague qui est un plaisir de plus a quelque chose de plus enivrant que le bonheur. Souvent quand la pluie tarde à venir les oiseaux ne cessent pas une minute de répéter un même cri, épuisant à la fin comme la prière brève, sans cesse répétée, d'un être qui s'offre, qui voudrait jouir; parfois dans une phrase étouffée on sent le gonflement de leur gosier oppressé d'un trouble vague. Chez quelques autres le cri est si aigu qu'on ne sait pas si on n'est pas en train de leur faire mal. Les journées sont déjà chaudes. Après déjeuner une petite marche suffit. S'il y a un peu d'air on essaye de gagner malgré le soleil le petit bois distant de plus d'une lieue qui est déjà sur l'autre canton. Quand vous étiez petit vous ne pouviez jamais aller jusque-là[3]. Et vous rêviez à la vie des hommes de cet autre pays qui venaient quelquefois le dimanche dans votre petite ville, avec sous des grands chapeaux, des coiffes, des airs inconnus, et qui vivaient dans une contrée gracieuse, dans la fraîcheur promise de petits bois pleins de sources et de violettes que vous n'aviez jamais vus. Pour atteindre à leurs premières maisons il aurait fallu plus de deux heures. Et quand on partait, l'après-midi étant déjà moins chaude, si l'on arrivait chez eux, chez eux c'était déjà le soir, et comme pays, plus beau, plus mystérieux et plus frais. Je me rappelle que, tout enfant, on me mena ainsi un jour jusqu'aux sources du Loir. C'était une sorte de petit lavoir rectangulaire où mille petits poissons se concentraient comme une cristallisation frémissante et noire autour de la moindre mie de pain qu'on jetait[4]. Autour du lavoir la route solide et dure, et plus l'ombre d'eau ni de Loir. Pourtant c'étaient là les sources du Loir qui, invisible tout le long de la route, était rejoint deux lieues après en arrivant à Illiers, large et gracieuse rivière. Aussi je ne comprenais pas comment ce petit lavoir au fond duquel on voyait s'élever et s'arboriser au-dessus les unes des autres des petites gouttes d'eau, comme celles qu'on voit dans les aquariums où l'eau est sans cesse renouvelée, pouvait être les sources du Loir. Mais l'absence de tout rapport entre [le Loir et] ce petit lavoir[1] au bord duquel traînaient tout le temps des linges auxquels on me défendait de toucher, ne me rendait ce lieu que plus mystérieux et lui donnait mieux ce caractère incompréhensible qui devait être attaché à l'origine d'une vie naturelle. Aussi cette eau qui sourdait en gouttes distinctes au fond du lavoir plein de têtards, c'était pour moi les Sources du Loir d'une façon aussi abstraite, presque aussi sacrée que certaine figure pouvait être pour le Romain le Fleuve. Et je me figurais vaguement que les femmes qui venaient sans cesse y laver leur linge avaient choisi cet endroit de préférence à tout autre à cause de son caractère illustre et sacré.

[LA POÉSIE OU LES LOIS MYSTÉRIEUSES[2]]

L'espion est debout immobile pour relever des plans, un débauché pour guetter une femme, des hommes bien posés s'arrêtent pour voir les progrès d'une nouvelle construction ou d'une démolition importante. Mais le poète reste arrêté devant toute chose qui ne mérite pas l'attention de l'homme bien posé, de sorte qu'on se demande si c'est un amoureux ou un espion et, depuis longtemps qu'il semble regarder cet arbre, ce qu'il regarde en réalité. Il reste devant cet arbre et tâche de fermer son oreille aux bruits du dehors et de ressentir encore ce qu'il a tout à l'heure senti, quand au milieu de ce jardin public, seul sur sa pelouse, cet arbre est apparu devant lui, semblant garder encore comme après un dégel d'innombrables petites boulettes de neige à la pointe de ses rameaux, tant il porte de fleurs blanches. Il reste devant cet arbre, mais ce qu'il cherche est sans doute au-delà de l'arbre[3], car il ne sent plus ce qu'il a senti, puis tout d'un coup il le ressent de nouveau, mais ne peut l'approfondir, aller plus loin. Il semble naturel qu'un voyageur dans une cathédrale reste en admiration devant les ogives de verre sanglant que l'artiste a déployées par milliers entre les embranchements de bois du vitrail ou les petites meurtrières dont il a percé le mur en un nombre infini et selon une symétrie merveilleuse. Mais il ne semble pas naturel qu'un poète reste une heure devant cet arbre à regarder comment l'inconsciente et sûre pensée architecturale qui s'appelle l'espèce cerisier double a disposé, le printemps venant, ces innombrables petites [boules] blanches, gaufrées et répandant, tant qu'elles ne seront pas flétries, un léger parfum dans le noir et multiple embranchement de cet arbre.

Le poète regarde et semble regarder à la fois en lui-même et dans le cerisier double, et par moments quelque chose en lui-même lui cache ce qu'il y voit, et il est obligé d'attendre un instant, aussi bien que la personne qui passe l'oblige à attendre un instant en lui masquant un instant le cerisier double. Ce peut être aussi sur l'incessant parfum que distille le lilas dans chacune de ses tourelles mauves que se penche le poète; il se retire un instant pour le mieux sentir tout à l'heure, le sent de nouveau, mais le lilas ne lui donne toujours que le même parfum sans lui dire plus. Et il a beau regarder *Le Jeune Homme et la Mort* de Gustave Moreau, le jeune homme ne lui dira rien de plus, ne prendra pas une expression nouvelle. Il est devant les choses comme l'étudiant qui relit sans cesse le texte du problème qu'on lui a donné et qu'il ne trouve pas. Il peut relire sans cesse le texte, il ne changera pas sous ses yeux. Ce n'est pas du texte même qu'il peut espérer la solution. Pendant qu'il regarde un arbre, le passant s'arrête pour regarder un équipage ou pour regarder une devanture de bijoutier. Mais le poète, qui éprouve avec allégresse la beauté de toutes choses dès qu'il l'a sentie dans les lois mystérieuses qu'il porte en lui, et qui bientôt nous la fera trouver charmante en nous la montrant avec le petit bout des lois mystérieuses, le petit bout qui aboutit à elles, le petit bout qu'il peindra aussi en les peignant, touchant à leurs pieds ou partant de leur front, le poète éprouve et fait connaître avec allégresse la beauté de toutes choses, d'un verre d'eau aussi bien que des diamants, mais aussi des diamants aussi bien que du verre d'eau, d'un champ aussi bien que d'une statue, mais d'une statue aussi bien que d'un champ. Quand on a vu Chardin, non seulement on voit la beauté d'un repas bourgeois, mais on croit que la poésie n'est que dans les repas rustiques et on détourne les yeux quand on voit des bijoux. Mais quand on a lu *Le Diamant du rajah* ou quand on a vu du Gustave Moreau, on recherche les diamants et les pierreries comme des choses qui sont aussi belles, et quand on a vu Gustave Moreau, après avoir cru que les choses n'étaient belles que dans leur spontanéité et les fleurs dans les champs et les bêtes dans leur vie, dédaignant toute espèce d'objets d'art et les laissant aux riches sans imagination, quand on a vu les Gustave Moreau, on se prend de goût pour les toilettes somptueuses, pour les choses détournées de leur grâce naturelle et prises comme symboles, les tortues comme devant servir à faire des lyres, les fleurs enserrant un front comme des symboles de la mort[1] et après avoir cru qu'une statue gâterait un champ, tant on voulait se plonger dans la vraie campagne, on sent, on désire la beauté d'une terre d'art où les statues se profilent sur les falaises (comme dans la *Sapho* de Moreau) et on se plaît à voir comme des formes intellectuelles les êtres à travers lesquels l'esprit du poète, qui les a seul ainsi disposés[2], passe, s'élevant de l'un à l'autre, des fleurs qui entourent la statue à la statue, de la statue à la déesse qui passe non loin, des tortues à la lyre, tandis que les fleurs au corsage sont presque des bijoux et presque des étoffes.

L'esprit du poète est plein de manifestations des lois mystérieuses et quand ces manifestations apparaissent, se fortifient, se détachent fortement sur le fond de son esprit, elles aspirent à sortir de lui, car tout ce qui doit durer aspire à sortir de tout ce qui est fragile, caduc et qui peut ce soir périr ou ne plus être capable de leur donner le jour. Ainsi l'espèce humaine tend à tous moments, chaque fois qu'elle se sent assez forte et qu'elle a une issue, à s'échapper, dans un sperme complet qui la contient tout entière, de l'homme d'un jour qui peut-être mourra ce soir, qui peut-être ne la contiendra plus si entière, en qui (car elle dépend de lui tant qu'elle en est prisonnière) elle ne sera peut-être plus si forte. Ainsi la pensée des lois mystérieuses, ou poésie, quand elle se sent assez forte, aspire à s'échapper de l'homme caduc qui peut-être ce soir sera mort ou en qui (car elle dépend de lui tant qu'elle en est prisonnière, et lui peut devenir malade, ou être distrait, devenir mondain, moins fort, consumer dans le plaisir ce trésor qu'il porte en lui et qui dépérit dans certaines conditions de son existence à lui, car son sort est encore lié au sien) elle n'aura plus cette énergie mystérieuse qui lui permettra de se déployer tout entière, aspire à s'échapper de l'homme sous forme d'œuvres. Quand elle est ainsi aspirant à se répandre, voyez le poète marcher : il craint de la répandre avant d'avoir le récipient de paroles où la verser. S'il rencontre un ami, se laisse aller à un plaisir, elle perd son énergie mystérieuse. Sans doute, si elle était assez près de s'échapper pour avoir déjà trouvé quelques vagues paroles, en se répétant les paroles, un jour où il la sentira énergique, en la gardant blottie[1] sous ses paroles comme un poisson pêché sous l'herbe, sans doute, il pourra peut-être la recréer. Et quand il a commencé, enfermé dans une chambre, de la répandre, son esprit lui jetant à chaque instant une nouvelle forme à animer, une nouvelle outre à remplir, quelle besogne vertigineuse et sacrée! À ce moment, il a changé son âme contre l'âme universelle. Ce grand transfert s'accomplit en lui, et si vous entriez et le forciez à redevenir lui, quel coup! Vous le trouvez là l'air égaré, en proie à une agitation inouïe. Il vous regarde sans comprendre, puis vous sourit, n'ose même rien dire, attendant que vous soyez reparti, sa pensée inerte comme la méduse sur le rivage et qui mourra là si le flot ne vient la rechercher. Vous pouvez chercher pourquoi il s'enfermait, vous ne voyez là le complice en rien du crime que vous dérangez et pourtant l'air égaré. Qu'est-ce donc ? la victime disparaît donc dès que vous entrez ? C'est que c'est sur lui-même qu'il travaille : dès que vous le retrouvez lui, l'autre n'y est plus; comme quand vous cherchiez ce que Hyde faisait à Jekyll : quand vous voyiez Jekyll, plus trace de Hyde, et quand vous voyiez Hyde, plus trace de Jekyll[2]. Vous le trouvez toujours seul.

Chaque fois que le poète n'est pas placé sur le fil des lois mystérieuses d'où il sent aller de lui à toutes choses une même vie, il n'est pas heureux. Et pourtant, c'est ce qui arrive bien souvent, car chaque fois qu'il recherche quelque chose d'une manière sèche et dans un but où sa personne se trouve transportée du dedans au dehors, il cesse de se trouver dans cette partie de lui-même où il peut être en communication, comme dans une cabine téléphonique ou télégraphique, avec la beauté du monde entier.

Jusqu'à l'âge même où il n'a jamais connu cette propriété de sa nature, ce que chacun appelle plaisir ne lui en donnant pas, il est très triste de la vie. Mais plus tard il cesse de chercher le bonheur autrement que du point de vue de ces moments élevés qui lui semblent la véritable existence. De sorte qu'après chacune des [occasions qu'il a eues de[1]] donner naissance à des formes où son sentiment des lois mystérieuses est déposé, il peut mourir sans regret, comme l'insecte qui se dispose à la mort après avoir déposé tous ses œufs. Ce qui nous rend le corps des poètes translucide et nous laisse voir leur âme, ce ne sont pas leurs yeux, ni les événements de leur vie, mais leurs livres où précisément ce qui de leur âme, dans un désir instinctif, voulait se perpétuer, s'est détaché pour survivre à leur caducité. Aussi voyons-nous les poètes dédaigner d'écrire, si remarquables soient-[elles[2]], leurs idées sur telle ou telle chose, sur tel ou tel livre, ne pas prendre note des scènes extraordinaires auxquelles ils ont assisté et des paroles historiques qu'ils ont entendu prononcer aux princes qu'ils ont connus, choses pourtant intéressantes en elles-mêmes et qui rendent curieux même les Mémoires des gouvernantes et des cuisiniers. Mais pour eux, écrire est plutôt réservé à une sorte de procréation à laquelle ils sont invités par un désir spécial qui leur signifie de n'y point résister. Procréation que ces autres sortes d'écrits ne peuvent qu'affaiblir, quoique regrettent ces écrits ceux qui les ont, sur tel ou tel art, entendu dire des choses qu'ils jugeaient plus brillantes que ce qui fait même l'objet de leurs écrits. Mais [cet objet[3]], c'est leur essence même, en ce qu'elle a de singulier, d'inexplicable : d'où sans doute[4] ce désir attaché à la reproduction de toute espèce qui leur est attaché, tandis qu'il n'est pas attaché à des spéculations en apparence plus remarquables, mais dont ils sont avertis qu'elles le sont moins en réalité, ou comme on dit moins personnelles, en ce que, en y pensant, ils n'ont pas ce charme et, en les écrivant, ce plaisir attaché à la conservation et à la reproduction de ce qui est personnel (correspondant intellectuel de la bonne santé et de l'amour), comme leur goût pour la fraîcheur des squares ombreux dans les villes, les feux d'un diamant aux mains d'un homme sage, les breuvages dont la plus ou moins grande pureté modifie la personnalité et donne le bonheur, les petites villes où eſt établi depuis quelque temps un homme qui n'eſt pas du pays, dont on ne sait pas très bien d'où il vient, mais qui y a de l'importance et qui y fait du bien et les anciens crimes survivant dans tel complice qu'on croyait oublié et qui reparaissent et, pouvant compromettre votre réputation, donnent aux remords une énergie qu'ils avaient perdue dans le changement de toutes les habitudes et la douce considération universelle. Toutes choses que vous ne pouvez voir en allant visiter le grand homme et même en admirant la profondeur de ses yeux, [pas] plus qu'en regardant les yeux d'un amoureux ou même en l'entendant dire : « Qu'elle eſt belle », vous ne pouvez imaginer le charme particulier et les rêves, dont il eſt tressé, qu'a fait éclore dans son âme son amour pour telle femme.

[LE DÉCLIN DE L'INSPIRATION[1]]

Tous ceux qui ont éprouvé ce qui s'appelle l'inspiration, connaissent cet enthousiasme soudain qui eſt le seul signe de l'excellence d'une idée qui nous vient et qui, à son apparition, nous fait partir au galop à sa suite et rend aussitôt les mots malléables, transparents, se reflétant les uns les autres. Ceux qui ont connu cela une fois savent que toute idée, si juſte qu'elle nous paraisse, toute conception, si ingénieuse qu'elle nous semble, ne vaut pas la peine d'être exprimée, et ils attendent que renaissent en nous ces transports qui sont le seul signe que ce que l'on va dire en vaut la peine et pourra plus tard jeter d'autres cœurs dans le même transport. Aussi eſt-elle bien triſte, l'époque où ces transports ne se renouvellent plus, où, à chaque idée qui nous vient, nous attendons en vain cet enthousiasme, ce renouvellement de la tête où toutes les cloisons semblent tomber et [où] aucune barrière, aucune rigidité n'eſt plus en nous, où toute notre subſtance semble une sorte de lave prête à être coulée, à recevoir telle forme qu'on voudra, sans que rien de nous ne subsiſte et n'arrête. Car nous pouvons garder dans ce que nous faisons notre grâce qui plaît encore à ceux qui nous ont aimé, comme nous gardons notre visage doux et gracieux, notre regard dont on peut encore dire « c'est lui », comme en causant avec nos amis nous avons encore, plus souvent peut-être, ces rapprochements brillants, ces tours qui n'appartiennent qu'à nous. Nous pouvons les garder dans ce que nous faisons. Car l'être mystérieux que nous sommes, qui avait ce don de donner à tout une certaine forme qui n'appartient qu'à nous, nous le gardons sans doute. Mais nous savons que telle page a été écrite sans transport, que les rares idées qui nous plaisaient n'en faisaient pas naître d'autres; et tous les juges de la terre pourraient nous dire : « Cela est ce que vous avez fait de meilleur », nous secouerions la tête avec mélancolie, car nous donnerions tout cela pour une minute de la puissance étrange d'alors que rien ne peut nous rendre. Sans doute dans ce dernier concerto, c'est encore l'accent qu'on aime et qu'on reconnaît, mais une idée n'en fait plus naître mille, et la matière est à la fois moins précieuse et plus rare. Et les œuvres, dont le maître s'enivra quand il était dans sa force, ont beau continuer à enivrer les autres, pour lui ce n'est plus rien. Il languit.

Mais pendant ce temps, tandis que l'hiver[1] ne lui donne plus d'impressions, car maintenant pour lui les jours ressemblent les uns aux autres et le pouvoir mystérieux des saisons ne rencontre plus en lui aucun pouvoir mystérieux qui l'exalte, voyez dans cette ville de province bien loin de lui deux officiers qui peut-être le croient mort, car on ne sait plus bien, qui se sont donné rendez-vous, tandis que les autres sont à la promenade. Et ils sont au piano. Alors le...

Lettres de Perse et d'ailleurs

LES COMÉDIENS DE SALON[1]

BERNARD D'ALGOUVRES À FRANÇOISE DE BREYVES[2]

Les Reis-Boisfrisieux, par La Roche-en-Marche.

Ma chérie,

Tu es un amour de nous avoir fait envoyer ces fromages à la crème. Ils sont exquis. Je voudrais que tu pusses me voir y écraser des fraises et m'arrêter juste à point, quand c'est assez rose, sans avoir besoin d'y goûter, avec l'expérience d'un coloriste et la divination d'un gourmand[3] ! Où tu es moins gentille, c'est quand tu veux absolument savoir ce qui m'a rendu jaloux. Tu dis que tu ne m'en voudras pas, mais moi je sais bien que tu m'en voudras ! Et puis tu vas dire : « Qu'est-ce qui t'a dit ça ? » et je ne pourrai pourtant pas brûler mes espions, des espions que j'ai, sans le vouloir bien entendu, car tu penses bien que je ne te fais pas filer.

Mais il y a des gens qui passent dans les rues. Ce n'est pas une chose bien extraordinaire, mais cela suffit quelquefois à faire bien de la peine. Même, depuis que la mondanité de ma sœur et les obligations de ta vie nous ont envoyés l'autre en Touraine et l'un dans le Nord, comme on ne sait quelle nécessité géographique qui jette aux deux bouts de la France deux rivières d'abord unies et qui avaient un même lit, je ne peux pas te dire, rien que de lire les « déplacements et villégiatures », ce que cela me donne des coups ! Bien entendu, on ne reçoit pas *Le Figaro* ici, mais la quatrième page du *Gaulois* suffit. C'est une littérature mélancolique. Chaque fois que je vois le nom de quelqu'un qui peut te paraître séduisant déplacé vers l'Indre-et-Loire, cela me fait un mal ! Tant que je lis seulement : « Jamais, de mémoire de Tourangeau, on ne s'est amusé comme cette année en Touraine; les fêtes se succèdent sans interruption », quand je vois que Tournefort était en singe et Mlle de Thianges en lampe à gaz, cela ne me bouleverse pas. Mais il y a des noms d'invités qui — si tu étais à la soirée

— me donnent envie de pleurer. Et quand arrive la fin traditionnelle : « Après un cotillon conduit avec un incroyable entrain par le vicomte de Tournefort et Mlle de Thianges, on s'est séparé au petit jour, non sans avoir fait promettre à la toute gracieuse maîtresse de maison de donner très prochainement un lendemain à cette fête d'une suprême élégance : demain courses, etc. », j'ai beau savoir que c'est un cliché, je rage contre tous ces gueux d'invités qui ont fait promettre à la maîtresse de la maison de renouveler prochainement mon supplice.

Tandis que si j'étais là, au contraire, je trouverais cela charmant et j'attendrais avec impatience ce lendemain où nous danserions ensemble. Justement, j'ai rencontré Porbois (Guy de Porbois) qui venait de là-bas. Ce que j'aurais voulu lui poser de questions sur les gens qu'il y avait ! J'en avais surtout une qui me brûlait les lèvres. Thierry était-il là-bas ? J'ai été héroïque. La question n'a pas été posée. Il est bien entendu que, si par hasard ma chérie consentait à y répondre elle-même, je ne l'en empêche pas et que cela lui serait compté. Tu vois que je mendie. Je m'en remets à votre charité, ma bonne dame.

Comment[1] ! tu ne savais pas qui est Bonami[2] ? Talon de bois ! Mais d'abord c'est le vice-président du cercle, s'il te plaît. Son pied de bois a fait sa fortune sociale. D'abord il lui a donné une identité mondaine, premier élément indispensable à la formation d'une personnalité. Pense pendant combien d'années, si Bonami avait eu ses deux pieds, la personne prête à inscrire son nom sur la liste des gens du monde se serait inutilement informée. « J'ai dîné avec un M. Bonami, qui est-ce donc ? — Ah ! oui, je crois, Georges Bonami ? — Ah ! je ne sais pas s'il s'appelle Georges : un blond. — Peut-être... Je ne sais pas si c'est cela. » Et les rivages de la mémoire prêts à accueillir cette épave glissante, qu'aucun clou ne pouvait accrocher au sable, l'auraient rejeté sur les reflux du doute au vaste inconnu. Bonami n'eut pas à passer par ce premier stage, et son infirmité, comme les blessures pour les soldats, le fit avancer plus vite. Si même on hésitait un instant « Bonami Jacques ? — Jacques, je ne sais pas, enfin Talon de bois, un monsieur qui a un pied en bois ? — Ah ! oui, c'est cela. Oui c'est Bonami, le grand ami des Escouflac la Torne. »

Mais ce n'est pas tout. Bonami étant[1] bel homme, ayant surtout ce qu'on appelle du chic et dans quoi une démarche traînante peut entrer comme élément important (cela lui donne l'air d'être « né »), la légère hésitation de sa marche, son coquet pied de bois retient la sympathie des femmes, plus même, leur curiosité, comme un léger strabisme, un monocle bien porté ont quelque chose de plus particulier que la beauté d'un œil clair, d'un regard droit. Sous un pantalon irréprochable, dans une petite bottine vernie, avoir un pied de bois et n'en trahir la présence que par une démarche dont l'irrégularité a l'air d'une élégance et la lenteur un raffinement, c'est posséder plus qu'une distinction, presque un vice qui semble promettre à une femme des caresses dont personne n'imaginera jamais la lenteur brutale et les ressources artificielles. (Je te dis cela sans peur, comme je sais que tu n'aimes que la nature.) Aussi, ne fallait-il pas dire, il y a seulement dix ans, à toutes les petites snobs : « Je ne peux pas comprendre qu'une femme aime un homme qui a un pied de bois. » Avec quel mépris elles répondaient : « Personne n'a autant de chic que lui », d'un air de dire : « Ce n'est pas vous, avec vos deux pieds !... »

Mais quel admirateur d'une grande artiste l'aimerait autant si elle n'avait pas son défaut de prononciation[2] ? Pourtant, parmi les femmes, Bonami a rencontré des adversaires, les partisans vieux jeu des beaux attelages, aux pieds vivants, qui ne comprennent pas qu'on vende ses voitures pour acheter des automobiles. Sais-tu qu'il a été marié avec une nièce du vieux duc de Tournefort ! Parfaitement, née d'Étampes, elle est morte et peu de temps après son mariage semblait ne plus subir le charme de Bonami autant que les jeunes femmes qui ne voyaient que sa démarche étudiée se dandiner à son arrivée sur le turf. C'est que, hélas ! dans l'intimité, les choses perdent peu à peu pour nous l'attrait de leur singularité et, en fin de compte, il n'y a pas d'homme chic pour sa femme, qui voit ses abcès, sa peur d'arriver en retard, la teinture dont il rajeunit le matin ses cheveux vieillissants.

Tu te plains des mouches ; nous en avons beaucoup aussi ; mais j'aime les entendre dans la chambre, dont on a fermé les rideaux pour tâcher d'avoir moins chaud.

C'est une sensation d'été et qui est divine, parce que rien ne pourrait nous la donner si l'été n'était venu. Ce n'est pas le concert en plein air des rouges-gorges, ni ce que fait le rossignol, qui est comme du chant. Non, ce n'est, le bourdonnement des mouches, que la musique de chambre de l'été. Mais il suffit de l'entendre pour retrouver tout l'été[1]. Et elles l'évoquent d'autant plus nécessairement qu'elles ne résument pas seulement la poésie de l'été, mais dénoncent sa présence. Et sais-tu, quand il fait très chaud et qu'on est sur son lit, c'est très gentil quand elles se promènent sur vous. Essaie. Cela te rappellera quelque chose, en moins bien, j'espère.

BERNARD.

P.C.C.
Marcel Proust.

Lettres de Perse et d'ailleurs

LES COMÉDIENS DE SALON

BERNARD D'ALGOUVRES À FRANÇOISE DE BREYVES[2]

Amstel Hôtel. Amsterdam.

Ma chérie,

Quelle semaine! d'abord quand elle a vu annoncée cette fête des Eaux de Saint-Cloud, dont tu as dû entendre parler par tous les journaux, Mme de Tournefort a voulu nous y mener. Et là, entre parenthèses, j'ai reconnu un original dont j'avais vu chez ta cousine le portrait. T'en souviens-tu ? Il fut peint par Hubert Robert il y a plus d'un siècle. Mais il est encore ressemblant. Il représente le grand jet d'eau de Saint-Cloud[3]. De loin j'ai reconnu le charme ancien des hauteurs qui l'entourent et, lui, au milieu, frémissant à peine au vent et au soleil, comme une grande plume blanche. Je l'ai reconnu, c'est donc qu'il est, qu'il est quelque chose de plus que l'eau incessamment renouvelée au cours intermittent de sa vie séculaire et momentanée. Il n'a rien perdu de sa légèreté, de sa fraîcheur, et, debout dans le nerveux de son élan et le fondu de sa douceur, laissant flotter son panache agité et murmurant que le soleil dore comme un beau nuage, il le traverse de son ascension à chaque moment[1] ou plutôt, tant elle semble immobile, à chaque degré de laquelle il semble jeter rapidement au bassin, comme un lest, de petites masses d'eau qui y tombent en y creusant ses seules rides, avec un petit bruit dont s'accroît le silence qui le suit et sur lequel s'entend et s'élance, plus harmonieuse, la tige fusante et recommencée. Et tout le long du parcours aérien les petites gouttes qui n'ont plus la force et qui retombent! C'était charmant.

Et puis nous avons appris que l'exposition de Van Dyck à Anvers allait finir; le vieux Tournefort[2] a absolument tenu à y aller et nous avons poussé jusqu'à Amsterdam, d'où je t'écris dans une chambre qui regarde le canal et les grandes mouettes qui passent si vite en battant si lentement de leurs grandes ailes et qui semblent jusque dans les rues, au coin des places, chercher, flairer, sentir la mer[3], comme si leur instinct les avertissait qu'elle était là-dessous et rendait en effet quelque chose de marin à cette ville, où elles promènent, comme au-dessus des vagues et dans le vent, leur infatigable inquiétude, l'ivresse joyeuse de leur force et de leur élément reconnu, humé et salué de leurs cris.

Quelles belles armes parlantes et planantes pour une ville que ces oiseaux! Mais c'est de toi que je veux parler, de ta lettre où j'ai été si fier de retrouver ma chérie si savante, citant son dix-huitième siècle. Les choses que je t'ai appris[4] à aimer, celles que je connais par toi, tous ces présents que nous tenons de notre amour comme ils me sont précieux, comme des bijoux qui ont une lueur ancienne de tendresse et qui sont doux à porter. Hélas! il y a dans celle que j'appelle follement *ma* Françoise tant de choses qui sont d'avant moi, que je ne connais pas et sur lesquelles je n'ai pas de prise, que j'en aime mieux ces choses où je me retrouve en toi et qui sont pour les moments de fatigue et de doute comme un gage matériel d'un amour qui ne l'est pas.

Te rappelles-tu le jour où tu as récité des vers que je t'avais appris ? Je ne t'ai jamais tant aimée. Écoute si cette lettre, écrite du Mont-Dore[5], ne ressemble pas à la tienne et à ce que tu dis des hôtels d'Auvergne, du Mont-Dore et de Royat : « Tout le monde[6] me salue d'un : *Madame est malade ?* qui m'impatiente, quoique je n'en sois que trop convaincue. Il y a un monde prodigieux aux eaux, cela me désole. Une légion[1] de puces affamées a fait de mon lit un enfer. [...] J'ai voulu voir les promenades. On m'a montré une douzaine de pas à faire dans un endroit assez désagréable. Je suis rentrée plus triste que je n'étais sortie. À force de monter en grade et de profiter des départs, je me trouve dans une chambre à feu assez passable, au moins pour le Mont-Dore[2], en face de la fontaine où l'on boit. » « À force de profiter des départs ! » « Les départs ! » Ne reconnaissez-vous pas, Françoise, le mot même du concierge de l'hôtel où nous étions quand il nous disait : « Il y a beaucoup de départs cette semaine. »

Et pourtant cette lettre écrite du Mont-Dore est datée du mois d'août 1803. Et le concierge ne se doutait pas qu'il usait de l'expression de Madame de Beaumont. Car c'est elle qui écrit en ces termes à Joubert. Oui, elle, « cette figure d'Herculanum qui coule sans bruit dans les airs, à peine enveloppée d'un corps[3] », cette Pauline de Montmorin[4] à qui ressemble ma chérie, à cause de quoi pendant un temps où je n'osais pas encore l'appeler Françoise, je t'appelais Pauline. C'était son prénom. Ce n'était pas le tien. Mais c'était l'appeler par un prénom tout de même, te toucher en effigie, la moitié du chemin était faite. D'ailleurs, cela n'est pas pour t'étonner qu'elle dit[5] déjà les « départs », comme on dit aujourd'hui.

Car ma petite[6] élève sait que tout change très peu, elle qui connaît mieux qu'un vieux savant la page d'Aristote[7] où, pour montrer que l'homme ne peut éprouver à la fois des plaisirs d'ordre différent, il donne cet exemple : « C'est quand la pièce est mauvaise, quand l'intérêt languit, que l'on commence à manger des bonbons dans les loges. » Je connais un autre endroit[8] où la chambre de Madame de Beaumont existe encore. C'est l'odieux romancier X... qui l'habite. Comme disait le guide du château : « C'est là que s'agenouillait Marie Stuart et c'est là, maintenant, où ce que je mets mes balais. » Le roman d'Auvergne que tu me racontes est bien joli. Celui que l'hôtel du Mont-Dore abritait en 1803 valait bien ceux d'aujourd'hui : c'était le roman d'Atala[9]. C'était pour la donner à Chateaubriand que Madame de Beaumont cherchait à prolonger sa vie. Il y avait déjà deux ans qu'elle avait loué à Savigny une maison où il put finir dans le calme *Le Génie du christianisme*. Déjà il la trompait, lui faisait écrire par Chênedollé qu'il n'avait pas quitté Avignon quand il était en Bretagne auprès de Madame de Chateaubriand, qu'il n'avait pas vue depuis dix ans[1].

Mais on lui avait fait comprendre qu'il était maintenant un auteur trop chrétien dans ses livres pour fouler aux pieds dans sa vie un sacrement comme le mariage[2]. Madame de Beaumont quitta le Mont-Dore pour aller à Rome retrouver, au grand scandale du monde diplomatique, celui qui osera dire un jour, quand elle sera morte, qu'il n'a pas ressenti d'attachement[3] véritable avant de connaître Madame Récamier[4]. Quel ennui ! j'avais mille choses à te dire et si je ne m'arrête la lettre ne partira plus. Je t'écrirai demain pour M. de Thianges et mille autres choses. Je serai revenu après-demain aux Boisfrisieux[5]. Une folie pour finir. Figure-toi que Lapenard est furieux de ne pas avoir été prévenu qu'il y avait un complot, ou du moins un prétendu complot[6]. Il aurait donné une forte somme et aurait fait là-dedans des relations distinguées.

Les princes, au lieu de s'adresser à leurs partisans, devraient taper les snobs. On donnerait pour le complot, comme on donne pour les ventes de charité[7]. Il y a bien des gens qui trouvent que changer la forme du gouvernement est peu de chose, si cela peut les faire inviter à des chasses. Ils se fichent du retour de la monarchie. Mais crois-tu qu'ils s'intéressaient à la reconstruction de la basilique de chez toi ? Ils voulaient être invités à tes fêtes et donneront pour le complot comme pour une vente où l'on se soucie moins de l'intérêt de l'œuvre que de la qualité des patronnesses. Avis au Prince, quand tu le verras.

TON BERNARD.

P. C. C.
Marcel Proust.

[DIALOGUE[1]]

À Robert de Flers.

I

FRANÇOISE[2] : Puisque vous êtes seul à Paris, nous pourrions peut-être dîner ensemble quelque part. *(Un silence.) (Plus bas :)* Nous rentrerions ensuite chez moi. Y a-t-il un endroit qui vous plaise mieux qu'un autre ?

HENRI : Il y a dans le Bois un restaurant où j'ai déjeuné l'autre jour et qui est charmant. Assez longtemps avant d'arriver on est accueilli par des arbres qui s'écartent pour vous laisser passer, vous devancent et vous escortent, souriants, silencieux et gênés, appuyés les uns aux autres comme pour prendre une contenance. Puis il y a une pelouse au milieu de laquelle vivent quelques hêtres assemblés. L'emplacement qu'ils occupent semble avoir été l'objet d'un choix. Ils paraissent se plaire là. Au fond il y a un orme un peu fou qui, pour les rumeurs les plus insignifiantes que lui apporte le vent, fait avec ses branches une mimique passionnée qui n'en finit plus. Aussi les autres le laissent tranquille. Il est là tout seul. Et devant, c'est le lac, sur l'eau duquel un saule remue ses branches sans arrêter. C'est comme une maladie qu'il aurait comme ces gens qui ne peuvent pas arrêter une minute de trembler.

FRANÇOISE, *distraite :* Ça fait bien des choses tout cela.

HENRI : Oui, et nous ne sommes pas encore arrivés. Mais ça te suffit comme cela, n'est-ce pas ?

FRANÇOISE : C'est un endroit poétique.

HENRI : C'est plutôt un endroit romanesque.

FRANÇOISE : Alors... *(un silence)* ce sera très bien pour nous.

HENRI, *tristement :* Un peu trop bien. Il y a des endroits qui semblent préparés pour loger le bonheur. Les choses paraissent toutes prêtes à le recevoir, leur beauté l'attend, leur silence l'épie, leur solitude promet de le cacher, leur amitié de veiller sur lui. Quand on vient dans ces endroits-là mettre beaucoup moins que lui, on sent plus tristement qu'ailleurs que ce serait bien doux de l'avoir, le bonheur. Nulle part on n'est si malheureux.

FRANÇOISE : Ce que je vois dans ce que tu dis là, c'est que ce n'est pas très gentil, tu sais.

HENRI : Je le sais. Mais tu ne doutes pas du plaisir que j'ai à être auprès de toi, ma petite amie — et si je ne peux pas avoir de grand bonheur avec toi, c'est que je ne peux pas — d'ici longtemps peut-être — en avoir avec personne. Et puis, vois-tu, il y a cela aussi : ce bel endroit, je sais qu'elle y allait.

FRANÇOISE : Avec toi ?

HENRI : Non, avec l'un, avec l'autre. *(Silence.)* Mais ça ne fait rien nous irons. Viens me prendre demain à 8 heures et demie.

FRANÇOISE : 8 heures et demie, c'est un peu tard tu sais, parce que nous ne pourrons pas rentrer chez moi avant minuit, et en ce moment il n'y a plus d'autre locataire que moi, le concierge éteint de bonne heure.

HENRI : Nous n'aurons pas besoin de rentrer chez toi. Il n'y a jamais personne dans ce petit pavillon du Bois. Nous dînerons dans une chambre qui donne sur l'eau. Avant qu'il ne fasse nuit, tu verras comme les hortensias du bord ont alors une couleur douce mais brave et décidée à lutter contre l'obscurité. Et quand il fera nuit tout à fait, c'est à peine si tu devineras les cygnes qui feront silencieusement passer sur l'eau inquiète et sombre leur un peu moindre obscurité. Alors nous pourrons faire tout ce que nous voudrons. Personne ne nous dérangera.

FRANÇOISE : C'est joli ce que tu dis, je suis sûre que tu pourrais écrire une pièce si tu n'étais pas si chiffe, mon petit.

HENRI, *douloureusement :* C'est joli ? Ne me dis pas cela ! Du reste, je sais que non.

FRANÇOISE : Ça n'est pas désagréable, ce que je te dis. Pourquoi cela t'ennuierait-il que ce soit joli ?

HENRI : Parce que je n'ai jamais rien pu lui dire de joli à elle. Alors, tu comprends, j'aime autant être aussi bête avec les autres, pour ne pas avoir de regrets.

FRANÇOISE : Pourquoi est-ce que tu ne lui as jamais rien dit de bien ?

HENRI : Parce que je l'aimais et parce qu'elle n'était pas intelligente.

FRANÇOISE : Je ne suis pas intelligente non plus, moi.

HENRI : Mais avec toi je ne fais pas attention.

FRANÇOISE : Tu pourrais être poli, dis donc.

HENRI : Je le peux si tu le veux.

FRANÇOISE, *un silence :* Je ne le veux pas.

II

AU PAVILLON DU BOIS

FRANÇOISE : Qu'est-ce que tu as ? Tu ne t'es pas amusé ?

HENRI, *tristement :* Si.

FRANÇOISE : En arrivant tu disais gaiement : « Oh ! que je vais m'ennuyer ! » et tu avais l'air enchanté. Et maintenant que tu t'es amusé, tu as l'air d'un triste ! Et même pendant, tu sais, tu avais l'air triste. Et pourtant, tu ne me diras pas que tu t'es ennuyé.

HENRI : Je ne te le dirai pas.

FRANÇOISE : Tu étais si pressé que tu ne pouvais plus attendre et quand le garçon a apporté la salade de légumes tu as dit : « Garçon, nous ne prendrons pas de salade, remportez-la et ne revenez pas avant que je vous appelle. » Il voulait insister pour que tu la goûtes. Tu étais furieux. C'est comme quand on est pressé d'aller dîner en ville, on est en colère contre ces encombrements. Est-ce que je dis la vérité ?

HENRI : Toute la vérité.

FRANÇOISE : Alors ?

HENRI : Je ne peux pas t'expliquer. Ou même si, je peux. Elle s'amusait, tu sais. Alors, quand je m'amuse et que cela m'ennuie, je me dis : Ce n'est pas si drôle que ça de s'amuser. Je savais qu'elle venait souvent ici. Si je m'étais ennuyé à jurer de n'y plus revenir, je me serais dit : Ce n'est pas folichon ce petit pavillon du Bois. Je n'ai pas besoin de me tracasser en pensant qu'elle y venait souvent. Ce n'est pas plus amusant que ça, ce n'est pas la peine d'être jaloux. Mais j'ai eu beaucoup de plaisir tout à l'heure avec toi, Françoise, beaucoup de plaisir, hélas ! Et aussitôt cette même sensation si forte, je l'imagine éprouvée par [elle[1]], donnée à elle par d'autres. Et cela me fait beaucoup plus de peine encore que cela ne me fait de plaisir.

FRANÇOISE : Beaucoup plus ? Sois sincère.

HENRI : Non, autant; non, un peu moins puisque je recommencerai. Mais cela m'en fait encore. Vois-tu, Françoise, nous décidons nous-mêmes nos chagrins, en choisissant nos plaisirs, car les uns ne sont que l'envers des autres. Si nous n'avions jamais connu le plaisir, nous ne connaîtrions pas la jalousie, puisque être jaloux, c'est imaginer le plaisir d'une femme que nous aimons[1]. Pour imaginer le leur, nous prêtons aux autres notre propre vie. Et les saints ne sont pas malheureux, parce qu'ils sont bons. Mais console-toi, Françoise, si tant est que mon chagrin t'ennuie, les plus grandes douleurs ont une fin. Est-ce que je n'ai pas fait des progrès depuis l'année dernière où je ne pouvais pas t'approcher ?

FRANÇOISE : Beaucoup de progrès, je suis bien heureuse. Mais tu ne veux toujours pas m'embrasser.

HENRI : Oh! cela, c'est la dernière chose. Quand je le pourrai, c'est que je serai bien guéri.

FRANÇOISE : Pourquoi la dernière ?

HENRI : Peut-être parce que quand on embrasse, on est plus calme, on peut penser. Le baiser, c'est une sensation à laquelle on peut mêler trop de souvenirs. Le reste se fait plus aveuglément. Et puis le reste, avec elle, je ne me le rappelle même plus. Et c'était fini depuis longtemps, que je l'embrassais encore. *(Il a l'air navré.)*

FRANÇOISE : Mais qu'est-ce qui te dit qu'elle en aimait d'autres ? Tout ça, ce sont des potins. Non, je ne le crois pas.

HENRI : Tu es gentille.

FRANÇOISE : Elle t'aimait. Elle t'aime.

HENRI : Tu es bonne. *(Henri s'approche de la fenêtre et regarde le clair de lune.)*

FRANÇOISE : Tu connais le clair de lune, tu as écrit de belles choses dessus.

HENRI : Je me figure qu'il me connaît un peu aussi. Voilà si longtemps qu'il voit mes chagrins. *(Ses yeux se mouillent.)*

FRANÇOISE : Ne reste pas là, si cela te fait mal.

HENRI : Cela ne me fait pas mal. La méchanceté me fait mal. Mais l'amitié, même des choses, m'attendrit. Souvent, quand j'avais passé la nuit à l'attendre, j'allais sur le balcon quand le soleil était déjà haut, j'étais glacé comme les gens qui ont trop de chagrin, et quand le soleil me jetait son manteau de chaleur sur les épaules, quand sur mes yeux que je fermais à demi pour le plus finement sentir, il passait sa main de lumière, c'est seulement par des larmes que je pouvais répondre à ses présents.

FRANÇOISE : Écoute, allons-nous-en, il est tard. Quand crois-tu que tu cesseras de l'aimer ?

HENRI : Quand j'en aimerai une autre. Jusqu'à ce qu'il y ait un nouveau souverain, c'est encore au nom du précédent qu'on obéit, souvent bien malgré soi.

FRANÇOISE : Et quand crois-tu que tu en aimeras une autre ?

HENRI : Je suis prêt pour cela maintenant. Mais cela ne dépend pas de moi seulement, cela dépend aussi d'elle.

FRANÇOISE, *se méprenant :* De moi.

HENRI : Oh non!

FRANÇOISE : De qui ?

HENRI : Je ne peux te dire de nom. Je ne crois pas que je l'aie encore.

VIE MONDAINE
L'INFLUENCE DE RUSKIN

[LE SALON DE LA COMTESSE AIMERY DE LA ROCHEFOUCAULD[1]]

[Le comte Aimery de La Rochefoucauld[2]] eſt un lettré des plus éminents et des plus délicats. M. Paul Bourget eſt souvent au nombre de ses invités. Le comte professe à l'endroit de son cousin le comte Robert de Montesquiou l'admiration de tous les vrais connaisseurs. Et, ayant à recevoir il y a quelques années une altesse quelconque, il ne crut pas pouvoir lui offrir de plus exquis régal que plusieurs pièces des *Chauves-souris*[3] dites, si nous avons bonne mémoire, par Mlle Reichenberg. L'année suivante c'était, après un dîner élégant, la comtesse Mathieu de Noailles née Brancovan qui donnait dans le salon de la rue de l'Université les prémisses de sa jeune gloire[4]. Enfin le comte ne laisse jamais échapper une occasion d'aller applaudir les musiques si originales et si puissantes du Prince Edmond de Polignac[5], cet artiſte hors pair auquel il eſt d'ailleurs apparenté par
nales et si puissan'es du Prince Edmond de Polignac[5], cet artiſte hors pair auquel il eſt d'ailleurs apparenté par
le mariage en premières noces du duc de Doudeauville avec Mlle de Polignac. Mais si nous pénétrions un inſtant dans l'hôtel de la rue de l'Université. Il faut d'abord pour cela que je vous présente à la comtesse Aimery de La Rochefoucauld, née Mailly Nesle. Sa [beauté[6]], son esprit, sa bonté sont célèbres. Peu de femmes répandent autour d'elles plus de charme, exercent plus de preſtige, font plus de bien. Si vous ne l'avez jamais vue, peut-être connaissez-vous du moins son portrait par Chaplin[7] exposé il y a quelques années à l'École des Beaux-Arts. Alors vous avez admiré déjà la

noble finesse de son profil, ses yeux bleus, sa chevelure blonde. L'exposition des Amateurs rue de Sèze contenait plusieurs peintures de Mme de La Rochefoucauld, dont un coin de forêt automnal d'une grande justesse de tons. Mme de La Rochefoucauld attache-t-elle à l'héraldisme la même importance que son mari ? Si, comme on le croit généralement, la négative est vraie, elle a le tact et le goût de ne pas le laisser voir. Si c'est l'affirmative, elle a cru de sa douceur et de son charme de femme de ne jamais le laisser sentir (mérite auquel participe d'ailleurs M. de La Rochefoucauld). C'est du moins l'impression que chacun ressent rue de l'Université, dans ces salons ornés de tant d'admirables tableaux de maîtres et où figure aussi, non loin d'un portrait du comte Gabriel (fils unique du comte et de la comtesse) par Mme André[1], le portrait de Mme de La Rochefoucauld par Chaplin dont nous parlions tout à l'heure. La comtesse malgré l'affluence perpétuelle de ses amis a un mot aimable pour chacun. Parfois une amie l'entraîne à part pour l'inviter à dîner. Mais le nombre des invitations est si grand qu'elle ne sait plus les jours où elle est libre et pour ne mécontenter personne elle envoie le maître d'hôtel consulter un petit livre où les acceptations sont inscrites. Du reste elle laisse suivant les affinités de chacun, des groupes se former qui continuent la conversation, tandis qu'elle va offrir aux nouveaux arrivants son sourire et sa main tendue. Ici c'est sa sœur la comtesse de Kersaint, beauté à la fois splendide et piquante, aux magnifiques épaules, aux yeux si beaux, qui cause littérature, art et musique avec la si jolie, si rose, si vive Princesse de Wagram, femme d'un esprit remarquable d'ailleurs, et d'une amabilité que sa myopie doit lui rendre bien fatigante. Mais elle est trop grande dame pour en rien laisser sentir. Le marquis du Lau et l'amiral Duperré[2] ne s'interrompent de les écouter que pour les regarder. Plus loin la comtesse de Briey née Ludre, femme charmante que les imbéciles croient méchante parce qu'elle a beaucoup de drôlerie dans l'esprit, rit comme d'autres pleurent en se cachant les yeux dans ses mains[3], et peut-être pleure de rire en écoutant une histoire que lui raconte une des femmes les plus spirituelles de Paris, figure d'une délicatesse exquise, la comtesse de Broissia, née de Beaufort. La duchesse de Rohan n'a pas l'air de moins s'amuser du récit et tout à l'heure du reste ce sera à Mme de Broissia d'écouter ses deux interlocutrices et elle ne sera pas à plaindre. Voici la comtesse Guy de La Rochefoucauld, la duchesse d'Albufera, la princesse Brancovan, la grande artiste[1], la comtesse de Chevigné, la comtesse Potocka, la duchesse de Luynes. Que raconte la marquise d'Eyragues avec cet esprit incroyable, ce tour littéraire achevé qu'elle sait donner aux moindres choses, aux marquises de La Moussaye et de Massa ? Mais ces deux fines connaisseuses ont l'air ravies, non moins que le comte d'Haussonville qui a pourtant le droit d'être difficile en fait d'esprit. Le fait est que la marquise de Virieu et la comtesse Odon de Montesquiou, attirées par le succès de leur brillante parente et alliée, viennent pour prendre leur part de cette fête dont le marquis de Castellane est déjà l'incomparable jouteur. La place nous manque pour parler du comte Gabriel de La Rochefoucauld, fils du comte Aimery, dont les débuts dans la littérature ont été fort remarqués. Nous voulons parler d'une nouvelle dans la manière, douloureuse en dedans, impassible au dehors, de Guy de Maupassant.

Pendant ce temps Mme de La Rochefoucauld cause — à toute grande dame tout honneur — avec la comtesse de Brantes dont la poudre fait plus frais encore le rose et charmant visage, aux traits empreints de finesse, de majesté et de malice, profil de médaille affiné de grâce française et dont la haute intelligence fait loi partout. Enfin voici entrées la marquise de Castellane, la marquise de Jaucourt, la baronne Hottinguer, la comtesse de Chevigné et la comtesse de Ganay, la comtesse Tiskievitch[2]. Nous avons laissé de côté pendant tout ce temps M. de La Rochefoucauld occupé à recevoir. J'aurais voulu vous le montrer aussi à la promenade, son pas régulier, le cou souvent entouré du foulard dont le Dr Lubet-Barbon le protège des rhumes. Il vous aurait rendu votre salut avec cette politesse grave qui diffère tant de la familiarité à base d'insolence de tant d'autres. J'aurais voulu vous conduire à Verteuil, château historique du comte et de la comtesse Aimery où se retira l'auteur des *Maximes*[3] comme vous avez pu le lire dans Saint-Simon. Plusieurs souverains s'y sont arrêtés, notamment Charles Quint sous ses ombrages. Dans ses vastes pièces vous auriez évoqué les temps disparus. Parcourir Verteuil c'est feuilleter l'histoire de France.

JOHN RUSKIN[1]

On craignait l'autre jour pour la vie de Tolstoï; ce malheur ne s'est pas réalisé; mais le monde n'a pas fait une perte moins grande : Ruskin est mort[2]. Nietzsche est fou, Tolstoï et Ibsen semblent au terme de leur carrière; l'Europe perd l'un après l'autre ses grands « directeurs de conscience ». Directeur de conscience de son temps, certes Ruskin le fut, mais il fut aussi son professeur de goût, son initiateur à cette beauté que Tolstoï réprouve au nom de la morale et dont Ruskin avait tout poétisé, jusqu'à la morale elle-même.

Il était né en 1819, nº 54, Hunter Street, Brunswick Square, d'un père négociant en vins, dont il aimait plus tard à faire le modèle du commerçant avisé et probe, et d'une mère ardemment calviniste. Son père avait l'habitude de faire tous les ans des voyages dans une voiture qu'il louait et qui arrêtait la famille à tout ce qui, sites de la nature ou monuments de l'art, pouvait former le goût. Celui de Ruskin fut de bonne heure ardent et sûr, et M. de la Sizeranne a raconté les émotions que ressentit l'enfant la première fois qu'il vit les montagnes. Il éprouvait déjà des passions pour les choses à un âge où généralement on n'en ressent pas encore pour les personnes. C'est, comme il arrive souvent, dans ses derniers livres qu'il s'est attardé à décrire ses premières années. Elles avaient gardé dans sa mémoire un charme ineffaçable qui s'est fixé à jamais dans ce livre de *Praeterita,* sorte d'autobiographie comme il en avait déjà esquissé une dans *Fors Clavigera,* et qui correspond, dans l'œuvre de Ruskin, à *Vérité et Poésie* dans l'œuvre de Gœthe.

La Gazette des Beaux-Arts[3] tiendra à honneur, dans un prochain numéro, de donner de l'œuvre de Ruskin une idée, sinon complète, du moins fidèle, et moins sans doute d'en faire l'analyse totale que d'en donner l'impression juste. Ici nous ne pourrions essayer d'en résumer même le catalogue, qui, tel que nous l'avons sous les yeux, dressé méthodiquement par le disciple préféré de Ruskin, son savant ami M. Collingwood, comprend plus de 160 titres différents. Toujours imagés et comme enveloppés à dessein d'une sorte d'obscurité mystérieuse, plusieurs de ces titres sont d'ailleurs aujourd'hui familiers aux lettrés et aux artistes. *Les Sept Lampes de l'architecture* (1849), *Les Deux Sentiers* (1859), *Munera Pulveris* (1862-1863), *Sésame et les Lys* (1865), *La Couronne d'olivier sauvage* (1866), *La Reine de l'air* (1869), *Aratra Pentelici* (1872), *Ariadne Florentina* (1873), *Deucalion* (1875-1883), *Les Matinées de Florence* (1873-1877), *Proserpine* (1873-1886), *Les Lois de Fiesole* (1877-1878), *Le Repos de Saint-Marc* (1878-1884), *Les Trois Colonnes du Préraphaélitisme* (1878), sont maintenant, tout aussi bien que les *Peintres modernes* (1843) ou *Les Pierres de Venise* (1851)[1], de véritables bréviaires de sagesse et d'esthétique. Les polémiques ardentes qu'ils excitèrent à leur apparition (il est inutile de rappeler le procès de Ruskin avec M. Whistler, dont le souvenir est présent à tous les esprits) tombèrent peu à peu; et quand Ruskin, atteint du mal qui l'avait forcé de renoncer à ses cours d'Oxford, se retira à Brantwood avec M. et Mme Severn, l'Angleterre, comme le fait observer le *Times* dans le très remarquable article qu'il a consacré à Ruskin dans son numéro du 22 janvier, l'Angleterre tout entière était devenue ruskinienne, et la célébration de son quatre-vingtième anniversaire fut une sorte de fête nationale. Ses idées sur les préraphaélites ont été vulgarisées jusqu'à la banalité. Son admiration pour Turner, auquel il a consacré tant de livres (et l'on sait que les *Peintres modernes* ne furent d'abord conçus que comme une sorte de défense et d'apologie de la peinture de Turner) et qui, jusqu'à la fin de sa vie, fut le mobile d'actes où elle semblerait n'avoir rien à faire*, a traversé le détroit, de l'autre côté duquel M. Groult[2] en a réuni une collection incomparable.

Venise, Pise, Florence, ce sont pour les ruskiniens de véritables lieux de pèlerinage et, dans bien des ouvrages,

* Quand, en 1883, Ruskin résigna pour la dernière fois son enseignement à Oxford, une des deux raisons de cette décision fut que l'Université avait refusé d'acheter 1 200 livres le *Croissant de lune* de Turner.

des œuvres d'art, des opinions contemporaines, c'est Ruskin lui-même qu'on pourrait reconnaître, comme sur une pièce de monnaie se distingue l'effigie du souverain du jour.

PÈLERINAGES RUSKINIENS EN FRANCE[1]

Des milliers de fidèles vont aller à Coniston prier devant une tombe où ne reposera que le corps de Ruskin : je propose à ses amis de France de célébrer autrement le « culte de ce héros », je veux dire en esprit et en vérité, par des pèlerinages aux lieux qui gardent son âme (tel ce tombeau d'Italie qui s'intitule le tombeau de Shelley et qui du poète, dont le reste du corps fut consumé par la flamme, ne contient que le cœur[2]) et qui lui confièrent la leur, pour qu'en la faisant passer dans ses livres, il la rendît immortelle. Il n'est pas besoin pour accomplir ces pèlerinages d'aller jusqu'aux « Pierres[3] » de Florence ou de Venise : Ruskin a beaucoup aimé la France.

« Pendant toute ma vie, ma pensée a gravité autour de trois centres, Rouen, Genève et Pise[4]. Tout ce que j'ai fait à Venise n'a été que du travail accessoire, entrepris parce que son histoire était encore à écrire, que, dans le monde de la peinture, on n'avait jamais pour ainsi dire su regarder Tintoret, senti Véronèse, nommé Carpaccio; mais Rouen, Genève et Pise ont enseigné ma vie, et du jour où j'ai franchi leurs portes, c'est d'elles que m'est venu tout ce que j'ai fait depuis. »

Mais il n'y a pas que Rouen : « Vers le moment de l'après-midi où le voyageur fashionnable moderne, comptant aller à Paris, Nice et Monaco, et parti le matin de Charing Cross, s'est un peu remis des nausées de la traversée et de l'irritation causée par les combats qu'il a eu à soutenir pour trouver une bonne place dans le train de Boulogne, et commence à regarder à quelle distance il est du buffet d'Amiens, il a chance d'être agacé par l'arrêt inutile du train à une station peu importante appelée Abbeville. Comme le train se remet en marche, il peut voir, s'il consent à lever pour un instant les yeux de son journal, deux tours carrées qui dominent les peupliers et les osiers du sol marécageux qu'il traverse. C'est probablement tout ce qu'il désirera jamais en voir. Et je ne sais pas même dans quelle mesure j'arriverai à faire comprendre au lecteur, même le plus sympathique, l'influence que ces deux tours ont eue sur ma vie[1]. »

Ruskin vit Rouen la même année qu'Abbeville, mais il ne devait comprendre Rouen que beaucoup plus tard, tandis qu'il ressentit tout de suite Abbeville, « qui est comme la préface et l'interprétation de Rouen ». « Mon bonheur le plus intime, ajoute-t-il, a été au milieu des montagnes, mais, si je veux me reporter au plaisir le plus doux, sans mélange, sans fatigue, je puis dire qu'arriver à Abbeville par un bel après-midi d'été, mettre pied à terre dans la cour de l'hôtel de l'Europe, descendre la rue en courant pour voir encore Saint-Wulfran avant que le soleil ait quitté les tours, sont des choses pour lesquelles il faut chérir le passé jusqu'à la fin[2]. »

La place me manque pour continuer à vous traduire ainsi à livre ouvert des pages de Ruskin. Combien d'autres vous donneraient le désir d'aller à Beauvais, à Saint-Lô, à Dijon, à Chartres. Je ne parle pas de cet Amiens dont il disait que « le voyageur n'y voit qu'une station où il sait qu'il a le privilège d'un buffet bien servi et de dix minutes d'arrêt, mais ne sait pas que ces dix minutes d'arrêt lui sont accordées à moins de minutes du square central d'une ville qui fut un jour comme la Venise de la France, habile comme la Princesse adriatique dans le travail de l'or, du verre, de la pierre, du bois, de l'ivoire, comme une Égyptienne à tisser le lin, et délicate comme les filles de Judeh à marier les différentes couleurs de ses laines[3]. »

Sur Amiens, Ruskin écrit tout un livre, *La Bible d'Amiens,* dont j'essayerai, dans un prochain numéro du *Correspondant,* de donner une idée et de publier d'importants fragments, études ruskiniennes que je continuerai dans diverses publications et notamment *La Gazette des Beaux-Arts*[4]. Si ces lignes tombaient sous les yeux de quelques-uns de ces amis et disciples chers de Ruskin, que j'ai si souvent enviés, en lisant qu'ils l'accompagnaient dans ses fréquentes visites à ses vieilles amies les cathédrales françaises, je ne puis leur dire combien je leur serais reconnaissant de me faire savoir quel eût été le contenu des *Sources de l'Eure* et de *Domremy,* ces ouvrages sur la cathédrale de Rouen et sur la cathédrale de Chartres, que Ruskin n'a pas eu le temps d'écrire et qui devaient faire suite à *La Bible d'Amiens*. S'ils pouvaient du moins me redire quelques-unes des paroles de Ruskin durant ces voyages, ils mettraient un terme à des questions que je me pose sans cesse et que les pierres de Chartres et de Bourges ont laissées sans réponse.

Ruskin est mort après avoir, dit-on, souffert comme d'une maladie mentale; car c'est une caractéristique de notre temps, que ses « sages » ont tous été plus ou moins fous, d'Auguste Comte à Nietzsche, et (pour ne pas dire à Tolstoï qui n'est que singulier) à Ruskin. Seul, le « sage » de la France — à qui, pour mieux marquer la ressemblance entre leurs deux génies, elle a donné son nom : *France* — a la sérénité d'un sage de la Grèce. Ruskin est mort : il pouvait mourir. Comme les insectes, pour que leur espèce ne disparaisse pas avec eux, en déposent les caractères intacts dans des petits qui leur survivront, il avait fait sortir de son cerveau périssable ses idées précieuses, pour leur donner dans ses livres une demeure non pas éternelle, sans doute, mais dont la durée sera du moins plus en rapport avec les services qu'elles pourront rendre à l'humanité.

Ce n'est pas d'ailleurs qu'il n'espérât renaître à une autre vie : « Si, aimant les créatures qui sont semblables à vous-même, vous sentez que vous aimeriez encore plus chèrement des créatures meilleures que vous-même si elles vous étaient révélées; si, vous efforçant de tout votre pouvoir de remédier à ce qui est mal près de vous et autour de vous, vous levez les yeux vers un jour où le Juge de toute la terre fera régner partout la justice; si, vous séparant des compagnons qui vous ont donné les meilleures joies que vous avez eues sur la terre, vous désirez rencontrer un jour de nouveau leurs regards et serrer leurs mains, là où les yeux ne seront plus voilés ni les mains ne faibliront : l'Espoir de ces choses en vous est précisément la religion[1]. »

Tel qu'il fut, chrétien, moraliste, économiste, esthéticien; renonçant à sa fortune, donnant la beauté au monde, mais soucieux aussi d'y diminuer l'injustice et donnant son cœur à Dieu, il fait penser à cette figure de la Charité que Giotto a peinte à Padoue[2] et dont Ruskin a souvent parlé dans ses livres, « foulant aux pieds des sacs d'or, tous les trésors de la terre, donnant seulement du blé et des fleurs, et tendant à Dieu, dans ses maux, son cœur enflammé[1] ».

PAYS DES AROMATES[2]

par le comte Robert DE MONTESQUIOU,
Paris, H. Floury, 1900. In-8°.

Imitant la modestie de tels illustres devanciers qui ne prétendaient qu'à tracer l'*Itinéraire de Paris à Jérusalem*[3] ou à remettre un *Rapport sur la philosophie au XIXe siècle*[4], le comte Robert de Montesquiou ne veut, dans son *Pays des aromates,* que dresser un catalogue et donner un guide d'une minime fraction de l'Exposition de 1900, la collection Victor Klotz à la Rétrospective de la Parfumerie. Ce n'est pas, à vrai dire, le premier guide pour l'Exposition qu'ait écrit le célèbre poète, si c'est pourtant le premier qu'il ait voulu écrire. Le goût d'un public artiste consacrant vite ce que son intuition de précurseur avait d'abord élu, les idoles de l'Exposition de 1900 se trouvent avoir été par lui encensées, et, après[5] y avoir à grand-peine dépassé de véritables champs d'hortensias et de pleins ciels de « chauves-souris[6] », il n'était pas, pour aller voir Chassériau, Gallé, Monticelli, Lalique[7], de plus merveilleuse compagnie que telles pages magistrales des *Autels privilégiés* et des *Roseaux pensants*[8]. Cette fois-ci, c'est de[9] boîtes à odeur, de fontaines de parfums, de flacons-fleurs, de cassolettes que nous parle M. R. de Montesquiou, s'excusant ou plutôt se réclamant de ce mot de Goethe : « Tout mérite l'étude et la rime, si l'on sait bien le démêler. » Et l'on peut lire, en effet, dans ces pages exquises et brèves une sorte d'abrégé d'histoire de la Parfumerie, d'histoire littéraire de la Parfumerie pourrait-on dire, qui nous vaut de précieuses citations de Rutebeuf sur les femmes fardées : « Elle a vingt ans le jour et cinquante ans la nuit », et un tendre souvenir, où se délecteront tous les vrais Balzaciens, envoyé à l'un des doyens des parfumeurs en littérature au XIXe siècle, César Birotteau, l'inventeur de la Pâte des Sultanes et de l'Eau Carminative[10]. Suit la description de ces nécessaires, de ces brosses, de ces pelotes, de ces étuis, de ces bagues formant cassolettes, de ces boîtes à mouchoirs, à fard, à poudre, de ces flacons à parfum, qui servirent à la volupté de nos pères. Ils ne servent pas moins à la nôtre. « Je contiens le secret de la Beauté », dit l'un d'eux, et il semble bien qu'il l'ait gardé, car, s'il n'embellit plus personne, il est beau. Et de ces boîtes à odeurs, dont les odeurs sont allées rejoindre les roses, par elles parfumées, de visages depuis longtemps en poussière, de ces fontaines à parfums qui n'ont pas gardé « l'odorant souvenir[1] », de ces pages surtout, d'une grâce infinie et profonde, il semble qu'il s'échappe quelque chose d'aussi troublant et d'aussi délicieux, quoique des plus immatériels, l'odeur mélancolique, le « Parfum impérissable » du Passé.

UN SALON HISTORIQUE

LE SALON DE S. A. I. LA PRINCESSE MATHILDE[2]

Un jour que le prince Louis-Napoléon[3], aujourd'hui général dans l'armée russe, exprimait pour la centième fois devant quelques intimes, dans le salon de la rue de Berri, son désir d'entrer dans l'armée, sa tante, la princesse Mathilde, chagrinée par cette vocation qui devait lui enlever le plus tendrement aimé de ses neveux, s'écria en s'adressant aux personnes présentes :

« Croyez-vous, quelle obstination ! — Mais, malheureux, ce n'est pas une raison parce que tu as eu un militaire dans ta famille[4] !... »

« Avoir eu un militaire dans sa famille ! » On avouera qu'il est difficile de rappeler avec moins d'emphase sa parenté avec Napoléon Ier.

Le trait le plus frappant de la physionomie morale de la princesse Mathilde est peut-être, en effet, la simplicité avec laquelle elle parle de tout ce qui touche à la naissance et au rang[5].

« La Révolution française ! lui ai-je entendu dire à une dame du faubourg Saint-Germain, mais sans elle je vendrais des oranges dans les rues d'Ajaccio[6] ! »

Cette fière humilité et la franchise, la verdeur presque

populaire par laquelle elle se traduit, donnent aux propos de la princesse une saveur originale et un peu crue qui est délicieuse. Je n'oublierai jamais de quel ton spirituel et brutal elle répondit à une femme qui lui posait la question suivante :

« Que Votre Altesse daigne me dire si les princesses ont les mêmes sensations que nous autres, simples bourgeoises ?

— Je ne sais pas, madame, répondit la princesse, ce n'est pas à moi qu'il faut demander cela. Je ne suis pas de droit divin, moi ! »

Cette rudesse un peu mâle se tempère d'ailleurs chez la princesse d'une extrême douceur qui tombe de ses yeux[1], de son sourire, de tout son accueil. Mais pourquoi analyser le charme de cet accueil ? J'aime mieux essayer de vous le faire sentir en vous montrant la princesse en train de recevoir.

Suivez-moi rue de Berri, et ne nous attardons pas trop, car la soirée n'y commence pas tard.

On a dîné de bonne heure. Pas aussi tôt peut-être qu'à l'époque où Alfred de Musset vint, pour la seule fois de sa vie, dîner chez la princesse. On l'attendit une heure. Quand il arriva, on était à la moitié du dîner. Il était ivre-mort. Il ne desserra pas les dents et partit en sortant de table[2]. C'est le seul souvenir que la princesse ait gardé de lui. Mais aujourd'hui encore c'est une des seules maisons de Paris où l'on soit invité à venir dîner à sept heures et demie.

Après le dîner, la princesse vient s'asseoir au petit salon, dans un grand fauteuil qu'on aperçoit à droite en venant du dehors, mais au fond de la pièce. En venant du grand hall, ce fauteuil serait au contraire à gauche, et fait face à la porte de la petite pièce où, tout à l'heure, seront servis les rafraîchissements.

En ce moment, les invités du soir ne sont pas encore arrivés. Seules, les personnes qui ont dîné sont là. À coté de la princesse, une ou deux des habituées de ses dîners de la rue de Berri : la comtesse Benedetti, si spirituellement jolie et si joliment spirituelle; Mlle Rasponi; Mme Espinasse, dame d'honneur de la princesse; Mme Ganderax, femme universellement aimée et appréciée de l'éminent directeur de la *Revue de Paris*.

Est-ce la *Revue de Paris* que feuillette en ce moment

même M. Ganderax, à la table placée à la gauche de la princesse ? Un binocle sévère voile la fine expression de ses bons yeux, et sa longue barbe noire eśt fort majestueuse.

Eśt-ce sa Revue à lui, la *Revue britannique,* que vient d'ouvrir M. Pichot, dont le monocle a pris une position inébranlable qui témoigne chez celui qui le porte, de la ferme volonté de prendre connaissance d'un article avant que commence la soirée.

À cette même table, on vit souvent, à l'heure de détente qui suit le dîner et précède la réception, un petit vieillard très vieux qui avait l'air très jeune, avec ses joues d'une fraîcheur enfantine, ses courts cheveux d'argent, sa mise excessivement soignée, la courtoisie alerte de son accueil attentif. C'était le comte Benedetti, père du comte actuel et ancien ambassadeur de France à Berlin (celui-là même qui y était en 1870). C'était un homme d'une véritable intelligence, d'une parfaite bonne grâce, et dont la mort, survenue il y a deux ans, causa un profond chagrin à la princesse auprès de laquelle il venait passer plusieurs mois tous les ans, soit à Paris, soit à Saint-Gratien.

Il y avait aussi, à cette époque, parmi les intimes de la princesse, une personne qui ne vient plus qu'assez rarement chez elle et qui égayait tout le monde à ses dépens tant elle était simple d'esprit — ce qui ne l'empêchait pas d'être, au demeurant, le meilleur être du monde. Poussée à un tel degré, la naïveté devient comique, et celle de cet ami de la princesse valait aux personnes avisées qui recherchaient sa conversation des propos, à leur manière, délicieux.

« Mon cher, disait à un de ses amis la princesse, après le dîner, un soir de neige, puisque vous voulez absolument partir, prenez au moins un parapluie. Il ne neige plus en ce moment, mais il peut reneiger.

— C'eśt inutile, il ne neigera plus, princesse, interrompit la personne en queśtion, car elle intervenait volontiers. Il ne neigera plus.

— Qu'en savez-vous ? demanda la princesse.

— Je le sais, princesse, il ne neigera plus... Il ne peut plus neiger... On a mis du sel! »

Chacun se mit à sourire et l'ami dit :

« Au revoir, princesse, je téléphonerai demain à Votre Altesse pour lui demander de ses nouvelles.

— Ah ! le téléphone, quelle belle invention ! s'écrie le brillant interrupteur. C'est la plus belle découverte qu'on ait jamais faite... (se reprenant de peur d'avoir manqué à la vérité) depuis les tables tournantes, bien entendu ! »

Je ne sais si cet aimable comique, cet involontaire homme d'esprit, un peu retiré du monde en ce moment, est ce soir chez la princesse.

Mais au temps où il y brillait, de quelle douce gaieté remplissait-il tous les convives par l'imprévu de ses interruptions, et les trouvailles de ses réflexions ! Il fallait l'entendre soutenir que Flaubert avait pour lui tant d'estime qu'il lui avait fait un jour la lecture de *Bouvard et Pécuchet*.

La princesse, agacée de tant d'invraisemblance, proteste un peu vivement. Le confident de Gustave Flaubert insiste, redouble d'assurance.

« Vous confondez !

— Non, je suis sûr ; et voyant qu'on a l'air de sourire, il fait cette concession : Ah ! c'est vrai, princesse, je me trompe un peu. Je confondais. Il m'a lu *Bouvard,* cela, j'en suis sûr. Mais vous avez raison, il ne m'a pas lu *Pécuchet*. »

Mais c'est assez nous attarder à ces souvenirs. Déjà la porte du salon de la princesse s'entrouvre, elle reste entrebâillée, pendant que la dame qui va entrer — personne ne sait encore qui c'est — ajuste une dernière fois sa toilette ; les messieurs ont quitté la table où ils feuilletaient les revues. La porte s'ouvre : c'est la princesse Jeanne Bonaparte suivie de son mari, le marquis de Villeneuve. Tout le monde se lève.

Quand la princesse Jeanne est à mi-chemin de la princesse, celle-ci se lève et accueille à la fois la princesse Jeanne et la duchesse de Trévise qui vient d'entrer avec la duchesse d'Albufera[1].

Chaque dame qui entre fait la révérence, baise la main de la princesse, qui la relève et l'embrasse, ou lui rend sa révérence, si elle la connaît moins.

Voici M. Straus, l'avocat bien connu, et Mme Straus née Halévy, à qui son esprit et sa beauté donnent une puissance de séduction unique ; M. Louis Ganderax, le comte de Turenne, M. Pichot s'empressent autour d'elle, tandis que M. Straus regarde autour de lui d'un air malicieux.

La porte s'ouvre encore, c'est le duc et la duchesse de Gramont, puis la famille bonapartiste par excellence, la famille de tous les beaux titres d'empire, la famille Rivoli, c'est-à-dire : le prince et la princesse d'Essling avec leurs enfants, le prince et la princesse Eugène et Joachim Murat, le duc et la duchesse d'Elchingen, le prince et la princesse de la Moskowa.

Voici M. Gustave Schlumberger, M. Bapst, M. et Mme du Bos[1], le comte et la comtesse Paul de Pourtalès, le prince Giovanni Borghèse, un érudit, un philosophe qui est aussi un brillant causeur; M. Bourdeau, le marquis de La Borde, M. et Mme Georges de Porto-Riche.

Le petit salon est déjà si plein de monde que les plus anciens habitués montrent le chemin du hall où les moins intimes vont admirer avec une certaine timidité, comme écoliers sous l'œil du maître, les trésors d'art qui y sont rassemblés.

On s'arrête devant le portrait du prince impérial par Madeleine Lemaire, le portrait de la princesse par Doucet, le portrait de la princesse par Hébert, où elle a de si beaux yeux, de si douces perles.

Bonnat le regarde de cet œil bon qui brille devant la belle peinture et échange des réflexions de technicien avec Charles Ephrussi[2], le directeur de la *Gazette des Beaux-Arts,* l'auteur du beau livre sur Albert Dürer, mais à voix si basse qu'on les entend mal.

La princesse ne s'assied plus. Elle va de l'un à l'autre, accueillant les nouveaux arrivés, se mêlant à chaque groupe, ayant pour chacun le mot particulier, personnel, qui tout à l'heure, quand il sera rentré chez lui, lui fera croire qu'il était le centre de la soirée.

Quand on pense que ce salon (nous prenons ici le mot de « salon » dans son sens abstrait, car matériellement le salon de la princesse était rue de Courcelles avant d'être rue de Berri) a été un des foyers littéraires de la seconde moitié du XIXe siècle[3]; que Mérimée, Flaubert, Goncourt, Sainte-Beuve sont venus là chaque jour dans une intimité vraie, une familiarité si entière que la princesse arrivait à l'improviste, leur demander à déjeuner; qu'eux n'avaient pas de secrets littéraires pour elle et elle pas de réserve princière avec eux, qu'elle leur a rendu service jusqu'à la fin — non seulement les petits services de chaque jour (Sainte-Beuve disait : « Sa maison est une sorte de ministère des grâces »), mais les grands et éclatants services qui arrêtent certaines persécutions, dissipent certaines préventions, facilitent le travail, secondent le succès, adoucissent la vie, changent une destinée — on ne peut s'empêcher de croire que certains pouvoirs mondains peuvent avoir, malgré tout, sur l'histoire littéraire une influence féconde et que de tels pouvoirs peu de femmes firent un aussi noble usage que la princesse.

« La princesse a le goût classique, disait Sainte-Beuve. Tous les princes l'ont. »

On peut se demander si Sainte-Beuve ne se trompait pas et si c'était le fait d'une classique d'élire Flaubert, de distinguer Goncourt au moment où elle le fit — en quoi elle se trouvait très en avance sur le goût de ses contemporains et sur celui de Sainte-Beuve lui-même.

Mais il se peut qu'il faille voir, dans sa conduite avec eux, plutôt la fidélité d'une amie délicate à deux hommes de cœur qu'une prédilection véritable pour le génie de l'un et pour le talent de l'autre.

Combien de grands écrivains méconnus de leur vivant n'ont dû ainsi qu'à leurs qualités de cœur, à leur charme social, des amitiés précieuses que, rétrospectivement, nous croyons que leur valait leur génie !

En tout cas, le nom de la princesse reste gravé sur les Tables d'or de la littérature française. Un volume entier de Mérimée, *Lettres à la Princesse* ; de nombreuses lettres de Flaubert, un « Lundi » de Sainte-Beuve[1], tant de pages mieux intentionnées qu'adroites du *Journal des Goncourt*, donnent de la princesse l'idée la plus favorable et la plus haute.

Taine, Renan, combien d'autres, furent aussi ses amis ! Elle se brouille avec Taine, sur la fin de sa vie, à la suite de la publication de son *Napoléon Bonaparte*. Il lui avait dit : « Vous le lirez, vous me direz ce que vous en pensez. »

Il le lui envoya. Elle lut ces pages indépendantes et terribles où Napoléon apparaît comme une sorte de condottiere. Le lendemain, elle envoyait sa carte à Taine, ou plutôt mettait sa carte chez Mme Taine, à qui elle devait une visite, avec ces simples mots : « P. P. C. » C'était sa réponse et la signification de ne plus avoir à revenir chez elle.

À quelque temps de là, elle s'emporta contre l'écrivain qui avait si mal parlé de son oncle illustre. José Maria de

Heredia, qui était présent, prit la défense de Taine avec une chaleur qui déplut à la princesse et elle le lui témoigna avec une certaine vivacité.

« Votre Altesse a bien tort, dit Heredia. Elle devrait, au contraire, en me voyant prendre, même contre elle, le parti d'un ami absent, comprendre qu'on peut, que surtout Elle peut, compter sur ma fidélité. »

La princesse sourit et lui serra affectueusement la main.

Du reste, un ton de grande liberté règne entre la princesse et ses amis, bien marqué dans le vocabulaire par le nom de « princesse » dont ils l'appellent, quand le protocole voudrait « madame ». Ils ne se font pas faute de la contredire et de lui résister. Aussi est-on un peu étonné de lire dans Sainte-Beuve des phrases comme celles-ci : « Elle et son frère — le prince Napoléon — sont en cela semblables, si l'on se permettait d'être observateur en les écoutant. »

Et pourquoi ne se le permettrait-on pas ?

La princesse n'a qu'à gagner à être finement observée, et n'eût-elle pas à y gagner, qu'importe ? *Amicus Plato sed magis amica veritas !*

Un artiste ne doit servir que la vérité et n'avoir aucun respect pour le rang. Il doit simplement en tenir compte dans ses peintures, en tant qu'il est un principe de différenciation, comme par exemple la nationalité, la race, le milieu. Toute condition sociale a son intérêt et il peut être aussi curieux pour l'artiste de montrer les façons d'une reine, que les habitudes d'une couturière.

La princesse se brouilla avec Taine, avec Sainte-Beuve. Il est un autre académicien qui, à la fin de sa vie, se réconcilia avec elle.

Je veux parler du duc d'Aumale.

Admirablement traitée par la famille royale en 1841, quand elle revint en France, elle n'avait jamais oublié ce qu'elle lui devait, et ne permit jamais, en aucun temps, qu'on dît devant elle quoi que ce fût qui pût être blessant pour les Orléans.

Mais le gouvernement de l'Empire n'agit pas de même : les biens des princes furent confisqués, malgré une démarche de la princesse Mathilde et de la duchesse d'Hamilton. Plus tard, à la suite d'un discours prononcé par le prince Napoléon, on se souvient de la lettre effroyable, admirable, que lui écrivit le duc d'Aumale.

Il semblait, après cela, que la princesse ne dût jamais revoir le duc d'Aumale. Ils vécurent, en effet, loin l'un de l'autre pendant de longues années. Puis, le temps effaça le ressentiment sans diminuer la reconnaissance et aussi comme une certaine admiration réciproque qu'éprouvaient l'une pour l'autre ces deux natures si semblables, les deux princes hors cadres, qui n'étaient pas les premiers que par la naissance, qui n'étaient ni lui très orléaniste, ni elle très bonapartiste, et avaient les mêmes amis, les grands « intellectuels[1] » d'alors.

Pendant quelques années, ceux-ci répétèrent de l'un à l'autre les propos obligeants que le prince tenait sur la princesse, et elle sur lui. Puis enfin, un jour, ménagée par Alexandre Dumas fils, l'entrevue eut lieu dans l'atelier de Bonnat.

Il y avait plus de quarante ans qu'ils ne s'étaient vus. Ils étaient alors beaux et jeunes. Ils étaient maintenant beaux encore, mais ils n'étaient plus jeunes.

Pris d'une sorte de coquetterie émue, ils restèrent d'abord loin l'un de l'autre, dans l'ombre, aucun n'osant montrer à l'autre combien il avait changé. Ces nuances furent marquées de part et d'autre avec une justesse de ton, un sentiment de la mesure exquis. Une véritable intimité s'ensuivit, qui dura jusqu'à la mort du prince.

La princesse Mathilde, qui aurait pu, si elle l'avait voulu, épouser son cousin, l'empereur Napoléon, ou son cousin, le fils de l'empereur de Russie, fut mariée à vingt ans au prince Demidoff.

Quand elle arriva en Russie comme princesse Demidoff, l'empereur Nicolas, son oncle, qui l'avait voulue comme belle-fille, lui dit :

« Jamais je ne vous le pardonnerai. »

Il haïssait Demidoff, défendit qu'on prononçât son nom devant lui, et quand, de temps en temps, il venait à l'improviste dîner chez sa nièce, il ne regardait même pas son mari.

Quand il la sentit malheureuse, il lui dit :

« Quand vous aurez besoin de moi, vous me trouverez toujours; adressez-vous directement à moi. »

Il tint parole; la princesse ne l'oublia jamais.

Quand elle rentra en France, comme cousine de l'empereur, elle n'eut pas de plus pressant devoir que d'écrire à l'empereur Nicolas.

Il lui répondit (10 janvier 1853) :

« J'ai eu un grand plaisir, ma chère nièce, à recevoir votre bonne et aimable lettre. Elle témoigne de sentiments aussi honorables pour vous qu'ils sont agréables pour moi; puisque, suivant votre expression, la nouvelle fortune de la France est venue vous chercher, jouissez des faveurs qu'elle vous donne; elles ne sauraient être mieux placées que dans des mains aussi reconnaissantes que les vôtres. Je suis charmé d'avoir pu vous prêter mon appui en d'autres temps... »

Mais voici qu'éclate la guerre de Crimée.

Partagée entre son patriotisme de princesse française et sa gratitude envers son oncle et son bienfaiteur, la princesse écrivit à l'empereur Nicolas une lettre touchante où le chauvinisme le plus pointilleux n'aurait rien trouvé à reprendre. L'empereur y répondit ainsi (9 février 1854):

« Je vous remercie bien sincèrement, ma chère nièce, des nobles sentiments que m'exprime votre lettre. Un cœur tel que le vôtre ne saurait changer selon les phases mobiles de la politique. J'en avais la certitude; mais, dans la situation actuelle, je devais éprouver une satisfaction particulière à recevoir de bonnes et amicales paroles qui me parviennent d'un pays où dans ces derniers temps la Russie et son souverain n'ont cessé d'être en butte aux plus haineuses accusations. Comme vous, je déplore la suspension des bons rapports entre la Russie et la France qui vient de s'accomplir malgré tous les efforts que j'ai faits pour ouvrir les voies à une entente amicale. En voyant l'avènement de l'Empire en France, je me plaisais à espérer que le retour de ce régime pourrait ne point entraîner, comme une conséquence inévitable, celle d'une lutte de rivalités avec la Russie, et d'un conflit à main armée entre les deux pays. Plaise au ciel que l'orage prêt à éclater puisse se dissiper encore! Après un intervalle de plus de quarante ans, l'Europe serait-elle donc destinée à servir, de nouveau, de théâtre à la reprise des mêmes drames sanglants ? Quel en serait, cette fois-ci, le dénouement ? Il n'est point donné à la prévoyance humaine de le pénétrer. Mais ce que je puis vous assurer, ma chère nièce, c'est que dans toutes les conjonctures possibles, je ne cesserai d'avoir pour vous les sentiments affectueux que je vous ai voués. »

Ces deux lettres ne sont pas inédites. Mais ce qui est

entièrement inédit, et même complètement inconnu (comme du reste tout ce qui a fait jusqu'ici la matière de cet article), ce sont les quelques détails par lesquels nous terminerons.

L'affection que l'empereur Nicolas avait vouée à la princesse Mathilde resta de tradition dans la famille impériale, et Nicolas II n'a cessé de la lui témoigner, mais avec la nuance de déférence et de respect que ne lui commandait pas, mais que lui conseillait son jeune âge.

On sait qu'au cours des fêtes qui marquèrent la première visite du jeune empereur à Paris, il y eut une cérémonie aux Invalides.

La princesse reçut du gouvernement une invitation à s'y rendre dans une très honorable tribune; mais elle — si simple et faisant si bon marché des privilèges du rang, nous l'avons vu — retrouve intacte sa fierté napoléonienne dès que la prérogative même des Napoléon est en jeu.

Elle fit répondre qu'elle n'avait nul besoin d'invitation pour aller aux Invalides, attendu qu'elle avait « ses *clefs* » et y allait de cette manière, la seule qui convînt à la nièce de Napoléon, quand bon lui semblait. Que si l'on voulait qu'elle y allât ainsi, elle irait, et sinon, non[1].

Mais, dire qu'elle irait « avec ses clefs » impliquait la prétention de se rendre au tombeau même de son oncle, que l'empereur Nicolas devait aller visiter!...

On n'osa pas aller jusque-là; mais, le matin même du jour où l'empereur devait aller prier devant le tombeau de Napoléon Ier, un ami de la princesse, l'amiral Duperré, croyons-nous, accourut de très bonne heure chez elle, lui annoncer que les dernières difficultés étaient levées, qu'elle était autorisée à aller aux Invalides « avec ses clefs », comme bon lui semblerait.

La visite devait avoir lieu quelques instants après. La princesse n'eut que le temps de se préparer, d'emmener avec elle une amie qui fît ce jour-là fonction de dame d'honneur (nous ne nous souvenons plus si c'était Mlle Rasponi[2] ou la vicomtesse Benedetti) et, reçue avec tous les honneurs dus à son rang, de pénétrer dans le caveau où personne ne put entrer qu'elle et sa dame d'honneur.

Peu d'instants après, le Tsar l'y rejoignit, lui donnant toutes les marques de la plus respectueuse affection.

Il était accompagné de M. Félix Faure, Président de la République, qui se fit présenter à la princesse, lui baisa la main, et ne cessa, ce jour-là comme tous les autres, de faire preuve de ce tact parfait qu'il savait si bien allier à la plus haute fermeté républicaine et au patriotisme le plus éprouvé[1].

JOHN RUSKIN, SA VIE ET SON ŒUVRE

Étude critique par Marie DE BUNSEN[2].

La littérature ruskinienne vient de s'enrichir, non d'une pièce sans prix, inestimable, « insurpassable » (Ruskin), comme le *Ruskin*[3] de M. de la Sizeranne, pas même d'un « trésor » (dans le sens religieux du mot) de bien moindre importance, mais précieux cependant, comme le *Ruskin et la Bible* de M. Brunhes, ni d'un morceau capital, de dimension exceptionnelle et de forme magnifique, comme le *John Ruskin*[4] de M. Bardoux. Le *John Ruskin, sa vie et son œuvre,* de Mlle Marie de Bunsen, n'en est pas moins pourtant un très élégant et utile album que consulteront avec beaucoup de fruit ceux qui ne connaissent pas Ruskin, et que feuilletteront avec beaucoup de plaisir ceux qui n'ont plus rien à apprendre sur lui — que de lui-même. Mlle de Bunsen n'analyse pas l'un après l'autre les différents ouvrages du maître de Coniston[5]. Son livre suit un plan plus intéressant et vraiment rationnel. Et, comme si elle avait tous les livres (n'exagérons pas, beaucoup des livres) de Ruskin présents à sa mémoire ou ouverts sur sa table, quand elle a à parler de l'opinion de Ruskin sur un peintre, par exemple, elle cite à la fois des passages de plusieurs ouvrages qui concordent ou, s'ils diffèrent, se complètent et marquent une évolution dans la pensée de Ruskin. Je ne dirai pas que telle soit exactement la méthode de travail de Mlle M. de Bunsen; mais telle est la méthode idéale qu'elle semble appliquer la plupart du temps, d'une manière, il faut le dire, assez incomplète, et même, quand c'était une nécessité d'être incomplet, un peu arbitraire[6]. Bien souvent elle passe à côté de la citation saisissante que ceux qui ont lu Ruskin attendaient, et ne la donne pas. À un tout autre point de vue, Mlle M. de Bunsen mériterait les critiques adressées par Ruskin, et qui n'enlèveraient rien à la valeur de son livre, à « la lectrice protestante[1] qui croit porter sur ce qu'elle lit un jugement indépendant et qu'elle s'est formé elle-même. » Peut-être même pourrait-elle être rangée parmi « les pires enfants de désobéissance, ceux qui prennent de la parole ce qu'ils aiment et en rejettent ce qu'ils haïssent ». Mais elle y aurait pour compagnon M. Bardoux, qui n'en a pas moins écrit sur Ruskin un livre infiniment important et fort beau. Nous n'en dirons pas tout à fait autant du travail de Mlle M. de Bunsen, qui n'a d'ailleurs aucune prétention (elle avoue avec beaucoup de bonne grâce qu'elle a lu attentivement vingt-sept volumes de Ruskin, et il en a écrit plus de quatre-vingts). Plutôt nourri que complet, il est fort instructif en restant très agréable, toujours écrit sur le ton de la plus sincère et de la plus irrévérencieuse admiration. Les citations de Ruskin y sont fort abondantes, et ainsi à chaque page un rayon du génie vient illuminer le texte du critique. Seulement, ce rayon ne nous vient pas directement, et c'est une sensation bizarre, pour un lecteur français, de trouver dans un livre allemand les jugements d'un philosophe anglais sur les peintres italiens. Cela fait une série de réfractions, une suite de reflets et comme un jeu de glaces un peu fatigant à la longue. Mais ce serait naturellement un reproche puéril à faire à Mlle M. de Bunsen, puisque toute personne qui écrit sur Ruskin dans une langue qui n'est pas l'anglais est obligée de traduire les passages qu'elle cite. Un Allemand pourrait aussi bien objecter cela à M. de la Sizeranne. Et si, un jour, quelque jeune Français présomptueux[2] et bien loin d'avoir l'admirable talent de l'auteur de la *Religion de la Beauté*[3] s'aventurait à traduire en français un ouvrage de Ruskin, Mlle de Bunsen aurait beau jeu à lui retourner une aussi vaine et dérisoire critique.

LA COUR AUX LILAS ET L'ATELIER DES ROSES[1]

LE SALON DE MME MADELEINE LEMAIRE[2]

Balzac, s'il vivait de nos jours, aurait pu commencer une nouvelle en ces termes[3] :

« Les personnes qui, pour se rendre de l'avenue de Messine à la rue de Courcelles ou au boulevard Haussmann, prennent la rue appelée Monceau, du nom d'un de ces grands seigneurs de l'ancien régime dont les parcs privés sont devenus nos jardins publics, et que les temps modernes feraient certes bien de lui envier si l'habitude de dénigrer le passé sans avoir essayé de le comprendre n'était pas une incurable manie des soi-disant esprits forts d'aujourd'hui, les personnes, dis-je, qui prennent la rue Monceau au point où elle coupe l'avenue de Messine, pour se diriger vers l'avenue Friedland, ne manquent pas d'être frappées d'une des particularités archaïques, d'une de ces survivances, pour parler le langage des physiologistes, qui font la joie des artistes et le désespoir des ingénieurs. Vers le moment, en effet, où la rue Monceau s'approche de la rue de Courcelles, l'œil est agréablement chatouillé, et la circulation rendue assez difficile par une sorte de petit hôtel[4], de dimensions peu élevées, qui, au mépris de toutes les règles de la voirie, s'avance d'un pied et demi sur le trottoir de la rue qu'il rend à peine assez large pour se garer des voitures fort nombreuses à cet endroit, et avec une sorte de coquette insolence, dépasse l'alignement, cet idéal des ronds de cuir et des bourgeois, si justement exécré au contraire des connaisseurs et des peintres. Malgré les petites dimensions de l'hôtel qui comprend un bâtiment à deux étages donnant immédiatement sur la rue, et un grand hall vitré, sis au milieu de lilas arborescents qui embaument dès le mois d'avril à faire arrêter les passants, on sent tout de suite que son propriétaire doit être une de ces personnes étrangement puissantes devant le caprice ou les habitudes de qui tous les pouvoirs doivent fléchir, pour qui les ordonnances de la Préfecture de police et les décisions des conseils municipaux restent lettre morte », etc.

Mais cette manière de raconter, outre qu'elle ne nous appartient pas en propre, aurait le grand inconvénient, si nous l'adoptions pour le cours entier de cet article, de lui donner la longueur d'un volume, ce qui lui interdirait à jamais l'accès du *Figaro*. Disons donc brièvement que cet hôtel sur la rue est la demeure, et ce hall situé dans un jardin, l'atelier, d'une personne étrangement puissante en effet, aussi célèbre au-delà des mers qu'à Paris même, dont le nom signé au bas d'une aquarelle, comme imprimé sur une carte d'invitation, rend l'aquarelle plus recherchée que celle d'aucun autre peintre et l'invitation plus précieuse que celle d'aucune autre maîtresse de maison : j'ai nommé Madeleine Lemaire. Je n'ai pas à parler ici de la grande artiste, dont je ne sais plus quel écrivain[1] a dit que c'était elle « qui avait créé le plus de roses après Dieu ». Elle n'a pas moins créé de paysages, d'églises, de personnages, car son extraordinaire talent s'étend à tous les genres. Je voudrais très rapidement retracer l'histoire, rendre l'aspect, évoquer le charme de ce salon en son genre unique.

Et d'abord ce n'est pas un salon. C'est dans son atelier que Mme Madeleine Lemaire commença par réunir quelques-uns de ses confrères et de ses amis : Jean Béraud, Puvis de Chavannes, Édouard Detaille, Léon Bonnat, Georges Clairin[2]. Eux seuls eurent d'abord la permission de pénétrer dans l'atelier, de venir voir une rose prendre sur une toile, peu à peu — et si vite — les nuances pâles ou pourprées de la vie. Et quand la princesse de Galles, l'impératrice d'Allemagne, le roi de Suède, la reine des Belges venaient à Paris, elles demandaient à venir faire une visite à l'atelier, et Mme Lemaire n'osait leur en refuser l'entrée. La princesse Mathilde son amie et la princesse d'Arenberg son élève y venaient aussi de temps en temps. Mais peu à peu, on apprit que dans l'atelier avaient lieu quelquefois de petites réunions où, sans aucun préparatif, sans aucune prétention à la « soirée », chacun des invités « travaillant de son métier » et donnant de son talent, la petite fête intime avait compté des attractions que les « galas » les plus brillants ne peuvent réunir. Car Réjane, se trouvant là par hasard en même temps que Coquelin et Bartet[3], avait eu envie de jouer avec eux une saynète, Massenet et Saint-Saëns s'étaient mis au piano, et Mauri[1] même avait dansé.

Tout Paris voulut pénétrer dans l'atelier et ne réussit pas du premier coup à en forcer l'entrée. Mais dès qu'une soirée était sur le point d'avoir lieu, chaque ami de la maîtresse de maison venant en ambassade afin d'obtenir une invitation pour un de ses amis, Mme Lemaire en est arrivée à ce que tous les mardis de mai, la circulation des voitures est à peu près impossible dans les rues Monceau, Rembrandt, Courcelles, et qu'un certain nombre de ses invités restent inévitablement dans le jardin, sous les lilas fleurissants, dans l'impossibilité où ils sont de tenir tous dans l'atelier si vaste pourtant, où la soirée vient de commencer. La soirée vient de commencer au milieu du travail interrompu de l'aquarelliste, travail qui sera repris demain matin de bonne heure et dont la mise en scène délicieuse et simple, reste là, visible, les grandes roses vivantes « posant » encore dans les vases pleins d'eau, en face des roses peintes, et vivantes aussi, leurs copies, et déjà leurs rivales. À côté d'elles, un portrait commencé, déjà magnifique de jolie ressemblance, d'après Mme Kinen, et un autre qu'à la prière de Mme d'Haussonville Mme Lemaire peint d'après le fils de Mme de La Chevrelière née Séguier, attirent tous les regards. La soirée commence à peine et déjà Mme Lemaire jette à sa fille un regard inquiet en voyant qu'il ne reste plus une chaise! Et pourtant ce serait le moment chez une autre d'avancer les fauteuils : voici qu'entrent successivement M. Paul Deschanel[2], ancien président, et M. Léon Bourgeois, président actuel de la Chambre des députés, les ambassadeurs d'Italie, d'Allemagne et de Russie, la comtesse Greffulhe, M. Gaston Calmette, la grande-duchesse Vladimir avec la comtesse Adhéaume de Chevigné, le duc et la duchesse de Luynes, le comte et la comtesse de Lasteyrie, la duchesse d'Uzès douairière, le duc et la duchesse d'Uzès, le duc et la duchesse de Brissac, M. Anatole France, M. Jules Lemaitre, le comte et la comtesse d'Haussonville, la comtesse Edmond de Pourtalès, M. Forain, M. Lavedan, MM. Robert de Flers et Gaston de Caillavet, les brillants auteurs du triomphal *Vergy*[3], et leurs femmes exquises; M. Vandal, M. Henri Rochefort, M. Frédéric de Madrazo, la comtesse Jean de Castellane, la comtesse de Briey, la baronne de Saint-Joseph, la marquise de Casa-Fuerte, la duchesse Grazioli, le comte et la comtesse Boni de Castellane. Cela n'arrête pas une minute, et déjà les nouveaux arrivants désespérant de trouver de la place font le tour par le jardin et prennent position sur les marches de la salle à manger ou se perchent carrément debout sur des chaises dans l'antichambre. La baronne Gustave de Rothschild, habituée à être mieux assise au spectacle, se penche désespérément d'un tabouret sur lequel elle a grimpé pour apercevoir Reynaldo Hahn qui s'assied au piano. Le comte de Castellane, autre millionnaire habitué à plus d'aises, est debout sur un canapé bien inconfortable. Il semblerait que Mme Lemaire ait pris pour devise — comme dans l'Évangile : « Ici les premiers sont les derniers », ou plutôt les derniers sont les derniers arrivés, fussent-ils académiciens ou duchesses. Mais Mme Lemaire par une mimique que ses beaux yeux et son beau sourire rendent tout à fait expressive fait comprendre de loin à M. de Castellane son regret de le voir si mal placé. Car elle a comme tout le monde un faible pour lui. « Jeune, charmant, traînant tous les cœurs après soi[1] », brave, bon, fastueux sans morgue et raffiné sans prétention, il ravit ses partisans et désarme ses adversaires (nous entendons ses adversaires politiques[2], car sa personnalité n'a que des amis). Plein d'égards pour sa jeune femme[3], il s'inquiète du courant d'air froid que pourrait lui envoyer la porte du jardin, laissée entrouverte par Mme Lemaire afin que les arrivants entrent sans faire de bruit. M. Grosclaude, qui cause avec lui, s'étonne de la façon — très honorable pour un homme qui pourrait ne s'occuper que de plaisirs — dont il s'est mis si sérieusement à l'étude des questions pratiques qui intéressent son arrondissement. Mme Lemaire paraît bien ennuyée aussi de voir le général Brugère[4] debout, parce qu'elle a toujours eu un penchant pour l'armée. Mais cela devient plus qu'une petite contrariété quand elle voit Jean Béraud[5] ne pas même pouvoir pénétrer dans le hall; cette fois-ci elle n'y peut tenir, fait lever les personnes qui encombrent l'entrée, et au jeune et glorieux maître, à l'artiste que le nouveau monde comme l'ancien acclament, à l'être charmant que tous les mondes recherchent sans pouvoir l'obtenir, elle fait une entrée sensationnelle. Mais comme Jean Béraud est aussi le plus spirituel des hommes, chacun l'arrête au passage, pour causer un instant avec lui et Mme Lemaire, voyant qu'elle ne pourra l'arracher à tous ces admirateurs qui l'empêchent de gagner la place qu'on lui avait réservée, renonce avec un geste de désespoir comique, et retourne auprès du piano où Reynaldo Hahn attend que le tumulte s'apaise pour commencer à chanter. Près du piano, un homme de lettres encore jeune et fort snob, cause familièrement avec le duc de Luynes. S'il était enchanté de causer avec le duc de Luynes, qui est un homme fin et charmant, rien ne serait plus naturel. Mais il paraît surtout ravi qu'on le voie causer avec un duc. De sorte que je ne puis m'empêcher de dire à mon voisin : « Des deux, c'est lui qui a l'air d'être " honoré ". » Calembour dont la saveur échapperait évidemment aux lecteurs qui ne sauraient pas que le duc de Luynes « répond », comme disent les concierges, au prénom d'Honoré. Mais avec les progrès de l'instruction et la diffusion des lumières, on est en droit de penser que ces lecteurs, si tant est qu'ils existent encore, ne sont plus qu'une infime et d'ailleurs peu intéressante minorité.

M. Paul Deschanel interroge le secrétaire de la légation de Roumanie, prince Antoine Bibesco[1], sur la question macédonienne. Tous ceux qui disent « prince » à ce jeune diplomate d'un si grand avenir, se font à eux-mêmes l'effet de personnages de Racine, tant avec son aspect mythologique il fait penser à Achille ou à Thésée. M. Mézières[2], qui cause en ce moment avec lui, a l'air d'un grand prêtre qui serait en train de consulter Apollon. Mais si, comme le prétend ce puriste de Plutarque, les oracles du dieu de Delphes étaient rédigés en fort mauvais langage, on ne peut en dire autant des réponses du prince. Ses paroles, comme les abeilles de l'Hymette natal, ont des ailes rapides, distillent un miel délicieux et ne manquent pas, malgré cela, d'un certain aiguillon.

Tous les ans, reprises à la même époque (celle où les Salons de peinture s'ouvrent, la maîtresse de maison a moins à travailler), semblant suivre ou ramener avec elles l'universel renouveau, l'efflorescence enivrée des lilas qui vous tendent gentiment leur odeur à respirer jusqu'à la fenêtre de l'atelier et comme sur le pas de sa porte, ces soirées de Mme Lemaire prennent aux saisons dont elles imitent le retour, tous les ans identiques, le charme des choses qui passent, qui passent et qui reviennent sans pouvoir nous rendre avec elles tout ce que nous avions de leurs sœurs disparues, aimé, le charme et avec le charme aussi la tristesse. Pour nous qui depuis bien des années déjà en avons vu tant passer de ces fêtes de Mme Lemaire, de ces fêtes des mardis de mai — de mois de mai, tièdes et parfumés alors, à jamais glacés aujourd'hui — nous pensons à ces soirées de l'atelier un peu comme à nos printemps odorants, maintenant enfuis. Comme la vie mêlait ses charmes, souvent nous nous sommes hâtés vers les soirées de l'atelier, pas seulement peut-être pour les tableaux que nous allions y voir et les musiques que nous allions y écouter. Nous nous hâtions dans le calme étouffant des soirées sereines, et parfois sous ces averses légères et tièdes de l'été qui font pleuvoir mêlés aux gouttes d'eau les pétales des fleurs. C'est dans cet atelier plein de souvenirs que nous ravit d'abord tel charme dont le temps a peu à peu dissipé, en la découvrant, la mensongère illusion et l'irréalité. C'est là, au cours de telle de ces fêtes, que se formèrent peut-être les premiers liens d'une affection qui ne devait nous apporter dans la suite que trahisons répétées, pour une inimitié finale. En nous souvenant maintenant, nous pouvons d'une saison à l'autre compter nos blessures et enterrer nos morts. Aussi chaque fois que, afin de l'évoquer, je regarde au fond tremblant et terni de ma mémoire une de ces fêtes, aujourd'hui mélancolique d'avoir été délicieuse de possibilités depuis irréalisées, il me semble l'entendre qui me dit avec le poète : « Prends mon visage, essaye si tu le peux de le regarder en face; je m'appelle ce qui aurait pu être, ce qui *aurait pu* être et qui n'a pas été. »

La grande-duchesse Vladimir[1] s'est assise au premier rang, entre la comtesse Greffulhe et la comtesse de Chevigné. Elle n'est séparée que par un mince intervalle de la petite scène élevée au fond de l'atelier, et tous les hommes, soit qu'ils viennent successivement la saluer, soit que pour rejoindre leur place, ils aient à passer devant elle, le comte Alexandre de Gabriac, le duc d'Uzès, le marquis Vitelleschi et le prince Borghèse montrent à la fois leur savoir-vivre et leur agilité en longeant les banquettes face à Son Altesse, et reculent vers la scène pour la saluer plus profondément, sans jeter le plus petit coup d'œil derrière eux pour calculer l'espace dont ils disposent. Malgré cela, aucun d'eux ne fait un faux pas, ne glisse, ne tombe par terre, ne marche sur les pieds de la grande-duchesse, toutes maladresses qui feraient, d'ailleurs, il faut l'avouer, le plus fâcheux effet. Mlle Lemaire, si exquise maîtresse de maison, vers qui tous les regards sont tournés, dans l'admiration de sa grâce, s'oublie à écouter en riant le charmant Grosclaude. Mais au moment où j'allais esquisser un portrait du célèbre humoriste et explorateur, Reynaldo Hahn fait entendre les premières notes du *Cimetière* et force m'est de remettre à un de mes prochains « salons » la silhouette de l'auteur des *Gaietés de la Semaine* qui depuis, avec tant de succès, évangélisa Madagascar[1].

Dès les premières notes du *Cimetière,* le public le plus frivole, l'auditoire le plus rebelle est dompté. Jamais, depuis Schumann, la musique pour peindre la douleur, la tendresse, l'apaisement devant la nature, n'eut des traits d'une vérité aussi humaine, d'une beauté aussi absolue. Chaque note est une parole — ou un cri! La tête légèrement renversée en arrière, la bouche mélancolique, un peu dédaigneuse, laissant s'échapper le flot rythmé de la voix la plus belle, la plus triste et la plus chaude qui fut jamais, cet « instrument de musique de génie » qui s'appelle Reynaldo Hahn étreint tous les cœurs, mouille tous les yeux, dans le frisson d'admiration qu'il propage au loin et qui nous fait trembler, nous courbe tous l'un après l'autre, dans une silencieuse et solennelle ondulation des blés, sous le vent. Puis M. Harold Bauer joue avec brio des danses de Brahms. Puis Mounet-Sully récite des vers, puis chante M. de Soria. Mais plus d'un est encore à penser aux « roses dans l'herbe » du cimetière d'Ambérieu, inoubliablement évoqué. Mme Madeleine Lemaire fait taire Francis de Croisset[2] qui bavarde un peu haut avec une dame, laquelle a l'air de ne pas goûter la défense qui vient d'être ainsi édictée à son interlocuteur. La marquise de Saint-Paul promet à Mme Gabrielle Krauss un éventail peint par elle-même et lui arrache en échange la promesse qu'elle chantera : « J'ai pardonné[3] » à l'un des jeudis de la rue Nitot. Peu à peu les moins intimes s'en vont. Ceux qui sont plus liés avec Mme Lemaire prolongent encore la soirée, plus délicieuse d'être moins étendue, et dans le hall à demi vidé, plus près du piano, on peut, plus attentif, plus concentré, écouter Reynaldo Hahn qui redit une mélodie pour Georges de Porto-Riche arrivé tard. « Il y a dans votre musique, quelque chose de délicat (geste de la main qui semble détacher l'adjectif) et de douloureux (nouveau geste de la main qui semble détacher encore l'adjectif) qui me plaît infiniment », lui dit l'auteur du *Passé*[1] en isolant chaque épithète, comme s'il en percevait la grâce au passage.

Il parle ainsi d'une voix qui semble heureuse de dire les mots, accompagnant leur beauté d'un sourire, les jetant avec une nonchalance voluptueuse du coin des lèvres, comme la fumée ardente et légère d'une cigarette adorée, tandis que la main droite, aux doigts rapprochés, semble être en train d'en tenir une. « Puis, tout s'éteint, flambeaux et musique de fête »[2], et Mme Lemaire dit à ses amis : « Venez de bonne heure mardi prochain, j'ai Tamagno et Reszké[3]. » Elle peut être tranquille. On viendra de bonne heure.

LE SALON DE LA PRINCESSE EDMOND DE POLIGNAC[4]

MUSIQUE D'AUJOURD'HUI, ÉCHOS D'AUTREFOIS

« Autrefois »... C'est qu'il serait impossible, c'est qu'il serait sacrilège d'en séparer tout à fait aujourd'hui. Je veux dire que la princesse de Polignac nous en voudrait de ne pas dire avant tout un mot du prince. « C'est un aimable prince que le prince Hamlet », dit Horatio, dans la tragédie de Shakespeare. « Bonne nuit, aimable prince, et que des essaims d'anges bercent en chantant ton sommeil[5] » Hélas! depuis tantôt deux ans le prince de Polignac est entré dans l'éternel sommeil, et sans doute les anges le bercent de ces chants, ineffables et liturgiques, qu'il affectionnait entre tous.

C'était un aimable prince, un grand esprit et un puissant musicien. Sa musique religieuse et ses mélodies sont aujourd'hui consacrées de l'admiration des plus raffinés. On connaissait peu sa musique, mais c'est qu'il était si difficile pour les exécutions... Les salles de concert lui faisaient horreur. Le plein air lui eût mieux convenu. La musique dans les bois lui semblait belle.

... Une flûte invisible
Soupire dans les vergers.
La chanson la plus paisible
Est la chanson des bergers[1],

a dit Victor Hugo. De même, le prince de Polignac disait : « Ma devise en musique est " Pleins champs " », mais il ne l'écrivait pas « plain chant ». Les amis de la comtesse Greffulhe se souviennent d'une soirée qu'elle avait voulu donner dans les bois de Varangeville pour faire entendre les musiques du prince

Sous les arbres bleuis par la lune sereine[2],

où

La mélodie encor quelques instants se traîne.

Pour ceux qui se rappellent combien les idées du prince de Polignac — non seulement en littérature et en art, mais même en politique — étaient avancées, en avance même sur celles-mêmes des plus avancés jeunes gens, c'est presque un miracle de penser qu'il était le fils du ministre réactionnaire de Charles X, qui signa les fameuses Ordonnances, et fut emprisonné à Ham, en 1830. C'est pendant qu'il était à Ham que naquit le prince Edmond. La nature, qui continue les races et ne prévoit pas les individus, lui avait donné un corps élancé, un visage énergique et fin d'homme de guerre et d'homme de cour. Peu à peu le feu spirituel qui habitait le prince Edmond de Polignac sculpta sa figure à la ressemblance de sa pensée. Mais son masque était resté celui de son lignage, antérieur à son âme individuelle. Son corps et sa face ressemblaient à un donjon désaffecté qu'on aurait aménagé en bibliothèque. Je me souviens qu'au jour désolé de son enterrement dans l'église où les grands draps noirs portaient haut en écarlate la couronne fermée, la seule lettre était un P. Son individualité s'était effacée, il était rentré dans sa famille.

Il n'était plus qu'un Polignac.

Ses descendants trouveront qu'il ressemblait à ses ancêtres et à ses frères, et pourtant quelqu'un d'eux, d'une âme plus apparentée à la sienne, s'arrêtera plus longtemps devant son portrait que devant celui des autres, comme devant celui d'un frère qui lui aurait par anticipation ressemblé, autrefois. Au reste, il ne méprisait pas la noblesse, mais tenait celle de l'esprit pour la plus haute de toutes. Et un soir où Swinburne (chez lady Brooke, si je me rappelle bien) lui disait : « Je crois bien que ma famille est un peu parente de la vôtre et j'en suis flatté », ce fut bien sincèrement du fond du cœur que le prince lui répondit : « Croyez que des deux, le plus honoré de ce cousinage, c'est moi! »

Cet homme dont la vie était perpétuellement tendue vers les buts les plus hauts et l'on peut dire les plus religieux, avait ses heures de détente pour ainsi dire enfantine et folle, et les délicats, « qui sont malheureux[1] », trouveraient bien grossiers les divertissements où condescendait ce grand délicat. Il était pourtant bien drôle quand il improvisait, paroles et musiques à la fois, la charge d'une soirée. Sous ses doigts, les valses ne s'arrêtaient pas et, pendant ce temps-là, c'était l'huissier annonçant chaque visite.

« Votre nom ? monsieur.

— Monsieur Cucheval[2].

— Mais non, monsieur, je vous demande votre nom ?

— Insolent! monsieur Cucheval. »

Et l'huissier d'en référer au maître de la maison : « Monsieur le baron, ce monsieur dit qu'il s'appelle M. Cucheval, faut-il l'annoncer tout de même ?

— Ah! diable, voyons, que faire ? Attendez un instant, je vais demander à Mme la baronne. »

Puis un grand émoi : on venait d'annoncer le docteur Ricord.

« Ah! c'est vous, docteur, permettez, rien qu'un instant...

— Non, mon ami, ici, c'est impossible, vous voyez bien...

— Nous pourrions aller un instant dans le petit salon.

— Non, non, pas de liqueurs, pas de tabac, pas de... »

Et les valses continuaient de plus belle, laissant à peine entendre le dialogue d'un couple qui se faisait des reproches : « Misérable, je t'ai attendu hier une heure au Jardin des Plantes, devant les singes. » Nous ne rirons plus de ces folies qui doivent paraître bien froides rapportées ainsi, mortes... comme lui.

Il passait ses étés, tantôt à Amphion chez la princesse de Brancovan, tantôt à Bonnétable chez le duc de Doudeauville, quelquefois à Chaumont chez la princesse Amédée de Broglie. Il avait une jolie propriété à Fontainebleau dont les paysages de forêt lui avaient inspiré plusieurs mélodies. Et quand on les exécutait chez lui, passait derrière l'orchestre une sorte d'immense agrandissement lumineux de photographies prises dans la forêt. Car toutes les innovations d'aujourd'hui, union de la musique et des projections, accompagnement par la musique des récitations parlées, il en fut l'un des promoteurs. Et quels qu'aient pu être les progrès ou les imitations survenus depuis, la décoration, pas toujours très harmonieuse du reste, de l'hôtel de la rue Cortambert est restée entièrement « nouvelle ». Les dernières années, il se plaisait surtout à Amsterdam et à Venise, deux villes entre qui son œil de coloriste et son oreille de musicien avaient reconnu la double parenté de la lumière et du silence. Il avait dernièrement acheté un beau palais à Venise, la seule ville, disait-il, où l'on peut causer la fenêtre ouverte sans élever la voix.

Il y a une dizaine d'années, le prince épousa Mlle Singer dont les salons annuels de peinture avaient accoutumé de recevoir et de récompenser les remarquables envois. Il était musicien, elle était musicienne, et tous deux sensibles à toutes les formes de l'intelligence. Seulement elle avait toujours trop chaud, et lui était extrêmement frileux. Aussi ne savait-il que devenir parmi les courants d'air incessants et voulus de l'atelier de la rue Cortambert. Il se garantissait du mieux qu'il pouvait, toujours couvert de plaids et de couvertures de voyage. « Que voulez-vous ? disait-il à ceux qui le plaisantaient sur cet accoutrement. Anaxagore l'a dit, la vie est un voyage! »

Par son mariage, Mlle Singer, dont la sœur avait épousé le duc Decazes, et qui vivait déjà dans un milieu très artiste et élégant, s'apparenta étroitement aux familles la Rochefoucauld, Croy, Luynes, et Gontaut-Biron. La sœur du prince de Polignac avait été la première femme du duc de Doudeauville. La princesse de Polignac devenait donc la tante de la duchesse de Luynes, née La Rochefoucauld, la grand-tante de la duchesse de Luynes, née Uzès, et de la duchesse de Noailles. Par les Mailly-Nesle, le prince de Polignac était plus étroitement parent encore avec la comtesse Aymery de La Rochefoucauld et la comtesse de Kersaint. C'est dire que les séances de musique du hall de la rue Cortambert, toujours admirables au point de vue musical, où l'on entendait tantôt des exécutions parfaites de musique ancienne, telles que des représentations de *Dardanus*[1], tantôt des interprétations originales et ferventes de toutes les dernières mélodies de Fauré, de la sonate de Fauré, des danses de Brahms, étaient aussi, comme on dit dans le langage des chroniqueurs mondains, « d'une suprême élégance ». Souvent données dans la journée, ces fêtes étincelaient des mille lueurs que les rayons du soleil, à travers le prisme des vitrages, allumaient dans l'atelier, et c'était une chose charmante que de voir le prince conduire à sa place, qui était celle du bon juge et du soutien fervent, celle de la beauté-reine, la comtesse Greffulhe, splendide et rieuse. Au bras du prince alerte et courtois elle traversait l'atelier dans le sillage murmurant et charmé que son apparition éveillait derrière elle et, dès que la musique commençait, écoutait attentive, l'air à la fois impérieux et docile, ses beaux yeux fixés sur la mélodie entendue, pareille à

un grand oiseau d'or qui guette au loin sa proie[2].

D'une politesse exacte et charmante avec tous ses invités, on voyait la figure du prince (la plus fine que nous ayons connue) s'animer d'une joie et d'une tendresse paternelles quand entraient les deux incomparables jeunes femmes que nous ne voulons que nommer aujourd'hui, nous réservant d'en parler plus tard, devant le magnifique et naissant génie desquelles il s'émerveillait déjà : la comtesse Mathieu de Noailles et la princesse Alexandre de Caraman-Chimay[3]. Ces deux noms, qui ont la première place dans l'admiration de tout ce qui pense aujourd'hui, riches du double prestige de la gloire littéraire et de la beauté. Quelles heures charmantes ! Le soleil éclairait en plein le plus beau tableau de Claude Monet que je sache : *Un champ de tulipes près de Harlem*. Le prince, avant son mariage, dans une vente, l'avait convoité. « Mais, disait-il, quelle rage ! ce tableau me fut enlevé par une Américaine dont je vouai le nom à l'exécration. Quelques années plus tard, j'épousais l'Américaine et j'entrais en possession du tableau ! » Ces belles heures, ces fêtes de l'élégance et de l'art reviendront. Et dans l'assistance, rien ne sera changé. Les familles La Rochefoucauld, Luynes, Ligne, Croy, Polignac, Mailly-Nesle, Noailles, Olliamson, entourent la princesse de Polignac d'une affection à laquelle la mort du prince n'a rien changé, qui s'est accrue, si l'on peut dire, d'une reconnaissance profonde pour les années de bonheur qu'elle a données au prince, lui qu'elle a si bien compris, dont elle a si affectueusement de son vivant, si pieusement depuis sa mort, réalisé les rêves artistiques. Peut-être même les sauteries gaies d'autrefois feront-elles retentir de nouveau le grand hall de musiques qui ne ressemblent en rien aux sonates de Bach ou aux quators de Beethoven qu'il a coutume d'écouter. Et la princesse, pour faire danser ses petits-neveux, chargera quelques-uns des amis du comte Édouard de La Rochefoucauld de s'occuper du cotillon, car le hall de la rue Cortambert a connu même des danseurs, depuis M. Verdé-Delisle jusqu'au comte Bertrand d'Aramon et au marquis d'Albufera (que l'on ne pourra plus bientôt appeler un danseur, car il prépare, avec un volume de Souvenirs sur son voyage en Tunisie, un résumé palpitant des Mémoires inédits d'un célèbre maréchal du premier Empire, mémoires dont seul M. Thiers avait eu connaissance et qu'il ne s'est pas fait faute d'utiliser en écrivant *Le Consulat et l'Empire*). Mais si charmantes qu'elles renaissent, consacrées à l'art ou au plaisir, graves ou futiles, ces heures inoubliées, quelque chose d'irremplaçable aura changé. Nous ne reverrons plus la figure du penseur, la figure de l'artiste, la figure de l'homme exquisement spirituel, aimant et bon qu'était le prince Edmond de Polignac. Ah ! certes, « un aimable prince », comme dit Horatio[1]. Et, comme lui encore, redisons au prince défunt qui tant aimait les chants angéliques et qui les entend sans doute en dormant le sommeil éternel : « Bonne nuit, aimable prince, et que des essaims d'anges bercent en chantant ton sommeil. »

DANTE GABRIEL ROSSETTI ET ÉLIZABETH SIDDAL[1]

I

Sous ce titre, une étude vient de paraître dans le *Burlington Magazine* (numéro de mai), qui mérite, par son intérêt tout particulier, mieux qu'une brève mention dans notre *Revue des Revues*.

Le *Burlington Magazine* ayant fait reproduire cinq dessins inédits de Rossetti, qui sont en la possession de M. Harold Hartley, a demandé au frère du célèbre artiste, M. W.-M. Rossetti, de les accompagner d'un commentaire. Celui-ci « a saisi cette occasion, nous dit-il, de donner une courte monographie d'une femme qui a joué un si grand rôle dans la vie de son frère », qui a été étroitement mêlée au mouvement préraphaélite et qui, d'ailleurs, en elle-même, par la qualité exquise d'une sensibilité que développèrent chaque jour l'amour et la douleur, méritait d'être ainsi honorée.

Élizabeth Siddal était la fille d'un coutelier de Sheffield. Elle était née en 1834, Rossetti en 1828. Elle était donc de six ans plus jeune que lui. Sa famille était venue s'établir à Londres : elle y reçut, naturellement, une éducation des plus ordinaires, puis entra comme apprentie chez une modiste. On a dit plus tard que sa maladie véritable n'était qu'une sorte de surmenage du corps par un esprit trop actif, quelque chose comme ce que M. Boutroux a appelé « le corps ployant sous le poids de l'esprit. » En réalité, elle avait déjà alors les germes de cette maladie de consomption qui devait rendre si douloureuses ses années d'amour et faire si longues ses années de mort.

Elle était alors une jeune fille ravissante aux larges yeux bleu-vert; sans aucune culture, elle n'avait lu Tennyson[2] que parce qu'elle en avait un jour découvert par hasard une poésie imprimée sur le papier qui enveloppait le beurre qu'elle rapportait à la maison. Bien qu'elle dût devenir plus tard, sous l'influence de Rossetti, la plus « inconventionnelle » des femmes, elle était alors extrêmement « distante », éloignant, par un air de réserve d'une extrême noblesse, tous ceux qui auraient pu être tentés de s'approcher d'elle. « Elle aurait pu être née comtesse », dit plus tard le père de Ruskin quand il la vit pour la première fois. Elle parlait peu, d'une façon intermittente, avec des traits amusants, ne parlait jamais de religion, mais ses poésies laissent croire qu'elle avait pourtant une vie intérieure empreinte d'une grande religiosité.

C'est en 1848 que Hunt[1], Millais[2] et Rossetti fondèrent l'Association des Frères préraphaélites, P.R.B., dont l'histoire a été contée avec beaucoup de charme et un peu de sévérité par M. de la Sizeranne dans *La Peinture anglaise contemporaine*[3]. Un des principes de la nouvelle école était qu'un peintre, s'il veut traiter un sujet idéal ou poétique, ne doit pas se servir des modèles habituels des ateliers, mais doit chercher à trouver dans la vie des êtres qui, par leur raffinement de caractère et d'aspect, puissent être supposés avoir des affinités de nature avec le personnage idéal destiné à être représenté. Or, Walter Howell Deverell, jeune peintre d'avenir et non pas affilié à l'Association des P.R.B., mais très lié avec eux, surtout avec Rossetti, étant allé accompagner sa mère chez une modiste et ayant aperçu, par la porte ouverte sur une pièce du fond, une jeune fille qui travaillait à l'aiguille, sentit qu'il avait trouvé le modèle idéal dont il avait besoin pour la *Viola* (il faisait à ce moment un tableau d'après Shakespeare). Je n'ai pas besoin de vous dire que cette jeune fille était Élizabeth Siddal. Deverell finit par obtenir de sa mère qu'elle posât pour lui, et elle posa en effet Viola pour son grand tableau et aussi pour une étude envoyée au journal *Le Germe.*

Pour le tableau à l'huile, Rossetti posa à côté d'elle. Ils commencèrent à se lier alors, et Rossetti lui demanda de poser pour sa petite aquarelle *Rossovestita* (1850). Rossetti sentait qu'elle n'était pas seulement l'idéale Viola de Deverell, mais qu'elle pourrait être aussi pour lui la véritable Béatrice et réaliser bien d'autres rêves de son imagination poétique. C'est à ce moment qu'elle commença à poser pour lui et ne devait plus cesser de le faire. Cependant elle posa aussi pour Hunt, notamment pour son grand tableau *Les Missionnaires chrétiens persécutés par les druides* (1850) et pour *L'Ophélie* de Millais (1852). Nous ne pouvons malheureusement pas suivre

M. W.-M. Rossetti dans la description fort détaillée qu'il nous donne de la vie qui commença alors dans cet atelier où Élizabeth Siddal tantôt posait, tantôt dessinait pour son compte. La place nous manque pour traduire les témoignages éloquents que Swinburne[1] a laissés de la noblesse infinie, de l'internissable pureté du caractère d'Élizabeth.

II

Une partie de l'étude de M. Rossetti qui nous a paru plus intéressante encore, et que nous sommes obligé de passer sous silence, est celle des rapports augustes et charmants des deux fiancés avec Ruskin. On sait que Ruskin, défenseur acharné des P.R.B. devant l'opinion publique anglaise, avait, moyennant une somme très élevée relativement au jeune âge et [à] l'obscurité du peintre débutant, acheté d'avance à Rossetti *tout ce qu'il ferait*. Seuls les grands artistes ont jamais su être des « amateurs » aussi intelligents et surtout aussi généreux, et Ruskin en donnait là une preuve décisive et charmante. Bien entendu, Rossetti n'avait pas de désir plus vif que de faire connaître à son protecteur, à son maître, à son ami, au prodigieux théoricien de l'école nouvelle, Élizabeth Siddal. Et, comme il la sentait génialement douée, ce fut avec une émotion confiante qu'il montra à Ruskin les dessins de son amie.

Ruskin ne se montra pas moins ravi des dessins que de la jeune femme elle-même. Il conclut avec elle le même « marché » qu'avec Rossetti, si l'on peut donner ce mot à un acte dicté seulement par l'admiration de l'esprit et la générosité du cœur. Plus tard, quand Rossetti et elle vécurent plus en dehors de lui, Ruskin avait des paroles exquises de reproches pour demander que Lizzie « passât une robe » et qu'ils vinssent tous deux le voir. Car il avait plus confiance dans la fidélité de Lizzie que dans celle de Dante-Gabriel à cause du profond baiser qu'elle lui avait donné le jour de son mariage (la lettre à laquelle je fais allusion est, en effet, postérieure au mariage des deux artistes). Avant d'arriver à ce mariage, M. Rossetti raconte bien des épisodes intéressants de la vie artistique d'Élizabeth Siddal, ses relations avec le ménage Tennyson, etc. Quant au mariage, indéfiniment retardé, ce fut l'état de santé précaire, pour ne pas dire déjà désespéré, d'Élizabeth Siddal qui en décida la célébration. Alors, la vie d'agonie qui, depuis plusieurs années déjà, était la sienne, reprit. Et Rossetti souffrait le martyre en songeant au génie que la maladie paralysait, alors que chez tant d'autres êtres une robuste santé ne sert à rien de noble. Et puis, la douceur infinie, la sublime résignation de la martyre inspirée rendait plus atroce le spectacle de son agonie. Il n'est pas douteux que Rossetti ait alors cruellement souffert. Nous est-il permis pourtant de trouver que le ton de certaines de ses lettres d'alors, si douloureux qu'il soit, est néanmoins singulier ? Enfin, vint le jour de la délivrance, de la délivrance amenée par la nature, et non pas hâtée volontairement comme on l'a dit, et comme le flacon de laudanum trouvé près du lit d'Élizabeth en avait accrédité la légende.

Quant au drame intérieur qui suivit, drame qui symbolise à jamais de la façon la plus saisissante la prééminence (peut-être en un certain sens — trop obscur pour l'expliquer ici — légitime) de l'amour-propre sur l'amour chez un homme de lettres, on le connaît, et M. Rossetti ne songe pas à le dissimuler. Tout au plus, pourrait-on dire qu'il ne cherche pas assez à l'excuser ou à l'expliquer. Rossetti, dans l'excès de sa douleur à la mort d'Élizabeth, croyant de bonne foi que sa vie à lui était terminée, enterra avec elle dans un coffret tous ses poèmes dont la publication venait d'être annoncée. Puis l'oubli de l'amour humain vint, ou tout au moins l'apaisement de la douleur. Et, d'autant plus, le désir d'un amour immortel reprit de la force. Nous croirions inintelligent de dire seulement le désir de la gloire. Toujours est-il qu'après sept années qui durent être remplies de bien pénibles combats dont l'issue, quoi qu'on puisse en penser, est sans noblesse, même si, en un certain sens, elle n'est pas sans grandeur, Rossetti fit rouvrir la tombe, déterrer le coffret et reprit ses poèmes. Et pourtant Élizabeth avait été tendrement aimée, aimée par l'homme et par le peintre, ce qui est être deux fois aimée, car les peintres ont une tendresse pour la créature qui réalise soudain devant eux, en une matière exquise et vivante, un rêve longtemps caressé, et portent sur elle des regards plus pleins de pensée, plus intuitifs et, pour tout dire, plus chargés d'amour que ne peuvent faire les autres hommes.

« Je pense qu'Élizabeth doit être bien heureuse, écrivait Ruskin à Rossetti, de voir que jamais vous ne dessinez aussi merveilleusement, avec autant de perfection et de tendresse, que quand vous dessinez d'après elle. Il semble que vous soyez guéri même de vos pires défauts quand vous travaillez d'après elle. » — « Je pense qu'Élizabeth doit être bien heureuse... » Ruskin emploie ici les mêmes mots qu'employait une personne à qui je reconnais la plus fine perception des sentiments de l'amour, quand elle me disait que sa plus grande joie, Mme Michelet (alors Mlle Mialaret) dut l'éprouver le jour où, dans la péroraison de la plus belle leçon de Michelet au Collège de France, elle reconnut, appliquée aux diverses nations de l'Europe, mais restée intacte dans sa forme, la phrase par laquelle elle avait commencé, en lui écrivant sa première lettre d'amour... Et nous aussi nous aimons à penser que de cela Élizabeth Siddal, à qui la vie devait être inexorable, si douloureuse et si brève, fut du moins « bien heureuse ».

PORTRAIT DU PRINCE LÉON RADZIWILL[1]

I. Au physique. Léon Radziwill n'est pas de ces êtres qui — comme les bustes « spirituels » et assommants de salon au-dessous desquels se détache la rosette de la Légion d'honneur en marbre — offrent au premier regard du passant un aspect sottement délimité et une expression au début saisissable. Comme toutes les choses grandes et belles — comme une sculpture gothique, comme un Rodin, — il est, en même temps qu'infiniment délicat, si fruste qu'il présente plutôt l'aspect d'un bloc[2] que d'une statue, et que c'est à la délicatesse, à la compréhension de celui qui l'observe, à le sculpter, à retrouver sa forme vraie, à déterminer sa beauté. « Quel est ton nom ? demandait un poète à une déesse qu'il discernait mal dans l'ombre. — Dis-moi le tien, répondit-elle. Aux stupides je suis la stupidité, aux intelligents l'intelligence. » Un regard stupide prenant trait pour trait la figure de Loche[3] y découvrira facilement la stupidité. La « noble pudeur » qui colore le visage de cet Hippolyte[4] émancipé lui paraîtra la vulgaire rougeur de l'homme adonné uniquement à la vie matérielle. Les yeux, si expressivement inexpressifs, comme ceux des statues grecques, petites excavations où la mer en se retirant a laissé deux petites flaques couleur de pierres précieuses, émeraudes ou saphirs selon l'heure, prendraient la morne hébétude du crétinisme endurci. La diction elle-même, d'une lenteur amusante et d'une fausse bonhomie, semblera comme empâtée par la bêtise et la naïveté. Mais pour ceux qui savent se placer derrière les choses au point générateur d'où découlent les lignes avec toute leur signification graphique et leur portée spirituelle, tout dans ce visage respirera à la fois la puissance et la délicatesse, le calme de la nature et les émotions de la sensibilité, le charme du naturel et la profondeur de la réflexion. Et le corps même du géant révèlera des délicatesses extrêmes d'attitudes et de lignes qui feront d'un salut, d'un geste de déférence ou d'empressement une chose pleine de grâce et de signification morale. Tel, double selon qu'il apparaît à un imbécile ou à un artiste, est au physique Léon Radziwill. Les femmes par un biais que dans le *Banquet* semble avoir prévu Platon, se rangent, bien qu'elles aient plutôt la mentalité des imbéciles, à l'opinion des artistes. Car le désir est une compréhension aveugle.

II. Intellectuellement. Nous mourons d'une maladie que Renan a classée *morbus litterarius*. Bien que fatale à l'esprit de chacun, elle est commode pour tous, en ce qu'elle permet aux plus bêtes de distinguer de loin, au pavillon de culture qu'ils font plus ou moins fièrement flotter à leur mât, les gens très intelligents, les gens médiocres, les imbéciles. Nul doute que Balzac, que Stendhal, que tant d'autres n'eussent été rangés dans la dernière catégorie. On fait quelquefois à Loche le même honneur, probablement immérité, car il n'écrira jamais le *Curé de Tours* ni la *Chartreuse de Parme*. Nous dirons pourquoi. — D'ailleurs même ceux qui sont les plus doués sont bien loin de commencer par la naïve observation de la nature. C'est après un long exil volontaire dans la chimère qu'ils éprouvent — par la nostalgie — l'amour du réel. Loche, observateur exquis de la réalité médiocre à vingt-cinq ans, observateur de la vie de tous les jours, des petits caractères et des petits esprits, observateur des réalités que peignit Chardin avant Balzac, est au premier abord un cas merveilleux. Aux orchidées qui ne nous rappellent rien, il préfère les gaietés « bien françaises » des fleurs d'un jardin de curé, le pissenlit farceur, le coucou qui sait ce qu'il vaut, la gueule-de-loup à qui on ne fait pas avaler ça. S'il n'était si tard, si je n'avais si froid dans la salle à manger, si je n'étais si éreinté, je dirais pourquoi j'ai peur que ces qualités délicieuses ne se réalisent pas. Loche me paraît manquer de culture à un degré qui signifie indifférence à la littérature et indifférence à la beauté. Alors que tant d'autres ont la matière, le corps où incarner une œuvre, mais point d'Esprit à y loger, je le vois riche d'une âme qui cherche éternellement un corps où elle pourrait s'incarner. Je gèle. Sera développé une autre fois.

III. Moralement. Il participe à la banalité des défauts de son temps, dont il diffère intellectuellement par une originalité si intéressante et si forte, promesse d'un talent si savoureux. Âme putain, se donnant au premier venu, ou plutôt incapable de faire don de soi, plein de nobles choses, généreux, sensible, ne tenant à rien de vulgaire, ni à l'argent, ni à la célébrité, ni au monde (avec cette réserve qu'il déteste et méprise les gens chics, mais les redoute, ce qui lui ôte la souveraine aisance de conduite qu'ont même des gens mondains — j'ai trop froid pour développer, je ne sais plus ce que j'écris), capable de faire mille choses pour un ami, excepté d'être son ami, si ce mot implique préférence, fidélité, sécurité, persévérance, etc. D'autre part, certaines mauvaises habitudes de langage lui font tenir les propos classiques de l'envieux et du fourbe. « Moi qui aime énormément Y..., qui ai une extrême affection pour lui, je peux dire, car cela me fait une peine énorme, qu'il est incapable de, etc... » Mais ceci surtout défaut de phraséologie. — Du reste défaut à surveiller. Facilité à enfiler distraitement comme des perles des phrases dont son attention ne contrôle pas le sens exact et qui tantôt lui donnent l'air fourbe, tantôt l'air bête. Ainsi une fois il m'a dit que le grand mérite de Ruskin était de rendre les idées les plus élevées accessibles et agréables à chacun. Est-ce l'infériorité littéraire, la trop grande insuffisance de culture autre qu'humaine et psychologique sur le vif qui lui a fait dire cela, ou n'est-ce pas plutôt le « parler pour ne rien dire » ? Si *peu de volonté,* que même la vue de la réalité qui pourtant n'engage pas à l'action lui est presque aussi insoutenable que l'éclat du soleil. On le narcotise très vite en lui parlant de la réalité. Au bout d'un instant l'œil bleu s'amortit, l'anesthésique opère. Vous pouvez à ce moment-là dire quelque chose d'absolument choquant, il ne s'en aperçoit plus, on ne peut plus tirer un regard à l'œil fixe. Si on insiste trop, dans une convulsion suprême, il se tourne de côté. À ce moment-là on pourrait lui couper une jambe qu'il ne sentirait pas. Moi qui l'admire infiniment, par un phénomène nerveux très pénible, dès qu'il est là, je suis absent de moi-même, je ne puis rien dire, je deviens stupide. J'ai voulu vaincre cet enchantement, cela en a redoublé la force, comme l'effort qu'on fait pour ne pas rater une femme vous rend plus impuissant, ou pour s'endormir accroît l'insomnie. Au bout de trois ou quatre fois, quand on sonnait et qu'on disait : « Le Prince Léon Radziwill », j'étais ennuyé en pensant à cet état si pénible où j'allais être, et ennuyé aussi dans mon amour-propre, sentant qu'il me trouvait si bête, qu'un des êtres de qui j'aimerais le plus être estimé n'aura jamais l'ombre d'idée de ce que je suis. Cela a commencé par tuer le plaisir à le voir. Mais dès que son arrivée s'est ainsi associée à un sentiment pénible, l'amitié était frappée de mort prochaine. L'affection est au contraire l'association d'un nom et d'une joie. Puis cet état à force d'être répété est devenu chronique, comme un malaise cardiaque trop souvent répété finit par devenir une cardiopathie. Première cause de destruction d'amitié. Il y en eut d'autres, tel que le sentiment, qui me fut très pénible au début, de l'impossibilité d'avoir la sienne. L'intelligence ne suffit pas à faire aimer. Non par utilitarisme, mais par solitude morale et tristesses inconsolables, j'ai besoin de natures non mouvantes avec lesquelles on puisse entretenir pacte solide et durable alliance. Les gouvernements éphémères et contradictoires qui se succèdent sous le nom de Loche sont de ceux avec qui on ne peut pas s'allier, parce qu'à tout moment c'est à une personne nouvelle qu'on s'adresse, bien excusable de ne pas tenir les engagements que son précédesseur, et non pas elle, a pris. Il y a d'autres excuses que je pourrais encore fournir ici à sa naturelle inconstance, mais je n'en peux plus...

MARCEL.

CHARLOTTE BROICHER : *John Ruskin und sein Werk. Puritaner, Künstler, Kritiker.* 1. Reihe : *Essays.* Leipzig, Diederichs, 1902. In-8°, XXXVI-298 p., avec 1 planche.

JOHN RUSKIN : *Moderne Maler* (vol. I et II). Im Auszug übersetz und zusammengefasst von Charlotte Broicher. Leipzig, Diederichs, 1902. In-8°, XII-312 p.[1].

Renan a remarqué le rôle efficace et charmant que jouent les femmes à l'origine de toutes les religions. Nous avons plaisir à constater, parmi le zèle religieux qui s'exerce autour du nom de Ruskin, la mission évangélique, la mission d'annonciatrices de la bonne nouvelle que les femmes, et plus particulièrement les femmes d'Allemagne, semblent avoir assumée. Tout récemment, nous rendions compte ici même de l'élégante plaquette de Mme de Bunsen, consacrée à Ruskin[2]. Cette fois-ci c'est Mlle Charlotte Broicher qui vient d'écrire sur le maître de Coniston[3] un très noble essai, qu'elle fait suivre d'une traduction abrégée des deux premiers volumes des *Modern Painters*. Mme Charlotte Broicher est un esprit naturellement philosophique, mais c'est aussi un esprit longtemps cultivé. Son goût porte, il semble, l'empreinte de modes intellectuelles, si je puis ainsi parler, postérieures à Ruskin. Et il semble qu'elle l'aperçoive un peu à travers d'autres écrivains, et cela inévitablement peut-être, s'ils occupent le premier plan de son esprit. C'est d'ailleurs le sort des plus grands génies, quand la postérité commence pour eux, de ne plus pouvoir être goûtés que grossis de leurs affluents. Ruskin a commencé, et ne cessera plus d'évoquer dans l'imagination de ses plus purs disciples tous les esprits, plus grands ou plus petits que lui, qui ont été, après lui, les maîtres d'une génération. Tel qu'il est, dans sa forme heureuse et fervente, le livre de Mme Broicher se laisse lire avec beaucoup de plaisir et de profit. Je signale comme particulièrement intéressant le premier chapitre où se découvre et se circonscrit le point de vue général du livre et le quatorzième chapitre, dont nous dirons un mot tout à l'heure.

Dans son premier chapitre, Mme Broicher remarque qu'il y a peu de temps on connaissait à peine le nom de

Ruskin en Allemagne. Maintenant on commence à le citer. On a peine à le bien saisir. Et, sans le savoir, tous vivent sous son influence. C'est cette influence, et d'abord la personnalité qui l'explique, que Mme Broicher prétend analyser. Pour elle, Ruskin est à la fois un artiste et un prophète. Ou plutôt, dit-elle, il commence sa carrière en artiste et la finit en prophète. « C'est un trait de sa physionomie que le grand apôtre de la beauté soit resté toujours au fond un puritain. » C'est, en somme, l'idée qui a été exposée dans la *Gazette des Beaux-Arts ;* mais à notre avis, d'ailleurs entaché de partialité, Mme Broicher le traite d'une façon un peu plus superficielle. Mais Ruskin n'est pas seulement un puritain, c'est aussi un artiste. De là, selon Mme Broicher (et c'est, en effet, trop évident), le caractère et les lacunes de son enseignement à Oxford. « L'historien de l'art, dit la commentatrice allemande, est obligé de passer en revue toutes les manifestations géniales qui se sont produites au cours d'une période historique. L'artiste agit tout autrement. La moitié des maîtres le laisse indifférent ou le trouve antipathique. Tel est Ruskin. »

Ainsi, il écrit les *Modern Painters* tout entiers pour faire comprendre Turner, etc. Suit une analyse assez exacte des *Modern Painters* (dont Mme Broicher, dans son second volume, traduit de nombreux fragments en les rattachant l'un à l'autre avec un soin méthodique et intelligent). Puis, parlant des *Stones of Venice,* qu'elle appelle « une histoire à la Carlyle », Mme Broicher fait une remarque intéressante sur les rapports qui existent entre les idées de Ruskin et celles de Gœthe au sujet du gothique : « C'est dans l'essai de Gœthe sur l'architecture allemande que vous trouverez, dit-elle, le germe des idées que Ruskin développera, quatre-vingts ans plus tard, dans les *Stones.* » Notons encore au passage l'idée suivante pour terminer l'analyse de ce premier chapitre : « L'altruisme de Ruskin a une base encore plus profonde que celui de Tolstoï. » Tolstoï dit : « Aime ton prochain plus que toi-même; moins tu t'aimeras toi-même, plus tu aimeras ton prochain. » Ruskin disait : « Aime ton prochain comme toi-même. Et plus tu t'aimeras toi-même d'un amour élevé et grand, plus grand et plus élevé sera l'amour dont tu aimeras ton prochain. »

Après ce chapitre d'introduction, nous signalons pour finir le quatorzième, « un *persœnlich, persœnliches* », comme un de ceux qui nous a paru le plus intéressant. Ce chapitre est le commentaire d'une page de Ruskin qui n'est elle-même que la discussion d'une parole de Gœthe, citée par Carlyle à Emerson : « Le monde est bien vide quand on ne s'y représente que des montagnes, des fleuves et des villes; mais, ici et là, nous savons que vit un ami dont la pensée est unie à la nôtre; et cela fait pour nous de ce globe un jardin habité. » « Mon éducation, répond Ruskin, avait développé en moi un sentiment tout opposé... Jamais je n'étais plus heureux que lorsque personne ne pensait à moi. Mon plus grand bonheur était d'observer sans être moi-même observé. Je m'intéressais aux hommes et à leur caractère, exactement comme aux marmottes, aux chamois, aux truites et aux mésanges, etc., etc. Mon amour pour la nature fut la racine de ce que j'ai fait d'utile, la lumière qui m'a nourri. » Mme Broicher a bien fait d'instituer dans son livre ce grand débat : il a trait selon nous à un des litiges essentiels qui diviseront éternellement les sectes et les écoles. « Le monde est si vide quand on ne s'y représente que des montagnes et des fleuves; mais ici et là nous savons que vit un ami dont la pensée est unie à la nôtre, et cela fait pour nous de ce globe désert un jardin habité. » Il nous paraît, quant à nous, tout à fait significatif que ces paroles soient de Gœthe. En elles se reflète le caractère de son œuvre, et, avec une précision inflexible et fidèle, ses limites. Car enfin elle en a, et *Wilhelm Meister*[1] n'est tout de même pas, comme ont trop eu l'air de le dire Emerson (*Les Hommes représentatifs de l'humanité*[2]) et Carlyle (*Les Héros*[3]), toute la nature; ce serait tout au plus toute l'humanité. « Humain, trop humain[4] », serions-nous tenté de redire devant ce livre admirable, sans nous soucier d'ailleurs de donner à ces mots insolents et sublimes le sens qu'ils gardent dans le livre qui les a rendus fameux.

En regard de ce XVIIIe siècle trop humain, qui dépoétise le monde en le peuplant, lui retire son mystère parce qu'il l'anthropomorphise, il nous semble bien que Ruskin a raison. Et, pour n'avoir pas eu partout « un ami dont la pensée était unie à la sienne », il a trouvé l'inspiration que donne seule la solitude[5] et que, dans *Wilhelm Meister*, dans les *Affinités électives*[1], la plus grande intelligence qui fût jamais, la plus apte à jouer tous les rôles, même celui de l'imagination, n'arrive pas à remplacer. Un de mes amis, suivant d'un esprit fervent mais libre ce grand débat institué entre Gœthe et Ruskin et qui départagerait, à vrai dire, s'il était tranché, les deux seules grandes familles d'esprit qu'une classification, si synthétique soit-elle, doit reconnaître, me disait à ce propos il y a quelque temps : « J'avais à Constantinople un de ces amis dont parle Gœthe, *der mit uns übereinstimmt*[2]. Constantinople m'en était plus proche, plus sympathique, plus spiritualisée, plus humaine. Ce philosophe — c'était un esprit charmant — cessa peu à peu de vivre à Constantinople ou de m'être ami, comme vous le voudrez : Constantinople reprenait au fur et à mesure, dans mon imagination, la place qu'elle perdait dans mon cœur. Des circonstances inattendues et contraires s'étant produites, elle reperdit de nouveau peu à peu sa poésie et son mystère et redevint, selon le mot de Gœthe, un coin sympathique du grand jardin habité. Ce philosophe est actuellement mort pour moi. Jamais Sainte-Sophie ne m'a paru plus belle. Si, d'aventure, nos relations recommençaient, la Turquie perdrait ce mystère poétique au fond duquel il nous faut chercher les individualités profondes que l'art a pour mission de dégager, car ce mystère, il n'y a que les lieux éloignés ou solitaires qui le possèdent. Ils le perdent si un ami, en les habitant, peuple pour nous leur solitude et diminue leur éloignement en les rapprochant de notre cœur. » Rien ne prouve mieux l'intérêt du livre de Mme Broicher, que cette contribution personnelle de souvenirs et d'exemples où il incite et décide les plus hésitants. Et c'est son honneur de nous mener sans fatigue, par des sentiers aimables et comme en pente douce, à ces hauteurs d'où se découvre tant d'horizon. Elle n'y a, d'ailleurs, pas de mérite propre, car elle n'a, sur ces chemins, qu'à se laisser guider par le Maître; mais encore fallait-il le suivre. « Suis ses chemins, dit Salomon dans ses *Proverbes,* car ses chemins sont agréables et ses sentiers sont la paix[3]. »

LE SALON DE LA COMTESSE D'HAUSSONVILLE[1]

Depuis que, pour les besoins de la cause, un Renan « clérical » (plus ressemblant d'ailleurs que le Renan « anticlérical » du gouvernement) voit peu à peu se dessiner sa physionomie dans la presse d'opposition[2], les « citations » de Renan sont à l'ordre du jour. La charmante « Réponse de la Statue » de mon confrère M. Beaunier[3] — morceau qui semble au premier abord de pur savoir, mais où la pensée du compilateur apparent a su, avec une grâce ingénieuse d'Ariane, tendre à travers le labyrinthe de l'œuvre de Renan le fil conducteur et subtil — ce morceau capital a fait école — et pas toujours digne du maître. Jamais on n'avait tant lu (ou tant feuilleté) les *Souvenirs d'enfance et de jeunesse,* les *Drames,* les *Dialogues philosophiques,* les *Feuilles détachées.* Et puisque c'est une phrase de Renan qui a coutume maintenant de couronner les « Premiers-Paris », on m'excusera de commencer par une phrase de Renan une « mondanité ». Des deux, « Premier-Paris politique » et « Mondanité », ce n'est peut-être pas la mondanité que Renan eût trouvée la plus frivole.

« Quand une nation, dit Renan dans son discours de réception à l'Académie, aura produit ce que nous avons fait avec notre frivolité, ... une noblesse mieux élevée que la nôtre au XVIIe et au XVIIIe siècle, des femmes plus charmantes que celles qui ont souri à notre philosophie... une société plus sympathique et plus spirituelle que celle de nos pères, alors nous serons vaincus. »

Cette idée n'est pas accidentelle chez Renan (d'ailleurs une idée peut-elle l'être jamais ?) Dans le même discours, ailleurs, dans les *Drames philosophiques,* dans la *Réforme intellectuelle et morale* où il constate que l'Allemagne aurait fort à faire pour avoir une société comme la société française du XVIIe et du XVIIIe siècle et « des gentilshommes comme ceux de l'ancien régime », on le voit y revenir. Il y reviendra même pour y contredire, ce qui est une de ses manières favorites de reprendre une idée. Or de telles idées nous paraissent un peu singulières. Le charme des manières, la politesse et la grâce, l'esprit même, ont-ils vraiment une valeur absolue valant la peine d'être mise en ligne de compte par le penseur ? On le croit difficilement aujourd'hui. Et de telles idées perdront peu à peu pour les lecteurs de Renan le peu de sens qu'elles peuvent leur offrir encore.

Si cependant quelque jeune lecteur de Renan nous disait : « N'existe-t-il plus de ces êtres chez qui l'hérédité de la noblesse intellectuelle et morale avait fini par modeler le corps et l'avait amené à cette " noblesse physique " dont nous parlent les livres et que ne nous offre pas la vie ? Ne pourrions-nous considérer un instant, fût-ce à titre de " survivants " (on peut être encore jeune, n'avoir pas encore longtemps vécu, et pourtant survivre, et même en toute sa vie n'avoir jamais vécu mais survécu) deux exemplaires de cette civilisation que Renan jugeait assez exquise pour justifier en quelque sorte l'ancien régime et lui faire préférer la France légère à la savante Allemagne ? Ne pourrions-nous pas voir de ces êtres dont la noble stature faisait tout naturellement une noble statue et que la sculpture après leur mort couchait au fond des chapelles, au-dessus de leurs tombeaux ? Naturellement, ajouterait ce lecteur, je voudrais ces deux êtres intelligents et, sinon dirigeant, du moins vivant la vie d'aujourd'hui, mais encore y faisant passer un peu des grâces de la vie autrefois. » À ce jeune lecteur, je répondrais : « Faites-vous présenter au comte et à la comtesse d'Haussonville. » Et si je voulais réaliser l'expérience dans les conditions les plus favorables, je tâcherais que la présentation eût lieu dans la demeure saturée du passé dont M. et Mme d'Haussonville ne sont que le prolongement, la fleur et la maturation : à Coppet[1].

Je ne voudrais pas, par une historiette dont je ne puis d'ailleurs garantir les termes, faire du tort, auprès de ceux de son parti, à l'homme merveilleusement doué pour la pensée, pour l'action et pour la parole qu'est M. Jaurès. Mais en somme qui pourrait s'offusquer de ceci ? Un jour que l'admirable orateur dînait chez une dame dont les collections sont célèbres, et qu'il s'extasiait devant une toile de Watteau : « Mais, dit-elle, Seigneur, si votre règne arrive, tout ceci me sera retiré » (elle entendait le règne communiste). Mais alors, le Messie du monde nouveau la rassura par ces paroles divines : « Femme[1], n'ayez pas souci de cela, car toutes ces choses vous seront laissées en garde, par surcroît; en vérité, vous les connaissez mieux que nous, vous les aimez davantage, vous en prendrez mieux soin, il est donc bien juste que ce soit vous qui les gardiez. » J'imagine qu'en vertu du même principe, à savoir que les choses doivent aller à qui les aime et les connaît, M. Jaurès dans une Europe collectiviste laisserait à M. d'Haussonville la « garde » de Coppet pour la raison qu'il l'aime et le connaît mieux que personne. Avant même la mort de Mlle d'Haussonville, qui fit passer Coppet entre ses mains, on peut avancer que Coppet appartenait pour ainsi dire déjà à M. d'Haussonville.

Il « possédait » entièrement le sujet, sinon la terre même. Et son livre, *Le Salon de Mme Necker,* écrit à cette époque, prouve que Coppet était, dès lors, à lui « par droit de conquête ». Il allait le devenir aussi « par droit de naissance ». Ce n'est pas que l'ouvrage soit le meilleur de ceux qu'a écrits M. d'Haussonville. À cette époque, M. d'Haussonville le père[2] vit encore, et l'auteur du *Salon de Mme Necker* n'est encore que le « vicomte » d'Haussonville. Son talent n'est, en quelque sorte, que « présomptif ». Il lui manque l'avènement. Il ne tient pas encore bien en main les rênes de son style, qui reste flottant et comme lâché çà et là dans la tenue des phrases. On sent un peu de négligence. Plus tard, il arrivera à cette manière pleinement maîtresse, plus resserrée et particulièrement heureuse et qui fait de lui le plus habile, le plus parfait discoureur, le plus piquant historien de l'Académie. Mais, tel qu'il est, le livre est très agréable à lire. On sent que le futur propriétaire de Coppet est déjà « chez lui ». On raconte qu'un des personnages les plus en vue de notre aristocratie faisant visiter un jour son château à un étranger, celui-ci lui dit : « C'est merveilleux, vous avez vraiment d'admirables bibelots. » Et le châtelain, mécontent, de répondre dans son dépit éloquent : « Des bibelots! des bibelots! Ce sont des bibelots *pour vous !* Pour moi ce sont des affaires de famille. » Ainsi là où l'étranger qui visite Coppet sous la conduite des Cook ne voit qu'un meuble ayant appartenu à Mme de Staël, M. d'Haussonville retrouve le fauteuil de sa grand-mère. Il est exquis d'arriver à Coppet par une journée amortie et dorée d'automne, quand les vignes sont d'or sur le lac encore bleu, dans cette demeure un peu froide du dix-huitième siècle, tout ensemble historique et vivante, habitée par des descendants qui ont à la fois « du style » et de la vie.

C'est une église qui est déjà un monument historique, mais où la messe se célèbre encore. La chambre de Mme de Staël est occupée par la duchesse de Chartres, celle de Mme Récamier par la comtesse de Béarn, celle de Mme de Luxembourg par Mme de Talleyrand, celle de la duchesse de Broglie par la princesse de Broglie. On cause, on chante, on rit, on fait des parties d'automobile, on soupe, on lit, on fait à sa manière et sans affectation de les imiter, ce que faisaient les gens d'autrefois, on vit. Et dans cette continuation inconsciente de la vie parmi des choses qui ont été faites pour elle, le parfum du passé s'exhale bien plus pénétrant et plus fort, que dans ces « reconstitutions » du « vieux Paris » où dans un décor archaïque on place, costumés, des « personnages de l'époque ». Le passé et le présent se coudoient. Dans la bibliothèque de Mme de Staël, voici les livres préférés de M. d'Haussonville.

En dehors des personnes que nous avons déjà nommées, on voit souvent à Coppet quelques-uns des meilleurs amis de M. et Mme d'Haussonville, leurs enfants le comte et la comtesse Le Marois, la comtesse de Maillé, le comte et la comtesse de Bonneval, leurs beaux-frères et cousins Harcourt, Fitz-James et Broglie. La princesse de Beauvau et la comtesse de Briey y venaient l'autre jour de Lausanne, ainsi que la comtesse de Pourtalès et la comtesse de Talleyrand. De temps en temps, le duc de Chartres y fait des séjours. La princesse de Brancovan, la comtesse Mathieu de Noailles, la princesse de Caraman-Chimay, la princesse de Polignac, y viennent d'Amphion. Mme de Gontaut y vient de Montreux; la baronne Adolphe de Rothschild de Prégny. On y applaudit quelquefois la comtesse de Guerne, née Ségur. La comtesse Greffulhe s'y arrête en allant à Lucerne.

Mais d'ailleurs il en est du charme de société de M. et de Mme d'Haussonville comme de ces eaux qui sont plus exquises prises à la source même, mais dont on peut très bien faire usage à Paris. Tout le monde y admire la comtesse d'Haussonville, le merveilleux essor d'un port incomparable, que surmonte, que couronne, que « crête » pour ainsi dire, une admirable tête hautaine et douce, aux yeux bruns d'intelligence et de bonté. Chacun admire le salut magnificent dont elle accueille, plein à la fois d'affabilité et de réserve, qui penche en avant tout son corps dans un geste d'amabilité souveraine, et par une gymnastique harmonieuse dont beaucoup sont déçus, le rejette en arrière aussi loin exactement qu'il avait été projeté en avant[1]. Cette manière de « garder les distances » est d'ailleurs exactement la même chez M. d'Haussonville, transposée naturellement dans « l'habitude » (pour prendre le mot dans le sens qu'il avait au dix-septième siècle hérité du latin) d'un salut d'homme. Comme Mme d'Haussonville, si simple qu'elle soit, a une intimité assez fermée, beaucoup ne connaissent d'elle que cet abord royal et peuvent alors seulement présager l'intelligence et le cœur, qui sont chez elle exquis. M. d'Haussonville est forcément plus répandu. Il est l'ornement de divers salons littéraires où son amabilité, prise au pied de la lettre par des personnes qui lui sont présentées et qui souvent sont peu habituées à interpréter exactement ce que Balzac aurait appelé « le grimoire de la politesse », leur fait croire qu'elles vont entrer en relations suivies avec lui. D'où d'assez comiques déconvenues. On aurait tort d'ailleurs de croire que M. d'Haussonville se laissa jamais dominer par des préjugés de caste. « Je vous dirai qu'au cercle je fais partie d'un petit groupe qui se fiche absolument du mérite personnel », dit un des personnages de ces étonnants *Travaux d'Hercule* de Gaston de Caillavet et de Robert de Flers[2], où au milieu de la plus délicieuse opérette, il y a de superbes scènes de grande comédie. Ni au cercle ni dans le monde, M. d'Haussonville ne fait partie de ce groupe-là. Le mérite personnel, pour lui, c'est justement cela qui compte avant tout. Et dans le salon de la rue Saint-Dominique[3] l'abbesse de Remiremont, dont le portrait est pendu à la muraille[4], a vu défiler des gens de mérite de tous les genres et de tous les partis, dont beaucoup n'avaient aucun des quartiers qu'il fallait prouver pour être admis dans son aristocratique chapitre. De tous les « conservateurs », M. d'Haussonville est le plus sincèrement, le plus courageusement « libéral ». Je citerai son interview, trop peu remarquée, au moment où il adhéra à la Ligue de la Patrie française[1], et où il expliquait comment devaient se concilier, selon lui, l'amour de la patrie, et le respect de la justice; tout dernièrement encore ses lettres sur *L'Étape,* de Paul Bourget[2]. Personne n'est plus qualifié que lui pour protester contre les persécutions dont sont victimes aujourd'hui les catholiques. Car, avec M. Anatole Leroy-Beaulieu, il n'a pas attendu le déchaînement de l' « anticléricalisme » pour flétrir avec force tous les autres modes de l'esprit sectaire, qui sont tantôt ses corollaires et tantôt ses précurseurs.

Son autorité lui a valu d'être choisi comme le consultant attitré de bien des cas d'incertitude littéraire, des formes de ce mal que Renan appelait : *morbus litterarius.* Il en est le docteur écouté, sagace, aimable, un peu vétilleux, un peu alarmiste peut-être, à force d'être consciencieux. Ses avis, parfois pessimistes par crainte d'être flatteurs, pourraient avoir le défaut de décourager le génie. Mais c'est une occasion qu'on n'a en somme que très rarement. Et ils lui valent parfois, en revanche, d'avertir et de guider le talent des autres dans les heures où il se délasse d'exercer le sien. Mais à cette magistrature littéraire on aurait aimé lui voir, en d'autres temps, ajouter une magistrature politique. Avec son esprit tolérant et large, son cœur ouvert à la pitié, il eût été le ministre modèle du bon Roi, du prince juste et éclairé.

UNE MINIATURISTE DU SECOND EMPIRE : MADAME HERBELIN[3]

Les jeunes gens de ma génération qui n'ont connu de Mme Herbelin que sa vieillesse retirée, charmante et discrète, n'auraient jamais pu deviner, tant elle aimait à jeter un voile mélancolique sur un passé éclatant, que cette vieille dame, si vive, si douce et si simple, avait été mêlée à la vie la plus fastueuse, à la société la plus brillante de la monarchie de Juillet et du second Empire. Ils auraient encore moins appris d'elle-même qu'elle avait été un des peintres les plus parfaits et les plus originaux de cette époque — car elle était modeste profondément.

Cette modestie avait même fini par prendre chez elle comme un caractère de tristesse, presque d'inquiétude : elle semblait douter dans ses dernières années de la valeur de ces miniatures qui, pourtant, ne resteront pas seulement comme des documents de premier ordre sur un temps déjà si lointain, mais aussi parmi les spécimens les plus séduisants et les plus achevés d'un art difficile et délicieux. Un portrait comme celui de Mme Andryane, que possède le musée du Luxembourg, ne le cède en rien aux plus belles miniatures de Mme de Mirbel et d'Isabey; et nous avouons, pour notre part, y goûter une facture plus savoureuse, dans sa vigueur comme resserrée, dans son coloris inattendu et charmant.

Ceux de nos lecteurs qui n'ont pas visité la collection de M. le prince d'Essling connaissent au moins, par les reproductions qu'on en a données (notamment celles qui ornent le livre de M. Armand Dayot[1] sur le second Empire), les fameuses miniatures de Mme Herbelin qui représentent l'impératrice Eugénie et le Prince impérial. Nous citerons encore les portraits d'Isabey, d'Eugène Delacroix, de Rossini, de Guizot, de Rosa Bonheur[2], de Dumas père, de Dumas fils. Avant de devenir ses modèles, tous ces personnages marquants de l'époque avaient été les habitués de son salon. À côté d'eux, on y rencontrait encore Mérimée, Guizot, Thiers, Émile Augier, Eugène Lami, Hébert, Gounod, Baudry. Quand on parvenait à faire parler Mme Herbelin de tous ces hommes géniaux ou distingués, qui aimaient à se retrouver chez elle, sa conversation devenait instructive et piquante comme la lecture d'authentiques Mémoires, des Mémoires qui auraient eu cette particularité remarquable que l'auteur y parlait beaucoup des autres, et jamais de lui-même. Ses souvenirs remontaient d'ailleurs plus haut que la génération dont elle restera le peintre fidèle et charmant. Fille du baron Habert, qui avait été volontaire en 1792, général de division en 1811 et gouverneur de Barcelone pendant la campagne d'Espagne, elle avait puisé à la source même les récits encore tout vivants de cette épopée impériale dont son père n'avait pas été l'un des moindres acteurs. Elle-même était née, en 1818, à Brunoy. Ses débuts avaient été brillants et rapides. À trente ans elle avait la grande médaille de l'Exposition universelle, elle était décorée avec Rosa Bonheur. Elle avait conservé un charmant souvenir du « Dîner des Décorés » qui fut donné ce jour-là à Saint-Cloud par l'Empereur, le 2 août 1853. Pendant de longues années elle exposa régulièrement au Salon, toujours avec succès[1].

Puis l'heure de la retraite sonna pour elle, et elle aimait à passer de longues heures derrière les vitres de sa croisée qui donnait sur les lilas de son jardin, immobile, silencieuse et parlante, comme une de ces vieilles et charmantes miniatures qu'elle a signées et que nous « aimons à voir dans leurs cadres ovales ». Mais elle eut, pour embellir sa longue vieillesse, un sujet de juste fierté : ses deux nièces, auprès de qui elle s'était retirée et qui l'ont jusqu'à la dernière heure chérie et soignée comme si elles avaient été ses filles, n'étaient autres, en effet, que Mme Madeleine Lemaire et Mlle Suzette Lemaire[2].

Elle pouvait voir ainsi, dans des mains plus jeunes, le flambeau de l'art transmis et gardé avec un incomparable éclat.

La gloire de Mme Madeleine Lemaire, la rare et l'exquise réputation de Mlle Suzette Lemaire remplirent ses dernières années de douceur et d'orgueil. Elle avait pour elles une admiration profonde, que le public et les connaisseurs ont dès longtemps ratifiée.

LE SALON DE LA COMTESSE POTOCKA[3]

Il semble souvent que les romanciers aient peint, par anticipation, avec une sorte d'exactitude prophétique jusque dans les détails, une société et même des personnages qui ne devaient exister que fort longtemps après eux. Pour ma part, je n'ai jamais pu lire *Les Secrets de la princesse de Cadignan,* où nous voyons que la princesse, « menant maintenant une vie fort simple, habitait à deux pas de l'hôtel de son mari qu'aucune fortune ne pouvait acheter, un rez-de-chaussée où elle jouissait d'un joli petit jardin plein d'arbustes et dont le gazon toujours vert égayait sa retraite[4] »; — je n'ai jamais pu arriver dans *La Chartreuse de Parme* au chapitre où nous voyons que, du jour où la comtesse Pietranera quitta son mari, « tous les équipages de la haute société n'en vinrent pas moins stationner tout l'après-midi devant la maison où elle avait pris un appartement[1] », — sans penser que Balzac et Stendhal avaient « en vertu d'un décret nominatif » prévu et prédit l'existence de la comtesse Potocka, jusqu'à prendre la peine d'en régler ainsi les plus minutieux détails.

Comtesse Pietranera! princesse de Cadignan! figures charmantes! ni plus « littéraires » ni plus « vivantes » que celle, du reste si différente, de la comtesse Potocka. Que de fois j'ai pensé à vous (je veux dire au cadre extérieur de votre vie, non à votre vie, bien entendu) en voyant un visiteur peu favorisé sonner au petit hôtel de la rue Chateaubriand et recevoir du concierge un impitoyable : « Mme la comtesse est sortie », tandis que devant la porte l'équipage de la duchesse de Luynes se promenant au pas ou l'automobile de la comtesse de Guerne arrêtée disaient trop clairement que « Mme la comtesse » était bel et bien rentrée. Pour ne pas ajouter une humiliation à la tristesse du visiteur éconduit, j'attendais qu'il fût loin. Alors seulement je m'approchais du concierge qui me concédait : « La comtesse est chez elle. » La porte lourdement refermée sur la rue Chateaubriand, il semblait que par quelque enchantement on se trouvât à dix lieues de Paris, tant « le petit jardin plein d'arbustes et de gazon » décrit par Balzac dépaysait aussitôt l'imagination en s'adressant vivement à elle dans le langage de son silence et la rumeur de ses parfums. Jamais zone d'initiation ne fut plus féconde à traverser avant d'approcher une déesse.

Au moment où on arrivait au vestibule de la comtesse on avait déjà dépouillé tous les souvenirs et toutes les préoccupations de la ville et de la journée. On arrivait aussi autre que si l'on avait dû faire un long pèlerinage pour trouver une maison isolée. Mais pour des raisons, très balzaciennes aussi, que nous expliquerons tout à l'heure, cet exil au cœur même de Paris n'a pas suffi à la comtesse. Il lui a fallu l'exil effectif. Et c'est maintenant tout au fond d'Auteuil, presque à la porte de Boulogne, entre les platanes de la rue Théophile-Gautier, les marronniers de la rue La Fontaine et les peupliers de la rue Pierre-Guérin que, tous les jours, le « petit troupeau » de la comtesse, pour parler comme Saint-Simon à propos de Fénelon, est obligé d'aller trouver l'impérieuse amie qui, n'ayant besoin de personne, se soucie peu d'habiter une province incommode à tout le monde, et qui a voulu donner une nouvelle preuve de son dédain de l'humanité et de son amour pour les bêtes en allant s'installer dans un endroit où elle se disait qu'aucun être humain ne viendrait peut-être, mais qu'elle pourrait soigner ses chiens; car c'est ainsi, cette femme, qui dévouée, quand elle est amie, n'en a pas moins professé toute sa vie le plus complet détachement de toutes les affections humaines, qui a montré pour l'humanité un mépris de philosophe cynique, doutant de l'amitié, affectant la dureté, raillant la philosophie, cette femme abdique son impassibilité, humilie sa superbe devant les pauvres chiens boiteux qu'elle recueille. Pour les soigner, elle est restée un an sans se coucher. Bien qu'on puisse dire d'elle comme Balzac de la princesse de Cadignan, qu'« elle est aujourd'hui une des femmes de Paris les plus fortes sur la toilette », elle ne s'habille plus, se laisse, se fait engraisser, ne s'occupant plus que de ses chiens. Elle se relève d'heure en heure toutes les nuits pour soigner une pauvre chienne épileptique qu'elle arrive à guérir. Elle ne sort que pour eux, aux heures où cela leur plaît, comme la grande artiste son amie, Mme Madeleine Lemaire, qui n'était allée à l'Exposition qu'une seule fois, « pour que sa Loute ait vu la tour Eiffel ». Et parfois, au cœur du bois de Boulogne, d'une allée écartée, dans les brouillards du matin, « retenant de la main son collie[1] qui s'effare », suivie et précédée d'une meute hurlante, on voit déboucher la comtesse et sa blanche beauté pareille à celle de l'indifférente Artémis, que le poète[2] nous a montrée dans le même équipage :

C'est l'heure où, par la ronce et l'herbe,
Au milieu des molosses..., superbe,
Invincible, Artémis épouvante les bois.

Et comme ils faisaient trop de bruit à Paris et gênaient les voisins, elle est allée à Auteuil. Mais « son petit troupeau » l'a suivie. Tous ses fidèles, la duchesse de Luynes douairière, Mme de Brantes, la marquise de Lubersac, la marquise de Castellane, la comtesse de Guerne, la grande cantatrice que je ne fais que citer aujourd'hui, la marquise de Ganay, la comtesse de Béarn, la comtesse de Kersaint, M. Dubois de l'Estang, le marquis du Lau, un de ces hommes de premier ordre que les vicissitudes de la politique ont seules empêché de servir au premier rang et de briller aux premières places, le charmant duc de Luynes, le comte Mathieu de Noailles dont le duc de Guiche vient d'exposer au Salon un portrait superbe de distinction et de vie, le comte de Castellane (dont nous avons déjà parlé à propos du salon de Mme Madeleine Lemaire et dont nous aurons à reparler bientôt), le marquis Vittelleschi, M. Widor, enfin M. Jean Béraud dont nous avons déjà dit dans ce même salon de Mme Madeleine Lemaire la gloire, le talent, le prestige, le charme, le cœur, l'esprit — tous iraient jusqu'au bout du monde pour la retrouver parce qu'ils ne peuvent se passer d'elle. Tout au plus, au début, lui laissèrent-ils sentir, comme elle ne paraissait pas le remarquer, qu'ils faisaient pour la voir un voyage assez difficile. « C'est très joli, lui dit le comte de La Rochefoucauld la première fois qu'il entreprit le pèlerinage. Est-ce qu'il y a quelque chose de curieux à visiter dans les environs ? » Parmi les visiteurs habituels de la comtesse, il en est un dont le nom est particulièrement aimé des lecteurs de ce journal, habitués à trouver dans ses chroniques une sorte d'opportunité philosophique, des applications saisissantes, comme dans cet article sur la manie d'écrire qui atteignait, s'il ne les visait pas, tant de jeunes gens du monde en mal de vocation littéraire. C'est le comte Gabriel de La Rochefoucauld. Vous avez tous vu ce grand jeune homme qui porte au front, comme deux pierres précieuses héréditaires, les clairs yeux de sa mère. Mais plutôt que de vous en parler moi-même, car ce n'est pas l'habitude ici que nos collaborateurs se louent les uns les autres, j'aime mieux citer à son sujet l'opinion d'un juge autorisé. « Il aura un extraordinaire talent, disait dernièrement M. Eugène Dufeuille ; il sera la gloire de son monde et il en sera aussi le scandale[1]. »

Née Pignatelli, la comtesse Potocka descend de cet Innocent XII dont Saint-Simon a magnifiquement parlé. « C'était un grand et saint pape, vrai pasteur et vrai père commun, tel qu'il ne s'en voit plus que très rarement sur la chaire de Saint-Pierre et qui emporta les regrets universels, comblé de bénédictions et de mérites. Il s'appelait Antoine Pignatelli, d'une ancienne maison de Naples, dont il était archevêque lorsqu'il fut élu le 12 juillet 1691... Il était né en 1615 et avait été inquisiteur à Malte, nonce en Pologne, etc... ce pape, dont la mémoire doit être précieuse à tout Français et si singulièrement chère à la maison régnante[1] » (Saint-Simon, pages 364 et 365 du tome II de l'édition Chéruel). Cette partie de la généalogie de la comtesse Potocka ne nous semble pas indifférente. Il me semble que je retrouve en elle l'ardent patriote, l'ami de la France, le royaliste fidèle et, si j'ose le dire, un peu aussi le grand inquisiteur que fut son ancêtre. Parmi celles de ses amies hérétiques (j'excepte naturellement, ainsi qu'une ou deux autres, l'exquise Mme Cahen pour qui elle a une affection profonde et la femme remarquable qu'est Mme Kahn) qu'elle emmène volontiers à l'Opéra, je me demande parfois s'il n'y en a pas que dans un autre temps elle eût, avec plus de plaisir encore, conduites au bûcher. Elle a l'esprit libéré de tout préjugé, mais fidèle à des superstitions sociales. Elle est pleine de contrastes, de richesses et de beautés.

Elle a connu tous les plus curieux artistes de la fin du siècle. Maupassant allait tous les jours chez elle. Barrès, Bourget, Robert de Montesquiou, Forain, Fauré, Reynaldo Hahn, Widor y vont encore. Elle fut aussi l'amie d'un philosophe connu, et si elle fut toujours bonne et fidèle à l'homme, en lui elle aimait à humilier le philosophe. Là encore je retrouve la petite-nièce des papes, voulant humilier la superbe de la raison. Le récit des farces qu'elle faisait, dit-on, au célèbre Caro[2] me fait invinciblement penser à cette histoire de Campaspe faisant marcher Aristote à quatre pattes[3], une des seules histoires de l'antiquité que le moyen âge ait figurées dans ses cathédrales afin de montrer l'impuissance de la philosophie païenne à préserver l'homme des passions. Ainsi, dans les farces attribuées par la légende à la comtesse Potocka, et dont le philosophe spiritualiste aurait été la victime souriante et résignée, je crois voir à côté de la gaieté napolitaine comme une préoccupation atavique, un souci inconscient d'apologétique chrétienne. Ceux qui sont une fois arrivés à vaincre les caprices magnifiques de cet être altier et rare ont pris des soubresauts merveilleux d'une amitié avec elle une si passionnante habitude qu'ils ne peuvent renoncer à ces joies, captivantes parce que la comtesse est toujours elle-même, c'est-à-dire ce qu'une autre ne saurait être, attirantes aussi parce qu'il y a en elle toujours l'inconnu de la minute qui va venir, parce qu'elle est, non pas inconstante, mais à tout instant changée.

On comprend qu'elle puisse être bien séduisante avec sa beauté antique, sa majesté romaine, sa grâce florentine, sa politesse française et son esprit parisien. Quant à la Pologne qui fut aussi sa patrie (puisqu'elle a épousé l'homme charmant et bon qu'est le comte Potocki), elle a dit elle-même ce qui lui en reste dans un de ces mots de gavroche qui contrastent avec sa majesté de statue, avec sa voix gazouillante (le plus doux des instruments dont sache jouer cette grande musicienne) et qu'on nous permettra de citer pour finir. Un jour qu'elle avait froid et qu'elle se chauffait, ne répondant pas aux fidèles qui lui disaient bonjour, et qui un peu intimidés de cette absence d'accueil, monologuaient d'une voix pressante et gênée et baisaient respectueusement la main qu'elle leur abandonnait sans avoir l'air de s'en apercevoir (je suis belle, ô mortel, comme un rêve de pierre[1]) elle montra à une personne plus favorisée le poêle près duquel elle était venue se chauffer et par un retour mélancolique ou joyeux, je ne sais, elle s'écria : « Mon Choubersky[2] ! C'est tout ce qui me reste de la Pologne ! »

L'Île et l'Empire de Grande-Bretagne : Angleterre, Égypte, Inde, par Robert d'Humières[3]. Paris, Société du Mercure de France. Un vol. in-16, 304 p.

Les lecteurs de la *Gazette*[4] savent quel écrivain original et délicieux est M. Robert d'Humières[5]. Sa grâce est si essentielle qu'il ne peut en quelque sorte rien écrire qui n'en soit empreint. Et, en ce sens, on peut dire que n'importe quelle page de son nouveau volume (dont une partie avait précisément paru d'abord dans la *Gazette*) *L'Île et l'Empire de Grande-Bretagne,* prise absolument au hasard, pourrait, aussi bien que toute autre, en donner une parfaite idée. Partout, la transparence absolue de la pensée et du style, une sorte de chaleur jaillissante et secrète, font deviner à quelle profondeur a pris naissance la source enchantée. Ce que nous préférons peut-être à tout dans ce livre, ce sont certaines pages d'observation humaine, très spirituelle et profonde, et aussi de merveilleux paysages. De nombreuses pages de critique d'art : « Notes d'art », « Les monuments de la Basse-Égypte », « Bénarès », « Jeypore », « Le Vieux Delhi », « La mosquée de Kutab-ul-Islam », « Les ruines de Tughlakabad », « Les vieilles pagodes », je ne veux pas dire intéresseront davantage, mais concerneront plus directement les lecteurs de la *Chronique* et de la *Gazette*. Une interview de Rudyard Kipling est un petit chef-d'œuvre. Avec cette discrétion, cette distinction, qui sont la haute et caractéristique élégance de M. Robert d'Humières, la seule chose dont M. Kipling ne parle pas [dans[1]] cette conversation, c'est des traductions de Kipling par Robert d'Humières. Nous nous permettons de penser que, sur ce point, l'interview telle qu'elle nous est citée est passablement infidèle. Mais la partie capitale du livre, celle qui par « un fraternel et mystique chaînon » le rattache à *Du Désir aux Destinées*[2], c'est la préface. Même quand M. Robert d'Humières parle d'art, sa pensée secrète, son ambition constante, sa philosophie, c'est la Science. Restés personnellement trop captifs des vieilles distinctions de l'École, nous avons peine à croire que la science, dont l'objet est phénoménal, puisse jamais remplacer la métaphysique, science des noumènes, ni que la science, puisqu'il n'y a de science que du général, puisse jamais se confondre avec l'art qui a pour mission justement de recueillir ce particulier, cet individuel, que les synthèses de la science laissent échapper. Il n'en est pas moins vrai que c'est en prêtant l'oreille à ces accents si nouveaux que les savants nous font entendre que la philosophie pourra renouveler sa morale et l'art son inspiration. Et, le premier, M. Robert d'Humières l'a proclamé avec un éclat et avec une force qui n'ont pas été dépassés.

[LES BEAUX-ARTS ET L'ÉTAT[3]]

Monsieur,

J'ai reçu le questionnaire que vous m'avez fait l'honneur de m'adresser. Sous prétexte de bien préciser le sens des questions que vous posez, vous vous empressez de nous indiquer dans quel esprit vous souhaitez que soient conçues les réponses. Et après deux pages d'explications fort intéressantes et, comme vous le dites très bien, indispensables, vous estimez avec raison le lecteur suffisamment « préparé » et que vous n'avez plus besoin de prendre tant de ménagements pour dire votre pensée et démasquer votre but, qui n'est nullement, n'est-ce pas, de « procéder à une enquête » mais de faire plébisciter une opinion. Aussi après les « explications indispensables » donnez-vous à votre questionnaire une forme nouvelle et entièrement franche : « Acceptez-vous la *tyrannie séculaire* de Rome[1], etc ? Croyez-vous que l'État ait le droit d'*asservir* les tempéraments ? » La question ainsi posée, quelqu'un oserait-il donc répondre qu'il est partisan de la tyrannie de Rome et de l'asservissement des tempéraments ? Naturellement vous ne le pensez pas, néanmoins avec quelle ironie vous flétrissez à tout hasard cet improbable audacieux : « Si oui, l'état des choses actuel est excellent. »

Et pourtant, monsieur ! Que l'État ait ou non « le *droit* » d'asservir les tempéraments, pensez-vous que cela ait tant d'importance, puisque en aucun cas il n'en aura jamais le *pouvoir ?* Ce qui *peut* asservir [le] tempérament[2] d'un artiste, c'est d'abord la force bienfaisante d'un tempérament plus puissant que le sien. Et c'est là une servitude qui n'est pas loin d'être le commencement de la liberté. C'est ensuite le pouvoir malfaisant de la paresse, de la maladie, du snobisme. Mais « l'État », monsieur, comment voulez-vous qu'il puisse asservir un tempérament ? Prenez n'importe lequel des peintres officiels dont vous n'aimez pas plus que moi la peinture. Croyez-vous vraiment qu'une utopie mentale savamment dirigée trouverait en lui un Claude Monet ou même un Vuillard[3] qui n'aurait demandé qu'à vivre et que l'État aurait étouffé. Pensez-vous que M. Claude Monet « asservi par l'État » aurait fait la peinture de M. Z ? Je crois que nous mourons en effet, mais faute non pas de liberté, mais de discipline[4]. Je ne crois pas que la liberté soit très utile à l'artiste et je crois que, surtout pour l'artiste d'aujourd'hui, la discipline serait comme au névropathe entièrement bienfaisante. Et la discipline est une chose féconde en soi-même, quelle que soit la valeur de ce qu'elle prescrit.

Au choix il vaudrait peut-être tout de même un peu mieux que ceux qui sont chargés d'enseigner soient effectivement des « maîtres ». Et ceci m'amène à vous suggérer une solution pas très radicale, mais peut-être assez sage au problème que vous posez.

Pourquoi, au lieu de demander la suppression de l'École des Beaux-Arts, ne demandez-vous pas que M. Claude Monet, M. Fantin-Latour, M. Degas, M. Rodin y [soient] chargés de cours ? Voilà qui serait intéressant[1]. D'ailleurs je ne sais pas les noms des professeurs actuels, mais enfin il ne faut pas oublier que Gustave Moreau et Puvis de Chavannes ont enseigné rue Bonaparte. D'ailleurs il y a je suppose, beaucoup de cours « à côté » où ce ne sont pas les plus grands qui seraient les plus instructifs. M. Gaston Boissier[2] est évidemment un beaucoup moins grand écrivain que M. Pierre Loti. Pourtant il y aurait probablement plus à apprendre aux cours de l'un que de l'autre. Je reconnais cependant que la peinture officielle, de même que la musique officielle, est beaucoup plus que la littérature et la philosophie officielles éloignée de la peinture véritable. En somme la plupart de nos meilleurs écrivains sont ou seront (s'ils le veulent) de l'Académie française. M. Lachelier, M. Darlu, M. Boutroux, M. Bergson, M. Brunschvicg[3] appartiennent à l'Université. Au contraire beaucoup de nos plus grands peintres et de nos plus grands musiciens n'appartiennent pas à l'Institut et ne paraissent pas avoir des chances d'y entrer un jour.

Enfin, monsieur, sur ce premier point, tout en vous déclarant, comme vous n'avez pu que trop vous en apercevoir, que je suis terriblement incompétent dans la question, je m'en tiens à une solution mixte. Relèvement de l'enseignement par un choix plus libre des professeurs, notamment charger de cours des hommes tels que MM. Claude Monet, Degas, Fantin-Latour, Rodin (et d'autres que vous connaissez aussi bien que moi). J'ai cité ces noms comme particulièrement significatifs et aussi comme étant ceux d'artistes arrivés à un degré de maîtrise que personne en somme ne conteste plus aujourd'hui.

Quant à la deuxième question, je ne vous fournirai aucune solution parce que l'état de choses actuel me paraît excellent. Bien que je ne pense pas que certains lieux de la terre aient le privilège exclusif de la beauté, Rome, à en croire les pages toutes récentes de M. Maeterlinck[1] par exemple, Rome semble tout de même devoir être un de ceux qui peuvent exercer sur l'imagination d'un artiste l'action la plus stimulante et la plus durable. Du reste, je connais nombre de jeunes gens sans l'ombre d'attaches officielles qui sont allés passer plusieurs années à Rome après avoir longtemps cherché à travailler. Naturellement je crois qu'on pourrait trouver de la beauté ailleurs, de la beauté partout. Mais comme il faut bien choisir, je ne vois pas de raison pourquoi tout autre beau lieu que ce soit, Honfleur, Vollendam, Quimperlé, ou tout autre, devrait être préféré à Rome.

Quant à la « tyrannie » que l'idéal « romain » exerce sur nous, ne pensez-vous pas que c'est en nous efforçant d'obéir aux autres que peu à peu nous prenons conscience de nous-même ? Jamais pouvoir ne fut aussi tyrannique que celui qu'exerçait le hiératisme byzantin sur les artistes romains. Et cependant est-il rien de plus délicieux que leur sculpture ? Les œuvres plus libres qui suivirent se plient encore sous ce joug avec une soumission que je trouve pour ma part d'un charme incomparable. « La plus belle sculpture du monde[2] », a dit Huysmans, « la plus belle sculpture du moyen âge », a dit Ruskin — est au porche occidental de la cathédrale de Chartres. Il n'est pas de chef-d'œuvre plus original, plus spontané, plus français que ces admirables statues de Reims. Et pourtant combien l'artiste est encore esclave des préceptes et du style byzantins ! Nous ne voyons pas pourtant que cette influence « tyrannique » ait à l'excès asservi son tempérament. Il y a là un mélange de liberté et d'obéissance qui est exquis. Ne croyez-vous pas que l'influence des impressionnistes ait été infiniment plus tyrannique que celle de Rome ? C'est une grande erreur de croire qu'une influence artistique ait besoin pour s'exercer de la contrainte officielle[3]. Le grand tyran c'est l'amour, et l'on imite servilement ce qu'on aime quand on n'est pas original. La vérité c'est qu'il n'y a qu'une seule liberté véritable pour l'artiste, c'est l'originalité. Sont esclaves, que l'État s'occupe ou non d'eux, ceux qui ne sont pas originaux. N'essayez pas de briser leurs chaînes, ils s'en forgeraient d'autres immédiatement. Au lieu d'imiter M. Jean-Paul Laurens ils imiteraient M. Vallotton[4]. Autant les laisser dans leur premier état.

LE PRINCE ANTOINE BIBESCO[1]

Dans la haute société parisienne où ses alliances Montesquiou, Caraman-Chimay, Murat, Noailles, lui font une place de choix, il est très recherché mais redouté plus encore; il a inspiré beaucoup d'admirations très certaines, dont ceux qui les éprouvent connaissent clairement les justes raisons, et un beaucoup plus petit nombre d'amitiés, celles-là toujours inquiètes et qui savent très bien aussi pourquoi elles le sont. Car son esprit délicieux est cruel. Ce n'est certes pas un bienveillant qui sera joué ce soir pour la première fois au théâtre de l'Œuvre! Mais Paris n'en sera que plus curieux d'aller l'entendre et plus généreux d'aller l'applaudir. On voudra voir les maîtres et les amis du jeune auteur, qui les uns et les autres l'admirent, les Paul Hervieu, les Georges de Porto-Riche, les Tristan Bernard, les Robert de Flers, les Henri Bernstein, les Gaston de Caillavet, les Abel Hermant. Puis les bruits d'avant-première qui ont laissé entendre que l'ouvrage était plein de portraits très ressemblants mais pas flattés — on pouvait le prévoir! — de personnalités fort connues, le nom chuchoté d'une artiste en vue qui aurait dit-on sans le vouloir — sans le savoir même — posé pour un des premiers rôles de femmes, ne fera qu'irriter ce snobisme et qu'aviver cette curiosité. Mais après avoir ainsi payé nous-même notre tribut à l'humaine malveillance — à la légitime malveillance qu'avec le prince Antoine Bibesco on peut être certain n'être jamais qu'une tardive et insuffisante réciprocité — hâtons-nous d'ajouter que si le grand mouvement de curiosité qui depuis quelque temps déjà se manifeste autour du *Jaloux* n'a pas que des raisons esthétiques, c'est pour des raisons esthétiques au contraire que ce *Jaloux* pourrait bien être un grand événement. Une grande comédie psychologique dans le goût des comédies « d'un caractère » du XVIIIe siècle — et celle-là d'une finesse d'observation, d'une rigueur de démonstration, d'une limpidité de style vraiment délicieuses — c'est cela d'abord. Et c'est beaucoup direz-vous. Mais ce n'est rien encore. Tout d'un coup, ô miracle cartésien! la machine devient une âme pensante, infiniment douloureuse, amoureuse et humaine, avec des cris d'hier, d'aujourd'hui, des cris de toujours — des cris de demain surtout. Car le destin des œuvres originales comme le *Jaloux* est d'être applaudies d'abord, et copiées ensuite.

« Vous aimez les lettres depuis votre enfance. Mais à quoi correspond chez vous cette préférence pour la forme dramatique ?

— À mon amour de la vie. Je ne discute pas le bien ou mal fondé des dédains que beaucoup de littérateurs professent aujourd'hui pour l'art du théâtre — dédains que Gœthe (le plus grand auteur dramatique du XIXe siècle, soit dit en passant pour votre questionnaire) et Dickens ne partageaient pas. Mais enfin il reste que tout de même c'est encore au théâtre que l'illusion de la vie est la plus parfaite. Un roman a beau être émouvant, on ne pleure jamais en le lisant comme on pleurerait au théâtre. J'ai la plus vive admiration pour les romans si originaux de Tristan Bernard. Je ne ris pas autant en les lisant qu'en écoutant quelqu'un de ces chefs-d'œuvre en un acte où il a su mettre tout son délicieux esprit.

— Si vous aimez le théâtre à ce point, vous ne devez pas l'aimer seulement à titre de créateur, mais aussi en tant que consommateur du génie des autres. Quels sont, comme on demande dans les albums, vos écrivains dramatiques préférés, aujourd'hui?

— Il y en a deux qui à mon avis dominent aujourd'hui la scène française, l'un de son talent rigoureux, de son tragique sophoclien, Paul Hervieu, l'autre de son talent passionné, de son tragique racinien, Georges de Porto-Riche. Je n'oserais certes pas dire que je me suis montré leur disciple. Mais qu'ils y consentent ou non, ce sont mes maîtres. »

J'arrête M. Antoine Bibesco, car je sens que sur ses admirations il serait volontiers plus prolixe que sur lui-même et je le ramène insidieusement à l'objet de notre entretien.

« Mais alors qu'est-ce que ce *Jaloux*, et pourquoi est-ce l'Œuvre qui va nous en donner la primeur?

— Pourquoi l'Œuvre ? Pour une raison psychologique. J'ai rencontré Lugné, je lui ai montré ma pièce. Deux jours après, elle était reçue. En attendant six mois, j'étais sûr d'être joué dans un théâtre du Boulevard. Mais il n'est de bonheur délicieux que le bonheur immédiat. À attendre trop longtemps la réalisation d'un désir, on risque de se trouver en présence de la réalisation d'une chose qu'on a cessé de désirer. Et les œuvres elles-mêmes n'aiment pas attendre. Elles ne sont pas assez sûres de vivre longtemps pour n'être pas impatientes de naître. Quant au *Jaloux,* ce que c'est, mais vous le saurez ce soir. Vous verrez ces scènes dominées par un sentiment qui est très profond chez moi, la peur de l'erreur judiciaire. Ici c'est d'une erreur judiciaire amoureuse qu'il s'agit, les moins réparables de toutes. "Rien n'est assommant au théâtre comme un Jaloux", me disait naguère Guitry[1] à qui j'avais dit un mot de ma pièce. J'avoue que l'arrêt si lestement rendu par l'éminent Directeur de la Renaissance ne m'a pas découragé, car je me suis souvenu de *L'École des femmes* et je me suis rappelé *Othello.* On me dira ce soir si j'ai eu tort ou non. En tous cas, que j'aie ou non un succès de première, j'ai eu des succès de répétitions dont je demeure heureux. Je ne sais si je saurai toucher le public. Mais j'ai fait pleurer mes interprètes. »

Mot sur interprètes.
Mot sur les autres pièces[2].

NOTULES

Étude sur Victor Hugo, par Fernand Gregh[3].

« Un critique est une personne qui se mêle de ce qui ne la regarde pas », a dit Mallarmé en un de ses mots profonds et frivoles qui, dans son œuvre, en face de ses vers de ténèbres, sont comme la revanche délicieuse de la lumière.

Mais, certes, il se mêle « de ce qui le regarde », un poète, un vrai poète, un grand poète[4] qui nous lit haut l'œuvre de Hugo, nous fait toucher, tinter, briller chaque vers comme une pierre sans prix[5], nous montre, en chaque émeraude, qu'elle cache en sa facette

une ondine au front clair,

et nous aide à suivre se jouer, dans les bijoux dont se parent les plus opulents de nos poètes contemporains, telle ressemblance d'ondines qu'il dénonce ici dérobées, et salue, là, fraternelles. C'est un beau livre que M. Fernard Gregh vient d'écrire, d'une simplicité, d'une franchise, on voudrait pouvoir dire, dans le sens bon et populaire du mot, d'une vulgarité qui est comme une promesse supplémentaire de durée : « Pour la postérité, le pain de ménage vaut mieux que les friandises », a dit Sainte-Beuve qui, lui, resta toute sa vie[1] un pâtissier.

Au milieu de cette belle prose, la célèbre poésie des *Clartés humaines*[2] *: Rêve,* se dresse dans une pure harmonie de lumière, comme un rocher au milieu des flots, baigné de leurs reflets, y prolongeant ses ombres. La poésie du penseur est à l'aise et dans son élément au milieu de cette prose de poète qui vient à tout moment, y ajouter de gracieuses broderies (« L'écume jette au roc ses blanches mousselines »).

Et dans ce livre robuste et négligé, F. Gregh a mis toute sa profonde intelligence et toute sa sensibilité la plus sûre, tout son cœur et tout son charmant esprit[3].

[HENRI DE RÉGNIER[4]]

Tout en me retrouvant dans Régnier (moi, c'est-à-dire je pense plusieurs personnes d'aujourd'hui et d'autres temps), non pas seulement pour le fond véritable et ce que nous cherchons tous à exprimer, mais pour ce qui n'est peut-être pas le meilleur en moi, la manière de l'exprimer, la manière de quelqu'un qui n'est pas romancier à essayer de couler ses impressions en roman (ainsi je suis sûr que ce sont des impressions de Régnier au moment de son duel[5], en faisant passer leur vérité générale en d'autres revêtements individuels, qui lui ont donné Antoine allant à la guerre[6]...; le dîner avec les maréchaux doit avoir aussi des substratums de vérités perçues. Maintenant on ne peut être sûr de rien : Régnier en écrivant *La Double Maîtresse*[7] n'avait jamais été à Rome! Au fond, ce qui est — si quelqu'un a ou non assassiné, a ou non couché etc. — cela ne peut se tirer que d'émanations du *fait* lui-même, de ses « ondulations » et propagations matérielles, la raison sait autant, plus, mais pas juste cela), — donc, tout en me retrouvant en Régnier, je sens aussi ce qui le différencie, son goût pour tel « caractère » pour tel « trait », qui dans la conversation lui fait dire avec un air docte de respect et d'admiration plaisante, où il y a dans la forme bien de la raideur et dans le fond un mélange d'affectation et de goberge : « Il ne donne la main droite qu'aux ducs et pour les roturiers se contente d'un simple hochement de corps. C'est admirable. » Sur ce, rire. On ne peut pas dire que ce soit du snobisme, même historique et rétrospectif. Cela descend de Flaubert, de Leconte de Lisle, du goût pour les bonshommes, de l'admiration pour un fait qui paraît singulier et plein de couleur. C'est cela qui a dû le faire se délecter dans le XVIIe siècle et y trouver le joint entre cette langue qu'il s'est trouvé y étudier et sa naturelle complication, joint qui est sa langue de *La Double Maîtresse,* etc., etc., et où, au fond, bien qu'elle soit d'un grand écrivain, on retrouve tout de même cette affectation XVIIe siècle de Faguet, Hervieu, Brunetière, etc., etc. Mais, naturellement, il y a en plus la couleur, etc.

LA COMTESSE DE GUERNE[1]

Il est assez singulier qu'une des deux ou trois grandes figures musicales devant lesquelles les véritables artistes s'inclinent entièrement appartienne précisément à ce qu'on serait tenté d'appeler, si l'on avait plus égard au hasard de la naissance qu'à la réalité du talent : « le monde des amateurs ». Certes, il y a longtemps que la comtesse de Guerne a reçu ses lettres de plus grande naturalisation artistique; et pour personne, pas plus pour les artistes que pour les gens du monde, elle n'est à aucun degré un amateur, mais une des deux ou trois plus grandes chanteuses vivantes. Mais, chose assez curieuse, au premier abord, et au fond assez naturelle, les artistes s'en rendent peut-être mieux compte que les gens du monde.

Sans doute les gens du monde connaissent l'admirable

talent qu'ont rehaussé tous les décors de l'élégance et invoqué tous les appels de la charité[1]. Mais ce qu'il a de plus raffiné, d'à peu près unique, leur échappe bien souvent et n'est guère sensible qu'aux artistes. J'ai eu occasion d'entendre dernièrement Mme de Guerne chanter devant un pur technicien de la musique, professant l'horreur du monde et, même au concert et au théâtre, constatant non sans tristesse combien il est rare d'entendre bien chanter.

Je ne crois certes pas qu'il s'imaginât entendre en Mme de Guerne une femme du monde plus ou moins agréablement douée pour le chant. Il avait reçu le témoignage ou les impressions de trop de grands et purs artistes. Il croyait entendre une vraie, une grande chanteuse, mais semblable à bien d'autres dont la réputation l'avait attiré, et le talent l'avait déçu. Mme de Guerne chanta. Debout, dans une attitude immobile à laquelle son masque dramatique et son regard inspiré donnaient une sorte de caractère pythique elle laissa échapper, comme de calmes oracles[2], des notes qui semblaient, pour ainsi dire, extrahumaines. Je dis qu'elle les laissait échapper, car les voix des autres chanteurs sont des voix appuyées à la gorge, à la poitrine, au cœur, qui semblent garder de l'émouvant contact quelque chose d'humain, presque de charnel et, si immatérielles[3] qu'elles soient, ne viennent à nous que comme un parfum qui traînerait avec lui quelques pétales de la corolle arrachée. Rien de tel en Mme de Guerne. C'est probablement l'unique exemple d'une voix sans support physique, d'une voix non seulement pure, mais tellement spiritualisée qu'elle semble plutôt une sorte d'harmonie naturelle, je ne dirai même pas les soupirs d'une flûte, mais d'un roseau dans le vent. Devant la production mystérieuse de ces sons indéfinissables, le musicien dont je parlais restait immobile, en un sourire extasié. La chanteuse cependant continuait d'égrener « l'éblouissant essaim des notes inégales ». Mais peut-on parler d'une chanteuse devant cette harmonie qui semblait moins produite par un artifice humain qu'émanée d'un paysage et faisait dans sa grâce antique invinciblement penser aux vers d'Hugo :

Viens, une flûte invisible
Soupire dans les vergers.

La chanson la plus paisible
Est la chanson des bergers[1].

Mme de Guerne ne serait pas l'émouvante chanteuse d'aujourd'hui si c'était simplement d'un calme paysage grec que sa voix semblât la voix. Non, c'est plutôt d'un paysage lunaire de Monticelli que d'un paysage de Théocrite qu'elle semble exprimer l'état d'âme, et elle est plutôt la musicienne du « silence » de Verlaine que de Moschus. Par là le charme antique de cet art prend quelque chose d'étrangement moderne. Et sans doute il n'y a rien qu'elle interpréterait aussi bien que *Le Clair de lune,* de Fauré, ce merveilleux chef-d'œuvre.

Aucune musique, on serait presque tenté de dire aucune diction, n'intervient ici pour rendre le sentiment qui n'est confié qu'à la qualité impressionnante du son. C'est la suprême distinction de cet art d'éviter les nuances faciles et les transitions banales. Il n'en est pas moins profond. Effacez la noble cendre qui couvre volontairement ces notes, pareilles à des urnes d'argent : vous y trouverez pieusement encloses et fidèlement gardées toutes les larmes du poète.

Ceux qui ont une fois entendu Mme de Guerne ne peuvent tromper qu'avec bien peu d'autres voix l'ennui de ne plus entendre la sienne, et aucune ne peut, en tout cas, [leur[2]] en rendre exactement la douceur particulière, cet éclat adouci d'argent. Dans certaines idylles antiques comme l'admirable *Phyllis* de Reynaldo Hahn, c'est la flûte même de Pan qui semble accompagner au fond d'un bois sacré les vers charmants du poète. Et ici cette voix, ce n'est plus seulement

... la lyre naturelle,
La muse des guérets, des sillons et du blé;

c'est une lyre douloureuse qui exprime les mélancolies de l'amour et de la mort.

Ce serait une bien grande naïveté de croire que cette impression si étrange, la qualité naturelle de la voix de Mme de Guerne jointe à la force de son sentiment musical suffirait[3] à la donner. Il y faut encore une profonde science du chant, science cachée mais nécessaire dont nous recueillons la moisson douce en sonorités dorées. Et pour s'en tenir à une partie purement matérielle de l'art du chant, ceux qui ne l'ont pas entendue chanter avec la merveilleuse Mme Kinen, le grand duo de *Sémiramis*[1], ignorent qu'elle sait vocaliser comme la Patti. Il serait injuste de ne pas associer au nom de Mme de Guerne celui du comte Henri de Ségur, son frère, qui est peut-être, comme compréhension et comme culture musicales, l'égal de sa sœur, mais qui, dans sa religieuse admiration pour elle, a borné toute son ambition à être son parfait et fidèle accompagnateur. Depuis la mort de son père, le marquis de Ségur, dont le titre est aujourd'hui porté par l'habile évocateur du salon de Mme Geoffrin, un académicien de demain[2], la comtesse de Guerne habite avec son mari le comte de Guerne[3], une gracieuse demeure de l'avenue Bosquet — c'est là qu'on entendit pour la première fois les chœurs d'*Esther,* ce que M. Reynaldo Hahn a peut-être écrit jusqu'ici de plus beau, où toutes les grâces du récit biblique et de la tragédie racinienne se sont transposées et comme exaltées, — demeure ennoblie de tous les témoignages d'admiration que les compositeurs ont donnés à l'artiste, depuis Gounod, qui lui dédiait ses mélodies, jusqu'à Hébert qui a fait son portrait; soutenue par de légères colonnes de Corinthe, résonnant tantôt au son de la lyre et tantôt de la harpe, et d'une voix aussi qui charme comme l'une et qui émeut comme l'autre, cette demeure heureuse ressemble à la fois à la maison du sage et au temple des muses.

UN PROFESSEUR DE BEAUTÉ[4]

« L'histoire des petits souverains de Fezensac ne serait bonne que pour leurs héritiers, s'ils en avaient », a dit Voltaire dans *L'Ingénu*[5]. Quelque opinion qu'on ait soi-même sur cette opinion de Voltaire, on peut penser que, si le comte Robert de Montesquiou-Fezensac, réussissant par un artifice qui n'eût certes pas été louable, à dissimuler sa personnalité spirituelle et à réserver son style, à faire vivre en quelque sorte sa merveilleuse intelligence à part et comme incognito, s'était contenté de compulser et de publier — cela ne signifie pas forcément d'*écrire* — une histoire de sa famille, il y a bien une dizaine d'années qu'il aurait son fauteuil à l'Académie française, et tout le monde, excepté lui peut-être, aurait lieu de s'en féliciter. Les académiciens d'abord, même et surtout aux petits jours, aux jours du dictionnaire, si, comme je le crois, personne aujourd'hui n'est presque au point de M. de Montesquiou sensible au visage, à l'allure, à la gesticulation, aux traditions, aux ridicules, aux préjugés, aux vertus de chaque mot, et n'en connaît mieux l'histoire, ne peut plus sûrement le suivre et le retrouver chez les classiques et chez les modernes, et cela jusqu'à dérouter et essouffler parfois son lecteur moins agile et qu'il feint, avec une politesse où il entre peut-être un peu d'impertinence, de croire aussi savant que lui, tandis que l'autre, qui n'en peut mais, voudrait bien comme M. Jourdain lui dire : « De grâce, monsieur, faites comme si je ne savais pas[1] ». — « L'écrivain véritable, a dit Ruskin[2], doit connaître à fond la généalogie et l'armorial des mots, savoir au juste les fonctions qu'ils ont été appelés à remplir dans la noblesse nationale du vocabulaire, quelles alliances ils ont contractées entre eux, dans quelle mesure ils sont *reçus** », etc. Personne ne répond mieux que M. de Montesquiou à cette définition. Tous ceux qui l'ont vu s'arrêter et comme se cabrer au moment de prononcer un mot (et de ceux qui jusque-là nous avaient le moins frappé), comme dans l'effarement** d'avoir vu tout d'un coup béant l'abîme du passé qui s'entrouvre sous ce mot dont l'accoutumance seule nous dissimule les profondeurs, dans le vertige d'y avoir aperçu la grâce native de ce mot, penchée là comme une fleur au bord d'un précipice, tous ceux qui l'ont vu saisir un mot, en

* Je ne puis naturellement, dans cet éloge si rapide et dans cet espace si resserré d'un article, discuter et approfondir cette opinion de Ruskin que je ne cite qu'au passage et pour faire honneur au maître et à l'ami à qui elle me semble s'appliquer. Mais dans l'édition que je donnerai prochainement de *Sésame et les Lys,* je dirai toute ma pensée sur cette maxime et sur d'autres analogues[3].

** Dans le beau sens qui s'applique aux chevaux de race : « Maîtrisant son cheval qui s'effare » (Heredia) ; « Un cheval effaré qui hennit dans les cieux » (Hugo) et qu'Hugo a étendu aux poètes : « J'irai, mage effaré[4] ».

montrer toutes les beautés, le goûter, faire presque la grimace à sa saveur spécifique et trop forte, le faire valoir, le répéter, le crier, le psalmodier, le chanter, le faire servir comme un thème à mille étincelantes variations, improvisées avec une richesse qui étonne l'imagination et déconcerte les efforts de la mémoire pour les retenir, celui-là peut s'imaginer quels jours merveilleux seraient, avec lui, à l'Académie, les jours de dictionnaire*. Mais que dire de ce que ce seraient, les grands jours, les séances de réception, si, comme il est de tradition, ce qu'il y faut et ce qui y charme c'est de la courtoisie, de l'éloquence, de la méchanceté, du goût et de l'esprit. On sait que « recevoir » est, — quand il n'est pas occupé à mieux, à réaliser son idéal, à combattre pour lui — une des choses où notre poète excelle, et qu'à accueillir l'arrivant — toujours un peu un « élu » — dans sa demeure qui est fort justement (et, pour parler comme lui, « préventivement ») dénommée celle des Muses, il prodigue des ressources d'esprit et d'éloquence que bien des académiciens seraient fort empêchés de mettre dans leurs discours. Sans doute saurait-il « *recevoir* l'élu » à l'Académie, celui qui a donné de l'hospitalité, — comme de tant d'autres choses d'ailleurs — une formule pour ainsi dire nouvelle, faite de grâce majestueuse et d'infatigable esprit. « Et pour ce qui est du goût », qui

* Ne pourrait-on pas voir comme un définitif article pour un dictionnaire idéal (et je plaindrais ceux qui verraient dans cet éloge une épigramme) dans la récente étude consacrée au ravissant coffret exposé par Mlle Lemaire[1]. Cette étonnante litanie de citations de Montaigne, de Lesage, de Balzac, de Victor Hugo, de Flaubert, où reviennent comme un refrain les deux mots qu'il s'agit de définir et d'illustrer, « boîte » et « coffret », ces exemples à la fois fameux et oubliés destinés à préciser et à glorifier chacun d'eux : « le coffret de Cypsillus déposé dans le temple de Junon à Olympie », « le coffret où Néron offrit sa première barbe à Vénus Génitrix », « le coffret renfermant les archives de France que laissa prendre Philippe VI à Crécy », « le coffret contenant les bijoux de Charles le Téméraire dont s'emparèrent les Suisses à Morat » (j'en passe et des plus significatifs) tout cela n'apporte-t-il pas une contribution bien précieuse à l'article Boîte et à l'article Coffret ? Ce savoir est d'ailleurs prodigué avec une absence de pédantisme qu'affirme suffisamment le genre du recueil dans lequel il a paru : *Les Modes* (numéro de juin 1905).

donc pourrait-on citer qui l'eût meilleur pour juger de la valeur d'une œuvre et pénétrer ses secrets jusqu'à en étonner l'auteur ? Et sa compétence s'étend assez loin pour que ce ne soit pas les seuls littérateurs qu'on aimerait l'écouter accueillir dans une académie, mais les peintres et les musiciens. Je ne pense pas que M. Helleu ni M. Fauré me contrediront. Sans doute, comme, par convenance au genre, Sarah Bernhardt jouant Assuérus à Saint-Cyr[1] sait oublier les fureurs d'Hermione, M. de Montesquiou, aux discours d'académie, voilerait d'une décente douceur ses orageuses justices et injustices. Mais enfin « sous la coupole » on aime aussi à ce que le récipiendaire soit parfois houspillé. Et sans aller jusqu'à demander à M. de Montesquiou de s'y servir de sa foudre (peut-être n'y aurait-il pas d'ailleurs tellement besoin de le lui demander pour qu'il le fît), ses confrères s'arrangeraient à ce que ce fût lui qui le plus souvent fût chargé du rôle, traditionnel dans cette arène, de picador, qu'il comprendrait d'ailleurs sans doute d'une façon assez neuve. Certes on voit d'ici avec quelle incomparable et majestueuse légèreté, quelle alerte et noble et cruelle désinvolture, de quelle piaffante, trépidante, trépignante et caracolante allure, il saurait développer puis resserrer autour de la victime élue ou couronnée ses savantes évolutions, l'irritant, la piquant de mille traits variés et sûrs, aux applaudissements d'un public avide, sinon de sang, du moins d'amour-propre, répandu. Mais tous ceux qui le connaissent sous cet aspect et dans ce rôle, soit pour lui avoir entendu prononcer, soit pour avoir lu des morceaux de ce genre, où sa plume électrisée s'escrime et fait feu de tous côtés, ceux-là savent que toutes les figures de la joute et du tournoi sont réglées par une logique supérieure et minutieuse et, comme une sorte de moralité, comportent souvent une haute leçon de sagesse et d'art. Je n'en veux pour exemple, particulièrement accessible et appréciable aux lecteurs des *Arts de la vie,* que les pages merveilleuses, militantes, mais au fond surtout prédicantes, qu'il y publiait récemment[2] sur un sujet à vrai dire où (sauf pour des opinions incidentes dont je suis bien fondé à dénoncer l'injustice) je ne saurais me prononcer, ne connaissant pas, pour des raisons de fait et très regrettables, l'œuvre de l'artiste dont il s'agit. Les lecteurs des *Arts de la vie,* j'en suis sûr, « ne sont pas encore revenus » du spectacle qu'ils ont eu ce jour-là et d'avoir vu M. de Montesquiou avec une dépense de verve qui laissait supposer, et, fort exactement, qu'il en gardait le centuple en réserve, de l'avoir vu — avec une maestria et une furia à étourdir sa victime et jusqu'aux spectateurs trop rapprochés — porter ses coups, couvrir dans le même temps d'une éclatante peinture tout le grand espace qu'il s'était réservé, corriger vingt portraits, repeindre dix tableaux, ici redessiner un bras, là allonger une main, plus loin changer un fauteuil de place, et finalement jeter tout le mobilier par la croisée, partout mettre sa couleur sur celle du maître peintre devenu, sans avoir eu le temps de protester, son écolier; — et prodiguer avec une éloquence, une intelligence, une logique, un esprit qui ne sont qu'à lui, des conseils et des leçons que certes l'artiste ne lui demandait pas, qui sont peut-être injustes ou inexacts adressés[1] à lui, mais qui resteront malgré cela justes et vrais, d'une vérité plus haute et d'une éternelle justice, en ce qu'ils prêchent, à propos d'un nom qui n'était peut-être pas celui qu'il fallait, je n'en puis rien dire, le bon, le nécessaire sermon sur le faux beau et sur le faux grand art, avec cet air — et ce grand air — d'extraordinaire dignité évangélique de qui a conscience de séparer le bon grain de l'ivraie — et qui à vrai dire est plus que distinctif, est unique en ce vrai fils des croisés qui, « sur le cimier doré du gentilhomme », à côté de la « plume de fer » dont vous savez la « beauté[2] », a mis la coquille du pèlerin du vrai, du missionnaire et du pur religieux de la Beauté. Dieu sait qu'on ne peut dire de lui comme Louis XIV du Bernin[3] : « Il ne trouve pas beaucoup de choses à admirer. » Personne n'admire plus que lui parce que personne ne discerne la beauté d'un œil plus sûr et plus ravi. Et je crois bien, pour revenir à l'Académie — et la quitter — que le public spécial de ses jours de « réceptions » serait déçu dans sa malveillance en l'entendant plus souvent prononcer d'enthousiastes « éloges », que pulvériser tel ou tel, au cours des péripéties et des « incidents » de ces séances passionnées, pour la plus grande gloire de la poésie et des lettres. Tout cela pourtant n'est pas à regretter. D'abord parce que tout cela viendra. Ensuite parce que l'Académie dont on aurait grand tort de médire, et qui en somme réunit aujourd'hui ou achèvera de réunir demain la plupart de nos plus grands écrivains* et compte, peut-être, plus d'hommes supérieurs qu'aucune autre assemblée humaine, ne doit pas venir trop tôt à ces talents militants qui alimentent tout leur feu et jettent toute leur flamme dans la prédication et dans la lutte, qui ont besoin de se battre fût-ce contre des moulins à vent, de battre en tous sens le pays, [à[4]] ces natures effrénées et belliqueuses, excellentes aux avant-postes et à qui il faut souhaiter que la position d'« inactivité », tant de grâce qu'ils y puissent déployer, soit offerte le plus tard possible, pour qu'ils restent plus longtemps chefs d'un détachement qui est une élite, hors cadres, plus libres de leur procédé et de leur mouvement.

Ces réflexions me venaient à l'esprit en lisant le dernier livre de M. de Montesquiou, que, selon un goût et un talent d'intituler qu'il a en propre, il appelle d'un nom singulier dont il force aussitôt et étend l'image à un genre d'objets qui n'y ressortissaient pas, de façon qu'en les désignant elle reste, si agrandie que soit son application, excessivement frappante et précise. Hier[5], c'était les *Autels privilégiés* mot qui signifie, au propre, autel où on peut célébrer la messe des morts en un temps où cela

* On sait que l'élection immédiate (et nécessaire) de Barrès[1] est assurée. Une jeune revue fort intéressante qui vient de se fonder sous l'ingénieuse direction de M. Paul Fort et qu'on ne saurait trop priser et trop recommander, *Vers et Prose,* nous cause une grande joie en annonçant que l'élection de notre cher et grand Henri de Régnier, cet écrivain puissant et délicieux, est prochaine[2]. Notre plaisir sera plus complet encore si un troisième fauteuil est réservé à un philosophe, à un artiste auquel nous avons déjà eu et aurons prochainement l'occasion d'exprimer notre admiration profonde, M. Maurice Maeterlinck[3]. Quant à savoir si un grand écrivain doit ou non désirer entrer à l'Académie, la question doit être tranchée par chacun en particulier, suivant ses préférences et décisions personnelles. Il ne peut y avoir de règle. Le fait que Flaubert n'ait pas voulu être de l'Académie ne suffit pas à sacrer grand écrivain tout contempteur de l'Académie, pas plus que, malgré l'exemple inverse de Victor Hugo, un poète n'est grandi d'être académicien. Les « commandements » spirituels les plus absolus et les plus minutieux doivent sur ce point rester muets et s'en remettre à la volonté et à la complexion de chacun. C'est affaire d'hygiène individuelle.

est défendu de le faire aux autres autels. Aujourd'hui c'est *Professionnelles beautés*. *Autels privilégiés, Professionnelles beautés* et *Roseaux pensants,* voilà trois livres de critique d'art comme il n'y en a pas d'équivalents, et l'on peut dire bien peu d'égaux, en France. Certes la grande œuvre de Ruskin, par le génie moral, par la grande puissance d'inspiration du cœur et de poésie, par l'unité du plan en quelque façon divin de cette sorte de discours sur la Beauté Universelle, est une bien plus grande œuvre et bien supérieure à ces trois livres de M. de Montesquiou. Mais peut-on demander à cette suite de courts essais de ressembler à un ouvrage immense qui poursuit à travers cinquante volumes un même et transcendant dessein ? Encore faut-il avouer qu'il y a peut-être plus de vérité de jugement artistique, de justesse de goût, dans chacun de ces courts essais que dans les grands livres de Ruskin. Or, au strict point de vue de la critique d'art, un juste sentiment des œuvres, une exacte appréciation des valeurs, importe peut-être plus que les plus belles considérations. À peu près aucun des jugements artistiques de Ruskin, au moins sur ses contemporains, ne paraît devoir subsister. Enthousiasme pour les Préraphaélites, pour Meissonier, mépris pour Whistler. Et pourtant c'est le jugement sur les contemporains qui importe chez un critique. « Tout le monde est fort, a dit Sainte-Beuve, à prononcer sur Racine et Bossuet. Mais la sagacité du juge, la perspicacité du critique, se prouve surtout sur des œuvres neuves, non encore essayées du public. Juger à première vue, deviner, devancer, voilà le don critique. Combien peu le possèdent![1] »

Or, ce ne sera certainement pas un des moindres titres de M. de Montesquiou d'avoir singulièrement devancé le goût de sa génération et de celle qui l'a précédée, de l'avoir averti, formé et excité, de l'avoir mis sur la piste de beautés nouvelles, *qui furent toujours des beautés réelles*. Jamais les plus séduisantes couleurs de la nouveauté qui ressemble au vrai beau ne l'abusèrent. Jamais il ne fut dupe de cette illusion d'optique qui colore à nos yeux des reflets d'un talent nouveau les simples efforts qui l'avoisinent et sont par eux-mêmes assez incolores. Les vrais talents sont comme les étoiles. Leur lumière met si longtemps à venir jusqu'à nous que quand nous pouvons enfin la distinguer, l'astre est déjà depuis longtemps éteint. Grâce à ses merveilleux télescopes spirituels, M. de Montesquiou distingua toujours, à leur naissance, les talents-étoiles. Et la lointaine portée de sa vue n'en diminue pas la précision : il ne salua jamais étoiles les planètes qui les avoisinent et tirent des étoiles et non d'elles-mêmes leur lumière. Mais ces étoiles, avec quelle joie, quelle vénération de roi-mage et quelle ferveur d'apôtre, il marcha vers elles, les adora, les fit voir de leurs yeux à ceux qui en possèdent, et les fit voir aux autres avec cet œil de la foi qu'est le snobisme. La beauté encore incomprise qu'il aima avant les autres, il l'a enseignée, l'a prêchée infatigablement et souvent dans le désert*.

Tous ces essais que nous lisons aujourd'hui, prennent, en dehors de leur valeur littéraire intrinsèque, dont nous allons parler tout à l'heure, une valeur en quelque sorte humaine qui sera pour eux, plus tard, une grande garantie de durée et qui leur vient d'avoir été vraiment vécus, réchauffés d'un amour qui leur a donné la vie, et infatigablement professés. Ce ne sont pas pourtant comme les leçons d'un Villemain infiniment supérieur. D'abord le public était supérieur aussi, c'était une petite élite catéchisée avec une ferveur, une dépense de force spirituelle, nerveuse, sensible, physique vraiment uniques, élite qui pourra témoigner hautement pour ce maître, car elle est composée des hommes supérieurs de demain. Mais M. de Montesquiou ne s'est pas contenté de conserver des allocutions refroidies et de publier des cours. Chacun de ses essais écrits est une création originale, entièrement différente de son enseignement oral, longuement méditée, qui est loin de n'avoir qu'une valeur de transcription, qui a été pensée, « écrite », et avec quelle merveilleuse richesse, quelle force et quelle originalité! Quels dons

* On sait que ce discernement, cette prévision de la beauté nouvelle, M. de Montesquiou l'a étendu jusqu'aux diverses industries d'art. Son nom est inséparable par exemple des noms de Gallé, de Lalique[1]. Et toujours avec un éclectisme qui lui fit admirer et honorer les talents les plus opposés à ce qu'il semble qu'en apparence il aurait dû uniquement aimer (par exemple, qui ne se souvient de la statue, et de l'autel privilégié qu'il dressa à Mme Valmore[2]? La servante de Mme Valmore a confié à M. de Montesquiou le soin d'entretenir sa tombe. Mais il avait déjà relevé et rajeuni sur cette tombe « l'arbre de grandeur[3] »).

particuliers, infiniment rares et précieux, ont été nécessaires pour cela, c'est ce que nous allons pour finir examiner brièvement.

Un de ces dons, qui est merveilleux pour un critique d'art et qui pourtant peut devenir dangereux*, est un don que Ruskin a possédé au plus haut degré et je serais bien embarrassé d'avoir à citer plusieurs autres noms que le sien et celui de M. de Montesquiou. Ce don consiste d'abord à voir distinctement là où les autres ne voient qu'indistinctement. Voir et savoir. M. de Montesquiou entre avec vous[2] dans une cour plantée d'arbres. « Voilà de beaux arbres, dites-vous. — Ce sont, dit M. de Montesquiou, des arbres de Zachée[3], ceux-là mêmes sur lesquels monta ce petit homme avisé pour voir passer de plus près le Sauveur » (*Professionnelles beautés*, p. 17). Vous entrez au salon. Belles fleurs dans les jardinières. « Ces amarantes, dit M. de Montesquiou (*ibid.*, 228), signifient en langage floral, etc. et il cite gracieusement Molière et Boulay Paty**[4] ». On apporte des poires. « Ce sont des poires bon chrétien, dit M. de Montesquiou, celles que M. Thibaudier envoie à Mme d'Escarbagnas et qu'elle prend en disant : " Voilà du bon chrétien qui est fort beau "[5]. » Le maître de la maison entre, en un pantalon gris que M. de Montesquiou déclare balzacien. Vous hasardez : « Celui de Lucien de Rubempré. — En aucune façon, proteste M. de Montesquiou, celui de Pierre Grassou qui était " avantageux "[6], ou plutôt encore celui de Sixte du Châtelet[7] qui était prétentieusement provincial » (*Roseaux pensants*, p. 40)***. Une invitée avance la pointe de son soulier et M. de

* Il m'est impossible d'expliquer ici pourquoi. J'ai d'ailleurs trop longuement insisté sur ses dangers dans la préface de la *Bible d'Amiens*[1], pour ne pas ici parler plutôt de ses vertus qui en somme l'emportent sur eux.

** J'avoue que Boulay Paty est ici ajouté par moi, après avoir lu dans Sainte-Beuve ses beaux vers sur l'amarante.

*** Çà et là, sur Balzac, voir plus curieusement encore *Professionnelles beautés*, p. 298, 299 et 300 (*César Birotteau*) et 300 (*La Vieille Fille*).

Montesquiou remarque que c'est le geste même de Mme Hulot auprès de Crevel[1], avance si pudique qu'il ne la comprit pas. Vous allez au Louvre et devant un Pisanello[2] M. de Montesquiou vous montre, dans le fond du portrait, des fleurs que vous n'eussiez peut-être pas remarquées. Que dis-je des fleurs ? C'est là une généralité dont nos perceptions confuses sont bien obligées de se contenter. M. de Montesquiou vous a déjà nommé l'ancolie et fait remarquer avec quelle vérité elle est peinte. C'est ainsi que Ruskin, dans la représentation florale la plus vague, la plus simplifiée d'une enluminure de manuscrit du XIIIe siècle, nomme immédiatement l'épine rose et la *Polygala alpina,* qu'il pouvait distinguer dans un des tableaux de Collins, un superbe *Alisma plantago,* et, dans le *Berger mercenaire* de Hunt, un non moins exact géranium que M. de la Sizeranne (*La Peinture anglaise contemporaine,* p. 262) nous dit, d'après M. Chesneau, être un géranium *Robertianum* et qui ne pouvait en effet être plus heureusement surnommé[3]. Devant un admirable Benozzo Gozzoli, *Les Anges quittant Abraham,* Ruskin fait remarquer que ce qui est bien joli c'est qu'il y ait un ange d'un côté et deux anges de l'autre, car, en effet, dit-il, « rappelez-vous que l'Écriture dit qu'il y eut trois anges auprès d'Abraham, mais deux seulement s'en allèrent vers Loth et le troisième s'en alla d'un autre côté[4] ». Et sans doute c'est Ruskin qui écrit cela, mais sans s'en douter il écrivait à ce moment-là, comme devait parler cinquante ans plus tard (sans se douter davantage de la ressemblance) M. de Montesquiou. Mais revenons auprès de ce dernier que nous avons laissé devant le portrait de la princesse d'Este. Nous le retrouvons devant un portrait de Bruyas[5] et il remarque (*Professionnelles beautés,* p. 209) « le transfert à l'index de la main gauche d'une bague chevalière apparemment trop large pour l'annulaire ». Quand on sait ainsi tout voir, tout distinguer, et tout nommer, on possède déjà un privilège inappréciable, pour tout décrire. Partout on notera la nuance juste : « un insaisissable ton d'*althaea.* » (*Professionnelles beautés,* p. 130), « les œillets rouges d'un Porbus n'y sont pas fanés par le velours capucine de Mme de Senones[6] » (*ibid.,* p. 205), « le rouge et le noir d'un Méphisto, le rouge et le noir d'un vase étrusque, la tache vermillon d'un bouchon de ligne, ou de ce haillon rouge dont Corot a piqueté le vert gris d'un beau paysage* » (toute cette dernière phrase rien que pour préciser la qualité du rouge dans l'aile d'un papillon, le *Pyrameis atalanta*). Quand on eſt avec cela un étonnant écrivain on arrive à égaler l'œuvre qu'on décrit : « Peintures et paſtels, je possède sept panneaux d'hortensias jardinés par Helleu, et dont les corymbes glauques ou *blondissants, mirent en des plateaux d'argent comme des bouquets de turquoises mortes.* » Ce qu'il y a de plus délicieux, de plus insaisissable et de plus indescriptible, semble-t-il, dans l'art du peintre eſt ici égalé. M. de Montesquiou ne nous dit pas si ces panneaux lui furent offerts en présent par Helleu. Si oui, nous leur appliquerions volontiers, en la changeant légèrement et en l'exaltant un peu, la phrase de Sainte-Beuve sur Goncourt : « Heureux qui voit payer sa magnificence d'une louange sans prix[2]. » Et quel sentiment des reflets dans cette phrase : « Le modèle dont la rose chevelure a fait se dorer de son reflet tant de miroirs de cuivre. » Mais il n'y a pas une phrase qui ne serait à citer. Chacune contient des curiosités — naturelles et factices — des beautés — une intuition — une expérience. Il n'y a peut-être pas dans ce livre de 313 pages une seule phrase insignifiante et de remplissage. L'auteur a tant à dire qu'il ne perdrait pas deux mots pour ne rien dire, et dans sa hâte féconde, pressé de déposer son germe, il n'a pas la patience ou la frivolité de s'attarder aux détails biographiques**. Il brûle la première étape et la laisse à remplir à ceux qui n'iront pas plus loin.

* Comparez encore (*Autels privilégiés*, p. 265 et 266) : « Les deux écharpes de cachemire des Indes rouge, de ce rouge de géranium foncé qu'affectionnait Moreau[1], sont aussi celles qu'aimait Ingres qui en drapa Mesdames Rivière et Devançay, et que Prud'hon a enroulées autour de sa Joséphine. Les robes sont d'une souple gaze rayée (peut-être un barège) de coton chaud que le siècle de Louis XIV appelait « couleur cheveux » et que la chevelure de Marie-Antoinette fit ensuite en s'éclaircissant qualifier cheveux de la Reine. C'eſt une sorte d'amadou diaphane. Un douloureux bracelet eſt tressé d'une natte pareille à celle qui couronne la pleureuse d'*Orphée* de Gustave Moreau. »

** « Certains esprits s'accommodent de ces faits... je les abandonne à leur aptitude. Je n'exprime que ce qui me passionne. La sécheresse que m'offre la biographie, je la repousse », etc. (*Professionnelles beautés*, p. 89).

Sans doute une vision si extraordinairement minutieuse du détail caractéristique et précis exigeait — et a trouvé — un vocabulaire infiniment varié, fournissant à toute minute le mot technique, le terme juste qui est souvent le terme rare. En réalité, quand nous relisons aujourd'hui attentivement certaines des pièces qui nous paraissent les plus classiques, nous voyons à les regarder de près, de combien de précision de détails parfois gênants à notre ignorance est faite leur beauté de loin si vague et si générale. Nous ouvrons la célèbre pièce : « À l'Arc de Triomphe »[1] et nous sommes arrêtés par un abaque, par un attique, un chevet, un claveau, etc. Nous ouvrons *Le Capitaine Fracasse* de Théophile Gautier et dès les premières pages plus de vingt termes, inconnus de nous, nous surprennent. Et on peut peut-être soutenir que pour certains livres ces mots exacts sont comme les clous précieux qui fixent immuablement la trame du style et lui interdisent ce flottement qui ne résiste pas à l'outrage du temps. Ce qui parut singulier à cette[2] époque, ne paraît plus aujourd'hui que singulièrement approprié. Notre auteur exige le même genre d'effort. Il est certain que, parfois, un terme peu usité aussi nous arrête. L'érudition de l'auteur fait que toute chose évoque pour lui des souvenirs que nous n'avons pas tous aussi soigneusement rangés dans nos mémoires. « Un seul rosier, aux roses de face, de revers, de profil, (il s'agit d'une broderie) qui fait penser au rosier d'Hildesheim, planté par saint Bernard, au miracle de sainte Elisabeth, au rosaire de saint Dominique. » — « Elle voulut (il s'agit d'une hôtesse littéraire)[3] associer Pétrone à Hugo, Quasimodo à Trimalcion, Borlunt à Apicius, réconcilier les maîtres-queux avec les maîtres sonneurs[4]. Elle rêva d'être un bas-bleu qui serait un cordon-bleu, de marier le bouquet de persil et le bouquet à Chloris, d'assembler le laurier d'Apollon avec le laurier-sauce. Et elle fut la Julie d'Étanges du pot-au-feu, la Sablière du fritot et du fricot, la Geoffrin et la du Deffand des fricassées... faisant jaillir une Hippocrène, un Raphidim[5] de bons mots. » On est emporté dans ce tourbillon où parfois l'on n'aurait voulu s'aventurer qu'avec son dictionnaire. Mais, je le répète, on est souvent plus déconcerté encore par les mots qu'emploie Théophile Gautier. Chez M. de Montesquiou, d'ailleurs, comme chez lui, le terme rare est toujours un terme excellent, choisi dans les meilleurs « milieux » littéraires du XVIe, du XVIIe ou du XVIIIe siècle et dans ce livre de *Professionnelles beautés* où il y a pourtant tant de choses difficiles à désigner et à différencier, je ne crois pas qu'il y ait moitié autant de mots rares que dans le premier volume du *Capitaine Fracasse*.

Il est d'ailleurs à noter que si M. de Montesquiou sait tout de la peinture, en revanche dès qu'il écrit il n'est plus qu'un écrivain. Vous ne trouverez jamais chez lui le moindre de ces « glacis », de ces « empâtements », de tous ces termes d'atelier qui restent comme une petite tache sur les plus merveilleuses descriptions de nature des Goncourt. Et pourtant M. de Montesquiou n'est jamais abstrait, ce qui arrive trop souvent à un autre critique d'art, et en cela inférieur à notre avis, Fromentin. Sans doute, Fromentin restera au fond de ses livres de critique d'art une des plus charmantes figures qu'on puisse aimer, qu'on doit aimer, puisque l'admirer on ne le peut toujours entièrement, et que sa faiblesse, ses défauts charmants, l'insuccès de son noble et mélancolique effort, du fond de l'ombre que l'indécision de sa facture épaissit sur ses traits peu distincts, semblent implorer et éveillent si naturellement la sympathie des générations. Mais est-ce le méconnaître et cela empêche-t-il de lui rendre toute son avance sur d'autres terrains que de confesser qu'il sut rarement dans ses livres, malgré tout son luxe d'explications fines, de raisonnements profonds, de touches techniques, nous faire voir un tableau, comme tout à l'heure[1] nous « voyions » ce pastel d'Helleu, comme ailleurs nous sont magnifiquement montrées les *Deux Sœurs* de Chasseriau[2] ?

Cet esprit qui excelle à fixer le reflet d'une nuance et la singularité d'un contour ne se plaît pourtant à cela que de passage et dans la mesure où cela est utile à ce qu'il prétend prouver. Car il est avant tout philosophique et il n'a pas écrit une page qui ne soit mouvementée et émouvante, d'être en marche vers une démonstration. Les conclusions toujours neuves et souvent profondes où il arrive, si elles ne paraissent pas plus considérables aux esprits superficiels, c'est qu'au lieu de les exprimer sous une forme abstraite, il veut leur donner une apparence plastique et piquante. Mais qu'on ne s'y trompe pas, et ce dernier trait l'achève et lui décerne la couronne.

Ce n'est pas seulement comme l'appelait plaisamment un grand peintre « le seul critique d'art qui s'y soit jamais connu en peinture », c'est encore un vrai philosophe de l'art, celui qui terminait son étude sur Ingres par cette page superbe, nouvelle et définitive :

« Ingres-Œdipe, le voilà, faible et fort, doux et irrité, savant et inculte. Il crée autour de lui l'air raréfié[1], l'atmosphère d'altitude et l'irrespirable milieu où le modèle et le spectateur sentent qu'ils se pétrifient. Entendez-le s'écrier : " Il est beau de noircir les paupières des vieillards... il est beau de décolorer les paupières des femmes... " Traduisez son propre visage d'Olympien au front bas, habité et intérieurement heurté par l'emprisonnement, là, de son aigle. Sur ses lèvres un *Quos ego*[2], à l'adresse de ceux qu'il se retient de nommer, mais qu'il désigne ainsi : les grands *machinistes*. Un artifice des poèmes orientaux consiste à employer le pluriel lorsqu'on parle de l'amoureux, comme pour l'amplifier, le grandir. Ingres fait de même, parlant de l'ennemi : " Ils veulent, ils nous opposent... " Mais ce n'est ni Rubens, ni Van Dyck, ni Rembrandt, ni Murillo, ni même Géricault... c'est un seul, l'innommable[3] ! Le bien nommé, selon la loi de Balzac[4], n'est-ce pas lui, désigné de ce nom à la sonorité nasillarde et griffue, pincée et rapace, et dont la rime est avaricieuse[5]. Ingres, un[6] prophète encore : Moïse de l'art contemplant de loin la Terre promise des couleurs et des reflets ; Jonas plein d'imprécations et de prédictions ruineuses. Un autocrate inouï non content de la magnifique vérité qu'il lui fut donné de formuler et qui exige impérieusement de régir tout l'art. Et pourtant tel est le secret de sa force et de sa beauté. C'est la forme stricte du sonnet infligeant au rêve contraint une attitude plus rare. C'est la culture japonaise étirant, repliant ses rameaux selon des courbes plus exquises. C'est l'eau transformée en gerbes et en jets par une puissante hydraulique, et qui fournira cette belle similitude au grand Dominique[7] : " La lumière est comme l'eau, elle se fait bon gré mal gré sa place, et prend à l'instant son niveau. "

« Ingres s'est égalé au créateur, non comme un Pygmalion s'en remettant à l'amour du soin de vivifier sa Galathée, mais comme[8] un Deucalion qui se fie à[9] son orgueil du vouloir d'humaniser les pierres. Mais les pierres attendent en vain, en leurs attitudes rigides; en leurs frigides veines, le sang des cornalines circule, seul, et la violette de la mort bleuit sur leurs lèvres d'améthystes. Punition d'avoir voulu exister sans la vie. Biblique châtiment pour un crime mythologique. L'autre[1], l'ennemi, le rival innommé a, lui, vraiment dérobé la flamme, afin d'en vivifier sa création toute brûlante[2] de feux et de pourpre, d'étoffes d'or, de bijoux ardents, de crinières de lions et de chevelures de femmes. Le bûcher de Sardanapale[3] en flamboie, Ingres le voit et en rougit, et l'*Incendie du Bourg*[4] qu'il admirait ne lui cause pas tant d'envie. Or, sa muse pour l'avoir contemplé, se change en sel — que dis-je ? — en ivoire. Et lui-même, autre Prométhée, expie un étrange forfait, éternellement enchaîné au rocher de son Angélique[5], et pour avoir volé — le *froid*[6]*»

JOHN RUSKIN : *Les Pierres de Venise*. Trad. par Mme Mathilde P. CRÉMIEUX. Préface de M. Robert DE LA SIZERANNE. Paris, Laurens. In-8°, 322 p. avec 24 planches[7].

Une traduction des *Stones of Venice* conquérant à l'intelligence française une part nouvelle et notable de l'âme de Ruskin et de l'âme de Venise, aurait été à toute époque et en dehors de toute contingence un événement intéressant de notre histoire littéraire. Mais celle (la première en langue française) que nous devons à l'admirable effort de Mme Crémieux vient aussi, comme on dit, bien à son heure. L'heure de Venise, peut être aussi, peut-on penser à certains signes, l'heure de Ruskin en France, l'heure de Venise en tout cas. Jamais Venise n'a joui auprès des intelligences d'élite d'une faveur aussi spéciale et aussi haute qu'aujourd'hui. Pour reprendre cette place éminente Venise n'a pas eu, comme Versailles, à remonter toute une pente de dédains (« l'ennuyeux parc de Versailles » de Musset[8] devenu par Barrès, par Montesquiou, par Henri de Régnier, Helleu, Nolhac, Lobre, Boldini[9], le séjour de prédilection des poètes et des sages); la vogue un peu populaire et confuse qui était la sienne

* *Roseaux pensants*, p. 49, 50 et 51.

(et ne le distinguait guère de Naples ou de Sorrente que par les légendes tragiques qui faisaient fond romantique dans ce décor d'amour quelconque) s'est changée en une prédilection sans cesse affinée et approfondie des plus rares esprits de ce temps. La Venise agonisante de Barrès, la Venise carnavalesque et posthume de Régnier, la Venise insatiable d'amour de Mme de Noailles, la Venise de Léon Daudet, de Jacques Vontade[1], exercent sur toute imagination bien née une fascination unique. Et, maintenant, de cette contemplation un peu passive de Venise, Ruskin va nous faire sortir.

Il nous permettra bien de glisser parfois en gondole. Il a avoué lui-même dans *Praeterita* la molle volupté qu'il y avait trouvée. Mais il va falloir, les *Pierres de Venise* à la main, aborder à toutes les églises et à ces demeures, à demi dressées, délicieuses et roses, hors des eaux où elles plongent, étudier chaque chapiteau, demander une échelle pour distinguer un relief dont Ruskin nous signale l'importance et que, sans lui, nous n'aurions jamais aperçu; ne pas se contenter de regarder Venise comme le décor qui inspira jadis à Daniel Halévy des pages exquises et dédaigneuses, mais comme une cité qui fut vivante, qui fut, entre toutes les cités vivantes, noble et sage, et dont la noblesse, la sagesse et la vie sont encore visibles et admirables dans ces pierres qu'elles ordonnèrent selon leurs lois[2]. Sorte de musée intact et complet de l'architecture domestique pendant le Moyen âge et la Renaissance — le sublime Moyen âge et la fatale Renaissance[3], — que d'enseignements inépuisables et merveilleux Venise va nous donner, maintenant que Ruskin va faire parler ses pierres, et, grâce à la superbe traduction de Mme Crémieux, va s'adresser à nous dans notre langue, comme un de ces apôtres doués de glossolalie[4] qui sont figurés au baptistère de Saint-Marc! Il en est de la beauté comme du bonheur (dont un poète a, d'ailleurs, dit qu'elle était la promesse), et elle s'évanouit, comme lui, en un ennui morne si on la poursuit uniquement. Nous aurions pu nous fatiguer de la langueur de Venise et répéter froidement, à sa louange, les litanies du génie. Mais maintenant, au retour de nos pèlerinages ruskiniens, actifs et laborieux ceux-là, où nous chercherons la vérité et non la jouissance, la jouissance sera plus profonde, et Venise nous versera plus d'enchantements d'avoir été pour nous un lieu d'études et de nous donner la volupté par surcroît. Pèlerins passionnés des pierres qui furent d'abord des pensées et qui les redeviennent pour nous, quelles admirables prédications au bord des eaux nous écoutons le Maître nous dire! Aux couleurs des ciels de Venise, des mosaïques de Saint-Marc, s'ajouteront des couleurs nouvelles, plus prestigieuses encore parce que ce sont les nuances mêmes d'une imagination merveilleuse, les couleurs de Ruskin, que sa prose, comme une nef enchantée, porte à travers le monde!

Les belles photographies, à la fois vivantes et artistiques, de M. Alinari, nous consolent un peu que l'éditeur ou les héritiers de Ruskin n'aient pas autorisé la reproduction des admirables gravures du Maître. On peut, en voyant ces planches de M. Alinari, répondre que la photographie est bien un art à la question posée naguère par M. de la Sizeranne. La belle conférence que ce dernier prononça au Palais des Doges sur Ruskin et qui retentit si profondément en France et en Angleterre, sert de préface à ce livre. Dans ces *Pierres de Venise,* nécessairement écourtées, mais encore si pleines de beautés, on trouvera des pages sur l'arrivée à Venise, sur Torcello, sur Saint-Marc, qui dans l'anthologie de Venise pourront sans crainte supporter le voisinage des plus belles pages du livre de Barrès. Ruskin achèvera de faire en France pour Venise ce qu'avaient commencé Turner, Barrès, Mme de Noailles, Henri de Régnier et Whistler. Une seconde édition, au moment où nous écrivons, est déjà sous presse. La traduction de Mme Crémieux, sorte d'abrégé de la « Travellers' Edition », étant conçue surtout comme un guide de Venise, nous réclamons pour la troisième un appendice qui contienne, si cela est possible, l'extrait sur les œuvres de Vittore Carpaccio (Au moins faudra-t-il introduire dans l'Index vénitien la mention que Ruskin a ajoutée dans la révision de 1877. Sans cela on a simplement sur San Giorgio dei Schiavoni l'indication qui figure dans la traduction de Mme Crémieux : « passe pour contenir une belle série de Carpaccio », ce qui est par trop stupéfiant pour qui sait la prétention de Ruskin d'avoir découvert Carpaccio.) D'autres pages du livre ont de telles parentés avec des pages d'autres livres de Ruskin, certaines œuvres vénitiennes commentées ont joué un tel rôle dans l'évolution du goût de Ruskin, tiennent une telle place dans son œuvre — la place qu'elles ont tenue dans sa vie — et lui ont inspiré dans d'autres livres de si admirables développements, qu'on regrette que la nécessité de se restreindre n'ait pas permis à Mme Crémieux tout un appareil de références. Mais elle avait à condenser tant de choses en un volume que c'est déjà miracle qu'elle ait pu réussir à ce point. L'éclatant succès de sa traduction est, comme on dit, d'un pronostic extrêmement favorable, au point de vue de l'influence que ces beautés de Grande-Bretagne, aperçues jusqu'ici à distance et comme dans la brume par ceux qui ne pouvaient lire qu'imparfaitement l'original, mais amenées pour eux par cette traduction en belle et pleine lumière, ne manqueront pas d'exercer sur la sensibilité française.

[TOLSTOÏ CONTRE SHAKESPEARE[1]]

Hélas[2], Monsieur, nous n'étions pas déjà si assurés dans notre foi esthétique, nous n'étions pas déjà si certains qu'elle fût bien catholique — capable de s'imposer universellement, en tous temps et en tous pays —, c'était bien la peine, en donnant le plus fâcheux retentissement à une hérésie comme il n'y en eut peut-être jamais de plus troublante pour les croyants de l'art, d'ouvrir un schisme douloureux où il faudra tout simplement que nous choisissions entre le génie de Shakespeare et, sinon le génie de Tolstoï — car on pourrait tâcher de le mettre hors de cause — au moins, et c'est déjà beaucoup, son pouvoir de discerner la beauté, la vérité esthétique. Mais en réalité ce pouvoir, personne l'a-t-il jamais possédé, au moins d'une langue à l'autre (comme d'ailleurs d'un art à l'autre, comme toutes les fois où la matière même de l'œuvre d'art reste obscure au critique, que ce soit une langue étrangère ou une technique inconnue) ? Comme seule la beauté de l'expression individualise l'idée et mesure les profondeurs où elle a été élaborée dans l'âme du poète, si cette expression matérielle nous voile l'œuvre au lieu de nous la découvrir, nous sommes exposés à des tâtonnements, à bien des erreurs. Voyez l'admiration de Gœthe pour Béranger, la méprisante horreur qu'inspirait à Stendhal l'architecture gothique, la prédilection de Ruskin pour Meissonier, pour Alphonse Karr, pour George Sand. Mais sur quelle voie vous nous entraînez, Monsieur, et cette première concession suffira-t-elle ? Hélas, Hugo n'admirait pas moins Béranger que ne faisait Gœthe, et les artistes même de génie méprisaient le gothique autant que Stendhal à son époque. Renan, qui était plus près de George Sand que Ruskin, l'admirait plus que Flaubert. Saint-Beuve la préférait à Balzac, à Stendhal. J'admets que Sainte-Beuve par exemple était trop près, je ne dis pas de l'œuvre, mais de la personne même des écrivains qu'il jugeait. Il savait trop qu'Alfred de Vigny avait moins de tact que Molé, était un peu benêt à côté de lui, il se rendait trop bien compte que dans la société de Mérimée, de Jacquemont, d'Ampère, Stendhal était loin d'être le premier, d'être considéré comme l'homme de génie qu'on a fait — je crois, découvert — depuis, comme si la supériorité du génie devait s'imposer, transfigurer l'homme qu'il habite aux yeux de ses amis même les plus intelligents (c'est ainsi que dans les délicieux articles que M. Jacques Blanche a publiés sur Whistler et Fantin-Latour, le merveilleux peintre-écrivain a peut-être un peu diminué ses modèles parce qu'il les avait trop « fréquentés »). Mais si trop de renseignements nuisent, trop peu ne facilitent pas non plus les choses. Le fait que des hommes de génie aient pu au XIXe siècle se tromper sur Ossian doit nous rendre prudents. Un bon graphologue ne doit [pas] négliger tout ce qui peut l'éclairer sur l'auteur d'un billet qu'il doit apprécier. On ne sait même pas si Shakespeare a existé, et on s'extasie toujours sur ce fait qu'il prenait son bien où il le trouvait...

GAINSBOROUGH, par Gabriel MOUREY. Paris, Laurens. In-8°, 128 grav., 24 grav. hors texte (coll. des Grands Artistes)[1].

M. Gabriel Mourey vient d'écrire sur Gainsborough un livre court, substantiel et délicieux. Il paraît dans cette excellente collection Laurens qui nous a valu, sous l'étiquette de simples mémentos et résumés, des travaux de véritable et puissante originalité, tels que l'*Albert Dürer* de M. Auguste Marguillier et le *Nicolas Poussin* de M. Paul Desjardins[1].

Tom Gainsborough arrive un jour à l'école avec un billet signé de son père, demandant un congé pour son fils, et le voilà parti à travers la campagne, dans les bois, ivre de liberté, observant, rêvant, dessinant. Le soir venu, il rentre. Mais le subterfuge a été découvert : Tom a falsifié l'écriture de John Gainsborough. « Tu finiras par la potence! » s'écrie le brave homme. Mais Tom... ne répond mot, montre simplement à son père le travail de sa journée, ses dessins; la fureur paternelle s'apaise. Un autre jour, des maraudeurs dévastent le verger des Gainsborough; Tom se cache, en surprend un grimpé sur un poirier, en fait un croquis rapide, mais si ressemblant qu'il servira devant le tribunal de pièce à conviction. Ce fut l'esquisse du portrait de Jacques Poirier. Les belles, les significatives anecdotes, si éloquentes, si expressives! Que de choses j'y vois : la grandeur du penchant irrésistible, l'utilité documentaire de l'œuvre d'art (« une œuvre d'art, dit Ruskin, doit être un chapitre de géologie, ou de botanique, ou d'ornithologie, un document judiciaire, etc. ») et aussi la curieuse hiérarchie des devoirs dans la morale innée de l'artiste, pour qui le bien c'est ce qui seconde l'inspiration, le mal ce qui la paralyse, — le bien, ici : la signature contrefaite et l'école buissonnière (le joli mot pour un paysagiste!), le mal : la classe qui ne peut rien lui apprendre. Plus tard, ce brave et honnête Gainsborough, admirable et généreux d'ailleurs, ne dédaigne pas l'argent, car l'argent n'est pas chose fatale à l'artiste, mais, même dans son atelier, « centre des élégances » de Bath, il se méfiera des gens du monde dont la fréquentation, si elle a le snobisme pour principe, énerve et tue les meilleurs talents. « Vous gaspillez vos dons avec les gentlemen, écrit-il à son ami Jackson, et toute votre étude est de savoir comment vous deviendrez gentleman. Eh bien! damnés gentlemen, il n'y a pas d'espèce d'ennemis plus à craindre pour un véritable artiste, quand on ne les tient pas convenablement à distance. Ils n'ont en eux qu'une partie qui vaille la peine qu'on les regarde : c'est leur bourse.

Quand des gentlemen viennent chez moi, mon domestique leur demande ce qu'ils veulent; s'ils disent : " un tableau ", " Monsieur, passez par ici s'il vous plaît, et mon maître va venir vous parler ", mais s'ils ne veulent que me saluer et me complimenter : " Monsieur, mon maître est sorti... " »

À propos de Gainsborough et de la peinture anglaise, M. Gabriel Mourey évoque à plusieurs reprises le grand nom de Ruskin. C'est un fait senti aujourd'hui par toute une élite, qu'on ne peut pas honorer plus grandement la peinture anglaise des deux derniers siècles qu'en apportant le témoignage de Ruskin, et que, réciproquement, tout hommage rendu à ces peintres que célèbre M. Mourey, à Gainsborough, à Turner, est un hommage rendu à Ruskin. Je n'en sais pas pour ma part de preuve plus touchante que la petite anecdote suivante, que je conterai pour finir et qui s'ajoute, significative aussi, aux anecdotes que j'ai rapportées plus haut. M. Groult[1], dont la collection est le Louvre de la peinture anglaise (notre Louvre, hélas! en contient si peu!) en sera le sujet. Quand mourut Ruskin, cet éminent collectionneur songeait avec tristesse à la disparition du grand esthéticien dont la vie s'était dépensée dans la louange de Lawrence et de Gainsborough, dans la défense passionnée de Turner. Et incertain, se demandant comment il pourrait célébrer à sa manière l'illustre décès, il... acheta un Turner. J'imagine que cette offrande au mort, cette offrande un peu païenne de ce qu'il avait le mieux aimé sur la terre, eût été la plus douce au cœur de Ruskin. Et je me souviens qu'à l'époque j'avais cru voir là quelque chose comme un geste de poète.

LES ANNÉES CRÉATRICES

JOURNÉES DE LECTURE[1]

Vous avez sans doute lu les *Mémoires* de la comtesse de Boigne. Il y a « tant de malades », en ce moment, que les livres trouvent des lecteurs, même des lectrices. Sans doute, quand on ne peut sortir et faire des visites, on aimerait mieux en recevoir que de lire. Mais « par ces temps d'épidémies », même les visites que l'on reçoit ne sont pas sans danger. C'est la dame qui de la porte où elle s'arrête un moment — rien qu'un moment, — et où elle encadre sa menace, vous crie : « Vous n'avez pas peur des oreillons et de la scarlatine ? Je vous préviens que ma fille et mes petits-enfants les ont. Puis-je entrer ? »; et entre sans attendre de réponse. C'est une autre, moins franche, qui tire sa montre : « Il faut que je rentre vite : mes trois filles ont la rougeole; je vais de l'une à l'autre; mon Anglaise est au lit depuis hier avec une forte fièvre, et j'ai bien peur que ce soit mon tour d'être prise, car je me suis sentie mal à l'aise en me levant. Mais j'ai tenu à faire un grand effort pour venir vous voir... »

Alors on aime mieux ne pas trop recevoir, et comme on ne peut pas téléphoner toujours, on lit. On ne lit qu'à la dernière extrémité. On téléphone d'abord beaucoup. Et[2], comme nous sommes des enfants qui jouons avec les forces sacrées sans frissonner devant leur mystère, nous trouvons seulement du téléphone que « c'est commode », ou plutôt, comme nous sommes des enfants gâtés, nous trouvons que « ce n'est pas commode », nous remplissons *Le Figaro* de nos plaintes, ne trouvant pas encore assez rapide en ses changements l'admirable féerie où quelques minutes parfois se passent, en effet, avant qu'apparaisse près de nous, invisible mais présente, l'amie à qui nous avions le désir de parler et qui, tout en restant à sa table, dans la ville lointaine qu'elle habite, sous un ciel différent du nôtre, par un temps qui n'est pas celui qu'il fait ici, au milieu de circonstances et de préoccupations que nous ignorons et qu'elle va nous dire, se trouve tout à coup transportée à cent lieues (elle, et toute l'ambiance où elle reste plongée), contre notre oreille, au moment où notre caprice l'a ordonné. Et nous sommes comme le personnage du conte de fées à qui un magicien, sur le souhait qu'il en exprime, fait apparaître dans une clarté magique sa fiancée en train de feuilleter un livre, de verser des larmes ou de cueillir des fleurs, tout près de lui, et pourtant à l'endroit où elle se trouve alors, très loin.

Nous n'avons, pour que ce miracle se renouvelle pour nous, qu'à approcher nos lèvres de la planchette magique et à appeler — quelquefois un peu longtemps, je le veux bien — les Vierges vigilantes dont nous entendons chaque jour la voix sans jamais connaître leur visage et qui sont nos Anges gardiens dans ces ténèbres vertigineuses dont elles surveillent jalousement les portes, les Toutes-Puissantes par qui les visages des absents surgissent près de nous, sans qu'il nous soit permis de les apercevoir; nous n'avons qu'à appeler ces Danaïdes de l'Invisible qui sans cesse vident, remplissent, et se transmettent les urnes obscures des sons, les jalouses Furies qui, tandis que nous murmurons une confidence à une amie, nous crient ironiquement : « J'écoute! » au moment où nous espérions que personne ne nous entendait, les servantes irritées du Mystère, les Divinités implacables, les Demoiselles du téléphone! Et aussitôt que leur appel a retenti dans la nuit pleine d'apparitions sur laquelle nos oreilles s'ouvrent seules, un bruit léger, un bruit abstrait, — celui de la distance supprimée —, et la voix de notre amie s'adresse à nous.

Si[1], à ce moment-là, entre par sa fenêtre et vient l'importuner pendant qu'elle nous parle, la chanson d'un passant, la trompe d'un cycliste ou la fanfare lointaine d'un régiment en marche, tout cela retentit aussi distinctement pour nous (comme pour nous montrer que c'est bien elle qui est près de nous, elle, avec tout ce qui l'entoure à ce moment-là, ce qui frappe son oreille et distrait son attention[1]) — détails de vérité, étrangers au sujet, inutiles en eux-mêmes, mais d'autant plus nécessaires à nous révéler toute l'évidence du miracle, — traits sobres et charmants de couleur locale, descriptifs de la rue et de la route provinciales sur lesquelles donne sa maison, et tels qu'en choisit un poète quand il veut, en faisant vivre un personnage, évoquer autour de lui son milieu.

C'est[2] elle, c'est sa voix qui nous parle, qui est là. Mais comme elle est loin! Que de fois je n'ai pu l'écouter sans angoisse, comme si devant cette impossibilité de voir, avant de longues heures de voyage, celle dont la voix était si près de mon oreille, je sentais mieux ce qu'il y a de décevant dans l'apparence du rapprochement le plus doux et à quelle distance nous pouvons être des choses aimées au moment où il semble que nous n'aurions qu'à étendre la main pour les retenir. Présence réelle — que cette voix si proche — dans la séparation effective. Mais anticipation aussi d'une séparation éternelle. Bien souvent, l'écoutant de la sorte, sans voir celle qui me parlait de si loin, il m'a semblé que cette voix clamait des profondeurs[3] d'où l'on ne remonte pas, et j'ai connu l'anxiété qui m'étreindrait un jour, quand une voix reviendrait ainsi, seule et ne tenant plus à un corps que je ne [devrais[4]] jamais revoir, murmurer à mon oreille des paroles que j'aurais voulu pouvoir embrasser au passage sur des lèvres à jamais en poussière.

Je disais qu'avant de nous décider à lire, nous cherchons à causer encore, à téléphoner, nous demandons numéro sur numéro. Mais parfois les Filles de la Nuit, les Messagères de la Parole, les Déesses sans visage, les capricieuses Gardiennes ne veulent ou ne peuvent nous ouvrir les portes de l'Invisible, le Mystère sollicité reste sourd, le vénérable inventeur de l'imprimerie et le jeune prince amateur de peinture impressionniste et chauffeur, — Gutenberg et Wagram! — qu'elles invoquent inlassablement, laissent leurs supplications sans réponse; alors, comme on ne peut pas faire de visites, comme on ne veut pas en recevoir, comme les demoiselles du téléphone ne nous donnent pas la communication, on se résigne à se taire, on lit.

Dans quelques semaines seulement on pourra lire le nouveau volume de vers de Mme de Noailles, *Les*

Éblouissements[1] (je ne sais si ce titre sera maintenu), encore supérieur à ces livres de génie : *Le Cœur innombrable,* et *L'Ombre des jours,* vraiment égal, il me semble, aux *Feuilles d'automne* ou aux *Fleurs du mal.* En attendant, on pourrait lire cette exquise et pure *Margaret Ogilvy de Barrie,* traduite à merveille par R. d'Humières et qui n'est que la vie d'une paysanne racontée par un poète, son fils. Mais non; du moment qu'on s'est résigné à lire, on choisit de préférence des livres comme les *Mémoires* de Mme de Boigne, des livres qui donnent l'illusion que l'on continue à faire des visites, à faire des visites aux gens à qui on n'avait pas pu en faire parce qu'on n'était pas encore né sous Louis XVI[2] et qui, du reste, ne vous changeront pas beaucoup de ceux que vous connaissez, parce qu'ils portent presque tous les mêmes noms qu'eux, leurs descendants et vos amis, lesquels, par une touchante courtoisie envers votre infirme mémoire, ont gardé les mêmes prénoms[3] et s'appellent encore : Odon, Ghislain, Nivelon, Victurnien, Josselin, Léonor, Artus, Tucdual, Adhéaume ou Raynulphe. Beaux noms de baptême d'ailleurs, et dont on aurait tort de sourire; ils viennent d'un passé si profond, que dans leur éclat insolite ils semblent étinceler mystérieusement, comme ces noms de prophètes et de saints qui s'inscrivent en abrégé dans les vitraux de nos cathédrales. Jehan, lui-même, quoique plus ressemblant à un prénom d'aujourd'hui, n'apparaît-il pas inévitablement comme tracé en caractères gothiques sur un livre d'Heures par un pinceau trempé de pourpre, d'outremer ou d'azur ? Devant ces noms, le vulgaire redirait peut-être la chanson de Montmartre :

Bragance, on le connaît c't'oiseau-là ;
Faut-il que son orgueil soye profonde
Pour s'être f...u un nom comme ça !
Peut donc pas s'appeler comme tout le monde !

Mais le poète, s'il est sincère, ne partage pas cette gaieté, et, les yeux fixés sur le passé que ces noms lui découvrent, répondra avec Verlaine :

Je vois, j'entends beaucoup de choses
Dans son nom Carlovingien[4].

Passé très vaste, peut-être. J'aimerais à penser que ces noms qui ne sont venus jusqu'à nous qu'en de si rares exemplaires, grâce à l'attachement aux traditions qu'ont certaines familles, furent autrefois des noms très répandus, — noms de vilains aussi bien que de nobles, — et qu'ainsi, à travers les tableaux naïvement coloriés de lanterne magique que nous présentent ces noms, ce n'est pas seulement le puissant seigneur à la barbe bleue ou sœur Anne en sa tour que nous apercevons, mais aussi le paysan penché sur l'herbe qui verdoie et les hommes d'armes chevauchant sur les routes qui poudroient[1] du XIIIe siècle.

Sans doute bien souvent cette impression moyenâgeuse donnée par leurs noms ne résiste pas à la fréquentation de ceux qui les portent et qui n'en ont ni gardé ni compris la poésie ; mais peut-on raisonnablement demander aux hommes de se montrer dignes de leur nom quand les choses les plus belles ont tant de peine à ne pas être inégales au leur, quand il n'est pas un pays, pas une cité, pas un fleuve dont la vue puisse assouvir le désir de rêve que son nom avait fait naître en nous ? La sagesse serait de remplacer toutes les relations mondaines et beaucoup de voyages par la lecture de l'Almanach de Gotha et de l'Indicateur des chemins de fer...

Les Mémoires de la fin du XVIIIe siècle et du commencement du XIXe, comme ceux de la comtesse de Boigne, ont ceci d'émouvant qu'ils donnent à l'époque contemporaine, à nos jours vécus sans beauté, une perspective assez noble et assez mélancolique, en faisant d'eux comme le premier plan de l'Histoire. Ils nous permettent de passer aisément des personnes que nous avons rencontrées dans la vie — ou que nos parents ont connues — aux parents de ces personnes-là, qui eux-mêmes, auteurs ou personnages de ces Mémoires, ont pu assister à la Révolution et voir passer Marie-Antoinette. De sorte que les gens que nous avons pu apercevoir ou connaître — les gens que nous avons vus avec les yeux de la chair — sont comme ces personnages en cire et grandeur nature qui, au premier plan des panoramas[2], foulant aux pieds de l'herbe vraie et levant en l'air une canne achetée chez le marchand, semblent encore appartenir à la foule qui les regarde, et nous conduisent peu à peu à la toile peinte du fond, à qui ils donnent, grâce à des transitions habilement ménagées, l'apparence du relief de la réalité et de la vie. C'est ainsi que cette Mme de Boigne, née d'Osmond, élevée, nous dit-elle, sur les genoux de Louis XVI et de Marie-Antoinette, j'ai vu bien souvent au bal, quand j'étais adolescent, sa nièce[1], la vieille duchesse de Maillé née d'Osmond, plus qu'octogénaire, mais superbe encore sous ses cheveux gris qui relevés sur le front faisaient penser à la perruque à trois marteaux d'un président à mortier. Et je me souviens que mes parents ont bien souvent dîné avec le neveu de Mme de Boigne, M. d'Osmond, pour qui elle a écrit ces Mémoires et dont j'ai trouvé la photographie dans leurs papiers avec beaucoup de lettres qu'il leur avait adressées. De sorte que mes premiers souvenirs de bal tenant d'un fil aux récits un peu plus vagues pour moi, mais encore bien réels, de mes parents, rejoignent par un lien déjà presque immatériel les souvenirs que Mme de Boigne avait gardés et nous conte des premières fêtes auxquelles elle assista : tout cela tissant une trame de frivolités, poétique pourtant, parce qu'elle finit en étoffe de songe, pont léger jeté du présent jusqu'à un passé déjà lointain, et qui unit, pour rendre plus vivante l'histoire, et presque historique la vie, la vie à l'histoire[2].

Hélas! me voici arrivé à la troisième colonne[3] de ce journal et je n'ai même pas encore commencé mon article. Il devait s'appeler : « Le Snobisme et la Postérité », je ne vais pas pouvoir lui laisser ce titre, puisque j'ai rempli toute la place qui m'avait été réservée sans vous dire encore un seul mot ni du Snobisme ni de la Postérité, deux personnes que vous pensiez sans doute ne devoir jamais être appelés à rencontrer, pour le plus grand bonheur de la seconde, et au sujet desquelles je comptais vous soumettre quelques réflexions inspirées par la lecture des *Mémoires* de Mme de Boigne. Ce sera pour la prochaine fois. Et si alors quelqu'un des fantômes qui s'interposent sans cesse entre ma pensée et son objet, comme il arrive dans les rêves, vient encore solliciter mon attention et la détourner de ce que j'ai à vous dire, je l'écarterai comme Ulysse écartait de l'épée les ombres pressées autour de lui pour implorer une forme ou un tombeau[4].

Aujourd'hui je n'ai pas su résister à l'appel de ces visions que je voyais flotter, à mi-profondeur, dans la transparence de ma pensée. Et j'ai tenté sans succès ce que réussit si souvent le maître verrier quand il transportait et fixait ses songes, à la distance même où ils lui étaient apparus, entre deux eaux troublées de reflets sombres et roses, dans une matière translucide où parfois un rayon changeant, venu du cœur, pouvait leur faire croire qu'ils continuaient à se jouer au sein d'une pensée vivante. Telles les Néréides que le sculpteur antique avait ravies à la mer mais qui pouvaient s'y croire plongées encore, quand elles nageaient entre les vagues de marbre du bas-relief qui la figurait. J'ai eu tort. Je ne recommencerai pas. Je vous parlerai la prochaine fois du snobisme et de la postérité, sans détours. Et si quelque idée de traverse, si quelque indiscrète fantaisie, voulant se mêler de ce qui ne la regarde point, menace encore de nous interrompre, je la supplierai aussitôt de nous laisser tranquilles : « Nous causons, ne nous coupez pas, mademoiselle! »

LES ÉBLOUISSEMENTS

PAR LA COMTESSE DE NOAILLES[1]

« Mon Dieu, que voulez-vous, répondait Sainte-Beuve à MM. de Goncourt qui se plaignaient qu'on parlât toujours du génie de Voltaire, je conçois qu'à propos de Voltaire on soit amené à parler de génie; et, entre nous, avouons qu'il ne l'a vraiment pas volé[2]! » On pense à ce mot de Sainte-Beuve quand on vient de finir le dernier volume de vers de Mme de Noailles, *Les Éblouissements,* et on l'applique à Mme de Noailles. On se dit que si, à propos d'elle, on parle de génie, elle ne l'a vraiment pas volé! On pense aussi à cette lettre que Joubert écrivait à Mme de Beaumont au moment de l'apparition d'*Atala*[3] et qu'on aurait pu écrire à propos des *Éblouissements,* si l'on écrivait encore aussi bien : « ... Il y a dans cet ouvrage une Vénus, céleste pour les uns, terrestre pour les autres, mais se faisant sentir à tous. Ce livre-ci n'est point un livre comme un autre... Les bons juges y trouveront peut-être à reprendre, mais n'y trouveront rien à désirer.

Il y a un charme, un talisman qui tient aux doigts de l'ouvrier. Ce livre réussira parce qu'il est de l'enchanteur. » Pendant longtemps, chaque fois que *La Revue des Deux Mondes,* la *Revue de Paris,* ou *Le Figaro* faisaient connaître de nouveaux poèmes de Mme de Noailles, on entendit demander, avec le *Cantique des Cantiques :* « Quelle est celle-ci qui s'avance, pareille à une colonne de fumée en forme de palme, exhalant de la myrrhe, de l'encens, et toutes les poudres du parfumeur[1] ? » Et, dans ses vers, le poète nous répondait, comme la Sulamite : « Venez avec moi au jardin voir les herbes de la vallée, voir si la vigne a germé, si la grenade est en fleurs. Mon jardin a des bosquets où le grenadier se mêle aux plus beaux fruits, le troène au nard, le nard, le safran, la cannelle, le cinname, la myrrhe à toutes sortes d'arbres odorants[2]... » Je dirai plus loin un mot de ce jardin, « de ce jardin dont je parlais toujours », comme dit Mme de Noailles dans une pièce des *Éblouissements,* parlant d'elle-même avec un sourire. Mais je voudrais tâcher de parler aussi un peu d'autre chose et, pour commencer, d'un aspect tout accessoire, d'un porche secondaire et peu fréquenté de son œuvre. Mais cette entrée de traverse nous mènera plus rapidement au cœur.

Gustave Moreau a souvent, dans ses tableaux et ses aquarelles, essayé de peindre cette abstraction : le Poète. Dominant sur un cheval harnaché de pierreries, qui tourne vers lui un œil amoureux, la foule agenouillée où l'on reconnaît les diverses castes de l'Orient, tandis que lui n'appartient à aucune, enveloppé de blanches mousselines, la mandore au côté, respirant avec une gravité passionnée le parfum de la fleur mystique qu'il tient à la main, le visage empreint d'une douceur céleste, on se demande, à le bien regarder, si ce poète n'est pas une femme[3]. Peut-être Gustave Moreau a-t-il voulu signifier que le poète contient en lui toute l'humanité, doit posséder les tendresses de la femme; mais si, comme je le crois, il voulait aussi envelopper de poésie le visage, les vêtements, l'attitude de celui dont l'âme est poésie, c'est seulement parce qu'il a situé cette scène dans l'Inde et la Perse qu'il a pu nous laisser hésitants sur le sexe du poète. S'il avait voulu peindre[4] son poète à notre époque et dans nos pays et l'entourer cependant d'une beauté précieuse, il aurait été obligé d'en faire une femme. Même en Orient, d'ailleurs, même en Grèce, il s'y est souvent décidé. Alors, c'est une poétesse qu'il nous montre, suivant avec une Muse la pourpre d'un sentier montagneux, où passe parfois un dieu ou un Centaure. C'est, ailleurs, dans une aquarelle encadrée de fleurs comme une miniature persane, la Péri, la petite musicienne des dieux, qui, montée sur un dragon, élevant devant elle une fleur sacrée, voyage en plein ciel. Et toujours, dans l'une ou l'autre de ces figures auxquelles l'art du peintre a donné une sorte de beauté religieuse : dans le poète subjuguant la foule par son éloquence, dans la poétesse inspirée aussi bien que dans la petite voyageuse du ciel persan dont les chants sont le charme des dieux, j'ai toujours cru reconnaître Mme de Noailles.

Je ne sais si Gustave Moreau a senti combien, par une conséquence indirecte, cette belle conception du Poète-femme était capable de renouveler un jour l'économie de l'œuvre poétique elle-même. Dans notre triste époque, sous nos climats, les poètes, j'entends les poètes-hommes, dans le moment même où ils jettent sur les champs en fleurs un regard extasié, sont obligés en quelque sorte de s'excepter de la beauté universelle, de s'exclure, par l'imagination, du paysage. Ils sentent que la grâce dont ils sont environnés s'arrête à leur chapeau melon, à leur barbe, à leur binocle. Mme de Noailles, elle, sait bien qu'elle n'est pas la moins délicieuse des mille beautés dont resplendit un radieux jardin d'été où elle se confond. Pourquoi comme le poète-homme qui a honte de son corps, cacherait-elle ses mains, puisqu'elles sont

... comme un bol délicat
En porcelaine japonaise.

et que

Pour avoir tant touché les plantes des forêts
Avec des caresses légères,
Elles ont conservé dans leurs dessins secrets
Le corps des petites fougères.

Et pourquoi ne laisserait-elle pas voir

le clair soleil de son visage,
Ses millions de rais,
... Et l'aube de sa joue, et la nuit bleue et noire
Dont ses cheveux sont pleins.

De là, un naturel dont tant de poètes n'auraient rien à tirer, mais qui, s'accordant à merveille avec le tour de son génie, fait qu'elle s'exprime parfois avec cette gracieuse audace des jeunes mortes de la Grèce antique qui, des vers qui composent leur épitaphe, s'adressent librement au passant. Et tandis que les poètes-hommes, quand ils veulent mettre dans une bouche gracieuse de doux vers, sont obligés d'inventer un personnage, de faire parler une femme, Mme de Noailles, qui est en même temps le poète et l'héroïne, exprime directement ce qu'elle a ressenti, sans l'artifice d'aucune fiction, avec une vérité plus touchante. Si elle pleure sa vie trop courte, le peu que durera sa jeunesse et « le doux honneur de son âge », si elle a soif (cette admirable soif qui, à chaque page de ce livre, altère tour à tour et désaltère, le rend vraiment « chaud comme les soleils, frais comme les pastèques ») d'aller s'asseoir « à l'ombre des forêts[1] », elle n'a pas besoin de mettre sur les lèvres d'une autre ses innocents regrets ou ses brûlants désirs. À la fois l'auteur et le sujet de ses vers, elle sait être alors en une même personne Racine et sa princesse, Chénier et sa jeune captive. Chose curieuse, ce livre[2] des *Éblouissements,* où l'aspect physique de Mme de Noailles apparaît presque à chaque page, plus charmant encore quand elle demande à l'effacer, à presser si bien son corps contre le mur

Qu'elle sera semblable à ces nymphes des frises
Dont la jambe et la main sont dans la pierre prises,

est cependant un de ceux d'où l'auteur est le plus absent. Tout ce qui peut constituer le moi social, contingent, de Mme de Noailles, ce moi que les poètes aiment tant parfois à nous faire connaître, il n'en est pas parlé une seule fois au cours de ces quatre cents pages[3]. Quand Alfred de Musset, qui était si peu noble que cela ne valait pas la peine d'en rien dire, a le toupet de nous parler de « l'épervier d'or dont son casque est armé[1] »; quand Alfred de Vigny, d'ailleurs dans des vers sublimes, nous parle de son « cimier doré de gentilhomme[2] », je vous défie, en lisant *Les Éblouissements,* si vous ne savez pas que l'auteur s'appelle Mme de Noailles, de deviner que sa condition sociale est celle d'une jeune princesse illustre, plutôt que de gagner sa vie en allant sur les chemins jouer de la flûte ou cueillir des oranges. Son œuvre, par là, ressemble à ce poète indien de Gustave Moreau dont je parlais tout à l'heure : comme lui, elle ne porte le signe caractéristique d'aucune caste. Même dans les deux pièces qu'elle adresse à son fils (quelle épigraphe seraient deux strophes de l'une, appelée *Stances,* pour le merveilleux *Roi Tobol*[3] d'André Beaunier!) quand elle lui dit l'atavisme qui le gouvernera, elle n'y comprend guère l'âme de ses ancêtres sur lesquels tout autre n'aurait pas manqué de s'étendre ici; elle pense surtout à sa sensibilité à elle, à cette sensibilité admirable et terrible qu'elle s'épouvante et se glorifie d'avoir à jamais infusée dans « les veines si douces » de cet enfant qui reçut à son berceau, avec le prénom d'un connétable[4], l'héritage (plus lourd à porter et qui rend la vie autrement difficile et douloureuse) d'un grand poète. De sorte qu'il n'y a pas de livre où le moi tienne autant de place, et aussi peu; où en tienne autant, nous verrons comment tout à l'heure, le moi profond qui individualise les œuvres et les fait durer, si peu le moi qu'on a défini d'un seul mot en disant qu'il était haïssable.

Dans un livre que j'aimerais écrire et qui s'appellerait les *Six jardins du Paradis,* le jardin de Mme de Noailles serait, entre tous, le plus naturel, si je puis dire, le seul où ne règne que la nature, où ne pénètre que la poésie. Dans les autres la nature n'est pas toujours abordée directement par le sentiment, et la poésie même y est quelquefois atteinte (je suis loin d'ailleurs d'oser décider si c'est un défaut) par les biais de l'étude ou de la philosophie. Déjà visité par les Anges, laissons au bord du lac de Coniston le jardin de John Ruskin[5] sur lequel j'aurais trop à dire. Mais le jardin de Maurice Maeterlinck, dominé par les images « innocentes, invariables et fraîches » d'un cyprès et d'un pin parasol, tels, dit-il, dans une des plus belles pages de la prose française depuis soixante ans, qu'il « n'imagine pas de paradis ou de vie d'outre-tombe, si splendide soit-elle, où ces arbres ne soient pas à leur place », ce jardin où le Virgile des Flandres, près des ruches de paille, peintes en rose, en jaune et en bleu tendre, qui, dès l'entrée, nous rappellent ses études préférées, a recueilli tant d'incomparable poésie, peut-on bien dire qu'il n'y cherche pas autre chose que la poésie ? Que, — même sans avoir besoin de descendre, à l'instar de ses abeilles, jusqu'aux tilleuls en fleurs ou jusqu'à l'étang où la vallisnèrie attend l'heure de l'amour pour s'épanouir à la surface, — il visite seulement ses lauriers-roses, près du puits, à côté de ses sauges violettes, ou explore un coin inculte de l'olivaie : ce sera pour étudier une espèce curieuse de labiée, une variété de chrysanthèmes ou d'orchidées, qui lui permettront de conclure des progrès de l'intelligence des fleurs ou des victoires que nous pouvons remporter sur leur inconscient, à d'autres progrès, à d'autres victoires aussi, qui ne seraient pas remportées celles-là dans le monde des fleurs, mais rapprocheraient l'humanité de la vérité et du bonheur. Car pour cet évolutionniste dans l'absolu — si l'on peut dire — science, philosophie et morale sont sur le même plan, et l'horizon de bonheur et de vérité n'est pas un mirage résultant des lois de notre optique et de la perspective intellectuelle, mais le terme d'un idéal réel, dont nous nous rapprochons effectivement.

Le jardin d'Henri de Régnier, Dieu sait si je l'aime. C'est peut-être le premier que j'aie connu; chaque année écoulée me l'a rendu plus admirable, et il ne s'en passe guère où je ne retourne plusieurs fois le visiter, soit chez M. d'Amercœur[1], M. de Heurteleure ou la princesse de Termiane, plus souvent à Pont-aux-Belles, et jamais alors sans pousser ma pointe de pèlerinage jusqu'au Fresnay. Quant à Bas-le-Pré, dès que, encore loin du jardin, je reconnais dans le ciel pluvieux ses tourelles pointues, j'éprouve un peu du tressaillement qui saisit M. de Portebize quand les lui décrit M. d'Oriocourt. Mais, sauf peut-être chez Mme de Néronde et Mme de Néry, la beauté des jardins n'est pas pour M. de Régnier une beauté purement naturelle; du Triton de Julie à l'Escalier de Narcisse, on y admire partout des chefs-d'œuvre de sculpture, des artifices d'architecture et d'hydraulique; il n'est pas jusqu'aux poissons, comme oxydés au sein des eaux, qui n'y prennent une beauté précieuse, et pour les fleurs elles-mêmes, celles qui m'y passionnent le plus sont ces variétés rares qu'à l'intersection des allées on aperçoit contenues dans « des vases de faïences peints d'emblèmes et de devises pharmaceutiques, avec des serpents aux anses ».

Rien, au contraire, ne semble d'abord plus près de la nature que le divin jardin de Francis Jammes, de toute façon un vrai jardin du Paradis, puisque le poète lui-même nous en a dit, de ce jardin, qu'il était, au Paradis, semblable exactement à ce qu'il est sur la terre : à la même place, pas bien loin de la plaque en fonte bleue qui indique : « Castétis à Balansun, cinq kilomètres »[1], entouré de prairies « dont l'émail sertit des lacs de saphir et que bornent les glaçons bleus des Pyrénées », plein de lis communs, de grenadiers, de choux, avec les deux petits chats gris qu'il a le plus aimés sur la terre, et ce laurier dont les enfants viennent, au jour des Rameaux, cueillir une branche à laquelle ils enfilent des oranges, des dragées, des fleurs en papier et des oiseaux en pain d'épice. Mais la beauté des fleurs n'y semble pas toujours suffire au poète. Il y ajoute la dignité que leur donne d'avoir paru dans l'Écriture et d'avoir été préférées par Dieu. Et lui aussi fait de la botanique. Il sème des oxalis pour étudier le sommeil des végétaux, et sa botanique tourne vite à la théogonie[2], à l'astrologie, à des systèmes du monde, d'ailleurs de parti pris très simples, comme chez son vieux Jean de La Fontaine :

> *Dieu fait bien ce qu'il fait ; sans en chercher la preuve,*
> *Dans le* papillon aurore *je la treuve*[3].

Enfin, si grâce à la protection de M. Jean Baugnies je puis voir un jour le jardin de Claude Monet[4], je sens bien que j'y verrai, dans un jardin de tons et de couleurs plus encore que de fleurs, un jardin qui doit être moins l'ancien jardin-fleuriste qu'un jardin-coloriste, si l'on peut dire, des fleurs disposées en un ensemble qui n'est pas tout à fait celui de la nature, puisqu'elles ont été semées de façon que ne fleurissent en même temps que celles dont les nuances s'assortissent, s'harmonisent à l'infini en une étendue bleue ou rosée, et que cette intention de peintre puissamment manifestée a dématérialisées, en quelque sorte, de tout ce qui n'est pas la couleur. Fleurs de la terre, et aussi fleurs de l'eau, ces tendres nymphéas que le maître a dépeints dans des toiles sublimes dont ce jardin (vraie transposition d'art plus encore que modèle de tableaux, tableau déjà exécuté à même la nature qui s'éclaire en dessous du regard d'un grand peintre) est comme une première et vivante esquisse, tout au moins la palette est déjà faite et délicieuse, où les tons harmonieux sont préparés.

Rien de pareil, nous l'avons vu, dans le jardin de Mme de Noailles. Il semble que ce soit en son honneur qu'Emerson ait composé le magnifique éloge (dont le *Ten o'clock* de Whistler serait la paradoxale et pourtant défendable contrepartie) : « Pourquoi un amateur viendrait-il chercher le poète pour lui faire admirer une cascade ou un nuage doré, quand il ne peut ouvrir les yeux sans voir de la splendeur et de la grâce ? Combien est vain ce choix d'une étincelle éparse çà et là, quand la nécessité inhérente aux choses sème la rose de la beauté sur le front du chaos. Ô Poète, vrai seigneur de l'eau, de la terre, de l'air, dusses-tu traverser l'univers entier, tu ne parviendrais pas à trouver une chose sans poésie et sans beauté. » Cette puissance de son exaltation et de sa sensibilité poétiques, Mme de Noailles ne l'aperçut longtemps que projetée par elle-même sur les choses. Elle ne l'y reconnaissait point, elle l'appelait innocemment splendeur de l'univers. Maintenant — et c'est cette étape vers un idéalisme plus profond que marquent les *Éblouissements,* — elle en a pris directement conscience dans quelque surplus d'amour, encore inutilisé par les choses, qu'elle aura trouvé un jour dans son cœur. Elle est « éblouie » par le monde, dit-elle, mais elle rend feu pour feu aux clartés qu'il lui verse[1]. Elle sait que la pensée n'est pas perdue dans l'univers, mais que l'univers se représente au sein de la pensée. Elle dit au soleil : « Mon cœur est un jardin dont vous êtes la rose. » Elle sait qu'une idée profonde qui a enclos en elle l'espace et le temps n'est plus soumise à leur tyrannie et ne saurait finir :

Un tel élan ne peut être arrêté tout court.
Ma tendresse pour vous dépassera mes jours
Et ma tombe fermée !

La vue des tombeaux même ne fait que grandir son ardeur et sa joie, car elle croit voir, *ses pieds nus sur les tombes,*

Un Éros souriant qui nourrit des colombes.

... Je ne sais si vous me comprendrez et si le poète sera indulgent à ma rêverie. Mais bien souvent les moindres vers des *Éblouissements* me firent penser à ces cyprès géants, à ces sophoras roses que l'art du jardinier japonais fait tenir, hauts de quelques centimètres, dans un godet de porcelaine de Hizen[1]. Mais l'imagination qui les contemple en même temps que les yeux, les voit, dans le monde des proportions, ce qu'ils sont en réalité, c'est-à-dire des arbres immenses. Et leur ombre grande comme la main donne à l'étroit carré de terre, de natte, ou de cailloux où elle promène lentement, les jours de soleil, ses songes plus que centenaires, l'étendue et la majesté d'une vaste campagne ou de la rive de quelque grand fleuve.

J'aurais voulu d'un tel livre (un livre unique à qui on pourra trouver dans le passé des égaux, mais pas un semblable) essayer de dégager d'abord l'essence et l'esprit. Il faut finir et je n'ai pas commencé d'en parcourir avec vous les beautés. J'aurais pourtant aimé m'attarder à celles de pure technique aussi bien qu'aux autres, vous signaler au passage par exemple, de charmants noms français, revivant et vibrant dans la belle lumière où le poète les expose, à la place d'honneur du vers, à la rime, à la rime qui les fait chanter, accompagnés par la musique assortie de la rime voisine :

La douceur d'un beau soir qui descend sur Beauvais.

Je me penche à votre fenêtre ;
Le soir descend sur Chambéry ;

tant de notations d'une justesse délicieuse :

Dans nos taillis serrés où la pie en sifflant
Roule sous les sapins comme un fruit noir et blanc.

... Près des flots de la Drance
Où la truite glacée et fluide s'élance,
Hirondelle d'argent aux ailerons mouillés.

Métaphores qui recomposent et nous rendent le mensonge de notre première impression, quand, nous promenant dans un bois ou suivant les bords d'une rivière, nous avons pensé d'abord, en entendant rouler quelque chose, que c'était quelque fruit, et non un oiseau, ou quand, surpris par la vive fusée au-dessus des eaux d'un brusque essor, nous avions cru au vol d'un oiseau, avant d'avoir entendu la truite retomber dans la rivière. Mais ces charmantes et toutes vives comparaisons qui substituent à la constatation de ce qui est, la résurrection de ce que nous avons senti (la seule réalité intéressante), disparaissent elles-mêmes à côté d'images vraiment sublimes, toutes créées, dignes des plus belles d'Hugo. Il faudrait avoir lu toute la pièce sur la splendeur, l'ivresse, l'élan de ces matinées d'été où on renverse la tête afin de suivre des yeux un oiseau lancé jusqu'au ciel, pour éprouver tout le vertige de sentir tout le mystère de ces deux derniers vers :

Tandis que détaché d'une invisible fronde,
Un doux oiseau jaillit jusqu'au sommet du monde.

Connaissez-vous une image plus splendide et plus parfaite que celle-ci (il s'agit de ces admirables eaux de Damas, qui s'élancent et montent dans le fût des fontaines, puis retombent, font passer partout les linges mouillés de leur fraîcheur et l'odeur du melon et des poires crassanes avec un parfum de rosier) :

Comme une jeune esclave
Qui monte, qui descend, qui parfume et qui lave !

Là encore, pour comprendre toute la noblesse, toute la pureté, tout « l'inventé » de cette image si soudaine et si achevée, qui naît immédiate et complète, il faut relire la pièce, l'une des plus « poussées » en expression, des plus entièrement senties aussi de ce volume, peinte du commencement jusqu'à la fin, en face, en présence d'une sensation pourtant si fugace qu'on sent que l'artiste a dû être obligé de la recréer mille fois en lui pour prolonger les instants de la pose et pouvoir achever sa toile d'après nature, — une des plus étonnantes réussites, le chef-d'œuvre peut-être, de l'*impressionnisme* littéraire. Notons au passage des « homards bleus » dont la couleur fera un peu de tapage, puis qui plairont à tous comme les « hérons bleus », les « flamants roses », les « ours enivrés de raisin » et « les jeunes crocodiles » du début d'*Atala* qui, à l'époque, firent crier certains yeux[1] et se sont fondus depuis dans la délicieuse couleur de l'ensemble. Nous les signalons bravement, ces homards bleus, que nous trouvons, pour notre part, fort à notre goût, aux abbés Morellet[2] du jour. Puis ce sont d'extraordinaires pièces sur la Perse, où

De beaux garçons persans en bonnets de fourrure,
Aux profils aussi ronds que de jeunes béliers,

disent à l'auteur :

Nous déploierons pour vous de merveilleux tapis
Où l'on voit s'enfoncer sous des arcs d'églantine
Des lions langoureux et des cerfs assoupis,

tandis qu'un paon

Enfoncera parfois dans les roses suaves
Son petit front étroit comme un serpent huppé ;

d'adorables strophes au Printemps, où il faudrait noter que dans ce vers :

Entendez les oiseaux de mon brûlant gosier[3],

l'irrégularité de l'image ajoute une beauté, absolument comme dans ce vers de Baudelaire :

Et les urnes d'amour dont vos grands cœurs sont pleins.

Un bon écrivain qui ne serait qu'un bon écrivain aurait comparé le cœur à une urne pleine d'amour et ce gosier du printemps au gosier d'un oiseau. C'est le grand poète seul qui ose remplir le cœur d'urnes et le gosier d'oiseaux.

Puis, laissant passer avec regret une admirable pièce sur Venise où

La dogana, le soir, montrant sa boule d'or
Semble arrêter le temps et prolonger encor
La forme du soleil qui descend dans l'abîme

et tant d'autres parmi celles que j'aime le mieux, j'arrive à la fin du volume, à la dernière pièce, sur les héros, les héros, tous les grands hommes du passé qui sont entrés dans la mort avec aisance,

ainsi que des danseurs sacrés !
Ah ! laissez-moi partir,

s'écrie le poète,

... laissez que je rejoigne
Ce cortège chantant, divin,
Que je sois la timide et rêveuse compagne
Qui porte le sel et le vin!
Combien de fois, n'ayant plus la force de vivre,
Ai-je souvent souri, bondi,
Pour avoir entendu les trompettes de cuivre
Des adolescents de Lodi!
Combien de fois, pendant ma dure promenade,
Mon cœur, quand vous vous fatiguiez,
Ai-je évoqué pour vous, dans la claire Troade,
Achille sous un haut figuier!
Tout l'azur chaque jour tombé dans ma poitrine
S'élançait en gestes sans fin,
Comme on voit s'élever deux gerbes d'eau marine
Du souffle enivré des dauphins!

Je ne sais si vous vous êtes rendu compte combien vous vous êtes élevé depuis le commencement de cette pièce au-dessus de la zone où se plut souvent, où nous enchanta, l'auteur du *Cœur innombrable* et de *L'Ombre des jours ;* ici, aucune culture potagère ne pourrait plus vivre; vous êtes entré dans la région des grandes altitudes. Regardez devant vous : sous la blancheur éblouissante qui seule révèle leur prodigieuse hauteur, les sommets de la *Légende des siècles*, quelques massifs sourcilleux — sans qu'on puisse exactement discerner, dans l'azur où rien ne nous en sépare, à quelle distance ils se trouvent, — semblent tout proches. Au grand silence qui règne autour de tous les derniers vers que je vous ai cités, à la pureté du souffle qui passe sur eux et exalte vos forces, à l'immensité des horizons environnants et dominés, vous sentez que vous vous trouvez sur une cime.

UNE GRAND-MÈRE[1]

Il y a des personnes qui vivent sans avoir pour ainsi dire de forces, comme il y a des personnes qui chantent sans avoir de voix. Ce sont les plus intéressantes; elles ont remplacé la matière qui leur manque par l'intelligence et le sentiment. La grand-mère de notre cher collaborateur et ami Robert de Flers, Mme de Rozière, qu'on enterre aujourd'hui au Malzieu[2], n'était qu'intelligence et que sentiment. Consumée de la perpétuelle inquiétude qu'est un grand amour qui dure toute la vie (son amour pour son petit-fils), comment eût-elle pu être bien portante! Mais elle avait cette santé particulière des êtres supérieurs qui n'en ont pas et qu'on appelle la vitalité. Si frêle, si légère, elle surnageait toujours aux plus effroyables sautes de la maladie, et au moment où on la croyait terrassée, on l'apercevait, rapide, toujours au sommet, et suivant de tout près la barque qui menait son petit-fils à la célébrité et au bonheur, non pour qu'il en rejaillît rien sur elle, mais pour voir s'il n'y manquerait de rien, s'il n'y aurait pas encore un peu besoin de ses soins de grand-mère, ce qu'au fond elle espérait bien. Il faut que la mort soit vraiment bien forte pour avoir pu les séparer!

Moi qui avais vu ses larmes de grand-mère — ses larmes de petite fille — chaque fois que Robert de Flers faisait seulement un voyage, ce n'était pas sans inquiétudes pour elle que je pensais qu'un jour Robert se marierait. Elle disait souvent qu'elle avait envie de le marier, mais je crois qu'elle le disait surtout pour s'aguerrir. Au fond, elle avait encore plus peur de cette échéance fatale de son mariage qu'elle n'avait redouté son entrée au collège et son départ pour le régiment. Et

Dieu sait seul — car on est courageux quand on est tendre — ce qu'elle avait souffert à ces deux moments-là! Le dirais-je ? Sa tendresse pour son petit-fils ne me semblait pas devoir, quand Robert serait marié, être une source de tristesses que pour elle : je pensais à celle qui deviendrait sa petite-fille... Une tendresse aussi jalouse n'est pas douce toujours à ceux avec qui elle doit partager... La femme qu'épousa Robert de Flers[1] accomplit avec une simplicité divine le miracle de faire de ce mariage si redouté une ère de bonheur sans mélange pour Mme de Rozière, pour elle-même et pour Robert de Flers. Tous trois ne se quittèrent ni ne se querellèrent un seul jour. Mme de Rozière disait bien que par discrétion elle ne continuerait pas à habiter avec eux et irait vivre de son côté, mais je ne crois pas que ni elle, ni Robert, ni personne ait jamais pu sérieusement envisager cela comme possible. Ce n'est que dans un cercueil qu'on a pu l'emmener.

Une autre chose m'avait paru ne pas devoir aller sans des difficultés très grandes, qui, grâce à l'esprit et au cœur délicieux de Gaston de Caillavet, et de sa femme[2], se passa le plus simplement et le plus heureusement du monde. À partir d'un certain moment, Robert eut un collaborateur. Un collaborateur! Mais vraiment quel besoin pouvait-il avoir d'un collaborateur, lui son petit-fils, lui qui avait plus de talent à lui seul que tous les écrivains qui avaient jamais paru sur la terre ? Du reste, cela n'avait pas d'importance; il était bien sûr que dans les œuvres écrites en collaboration, tout ce qui serait bien serait de Robert, et que si, par hasard, quelque chose était moins bien, ce serait de l'autre, de l'audacieux... Eh bien! rien ne fut « moins bien » et pourtant elle déclara que tout n'était pas de Robert. Je n'irai pas jusqu'à dire que dans les triomphes incessants qui ont marqué cette collaboration, elle estimait que toute la gloire devait revenir à Caillavet, mais il aurait été le premier à ne pas le souffrir. Et dans l'harmonieuse réussite, elle fit la part de dons différents qui savaient admirablement s'unir. C'est qu'elle était avant tout merveilleusement intelligente et que c'est encore ce qui rend le plus juste. C'est même sans doute pour cela que l'intelligence, qui est une si grande source de maux, nous apparaît tout de même comme si bienfaisante et si noble :

c'est que nous sentons bien qu'il n'y a qu'elle qui sache honorer et servir la Justice. « Ce sont deux puissants dieux[1]. »

Elle ne quittait pas plus son lit ou sa chambre que Joubert, que Descartes, que d'autres personnes encore qui croient nécessaire à leur santé de rester beaucoup couchées sans avoir pour cela la délicatesse d'esprit de l'un ni la puissance d'esprit de l'autre. Ce n'est pas pour Mme de Rozière que je dis cela. Chateaubriand disait de Joubert qu'il restait constamment étendu et les yeux fermés, mais que jamais il n'était si agité et ne se fatiguait tant que dans ces moments-là[2]. Pour la même raison Pascal ne put jamais, sur ce point, suivre les conseils que lui prodigua Descartes. Il en est ainsi de beaucoup de malades à qui on recommande le silence, mais — comme la jeunesse au petit-fils de Mme de Sévigné[3] — leur pensée « leur fait du bruit ». Elle se rendait si malade à se soigner qu'elle aurait peut-être mieux fait de prendre tout simplement le parti si compliqué d'être bien portante. Mais cela était au-dessus de ses forces. Dans les dernières années ses yeux ravissants, qu'elle avait couleur de jacinthe, tout en reflétant de plus en plus ce qui se passait en elle, cessèrent de lui montrer ce qui se passait alentour : elle était devenue presque aveugle. Du moins, elle l'assurait. Mais moi je sais bien que si Robert avait seulement un peu mauvaise mine, elle était toujours la première à s'en apercevoir ! Et comme elle n'avait pas besoin de voir au-delà de lui, elle était heureuse. Elle n'a jamais rien aimé, pour prendre l'expression de Malebranche, qu'*en* lui. Il était son dieu[4].

Elle a toujours été indulgente à ses amis, et sévère aussi, car elle ne les trouvait jamais dignes de lui. À aucun elle ne fut plus indulgente qu'à moi. Elle avait une manière de me dire : « Robert vous aime comme un frère », qui signifiait à la fois : « Vous ne ferez pas mal de chercher à le mériter », et « vous le méritez tout de même un tout petit peu ». Elle poussait l'aveuglement en ce qui me concernait jusqu'à me trouver du talent. Elle se disait sans doute que quelqu'un qui avait tant fréquenté son petit-fils n'avait pas pu ne pas lui en prendre un peu.

Des amitiés aussi parfaites que celle qui unissait Robert de Flers à sa grand-mère ne devraient jamais pouvoir finir. Comment! deux êtres si entièrement correspondants que rien n'existait dans l'un qui ne trouvât dans l'autre sa raison d'être, son but, sa satisfaction, son explication, son tendre commentaire, deux êtres qui semblaient la traduction l'un de l'autre, bien que chacun d'eux fût un original, ces deux êtres n'auraient fait que se rencontrer un instant, par hasard, dans l'infini des temps, où ils ne seront plus rien l'un à l'autre, rien de plus particulier qu'ils ne sont à des milliards d'autres êtres ? Faut-il vraiment le penser ? Toutes les lettres de ce livre spirituel et passionné qu'était Mme de Rozière sont-elles devenues subitement des caractères qui ne signifient plus rien, qui ne forment plus aucun mot ? Ceux qui comme moi ont pris trop tôt l'habitude d'aimer à lire dans les livres et dans les cœurs ne pourront jamais le croire tout à fait...

Je suis sûr que depuis bien longtemps Robert et elle, sans jamais se le dire, devaient penser au jour où ils se quitteraient. Je suis sûr aussi qu'elle aurait aimé qu'il n'eût pas de chagrin... Ce sera la première satisfaction qu'il lui aura refusée...

J'ai voulu au nom des amis de Robert de Flers, — ses jeunes amis à elle — lui dire ce que je ne puis pas appeler un dernier adieu, car je sens que je lui en dirai bien d'autres, et puis, pour parler exactement, on ne dit jamais vraiment adieu aux êtres qu'on a aimés, parce qu'on ne les quitte jamais tout à fait.

Rien ne dure, pas même la mort! Mme de Rozière n'est pas encore en terre, et déjà elle recommence à s'adresser assez vivement à moi pour que je ne puisse m'empêcher de parler d'elle. Si on trouve que je l'ai fait par moments avec un sourire, qu'on n'aille pas croire que je n'avais pas pour cela moins envie de pleurer. Personne ne m'aura mieux compris que Robert. Il aurait fait comme moi. Il sait que les êtres qu'on a le plus aimés, on ne pense jamais à eux, au moment où on pleure le plus, sans leur adresser passionnément le plus tendre sourire dont on soit capable. Est-ce pour essayer de les tromper, de les rassurer, de leur dire qu'ils peuvent être tranquilles, que nous aurons du courage, pour leur faire croire que nous ne sommes pas malheureux ? Est-ce, plutôt, que ce sourire-là n'est que la forme même de l'interminable baiser que nous leur donnons dans l'Invisible ?

GUSTAVE DE BORDA[1]

M. Gustave de Borda[2], qui est mort la semaine dernière et qui était surtout connu et légendaire sous le surnom de « Borda Coup d'épée », avait en effet passé sa vie l'épée à la main, redoutable aux méchants, mais doux aux bons et compatissant aux malheureux, comme un chevalier du Romancero dont il avait la figure. Décoré pour sa belle conduite pendant la guerre, il était célèbre par ses talents d'escrimeur hors de pair et ses innombrables duels. Ce qu'on savait moins, c'est qu'il n'usait de son extraordinaire adresse à l'épée que pour modérer les effets de sa force dont il n'abusa jamais.

Il aurait pu être le plus dangereux des ennemis; mais comme il était le meilleur des hommes, il ne fut jamais que le plus modéré, le plus juste, le plus humain, le plus courtois des adversaires. Ce sont les mœurs et non les opinions qui font les vertus; la bravoure a fait de ces pacifiques comme Borda; le pacifisme n'en fera pas. Le commerce et l'exemple d'un tel homme apprenaient à ne pas craindre la mort, à goûter d'autant mieux la vie. Sa sympathie, sa bonté étaient délicieuses, parce qu'on sentait que la peur, l'intérêt, la faiblesse, n'y entraient pour rien, que c'était le don volontaire et pur d'une âme vraiment libre. D'un esprit charmant et orné, il avait un goût vif et naturel pour les arts, pour la musique surtout, qu'il aimait facile comme il sied à un vieux brave. Stendhal, qui avait fait la campagne de Russie, ne préférait-il pas la musique italienne à toutes les autres ? Ce merveilleux duelliste qu'était M. de Borda, fut aussi, avec une compétence sans égale, avec une finesse et une bonté rares, un incomparable témoin.

Il a fallu la fatigue des toutes dernières années pour l'empêcher de continuer à aller sur le terrain comme témoin de ses amis, quand il eut passé l'âge d'y aller comme combattant. La dernière personne, si notre mémoire est exacte, qu'il assista sur le terrain en qualité de second, fut notre collaborateur, M. Marcel Proust, qui a toujours gardé pour lui un véritable culte. M. Gustave de Borda avait eu pour amis tout ce qui compte à

Paris par le cœur, par la naissance, ou par la pensée. Mais celui qui lui était le plus cher de tous, en dehors de son médecin et ami, le docteur Vivier[1], c'était le grand peintre Jean Béraud. M. de Borda sentait en ce merveilleux artiste une nature qui, par des côtés moins connus du public, par la bravoure et par le cœur, était voisine de la sienne. Il reconnaissait en lui un de nos derniers chevaliers.

LE CHEMIN MORT[2]

L'âme d'un grand écrivain lui survit dans ses œuvres. Parfois, mystérieusement captée en des conduits secrets, une part vient vivifier l'esprit d'un de ses descendants, s'y mêle à d'autres sources, alimente une œuvre nouvelle, toute différente, égale. C'est ainsi qu'après Alphonse Daudet, son fils Léon Daudet a été un autre génial écrivain, un autre merveilleux romancier, pendant que le nom de Daudet était encore porté d'une façon exquise et magistrale par Mme Alphonse Daudet, le poète délicieux de *Miroirs et Mirages*, d'*Au bord des terrasses* et de *L'Enfance d'une Parisienne*[3]. Et voici que ce nom florissant de Daudet, toujours rajeuni et varié d'un rameau, est, depuis hier, celui d'un quatrième écrivain, M. Lucien Daudet, digne de son père, de sa mère, de son frère, et cependant entièrement original. Dans le livre exquis et fort où il accomplit son éclatant début, sans doute on retrouve bien des qualités d'Alphonse Daudet, l'incessante intelligence, l'observation divinatrice, une sensibilité qui ajoute encore à la drôlerie des gens et à la tristesse des choses et qui électrise, qui « ozonise » certaines pages, jusqu'à les rendre irrespirables et anxieuses comme un soir d'orage. Mais bien en cela du fils d'Alphonse Daudet, ce livre, Lucien Daudet aurait pu l'écrire sans avoir jamais lu une ligne de son père, sans l'avoir même connu : il n'y a pas une trace, pas un moment de pastiche. L'originalité est entière.

C'est un livre qui n'est même pas fait comme un autre. Pas une description, mais pas un mot qui ne décrive. Tout ce qui semble s'exclure, la légèreté et la profondeur, tant de vivacité et de sérieux. Si je voulais absolument faire précéder ce livre du nom de deux maîtres, à qui il pût faire songer, j'inscrirais Dickens et Whistler[1]. Or, d'une langue à l'autre, pas d'imitation à redouter.

Bien des gens du monde qui n'ont pas lu Balzac et des journalistes qui ne l'ont pas compris, ont fait de l'épithète « balzacien » un si écœurant abus qu'on ose à peine en user encore. Mais, à tous ceux qui connaissent bien Balzac, elle viendra involontairement à l'esprit, cette épithète, en lisant *Le Chemin mort,* et dès tous ces premiers détails matériels d'une vérité criante, pareils à ceux dont Balzac a caractérisé la vie de ses personnages et [qui] nous [permettent[2]] aujourd'hui de reconstituer le costume et le mobilier de leur époque.

La femme qui vient de perdre son mari, « enroulée et fière dans son magnifique deuil complet[3] », la matinée « humiliante et désillusionnée où le bahut de bois noir orné d'une tête de Dante fut vendu quarante francs », le portemanteau « genre bambou », les « talons à la minute », les recommandations « futiles et disparates » de la mère : « Tu seras bien poli avec ton oncle, et ne porte pas ton melon en arrière, cela a l'air *Cascarin* », la « valise à soufflets, tant désirée », et combien d'autres qui rendent à chaque objet sa grâce industrielle et sa signification morale et déjà le démodent et le surannisent, en l'« artistisant ». Que de traits délicieux : l'enfant « très fier de s'appeler Alain Malsort, sans savoir pourquoi », mais que sa mère, par « romanesque » appelle « Ali »; le petit camarade qui, parlant projets d'avenir, déclare fièrement aux autres qu'il a l'intention de « se faire mendiant »; l'oncle dont la figure est rouge, le nez épaté, les traits vulgaires, « mais cet air noceur et réjoui me semblait alors le comble du signe extérieur de la fortune »; la dame avare et gourmande qui a son bordeaux spécial pour elle, pendant que ses invités boivent de la piquette, mais qui le réclame au maître d'hôtel d'une voix douloureuse pour faire croire que c'est une sorte de médecine; le petit pauvre qui n'a pas de quoi s'acheter du pain et à qui un homme du monde, incapable de quitter les conceptions et la phraséologie de sa « caste », demande : « Êtes-vous libre ce soir pour dîner ? » et qui se contente de lui répondre en riant « d'un bon rire », tout cela et tant d'autres vues profondes, parfois comiques, le plus souvent douloureuses, sur ce qui, de la nature humaine, est le plus permanent et le moins aisément perceptible, atteste que l'auteur du *Chemin mort* se montre digne de l'auteur de *Jack*, comme de ceux de *Journées de femmes* et du *Partage de l'enfant*[1].

MARC ÉODONTE.

Autour d'un livre :

LE PRINCE DES CRAVATES[2]

C'est un exemple bien émouvant de la mystérieuse transmission d'un grand pouvoir littéraire par la « voie » du sang, que M. Lucien Daudet donnant coup sur coup *Le Chemin mort, La Fourmilière, Le Prince des cravates*[3], qui tous prennent rang à côté de chefs-d'œuvre tels que *L'Évangéliste*[4] ou les *Journées de femmes*[5], tels que *Le Voyage de Shakespeare* ou *Le Partage de l'enfant*[6]. Ils en sont d'ailleurs entièrement différents, étant originaux.

Nul moins que M. Lucien Daudet n'eut, semble-t-il, la volonté arrêtée, la préméditation de continuer, en écrivant, les œuvres au milieu desquelles il avait grandi. Il paraît avoir mené d'abord une double existence, celle de Paul de Manerville ou de Beaudenord[7], du jeune élégant[8] de Balzac, et en même temps celle de peintre. Mais l'entente fine, rassise et sensée de la vie autour de laquelle Mme Alphonse Daudet brodait ses délicieuses fantaisies et dont elle nous a montré, dans une page précieuse comme une page des *Économiques*[9], le fil repris à Mme Grétry par Mme Valmore et à celle-ci par Mme Allard[10], ne cessait de rectifier en lui ce qu'il y a de factice et de désastreux dans la « bohême » des ateliers, tandis que la profonde pitié humaine qui reste le charme adorable d'un Jack ou d'un Fromont jeune[11], lui dénonçait perpétuellement ce qu'il y a de dur, de formaliste, de pharisien dans la vie purement mondaine.

Pendant ce temps, la pratique, poussée au plus rare talent, de la peinture à l'atelier de Whistler[12] exerçait son œil à discerner dans les spectacles les plus coutumiers la couleur vraie, subtile et neuve, tandis que, semble-t-il, un goût surajouté de propriétaire terrien, voire un peu jardinant, apportait dans cette âme complexe un élément de plus.

Et puis, un beau jour, tous ces éléments se découvraient une affinité secrète les uns pour les autres, se mêlaient en un composé unique : l'écrivain était né. La pitié humaine avec ce qu'elle comporte d'ironie à l'endroit de la philanthropie mondaine, vous en trouverez l'accent éternel et renouvelé au cours de ce nouveau volume, surtout dans la nouvelle appelée *Brisacier*[1], chef-d'œuvre que l'auteur a pu hardiment dédier à la belle-fille de Balzac[2] qui pourra trouver là une qualité d'observation et d'émotion qu'on n'avait pas eu souvent l'occasion d'admirer depuis *Le Cousin Pons*. Mille notations exquisement exactes de nuances subtiles, comme le « ruban rose » de cette route de Saint-Pierre-Église à Carentan que je me plais [à] comparer aux chemins normands de Georges de Lauris dans sa belle et profonde *Ginette Chatenay*[3] qui a tant de retentissement dans les cœurs d'élite et où se révèle déjà tout le grand prix de son délicieux talent de psychologue et d'écrivain (de la même série d'« harmonies », comme disait Whistler, que la rose du vitrail des *Impressions de Bretagne*, la rose d'une plage, les roses de Pâques, les bois vus à travers les « bonnes grâces[4] » d'une fenêtre du château, dans *La Fourmilière*) sont l'apport du peintre qu'est M. Daudet, et qui triompha dans une nouvelle intitulée d'un simple point d'interrogation, bien digne de l'admirable poète à qui elle est dédiée, Mme Lucie Delarue-Mardrus[5], comme *Mnanie* est digne de son parrain, le grand romancier Léon Daudet, l'auteur de ce livre unique, *L'Astre noir*[6].

Rien de plus attachant que cette nouvelle intitulée : *?*, contée avec la concision d'un Mérimée qui eût été poète. La figure énigmatique de l'abbé chez qui il y a un Whistler, et qui est un Whistler elle-même, la figure de l'abbé Reure[7] vient s'ajouter magnifiquement aux inoubliables figures d'ecclésiastiques de *La Fourmilière*[8]. Et toujours l'héritage du sortilège se fait sentir, l'éclair du talisman légué, des armes paternelles. Partout où nous nous empêtrons dans des explications, dans des comparaisons infinies, M. Lucien Daudet, avec sa jeune maîtrise, retranche l'inutile, se contente du contact unique et nécessaire à l'image, nous parle de ces dieux grecs dont il ne reste « qu'un profil de pierre blanche[1] » ou de la « mauve clarté ensoleillée » des glycines (si joliment caractérisée dans une autre nouvelle).

Ces deux derniers exemples sont empruntés à la première nouvelle, *Le Prince des cravates,* encore un « Prince frivole[2] », comme parle Jean Cocteau, Banville de vingt ans qu'attendent de plus hautes destinées, celle[3] qui donne son titre au volume et celle (puisque je me plais à voir exceller en chacune une des personnalités différentes qui composent la personnalité de M. Lucien Daudet) où je retrouverais volontiers ce que j'appelais en lui le Félix de Vandenesse ou le Paul de Manerville. Rien de moins imité de Balzac, de plus tiré de la vie contemporaine et du talent personnel de l'auteur que cette nouvelle. Mais rien n'est, en revanche, autant l'équivalent de certaines nouvelles de Balzac. Et si nous avons reconnu dans la triste Brisacier l'authentique cousine des *Parents pauvres*[4], c'est à la frivolité apparente, à l'humanité profonde d'une nouvelle comme *Le Contrat de mariage* que nous fait penser *Le Prince des cravates.*

[REYNALDO HAHN[5]]

« Le petit Hahn s'est mis au piano, écrit Edmond de Goncourt dans le dernier volume du célèbre *Journal*[6] et a joué la musique composée par lui sur trois ou quatre pièces de Verlaine. Ce sont de vrais bijoux poétiques, une musique littéraire à la Rollinat, mais plus délicate, plus distinguée, plus savante que celle du poète berrichon[7]. »

C'est au sortir d'une soirée chez Alphonse Daudet que Goncourt écrit cela, chez Alphonse Daudet qui appelait Reynaldo Hahn « sa chère musique préférée » et qui demandait à cet adolescent, presque un enfant encore, d'écrire la musique de scène de *L'Obstacle*[8]. Ce fut le début au théâtre de Reynaldo Hahn, le début aussi de cette grande admiration que les plus raffinés artistes de notre époque ressentirent toujours pour sa musique. On connaît la belle étude que Stéphane Mallarmé lui a consacrée[9], les lignes que Pierre Loti lui a consacrées, ainsi que le distique de Mallarmé où « Reynaldo » rime avec « jet d'eau[1] » et la prédilection d'Anatole France pour ses œuvres. Reynaldo Hahn n'est-il pas du reste aussi un écrivain de réel mérite ? Édouard Risler tient sa critique musicale pour égale à celle de Berlioz et de Reyer, et quand Catulle Mendès, le commentateur et l'ami de Wagner, mourut[2], il n'y eut qu'une voix pour désigner Reynaldo Hahn comme son successeur à la critique du *Journal,* qu'il exerce actuellement avec infiniment de goût, d'autorité et d'éclat.

Si Reynaldo Hahn excite de grandes admirations auprès des artistes, peut-être a-t-il rencontré plus de résistances de la part de cette classe si utile, si puissante, mais plus fervente que toujours parfaitement clairvoyante, qui a pris de nos jours une importance et des proportions considérables, qui se qualifie elle-même du nom d'« amateurs » et qu'on est trop sévère en qualifiant du nom de « snobs ».

La vérité est que, de tout temps, les amateurs dits « avancés » ne peuvent concevoir ce qu'ils appellent l'Art d'avant-garde que comme usant des procédés mis à la mode par la révolution technique la plus récente. Pour prendre un exemple hors de la musique, tous les amateurs « avancés » qui vivaient à l'époque d'Ingres croyaient de bonne foi qu'Ingres était un « pompier » un « arriéré » et lui préféraient infiniment des élèves médiocres de Delacroix qu'ils s'imaginaient plus « avancés » parce qu'ils usaient de l'écriture à la mode. Si on parle aujourd'hui à M. Degas, peut-être aussi « avancé » que lesdits amateurs, de ces mauvais élèves de Delacroix, il hausse les épaules, tandis qu'il proclame Ingres un des plus grands peintres de tous les temps. Je ne veux pas dire par là qu'un grand artiste, parce qu'il est en réaction apparente sur un poncif courant, soit plus grand pour cela même. Mais c'est une erreur de croire qu'il soit *moins* grand. Stendhal, en plein romantisme, disait trouver son modèle de style dans le Code civil, et se moquait du lyrisme romantique. Aujourd'hui, nous le plaçons aussi haut que les plus grands romantiques. Ceci pour répondre à ceux qu'une apparente affectation de réaction contre certaines formules modernes, de la part de Reynaldo Hahn, pourrait tromper. En réalité, aucun vrai musicien ne s'y trompera.

Reynaldo Hahn a commencé à composer très jeune. Après la musique de *L'Obstacle* dont nous avons parlé plus haut, ses vrais débuts au théâtre furent *L'Île du rêve* à l'Opéra-Comique[1]. C'est une époque d'effusion lyrique, de poésie, de charme, marquée par le grand succès de ses *Chansons grises*. Sans doute, sa manière deviendra plus forte, s'approfondira, s'objectivera davantage. Mais même quand une œuvre est devenue plus puissante, qui peut se défendre parfois d'un retour et d'un regret vers ces productions plus simples de la première jeunesse qui embaument encore de ces fleurs qui se fanent si vite ensuite et qu'on ne retrouve plus ? Certes *Le Lys rouge* est un livre supérieur au *Livre de mon ami, La Légende des siècles* aux *Feuilles d'automne, Les Éblouissements* au *Cœur innombrable*[2] ; mais ne revenons-nous pas quelquefois chercher dans ceux-ci cette spontanéité plus naïve, l'accent inimitable, l'irretrouvable douceur d'une première promesse, du premier aveu ?

Mais tout s'enchaîne dans une vie d'artiste suivant l'implacable logique des évolutions intérieures. Déjà, il y a chez Reynaldo Hahn cette tendance à renoncer à toutes ces grâces et « facilités » qu'il immole, comme des victimes charmantes et choisies, sur l'autel d'une Divinité plus sévère : la Vérité. Non pas le Vérisme[3], cette parodie de la vérité où le « néo-italianisme » trouve le moyen de supprimer toute réalité véritable et profonde, mais la vérité intime, psychologique. Sa musique n'est pas ce chant dont parle Victor Hugo « où rien d'humain ne reste[4] ». Elle n'est que la vie même de l'âme, la substance interne du langage, libérée, s'élevant, s'envolant, devenue musique. C'est à force de respect pour les paroles qu'il les dépasse, c'est en s'asservissant à elles qu'il les plie à une vérité plus haute qu'elles contenaient en germe, mais dont la musique seule développera les « virtualités ». C'est au contact même du texte, qu'il prend la force de s'élever plus haut que lui, comme ces aviateurs qui courent sur la terre avant de se servir de leurs ailes, mais pour mieux s'envoler et plus haut. Tandis que ces Muses de Douleur et de Vérité conduisent Reynaldo Hahn à travers son œuvre mélodique par des sentiers de plus en plus difficiles et plus beaux, tandis qu'il arrive à rendre, comme dit Verlaine,

Tout ce que contient la parole
Humaine de grâce et d'amour[1],

son œuvre dramatique suit la même évolution.

[*SWANN* EXPLIQUÉ PAR PROUST[2]]

« Je ne publie qu'un volume, *Du côté de chez Swann*, d'un roman qui aura pour titre général *À la recherche du temps perdu*. J'aurais voulu publier le tout ensemble; mais on n'édite plus d'ouvrages en plusieurs volumes. Je suis comme quelqu'un qui a une tapisserie trop grande pour les appartements actuels et qui a été obligé de la couper.

« De jeunes écrivains, avec qui je suis d'ailleurs en sympathie, préconisent au contraire une action brève avec peu de personnages. Ce n'est pas ma conception du roman. Comment vous dire cela ? Vous savez qu'il y a une géométrie plane et une géométrie dans l'espace. Eh bien, pour moi, le roman ce n'est pas seulement de la psychologie plane, mais de la psychologie dans le temps. Cette substance invisible du temps, j'ai tâché de l'isoler, mais pour cela il fallait que l'expérience pût durer. J'espère qu'à la fin de mon livre, tel petit fait social sans importance, tel mariage entre deux personnes qui dans le premier volume appartiennent à des mondes bien différents[3], indiquera que du temps a passé et prendra cette beauté de certains plombs patinés de Versailles, que le temps a engainés dans un fourreau d'émeraude.

« Puis, comme une ville qui, pendant que le train suit sa voie contournée, nous apparaît tantôt à notre droite, tantôt à notre gauche, les divers aspects qu'un même personnage aura pris aux yeux d'un autre, au point qu'il aura été comme des personnages successifs et différents, donneront — mais par cela seulement — la sensation du temps écoulé. Tels personnages se révéleront plus tard différents de ce qu'ils sont dans le volume actuel, différents de ce qu'on les croira, ainsi qu'il arrive bien souvent dans la vie, du reste.

« Ce ne sont pas seulement les mêmes personnages qui

réapparaîtront au cours de cette œuvre sous des aspects divers, comme dans certains cycles de Balzac, mais, en un même personnage, nous dit M. Proust, certaines impressions profondes, presque inconscientes.

« À ce point de vue, continue M. Proust, mon livre serait peut-être comme un essai d'une suite de " Romans de l'Inconscient " : je n'aurais aucune honte à dire de " romans bergsoniens ", si je le croyais, car à toute époque il arrive que la littérature a tâché de se rattacher — après coup, naturellement — à la philosophie régnante. Mais ce ne serait pas exact, car mon œuvre est dominée par la distinction entre la mémoire involontaire et la mémoire volontaire, distinction qui non seulement ne figure pas dans la philosophie de M. Bergson, mais est même contredite par elle.

— Comment établissez-vous cette distinction ?

— Pour moi, la mémoire volontaire, qui est surtout une mémoire de l'intelligence et des yeux, ne nous donne du passé que des faces sans vérité; mais qu'une odeur, une saveur retrouvées dans des circonstances toutes différentes, réveillent en nous, malgré nous, le passé, nous sentons combien ce passé était différent de ce que nous croyions nous rappeler, et que notre mémoire volontaire peignait, comme les mauvais peintres, avec des couleurs sans vérité. Déjà, dans ce premier volume, vous verrez le personnage qui raconte, qui dit : " Je " (et qui n'est pas moi) retrouver tout d'un coup des années, des jardins, des êtres oubliés, dans le goût d'une gorgée de thé où il a trempé un morceau de madeleine; sans doute il se les rappelait, mais sans leur couleur, sans leur charme; j'ai pu lui faire dire que comme dans ce petit jeu japonais où l'on trempe de ténus bouts de papier qui, aussitôt plongés dans le bol, s'étirent, se contournent, deviennent des fleurs, des personnages[1], toutes les fleurs de son jardin, et les nymphéas de la Vivonne, et les bonnes gens du village et leurs petits logis et l'église, et tout Combray et ses environs, tout cela qui prend forme et solidité, est sorti, ville et jardins, de sa tasse de thé.

« Voyez-vous, je crois que ce n'est guère qu'aux souvenirs involontaires que l'artiste devrait demander la matière première de son œuvre. D'abord, précisément parce qu'ils sont involontaires, qu'ils se forment d'eux-mêmes, attirés par la ressemblance d'une minute identique, ils ont seuls une griffe d'authenticité. Puis il nous rapportent les choses dans un exact dosage de mémoire et d'oubli. Et enfin, comme il nous font goûter la même sensation dans une circonstance tout autre, ils la libèrent de toute contingence, ils nous en donnent l'essence extra-temporelle, celle qui est justement le contenu du beau style, cette vérité générale et nécessaire que la beauté du style seule traduit.

« Si je me permets de raisonner ainsi sur mon livre, poursuit M. Marcel Proust, c'est qu'il n'est à aucun degré une œuvre de raisonnement, c'est que ses moindres éléments m'ont été fournis par ma sensibilité, que je les ai d'abord aperçus au fond de moi-même, sans les comprendre, ayant autant de peine à les convertir en quelque chose d'intelligible que s'ils avaient été aussi étrangers au monde de l'intelligence que, comment dire ? un motif musical. Il me semble que vous pensez qu'il s'agit de subtilités. Oh! non, je vous assure, mais de réalités au contraire. Ce que nous n'avons pas eu à éclaircir nous-mêmes, ce qui était clair avant nous (par exemple des idées logiques), cela n'est pas vraiment nôtre, nous ne savons même pas si c'est le réel. C'est du « possible » que nous élisons arbitrairement. D'ailleurs, vous savez, ça se voit tout de suite au style.

« Le style n'est nullement un enjolivement comme croient certaines personnes, ce n'est même pas une question de technique, c'est — comme la couleur chez les peintres — une qualité de la vision, la révélation de l'univers particulier que chacun de nous voit, et que ne voient pas les autres. Le plaisir que nous donne un artiste, c'est de nous faire connaître un univers de plus[1]. »

[RÉVÉLATIONS DE PROUST SUR LA SUITE DE SON ROMAN VERS LA FIN DE 1915[2]].

Madame,

Madame, vous vouliez savoir ce que Mme Swann est devenue en vieillissant. C'est assez difficile à vous résumer. Je peux vous dire qu'elle est devenue plus belle.

« Cela[1] tenait surtout à ce qu'arrivée au milieu de la vie, Odette s'était enfin découvert, ou inventé, une physionomie personnelle, un " caractère " immuable, un " genre de beauté "; et sur ses traits décousus — qui, pendant si longtemps, livrés aux caprices hasardeux et impuissants de la chair, prenant, à la moindre fatigue, des années pour un instant, une sorte de mollesse passagère, lui avaient composé, tant bien que mal, selon son humeur et selon sa mine, un visage épars, journalier, informe et charmant — elle avait appliqué ce type fixe comme une jeunesse immortelle. »

Vous verrez sa société se renouveler; pourtant (sans en savoir la raison qu'à la fin) vous y retrouverez toujours Mme Cottard qui échangera avec Mme Swann des propos comme ceux-ci :

« Vous[2] me semblez bien belle, dit Odette à Mme Cottard. *Redfern fecit ?*

— Non, vous savez que je suis une fidèle de Raudnitz. Du reste, c'est un retapage.

— Hé bien, cela a un chic!

— Combien croyez-vous ?... Non, changez le premier chiffre... »

« Oh[3]! c'est très mal, vous donnez le signal du départ, je vois que je n'ai pas de succès avec mon thé. Prenez donc encore un peu de ces petites saletés-là, c'est très bon. »

Mais j'aimerais mieux vous présenter les personnages que vous ne connaissez pas encore, celui surtout qui joue le plus grand rôle et amène la péripétie, Albertine. Vous la verrez quand elle n'est encore qu'une « jeune fille en fleurs » à l'ombre de laquelle je passe de si bonnes heures à Balbec. Puis, quand je la soupçonne sur des riens, et pour des riens aussi lui rends ma confiance, « car[4] c'est le propre de l'amour de nous rendre à la fois plus défiant et plus crédule ».

J'aurais dû en rester là. « La sagesse[5] eût été de considérer avec curiosité, de posséder avec délices cette petite parcelle de bonheur à défaut de laquelle je serais mort sans avoir jamais soupçonné ce que le bonheur peut être pour des cœurs moins difficiles ou plus favorisés. J'aurais dû partir, m'enfermer dans la solitude, y rester en harmonie avec la voix que j'avais su rendre un instant amoureuse et à qui je n'aurais dû plus rien demander que de ne plus s'adresser à moi, de peur que par une parole nouvelle qui ne pouvait plus être que différente, elle vînt blesser d'une dissonance le silence sensitif où, comme grâce à quelque pédale, aurait pu survivre la tonalité du bonheur. » Du reste, peu à peu, je me fatigue d'elle, le projet de l'épouser ne me plaît plus; quand, un soir, au retour d'un de ces dîners chez « les Verdurin à la campagne » où vous connaîtrez enfin la personnalité véritable de M. de Charlus, elle me dit en me disant bonsoir que l'amie d'enfance dont elle m'a souvent parlé, et avec qui elle entretient encore de si affectueuses relations, c'est Mlle Vinteuil[1]. Vous verrez la terrible nuit que je passe alors, à la fin de laquelle je viens en pleurant demander à ma mère la permission de me fiancer à Albertine[2]. Puis vous verrez notre vie commune pendant ces longues fiançailles, l'esclavage auquel ma jalousie la réduit, et qui, réussissant à calmer ma jalousie, fait évanouir, du moins je le crois, mon désir de l'épouser. Mais un jour si beau que pensant à toutes les femmes qui passent, à tous les voyages que je pourrais faire, je veux demander à Albertine de nous quitter, Françoise en entrant chez moi me remet une lettre de ma fiancée qui s'est décidée à rompre avec moi et est partie depuis le matin. C'était ce que je croyais désirer! et je souffrais tant que j'étais obligé de me promettre à moi-même qu'on trouverait d'ici le soir un moyen de la faire revenir. — « J'avais[3] cru tout à l'heure que c'était ce que je désirais. En voyant combien je m'étais trompé, je compris combien la souffrance va plus loin en psychologie que le meilleur psychologue, et que la connaissance des éléments composants de notre âme nous est donnée non par les plus fines perceptions de notre intelligence mais — dure, éclatante, étrange comme un sel soudain cristallisé — par la brusque réaction de la douleur. » Les jours suivants, je peux à peine faire quelques pas dans ma chambre, « je tâchais[4] de ne pas frôler les chaises, de ne pas apercevoir le piano, ni aucun des objets dont elle avait usé et qui tous, dans le langage particulier que leur avaient fait mes souvenirs, semblaient vouloir me traduire à nouveau son départ. Je tombai dans un fauteuil, je n'y pus rester, c'est que je ne m'y étais assis que quand elle était encore là; et ainsi, à chaque instant, il y avait quelqu'un des innombrables et humbles moi qui nous composent à qui il fallait notifier son départ, à qui il fallait faire écouter ces mots inconnus pour lui : " Albertine est partie. " Et[1] ainsi pour chaque acte, si minime qu'il fût, qui auparavant baignait dans l'atmosphère de sa présence, il me fallait, à nouveaux frais, avec la même douleur, recommencer l'apprentissage de la séparation. Puis la concurrence des autres formes de la vie... Dès que je m'en aperçus, je sentis une terreur panique. Ce calme que je venais de goûter c'était la première apparition de cette grande force intermittente qui allait lutter contre la douleur, contre l'amour et finirait par en avoir raison. » Il s'agit de l'oubli, mais la page est déjà à demi couverte et je suis obligé de passer tout cela si je veux vous dire la fin. Albertine ne revient pas, j'en arrive à souhaiter sa mort pour qu'elle ne soit pas à d'autres. « Comment Swann avait-il pu croire jadis que si Odette périssait victime d'un accident, il eût retrouvé, sinon le bonheur, du moins le calme par la suppression de la souffrance ? La suppression de la souffrance ? Ai-je vraiment pu le croire, croire que la mort ne fait que biffer ce qui existe ! » J'apprends la mort d'Albertine. — Pour que la mort d'Albertine eût pu supprimer mes souffrances, il eût fallu que le choc l'eût tuée non seulement hors de moi comme il avait fait, mais en moi. Jamais elle n'y avait été plus vivante. Pour entrer en nous, un être est obligé de prendre la forme, de se plier au cadre du temps ; ne nous apparaissant que par minutes successives, il n'a jamais pu nous livrer de lui qu'un seul aspect à la fois, nous débiter de lui qu'une seule photographie. Grande faiblesse sans doute pour un être de ne consister qu'en une collection de moments ; grande force aussi ; car il relève de la mémoire, et la mémoire d'un certain moment n'est pas instruite de ce qui s'est passé depuis ; ce moment qu'elle a enregistré dure encore et avec lui vit l'être qui s'y profilait. Émiettement d'ailleurs qui ne fait pas seulement vivre la morte mais la multiplie. Quand j'étais arrivé à supporter le chagrin d'avoir perdu une de ces Albertine, tout était à recommencer avec une autre, avec cent autres. Alors ce qui avait fait jusque-là la douceur de ma vie, la perpétuelle renaissance des moments anciens, en devint le supplice (diverses heures, saisons). J'attends que l'été finisse, puis l'automne. Mais les premières gelées me rappellent d'autres souvenirs si cruels, qu'alors, comme un malade (qui se place lui au point de vue de son corps, de sa poitrine et de sa toux, mais moi moralement) je sentis ce que j'avais encore de plus à redouter pour mon chagrin, pour mon cœur, c'était le retour de l'hiver. Lié à toutes les saisons, pour que je perdisse le souvenir d'Albertine, il aurait fallu que je les oubliasse toutes, quitte à les rapprendre, comme un hémiplégique qui rapprend à lire. Seule, une véritable mort de moi-même m'eût consolé de la sienne. Mais la mort de soi-même n'est pas chose si extraordinaire, elle se consomme malgré nous chaque jour. — Puisque, rien qu'en pensant à elle, je la ressuscitais, ses trahisons ne pouvaient jamais être celles d'une morte; l'instant où elle les avait commises devenait l'instant actuel, non pas seulement pour elle, mais pour celui de mes « moi » évoqués qui la contemplait. De sorte qu'aucun anachronisme ne pouvait jamais séparer le couple indissoluble où à chaque nouvelle coupable, s'appariait aussitôt un jaloux toujours contemporain. Après tout il n'est pas plus absurde de regretter qu'une morte ignore qu'elle n'a pas réussi à nous tromper, que de désirer que dans deux cents ans, notre nom soit connu. Ce que nous sentons existe seul pour nous, nous le projetons dans le passé, dans l'avenir, sans nous laisser arrêter par les barrières fictives de la mort. Et quand mes grands souvenirs ne me la rappelèrent plus, de petites choses insignifiantes eurent ce pouvoir. Car les souvenirs d'amour ne font pas exception aux lois générales de la Mémoire elle-même régie par l'Habitude, laquelle affaiblit tout. Et ainsi, ce qui nous rappelle le mieux un être, c'est justement ce que nous avions oublié parce que c'était sans importance. Je commençai à subir peu à peu la force de l'oubli, ce puissant instrument d'adaptation à la réalité, destructeur en nous de ce passé survivant qui est en constante contradiction avec elle. Non pas que je n'aimasse plus Albertine. Mais déjà je ne l'aimais plus comme dans les derniers temps mais comme en des jours plus anciens de notre amour. Avant de l'oublier tout à fait, il me faudrait, comme un voyageur qui revient, par la même route, au point d'où il est parti, avant d'atteindre à l'indifférence initiale, traverser en sens inverse tous les sentiments par lesquels j'avais passé. Mais les étapes ne nous semblent pas immobiles. Tandis que l'on eſt arrêté à l'une d'elles, on a l'illusion que le train repart dans le sens du lieu d'où l'on vient, comme on avait fait la première fois. Telle eſt la cruauté du souvenir. Albertine n'aurait rien pu me reprocher. On ne peut être fidèle qu'à ce dont on se souvient, on ne peut se souvenir que de ce qu'on a connu. Mon moi nouveau, tandis qu'il grandissait à l'ombre de l'ancien qui mourait, avait souvent entendu celui-ci parler d'Albertine. À travers les récits du moribond, il croyait la connaître, l'aimer. Mais ce n'était qu'une tendresse de seconde main. — Comme certains bonheurs, il y a des malheurs qui nous arrivent trop tard, quand ils ne peuvent plus prendre en nous la grandeur que, plus tôt, ils auraient eue. Quand j'appris cela, j'étais déjà consolé. Et il n'y avait pas lieu d'en être étonné. Le regret eſt bien un mal physique, mais entre les maux physiques, il faut diſtinguer ceux qui n'agissent sur le corps que par l'intermédiaire de la mémoire. Dans ce premier cas, le pronoſtic eſt généralement favorable. Au bout de quelque temps, un malade atteint de cancer sera mort. Il eſt bien rare qu'un veuf inconsolable, au bout du même temps, ne soit pas guéri. — Hélas! Madame, le papier me manque au moment où ça allait devenir pas trop mal!

Votre MARCEL PROUST

[DÉDICACE[1]]

À Monsieur Jacques de Lacretelle.

Paris, 20 avril 1918[2].

Cher ami, il n'y a pas de clefs pour les personnages de ce livre; ou bien il y en a huit ou dix pour un seul; de même pour l'église de Combray; ma mémoire m'a prêté comme « modèles » (a fait poser) beaucoup d'églises. Je ne saurais plus vous dire lesquelles. Je ne me rappelle même plus si le pavage vient de Saint-Pierre-sur-Dives ou de Lisieux. Certains vitraux sont certainement les uns d'Évreux, les autres de la Sainte-Chapelle et de Pont-

Audemer. Mes souvenirs sont plus précis pour la Sonate. Dans la mesure où la réalité m'a servi, mesure très faible à vrai dire, la petite phrase de cette Sonate, et je ne l'ai jamais dit à personne, est (pour commencer par la fin), dans la soirée Saint-Euverte, la phrase charmante mais enfin médiocre d'une sonate pour piano et violon de Saint-Saëns, musicien que je n'aime pas. (Je vous indiquerai exactement le passage qui revient plusieurs fois et qui était le triomphe de Jacques Thibaud). Dans la même soirée, un peu plus loin, je ne serais pas surpris qu'en parlant de la petite phrase, j'eusse pensé à l'*Enchantement du Vendredi saint*. Dans cette même soirée encore (p. 241) quand le piano et le violon gémissent comme deux oiseaux qui se répondent, j'ai pensé à la Sonate de Franck (surtout jouée par Enesco) dont le quatuor apparaît dans un des volumes suivants. Les trémolos qui couvrent la petite phrase chez les Verdurin m'ont été suggérés par un prélude de *Lohengrin,* mais elle-même à ce moment-là par une chose de Schubert. Elle est dans la même soirée Verdurin un ravissant morceau de piano de Fauré. Je puis vous dire que (soirée Saint-Euverte) j'ai pensé pour le monocle de M. de Saint-Candé à celui de M. de Bethmann (pas l'Allemand — bien qu'il le soit peut-être d'origine — le parent des Hottinguer), pour le monocle de M. de Forestelle à celui d'un officier frère d'un musicien qui s'appelait M. d'Ollone, pour celui du général de Froberville au monocle d'un prétendu homme de lettres — une vraie brute — que je rencontrais chez la princesse de Wagram et sa sœur, et qui s'appelait M. de Tinseau. Le monocle de M. de Palancy est celui du pauvre et cher Louis de Turenne qui ne s'attendait guère à être un jour apparenté à Arthur Meyer, si j'en juge par la manière dont il le traita un jour chez moi. Le même monocle de Turenne passe dans le *Côté de Guermantes* à M. de Bréauté, je crois. Enfin j'ai pensé, pour l'arrivée de Gilberte aux Champs-Élysées par la neige, à une personne qui a été le grand amour de ma vie sans qu'elle l'ait jamais su (ou l'autre grand amour de ma vie car il y en a eu au moins deux) Mademoiselle Bénardaky, aujourd'hui (mais je ne l'ai pas vue depuis combien d'années) princesse Radziwill. Mais bien entendu les passages plus libres relatifs à Gilberte au début de *À l'ombre des jeunes filles en fleurs* ne s'appliquent nullement à cette personne, car je n'ai jamais eu avec elle que les rapports les plus convenables. Un instant, quand elle se promène près du Tir aux Pigeons, j'ai pensé pour Mme Swann à une cocotte admirablement belle de ce temps-là qui s'appelait Clomesnil. Je vous montrerai des photographies d'elle. Mais ce n'est qu'à cette minute-là que Mme Swann lui ressemble. Je vous le répète, les personnages sont entièrement inventés, et il n'y a aucune clef. Ainsi personne n'a moins de rapports avec madame Verdurin que madame de Briey. Et pourtant cette dernière rit de la même façon. Cher ami, je vous témoigne bien maladroitement ma gratitude de la peine touchante que vous avez prise pour vous procurer ce volume, en le salissant de ces notes manuscrites. Pour ce que vous me demandez de copier, la place manquerait mais si vous le voulez je pourrai le faire sur des feuilles détachées que vous intercalerez. En attendant je vous envoie l'expression de mon amicale reconnaissance.

MARCEL PROUST[1].

AU ROYAUME DU BISTOURI[2]

À la comtesse de M.

Madame,

Je suis désappointé, en recevant quelques feuillets du prochain album, de voir d'une part que vos caricatures ne sont plus en couleur comme celles que vous m'aviez envoyées il y a deux ans; d'autre part, que plusieurs d'entre elles manquent, notamment cet étonnant : « Il n'est pas beau, mais c'est quelqu'un », digne pendant de « Il lui sera beaucoup pardonné parce qu'elle a beaucoup soigné », où vous rivalisez avec Abel Faivre[3] tout en restant originale et en différant profondément de lui.

La suppression de la couleur m'a déçu, parce qu'elle a entraîné celle des paysages. Or, bien avant que vous ne connussiez Clément, il était l'un de mes deux ou trois meilleurs amis. Que de soirs nous avons passés ensemble en Savoie[4] à regarder le Mont Blanc devenir, tandis que le soleil se couchait, un fugitif Mont Rose qu'allait ensevelir la nuit! Puis il fallait regagner le lac de Genève, et monter, avant Thonon, dans un bon petit chemin de fer assez semblable à celui que j'ai dépeint dans un de mes volumes non encore parus[1], et que vous recevrez l'un après l'autre, si Dieu me prête vie. Un bon petit chemin de fer patient, d'un bon caractère, qui attendait, le temps voulu, les retardataires, et, même une fois parti, s'arrêtait si on lui faisait signe, pour recueillir ceux qui, soufflant comme lui, le rejoignaient à toute vitesse. À toute vitesse, en quoi ils différaient de lui, qui n'usait jamais que d'une sage lenteur. À Thonon, long arrêt, on serrait la main d'un tel qui était venu accompagner ses invités, d'un autre voulant acheter les journaux, de beaucoup que j'ai toujours soupçonnés de n'avoir rien d'autre à faire là que de retrouver des gens de connaissance. Une forme de vie mondaine comme une autre que cet arrêt à la gare de Thonon.

Or le château de M., la vieille demeure des ancêtres de votre mari, était fort au-dessus de Thonon mais enchâssé dans l'émeraude de ce pays admirable. Vos couleurs me faisaient toujours penser aux couleurs de ce pays-là. Il y a bien longtemps de cela; depuis vous avez été une infirmière admirable et pourtant gaie dans l'inlassable dévouement; vous avez extrait un comique tout spécial de ce milieu où vous avez tenu une place héroïque. Un dessin comme le : « Réveillez-vous mon ami, c'est l'heure de prendre la potion pour dormir », mérite autant de rester, que vos grosses dames repenties qui illustrent tout un chapitre de votre « Splendeur et misère » non pas certes des courtisanes, mais de quelques grandes dames qui ne furent saintes que sur le tard.

Et le château de M., me direz-vous, que devient-il dans tout cela ? Je ne l'ai pas perdu de vue. Vous rappelez-vous, au début du *Capitaine Fracasse,* le château lugubre où vit Sigognac ? Franchement M. était admirable, mais n'était pas plus gai. Gautier qui comptait faire revenir Sigognac dans le vaste château pour achever dans le noir un livre qui avait commencé dans le noir, fut un peu déconcerté quand ses éditeurs exigèrent une fin gaie, claire, triomphale. À sa fille surtout (Judith Gautier[2]) cela paraissait moins vrai, moins « comme dans la vie ». Il s'exécute cependant. Vous êtes venue depuis lui donner raison. En épousant Clément, vous avez amené le bonheur dans la demeure triste : votre charme, votre esprit, un amour partagé, ont forcé de sourire les vieilles pierres.

Veuillez agréer, Madame, tous mes respects.

MARCEL PROUST.

[SENANCOUR, C'EST MOI[1]]

Senancour c'est moi. Rêverie morale inspirée par la nature. C'était je crois un malade. Il faut être faible en effet pour s'enivrer ainsi avec les choses les plus simples de la nature. Mais ses réflexions nous ennuient[2], ses phrases harmonieuses nous laissent d'autant plus froids qu'elles cherchent à nous toucher (cf. bien souvent maintenant France et Barrès, très souvent Chateaubriand). Au fond de tout cela ce que je vais chercher c'est la sensation même de paysages particuliers qui est délicieuse.

« le bruit des eaux rapides » (p. 112)[3].

Une phrase tout à fait de moi : « Mais du moins nous serons sensibles à q.q. accidents de lumière et de plusieurs convenances végétales » (p. 74)[4].

Revenons aux sensations : « et les sons qui animent dans leur marche les troupeaux de l'Ementhal » (72).

« la simplicité automnale, le doux accord du silence dans le ciel, de la maturité des plantes et du repos de la terre » (69); « ces clartés affaiblies derrière des vapeurs qui ne se dissipent plus » (se rappeler le Nahe, ces ombres qui se prolongent au départ de Creusnach) (69)[5]; « ces feuilles qui sans être frappées de l'orage se détachent et s'abandonnent au mouvement de l'air » (70); « dans l'épaisseur des bois jaunis, au milieu des branches rompues et oubliées sur la mousse humide[6]. »

Lire page 66 ce qu'il dit du retour de la lumière. Hélas il y a longtemps que cela n'est plus pour moi[7].

Page 56 sur les arbres, c'est de moi. Mais je n'essaye pas de donner un sens moral aux phénomènes naturels. Car c'est de la pure allégorie. Cependant il est certain que la vue de la nature réveille la pensée et que la vie de la pensée peut trouver mille charmes à la vue de la nature. Ce qui prouve une relation mystérieuse (puisque progrès dans la vie de l'esprit et dans l'admiration de la nature sont parallèles et réagissent) entre la vérité intellectuelle et la beauté naturelle. Tandis qu'il n'y en a aucune (au moins pour moi) entre cette même vérité et le luxe et les décorations de théâtre, etc. Pendant que je suis si éloigné de Senancour je note ceci : Une vérité clairement comprise ne peut plus être écrite avec sincérité. Le poète qui a compris par l'intelligence ce qu'il veut écrire est comme un homme qui jouerait la surprise pour ce qu'il sait très bien. Ainsi tout ce que j'ai écrit plus haut est autant de retiré de mes livres.

Je reviens aux phrases de Senancour : « Vous n'apercevez que la ronce sur le sable, la caverne, etc » (tout est très Fontainebleau[1]) [p. 21, très moi[2]]. Page 18, encore des sables et des ronces. « Quand les brises promènent dans l'espace le bruit des cataractes[3] ». Voir 177 : « matin, ronces »; 190 : encore le soleil qui vient de paraître, « le sable sillonné par les traces des biches ou des lièvres »; « les grès bizarrement fracassés » (et haut de 190, cf. *Kenilworth* et moi[4]); 214 et « ces oiseaux qui semblent attendre de la nuit leur indépendance », « ces cris d'une joie cachée[5] »; « sur le rivage embelli par les feux du matin » 301; 324 (Heredia, Conquistadores[6]).

APRÈS LA GUERRE

[PRÉFACE[1]]

Cet Auteuil de mon enfance[2], — de mon enfance et de sa jeunesse, — qu'évoque Jacques Blanche, je comprends qu'il s'y reporte avec plaisir comme à tout ce qui a émigré du monde visible dans l'invisible, à tout ce qui, converti en souvenirs, donne une sorte de plus-value à notre pensée, ombragée de charmilles qui n'existent plus. Mais cet Auteuil là m'intéresse encore davantage comme un même petit coin de la terre observable à deux époques, assez distantes, de son voyage à travers le Temps.

Entre ces jours anciens et ceux de maintenant, Auteuil, sans qu'il ait eu l'air de bouger, a traversé plus de vingt années, pendant lesquelles Jacques-Émile Blanche a conquis la célébrité comme peintre et écrivain, alors que moi, dans les jardins voisins et au bord des mêmes vieux « Fontis »[3], je n'ai attrapé que la fièvre des foins. Tout ce que, dans des pages qui sont des merveilles d'intelligence et de mélancolie, Jacques Blanche dit à propos de Manet, — de Manet que ses amis trouvaient charmant, mais ne prenaient pas au sérieux, ne « savaient pas si fort », — je l'ai vu se produire pour Blanche. Ici le milieu n'était pas le même et son élégance donnait une forme différente au malentendu, au fond identique, qui existe toujours entre ceux dont les yeux sont pleins malgré eux de la peinture d'hier et les auteurs des œuvres qui seront dignes du passé parce qu'elles ont été placées d'avance dans l'avenir, des œuvres qu'il faudrait pouvoir regarder en se mettant à la distance des années qu'elles anticipent et avec cette adaptation de la sensibilité qui exige précisément « du temps »[4].

Souvent, pendant que Jacques Blanche peignait, une belle dame couronnée de fleurs faisait arrêter sa victoria devant l'atelier. Elle descendait, contemplait, croyait juger. Comment eût-elle pu supposer qu'un chef-d'œuvre naissait sous les doigts d'un homme si bien habillé, avec lequel elle avait dîné la veille, qui s'était montré un causeur si fin et passait pour si méchant[1]. Le proverbe — par extraordinaire — est faux qui dit : « Il n'y a pas de grand homme pour son valet de chambre. » Et il devrait être retouché ainsi : « Il n'y a pas de grand homme pour ses amphitryons, il n'y a pas de grand homme pour ses invités. » Quant à la « méchanceté » pour ma part, je n'ai connu que l'invariable expansion d'un grand cœur et la sérénité d'un juste. Cette « méchanceté » ou soi-disant telle, ne fut pas inutile à Jacques Blanche et s'il y a eu dans cette réputation un peu de sa faute, alors répétons le *Felix culpa* qui était cher à Renan. Le danger pour Blanche c'était que, élégant, spirituel, il dissipât sa vie dans la mondanité. Mais la nature qui invente au besoin des névroses protectrices, de tutélaires infortunes, pour que le don nécessaire ne soit pas laissé en friche, voulut que ce renom de médisance le brouillât assez vite avec les gens qui l'eussent empêché de peindre, et, les jours où il eût peut-être mieux aimé aller à une garden-party, le rejetât de force dans son atelier avec la rudesse de l'Ange baudelairien :

Car je suis ton bon ange, entends-tu, je le veux[2].

Si l'on savait mieux démêler

ces choses inconnues,
Où la douleur de l'homme entre comme élément[3],

on verrait que nous devons beaucoup plus, dans la vie, aux choses qui nous ont été désagréables, qu'aux autres. Cette fois-ci c'est un proverbe qui le dit avec toute la force incluse en la plupart d'entre eux : « À quelque chose malheur est bon. »

Je ne peux pas me rappeler exactement si c'est dans l'incomparable salon de Mme Straus, dans celui de la Princesse Mathilde ou de Mme Baignières[4] que j'ai fait la connaissance de Jacques Blanche, vers l'époque de mon service militaire, c'est-à-dire à peu près à vingt ans[1]. En tout cas, c'est dans ces trois salons que je le retrouvais le plus souvent, et une esquisse au crayon[2] qui a précédé mon portrait à l'huile a été faite avant le dîner, à Trouville, dans les admirables Frémonts qui étaient alors la résidence de Mme Arthur Baignières et où montaient du manoir des Roches ou de la villa Persane la marquise de Gallifet, cousine germaine de la maîtresse de la maison, avec la princesse de Sagan, toutes deux dans leur élégance aujourd'hui à peu près indescriptible, d'anciennes belles de l'Empire.

Comme mes parents passaient le printemps et le commencement de l'été à Auteuil où Jacques Blanche habitait toute l'année, j'allais sans peine le matin poser pour mon portrait. À ce moment la maison qui s'est construite en hauteur, sur l'atelier même, comme une cathédrale sur la crypte de l'église primitive, était répandue, en ordre dispersé, dans les beaux jardins; et après la séance de pose, j'allais déjeuner dans la salle à manger du docteur Blanche[3], lequel, par habitude professionnelle, m'invitait de temps à autre au calme et à la modération. Si j'émettais une opinion que Jacques Blanche contredisait avec trop de force, le docteur, admirable de science et de bonté, mais habitué à avoir affaire à des fous, réprimandait vivement son fils : « Voyons, Jacques, ne le tourmente pas, ne l'agite pas. — Remettez-vous, mon enfant, tachez de rester calme, il ne pense pas un mot de ce qu'il a dit; buvez un peu d'eau fraîche, à petites gorgées, en comptant jusqu'à cent. » D'autres fois je rentrais déjeuner tout près de la maison des Blanche, chez mon grand-oncle[4], encore à une « étape[5] » (comme dirait M. Bourget) moins avancée que M. et Mme Blanche, ces deux « grands bourgeois » dont Jacques-Émile a laissé d'inoubliables portraits, qui font penser aux Régents et Régentes de l'Hôpital, de Hals[6]. (« C'est une opinion courante et presque banale que l'image de leur mère offre aux artistes une occasion sans seconde d'exprimer le tréfonds d'eux-mêmes », a dit Jacques Blanche, dans ce Whistler qui est la perle délicieuse et mélancolique, la verrerie la plus délicatement irisée de la présente collection.)

Cette maison que nous habitions avec mon oncle, à Auteuil au milieu d'un grand jardin qui fut coupé en deux par le percement de la rue (depuis l'avenue Mozart), était aussi dénuée de goût que possible. Pourtant je ne peux dire le plaisir que j'éprouvais quand après avoir longé en plein soleil, dans le parfum des tilleuls, la rue La Fontaine, je montais un instant dans ma chambre où l'air onctueux d'une chaude matinée avait achevé de vernir et d'isoler, dans le clair-obscur nacré par le reflet et le glacis des grands rideaux (bien peu campagne) en satin bleu Empire, les simples odeurs du savon et de l'armoire à glace; quand après avoir traversé en trébuchant le petit salon, hermétiquement clos contre la chaleur, où un seul rayon de jour, immobile et fascinateur, achevait d'anesthésier l'air, et l'office où le cidre — qu'on verserait dans des verres d'un cristal un peu trop épais, qui donnerait en buvant l'envie de les mordre, comme certaines chairs de femme, à gros grains, en les embrassant — avait tant rafraîchi que, tout à l'heure, introduit dans la gorge, il pèserait contre les parois de celle-ci en une adhérence totale, délicieuse et profonde, — j'entrais enfin dans la salle à manger à l'atmosphère transparente et congelée comme une immatérielle agate que veinait l'odeur des cerises déjà entassées dans les compotiers, et où les couteaux, selon la mode la plus vulgairement bourgeoise, mais qui m'enchantait, étaient appuyés à de petits prismes de cristal. Les irisations de ceux-ci n'ajoutaient pas seulement quelque mysticité à l'odeur du gruyère et des abricots. Dans la pénombre de la salle à manger, l'arc-en-ciel de ces porte-couteaux projetait sur les murs des ocellures de paon qui me semblaient aussi merveilleuses que les vitraux — préservés seulement dans les exquis relevés et transpositions qu'en a donnés Helleu[1] — de la cathédrale de Reims, de cette cathédrale de Reims que de sauvages Allemands aimaient tant, que ne pouvant la prendre de force ils l'ont vitriolée. Hélas! je ne prévoyais pas ce hideux crime passionnel contre une Vierge de pierre, je ne savais pas prophétiser, quand j'écrivis la *Mort des Cathédrales**.

Blanche dit bien gentiment de Manet, ce qui est vrai

* On peut aisément deviner que je n'ai pas attendu la défaite de l'Allemagne pour écrire ces lignes; elles lui sont antérieures; les gens qui crient « à mort » sur le passage d'un condamné me sont peu sympathiques, et je n'ai pas l'habitude d'insulter les vaincus[2].

aussi de lui, Blanche (et ce qui explique en partie le temps qu'on a mis à le faire sortir de la catégorie des « amateurs distingués »), qu'il était modeste, humain, sensible à la critique. Il faudrait pouvoir insister sur ces qualités familières généralement associées au talent et qui empêchent, pour une forte part, qu'il soit reconnu. Pour montrer que (sans talent compensateur, hélas!), je comprends fort bien tout de même ce genre de caractère qui, sous une forme ou une autre, est celui de tous les grands artistes étudiés par Jacques Blanche dans ce livre, je dirai en me laissant aller aux souvenirs de cet Auteuil de mon adolescence, que par nature et par éducation, il m'eût alors semblé du plus mauvais goût de faire état d'avantages ou de prétendus avantages, que des camarades avec qui je me trouvais ne possédaient pas. Que de fois, rencontrant à la gare Saint-Lazare des étudiants qui rentraient aussi à Auteuil, ai-je, en rougissant, dissimulé, pour qu'ils ne pussent pas le voir, mon billet de première et suis-je monté en troisième comme eux, avec l'air de n'avoir jamais connu de ma vie d'autres compartiments. Pour la même raison, je me cachais aux yeux des mêmes collégiens d'aller déjà, et du reste bien peu à cette époque, dans le monde, si bien que mon « manque de relations » excitait chez eux une véritable pitié et qu'ils n'eussent pas cru pouvoir me laisser apercevoir par les gens qu'ils considéraient comme élégants. Je me rappelle qu'une fois, comme je sortais de chez Blanche, je montai chez un de ces jeunes gens qui, probablement, « recevait » ce jour-là sans que je le susse. En entendant la sonnette, il vint ouvrir lui-même croyant qu'il allait se trouver devant un de ses invités. Mais, en me voyant, il fut pris de la terreur folle que des personnes de ses relations pussent rencontrer un être qui avouait lui-même n'en avoir aucune, et avec l'agilité du kangouroo boxeur ou de l'ami qui dans un vaudeville précipite le mari hors de la chambre où il pourrait trouver sa femme avec un amant, il me fit descendre les escaliers, aussi vite je pense qu'un commandant de sous-marin fait quitter un navire torpillé à ses malheureux passagers, en me criant : « Excusez-moi, mon cher, votre présence ici est impossible, vous comprendrez tout d'un mot, j'ai à goûter les Dutilleul. » Je ne savais pas et n'ai jamais appris depuis qui étaient les Dutilleul et quelles déflagrations catastrophiques auraient pu naître de mon rapprochement avec ces personnes glorieuses. Le même soir, je devais aller à un bal chez la princesse de Wagram. Mon grand-père[1] ne se soucia pas de m'emmener avec lui en voiture. Il quittait d'ailleurs trop tôt Auteuil, car s'il venait y dîner tous les soirs, il tenait à rentrer coucher à Paris. Il ne l'a jamais quitté un seul jour pendant les quatre-vingt-cinq ans qu'il a vécus (et cet exemple m'aide à comprendre mieux que tous les commentaires, la sédentarité bourgeoise à laquelle Jacques Blanche va vous raconter tout à l'heure que Fantin-Latour[2] était si passionnément, si maniaquement attaché), sauf au moment du siège de Paris où il alla mettre ma grand-mère en sûreté à Étampes. Ce fut le seul déplacement qu'il accomplit au cours de sa longue vie. En rentrant le soir à Paris, il passait devant le viaduc du chemin de fer, et la vue de wagons capables d'emmener les insensés chercheurs d'inconnu, au-delà du « Point du Jour » ou de « Boulogne », lui faisait éprouver au fond de son coupé un sentiment d'intense *Suave mari magno*[3].

« Et dire, s'écriait-il, en regardant le train avec un mélange d'étonnement, de pitié et d'effroi, et dire qu'il y a des gens qui aiment voyager ! »

Mes parents trouvant qu'un jeune homme ne doit pas dépenser son argent inutilement, me refusèrent pour me rendre au bal de Mme de Wagram, non seulement la voiture familiale dont les chevaux étaient dételés depuis sept heures du soir, mais même un modeste fiacre, et mon père déclara qu'il était tout indiqué que je prisse l'omnibus d'Auteuil-Madeleine qui passait devant notre porte et s'arrêtait avenue de l'Alma où était l'hôtel de la Princesse. Comme « boutonnière » je dus me contenter d'une rose coupée dans le jardin, sans fourreau en papier d'argent.

Malheureusement, l'hôte des Dutilleul était précisément dans l'omnibus quand j'y montai. Il s'excusa, sur l'éclat qui les environnait, de la rude opération à laquelle il avait été obligé de procéder dans l'après-midi et se tordant de joie, par comparaison avec sa propre élégance, il me dit : « Alors, comme ça, vous ne connaissez personne, vous n'allez jamais dans le monde, c'est très drôle ! » Tout d'un coup le déplacement du col de mon pardessus lui découvrit ma cravate blanche. « Tiens !

mais puisque vous n'allez jamais dans le monde, pourquoi êtes-vous en habit ? » Je finis, après toutes les défenses possibles, par avouer que j'allais au bal. « Ah ! vous allez tout de même au bal, mes compliments, ajouta-t-il sans plaisir. Et peut-on savoir quel est ce bal ? » De plus en plus gêné et pour ôter, comme à un vêtement qu'on ne veut pas porter trop neuf, l'éclat qu'il y aurait eu dans le mot « Princesse », je murmurai avec humilité : « Le bal Wagram. »

J'ignorais qu'il y avait pour les garçons de café et les « gens de maison » un bal qui se donnait salle Wagram et qui s'appelait le bal Wagram. « Ah ! elle est bien bonne », dit l'ami des Dutilleul, en reprenant sa gaieté, puis il ajouta sévèrement : « Mon cher, au moins on ne fait pas semblant d'être invité quand on est assez dénué de relations pour en être réduit à aller à des bals de domestiques, et payants encore ! »

La seule énumération des portraits que Jacques Blanche fit vers cette époque (en exceptant le mien) suffit à montrer qu'en littérature aussi, c'était l'avenir qu'il découvrait, qu'il élisait, et elle est déjà, par là, une première explication de l'extrême valeur, du charme unique, que possède le présent volume[1]. En effet, tandis que les peintres illustres alors — un Benjamin Constant, par exemple — ne faisaient le portrait que d'écrivains chargés d'honneurs, dépourvus de mérite, et aujourd'hui aussi oubliés que leur peintre, Jacques Blanche peignait les amis dont il était seul ou presque seul à célébrer le talent « pour faire de l'originalité », disaient les gens du monde, ou peut-être par l'effet d'une méchanceté, qui, après avoir dénigré les grands hommes, trouvait un complément satanique de satisfaction à exalter les tenants de l' « École de l'Incompréhensible ». La vérité était que tout simplement Jacques Blanche possédait en lui, comme tous les hommes assurés de l'avenir, cette perspective du temps où il faut savoir se placer pour regarder les œuvres. Et de fait, après vingt années traversées par l' « Auteuil de sa jeunesse », les mêmes maîtresses de maison sont trop heureuses de placer à leur droite tel ou tel de ces amis que Jacques Blanche portraiturait et encensait alors, un Barrès, un Henri de Régnier, un André Gide. Jacques Blanche, comme Maurice Denis, a toujours professé pour Gide l'admiration qui convient et à laquelle il nous est bien permis d'ajouter de la tendresse. Quant aux natures mortes de Blanche dont c'était une plaisanterie dans certains salons, en ce temps-là, de dire : « Il faudrait les mettre un peu plus en lumière, pour aujourd'hui seulement, par ce que nous l'avons invité en quatorzième ou en cure-dents. On les remettra demain à un endroit où elles ne se voient pas », elles sont à la place d'honneur aujourd'hui dans les mêmes salons. Et la maîtresse de maison explique d'un air délicat : « N'est-ce pas ? c'est d'une beauté rare; c'est beau comme le classique. Je vous dirai que j'ai toujours aimé cela, même au temps où cela m'obligeait à rompre des lances. » Et il serait peut-être injuste et un peu trop facile de dire que ces dames se contredisent ainsi parce que la peinture de Jacques Blanche est maintenant à la mode, mais qu'elles ne l'aiment pas davantage. Il est probable, au contraire, qu'elles l'aiment, puisque pour une œuvre d'art, être enfin mise à la mode, signifie qu'une telle évolution de l'optique et du goût s'est accomplie pendant une période plus ou moins longue, que les femmes de ce genre peuvent enfin aimer cette œuvre.

Le dimanche, Jacques Blanche se reposait, recevait des amis et « causait » quelques-unes des pages qui, écrites plus tard, sont réunies dans le volume pour lequel il m'a fait le grand honneur de me demander cette préface. Ces anciennes « causeries du dimanche », j'ai souvent dit à des amis quand il les eurent lues dans des revues, qu'à mon avis elles étaient vraiment les *Causeries du lundi* de la peinture. Et je sais bien tout ce qu'une telle appellation renferme d'éloge. Je crois pourtant que je faisais un peu tort à Jacques Blanche. Le défaut de Jacques Blanche critique, comme de Sainte-Beuve, c'est de refaire l'inverse du trajet qu'accomplit l'artiste pour se réaliser, c'est d'expliquer le Fantin ou le Manet véritables, celui que l'on ne trouve que dans leur œuvre, à l'aide de l'homme périssable, pareil à ses[1] contemporains, pétri de défauts, auquel une âme originale était enchaînée, et contre lequel elle protestait, dont elle essayait de se séparer, de se délivrer par le travail. C'est notre stupéfaction quand nous rencontrons dans le monde un grand homme que nous ne connaissons que par ses œuvres, d'avoir à superposer, à faire coïncider ceci et cela, à faire entrer l'œuvre immense (pour laquelle au besoin, quand nous pensions à son auteur, nous avions construit un corps imaginaire et approprié) dans la donnée irréductible d'un corps vivant tout différent[1]. Inscrire les polygones les plus compliqués dans un cercle ou trouver un mot en losange est un exercice d'une facilité enfantine auprès de celui qui consiste à *réaliser,* comme diraient les Anglais, que le monsieur à côté de qui on déjeune est l'auteur de *Mon frère Yves* ou de *La Vie des Abeilles*[2]. Or, c'est cet homme-là, celui qui n'est que le compagnon de chaînes de l'artiste, que cherche (du moins en partie) à nous montrer Jacques Blanche. Ainsi faisait Sainte-Beuve[3], et le résultat, c'est que quelqu'un qui, ignorant de la littérature du XIXe siècle, essayerait de l'étudier dans les *Causeries du lundi,* apprendrait qu'il y eut alors en France des écrivains bien remarquables, tels que M. Royer-Collard, M. le comte Molé, M. de Tocqueville, Mme Sand, Béranger, Mérimée, d'autres encore; qu'à la vérité Sainte-Beuve a personnellement connu certains hommes d'esprit qui eurent leur agrément, leur utilité passagère, mais qu'il est fou de vouloir transformer aujourd'hui en grands écrivains. Par exemple Beyle, qui avait pris, on ne sait trop pourquoi, le pseudonyme de Stendhal, lançait des paradoxes piquants et où il y avait bien souvent de la justesse. Mais nous faire croire que c'est un romancier! Passe pour ses nouvelles! Mais *Le Rouge et le Noir* et autres ouvrages pénibles à lire sont d'un homme peu doué. Vous eussiez étonné Beyle lui-même en parlant sérieusement de cela comme de chefs-d'œuvre. Encore plus eussiez-vous surpris Jacquemont, Mérimée, le comte Daru, tous ces hommes d'un jugement si sûr chez qui Sainte-Beuve rencontrait l'aimable Beyle et de l'opinion desquels, protestant contre l'absurde idolâtrie du jour, il peut se porter garant. Sainte-Beuve nous dit : « *La Chartreuse de Parme* n'est pas l'œuvre d'un romancier. » Vous pouvez l'en croire, il a un avantage sur nous, il dînait avec l'auteur, lequel d'ailleurs, homme de bonne compagnie s'il en fut, eût été le premier à vous rire au nez si vous l'aviez traité de grand romancier. Encore un gentil garçon, Baudelaire, ayant de beaucoup meilleures manières qu'on n'aurait pu croire. Et pas dénué de talent. Mais tout de même l'idée de se présenter à l'Académie, ça aurait eu l'air d'une mauvaise farce. L'ennui pour

Sainte-Beuve est d'avoir ainsi des relations avec des gens qu'il n'admire pas. Quel brave garçon que ce Flaubert! Mais *L'Éducation sentimentale* sera illisible. Et pourtant il y a des traits « bien finement touchés » dans *Madame Bovary*. C'est au fond, quoi qu'on en pense, supérieur à Feydeau.

Ce point de vue est celui auquel Jacques Blanche se place souvent (pas toujours) dans ce volume. Quelle stupéfaction pour les admirateurs de Manet d'apprendre que ce révolutionnaire était « ambitieux de décorations et de médailles », voulait prouver à ma grande amie Mme Madeleine Lemaire qu'il pouvait faire concurrence à Chaplin[1], ne travaillait que pour les « Salons » et regardait plus souvent du côté de Roll[2] que de celui de Monet[3], Renoir et Degas. Or toutes proportions gardées (puisque malgré tout le jugement d'un peintre sur un peintre est un jugement infiniment intéressant), ce point de vue-là c'est tout de même celui de la dame qui dirait: « Mais je peux très bien vous parler de Jacques Blanche; il dînait tous les mardis chez moi. Je vous assure que personne ne songeait à le prendre au sérieux comme peintre, et lui-même sa seule ambition, c'était d'être un homme du monde très recherché. »

D'un certain Jacques Blanche peut-être, mais pas du vrai. Ainsi le point de vue auquel se placent trop souvent Sainte-Beuve et quelquefois Jacques Blanche n'est pas le véritable point de vue de l'Art. Mais c'est celui de l'Histoire. Et là est son grand intérêt. Seulement tandis que ce point de vue-là, Sainte-Beuve s'y tient pour tout de bon, ce qui fait qu'il classe souvent les écrivains de son époque à peu près dans l'ordre où aurait pu le faire Mme de Boigne ou la Duchesse de Broglie, Jacques Blanche ne l'adopte qu'un instant, en se jouant, pour multiplier les contrastes, éclairer le tableau, faire revivre la scène. Mais bien au contraire les peintres, comme les écrivains, qu'il a aimés, c'étaient ceux qui devaient être grands un jour, un jour que lui vivait par anticipation, de sorte que ses jugements resteront vrais et que ce livre écrit sur les peintres par un peintre qui les a vus travailler, qui peut nous décrire leur palette et les modifications qu'ont subies leurs toiles (donnant ainsi de leurs chefs-d'œuvre une gravure aussi émouvante que celles qui furent faites jadis de *La Cène* de Léonard, par Morghen, avant sa dégradation[1]), mais par un peintre qui eſt aussi un étonnant écrivain, eſt à cause de cette dualité, unique. Fromentin ? dira-t-on. Passons l'éponge sur le peintre; et avouons que l'écrivain, au moins dans les *Maîtres d'autrefois,* avec ses élégances à la George Sand, sinon à la Jules Sandeau, eſt inférieur à celui des *Maîtres de jadis et de naguère*. Jacques Blanche l'emporte surtout, c'eſt le point le plus intéressant pour les lecteurs, comme « connaisseur en peinture ». Qu'on se rappelle que dans les *Maîtres d'autrefois* écrits pourtant plusieurs siècles après la mort de ces peintres hollandais, le plus grand d'entre eux, Ver Meer de Delft, *n'eſt même pas nommé*. Certainement, comme Jean Cocteau, Jacques Blanche rendrait juſtice au grand, à l'admirable Picasso, lequel a précisément concentré tous les traits de Cocteau en une image d'une rigidité si noble qu'à côté d'elle se dégradent un peu dans mon souvenir les plus charmants Carpaccio de Venise.

Sur la manière dont Whiſtler, Ricard, Fantin, Manet préparaient leur palette, que de révélations, que peut-être lui seul pouvait faire ! D'autre part, Blanche fait retourner un inſtant à leur exiſtence périssable, tels qu'il les a connus, la table où [s'assirent] les amoureux chez le père Lathuille[2], « le miroir à pied de Nana », « le même meuble de chêne où tant de fleurs et de fruits peints par Fantin, achevèrent leur brève deſtinée », « le rideau de velours noir tendu, devant quoi le modèle de Whiſtler posait ». Et ainsi, comme si nous entrions en relations avec la femme vraie d'après laquelle Flaubert peignit Madame Bovary, ou Stendhal la Sanseverina, faisons-nous la connaissance de chacun de ces objets de l'atelier que nous avons vus d'abord dans l'inaltérable beauté du chef-d'œuvre, chacun « tel qu'en lui-même enfin l'éternité le change[3] ». Et sans doute le retour en arrière que nous fait faire Blanche eſt plus que piquant, inépuisablement inſtructif. Il montre l'absurdité de certaines formules qui ont fait admirer les grands peintres pour les qualités contraires de celles qu'ils avaient (opposez le Manet de Blanche à l'irréel Manet de Zola « fenêtre ouverte sur la nature »). Tout de même ce point de vue de l'histoire me choque en ce qu'il fait attribuer par Blanche (comme par Sainte-Beuve) trop d'importance à l'époque, aux modèles. Sans doute il eſt d'un bien agréable fétichisme de croire qu'une bonne partie du Beau est réalisée hors de nous et que nous n'aurons pas à la créer. Je ne puis aborder ici ces questions de doctrine. Mais je ne suis pas si matérialiste que de croire que les modes du temps de Fantin rendaient plus facile de faire de beaux portraits, que le Paris de Manet était plus pictural que le nôtre, que la féerique beauté de Londres est une moitié du génie de Whistler.

On peut trouver parfois dans les portraits que Blanche donne ici quelque justification à l'accusation de malice. Le portrait de tel peintre, de Fantin par exemple, prête à sourire. Mais je le demande, un tel portrait, criant de vérité, d'originalité et de vie, ne louera-t-il pas plus efficacement le maître disparu (malgré les apparences d'irrespect qui ne peuvent tromper sur la sympathie si réelle de l'écrivain) que tant de pages uniformément dithyrambiques écrites par des critiques d'art qui ne connaissent rien à l'art ? Ont-ils mieux servi, entretenu l'intérêt et la vie autour de la gloire de Fantin que Jacques Blanche quand, pour l'atelier de Fantin comme pour celui de Manet, il nous donne des détails sans prix ? On peut ne pas trouver « aimables », dans le sens banal du mot, des précisions telles que celle-ci : « Fantin était d'une maladresse attendrissante dans l'arrangement d'un fond d'appartement ou le choix d'un siège. Ce réaliste scrupuleux épinglait derrière le modèle un bout d'étoffe grise, ou dressait un paravent de papier bis chargé de représenter les boiseries d'un salon. L'atelier de Fantin n'était pas plus subtilement éclairé que celui d'un photographe de jadis. Sa paresse et l'effroi qu'il avait de se transporter hors de chez lui le restreignaient encore. Il souffrait de ce plafond de verre qui d'un bout à l'autre de la pièce baignait également les personnages d'une lumière diffuse. La famille Dubourg m'apparaît telle que si M. Nadar[1] avait prié ces braves gens de venir chez lui à la sortie de l'office divin, tout ankylosés dans leurs vêtements dominicaux. » Si on faisait encore de ces devoirs ridicules qui ne sont plus en honneur que dans certaines écoles de jeunes filles et où Plaute écrit « des enfers » à un dramaturge contemporain pour lui dire ce qu'il pense de sa nouvelle pièce, on pourrait « supposer » une lettre de Fantin reconnaissant que Blanche, quand il parle de lui, éveille souvent un sourire sur les lèvres du lecteur, mais ce même sourire plein de vénération qu'on a devant le portrait de Chardin par lui-même et où il apparaît coiffé d'un abat-jour. Surtout l'élève serait invité à faire ressortir que Fantin remercie Blanche d'avoir prolongé pour lui ce qui doit paraître le plus précieux aux morts, la vie. D'ailleurs Blanche l'a dit : « Le jugement porté par des critiques ou par des amis me semble juste en peu d'occasions, plutôt exagéré en bien qu'en mal. Juger est un besoin impérieux de mon esprit, les liens les plus tendres de l'affection ne m'ont jamais fait changer en cela. Il faut dire ce qu'on pense. Telle est ma conception de l'honnêteté, à une époque de disputes et de troubles universels. On n'admet plus qu'un sentiment : l'admiration passionnée. Or vous n'avez pas toujours l'occasion d'admirer vos contemporains, si votre idéal de beauté est élevé. Si j'ai blessé ou étonné certains compagnons de route, j'en suis chagrin pour eux, mais je me repose sur les plus judicieux, car il en est, ma foi, qui m'ont deviné et ne m'en veulent pas. »

Et pourtant quand il y a lieu d'admirer, avec quelle chaleur il admire. C'est une joie pour moi de trouver dans cet ouvrage (dont le présent volume n'est qu'un premier tome) d'enthousiastes éloges adressés à un homme que j'admire et que j'aime entre tous, José-Maria Sert[1]. Quel plaisir et quelle sincérité animent les pages où Blanche le compare à Michel-Ange, à Tintoret. Chose étrange, j'aurais pu vivre dans un autre temps que Sert, ou dans le même temps et ne le connaître pas. Mais nous nous connaissons. Il sait mon admiration pour lui, il ne m'a pas caché sa sympathie pour moi. Or, chaque fois que part sous bonne escorte une des magnifiques beautés captives qui, regrettant peut-être, dans leur exil prédestiné, la rue Barbet-de-Jouy, iront vivre leur vie séquestrée dans un palais ou une église d'Espagne, ou même s'envoleront sur la mer comme les Océanides, moi enchaîné à mon rocher, *jamais* je ne peux voir avant leur départ les nobles bannies. Il y a dans la vie d'autres incompatibilités que celles du temps et de l'espace; le mauvais Destin revêt les formes les plus étranges, encore à décrire pour les romanciers.

Dirai-je que dans ce livre de minutieuse vérité originale, créée, qui n'appartient qu'à Blanche même, il ne trahit pas, jusque dans son impartialité même, des préférences qu'on peut ne pas adopter ? Ce ne serait pas vrai.

Certes si le vénérable docteur Blanche revenait au monde, il aurait une joie où il entrerait un peu d'étonnement à entendre parler de son « Jacques » comme d'un peintre plus grand que les académiciens de son temps. Car au fond, comme tous les parents, même les plus intelligents, il devait dire de son fils l'équivalent de ce que disait du sien Mme Manet mère : « Il a pourtant copié la *Vierge au lapin,* de Tintoret, vous viendrez voir cela chez moi, c'est bien copié, il pourrait peindre autrement qu'il ne fait. Seulement, que voulez-vous! il a un tel entourage! » Mais la surprise du docteur Blanche serait plus grande encore de voir comme au fond son fils Jacques-Émile lui ressemble et le continue. C'est le tragique touchant des oppositions familiales que ce sont justement des qualités, des goûts analogues à ceux de nos parents, qui pour se découvrir, pour s'affirmer, entrent en lutte avec les leurs. De vieux oncles qui décident de donner un conseil judiciaire à leur neveu ont précisément fait les mêmes bêtises et de la même manière, mais s'imaginent que « ce n'était pas la même chose », de même que ceux qui luttèrent pour Delacroix, s'indignèrent ensuite contre Manet, contre les impressionnistes, contre les cubistes, se figurant eux aussi que « ce n'était pas la même chose ». Or, dans deux des plus beaux morceaux de ce recueil, celui sur la vente Rouart[1] et celui sur Cézanne, on se rend compte que Jacques Blanche était exactement le contraire de ce qu'il paraissait vers 1891. Il pousse le traditionalisme jusqu'à ne pas cacher son indulgence, au fond sa sympathie, pour l'appartement où M. Rouart avait accumulé les chefs-d'œuvre :

« Ces appartements si marqués de la touche du Second Empire, décelant un complet mépris de l'arrangement décoratif comme on le recherche maintenant... j'y menai un jour Fritz Thaulow[2]. Il se croyait à l'avant-garde du goût du moderne. Entre Munich, Berlin et Copenhague, il s'était fait une conception de l'ameublement dont le salon d'automne de 1912 révéla les touchantes audaces. Il ne connaissait de la peinture que les œuvres exposées au Salon. Les rapports étaient donc embarrassants avec lui, dès qu'on souhaitait plus que de jouir paisiblement de son exquise cordialité. " Blanche ? vous n'aimeriez pas vivre dans cette maison! Comment! vous dites que M. Rouart est un homme de goût ? Mais regardez ces meubles, ces tentures, comme chez un dentiste... les murs sont *prune,* les étoffes sont chocolat, et ces lampadaires dorés. Non, Blanche, cela c'est de la province et du Louis-Philippe. " La copie par Degas de l'*Enlèvement des Sabines*[1] et le *Poète* de Delacroix firent déborder son amertume : " Si c'est cela de la peinture, je puis bien me pendre. Tout cela est *prune !* " »

Au fond comme on sent que Jacques Blanche préfère cette peinture-là, à la facture *crayeuse* des impressionnistes. Chez Manet, ce n'est pas le côté Monet, déjà démodé *selon lui* (mon goût personnel, si je m'y connaissais en peinture, me porterait à penser exactement le contraire, et j'ai vu chez Gaston Gallimard un Monet que je trouve le plus beau des Manet), c'est le côté Goya qu'il aime et par qui Manet est rajeuni, « comme Musset par Shakespeare ». Blanche déteste autant les théories littétéraires des esthètes que leur goût décoratif. « M. Charles Morice[2], dans un questionnaire proposé à mes confrères, demandait ce que Fantin a apporté, ce qu'il emporte dans la tombe. Cette question parut un peu déconcertante. Elle ne pouvait venir que d'un homme de lettres, pour qui les opérations intellectuelles du peintre restent toujours assez impénétrables. La nouveauté, l'invention, en peinture, se décèlent souvent en un simple rapport de ton, en deux *valeurs* juxtaposées ou même en une certaine manière de délayer la couleur, de l'étendre sur la toile. Qui n'est pas sensible à la technique, n'est pas né pour les arts plastiques, et telle intelligence très déliée passera à côté d'un peintre pur sans s'en douter. »

Aussi semblerait-il d'abord que Jacques Blanche dût adhérer à cette maxime de Maurice Denis[3] (de Maurice Denis pour lequel je serais tenté de dire, que — comme aussi pour Vuillard[4] — il n'est pas tout à fait juste) : « Se rappeler qu'un tableau, avant d'être un cheval de bataille, une femme nue ou une quelconque anecdote, est essentiellement une surface plane recouverte de couleurs en un certain ordre assemblées. » Si, au contraire, Jacques Blanche proteste contre elle, c'est par excès de traditionalisme français. Et pour le montrer, nous voulons finir en citant quelques lignes des pages magnifiques qu'il écrit, à cette occasion, pour glorifier les vieux maîtres de notre pays : « Protestons contre la part infime qui reste dans les théories de M. Denis à la sensibilité, à l'émotion qui est tout de même le plus précieux de l'intelligence, à cette faculté de nous toucher qu'eurent Delacroix, Millet, Corot, ces colosses de l'histoire du XIXe siècle. La charge à fond contre le réalisme et la copie de la nature, si chère aux néo-impressionnistes, aboutirait à des formules où la raison seule interviendrait, au détriment du sentiment humain, de la sensibilité, à un art strictement ornemental et décoratif, à peine différent de celui des Persans et des Chinois. Ce serait la fin du tableau comme l'ont conçu les hommes de notre race. Fritz Thaulow n'avait pas assez de sarcasmes pour certaine fabrique[1] de Corot, sous un divin ciel bleu d'août qui éclaire d'un éternel rayon le cabinet où j'écris ces lignes... Il consiste en un ciel aussi lumineux, aussi transparent qu'un Fra Angelico, il est fait d'on ne sait quelle matière précieuse, de turquoise peut-être. Sous cet azur immaculé, un peu de lumière inanalysable change en un écrin de plusieurs ors les pignons et les toits d'une sorte de caserne banale; quelques personnages sont assis ou se promènent sur la place provinciale où s'étendent de longues ombres limpides. Je juge les soi-disant connaisseurs à leur attitude en présence de mon Corot. Les Hollandais seuls et les Français du temps des frères Rouart ont fait vibrer cette corde-là. C'est une musique à la française, claire, mélodique, mais si discrète, si intime qu'elle risque de ne pas se faire remarquer. Aussi bien c'est cette " musique de chambre " qui sonnait si juste dans l'hôtel de la rue de Lisbonne[2]. »

Il me semble que de telles pages, dont je ne donne ici que des extraits, mais que le lecteur trouvera intégralement dans ce volume, ne font pas seulement admirer Jacques Blanche comme écrivain, autant qu'on a fini par l'admirer comme peintre, mais le feront aussi aimer. Ainsi par exemple la fin du morceau sur Millet, qui sera aussi celle de cette préface : « Pour le Français de l'Ouest[3], jouissant du bienfait de la vie aux champs, il n'est pas une minute de la journée, un moment de chaque saison, un geste ni une figure de Normand, il n'est pas un arbre, une haie, un instrument aratoire qui ne s'embellissent de la sainte onction et de la noble grandeur que J.-F. Millet leur a départies... Tant que nos semblables auront un cœur pour s'émouvoir des inquiétudes du paysan, de son labeur sur la terre exigeante, sous le ciel menaçant ; tant que l'aube, midi, le crépuscule du soir auront un sens pathétique, comment pourrait-on contester l'œuvre de Millet, touchante comme sa vie, synthèse — plus que de ses modèles, si près eux aussi de la nature, — de la nature elle-même ? »

À PROPOS DU « STYLE » DE FLAUBERT[1]

Je lis seulement à l'instant (ce qui m'empêche d'entreprendre une étude approfondie) l'article du distingué critique de *La Nouvelle Revue française* sur « le Style de Flaubert ». J'ai été stupéfait, je l'avoue, de voir traiter de peu doué pour écrire[2], un homme qui par l'usage entièrement nouveau et personnel qu'il a fait du passé défini, du passé indéfini, du participe présent, de certains pronoms et de certaines prépositions, a renouvelé presque autant notre vision des choses que Kant, avec ses Catégories, les théories de la Connaissance et de la Réalité du monde extérieur*. Ce n'est pas que j'aime entre tous les livres de Flaubert, ni même le style de Flaubert. Pour des raisons qui seraient trop longues à développer ici, je crois que la métaphore seule peut donner une sorte d'éternité au style, et il n'y a peut-être pas dans tout Flaubert une seule belle métaphore. Bien plus, ses images sont généralement si faibles qu'elles ne s'élèvent guère au-dessus de celles que pourraient trouver ses person-

* Je sais bien que Descartes avait commencé avec son « bon sens » qui n'est pas autre chose que les principes rationnels. On apprenait cela autrefois en classe. Comment M. Reinach qui, différent au moins en cela des Émigrés, a tout appris et n'a rien oublié, ne le sait-il pas et peut-il croire que Descartes a fait preuve d'une « ironie délicieuse », en disant que le bon sens est la chose du monde la mieux partagée ? Cela signifie dans Descartes que l'homme le plus bête use malgré soi du principe de causalité, etc. Mais le XVIIe siècle français avait une manière très simple de dire les choses profondes. Quand j'essaye dans mes romans de me mettre à son école, des philosophes me reprochent d'employer dans le sens courant le mot « intelligence », etc.

nages les plus insignifiants. Sans doute quand, dans une scène sublime, Mme Arnoux et Frédéric échangent des phrases telles que : « Quelquefois vos paroles me reviennent comme un écho lointain, comme le son d'une cloche apporté par le vent. — J'avais toujours au fond de moi-même la musique de votre voix et la splendeur de vos yeux[1] », sans doute c'est un peu *trop bien* pour une conversation entre Frédéric et Mme Arnoux. Mais, Flaubert, si au lieu de ses personnages c'était lui qui avait parlé, n'aurait pas trouvé beaucoup mieux. Pour exprimer d'une façon qu'il croit évidemment ravissante, dans la plus parfaite de ses œuvres, le silence qui régnait dans le château de Julien, il dit que « l'on entendait le frôlement d'une écharpe ou l'écho d'un soupir[2] ». Et à la fin, quand celui que porte saint Julien devient le Christ, cette minute ineffable est décrite à peu près ainsi : « Ses yeux prirent une clarté d'étoiles, ses cheveux s'allongèrent comme les rais du soleil, le souffle de ses narines avait la douceur des roses, » etc.[3]. Il n'y a là-dedans rien de mauvais, aucune chose disparate, choquante ou ridicule comme dans une description de Balzac ou de Renan; seulement il semble que, même sans le secours de Flaubert un simple Frédéric Moreau aurait presque pu trouver cela. Mais enfin la métaphore n'est pas tout le style. Et il n'est pas possible à quiconque est un jour monté sur ce grand *Trottoir roulant* que sont les pages de Flaubert, au défilement continu, monotone, morne, indéfini, de méconnaître qu'elles sont sans précédent dans la littérature. Laissons de côté, je ne dis même pas les simples inadvertances, mais la correction grammaticale; c'est une qualité utile mais négative (un bon élève, chargé de relire les épreuves de Flaubert, eût été capable d'en effacer bien des fautes). En tous cas il y a une beauté grammaticale, (comme il y a une beauté morale, dramatique, etc.) qui n'a rien à voir avec la correction. C'est d'une beauté de ce genre que Flaubert devait accoucher laborieusement. Sans doute cette beauté pouvait tenir parfois à la manière d'appliquer certaines règles de syntaxe. Et Flaubert était ravi quand il retrouvait dans les écrivains du passé une anticipation de Flaubert, dans Montesquieu, par exemple : « Les vices d'Alexandre étaient extrêmes comme ses vertus; il était terrible dans la colère; elle le rendait cruel[4]. » Mais si Flaubert faisait ses délices de telles phrases, ce n'était évidemment pas à cause de leur correction, mais parce qu'en permettant de faire jaillir du cœur d'une proposition l'arceau qui ne retombera qu'en plein milieu de la proposition suivante, elles assuraient l'étroite, l'hermétique continuité du style. Pour arriver à ce même but Flaubert se sert souvent des règles qui régissent l'emploi du pronom personnel. Mais dès qu'il n'a pas ce but à atteindre les mêmes règles lui deviennent complètement indifférentes. Ainsi dans la deuxième ou troisième page de *L'Éducation sentimentale,* Flaubert emploie « il » pour désigner Frédéric Moreau quand ce pronom devrait s'appliquer à l'oncle de Frédéric[1], et quand il devrait s'appliquer à Frédéric pour désigner Arnoux. Plus loin le « ils » qui se rapporte à des chapeaux veut dire des personnes, etc.[2]. Ces fautes perpétuelles sont presque aussi fréquentes chez Saint-Simon. Mais dans cette deuxième page de l'*Éducation,* s'il s'agit de relier deux paragraphes pour qu'une vision ne soit pas interrompue, alors le pronom personnel, à renversement pour ainsi dire, est employé avec une rigueur grammaticale, parce que la liaison des parties du tableau, le rythme régulier particulier à Flaubert, sont en jeu : « La colline qui suivait à droite le cours de la Seine s'abaissa, et il en surgit une autre, plus proche, sur la rive opposée.

Des arbres la couronnaient[3] », etc.

Le rendu de sa vision, sans, dans l'intervalle, un mot d'esprit ou un trait de sensibilité, voilà en effet ce qui importe de plus en plus à Flaubert au fur et à mesure qu'il dégage mieux sa personnalité et devient Flaubert. Dans *Madame Bovary* tout ce qui n'est pas lui n'a pas encore été éliminé; les derniers mots : « Il vient de recevoir la croix d'honneur » font penser à la fin du *Gendre de M. Poirier* : « Pair de France en 48[4] ». Et même dans *L'Éducation sentimentale* (titre si beau par sa solidité, — titre qui conviendrait d'ailleurs aussi bien à *Madame Bovary* — mais qui n'est guère correct au point de vue grammatical) se glissent encore çà et là des restes, infimes d'ailleurs, de ce qui n'est pas Flaubert (« sa pauvre petite gorge »), etc. Malgré cela, dans *L'Éducation sentimentale,* la révolution est accomplie; ce qui jusqu'à Flaubert était action devient impression. Les choses ont autant de vie que les hommes, car c'est le raisonnement qui après [coup] assigne à tout phénomène visuel des causes extérieures, mais dans l'impression première que nous recevons cette cause n'est pas impliquée. Je reprends dans la deuxième page de *L'Éducation sentimentale* la phrase dont je parlais tout à l'heure : « La colline qui suivait à droite le cours de la Seine s'abaissa, et il en surgit une autre, plus proche, sur la rive opposée. » Jacques Blanche a dit que dans l'histoire de la peinture, une invention, une nouveauté, se décèlent souvent en un simple rapport de ton, en deux couleurs juxtaposées. Le subjectivisme de Flaubert s'exprime par un emploi nouveau des temps des verbes, des prépositions, des adverbes, les deux derniers n'ayant presque jamais dans sa phrase qu'une valeur rythmique. Un état qui se prolonge est indiqué par l'imparfait. Toute cette deuxième page de l'*Éducation* (page prise absolument au hasard) est faite d'imparfaits, sauf quand intervient un changement, une action, une action dont les protagonistes sont généralement des choses (« la colline s'abaissa », etc.). Aussitôt l'imparfait reprend : « Plus d'un enviait d'en être le propriétaire », etc. Mais souvent le passage de l'imparfait au parfait est indiqué par un participe présent, qui indique la manière dont l'action se produit, ou bien le moment où elle se produit. Toujours deuxième page de l'*Éducation :* « Il contemplait des clochers, etc. et bientôt, *Paris disparaissant,* il poussa un gros soupir » (l'exemple est du reste très mal choisi et on en trouverait dans Flaubert de bien plus significatifs). Notons en passant que cette activité des choses, des bêtes, puisqu'elles sont le sujet des phrases (au lieu que ce sujet soit des hommes), oblige à une grande variété de verbes. Je prends absolument au hasard et en abrégeant beaucoup : « Les hyènes marchaient derrière lui, le taureau balançait la tête, tandis que la panthère, bombant son dos, avançait à pas de velours, etc. Le serpent sifflait, les bêtes puantes bavaient, le sanglier, etc.[1]. Pour l'attaque du sanglier il y avait quarante griffons, etc. Des mâtins de Barbarie... étaient destinés à poursuivre les aurochs. La robe noire des épagneuls luisait comme du satin, le jappement des talbots valait celui des bugles chanteurs », etc.[2]. Et cette variété des verbes gagne les hommes qui dans cette vision continue, homogène, ne sont pas plus que les choses, mais pas moins, « une illusion à décrire »[3]. Ainsi :

« il aurait voulu courir dans le désert après les autruches, être caché dans les bambous à l'affût des léopards, traverser des forêts pleines de rhinocéros, atteindre au sommet des monts pour viser les aigles et sur les glaçons de la mer combattre les ours blancs. Il se voyait », etc.[1]. Cet éternel imparfait (on me permettra bien de qualifier d'éternel un passé indéfini, alors que les trois quarts du temps, chez les journalistes, éternel désigne non pas, et avec raison, un amour, mais un foulard ou un parapluie. Avec son *éternel foulard,* — bien heureux si ce n'est pas avec son *foulard légendaire* — est une expression « consacrée »); donc cet éternel imparfait, composé en partie des paroles des personnages que Flaubert rapporte habituellement en style indirect pour qu'elles se confondent avec le reste (« L'État devait s'emparer de la Bourse. Bien d'autres mesures étaient bonnes encore. Il fallait d'abord passer le niveau sur la tête des riches[2]. Il fallait que les nourrices et les accoucheuses fussent salariées par l'État. Dix mille citoyennes, avec de bons fusils, pouvaient faire trembler l'Hôtel de Ville[3]... », tout cela ne signifie pas que Flaubert pense et affirme cela, mais que Frédéric, la Vatnaz ou Sénécal le disent et que Flaubert a résolu d'user le moins possible des guillemets); donc cet imparfait, si nouveau dans la littérature, change entièrement l'aspect des choses et des êtres, comme font une lampe qu'on a déplacée, l'arrivée dans une maison nouvelle, l'ancienne si elle est presque vide et qu'on est en plein déménagement. C'est ce genre de tristesse, fait de la rupture des habitudes et de l'irréalité du décor, que donne le style de Flaubert, ce style si nouveau quand ce ne serait que par là. Cet imparfait sert à rapporter non seulement les paroles mais toute la vie des gens. *L'Éducation sentimentale** est un long rapport de toute une vie, sans que les personnages prennent pour ainsi dire une part active à l'action. Parfois le parfait interrompt l'imparfait, mais devient alors comme lui quelque chose d'indéfini qui se prolonge : « Il voyagea, il connut la mélancolie des paquebots, etc., il eut d'autres amours

* *L'Éducation sentimentale* à laquelle, de par la volonté de Flaubert certainement, on pourrait souvent appliquer cette phrase de la quatrième page du livre lui-même : « Et l'ennui, vaguement répandu, semblait rendre l'aspect des personnages plus insignifiant encore. »

encore[1] », et dans ce cas par une sorte de chassé-croisé c'est l'imparfait qui vient préciser un peu : « mais la violence[2] du premier les lui rendait insipides ». Quelquefois même, dans le plan incliné et tout en demi-teinte des imparfaits, le présent de l'indicatif opère un redressement, met un furtif éclairage de plein jour qui distingue des choses qui passent une réalité plus durable : « Ils habitaient le fond de la Bretagne... *C'était* une maison basse, avec un jardin montant jusqu'au haut de la colline, d'où l'on *découvre* la mer.[3] »

La conjonction « et » n'a nullement dans Flaubert l'objet que la grammaire lui assigne. Elle marque une pause dans une mesure rythmique et divise un tableau. En effet partout où on mettrait « et », Flaubert le supprime. C'est le modèle et la coupe de tant de phrases admirables. « (Et) les Celtes regrettaient trois pierres brutes, sous un ciel pluvieux, dans un golfe rempli d'îlots[4] » (C'est peut-être *semé* au lieu de *rempli,* je cite de mémoire.) « C'était à Mégara, faubourg de Carthage, dans les jardins d'Hamilcar[5]. » « Le père et la mère de Julien habitaient un château, au milieu des bois, sur la pente d'une colline[6]. » Certes la variété des prépositions ajoute à la beauté de ces phrases ternaires. Mais dans d'autres d'une coupe différente, jamais de « et ». J'ai déjà cité (pour d'autres raisons) : « Il voyagea, il connut la mélancolie des paquebots, les froids réveils sous la tente, l'étourdissement des paysages et des ruines, l'amertume des sympathies interrompues. » Un autre aurait mis : « et l'amertume des sympathies interrompues ». Mais cet « et » là, le grand rythme de Flaubert ne le comporte pas. En revanche là où personne n'aurait l'idée d'en user, Flaubert l'emploie. C'est comme l'indication qu'une autre partie du tableau commence, que la vague refluante, de nouveau, va se reformer. Tout à fait au hasard d'une mémoire qui a très mal fait ses choix : « La place du Carrousel avait un aspect tranquille. L'Hôtel de Nantes s'y dressait toujours solitairement; *et* les maisons par derrière, le dôme du Louvre en face, la longue galerie de bois, à droite, etc., étaient comme noyés dans la couleur grise de l'air, etc. tandis que, à l'autre bout de la place, etc.[7] ». En un mot, chez Flaubert, « et » commence toujours une phrase secondaire et ne termine presque jamais une énumération. Notons au passage que le

« tandis que » de la phrase que je viens de citer ne marque pas, c'est toujours ainsi chez Flaubert, un temps, mais est un de ces artifices assez naïfs qu'emploient tous les grands descriptifs dont la phrase serait trop longue et qui ne veulent pas cependant séparer les parties du tableau. Dans Leconte de Lisle il y aurait à marquer le rôle similaire des « non loin », des « plus loin », des « au fond », des « plus bas », des « seuls », etc. La très lente acquisition, je le veux bien, de tant de particularités grammaticales (et la place me manque pour indiquer les plus importantes que tout le monde notera sans moi) prouve à mon avis, non pas, comme le prétend le critique de *La Nouvelle Revue française,* que Flaubert n'est pas « un écrivain de race », mais au contraire qu'il en est un. Ces singularités grammaticales traduisant en effet une vision nouvelle, que d'application ne fallait-il pas pour bien fixer cette vision, pour la faire passer de l'inconscient dans le conscient, pour l'incorporer enfin aux diverses parties du discours! Ce qui étonne seulement chez un tel maître, c'est la médiocrité de sa correspondance. Généralement les grands écrivains qui ne savent pas écrire (comme les grands peintres qui ne savent pas dessiner) n'ont fait en réalité que renoncer leur « virtuosité », leur « facilité » innées, afin de créer, pour une vision nouvelle, des expressions qui tâchent peu à peu de s'adapter à elle. Or dans la correspondance où l'obéissance absolue à l'idéal intérieur, obscur, ne les soumet plus, ils redeviennent ce que, moins grands, ils n'auraient cessé d'être. Que de femmes, déplorant les œuvres d'un écrivain de leurs amis, ajoutent : « Et si vous saviez quels ravissants billets il écrit quand il se laisse aller! Ses lettres sont infiniment supérieures à ses livres. » En effet c'est un jeu d'enfant de montrer de l'éloquence, du brillant, de l'esprit, de la décision dans le trait, pour qui d'habitude manque de tout cela seulement parce qu'il doit se modeler sur une réalité tyrannique à laquelle il ne lui est pas permis de changer quoi que ce soit. Cette hausse[1] brusque et apparente que subit le talent d'un écrivain dès qu'il improvise (ou d'un peintre qui « dessine comme Ingres » sur l'album d'une dame laquelle ne comprend pas ses tableaux), cette hausse devrait être sensible dans la correspondance de Flaubert. Or c'est plutôt une baisse qu'on enregistre. Cette anomalie se complique de ceci que tout grand artiste qui volontairement laisse la réalité s'épanouir dans ses livres se prive de laisser paraître en eux une intelligence, un jugement critique qu'il tient pour inférieurs à son génie. Mais tout cela qui n'est pas dans son œuvre, déborde dans sa conversation, dans ses lettres. Celles de Flaubert n'en font rien paraître. Il nous est impossible d'y reconnaître, avec M. Thibaudet, les « idées d'un cerveau de premier ordre[1] », et cette fois ce n'est pas par l'article de M. Thibaudet, c'est par la correspondance de Flaubert que nous sommes déconcertés. Mais enfin puisque nous sommes avertis du génie de Flaubert seulement par la beauté de son style et les singularités immuables d'une syntaxe déformante, notons encore une de ces singularités : par exemple, un adverbe finissant non seulement une phrase, une période, mais un livre. (Dernière phrase d'*Hérodias :* « Comme elle était très lourde (la tête de saint Jean), ils la portaient alternativement. ») Chez lui comme chez Leconte de Lisle, on sent le besoin de la solidité, fût-elle un peu massive, par réaction contre une littérature sinon creuse, du moins très légère, dans laquelle trop d'interstices, de vides, s'insinuaient. D'ailleurs les adverbes, locutions adverbiales, etc. sont toujours placés dans Flaubert de la façon à la fois la plus laide, la plus inattendue, la plus lourde, comme pour maçonner ces phrases compactes, boucher les moindres trous. M. Homais dit : « Vos chevaux, *peut-être,* sont fougueux. » Hussonnet : « Il serait temps, *peut-être,* d'aller instruire les populations. » « Paris, bientôt [aurait[2]] été. » Les « après tout », les « cependant », les « pourtant », les « du moins » sont toujours placés ailleurs qu'où ils l'eussent été par quelqu'un d'autre que Flaubert, en parlant ou en écrivant. « Une lampe en forme de colombe brûlait dessus *continuellement.* » Pour la même raison, Flaubert ne craint pas la lourdeur de certains verbes, de certaines expressions un peu vulgaires (en contraste avec la variété de verbes que nous citions plus haut, le verbe avoir, si solide, est employé constamment, là où un écrivain de second ordre chercherait des nuances plus fines : « Les maisons avaient des jardins en pente. » « Les quatre tours avaient des toits pointus. ») C'est le fait de tous les grands inventeurs en art, au moins au XIXe siècle, que tandis que des esthètes montraient leur filiation avec le passé, le public les trouva vulgaires. On dira tant qu'on voudra que Manet, Renoir, qu'on enterre demain[1], Flaubert, furent non pas des initiateurs, mais la dernière descendance de Vélasquez et de Goya, de Boucher et de Fragonard, voire de Rubens et même de la Grèce antique, de Bossuet et de Voltaire, leurs contemporains les trouvèrent un peu communs; et, malgré tout, nous nous doutons parfois un peu de ce qu'ils entendaient par ce mot « commun ». Quand Flaubert dit : « Une telle confusion d'images l'étourdissait, bien qu'il y trouvât du charme, *pourtant* », quand Frédéric Moreau, qu'il soit avec la Maréchale ou avec Madame Arnoux, « se met à leur dire des tendresses », nous ne pouvons penser que ce « pourtant » ait de la grâce, ni ce « se mettre à dire des tendresses » de la distinction. Mais nous les aimons ces lourds matériaux que la phrase de Flaubert soulève et laisse retomber avec le bruit intermittent d'un excavateur. Car si, comme on l'a écrit, la lampe nocturne de Flaubert faisait aux mariniers l'effet d'un phare, on peut dire aussi que les phrases lancées par son « gueuloir » avaient le rythme régulier de ces machines qui servent à faire les déblais. Heureux ceux qui sentent ce rythme obsesseur; mais ceux qui ne peuvent s'en débarrasser, qui, quelque sujet qu'ils traitent, soumis aux coupes du maître, font invariablement « du Flaubert », ressemblent à ces malheureux des légendes allemandes qui sont condamnés à vivre pour toujours attachés au battant d'une cloche. Aussi, pour ce qui concerne l'intoxication flaubertienne, je ne saurais trop recommander aux écrivains la vertu purgative, exorcisante, du pastiche. Quand on vient de finir un livre, non seulement on voudrait continuer à vivre avec ses personnages, avec Mme de Beauséant, avec Frédéric Moreau, mais encore notre voix intérieure qui a été disciplinée pendant toute la durée de la lecture à suivre le rythme d'un Balzac, d'un Flaubert, voudrait continuer à parler comme eux. Il faut la laisser faire un moment, laisser la pédale prolonger le son, c'est-à-dire faire un pastiche volontaire, pour pouvoir après cela, redevenir original, ne pas faire toute sa vie du pastiche involontaire. Le pastiche volontaire c'est de façon toute spontanée qu'on le fait; on pense bien que quand j'ai écrit jadis un pastiche, détestable d'ailleurs, de Flaubert, je ne m'étais pas demandé si le chant que j'entendais en moi tenait à la répétition des imparfaits ou des participes présents. Sans cela je n'aurais jamais pu le transcrire. C'est un travail inverse que j'ai accompli aujourd'hui en cherchant à noter à la hâte ces quelques particularités du style de Flaubert. Notre esprit n'est jamais satisfait s'il n'a pu donner une claire analyse de ce qu'il avait d'abord inconsciemment produit, ou une recréation vivante de ce qu'il avait d'abord patiemment analysé. Je ne me lasserais pas de faire remarquer les mérites, aujourd'hui si contestés, de Flaubert. L'un de ceux qui me touchent le plus parce que j'y retrouve l'aboutissement de modestes recherches que j'ai faites, est qu'il sait donner avec maîtrise l'impression du Temps. À mon avis la chose la plus belle de *L'Éducation sentimentale,* ce n'est pas une phrase, mais un blanc. Flaubert vient de décrire, de rapporter pendant de longues pages, les actions les plus menues de Frédéric Moreau. Frédéric voit un agent marcher avec son épée sur un insurgé qui tombe mort. « Et Frédéric, béant, reconnut Sénécal ! » Ici un « blanc », un énorme « blanc » et, sans l'ombre d'une transition, soudain la mesure du temps devenant au lieu de quarts d'heure, des années, des décades (je reprends les derniers mots que j'ai cités pour montrer cet extraordinaire changement de vitesse, sans préparation) :

« Et Frédéric, béant, reconnut Sénécal.

« Il voyagea. Il connut la mélancolie des paquebots, les froids réveils sous la tente, etc. Il revint.

« Il fréquenta le monde, etc.

« Vers la fin de l'année 1867[1] », etc.

Sans doute, dans Balzac, nous avons bien souvent : « En 1817 les Séchard étaient », etc. Mais chez lui ces changements de temps ont un caractère actif ou documentaire. Flaubert le premier, les débarrasse du parasitisme des anecdotes et des scories de l'histoire. Le premier, il les met en musique.

Si j'écris tout cela pour la défense (au sens où Joachim du Bellay l'entend) de Flaubert, que je n'aime pas beaucoup, si je me sens si privé de ne pas écrire sur bien d'autres que je préfère, c'est que j'ai l'impression que nous ne savons plus lire*. M. Daniel Halévy a écrit dernièrement dans les *Débats* un très bel article sur le centenaire de Sainte-Beuve. Mais, à mon avis bien mal inspiré ce jour-là, n'a-t-il pas eu l'idée de citer Sainte-Beuve comme un des grands guides que nous avons perdus? (N'ayant ni livres, ni journaux sous la main au moment où j'improvise en « dernière heure » mon étude, je ne réponds pas de l'expression exacte qu'a employée Halévy, mais c'était le sens.) Or je me suis permis plus qu'aucun de véritables débauches avec la délicieuse mauvaise musique qu'est le langage parlé, perlé, de Sainte-Beuve, mais quelqu'un a-t-il jamais manqué autant que lui à son office de guide ? La plus grande partie de ses *Lundis* sont consacrés à des auteurs de quatrième ordre, et quand il a à parler d'un de tout premier, d'un Flaubert ou d'un Baudelaire, il rachète immédiatement les brefs éloges qu'il leur accorde en laissant entendre qu'il s'agit d'un article de complaisance, l'auteur étant de ses amis personnels. C'est uniquement comme d'amis personnels qu'il parle des Goncourt, qu'on peut goûter plus ou moins, mais qui sont en tous cas infiniment supérieurs aux objets habituels de l'admiration de Sainte-Beuve. Gérard de Nerval qui est assurément un des trois ou quatre plus grands écrivains du XIXe siècle, est dédaigneusement traité de *gentil Nerval,* à propos d'une traduction de Gœthe. Mais qu'il ait écrit des œuvres personnelles semble avoir échappé à Sainte-Beuve. Quant à Stendhal romancier, au Stendhal de *La Chartreuse,* notre « guide » en sourit et il voit là les funestes effets d'une espèce d'entreprise (vouée à l'insuccès) pour ériger Stendhal en romancier, à peu près comme la célébrité de certains peintres semble due à une spéculation de marchands de tableaux. Il est

* Les exceptions se rencontrent quelquefois dans de grands livres systématiques, où on n'attendait pas de critique littéraire. Une nouvelle critique littéraire découle de l'*Hérédo* et du *Monde des images,* ces livres admirables et si grands de conséquence de M. Léon Daudet, comme une nouvelle physique, une nouvelle médecine, de la philosophie cartésienne. Sans doute les vues profondes de M. Léon Daudet sur Molière, sur Hugo, sur Baudelaire, etc., sont plus belles encore si on les rattache par les lois de la gravitation à ces sphères que sont les Images, mais en elles-mêmes et détachées du système elles prouvent la vivacité et la profondeur du goût littéraire.

vrai que Balzac, du vivant même de Stendhal, avait salué son génie, mais c'était moyennant une rémunération. Encore l'auteur lui-même trouva-t-il (selon Sainte-Beuve, interprète inexact d'une lettre que ce n'est pas le lieu de commenter ici) qu'il en avait plus que pour son argent. Bref, je me chargerais, si je n'avais pas des choses moins importantes à faire, de « brosser », comme eût dit M. Cuvillier Fleury, d'après Sainte-Beuve, un « Tableau de la Littérature française au XIXe siècle » à une certaine échelle, et où pas un grand nom ne figurerait, où seraient promus grands écrivains des gens dont tout le monde a oublié qu'ils écrivirent. Sans doute, il est permis de se tromper et la valeur objective de nos jugements artistiques n'a pas grande importance. Flaubert a cruellement méconnu Stendhal, qui lui-même trouvait affreuses les plus belles églises romanes et se moquait de Balzac. Mais l'erreur est plus grave chez Sainte-Beuve, parce qu'il ne cesse de répéter qu'il est facile de porter un jugement juste sur Virgile ou La Bruyère, sur des auteurs depuis longtemps reconnus et classés, mais que le difficile, la fonction propre du critique, ce qui lui vaut vraiment son nom de critique, c'est de mettre à leur rang les auteurs contemporains. Lui-même, il faut l'avouer, ne l'a jamais fait une seule fois, et c'est ce qui suffit pour qu'on lui refuse le titre de guide. Peut-être le même article de M. Halévy — article remarquable d'ailleurs — me permettrait-il, si je l'avais sous les yeux, de montrer que ce n'est pas seulement la prose que nous ne savons plus lire, mais les vers. L'auteur retient deux vers de Sainte-Beuve. L'un est plutôt un vers de M. André Rivoire que de Sainte-Beuve. Le second :

Sorrente m'a rendu mon doux rêve infini

est affreux si on le grasseye et ridicule si on roule les *r*. En général, la répétition voulue d'une voyelle ou d'une consonne peut donner de grands effets (Racine : *Iphigénie, Phèdre*). Il y a une labiale qui répétée six fois dans un vers de Hugo donne cette impression de légèreté aérienne que le poète veut produire :

Les souffles de la nuit flottaient sur Galgala.

Hugo, lui, a su se servir même de la répétition des *r* qui est au contraire peu harmonieuse en français. Il s'en est servi avec bonheur, mais dans des conditions assez différentes. En tous cas, et quoi qu'il en soit des vers, nous ne savons plus lire la prose; dans l'article sur le style de Flaubert, M. Thibaudet, lecteur si docte et si avisé, cite une phrase de Chateaubriand. Il n'avait que l'embarras du choix. Combien sont nombreuses celles sur quoi il y a à s'extasier! M. Thibaudet (voulant, il est vrai, montrer que l'usage de l'anacoluthe allège le style) cite une phrase du moins beau Chateaubriand, du Chateaubriand rien qu'éloquent, et sur le peu d'intérêt de laquelle mon distingué confrère aurait pu être averti par le plaisir même que M. Guizot avait à la déclamer[1]. En règle générale, tout ce qui dans Chateaubriand continue ou présage l'éloquence politique du XVIIIe et du XIXe siècle n'est pas du vrai Chateaubriand. Et nous devons mettre quelque scrupule, quelque conscience, dans notre appréciation des diverses œuvres d'un grand écrivain. Quand Musset, année par année, branche par branche, se hausse jusqu'aux *Nuits,* et Molière jusqu'au *Misanthrope,* n'y a-t-il pas quelque cruauté à préférer aux premières :

> *À Saint Blaise, à la Zuecca*
> *Nous étions, nous étions bien aise*[2]*,*

au second *Les Fourberies de Scapin ?* D'ailleurs nous n'avons qu'à lire les maîtres, Flaubert comme les autres, avec plus de simplicité. Nous serons étonnés de voir comme ils sont toujours vivants, près de nous, nous offrant mille exemples réussis de l'effort que nous avons nous-mêmes manqué. Flaubert choisit Me Senard pour le défendre, il aurait pu invoquer le témoignage éclatant et désintéressé de tous les grands morts. Je puis, pour finir, citer de cette survie protectrice des grands écrivains un exemple qui m'est tout personnel. Dans *Du côté de chez Swann,* certaines personnes, mêmes très lettrées, méconnaissant la composition rigoureuse bien que voilée (et peut-être plus difficilement discernable parce qu'elle était à large ouverture de compas et que le morceau symétrique d'un premier morceau, la cause et l'effet, se trouvaient à un grand intervalle l'un de l'autre) crurent que mon roman était une sorte de recueil de souvenirs, s'enchaînant selon les lois fortuites de l'association des idées. Elles citèrent à l'appui de cette contre-vérité, des pages où quelques miettes de « madeleine », trempées dans une infusion, me rappellent (ou du moins rappellent au narrateur qui dit « je » et qui n'est pas toujours moi) tout un temps de ma vie, oublié dans la première partie de l'ouvrage. Or, sans parler en ce moment de la valeur que je trouve à ces ressouvenirs inconscients sur lesquels j'asseois, dans le dernier volume — non encore publié — de mon œuvre, toute ma théorie de l'art, et pour m'en tenir au point de vue de la composition, j'avais simplement pour passer d'un plan à un autre plan, usé non d'un fait, mais de ce que j'avais trouvé plus pur, plus précieux comme jointure, un phénomène de mémoire. Ouvrez les *Mémoires d'outre-tombe* ou *Les Filles du feu* de Gérard de Nerval. Vous verrez que les deux grands écrivains qu'on se plaît — le second surtout — à appauvrir et à dessécher par une interprétation purement formelle, connurent parfaitement ce procédé de brusque transition[1]. Quand Chateaubriand est — si je me souviens bien — à Montboissier, il entend tout à coup chanter une grive. Et ce chant qu'il écoutait si souvent dans sa jeunesse, le fait tout aussitôt revenir à Combourg, l'incite à changer, et à faire changer le lecteur avec lui, de temps et de province. De même la première partie de *Sylvie* se passe devant une scène et décrit l'amour de Gérard de Nerval pour une comédienne. Tout à coup ses yeux tombent sur une annonce : « Demain les archers de Loisy », etc. Ces mots évoquent un souvenir, ou plutôt deux amours d'enfance : aussitôt le lieu de la nouvelle est déplacé. Ce phénomène de mémoire a servi de transition à Nerval, à ce grand génie dont presque toutes les œuvres pourraient avoir pour titre celui que j'avais donné d'abord à une des miennes : *Les Intermittences du cœur*[2]. Elles avaient un autre caractère chez lui, dira-t-on, dû surtout au fait qu'il était fou. Mais, du point de vue de la critique littéraire, on ne peut proprement appeler folie un état qui laisse subsister la perception juste (bien plus qui aiguise et aiguille le sens de la découverte) des rapports les plus importants entre les images, entre les idées. Cette folie n'est presque que le moment où les habituelles rêveries de Gérard de Nerval deviennent ineffables. Sa folie est alors comme un prolongement de son œuvre; il s'en évade bientôt pour recommencer à écrire. Et la folie, aboutissant de l'œuvre précédente, devient point de départ et matière même de l'œuvre qui suit. Le poète n'a pas plus honte de l'accès terminé que nous ne rougissons chaque jour d'avoir dormi, que peut-être, un jour, nous ne serons confus d'avoir passé un instant par la mort. Et il s'essaye à classer et à décrire des rêves alternés. Nous voilà bien loin du style de *Madame Bovary* et de *L'Éducation sentimentale*. En raison de la hâte avec laquelle j'écris ces pages, le lecteur excusera les fautes du mien.

[SUR RÉJANE[1]]

« C'est le seul travesti pas ridicule que je connaisse, nous a dit [M. Marcel Proust] en[2] nous tendant le document. Pensez à tous les Siebel de *Faust*[3], à tant d'autres ! Cela tient, je crois, à ce qu'en grande actrice, Mme Réjane, comme les grands peintres de tous les temps, n'a pas visé à l'imitation trop matérielle, au trompe-l'œil. Voyez, elle a gardé sa jupe, des perles aux oreilles. L'allusion à M. de Sagan n'est que plus frappante d'être furtive : quelle merveilleuse manière d'"imiter" les cheveux ! Pardon, "le cheveu", puisque en ce moment on dit cheveu au singulier. Cela sera fini dans un ou deux ans, le temps qu'on soit fatigué de l'imitation, de la mode. Il y a maintenant en littérature et en art, des modes qui ne durent que quelques années. Heureusement, les œuvres des maîtres qui s'y asservissent durent, elles. Tout de même, comme il serait reposant qu'on pensât moins au public, qu'on ne se crût pas alternativement obligé de faire des opéras dont l'audition demande au moins trois jours, et, quand la mode a changé, d'autres dont la longueur ne doit pas excéder dix minutes.

« N'abîmez pas la photographie. J'y tiens beaucoup. J'ai un culte pour Réjane, cette grande femme qui a porté tour à tour les deux masques[4], qui a mis toute son intelligence et tout son cœur dans d'innombrables "créations" magnifiques, parmi lesquelles il ne faut pas omettre son fils et sa fille. J'ai contracté jadis, en entendant Réjane jouer Sapho et Germinie Lacerteux[5], une tristesse récurrente dont les accès intermittents, après tant d'années, me reprennent encore. »

[UNE TRIBUNE FRANÇAISE AU LOUVRE[1]?]

... Sans apprécier des Tribunes que je n'ai pas vues, je ne suis pas, en principe, très partisan de l'Art allant au-devant des commodités de celui qui l'aime, plutôt que d'exiger qu'on aille à lui (naturellement, ce n'est pas absolu; mais excès pour excès, je préfère les exigences de *L'Or du Rhin*[2] qu'on venait entendre sans prendre le temps de dîner, à la condescendance des musiciens qui craignent, si un morceau dure plus de cinq minutes, de fatiguer un auditeur dont les forces sont au contraire décuplées par les beautés qu'on lui offre, — et qui trouvent inécoutables les derniers quatuors de Beethoven). Tout en louant le remaniement, je conseillerais d'éviter le musée devenant un hôtel Pagès[3] quelconque.

Si une réponse de ce genre ne fait pas votre affaire, alors je ne pourrais que me borner à énumérer huit tableaux qui seront, je pense : *Portrait de Chardin,* par lui-même; *Portrait de Mme Chardin,* par Chardin; *Nature morte* de Chardin; *Le Printemps,* de Millet; *L'Olympia,* de Manet; un Renoir ou *La Barque du Dante,* ou *La Cathédrale de Chartres* de Corot; *L'Indifférent* de Watteau, ou *L'Embarquement.*

UN ESPRIT ET UN GÉNIE INNOMBRABLES : LÉON DAUDET[4]

Voici que paraît un nouveau volume des « Mémoires de Saint-Simon[5] » de Léon Daudet, avant que le public ait eu le temps d'épuiser la vertu de ces livres admirables, *L'Hérédo, Le Monde des images*[6]. J'ai déjà dit qu'ils marqueraient une date, comme le *Discours [de] la méthode*[7] ; non moins féconds, ils donneront peu à peu naissance à une nouvelle médecine, une nouvelle critique littéraire, une nouvelle éthique, une nouvelle sociologie. En eux-mêmes, et sans ces fructifications dont les semis, encore a demi couverts, lèvent dans chacune de leurs pages, ils sont de grands chefs-d'œuvre. La célèbre page sur le givre[1], dans *Le Monde des images,* figure une des plus profondes et des plus délicates *intuitions* que je connaisse de la vie de l'homme, de la vie de l'esprit.

C'est un tout autre aspect de cet esprit innombrable, que découvrent les prodigieux *Souvenirs.* Je dirai même, malgré la fréquente similitude (ou mieux, plus *discernable* au contraire, à cause de cette fréquente similitude) des sujets traités, qu'ils diffèrent extrêmement des articles du polémiste. Voilà une des différences entre Saint-Simon et Léon Daudet, lequel n'est pas qu'un Saint-Simon, mais, entre autres personnages, en est un, de même qu'il est un Balzac, doctrinaire politique, en même temps qu'un très balzacien « Ferragus, chef des Dévorants ». Les ressemblances entre Saint-Simon et Léon Daudet sont nombreuses ; la plus profonde me semble l'alternance et l'égale réussite des portraits magnifiquement atroces et des portraits doux, vénérants, nobles ; dans les premiers le tour est elliptique, les mots chargés d'une puissance instable entrent en déflagration d'images irrésistibles, avec une drôlerie immortellement géniale, que la raison ne connaît pas mais dont l'évidence s'impose et s'imposera toujours à quelque chose qui, sans être la raison, est commun à tous les lettrés. C'est, après l'adorable fable de La Fontaine qu'est le « résumé » du discours de M. Noblemaire, M. Loucheur s'élançant quatre à quatre au-devant de l'orateur et lui « mordant les poignets[2] », c'est Casimir-Périer « triste et grave comme un étui à lorgnettes[3] », c'est Faguet, c'est Judet, c'est d'Avenel et tant d'autres. Mais à côté de tous ces présidents de Harlay, de tous ces ducs de Noailles, de ces Villars, de ces Vendôme, quel Philippe de Champagne plus pur, plus austère, plus gravement recueilli que le portrait du docteur Potain ou du général de Castelnau. Ainsi Saint-Simon parlant de Beauvillier, du duc de Bourgogne, de Rancé.

Les différences sont nombreuses. Celle qui me frappe le plus est ce double « état » que nous avons de la pensée de Léon Daudet, dans sa polémique et dans ses souvenirs. Je connais depuis peu la polémique de Léon Daudet.

Ne pouvant plus lire qu'un journal, je lis, au lieu de ceux d'autrefois, *L'Action française*. Je peux dire qu'en cela je ne suis pas sans mérite. La pensée de ce qu'un homme pouvait souffrir m'ayant jadis rendu dreyfusard, on peut imaginer que la lecture d'une « feuille » infiniment plus cruelle que *Le Figaro* et les *Débats,* desquels je me contentais jadis, me donne souvent comme les premières atteintes d'une maladie de cœur. Mais dans quel autre journal le portique est-il décoré à fresque par Saint-Simon lui-même, j'entends par Léon Daudet ? Plus loin, verticale, unique en son cristal infrangible, me conduit infailliblement à travers le désert de la politique extérieure, la colonne lumineuse de Bainville[1]. Que Maurras, qui semble détenir aujourd'hui le record de la hauteur, donne sur Lamartine une indication géniale[2], et c'est pour nous mieux qu'une promenade en avion, une cure d'altitude mentale. À l'autre point de l'horizon, scintille la constellation d'Orion[3].

Or, les *Souvenirs* de Léon Daudet présentent une étrange et admirable transposition de sa polémique. Cet homme si simple, si ami des « petits », du peuple, le moins snob en vérité des hommes, et qui a écrit, contre la richesse et le monde, les pages les plus délicieuses et les plus vraies, cet homme qui semble s'être donné par patriotisme la tâche « héroïque » de détester, dans le sens où il dit le « faux héroïque » du colonel Henry[4] (que je ne trouve pas héroïque du tout, si revenu que je sois depuis longtemps de tous les dreyfusards nantis qui essayent de se faire une position dans le faubourg Saint-Germain), cet homme, et pour les mêmes sujets, à l'égard des mêmes gens, à une époque différente, il est vrai, se donne la douceur d'être bon, de laisser silencieuse dans sa lyre

La corde injurieuse où la haine a vibré[5].

Sans doute, il sait que ce sont les mêmes gens qu'il accusera maintenant chaque jour de bolchevisme. Et il est trop grand philosophe pour ne pas lier les effets aux causes. Mais dans ces livres, c'est le Poète, comme dit Schumann, le Poète seul qui parle. Aussi parlera-t-il sur le ton le plus doux de l'intérieur de ces mêmes gens, il y a vingt ans[6]. Eux-mêmes, lisant le livre, doivent croire que les articles sont un affreux cauchemar, ou, en lisant les articles, que le livre est un rêve béni auquel on ne peut ajouter foi. Pour moi qui n'ai jamais connu, dans les articles et dans les livres de Léon Daudet, que sa délicieuse amitié, je peux parler impartialement de ce dédoublement du regard, considérant les mêmes êtres, sous l'aspect de l'action et sous celui de la rêverie, et dire qu'il me donne dans les livres de *Souvenirs,* au-delà de la verve inouïe du récit et de la peinture, l'impression mystérieuse d'une espèce d'âge d'or. Qu'est-ce que cela doit être pour les victimes ? J'imagine que Judet lui-même, dont on ne peut lire le portrait sans être secoué d'un rire homérique, doit s'imaginer, en entendant notre Saint-Simon parler de la masse d'armes du militariste de Neuilly tombant sur le pied d'Henry Houssaye, que ce n'est qu'en songe qu'il est inculpé d'intelligence avec l'ennemi[1]. Ce dédoublement a tant de poésie que, pour en donner une idée, il me faudrait (si la féroce exiguïté du journal ne me forçait de m'interrompre, au moment où j'allais entrer dans mon sujet) les accents que Léon Daudet sut trouver, quand il parla de la période féerique de l'œuvre de Shakespeare, à propos du *Soir des Rois*[2].

[SI VOUS ÉTIEZ OBLIGÉ D'EXERCER UN MÉTIER MANUEL...[3]]

Monsieur,

Vous faites entre les professions manuelles et spirituelles une distinction à laquelle je ne saurais souscrire. L'esprit guide la main.

Notre vieux Chardin disait (mieux) : on ne peint pas seulement avec ses doigts, mais avec son cœur. Et le Vinci, parlant aussi de la peinture : « Elle est *cosa mentale*[4]. » On peut parmi les exercices physiques en dire autant même de l'amour. C'est ce qui le rend parfois si fatigant[5]. Vous me permettrez de m'autoriser de cette collaboration de la main et de l'esprit, pour vous dire que si je me trouvais dans la situation que vous spécifiez, je prendrais comme profession manuelle, précisément celle que j'exerce actuellement : écrivain. Que si le papier venait absolument à faire défaut, je me ferais, je crois, boulanger. Il est honorable de donner aux hommes leur pain quotidien. En attendant, je confectionne de mon mieux ce « Pain des Anges » dont Racine (que je cite de mémoire et sans doute avec bien des fautes[1]) disait :

Dieu lui-même le compose
De la fleur de son froment.
C'est ce pain si délectable
Que ne sert pas à sa table
Le monde que vous suivez.
Je l'offre à qui veut me suivre :
Approchez. Voulez-vous vivre ?
Prenez, mangez et vivez !

Ne trouvez-vous pas que là Racine ressemble un peu à M. Paul Valéry, lequel a retrouvé Malherbe en traversant Mallarmé ?

Veuillez agréer, Monsieur, et cher confrère, l'expression de mes sentiments très distingués.

MARCEL PROUST.

[SUR LES CABINETS DE LECTURE[2]]

Messieurs les Treize,

Puisque vous voulez bien m'inviter en quatorzième à donner mon opinion, la voilà : Les personnes qui ont peu d'argent, et celles qui en ont beaucoup, sont empêchées d'acheter des livres, les premières par la pauvreté, les secondes par l'avarice. Aussi les empruntent-elles. Les cabinets de lecture ne feront donc que régulariser une situation existante, avec cette innovation inouïe qu'il faudra rendre les livres prêtés[3]. Ma crainte est que les éditeurs (je ne parle pas des miens qui sont des hommes généreux et charmants), trouvant la vente difficile, cherchent un profit plus sûr dans la « location ».

Ils n'auraient plus cette terreur, ni les auteurs cette espérance, la réimpression, chose chaque jour plus malaisée. Il s'agit, bien entendu, des ouvrages contemporains, et votre questionnaire ne porte pas sur le bon vieux cabinet de lecture où il y avait des livres qu'on ne trouvait plus que là (les romans de la comtesse d'Asche et de Céleste Mogador[1], parfois même la *Chartreuse* avec la préface[2] de votre Père Balzac[3]) et qu'on ne pouvait lire que ganté de suède. Malgré tout, et comme mes éditeurs sont bien gentils, je ferai valoir, en faveur des cabinets de lecture, cette vérité plus générale que, la satisfaction d'un goût conduisant plutôt à l'abus qu'à la restriction, de même que prendre des leçons au manège donne envie d'avoir un cheval à soi, à force de louer des livres, peut-être finira-t-on par en acheter, sinon par en lire.

Veuillez agréer, Messieurs, l'expression de mes sentiments les plus distingués.

MARCEL PROUST.

[PRÉFACE[4]]

Les Athéniens sont lents à s'exécuter. On n'a encore livré à notre minotaure Morand que trois jeunes demoiselles ou dames, et le traité en prévoit sept. Mais l'année n'est pas finie. Et beaucoup de postulantes inavouées recherchent le sort glorieux de Clarisse et d'Aurore[5]. J'aurais[6] voulu prendre l'inutile soin de composer, pour les délicieux petits romans qui portent le nom de ces belles, une préface véritable. Un événement subit m'en a empêché. Une étrangère[7] a élu domicile dans mon cerveau. Elle allait, elle venait; bientôt, d'après tout le train qu'elle menait, je connus ses habitudes. D'ailleurs, comme une locataire trop prévenante, elle tint à engager des rapports directs avec moi. Je fus surpris de voir qu'elle n'était pas belle. J'avais toujours cru que la Mort l'était. Sans cela comment aurait-elle raison de nous ? Quoi qu'il en soit, elle semble aujourd'hui s'être absentée. Pas pour longtemps sans doute, à en juger d'après tout ce qu'elle a laissé. Et il serait plus sage de profiter du répit qu'elle m'accorde, autrement qu'en écrivant une préface pour un auteur[8] déjà connu qui n'en a pas besoin.

Une autre raison aurait dû me détourner. Mon cher

maître, Anatole France, que je n'ai pas revu hélas, depuis plus de vingt ans, vient d'écrire dans la *Revue de Paris*[1], un article où il déclare que toute singularité dans le style doit être rejetée[2]. Or il est certain que le style de Paul Morand est singulier. Si j'avais la joie de revoir M. France dont les bontés pour moi sont encore vivantes sous mes yeux, je lui demanderais comment il peut croire à l'unité du style, puisque les sensibilités sont singulières. Même la beauté du style est le signe infaillible que la pensée s'élève, qu'elle a découvert et noué les rapports nécessaires entre des objets que leur contingence laissait séparés. N'est-ce pas dans *Le Crime de Sylvestre Bonnard* que la double impression de sauvagerie et de douceur que donnent les chats, circule à l'intérieur d'une phrase admirable. « Hamilcar, lui dis-je en allongeant les jambes, prince somnolent de la cité des livres... (je n'ai pas l'ouvrage sous les yeux). Dans cette cité que gardent tes vertus militaires, dors avec la mollesse d'une sultane. Car tu joins à l'aspect formidable d'un guerrier tartare la grâce appesantie des femmes de l'Orient. Héroïque et voluptueux Hamilcar... », etc.[3] Mais M. France ne m'accorderait pas que cette page est admirable, puisque on écrit mal depuis la fin du XVIIIe siècle.

On écrit mal depuis la fin du XVIIIe siècle[4]. En vérité, voilà qui pourrait donner lieu à bien des réflexions. Il n'y a pas de doute que beaucoup d'auteurs ont mal écrit au XIXe siècle. Quand M. France nous demande de lui abandonner Guizot et Thiers (rapprochement qui est un grand déshonneur pour Guizot) nous lui obéissons avec allégresse, et sans attendre l'appel de ces autres noms, de nous-mêmes nous lui jetons tous les Villemain et Cousin qu'il souhaitera. M. Taine, avec sa prose coloriée comme des plans en relief, pour frapper plus vivement les élèves des classes secondaires, pourrait recevoir quelques honneurs mais être banni tout de même. Si pour la juste expression des vérités morales nous conservions M. Renan, ce serait pourtant en confessant qu'il écrit parfois fort mal. Sans parler de ses derniers ouvrages où la couleur détonne d'une façon si constante qu'un effet de comique semble être recherché par l'auteur, ni des tout premiers, semés de points d'exclamation, d'une perpétuelle effusion d'enfant de chœur, les belles *Origines du christianisme* sont la plupart du temps mal écrites. Rarement chez un prosateur de haut mérite[1], vit-on pareille impuissance à peindre. La description de Jérusalem, la première fois qu'y arrive Jésus est rédigée dans un style de Baedeker : « Les constructions le disputent aux plus achevées de l'Antiquité par leur caractère grandiose, la perfection de l'exécution, la beauté des matériaux. Une foule de superbes tombeaux, d'un goût original[2]... » etc. Pourtant c'était là un « morceau » à « soigner » particulièrement. Et Renan croyait devoir donner à tous les « morceaux » une pompe terriblement Ary Scheffer[3], Gounod (nous ajouterions César Franck, s'il n'avait écrit que l'intermède solennel et guindé de *Rédemption*). Pour finir dignement un livre, ou une préface, il a de ces images de bon élève qui ne naissent nullement d'une impression : « Maintenant la barque apostolique va pouvoir enfler ses voiles[4]. » « Quand l'accablante lumière avait fait place à l'innombrable armée des étoiles[5]. » « La mort nous frappa tous les deux de son aile. » Et pourtant dans ces séjours à Jérusalem, quand M. Renan appelle Jésus « jeune démocrate juif », parle des « naïvetés » qui échappent « sans cesse » à ce « provincial » (quelle ressemblance avec Balzac!), on se demande, comme je me suis jadis permis de le faire, tout en reconnaissant le génie de Renan, si la *Vie de Jésus* n'est pas comme une espèce de *Belle Hélène* du christianisme. Mais que M. France n'aille pas triompher trop vite. Pour nos idées sur le style, nous les lui dirons un autre jour. Mais est-il bien certain que le XIXe siècle soit en défaut sur ce chapitre-là ?

Le style de Baudelaire a souvent quelque chose d'extérieur et de percutant, mais s'il ne s'agit que de force, celle-là a-t-elle été jamais égalée ? Sans doute on n'a rien écrit de moins charitable, mais aussi de plus fort que ses vers sur la Charité[6] :

Un ange furieux fond du ciel comme un aigle,
Du mécréant saisit à pleins poings les cheveux,
Et dit, le secouant : « Tu connaîtras la règle...

Sache qu'il faut aimer, sans faire la grimace,
Le pauvre, le méchant, le tortu, l'hébété,
Pour que tu puisses faire à Jésus, quand il passe,
Un tapis triomphal avec ta charité... »

ni de plus sublime mais exprimant moins l'essence des âmes dévouées que[1] :

... ont dit au Dévouement qui leur prêtait ses ailes :
Hippogriffe puissant, mène-moi jusqu'au ciel[2] *!*

D'ailleurs Baudelaire est un grand poète classique et, chose curieuse, ce classicisme de la forme s'accroît en proportion de la licence des peintures. Racine a écrit des vers plus profonds mais non d'un style plus pur que celui des[3] sublimes *Poèmes condamnés.* Dans la pièce qui causa le plus de scandale :

Ses bras vaincus, jetés comme de vaines armes,
Tout servait, tout parait sa fragile beauté[4]*...*

semblent tirés de *Britannicus.*

Pauvre Baudelaire[5] ! mendiant un article à Sainte-Beuve (avec quelle tendresse, quelle déférence !) il finit par obtenir des éloges tels que ceux-ci : « Ce qui est certain, c'est que M. Baudelaire *gagne à être vu.* Là où on s'attendait à voir entrer un homme étrange, excentrique, on se trouve en présence d'un candidat poli, respectueux, d'un gentil garçon, fin de langage et tout à fait classique dans les formes. » Pour le remercier de sa dédicace aux *Fleurs du Mal,* le seul compliment qu'il trouve à lui adresser, c'est que ces pièces, réunies, font un tout autre effet. Il finit par distinguer quelques poèmes qu'il qualifie par des épithètes à double tranchant, « précieux », « subtils », et dont il demande : « Mais pourquoi n'est-ce pas écrit en latin, ou plutôt en grec ? » Bel éloge pour des vers français ! Ces rapports de Baudelaire avec Sainte-Beuve (de Sainte-Beuve dont la stupidité se montre telle qu'on se demande si elle n'est pas une feinte de la couardise) sont une des pages à la fois les plus navrantes et les plus comiques de la littérature française. Je me suis demandé un moment si M. Daniel Halévy[6] ne se moquait pas de moi quand il chercha, dans un superbe article de *La Minerve française,* à m'attendrir sur les phrases papelardes de Sainte-Beuve, disant avec des larmes de crocodile à Baudelaire : « Vous avez dû bien souffrir, mon pauvre enfant. » Comme remerciement, Sainte-Beuve disait à Baudelaire : « J'ai bien envie de vous gronder... vous perlez, vous pétrarquisez sur l'horrible. Et (je cite de mémoire) un jour que nous nous promènerons ensemble au bord de la mer, j'ai bien envie de vous donner un bon croc-en-jambe, afin de vous forcer à nager en plein courant[1]. » Il ne faut pas attacher trop d'importance à l'image elle-même (laquelle doit être mieux d'ailleurs dans le texte), car Sainte-Beuve qui ne connaissait rien à toutes ces choses-là, avait ses images cynégétiques, marines, etc. Il disait : « J'ai envie de prendre l'escopette et d'aller vivement en rase campagne faire le coup de feu du tirailleur. » Il disait d'un livre : « C'est un tableau à l'eau-forte[2] »; il n'aurait pas été capable de reconnaître une eau-forte. Mais il trouvait que littérairement, cela faisait bien, était mignard, et gracieux. Mais comment M. Daniel Halévy (depuis vingt-cinq ans que je ne l'ai vu, il n'a cessé de grandir en autorité[3]) peut-il penser sérieusement que ce n'est pas ce malin rafistoleur de phrases qui « perle et pétrarquise », plutôt que le grand génie à qui nous devons (ce qui n'a rien de perlé, et ce qui me semble en « plein courant ») :

Pour l'enfant amoureux de cartes et d'estampes
L'Univers est égal à son vaste appétit.
Comme le monde est grand à la clarté des lampes !
Aux yeux du souvenir que le monde est petit[4] *!*

Le plus fort de tout, c'est que quand Baudelaire fut poursuivi à cause des *Fleurs du Mal,* Sainte-Beuve ne voulut pas témoigner pour lui, mais lui adressa une lettre qu'il s'empressa de lui redemander, dès qu'il sut qu'on avait l'intention de la rendre publique. En la donnant plus tard dans les *Causeries du Lundi,* il crut devoir la faire précéder d'un petit préambule (destiné à l'affaiblir encore), où il dit que cette lettre fut écrite « dans la pensée de venir en aide à la défense ». L'éloge n'était pourtant pas bien compromettant. « Le[5] poète Baudelaire (était-il dit) avait mis des années à extraire de tout sujet, et de toute fleur, un suc vénéneux, et même, il faut le dire, assez agréablement vénéneux. C'était d'ailleurs un homme d'esprit, assez aimable à ses heures, très capable d'affection. Lorsqu'il eut publié ce recueil intitulé *Fleurs du mal,* il n'eut pas seulement affaire à la critique, la justice s'en mêla, comme s'il y avait véritablement danger à ces malices enveloppées et sous-entendues dans des rimes élégantes. » (Ce qui entre parenthèses ne s'accorde pas beaucoup avec « Vous avez dû souffrir, mon cher enfant ».) Au reste, dans ce projet de défense, Sainte-Beuve parle bien d'un illustre poète (« Loin de moi de diminuer rien à la gloire d'un illustre poète, d'un poète cher à tous, que l'Empereur a jugé digne de publiques funérailles »). Malheureusement, ce poète enfin glorifié n'est pas Baudelaire, c'est Béranger. Quand Baudelaire, sur le conseil de Sainte-Beuve, retire sa candidature à l'Académie, le grand critique l'en félicite, et croit le combler de joie en lui disant : « Quand on a lu votre dernière phrase de remerciement, conçue en termes si modestes et si polis, on a dit tout haut : très bien[1]. » Le plus effrayant, ce n'est pas seulement que Sainte-Beuve trouve qu'il a été très gentil pour Baudelaire, mais qu'hélas, dans l'affreux affamement d'encouragement, de la plus sobre justice, où était Baudelaire, le poète partage l'avis du critique, et ne sait littéralement comment lui témoigner sa reconnaissance.

Si passionnante que soit cette histoire du génie qui se méconnaît lui-même, il faut nous en arracher, pour revenir au style. Il n'avait certainement pas pour Stendhal la même importance que pour Baudelaire. Quand Beyle avait dit d'un paysage « ces lieux enchanteurs », « ces lieux ravissants », et d'une de ses héroïnes « cette femme adorable », « cette femme charmante », il ne souhaitait pas plus de précision. Il en manquait jusqu'à dire : « elle lui écrivit une lettre infinie ». Mais si l'on considère comme faisant partie du style cette grande ossature inconsciente que recouvre l'assemblage voulu des idées, elle existe chez Stendhal. Quel plaisir j'aurais à montrer que, chaque fois que Julien Sorel ou Fabrice quittent les vains soucis pour vivre d'une vie désintéressée et voluptueuse, ils se trouvent toujours dans un lieu élevé (que ce soit la prison de Fabrice ou celle de Julien, dans l'observatoire de l'abbé Blanès[2]). Cela est aussi beau que ces personnages salueurs, analogues à de nouveaux Anges, qui, çà et là, dans l'œuvre de Dostoïevski, s'inclinent jusqu'aux pieds de celui qu'ils devinent avoir assassiné[3].

Par là, Beyle était un grand écrivain sans le savoir. Il

plaçait la littérature non seulement au-dessous de la vie, dont elle est au contraire l'aboutissement, mais des plus fades distractions. J'avoue que, si elle était sincère, rien ne me scandaliserait autant que cette phrase de Stendhal : « Quelques[1] personnes survinrent et l'on ne se sépara que fort tard. Le neveu fit venir du café Pedroti un excellent zambajon[2]. Dans le pays où je vais, dis-je à mes amis, je ne trouverai guère de maison[3] comme celle-ci, et pour passer les longues heures du soir, je ferai une nouvelle[4] de votre aimable duchesse Sanseverina. » *La Chartreuse de Parme* écrite faute de maisons où l'on cause agréablement et où l'on serve du zambajon, voilà qui est tout à l'opposé de ce poème ou même de cet alexandrin unique vers lequel tendent, selon Mallarmé, les diverses et vaines activités de la vie universelle.

« On ne sait plus écrire depuis la fin du XVIIIe siècle[5]. » Le contraire ne serait-il pas aussi vrai ? Dans tous les arts, il semble que le talent soit un rapprochement de l'artiste vers l'objet à exprimer. Tant que l'écart subsiste, la tâche n'est pas achevée. Ce violoniste joue très bien sa phrase de violon, mais vous voyez ses effets, vous y applaudissez, c'est un virtuose. Quand tout cela aura fini par disparaître, que la phrase de violon[6] ne fera plus qu'un avec l'artiste entièrement fondu en elle, le miracle se sera produit. Dans les autres siècles, il semble qu'il y ait toujours eu une certaine distance entre l'objet et les plus hauts esprits qui discourent sur lui. Mais chez Flaubert, par exemple, l'intelligence, qui n'était peut-être pas des plus grandes, cherche à se faire trépidation d'un bateau à vapeur, couleur des mousses, îlot dans une baie. Alors arrive un moment où on ne trouve plus l'intelligence (même l'intelligence moyenne de Flaubert), on a devant soi le bateau qui file « rencontrant des trains de bois qui se mettaient à onduler sous le remous des vagues[7] ». Cette ondulation-là, c'est de l'intelligence transformée, qui s'est incorporée à la matière. Elle arrive aussi à pénétrer les bruyères, les hêtres, le silence et la lumière des sous-bois. Cette transformation de l'énergie où le penseur a disparu et qui traîne devant nous les choses, ne serait-ce pas le premier effort de l'écrivain vers le style ?

Mais M. France en disconvient. Quel est votre canon[1] ? nous demande-t-il dans cet article qui inaugure avec tant d'éclat la nouvelle *Revue de Paris* d'André Chaumeix[2]. Et parmi ceux qu'il nous propose, et au regard desquels on écrit mal, il cite les *Lettres aux imaginaires* de Racine. Nous refusons le principe même du « canon », qui signifierait l'indépendance d'un style unique à l'égard d'une pensée multiforme. Mais enfin s'il nous en fallait choisir un, et qui, comme l'entend M. France, ne fût pas un canon lourd, jamais nous ne prendrions les *Lettres aux imaginaires*[3]. Rien de si sec, de si pauvre, de si court. Une forme où l'on enferme si peu de pensée, il n'est pas difficile qu'elle soit légère et gracieuse. Or celle des *Lettres aux imaginaires* ne l'est pas. « Je[4] croirai même si vous voulez, que vous n'êtes pas de Port-Royal comme le dit l'un de vous... Combien de gens ont lu sa lettre qui *ne l'eussent* pas regardée si le Port-Royal *ne l'eût* adoptée, si ces Messieurs ne *l'eussent* distribuée », etc. « Vous[5] croyez *dire* par exemple quelque chose de fort agréable quand vous *dites* sur une exclamation que fait M. Chamillard, que son grand *O* n'est qu'un *o* en chiffre... On voit bien que vous vous efforcez *d'être* plaisant; mais ce n'est pas le moyen de *l'être.* » Certes ces répétitions n'arrêteraient pas l'élan d'une phrase de Saint-Simon, mais ici, où est l'élan, où la poésie, où même le style ? Vraiment ces lettres à l'auteur des *Imaginaires* sont presque aussi faibles que la ridicule correspondance où Racine et Boileau échangent leurs opinions médicales. Bien peu médicales. Le snobisme de Boileau (plutôt ce que serait aujourd'hui l'excessive déférence d'un fonctionnaire envers le monde officiel) est tel qu'aux consultations des médecins il préfère l'avis de Louis XIV (assez sage pour ne pas le donner). Il est persuadé qu'un prince qui a réussi à prendre Luxembourg est « inspiré du ciel » et ne peut proférer que des « oracles » même en médecine. (Je suis sûr que dans leur admiration très justifiée pour le Duc d'Orléans, mes maîtres, MM. Léon Daudet et Charles Maurras, et leur délicieux émule M. Jacques Bainville[6], n'iraient pas jusqu'à lui demander des consultations médicales à distance.) D'ailleurs, ajoute Boileau, qui ne serait heureux, pour apprendre que le Roi a demandé de ses nouvelles, de « perdre la voix et même la parole[7] ? »

Qu'on ne dise pas que cela tient à une époque, et qu'à

celle-là, le style épistolaire était toujours tel. Sans aller bien loin, un certain mercredi de 1673 (autant qu'on croit en décembre[1]), c'est-à-dire juste entre les *Imaginaires* qui sont de 1666 et les *Lettres* de Racine et de Boileau qui sont de 1687, Mme de Sévigné écrit de Marseille : « Je[2] suis charmée de la beauté singulière de cette ville. Hier, le temps fut divin, et l'endroit d'où je découvris la mer, les bastides, les montagnes et la ville est une chose étonnante. La foule des chevaliers qui vinrent hier voir M. de Grignan à son arrivée; des noms connus, des Saint-Hérem, etc.; des aventuriers, des épées, des chapeaux du bel air, des gens faits à peindre une idée de guerre, de roman, d'embarquement, d'aventure, de chaînes, de fers, d'esclaves, de servitude, de captivité : moi qui aime les romans, tout cela me ravit. » Certes ce n'est pas là une de ces lettres de Mme de Sévigné comme je les aime. Malgré tout, dans sa composition, son coloris, sa variété, quel tableau pour une « tribune française » du Louvre, ce grand écrivain a su peindre! Tel qu'il est, en sa magnificence, je le dédie à un homme à la famille duquel Mme de Sévigné (elle ne cesse de le redire) était si fière d'être apparentée par les Grignan[3], mon ami le marquis de Castellane[4].

À côté de telles pages la maigre correspondance dont nous parlions compte peu. Celle-ci n'empêche pas certes Boileau d'être un poète excellent, quelquefois délicieux. Et sans doute une hystérique de génie se débattait-elle en Racine[5], sous le contrôle d'une intelligence supérieure, et simula-t-elle pour lui dans ses tragédies, avec une perfection qui n'a jamais été égalée, les flux et les reflux, le tangage multiple, et malgré cela totalement saisi, de la passion. Mais tous les aveux (retirés aussitôt qu'on les sent mal reçus, réitérés, si l'on craint, contre toute évidence, qu'ils n'aient pas été compris, et aggravés alors jusqu'à une flagrance sans ambages après tant de sinueux détours) qui animent inimitablement telle scène de *Phèdre,* ne peuvent rétroactivement que nous laisser surpris et pas du tout charmés devant les *Lettres aux imaginaires*. S'il nous fallait absolument adopter un canon du genre de celui qu'on peut extraire de ces Lettres, nous aimerions bien mieux, dans un temps où déjà, à en croire M. France, on ne savait plus écrire, la préface (sur ses états de demi-folie) que Gérard de Nerval dédia à

Alexandre Dumas : « Ils (ses sonnets) perdraient de leur charme à être expliqués, si la chose était possible; concédez-moi du moins le mérite de l'expression; la dernière folie qui me restera probablement, c'est de me croire poète : c'est à la critique de m'en guérir[1]. » Voilà, si l'on prend comme canon les *Imaginaires,* qui est bien écrit, qui est beaucoup mieux écrit. Mais nous ne voulons de « canon » d'aucune sorte. La vérité (et M. France la connaît mieux que personne, car mieux que personne il connaît tout), c'est que de temps en temps, il survient un nouvel écrivain original (appelons-le, si vous le voulez, Jean Giraudoux ou Paul Morand, puisqu'on rapproche toujours, je ne sais pourquoi, Morand de Giraudoux, comme dans la merveilleuse *Nuit à Châteauroux*[2], Natoire de Falconet, et sans qu'ils aient aucune ressemblance). Ce nouvel écrivain[3] est généralement assez fatigant à lire et difficile à comprendre parce qu'il unit les choses par des rapports nouveaux. On suit bien jusqu'à la première moitié de la phrase, mais là on retombe. Et on sent que c'est seulement parce que le nouvel écrivain est plus agile que nous. Or il advient des écrivains originaux comme des peintres originaux. Quand Renoir commença de peindre, on ne reconnaissait pas les choses qu'il montrait. Il est facile de dire aujourd'hui que c'est un peintre du XVIIIe siècle. Mais on omet, en disant cela, le facteur temps, et qu'il en a fallu beaucoup, même en plein XIXe, pour que Renoir fût reconnu grand artiste. Pour y réussir, le peintre original, l'écrivain original, procèdent à la façon des oculistes. Le traitement — par leur peinture, leur littérature — n'est pas toujours agréable. Quand il est fini, ils nous disent : Maintenant regardez. Et voici que le monde, qui n'a pas été créé une fois, mais l'est aussi souvent que survient un nouvel artiste[4], nous apparaît — si différent de l'ancien — parfaitement clair. Nous adorons les femmes de Renoir, Morand ou Giraudoux, dans lesquelles, avant le traitement, nous nous refusions à voir des femmes. Et nous avons envie de nous promener dans la forêt qui nous avait semblé, le premier jour, tout, excepté une forêt, et par exemple, une tapisserie de mille nuances où manqueraient[5] justement les nuances des forêts. Tel est l'univers périssable et nouveau que crée l'artiste et qui durera jusqu'à ce qu'un nouveau survienne. À quoi il y aurait beaucoup de choses à ajouter. Mais le lecteur, qui les a déjà devinées, les précisera, mieux que je ne saurais faire, en lisant *Clarisse, Aurore* et *Delphine*[1].

Le seul reproche que je serais tenté d'adresser à Morand, c'est qu'il a quelquefois des images autres que des images inévitables. Or, tous les à-peu-près d'images ne comptent pas. L'eau (dans des conditions données) bout à 100 degrés. À 98, à 99, le phénomène ne se produit pas. Alors mieux vaut pas d'images. Mettez devant un piano pendant six mois quelqu'un qui ne connaît ni Wagner, ni Beethoven et laissez-le essayer sur les touches toutes les combinaisons de notes que le hasard lui fournira, jamais de ce tapotage ne naîtront le thème du Printemps de la *Walkyrie,* ou la phrase prémendelsohnienne (ou plutôt infiniment surmendelsohnienne) du *XV*e *quatuor*. C'est le reproche qu'on pouvait faire à Péguy pendant qu'il vivait, d'essayer dix manières de dire une chose, alors qu'il n'y en a qu'une. La gloire de sa mort admirable a tout effacé[2].

Il semble que ce soit jusqu'ici dans les palaces français et étrangers, construits par des architectes qui ne valent pas Dédale, que notre minotaure Morand ait cherché les détours de sa « vaste retraite[3] », comme dit Phèdre dans la scène à laquelle je faisais allusion tout à l'heure. De là, il guette les jeunes femmes en peignoir, aux manches envolées comme des ailes, et qui ont eu l'imprudence de descendre au Labyrinthe. Je ne connais pas mieux que lui ces palaces et ne lui serais d'aucune utilité « pour en développer l'embarras incertain[4] ». Mais si, avant qu'il devienne ambassadeur et rivalise avec Beyle consul, il veut visiter l'Hôtel de Balbec, alors je lui prêterai le fil fatal :

C'est moi, prince, c'est moi dont l'utile secours
Vous a du labyrinthe enseigné les détours[5].

[CLASSICISME ET ROMANTISME[1]]

Monsieur,

Je crois que tout art véritable est classique, mais les lois de l'esprit permettent rarement qu'il soit, à son apparition, reconnu pour tel. Il en est à ce point de vue de l'art comme de la vie. Le langage de l'amant malheureux, du partisan politique, des parents raisonnables, semble, à ceux qui le tiennent, porter avec soi une irrésistible évidence. On ne voit pas pourtant qu'il persuade ceux auxquels il s'adresse ; une vérité ne s'impose pas du dehors à des esprits qu'elle doit préalablement rendre semblables à celui où elle est née. Manet avait beau soutenir que son *Olympia* était classique et dire à ceux qui la regardaient : « Voilà justement ce que vous admirez chez les Maîtres », le public ne voyait là qu'une dérision. Mais aujourd'hui, on goûte devant l'*Olympia* le même genre de plaisir que donnent les chefs-d'œuvre plus anciens qui l'entourent, et dans la lecture de Baudelaire [le même] que dans celle de Racine[2]. Baudelaire ne sait pas, ou ne veut pas, finir une pièce, et d'autre part il n'y en a peut-être pas une seule de lui où se succèdent et se pressent, avec une telle richesse, toutes les vérités accumulées dans la seule déclaration de Phèdre. Mais le style des poèmes condamnés, qui est exactement celui des tragédies, le surpasse peut-être encore en noblesse. Ces grands novateurs sont les seuls vrais classiques et forment une suite presque continue. Les imitateurs des classiques, dans leurs plus beaux moments, ne nous procurent qu'un plaisir d'érudition et de goût qui n'a pas grande valeur. Que les novateurs dignes de devenir un jour classiques, obéissent à une sévère discipline intérieure, et soient des constructeurs avant tout, on ne peut en douter. Mais justement parce que leur architecture est nouvelle, il arrive qu'on reste longtemps sans la discerner. Ces classiques non encore reconnus, et les anciens pratiquent tellement le même art, que les premiers sont encore ceux qui ont fait la meilleure critique des seconds. Sans doute, il ne faut pas qu'elle aille à l'encontre des tendances, de la ligne de croissance d'un artiste. Il n'y a rien de si bête que de dire comme Théophile Gautier, lequel était du reste un poète de troisième ordre, que le plus beau vers de Racine est :

La fille de Minos et de Pasiphaé[1].

Mais il nous est permis de faire goûter dans les tragédies de Racine, dans ses cantiques, dans les lettres de Mme de Sévigné, dans Boileau, des beautés qui s'y trouvent réellement et que le XVIIe siècle n'a guère aperçues.

En résumé, les grands artistes qui furent appelés romantiques, réalistes, décadents, etc., tant qu'ils ne furent pas compris, voilà ceux que j'appellerais classiques, si M. Charles Maurras, dans les magnifiques études qu'il a signées Criton[2], ne nous avait avertis des périls qu'il y a à multiplier ainsi des dénominations plus ou moins arbitraires.

À PROPOS DE BAUDELAIRE[3]

Mon cher Rivière,

Une grave maladie m'empêche malheureusement de vous donner, je ne dis même pas une étude, mais un simple article sur Baudelaire[4]. Tenons-nous en faute de mieux à quelques petites remarques. Je le regrette d'autant plus que je tiens Baudelaire — avec Alfred de Vigny — pour le plus grand poète du XIXe siècle. Je ne veux pas dire par là que s'il fallait choisir le plus beau poème du XIXe siècle, c'est dans Baudelaire[5] qu'on devrait le chercher. Je ne crois pas que dans toutes *Les Fleurs du mal,* dans ce livre sublime mais grimaçant, où la pitié ricane, où la débauche fait le signe de la croix, où le soin d'enseigner la plus profonde théologie est confié à Satan, on puisse trouver une pièce égale à *Booz endormi.* Un âge entier de l'histoire et de la géologie s'y développe avec une ampleur que rien ne contracte et n'arrête, depuis

La Terre encor mouillée et molle du Déluge[1]

jusqu'à Jésus-Christ :

En bas un roi chantait, en haut mourait un Dieu.

Ce grand poème biblique (comme eût dit Lucien de Rubempré : « Biblique, dit Fifine étonnée ?[2] ») n'a rien de sèchement historique, il est perpétuellement vivifié par la personnalité de Victor Hugo qui s'objective en Booz. Quand le poète dit que les femmes regardaient Booz plus qu'un jeune homme, c'est ou bien pour rappeler de récentes bonnes fortunes, ou pour en provoquer. Il cherche à convaincre les femmes que si elles ont du goût, elles aimeront non un freluquet, mais le vieux barde. Tout cela dit avec la syntaxe la plus libre et la plus noble. Sans parler des vers trop illustres sur les yeux du jeune homme comparés à ceux du vieillard (avec préférence naturellement pour ce dernier), de quelle familiarité Hugo n'use-t-il pas, dans ce couplet même, pour asservir aux lois du vers, celles de la logique :

Le vieillard, qui revient vers sa source première,
Entre aux jours éternels et sort des jours changeants...

En prose on eût évidemment commencé par dire « sort des jours changeants ». Et il ne craint pas de jeter à la fin du vers où elles s'ennoblissent[3], des phrases tout à fait triviales :

Laissez tomber exprès des épis, disait-il.

Tout le temps, des impressions personnelles, des moments vécus soutiennent ce grand poème historique. C'est dans une impression ressentie sans aucun doute par Victor Hugo et non dans la Bible, qu'il faut chercher l'origine des vers admirables :

Quand on est jeune on a des matins triomphants,
Le jour sort de la nuit ainsi qu'une victoire.

Les pensées les plus indivisibles sont rendues au degré de fusion nécessaire :

Voilà longtemps que celle avec qui j'ai dormi,
Ô Seigneur, a quitté ma couche pour la vôtre ;
Et nous sommes encor tout mêlés l'un à l'autre,
Elle à demi vivante, et moi mort à demi.

La noblesse de la syntaxe ne fléchit pas même dans les vers les plus simples :

Booz ne savait pas qu'une femme était là
Et Ruth ne savait pas ce que Dieu voulait d'elle.*

Et dans ceux qui suivent, quel art suprême pour donner, en redoublant les *l*, une impression de légèreté fluidique :

Les souffles de la nuit flottaient sur Galgala.

Alfred de Vigny n'a pas procédé autrement : pour insuffler une vie intense dans cet autre épisode biblique, la *Colère de Samson*, c'est lui-même Vigny qu'il a objectivé en Samson, et c'est parce que l'amitié de Madame Dorval pour certaines femmes lui causait de la jalousie qu'il a écrit :

La femme aura Gomorrhe et l'homme aura Sodome[1].

Mais l'admirable sérénité d'Hugo qui lui permet de conduire *Booz endormi* jusqu'à l'image pastorale de la fin,

Quel Dieu, quel moissonneur de l'éternel été
Avait, en s'en allant, négligemment jeté
Cette faucille d'or dans le champ des étoiles.

* C'est intentionnellement que je ne fais pas ici allusion aux études d'une drôlerie et d'une ampleur magnifiques que Léon Daudet a publiées récemment avec un succès juste et prodigieux. Ici il n'importe pas que Victor Hugo ne fût pas réellement Booz ; mais qu'il le crût ou cherchât à le faire croire.

cette sérénité, qui assure le majestueux déroulement du poème, ne vaut pas l'extraordinaire tension de celui d'Alfred de Vigny. Tout aussi bien dans ses poésies calmes Vigny reste mystérieux, la source de ce calme et de son ineffable beauté nous échappe. Victor Hugo fait toujours merveilleusement ce qu'il faut faire; on ne peut pas souhaiter plus de précision que dans l'image du croissant; même les mouvements les plus légers de l'air, nous venons de le voir, sont admirablement rendus. Mais là encore la fabrication — la fabrication même de l'impalpable — est visible. Et alors au moment qui devrait être si mystérieux, il n'y a nulle impression de mystère. Comment dire en revanche comment sont faits des vers, mystérieux ceux-là, comme

Dans les balancements de ta taille penchée
Et dans ton pur sourire amoureux et souffrant[1]

ou

Pleurant comme Diane au bord de ses fontaines
Ton amour taciturne et toujours menacé[2].

(ces quatre vers pris au hasard dans la *Maison du Berger* d'Alfred de Vigny).

Bien des vers du *Balcon* de Baudelaire donnent aussi cette impression de mystère. Mais ce n'est pas cela qui est le plus frappant chez lui. À côté d'un livre comme *Les Fleurs du mal,* comme l'œuvre immense d'Hugo paraît molle, vague, sans accent! Hugo n'a cessé de parler de la mort, mais avec le détachement d'un gros mangeur, et d'un grand jouisseur. Peut-être hélas! faut-il contenir la mort prochaine en soi, être menacé d'aphasie comme Baudelaire, pour avoir cette lucidité dans la souffrance véritable, ces accents religieux dans les pièces sataniques :

Il faut que le gibier paye le vieux chasseur...

Avez-vous donc pu croire, hypocrites surpris,
Qu'on se moque du maître et qu'avec lui l'on triche,
Et qu'il soit naturel de recevoir deux prix,
D'aller au Ciel et d'être riche[3] *?*

Peut-être faut-il avoir ressenti les mortelles fatigues qui précèdent la mort, pour pouvoir écrire sur elle le vers délicieux que jamais Victor Hugo n'aurait trouvé :

Et qui refait le lit des gens pauvres et nus[1].

Si celui qui a écrit cela n'avait pas encore éprouvé le mortel besoin qu'on refît son lit, alors c'est une « anticipation » de son inconscient, un pressentiment du destin qui lui dicta un vers pareil. Aussi je ne puis tout à fait m'arrêter à l'opinion de Paul Valéry qui, dans un admirable passage d'*Eupalinos,* fait ainsi parler Socrate (opposant un buste fait délibérément par un artiste à celui qu'a inconsciemment sculpté au cours des âges le travail des mers s'exerçant sur un rocher) : « Les actes éclairés, dit Valéry prenant le nom de Socrate, abrègent le cours de la nature. Et l'on peut dire en toute sécurité qu'un artiste vaut mille siècles, ou cent mille, ou bien plus encore[2]. » Mais moi je répondrai à Valéry : « Ces artistes harmonieux ou réfléchis, s'ils représentent mille siècles par rapport au travail aveugle de la nature, ne constituent pas eux-mêmes, les Voltaire par exemple, un temps indéfini par rapport à quelque malade, un Baudelaire, mieux encore un Dostoïevski, qui en trente ans, entre leurs crises d'épilepsie et autres, créent tout ce dont une lignée de mille artistes seulement bien portants n'auraient pu faire un alinéa. »

Socrate et Valéry nous ont interrompu comme nous citions le vers sur les pauvres. Personne n'a parlé d'eux avec plus de vraie tendresse que Baudelaire, ce « dandy ». Une bonne hygiène antialcoolique ne peut pas approuver l'éloge du vin :

À ton fils je rendrai la force et la vigueur
Et serai pour ce frêle athlète de la vie
L'huile qui raffermit les membres du lutteur[3].

Le poète pourrait répondre que c'est le vin et non lui qui parle. En tout cas, quel divin poème ! Quel admirable style *(« tombe* et *caveaux »)*[4] ! Quelle cordialité humaine, quel tableau esquissé du vignoble ! Bien souvent le poète retrouve cette veine populaire. On sait les vers sublimes sur les concerts publics :

...ces concerts, riches de cuivre,
Dont les soldats parfois inondent nos jardins
Et qui par ces soirs d'or où l'on se sent revivre
Versent quelque héroïsme au cœur des citadins[1].

Il semble impossible d'aller au-delà. Et pourtant cette impression, Baudelaire a su la faire monter encore d'un ton, lui donner une signification mystique dans le finale inattendu où l'étrange bonheur des élus clôt une pièce sinistre sur les *Damnés*[2] :

Le son de la trompette est si délicieux
Dans ces soirs solennels de célestes vendanges
Qu'il s'infiltre comme une extase dans tous ceux
Dont elle chante les louanges.

Ici il est permis de penser que chez le poète, aux impressions du badaud parisien qu'il était, se joint le souvenir de l'admirateur passionné de Wagner. Quand même les jeunes musiciens actuels auraient raison (ce que je ne crois pas) en niant le génie de Wagner, des vers pareils prouveraient que l'exactitude objective des jugements qu'un écrivain porte sur telle œuvre appartenant à un autre art que le sien n'a pas d'importance, et que son admiration, même fausse, lui inspire d'utiles rêveries. Pour moi qui admire beaucoup Wagner, je me souviens que dans mon enfance, aux Concerts Lamoureux, l'enthousiasme qu'on devrait réserver aux vrais chefs-d'œuvre comme *Tristan* ou *Les Maîtres chanteurs,* était excité, sans distinction aucune, par des morceaux insipides comme la romance à l'étoile ou la prière d'Élisabeth, du *Tannhäuser*. À supposer que musicalement je ne me trompasse pas (ce qui n'est pas certain) je suis sûr que la bonne part n'était pas la mienne mais celle des collégiens qui autour de moi applaudissaient indéfiniment à tout rompre, criaient leur admiration comme des fous, comme des hommes politiques, et sans doute en rentrant voyaient devant les yeux de leur esprit une nuit d'étoiles que la pauvre romance ne leur aurait pas suggérée si elle avait porté comme nom d'auteur au lieu de celui, alors honoré, de Wagner, le nom décrié de Gounod.

Depuis les choses ont un peu changé. Et la nécessité de n'inscrire sur un menu musical que des œuvres françaises ou alliées, fit sortir de la poussière *Faust* et *Roméo*[1]. En pareille matière le cuisinier n'a qu'à se conformer aux interdictions du médecin nationaliste. On change le nom des entremets comme le nom des rues. Et de grands métaphysiciens purent faire une histoire de la philosophie universelle sans prononcer une seule fois les noms abhorrés de Leibnitz, de Kant et de Hegel, sans compter les autres. Cela ne laissait pas de creuser quelques vides, insuffisamment remplis par Victor Cousin.

C'est dans les pièces relativement courtes (la *Pipe* m'en semble le chef-d'œuvre) que Baudelaire est incomparable. Les longs poèmes, même le *Voyage* :

Pour l'enfant amoureux de cartes et d'estampes
L'univers est égal à son vaste appétit.
Ah ! que le monde est grand à la clarté des lampes !
Aux yeux du souvenir que le monde est petit[2] *!*

(et Jacques Boulenger, de beaucoup le meilleur critique, et bien plus que critique, de sa génération, ose nous dire que la poésie de Baudelaire manque de pensée!) même ce sublime *Voyage* qui débute si bien, se soutiennent ensuite par de la rhétorique. Et comme tant d'autres grandes pièces, comme *Andromaque je pense à vous*[3], il tourne court, tombe presque à plat.

Le *Voyage* finit par

Au fond de l'Inconnu pour trouver du nouveau.

et *Andromaque* par

Aux captifs, aux vaincus, à bien d'autres encor.

C'est peut-être voulu, ces fins si simples. Il semble malgré tout qu'il y ait là quelque chose d'écourté, un manque de souffle.

Et pourtant nul poète n'eut [mieux] le sens du renouvellement au milieu même d'une poésie. Parfois c'est un brusque changement de ton. Nous avons déjà cité la pièce satanique *Harpagon qui veillait son père agonisant*[1] finissant par *Le son de la trompette est si délicieux*... Un exemple plus frappant (et que M. Fauré a admirablement traduit dans une de ses mélodies) est le poème[2] qui commence par *Bientôt nous plongerons dans les froides ténèbres* et continue tout d'un coup, sans transition, dans un autre ton, par ces vers qui, même dans le livre, sont tout naturellement chantés :

J'aime de vos longs yeux la lumière verdâtre[3].

D'autres fois la pièce s'interrompt par une action précise. Au moment où Baudelaire dit : *Mon cœur est un palais*...[4], brusquement, sans que cela soit dit, le désir le reprend, la femme le force à une nouvelle jouissance, et le poète à la fois enivré par les délices à l'instant offertes et songeant à la fatigue du lendemain, s'écrie :

Un parfum nage autour de votre gorge nue[5]...

Ô Beauté, dur fléau des âmes, tu le veux !
Avec tes yeux de feu, brillants comme des fêtes,
Calcine ces lambeaux qu'ont épargnés les bêtes.

Du reste, certaines pièces longues sont, par exception, conduites jusqu'à la fin sans une défaillance comme les *Petites Vieilles,* dédiées, à cause de cela je pense, à Victor Hugo. Mais cette pièce si belle, entre autres, laisse une impression pénible de cruauté. Bien qu'en principe on puisse comprendre la souffrance et ne pas être bon, je ne crois pas que Baudelaire, exerçant sur ces malheureuses une pitié qui prend des accents d'ironie, se soit montré à leur égard cruel. Il ne voulait pas laisser voir sa pitié, il se contentait d'extraire le *caractère* d'un tel spectacle, de sorte que certaines strophes semblent d'une atroce et méchante beauté :

Ou dansent, sans vouloir danser, pauvres sonnettes[6]...

Je goûte à votre insu des plaisirs clandestins.

Je suppose surtout que le vers de Baudelaire était tellement fort, tellement vigoureux, tellement beau, que le poète passait la mesure sans le savoir. Il écrivait sur ces malheureuses petites vieilles les vers les plus vigoureux que la langue française ait connus, sans songer plus à adoucir sa parole, pour ne pas flageller les mourantes, que Beethoven dans sa surdité ne comprenait, en écrivant la *Symphonie avec chœurs,* que les notes n'en sont pas toujours écrites pour des gosiers humains, audibles à des oreilles humaines, que cela aura toujours l'air d'être chanté faux. L'étrangeté qui fait pour moi le charme enivrant de ses derniers quatuors, les rend à certaines personnes qui en chérissent pourtant le divin mystère, inécoutables, sans qu'elles grincent des dents, autrement que transposés au piano. C'est à nous de dégager ce que contiennent de douleur ces petites vieilles, *débris d'humanité pour l'éternité mûrs*[1]. Cette douleur, le poète nous en torture, plutôt qu'il ne l'exprime. Pour lui, il laisse une galerie de géniales caricatures de vieilles, comparables aux caricatures de Léonard de Vinci, ou de portraits d'une grandeur sans égale mais sans pitié :

Celle-là droite encor, fière et sentant la règle,
Humait avidement ce chant vif et guerrier.
Son œil parfois s'ouvrait comme l'œil d'un vieil aigle;
Son front de marbre avait l'air fait pour le laurier[2].

Ce poème des *Petites Vieilles* est un de ceux où Baudelaire montre sa connaissance de l'Antiquité. On ne la remarque pas moins dans le *Voyage,* où l'histoire d'Électre est citée[3] comme elle aurait pu l'être par Racine dans une de ses préfaces. Avec la différence que dans les préfaces des classiques, les allusions sont généralement pour se défendre d'un reproche. On ne peut s'empêcher de sourire en voyant toute l'Antiquité témoigner dans la préface de *Phèdre* que Racine n'a pas fait de tragédie « où la vertu soit plus mise en jour[4] que dans celle-ci; les moindres fautes y sont sévèrement punies. La pensée du crime y est regardée avec autant d'horreur que le crime même; les faiblesses de l'amour y passent pour de véritables faiblesses, et le vice y est peint partout avec des couleurs qui en font haïr la difformité ». Et Racine, cet habile homme, de regretter aussitôt de n'avoir pas pour juges Aristote et Socrate qui reconnaîtraient que son théâtre est une école où la vertu n'est pas moins bien enseignée que dans les écoles des philosophes. Peut-être Baudelaire est-il plus sincère, dans la pièce liminaire au lecteur : *Hypocrite lecteur, mon semblable, mon frère*[1]. Et, en tenant compte de la différence des temps, rien n'est si baudelairien que *Phèdre,* rien n'est si digne de Racine, voire de Malherbe, que *Les Fleurs du mal.* Faut-il même parler de différence des temps, elle n'a pas empêché Baudelaire d'écrire comme les classiques :

Et c'est encor, Seigneur, le meilleur témoignage
Que nous puissions donner de notre dignité[2]...

Ô Seigneur, donnez-moi la force et le courage[3]...

Ses bras vaincus, jetés comme de vaines armes,
Tout servait, tout parait sa fragile beauté[4].

On sait que ces derniers vers s'appliquent à une femme qu'une autre femme vient d'épuiser par ses caresses. Mais qu'il s'agisse de peindre Junie devant Néron, Racine parlerait-il autrement ? Si Baudelaire veut s'inspirer d'Horace (encore dans une des pièces entre deux femmes), il le surpasse. Au lieu de *animae dimidium meae*[5] auquel il me semble bien difficile qu'il n'ait pas songé, il écrira *mon tout et ma moitié*[6]. Il faut du reste reconnaître que Victor Hugo, quand il voulait citer l'antique, le faisait avec la toute-puissante liberté, la griffe dominatrice du génie (par exemple dans la pièce admirable qui finit par *ni l'importunité des sinistres oiseaux*[7], ce qui est à la lettre *importunaeque volucres*).

Je ne parle du classicisme de Baudelaire que selon la vérité pure, avec le scrupule de ne pas fausser, par ingéniosité, ce qu'a voulu le poète. Je trouve au contraire trop ingénieux, et pas dans la vérité baudelairienne, un de mes amis qui prétend que

Sois sage, ô ma Douleur, et tiens-toi plus tranquille[8].

n'est autre chose que le *Pleurez, pleurez mes yeux et fondez-vous en eau* du *Cid*[9]. Sans compter que je trouverais mieux choisis les vers de l'Infante dans ce même *Cid* sur le *respect de sa naissance*[1], un tel parallèle me semble tout à fait extérieur. L'exhortation que Baudelaire adresse à sa douleur n'a rien au fond d'une apostrophe cornélienne. C'est le langage retenu, frissonnant, de quelqu'un qui grelotte pour avoir trop pleuré.

Ces sentiments que nous venons de dire, sentiment de la souffrance, de la mort, d'une humble fraternité, font que Baudelaire est, pour le peuple et pour l'au-delà, le poète qui en a le mieux parlé, si Victor Hugo est seulement le poète qui en a le plus parlé. Les majuscules d'Hugo, ses dialogues avec Dieu, tant de tintamarre, ne valent pas ce que le pauvre Baudelaire a trouvé dans l'intimité souffrante de son cœur et de son corps. Au reste, l'inspiration de Baudelaire ne doit rien à celle d'Hugo. Le poète qui aurait pu être imagier d'une cathédrale, ce n'est pas le faux moyen-âgeux Hugo, c'est l'impur dévot, casuiste, agenouillé, grimaçant, maudit qu'est Baudelaire.

Si leurs accents sur la Mort, sur le Peuple, sont si inégaux, si la corde chez Baudelaire est tellement plus serrée et vibrante, je ne peux pas dire que Baudelaire surpasse Hugo dans la peinture de l'amour; et à

... cette gratitude infinie et sublime
Qui sort de la paupière ainsi qu'un long soupir[2]*...*

je préfère les vers d'Hugo :

Elle me regarda de ce regard suprême
Qui reste à la beauté quand nous en triomphons...[3]

L'amour, du reste, selon Hugo et selon Baudelaire sont si différents. Baudelaire n'a vraiment puisé chez aucun autre poète les sources de son inspiration. Le monde de Baudelaire est un étrange sectionnement du temps où seuls de rares jours notables apparaissent; ce qui explique les fréquentes expressions telles que « Si quelque soir », etc. Quant au mobilier baudelairien qui était sans doute celui de son temps, qu'il serve à donner une leçon aux dames élégantes de nos vingt dernières années, lesquelles n'admettaient pas dans « leur hôtel » la moindre faute de goût. Que devant la prétendue pureté de style qu'elles ont pris tant de peine à atteindre, elles songent qu'on a pu être le plus grand et le plus artiste des écrivains, en ne peignant que des lits à « rideaux » refermables *(Pièces condamnées*[1]*)*, des halls pareils à des serres *(Une martyre)*, « des lits pleins d'odeurs légères, des divans profonds comme des tombeaux[2] », des étagères avec des fleurs, des lampes qui ne brûlaient pas très longtemps *(Pièces condamnées*[3]*)*, si bien qu'on n'était plus éclairé que par un feu de charbon[4]. Monde baudelairien que vient par moment mouiller et enchanter un souffle parfumé du large, soit par réminiscences (*La Chevelure,* etc.), soit directement, grâce à ces portiques dont il est souvent question chez Baudelaire *ouverts sur des cieux inconnus (La Mort)* ou *que les soleils marins teignaient de mille feux (La Vie antérieure)*. Nous disions que l'amour baudelairien diffère profondément de l'amour d'après Hugo. Il a ses particularités, et, dans ce qu'il a d'avoué, cet amour semble chérir chez la femme avant tout les cheveux, les pieds et les genoux :

Ô toison moutonnant jusque sur l'encolure...
Cheveux bleus, pavillons de ténèbres tendus.

(La Chevelure.)

Et tes pieds s'endormaient dans mes mains fraternelles.

(Le Balcon.)

Et depuis tes pieds frais jusqu'à tes noires tresses
(j'aurais) *déroulé le trésor des profondes caresses*[5].

Évidemment entre les pieds et les cheveux, il y a tout le corps. On peut pourtant penser que Baudelaire se serait longtemps arrêté aux genoux quand on voit avec quelle insistance il dit dans *Les Fleurs du mal :*

Ah ! laissez-moi, le front posé sur vos genoux...

(Chants d'automne.)

Dit celle dont jadis nous baisions les genoux.

(Le Voyage.)

Il n'en reste pas moins que cette façon de dérouler le trésor des profondes caresses est un peu spéciale. Et il en faut venir à l'amour selon Baudelaire, tout en taisant ce qu'il n'a pas cru devoir dire, ce qu'il a tout au plus par instants insinué. Quand parurent *Les Fleurs du mal*, Sainte-Beuve écrivit naïvement à Baudelaire que ces pièces réunies faisaient « un tout autre effet[1] ». Cet effet qui semble favorable au critique des *Lundis*, est effrayant et grandiose pour quiconque, comme tous ceux de mon âge, ne connut *Les Fleurs du mal* que dans l'édition expurgée. Certes nous savions bien que Baudelaire avait écrit des *Femmes damnées* et nous les avions lues. Mais nous pensions que c'était un ouvrage non seulement défendu mais différent. Bien d'autres poètes avaient eu aussi[2] leur petite publication secrète. Qui n'a lu les deux volumes de Verlaine, d'ailleurs aussi mauvais que les *Femmes damnées* sont belles, intitulés *Hommes, Femmes*. Et au collège les élèves se passent de main en main des ouvrages de pornographie pure qu'ils croient d'Alfred de Musset, sans que j'aie songé depuis à m'informer si l'attribution est exacte. Il en va tout autrement de *Femmes damnées*. Quand on ouvre un Baudelaire conforme à l'édition primitive (par exemple le *Baudelaire* de M. Féli Gautier[3]), ceux qui ne savaient pas sont stupéfaits de voir que les pièces les plus licencieuses, les plus crues, sur les amours entre femmes, se trouvent là, et que dans sa géniale innocence le grand Poète avait donné dans son livre à une pièce comme *Delphine*[4] autant d'importance qu'au *Voyage* lui-même[5]. Ce n'est pas que pour ma part je souscrive d'une façon absolue au jugement que j'ai jadis entendu émettre par M. Anatole France, à savoir que c'était ce que Baudelaire avait écrit de plus beau. Il y en a de sublimes, mais d'autres à côté de cela qui sont rendues irritantes par des vers tels que :

Laisse du vieux Platon se froncer l'œil austère[6].

André Chénier[7] a dit qu'après trois mille ans Homère était encore jeune. Mais combien plus jeune encore Platon. Quel vers d'élève ignorant — et d'autant plus surprenant que Baudelaire avait une tournure d'esprit philosophique, distinguait volontiers la forme de la matière qui la remplit.

Alors, ô ma beauté, dites à la vermine
Qui vous mangera de baisers
Que j'ai gardé la forme et l'essence divine
De mes amours décomposés[1].

Ou

Réponds, cadavre impur...
Ton époux court le monde, et ta forme immortelle[2]...

Et malheureusement à peine a-t-on eu le temps de noyer sa rancœur dans les vers suivants, les plus beaux qu'on ait jamais écrits, la forme poétique adoptée par Baudelaire ramènera au bout de cinq vers *Laisse du vieux Platon se froncer l'œil austère.* Cette forme donne les plus beaux effets dans le *Balcon :*

Les soirs illuminés par l'ardeur du charbon

vers auquel je préfère d'ailleurs dans les *Bijoux :*

Et la lampe s'étant résignée à mourir,
Comme le foyer seul illuminait la chambre,
Chaque fois qu'il poussait un flamboyant soupir,
Il inondait de sang cette peau couleur d'ambre[3].

mais dans les pièces condamnées elle est fatigante et inutile. Quand on a dit au premier vers

Pour savoir si la mer est indulgente et bonne[4],

à quoi bon redire au cinquième

Pour savoir si la mer est indulgente et bonne.

Il n'en est pas moins vrai que ces[5] magnifiques pièces ajoutées aux autres, font, comme écrivait Sainte-Beuve sans savoir si bien dire, un tout autre effet*. Elles re-

* Je n'ose plus parler des procédés de Sainte-Beuve à l'égard de Baudelaire; j'ai appris en effet que j'avais été devancé par M. Fernand Vandérem lequel dans une remarquable brochure, en discutant d'une façon irréfutable des textes incontestés, a établi l'affreuse vérité.

prennent leurs places entre les plus hautes pièces du livre comme ces lames altières de cristal qui s'élèvent majestueusement après les soirs de tempête et qui élargissent de leurs cimes intercalées l'immense tableau de la mer. L'émotion est accrue encore quand on apprend que ces pièces n'étaient pas là seulement au même titre que les autres, mais que pour Baudelaire elles étaient tellement les pièces capitales qu'il voulait d'abord appeler tout le volume non pas *Les Fleurs du mal,* mais *Les Lesbiennes* et que le titre beaucoup plus juste et plus général de *Fleurs du mal,* ce titre que nous ne pouvons plus désintégrer aujourd'hui de l'histoire de la Littérature française, ne fut pas trouvé par Baudelaire mais lui fut fourni par Babou[1]. Il n'est pas seulement meilleur. S'étendant à autre chose qu'aux lesbiennes, il ne les exclut pas puisqu'elles sont essentiellement, selon la conception esthétique et morale de Baudelaire, des *Fleurs du mal.* Comment a-t-il pu s'intéresser si particulièrement aux lesbiennes que d'aller jusqu'à vouloir donner leur nom comme titre à tout son splendide ouvrage ? Quand Vigny, irrité contre la femme, l'a expliquée par les mystères de l'allaitement :

Il rêvera toujours à la chaleur du sein[2],

par la physiologie particulière à

La femme, enfant malade et douze fois impur,

par sa psychologie :

Toujours ce compagnon dont le cœur n'est pas sûr,

on comprend que dans son amour déçu et jaloux il ait écrit :

La Femme aura Gomorrhe et l'Homme aura Sodome.

Mais du moins c'est en irréconciliables ennemis qu'il les pose loin l'un de l'autre :

Et se jetant de loin un regard irrité,
Les deux sexes mourront chacun de son côté.

Il n'en est nullement de même pour Baudelaire :

Car Lesbos entre tous m'a choisi sur la terre
Pour chanter le secret de ses vierges en fleurs
Et je fus dès l'enfance admis au noir mystère[1]...

Cette « liaison » entre Sodome et Gomorrhe que dans les dernières parties de mon ouvrage (et non dans la première *Sodome* qui vient de paraître[2]) j'ai confiée à une brute, Charles Morel (ce sont du reste les brutes à qui ce rôle est d'habitude departi[3]), il semble que Baudelaire s'y soit de lui-même « affecté » d'une façon toute privilégiée. Ce rôle, combien il eût été intéressant de savoir pourquoi Baudelaire l'avait choisi, comment il l'avait rempli. Ce qui est compréhensible chez Charles Morel reste profondément mystérieux chez l'auteur des *Fleurs du mal.*

Après ces grands poètes (je n'ai pas eu le temps de parler du rôle des cités antiques dans Baudelaire et de la couleur écarlate qu'elles mettent çà et là dans son œuvre) on ne peut plus, avant le Parnasse et le Symbolisme, desquels nous ne parlerons pas aujourd'hui, citer de véritables génies. Musset est malgré tout un poète de second ordre et ses admirateurs le sentent si bien qu'ils laissent toujours reposer pendant quelques années une partie de son œuvre, quitte à y revenir quand ils sont fatigués de cultiver l'autre. Lassés par le côté déclamatoire des *Nuits* qui sont pourtant ce vers quoi il a tendu, ils font alterner avec elles de petits poèmes :

Plus ennuyeuse que Milan
Où, du moins, deux ou trois fois l'an,
Cerrito danse[4].

Mais un peu plus loin dans la même pièce, des vers sur Venise où il a laissé son cœur, découragent. On essaye alors des poésies simplement documentaires qui nous montrent ce qu'étaient au temps de Musset les bals de la « season ». Ce bric-à-brac ne suffit pas pour faire un poète (malgré le désopilant enthousiasme avec lequel M. Taine a parlé de la musique, de la couleur, etc., de ces poésies-là). Alors on revient aux *Nuits,* à l'*Espoir en Dieu,* à *Rolla* qui ont eu le temps de se rafraîchir un peu. Seules des pièces délicieuses comme *Namouna,* demeurent vivaces et donnent des fleurs toute l'année.

C'est encore à un bien plus bas échelon qu'est le noble Sully Prudhomme, au profil, au regard à la fois divin et chevalin mais qui n'était pas un bien vigoureux Pégase. Il a des débuts charmants d'élégiaque :

Aux étoiles j'ai dit un soir :
Vous ne me semblez pas heureuses[1].

Malheureusement cela ne s'arrête pas là, et les deux vers suivants sont quelque chose d'affreux que je ne me rappelle plus bien :

Vos lueurs dans l'infini noir
Ont des tendresses douloureuses.

Puis, à la fin, deux vers charmants[2]. Ailleurs il confesse avec grâce :

Je n'aime pas les maisons neuves
Elles ont l'air indifférent[3]

Hélas, il ajoute aussitôt quelque chose comme ceci :

Les vieilles ont l'air de veuves
Qui se souviennent en pleurant.

Quelquefois les envois au Lecteur sont dignes de ceux de Musset, moins alertes, plus pensifs et plus sensibles, en somme charmants. Tout cela laisse tout de même bien loin de soi le Romantisme et la grande Valmore. Seul (avant le Parnasse et le Symbolisme) un poète continue, bien diminuée, la tradition des Grands Maîtres. C'est Leconte de Lisle. Certes il a utilement réagi contre un langage qui se relâchait. Pourtant il ne faut pas le croire trop différent de ce qui l'a précédé. Petit jeu; voici deux vers :

La neige tombe en paix sur tes épaules nues.

et :

L'aube au flanc noir des monts marche d'un pied vermeil.

Hé bien le premier, très Leconte de Lisle, eſt d'Alfred de Musset dans *La Coupe et les Lèvres*[1]. Et le second eſt de Leconte de Lisle dans son plus ravissant poème peut-être, la *Fontaine aux lianes*[2]. Leconte de Lisle a épuré la langue, l'a purgée de toutes les sottes métaphores pour lesquelles il était impitoyable. Mais lui-même a usé (et avec quel bonheur!) de l'*aile du vent*. Ailleurs c'eſt le *rire amoureux du vent,* les *gouttes de criſtal de la rosée,* la *robe de feu de la terre,* la *coupe du soleil,* la *cendre du soleil,* le *vol de l'illusion.*

Je l'ai vu écoutant d'un regard sarcaſtique les plus belles pièces de Musset; or il n'eſt souvent lui-même qu'un Musset plus rigide mais aussi déclamatoire. Et la ressemblance eſt quelquefois si hallucinante que j'avoue ne pas arriver à me souvenir si

Tu ne sommeillais pas, calme comme Ophélie[3]

que je suis pourtant persuadé être de Leconte de Lisle, n'eſt pas de Musset, tant cela ressemble à un vers de ce dernier. Leconte de Lisle, sans préjudice des images des autres, avait ses bizarres façons de dire à lui. Toujours les animaux étaient le Chef, le Roi, le Prince de quelque chose, absolument comme Midi eſt *Roi des étés.* Il ne disait pas le lion, mais *Voici ton heure ô Roi du Sennaar, ô Chef !* le tigre, mais le *Seigneur rayé,* la panthère noire mais *la Reine de Java, la noire chasseresse,* le jaguar, mais le *Chasseur au beau poil,* le loup, mais le *Seigneur du Hartz,* l'albatros, mais le *Roi de l'Eſpace,* le requin, mais le *siniſtre rôdeur des ſteppes de la mer.* Arrêtons-nous parce qu'il y aurait encore tous les serpents. Plus tard, il eſt vrai, il a renoncé aux métaphores et, comme Flaubert avec lequel il a tant de rapports, n'a pas voulu que rien s'interposât entre les mots et l'objet. Dans *le Lévrier de Magnus,* il parle du lévrier avec la parfaite ressemblance qu'aurait eue Flaubert dans la *Légende de saint Julien l'Hospitalier :*

L'arc vertébral tendu, nœuds par nœuds étagé,
Il a posé sa tête aiguë entre ses pattes[1].

Et c'est tout le temps aussi bien. Malgré cela nous n'aurions pas cité Leconte de Lisle comme le dernier poète de quelque talent (avant le Parnasse et le Symbolisme) s'il n'y avait chez lui une source délicieuse et nouvelle de poésie, un sentiment de la fraîcheur, apporté sans doute des pays tropicaux où il avait vécu. Je n'ai là-dessus aucun renseignement et je regrette avant de vous écrire, mon cher Rivière, de ne pas avoir été en état d'aller trouver un grand poète dont Leconte de Lisle favorisa paternellement les débuts, Madame Henri de Régnier. Elle eût sans doute çà et là rectifié d'un mot juste une affirmation qui ne l'est peut-être pas. Mais nous n'avons voulu aujourd'hui, n'est-ce pas, qu'essayer de lire ensemble, de mémoire, à haute voix, et en nous fiant à notre seul sens critique. Or si, sans renseignements d'aucune sorte, on laisse seulement revenir d'eux-mêmes dans sa mémoire quelques vers bien choisis de Leconte de Lisle, on est frappé du rôle que, non pas seulement le soleil, mais les soleils, ne cessent d'y jouer. Je ne parle plus de la cendre du soleil qui revient tant de fois, mais des *joyeux soleils des naïves années* des *stériles soleils qui n'êtes plus que cendres,* de *tant de soleils qui ne reviendront plus,* etc. Sans doute tous ces soleils traînent après eux bien des souvenirs des théogonies antiques. L'horizon est « divin ».

La Vie antique est faite inépuisablement
Du tourbillon sans fin des apparences vaines[2].

Ces soleils,

L'esprit qui les songea les entraîne au néant[3].

Cet idéalisme subjectif nous ennuie un peu. Mais on peut le détacher. Il reste la lumière et, ce qui la[4] compense délicieusement, la fraîcheur. Baudelaire se souvenait bien de cette nature tropicale. Même *derrière la muraille immense du brouillard* il faisait évoquer par sa négresse *les cocotiers absents de la superbe Afrique*[1]. Mais cette nature, on dirait qu'il ne l'a vue que du bateau. Leconte de Lisle y a vécu, en a surpris et savouré toutes les heures. Quand il parle des sources, on sent bien que ce n'est pas en rhéteur qu'il emploie les verbes germer, circuler, filtrer; le simple mot de graviers n'est pas mis par lui au hasard. Quel charme quand il va se réfugier près de la Fontaine aux Lianes, lieu réservé presque à lui seul,

Qui dès le premier jour n'a connu que peu d'hôtes.
Le bruit n'y monte pas de la mer sur les côtes,
Ni la rumeur de l'homme : on y peut oublier...
Ce sont des chœurs soudains, des chansons infinies[2].

Là l'azur est si doux qu'il suffit à sécher les plumes des oiseaux :

L'oiseau tout couvert d'étincelles
Montait sécher son aile[3]...

(dans une des pièces :

à la brise plus chaude[4],

dans l'autre[5] :

Au tiède firmament).

À peine une échappée, étincelante et bleue,
Laissait-elle entrevoir, en un pan du ciel pur,
Vers Rodrigue ou Ceylan le vol des paille-en-queue,
Comme un flocon de neige égaré dans l'azur[6].

Est-ce que ce n'est pas bien joli, mon cher Rivière ? Et, bien au-dessous de Baudelaire, ne nous devions-nous pas pourtant de rappeler de si charmants vers au lecteur d'aujourd'hui qui en lit de si mauvais ? Les Français depuis quelque temps ont appris à connaître les églises, tout le trésor architectural de notre pays. Il serait bon de ne pas laisser pour cela tomber dans l'oubli ces autres monuments, riches eux aussi de formes et de pensées, qui s'élèvent au-dessus des pages d'un livre.

MARCEL PROUST.

Quand j'écrivis cette lettre à Jacques Rivière, je n'avais pas auprès de mon lit de malade un seul livre. On excusera donc l'inexactitude possible, et facile à rectifier, de certaines citations. Je ne prétendais que feuilleter ma mémoire et orienter le goût de mes amis. J'ai dit à peine la moitié de ce que je voulais, et par conséquent bien plus du double de ce que je m'étais promis et qui, plus condensé, moins encombré de citations (orné d'autres plus frappantes qui reviennent en ce moment du fond de mon souvenir comme pour se plaindre de ne pas avoir eu leur place), eût été infiniment plus court. Parmi les remarques que j'ai omises, l'une donne raison à M.Halévy qui me reprochait, suivant en cela Sainte-Beuve, de dire adjectif descriptif comme si un verbe ne pouvait tout aussi bien décrire, et du même coup à ceux qui ne comprennent pas que selon moi il n'y ait qu'une seule manière de peindre une chose. En effet dans la *Chevelure* Baudelaire dit :

Un ciel pur où frémit l'éternelle chaleur

et dans le *poème en prose* correspondant[1] :

Où se prélasse l'éternelle chaleur.

Il y a donc deux versions également belles, et de plus les deux fois l'épithète est un verbe. J'ajoute que personne ne m'écrit cela et que c'est mon propre souvenir qui casse le nez, comme dit Molière, à mon raisonnement. Je persiste à croire que l'agréable passage de Sainte-Beuve cité il y a environ un an par M. Halévy, et que je connaissais fort bien, n'a rien de si remarquable. Et que même il n'y a pas lieu de s'extasier sur les vers de Virgile, si justes, que cite l'auteur des *Lundis*. Naturellement, condamné depuis tant d'années à vivre dans une chambre aux volets fermés, qu'éclaire la seule électricité, j'envie les belles promenades du sage de Mantoue. Mais pour lui, qui a passé une partie de sa vie à écrire les *Géorgiques* et les *Bucoliques,* il serait un peu fort qu'il n'eût jamais eu l'idée de regarder le ciel et la disposition des nuages par un temps pluvieux. C'est charmant, mais il n'y a pas de quoi se récrier sur une simple observation. Chateaubriand, lui, avait sur ce même sujet des nuages bien plus que des observations, des impressions, ce qui n'est pas la même chose, et génialement exprimées. Tout ceci ne touche en rien à mon admiration pour Virgile. Le danger d'articles comme celui de Sainte-Beuve, c'est que quand une George Sand ou un Fromentin ont des traits pareils, on ne soit tenté de les trouver « dignes de Virgile », ce qui ne veut rien dire du tout. De même, on dit aujourd'hui d'écrivains qui n'emploient que le vocabulaire de Voltaire : « Il écrit aussi bien que Voltaire. » Non, pour écrire aussi bien que Voltaire, il faudrait commencer par écrire autrement que lui. Un peu de ce malentendu règne dans la renaissance qui s'est faite autour du nom de Moréas[1]. Ce n'est pas le seul. On mène grand bruit autour de Toulet[2] qui vient de mourir; tous ses amis au reste affirment, je le crois volontiers, que c'était un être délicieux. Et les gentils vers de lui que j'ai entendu citer, souvent fort gracieux, s'élèvent parfois à une véritable éloquence. Mais voilà-t-il pas que notre si distingué collaborateur M. Allard[3] vient faire de la minceur même de son œuvre une raison pour qu'elle survive à jamais. Avec un si léger bagage, dit-il (à peu près), on se glisse plus aisément jusqu'à la postérité. Avec de pareils arguments, dirai-je à mon tour, il n'y a rien qu'on ne puisse prétendre. La postérité se soucie de la qualité des œuvres, elle ne juge pas sur la quantité. Elle retient les immenses *Noces de Cana* ou les *Mémoires* de Saint-Simon, aussi bien qu'un rondel de Charles d'Orléans, ou un minuscule et divin Ver Meer. Le raisonnement de M. Allard m'a fait, par contraste, penser à une phrase, tout opposée, inexacte, absurde, de Voltaire, une phrase si amusante quoique si fausse que je regrette de ne pas la citer exactement : « Le Dante est assuré de survivre : on le lit peu. »

[RÉPONSES À UNE ENQUÊTE DES ANNALES[1]]

Monsieur et cher confrère,

L'expression *roman d'analyse* ne me plaît pas beaucoup. Elle a pris le sens d'étude au microscope, mot qui, lui-même, est faussé dans la langue commune, les infiniment petits n'étant pas du tout — la médecine le montre — dénués d'importance. Pour ma part, mon instrument préféré de travail est plutôt le télescope que le microscope[2]. Mais j'ai eu le malheur de commencer un livre par le mot « je » et, aussitôt, on a cru qu'au lieu de chercher à découvrir des lois générales, je « m'analysais » au sens individuel et détestable du mot. Je remplacerai donc, si vous voulez bien, le terme *roman d'analyse* par celui de *roman d'introspection.* Quant au *roman d'aventures,* il est bien certain qu'il y a dans la vie, dans la vie extérieure, de grandes lois aussi, et si le roman d'aventures sait les dégager, il vaut le roman introspectif. Tout ce qui peut aider à découvrir des lois, à projeter de la lumière sur l'inconnu, à faire connaître plus profondément la vie, est également valable. Seulement, un tel roman d'aventures est, sous un autre nom, introspectif aussi. Ce qui semble extérieur, c'est en nous que nous le découvrons. *Cosa mentale,* dit par Léonard de Vinci de la peinture[3], peut s'appliquer à toute œuvre d'art. Il faut pourtant concéder que le roman d'aventures, même quand il n'a pas ces hautes visées, s'imprègne aisément de la distinction de l'esprit qui le manie. Stevenson[4] a écrit de grands chefs-d'œuvre, mais aussi de simples romans d'aventures qui ont un charme délicieux[5]. Ils tournent autour du prince Florizel de Bohême[6], que l'auteur, pour ôter à sa fiction l'ombre de niaiserie qu'y pourrait mettre le snobisme, fait finir dans une boutique à Londres, où il vend des cigarettes.

Pour dire un dernier mot du roman dit d'analyse, ce ne doit être nullement un roman de l'intelligence pure, selon moi. Il s'agit de tirer hors de l'inconscient, pour la faire entrer dans le domaine de l'intelligence, mais en tâchant de lui garder sa vie, de [ne pas] la mutiler[1], de lui faire subir le moins de déperdition possible, une réalité que la seule lumière de l'intelligence suffirait à détruire, semble-t-il. Pour réussir ce travail de sauvetage, toutes les forces de l'esprit, et même du corps, ne sont pas de trop. C'est un peu le même genre d'effort prudent, docile, hardi, nécessaire à quelqu'un qui, dormant encore, voudrait examiner son sommeil avec l'intelligence, sans que cette intervention amenât le réveil. Il y faut des précautions. Mais bien qu'enfermant en apparence une contradiction, ce travail n'est pas impossible.

Enfin, vous me questionnez sur les « écoles ». Elles ne sont qu'un symbole matériel du temps qu'il faut à un grand artiste pour être compris et situé entre ses pairs, pour que l'*Olympia*[2] honnie repose auprès des Ingres, pour que Baudelaire, son procès revisé, fraternise avec Racine auquel il ressemble, du reste, surtout par la forme : Racine est plus fertile en découvertes psychologiques, Baudelaire plus instructif en ce qui concerne les loi de la réminiscence, que je trouve exposées du reste d'une façon plus vivante chez Chateaubriand ou Nerval[3]. Chez Baudelaire, la réminiscence est à l'état statique, elle existe déjà quand la pièce commence (*Quand les deux yeux fermés,* etc., *Ô toison moutonnant,* etc., etc.[4]) Dernière et légère différence : Racine est plus immoral.

Aussitôt le novateur compris, l'école, dont on n'a plus besoin, est licenciée. Du reste, même tant qu'elle dure, le novateur a le goût beaucoup plus large qu'elle. Hugo brandissait le romantisme pour son école, mais goûtait parfaitement Boileau[5] et Regnard. Wagner n'avait nullement pour la musique italienne la sévérité des wagnériens.

Veuillez agréer, monsieur et cher confrère, l'expression de mes sentiments les plus sympathiques.

LES GONCOURT DEVANT LEURS CADETS : M. MARCEL PROUST[6]

Par le prix de 1919 une parcelle de la fortune de M. de Goncourt m'a été transmise. Je me trouve ainsi être à l'égard de l'auteur de *Renée Mauperin*[7] dans la position difficile d'un héritier qu'il n'a pas connu, ou du moins pas désigné. Elle m'oblige, non pas à avoir chez moi un buste d'Edmond de Goncourt (comme le pauvre et cher Calmette[1] avait au *Figaro,* dans ce cabinet de travail que sa mort a sanctifié, un buste de Chauchard), mais à beaucoup de respectueuse précaution quand j'ai à parler de lui.

À vingt ans, j'ai vu souvent M. de Goncourt chez Mme Alphonse Daudet et chez la princesse Mathilde[2], à Paris et à Saint-Gratien[3]. La radieuse beauté d'Alphonse Daudet n'éclipsait pas celle du vieillard hautain et timide qu'était M. de Goncourt. Je n'ai jamais connu depuis d'exemples pareils— dissemblables entre eux d'ailleurs — d'une telle noblesse physique. C'est sur leur aspect prodigieux que s'est close pour moi l'ère des géants[4]...

Chez la princesse Mathilde, le méfiant dédain inspiré par la personne de M. de Goncourt était quelque chose d'affligeant[5]. J'ai vu là des femmes, même intelligentes, se livrer à des manèges pour éviter de lui dire leur « jour ». « Il écoute, il répète, il fait ses Mémoires sur nous. » Cette subordination de tous les devoirs, mondains, affectueux, familiaux, au devoir d'être le serviteur du vrai, aurait pu faire la grandeur de M. de Goncourt, s'il avait pris le mot de vrai dans un sens plus profond et plus large, s'il avait créé plus d'êtres vivants dans la description desquels le carnet du croquis oublié de la mémoire[6] vous apporte sans qu'on le veuille un trait différent, extensif et complémentaire. Malheureusement, au lieu de cela, il observait, prenait des notes, rédigeait un journal, ce qui n'est pas d'un grand artiste, d'un créateur. Ce journal malgré tout, si calomnié, reste un livre délicieux et divertissant[7]. Le style plein de trouvailles n'est pas, comme l'a dit selon moi à tort Daniel Halévy, d'un mauvais artisan de la langue française. De ce style j'aurais trop à parler en l'analysant. Par la synthèse j'en ai fait du reste la critique — critique laudative en somme — dans mes *Pastiches et Mélanges*[8] et surtout dans un des volumes à paraître de *La Recherche du temps perdu*[9], où mon héros se retrouvant à Tansonville y lit un pseudo-inédit de Goncourt où les différents personnages de mon roman sont appréciés.

M. de Goncourt a été incomparable chaque fois qu'il

a parlé de ces œuvres d'art qu'il aimait d'une passion sincère, même des arbustes rares de son jardin, lesquels étaient pour lui de précieux bibelots encore. Au théâtre, sa *Germinie Lacerteux*[1] est, après *l'Arlésienne*[2], la pièce où sanglota le plus « mon enfance », comme il aurait dit. Pour quelle part y était Réjane[3], je ne sais; mais je sortais les yeux si rouges, que des spectateurs sensibles s'approchaient de moi croyant qu'on m'avait battu. L'émotion, les fièvres, les anxiétés de l'auteur n'étaient pas moindres. Et comme il voyait tout en fonction de sa vie d'homme de lettres, il craignait toujours que quelque changement de ministère ou indisposition d'acteur — nouvelles méchancetés du destin acharné contre lui — ne vinssent détourner l'attention publique ou interrompre les représentations de *Germinie*. Car ce noble artiste, cet historien de la valeur la plus haute et la plus neuve, ce véritable romancier impressionniste si méconnu, était aussi un homme d'une naïveté, d'une crédulité, d'une bonhomie inquiète et délicieuse.

Malgré tout, la fêlure se fit entre les parties passagères de son œuvre et les formes d'art qui suivirent. J'en eus l'impression la plus nette pendant le banquet où M. Poincaré décora M. de Goncourt, auquel l'émotion coupait la voix. Les « naturalistes » présents ne cessaient de proclamer : « C'est un très grand bonhomme, le père Goncourt », et les toasts débutaient tous par les mots : « Maître », « cher maître », « illustre maître ». Vint le tour de M. de Régnier, qui devait parler au nom du symbolisme. On sait combien l'infinie délicatesse qui a dirigé toute sa vie s'enveloppe quelquefois, quand il parle, de cristalline frigidité. On peut dire en effet que cette atmosphère surchauffée où bouillonnaient les « maître » et « cher maître », fut brusquement refroidie quand M. de Régnier, debout, tourné vers M. de Goncourt, commença par ce mot : « Monsieur. » Il dit ensuite au nouveau légionnaire[4] qu'il aurait voulu porter sa santé dans une de ces coupes japonaises aimées du maître d'Auteuil. On devine aisément les phrases ravissantes et parfaites dont M. de Régnier sut décorer cette coupe japonaise. Malgré tout, le glacial « monsieur » du début donnait, dans les phrases mêmes qui suivirent, l'impression moins d'une coupe qu'on tend que d'une coupe qu'on brise. Il me sembla que c'était la première fêlure[5].

[DOSTOÏEVSKI[1]]

Dostoïevski cite, parmi les malheurs les plus effroyables de sa vie de détenu, de ne pouvoir être jamais seul, pendant quatre ans. Or, il semble que, même au milieu de présences constantes, on puisse s'isoler, s'abstraire. Cela est possible à chacun, et il semble que cela aurait dû l'être plus qu'à personne à Dostoïevski, lui qui, par la puissance hallucinante de l'imagination[2] devait [savoir] si bien supprimer ce qui était autour de lui. En tout cas, il y a des présences plus gênantes à écarter que celle des hommes qui au moins vous sont extérieurs, peuvent gêner, non empêcher le travail de la pensée. Ce sont les présences intérieures. Un homme qui a en lui une maladie, qui pendant ces mêmes quatre années (et souvent beaucoup plus) a des souffrances affreuses, ne cesse d'avoir le malaise abrutissant que donne une fièvre constante, et qui fait que pour lui-même se soulever dans son lit est un effort, cet homme-là, toujours troublé par son mal, est beaucoup moins seul que Dostoïevski au milieu des autres détenus, dont, du reste, il ne s'occupait pas et qui ne s'occupaient pas de lui. Mais la fièvre et le mal, eux, vous forcent à vous occuper d'eux.

Il est probable que les travaux forcés furent pour Dostoïevski le coup favorable du sort qui ouvrit en lui la vie intérieure. Il est curieux comme dès ce moment-là sa correspondance ressemble à celle de Balzac, demandes d'argent, promesses de remboursement au centuple fondées sur des espérances de gloire. « *L'Idiot* sera un beau livre », comme *Le Lys dans la vallée,* car il sent un nouvel homme s'éveiller en lui. Quoi qu'en dise Gide[3], il y a des morceaux intellectuels interpolés dans le récit, par exemple dans *L'Idiot* les longues réflexions sur la peine de mort.

Tous les romans de Dostoïevski pourraient s'appeler *Crime et Châtiment* (comme tous ceux de Flaubert, et *Madame Bovary* surtout, *L'Éducation sentimentale*). Mais il est probable qu'il divise en deux personnes ce qui a été en réalité d'une seule. Il y a certainement un crime dans sa vie et un châtiment (qui n'a peut-être pas de rapport avec ce crime), mais il a préféré distribuer en deux, mettre les impressions du châtiment sur lui-même au besoin *(Maison des morts)* et le crime sur d'autres. Son originalité n'est pas celle que Rivière[1] dit, mais dans la composition.

[ENQUÊTE SUR LE RENOUVELLEMENT DU STYLE[2]]

1° La continuité du style est non pas compromise mais assurée par le perpétuel renouvellement du style. Il y a à cela une raison métaphysique dont l'exposé allongerait trop cette réponse.

2° Je ne « donne nullement ma sympathie » (pour employer les termes mêmes de votre enquête) à des écrivains qui seraient « préoccupés d'une originalité de forme. » On doit être préoccupé uniquement de l'impression ou de l'idée à traduire. Les yeux de l'esprit sont tournés au dedans, il faut s'efforcer de rendre avec la plus grande fidélité possible le modèle intérieur. Un seul trait ajouté (pour briller, ou pour ne pas trop briller, pour obéir à un vain désir d'étonner, ou à l'enfantine volonté de rester « classique ») suffit à compromettre le succès de l'expérience et la découverte d'une loi. On n'a pas trop de toutes ses forces de soumission au réel, pour arriver à faire passer l'impression la plus simple en apparence, du monde de l'invisible dans celui si différent du concret où l'ineffable se résout en claires formules.

[*UNE PETITE QUESTION :* ET SI LE MONDE ALLAIT FINIR... QUE FERIEZ-VOUS ?[3]]

Je crois que la vie nous paraîtrait brusquement délicieuse, si nous étions menacés de mourir comme vous le dites. Songez, en effet, combien de projets, de voyages, d'amours, d'études, elle — notre vie — tient en dissolution, invisibles à notre paresse qui, sûre de l'avenir, les ajourne sans cesse.

Mais que tout cela risque d'être à jamais impossible, comme cela redeviendra beau! Ah! si seulement le cataclysme n'a pas lieu cette fois, nous ne manquerons pas de visiter les nouvelles salles du Louvre, de nous jeter aux pieds de Mlle X..., de visiter les Indes. Le cataclysme n'a pas lieu, nous ne faisons rien de tout cela, car nous nous trouvons replacés au sein de la vie normale, où la négligence émousse le désir.

Et pourtant nous n'aurions pas dû avoir besoin du cataclysme pour aimer aujourd'hui la vie. Il aurait suffi de penser que nous sommes des humains et que ce soir peut venir la mort.

NOTES DE DATE INCERTAINE[1]

Écrivains

[SUR GŒTHE[2]]

Les choses dont parlent habituellement nos livres disent ce qui excitait en nous l'inspiration et on voit bientôt ce qui s'imposait à notre esprit avec force. Le site a une extrême importance dans Gœthe. On arrive souvent dans un endroit où la vue est étendue et variée. On voit les choses du haut d'une petite montagne, et devant nous s'ouvrent des vallées, avec des villages et un beau fleuve, sur lequel éblouit la lumière matinale. Les divers cabinets d'amateurs y plaisent aussi, cabinets de tableaux, cabinets d'histoire naturelle. On sent que toutes ces choses ne sont pas mises simplement pour le plaisir, mais qu'elles furent dans un rapport extrêmement sérieux avec sa vie intellectuelle, que l'affaire de son intelligence, son objectif le plus réel était de voir ce qu'il y avait de réel dans ce plaisir qu'elles lui faisaient éprouver (car c'est d'abord par un plaisir d'essence supérieure que s'imposent à notre intelligence les choses dont l'importance leur est ainsi signalée) et de déterminer leur influence sur l'esprit. Quoique l'importance des diverses choses soit souvent débattue par les personnages, que parmi ces personnages un de ceux qui lui sont le plus sympathiques soit un jeune homme aimant à parler sur les vérités, ne craignant pas le didactisme et s'élevant vite à l'éloquence, ce qui permet de préciser ses rapports entre[3] les diverses choses de la réalité avec beaucoup de force, ceci ne suffit pas encore à recevoir toute la pensée de Gœthe. Le « car » suivi d'une maxime ne lui suffit pas non plus. Souvent le récit est interrompu par un extrait du journal, du livre de pensées d'un des personnages. Ces pensées sont destinées selon Gœthe à montrer les préoccupations habituelles de l'esprit du personnage. Mais le personnage lui-même, le fait qu'il incarne tel caractère, que la vie soit pour lui telle chose, est par rapport à Gœthe comme cet extrait de journal par rapport au personnage. Il nous indique[1] les préoccupations habituelles de son esprit. Sans doute telle et telle pensée est difficile à rattacher dans le journal à la vie du personnage. Nous nous demandons ce qui a pu la faire naître, et une partie des événements reste inconnue. Ainsi les livres de Gœthe ne peuvent pas nous reconstituer son existence, mais porter, comme un journal écrit pour soi-même, la marque forte des pensées où il se complaisait. Car ce n'est pas notre journal, ce sont nos livres que nous écrivons pour nous-même, pour notre véritable nous-même.

Les arts, et les moyens par lesquels on s'y perfectionne, occupent beaucoup les romans de Gœthe. L'art de l'acteur, l'art de l'architecte, l'art du musicien, l'art du pédagogue y jouent un grand rôle, et en tout ceci ce qui est vraiment l'art. La difficulté d'obtenir un ensemble où chacun soit prêt, le frappe évidemment comme faisant partie de l'essence même de l'effort artistique. D'où la part faite aux comédies de société, aux comédies improvisées, à cette première représentation où Wilhelm Meister veut jouer et ne sait quoi dire, à cette cérémonie des maçons où chacun veut jeter quelque chose dans les fondations, mais pris au dépourvu ne sait quoi y jeter. Dans *Les Affinités électives* l'art des jardins, des constructions tient une grande place. Et il est montré combien de vies entières sont sacrifiées inutilement à ces arts, le point de vue auquel on s'est placé étant faux, la façon de comprendre le rôle de la perspective ou la disposition des tombes dans un cimetière pouvant pour un esprit, nous en avons pour Gœthe l'exemple, se trouver un de ces faits où la réalité profonde nous est sensible, si bien que nous y revenons sans cesse, tâchant à la dégager et symbolisant volontiers ce que nous en pensons par des personnages et par des récits. Il semble aussi que le besoin de symboliser par des cérémonies ce qui est pour nous l'invisible, l'essentiel, cérémonies allégoriques qui nous semblent si froides et de si peu d'importance, ait eu une grande importance aux yeux de Gœthe. Point sur lequel il serait absurde de chicaner d'une façon abstraite, chacun de nous étant asservi aux faits par lesquels l'esprit de vérité et d'inspiration se communique à lui. Pour tel les odeurs qui lui remémorent le passé et le font vivre dans la poésie, pour d'autres autre chose. Ainsi dans *Les Affinités électives,* dans *Wilhelm Meister* nous voyons des pays modèles où les vertus sont célébrées par telles fêtes où des temples bizarres présentent l'image non des anciens dieux, mais de ce qui doit être adoré, et tel spectacle qui peut fortifier les bonnes dispositions des hommes.

L'histoire naturelle paraît avoir été pour son esprit un pôle négatif, comme pour certains hommes la débauche, pour d'autres l'esprit critique, pour d'autres le luxe et le plaisir, en un mot ce qui éloigne l'inspiration, ce qui est antipathique à notre développement véritable. Plusieurs pensées se réfèrent à la folie qu'il y a à faire une aussi grande place aux réalités humaines, aux troublants et étranges aspects du monde des espèces. Le monde est assez arrangé dans ces romans comme un théâtre de marionnettes, tant on sent que Gœthe tient dans un but mystérieux le fil qui les amène. Du reste tel est le charme de ses personnages. Dans les chambres, il y a des petits théâtres d'enfants. Dans les cabinets, des tableaux ou des outils. Dans l'intérieur du récit, il y a un autre récit raconté par un des personnages et interrompu par le récit véritable. Des personnages n'ont exprès aucune figure particulière, étant simplement « deux amateurs de théâtre » *(Wilhelm Meister)* ou « deux personnes pour qui la morale n'existe pas » (le comte et la baronne dans *Les Affinités électives*). Les personnages apparaissent au début du récit, mais pour revenir à la fin ou à un ou deux endroits du drame. Encore souvent les personnes qu'on rencontre ne sont-elles rencontrées que dans une fin qu'elles-mêmes connaissent, de sorte que leur accueil en prend quelque chose de très mystérieux. Et enfin divers incidents sont des présages de ce qui doit arriver. Certains personnages symbolisent un côté de la nature qui paraît intéresser Gœthe : l'inutile déploiement d'activité factice chez la femme (Philine, Luciane dans *Les Affinités électives*). Et l'auteur délègue et répartit son rôle de juge et de guide à différents personnages qui ont des sortes de spécialités morales (comme Mittler dans *Les Affinités électives* et les puissances de la Tour dans *Wilhelm Meister*).

[JOUBERT[1]]

On voit que Joubert cherche à plaire dans sa correspondance. La belle chose sur les vieillards (pages 18 et 19[2]) à Fontanes, il la lui dit certainement parce qu'il trouve cela joli, il « place » ce morceau. C'est pour ainsi dire une revanche de l'ambition que le désir de plaire à ses amis. Et ceux qui ont renoncé à être célèbres, comme Joubert, parce que l'insuffisance de leur santé et peut-être de leur génie, un manque de volonté et d'impulsion les empêchait d'y travailler, sont au contraire excités à de petits travaux, presque de circonstance, pour faire éclater leur mérite aux yeux de jeunes gens de leurs amis dont ils aimeraient être admirés. Et ainsi il y a chez Joubert une rareté qui exprime à sa manière la solitude (l'inspiration, le moment où l'esprit prend contact avec soi-même, où la parole intérieure n'a plus rien de la conversation et nie l'homme en tant qu'être causeur et discuteur) et malgré cela quelque chose de perpétuellement social, tout aux lettres, aux conversations, aux retours sur sa propre personne à lui Joubert, sur la vie conçue comme faite pour la société (ce qui est aussi le faible de Stendhal, combien différent, d'ailleurs). Mais les choses qu'il dit sont pourtant teintées du dedans par son génie intérieur. Et on comprend que, se sentant si supérieur et pourtant n'étant pas connu, n'ayant rien produit, il tînt au moins, dans ses lettres, à donner à Fontanes, à Molé, à Mme de Beaumont la sensation de sa valeur. Seulement c'est un peu égoïste (avec idée du moi). Et il fait valoir le morceau en ajoutant : « Adieu, j'ai froid, je vais me chauffer, je ne me rappelle plus, je suis fatigué[3]. » Toutes choses vraies d'ailleurs, et toutes coquetteries, pour montrer qu'il ne les émerveille que d'un impromptu, quand ce n'est en effet qu'un impromptu.

Je rapprocherais volontiers de ce besoin d'être appréciés de ceux qui ne seront pas « connus », l'amour de la réclame chez ceux dont la production, par son élévation trop singulière, ne paraît pas pouvoir atteindre le public. Quand ils écrivent, ils ne cherchent qu'à se satisfaire, ne pensent pas au public qui le leur rend. Et alors, ils essayent d'agir sur lui par des moyens tout mécaniques pour que leur œuvre ait, à défaut du succès, du retentissement (Montesquiou). Je suis sûr que c'est aussi pour que leurs amis aient aussi un peu bruit de leur valeur.

La culture est comme les bonnes manières des esprits. Il y a, entre les esprits cultivés, la franc-maçonnerie du monde élégant. On fait allusion vague à un écrivain et chacun sait de qui il s'agit, il n'y a pas besoin de mettre les gens au courant. On est du même monde. Aussi tout cela a sa faiblesse, rapporte trop à soi, donne trop de réalité au moi phénoménal, et une importance en soi, une importance en tout cas de reliques, à des connaissances qui n'ont été que des instruments sans valeur par eux-mêmes pour atteindre la vérité.

[SUR CHATEAUBRIAND[1]]

« Hommes obscurs, que sommes-nous auprès de ces hommes fameux ? Nous disparaîtrons sans retour : vous renaîtrez, *œillet de poète,* qui reposez sur ma table auprès de ce papier, et dont j'ai cueilli la petite fleur attardée parmi les bruyères; mais nous, nous ne revivrons pas avec la solitaire parfumée qui m'a distrait » (*Mémoires d'outre-tombe,* p. 463, t. II[2]). — (Toute la page 485 du t. II, et les images multipliées qui la terminent, le Christ du Moyen Âge avec les plaies du poète, les veines percées avec le soulagement d'écrire.)

J'aime lire Chateaubriand parce qu'en faisant entendre toutes les deux ou trois pages (comme après un intervalle de silence dans les nuits d'été on entend les deux notes, toujours les mêmes, qui composent le chant de la chouette) ce qui est son cri à lui, aussi monotone mais aussi inimitable, on sent bien ce que c'est qu'un poète. Il nous dit que rien n'est sur la terre, bientôt il mourra, l'oubli l'emportera; nous sentons qu'il dit vrai, car il est un homme parmi les hommes; mais tout d'un coup parmi ces événements, ces idées, par le mystère de sa nature il a découvert cette poésie qu'il cherche uniquement, et voici que cette pensée qui devait nous attrister nous enchante et nous sentons non pas qu'il mourra, mais qu'il vit, qu'il est quelque chose de supérieur aux choses, aux événements, aux années, et nous sourions en pensant que ce quelque chose est le même que nous avons déjà aimé en lui. Cette permanence même nous enivre, car nous sentons qu'il y a quelque chose de plus haut que les événements, le néant, la mort, l'inutilité de tout; et de ce que cette chose qui vainc tout, en lui est toujours une même chose, se ressemble à soi-même, nous éprouvons une nouvelle joie, comme si nous voyions que non seulement ce pouvoir merveilleux et transcendant existe, mais qu'il a donné naissance à des personnes merveilleuses et transcendantes reconnaissables à leur identité. Et quand Chateaubriand, tandis qu'il se lamente, donne son essor à cette personne merveilleuse et transcendante qu'il est, nous sourions, car, au moment même où il se dit anéanti, il s'évade, il vit d'une vie où l'on ne meurt point.

Il est certain qu'il n'a pas toujours été cette personne. Souvent, et surtout quand il veut être spirituel, français, vif, voltairien, nous pouvons l'admirer, nous ne le reconnaissons pas. Mais peu à peu à force de sincérité il l'était devenue. Et alors quand c'est elle qui parle, même quand c'est pour nous donner toutes les raisons du monde de son néant, elle nous inspire précisément le contraire, parce que nous sentons qu'elle vit; et nous sourions de ce que, au moment où il commence précisément à vivre, il est tel que quand précédemment nous l'avions senti vivre, ce qui fait que nous reconstituons bien en lui la personne vivante qui ne mourra point et qui vit d'une vie intermittente, mais immortelle, dans ses œuvres. On sent bien ce que c'est qu'un poète, quelque chose de très spécial, puisque ce qu'il dit est toujours pareil, et il n'emprunte aucune grandeur, aucune originalité à aucune des choses qu'il raconte, et qui ne le changent pas, mais à ce que, tout d'un coup, qu'il s'agisse du Grand Condé ou d'une petite fleur[1] cueillie à Chantilly, on sent sous sa phrase une autre réalité, transparente sous la phrase, et dont la physionomie se marque, sous les différents membres de la phrase, à leurs traits qui se correspondent.

Il eſt impossible de dire pourquoi cette réalité eſt supérieure à celle d'un tout autre ordre qui fait l'importance hiſtorique des événements, même la valeur intellectuelle des idées, même les réalités de la mort et du néant[1]. Et cependant il eſt en elle quelque chose qui eſt plus que les événements, puisque au moment où il vient de nous parler de la chute des empires et de la poussière qu'il eſt dans ce tourbillon, la manière dont il parle d'une petite fleur cueillie à Chantilly, manière qui nous ravit et qui eſt la même que celle dont il nous a ravis pour d'autres choses, nous donne le sentiment d'être quelque chose, sinon qui survivra aux empires, en ce sens qu'on le connaîtra encore, du moins qui eſt tellement supérieur au temps que, même si on savait que notre page sera brûlée aussitôt écrite, on l'écrirait dans la même extase, en renonçant à tout pour cela, tant on aurait le sentiment d'avoir donné l'exiſtence à quelque chose de réel et d'une réalité qui en soi ne peut périr, ce qui fait par là qu'elle eſt aussi, comme je disais en 3e, supérieure aux réalités de la mort. Et elle eſt aussi supérieure, comme je disais en 2e, à la valeur intellectuelle des idées, puisqu'en disant des choses évidemment plus élevées, plus profondes, plus générales que ce qu'il dit de cette petite [fleur] bleue, il ne nous aurait donné aucun sentiment pareil et, en se rapportant non plus au lecteur mais au poète, n'aurait trouvé là aucun de ces traits qui devaient l'enivrer et nous faire dire à la fois que c'eſt Chateaubriand et que c'eſt beau. Car c'eſt peut-être la seule chose qui prouve cette supériorité des choses myſtérieuses qui sont nous-mêmes, sur les plus belles idées, c'eſt que c'eſt seulement quand nous les rencontrons que nous sommes près de cette exaltation qui fait que nos propres paroles nous enchantent et font dire aux autres : cela eſt beau.

NOTES SUR STENDHAL[2]

Ironie dans le goût du XVIIIe siècle (Voltaire quoique Beyle ne l'aimât pas).

« ... que l'on a pu citer de vieux marchands millionnaires, de vieux usuriers, de vieux notaires, qui pendant cet intervalle avaient oublié d'être moroses et de gagner de l'argent » (*Chartreuse,* p. 10).

« ... fit arrêter 150 patriotes : c'était bien alors ce qu'il y avait de mieux en Italie... l'humidité... le manque de pain firent prompte[1] justice de tous ces coquins » (*Chartreuse,* p. 12).

« On parla beaucoup de cette espèce de duel et les personnes, qui s'y étaient trouvées, prirent le parti d'aller voyager en Suisse » (*Chartreuse,* p. 22)[2].

Ironie sur les personnages et élégance à la Voltaire.

« Ah! mille fois plutôt, soyons dupes! Cette soirée fut affreuse » (*Le Rouge,* 2e vol., p. 87)[3].
et tous les chapitres suivants : « Moments cruels... »[4].

« Le malheur de la jalousie ne peut aller plus loin » (*Le Rouge,* 2e vol.)[5].

« Vingt-quatre heures après la rupture du vase de vieux japon, Julien était décidément l'un des hommes les plus malheureux[6]. »

Élégance à la Voltaire :

Conversation du prince Korasoff et de Julien au chapitre *Strasbourg*[7] qui finit : « Je suis fou, je me noie, je dois suivre les conseils d'un ami et ne pas m'en croire moi-même. »

Affaiblissement d'une grande intelligence et d'un grand cœur lié à l'affaiblissement du corps. La vieillesse de l'homme vertueux : pessimisme moral. La visite de l'abbé Chélan dans la prison de Julien. — La dernière visite de Fabrice au clocher de l'abbé Blanès centenaire[8].

Goût exclusif des sensations de l'âme, reviviscence du passé, détachement des ambitions et ennui de l'intrigue, soit près de la mort (Julien en prison : plus d'ambition. Amour pour Mme de Rênal, pour la nature, pour la rêverie), soit par suite du détachement causé par l'amour (Fabrice en prison, mais ici la prison ne signifie pas la mort, mais l'amour pour Clélia). Cette élévation de l'âme liée à l'élévation en hauteur physique (prison de Julien très élevée, d'où belle vue, prison de Fabrice très élevée, d'où belle vue).

Ce qui amène à la troisième cause (momentanée celle-là) de détachement : émotion devant la nature et généralement dans les lieux élevés. La grotte d'où Julien découvrait tant de pays[1] : il eſt vrai qu'il y était ambitieux, mais, dit-il : « C'était une passion alors » (dernières pages du *Rouge et le Noir*[2]), et il dit qu' « elle convient à un philosophe »; le clocher où Fabrice passe « l'une des plus heureuses années de sa vie »[3]; le rocher où une nuit il regarde le lac de Côme et se promet pour sa tante tellement plus que dans la médiocre vie privée (différence de ce qu'on veut dans les moments d'exaltation et l'exaltation passée). Du reſte cet amour de la nature eſt l'amour de la belle nature comme au XVIIIe siècle, des beaux lieux, toujours élevés, soit les bois de Vergy ou cette terrasse de Verrières, soit la tour Farnèse, soit Grianta. Les sensations sont très simples, celles de lieux admirablement situés. L'eau de Verrières (?) ou les belles eaux du lac de Côme, la coloration des montagnes, le matin paraissant le long des arbres (dans *Le Rouge et le Noir* il me semble à deux reprises, chez Mme de Rênal et chez Mathilde. Dans *La Chartreuse* sans doute aussi).

Le Remords, pur affaiblissement, forme triſte de l'amour, pas plus vertueux.

Maxime de Stendhal : ne jamais se repentir.

« Cet être affaibli par un malheur trop conſtant... Ce malheur était l'absence de Julien, elle l'appelait le remords[4]. »

Aussi l'extrême passion, l'abandon sensuel succède toujours brusquement au remords, à l'éloignement qu'il cause pour le plaisir. Scènes où Julien eſt repoussé, puis baisé par Mme de Rênal après la rupture (deux fois, je crois). *Idem* de Fabrice avec Clélia (la subtilité sur *voir* dans ce deuxième cas eſt pour marquer un caractère italien, c'eſt-à-dire superſtitieux et, coup double, montrer l'inanité des prescriptions religieuses, leur formalisme)[5].

En[6] un sens les beaux livres ajoutent aux événements une tranche d'âme coïncidente. Dans *Le Rouge et le Noir,* chaque action eſt suivie d'une partie de la phrase indiquant ce qui se passe inconsciemment dans l'âme, c'eſt le roman du motif. « Mme de Rênal en fut choquée à la réflexion. » « Au bas bout de la table, ce qui explique la haine et l'envie*[1]. »

[SUR GEORGE ELIOT[2]]

Ce qui me frappe dans *Adam Bede* c'est la peinture attentive, minutieuse, respectueuse, poétique et sympathique de la vie la plus laborieuse et la plus humble. Tenir sa cuisine bien propre est un devoir essentiel, presque un devoir religieux et un devoir plein de charme. C'est aussi le sentiment de la gravité d'une mauvaise intention, d'une défaillance de la volonté qui, par la solidarité des créatures, porte partout ses contre-coups funestes, c'est le sentiment de la grandeur mystérieuse de la vie humaine et de la vie de la nature, des mystères sublimes auxquels nous participons en le sachant aussi peu que la fleur qui pousse (cf. *Silas Marner*). C'est aussi, par-dessus l'enchaînement de nos vices et de nos malheurs, une sorte d'ordre supérieur de providence puissante qui fait de notre mal l'instrument incompréhensible de notre bien (cf. *Silas Marner*). Adam perd Hetty et cela était nécessaire pour qu'il trouvât Dinah[3]. Silas perd son or et c'était nécessaire pour qu'il fût ouvert à l'amour de l'enfant[4] (cf. Emerson, *Compensation,* et « l'homme s'agite et Dieu le mène »). Sentiment de la nature extrêmement vif qui l'anime plus qu'il ne la peint. Et surtout dans sa tranquillité. Douceurs des jours d'automne, beauté des pâturages et des bois, soirs où les nuages vont vite. Manière exacte, pittoresque, spirituelle, éloquente de faire parler les personnages caricaturaux sans caricature, avec la pointe de bien dire qu'il y a dans France[5]. Sentiment du changement de nos cœurs et des choses pendant la vie. Retour de Silas à la Cour de..., etc. Çà et là, preuve que la philosophie est bien connue[6].

Nouveauté des images venant d'une vue tendre et neuve des choses, qui y découvre des sentiments inaperçus et peut alors les peindre comme symboles de sentiments analogues (cœurs se fondant comme de petits

* Voir les marges des premières pages [du] premier volume.

ruisseaux, plaisanteries un peu lourdes contre les gens du monde).

Sentiment de l'utilité de la souffrance, du progrès moral, des équivalences morales à travers l'échelle humaine, d'une pensée[1] ici, d'une allée à l'église là, d'une lessive ailleurs.

Esprit conservateur : pas trop d'instruction, pas trop de chemin de fer, pas trop d'expositions, pas trop d'égalité, pas trop de réforme religieuse, etc.

Un sentiment sincère pour les préoccupations d'un charpentier, d'un tisseur, etc.

Vif sentiment du développement des inclinations sympathiques entre les hommes. Dinah, Silas Marner et ses voisins...

Caractère progressif des capitulations de la volonté : nous quittons la mère de l'enfant dans *Silas* décidée à ne plus prendre d'opium, et nous la retrouvons la bouteille finie. X... décidé à ne plus voir Hetty, aussitôt après dans ses bras.

Sentiment de la souffrance plus grande dans êtres sans vie spirituelle, sans solidarité morale avec les autres.

Une des conclusions qu'on peut tirer de ces œuvres (mais qui n'est pas indiquée), c'est que le mal que nous faisons est le mal (nous faisons du mal à nous et aux autres), et qu'au contraire le mal qui nous arrive est souvent la condition d'un plus grand bien que Dieu voulait nous faire.

TOLSTOÏ[2]

On élève maintenant Balzac au-dessus de Tolstoï. C'est de la folie. L'œuvre de Balzac est antipathique, grimaçante, pleine de ridicule, l'humanité y est jugée par un homme de lettres désireux de faire un grand livre, dans Tolstoï par un dieu serein. Balzac arrive à donner l'impression du grand; chez Tolstoï tout est naturellement plus grand, comme les crottes d'un éléphant à côté d'une chèvre. Ces grandes scènes de moisson dans *Anna Karénine,* de chasse, de patinage, etc., sont comme de grandes surfaces réservées qui espacent le reste, donnent une impression plus vaste. Il semble qu'il y ait toute la verte prairie à faucher, tout l'été entre deux conversations de Vronski[1]. Tour à tour, on aime autre chose dans cet univers et les scènes les plus particulières, l'émotion du cavalier qui monte en course (oh ! ma belle, ma belle)[2] du parieur sur le bord de la fenêtre[3], la gaieté des camps[4], de la vie du petit propriétaire chasseur, du vieux prince Stcherbatski dans la ville allemande et parlant de la bonne vie seigneuriale de Russie (on se lève tard, chapitre aux eaux, etc.), du noble dissipateur (frère de Natacha) dans *La Guerre et la Paix,* du vieux prince Bolkonski, etc. Cette œuvre n'est pas d'observation mais de construction intellectuelle. Chaque trait, dit d'observation, est simplement le revêtement, la preuve, l'exemple d'une loi dégagée par le romancier, loi rationnelle ou irrationnelle. Et l'impression de puissance et de vie vient précisément de ce que ce n'est pas observé, mais que chaque geste, chaque parole, chaque action n'étant que la signification d'une loi, on se sent se mouvoir au sein d'une multitude de lois. Seulement comme la vérité de ces lois est connue par Tolstoï par l'autorité intérieure qu'elles ont eue sur sa pensée, il y en a qui restent inexplicables pour nous. Quand il parle de la figure *rusée* de Kitty quand elle parlait de religion, il n'est pas très facile de comprendre, ni quand il parle de la joie d'Anna à humilier l'orgueil de Vronski. Nous avons plaisir à voir comme, au fond, la sublime intelligence tient de près à l'esprit que nous avons souvent en nous (plaisanteries de Ruskin sur son chien Wisir, sur sa bonne Anne, plaisanteries de Tolstoï faisant le fond du début d'*Anna Karénine*). Et malgré tout, dans cette création qui semble inépuisable, il semble que Tolstoï pourtant se soit répété, n'ait eu à sa disposition que peu de thèmes, déguisés et renouvelés, mais les mêmes dans l'autre roman. Les étoiles, le ciel[5] que remarque comme un point fixe Lévine, sont bien un peu les mêmes que la comète vue par Pierre[6], que le grand ciel bleu du prince André. Mais plus que cela, Lévine, d'abord écarté pour Vronski, puis aimé par Kitty, fait penser à Natacha quittant le prince André pour le frère de Pierre, puis lui revenant. Et pour Kitty passant en voiture et Natacha en voiture aux armées, ne serait-ce pas un même souvenir qui aurait « posé » ?

Peintres

[REMBRANDT[1]]

Les musées sont des maisons qui abritent seulement des pensées. Ceux qui sont le moins capables de pénétrer ces pensées savent que ce sont des pensées qu'ils regardent dans ces tableaux placés les uns après les autres, que ces tableaux sont précieux, et que la toile, les couleurs qui s'y sont séchées et le bois doré lui-même qui l'encadre ne le sont pas.

Quand on regarde un tableau de Rembrandt, on voit une vieille qui coupe les ongles d'une jeune femme, un collier de perles qui brillent obscurément sur de la fourrure, des tapis rouges ou de rougeâtres étoffes d'indienne, du feu qu'on allume et qui éclaire le fond de la chambre obscure tandis que la lumière du soir entrant par la fenêtre éclaire l'entrée, les longs cheveux soyeux d'une jeune femme qu'une vieille démêle, un coup de soleil sur l'écluse d'une rivière au bord de laquelle passent des cavaliers tandis qu'au fond tournent des moulins à vent, et on pense que toutes ces choses faisaient partie de la nature et que Rembrandt les peignait comme il en aurait peint d'autres. Mais si vous voyez les uns après les autres les tableaux de Rembrandt, près d'une jeune femme vous retrouverez une autre vieille qui s'apprête à lui couper les ongles, sur une autre fourrure vous reverrez le même éclat sombre des perles. Maintenant ce n'est plus la femme de Rembrandt, c'est *La Femme adultère,* c'est *Esther,* mais elle a aussi la figure soumise et triste, mais elle a aussi des brocarts dorés ou des cachemires rouges sous des perles. Ce n'est plus la maison d'un philosophe, c'est l'atelier d'un menuisier, c'est la chambre d'un jeune homme qui lit, mais dans le fond que n'éclaire plus à peine que par places le jour encore clair du dehors, un feu qu'on allume jette un reflet plus vif. Voici un bœuf à l'étal[1], ce n'est plus celui où à gauche une femme à genoux lave le plancher, mais une femme à droite sort en se retournant, de sorte que les vieilles coupeuses d'ongles, peigneuses de cheveux fins, la femme triste et modeste sous ses fourrures et sous ses perles, la maison où le feu s'allume dans l'ombre des pièces obscures, ce ne sont pas des choses que Rembrandt a peintes, ce sont les goûts de Rembrandt, ces idées qui pour chaque grand homme [sont[2]] lui-même, [lui] pour qui une chose intéressante, une chose utile, c'est une chose au fond de laquelle il les puisse tout d'un coup retrouver et commencer à se réjouir avec et à s'y attacher avec plus de force; comme une promenade dans un musée n'aura d'intérêt véritable pour un penseur que quand en aura tout d'un coup jailli une de ces idées qui aussitôt lui paraissent riches et susceptibles d'en engendrer d'autres précieuses. D'abord, les œuvres d'un homme peuvent ressembler plus à la nature qu'à lui-même. Mais plus tard, cette essence de lui-même que chaque contact génial avec la nature a excité davantage, les imprègne plus complètement. Et vers la fin, il est visible que ce n'est plus que cela qui est pour lui la réalité, et qu'il lutte de plus en plus pour la donner tout entière. Les portraits de la jeunesse de Rembrandt diffèrent beaucoup les uns des autres et peuvent ressembler à des portraits d'autres grands peintres. Mais à partir d'un certain moment, toutes ces figures apparaissent dans une sorte de matière dorée, comme si elles avaient été toutes peintes dans un même jour qui serait, semble-t-il, celui du soleil couchant quand les rayons frappant directement les objets les dorent. De sorte que ce trait de ressemblance entre toutes les œuvres de Rembrandt est beaucoup plus fort que les ressemblances qui résultaient de ces vieilles coupeuses d'ongles et peigneuses de fines chevelures et même du jour qui finit et du feu qui s'allume. Ce sont les goûts de Rembrandt, et cette lumière où sont ses portraits et ses tableaux, c'est en quelque sorte le jour même de sa pensée, l'espèce de jour particulier dans lequel nous voyons les choses, au moment où nous pensons d'une façon originale. Il est certain qu'il a vu que cela était son jour propre et qu'au moment [où] il y voyait une chose, elle devenait pour lui riche, propre à engendrer en lui d'autres observations pleines de profondeur, qu'il éprouvait à ce moment la joie qui eſt le signe que nous touchons à quelque chose de haut, que nous allons procréer. Aussi dédaigne-t-il toute autre lumière qui pour lui n'eſt pas aussi féconde, aussi haute et ne peint-il plus que dans celle-là. Et ce privilège de son génie nous eſt sensible par la joie que nous cause la vue de sa matière dorée, joie à laquelle nous nous livrons sans scrupule, en sentant qu'elle nous découvre une perspective extrêmement profonde de la chose observée, figure triſte de la sœur de Rembrandt, seau qui descend dans le silence du soir, aux dernières lueurs éparses du soleil depuis longtemps couché, devant la maison où finit la vie de jour du Bon Samaritain.

Et dans ce qu'on appelle la troisième manière de Rembrandt, il eſt visible que ce jour doré où il lui était essentiel et, comme conséquence de cela, si fécond et, comme signe de cela, si émouvant, de voir les choses, eſt devenu pour lui toute la réalité, et qu'il ne s'efforce plus, de la manière la plus heurtée[1], que de la traduire intégralement, sans plus souci de la beauté ni d'une autre vérité extérieure, mais sacrifiant tout à cela, s'arrêtant, se reprenant pour n'en rien laisser perdre, sentant que cela seul importait. Maintenant, au fond de chacune de ses toiles, il semble que son regard soit au moment où, encore tendu sur la réalité qu'il avait essayé de saisir, [il était] déjà détaché de cet effort par la réalisation libératrice et nous demandant en quelque sorte « Eſt-ce cela ? » ou disant « Voilà », — ce regard qui a compris et qui eſt doux, du Chriſt devant la femme adultère, ce regard du poète qui se redit les vers avec tout leur sens, de l'*Homère,* ce regard qui voit toutes les misères, qui a toutes les tendresses et qui a comme envie de pleurer, du Chriſt des *Pèlerins d'Emmaüs;* et qui[2], Chriſt près de la femme adultère, Homère, Chriſt des Pèlerins d'Emmaüs ont le corps étriqué, le geſte détendu, pieusement asservi à la pensée qu'ils auraient peur de rompre, de fausser en se tendant, de ceux qui pensent, dont tout le corps eſt attentif à leur pensée, et les yeux non pas droits et fiers, mais fixes, remplis d'une pensée que c'eſt notre pensée qui recueille et reconnaît dans leurs orbites respectueuses de ce qu'ils[3] contiennent, et tendus à ne pas la laisser échapper, et le dos voûté volontiers et l'air humble, comme si toute grande pensée, d'Homère ou du Christ, était plus grande qu'eux-mêmes, comme si penser grandement, profondément c'était justement penser avec un tel respect qu'on ne laisse rien échapper de la pensée. Mais ayant achevé sa toile, c'est plus dégagé de pensée que Rembrandt au fond de sa toile nous regarde, sans grande angoisse, quoi qu'on dise de l'artiste incertain de la renommée, le but de l'organisation de l'artiste étant de donner intégralement telle ou telle pensée, non la gloire, et lui-même étant tranquille (en ce qui concerne son œuvre) une fois qu'elle est finie, en tant qu'elle lui semble fidèle à ce qu'il avait à y mettre. Il a du reste laissé des portraits de lui où, jeune, on distingue à un grand désir ce qui plus tard sera une sorte de scrupule soucieux, la réalité intérieure, son génie qui l'enflammait étant alors connu de lui et difficile à déposer intégralement sur sa toile.

Aussi toutes ces toiles sont-elles des choses extrêmement sérieuses, capables de préoccuper les plus grands d'entre nous pendant toute leur existence, pas au-delà à cause d'une impossibilité matérielle qui ne dépend pas d'eux, mais aussi vivement à leurs derniers jours, comme une chose dont l'importance n'a pas été diminuée par la fuite des années et qui, dans les quelques dernières années ou semaines qui restent à vivre, paraissent encore importantes et réelles. Étant à Amsterdam à une exposition de Rembrandt, je vis entrer avec une vieille gouvernante un vieillard aux longs cheveux bouclés, à la démarche cassée, à l'œil terni, à l'air hébété malgré la belle figure, tant les vieillards et les malades sont des êtres extraordinaires qui ressemblent déjà à des morts, à des idiots, et dont nous apprenons à ce moment, violemment manifestée par une main tremblante et noueuse, telle admirable volonté qui étonne toute une famille ou change le sort d'un État, gracie de l'échafaud un homme par la signature qu'aucune influence n'a été capable d'empêcher dans sa chambre chaude, tandis qu'il y rêvait glacé de rêves tristes, et qui, trait illisible tracé par ses doigts octogénaires, témoignera, par l'éclat du fait, de[1] l'intacte survie de sa pensée, de telle admirable et souriante pensée sous forme de livre, de poème où rit l'ironie d'une âme grimée, dans les mêmes jours où elle les traçait, des grimaces chagrines et perpétuelles d'une face paralysée qui, quand nous le rencontrons, nous fait croire à la promenade d'un idiot. Beau au contraire, sous ses longs cheveux blancs bouclés, mais cassé et l'œil terne, le vieillard s'avançait. Il me semblait reconnaître sa figure. Tout d'un coup, quelqu'un près de moi dit son nom qui, entré déjà dans l'immortalité, semblait sortir de la mort : Ruskin[1]. Il était à ses derniers jours et pourtant était venu d'Angleterre voir ces Rembrandt qui déjà à vingt ans lui paraissaient une chose essentielle et qui n'étaient pas pour lui une moindre réalité, arrivé à ces derniers jours. Il allait devant ces toiles, les regardant sans avoir l'air de les voir, tous ses gestes, par l'épuisement de la vieillesse, se référant à une de ces innombrables nécessités matérielles — besoin de soutenir sa canne, difficulté de tousser, de tourner la tête — qui emmaillotent le vieillard, l'enfant, le malade, comme une momie. Mais à travers le lointain brumeux des années épaissi sur sa face obscure, sur ses yeux au fond desquels, si loin maintenant, on ne pouvait plus apercevoir l'âme de Ruskin, la vie, on sentait que, le même toujours, bien qu'indiscernable, il venait du fond des années, sur ses jambes cassées, mais qui étaient toujours les jambes de Ruskin, apporter à Rembrandt un hommage incomparable. C'était lui, Ruskin, deux choses si différentes, ce vieillard inconnu et tâtonnant et l'idée que nous nous faisions de Ruskin, que nous avions quelque peine à les penser ensemble et que l'implication de tant d'âme et de génie dans cette humble défroque de vieillard avait quelque chose de presque surnaturel, le moment où un esprit prend corps, où un corps insignifiant est reconnu une personne spirituelle, pensée indépendamment de tout corps, mort ou non, et comme immortelle. Comment, Ruskin, cette immatérielle chose, s'est incarnée, l'homme qu'il fut vit encore, le voici ? Il est le même qui, jeune homme, allait voir Rembrandt, qui écrivit sur lui tant de pages ardentes. Grimé comme un Rembrandt par l'ombre du crépuscule, par la patine du temps, par l'effacement des années, le même effort pour comprendre la beauté le conduisait encore. Il semblait tout d'un coup que les toiles de Rembrandt fussent devenues quelque chose de plus digne d'être visité, depuis que Ruskin, venu de si loin, était entré dans la salle; il semblait aussi que c'était pour Rembrandt comme une récompense qui aurait pu lui être douce et que, si le regard de Rembrandt, qui semble nous considérer au fond de ses toiles achevées, avait pu voir Ruskin, le maître eût été à lui[1], comme un souverain qui reconnaît un souverain dans la foule. Oui, les toiles de Rembrandt nous semblaient quelque chose de plus digne d'être admiré depuis que Ruskin était entré, ou plutôt la peinture elle-même, en ce qu'elle a la possibilité de donner de meilleur, nous semblait quelque chose de plus essentiel, depuis que nous voyions un si haut esprit, si près de la mort, la considérer encore, à un moment où on ne donne pas tant à une jouissance même exquise, y venir encore, comme à une de ces réalités qui dominent la mort, si elle empêche pourtant d'y accéder ensuite.

Mais aussi peut-être faut-il penser, tant l'habitude et l'appropriation de nos sens à certains objets est le fond de nos plaisirs, que c'était peut-être, pour lui aussi, une de ces jouissances que personne ne peut nous imposer, parce qu'elles résultent de notre tempérament et de la suite des années, si bien qu'un médecin, qui voudrait espérer du plaisir un bien quelconque, serait obligé de s'informer à nos proches de ce qui nous cause du plaisir. La vue d'un Rembrandt devait mettre en mouvement chez Ruskin ce jeu bien connu et doux de notions anciennes, d'appréciations familières, de plaisirs habituels que peut donner la vue de sa petite-fille à un grand-père, sa partie de bésigue à un habitué de ce jeu, telle vieille habitude incomprise des autres à un maniaque. Sa gouvernante le menait peut-être aux Rembrandt, comme elle aurait mené un autre vieillard voir jouer aux cartes ou lui eût apporté une grappe de raisin. Car nos proches savent toujours le nom de ce que nous aimons. Et des noms augustes nous font souvent sourire, prononcés sans être compris par des bouches familières, sourire aussi du plaisir de voir nos goûts prendre comme plus de réalité, en étant ainsi traités de faits par des personnes plus asservies que nous à la réalité.

[WATTEAU[1]]

Je pense souvent avec [une] sympathie[2] mêlée de pitié à la vie du peintre Watteau, dont l'œuvre demeure la peinture, l'allégorie, l'apothéose de l'amour et du plaisir, et qui était, au dire de tous ses biographes, d'une constitution si faible qu'il ne put jamais goûter, ou presque jamais, au plaisir de l'amour. Aussi dans son œuvre l'amour est mélancolique, et le plaisir même. On a dit que le premier il avait peint l'amour moderne, voulant sans doute dire par là un amour où la causerie, la gourmandise, la promenade, la tristesse du déguisement, de l'eau et de l'heure qui passent, [tiennent[3]] plus de place que le plaisir même, une sorte d'impuissance ornée. On raconte qu'ayant eu beaucoup d'amis il se fit beaucoup d'ennemis, car son humeur affectueuse était plus changeante encore, et ayant habité six mois chez un ami, il ne pouvait plus y demeurer, s'impatientait de ne pas être ailleurs, s'éprenait d'autres lieux, souffrait jusqu'à ce qu'il y fût. Et celui qu'il délaissait pensait avoir eu à faire à un ingrat. Je pense qu'il n'est pas aujourd'hui encore un artiste qui ne se reconnaisse ici en Watteau, et contre qui nombre de gens n'aient le même grief. « Dire qu'à un moment, il venait dîner ici tous les soirs ! » Avec plus d'innocence et moins de gloire, les artistes imitent en cela les ambitieux. Un démon les pousse vers les lieux et les âmes nouvelles, et ne leur permet pas d'y rester. Chez Watteau cette inconstance était peut-on dire physique. Elle grandit avec la phtisie qui devait l'emporter. Les derniers mois avant sa mort, il se consumait moins de souffrir que de ne pouvoir aller respirer l'air des Flandres. Il pensait s'y guérir mais ne put être transporté.

En trouvant à son éternelle insatisfaction des êtres et des choses un point de contact avec sa maladie, je ne prétends pas dire que sa maladie en était le principe. Les maladies de notre corps ne causent pas les maladies de notre caractère, mais notre caractère et notre corps sont si liés qu'ils participent à la même infortune. Pour moi, je ne crois nullement que Watteau fut changeant par intérêt ou par ambition. On est au contraire frappé en toute occasion de sa sincérité, de son cœur de brave homme. Se sentant près de mourir, il pria qu'on fît venir à Nogent, où était son lit, son élève Pater, qu'il croyait avoir offensé. Et pendant deux mois, tous les jours jusqu'à celui de sa mort, il lui enseigna tout ce qu'il savait sur la peinture et sur le dessin. Pater a dit plus tard que toutes ses connaissances lui étaient venues de cet apprentissage-là[1].

Je trouve dans la vie de Caylus[2], découverte chez un libraire par le grand artiste qui a dérobé à Watteau, pour le peindre, les secrets les plus merveilleux de sa peinture, M. de Goncourt, un trait qui montre sa simplicité. Il avait fort envie d'une perruque qui ne valait pas grand-chose. Le coiffeur refusa habilement d'être payé, disant qu'il se contenterait d'une étude que Watteau lui ferait. Watteau crut devoir faire un grand tableau et encore craignait-il d'avoir donné trop peu de choses, et bien au-dessous de la valeur de la perruque. M. de Caylus ajoute d'un ton de pitié dédaigneuse à l'endroit de Watteau que son goût pour cette perruque était absurde et qu'elle était fort laide. Je n'essaierai pas de dire que des deux ce fut Watteau qui était dans le vrai, bien qu'il dût avoir, pour désirer à ce point cette perruque, des raisons infiniment plus intéressantes que celles qui la rendaient méprisable à M. de Caylus. Mais les goûts des artistes ne sont pas toujours raisonnables. Quand ils ont un caractère despotique et artificieux, les bizarreries de leurs préférences excitent dans le public une niaise admiration. Mais quand ils ont, comme Watteau, un caractère doux et qui tolère la raillerie, les personnes qui vivent avec eux croient tirer de l'exactitude avec laquelle ils mesurent l'aberration de leur ami un avantage important et qu'ils leur font victorieusement sentir. Distraits de toutes les choses d'après lesquelles les autres raisonnent, sensibles à d'autres qu'ils sont seuls à voir, les artistes sont facilement battus dans ces sortes de discussions. Watteau, qui était malade, dut souffrir plus qu'un autre de ces triomphes aisés d'une tyrannique, d'une ironique intimité. Absorbé par sa mauvaise santé, il le fut aussi par tous les importuns qui venaient le voir et à qui il ne savait pas refuser un tableau.

Ce bon homme si malheureux se consolait en bon

peintre. Chacun apprendra avec plaisir qu'il aimait le jardin du Luxembourg et restait longtemps à y peindre, « parce que ce jardin était moins peigné que les autres demeures royales ». Mais je trouve plus significatif encore de le voir amasser par achats ou cadeaux une vraie collection de tous les vêtements de la Comédie-Italienne; son principal plaisir était, quand des amis venaient le voir, de les leur faire revêtir. Alors il les priait de poser, se consolant à voir dans de si beaux habits irréels des personnes vivantes, souriantes, regardantes et parlantes, de traîner, toujours transie dans une vie de brume, une âme éprise de lumière et de couleur. Quand ses amis le quittaient, il serrait le dessin commencé et le faisait entrer plus tard dans une grande composition.

[NOTES SUR LE MONDE MYSTÉRIEUX DE GUSTAVE MOREAU[1]]

Nous ne pouvons pas toujours facilement concevoir comment certains oiseaux s'envolant d'un paysage, un cygne s'élevant de la rivière vers le ciel, une courtisane prenant le frais au milieu des oiseaux et des fleurs sur une haute terrasse, sont l'occupation incessante des pensées d'un grand esprit, se retrouvent comme leur caractère essentiel dans toutes ses toiles, et sont l'admiration de la postérité, le plaisir exclusif de tel amateur qui n'a que ses œuvres, qui retrouve avec plaisir dans *La Descente de croix* le cygne qu'il a aussi dans *L'Amour et les Muses* et, par un plaisir inverse et le même, se réjouit d'avoir le seul oiseau bleu qu'il ait peint. Nous avons beau demander ce que le maître voulait faire, on ne peut guère nous répondre puisque lui-même n'a pu se répondre en lui-même qu'en faisant cette *Courtisane sur sa terrasse,* le soir, et l'envol de ce cygne signalé par les Muses, images le plus exactes possible de ce qu'il entrevoyait, et sans doute infiniment plus exactes qu'une explication, puisque dire ce que nous voulons faire n'est en somme rien, que nous le pouvons à toute minute, tandis que pour refaire l'idée qui nous est apparue il nous faut attendre l'inspiration, tâcher de la revoir, de l'approcher et, d'après elle, peindre. Mais ces paysages de Moreau sont tellement le paysage où tel dieu passe, où telle vision apparaît, et la rougeur du ciel y paraît un si sûr présage, et le passage d'un daim un si favorable augure, et la montagne un lieu tellement consacré, qu'un paysage pur paraît à côté bien vulgaire et comme désintellectualisé, comme si les montagnes, le ciel, les bêtes, les fleurs avaient été vidés en un instant de leur précieuse essence d'histoire, comme si le ciel, les fleurs, la montagne ne portaient plus le sceau d'une heure tragique, comme si la lumière n'était pas celle où passe le dieu, où paraît la courtisane, comme si la nature désintellectualisée devenait aussitôt vulgaire et plus vaste, les paysages de Moreau étant généralement resserrés dans une gorge, fermés par un lac, partout où le divin s'est parfois manifesté, à une heure incertaine que la toile éternise comme le souvenir du héros. Et comme ce paysage naturel et qui semble pourtant conscient, comme ces montagnes dont les nobles sommets où l'on va prier et où s'élèvent des temples sont presque des temples, comme ces oiseaux peut-être cachant l'âme d'un dieu, ayant un regard qui semble humain à travers leur déguisement et dont le vol semble dirigé par un dieu pour avertir, le visage du héros lui-même semble participer aussi vaguement au mystère que toute la toile exprime. Car la courtisane a l'air d'être courtisane comme l'oiseau vole, par une destinée qui n'est nullement l'effet de son choix ou de sa nature, mais son visage est triste et beau, et elle regarde en tissant ses cheveux parmi ses fleurs; et la Muse a l'air de passer malgré elle, modulant un chant sur sa lyre; et saint Jean[1] quand il tue le Dragon a l'air de subir avec calme sa propre vaillance et d'être le lieu légendaire et vaguement rêveur de cet acte mythologique, comme les montagnes où il passe, comme le cheval féroce et doux, caparaçonné de pierreries et lançant des regards irrités, qui se cabre, tableaux anciens qu'on reconnaît tout de suite n'être pas d'un ancien, mais de cet homme qui, seul, quand il peignait ses rêves, assemblait ces draperies rouges, ces vêtements verts sertis de fleurs et de pierreries, ces têtes graves qui sont celles de courtisanes, ces têtes douces qui sont celles de héros, ces défilés qui sont le pays où se passent toutes les choses qu'il peint, parce que la vie n'est pas retirée des choses et tout infusée aux êtres, parce que la montagne est légendaire et que la personne n'est que légendaire, parce que le mystérieux de l'action est exprimé par tout ce que réserve la figure de la personne, le héros qui a l'air doux d'une vierge, la courtisane qui a l'air grave d'une sainte, la Muse qui a l'air insignifiant d'une voyageuse, n'éclaircissant nullement l'action qu'ils ne semblent pas accomplir, et par tout ce que réserve le paysage de complicité, parce que les antres cachent des monstres, parce que les oiseaux disent des augures, parce que les nuages égouttent du sang, et parce que l'heure est mystérieuse et semble s'attendrir au ciel sur ce qui est accompli mystérieusement sur la terre.

Un[1] tableau est une sorte d'apparition d'un coin d'un monde mystérieux dont nous connaissons quelques autres fragments, qui sont les toiles du même artiste. Nous sommes dans un salon, nous causons, tout d'un coup nous levons les yeux et nous apercevons une toile que nous ne connaissons pas et que nous avons pourtant déjà reconnue, comme le souvenir d'une vie antérieure. Ces chevaux à l'air indompté et tendre, harnachés de pierres précieuses et de roses, ce poète qui a une figure de femme, un manteau d'un bleu sombre et une lyre à la main, et tous ces hommes imberbes à la figure de femme, couronnés d'hortensias et inclinant des branches de tubéreuses, cet oiseau d'un bleu sombre aussi qui suit le poète, la poitrine du poète qui, soulevée par un chant grave et doux, tend les branches de roses qui la ceignent, et la couleur de tout cela, la couleur d'un monde où telle couleur a, non pas la couleur qu'elle a dans notre monde, mais la couleur qu'elle a sur cette toile, et plus encore l'atmosphère intellectuelle de ce monde où le soleil se couche souvent, où les collines sauvages ont à leur front des temples et où, si un oiseau suit ce poète et si une fleur croît dans cette vallée, c'est en vertu d'autres lois que les lois de notre monde, de lois qui [ordonnent[2]] à l'oiseau de distinguer le poète, de le suivre, de rester attaché à lui, si bien que dans son vol, qui bat autour de lui, il y a une sorte de sagesse précieuse, et que cette fleur croît dans cette vallée près de cette femme parce que cette femme doit mourir, que cette fleur est la fleur de la mort et que dans le fait qu'elle ait poussé là, il y a comme un pressentiment, et dans [sa] croissance rapide comme une sorte de menace grandissante, et qu'elle semble la regarder, sentir son dernier moment. Aussitôt nous avons reconnu que ce que nous voyons là sans l'avoir jamais vu, pour avoir déjà eu quelques apparitions de ce monde étrange, c'est un Gustave Moreau.

Le pays, dont les œuvres d'art sont ainsi des apparitions fragmentaires, est l'âme du poète, son âme véritable, celle de toutes ses âmes qui est le plus au fond, sa patrie véritable, mais où il ne vit que de rares moments. C'est pour cela que le jour qui les éclaire, les couleurs qui y brillent, les personnages qui s'y agitent, sont un jour, des couleurs et des êtres intellectuels. L'inspiration est le moment où le poète peut pénétrer dans cette âme la plus intérieure. Le travail est l'effort pour y rester entièrement, pour ne pas, tandis qu'il écrit ou qu'il peint, y rien mêler du dehors. De là, cette retouche des mots, des couleurs devant un modèle qui pour le poète est aussi réel, aussi impérieux que pour le peintre, pour le peintre aussi intellectuel, aussi personnel que pour le poète. Aussi nous aimons à les voir, ces toiles rapportées par le poète du pays mystérieux où il peut accéder, et qui en gardent une sorte de couleur mystérieuse, éblouies[1] d'être revenues au grand jour, au milieu des réalités du monde, non le véritable, mais le plus vulgaire, celui qui correspond à notre âme la plus extérieure, celle qui chez le poète est presque semblable à celle des autres hommes. La voici devant moi, immobilisée à jamais à travers le prisme impénétrable mais si facile à briser de ses tendres couleurs, celle qui tout à l'heure flottait si vite sur la pensée soulevée de Gustave Moreau, délicate méduse sur le rivage maintenant, mais qui n'a rien perdu de la fraîche pâleur de ses nuances bleues. *Le Chanteur persan,* se nomme-t-elle. Et en effet il chante, ce cavalier au visage de femme et de prêtre, aux insignes de roi, que suit l'oiseau mystérieux, devant qui les femmes et les prêtres s'inclinent et inclinent les fleurs, et que regarde [son cheval] d'un œil où vit l'esprit qui circule encore dans toute la nature, d'un œil tendre comme s'il l'aimait, en levant vers lui son mufle indompté comme s'il le haïssait et devait le dévorer. Il chante, sa bouche est ouverte, sa poitrine gonfle les branches de roses qui l'enlacent. C'est le moment où on perd pied, où on n'est plus sur la terre ferme, où le vaisseau mis à la mer flotte et déjà miraculeusement s'avance, où la parole, soulevée par les flots rythmiques, devient chant. Et cette palpitation visible se soulève éternellement dans la toile immobile.

C'est[1] ainsi que les poètes ne meurent pas tout entiers et que leur âme véritable, cette âme, la plus intérieure qui était la seule où ils se sentissent eux-mêmes, nous est dans une certaine mesure gardée. Nous croyions le poète mort, nous allions faire un pèlerinage au Luxembourg comme on va simplement devant une tombe, nous allons simplement, comme une femme portant la tête morte d'Orphée, devant la *Femme portant la tête d'Orphée*[2] et nous voyons dans cette tête d'Orphée quelque chose qui nous regarde, la pensée de Gustave Moreau peinte sur cette toile qui nous regarde de ces beaux yeux d'aveugle que sont les couleurs pensées.

Le peintre nous regarde, nous n'osons pas dire qu'il nous voit. Et sans doute en effet, il ne nous voit pas, mais nous, si chers que nous lui fussions, nous étions si peu de chose pour lui. Sa vision continue d'être vue, elle est devant nous, cela est tout ce qu'il faut.

La maison de Gustave Moreau maintenant qu'il est mort va devenir un musée[3]. C'est ce qui doit être. Déjà, de son vivant, la maison d'un poète n'est pas tout à fait une maison. On sent que, pour une part, ce qui s'y fait ne lui appartient déjà plus, est déjà à tous, et que souvent elle n'est pas la maison d'un homme, souvent c'est-à-dire toutes les fois où il n'est plus que son âme la plus intérieure. Elle est comme les points idéaux du globe, comme l'équateur, comme les pôles, le lieu de rencontre de courants mystérieux. Mais c'est en un homme que s'agite parfois cette âme. Sans doute cet homme en reste dans une certaine mesure sanctifié. Il est une espèce de prêtre dont la vie est vouée à servir cette divinité, à nourrir les animaux sacrés qui lui plaisent et à répandre les parfums qui facilitent ses apparitions. Sa maison est à moitié église, à moitié maison du prêtre. Maintenant l'homme est mort, il ne reste plus que ce qui a pu se dégager du divin qui était en lui. Par une brusque métamorphose, la maison est devenue un musée avant même d'être ainsi aménagée. Il n'y aurait plus que faire de lit, de fourneau. Celui qui par moments était dieu et vivait pour tous, n'est plus que dieu, n'existe plus pour soi mais pour les autres. Rien chez lui ne saurait rappeler un soi qui n'existe plus. La barrière du moi individuel dans lequel il était un homme comme les autres, est tombée. Emportez les meubles. Il ne faut plus que des toiles qui se réfèrent à l'âme intérieure où il accède souvent, et s'adressent à tous. Il avait du reste de plus en plus tâché d'abattre cette barrière du moi individuel, tâchant par le travail d'exciter l'inspiration, c'est-à-dire de rendre de plus en plus fréquents les moments où il pouvait accéder dans son âme intérieure, ce même travail grâce auquel il tâchait d'en fixer l'image intacte sans que rien de l'âme vulgaire s'y mêlât. Peu à peu les tableaux encombraient toutes les chambres et il n'y en avait plus que très peu où se réfugiait l'homme qui voulait dîner, recevoir ses amis, dormir. Peu à peu se raréfiaient les moments où il n'était pas envahi par son âme intérieure, où il était encore l'homme qu'il était aussi. Sa maison était déjà presque un musée, sa personne n'était presque plus que le lieu où s'accomplissait une œuvre.

Il en est forcément ainsi de tous ceux qui ont une âme intérieure, dans laquelle ils peuvent quelquefois pénétrer. Ils sont avertis par une joie secrète que les seuls véritables moments sont ceux qu'ils y passent. Le reste de leur vie est une espèce d'exil souvent volontaire, non pas triste, mais maussade. Car ils sont des exilés intellectuels; dès qu'ils sont exilés, ils ont perdu du même coup le souvenir de leur patrie et savent seulement qu'ils en ont une, qu'il est plus doux d'y vivre, mais ne savent comment y revenir. Et aussi que, dès qu'ils désirent quelque autre lieu, ils n'y sont plus, le désir d'autre chose étant l'exil d'un pays qui est un sentiment. Mais en tant qu'ils sont eux-mêmes, je veux dire quand ils ne sont pas exilés, quand ils sont leur âme intérieure, ils agissent en vertu d'une sorte d'instinct qui, comme celui des insectes, est doublé d'un secret pressentiment de la grandeur de leur tâche et de la brièveté de leur vie. Et alors, ils délaissent toute autre tâche pour créer la demeure où vivra leur postérité, et pour y déposer cette postérité, prêts à mourir ensuite. Voyez l'ardeur que le peintre met à peindre sa toile et dites si l'araignée en met plus à tisser la sienne[1].

Et toutes ces âmes intérieures des poètes sont amies et s'appellent les unes les autres. J'étais un homme comme tous les autres dans ce salon, j'ai levé les yeux et j'ai vu ce *Chanteur indien* que je n'entendais pas, qui ne bougeait [pas], mais dont la poitrine soulevait les roses qui le couvraient, et devant qui les femmes inclinaient les fleurs. Aussitôt en moi aussi le chanteur s'est réveillé. Et tant qu'il a été réveillé, rien n'aurait pu le distraire de ce qu'il avait à dire. Et un instinct secret m'avertissait, mot à mot, du mot que je devais dire. Et des pensées plus brillantes me fussent-elles venues, des raisons qui m'eussent fait paraître plus intelligent, je les[1] écoutais ne pouvant m'éloigner de la tâche invisible mais proposée. Car le chanteur qui est en moi est doux aussi comme une femme, mais il est grave aussi comme un prêtre. Et c'est parce que ce pays mystérieux qui se déroule alors devant nous, existe bien réellement, quand nous le franchissons au galop avec une telle ivresse, que toutes les toiles que nous en rapportons, si nous avons vraiment été les y chercher là-même, c'est-à-dire si nous étions vraiment inspirés[2], et si nous avons eu soin de n'y rien mêler de l'âme vulgaire, c'est-à-dire si nous avons été consciencieux, si nous avons travaillé, se ressemblent entre elles. Et c'est pourquoi, quand je levai les yeux dans ce salon et que j'aperçus le grave et doux chanteur sur son cheval au museau féroce et aux yeux tendres, harnaché de roses et de pierres précieuses, soulevant sur sa poitrine par l'élan d'un rythme inentendu les roses qui l'entouraient, suivi de l'oiseau *qui le connaissait,* devant un soleil couchant *habituel,* j'ai pu dire : c'est un Gustave Moreau. Il est plus beau peut-être encore que les autres, aux autres il est comme à de belles paroles, le chant. Comme la poitrine entourée de roses du jeune chanteur, il est soulevé par l'enthousiasme. Mais il vient bien, comme les autres, du pays où les couleurs ont cette couleur, où les poètes ont un visage de femme et les insignes des rois, sont aimés des oiseaux, connus de leurs chevaux, couverts de pierres précieuses et de roses, c'est-à-dire où c'est l'allégorie qui est la loi des existences.

Au[3] souvenir de ce que j'ai éprouvé devant ce Gustave Moreau, moi qui ai une impression comme celle-là en une année, j'envie les gens dont la vie est si bien réglée que chaque jour ils peuvent consacrer quelque temps aux joies de l'art. Par moments aussi, surtout en voyant combien ils sont à d'autres égards moins intéressants que moi, je me demande s'ils ne disent pas avoir si souvent ces impressions que parce qu'ils ne les ont jamais. Ceux qui ont une fois aimé savent combien les attachements faciles auxquels on donne le nom d'amours, sont inférieurs à l'amour véritable. Peut-être s'il était au pouvoir de tous d'être frappés par l'amour d'une œuvre d'art, comme il est au pouvoir de tous (il le semble du moins) d'être frappés par l'amour d'une personne d'un autre sexe (je parle du véritable amour), saurait-on de même combien le véritable amour pour une œuvre d'art est chose rare et combien les innombrables jouissances artistiques dont parlent les gens doués et d'une vie réglée harmonieusement, sont loin de cet amour.

Il n'y a de réel pour un écrivain que ce qui peut refléter individuellement sa pensée, c'est-à-dire ses œuvres. Qu'il soit ambassadeur, prince, célèbre, cela n'est rien. Que sa vanité d'homme le recherche[1], cela peut être funeste pour l'écrivain, mais peut-être sans cela se laisserait-il anéantir par la paresse ou abrutir par la débauche ou consumer par la maladie. Mais du moins, il devrait savoir que cela n'a pas de réalité littéraire. C'est ce qui me gêne dans Chateaubriand qui a l'air content d'avoir été un grand personnage. Même grand personnage littéraire, qu'est-ce que cela fait ? C'est une vue matérialiste de[2] la grandeur littéraire et par conséquent fausse, puisqu'elle est toute spirituelle. Pourtant, il fait belle figure et dans son charme il y a de la grandeur. Mais ce n'est pas parce qu'il était noble, mais parce qu'il avait l'imagination noble.

Les circonstances ne sont-elles rien? Il y a des moments où il semble que oui. Pourtant Rodenbach dit que Baudelaire a été Baudelaire parce qu'il a été en Amérique[3]. Pour moi les circonstances sont quelque chose. Mais une circonstance, c'est la chance pour un dixième et ma disposition pour neuf dixièmes. Ce Gustave Moreau vu un jour de dépaysement, de disposition à écouter les voix intérieures, m'a valu tout le voyage de Hollande fait vite, le cœur attentif mais fermé[4]...

[LE PEINTRE. OMBRES — MONET[1]]

Un amateur de peinture, de la peinture de Claude Monet et de Sisley par exemple, connaît et goûte forcément les rivières sillonnées par une voile entre leurs rives herbues, la mer bleue d'Antibes, les différentes heures du jour, certains aspects de Rouen où la cathédrale apparaît entre les maisons, profilant entre des toits plats et des murailles unies la flèche de son clocher et ses façades striées de nervures, de même que l'amant d'une chanteuse aime forcément le rôle de Juliette, d'Ophélie, qui sont les espèces sous lesquelles se manifeste à lui la créature qu'il adore. L'amateur de peinture, qui fera un voyage pour voir un Monet représentant un champ de coquelicots, ne fera peut-être pas une promenade pour aller voir un champ de coquelicots, mais cependant, comme ces astrologues qui avaient une lunette dans laquelle ils voyaient toutes les choses de la vie, mais qu'il fallait aller trouver dans une solitude car ils ne se mêlaient pas à la vie, ils ont[2] dans des chambres des espèces de miroirs non moins magiques appelés tableaux, et dans lesquels, si l'on sait, en s'éloignant un peu, bien les regarder, d'importantes parties de la réalité sont dévoilées. Nous sommes là, penchés sur le miroir magique, nous en éloignant, essayant de chasser toute autre pensée, tâchant de comprendre le sens de chaque couleur, chacune appelant dans notre mémoire des impressions passées qui s'associent en aussi aérienne et multicolore architecture que les couleurs sur la toile et édifient dans notre imagination un paysage; miroirs que viennent consulter des vieillards à longues barbes qui ne connaissent point le hâle du vent ni du soleil, mais qui s'enchantent à découvrir toutes ces vérités qui, d'ailleurs, ont comme matière le soleil, le vent, comme les amants d'une chanteuse connaissent l'auteur qu'elle admire et dont ils lui voient jouer les rôles. Un tableau de Monet nous fait aimer le pays qui nous y plaît. Il a beaucoup peint les bords de la Seine à Vernon. C'est assez pour nous pour aller à Vernon. Sans doute, nous pensons bien qu'il eût pu voir d'aussi belles choses ailleurs et que ce sont peut-être des circonstances de sa vie qui l'ont conduit là. N'importe. Pour faire sortir la vérité et la beauté d'un lieu, nous avons besoin de savoir qu'elle en peut sortir, que son sol est plein de dieux. Nous ne pouvons prier que dans un lieu consacré, en dehors de ces lieux où nous-mêmes, par des journées divines, nous eûmes des révélations. Sans doute, c'est non pas en nous une vaine idolâtrie de Monet, de Corot, qui aimera. Nous-mêmes aimerons. Mais avant d'aimer nous sommes timides. Il faut qu'on nous ait dit : là vous pourrez aimer, aimez. Alors, nous aimons. Les tableaux de Monet nous montrent dans Argenteuil, dans Vétheuil, dans Epte, dans Giverny l'essence enchantée. Alors, nous partons pour ces lieux bénis. Et ils nous montrent aussi la nourriture céleste que peut trouver notre imagination dans des choses moins déterminées, les rivières semées d'îles dans ces heures inertes de l'après-midi où la rivière est blanche et bleue des nuages et du ciel, et verte des arbres et des gazons, et rose des rayons déjà couchants sur les troncs des arbres, et dans la ténèbre éclairée de rouge des taillis de jardins où poussent les grands dahlias. Il nous fait adorer un champ, le ciel, une plage, une rivière comme des choses divines vers lesquelles nous voulons aller, comme des choses divines où nous sommes tant déçus d'apercevoir, se promenant dans le champ, marchant vite sur la plage, une dame serrant son châle, un homme et une femme se tenant par la main. Nous plaçons si haut les divinités que nous adorons que ce qui les rabaisse à des choses déjà connues nous désenchante. C'est de l'idéal que nous sommes épris. Nous croyons que le peintre va nous dire ce que c'est que tel lieu, personne mystérieuse à la vaste physionomie indéfinie de falaise, au regard de soir rougeoyant dans de la pluie jusque dans les eaux profondes de la mer, — et entre nous et cette personne nous voyons un couple qui s'interpose. Et nous qui croyons cette personnalité des lieux si mystérieuse que nous croyons le peintre tout entier dévoué à l'évoquer dans le silence sillonné des rumeurs marines de ces grèves, nous tombons de haut en le voyant ne l'avoir pas étudiée avec plus d'attention en somme que ce couple qui pourtant ne nous semble pas mystérieux et qu'il a mis aussi dans sa toile. Nous avions soif de lieux de la terre qui sont eux et qui ne sont pas d'autres, de grèves qui ne voient jamais qu'un certain coin de falaise et qui entendent tout le jour et toute la nuit les plaintes de la mer, de villes qui sont sur la pente d'une colline et qui ne voient qu'une rivière et l'été des bois de lilas; la vue des hommes incorporés à ces choses nous gêne, car nous ne voulions voir qu'elles, sans rapetissement. Telle est l'exigence de nos idéaux. Quand nous sommes enfants et que nous cherchons dans les livres la lune et les étoiles, la lune de *Picciola*[1] nous ravit parce que c'est un astre étincelant, et dans *Colomba* elle nous déçoit parce qu'elle est comparée à un fromage et qu'un fromage nous semble vulgaire et que la lune nous paraît divine. Et dans l'*Histoire d'un merle blanc* de Musset, tandis qu'il s'agit d'ailes blanches et de bec rose et de gouttelettes d'eau nous sommes charmés, mais dès que le merle blanc dit : « Madame la Marquise » à la colombe, ces hommes et ces femmes, — pour nous alors la vie, ce qui est laid, ce qui pour nous n'est pas la poésie — nous gênent et nous ôtent toute impression. C'est l'époque où nous n'aimons dans les musées que les tableaux de Gleyre[2] et d'Ingres, où nous avons besoin de formes admirables, de lunes comme un croissant d'argent sur un ciel semé d'étoiles, et où toutes les couleurs des *Noces de Cana* nous apparaissent aussi différentes du monde de la poésie et aussi vulgaires que les pans des manteaux sur la chaise ou les éclaboussures de vin sur la table...

NOTICES,
NOTES ET CHOIX DE VARIANTES

PASTICHES ET MÉLANGES

NOTICE

Dans *Pastiches et mélanges,* Proust a rassemblé des textes qui ont tous été publiés de 1900 à 1908, et qu'il qualifie à plusieurs reprises[1] du nom assez vague d' « articles ». Le volume, dont la publication avait été annoncée pour le 6[2], puis pour le 15 juin, finit par paraître dans la semaine commençant le 23 juin 1919[3], en même temps qu'*À l'ombre des jeunes filles en fleurs,* et une nouvelle édition de *Du côté de chez Swann*[4].

Il apparaît que la publication de *Pastiches et mélanges* fut en partie due à des difficultés d'ordre technique. Proust écrit en effet à Mme Straus, vers le mois de décembre 1918[5] : « Ce sont ces difficultés avec les imprimeurs qui font qu'en même temps que le deuxième volume de Swann je donne un volume de pastiches au lieu des troisième, quatrième, cinquième et sixième volumes de Swann tout prêts. Comme les ouvriers ont été presque tous mobilisés, la Nouvelle Revue Française

---

1. Dans la lettre à Georges de Lauris, nº LIV, août 1909, p. 181, (*À un ami,* Amiot-Dumont, 1948) et dans la lettre à Mme Straus, *Corr,* VI, nº CVIII, 31 juillet 1918, p. 206, P.-S.

2. Lettre à Jacques Rivière, Plon, 1955, nº XVII, 25 ou 26 avril 1919, p. 32.

3. *Première lettre à Robert de Flers,* fin juin 1919, dans *Souvenirs sur Marcel Proust,* de Robert Dreyfus, Grasset, 1926, p. 311.

4. Dans une note de la *Deuxième lettre à R. de Flers,* p. 314, R. Dreyfus (ouv. cité) rappelle les dates de l'achevé d'imprimer d'*À l'ombre des jeunes filles en fleurs* (30 novembre 1918), de *Pastiches et mélanges* (25 mars 1919) et de *Du côté de chez Swann* (14 juin 1919).

5. Lettre à Mme Straus, nº CXV, p. 224.

(mon éditeur) a pris pour moi deux imprimeurs, et elle laisse au même la série des Swann. » Effectivement, au mois de décembre 1918, après l'impression d'*À l'ombre des jeunes filles en fleurs,* et de 5 ou 6 « petits feuillets »[1] du *Côté de Guermantes* par la Semeuse (à Étampes), l'œuvre de Proust fut confiée à l'imprimeur Louis Bellenand, de Fontenay-aux-Roses, qui dans l'immédiat se chargea de *Pastiches et mélanges* et de *Du côté de chez Swann.*

C'est donc à la demande de Gallimard[2] que Proust fit un volume de ses « articles ». Mais, en fait, il songeait depuis plus de dix ans à une telle somme. Le 27 juillet 1907, il écrivait à Mme Guéritte : « Quant à la mienne elle est en effet moins littéralement ruskinienne que celle de *La Bible d'Amiens,* mais je crois qu'en soi elle vaut quelque chose, et l'autre pas beaucoup plus que rien. Dans un volume de *Mélanges,* si je retrouve jamais la force d'en assembler les parties déjà existantes, je ferai certainement figurer la préface de Sésame[3]... » Un peu plus tard, ce sont ses pastiches que Proust songe à grouper, comme il le confie au comte Robert de Montesquiou : « Tant que je ne pourrai pas travailler, j'ai l'intention d'écouler encore quelques pastiches faits l'année dernière, et je tâche de tout réunir[4]. » Ce projet se précise dans les mois suivants. Le 29 mai 1909, Proust écrit à son ami Fernand Gregh[5] : « Non, un volume pour les pastiches, ce serait excessif. Comme cela dans le journal, cela va. Peut-être j'en joindrai quelques-uns à un volume, si j'en fais. Mais pas rien que pour des pastiches. » Enfin il semble bien que, sinon l'existence, du moins la conception de ce volume ait été effective, s'il faut en croire une lettre de Proust à G. de Lauris, d'août 1909 : « Val[l]ette qui m'avait déjà refusé *Pastiches, Recueils d'articles,* etc., me refuse *Sainte-Beuve* qui restera sans doute inédit[6]. »

De 1910 à 1918, si l'on excepte une nouvelle intention de réunir « quelques articles en volume », dont l'article sur « Les éblouissements » et « Sur la lecture[7] », Proust est absorbé

---

1. Lettre à J. Rivière, nº XV, 21 ou 22 avril 1919, p. 27-28.

2. Voir sur ce point George D. Painter, *Marcel Proust,* Mercure de France, 1966, II, p. 351.

3. Lettre à Mme Guéritte, *Corr,* IV, p. 163-164.

4. Lettre à R. de Montesquiou, *Corr,* I, nº CLXXXVIII, janvier-février 1909, p. 204.

5. Fernand Gregh, *Mon amitié avec Marcel Proust,* Grasset, 1958, p. 139-140.

6. Lettre à G. de Lauris, nº LIV, p. 181, et nº LXIV, p. 206, juillet 1910.

7. Lettre à Mme de Noailles, *Corr,* II, nº XLIV, p. 192, et nº XLV, p. 195, février 1913.

par la *Recherche du temps perdu.* Ce n'est qu'après la guerre, et en raison des circonstances que nous avons évoquées, qu'il exhume ce projet de réunir les pastiches relatifs à l'affaire Lemoine, les deux préfaces à ses traductions de Ruskin, et trois articles publiés dans *Le Figaro* : « La mort des cathédrales », « Sentiments filiaux d'un parricide », « Impressions de route en automobile ». La première allusion précise à ce recueil se trouve dans une lettre du 18 juillet 1918 à son ancien éditeur Grasset, auquel il annonce l'envoi de *Pastiches et mélanges* et d'*À l'ombre des jeunes filles en fleurs*[1]. Toutefois, six mois plus tard, le volume n'est encore qu'en épreuves, ainsi que Proust le révèle à Walter Berry dans une lettre du 14 (ou du 21) janvier 1919[2]. C'est précisément à cet expert en droit international, président de la Chambre de commerce américaine de Paris, que fut proposée la dédicace de *Pastiches et mélanges.* Proust ne peut pas lui dédier *Swann* qui est, dit-il, entièrement fabriqué. Il hésite entre les *Pastiches et mélanges* et *Le Côté de Guermantes,* pour lequel ce serait « moins pressé, car on en est seulement aux premières épreuves ». Proust ajoute : « *Le Côté de Guermantes* me fait plus de plaisir à vous dédier parce que nous nous sommes connus par les Guermantes[3]. *Pastiches et mélanges* a son avantage aussi qui est de pouvoir vous témoigner plus tôt mes sentiments de reconnaissance et d'admiration. » Walter Berry accepta la dédicace de *Pastiches et mélanges,* dont Proust lui envoya le texte ainsi rédigé : *À M. Walter Berry, avocat et lettré qui, dès le premier jour de la guerre, devant l'Amérique encore indécise, a défendu avec une énergie et un talent incomparables, et a gagné, la cause de la France*[4].

Le contenu de ce volume risque de sembler quelque peu disparate. En effet, l'on discerne mal, à première vue, quelle parenté existe entre des pastiches, un récit d'excursion en automobile, une chronique consacrée à un parricide, et des textes étendus qui, de près ou de loin, commentent la vie, les goûts et les principes de John Ruskin. Que ces « articles » appar-

---

1. Lettre citée par Léon-Pierre Quint, dans *Comment parut « Du côté de chez Swann »,* Kra, 1930, p. 228.

2. Lettre à W. Berry, *Corr,* V, nº III, p. 9. (*Le Côté de Guermantes* fut dédié à Léon Daudet).

3. Sur les premières relations entre W. Berry et Proust, voir G. D. Painter, ouv. cité, II, p. 315.

4. Lettre à W. Berry, *Corr,* V, nº XXIV, février 1919, p. 49-50. Le texte définitif qui figure dans *Pastiches et mélanges,* p. 3, diffère très peu du texte cité ci-dessus : *depuis,* au lieu de : *dès; plaidé,* au lieu de : *défendu ; la cause de la France, et l'a gagnée,* au lieu de : *et a gagné, la cause de la France.*

tiennent tous à la même période ne suffit pas à établir entre eux un lien nécessaire. De cette « in-cohérence » apparente Proust lui-même était parfaitement conscient. Sur ce point nous possédons une lettre de lui à Lucien Daudet, qu'il avait chargé, comme Robert Dreyfus, de retrouver les coupures ou les références des pastiches publiés dans *Le Figaro :* « Je te remercie de tout cœur pour les *Pastiches* [...] Ce que tu me dis pour le titre est naturellement très beau [...]. Seulement d'une part je ne trouvais pas honnête d'établir un lien profond entre les choses que rien n'attachait ensemble dans ma pensée, les *Pastiches* et ces articles. Il est vrai que je pouvais ne pas voir alors ce lien. Celui qui réunit toutes nos actions, tous *[sic]* nos amours, tout ce qui dans le présent semble isolé et nouveau, n'est pas plus apparent. Mais en tout cas, le risque qu'un lecteur peu attentif puisse, même sans cela, insérer ce livre dans la suite du *Temps perdu,* ce risque est assez fâcheux et assez menaçant pour que je me borne au titre [...] qui sera moins un « titre » qu'une indication pratique et sautant aux yeux, qui évite la confusion. Aussi je dirai peut-être *" Pastiches et mélanges "* (*La Mort des cathédrales,* etc., en sous-titre[1]). »

Cette lettre met en évidence les scrupules, les inquiétudes littéraires de Proust, soucieux de ne pas « tromper » le lecteur sur la nature de son recueil et d'éviter qu'il ne le confonde avec sa grande création romanesque. En même temps, elle nous invite à rechercher quel est ce lien qui unit les articles, aussi profond, aussi secret que celui qui fait l'unité du devenir humain. En fait, les différents textes qui composent *Pastiches et mélanges* sont reliés les uns aux autres tantôt par de grands thèmes généraux, tantôt par des harmoniques plus subtils. Ces derniers, particulièrement décelables dans les *Mélanges,* sont d'ordre littéraire et moral. Religion de la beauté[2], philosophie du souvenir[3], action destructrice du temps[4], transfiguration de la réalité par le style[5], référence aux œuvres d'art[6], importance de la configuration des choses[7], tels sont les principaux motifs autour desquels, au-delà des titres évocateurs, s'articulent et se répondent les divers développements selon une structure en quelque sorte mélodique.

Entre les pastiches et les mélanges, les liaisons sont d'un ordre différent. Elles se situent d'abord au niveau de la cri-

1. Lettre nº LV à Lucien Daudet, *Cahiers M. Proust, V,* été 1918, p. 220-222.
2. P. 110.
3. P. 141, 151.
4. P. 141, 151.
5. P. 63-65, 157.
6. P. 67-69, 157.
7. P. 112.

tique. Si Proust en effet se livre aux pastiches, c'est « par paresse de faire de la critique littéraire, amusement de faire de la critique littéraire en action[1] ». Le pastiche n'est au fond que la conclusion naturelle d'une lecture avertie, qui doit se proposer pour but (mais qui utilise aussi comme moyen) la découverte des traits généraux par lesquels les écrivains se distinguent les uns des autres. C'est pourquoi il importe peu qu'un pastiche soit prolongé; ces traits généraux, en permettant « au lecteur de multiplier à l'infini les ressemblances, dispensent l'auteur de les additionner[2] ». Mais les préfaces aux traductions de Ruskin, elles aussi tendent d'une certaine manière à reconstituer, au moyen de ses dominantes, la « singulière vie spirituelle[3] » d'un écrivain. La différence est qu'il ne s'agit plus là d'une création, comme dans les pastiches, mais d'une traditionnelle analyse critique.

En fait, le titre de *Mélanges,* auquel Proust songeait depuis une dizaine d'années, conviendrait plutôt à l'ensemble du volume. Il s'agit bien, dans les deux parties du recueil, de mélanges esthétiques et critiques, dans lesquels l'auteur d'*À la recherche du temps perdu* pose et résout en termes complémentaires le double problème de l'intercession et de la création artistiques. Les pastiches ne servent pas uniquement à faire la preuve qu'un lecteur — ou un critique — a compris l'œuvre d'un grand écrivain. Ils témoignent à leur manière de l'admiration que ce dernier doit normalement susciter puisqu'il apprend aux autres à découvrir une vérité qui se situe au-delà des livres, la vérité qui est en eux-mêmes. Ainsi John Ruskin a appris à Proust à comprendre la symbolique des cathédrales. Il lui a fait comprendre aussi ce que n'était pas la lecture, une conversation amicale avec d'honnêtes gens et des esprits supérieurs. La lecture, dit Proust, est une « incitation[4] ».

Cette finalité de la lecture nous fait rejoindre des idées qui ont été largement reprises et développées dans *À la recherche du temps perdu,* qui, dans *Pastiches et mélanges,* ne sont qu'énoncées ou suggérées. La seule réalité est la réalité artistique. Qu'il s'agisse du parricide de Henri Van Blarenberghe, du « rituel » spectaculaire du catholicisme, ou du petit homme de

1. Lettre du 18 mars 1908 à R. Dreyfus, p. 230 (ouv. cité).

2. Lettre de Proust à Jules Lemaitre, communiquée à Paul Souday par Mme Myriam Harry (*Corr,* III, p. 101).

3. P. 76, note *.

4. P. 180. Les variantes manuscrites de ce passage prouvent que Proust était obsédé par l'expression rigoureuse de cette idée. (Pour la discussion sur « initiation » et « incitation », voir n. 2 de la page 178 et n. 3 de la page 180. Pour les idées sur la lecture, voir présentation de la Préface de *Sésame et les lys : Journées de lecture, PM,* p. 160.)

pierre de la cathédrale de Rouen, seule l'éternisation confère leur véritable valeur aux choses d'ici-bas. La vérité, c'est ce qui échappe au pourrissement, et elle ne peut lui échapper que par le style, étant bien entendu que le style est moins une question de technique que de vision.

Ainsi semble se reconstituer la célèbre chaîne de Magnésie décrite par Socrate dans *Ion,* et que Proust nous présente sous le schéma suivant : réalité, génie créateur, réalité transfigurée, lecteur. Les pastiches, Ruskin, Blarenberghe, les cathédrales, autant de prétextes, quand ce ne sont pas des repoussoirs — pour illustrer d'une manière personnelle, intime presque, souvent pathétique, la confusion « *de l'esthétique et de l'existentiel*[1] ».

YVES SANDRE.

NOTE SUR LE TEXTE

Pour *Les Plaisirs et les jours* et les *Mélanges,* nous avons transcrit les variantes les plus intéressantes que fournissaient les manuscrits. Avec les *Pastiches,* le problème se présentait d'une manière toute différente. Pour que leurs variantes eussent leur pleine signification, il aurait fallu les relever dans leur totalité, étant donné l' « écriture » du pastiche, qui procède par approches et retouches subtiles. Une telle fidélité aux manuscrits, brouillons et placards très nombreux, eût considérablement alourdi l'apparat critique. Il n'est que de parcourir l'édition de Jean Milly, qui approche les 400 pages, pour s'en convaincre. En revanche, nous avons indiqué les variantes du *Figaro,* qui feront ressortir quelles modifications, quels enrichissements Proust a apportés aux textes publiés de 1904 à 1909. En ce qui concerne les pastiches non publiés par Proust, nous avons transcrit certaines variantes manuscrites étendues, et donné celles qui permettaient de justifier des leçons particulièrement difficiles à établir.

SIGLES POUR LA SECTION « PASTICHES ET MÉLANGES »

PM *Pastiches et mélanges* (édition de 1919). Ce sera notre édition de base. Nous n'y apporterons des corrections que lorsque la leçon de 1919 sera clairement fautive.

1. Expression utilisée par Serge Doubrovsky dans *Pourquoi la nouvelle critique,* Mercure de France, 1968, (IIe partie, p. 67).

BA	*La Bible d'Amiens* (préface et traduction de M. Proust, 1904).
SL	*Sésame et les lys* (préface et traduction de M. Proust, 1906).
Dact	*Dactylographie* (d'« *Impressions de route en automobile* », vol. XLIV, et de la traduction de *SL*, vol. XLIX).
Epr	*Épreuves* (de la préface de *SL*, vol. L et LI, et de *PM*, vol. LIII).
Av Pro	*Avant-Propos* (Ire partie de *BA*).
MF	*Mercure de France.*
Fig	*Le Figaro.*
GBA	*La Gazette des Beaux-Arts.*
RL	*La Renaissance latine.*
Corr	*Correspondance générale de M. Proust* (t. I à VI).
TR	Marcel Proust, *Textes retrouvés* (Philip Kolb, Université de l'Illinois, 1968).
Chro	*Chroniques (Gallimard, 1927).*

Page 3.

1. Américain expert en droit international, ami de Proust (cf. Lettres à W. Berry, *Corr,* t. V).

PASTICHES

Page 5.

1. Les neuf pastiches rassemblés par Proust dans *Pastiches et mélanges* ne représentent qu'une part de son « mimétisme » littéraire. Nous avons signalé, à propos des *Plaisirs et les jours,* que bon nombre des études ou nouvelles dont se compose ce recueil étaient des pastiches plus ou moins poussés, plus ou moins conscients, de La Bruyère, de Flaubert, de Baudelaire, et autres classiques français[1]. En outre, Proust a évoqué l'affaire Lemoine à la manière de Ruskin, de Maeterlinck, de Chateaubriand, de Sainte-Beuve (2e pastiche), en des textes inédits ou publiés après sa mort[2]. Deux lettres ont été composées par Proust dans le style de Montesquieu (sans rapport avec l'affaire Lemoine). Enfin sa correspondance, surtout celle qu'il a échangée avec R. Hahn, renferme d'innombrables pastiches ou esquisses de pastiches allant de Paul Souday à Mallarmé en passant par Faguet, Taine, la comtesse Greffulhe et Mme de Noailles. Cette disposition se manifeste concrètement — au

---

1. Jean Milly, dans son article « Les pastiches de Proust » (*Le Français moderne,* n° 2, avril 1967, p. 125), y a même relevé des souvenirs d'*À Rebours,* de Huysmans. Nous utiliserons largement cette étude, avec l'amicale autorisation de l'auteur.

2. Cf. le texte de ces pastiches dans l'Appendice.

moins dans les lettres — jusqu'en 1914. On peut donc dire que Proust a composé des pastiches pendant vingt ans, et qu'il a pastiché des écrivains de toute nature et de toute tendance. Ajoutons qu'à l'occasion son talent pouvait s'exercer dans le domaine musical (pastiche de *Pelléas et Mélisande*, où il parodie à la fois le style du livret et la manière de Debussy) et plastique, comme nous le révèle une lettre de mai 1906 à R. Hahn[1], dans laquelle il dit avoir perdu trente dessins « qui constituaient une critique hardie des diverses écoles de peinture ». Proust ajoute : « Par exemple j'essayais d'imaginer ce qu'eût été une *Présentation au temple* chez les divers peintres des diverses époques. » Une telle constance, une telle variété incitent évidemment à se poser des questions[2].

Si l'on veut comprendre exactement à quoi correspond la tendance, fondamentale chez Proust, à imiter le style d'autres écrivains, il convient de distinguer le mécanisme et la fonction du pastiche. Nous avons tenté, dans la présentation des *Pastiches et mélanges,* de préciser le lien, voulu et aperçu par Proust en 1918, entre un genre bien défini, possédant ses lois propres, et des essais esthétiques où la personnalité du traducteur de Ruskin affleurait avec plus ou moins de netteté. Mais il s'agissait là d'une sorte de finalité attribuée après coup, par Proust, à des exercices qu'il avait d'abord entrepris pour des raisons complexes, à la fois littéraires et morales.

Selon le dictionnaire de Robert, le pastiche « est une œuvre littéraire ou artistique dans laquelle l'auteur a imité, contrefait la manière, le style d'un maître [...] le plus souvent par jeu, exercice de style ou dans une intention parodique, satirique[3] ». Cette définition, parfaitement claire, nous permet de déceler tout de suite dans quelle mesure elle est insuffisante en ce qui concerne Proust. Ce dernier, en effet, ne peut-être considéré comme un « amateur » qui parodierait pour se divertir. Son « mimétisme » est « critique et créateur[4] ». Les pastiches proustiens sont d'une qualité bien supérieure à ceux de Paul Reboux et Charles Müller[5], parce qu'ils ne sont pas seulement une parodie facile, un peu grosse parfois, mais parce qu'ils « révèlent une exploitation systématique et parfaitement

1. N° XLVIII, p. 80 (Gallimard, 1956).

2. Ces notes étaient déjà rédigées quand fut publiée l'édition critique et commentée des *Pastiches* par Jean Milly (chez A. Colin). Nous renvoyons le lecteur à cet ouvrage aux qualités exceptionnelles de rigueur et de richesse.

3. Définition citée par J. Milly (*Le Français moderne,* n° 1, janvier 1967, p. 36).

4. Jean Milly, art. cités, n° 1, p. 33.

5. *À la manière de...,* publié en 1908.

consciente d'une structure littéraire et stylistique[1] ». J. Milly a eu recours aux « fonctions » de Jakobson pour démonter minutieusement le mécanisme des pastiches de Proust. Les conclusions auxquelles aboutit son analyse sont du plus grand intérêt[2]. « Le pasticheur interprète comme une structure des faits redondants du modèle et [...] grâce à l'artifice d'un nouveau référent, il reconstruit cette structure plus ou moins fidèlement, selon l'effet qu'il veut produire sur le lecteur. » Grâce au référent « explicite » (en l'occurrence l'affaire Lemoine), les pastiches apparaissent « comme des variations sur un même thème, soulignant ainsi les différences qui existent entre les modèles dans les genres pratiqués, les thèmes favoris, les tendances esthétiques, l'organisation du contenu, les modes d'expression ». Le référent « indirect », lui, renvoie le lecteur « à des systèmes complexes et développés : les œuvres des pastichés, dans tous leurs aspects idéologiques et formels » (par exemple la société balzacienne, la conception artiste des Goncourt, le symbolisme de Régnier, l'emploi des articles, des temps, les groupements ternaires chez Flaubert). Proust pousse le raffinement jusqu'à imaginer des renvois et des facéties (voir pastiches de Sainte-Beuve et de Faguet) révélant son intention de provoquer le sourire par la caricature, qui existe dans l'expression et dans le contenu. On reconnaît là le procédé déjà connu de la déformation : concentration de traits[3], la « disparité burlesque entre les caractères réels d'un objet et l'attitude mentale adoptée pour le décrire », les anachronismes. C'est en ce point que le pastiche rejoint la critique.

Au niveau du style, il y a pastiche lorsqu'il y a « reconnaissance » d'un trait propre au modèle qu'on a annoncé au lecteur, qui est donc prévisible. Une telle reconnaissance est facilitée par « l'appartenance [...] des schémas d'expression empruntés à ce qu'on est traditionnellement convenu d'appeler la langue d'auteur ». Mais, dans le vrai pastiche, le lecteur perçoit en même temps une ressemblance et une différence, cette dernière provenant d'une concentration insolite de « figures propres au modèle ». Il y a donc discordance entre forme et contenu, il se produit un véritable « déraillement de l'expression ». Finalement, dans cette « inflation verbale », dans cette « invention[4] » se combinent deux styles, celui du

---

1. J. Milly, art. cités, n° 1, p. 33.

2. J. Milly, art. cités, n° 1, p. 36 à 52.

3. Cf. la note curieuse et significative, note *, p. 175-176, où Proust « fond » certaines beautés de Gautier en une seule.

4. Dans une lettre du 23 mars 1908 à R. Dreyfus (*Souvenirs*, p. 233-234), Proust « trouve » aberrant « extrêmement Renan ». Il ajoute : « Je ne crois pas que Renan ait jamais employé le mot.

« pasticheur » et celui du « pastiché[1] ». Mais on peut se demander si, dans le cas qui nous occupe, la part du pasticheur n'est pas plus importante que celle du pastiché.

Nous avons plus d'une preuve que la personnalité profonde de Proust est intervenue à tous les niveaux dans la rédaction de ses pastiches. Ils s'expliquent d'abord par le tempérament et les dispositions particulières de l'écrivain. Caractérologiquement, c'est un « émotif-non-actif-secondaire », d'une sensibilité exceptionnelle, encore renforcée par une polarité vénusienne très nette, qui apparaît dans une extrême perméabilité à toutes les influences. Ne disons pas que Proust s'adonne aux pastiches parce qu'il est homosexuel, mais disons que son inversion et sa tendance au pastiche sont les symptômes concordants d'un état de « dés-équilibre » psychosomatique. Précisément, Proust aspire à se débarrasser, à se délivrer de cette tendance, fâcheuse pour un écrivain, à enregistrer trop profondément les influences étrangères. Sur ce point, il est catégorique. Il s'en est expliqué très clairement dans une lettre à Ramon Fernandez[2] : « Le tout était surtout pour moi affaire d'hygiène; il faut se purger du vice naturel d'idolâtrie et d'imitation. Et au lieu de faire sournoisement du Michelet ou du Goncourt en signant (ici les noms de tels ou tels de nos contemporains les plus aimables), d'en faire ouvertement sous forme de pastiches, pour redescendre à ne plus être que Marcel Proust quand j'écris mes romans[3]. » Nous avons donc affaire à une véritable « catharsis ». Mais la distance que Proust veut prendre par rapport aux écrivains qu'il imite signifie à la fois qu'il les connaît bien et qu'il cherche à prendre conscience de lui-même sur le plan de la création littéraire. Quand il règle « son métronome intérieur[4] », quand il distingue dans chaque écrivain « l'air et la chanson[5] », en même temps qu'il découvre le génie de l'autre, il découvre le sien propre. Le pastiche est donc pour Proust un exercice préliminaire à sa création personnelle. Si l'on replace celle-ci dans l'histoire, on peut faire deux remarques significatives. D'une part, Proust a écrit ses pastiches à un moment où, après l'échec technique de *Jean Santeuil* (mais lui seul s'en était rendu compte à l'époque) et la médiation ruskinienne, il était en quête d'une esthétique et

---

Si je le trouvais dans son œuvre, cela diminuerait ma satisfaction de l'avoir inventé... »

1. Ici s'achèvent les emprunts à la Ire partie de l'article de J. Milly.

2. Lettre de 1919, publiée par *Le Divan* d'octobre-décembre 1948.

3. La même « thérapeutique » est reprise par Proust dans *À propos du style de Flaubert* (cf. p. 594).

4. Lettre à R. Dreyfus du 23 mars 1908 (*Souvenirs*, p. 234).

5. *Contre Sainte-Beuve*, (Gallimard, 1954) p. 303.

d'une « expression » efficaces. Or chacun sait quelle vertu existentielle possède pour lui l'esthétique. D'autre part, il a révélé[1] qu'à cette date, il avait entrepris des études critiques[2] qui, sur les mêmes auteurs, devaient correspondre aux pastiches. Tout se passe comme si Proust avait entrepris de se forger, par élimination et réflexion, un instrument stylistique qui ne dût rien à ses illustres modèles.

Cette volonté « séparatiste » apparaît à plein dans certaines confidences de ce pasticheur de génie qui, à peine délivré, s'empresse de renier un exercice cependant salutaire. À la princesse Bibesco, il écrit en mars 1908 (ou 1909) : « Je suis l'ennemi de tout pastiche, excepté quand il est voulu, et encore[3]. » Robert Dreyfus, qui manifestait à l'endroit des fameux pastiches un enthousiasme excessif, reçoit une confidence plus énergique : « M... pour les pastiches[4]. » Proust annexe à la même lettre un pastiche inédit de Taine, ainsi intitulé : « Explication par M. Taine des raisons pour lesquelles tu me rases à parler des pastiches. » Beaucoup plus sereine — car elle est plus éloignée des sources d'imitation — apparaît une lettre adressée en janvier-février 1915 à G. de Lauris[5], lettre dont je crois intéressant de citer les passages essentiels : « Remerciez bien Gide de sa bienveillance pour mes pastiches. Je crois que le petit agrément qu'on peut y trouver tient plutôt à des qualités (si ce n'est pas trop dire) de mon caractère que de mon intelligence. Une de ces " qualités " est que ne cherchant pas à " briller ", je verse généreusement dans ces pastiches des choses dont un meilleur administrateur de ses biens préférerait avoir l'honneur personnel et la signature[6] [...]. Une autre qualité, c'est que ne prenant jamais, même inconsciemment, le bien d'autrui, je ne fais jamais de pastiches plus ou moins involontaires dans mes œuvres. Cela me donne plus de plénitude et de gaieté quand j'en fais ouvertement. »

Une telle honnêteté intellectuelle, une telle lucidité emportent l'adhésion. Avec J. Milly, nous pouvons donc conclure que les pastiches ont préparé « les voies du roman à venir[7] », sans pour autant imposer leurs lois à la grande œuvre romanesque.

---

1. Lettre citée à Ramon Fernandez (cf. note 2, p. 690).

2. Ces études ont été dispersées dans le *Contre Sainte-Beuve* ou reprises en des articles plus développés.

3. *Corr*, V, nº 1, p. 139.

4. Lettre de juillet 1909, *Souvenirs*, p. 253.

5. Lettre nº LXXIX, p. 243-244.

6. Cf. le passage cité de *À propos du style de Flaubert*, et la lettre à R. Fernandez.

7. J. Milly, art. cités, nº 2, p. 141. Dans l'introduction de son édition critique des *Pastiches* (p. 36 à 50), J. Milly a repris en pro-

Les critiques de l'époque furent séduits par les *Pastiches*. Seul André Billy, dans *L'Œuvre* du 26 août 1919, se livra, sans faire d'allusion précise aux *Pastiches et mélanges*, à un réquisitoire assez acerbe contre l'œuvre de Proust. Les autres chroniqueurs admirèrent unanimement la réussite de l'écrivain dans un genre qu'il était injuste de décrier. Dans *Le Gaulois* du 18 octobre 1919, Claude Carpentier s'exprimait ainsi : « On comprend mal l'espèce de suspicion qui frappe, aux yeux des gens qualifiés sérieux, un genre de littérature tout à fait spirituel et charmant. » En général, Proust fut déclaré supérieur aux autres « pasticheurs », entre autres par Henri Vianat (*Les Échos parisiens*, 5 octobre 1919) : « Le pastiche qui n'est pas une caricature n'est qu'un pensum. S'appliquer, par le moyen d'une mosaïque littéraire, à démarquer plus ou moins habilement un auteur connu pour construire sur le gabarit de sa poétique ou de sa prosodie un calque peu réjouissant, la belle affaire ! Le *Victor Hugo* de M. Jean Pellerin[1] ne m'amuse ni me satisfait : il est trop plein de vers de Victor Hugo. Il ne s'agit pas de faire ressemblant : il faut faire drôle. Un bon pastiche doit valoir une page de critique[2]. » Claude Carpentier, lui, compara les *Pastiches* de Proust au livre de P. Reboux et Ch. Müller : « *À la manière de...* a prodigieusement amusé une foule de lecteurs. Les *Pastiches* que M. Marcel Proust vient de publier ont un mérite plus sérieux encore et pénètrent plus profondément dans le génie des œuvres qu'ils imitent. Le pastiche de Renan est, à sa manière, un chef-d'œuvre et fait longuement penser ; celui de Saint-Simon est une complète réussite. » Abel Hermant (*Le Figaro*, 3 août 1919), pastichant lui-même un dialogue de Platon, se livra à une très fine analyse du genre et de la réussite de Proust, dont les pastiches lui semblaient « des œuvres d'art ». [Les moindres auteurs de pastiches] « se bornent à imiter quelques façons d'écrire de leurs modèles,

---

fondeur l'analyse précise des lois communes qui président à la *Recherche* et aux pastiches : inflation verbale, distance à l'égard de soi-même, superposition des moments distincts, niveaux de temps, décomposition et recomposition du donné, principe de la métaphore. À ces vues ingénieuses et fortes, on pourrait simplement opposer que dans les pastiches il s'agit d'un donné littéraire, et dans la *Recherche* d'un donné vécu, pensé ou imaginé, qui attend son élaboration. J. Milly lui-même reconnaît que les rapports entre les deux œuvres n'existent qu'au niveau d'aspects particuliers et que les « formes d'expression des deux œuvres ne sont guère comparables ».

On lira avec intérêt et profit (Introduction, p. 41-42) le parallèle entre les pastiches de Proust et ceux de Paul Reboux et Müller.

1. Jean Pellerin, *Le Copiste indiscret* (Albin Michel), juin 1919.
2. C'est très exactement la conviction de Proust.

quelques manies et les ridicules les plus apparents. L'œuvre qu'ils font ainsi ne laisse pas d'être plaisante, mais elle n'a point de portée [...]. Mais [le poète Proust] imite si prodigieusement ces grands hommes dont il usurpe non seulement le style, mais la plus intime pensée, que pour un instant il les égale ». Paul Souday (*Le Temps,* 1er janvier 1920) fut plus bref, mais tout aussi subtil et empli d'admiration. Enfin dans une lettre à Proust[1], R. de Montesquiou, affirmant la supériorité de son ancien admirateur sur La Jeunesse[2], Müller et un troisième pasticheur[3], proclamait dès la première phrase : « Vos " pastiches " sont une merveille de réussite, mieux, un miracle du genre.»

Nous citerons à titre de divertissement le court article consacré par Aragon (*Littérature,* nº 7, septembre 1919) aux *Pastiches et mélanges :* « Quel dactylographe ! L'auteur fait aussi bien marcher la machine à écrire Balzac que celles de toutes les autres marques qu'il essaye, de la Faguet à la Saint-Simon. Le jeu risquait d'être vulgaire, mais à découvrir le mécanisme de tant d'esprits il y a tant d'ingéniosité qu'on s'émerveille par la suite quand Marcel Proust pastiche Marcel Proust, à trouver si peu de génie à qui montra de tels talents.

« À vrai dire, mon estomac supporte mal les mélanges[4]. »

Nous ne resterons pas sur ces paradoxes révélateurs, sur cette boutade au reste sympathique. Les *Pastiches* nous apparaissent maintenant encore comme une réussite exceptionnelle, fondée sur une intuition et un goût peu communs. Exercices d'esthète et de dilettante, peut-être. Exercices qui, en tout cas, permettent de prendre distance avec la « chose littéraire ». C'est ainsi que l'on prévient la sclérose, ou l'hérésie.

---

1. Datée d'octobre 1919 (récemment publiée et annotée par M. Kolb dans *BSAMP,* nº 19, 1969, p. 793-798).

2. Ernest La Jeunesse, *Les Nuits, les ennuis et les âmes de nos plus notoires contemporains* (pastiches) [1896].

3. Dont il a oublié le nom, mais qui est sans doute Jean Pellerin (voir n. 1, p. 692).

4. Dans le même numéro de *Littérature,* immédiatement après l'article consacré à Proust, Aragon parle en ces termes du *Copiste indiscret* de Jean Pellerin : « Si on jouait à écrire ? Le pastiche est un passe-temps comme un autre, pour le pédant, le critique, le pion ou le collégien : vous ou moi. Le copiste tire la langue : est-ce application ou espièglerie ? Je sais seulement qu'il vaut mieux que beaucoup de ses modèles. »

L'AFFAIRE LEMOINE

Page 7.

1. Lemoine, ingénieur électricien français, avait extorqué 64 000 livres sterling à sir Julius Wernher, président de la De Beers, à la suite d'expériences truquées, en lui faisant croire qu'il pouvait fabriquer d'authentiques diamants. Lemoine voulait ainsi faire baisser les cours de la De Beers et en racheter les actions à un prix intéressant. Sir Julius Wernher, enfin détrompé, poursuivit Lemoine qui fut interrogé le 9 janvier 1908. Au début de cette affaire, Proust, qui possédait des De Beers, avait été un peu inquiet. Mais, voyant la tournure que prenaient les événements, il fut séduit par le côté « balzacien » de l'affaire Lemoine — (on pense à Balthazar Claës, encore que l'inventeur de Balzac fût un illuminé et non un escroc) — et il décida de la prendre pour thème d'une série de pastiches. Les « exercices » de Proust sont plus proches de ceux de R. Queneau — de véritables variations stylistiques — que des pastiches de P. Reboux et Ch. Müller.

2. *Fig :* la note manque.

I. DANS UN ROMAN DE BALZAC

3. Ce pastiche parut dans *Le Figaro (Supplément littéraire)* du 22 février 1908 (1).

4. *Fig :* « et de Grandlieu faisaient cercle ». La plupart des noms cités par Proust figurent dans *Les Secrets de la princesse de Cadignan* (cf. Pléiade, t. VI, p. 14).

Page 8.

1. Le maître de Bianchon, que Balzac a conçu en s'inspirant de Dupuytren (sur Desplein, voir en particulier *La Messe de l'athée,* Pléiade, t. II).

2. La marquise d'Espard, née de Blamont-Chauvry.

3. Diane de Maufrigneuse, princesse de Cadignan.

Page 9.

1. *Fig:* «que le bagne? [p. 8, l. 25]. — Imaginez-vous, s'écria le grand homme avant même » Paddy (ou Joby, ou Toby) est un petit Irlandais, ramené de Londres par Godefroid de Beaudenord, qui en fit son groom (ou tigre). L'épithète « feu » est employée par Balzac pour évoquer la ruine du noble. (Cf. *Les Secrets,* Pléiade, t. VI, et *La Maison Nucingen,* t. V.)

2. *Fig :* « St Germain ». « Imaginez-vous, répéta-t-il avec cet enthousiasme »

3. *Fig :* « à Félix de Vandenesse ce regard ». *PM :* « Galathione »*

Page 10.

1. *Fig :* « des parvenus *[p. 9, dernière ligne]* (le célèbre financier »

2. Écrivain et diplomate français (né en 1888) (voir Préface à *Tendres stocks,* par M. Proust (p. 606 de ce volume) et *Le Visiteur du soir,* de P. Morand).

3. *Fig :* « à la marquise. Et se tournant vers la belle Nègrepelisse avec cet effrayant sang-froid »

4. *Fig :* « du diamant. Mais j'aurais cru qu'on en avait toujours fabriqué, répondit naïvement la marquise. Mme de Cadignan eut alors un regard sublime. Seul Raphaël »

Page 11.

1. L'Allemagne considérait comme inexistante les conventions franco-britannique et franco-espagnole au sujet du Maroc. Comme dans d'autres pastiches, Proust joue volontairement sur les anachronismes.

2. Delcassé (1852-1923), ministre des Affaires étrangères depuis sept ans, démissionna le 6 juin 1905.

3. *Fig :* « depuis (voir *Splendeur et misère des courtisanes*). La France ne fut alors sauvée »

4. *Fig :* « après Napoléon (voir la famille Beauvisage). Encore »

Page 12.

1. *PM :* « Spalanzani »*

2. Concini, né à Florence, mort à Paris en 1617. Il exerça une grande influence dans les conseils du gouvernement, et fut Premier ministre de fait de 1614 à 1617, date à laquelle Louis XIII le fit appréhender et massacrer non loin du Louvre. Son épouse, la Galigaï, fut exécutée pour sorcellerie.

3. Imposteur qui se fit passer pour Pierre III de Russie (1726-1775).

4. Le comte et la comtesse de La Motte furent les héros de l'affaire du Collier de la Reine. Mme de La Motte (1756-1791), condamnée et emprisonnée, s'évada en 1787 et se réfugia en Angleterre, d'où elle écrivit des pamphlets virulents, avec l'aide de Calonne, ancien ministre de Louis XVI, lui aussi exilé.

5. *Fig :* « Gœthe. Certes »

6. Les allusions contenues dans ce dernier paragraphe sont empruntées à *Une double famille* (Pléiade, t. I) et à *Une fille d'Ève* (t. II).

Pour mieux comprendre l'idée que Proust se fait du style des auteurs qu'il tente « d'imiter » de l'intérieur, on pourra se reporter aux *Essais et articles*.

II. L'AFFAIRE LEMOINE PAR GUSTAVE FLAUBERT

7. Ce pastiche parut dans *Le Figaro (Supplément littéraire)* du 14 mars 1908 (V).

Page 15.

1. *PM :* « amortît »*. Il semble plus logique, et plus conforme aux habitudes d'écriture de Flaubert, de rétablir le présent de l'indicatif, qui donne à la proposition relative une valeur de généralité. Je dois cet éclaircissement à J. Milly.
2. Cf. *Du côté de chez Swann,* Pléiade, t. I, p. 172 et *Le Côté de Guermantes,* t. II, p. 13.

Page 16.

III. CRITIQUE DU ROMAN
DE M. GUSTAVE FLAUBERT
SUR L'« AFFAIRE LEMOINE »
PAR SAINTE-BEUVE
DANS SON FEUILLETON DU « CONSTITUTIONNEL »

1. Ce pastiche parut dans *Le Figaro (Supplément littéraire)* du 14 mars 1908 (VI).

Page 17.

1. *Fig :* « de pitre, une robe »

Page 18.

1. *Fig :* « la considération, on l'acquiert — et nous savons »

Page 19.

1. *Fig :* « des scènes de la vie parisienne »
2. Chef numide, rival de Mâtho, dans *Salammbô.*
3. Schahabarim : grand prêtre de Tanit, dans *Salammbô.*
4. Épouse du baron Hulot, un des personnages principaux de *La Cousine Bette.*
5. Héroïne du *Lys dans la vallée.*
6. Fille de Balthazar Claës, épouse d'Emmanuel de Solis, dans *La Recherche de l'absolu.*

Ces trois femmes incarnent chez Balzac l'abnégation totale.

7. *Fig :* « bien connu, si on leur avait dit »

Page 20.

1. *Fig :* « est reprise [*p. 19, dernière ligne*], l'avocat »

2. Jurisconsulte, magistrat et homme politique français (1800-1876). Il y est fait allusion dans *Le Côté de Guermantes,* Pléiade, t. II, p. 592.

3. *Fig :* « au talent près. *(alinéa)* Mais l'action se motive »

4. *Fig :* « permis d'aller vivre au loin »

5. Virgile, *L'Énéide,* ch. IX, v. 212. La citation complète : « *tua vita dignior ætas* » (ton âge est plus digne de la vie) fait partie de la réponse de Nisus à son compagnon Euryale.

6. *Fig :* « à haute voix, présenterait »

Page 21.

1. *Fig :* « faisait bien. M. de Chateaubriand »

2. *Fig :* « pour toujours, et, comme disait »

3. Écrivain français (1754-1824), auteur de *Pensées* d'une grande finesse, à ne pas confondre avec Joubert Pierre-Antoine (1728-1792), grammairien, professeur de Stendhal.

IV. PAR HENRI DE RÉGNIER

4. Ce pastiche parut dans *Le Figaro (Supplément littéraire)* du 6 mars 1909 (VIII) (voir la critique de *Tel qu'en songe* (p. 354) et l'article sur H. de Régnier, p. 502). Proust à la fois admirait cet écrivain, avec lequel il se sentait des affinités de style, et lui reprochait son goût des complications inutiles.

5. *Fig :* « leur face, les feux roses et verts du couchant semblent teindre l'autre. Nous »

Page 23.

1. Pour ce détail, voir *Du côté de chez Swann,* Pléiade, t. I, p. 12 et p. 158.

2. Adjectif formé sur « spagirie », nom ancien de la chimie. Le spagirique est l'alchimiste.

Page 24.

V. DANS LE JOURNAL DES GONCOURT

1. Ce pastiche parut dans *Le Figaro (Supplément littéraire)* du 22 février 1908 (IV) [cf. le pastiche du *Journal* des Goncourt dans *Le Temps retrouvé,* Pléiade, t. III, p. 708 à 717].

2. Ami de Proust, fils d'Alphonse Daudet (voir son ouvrage : *Autour de soixante lettres de Marcel Proust,* Gallimard, *Les Cahiers Marcel Proust,* V, 1929, et les chroniques que Proust a consacrées au *Prince des cravates* et au *Chemin mort*).

3. *Fig :* « artiste, être malgré tout »

4. *Fig :* « nous jette qu'un certain Lemoine »

5. Léon Daudet, fils aîné d'Alphonse Daudet (1868-1942), romancier et pamphlétaire.

Page 25.

1. Ganderax (1855-1940) : critique à *La Revue des Deux Mondes,* puis directeur de *La Revue de Paris* (voir l'article de Proust dans *Le Banquet,* nº 1, mars 1892, et la lettre nº CLXIV à R. Hahn, p. 246, et n. 37).

2. Roman de Lucien Daudet, paru en 1909, chez Flammarion. Voir, dans la section *Essais et articles,* p. 550, la critique que Proust lui a consacrée. L' « embué » (ou « embu ») : nom donné aux taches dans un tableau dont les couleurs sont devenues ternes.

3. *Fig :* « sa fortune *[p. 24, l. 31].* Je quitte »

4. *Fig :* « du Japon qui me dit aimablement avoir été »

5. Roman d'Edmond de Goncourt, paru en 1877.

Page 26.

1. Pélagie Denis, gouvernante des Goncourt, qui fait parfois penser à la Françoise de Proust.

2. Célèbre prestidigitateur, ce qui rend saisissante la formule prêtée aux Goncourt.

3. Rodenbach (Georges) [1855-1898] : poète et romancier belge, qui fut l'ami d'E. de Goncourt.

4. Sarcey (Francisque) [1827-1899] : critique dramatique, qui est souvent raillé par E. de Goncourt dans le *Journal.*

5. Drame d'Edmond et Jules de Goncourt (1865).

6. E. de Goncourt n'aimait pas l'ancien communard.

7. *Fig :* « aller passer un habit, habit rendu nécessaire »

8. La princesse Mathilde.

Page 27.

VI. « L'AFFAIRE LEMOINE » PAR MICHELET

1. Ce pastiche parut dans *Le Figaro (Supplément littéraire)* du 22 février 1908 (III).

2. Édouard Drumont (1844-1917) : journaliste et politicien français, nationaliste, directeur de *La Libre Parole,* organe de l'antisémitisme, auteur de *La France juive* (1886).

3. Allusion à Shylock *(Le Marchand de Venise).*

4. Maximilien Harden (1861-1927) : homme politique et journaliste allemand, qui écrivit des articles violents contre le prince Philippe d'Eulenbourg et les amis de Guillaume II. Poursuivi, acquitté, il fut de nouveau poursuivi pour diffamation et condamné à quatre mois de prison. Le premier procès eut lieu le 23 octobre 1907, le second, le 3 janvier 1908 (sur ces procès, voir R. Vigneron, « Genèse de Swann », *Revue d'Histoire de la philosophie,* p. 67 à 115, numéro du 15 janvier 1937). Dans *Sodome et Gomorrhe,* M. de Charlus fait allusion à l'affaire Eulenbourg (Pléiade, t. II, p. 947).

Page 28.

1. Sur l'affaire Dreyfus, voir *Jean Santeuil,* Pléiade, p. 619 et suivantes, et *À la Recherche du temps perdu,* surtout dans le tome II de la Pléiade, aux pages 237-239, 242-245, etc.

2. Enseigne de vaisseau, âgé de vingt-cinq ans, qui, amant de la « belle Lison » et fumeur d'opium, vola des documents intéressant la Défense nationale et en proposa la restitution contre 150 000 francs. Arrêté, Ullmo avoua qu'il avait également proposé les documents aux services secrets allemands. L'affaire éclata en octobre 1907. Le traître fut condamné à la détention à vie.

Page 29.

VII. DANS UN FEUILLETON DRAMATIQUE DE M. ÉMILE FAGUET

1. Ce pastiche parut dans *Le Figaro (Supplément littéraire)* du 22 février 1908 (II).

En imitant Faguet, Proust entreprenait de railler un type de critique qu'il n'aimait pas en raison de son peu d'élévation et de son académisme parfois trivial (cf. deux autres pastiches de Faguet, l'un dans une lettre à Léon Daudet d'avril (?) 1920, l'autre dans une lettre à Jacques Boulenger, de mai 1921).

2. Henry Bernstein (1876-1953) : dramaturge français. *Le Détour* fut créé au Gymnase le 5 janvier 1902.

Le Marché, première pièce de Bernstein, créée en 1900; *L'amour veille,* comédie de Flers et Caillavet (1907); *Les Sentiers de la vertu,* des mêmes auteurs (1903).

3. Créée au Gymnase le 20 octobre 1905.

4. *Fig :* « un fonds *[sic]* d'invraisemblance. Donc, l'escroc »

5. Néhémie, VI, 3. Citation exacte : *Opus grande ego facio, et non possum descendere* (« Moi, j'ai un grand ouvrage à exécuter, et je ne puis descendre »). Dans une lettre à Gaston Gallimard (*Lettres à la N.R.F.,* automne 1921, p. 174), Proust écrit après la même citation : « Si " magnum " est pris dans un sens élogieux, je ne puis l'appliquer à la *Recherche du temps perdu.* Mais s'il s'agit de longueur, Jacques Rivière ne se doute pas du travail que j'ai fourni en faisant ce livre. »

6. Coquelin (Ernest, dit « cadet ») [1848-1909] : acteur d'un talent comique original, particulièrement remarquable dans les monologues et les rôles de composition du répertoire classique. Il mourut quinze jours après son illustre aîné.

7. Brûlé (André) [1879-1953] : comédien. Il obtint un deuxième prix de comédie au concours du Conservatoire en juillet 1900. Il joua des pièces de Feydeau, Francis de Croisset, Abel Hermant et Tristan Bernard.

Page 30.

1. Dernier vers de la chanson de l'Opérateur, dans *L'Amour médecin,* acte II, sc. VII.

2. Parodie de Boileau : « *Dans ce sac ridicule où Scapin s'enveloppe Je ne reconnais plus l'auteur de Misanthrope* » (*Art poétique,* chant III, v. 399-400).

Page 31.

1. L'usine de Lemoine était en fait à Arras (dans les Hautes-Pyrénées), près d'Argelès. On ne sait si la confusion de Proust est consciente ou non.

2. Molière, *Les Femmes savantes,* acte III, sc. III. Vers prononcé par Vadius : « Mais laissons ce discours et voyons ma ballade ». *Fig, PM :* « balade », par analogie préméditée, avec le verbe « se balader », quelques lignes plus haut. Nous avons conservé l'orthographe de Proust, qui met le jeu de mots en évidence. Le vers suivant est prononcé par Trissotin.

VIII. PAR ERNEST RENAN

3. Ce pastiche parut dans *Le Figaro (Supplément littéraire)* du 21 mars 1908 (VII).

4. Voir p. 31, n. 1.

5. C'est le magistrat qui interrogea Lemoine le 9 janvier 1908.

Page 32.

1. Cf. notes sur *La Bible d'Amiens* et *Sésame et les lys.*

2. *Fig :* « de tons vraiment incomparables, »

3. Cf. la préface de *La Bible d'Amiens,* dans ce volume, p. 77.

Page 33.

1. *PM :* « tendrait »*

2. Le Poittevin : cf. p. 31, n. 5. Bordas : expert dans l'affaire Lemoine.

Page 34.

1. *Fig :* « choisis tout à fait au hasard, »

2. Triumvir romain, avec César et Pompée (115-53 av. J.-C.).

3. Consul romain, lieutenant de Lucullus, qui se distingua contre Mithridate. Accusé de concussion, il fut défendu par Cicéron, dans le *Pro Murena* (62 av. J.-C.).

Page 35.

1. Cohélet : transcription française de l'hébreu *Qôhéleth,* nom que l'on a traduit par l'Ecclésiaste. Rappelons que Renan

lui-même a traduit l'*Ecclésiaste* en 1882, et que sa traduction est accompagnée d'une étude où l'auteur situe la composition du livre poétique vers 125 avant Jésus-Christ.

2. Elle mourut au cours d'une mission en Phénicie (1860-1861), où elle avait accompagné son frère. Tréguier est la ville natale de Renan. MM. Le Hir et Carbon : professeur et directeur de Saint-Sulpice.

Page 36.

1. *PM :* « *vermiculata* »*. *Ms* donne l'orthographe correcte.
2. Saint Jean.
3. *Apocalypse de Jean,* XXI, 11-14.

Page 37.

1. *Fig :* « l'honorable M. Bérenger et Lemoine ». Bérenger (René) [1830-1915] : politicien français. Cochin (Denys) [1851-1922] : avocat, écrivain, conseiller municipal et député de Paris, de tendance nationaliste.

2. Allusion à sept enfants martyrs d'Éphèse, arrêtés pendant la persécution de Dèce, ou Décius, empereur romain (201-251) et à qui Dieu, selon la tradition, envoya un sommeil miraculeux dans la caverne où l'empereur les avait fait murer. Il est fait allusion à cette légende dans *La Belle au bois dormant,* féerie de Jean Richepin, représentée en décembre 1907 au théâtre Sarah-Bernhardt.

3. Anna de Brancovan, comtesse de Noailles, poétesse et amie de Proust (1876-1933). Voir l'article de Proust sur les *Éblouissements,* p. 533.

Page 38.

1. Voir p. 35, n. 1.

2. *Fig :* « répétées dans ces petits poèmes, avec une insistance significative et qui ne laisse pas d'être un peu monotone : »

3. Curieuse association, dans la même phrase, du chanteur comique Polin (de son vrai nom Pierre-Paul Marsalès, 1863-1927) et de l'auteur du *Livre de la sagesse,* texte figurant dans la version grecque de la Bible et qualifié, avec d'autres, d'apocryphe par les juifs.

IX. DANS LES « MÉMOIRES » DE SAINT-SIMON

4. Dans *Le Figaro* du 18 janvier 1904, Proust fait paraître, sous le titre *Fête chez Montesquiou à Neuilly,* un pastiche de Saint-Simon signé « Horatio ». À une date difficile à fixer, il reprend cet essai pour le retoucher et le développer longuement. Le texte qui prend place en 1919 dans *Pastiches et mélanges* est six ou sept fois plus étendu que celui de 1904.

Nous savons par le témoignage de la princesse Bibesco qu'un paragraphe au moins a été ajouté sur épreuves avant l'impression (cf. p. 48, n. 2). — Proust s'amuse à mêler des personnages de son temps à ceux de la Régence et à parler d'eux dans le style de Saint-Simon. Après les notes on trouvera l'article de 1904 (n. 1, p. 59).

5. Louis de Talleyrand-Périgord avait épousé, à cinquante ans, le 17 novembre 1913, Cécilia Blumenthal, fort riche et de quatre ans plus âgée que lui. Mésalliance éclatante. — « Bonhomme » et « bonne femme » s'emploient dans la langue classique au sens de : « vieil homme », « vieille femme ».

6. Firent la dépense du festin.

Page 39.

1. Le 31 mai 1918, les Allemands, poursuivant leur offensive, s'emparent de Château-Thierry. — Dans tout ce pastiche Proust joue avec le temps : même les allusions à l'histoire ou à la chronique mondaine du début de notre siècle sont présentées dans le cadre de l'époque de Saint-Simon.

2. Titre auquel le petit-fils d'un bâtard légitimé d'Henri IV n'avait évidemment pas droit. On sait les fureurs de Saint-Simon contre les Vendôme.

3. Saint-Simon tenait de son père une terre à La Ferté-Vidame, dans le Perche, entre Chartres et Dreux.

4. Toute cette histoire est longuement contée dans Saint-Simon (Édition Chéruel, 22 volumes, Hachette, 1873-1886, XI, p. 183 sq.).

5. C'est Biron qui était venu interroger Saint-Simon à La Ferté au sujet de la prétendue disparition du marquis de Ruffec. — « l'avait écumée » : avait eu vent de cette « affaire d'importance ».

6. La réalité qui se cache sous les belles apparences.

Page 40.

1. On ne trouvait en lui, selon Saint-Simon, « qu'un tissu de fatuité, de recherche et d'applaudissement de soi ».

2. Le duc et la duchesse de Bourgogne, morts à quelques jours d'intervalle en 1711.

3. *Ms, PM :* « préfèrent »*

4. Cf. Saint-Simon : « Outre la galanterie et la licence de la table [Mme de Mouchi] avait un talent et des ressources d'invention, tout entières de la plus horrible noirceur... »

5. S'entremit pour faciliter la chose.

Page 41.

1. Chirurgien du roi. En 1709 il avait obtenu de Louis XIV une audience pour Saint-Simon.

2. Cette proposition subordonnée dépend de « je craignis », comme l'infinitif « de faire éclater ».

3. M'eussent évité de faire antichambre.

4. Entendez : les carrosses des moindres gens... les carrosses des ducs...

5. Faiblesse.

Page 42.

1. De Rome, de la Rote.

2. *PM :* « son frère »*. Il s'agit certainement du père du Régent, Philippe d'Orléans, frère de Louis XIV : ses mœurs étaient connues, et lors de la mort de sa première femme, Henriette d'Angleterre, le bruit avait couru qu'il l'avait empoisonnée.

3. La fille aînée du duc d'Orléans. Elle avait épousé le duc de Berry, petit-fils de Louis XIV, et devint veuve à dix-neuf ans. On lui prêtait des relations incestueuses avec son père.

4. De son père, Philippe d'Orléans.

5. Un des mauvais génies du duc d'Orléans, selon Saint-Simon : « [C]'était un homme de beaucoup d'esprit et de manège, qui n'avait ni âme ni principe[s], qui vivait dans un désordre de mœurs et d'irréligion public » (Chéruel, IX, p. 267).

Page 43.

1. Louis XIV avait profité du discrédit où était tombé son frère et de son amour de l'argent pour exiger que le futur Régent épousât en 1692 sa bâtarde légitimée, Mlle de Blois (fille qu'il avait eue de Mme de Montespan). La mère du duc d'Orléans (alors duc de Chartres), la Palatine, avait donné en pleine cour un soufflet à son fils, quand elle avait appris qu'il acceptait ce mariage.

2. Blessante.

3. Cf. p. 39, n. 5.

4. *PM :* « garantissant »*

5. Il ne s'agit pas du tout ici d'un Guiche que Saint-Simon ait pu connaître, mais d'un ami de Proust, le duc Armand de Guiche (1879-1962), gendre de la comtesse Greffulhe. Il prendra le nom du duc de Gramont, se consacrera à d'importants travaux d'aérodynamique et d'optique, et entrera à l'Académie des sciences en 1931. Il s'occupait aussi de peinture.

6. *PM :* « ajoute-t-il »*

Page 44.

1. Maréchal de France, ami de Saint-Simon.

2. *PM :* « restât-il »* (cette correction, comme celles qui précèdent, est faite d'après le *Ms*).

3. Petite réunion (ce terme s'employait surtout pour désigner les réunions en petit comité de Meudon).
4. Les habitudes de chicane, de raillerie (latinisme familier à Saint-Simon).
5. *PM :* « de S. Murat »* (nous corrigeons d'après le *Ms*).
6. *Ms, Pl :* « sproposito », attesté par Littré dans Saint-Simon.
7. Séjours que le roi faisait à Marly.

Page 45.

1. Mortemart est le gendre de Beauvillier. Beauvillier et Chevreuse faisaient partie du petit « troupeau » fénelonien rassemblé auprès du duc de Bourgogne : Saint-Simon a beaucoup de sympathie pour Chevreuse et déteste Mortemart.
2. Entendez : avait prétendu occuper à table une place plus honorifique que lui.
3. Saint-Simon use de l'ancienne dénomination (au lieu de : royaume de Naples).

Page 46.

1. Entendez : à une princesse qui n'y tenait... C'est la duchesse d'Orléans, une bâtarde!
2. Entendez : et qui savait bien moins encore ce qui était dû à son époux...
3. Parmi les grandes dames chez qui Proust était reçu, la princesse Soutzo était peut-être celle qu'il admirait et estimait le plus (voir la suite).
4. Autre amie de Proust. Cf. *Album Proust,* Pléiade, p. 124.
5. Adhéaume de Chevigné.
6. L'un des six gentilshommes attachés à la personne du Dauphin, fils de Louis XIV.
7. À se cacher de tous.
8. Allusion aux prétentions chimériques de Chevreuse sur le duché de Chaulnes, qui était « éteint » depuis 1698 (Saint-Simon emploie lui-même l'expression : « érection de Chaulnes »). — Saint-Simon parle des « raisonnements subtils, forcés et faux » de Chevreuse, de ses « inductions multipliées » et « sophismes entortillés ».

Page 47.

1. Cf. p. 44, l'allusion aux « prétentions insoutenables des Bouillon ».
2. Le prince Murat.
3. Le duc de Gramont.
4. Le *Bottin mondain* (1919) cite un « comte Delaire de Cambacérès ».

5. Le marquis Louis d'Albuféra était l'un des jeunes amis nobles de Proust,

6. La duchesse d'Albuféra était née Zénaïde de Cambacérès.

7. Plusieurs comtes de Montgomery et de Brye sont cités dans le *Bottin mondain* de 1919.

8. Gabriel, comte de Montgomery, avait causé la mort d'Henri II dans un tournoi en 1559.

Page 48.

1. La comtesse de Briey riait comme Mme Verdurin, en mettant ses mains devant sa figure.

2. Le mariage d'Antoine Bibesco et d'Élisabeth Asquith fut célébré à Londres le 30 avril 1919. Le père de la mariée, Herbert Henry Asquith, avait été Premier ministre de Grande-Bretagne de 1908 à 1916. — La princesse Bibesco (*Au bal avec Marcel Proust,* p. 157) dit que ce paragraphe a été « inséré en béquet dans les épreuves » de *Pastiches et mélanges,* que Proust avait fait chercher chez l'imprimeur après qu'Antoine lui eut amené sa fiancée.

3. D'aucun pays. — De même, deux lignes plus bas, « de ceux » équivaut à : des pays.

4. Paul Morand a été secrétaire d'ambassade à Madrid (cf. : « Leurs Majestés Catholiques ») de 1918 à 1925.

5. « Un peu... crurent » : tour très saint-simonien !

6. Entendez : ont des alliances.

7. Bauffremont : une des plus anciennes familles françaises, originaire de Lorraine.

8. De ce « hors » dépendent aussi « les ducs de Villeroy... », « le chancelier... », « Artagnan ».

9. Étrange méprise (ou coquille), qui figure déjà dans le *Ms :* c'est de la terrible duchesse de Berry que Mme de Saint-Simon avait accepté à contrecœur et avec condescendance, en 1710, d'être nommée dame d'honneur.

10. Saint-Simon distingue ces moments qui sont trois : une première fois, « Artagnan » est venu annoncer que le roi était servi; — une deuxième fois, au dessert (« à son fruit »), il est venu porter à Louis XIV des biscuits (« biscotins ») pour ses chiennes; — une troisième fois il a prévenu que la musique était commencée. Par ces trois apparitions, d'Artagnan a voulu se faire remarquer, se distinguer (c'est, je pense, le sens de « distinction »). Notons que d'Artagnan était mort à Maestricht en 1673, presque quarante ans avant que Mme de Saint-Simon ne devînt dame d'honneur de la duchesse de Berry.

11. D'Artagnan. — Robert de Montesquiou était fier de compter d'Artagnan dans son ascendance.

12. Fille d'honneur, naturellement.

13. Deux sens possibles : ou s'était enrichie, s'était fait doter par la reine — ou s'était mariée : cf. Molière, *L'Étourdi* (v. 2063 sq.) :

> [...] *n'est-il point quelque fille*
> *Qui pût accommoder le pauvre Mascarille ?...*
> *J'ai des démangeaisons de mariage aussi...*

Mais dans ce deuxième cas, la suite ferait pléonasme.

Page 49.

1. « Il » désigne Robert de Montesquiou, fils de Thierry. — Ici commence le passage qui avait déjà paru dans *Le Figaro*.

2. Au sujet de ce salut, voir l'article sur le salon de la comtesse d'Haussonville, p. 482.

3. Gabriel Yturri (il avait emprunté la particule sur le conseil de Montesquiou), secrétaire de Montesquiou. Il était né à Tucuman (Argentine) en 1868 ; il mourut en 1905.

4. En 1721.

Page 50.

1. Entendez : ce dont (tour de la langue classique).

2. Pavillon des Muses du boulevard Maillot. — *Ms, Fig :* « proche de la maison ».

3. Nous rétablissons ces deux mots d'après l'article du *Figaro* cité en appendice. (*PM :* « la duchesse Mme de Clermont-Tonnerre »*).

4. La marquise Élisabeth de Clermont-Tonnerre, née en 1875, était la petite-fille d'Antoine, duc de Gramont, ministre des Affaires extérieures de Napoléon III en 1870 (cf. la suite). Sa mère était morte en lui donnant le jour. Trois ans plus tard, son père, Agénor, duc de Gramont, se remariait avec Marguerite de Rothschild : de ce second mariage naquit Armand, duc de Guiche (voir la note suivante).

5. Demi-sœur, en réalité (voir la note précédente). Sur Armand, duc de Guiche, voir p. 43, n. 5.

6. Construisez : et comme Mme Greffulhe. — La comtesse Greffulhe, avec qui Proust est si lié, était née Élisabeth de Chimay.

7. *PM :* Orthographe de l'édition Chéruel.

8. Le prince de Chimay, qui avait été fait grand de première classe par le roi d'Espagne Charles II, épousa en secondes noces la fille de Saint-Simon (on notera le mélange constant en tout ceci du présent et du passé). — La duchesse Sforze était l'amie intime des Saint-Simon. — Tout ce qui est dit de ce mariage vient de Saint-Simon (Chéruel, XVIII, p. 53-54,

et p. 447-449) : « Le prince de Chimay [...]. Son nom était Hennin-Liétard, et ses pères connus, sous le nom de comtes de Bossut [...]. L'électeur de Bavière fit donner la Toison d'or au prince de Chimay tout jeune par Charles II [...]. [Il] vint en France, où il épousa la fille du duc de Nevers, qu'il perdit quelques années après, sans enfants. La duchesse Sforze [...] me prédit bien tout ce que j'en vis dans la suite [...]. »

9. La marquise de Brantes, tante de Montesquiou.

Page 51.

1. La phrase précédente s'était achevée sur les noms des « duchesses de La Roche-Guyon et de Fezensac ». La première partie de celle-ci se rapportait à la duchesse de Fezensac et à ses parents Montesquiou. Nous arrivons maintenant à « l'autre », à la duchesse de La Roche-Guyon.

2. Cf. Saint-Simon, Chéruel, XII, p. 270-271 : « M. le duc d'Orléans fit un prodigieux présent au duc de la Rochefoucauld qui n'avait jamais marqué que de l'éloignement pour lui... Ce fut de toutes les pierreries de la garde-robe qui n'étaient pas de la couronne. Ce don monta fort haut et reçut peu l'approbation du public. »

3. Le duc de La Roche-Guyon, qui mariera son fils à Mlle de Toiras, riche héritière, est lui-même le petit-fils de l'auteur des *Maximes*. Au sujet des intrigues du premier président de Mesmes (il l'est depuis 1712), Saint-Simon écrit (Chéruel, XII, p. 199 : la scène se passe aussitôt après la mort de Louis XIV, en 1715) : « Le premier président avait eu la hardiesse de proposer [à M. de La Rochefoucauld], et encore en plein parlement... de protester contre le jugement rendu par le feu Roi entre lui et moi, et d'en appeler au parlement, avec assurance qu'on y serait bien aise de lui faire justice [...]. Le duc de La Rochefoucauld lui avait très dignement répondu qu'il se tenait pour bien jugé par le Roi, qu'il ne songerait jamais à en appeler [...], dont le premier président demeura confus [...]. M. de La Rochefoucauld en sentit le piège, et quel pas ce serait qu'appeler du Roi au parlement, et sagement se garda d'y tomber. » François de La Roche-Guyon (1663-1728) était devenu duc de La Rochefoucauld en 1714 à la mort de son père (1634-1714), lui-même fils de l'auteur des *Maximes*. — Le président de Mesmes est l'une des « bêtes noires » de Saint-Simon.

4. Anna de Noailles, la poétesse (1876-1933). — Le nom « d'Ayen » est réservé aux aînés de la maison de Noailles jusqu'à ce qu'ils héritent de celui de leur père. Il en est de même du nom de Guiche dans la maison de Gramont.

5. Le duc de Noailles (1678-1766). Le Régent le fera président du conseil des Finances. Il deviendra en 1734 maréchal

de France. Saint-Simon voit en lui un monstre de perfidie.

6. Le cardinal de Noailles, archevêque de Paris (1651-1729).

7. Mme de Maintenon a fait épouser la fille de son frère (à laquelle elle a donné sa terre de Maintenon) au comte d'Ayen, devenu duc de Noailles (voir la note 5).

8. Saint-Simon écrit au sujet du marquis de Canillac : « Il était le premier homme du monde pour saisir le ridicule et pour le rendre comme sans y toucher. Méchant, et... un des plus malhonnêtes hommes du monde. »

9. Cf. p. 42, n. 5.

10. En 1719 Law était au sommet de sa réussite financière; en 1720 il doit s'enfuir devant l'émeute.

11. La conspiration Cellamare (1718).

12. Nous revoici au temps de Proust. Mathieu de Noailles avait épousé en 1901 Anna, princesse Brancovan, la poétesse (1876-1933).

13. Anna de Noailles appartenait du côté de son père à la maison valaque des Bibesco, devenus Brancovan par adoption, et du côté de sa mère à la famille grecque des Musurus.

Page 52.

1. Le pavillon des Muses (cf. p. 50, n. 2).

2. *PM :* « Diane de Peydan de Brou »* (le *Ms* a été mal lu). Cette marquise figure au *Bottin mondain* de 1919.

3. Ici encore Proust habille un de ses contemporains à la mode du XVIIe siècle. Émile Straus, riche avocat israélite, avait épousé la veuve de Georges Bizet.

Page 53.

1. Ce mot (de « style Oriane ») aurait été dit par Mme Straus à Gounod.

2. Amie de Mme Greffulhe, apparentée à Montesquiou.

3. Triée. La forme (prononciation dialectale) est dans Saint-Simon.

Page 54.

1. M. d'Hinnisdaël fait partie des relations de Proust; il ne vient pas de Saint-Simon.

2. *PM :* « apprit »*

3. Un pliant. La forme est dans Saint-Simon.

4. Jean Milly (*Pastiches,* p. 381) réintègre ici dans le texte la phrase : « Le courtisan en frémit à Versailles, tous ceux qui avaient à cœur ... » (qui figure dans *Ms* et qu'il estime avoir disparu dans les placards des *Pastiches*).

5. Qui était versé...

6. *PM :* « fit »*

7. S. A. la princesse Lucien Murat était née de Rohan-Chabot.

8. Tel est bien le texte du *Ms*.

9. « Le *Pour* est une distinction dont j'ignore l'origine : elle consiste à écrire en craie sur les logis : *Pour M. Un Tel,* ou simplement écrire : *M. Un Tel* » (Saint-Simon, cité par Littré).

10. Le Grand Condé, ou son fils.

Page 55.

1. Édouard Stanley, lord Derby. Proust l'a rencontré seulement en 1919.

2. Lord Lytton avait été ambassadeur de Grande-Bretagne en France. — Le marquis de Dufferin aussi (de 1891 à 1896).

3. Qu'il se garda de refuser (« avoir garde de » au sens de « n'avoir garde de » est peu usité dans la langue classique).

4. Olivier Dabescat était le premier maître d'hôtel du Ritz !

5. Cf. p. 43, n. 5.

6. De s'attirer le courroux du régent ? (expression peu claire).

Page 56.

1. Il fit la chose (il se rendit au parvulo de Saint-Cloud) à contrecœur (Littré donne trois exemples de cette expression, tous trois empruntés à Saint-Simon).

2. La maison de Gramont possède la baronnie de Guiche, acquise en 1485. En 1525, il y eut alliance entre une Gramont et un Menaud d'Aure, vicomte d'Aster.

3. « L'autre », c'est celui qui sera nommé à la ligne suivante : il s'appelait aussi Armand de Gramont, comte de Guiche (1636-1673), et préférait la galanterie à la science.

4. « Initié » signifie-t-il ici : au courant de tous les secrets de la cour ?

5. Le Gramont de l'Académie des sciences.

6. Peintre catalan (1876-1945). Claudel lui a dédié *Le Soulier de satin.*

7. *Ms :* « breline », le terme « berline » se trouve aussi dans Saint-Simon.

8. Peut-être la cathédrale de Vich, près de Barcelone (Sert l'avait ornée de très belles fresques qui ont été détruites pendant la guerre civile).

9. Je n'étais pas en relations avec lui.

Page 57.

1. Hésitations (latinisme).

2. Mme Standish (cf. p. 53, n. 2), anglaise, avait été la maîtresse du futur Édouard VII.

3. Frich, devenu comte de Fels, avait épousé une Lebaudy.

4. Cf. Saint-Simon (Chéruel, I, p. 178) : « Il y avait une vieille bourgeoise au Marais chez qui son esprit et la mode avaient toujours attiré la meilleure compagnie de la cour et de la ville; elle s'appelait Mme Cornuel... » Son nom de naissance était Anne Bigot. Tallemant écrit d'elle (*Historiettes,* t. V, p. 133, éd. Monmerqué et Paris, 1856) : « Elle a de l'esprit autant qu'on en peut avoir; elle dit les choses plaisamment et finement. » On citait ses bons mots. — « Bonne femme » : vieille femme.

5. Il ne peut s'agir ici que de « Boni ».

6. En 1721.

Page 58.

1. Servirait à faire passer le second. Littré donne pour cette expression une citation de Saint-Simon.

2. Rapprochement entre le prince de Cellamare, ambassadeur d'Espagne auprès de la cour de France (cf. p. 51, n. 11) et les Beaumont, amis de Proust (comte et comtesse Étienne de Beaumont).

3. Cf. p. 45, n. 2.

4. Moyen terme.

5. Masquer la préséance que chacun des deux (le Régent et le prétendu « Infant ») réclamait pour lui.

Page 59.

1. *Le Figaro,* 18 janvier 1904 (voir la n. 4, p. 38) :

Salons parisiens

FÊTE CHEZ MONTESQUIOU
À NEUILLY

(Extraits des Mémoires *du duc de Saint-Simon)*

Peu de jours après, Montesquiou me pria à sa maison de Neuilly, proche de celle de M. le duc d'Orléans, qu'il me voulait faire voir. J'y fus avec les ducs de Luynes, de Noailles, de Lorges, de Gramont, les duchesses de La Rochefoucauld et de Rohan. Il était fils de T. de Montesquiou qui était fort dans la connaissance de mon père et dont j'ai parlé en son lieu, et l'homme le plus d'esprit que j'aie connu, avec un air de prince comme à pas un, la figure la plus noble, tantôt fort souriante et tantôt fort grave, à quarante ans la tournure d'un homme de vingt, le corps élancé, ce n'est pas assez dire, cambré et comme renversé en arrière, qui se penchait à vrai dire quand il lui en prenait fantaisie en grande affabilité et révérences de toutes sortes, mais revenait assez vite à sa position naturelle qui était toute de fierté, de hauteur, d'intransigeance à ne plier devant personne et à ne céder sur rien, jusqu'à marcher droit devant soi sans s'occuper du passage, bousculant sans paraître le voir, ou s'il voulait fâcher, montrant qu'il le voyait, qui était sur le chemin, avec un grand empressement toujours entour de lui des gens des plus de qualité et d'esprit à qui parfois il faisait sa révérence de droite et de gauche, mais le plus souvent leur laissait, comme on dit, leurs frais pour compte, sans les voir, les deux yeux devant soi, parlant fort haut et fort bien à ceux de sa familiarité qui riaient fort de toutes les drôleries qu'il disait, et avec grande raison, comme j'ai dit, car il était spirituel au delà de ce qui se peut imaginer. Il joignait à cela l'esprit le plus grave, le plus singulier, le plus brillant, avec des grâces qui n'étaient qu'à lui et que tous ceux qui l'ont approché ont essayé, souvent sans le vouloir et parfois même sans s'en douter, de copier et de prendre, mais pas un jusqu'à y réussir, ou à autre chose qu'à laisser paraître en leurs pensées, en leurs discours et presque dans l'air de l'écriture et le bruit de la voix qu'il avait toutes deux fort singulières et fort belles, comme un vernis de lui qui se reconnaissait tout de suite et montrait par sa légère et indélébile surface, qu'il était aussi difficile de ne pas chercher à l'imiter que d'y parvenir. Nous parlerons en son temps de ses vers, qu'il n'y a presque aucun divertissement à Versailles, à Sceaux et ailleurs, qui ne s'en pare. Et depuis quelques années, comme les duchesses ont accoutumé de s'y rendre, les femmes de la ville les imitent par une mécanique connue, en faisant venir des comédiens qui les récitent, dans le dessein d'en attirer quelqu'une, dont beaucoup iraient chez le Grand Seigneur, plutôt que de ne pas les applaudir. Il n'y avait ce jour-là nulle récitation en sa maison de Neuilly, mais le concours, comme il n'y avait que chez lui, tant des poètes les plus fameux que des plus honnêtes gens et de la meilleure compagnie, et, de sa part, à chacun, et devant tous les objets de sa maison, une foule de propos qu'il avait admirables, dans ce langage si particulier à lui que j'ai dit, avec des traits fort nombreux et fort singuliers, comme un seul eût suffi à orner une comédie, dont chacun restait émerveillé.

Il avait souvent auprès de lui un Espagnol dont le nom était Yturri et que j'avais connu lors de mon ambassade à Madrid, comme il a été rapporté. En un temps où chacun ne pousse guère ses vues plus loin qu'à faire distinguer son mérite, il avait celui, à la vérité fort rare, de mettre tout le sien à faire mieux éclater celui de ce comte, à l'aider dans ses recherches, dans ses rapports avec les libraires, jusque dans les soins de sa table, ne trouvant nulle tâche fastidieuse si seulement elle lui en épargnait quelqu'une, la sienne n'étant, si l'on peut dire, rien qu'écouter et faire retentir au loin les propos de Montesquiou, comme faisaient ces disciples qu'avaient accoutumé d'avoir toujours avec eux les anciens sophistes, ainsi qu'il appert des écrits d'Aristote et des discours de Platon. Cet Yturri avait gardé la manière bouillante de ceux de son pays, lesquels à propos de tout ne vont pas sans tumulte, dont Montesquiou le reprenait fort souvent et fort plaisamment, à la gaieté de tous et tout le premier d'Yturri même, qui s'excusait en riant sur la chaleur de la race et avait garde d'y rien changer, car cela plaisait ainsi. Il se connaissait, comme pas un, en objets d'autrefois, dont beaucoup profitaient pour l'aller voir et consulter là-dessus, jusque dans la retraite que s'étaient ajustée nos deux ermites et qui était sise, comme j'ai dit, à Neuilly, proche la maison de M. le duc d'Orléans.

Montesquiou invitait fort peu et fort bien, tout le meilleur et le plus grand, mais pas toujours les mêmes, et à dessein, car il jouait fort au Roi, avec des faveurs et des disgrâces jusqu'à l'injustice à en crier, mais tout cela soutenu par un mérite si hors du pair et si reconnu, qu'on lui passait tout, — mais quelques-uns pourtant fort fidèlement et fort régulièrement, qu'on était presque toujours sûr de trouver chez lui quand il donnait un divertissement, comme la duchesse de Rohan, ainsi que j'ai dit plus haut, Mme de Clermont-Tonnerre, qui était fille de Gramont, petite-fille du célèbre ministre d'État, sœur du duc de Guiche, qui était fort tourné, comme on l'a vu, vers la mathématique et la peinture, et Mme Greffulhe, qui était Chimay, de la célèbre maison princière des comtes de Bossut. Leur nom est Hennin-Liétard et j'en ai déjà parlé à propos du prince de Chimay, à qui l'Électeur de Bavière fit donner la Toison d'Or par Charles II et qui devint mon gendre, grâce à la duchesse Sforze, après la mort de sa première femme, fille du duc de Nevers. Il n'était pas moins attaché à Mme de Brantes, fille de Cessac, dont il a déjà été parlé fort souvent et fort bien, et de sa figure fine comme un portrait, qui reviendra maintes fois dans le cours de ces Mémoires, et toujours avec force éloges et fort mérités, et aux duchesses de La Roche-Guyon et de Fezensac, celle-ci qui ne l'était pas encore et qui était de la maison de Montesquiou. J'en ai suffisamment parlé à propos de leur plaisante chimère de descendre de Pharamond, comme si leur antiquité n'était pas assez grande et assez reconnue pour ne pas avoir besoin de la barbouiller de fables, et de l'autre à propos du duc de La Roche-Guyon, fils aîné du duc de La Rochefoucauld et survivancier de ses deux charges, de l'étrange présent qu'il reçut de M. le duc d'Orléans, de sa noblesse à éviter le piège que lui tendit l'astucieuse scélératesse du premier président de Mesmes et du mariage de son fils avec Mlle de Toiras. On y voyait fort aussi Mme de Noailles, femme du dernier frère du duc d'Ayen, aujourd'hui duc de Noailles, et dont la mère est La Ferté. Mais j'aurai l'occasion de parler d'elle plus longuement comme de la femme du plus beau génie poétique qu'ait vu son siècle et probablement tous les autres, et qui a renouvelé et l'on peut dire agrandi le miracle de la célèbre Sévigné. On sait que ce que j'en dis est équité pure, étant assez au su de chacun en quels termes j'en suis venu avec le duc de Noailles, neveu du cardinal et mari de Mlle d'Aubigné, nièce de Mme de Maintenon, et je me suis assez étendu en son lieu sur ses sourdes menées contre moi jusqu'à se faire avec Canillac avocat des conseillers d'État contre les gens de qualité, son adresse à tromper son oncle le cardinal, à bombarder Daguesseau chancelier, à courtiser Effiat et les Rohan, à prodiguer les grâces énormes de M. le duc d'Orléans au comte d'Armagnac pour lui faire épouser sa fille, après avoir manqué pour elle le fils aîné du duc d'Albret. Mais j'ai trop parlé de tout cela pour y revenir et de ses noirs manèges à l'égard de Law et lors de la conspiration du duc et de la duchesse du Maine. Bien différent, et à tant de générations d'ailleurs, était Mathieu de Noailles, qui avait épousé celle dont il est question ici et que son talent a rendue fameuse. Elle était la fille de Brancovan, prince régnant de Valachie, qu'ils nomment là-bas hospodar, et avait autant de beauté que de génie. Sa mère était Musurus qui est le nom d'une famille très noble et très des premières de la Grèce, fort illustrée par diverses ambassades nombreuses et distinguées et par l'amitié d'un de ces Musurus avec le célèbre Érasme. Elle était l'orgueil d'un mari qui trouvait le moyen, malgré l'éclat aveuglant d'une telle femme à éteindre, bien contre son gré, tout mérite autour d'elle, de laisser paraître le sien qu'il avait, à vrai dire, fort rare et fort distingué, et le plus honnête homme que j'aie vu de ma vie. Mais il en sera parlé en son temps.

Pour copie conforme,
HORATIO.

MÉLANGES

Page 61.

1. Voir notre présentation générale des *Pastiches et mélanges,* p. 681 et suiv.

Page 63.

EN MÉMOIRE DES ÉGLISES ASSASSINÉES

1. Cette section des *Mélanges* offre une structure relativement simple : un récit d'excursion circonstancié et un essai plus général encadrant deux développements consacrés à Ruskin. Un thème dominant, — on pourrait presque dire une obsession — inspire et soutient ces quatre textes : la défense des cathédrales anciennes. Proust l'a traité d'une manière d'autant plus originale qu'il n'a pas respecté l'ordre chronologique dans lequel ces divers « articles » ont été publiés. Que « La mort des cathédrales » vienne en dernier semble révélateur. Dans « En mémoire des églises assassinées », tout se passe comme si l'écrivain se livrait à une première approche des cathédrales, les décrivait à travers Ruskin et sa propre expérience, et enfin célébrait leur mission. Il donne à sa démarche le mouvement d'une découverte progressive, aboutissant à une manière de résurrection, sinon en fait, du moins en esprit.

Les intentions de Proust apparaissent déjà clairement dans le titre. Les églises assassinées, ce sont les églises détruites par la guerre. L'écrivain a souffert des dégâts qu'elles ont subis. Un texte inédit comporte un projet de propos prêté à M. de Charlus sur la disparition des valets de pied, ce qui constitue « un vandalisme plus grand encore que la destruction des Anges de Reims[1] ». Certes, avant la fin de la guerre, Proust se préoccupait plutôt du destin des hommes que de celui des pierres. Le 31 mai 1918, il écrivait à Mme Straus : « Je pleure et j'admire plus les soldats que les églises[2]. » Mais il n'en ressent pas moins comme une blessure profonde les destructions infligées à des lieux qu'il connaît et en particulier à des monuments pour lesquels il a toujours éprouvé, et exprimé, une grande prédilection[3]. En 1903, au moment de la loi de séparation, Proust écrit à G. de Lauris une longue lettre qui est déjà une préfiguration de l'article de 1904[4]. Le problème des églises désaffectées n'est qu'un aspect de l'anticléricalisme. Mais, pour toutes sortes de raisons, l'auteur de « La mort des cathédrales » le jugeait capital — capitalissime, pour reprendre un terme qui revient assez souvent au début de certains cha-

1. Cité par A. Maurois, dans *À la recherche de Marcel Proust*, Hachette, 1949, p. 159.

2. Lettres à Mme Straus, *Corr,* VI, nº CII, p. 192-193.

3. Voir lettre précitée.

4. Lettre à G. de Lauris, nº VII, 29 juillet 1903, p. 61-71. Nous donnerons de larges extraits de cette lettre dans la présentation de « La Mort des cathédrales ».

pitres manuscrits. Si bien que le titre de cette première section des *Mélanges* se justifie historiquement, si on le rapporte à la Première Guerre mondiale ; mais il possède une résonance esthétique et morale. Les églises assassinées, ce sont aussi les églises que l'on a eu tort, selon le créateur de Saint-Hilaire, de désaffecter au nom du rationalisme[1].

Pour Proust en effet, la cathédrale est hautement significative. Elle représente une époque révolue ; elle est le fruit d'un travail collectif, elle est à la fois une réunion de symboles et un symbole qui suggèrent toute civilisation, tout un système de vie et de pensée. Elle est par excellence objet artistique — au point d'inspirer à Proust la structure même de son œuvre — qui s'achève en objet métaphysique. La cathédrale est le monument le plus « spiritualisé qui soit ». On s'explique donc que l'écrivain ait sans cesse cherché à se documenter sur les édifices les plus représentatifs, et surtout à les visiter. Dans ses lettres, on trouve de fréquentes allusions à cette active curiosité. À l'automne de 1899, il explore la cathédrale d'Amiens en prenant pour guide le chapitre IV de l'ouvrage de Ruskin où elle est décrite[2]. En octobre 1903, il écrit à Marie Nordlinger : « ... j'ai promené à travers la France, des vestibules romans aux chevets gothiques, une curiosité ardente et un corps de plus en plus souffrant[3] ». Mais c'est en 1907 qu'il accomplit son voyage le plus passionnant, celui qui lui permet d'admirer les cathédrales et les abbayes normandes : Caen, Bayeux, Jumièges, Lisieux, Saint-Wandrille. (Bien entendu il connaissait déjà les joyaux de Rouen[4].) Par sécurité, Proust avait demandé conseil à Émile Mâle. Il souhaitait découvrir des monuments ou des sites « particulièrement émouvants[5] ». Par sécurité, et aussi parce qu'il songeait déjà au décor où se passerait l'enfance du Narrateur. Il écrit : « Une ville restée intacte [...] serait plus féconde pour mes rêves. » Cette lettre nous laisse pressentir que l'église et son contexte vont être intégrés à l'œuvre future au même titre que le jardin d'Auteuil, l'avenue des Champs-Élysées et la maison de vacances d'Illiers.

En tout cas, jamais les cathédrales n'auront mieux été défendues que par l'agnostique Marcel Proust. C'est qu'à

---

1. N. 1, *PM,* p. 198. Sur ce point, voir l'excellent article d'Yves E. Clogenson, « Le thème de la cathédrale dans Proust », *BSAMP,* nº 14, 1964, p. 152-159.

2. Cf. à partir de la page 82.

3. *Lettres à une amie,* Éditions du Calame, 1942, nº IX, p. 24.

4. Cf. p. 125.

5. Lettre à Émile Mâle, 8 août 1907, p. 113, dans Robert de Billy, *Marcel Proust, Lettres et conversations,* Éditions des Portiques, 1930.

travers les porches, les absides et les statues, il défendait le royaume de la spiritualité, qui n'a pas de frontières.

I. LES ÉGLISES SAUVÉES.
LES CLOCHERS DE CAEN.
LA CATHÉDRALE DE LISIEUX

2. *Fig :* 19 novembre 1907. Titre : *Impressions de route en automobile.*

Le volume des *Articles critiques,* n° XLIV, fournit une copie dactylographiée *(Dact)* partielle de ce texte, paginée 3 à 8. Nous avons consulté également les épreuves *(Épr)* de *PM* (vol. n° LIII).

3. *Fig :* « à une heure déjà assez avancée »

Page 64.

1. *Fig :* « apparut mais sans la ville »
2. Ce passage, jusqu'à : « et s'effacer dans la nuit » (p. 65, l. 37), a été repris partiellement dans *Du côté de chez Swann* (Pléiade, t. I, p. 181-182).
3. Cf. Pléiade, t. I, p. 59-67, le passage qui reprend l'article « L'église de village » (*Le Figaro,* 3 septembre 1912).
4. Peintre anglais (1775-1851) qui préfigure l'impressionnisme.

Page 65.

1. « semblait patiner vainement » : début de *Dact.*
2. *Dact, Fig :* « où tombait déjà l'obscurité, »

Page 66.

1. *PM :* « avaient »*
2. *Dact, Fig :* « nous nous arrêtions au coin »
3. *Dact, Fig :* « revoir à la cathédrale »
4. *Dact, Fig :* « où la cathédrale était »
5. Henri II, né au Mans en 1133, épousa Éléonor (ou Aliénor) d'Aquitaine en 1152. Il est célèbre pour sa lutte avec Thomas Becket, qui s'acheva par l'assassinat de ce dernier.
6. Alfred Agostinelli, secrétaire et chauffeur de Proust, périt en mer, après la chute de son avion, le 30 mai 1914. Son corps fut retrouvé le 7 juin, près de Cagnes.

Page 67.

1. *PM :* « cachés »*
2. *PM :* « registres »*
3. *PM :* « du »* [*Fig :* « de », qui semble la seule leçon correcte]. — Sur Cuyp, voir *Les Plaisirs et les jours,* p. 80, n. 3.
4. *Fig :* « seul semble indiquer qu'il est »

5. *Dact :* « qu'il eſt capable de le renseigner »
6. *Phébus et Borée,* VI, 3.

Page 68.

1. *PM :* « touché »*
2. *Dact :* « l'automobile s'eſt arrêtée »

Page 69.

II. JOURNÉES DE PÈLERINAGE

1. Prouſt connut l'œuvre de Ruskin par le *Bulletin de l'Union pour l'Action morale* qui, dirigé par Paul Desjardins, professeur à l'École des sciences politiques, publia, de 1893 à 1903, la traduction d'extraits limités de : *Le Repos de Saint-Marc, Sésame et les lys, Les Deux Sentiers, Peintres modernes, Les Pierres de Venise, La Couronne d'olivier sauvage, Les Sept Lampes de l'architecture.* C'eſt à peu près à la même époque, en décembre 1896, que Prouſt rencontra une cousine de Reynaldo Hahn, Marie Nordlinger, qui devait l'aider à traduire *La Bible d'Amiens* ainsi que *Sésame et les lys.*

Né à Londres en 1819, John Ruskin avait fait de brillantes études à Oxford et s'était initié à la peinture. Dans son premier ouvrage, *Les Peintres modernes* (1843), il prit la défense du peintre Turner. Par la suite, il ne cessa de soutenir les préraphaélites tels que Rossetti et Millais. Ruskin rêvait d'un état proche de la nature. Il s'efforça de le réaliser effectivement autour de lui, en particulier par la fondation de la Guilde de Saint-George, deſtinée à affranchir les ouvriers, et par le rétablissement de l'artisanat pour la fabrication des textiles. L'essentiel de son œuvre, consacrée à l'Italie, au moyen âge, aux arts plaſtiques, parut entre 1853 et 1889. John Ruskin mourut à Brantwood, près du lac de Coniſton, le 20 janvier 1900.

J. A. Milsand avait déjà contribué à faire connaître Ruskin en France par deux articles publiés dans *La Revue des Deux Mondes* en 1860 et 1861, et réunis en volume en 1864 sous le titre de *L'Eſthétique anglaise.* Prouſt lut et utilisa cet article[1]. On peut également rappeler que Taine (*Notes sur l'Angleterre,* 1890) avait évoqué les idées de Ruskin avec quelque sarcasme[2]. Mais les deux ouvrages les plus remarquables consa-

---

1. Voir dans Jean Autret, *L'Influence de Ruskin sur la vie, les idées et l'œuvre de M. Prouſt* (Droz et Giard, 1955), les emprunts faits par Prouſt à Milsand et La Sizeranne.
2. Cf. encore É. Rod, *Les Préraphaélites anglais* (1894).

crés à l'écrivain anglais sont ceux de Robert de La Sizeranne, *La Peinture anglaise contemporaine* (1895), *Ruskin et la Religion de la Beauté* (1897), largement pratiqués et cités par Proust. Il semble qu'il y ait eu un accord profond entre Ruskin et La Sizeranne sur le plan esthétique. Curieux système que celui qui tente de concilier le retour au primitivisme et la religion de la Beauté, le désir de revenir à la nature (mais quelle nature ?) et la passion des arts plastiques. En fait, Ruskin — et avec lui La Sizeranne — condamne le réalisme tel que l'entendent les ateliers modernes. Il lui oppose une sorte de platonisme selon lequel l'Idéal d'aujourd'hui ne serait qu'un souvenir de la réalité d'autrefois. Une semblable condamnation frappe la science, la métaphysique, et l'imagination dans la mesure où celle-ci oublie sa mission qui est de restituer la vérité. On comprend alors quelle place privilégiée Ruskin accorde à la sensation, à la sensibilité, qui engendrent le sentiment esthétique. La Beauté réside dans l'habituel et le quotidien, mais il faut l'y découvrir. L'artiste est précisément celui qui éveille les admirations et procure les joies les plus vives. Il est chargé d'établir — ou de rétablir — le lien mystérieux entre les choses d'en haut et les choses d'en bas. Il est l'Intercesseur. En somme, l'écrivain, le peintre ou le sculpteur doivent exprimer une vérité essentielle à l'aide d'une vérité d'aspect. Le monde des apparences sensibles (sociales ou autres) est significatif d'un monde plus secret. Ces vues apparaissent avec une netteté particulière à propos de l'architecture, art préféré de Ruskin, à la fois le plus fidèle à la nature et exprimant le mieux une vérité supérieure.

Dans cette brève analyse on aura reconnu un certain nombre de traits proustiens fondamentaux : importance de la mémoire et de la sensation, effet amortissant de l'habitude sur nos perceptions et le sentiment du beau, effet stimulant de l'absence sur l'imagination, mission révélatrice de l'écrivain. Qu'il s'agisse de thèmes ou d'esthétique, Proust doit beaucoup à l'écrivain anglais. La médiation ruskinienne n'est pas une simple formule heureuse, encore que le disciple ait clairement discerné le péché d'idolâtrie dont le maître s'est rendu coupable, et qu'il ait accusé ses ouvrages « d'être souvent stupides, maniaques, crispants, faux, irritants[1] ». Il est vrai qu'il corrige aussitôt ce jugement sévère en ajoutant : « C'est toujours estimable et toujours grand. »

---

1. Lettre nº XXXIX à G. de Lauris, 8 novembre 1908, p. 149 (cf. encore lettre à R. de Montesquiou, I, nº CXXX, p. 123, novembre-décembre 1912) : « J'ai [...] aimé Ruskin avec un extrême scepticisme dont j'ai même masqué, toute révérence gardée, l'étendue. »

Quelques semaines avant la mort de Ruskin, Proust avait décidé de travailler sur l'écrivain anglais (dont il s'entretenait avec Douglas Ainslie dès 1897)[1], ainsi qu'il l'écrit à Marie Nordlinger : « Depuis une quinzaine de jours, je m'occupe à un travail[2] absolument différent de ce que je fais généralement, à propos de Ruskin et de certaines cathédrales[3] ». Fin janvier 1900, Proust avait déjà traduit, en vue de ce « travail » des passages de Ruskin. En effet, il écrit à Marie Nordlinger : « Reynaldo [Hahn] vous a-t-il dit que ce méchant Ruskin a interdit qu'on traduise ses œuvres en français, de sorte que mes pauvres traductions resteront impubliées. Mais dans des études que je fais sur lui, j'en citerai de longs fragments[4]. »

La mort de Ruskin affligea Proust, mais lui fit mieux comprendre ce qu'il devait à l'écrivain anglais : « Quand j'ai appris la mort de Ruskin (écrit-il à Marie Nordlinger), j'ai voulu exprimer à vous, plutôt qu'à tout autre, ma tristesse, tristesse saine d'ailleurs, et bien pleine de consolations, car je sais combien c'est peu que la mort en voyant combien avec force vit ce mort, combien je l'admire, l'écoute, cherche à le comprendre et lui obéir plus qu'à bien des vivants[5]. »

Proust acquitta sa dette de reconnaissance par une série d'articles et d'études : « John Ruskin » (*La Chronique des arts et de la curiosité,* 27 janvier 1900); « Pèlerinages ruskiniens en France » (*Le Figaro,* 13 février 1900); et surtout : « Ruskin à Notre-Dame d'Amiens » (*Mercure de France,* avril 1900). Ce dernier texte devait constituer la IIe partie de la Préface à *La Bible d'Amiens*[6]. La traduction de cet ouvrage

---

1. Cf. *Les Cahiers M. Proust,* n° I, 1927, p. 279-281 (reprise de l'article de D. Ainslie, publié dans « Hommage à M. Proust », *N.R.F.,* 1er janvier 1923, p. 259-261. Bryant C. Freeman a publié dans le *BSAMP,* n° 10 (1960), six lettres inédites de Proust à D. Ainslie. La lettre n° II (décembre 1899) contient une allusion assez nette à Ruskin. Dans la note 2, p. 169, du *BSAMP,* Freeman évoque une lettre de Proust à M. Nordlinger (21-23 janvier 1900) où l' « ami anglais », à qui il a demandé des conseils à propos de travaux sur Ruskin, pourrait bien être Douglas Ainslie. Ce dernier (auteur d'un article sur Gustave Moreau, lettre VI, p. 176) devrait donc être placé au nombre des « collaborateurs » qui ont aidé Proust à traduire Ruskin.

2. Il s'agit des articles parus le 1er avril et le 1er août 1900 dans *La Gazette des Beaux-Arts* (selon R. Vigneron, ces articles furent demandés à Proust par Louis Ganderax).

3. *Lettres à une amie,* n° II, 5 décembre 1899, p. 5-6.

4. *Lettres à une amie,* n° III, 20-23 janvier 1900, p. 11.

5. *Ibid.,* p. 8-9.

6. Voir Présentation, p. 722.

fut pour Proust une entreprise longue et difficile, comme en témoignent ses lettres à sa mère et à Marie Nordlinger, qui lui apportèrent une aide d'autant plus précieuse que lui-même savait mal l'anglais. Robert d'Humières participa également d'une manière positive à cette traduction[1]. En fait, Proust dut surtout, après un premier jet fourni par ses « collaborateurs », travailler à parfaire la correction et l'élégance de leur texte. Leur correspondance donne une idée de l'échange de renseignements, de précisions, de rectifications qui se poursuivit pendant plusieurs années[2]. Les premiers fragments traduits de *La Bible d'Amiens* parurent dans *La Renaissance latine* du 15 février et du 15 mars 1903. La traduction définitive fut publiée au *Mercure de France* en 1904 (l'achevé d'imprimer est du 15 février). Le 28 mai 1904, Bergson, cousin de Proust par alliance, présentait l'ouvrage à l'Académie des Sciences morales et politiques. Son rapport était relativement bref, mais il disait l'essentiel. Bergson voyait dans la préface « une importante contribution à la psychologie de Ruskin ». Après avoir défini l'écrivain anglais comme « une âme religieuse » et rappelé que son esthétique est « celle d'un homme qui croit que le poète et l'artiste se bornent à transcrire un message divin », le philosophe louait le livre de Ruskin, qui, disait-il, « est un de ceux qui nous font le mieux pénétrer dans l'intimité de sa pensée ». Il concluait ainsi : « M. Marcel Proust l'a traduit dans une langue si animée et si originale qu'on ne croirait pas, en lisant ce livre, avoir affaire à une traduction. Il y a joint des notes, où nous trouvons de nombreux rapprochements entre *La Bible d'Amiens* et d'autres ouvrages du même auteur. »

La plupart des critiques soulignent les trois points évoqués par Bergson : l'ouvrage venait à point pour mieux faire connaître Ruskin en France — la traduction de Proust était « excellente[3] », « parfaite[4] », « fidèle et savante[5] » — et surtout, la préface était « copieuse [...] pleine d'idées, de faits, d'aperçus originaux sur Ruskin et son œuvre[6] », les notes (avec ce système de rapprochements qui fondait la critique thématique), apparurent à l'époque « comme un recueil de

---

1. Comme le révèle Proust, dans lettre n° CL à sa mère, 18-19 mars 1903 (p. 211).

2. Cf., par exemple, lettre n° XC à sa mère, Plon, 1953 (printemps 1902, p. 184) et lettre de la mère à Proust (n° CXIII, été 1903, p. 231), et lettre n° VIII à M. Nordlinger (août 1903, p. 22).

3. Georges Richet, *Revue générale de bibliographie française,* avril 1904.

4. G[abriel] M[ourey], *Les Arts de la vie,* mars 1904.

5. Ernest Gaubert, *La Revue universelle,* mars 1905.

6. Georges Richet, art. cité.

morceaux choisis parmi les plus beaux dans l'œuvre entier du maître[1] ». En général, on associait étroitement Ruskin et son traducteur. L'article le plus substantiel, le plus élaboré, fut sans conteste celui d'Albert Sorel[2]. L'historien commençait par une longue introduction sur la tendance récente à vouloir pénétrer dans l'œuvre d'art. Il citait à ce propos Th. Gautier et Taine, dont il affirmait : « Leurs livres sont des instruments prestigieux d'optique[3] ». Il analysait ensuite les efforts de ceux qui veulent ajouter la méditation intime après la vision des choses (Renan, Loti, Barrès) et les mérites profonds de Ruskin, qui se plonge dans les choses et « communie avec elles ». Ce qui lui permettait d'écrire : « Écoutez cet initié et ce disciple », pour présenter M. Proust comme un représentant « de la littérature ruskinienne de langue française », avec R. de La Sizeranne et Jacques Bardoux. A. Sorel se livrait enfin à un éloge presque lyrique du traducteur :

« Il a reçu la grâce, que dis-je, il a traversé le miracle [...]. Écoutez le cantique, ou si vous aimez mieux, le chant de marche de ce Tannhäuser de l'esthétique [...]. Cet esthète pénétré ne traduit pas ses pensées en prose décadente. Il écrit, quand il médite ou rêve, un français flexible, flottant, enveloppant, en échappements infinis de couleurs et de nuances, mais toujours translucide. » Le critique avait été touché par cette pensée de Proust, pèlerin passionné, d'avoir transplanté dans « notre France de l'Ouest l'insigne du pèlerinage de beauté, le mimosa mystique qui ne semblait devoir fleurir qu'au Campo Santo [...] d'avoir transporté chez nous le culte de son maître ».

Proust fut sans doute très sensible à cet article, car il y fit allusion dans sa préface de *Sésame et les lys*[4]. Critique dans l'ensemble élogieuse, vente honnête (en 1910, on en était à la 5e édition) : le traducteur pouvait être, matériellement et spirituellement, satisfait de ce qu'il appelait : « mon Ruskin[5] ». Par son goût et son intuition, il avait réellement fait sienne l'œuvre de Ruskin.

---

1. *Chronique des arts et de la curiosité*, 19 mars 1904.
2. Dans *Le Temps* du 11 juillet 1904. Titre de l'article : « Pèlerinages de beauté ».
3. Il serait curieux de rapprocher cette formule de celle de Proust, Pléiade, t. III, p. 911 : « L'ouvrage de l'écrivain n'est qu'une espèce d'instrument optique qu'il offre au lecteur afin de lui permettre de discerner ce que, sans ce livre, il n'eût peut-être pas vu en soi-même. »
4. Dans ce volume, p. 171, note en bas de page.
5. Lettre n° X à M. Nordlinger, 31 janvier 1904 (?), p. 26.

Il ne faut pas confondre *Journées de pèlerinage* avec « Pèlerinages ruskiniens », article publié dans *Le Figaro* du 13 février 1900[1]. Cette IIe partie d'*En mémoire des églises assassinées* n'est autre que l'article publié dans le *Mercure de France* d'avril 1900, dédié « à Léon Daudet », et intitulé « Ruskin à Notre-Dame d'Amiens » (titre dans *BA* : « Notre-Dame d'Amiens selon Ruskin »). Cet article a constitué la IIe partie de la préface à la traduction de *La Bible d'Amiens.* Le volume tout entier portait (*BA,* p. 5) la dédicace suivante : « A la mémoire | de | mon père | frappé en travaillant le 24 novembre 1903 | mort le 26 novembre | cette traduction | est tendrement dédiée. | M. P. » Venait ensuite la citation suivante : « Puis vient le temps du travail... ; puis le temps de la mort, qui dans les vies heureuses est très court. John Ruskin. » Le manuscrit de *La Bible d'Amiens* (vol. XLVI) fournit un certain nombre de passages correspondant à l'Avant-Propos (Ire partie de la préface de *BA*), que Proust a remplacé par *Journées en automobile,* mais qu'il a repris en grande partie dans *En mémoire des églises assassinées* (cf. p. 75-76, note de Proust. Pour les différences entre l'Avant-Propos et la note, voir *infra,* p. 75).

Voici la transcription des développements manuscrits que M. Proust n'a pas repris ou qu'il a profondément remaniés :

A. « Il y a un trait de la physionomie de Ruskin qui n'est évidemment pas excellent parce que le plaisir qu'il nous donne vient trop de ce que nous sentons que nous avons à faire *[sic]* à un homme plutôt qu'à la vérité ou à une certaine partie, ou un certain aspect de la vérité / c'est une sorte d'originalité qui par exemple dans un livre sur Giotto à Padoue où chaque tableau de l'Arena a sa description particulière ne possède qu'une illustration. Cette unique illustration placée en face de la description [du] baptême du Christ de Giotto représente bien le baptême du Christ mais nullement celui de Giotto[2], celui d'un enlumineur de missels antérieur à [Giotto]. Dans *La Bible d'Amiens,* ouvrage sur la cathédrale d'Amiens, il y a 3 planches. La 1re représente une Vierge de Cimabue, la 2e une vue de la Somme. La 3e seule représente un porche de la cathédrale, mais avant sa restauration, qui n'est pas décrit dans le livre. Dans *St Mark ['s] rest* les parties les plus importantes de St-Marc ne sont pas décrites, mais il y a un chapitre entier sur un médaillon fort [difficile : *rayé*] qui n'a certainement pas à *[sic]* [?] un mètre carré et qui est fort ordinaire (Ruskin ne dit du reste pas le contraire) ».

B. « J'ai fait précéder cette traduction de *La Bible d'Amiens* d'une Introduction dont la plus grande partie ne fait que reproduire des articles que j'ai donnés au moment de la mort

1. Voir dans la section *Essais et articles* de ce volume, p. 441.
2. Cf. *La Bible d'Amiens, Avant-propos,* p. 13.

de Ruskin au *Mercure de France* et à *La Gazette des Beaux-Arts.* J'ai fait suivre de notes le texte de *La Bible d'Amiens,* chaque fois qu'il éveillait par quelque lointaine, mais frappante analogie, le souvenir d'une page lue dans un autre ouvrage de Ruskin, c'est-à-dire perpétuellement. Par là j'ai en quelque sorte improvisé pour le lecteur une sorte de mémoire factice[1], pleine des sensations données par Ruskin, sorte de caisse de résonnance [*sic*] où les paroles mêmes de *La Bible d'Amiens* pourront prendre [« trouver », « prendre » : *rayés successivement*] plus de retentissement et trouver dans toute l'œuvre de Ruskin des échos fraternels. Ils ne leur répondront pas malheureusement, à ces distances variées que notre passé à mesuré[es] peu à peu lui-même, de lointains parfois presque indistincts, en traversant toute l'atmosphère de la vie que nous avons vécue et qui est toute la poésie de la mémoire. Sans doute en causant pour la 1re fois avec une personne on discerne les traits qui sont en elle singuliers. Mais ce n'est que par la répétition (pas identique naturellement) qu'on reconnaît de ces traits singuliers ceux qui lui sont essentiels[2]. Par les notes je permets au lecteur, à chaque mot que lui dit Ruskin, de se reporter comme à des entretiens antérieurs qu'il aurait eus avec lui, de dégager entre [eux] des traits de ressemblance » (manuscrit interrompu).

N. 1, dans *BA,* p. 15 : « Cette partie de l'Introduction était dédiée dans le *Mercure de France,* où elle parut d'abord sous forme d'article, à M. Léon Daudet. Je suis heureux de pouvoir lui renouveler ici le témoignage de ma reconnaissance profonde et de mon admirative amitié. »

Le manuscrit fournit un certain nombre de développements qui n'ont pas été repris par M. Proust, ou qu'il n'a que partiellement utilisés.

A. « Nous pourrions être plus heureux que nous ne sommes. Bien des choses dans le monde pourraient nous apparaître aussi désirables, pourraient devenir pour nous l'objet d'une passion aussi féconde en joies qu'apparaissaient à notre enfance, sous la lumière de la lampe, ces grands jouets qui au sombre matin du premier janvier [sont rangés sous la lumière de la lampe, dans des cartons énormes, en leur forme inconnue : *rayé*] — les grands jouets aux formes inconnues, les immenses cartons encore enveloppés[3]. Et ces jeux pour grandes personnes ne seraient pas une duperie. Mais au contraire le plaisir que nous y trouverions ne serait que le signe que, sortant des conventions, nous entrons en contact

---

1. *Ibid.,* p. 10.

2. *Ibid.*

3. Proust a repris cette comparaison au folio suivant. Il l'avait déjà utilisée dans *Jean Santeuil* (cf. p. 248-249).

avec la réalité, avec la mystérieuse réalité qui est joie et beauté. Je ne veux aujourd'hui qu'essayer de vous donner les moyens de passer, comme j'ai fait dernièrement, une belle journée. Sans m'attarder à *La Bible d'Amiens* elle-même, aux admirables hagiographies qui remplissent les 3 premières parties de *La Bible d'Amiens,* je vais vous tracer l'itinéraire complet d'une promenade esthétique, d'un pèlerinage ruskinien à Notre-Dame d'Amiens. Ce n'est pas naturell[ement] à cet article que vous prendrez plaisir, mais à la promenade qu'il faut qu'il vous incite à faire, au désir qu'il faut qu'il fasse naître en vous; et à la satisfaction de ce désir. Lisez-moi d'abord et allez à Amiens. Vous verrez ensuite, comme il y a d'autres grands hommes que Ruskin, d'autres choses dignes d'être comprises que la cathédrale d'Amiens, comme il y a plus de beauté dans le monde que d'amour dans notre cœur et que l'amour de notre cœur n'arrivera pas à épuiser la beauté du monde, vous verrez ensuite s'il n'y aurait pas lieu de faire suivre cette belle journée d'autres belles journées, et si dans certaines mesures [*sic*], toutes vos journées ne pourraient pas être belles. Et maintenant approchez-vous et commençons à préparer la promenade que vous ferez, n'est-ce pas ? Et d'abord voici ce qui m'a donné l'idée de le faire. » (Fin du développement.)

B. « Ruskin à travers l'admirable livre de M. de La Sizeranne avait pris l'empire sur mon imagination des mains d'Emerson, de Flaubert ou de George Elliott [*sic*], je ne sais plus, qui gouvernait alors depuis quelque temps [déjà : *en partie rayé*]. Un grand homme au moment où il a tout son pouvoir sur nous est comme un intermédiaire entre la réalité et nous. Même ceux d'entre nous[1] qui ont été doués à leur naissance par les fées ont besoin plus tard de l'intervention des génies pour être initié[s] à une partie de la réalité qu'ils ignoraient jusque-là. Vous savez combien cela est vrai pour les peintres. Chardin vous a appris à ne pas bâiller d'ennui et de dédain de votre modeste salle à manger en rêvant de splendeurs inconnues. En vous révélant la vie de la nature morte, en vous apprenant à admirer comme une des plus belles choses qui soient au monde le rayon de soleil qui fait briller votre verre d'eau, ou le relief de votre couteau sur les plis de la nappe, il vous a découvert la beauté de la vie de tous les jours. Et Rembrandt a achevé de vous émanciper de cette fausse croyance que la beauté est attachée à tels ou tels objets en vous attachant à trouver la beauté dans la seule lumière et dans l'ombre. Mais si la beauté habite dans les choses les plus humbles, il ne faut pas dédaigner les choses rares et penser qu'elles ne peuvent pas avoir aussi leur beauté. Gustave Moreau arrive à point pour [vous : *non rayé*] restaurer en vous

---

1. Ou « vous » (lecture douteuse).

l'amour des bijoux et des belles étoffes[1]. Vous voilà revenus de la nature à l'allégorie, et à une nature qui n'est plus qu'allégorie, à un paysage où si s'y promène une tortue ce n'est que pour vous faire songer d'où fut tirée la lyre. Là vous attend Monet pour vous affranchir encore et vous faire aimer dans les rivières et les sites autre chose qu'un charme d'histoire, le charme particulier *[?]* de ces êtres mystérieux que sont telle rivière, qui a l'habitude de se réveiller tard dans le brouillard, tel coin de pays. Mais il ne s'agit pas ici d'un peintre. Je n'en sentais pas moins que Ruskin comprenait, aimait une foule de choses que je ne comprenais pas, que je n'aimais pas, et dont l'amour qu'il leur portait me garantissait la beauté, m'augmentait le prestige. Mais ce qu'il avait tant » (manuscrit interrompu).

C. « [...] sent en ce moment, ni ce qu'il a autrefois senti, mais quelque chose qui est indépendant du présent et du passé, quelque chose qui a l'air d'être un monde hors du temps, d'un monde plus réel, dont il connaîtrait pour un instant une des innombrables formes, par exemple en ce moment celle-ci celle de s'approcher pour le [*sic*] visiter d'une cathédrale par un jour très chaud quand les oiseaux chantent dans les arbres qui l'environnent. Une telle journée goûtée à la fois dans le présent et dans le passé lui semble quelque chose qui existe en soi et qu'il ne craint pas de perdre, à la réalité de laquelle il est associé au-delà de ses changements dans le temps comme tout ce qui peut advenir y compris la mort au-dessus de laquelle ce sentiment parfait est en q[uel] q[ue] sorte placé. Mais pendant ce temps l'intelligence du lettré, là où celle du poète n'a vu que [*sic*] l'église que comme une masse confuse d'ombre et de soleil, a reconnu chaque saint figuré au-dessus de la porte sachant que celui qui tient une tête c'est St Denis et connaissant ce mouvement de l'ange qui est au-dessus de lui et qui pieusement avec une gloire cache l'absence de sa tête : et il murmure ces vers connus : « St Denis devançant ton martyre y supplée » sa littérature de même qu'elle le ferme à l'émotion des choses véritables pouvait d'ailleurs lui ennoblir des choses médiocres comme dans la vie mondaine où il n'y a rien pour la poésie, lui faisant trouver du charme à retrouver sur Me X la robe de Mme de Cadignan dont Balzac disait | et sur la table du duc de XXX les boutons que Me de Bargeton avait sur sa table le jour où elle reçut pour la 1re fois Lucien de Rubempré à dîner[2]. »

---

1. Au même folio figure un n° 1 qui ne répond à aucun appel de note dans le texte. Le passage est court, et exprime les mêmes idées que nous venons de transcrire, en termes à peu près identiques.

2. Cf. p. 135, dans ce volume.

D. « [...] de notre cœur nous avons un doute informulé sur notre bon droit. Nous avons vu toujours de belles choses autour de nous. Elles sont le fait social par excellence et pourtant nous ne comprenons pas qu'une dispute de ce genre ait pu éclater dans un pays et nous pensons que chacun va reconnaître ses torts, qu'il y aura un fait devant lequel tout le monde devra s'incliner. »

E. « Je voudrais donner à quelques lecteurs de la Revue le désir et le moyen d'aller passer une journée à Amiens avec Ruskin. C'est dans la première ferveur de notre exclusive admiration pour un grand artiste et avant | Ce n'est pas quand un grand artiste est allé prendre sa place dans le Panthéon de notre éclectisme où tous ceux qui tour à tour se sont disputé notre esprit, vivent côte à côte en bonne intelligence, qu'il faut lui demander de nous agrandir le monde en nous y découvrant de la beauté inconnue [*ici un intervalle*].

« Ruskin est un de ceux à qui j'ai demandé le secret des arts et des littératures qu'il [*phrase en suspens*]. Mais ne pouvant à ce moment-là le suivre dans de lointains pays, je fus heureux de voir qu'il avait écrit un livre entier sur [Amiens : *rayé*]. Tout ce dont avait parlé Ruskin eut pour » (manuscrit interrompu).

2. *MF* ajoute : « qui n'est ni traduit en français ni connu en France[1] ». [avec cette note 1 en bas de page] : « M. Mâle lui-même, l'auteur de l'*Art chrétien du (MF : au*) XIII*e *siècle,* pur chef-d'œuvre et dernier mot de l'iconographie française, que je citerai bien souvent dans cette étude, ne semble pas avoir connu *La Bible d'Amiens.* » (Sur É. Mâle, cf. p. 144, n. 5.)

Page 70.

1. *PM : « Saint-Marks* Rest ».* La même faute se retrouve p. 116, 118, 120, etc. Nous la corrigeons une fois pour toutes.

Page 71.

1. *MF :* « d'Amiens (p. 70, l. 10), où il venait chercher sa pensée, qui la gardent encore, pareilles à la tombe d'Italie où d'un poète dont le reste du corps fut consumé, n'est renfermé — arraché aux flammes d'un geste sublime et tendre par un autre poète »; *BA :* « ne reste, arraché aux flammes d'un geste sublime et tendre par un autre poète »

2. Dans *MF* la note ne comporte que cette phrase.

3. *MF, BA :* « une exposition, on regrettera »

4. Cf. dans *Jean Santeuil,* p. 375-376, la description d'une tempête à Penmarch.

5. Au passage qui commence à : « Sans doute le snobisme » (p. 71, l. 3) jusqu'à : « après m'avoir lu » (p. 71, l. 14) correspond le développement manuscrit suivant : « Mais qu'im-

porte ce voyage sera ce que vous le ferez. Certes le snobisme fait passer l'art du régime aristocratique au régime démocratique, en appelant à en jouir quelquefois sinon à le comprendre jamais, et sinon à en jouir au moins à feindre d'en jouir les foules élégantes. Sorte de discipline sociale il empêche l'anarchie des goûts et courbe des masses énormes sous la tyrannie du bon ton. Mais la foule qui se pressait hier encore à l'audition de Tristan et Yseult empêche-t-elle l'artiste perdu au milieu d'elle d'éprouver des joies où il n'entre certes aucun snobisme et par conséquent aucune duperie. Mais le snobisme fait paraître tout naturels les projets qu'il conseille et extravagants ceux sur lesquels il reste muet. Je n'étonnerais personne en disant : " je vais à Bayreuth, je vais à l'exposition de Rembrandt à Amsterdam ". Mais si je dis : " je vais à la pointe du Raz voir une tempête, je vais à Gisors voir des pommiers en fleurs ", on rit. En Angleterre je ne ferais pas rire en disant que je vais à Amiens voir les statues aimées de Ruskin, ou en Touraine chercher le coude de la Loire peint par Turner. Espérons que bientôt en France on ne rira plus de cela. »

Page 72.

1. *Germinie Lacerteux,* chap. LXX. Proust fait allusion au passage où Mlle de Varandeuil, après la mort de Germinie, cherche vainement la croix qui indiquerait sa tombe.

2. *BA, I, Au bord des courants d'eau vive,* p. 131-132, § 29. L'histoire de saint Martin occupe les pages 126 à 137, § 22-33.

Dans *BA,* après « honnête boisson » (p. 131, l. 29), appel de la note 2, qui commence ainsi : « Ce n'est pas seulement Ruskin, il me semble, qui aime à se représenter un saint sous ces traits. Les meilleurs d'entre les clergymen de George Eliot et d'entre les prophètes de Carlyle ne sont pas davantage des " saints qui prêchent " ni " des sortes de saints à la saint Jean-Baptiste ". Ils " ne dépensent pas non plus un souffle en une exhortation désagréable ". Ils sont aussi aimables " pour le manant que pour le roi ", aiment eux aussi " une honnête boisson ". D'abord, dans Carlyle » (cf. ici p. 73, l. 9 de la note).

3. Dans *MF* et *BA,* la note du bas de page s'arrête ici.

Page 73.

1. *Epr :* « Pour revenir à Ruskin et à sa conception du Saint à la St Martin qui ne dépense »

2. *Epr* (première note manuscrite) : « il semble que Ruskin n'est pas ». Dans un deuxième jeu d'épreuves, où la note est imprimée, « n'est » est rayé et remplacé par « ne soit ». Le typographe a tout reproduit, ce qui explique la coquille de *PM :* « que Ruskin ne soit n'est* pas seul ».

3. *PM :* « clergymens »*
4. Début du chapitre I de *BA,* p. 105. Proust reproduit fidèlement le texte de *BA* jusqu'à : « se répandait dans tous les pays » (*BA,* p. 107; dans ce volume, p. 77, l. 20).

Page 74.

1. *PM :* « Stiwell »*
2. Cette note ne figure pas dans *BA* à cette place, mais dans le chapitre d'où est extraite la citation (p. 105, I, *Au bord des courants d'eau vive*).

Page 75.

1. *PM :* « que »*
2. Début de l'Avant-Propos (*BA,* Préface, I) : « Je donne ici une traduction de *La Bible d'Amiens,* de John Ruskin. Mais il m'a semblé que ce n'était pas assez pour le lecteur. Ne lire qu'un livre d'un auteur, c'est voir cet auteur une fois. Or, en causant »
3. *Ms :* « Mais ce n'est que par la répétition, dans des circonstances variées, des traits singuliers qu'on reconnaît ceux qui sont caractéristiques. »
4. *Av Pro :* « l'artiste. Quand plusieurs portraits peints par Rembrandt, d'après des modèles différents, sont réunis dans une salle, nous sommes aussitôt frappés par ce qui leur est commun à tous et qui est les traits mêmes de la figure de Rembrandt. En mettant » (le texte de *Ms* diffère très peu de celui de *Av Pro*).
5. *Ms :* « lointaines, si elles n'étaient pas douteuses, le souvenir »
6. *MF* insère ici la note : cf. *Praeterita :* « Vers le moment de l'après-midi... etc. » (dans ce volume, p. 74).

Page 76.

1. *Epr :* « l'Homme [*etc.*] » tous les noms, jusqu'à « doctrine » inclus, portent sans exception des majuscules.
2. *Ms :* « du sujet, et si elles servent éminemment à la situation littéraire du critique, ne vaudront pas »
3. *Ms :* « à leur sacrifier tous ses plaisirs »
4. *Av Pro :* « n'ai pas essayé de la remplir ici à l'égard de Ruskin. Cela pourra être l'objet de travaux ultérieurs. Ceci n'est qu'une traduction et, pour les notes, la plupart du temps je me suis contenté d'y donner la citation qui me paraissait juste sans y ajouter de commentaires. Quelques notes cependant sont plus développées. Celles-là eussent été plus à leur place, si, au lieu de les laisser çà et là, au bas des pages, je les avais fait entrer dans ma préface, qu'elles complètent et rectifient sur plusieurs points. Mais je ne l'ai pas voulu, cette pré-

face reproduisant simplement, sauf cet avant-propos et un post-scriptum plus récent, des articles qu'au moment de la mort de Ruskin j'avais donnés au *Mercure de France* et à *La Gazette des Beaux-Arts.*

« D'autres notes ont un caractère différent. Celles du chapitre IV sont surtout archéologiques. Enfin, chaque fois que Ruskin, par voie de citation mais bien plus souvent d'allusion, fait entrer dans la construction de ses phrases quelque souvenir de la Bible, comme les Vénitiens intercalaient dans leurs monuments les sculptures sacrées et les pierres précieuses qu'ils rapportaient d'Orient, j'ai cherché toujours la référence exacte, pour que le lecteur, en voyant quelles transformations Ruskin faisait subir au verset avant de se l'assimiler, se rendît mieux compte de la chimie mystérieuse et toujours identique, de l'activité originale et spécifique de son esprit. Je n'ai pu me fier pour la recherche des références ni à l'*Index de la Bible d'Amiens* ni au livre de Mlles Gibbs, *The Bible References of Ruskin,* qui sont excellents mais par trop incomplets. Et c'est de la Bible elle-même que je me suis servi.

« Le texte traduit ici est celui de *La Bible d'Amiens* in extenso. Malgré[1] les conseils différents qui m'avaient été donnés et que j'aurais peut-être dû suivre, je n'en ai pas omis un seul mot. Mais ayant pris ce parti, pour que le lecteur pût avoir de *La Bible d'Amiens* une version intégrale, je dois lui accorder qu'il y a bien des longueurs dans ce livre comme dans tous ceux que Ruskin a écrits à la fin de sa vie. De plus, dans cette période de sa vie, Ruskin a perdu tout respect de la syntaxe et tout souci de la clarté, plus que le lecteur ne consentira souvent à le croire. Il accusera alors très injustement les fautes du traducteur.

« Pour les mêmes raisons, j'ai donné tous les appendices, sauf l'*Index alphabétique,* et la *liste des photographies de la cathédrale* par M. Kaltenbacher, photographies qu'on pouvait autrefois acheter avec *La Bible d'Amiens.* Enfin l'édition anglaise est ornée de quatre gravures qui ne sont pas reproduites ici, la *Madone* de Cimabue, *Amiens le jour des Trépassés* (je décris cette gravure plus loin, pages 66 et 67), le *Porche nord avant sa restauration.* On comprend que des photographies de la cathédrale se vendant avec le livre, Ruskin ait choisi pour ses gravures des sujets ne se rapportant que par une sorte d'allusion aux descriptions qu'il donne de la cathédrale et ne faisant pas double emploi avec les photographies. Mais ceux qui ont l'habitude des livres de Ruskin verront plus volontiers dans le choix un peu singulier des sujets de ces gravures un effet de cette disposition originale, on peut presque dire

---

1. Le développement manuscrit correspondant s'arrête ici. *Ms* ne présente avec *Av Pro* que des différences négligeables.

humoristique, de son esprit — qui lui faisait en quelque sorte manquer toujours au programme indiqué, mettre en regard de la description du *Baptême du Christ* par Giotto, une gravure représentant le *Baptême du Christ* non par Giotto, mais tel qu'on le voit dans un vieux psautier, ou bien, dans une étude sur l'église Saint-Marc, ne décrire aucune des parties importantes de Saint-Marc et consacrer de nombreuses pages à la description d'un bas-relief qu'on ne remarque jamais, qu'on distingue difficilement, et qui est d'ailleurs sans intérêt; mais ce sont là des défauts de l'esprit de Ruskin que ses admirateurs reconnaissent au passage avec plaisir parce qu'ils savent qu'ils font, fût-ce à titre de tics, partie intégrante de la physionomie particulière du grand écrivain.

« Il me reste à exprimer ma reconnaissance plus particulière, parmi tant de personnes dont les conseils m'ont été précieux, à M. Alfred Vallette qui a donné à cette édition des soins infiniment intelligents et généreux, qui lui font le plus grand honneur; à M. Charles Ephrussi, toujours si bon pour moi, qui a facilité toutes mes recherches en mettant à ma disposition la bibliothèque de *La Gazette des Beaux-Arts* et à M. Robert d'Humières. Quand j'étais arrêté par une forme difficile de langage, j'allais consulter le merveilleux traducteur de Kipling, et il résolvait aussitôt la difficulté avec son étonnante compréhension des textes anglais où il entre autant d'intuition que de savoir. Bien des fois, sans jamais se lasser, il me fut ainsi secourable. Qu'il en soit ici affectueusement remercié[1]. »

5. *MF :* « la reine des rivières françaises était »

6. *BA :* « elle-même, etc. » : la fin de la citation, jusqu'à *decursus aquarum* (p. 77, l. 8-9) n'est pas donnée, et, naturellement, les notes qui s'y rapportent sont absentes. Le texte de *BA* reprend à : « Mais c'est assez parler » (dans ce volume, p. 77, l. 29).

7. Cette note n'est pas dans *MF*.

Page 77.

1. Entre « ils descendent » et « vers les sables », *MF* insère la parenthèse suivante : « (non guéables excepté quand les deux Édouards les traversèrent la veille de Crécy) ». La citation latine est tirée des *Psaumes,* I, 3 : « Il sera comme un arbre planté près d'un courant d'eau. »

2. Cette note n'est pas dans *MF*.

3. *MF* ajoute ici : « Un règlement de l'échevinage du 12 avril 1556 fait voir qu'on fabriquait, à cette époque, des "velours de toutes couleurs pour meubles, des colombettes à grands et petits carreaux, des burailles croisés qu'on expé-

1. Fin de l'Avant-Propos.

diait en Allemagne, en Espagne, en Turquie, en Barbarie ! ” Velours de toutes couleurs. »

4. Proust a toujours témoigné beaucoup d'intérêt pour l'œuvre de Carpaccio. Il y fait allusion à maintes reprises dans *À la Recherche du temps perdu* (voir Pléiade, t. III, p. 1192). Au début de 1916, il demanda des détails sur les robes peintes par Carpaccio à Maria de Madrazo, sœur de Reynaldo Hahn (cf. lettres VII et VIII, dans le *BSAMP*, nº III, 1953, p. 33-34).

5. Dans *MF*, la citation de Ruskin s'arrête ici, avec appel de note : 1. *The Bible of Amiens*, I, § 1 et 2.

6. Début du § 4, *BA*, p. 109.

7. *MF, BA :* « du voyageur »

8. Début du développement qui se trouve dans *BA*, IV, [*Interprétations*], p. 258, l. 10. La dernière phrase de la citation figurant dans le présent volume (p. 82, l. 9) se trouve dans *BA*, IV, p. 264, l. 22.

Page 78.

1. *MF :* « Amiens, le jour des Trépassés de *La Bible d'Amiens* »

2. *MF :* « la colline calcaire qui avoisine la citadelle. Gravissez-la et de là allez à la cathédrale en montant les pentes de la cité. Comme cela vous comprendrez »

3. *MF :* « n'importe quelle mauvaise rue, risquez les ponts si vous pouvez ; plus les rues seront éventées et sales »

4. *MF* et *BA* insèrent ici une note en bas de page : « Les beautés de la cathédrale d'Amiens et du livre de Ruskin n'exigeant pas, pour être senties, l'ombre d'une notion d'architecture, et afin que cet article se suffise à lui-même, je n'ai employé que les termes techniques absolument courants, que tout le monde connaît et seulement quand la précision et la concision les rendaient nécessaires. Pour répondre à tout hasard au : “ Faites comme si je ne le savais pas ” de M. Jourdain de lecteurs trop modestes, je rappelle que la façade principale d'une cathédrale est toujours la façade ouest. Le porche de la façade occidentale ou porche occidental se compose généralement [*MF :* souvent] de trois porches, un principal et deux secondaires. La partie opposée de la cathédrale, c'est-à-dire la partie est, ne comporte aucun porche et se nomme abside. Le porche sud et le porche nord sont les porches des façades sud et nord. L'allée qui figure les bras de la croix dans les églises cruciformes se nomme transept. Un trumeau, dit Viollet-le-Duc, est un pilier qui divise en deux baies une porte principale. Le même Viollet-le-Duc appelle “ quatre feuilles ” un membre d'architecture composé de quatre lobes circulaires. » *MF* ajoute : « Cette définition ne s'applique pas aux bas-reliefs dont nous parlons plus loin et qui ne sont circulaires qu'à la place des quatre angles. »

5. *MF :* « le théâtre, puis vous passerez devant le palais de Justice et vous monterez droit au portail sud »

6. *MF* ajoute ici : « tout le monde. Simple et sévère au fond, finement ouvragé au sommet, il paraît ici d'un seul morceau, quoiqu'il ne le soit pas. Chacun »

Page 79.

1. Cette note ne figure pas dans *MF,* ni dans la préface de *BA* à cette place, mais dans le chapitre d'où est extraite la citation (p. 260, IV, *Interprétations*).

2. *PM :* « due »*

Page 80.

1. *PM :* « si* ils »

Page 81.

1. Cette note ne figure pas dans *MF* ni dans la préface de *BA* à cette place, mais au chapitre d'où est extraite la citation (p. 263, IV, *Interprétations*). *BA* donne la référence : *Stones of Venice,* I, II, 13-15.

2. Cette note ne figure pas dans *MF* ni dans *BA.*

Page 82.

1. *MF, BA, PM :* « impatients ». Il faut rétablir le singulier, car Ruskin s'adresse constamment « au lecteur » (cf. p. 83, n. 1, le texte de *MF*).

2. Cette note ne figure pas dans *MF* ni dans *BA.*

3. Note dans *MF* et dans la préface de *BA : The Bible of Amiens,* IV, § 6, 7 et 8 (cf. effectivement *BA,* p. 263-264).

4. Le manuscrit fournit, correspondant en gros au passage : « Mais vous devez (p. 82, l. 3)... la matière d'un livre » (p. 83, l. 22) un long développement dont nous donnons la transcription intégrale : « Si vous avez du temps, nous dit-il [*ici : un blanc*] Mais si vous êtes pressé descendez la rue des Trois-Cailloux, prenez quelques gâteaux en passant pour être bien disposé [*Ms :* « disposés »*] et abordez la cathédrale par le portail sud. Donnez au mendiant qui est à la porte. C'est ce deuxième itinéraire que j'ai d'abord suivi et au moment où le portail sud m'apparaissait, je voyais devant lui le mendiant à la même place et si vieux que c'est peut-être à lui que Ruskin donnait en arrivant. Jaloux de suivre la prescription ruskinienne je lui ai aussitôt donné une aumône, et par ce fétichisme illusoire que je blâmais tout à l'heure j'ai eu l'impression que j'accomplissais un acte de piété ruskinienne élevée. Associé à mon aumône, de moitié dans mon offrande, je croyais le sentir diriger mon geste et comme Frédéric Moreau au commencement de *L'Éducation sentimentale* quand il donne

le louis d'or [passant : *rayé*] | madame Arnoux | j'avais le [même] sentiment. Puis je me reculai pour avoir une vue d'ensemble sur ce portail sud, portail que garde la statue célèbre de la Vierge dorée (aujourd'hui dédorée) et qui y remplace depuis le XIIIe siècle celle de St Honoré à qui elle était autrefois consacrée. C'était une journée splendide et j'étais arrivé à l'heure où le soleil fait sa visite quotidienne à la Vierge. Il n'est pas un saint qu'il ne visite dans la journée, à qui il ne donne un manteau de chaleur et une gloire de lumière. Il n'achève jamais sa journée sans avoir fait le tour de l'immense cathédrale. Mais c'était l'heure de sa visite à la Vierge. Il l'enveloppait de tant de gloire et de bonheur que c'était à sa lueur momentanée que semblait s'adresser son sourire séculaire, ce sourire que Ruskin, qui préfère la plus grave et la plus primitive sculpture de Chartres, trouve presque d'une grisette. Cette statue, dit-il dans une conférence faite au musée de Kensington sous le nom « Les deux sentiers » et que la *Revue de l'Union morale* traduisit | dont une seconde édition semblable n'existe pas, dont chaque caractère est une statue, un bas-relief, un vitrail et qu'il faut aller lire sur cette place dans cet Amiens au milieu duquel le plus profond d'un esprit perdu, le plus beau d'un langage oublié est parlé pour personne, pour un rare passant ayant lu Ruskin et essayant de comprendre la cathédrale et qui élève ce lieu à la hauteur des plus nobles lieux de la terre qui [sont] dépositaires du génie et de la beauté, beauté et génie qui sont, semble-t-il, plus qu'aucun autre faits pour charmer notre temps, car si l'inspiration comme nous le montrerons tout à l'heure touche aux réalités les plus profondes de la philosophie et de l'histoire et a ainsi pour nous un intérêt perpétuel et vivant, en revanche sa forme toujours symbolique, son langage obscur et imagé nous plaît par son étrangeté mystérieuse » (fin du développement manuscrit).

5. Ire partie, chap. I. La citation, exacte, est précédée de la phrase suivante : « Pendant qu'Arnoux cherchait de la monnaie, Frédéric allongea vers la casquette sa main fermée et, l'ouvrant avec pudeur, il y déposa un louis d'or. »

Page 83.

1. Dans *MF*, le passage qui suit, jusqu'à « dans les satisfactions de l'habitude » (p. 84, l. 24) est rejeté en une longue note de bas de page commençant ainsi : « Je renvoie ici le lecteur à une page des *Deux Sentiers* de Ruskin, que le *Bulletin de l'Union morale* a traduite il y a quelques années. Si j'y fais allusion ici, c'est que *Les Deux Sentiers* étant de 1858 et *La Bible d'Amiens* de 1885, le rapprochement des textes » (*PM* : « était* »)

2. Alinéa dans *MF*.

Page 84.

1. *MF :* « vive, mais où Dieu, en lui donnant »

2. Gustave Moreau (1826-1898), peintre méconnu au XIXe siècle, dont Proust a parlé à maintes reprises. Il fut influencé par Chassériau, Delacroix, et les préraphaélites. On connaît de lui un grand nombre de tableaux mythologiques, de climat souvent tragique; mais il a également composé des aquarelles et exécuté des dessins où son originalité est peut-être plus évidente.

3. *MF :* « auxquels MM. de La Sizeranne et Hallays ne trouveraient rien »; *PM :* « auquel »*, que nous corrigeons.

4. *Ms :* « Telle qu'elle est avec son sourire si particulier, qui en fait une œuvre d'art si individuelle, comme une sœur colossale de *la Joconde,* elle fait du portail sud de Notre-Dame d'Amiens, comme le musée où il faut se rendre pour la voir, plutôt qu'elle n'a l'air d'en [n']être qu'une partie. Mais les cathédrales sont des musées vivants, qui sont le contraire des musées où les œuvres d'art, si individuelles qu'elles soient, ont été faites pour eux et non pas eux pour elles, ce sont des musées au[x]quel[s] M. de La Sizeranne lui-même et M. Hallays lui-même ne trouveraient rien à redire. Telle qu'elle est »

Page 85.

1. *Ms :* « Dorée qui nous accueille à cette porte sud de la cathédrale, avec un sourire de maîtresse de maison céleste, dans sa parure délicieuse, exquise et simple d'aubépines, auxquelles répondront au portail est des roses, des rosiers, des [pommiers : ?], des lys, des vignes, des figuiers, et des calebassiers. Mais ce printemps » *PM :* « fleur* ». Comme dans *Les Plaisirs et les jours,* nous avons rétabli le pluriel (cf. p. 81, l. 9).

2. *MF* et *BA* insèrent ici une note de bas de page : « M. Paul Desjardins a parlé beaucoup mieux des pierres qui étaient restées plus longtemps ensemble que les cœurs »

3. *PM* (et ailleurs) : « tous »*. Nous signalons une fois pour toutes que nous corrigeons partout « tous » en « tout » dans l'expression « en tous cas ».

4. *Ms :* « l'église quelques-unes des roses de pierre (*p. 85, l. 6*). Mais[1] n'attendons pas que suivi de son innombrable cortège de rayons et d'ombres et qui se repose en ce moment à tous les reliefs des saints et des saintes dont le peuple sculpté emporté dans l'ascension de la pierre monte dans une lumière d'apothéose et d'assomption, le soleil quitte la Vierge qui lui sourit. J'avais tort de dire que ce portail était comme le musée où l'on peut aller voir la Vierge Dorée (non pas que je veuille

---

1. Le début de cette phrase a été repris par M. Proust, p. 86, l. 12.

reprendre ici à mon compte la théorie de MM. de La Sizeranne et Hallays sur le dépaysement et la mort des œuvres d'art dans les musées). Mais une œuvre par le fait qu'elle fait à tout jamais partie d'un lieu de la terre individuel et qui ne saurait être possédée par aucun [*Ms :* « aucune »*] autre (car déracinée elle mourrait aussitôt) nous retient par des liens plus forts que ceux de l'œuvre d'art elle-même, par ces liens comme en ont pour nous garder les personnes et les pays. *La Joconde* est la *Joconde* de Vinci. Mais qu'importe que Venise eût été sa patrie première et qu'elle soit naturalisée française. Elle est à sa manière une admirable « Sans-patrie » et ne sera nulle part une « Déracinée ». Je ne puis en dire autant de la Vierge Dorée qui tient à Amiens comme les syllabes même de ce nom qui individualisent un lieu de la terre, qu'un voyage plus long, une arrivée plus belle ne nous feraient pas trouver ailleurs, une ville qui n'est sur la terre qu'à un endroit dont les employés de chemin de fer en criant le nom semblent nous dire, sans le savoir : « Aimez ce que jamais on ne verra deux fois[1]. » Tirée de ces carrières qui entourent Amiens, hâlée par le vent du Nord qui au-dessus d'elle a fait fléchir la flèche, baignée dans l'atmosphère humide des canaux de la " Venise du Nord ", regardant depuis tant de siècles les mais[ons] » [manuscrit interrompu].

Référence de 1 : « A. de Vigny, *La Maison du berger,* III, strophe 12. »

Page 86.

1. Dans *MF,* alinéa.
2. Reprise de *BA,* IV, p. 263 et p. 264. Le passage de la préface, jusqu'à : « ni rien qui paraisse plus grand » (p. 87, l. 9), est transcrit assez librement de *BA,* IV, p. 264-265.
3. *MF :* « lui de la croix du centre, vous »

Page 87.

1. Reprise de *BA,* IV, p. 255. Le passage de la préface, jusqu'à : « pleine d'histoire qu'aucun livre » (p. 87, l. 34), est transcrit assez librement de *BA,* p. 255-258.
2. *MF :* « le bedeau, M. Regnault, qui connaît admirablement son église, vous laissera »
3. *MF :* « sur les accoudoirs où »

Page 88.

1. *MF* ajoute ici : « En quittant le chœur, regardez sa clôture extérieure en vous reportant à *La Cathédrale* de M. Huysmans (p. 400 et 401) ».
2. *Ms :* début du développement manuscrit : « à découvrir l'essence du bois, à montrer sa force et à chanter sa douceur.

Mais maintenant célèbres dans le monde entier, représentées dans les musées par des moulages, que les gardiens ne laisseraient pas toucher, elles continuent »

3. *Ms :* « modestement. L'ajourement des arcatures qui s'élèvent derrière les stalles, hors de la portée de la main, se distingue de loin dans sa délicatesse ouvragée, tandis qu'on ne se rend compte que d'assez près des sujets des stalles. C'est que la poussière a conservé les unes intactes, tandis que les frottements ont usé le bois des autres et arrondi leurs surfaces. Mais tandis que les arcatures ont gardé ce gris de la poussière qui les a protégées, le bois toujours frotté des stalles a [*Ms :* « ont »*] pris peu à peu, revêtu »

4. *PM :* « quand »*

5. *Ms :* « que la fleur, faisant »

6. « des chênes » : fin de ce développement manuscrit.

Page 89.

1. Voir la note 4 de la page 177.

2. *MF* et *BA* insèrent ici une note de bas de page : « *La Cathédrale de Rouen aux différentes heures du jour,* par Claude Monet (collection Camondo). — Comme « intérieurs » de cathédrales, je ne connais que ceux [si beaux, du grand peintre Helleu : *BA*]; [du grand peintre Helleu, qui sont si beaux : *MF*] »

3. *MF :* « en sa double révolution d'une année autour du soleil et d'un jour autour d'elle-même — se déroule »

4. *MF :* « quelque chose d'idéal, d'actuel, où nous avons à trouver autre chose »

5. Ce passage de la préface, jusqu'à : « des nuages et des champs », (p. 93, l. 2) est transcrit de *BA,* III *[Le Dompteur de lions],* p. 239-248 [fin du chapitre III].

Page 90.

1. La traduction de *BA* (III, p. 240) comporte ici une analyse de la *Bible* que Proust a supprimée dans *PM.*

BA : « est anticipée dans le CIV^e^ (*p. 90, l. 3*). Quant au contenu du volume entier, considérez si un autre cycle de littérature historique et didactique a une étendue qui lui soit comparable. Il renferme :

« I. L'histoire de la Chute et du Déluge, les deux plus grandes traditions humaines fondées sur l'horreur du péché.

« II. L'histoire des Patriarches, dont la vérité permanente est encore visible aujourd'hui dans l'histoire des races juive et arabe.

« III. L'histoire de Moïse avec ses résultats pour la loi morale de tout l'univers civilisé.

« IV. L'histoire des Rois — virtuellement celle de toute

royauté, dans David, et de toute la philosophie, dans Salomon, atteignant son point le plus élevé dans les Psaumes et les Proverbes, avec la sagesse encore plus serrée et pratique de l'Ecclésiaste et du fils de Sirach.

« V. L'histoire des Prophètes — virtuellement celle du mystère le plus profond, de la tragédie, de la fatalité perpétuellement immanente à une existence nationale.

« VI. L'histoire du Christ.

« VII. La loi morale de saint Jean qui trouve à la fin dans l'Apocalypse son accomplissement.

« Demandez-vous »

2. Cette note ne figure pas dans la préface de *BA* à cette place, mais dans le chapitre d'où est extraite la citation (III, *Le Dompteur de lions,* p. 241). *PM : « pieta »**. Cette citation est tirée d'Horace, *Odes,* I, XVII, v. 13-14 : « Aux dieux sont chères ma piété et ma muse ».

Page 91.

1. *MF :* « d'Horace. Je me faisais un devoir dès ma première jeunesse »

2. Dans la préface de *BA,* la citation est interrompue ici pour ne reprendre qu'à : « qu'il y ait une littérature » (p. 92, l. 5).

3. Cette note ne figure pas dans la préface de *BA* à cette place, mais dans le chapitre d'où est extraite la citation (III, *Le Dompteur de lions,* p. 242).

4. *PM :* « égosime »*. Plus bas, *PM :* « *Chace* »*

5. La phrase de *PM :* « [...] de ma vie; jusqu'à quel point dépasse ma conjecture ou une confession; jusqu'où ma connaissance* [...] » est incohérente. Le texte d'*Epr* éclaire tout. Il donne en effet : « les chagrins de ma vie; (*une ligne de points*); [jusqu'à quel point : *rayé*] [dépasse ma conjecture ou ma confession : *non rayé*]. Le typographe a tout reproduit, mais il faut évidemment supprimer le membre de phrase : « Jusqu'à quel point... ma confession ». Ce membre de phrase, ainsi isolé, n'a pas de sens; il trouve sa place naturelle dans la phrase suivante. *MF :* « jusqu'où ma connaissance de la vie est-elle courte »

Page 92.

1. *MF :* « écrit pour mon propre plaisir ou pour ma renommée, j'ai été préservé, comme les hommes qui écrivent ainsi le seront toujours, des erreurs »

2. Cette note ne figure pas dans *MF,* ni dans la préface de *BA* à cette place, mais dans le chapitre d'où est extraite la citation (III, *Le Dompteur de lions,* p. 243). *PM* : « Gueen »*

3. *MF :* « fragmentaires de sentiments ou les expositions de doctrines que, de temps en temps, j'ai été capable de don-

ner, seront trouvées maintenant, par un lecteur attentif, comme se reliant à un système général d'interprétations »

4. *MF :* « chrétienne, qui les rendra capables, sans injustice, de sympathiser avec la foi des âmes candides et généreuses de tous temps et de tous pays. Qu'il y ait »

5. Texte complet de *BA* (III, p. 243-244) : « Mais comme je n'ai jamais écrit *[p. 91, dernière ligne du texte]* pour mon propre plaisir ou pour ma renommée, j'ai été préservé, comme les hommes qui écrivent ainsi le seront toujours, des erreurs dangereuses pour les autres, et les expressions fragmentaires de sentiments ou les expositions de doctrines, que, de temps en temps, j'ai été capable de donner, apparaîtront maintenant à un lecteur attentif, comme se reliant à un système général d'interprétation de la littérature sacrée, à la fois classique et chrétienne, qui le rendra capable, sans injustice, de sympathiser avec la foi des âmes candides de tous temps et de tous pays.

« Qu'il y ait une littérature sacrée classique »

6. *MF :* « l'évêque Gardane Douglas » (*BA :* « Gawaine »).

7. Dans le chapitre de *BA* d'où est extraite la citation (III, *Le Dompteur de lions,* p. 244-246) on trouve à cet endroit une longue note reprise en partie par Proust (p. 117, note *). Voici les différences entre la note de *BA* et la note * :

— tout le début est semblable jusqu'à : « l'eau d'une fontaine d'Arcadie », p. 119 (une seule variante dans *BA :* « l'instinct constructif grec, dans la puissance même d'Athênê avec le sentiment religieux grec, aussi certainement », p. 118, fin du 1er § de la note);

— après : « fontaine d'Arcadie », la note de *BA* poursuit ainsi :

« Cette page n'a pas seulement pour moi le charme d'avoir été lue dans le baptistère de Saint-Marc, dans ces jours bénis où, avec quelques autres disciples " en esprit et en vérité " du maître, nous allions en gondole dans Venise, écoutant sa prédication au bord des eaux, et abordant à chacun des temples qui semblaient surgir de la mer pour nous offrir l'objet de ses descriptions, et l'image même de sa pensée, pour donner la vie à ses livres dont brille aujourd'hui sur eux l'immortel reflet. Mais si ces églises sont la vie des livres de Ruskin, elles en sont l'esprit. (Jamais le vers que redit Fantasio : " Tu m'appelles ta vie, appelle-moi ton âme[1] " ne fut

1. Cf. acte I, sc. II. En réalité, Fantasio chante deux vers :

Tu m'appelles ta vie, appelle-moi ton âme,
Car l'âme est immortelle et la vie est un jour

On a rapproché ces vers d'un quatrain attribué à Mme de Staël, et surtout d'une chanson populaire portugaise, imitée par Byron, dont a pu s'inspirer Musset, qui savait l'anglais, mais ignorait le portugais.

d'une application plus juste.) Sans doute les livres de Ruskin ont gardé quelque chose de la beauté de ces lieux. Sans doute, si les livres de Ruskin avaient d'abord créé en nous une espèce de fièvre et de désir qui donnaient, dans notre imagination, à Venise, à Amiens, une beauté que, une fois en leur présence, nous ne leur avons pas trouvée d'abord, le soleil tremblant du canal ou le froid doré d'une matinée d'automne française où ils ont été lus, ont déposé sur ces feuillets un charme que nous ne ressentons que plus tard, moins prestigieux que l'autre, mais peut-être plus profond et qu'ils garderont aussi ineffaçablement que s'ils avaient été trempés dans quelque préparation chimique qui laisse après elle de beaux reflets verdâtres sur les pages, et qui, ici, n'est autre que la couleur spéciale d'un passé ! Certes, si cette page du *Repos de Saint-Marc* n'avait pas d'autre charme, nous n'aurions pas eu à la citer ici. Mais il nous semble que, commentant cette fin du chapitre de *La Bible d'Amiens,* elle en fera comprendre le sens profond et le caractère si spécialement "ruskinien". Et, rapproché des pages similaires (voir les notes p. 213, 214, 338 et 339), il permettra au lecteur de dégager un aspect de la pensée de Ruskin qui aura pour lui, même s'il a lu tout ce qui a été écrit jusqu'à ce jour sur Ruskin, ce charme ou tout au moins ce mérite, d'être, il me semble, montré pour la première fois. » (Note du Traducteur.)

8. Dans *PM,* on trouve « Athénée »*, ce qui est une faute évidente.

9. Cette note ne figure pas dans *MF* ni dans la préface de *BA.* Dans le texte du livre lui-même, la phrase se complète ainsi (III, p. 246) : « pour nous enseigner ce que les Grecs entendaient nous dire en représentant le grand combat sur leurs vases, où les peintres chrétiens faisaient leur thème de prédilection de la fermeté de l'Ami du Lion ». La note du bas de page est appelée au mot : « vases ». Elle précise : « Traduction Elwall, p. 44. »

10. Cette note ne figure pas dans *MF* ni dans la préface de *BA,* mais dans le chapitre d'où la citation est extraite (III, *Le Dompteur de lions,* p. 247). La citation est tirée de la *IV*e *Bucolique,* v. 22. « Et les troupeaux ne craindront pas les grands lions. »

11. *MF :* « où la cruauté de l'homme sera changée en bénédiction »

12. Cette note ne figure pas dans *MF* ni dans la préface de *BA.* Dans le chapitre d'où est extraite la citation (*Le Dompteur de lions,* p. 247) le texte d'Isaïe est donné : « On ne nuira point, et on ne fera aucun dommage à personne dans toute la montagne de ma Sainteté » (*Isaïe,* XI, 9). (Note du Traducteur.)

13. Cette note ne figure pas dans *MF* ni dans la préface de *BA.* Dans le chapitre d'où est extraite la citation, le texte de

Matthieu est donné : « Pour ce qui est de ce jour et de cette heure, personne ne le sait » (*Ibid.*, p. 247).

14. Ici, dans *MF*, note : « “ Contenons [...] colère ”. » (Cf. n. 1, p. 93). 1. Cf. Bossuet, *Élévations sur les mystères*, IV, 8.

Page 93.

1. *MF* et la préface de *BA* donnent ici cette note : « 1. *The Bible of Amiens*, III, § 50, 51, 52, 53, 54 (daté d'Avallon, 28 août 1882). » Quant à la note de *PM*, on la trouve au chapitre de *BA* d'où la citation est extraite, où elle est plus complète : III, p. 248. Après « ciel » : « Empêchons nos pensées de ramper comme font les reptiles sur la terre. » La citation est complète aussi dans *MF*.

2. Pour la note dans *MF*, cf. p. 92, n. 14.

3. Dans *BA*, la description du porche occidental occupe les pages 282 à 295 (IV, § 27 à 41).

4. Début du développement manuscrit : « Je ne puis malheureusement pas vous traduire ici toute cette Bible. Mais enfin je pense d'abord vous montrer qu'en regardant jusqu'ici ce porche vous ne pouviez pas soupçonner sa grandeur véritable et que ce que vous preniez pour un spectacle était à proprement parler un livre et un enseignement. Et je voudrais aussi, quoiqu'il ne me soit pas possible d'entrer dans de grands détails, vous donner brièvement, d'après Ruskin, le sens et l'enchaînement des principaux chapitres afin que vous puissiez vous-même, sur place, prendre une connaissance plus approfondie de ce gigantesque manuscrit de pierre, aux caractères mystérieux.

« Au milieu est la statue »

5. *Ms* : « apôtres, le plus près de lui, Pierre, puis en s'éloignant André, Jacques le Majeur, Jean, Matthieu, Simon[1]. À sa droite, le plus près de lui, Paul ». Note de *Ms* : 1. « M. Mâle dit : “ peut-être Mathias ”. Mais ne faisant de l'interprétation de Ruskin dans tout son livre aucune allusion à *La Bible d'Amiens*, je suppose qu'il ne la connaît pas et je ne puis savoir ce qu'il [penserait : *lecture douteuse*] » (note de *Ms*).

6. *Ms* : « Daniel. Puis le long de la façade tout entière non seulement du porche central mais des deux porches secondaires dédiés celui de gauche à la Vierge et celui de droite à St Firmin, viennent »; *MF* : « tout entière (c'est-à-dire non seulement de la porte centrale du porche ouest, mais des deux portes secondaires dédiées, celle de gauche à la Vierge[1] et celle de droite à St Firmin, portes qui ont aussi leurs statues que nous verrons plus tard) viennent ». Note de Proust : 1. « Il est bien entendu qu'il ne s'agit ici nullement de la Vierge Dorée que nous avons vue au porche sud, mais des

porches secondaires de la façade occidentale, c'est-à-dire placés à gauche et à droite du porche principal du porche ouest où est la statue du Christ. La statue de la Vierge du porche occidental, antérieure d'environ un siècle à la statue de la Vierge Dorée, est d'un art moins habile et d'un sentiment plus grave (voir Viollet-le-Duc, *Dictionnaire de l'Architecture,* au mot *Vierge*). » (Note de *MF.*)

7. *Ms :* « le Père, car il faut bien nous pénétrer de ce que la sculpture a voulu signifier et la " voix du monument tout entier est celle du ciel à la Transfiguration " »

8. Cette note et la note* de la page 94 ne figurent pas dans *MF* ni dans la préface de *BA,* mais dans le chapitre de *BA,* d'où la citation est extraite (IV, p. 284).

Page 94.

1. Voir la note 8 de la page 93.

2. Cette note ne figure ni dans *MF,* ni dans la préface, ni dans la traduction de *BA.*

Épr : Dans la note 1 des *Épreuves :* « Cette apostrophe permet » etc., après : « où reposer sa tête », on trouve le fragment suivant, rayé : « Comparez avec la *Couronne d'olivier sauvage :* « ces chasses gardées grâce auxquelles... (*au crayon* : 3) a été réalisé mot à mot ou plutôt en fait dans la personne de Ses pauvres ce que leur Maître disait de lui-même, que les renards et les oiseaux avaient des demeures, mais que lui n'en avait point... (*Conférence I,* « Le Travail » [Sur le même verset encore, voir *Eagles* Nest*] ». — *PM :* « (das Eagles hest*) », parenthèse qui comporte trois coquilles typographiques. Cf. n. 8, p. 97. Quelques lignes plus bas, *PM :* « verser »* pour « verset »).

Page 95.

1. *MF* ajoute ici un paragraphe de la traduction de *BA* (qui possède des éléments communs avec le fragment suivant [cf. n. 3]) : « Des deux côtés du piédestal il y a des fleurs dans un vase, sur le côté nord le lys, sur le côté sud la rose. Le monolithe entier est un des plus beaux morceaux de la sculpture chrétienne du monde entier. Au-dessus du piédestal un rameau de vigne complète ce symbolisme floral. Le lys n'est pas ici la fleur de lys, ni le lys de la madone, mais le lys de la vallée, ce qui, avec la rose et la vigne, réalise exactement la triple image du Christ : " Je suis la Rose de Saron, et le Lys de la vallée. Je suis la vraie Vigne. " Sous les pieds du Christ le lion et le dragon, figurant le péché charnel et humain, par opposition au péché intellectuel de l'orgueil qui est aussi le péché des anges et que symbolisent le basilic et l'aspic :

Inculcabis super Leonem et Aspidem[1], prophétie qu'a réalisée non seulement le Christ, mais tous ses vrais serviteurs. Mais la signification des actes et des œuvres d'art des siècles chrétiens, perdue maintenant depuis trois cents ans, ne peut plus être lue qu'à rebours, puisque nous glorifions l'orgueil et l'avarice, comme les moteurs de toutes choses, et suivons comme seuls guides nos passions[2] ».

(Note de bas de page dont l'appel n'est pas indiqué dans le texte : « 1. Voir sur les lys *Queen of air*, II, § 82, *Val d'Arno*, et le passage de *La Bible d'Amiens* que je n'ai pu qu'indiquer. »)

2. *BA*, IV, p. 288-289, § 36.

3. *Ms* : « Il n'en est pas ainsi [*p. 94, avant-dernière ligne du texte*]. La statue de David sert de piédestal à celle du Christ[1] David. Sur les deux côtés du piédestal sont figurées [*sic*] d'un côté des lys, de l'autre des roses, au-dessous de la vigne, car le Christ a dit : " Je suis la rose de Saron, je suis le Lys de la Vallée, je suis la Vigne ". Au-dessus de David est le Christ, le Christ en tant qu'il vit toujours avec nous, nous recevant à la porte de sa demeure et disant : " Je suis la Voie, la Vérité et la Vie ". De la statue du Christ elle-même je ne parlerai pas ici, dit Ruskin. Car aucune sculpture ne peut ni ne doit satisfaire l'espérance de l'âme aimante qui a appris à croire en lui. Mais à cette époque, cette statue dépassa ce qu'on avait [*sic*] pu encore atteindre jusque-là de tendresse sculptée. Et pour tous, même au loin, elle fut connue sous le nom de " Le Beau Dieu d'Amiens ". Ainsi comprise observez-la. » (Manuscrit interrompu.)

Note 1 du manuscrit : « Vous pouvez la voir au Trocadéro où le catalogue porte inexactement " une figure de roi couronné " ».

4. Les deux mots latins ne sont pas dans *MF*.

5. Note dans *MF* : (*The Bible of Amiens*, § 30, 31, 32, 33, 34, 35, 36).

6. Ici, note dans la préface de *BA* : *The Bible of Amiens*, IV, § 30-36.

Dans *MF*, après « prophéties », note suivante : « Toutes les interprétations qui suivent sont résumées d'après le 4e chapitre de *La Bible d'Amiens* (quand c'est un autre ouvrage de Ruskin que je cite, j'en donne le titre). »

7. *BA*, IV, p. 295, 41, 1 A.

8. Note dans *MF* : « M. Mâle interprète : " Sans doute il fait nuit, car une chouette perchée sur un arbre semble pousser son cri lugubre " » (voir p. 97, n. 4).

---

1. Cf. *La Mort des cathédrales*, p. 144, n. 5 (variante de *Fig*).
2. Le texte de *MF* est plutôt une paraphrase de celui de *BA*, qui figure dans le volume, p. 285 à 288, et qui comporte de nombreuses notes détaillées.

9. *MF :* « ne reculons jamais ». À cet endroit, vient le paragraphe suivant : « Dans la cathédrale de Laon il y a un joli compliment fait aux bœufs qui transportèrent les pierres de la tour au sommet de la colline sur laquelle elle s'élève. La tradition eſt qu'ils se harnachèrent eux-mêmes, mais la tradition ne dit pas comment un bœuf peut se harnacher lui-même, même s'il en avait envie... Quoi qu'il en soit, huit bœufs colossaux sont sculptés sur le haut de la tour regardant de ses balcons les plaines de France[1]. »

10. Cette note ne figure pas dans *MF* ni dans la préface de *BA.* On trouve au chapitre IV de *BA,* à la description des quatre-feuilles, § 2 B, p. 296, *La Colère,* une note donnant la référence précise aux *Stones of Venice,* I, v (LXXXVIII).

11. *BA,* IV, p. 296, 2 B.

Page 96.

1. *Voyage pittoresque de la Syrie, de la Phoenicie, de la Palleſtine, et de la Basse Aegypte. Discours préliminaire par le cit[oyen] Volney.* Paris, an VII.

Cette note ne figure pas dans *MF,* ni dans la préface de *BA.* Celle qui, au chapitre IV, à la description des quatre-feuilles, § 5A, p. 297, eſt insérée à cet endroit de la citation, donne en référence cinq lignes de Volney, *Voyage en Égypte et en Syrie.*

2. *BA,* IV, p. 297, 4 A, 4 B, 5 A.

3. Cette note, qui n'eſt pas dans *MF,* figure non dans la préface, mais dans le texte de *BA* (IV, p. 298, n. 2. — Référence : Mâle, p. 172). Dans la note de *PM,* on trouve : *L'Art religieux au* XVIII*e** siècle.*

4. *BA,* IV, p. 298, 5 B.

5. *BA,* IV, p. 298-299, 6 B.

Page 97.

1. *BA,* IV, p. 299, n. 1. Dans *BA,* la référence eſt simplement suivie de : « Note du Traducteur ». *PM : « Éphésieus »**.

2. Note dans *MF :* « À Chartres, l'idolâtrie eſt représentée par la Synagogue aux yeux bandés (Mâle). »

3. *MF :* « avec une croix à cause des versets 7 et 8 de son dernier chapitre : " Affermissez vos cœurs car la venue du Seigneur eſt proche. " C'eſt lui que Dante interroge dans son Paradis sur la nature de l'Espérance. Au-dessous de l'Espérance, »

4. Note dans *MF :* « À Lyon, c'eſt Ira qui se perce de son épée en face de Patientia. À Auxerre, c'eſt déjà Desperatio en face de Patientia (Mâle) »

---

1. Prouſt a repris le récit de cette tradition dans *La Mort des cathédrales* (*Figaro,* 16 août 1904), et il y fait allusion dans *Le Côté de Guermantes* (Pléiade, II, p. 13).

De plus *MF* ajoute dans le corps du texte (après : « se poignarde ») : « Le suicide n'était pas considéré comme héroïque ou sentimental au XIIIe siècle, dit Ruskin, et il n'y a pas de morgue gothique bâtie au bord de la Somme ».

Les références du livre d'É. Mâle, *L'Art religieux du XIIIe siècle en France,* se trouvent au livre III, *Le Miroir moral,* chap. II (voir p. 144, n. 5).

5. Cette note n'est pas dans *MF*. Pour la première citation de Ruskin, voir *BA,* p. 302-303, IV, § 9 A et 9 B.

6. Cette deuxième citation de *PM* est reprise de la note 2 de *BA* (IV, p. 302, 9 A), qui commence ainsi : « Parlant du caractère réaliste et pratique du christianisme dans le nord, Ruskin évoque encore cette figure de la Charité d'Amiens dans *Pleasures of England :* " Tandis que " ». Après « saint Vincent de Paul », Proust reproduit un long passage des *Stones of Venice,* simplement suggéré à la fin de la note de *PM*. Voici ce passage : « Ruskin compare encore différentes interprétations de la Charité dans *Stones of Venice* (chapitre sur le Palais des Doges) : " Au cinquième chapiteau est figurée la Charité. Une femme, des pains sur ses genoux, en donne un à un enfant qui tend les bras vers elle à travers une ouverture du feuillage du chapiteau. Très inférieure au symbole giottesque de cette vertu. À la chapelle de l'Arena elle se distingue de toutes les autres vertus à la gloire circulaire qui environne sa tête et à sa croix de feu. Elle est couronnée de fleurs, tend dans sa main droite un vase de blé et de fleurs, et dans la gauche reçoit un trésor du Christ qui apparaît au-dessus d'elle pour lui donner le moyen de remplir son incessant office de bienfaisance, tandis qu'elle foule aux pieds les trésors de la terre. La beauté propre à la plupart des conceptions italiennes de la Charité est qu'elles subordonnent la bienfaisance à l'ardeur de son amour, toujours figuré par des flammes; ici elles prennent la forme d'une croix, autour de sa tête; dans la chapelle d'Orcagna à Florence elles sortent d'un encensoir qu'elle a dans sa main; et, dans le Dante, l'embrasent tout entière, si bien que dans le brasier de ces claires flammes, on ne peut plus la distinguer. Spencer la représente comme une mère entourée d'enfants heureux, conception qui a été, depuis, banalisée et vulgarisée par les peintres et les sculpteurs anglais ". (*Stones of Venice,* I, V, § LXXXI). Voir au paragraphe LXVIII du même chapitre comment le sculpteur vénitien a distingué la Libéralité de la Charité. (Note du Traducteur.) »

7. Texte de *PM :* « la manufacture de laine of * *Pleasures of England*) [...] de Giotto, à Padona*. [...] dans sa main, il foule aux pieds des sacs d'or, donne ». Le texte d'*Epr* (et aussi de *MF,* cf. n. 8) est très clair; il permet de remplacer « of » par « cf », « Padona » par « Padoue », de rectifier « il » (leçon incohérente) en « et », de rétablir « et » devant « donne »,

enfin de substituer une virgule au point-virgule séparant « fleurs » et « porche ».

8. *MF :* « mendiant nu.

La vieille manufacture d'Amiens, dit Ruskin, avait cette notion de son but : Vêtir le pauvre d'abord, le riche ensuite. Dans ce temps-là on ne disait aucune bêtise sur les fâcheuses conséquences d'une charité indistincte.

« Dans *Eagles Nest* [titre exact : *The Eagle's nest*], Ruskin, pour montrer combien l'art chrétien du moyen âge se tient près de la réalité, évoque précisément ce bas-relief de la Charité à Amiens, qui peut ne nous paraître qu'un nom dans une énumération, mais qui pour Ruskin, comme vous l'avez vu pour la Vierge Dorée, était un objet de son admiration, un sujet de ses méditations esthétiques. " Tandis qu'à Padoue la Charité de Giotto (dit-il, allant chercher dans l' ' écrin de sa riche mémoire[1] ' ce souvenir précieux qui éclaire d'un reflet magique le portail gris du sombre Amiens), tandis qu'à Padoue la Charité de Giotto tend dans sa main son cœur à Dieu, foule aux pieds des sacs d'or, les trésors de la terre, et donne seulement du blé et des fleurs, au porche occidental d'Amiens, elle se contente d'habiller un mendiant avec une pièce de laine de la manufacture de la ville ". Pour ajouter une image encore, rappelons la Charité d'Orcagna qui allaite un enfant et présente à Dieu son cœur enflammé. Montrant le caractère plus pratique que mystique de nos grands saints, M. Mâle a dit admirablement : " *La Charité* qui tend à Dieu son cœur enflammé est du pays de St François d'Assise, celle qui donne son manteau aux pauvres est du pays de St Vincent de Paul[2]. " Sous St Barthélemy, »

9. *MF, BA :* « *Psaume 53 [LIII : BA],* cité par M. Mâle ». Il n'y a pas d'appel de note.

10. L'épithète δημοβόρος figure dans l'*Iliade,* I, 231. Achille dit à Agamemnon : « Ah! le beau roi, dévoreur de son peuple! »

Page 98.

1. *PM :* « Mangeurs »*

2. Cette note, qui ne figure pas dans *MF,* ni dans la préface de *BA* a été ajoutée ici dans *PM.*

3. *BA,* p. 290-291, § 38.

4. Cette note ne figure pas dans *MF* ni dans la préface de *BA.*

5. La référence d'Habakuk ne correspond pas à la phrase

---

1. « L'expression est de Baudelaire dans *Le Voyage :* " Ouvrez-nous les écrins de nos riches mémoires ". » (Note de Proust.)

2. « Sous la Charité l'Avarice emplit son coffre d'or. » (Note de Proust.)

du texte. Le passage de la Bible, II, 1, a été cité par Ruskin dans *BA* (IV, p. 314, § 24 A) : « Je veillerai afin de voir ce qu'Il me dira. » Le § 24 B décrit « la visite traditionnelle à Daniel ». Proust semble avoir confondu les deux paragraphes.

Page 99.

1. *BA,* IV, p. 323, § 48. *PM* (fin de la note*) : « on »*. Plus bas, fin de la note**, *PM :* « des Grâces *».

2. *PM :* « l'Enfant de* saint Siméon », coquille évidente.

3. Dans *BA* et *PM,* on trouve : « les statues de saints Diocèse*» (coquille).

4. *MF :* « représentent l'ordre des Saisons, les signes »

5. *MF :* « tous et particulièrement celui qui représente la moisson. Vous »

6. *MF* et *BA* insèrent ici la note suivante : « Et les moulages de plusieurs [*MF :* beaucoup] des statues dont il a été parlé ici et aussi des stalles du chœur. »

7. Cette note, qui n'est pas dans *MF,* ne figure pas dans la préface de *BA* à cette place. Elle se retrouve au chapitre IV, p. 320, précédée de cette phrase : « L'étude des travaux des mois dans nos différentes cathédrales est une des plus belles parties du livre de M. Mâle. » Et suivie de celle-ci : « On comprend après avoir lu cela que M. Séailles parlant du livre de M. Mâle ait pu dire qu'il ne connaissait pas un plus bel ouvrage de critique d'art. (Note du Traducteur) » Cette dernière phrase figure dans *Epr,* mais rayée (cf. É. Mâle, liv. II, *Le Miroir de la science,* chap. I).

Page 100.

1. Tout ce passage est assez librement transcrit du livre II, chap. I, de l'ouvrage d'É. Mâle *(L'Art religieux du XIIIe siècle...)*. La leçon de *PM :* « et si pleine de vie »* est non seulement inexacte, mais incompréhensible. Nous avons jugé bon de rétablir la phrase complète d'É. Mâle.

2. Tout ce développement (p. 100-104 de ce volume) se trouve dans *BA,* IV, p. 329-340, 35 B, et 52 à 60. La première phrase du texte traduit est un peu différente : « Mais je ne veux pas essayer d'entrer ici dans les questions relatives à l'art des bas-reliefs. »

3. Cette note, qui n'est pas dans *MF,* se trouve non dans la préface de *BA,* mais dans le passage du livre d'où la citation est extraite (p. 329).

4. Cette note, qui n'est pas dans *MF,* ne figure pas non plus dans la préface de *BA,* mais dans le corps du livre à l'endroit d'où la citation est extraite. La citation est d'ailleurs plus longue : elle commence 3 paragraphes plus haut (ces 3 para-

graphes résumés dans *PM* par la mention « sur l'égérie* [plutôt : " l'imagerie ". Voir plus loin après la 1re variante] d'un art morbide et réaliste », qui ne s'y trouve pas) et continue deux paragraphes après « et non pas lui ». En revanche, le dernier paragraphe de la note *PM* n'est pas dans *BA*.

Début de la note 1 de *BA* en question (IV, *Interprétations,* p. 330-332) : Cf. *Lectures on Art :* « L'influence de cet art réaliste sur l'esprit religieux de l'Europe a eu des formes plus diverses qu'aucune autre influence artistique, car dans ses plus hautes branches, il touche les esprits les plus sincèrement religieux, tandis que dans ses branches inférieures, il s'adresse non seulement au besoin le plus vulgaire d'excitation religieuse, mais à la simple soif de sensations d'horreur qui caractérise les classes sans éducation de pays partiellement civilisés ; non pas seulement même à la soif de l'horreur, mais à un étrange amour de la mort qui s'est manifesté quelquefois dans des pays catholiques en s'efforçant que, dans les chapelles du Sépulcre, les images puissent être prises, à la lettre, pour de véritables cadavres.

« Le même instinct morbide a souvent gagné l'esprit des artistes les plus puissants, et les plus imaginatifs, lui communiquant une tristesse fiévreuse qui dénature leurs plus belles œuvres ; et finalement, c'est là le pire de tous ses effets, c'est par lui que la sensibilité des femmes chrétiennes a été universellement employée à se lamenter sur les souffrances du Christ au lieu d'empêcher celles de son peuple.

« Quand l'un de vous voyagera, qu'il étudie la signification des sculptures et des peintures qui, dans chaque chapelle et dans chaque cathédrale, et dans chaque sentier de la montagne, rappellent les heures et figurent les agonies de la Passion du Christ, et essaye d'arriver à une appréciation des efforts qui ont été faits par les quatre arts : éloquence, musique, peinture, sculpture, depuis le XIIe siècle, pour arracher aux cœurs des femmes les dernières gouttes de pitié que pouvait encore exciter cette agonie purement physique, car ces œuvres insistent presque toujours sur les blessures ou sur l'épuisement physique, et dégradent, bien plus qu'elles ne l'animent, la conception de la douleur.

« Puis essayez de vous représenter »

Dans *PM,* au début de la note, on trouve : « sur l'égérie* d'un art morbide ». Il est possible de corriger ce terme d' « égérie », absolument incohérent, en « imagerie », d'après une note manuscrite de Proust (vol. LIII du fonds Proust), qui se présente sous la forme suivante : « Cf. *Lectures on Art* [Ess : *rayé*], sur l'imagerie [réaliste : *rayé*] d'un art morbide et réaliste — Essayez ». (Cf. d'ailleurs l. 6, de la note**, le mot « imagerie ».) En outre, on trouve dans *PM* (l. 4 de la note) : « six cents ans. Comme ». Il faut rétablir la virgule après

« ans », et écrire comme avec un « c » minuscule, pour que la subordonnée ainsi introduite dépende de : « vous représenter ».

Enfin, à la dernière ligne de la note (p. 100), on trouve dans *PM :* « à* l'agonie ». Il convient de supprimer la préposition « à », qui introduit une rupture dans la série des compléments dépendant de : « mesurer » : « les tortures, les tourments, l'agonie, la souffrance ».

Deuxième variante importante : « "et non pas Lui. [*p. 101, fin de note*].

" Vous avez toujours avec vous les malheureux dans la mort. Oui, et vous avez toujours les braves et bons *[sic]* dans la vie. Ceux-là aussi ont besoin d'être aidés, quoique vous paraissiez croire qu'ils n'ont qu'à aider les autres : ceux-là aussi réclament qu'on pense à eux et qu'on se souvienne d'eux. Et vous trouverez, si vous lisez l'histoire dans cet esprit, qu'une des raisons maîtresses de la misère continuelle de l'humanité, est qu'elle est toujours partagée entre le culte des anges ou des saints qui sont hors de sa vue, et n'ont pas besoin d'appui, et des hommes orgueilleux et méchants qui sont trop à portée de sa vue et ne devraient pas avoir son appui.

" Et considérez combien les arts ont ainsi servi le culte de la foule. Des saints et des anges vous avez des peintures innombrables, des chétifs courtisans ou des rois hautains et cruels, d'innombrables aussi; quel petit nombre vous en avez (mais ceux-là, remarquez, presque toujours par des grands peintres) des hommes les meilleurs et de leurs actions. Mais réfléchissez vous-même à ce qu'eût pu être pour nous l'histoire; bien plus, quelle histoire différente eût pu advenir par toute l'Europe si les peuples avaient eu pour but de discerner, et leur art d'honorer les grandes actions des hommes les plus dignes. Et si, au lieu de vivre comme ils l'ont toujours fait jusqu'ici dans un nuage infernal de discorde et de vengeance, éclairés par des rêves fantastiques de saintetés nuageuses, ils avaient cherché à récompenser et à punir selon la justice, mais surtout à récompenser et au moins à porter témoignage des actions humaines méritant le courroux de Dieu ou sa bénédiction plutôt que de découvrir les secrets du jugement et les béatitudes de l'éternité. "

C'est après cette phrase que vient le morceau sur l'idolâtrie que j'ai cité dans le Post-Scriptum de ma Préface et qui termine ce long développement par ces mots :

" Nous servons quelque chère[1] et triste image que nous nous sommes créée, pendant que nous désobéissons à l'appel présent du Maître qui n'est pas mort, qui ne défaille pas en ce

1. Cf. Préface *BA,* IV, *Post-scriptum,* p. 78 (les deux textes présentent de très légères différences).

moment sous sa croix, mais nous ordonne de lever la nôtre " (ce qui correspond exactement aux paroles de *La Bible d'Amiens*) " substituer l'idée de ses souffrances passées à celle de notre devoir présent " (*Lectures on Art,* II, § 56, 57, 58 et 59). *(Note du Traducteur)* ».

4. Dans *Épr :* après « six cents ans », on trouve ces lignes, rayées : « Ceci rejoint encore de plus près le passage du chapitre II de *La Bible d'Amiens* sur les femmes martyres à propos de *La Bible d'Amiens.* »

Page 101.

1. *BA,* p. 152, l. 6 à 12.

2. Cette note n'est pas dans *MF* ni dans la préface de *BA*. Dans le corps du chapitre d'où la citation est extraite (p. 333), le texte de saint Luc est donné, ainsi que la référence précise (X, 26, 27, 28).

3. *MF :* « irrévocablement. Il n'est pas parlé, dans la théologie du XIIIe siècle, du pardon (dans notre sens moderne) des péchés et il n'est parlé non plus du Purgatoire. — Au-dessus de cette image du Christ avec nous, du Christ notre ami, est placée l'image du Christ au-dessus de nous, du Christ notre Juge. Pour cette présente vie, voici Sa présence secourable. Après cette vie, voici Sa venue pour prendre connaissance de nos actes et des intentions de nos actes, et séparer l'obéissant du désobéissant, l'aimant du méchant, sans espoir donné au dernier, d'aucun appel, d'aucune réconciliation. Je ne sais pas quels commentaires adoucissants furent écrits en minuscules effrayées par les Pères ou chuchotés en murmures hésitants par les prélats de l'Église moderne, mais je sais que le langage de chaque pierre sculptée, de chaque lumineux vitrail qui étaient vus et universellement compris par le peuple, était l'absolu, unique et pur enseignement de Moïse au Sinaï aussi bien que de saint Jean à Patmos, du commencement comme à la fin de la Révélation du Seigneur à Israël. La vie de l'*Évangile* et sa puissance sont entièrement écrites dans » (*BA,* IV, p. 333-334, § 55).

Dans le même paragraphe de *BA,* on trouve le développement suivant, qui n'a été utilisé ni dans *MF* ni dans la préface de *BA :*

« du Seigneur à Israël. [*Cf. la note ci-dessus.*]

« Il en fut, ainsi, simplement — sévèrement — et sans interruption pendant les trois grands siècles du christianisme dans sa force (XIe, XIIe, XIIIe siècles), et dans toute l'étendue de son empire, d'Iona à Cyrène et de Calpe à Jérusalem. À quelle époque la doctrine du Purgatoire a-t-elle été ouvertement acceptée par les docteurs catholiques, je ne sais, ni ne me soucie de le savoir. Elle a été formulée pour la première fois par Dante, mais n'a jamais été acceptée un instant par les maîtres de l'art sacré de son temps ou par ceux d'aucune grande école, à quelque époque que ce soit[1]. »

[1. *Ici, appel d'une longue note de Ruskin sur le Purgatoire.*]

« Je ne sais pas non plus — ni ne tiens à savoir — à quelle époque la notion de la Justification par la Foi dans le sens moderne se trouva fixée nettement dans l'esprit des sectes et des écoles hérétiques du Nord. En réalité, sa force fut scellée par ses premiers auteurs sur un ascétisme qui différait de la règle monastique en ce qu'il était apte seulement à détruire, jamais à construire, qui s'efforçait d'imposer à tous la sévérité qu'il jugeait bon de s'imposer à lui-même, et luttait ainsi pour faire du monde un monastère sans art, sans lettres et sans pitié[1] *[voir la note en bas de page]*.

« Son effort violent éclata au milieu des furies d'une réaction de dissolution et d'incrédulité et reste maintenant la plus méprisable des reprises populaires et des emplâtres pour chaque accroc à la loi et déchirure de la conscience que l'intérêt peut provoquer ou l'hypocrisie déguiser.

« A partir des querelles qui suivirent entre les deux grandes sectes de l'Eglise corrompue au sujet des prières pour les morts et des indulgences pour les vivants, de la suprématie papale ou des libertés populaires, aucun homme, femme ou enfant n'a plus besoin de prendre la peine d'étudier l'histoire du christianisme. Ce ne sont rien que les querelles des hommes, et le rire des démons parmi ses ruines. Sa vie, son évangile et sa puissance sont entièrement écrites [*sic*] dans » (*BA*, p. 334-336).

Page 102.

1. *MF* ajoute : « Amiens. Croyez-le, lecteur, ou non, comme vous le voudrez. Comprenez seulement combien cet enseignement a été un jour complètement " cru "; et que toutes les belles choses ont été faites, et toutes les actions courageuses accomplies, quand cette foi était encore dans sa force, avant que vînt ce que nous pouvons appeler " le temps présent ", où la question de savoir si la Religion a de l'effet sur la moralité est gravement agitée par des gens qui n'ont essentiellement aucune idée du sens que peuvent avoir l'un ou l'autre de ces deux mots.

« Et relativement à ce déb[at], peut-être aurez-vous la patience de lire ce qui suit, tandis que la flèche d'Amiens s'efface dans le lointain, et que votre wagon vous précipite vers l'Ile-

1. « Comparez avec le Monastère lettré, artiste et doux de Saint-Jérôme, où les murs sont peints à fresque, dans la citation de *Saint-Mark's rest*, que j'ai donnée p. 222, 223, 224. » (Note du Traducteur.)

de-France qui exhibe aujourd'hui les échantillons les plus admirés de l'art, de l'intelligence et de la vie européens. Toutes les créatures »

Ici, paragraphe de *BA* (IV, p. 337, § 59) non repris dans *PM,* mais transcrit par Proust dans *MF,* en termes un peu différents.

2. *MF :* « naturellement morales. La nature humaine dans sa plénitude est nécessairement morale — sans amour, elle est inhumaine — sans raison, inhumaine — sans discipline, inhumaine.

« C'est dans la proportion exacte où les hommes sont nés capables de ces choses, où on leur a appris à aimer, à penser, à supporter la peine, qu'ils sont nobles, vivent heureux, meurent calmes, et leur souvenir est pour leur race un honneur et un bienfait perpétuels. Tous les hommes sages savent et ont su ces choses depuis que la forme de l'homme a été séparée de la poussière. La connaissance et la pratique de ces vertus n'a rien à faire avec la religion. »

3. Cette note n'est pas dans *MF* ni dans la préface de *BA.* Dans le chapitre d'où la citation est extraite (IV, p. 338), elle commence ainsi : « Tout lecteur ayant un peu de flair métaphysique, trouvera une certaine parenté ». On trouve dans *PM :* « de chaînons en chaînons »* (l. 21 de la note). Nous avons rétabli le singulier.

Page 103.

1. Le passage transcrit dans *MF,* après « rien à faire avec la religion » (voir la note 2 de la page 102), se poursuit ainsi dans (*BA,* p. 338 à 339, § 59, IV) : « un homme bon et sage diffère d'un homme méchant et idiot, simplement comme un bon chien d'un chien hargneux, et toute espèce de chien d'un loup ou d'une belette. Et si vous devez croire, ou prêcher sans y croire, la foi en un monde ou une loi spirituelle — seulement dans l'espoir que quoi que vous commettiez, ou que d'autres commettent d'insensé ou d'indigne, cela pourra grâce à ces doctrines être raccommodé et replâtré, et pardonné, et entièrement remis à neuf — moins vous croirez en un monde spirituel et surtout moins vous en parlerez, mieux cela sera.

« Mais si, aimant les créatures »

2. Cette note, qui n'est pas dans *MF,* ne figure pas dans la préface de *BA,* mais dans le chapitre d'où la citation est extraite (IV, *Interprétations,* p. 340).

3. Cette note, qui n'est pas dans *MF,* ne figure pas dans la préface de *BA,* mais dans le chapitre d'où la citation est extraite : n. 2, IV, p. 340.

4. *PM :* « couchés »*. Nous rétablissons le singulier, car Ruskin s'adresse au lecteur.

Page 104.

1. Dans *MF,* note 1 après « de son Christ » : « *The Bible of Amiens,* IV, § 53-60 ». *BA* donne : « IV, 52 et suivants ». La phrase qui s'achève ici est la dernière phrase de *BA,* p. 340, § 60.

2. À la place de cette note, *MF* et *BA* donnent la note 1 citée ci-dessus.

3. Après « notre char », *MF* indique en note : « Emerson ».

Page 105.

1. *MF :* « plus absolument en elles, qu'elles soient du moins les choses »

2. La préface de *BA* insère ici la note suivante : « M. André Michel, qui nous a fait l'honneur de mentionner cette étude dans une causerie artistique du *Journal des Débats,* semble avoir vu dans ces dernières lignes une sorte de regret de ne pas trouver la statue de Ruskin devant la cathédrale, presque un désir de l'y voir et, pour tout dire, poindre déjà le projet de demander qu'on l'y élève un jour. Rien n'était plus loin de notre pensée. Il nous suffit, et il nous plaît mieux, de rencontrer Ruskin chaque fois que nous allons à Amiens sous les traits du " Voyageur mystérieux " avec qui Renan conversa en Terre sainte. Mais enfin, puisqu'on dresse tant de statues (et puisque M. André Michel nous en donne l'idée, qui ne nous serait jamais venue à l'esprit), avouons qu'une statue de Ruskin à Amiens aurait au moins, sur une autre, l'avantage de signifier quelque chose. Nous le voyons très bien sur une des places d'Amiens " comme un étranger descendu dans la ville ", comme dit, du bronze d'Alfred de Vigny, M. Boislèves *[sic].* »

3. Nous reproduisons ici un long développement manuscrit qui, bien qu'il soit continu, correspond néanmoins à des passages différents de la rédaction définitive. Il nous a semblé intéressant de le reproduire sans le fragmenter, pour montrer comment M. Proust modifiait non seulement le détail de l'expression, mais encore l'agencement des paragraphes. Nous signalerons en leur place les correspondances entre le manuscrit et la préface, soit dans *BA,* soit dans ce volume.

« Mais il est temps[1] d'arriver enfin à ce que Ruskin appelle la Bible d'Amiens, à ce qui mérite ce titre singulier et plus précis que vous ne l'aviez peut-être cru d'abord, à la grande façade d'Amiens, au porche occidental (le grand porche de t[ou]te cathédrale étant celui de l'ouest[2]...). Et en effet si sortant de la cathédrale par le porche sud ou nord vous vous dirigez

1. P. 88.
2. *BA,* n. 2, p. 21.

vers l'ouest et arrivé en dehors de la grille au milieu du porche, sans le regarder vous allez vous asseoir sur ces bancs qui sont au fond de la place et seulement alors regardiez, vous serez évidemment transporté par ce peuple de Saints, ces générations de prophètes, ce monde d'apôtres[1], cette suite de martyrs qui [chacun : *rayé*] [tous : *en interligne*] grands comme il l'était dans sa vie [*correction non faite*], tenant leur croix, leur phylactère ou leur sceptre, entouré de lions, suivi d'un singe, à bord d'un vaisseau, au pied d'un temple, dans une gloire, se coudoyant, se regardant, à la suite les uns des autres, les uns par-dessus les autres, dans des niches, en cercle, le long des galeries, frôlés du passant sur la place, accessibles au soleil au pied de la flèche, perdus dans les nuages au contrefort des hautes tours, dans le relief de leur corps sculpté, la majesté de leur stature, et la vie de leur geste élèvent jusque dans le ciel leur assomption aussi vaste que haute, aussi délicate qu'une dentelle et nervurée qu'une coquille, le plus indestructible et le plus colossal des monuments pourtant, leur assomption sculpturale, immobile et passionnée. Mais il faut que vous sachiez que ce monde est là devant vous emporté vers le ciel dans le hurlement de ses gargouilles et la paix de ses saints et qui semble reposer sur la statue du Christ *Le Beau Dieu d'Amiens*[2], qui, calme, foulant à ses pieds le lion et le dragon, tenant le livre, et levant un doigt vous dit : "Entrez, je suis la porte, je suis la vérité[3], je suis la vigne et la vie, le lys de la vallée et le rosier de Saron", il faut que vous sachiez que ce porche n'est pas seulement comme disait Victor Hugo un livre de pierre, ou même une Bible de pierre, mais la Bible, de pierre, que c'est la Bible[4], la Bible de l'Humanité sans doute mais aussi, en ce porche occidental au moins, dans le soubassement, la Bible même, l'histoire entière des prophéties et l'enseignement des apôtres et que si vous voyez toute la cathédrale entière se construire sur la statue du Christ qui semble, si vous êtes placé bien en face, reposer toute [*sic*] entière sur cette clef de voûte, de même toute l'histoire écrite en pierre dans cette Bible repose sur ce Christ qui lui-même repose sur David[5]. De sorte que vous démêlez maintenant quel est le fruit de l'enseignement que en toute confiance et sans y voir clair d'abord j'allais chercher auprès de Ruskin, car dans mon respect je disais de Ruskin : il m'apprendra[6], car lui aussi est

1. P. 89.
2. P. 95.
3. Cf. n. 3, p. 95 (variante du fragment manuscrit) et note 1, variante de *MF* qui n'est qu'un paragraphe de la traduction de *BA*.
4. P. 89.
5. Cf. n. 3, p. 95 (variante du fragment manuscrit).
6. P. 104.

la vérité, il [me] fera entrer là où mon esprit n'avait pas d'accès, car il est la porte, il m'enivrera et me vivifiera, car il est la vigne et la vie, il me purifiera, car il est resté le lys de la vallée, il m'embaumera, car ne répand-il pas tous les parfums mystiques des roses de Saron, et voici qu'en effet les pierres d'Amiens ont pris pour moi la dignité des pierres de Venise et que tout d'un coup j'ai compris par où elles le méritaient, que ces choses en étaient d'autres, que ces images sculptées étaient des paroles et que ces apôtres silencieux me disaient quelque chose et que les phalanges meurtries par le temps de ces prophètes de pierre me montraient quelque chose, que les sujets de cette tapisserie de pierre étaient l'enseignement de la Bible, de la Bible pleine d'additions oubliées, de lacunes encore incomblées par un christianisme postérieur et moins vrai, pleine d'un sens surtout perdu, de la Bible telle qu'elle était quand elle était encore vérité [et] vie dans le cœur des hommes, et beauté grave dans leurs œuvres. Et que si, comme le dit en sous-titres un livre de Ruskin l'architecture est comme les lampes du sacrifice, de la vérité, de la fidélité, de la mémoire, ce livre-ci avait été écrit pour des hommes. Et ce qu'est cette Bible, sans avoir le temps de la lire ensemble, voyez l'ordonnance de ces chapitres et comprenez l'étrangeté, l'ordre, l'inspiration de ces livres de pierre » (fin du développement manuscrit).

Les deux folios suivants fournissent des fragments inédits ou passablement remaniés dont voici la transcription :

A. « Et sans doute c'est un luxe bizarre[1] au milieu d'une ville et fait pour ravir un artiste que ce monument d'une hauteur, d'une beauté, d'une dimension inouïes doté de plus [de] cent mille chefs-d'œuvre, parlant au milieu d'un temps qui ne l'a jamais appris, un langage que personne ne parle plus, ne comprend plus, et qui continue par le porche de ses milliers de statues à parler son langage merveilleux, antique, oriental, solennel et inintelligible. Par ses milliers de statues dont les plus basses sont regardées par un peuple ébahi et déconcerté qui ignore leur personne, leur liaison et leur sens, dont les plus hautes ne sauraient être aperçues sans lunette et considérées sans vertige et qui ne reçoivent la visite que des oiseaux, des rayons de soleil, et des gouttes de pluie *[rayé :* et de l'effluve des cloches][2] [et où] je cherche avant même d'y trouver la leur l'âme de Ruskin. J'ai oublié de vous dire que *La Bible d'Amiens* n'était dans l'intention[3] de Ruskin... ».

---

1. P. 104.
2. P. 89.
3. P. 104 (le reste du développement manuscrit ne diffère pas sensiblement du volume).

B. Début du fragment manuscrit : « dans le vieil Amiens d'où j'apercevais de temps en temps l'énorme cathédrale dorant au soleil son immense structure de pierre, au moment où je traversais un pont qui relie l'un à l'autre ces canaux bordés de maisons pauvres et charmantes dont la grâce d'un autre temps a décoré l'humble façade de sculptures et d'ornements, tout d'un coup la cathédrale un instant cachée par le tournant d'un canal apparut, et le soleil à ce moment la traversait d'une manière si heureuse que je la vis subitement entre ses contreforts de pierre montrer d'immenses feuilles d'or pâle, translucide et vert. C'étaient ces vitraux qui presque tous ne sont pas peints, sont de simples vitres auxquelles le temps a donné une belle couleur verdâtre, qui pénétrés [*Ms* : « pénétrées »] par le soleil semblant avoir brisé subitement leur chrysalide de verre s'étalaient géants, entre les pierres, comme des apparitions merveilleuses de lumière fantastique et dorée, teintes de pourpre et d'azur vers l'abside où les vitraux sont peints[1]. »

Le dernier folio correspondant à « Journées de pèlerinages » fournit des fragments très courts, incomplets, consacrés à la description d'Amiens, dont voici les deux plus intéressants :

1° « Si vous n'avez pas le temps de suivre ce premier itinéraire vous pourrez en avoir idée en prenant le tramway jusqu'à la citadelle et là vous monterez sur la petite colline qu'on appelle la plaine aussi haut que vous pourrez (et c'est bien peu de chose) et vous verrez du moins l'énorme cathédrale immobile dans une mer de brume ou de soleil parmi des maisons qui comme des petites embarcations n'atteignent pas » (ici un blanc).

2° « en voyant au lieu de rues tous ces canaux sur lesquels les maisons sont sises[2] comme à Bruges avec leur barque devant leur porte vous comprendrez pourquoi l'on [l'] appelle la Venise du Nord. Ruskin interprète autrement ce titre dans une page ravissante que je veux vous traduire. Si vous lisez jamais *Rivers* et (1er chapitre de *La Bible d'Amiens*) vous verrez à quels autres égards encore Amiens est une noble ville, vous aurez peut-être la curiosité d'aller chercher près de St Acheul[3], le souvenir de St Martin auquel Ruskin a consacré des pages admirables que semble illustrer le charmant *St Martin* de Gustave Moreau (collection Hayem). Pour peu d'ailleurs que vous ayez lu Augustin Thierry et la monographie de la commune d'Amiens... » (manuscrit interrompu).

---

1. Cf. p. 78, note *.
2. Lecture douteuse.
3. Faubourg d'Amiens bâti sur l'emplacement d'une ancienne abbaye; c'est là que Boucher de Perthes découvrit en 1835 des restes d'éléphants et des silex taillés.

III. JOHN RUSKIN

4. Pour la présentation de ce texte, voir la note 1 de la page 69.

Cette IIIe partie d'*En mémoire des églises assassinées* comprend :

— l'article de *La Gazette des Beaux-Arts [GBA]* du 1er avril 1900 : « John Ruskin (premier article) », repris dans *BA*, p. 48 à 61, dans *PM*, p. 148 à 161, dans ce volume, p. 105 à 115.

— l'article de *GBA* du 1er août 1900 : « John Ruskin (deuxième article) », repris dans *BA*, p. 61 à 77, dans *PM*, p. 161 à 180, dans ce volume, p. 115 à 129. Ces deux articles, non séparés, constituaient le chapitre III de la préface de *BA;*

— le *PS* (chap. IV de *BA*, p. 78 à 95), ajouté sans séparation dans *PM* aux précédents articles, p. 161 à 197, dans ce volume p. 129 à 141.

Le manuscrit fournit deux séries de textes :

— du folio 32 recto au 37 verso, des textes correspondant aux pages 105 à 109 et 121 à 123 *(Ms 1) ;*

— du folio 38 recto à 62 recto, des textes correspondant aux pages 115 à 139 *(Ms 2)*.

5. La note manque dans *Ms 1*. — Ce tableau se trouve dans la grande salle du 2e étage; il porte, au catalogue, le numéro 23.

Page 106.

1. *GBA :* « le cénobite, le brahmane ou l'ascète »

2. *Ms 1 :* « pieuses, qui ne le laissèrent soulever à personne, le mystère »

3. Au numéro 14.

4. *Ms 1 :* « sciences. Les photographies des chefs-d'œuvre y figurent à côté des collections de minéraux. Pareillement l'œuvre de Ruskin »

5. *Ms 1 :* « la beauté jusque dans les minéraux, jusque dans les lignes [de] partage des eaux, les végétaux, les formes des montagnes et des nuages, dans les minéraux, jusque dans les tableaux chronologiques, jusque dans les lois économiques. Mais les logiciens, qui ne prévoyaient pas son génie, ayant donné »

6. *BA* (p. 49) insère ici la note suivante : « Cette partie de la préface avait d'abord paru dans *La Gazette des Beaux-Arts.* »

7. *GBA* insère ici une note dont la fin a été reprise dans *BA*, n. 1, p. 53, dans *PM*, n. 1, p. 153 et dans ce volume p. 109, note *. Voici le début de la note : « Dans toutes les premières pages de cette étude, comme je ne fais que discuter

des opinions déjà émises sur l'esthétique de Ruskin, j'adopte pour les citations de ses livres les traductions qu'en ont données Milsand dans *L'Esthétique anglaise,* et M. Robert de La Sizeranne dans *La Peinture anglaise* et dans *La Religion de la beauté*. Mais ensuite, quand je donne sinon une idée, au moins l'impression de ce que je pense de Ruskin, je suis obligé de traduire moi-même les passages auxquels je me réfère et qui n'avaient point été traduits jusqu'ici. Pour ce qui est de M. de La Sizeranne, Ruskin »

8. *Ms 1 :* « la minéralogie que la Physique, la Botanique, la Géologie, la Chronologie que l'Économie politique. Et c'est seulement des Beaux-Arts tels qu'on les entend généralement que je dois parler, de Ruskin esthéticien, critique d'art.

« On a dit »

Page 107.

1. Cette note ne figure pas dans *GBA*. Dans le texte, *GBA* donne : « M. Milsand »

Page 108.

1. Cette note ne figure ni dans *GBA* ni dans la préface de *BA*.

Page 109.

1. *Ms 1 :* « sa vie.

« Et on a dit que ce n'était pas un artiste parce que dans son appréciation de la Beauté il avait fait intervenir d'autres considérations que de pures considérations esthétiques. Et en effet donnant comme une des lois pour les architectes de se servir des matériaux les plus précieux et les plus durables, il la faisait dériver des conditions permanentes du sacrifice, du sacrifice de Jésus et du XIVe Psaume, [conditions] »

2. *Ms 1 :* « Et parce qu'on a pu dire de lui tant de choses contraires, on a dit qu'il était plein de contradictions.

« De tant d'aspects de la physionomie de Ruskin, le plus célèbre, celui qui nous est le plus familier parce qu'il a été le portrait donné avec une autorité » (ici s'interrompt *Ms 1*).

3. *GBA :* « le plus frappant et le plus célèbre[1], et pour mieux dire, jusqu'à ce jour, le seul, c'est le Ruskin »; *BA :* « le plus frappant et le plus célèbre, et pour mieux dire, jusqu'à ce jour, le seul[2], c'est le Ruskin »

Dans *GBA*, la note 1 ne comporte que la première phrase de la note qu'on trouve en bas de page : « Le Ruskin de M. de La Sizeranne ». Le reste de la note est commun à *BA* et à *PM*. Dans *BA* la note 2 (p. 53) est rédigée en ces termes : « Depuis que ces lignes ont été écrites, M. Bardoux et

M. Brunhes ont publié, l'un un ouvrage considérable, l'autre un petit volume sur Ruskin. J'ai eu l'occasion de dire récemment tout le bien que je pensais de ces deux livres, mais trop brièvement pour ne pas souhaiter d'y revenir. Tout ce que je puis dire ici c'est que toute ma haute estime pour le bel effort de M. Bardoux ne m'empêche pas de penser que le livre de M. de La Sizeranne était trop parfait dans les limites que l'auteur s'était à lui-même tracées pour avoir rien à perdre de cette concurrence et de cette émulation qui semble se produire sur le terrain de Ruskin, et nous a valu entre autres de curieuses pages de M. Gabriel Mourey et quelques mots définitifs de M. André Beaunier. MM. Bardoux et Brunhes ont déplacé le point de vue et par là renouvelé l'horizon. C'est, toutes proportions gardées, ce que j'avais, un peu avant, essayé de faire ici même. »

Proust a fait allusion aux ouvrages de Jacques Bardoux et de Jean Brunhes dans son article consacré au livre de Marie von Bunsen sur la vie et les œuvres de Ruskin (Cf. *Essais et articles*, p. 455). Jacques Bardoux : *Le Mouvement idéaliste et social dans la littérature anglaise au XIXe siècle. John Ruskin* (Imprimerie Brodard, 1900, thèse de lettres, 2e édition en 1901). [Henriette et] Jean Brunhes : *Ruskin et la Bible, pour servir à l'histoire d'une pensée,* Paris, Perrin, 1901.

Page 110.

1. *GBA :* « pour m'écarter des vues de M. de La Sizeranne, mais pour empêcher qu'elles ne soient rabaissées dans l'esprit »
2. *PM :* « obéissante »*

Page 112.

1. *PM :* « se »*
2. *Les Héros et le culte des Héros,* de Carlyle (1795-1881) parut en 1840. L'ouvrage fut traduit en français par Izoulet en 1887.

Page 113.

1. *GBA* et *BA* ajoutent ici cette citation : « J'en lisais chaque passage, comme s'il avait été écrit par la main même de Dieu. Et cet état d'esprit, fortifié avec les années, a rendu profondément graves pour moi bien des passages des auteurs profanes, frivoles pour un lecteur irréligieux. C'est d'elle que j'ai appris les symboles d'Homère et la foi d'Horace. »

Page 114.

1. *PM :* « saint »*

Page 115.

1. *GBA :* Ici s'achève l'article du 1er avril 1900. L'article du 1er août 1900 lui succède sans séparation.

2. Peintre anglais (1827-1910). Un des fondateurs du préraphaélisme avec Millais.

3. Peintre et poète anglais (1828-1882). Un des fondateurs du préraphaélisme. (Voir, dans la section des Essais et articles, p. 470 et suiv., les articles que Proust a consacrés à Rossetti et Elizabeth Siddal).

4. Peintre anglais (1829-1896). Un des principaux préraphaélites.

5. *GBA, BA :* « d'Italie ? Voyez-le, dans *Pleasures of England,* vous dire : " Tandis qu'à Padoue la *Charité* de Giotto foule aux pieds des sacs d'or, tous les trésors de la terre, donne du blé et des fleurs, et tend à Dieu dans sa main son cœur enflammé, au portail d'Amiens la *Charité* se contente de jeter sur un mendiant un solide manteau de laine, de la manufacture de la ville ". Voyez-le »

Ce texte figure déjà dans *PM,* n. 3, p. 137, et dans ce volume, p. 97, note ** (avec quelques différences de détail), ce qui explique que M. Proust l'ait supprimé à cet endroit.

Page 116.

1. *GBA :* « moins capricieuse est »

2. *Ms 2 :* « du Jugement; de sa main gauche il chasse derrière lui un nuage; tandis qu'il étend sur eux tous comme une nappe de feuilles, mais ils sont pressés »

3. *Ms 2, GBA :* « au travers de leur ornementation, les trois »

4. *Ms 2 :* « chrétiens, la permanence de certaines ».

5. Ici, note de *GBA :* « Dans une étude admirable, parue ici même. Depuis Fromentin, aucun peintre, croyons-nous, n'a montré une plus grande maîtrise d'écrivain »; note de *BA :* « Dans une étude admirable, publiée par *La Gazette des Beaux-Arts.* Depuis Fromentin, aucun peintre, croyons-nous, n'a montré une plus grande maîtrise d'écrivain. Ces lignes avaient paru du vivant de M. Ary Renan. Aujourd'hui qu'il est mort, je me demande si je n'étais pas resté au-dessous de la vérité. Il me semble maintenant qu'il était supérieur à Fromentin. »

Ary Renan (1857-1900). Fils d'Ernest Renan, peintre et poète français. Il délaissa la peinture pour la critique d'art et la poésie. Secrétaire de *La Gazette des Beaux-Arts.*

6. Note dans *GBA* et *BA :* « Si peu, dit-il, que je ne crois pas qu'aucune interprétation de la religion grecque ait jamais été aussi affectueuse, aucune de la religion romaine aussi révérente que celle qui est à la base de mon enseignement. »

7. Note dans *GBA :* « Comparé ailleurs au dragon de saint Georges. »

8. *GBA :* « Dante, les prédictions de saint Jérôme aux prédictions de la Sibylle de Cumes, Samson à Hercule, Thésée au Prince Noir et jusqu'aux couronnes dont les païens et les chrétiens ceignaient le front de leurs rois. Il n'y a certes pas lieu de comparer ici Ruskin »

Page 117.

1. *Ms 2 :* « l'autre, ne les laissant pas s'arrêter aux diversités de pure surface. Pour ce qui est de craindre dans l'art l'expression des émotions violentes, le principe »

2. À la place de cette longue note, on lit dans *GBA* et dans la préface de *BA* la note suivante : « Cf. Chateaubriand, préface de la 1re édition d'*Atala :* " Les Muses sont des femmes célestes qui ne défigurent point leurs traits par des grimaces; quand elles pleurent, c'est avec un secret dessein de s'embellir. " » Cette note manque dans *Ms 2*.

3. À Camarina (cité grecque de Sicile fondée par les Syracusains au VIe siècle av. J.-C.), comme en d'autres cités, on a retrouvé des effigies d'Héraklès sur les pièces de monnaie.

Page 118.

1. Selvo Domenico, doge de 1070 à 1084. C'est sous son « dogat » que fut achevée la basilique Saint-Marc (1063-1071).

2. Théognis : poète élégiaque grec, né à Mégare à la fin du VIe siècle av. J.-C.

3. Cypsélos : tyran de Corinthe (VIIe siècle av. J.-C.) qui, dit-on, fut caché par sa mère dans un coffre (κυψέλη) afin qu'il échappât à un oracle.

4. Héros athénien, objet de plusieurs légendes contradictoires. Il fut enseveli sur l'Acropole, à l'endroit où s'éleva plus tard l'Erechteion.

5. *Ms 2 :* « et leur différence comme un témoignage de sa variété. À tout autre cette intrusion de l'iconographie dans la critique d'art eût fait perdre de la vivacité des sentiments esthétiques. Car la sensation esthétique ne peut qu'être refroidie par le raisonnement. Mais »

Page 119.

1. *Odes,* III, 13.

2. *GBA :* « appelée l'iconolâtrie. À ce point » (*PM :* « À point »*, faute d'impression évidente).

Page 120.

1. En haut du folio 43 recto — correspondant à la page 120 de ce volume — figurent quelques lignes rayées que voici : « Vous pourriez — comme j'ai fait — rechercher le point de vue d'où a pu être fait le joli dessin de Ruskin, que reproduit dans *La Bible d'Amiens*[1] la gravure intitulée *Amiens le Jour des Trépassés*. En bas du folio 43 r°, la note appelée par 1 n'a pas été rayée. En voici le texte : « L'ouvrage entier — Les Anglais vendent aussi séparément, sous le même titre, *The Bible of Amiens*, une plaquette qui ne contient que le chapitre IV *(Interprétation[s])* et qui peut servir de guide dans la cathédrale. Dans l'ouvrage admirable que M. Collingwood a consacré à Ruskin, il dit que *La Bible d'Amiens* est aux *Sept Lampes de l'architecture* ce que *Le Repos de St-Marc* est aux *Pierres de Venise*. Selon lui, *La Bible d'Amiens* marque également une ère nouvelle dans la pensée de Ruskin où la place que tient la Religion devient beaucoup plus grande. »

2. *Ms 2* : « à Beauvais, à Caen, à Vérone, à Abbeville, comme s'il »

3. *Ms 2* : « abstraits. Il va jusqu'à dessiner sur le porche de St Lô les petites fleurs qui y sont nichées à côté des grandes fleurs de pierre, dont elles furent le modèle, dont elles sont l'ornement aujourd'hui, la cicatrice et le soutien. Sur chaque »

4. *Ms 2, GBA* : « le sacristain, dit-il dans *Praeterita)*, tantôt »

Page 121.

1. (Début d'un nouveau passage manuscrit) *Ms 1* : « de Viollet-le-Duc, notes dont le dossier est je suppose [dans] le Ruskin Musée où j'aimerais bien les voir et qui sont bien le seul commentaire imagé et gracieux qui ne dépare pas les paroles de Ruskin. Du moins le dessin de Ruskin que reproduit cette gravure semble ».

Viollet-le-Duc (1814-1879) : architecte et écrivain français. Restaurateur d'églises médiévales (Vézelay), de la cité de Carcassonne, de la cathédrale d'Amiens.

2. *PM* : « Eagles* nest »

3. Note dans *GBA* : « Ruskin, *Eagles [Eagle's] Nest*, 125. »

4. *Ms 1* : « répondre comme Turner dans l'anecdote qu'il raconte dans *Eagle[']s Nest* et que M. de la Sizeranne a citée. Si vous allez dans la direction ». L'anecdote n'est pas rapportée dans *Ms 1*. À cet endroit figure un petit dessin de M. Proust, une façade à peu près carrée dans laquelle est inscrite une croix, et surmontée d'un fronton triangulaire.

Page 122.

1. *Ms 1* : « la cathédrale d'une façon que vos yeux auront peut-être peine à égaler, à quelque point de vue de la ville

que vous vous soyez placé. Or, je suis persuadé que Ruskin ne séparait point la beauté »

2. *GBA :* « Les visita goûte ». *PM :* « visite »*. Le pluriel semble s'imposer, « qui » ayant pour antécédent « ceux ».

3. *Ms 1, Ms 2 :* « Au bord des canaux »; *GBA :* « Au bord des rivières d'eau »

4. *Ms 2, GBA :* « le *Valenciennes* de Walter Pater, le *Paris* de Stevenson »

Texte de la note dans *Ms 1 :* « Quelle jolie collection on ferait avec les paysages de France vus par des yeux anglais : le *Calais* ou la *Loire* de Turner; le *Versailles,* de Bonnington [*sic*]; l'*Auxerre* ou le *Valenciennes,* le *Vézelay* ou l'*Amiens* de Walter Pater; le *Paris* de Stevenson et tant d'autres! »

Après la note, on trouve le passage suivant : « Du moins si comme je le crois, c'est là l'intention de ces titres charmants, je me sens indirectement justifié d'avoir essayé de rêver à sa niche gothique, dans cette atmosphère humide, sur sa place de province, la Vierge dédorée, de vouloir que vous enveloppiez la statue dans le charme individuel d'un pays que nous sentirions plus vif si nous n'avions pas à notre disposition »

En bas du folio 37 r°, où figurent les précédents développements manuscrits, on trouve la note 1 suivante : « Je reprends ici sous une forme plus développée la question que je me permettais dans *Le Figaro* du 16 de poser aux élèves et aux amis de Ruskin. De ses travaux sur Rouen, sur Abbeville, sur Chartres, sur Reims, sur Avallon, sur Bayeux, sur St Urbain de Troyes, n'a-t-on rien ? Ne peut-on savoir ce qu'il entendait au juste en disant que Rouen fut l'institutrice de sa vie, qu'Abbeville était la préface de Rouen, en quoi Amiens s'opposait pour lui à Chartres et à Rouen ? A-t-on des notes, des lettres, des conférences ? C'est un point si important non seulement pour l'histoire de Ruskin, mais pour l'Histoire de l'Art et pour l'Histoire. »

Il s'agit en fait de l'article du 13 février 1900, publié dans *Le Figaro* sous le titre : « Pèlerinages ruskiniens en France ». (Cf. *Essais et articles,* p. 442 et 443.)

5. *PM :* « celles »*

Page 123.

1. *Ms 1, Ms 2, GBA :* « Ces études infinies de Ruskin sur l'art chrétien »

2. *Ms 1, Ms 2 :* « comme la contre-épreuve de la vérité de ses idées »

3. Ici, dans *GBA,* appel de note : « J'ai à m'excuser d'avoir récemment écrit " femme ", ce qui ne rendait pas le " lady " du texte; je dois cette rectification à l'admirable lettré et érudit qu'est M. Charles Newton Scott, à qui je suis heureux de pouvoir adresser publiquement mes remerciements pour

ses précieux conseils ». Dans le texte, *GBA* donne : « dame ».

4. *Ms 2 :* « bien, ce que le Seigneur exige de toi »

5. *Ms 2 :* « bénédiction. Si vous détournant des misères manifestes d'une ambition cruelle, et des agacements manifestes d'une croyance insolente, vous ramenez à vos pensées plutôt l'état »

Page 124.

1. *GBA :* « Sainte-Marie-des-Fleurs.

« Et pour que vous voyiez comment les études médiévales de Ruskin confirmèrent, [...] de machinisme, je préfère laisser la parole à Ruskin. Il parle »

2. *BA, PM :* « des Librairies »*. *GBA* donne la leçon correcte : « des Libraires ». Cf. la même erreur, p. 125, dans ce volume.

3. *GBA :* « de la joue est ridée »

4. *Ms 2 :* « d'une grille de cathédrale, et comme l'une des 300 ou plus (car dans mon estimation je ne compte pas les piédestals extérieurs), il témoigne »

5. *Ms 2, GBA :* « à faire pour notre jouissance et celui-ci [*GBA* « et celui-là » :] doit »

6. *Ms 2 :* « et notre force. Il n'appartient pas »

7. *Ms 2 :* « gouverne et celui qui voudrait réaliser les créations de son propre cerveau donnerait aussi, s'il le pourrait, des instruments grinçants aux anges du ciel pour rendre leur musique plus facile. Il y a assez »

Page 125.

1. *GBA :* « la porte où se chauffaient les saints, des galeries où rayonnaient les rois jusqu'à ces hautes solitudes de pierre »

2. *Ms 2 :* « à Rouen dans une pensée testamentaire, comme pour donner à la pauvre créature à qui Ruskin ne pourrait plus aller porter sa parole qui donne la vie et comme pour prendre soin de celui qu'il avait aimé. Mais quand j'arrivai près de la cathédrale énorme et debout dans la lumière d'or, quand j'aperçus à des hauteurs prodigieuses des tours, dans les parties de la cathédrale que je croyais inhabitées, des saints qui se chauffaient au soleil, là un prophète qui vivait seul et restait à l'écart, ici un cénacle d'apôtres recevant le message »

3. *BA, PM :* « des Librairies »*. Voir n. 2, p. 124.

4. Madeleine Yeatman, née Adam.

Page 126.

1. *GBA :* « de l'âme, débordant de flamme, il dit : »

2. *Ms 2*, au folio 54 v°, fournit un développement, rayé, dont manque le début, et qui diffère sensiblement du volume :

« à notre pensée, pour nous non plus il n'y a plus ni petit ni grand et nous sommes partis [*sic*] par les chemins, par les villes, par les cathédrales, à la recherche de la petite figure inoffensive et monstrueuse, et tout d'un coup nous l'avons retrouvée, nous l'avons montrée, d'autres viendront la voir, jusqu'à ce qu'elle tombe tout à fait en poussière, ce qui peut tarder des milliers de siècles [;] même elle m'a ressuscitée [*sic*] contre toute espérance de cette mort qui semble plus totale que les autres [,] qui est le nombre et l'infini mais d'où le génie a tôt fait de nous tirer aussi. En la retrouvant là, »

3. *Ms 2 :* « geste même par l'immobilisation | De la réalisation, pour l'éternité de la pierre. J'ai été touché » (*rayé*)

4. Cette note manque dans *Ms 2* et *GBA*.

5. *Ms 2, GBA :* « gravures pour l'illustration de son livre, crut devoir la faire reproduire, parce qu'elle était » (*rayé*)

6. *Ms 2 :* « guide et rencontre de la nôtre, nous nous sentions » (*rayé*)

Page 127.

1. *Hamlet,* acte V, sc. I.

2. *Ms 2 :* « ressuscité un jour. La science sous l'infini du nombre et le nivellement des ressemblances a submergé tout cela. Mais qui a raison du fossoyeur qui ne voit qu'un crâne là où Hamlet se rappelle une fantaisie. La science peut dire Hamlet, mais elle a compté sans » (*rayé*)

3. *Ms 2 :* « regard qui semble ne tenir qu'en un millimètre de pierre. Couchée comme un mort ressuscit [*mot incomplet*] le sont [?] encore quand résonne la trompette et regardant comme ils regardent, déjà elle leur ressemble, à eux qui sont à l'autre porte aux bas-reliefs du tympan. Sans doute » (*rayé*)

4. *Ms 2 :* « forte. Car tu n'as pas en toi rien de si fort qui te fasse vivre. Ta pauvre »

5. *Ms 2 :* « aimé [?] Je suis allé à Rouen pour te chercher. Depuis, bien souvent [*mot effacé :* moi ?] j'ai pensé à toi, et quoique ton expression ne soit pas des plus sympathiques, j'ai regretté plusieurs fois ces jours-ci de ne pas pouvoir aller te voir un jour, pendant tous ces jours où tu dois avoir froid sans aucun regard pour t'apercevoir au portail, perdu dans tant de figures sans un rayon de soleil. Je t'ai bien recommandé à la vigilance du bedeau qui s'est amusé à te reconnaître, mais y pensera-t-il demain ? Et je pense à toi »

6. *Ms 2 :* « ressuscité. Une des images d'un des seuls livres qui comptent et que j'ai fait tant d'efforts pour me procurer, but d'un des voyages qui me sont si difficiles, depuis ce temps toujours avec ton regard fuyant devant mon esprit qui te sent digne de te consacrer de longues pages puisque tu les lui inspires, est-ce assez vivre, mon petit ? Et un de ces jours, si je le

peux, j'irai te trouver à ton portail, baissant obliquement ton œil, regardant avec tendresse ta méchante figure ressuscitée »

Page 128.

1. *Ms 2 :* « quelque chose de différent mais d'aussi réel. Que Ruskin »

2. *Ms 2 :* « bellâtre pommadé, c'est »

Proust fait ici allusion à un passage de *La Cathédrale,* chap. IX, p. 244 (édition Stock de 1898). À propos de la statue du Rédempteur, au porche de Chartres, un des personnages du livre, Durtal, s'exprime ainsi : « Et il surgit, presque triste, dans son triomphe, bénissant, inétonné, avec une résignation qui s'attendrit, ce défilé de pécheurs qui, depuis sept cents ans, le regarde curieusement, sans amour, en passant sur la place ; et tous lui tournent le dos, se souciant peu de ce Sauveur qui diffère du portrait qu'ils connurent, ne l'admettant qu'avec une tête ovine et des traits aimables, pareil, il faut bien le dire, au bellâtre de la cathédrale d'Amiens devant lequel se pâment les gens amoureux d'une beauté facile ».

3. *GBA* et *BA* ajoutent ici : « “ Je l'appelle une légende, dit Ruskin, parlant de l'histoire de saint Jérôme. Qu'Héraklès ait jamais tué, saint Jérôme jamais chéri la créature sauvage ou blessée est sans importance pour nous ”. Nous en dirons autant de ceux des jugements artistiques de Ruskin dont on contesterait la justesse. Que le beau »

4. *Ms 2 :* « Comme Buffon disait : les vérités dont se compose un beau style sont plus précieuses que celles qui font l'objet du discours, les vérités dont se compose »

Cette citation de Buffon se trouve dans son *Discours sur le style* (prononcé lors de la réception de l'écrivain à l'Académie française, le 25 août 1753), à l'avant-dernier paragraphe, celui-là même qui contient la célèbre formule : « Ces choses sont hors de l'homme, le style est l'homme même ». La citation de Proust est exacte, sauf pour l'expression « l'esprit public ». Buffon a écrit en réalité « l'esprit humain ». (Cf., ici, p. 385.)

5. Sur ce thème de la sincérité, le folio 57 r° fournit le développement suivant : « Quand l'art est ainsi conçu comme la transcription d'une réalité divine, la sincérité n'est plus seulement un des devoirs de l'artiste, c'est le seul guide qui l'empêche de faillir, qui assure la fidélité de la transcription et l'empêche d'être mêlée de séduisants mensonges. “ On n'écrit bien que de ce qu'on aime ”, disait Renan. On dégagerait des œuvres de Ruskin une esthétique où le sentiment aurait plus de part encore et où ce ne serait pas l'évidence mais l'enthousiasme qui est le critérium de la vérité[1]. Or l'amour a ses voies que nous ne connaissons pas. Aussi sommes-nous obligés d'attendre souvent devant les choses que l'heure soit

venue pour nous de les comprendre et de les aimer. (La fin du folio 57 r° est à peu près incompréhensible.)

La note appelée par 1 est ainsi rédigée : « On ne saurait m'opposer les pages célèbres des *Peintres modernes* où Ruskin raille les peintres qui peignent ce qu'ils aiment au lieu de peindre tout ce qui est. On devrait en rapprocher pour en chercher le point de vue vrai des pages de *Praeterita* sur Fontainebleau où il commence avec ennui et achève avec amour le dessin d'un arbre de la forêt. En somme il n'y a de véritable amour que de ce qui est et tout ce qui est devrait inspirer de l'amour à un être parfait. Mais Ruskin accorderait sans doute que nos "dons" sont précisément la mesure dans laquelle nous sommes accessibles à l'amour de la réalité, lui qui a dit *(Sésame et les lys)*... »

Nous reproduisons la seule phrase que fournit le folio 57 verso : « Quand on aime à ce point les choses, quand même on n'a d'autre but que la vérité, son expression ne peut s'empêcher de laisser percer sa tendresse. »

Page 129.

1. *GBA* et *BA* ajoutent ici : « Jusqu'où, a-t-il dit lui-même, mon esprit a été paralysé par les chagrins et par les fautes de ma vie, jusqu'où aurait pu aller ma connaissance si j'avais marché plus fidèlement dans la lumière qui m'avait été [*GBA :* m'était] départie, dépasse ma conjecture ou ma confession. » Proust a supprimé ici cette phrase, qui figure p. 91, dans ce volume.

2. Fin du 2e article de *GBA*. « Sous quelles formes » : début de « IV, *P.-S.* », *BA,* p. 78.

3. *BA* ajoute : « pages 330, 331 et 332 ».

4. *PM :* « laissé »*

Page 130.

1. *BA :* « il semble [*Epr :* bien] que le péché d'idolâtrie n'ait cessé ». En substituant à cette tournure une tournure personnelle, Proust a oublié de modifier la suite de la phrase.

Page 131.

1. *PM :* « était »*

2. Proust fait ici allusion au chapitre III de « La Mort de Venise », dans *Amori et dolori sacrum* (Félix Juven, 1902), intitulé : « Les ombres qui flottent sur les couchants de l'Adriatique[2]. » Cette note 2 renvoie à une page de *L'Appel au soldat,* où figure la phrase suivante : « les ombres qui flottent sur les couchants de l'Adriatique, au bruit des angélus de Venise, tendent à commander les âmes qui les interrogent. » Cette

phrase est reprise presque dans les mêmes termes dans « La Mort de Venise », p. 62. Les grands hommes évoqués par Barrès à propos de Venise sont, dans l'ordre : Goethe, Chateaubriand, Byron, Musset et George Sand, Léopold Robert, Théophile Gautier, Taine, Wagner. Vers la fin du chapitre III, p. 107, Barrès écrit : « Venise au XIXe siècle fait encore des conquêtes. La politique l'abandonne à sa décadence, mais Wagner, Taine, Gautier, Léopold Robert, Sand, Musset, Byron, Chateaubriand et Goethe forment son " Conseil des Dix " ».

« " Ils ne sont que neuf, me dit un lecteur.

« — Qu'on réserve le dixième siège. Je connais telle candidature. " »

Barrès pensait-il à lui-même, et est-ce dans cette hypothèse que Proust le fait figurer pour encadrer Ruskin avec Byron ?

3. *PM :* « eût »*

Page 132.

1. *BA :* « § LXXI. Dans tout le cours de ce volume les références aux *Stones of Venice* sont données avec les numéros (volumes, chapitres et paragraphes) de la Traveller's [*sic*] Edition. — Ce verset » (cf. n. 4 de la page 201).

2. *PM : « L'Ecclésiastique »** (référence exacte : XI, 9).

Page 133.

1. *Ms 2 :* « du plaisir de l'érudit de comprendre les textes qui apparaissaient en lettres byzantines à côté d'eux, de même »

2. *Ms 2 :* « de St Marc qui, ayant pour but d'enseigner tout en étant belles, n'arrivaient plus qu'à ravir en nous par leur enseignement l'égoïste érudit, et par ce qu'elles avaient, croyaient-elles, de moins noble, leur beauté, l'artiste désintéressé.

« Dans la dernière »

3. *BA :* « d'Amiens, vraiment sublime, le " si »

L'appel de la note de bas de page (qu'on trouvera p. 134) est placé dans *PM* après *La Bible d'Amiens*. En fait, il est mal placé; il doit être mis après « le morceau sur l'Égypte » (p. 134, l. 1) où nous l'avons rétabli : il renvoie en effet à *BA,* p. 213, dernières lignes du § 27. Dans la préface de *BA,* il n'y a pas d'appel de note, mais la note figure quand même p. 84.

La première citation se trouve p. 340 de *BA*. Le texte complet est le suivant : « si, vous préparant vous-même à être couchés [*en fait* « couché » : *Ruskin s'adresse au lecteur — voir par exemple BA, p. 337*] sous l'herbe dans le silence et la solitude sans plus voir la beauté, sans plus sentir la joie, vous vouliez vous soucier de la promesse qui vous a été faite d'un temps dans lequel vous verriez de nouveau la lumière de Dieu et connaîtriez les choses que vous aspirez à connaître, et marcheriez dans la paix de l'éternel Amour — *alors* l'espoir de ces choses pour vous est la religion... ».

Page 134.

1. *Ms 2* : « fut la tutrice de Moïse »

2. *Ms 2* : « pour la tutrice de Moïse. Mais il est certain que le fait »

3. *Ms 2* : « les pays. C'est plutôt une faiblesse de l'esprit humain que j'ai essayé de saisir en lui, plutôt qu'une faiblesse de Ruskin que j'aurais voulu dénoncer. Une fois qu'on aura »

4. *BA* : « page 65) ». La page 65 de *BA* correspond à la page 168 de *PM* (ici, p. 120). La page 100 de *PM* est le début de « Journées de pèlerinage » (ici, p. 69).

Page 135.

1. Robert de Montesquiou (cf. p. 514).

2. *Ms 2* : « Début d'un nouveau passage manuscrit : je dis sa conversation, car ses livres n'en portent pas trace. C'est quand il parle seulement qu'il est — délicieusement — affligé d'idolâtrie ».

3. Deux textes parallèles sont fournis par *Ms 2*. 1° « Ceux qui le connaissent le reconnaîtront ici comme dans une imitation grossière où rien d'ailleurs de son charme n'a subsisté. Aussi ces lignes ne s'adressent qu'à ceux-là qui ont causé avec lui [;] il est inutile de le nommer ».

2° « Ceux qui l'ont entendu parler le reconnaîtront comme dans une imitation grossière où rien de son charme n'aura subsisté (— et il est inutile de le nommer à ceux qui ne connaissent de lui que ses livres, car ceux-ci n'en portent pas trace —) quand je leur dirai qu'il admire dans l'étoffe ».

4. Tableau portant le numéro de catalogue 855. Un carton de ce même tableau, au rez-de-chaussée du musée, porte le numéro 553.

Page 136.

1. *Ms 2* : « d'un respect sacré. Je goûte trop profondément et jusqu'à l'ivresse les exquises et spirituelles »

2. *Ms 2* : « vénérations le conduit et l'inspire pour chicaner là-dessus ce poète qui est d'ailleurs un sage. Mais au plus fort de mon »

3. *Ms 2* : « la rend vraiment plus émouvante. Devons-nous »

4. Bathilde : Mme de Chasteller.

5. *Ms 2* : « de Stendhal. La toilette »

6. Allusion au roman de Balzac, *Les Secrets de la princesse de Cadignan*, dont d'Arthez est le personnage principal.

7. *Ms 2* : « de Balzac et elle est ravissante pour cela. Mais une fois »

Page 137.

1. *Ms 2 :* « contemporain (qui voit une ancolie dans les dessins de l'Académie des Beaux-Arts de Venise) »
2. *PM :* « qu'elle* nous donnent »
3. *Ms 2 :* « cette tare. Or »
4. Cf. *Amphitryon,* v. 1898 : « Un partage avec Jupiter... »
5. *Ms 2 :* « et le caractère un peu mêlé qu'elle inflige parfois aux plaisirs »

Page 138.

1. *Ms 2 :* « les yeux comme il arrive dans tout amour, aux défauts de l'objet qui prend peu à peu l'empire sur notre imagination. Il s'agit ici d'amour pour des livres, mais à l'origine de cet amour il y eut quelque chose d'intéressé; les amours humaines ont quelquefois une origine aussi vile. Il est certain que les premières pages que je lus, dès que j'en sentis la puissance et le charme, je m'efforçai de n'y pas résister, je fermai mes yeux aux défauts, je me laissai aller à subir l'empire, parce que je sentais que le jour où le charme de la pensée de Ruskin se serait répandu pour moi »

Page 139.

1. *Ms 2 :* « jusque-là [*p. 138, l. 20*], les cathédrales et bien des tableaux; car l'œuvre de Ruskin n'est pas comme l'œuvre d'Emerson. Et ce fut ainsi en effet, la vie prit tout d'un coup »
2. *Ms 2 :* « mourir, voir réalisées pour ainsi dire sur place les idées »
3. *Ms 2 :* « comment les vérités sur » (fin du manuscrit de *BA*)
4. A. de Vigny, *La Maison du berger,* III, strophe 9.
5. *BA :* « et quelles que puissent » (Proust utilise parfois la forme : « qu'elles », vieillie, mais correcte).
6. Poème intitulé *Déchirement,* publié dans *La Revue des Deux Mondes* du 15 juin 1903. En janvier 1904, Proust écrivait à la comtesse de Noailles : « J'ai besoin pour mon Ruskin, pour une citation, de *La Revue des Deux Mondes* où vous disiez qu'il fallait se dépêcher d'aimer la nature pendant qu'on était enfant parce qu'après cela, une fois l'amour venu, on ne voyait plus rien du tout » (*Corr,* II, lettre nº XVI, p. 95).

Le « Ruskin » n'est autre que *La Bible d'Amiens.*

Page 140.

1. *BA :* « sont fortifiées. Aussi »

Page 141.

1. Antigone, fille d'Œdipe, qui, malgré les ordres de Créon, son oncle, et « tyran » de Thèbes, eut le courage d'ensevelir

son frère Polynice, qui avait tenté de reprendre par la force le pouvoir qu'Étéocle devait normalement lui céder.

LA MORT DES CATHÉDRALES

2. Il semble que Proust, au moment de faire figurer cet article dans *En mémoire des églises assassinées,* ait eu quelques inquiétudes sur son titre. En effet, en septembre 1918, il écrit à Lucien Daudet : « " La mort des cathédrales " n'est qu'un titre d'article [l'article paru au *Figaro*[1] au moment de la loi de séparation]. Barrès m'a écrit pour m'en féliciter, de Vézelay, je me rappelle. Qu'il ait pris un titre un peu analogue[2], depuis, c'est possible. Et le Père Coubé vient de faire une conférence sur la *Vie des Cathédrales,* mais cela ne m'oblige pas à changer un titre de 1905 ou 6. »

En fait, Proust pouvait revendiquer la paternité et la propriété aussi bien d'un titre que d'une attitude dont la première manifestation remonte à cette lettre à Georges de Lauris que nous avons évoquée à propos d'*En mémoire des églises assassinées* et que nous jugeons opportun d'analyser avec précision. Après avoir longuement critiqué les lois anticléricales et l'anticléricalisme au nom de la tolérance, Proust reconnaît le sectarisme des écoles libres vis-à-vis des francs-maçons et des juifs. Puis il continue en ces termes : « Mais je vous dirai qu'à Illiers, petite commune où mon père présidait avant-hier la distribution des prix, depuis les lois de [Jules] Ferry on n'invite plus le curé à la distribution des prix. On habitue les élèves à considérer ceux qui le fréquentent comme des gens à ne pas voir et de ce côté-là tout autant que de l'autre on travaille à faire deux Frances, et moi qui me rappelle ce petit village tout penché vers la terre avare, et mère d'avarice, où le seul élan vers le ciel souvent pommelé de nuages, mais aussi souvent d'un bleu divin et chaque soir transfiguré au couchant de la Beauce, où le seul élan vers le ciel est encore celui du joli clocher de l'église, moi qui me rappelle le curé qui m'a appris le latin et le nom des fleurs de son jardin, moi surtout qui connais la mentalité du beau-frère de mon père[3], adjoint anticlérical de là-bas qui ne salue plus le curé depuis les décrets et lit *L'Intransigeant,* mais qui depuis l' *« Affaire »* y a ajouté *La Libre Parole,* il me semble que ce n'est pas bien que le vieux curé ne soit plus invité à la distribution des prix comme représentant dans le village quelque chose de plus difficile à définir que l'Office social symbolisé par le pharma-

---

1. 16 août 1904 (cf. l'allusion à cet article, ici, p. 141, n.*).
2. *La Grande Pitié des églises de France* (É.-Paul, 1914).
3. Jules Amiot, qui avait épousé en mai 1847 Élisabeth (tante Léonie), sœur d'Adrien Proust.

cien, l'ingénieur des tabacs retiré et l'opticien, mais qui est tout de même assez respectable, ne fût-ce que pour l'intelligence du joli clocher spiritualisé qui pointe vers le couchant et se fond dans ses nuées roses avec tant d'amour, et qui tout de même à la première vue d'un étranger débarquant dans le village a meilleur air, plus de noblesse, plus de désintéressement, plus d'intelligence et, ce que nous voulons, plus d'amour que les autres constructions, si votées soient-elles par les lois les plus récentes. En tout cas le fossé entre vos deux Frances s'accentue à chaque nouvelle étape de la politique anticléricale, et c'est bien naturel. » Dans la fin de la lettre, Proust estime que le cléricalisme lui-même « s'est entièrement dégagé des dogmes et de la foi catholique ». Mieux vaudrait restreindre la liberté de la presse. Proust tente de réhabiliter les jésuites. L'anticléricalisme a évolué de Voltaire à Renan « ... en tout cas, cette question n'a rien à voir avec celle des écoles chrétiennes. D'abord parce que l'on ne tue pas l'esprit chrétien en fermant les écoles chrétiennes et que, s'il doit mourir, il mourra même sous une théocratie. Ensuite parce que l'esprit chrétien et même le dogme catholique n'a rien à voir avec l'esprit de parti que nous voulons détruire[1]. »

Une telle profession de foi se retrouve dans « La Mort des cathédrales », enrichie de considérations historiques, artistiques ou politiques, auxquelles une ironie de bon ton confère une saveur originale. On connaissait à Proust des qualités de chroniqueur mondain. Là il se révèle comme un polémiste certes courtois, mais capable d'utiliser des arguments de tous ordres avec une chaleur prophétique.

Le volume d'*Articles critiques* nº XLIV fournit quelques fragments *(Frag)* et un état manuscrit *(Ms)* de l'article, comportant pour certains passages deux versions différentes. — En haut du premier folio de *Ms* figurent les lignes suivantes : « Je viens de lire dans le résumé du projet de M. Briand[2] que

1. Lettre à G. de Lauris, nº VII, 29 juillet 1903, p. 61-71. Cf. les mêmes idées dans une lettre de Proust (sans doute des premiers jours de 1905) à Paul Grunebaum-Ballin (1871-1969), qui, à Condorcet, était d'une classe avant Proust. Il fut directeur adjoint du cabinet d'A. Briand, et en cette qualité il prépara les lois sur la séparation de l'Église et de l'État. En 1904, il publia un ouvrage juridique où il commentait article par article le projet de loi Briand, et où il citait l'article de Proust, à propos de l'article XVIII. Cette lettre et son commentaire ont paru dans *Les Nouvelles littéraires* du 20 mars 1969.

2. Le projet de loi portant sur la séparation de l'Église et de l'État, dont A. Briand était le rapporteur, fut mis en discussion à la Chambre des députés le 21 mars 1905 seulement. 282 amende-

l'État pourrait dans une période de cinq ans désaffecter les cathédrales! »

Page 142.

1. *Fig :* « inintelligibles, mais restés admirables, d'une croyance oubliée, subsistent les cathédrales, muettes et désaffectées. Supposez ensuite qu'un jour, des savants, à l'aide de documents, arrivent ». — *(Ms* diffère peu de *Fig.)*

2. *Fig :* « autrefois, pour lesquelles elles avaient été construites, qui étaient proprement leur signification et leur vie, et sans lesquelles elles n'étaient plus qu'une lettre morte, et supposez qu'alors des artistes, séduits par le rêve » — *(Ms* diffère peu de *Fig).* « Lors » : archaïsme sans doute voulu par Proust, étant donné le contexte.

3. *Fig :* « antiques. [alinéa dans *Fig*]. Est-il un gouvernement un peu soucieux du passé artistique de la France qui ne subventionnât largement une tentative aussi magnifique ? Pensez-vous que ce qu'il a fait pour des ruines romaines, il ne le ferait pas pour des monuments français, pour ces cathédrales qui sont probablement la plus haute, mais indiscutablement la plus originale expression du génie de la France ? Car à notre littérature on peut préférer la littérature d'autres peuples, à notre musique leur musique, à notre peinture et à notre sculpture les leurs; mais c'est en France que l'architecture gothique a créé ses premiers et ses plus parfaits chefs-d'œuvre. Les autres pays n'ont fait qu'imiter notre architecture religieuse, et sans l'égaler.

« Ainsi donc, je reprends mon hypothèse, voici des savants » (*Ms* diffère très peu de *Fig*).

Page 143.

1. *Ms, Fig :* « Reims, Rouen, Paris, la ville que vous voudrez, nous avons tant de sublimes cathédrales!) et une fois »

2. *Ms, Fig :* « des textes; le ministre de l'Instruction publique ne leur ménagera ni les décorations ni les [*Ms : [*les*]*] compliments. Mais, malgré tout, on ne peut l'empêcher de se dire : " Hélas, combien ces fêtes " »

3. *Ms, Fig :* « *croyaient*. Mais, hélas! ces choses sont aussi loin de nous que le pieux enthousiasme du peuple grec aux représentations du théâtre et nos " reconstitutions " ne peuvent en donner une idée » (alinéa dans *Fig*).

---

ments, 62 orateurs inscrits. Ce projet fit surgir de nombreux articles, libelles et opuscules, parmi lesquels il faut signaler *L'Église et la République,* d'A. France, (E. Pelletan, 1904) et ses réfutations.

« Voilà ce qu'on dirait si la religion catholique n'existait plus et si des savants étaient parvenus à retrouver ses rites, si des artistes avaient essayé de les ressusciter pour nous. Mais précisément elle existe encore et n'a pour ainsi dire pas changé depuis le grand siècle où les cathédrales furent construites. Nous n'avons pas besoin pour nous imaginer ».

4. *Fig :* « artistes sans " conviction ". Ce sont »

5. *Ms :* « un office. Les artistes chargés ici de la représentation ne manquent certes pas de *conviction !* Ce sont les prêtres même du culte et qui officient ».

Page 144.

1. Rupture avec le pape Pie X (le gouvernement français rappela son ambassadeur auprès du Saint-Siège le 21 mai 1904). Le 23 avril, le président Loubet était parti pour l'Italie, où il devait rendre sa visite au roi Victor-Emmanuel III. Ce voyage souleva des objections en France et suscita une note pontificale de protestation. Le rappel de l'ambassadeur français provoqua des interpellations, à droite comme à gauche, à la Chambre des députés, le 27 mai 1904. Combes obtint cependant, à une large majorité, la confiance de la Chambre.

2. *Fig :* « projet de M. Briand[1] — aux termes »

1. Note de bas de page dans *Fig,* dont le texte figure également dans *Ms* avec des variantes : « Je dis projet Briand pour simplifier, les dispositions qui effrayent étant communes aux différents projets. Mais naturellement le projet Briand est beaucoup moins mauvais que les autres, étant l'œuvre d'un esprit sectaire, sans doute, mais par certains côtés, tout à fait supérieur. M. Briand, s'il ne la connaît pas, devrait bien lire une conférence de M. Charles Gide sur la séparation, conférence que le *Bulletin de l'action pour l'union morale* [*sic*] a publiée. M. Gide n'envisage le problème qu'au point de vue économique. Mais ces quelques pages sont ce qui a été écrit de plus profond sur ce sujet. »

La loi en question, portant la date du 9 décembre 1905, fut promulguée le 11 décembre (elle avait été votée par la Chambre le 3 juillet, par le Sénat le 6 décembre 1905). Le titre réel, *Bulletin de l'Union pour l'Action morale,* est donné par *Ms.* Ce bulletin fut fondé en 1892 par Paul Desjardins. — Gide (Charles) [1847-1932], oncle d'André Gide. Économiste français, qui participa aux « Libres Entretiens » du bulletin cité par Proust, en particulier à ceux qui portèrent sur la séparation de l'Église et de l'État, fin 1904. Charles Gide publia également des articles dans ce même bulletin en 1904 et 1905. La conférence dont parle Proust fut donnée à l'École des hautes études sociales le 1er mars 1904. Elle était divisée en trois parties : I, le Passé — II, l'Avenir — III, les Remèdes. Dans la 1re partie, on trouve entre autres les phrases suivantes, dont a pu s'inspirer Proust : « Que voulez-vous qu'on fasse de Notre-Dame ? Un théâtre ? un café-concert ? une université populaire ? un entrepôt ? un grenier à fourrages ? une caserne ? un musée ? un panthéon pour les grands hommes de la paroisse ? Elle ne convient à rien de tout cela. Si on l'enlève au culte, il n'y aura rien à en faire, sinon un monument historique qu'on montrera aux touristes, et pour l'entretien duquel il faudra payer des gardiens. » Paul Grunebaum-Ballin participa lui aussi aux conférences du Bulletin.

3. *Ms :* « construits *[p. 143, dernière ligne]*. Or, j'ai pu lire ce matin le résumé d'un projet Briand aux termes duquel au bout de cinq ans les églises, et par conséquent les cathédrales, pourront être et seront vraisemblablement désaffectées. Pour qu'elles ne le soient pas il faudrait que le clergé les loue à ses frais / or il peut préférer /. Le gouvernement non seulement n'y subventionnera plus les cérémonies du culte, mais pourra »

4. *Fig* : « casino. Ô vous ! monsieur André Hallays, qui allez répétant que la vie se retire des œuvres d'art, dès qu'elles ne servent plus aux fins qui présidèrent à leur création, qu'un meuble qui devient un bibelot et un palais qui devient un musée se glacent, ne peuvent plus parler à notre cœur, et finissent par mourir, j'espère que vous allez cesser pour un moment de dénoncer les restaurations plus ou moins maladroites qui menacent chaque jour les villes de France que vous avez prises sous votre garde, et que vous allez vous lever, donner de la voix, harceler, s'il le faut, M. Chaumié, mettre en cause, au besoin, M. de Monzie, rallier M. John Labusquière, réunir la Commission des monuments historiques. Votre zèle ingénieux fut souvent efficace, vous n'allez pas laisser mourir d'un seul coup toutes les églises de France. [« Je ne puis croire que M. Bérenger, qui lui du moins est un lettré, puisse se résigner à voir sur la terre de France disparaître tant de beauté » : *Ms*].

« Il n'y a pas aujourd'hui de socialiste ayant du goût qui ne déplore les mutilations que la Révolution a infligées à nos cathédrales, tant de statues, tant de vitraux brisés. Eh bien, il vaut mieux dévaster une église que de la désaffecter. Tant qu'on y célèbre la messe, si mutilée qu'elle soit, elle garde au moins un peu de vie. Du jour où elle est désaffectée elle est morte, et même si elle est protégée comme monument historique d'affectations scandaleuses, ce n'est plus qu'un musée. On peut dire aux églises ce que Jésus disait à ses disciples : " Excepté si l'on continue à manger la chair du Fils de l'homme et à boire son sang, il n'y a plus de vie en vous " (saint Jean, VI, 55), ces paroles un peu mystérieuses mais si profondes du Sauveur devenant, dans cette acception nouvelle, un axiome d'esthétique et d'architecture. Quand le sacrifice »

5. *Fig :* « symbolique. Si, au porche occidental de la cathédrale d'Amiens, la statue du Christ s'élève sur un socle orné de roses, de lys et de vignes, c'est que le Christ a dit : " Je suis la rose de Saron. Je suis le lys de la vallée. Je suis la vigne véritable. "

« Si sous ses pieds sont sculptés l'aspic et le basilic, le lion et le dragon, c'est à cause du verset du psaume XC[1] : *inculcabis super aspidem et leonem*. À sa gauche, est représenté, dans un petit bas-relief, un homme qui laisse tomber son épée à la vue d'un animal, tandis qu'à côté de lui un oiseau continue de chanter. C'est que " le poltron n'a pas le courage d'une grive " et que ce bas-relief a pour mission de symboliser, en effet, la lâcheté, comme opposée au courage, parce qu'il est placé sous la statue qui est toujours (du moins dans les premiers temps) à la gauche de la statue du Christ, la statue de saint Pierre, l'apôtre du courage.

« Et ainsi des milliers de figures qui décorent la cathédrale.

« Or, les cérémonies du culte participent au même symbolisme. Dans un livre admirable auquel je voudrais avoir un jour l'occasion de rendre un entier hommage, M. Émile Mâle » *(Ms* diffère très peu de *Fig)*.

Le livre d'É. Mâle, *L'Art religieux du XIIIe siècle en France,* parut en 1899. Les citations de Proust sont empruntées au chapitre 1er de l'Introduction (IIIe partie).

6. *PM :* « au »*

7. *PM :* « Il la* fait jaillir ». Texte d'É. Mâle : « Il a fait jaillir ce feu du silex ». Le « la » de *PM* est incompréhensible.

8. *Ms :* « le diacre et tout le peuple se dirigent vers ». C'est aussi le texte d'É. Mâle.

Page 145.

1. *PM :* « femmes »*

2. *Frag :* « Voici maintenant l'interprétation de la Ire partie du sacrifice de la messe »

3. Texte d'É. Mâle : « il exprime l'attente »

4. Texte d'É. Mâle et de *Ms :* « la vivante figure »

---

1. En réalité, Psaume XCI, verset 13. Painter (I, p. 329) donne comme référence le Psaume LVIII, verset 4. Il semble qu'il fasse erreur, car dans ce psaume, au verset 5, on trouve seulement : « Ils ont un venin pareil au venin d'un serpent, d'un aspic sourd qui ferme son oreille. » Référence exacte donnée par Proust dans *BA,* IV, p. 288, n. 1.

5. *PM :* « se reposent »*. Le texte d'É. Mâle et de *Ms :* « se reposèrent » nous a semblé devoir être rétabli, le passé défini étant nécessairement appelé par le verbe : « rappeler », à la ligne précédente.
6. *PM :* « Hélie »*. La faute est dans le texte d'É. Mâle.

Page 146.

1. Texte d'É. Mâle *:* « Le costume que le prêtre »
2. *Ms, Fig :* « entière et qui, comme l'a très bien dit M. Mâle, est le génie même du moyen âge[1] [alinéa dans *Fig*]. Jamais »
3. *Fig :* « Bayreuth est peu »

Page 147.

1. *PM :* « eut *»
2. *PM :* « froides *»
3. *Frag :* (début du passage manuscrit :) « emplie du murmure des prières et du geste des officiants, de silence, de lumière, de ténèbres et de foi soit le plus grand des spectacles. Je sais bien que Ruskin, expliquant la raison spirituelle de la disposition »
4. *Frag :* « sortirent. Pourtant ce spectacle de la cathédrale vivante peut donner, à qui y entre un moment sans essayer d'y rien comprendre et pour rêver seulement, des émotions plus confuses mais aussi fortes. Je citerai notamment comme témoignage de cet autre état d'esprit qui permet de trouver dans le spectacle des offices une impression vague mais puissante et en quelque sorte irraisonnée la belle page de Renan appelée la Double Prière : »

Le texte de la prière n'est pas cité dans le fragment. Dans le texte définitif, au centre de la phrase, on aura reconnu deux emprunts au sonnet de Baudelaire, « Correspondances » (*Spleen et idéal,* IV, v. 3 et 4).

5. Ce texte appartient aux *Feuilles détachées* (1892) de Renan, reproduites au tome II de ses *Œuvres complètes.* À l'avant-dernière ligne de la prière (p. 148), *PM :* « put »*
6. *Fig :* « le projet Briand) est celui »

Page 148.

1. *Fig :* « ne marcheraient plus.

« C'est ainsi que devant cette réalisation artistique, la plus complète qui fut jamais puisque tous les arts y collaborèrent, du plus grand rêve auquel se soit jamais élevée l'humanité, on peut rêver de bien des manières, et la demeure est assez

---

1. Le manuscrit s'interrompt ici pour reprendre, au folio suivant, à « Et cela suffirait » (p. 147, l. 5).

grande pour que nous y puissions tous trouver place. La cathédrale qui abrite tant de saints, de patriarches, de prophètes, d'apôtres, de rois, de confesseurs, de martyrs, que des générations entières se pressent jusqu'à l'entrée des porches, souvent suppliantes, angoissées, élevant l'édifice en tremblant sous le ciel comme un long gémissement, tandis que des anges se penchent en souriant du haut des galeries qui dans l'encens rose et bleu du soir et l'or éblouissant du matin apparaissent vraiment comme " les balcons du ciel ", la cathédrale, dans son immensité, peut aussi bien donner asile au lettré qu'au croyant, au vague rêveur qu'à l'archéologue; ce qui importe, c'est qu'elle reste vivante et que du jour au lendemain la France ne soit pas transformée en une grève desséchée où de géants coquillages ciselés sembleraient comme échoués, vidés de la vie qui les habita, et n'apportant même plus à l'oreille qui se pencherait sur eux la vague rumeur d'autrefois, simples pièces de musée, musées glacés elles-mêmes. " Il n'est pas trop tard, écrivait il y a quelques années M. André Hallays, pour relever une idée saugrenue, qui paraît-il est née dans la cervelle de quelques Vézelayens. Ceux-ci voudraient qu'on désaffectât l'église de Vézelay. L'anticléricalisme inspire de grandes sottises. Désaffecter cette basilique, c'est vouloir lui retirer le peu d'âme qui lui reste. Lorsqu'on aura éteint la petite lampe qui brille au fond du chœur, Vézelay ne sera plus qu'une curiosité archéologique. On y respirera l'odeur sépulcrale des musées ". C'est en continuant à remplir l'office auquel elles furent primitivement destinées que les choses, dussent-elles lentement mourir à la tâche, gardent leur beauté et leur vie. Croit-on que dans les musées de sculpture comparée, les moulages des célèbres stalles[1] en bois sculpté de la cathédrale d'Amiens peuvent donner une idée des stalles elles-mêmes, dans leur vieillesse auguste et toujours exerçante ? Tandis qu'au musée un gardien nous empêche d'approcher de leurs moulages[2], les stalles inestimablement précieuses, si vieilles, si illustres et si belles continuent à exercer à Amiens leurs fonctions modestes de stalles, — dont elles s'acquittent depuis plusieurs siècles à la grande satisfaction des Amiénois — comme ces artistes qui, parvenus à la gloire, n'en continuent pas moins à garder un petit emploi ou à donner des leçons. Ces fonctions consistent, avant même d'instruire les âmes, à supporter les corps, et c'est à quoi, rabattues pendant chaque office et présentant leur envers, elles s'emploient modestement. Bien plus, les bois toujours frottés de ces stalles ont peu à peu revêtu ou plutôt laissé paraître cette sombre pourpre qui est comme leur cœur et que préfère à tout, jusqu'à ne plus pou-

1. *Ms :* « stalles sculptées »
2. *Ms :* « moulages, elles les stalles »

voir regarder les couleurs des tableaux qui semblent, après cela, bien grossières, l'œil qui s'en est une fois enchanté. C'est alors comme une sorte d'ivresse qu'on éprouve à goûter dans l'ardeur toujours plus enflammée du bois ce qui est comme la sève, avec le temps débordante, de l'arbre. La naïveté des personnages ici sculptés prend de la matière dans laquelle ils vivent quelque chose comme de deux fois naturel. Et pour tous ces fruits, ces fleurs, ces feuilles, ces branches, ces végétations amiénoises que le sculpteur amiénois a sculptés dans du bois d'Amiens, les frottements divers y ont laissé paraître ces admirables oppositions de tons, où la feuille se détache d'une autre couleur que la tige, faisant penser à ces nobles accents que M. Gallé a su tirer du cœur harmonieux des chênes[1].

« Ce[2] n'est pas seulement aux chanoines suivant l'office dans ces stalles dont les accoudoirs, les miséricordes et la rampe racontent l'Ancien et le Nouveau Testament, ce n'est pas seulement au peuple emplissant l'immense nef, que la cathédrale, si le projet de M. Briand était voté, se trouverait fermée, ne pourrait plus donner la messe et les prières. Nous disions » Le passage : « Le prêtre [...] ne marcheraient plus » est assez librement transcrit de *Madame Bovary* (IIIe partie, VIII).

2. *Ms, Fig :* « point. Ce sont les images peintes ou sculptées de ceux qui ayant contribué »

3. *Ms :* « leurs statues colossales au pied »

4. La phrase, dans *Fig* et dans *PM,* est incohérente (« lever leurs têtes cornues au-dessus de l'arche sainte et colossale jusqu'à l'horizon des plaines de France leur songe intérieur »*). Le manuscrit permet de rétablir le texte primitif correct. En effet, *Ms* donne : « dans le bruit des cloches et l'éblouissement du soleil poursuivre jusqu'à l'horizon des plaines de France leur " songe intérieur " ». C'est la leçon que nous avons adoptée (hormis la variante : « l'éblouissement »). Si l'on veut tenir compte de l'addition de *Fig,* il faut entendre : « lever leurs têtes cornues au-dessus de l'arche sainte et colossale [et poursuivre] jusqu'à l'horizon[3] », etc.

---

1. Tout le développement ci-dessus (depuis « Croit-on que dans les musées... ») vient dans son ensemble de la préface de *BA.* M. Proust l'a bien entendu supprimé de son article du *Figaro* d'août 1904, quand il a repris « La Mort des cathédrales » pour compléter *En mémoire des églises assassinées.*

Pour les différences entre le texte du *Figaro* et les autres états, voir *BA,* p. 30 à 32, ou p. 87-88 de ce volume, ainsi que les notes 2 et 3 de la page 88.

2. *Ms :* « Ce n'est pas qu'aux chanoines »

3. Le 17 août 1904, Proust écrivait à Mme Robert de Billy, à propos de « La Mort des cathédrales » : « Dites à Robert que mon

Page 149.

1. *Ms, Fig :* « intérieur » *(p. 148, l. 40)*. Pour des bêtes, c'est tout ce qu'on pouvait faire : aux hommes, on accordait mieux » [alinéa dans *Fig*].

« Ils entraient ». *PM :* « Pour des bêtes, les placer ainsi* [...] » Le membre de phrase : « c'est tout ce qu'on pouvait faire » a été visiblement oublié. Il convenait de le rétablir.

2. *Ms :* « de l'Évangile ou du côté de l'Épître, soit qu'au pied du vitrail dans un rayon de pourpre, d'orange ou d'or, ils restent les donateurs » *PM :* « emprisonne* », « enflamme* »

3. *Ms* donne très clairement : « dans ». *Fig* et *PM* donnent : « de »*, qui est une coquille évidente.

4. *Fig :* « chapiteaux. Ô vous tous, de vos vitraux de Chartres, de Tours, de Bourges, de Sens, d'Auxerre, de Troyes, de Clermont-Ferrand, de Toulouse »

5. *PM :* « changeurs, à entendre l'office... »*. La phrase est incohérente. *Ms* et *Fig* permettent de rétablir le texte correct. Ils donnent en effet : « changeurs, ô vous tous, grande démocratie silencieuse, fidèles obstinés à entendre l'office... [*voir n. 6 pour la suite du texte*] vous n'entendrez plus la messe... ». Il convient donc d'emprunter à *Ms* et à *Fig* le membre de phrase nécessaire à l'intelligence du texte transporté par Proust dans *PM :* « grande démocratie silencieuse, fidèles obstinés à », etc. (cf. aussi *Chro,* p. 165, qui reproduit la phrase correcte de *Fig*).

6. *Fig :* « l'office, non pas dématérialisés mais plus beaux qu'aux jours de votre vie, dans la gloire de ciel et de sang du précieux vitrage [qui de loin semble immuable, mais où si l'on s'approche, on voit dans un (frisson)[1] de rubis fuir un remous d'émeraude, : *Ms*] vous n'entendrez plus la messe que vous vous étiez assurée en donnant pour l'édification de l'église le plus clair de vos deniers. Les morts ne gouvernent plus les vivants, selon la parole profonde. Et les vivants oublieux cessent de remplir les vœux des morts ». (*Ms* diffère peu de *Fig*.)

---

article a paru dans *Le Figaro* d'hier (daté mardi), mais comme je n'avais pas corrigé d'épreuves, que j'écris très illisiblement et que dans l'agitation du départ prochain je n'avais plus beaucoup ma tête à moi, il est tellement rempli de coquilles que c'est absolument impossible d'y rien comprendre. » (R. de Billy, *Lettres et conversations,* p. 147.)

1. Lecture douteuse. Est-ce une réminiscence de J.-M. de Heredia : « courir un frisson d'or, de nacre et d'émeraude » ? (« Le Récif de corail ».)

Le texte de *PM* s'arrête ici. *Fig* continue ainsi[1] (après un alinéa) :

« Mais laissons les tonneliers de rubis, les vanniers de rose et d'argent, inscrire au fond du vitrail la " muette protestation " que M. Jaurès saurait nous rendre avec tant d'éloquence et que nous le supplions de faire parvenir jusqu'aux oreilles des députés, et, oubliant ce peuple innombrable et silencieux, ancêtres d'électeurs dont la Chambre ne se soucie guère, pour finir, résumons-nous.

« Premièrement : la protection même des plus belles œuvres de l'architecture et de la sculpture françaises qui *mourront* le jour où elles ne serviront plus au culte des besoins duquel elles sont nées, qui est leur fonction comme elles sont ses organes, qui est leur explication parce qu'il est leur âme, fait un devoir au gouvernement d'exiger que le culte soit perpétuellement célébré dans les cathédrales, au lieu que le projet Briand l'autorise à faire des cathédrales, au bout de quelques années, tels musées ou salles de conférences (à supposer le mieux) qu'il lui plaira, et même, si le gouvernement ne prenait pas cette initiative, autorise le clergé, s'il en trouve la location trop dispendieuse (et par le fait qu'il ne sera plus subventionné, on peut dire le force), à n'y plus célébrer d'offices.

« Deuxièmement : le maintien du plus grand ensemble artistique qui se puisse concevoir, historique et pourtant vivant[2], pour la reconstitution duquel on ne reculera devant aucune dépense s'il n'existait plus, à savoir la messe dans les cathédrales, fait un devoir au gouvernement de subventionner l'Église catholique pour l'entretien d'un culte qui importe autrement à la conservation du plus noble art français (pour continuer à nous tenir uniquement à ce point de vue profane), que les conservatoires, théâtres de comédie ou de musique, entreprises de reconstitution des tragédies antiques au théâtre d'Orange, etc., etc., toutes sociétés ayant un but artistique contestable, conservant des œuvres dont beaucoup sont faibles (que reste-t-il devant le chœur de Beauvais ou les statues de Reims, du *Jour,* de l'*Aventurière* ou du *Gendre de*

---

1. Le texte de *Ms* ne présente avec celui de *Fig* que des différences de détail.

2. Texte de *Fig :* « vivant, des millions pour la reconstitution duquel... » Ce texte est incohérent. *Ms* permet de mettre en évidence l'erreur d'impression, car il donne : « vivant qu'on dépenserait des millions pour essayer de le reconstituer artificiellement s'il n'existait plus »... Il nous a semblé légitime de supprimer « des millions », vestige de la leçon manuscrite, et d'adopter en partie la leçon de *Fig* en éliminant ainsi une très vraisemblable confusion de formules.

M. Poirier ?)[1] tandis que l'œuvre qu'est la cathédrale du moyen âge avec ses milliers de figures peintes ou sculptées, ses chants, ses offices, est la plus noble de toutes celles à laquelle se soit jamais haussé le génie de la France.

« Et nous n'avons parlé dans cet article que des cathédrales pour donner à ces conséquences du projet Briand leur forme la plus frappante, la plus choquante pour l'esprit du lecteur. Mais on sait que la distinction entre les églises cathédrales et les autres est tout à fait artificielle, puisqu'il suffisait, à l'occasion d'une fête, d'y dresser la cathèdre d'un évêque, pour qu'une église devînt momentanément cathédrale. Ce que j'ai dit des cathédrales s'applique à toutes les belles églises de France et on sait qu'il y en a des milliers. En suivant une route française entre les champs de sainfoin et les clos de pommiers qui se rangent de chaque côté pour la laisser passer " si belle ", c'est presque à chaque pas que vous apercevez un clocher qui s'élève[2] contre l'horizon orageux ou clair, traversant, les jours de pluie ensoleillée, un arc-en-ciel qui, comme une mystique auréole reflétée sur le ciel prochain de l'intérieur même de l'église entrouverte, juxtapose sur le ciel ses couleurs riches et distinctes de vitrail; c'est presque à chaque pas que vous apercevez un clocher s'élevant au-dessus des maisons qui regardent à terre, comme un idéal, s'élançant dans la voix des cloches, à laquelle se mêle, si vous approchez, le cri des oiseaux[3]. Et bien souvent vous pouvez

---

1. *Ms* : la parenthèse manque. *Le Jour ? — L'Aventurière* et *Le Gendre de M. Poirier* sont deux pièces d'É. Augier.

2. Le passage : « qui s'élève... un clocher » manque dans *Ms*.

3. *Frag* (début du fragment manuscrit) : « dans le cri des corbeaux et le son des cloches contient de graves et belles pensées sculptées ou restées plus vagues à l'état de belles lignes d'architecture mais aussi vivantes et aussi fortes et capables d'entraîner notre imagination dans l'essor de leur jet et de l'enfermer tout entière dans la courbe de leur chute. Là des balustres charmants d'un balcon roman, ou du seuil mystérieux d'un porche gothique qui unit à l'obscurité illuminée de l'église le grand soleil de la prairie où elle s'élève, il faut que nous continuions à voir la procession sortir de l'ombre multicolore de la nef, arbres de pierre, et cheminer dans la campagne, aux piliers trapus que surmontent des chapitaux de pommes vivantes et dont on peut dire comme du Seigneur que " tous ses sentiers sont la paix ". " Dieu s'avance à travers les champs ". Enfin nous n'avons invoqué en tout ceci qu'un intérêt artistique. C'est que c'est seulement les conséquences artistiques du projet Briand que nous avions en vue. Cela ne veut pas dire que nous soyons insensibles aux autres. Mais le clergé aurait tort de repousser l'appui des artistes. Car à voir combien de députés, quand ils ont fini de voter des lois anticléricales, partent faire un tour

affirmer que l'église au-dessus de laquelle il s'élève ainsi contient de belles et graves pensées sculptées et peintes, et d'autres pensées qui, n'ayant pas été appelées à une vie aussi distincte[1], sont restées plus vagues, à l'état de belles lignes d'architecture, mais aussi puissantes ainsi, quoique plus obscures, et capables d'entraîner notre imagination dans le jaillissement de leur essor ou de l'enfermer tout entière dans la courbe de leur chute. Là, des balustres charmants d'un balcon roman ou du seuil mystérieux d'un porche gothique entrouvert qui unit à l'obscurité illuminée de l'église le soleil dormant à l'ombre des grands arbres qui l'entourent, il faut que nous continuions à voir la procession sortir de l'ombre multicolore qui tombe des arbres de pierre de la nef et suivre, dans la campagne, entre les piliers trapus que surmontent des chapiteaux de fleurs et de fruits, ces chemins dont on peut dire, comme le Prophète disait du Seigneur : " Tous ses sentiers sont la paix. " Enfin nous n'avons invoqué en tout ceci qu'un intérêt artistique. Cela ne veut pas dire que le projet Briand n'en menace pas d'autres et qu'à ces autres nous soyons indifférent. Mais enfin c'est à ce point de vue que nous avons voulu nous placer. Le clergé aurait tort de repousser l'appui des artistes. Car à voir combien de députés, quand ils ont fini de voter des lois anticléricales, partent faire un tour aux cathédrales d'Angleterre, de France ou d'Italie, rapportent une vieille chasuble à leur femme pour en faire un manteau ou une portière, élaborent dans leur cabinet des projets de laïcisation devant la reproduction

---

aux cathédrales de France, d'Angleterre ou d'Italie, rapportent à leur femme une vieille chasuble, élaborent dans leur cabinet un projet de laïcisation devant la reproduction photographique d'une mise au tombeau, marchandent à un brocanteur le volet [d']un retable (en bas de page : vont chercher jusqu'en province des fragments de stalles pour servir dans leur antichambre de porte-parapluies) et le vendredi saint vont écouter à la Schola la messe du pape Marcel, on peut penser que le jour où on aurait persuadé tous les artistes sans exception que c'est pour l'État un devoir inéluctable, une obligation absolue de subventionner le culte catholique dans toutes les églises, on aurait sinon détaché du Bloc, du moins soulevé contre le projet Briand bon nombre d'anticléricaux » (fin de *Frag*).

1. *Ms :* « peintes, ou n'ayant pas été appelées à une vie aussi distincte et restées plus vagues, à l'état de... » Texte de *Fig* : « qui n'ayant pas été appelées à une vie aussi distincte et sont restées ». Ce « et » est inexplicable grammaticalement; est-il un vestige de *Ms ?* De toute manière, il est nécessaire de le supprimer, ou de substituer « ont » à « ayant ». Là encore il semble qu'il y ait eu confusion entre *Ms* et *Fig*.

photographique d'une *Mise au tombeau,* marchandent à un brocanteur le volet d'un retable, vont pour leur antichambre chercher jusqu'en province des fragments de stalles d'église qui y serviront de porte-parapluie et le vendredi saint à la « Schola Cantorum »[1], sinon même à l'église Saint-Gervais[2], écoutent « religieusement », comme on dit, la messe du pape Marcel[3], on peut penser que le jour où nous aurions persuadé tous les gens de goût de l'obligation que c'est pour le gouvernement de subventionner les cérémonies du culte, nous aurions trouvé comme alliés[4] et soulevé contre le projet Briand bon nombre de députés anticléricaux » (fin du texte de *Fig*).

SENTIMENTS FILIAUX D'UN PARRICIDE

Page 150.

1. *Le Figaro*, 1er février 1907.

Selon R. Dreyfus (*Souvenirs sur Marcel Proust,* chap. VII, p. 198-203), c'est Gaston Calmette, informé de l'existence des lettres écrites par le fils Blarenberghe à Proust, qui souhaita pour *Le Figaro* une chronique « qui risquait de déplaire et qui déplut aux abonnés ». L'écrivain précise même la date à laquelle Calmette lui demanda l'article (Lettre à R. Dreyfus du 3 février 1907), *Souvenirs,* p. 203-207, et explique avec de grands détails quelles difficultés il dut surmonter pour achever sa chronique, dont la fin fut d'ailleurs coupée (cf. n. 7, p. 159), mais qui eut un retentissement considérable. Les amis d'Henri Van Blarenberghe furent froissés « d'un article qui ravivait leur douleur » (Lettre no LXXXII à R. Hahn, 6-7 février 1907, p. 129). En revanche, Ludovic Halévy estima qu'il était « plein de dons et d'originalité » (R. Dreyfus, *Souvenirs,* p. 202).

2. *Fig :* « en auraient éprouvée »

3. *Fig :* « suivante, qui témoignait d'un si grand amour filial chez celui qui l'avait écrite. J'ai pensé »

4. *Fig :* « " m'excuser " »

---

1. École de chant liturgique et de musique religieuse fondée en 1894 par Charles Bordes. Elle devint en 1900 une école supérieure de musique.

2. Édifice de gothique flamboyant, avec façade du XVIIe siècle.

3. Messe à quatre ou cinq voix, composée en avril 1555, en l'honneur du pape Marcel II.

4. *Ms* ajoute : « ce seraient naturellement les plus précieux, puisqu'ils seraient recrutés dans le camp de nos adversaires, qui s'en trouverait d'autant plus affaibli, et soulevé ».

Page 151.

1. *Fig :* « jeté une repartie originale. Agréable »

Page 152.

1. *Fig :* « comme on dit, et comme on a bien raison de le dire. Nos yeux »
2. *Fig :* « l'envers du phénomène auguste qui s'accomplit »
3. Le roman de H. G. Wells, *La Machine à explorer le temps,* parut en 1895.
4. *PM :* « fours »*
5. *Fig :* « jamais. À ces moments-là, j'éprouvais une impression de surnaturel quand mon regard »
6. *Fig :* « Blarenberghe dans un des meilleurs instantanés que ma mémoire ait conservés de lui. »
7. *Fig :* « cette lettre, je le retouchai au fond de mon souvenir, cet instantané, en l'interprétant »

Page 153.

1. *Fig :* « de l'Est, à qui »
2. *PM :* « d'adresses »*
3. *PM :* « dans la personne »*. La leçon correcte est donnée par *Fig.*
4. *PM :* « recouvrant »*. La leçon de *Fig,* que nous avons rétablie, semble préférable.

Page 154.

1. Vers non identifié
2. Citation exacte et complète :

> *Peut-être faites-vous des choses inconnues*
> *Où la douleur de l'homme entre comme élément.*

(V. Hugo, « À Villequier », v. 75-76, *Les Contemplations,* « Pauca meae », XV.)

Page 155.

1. *PM :* « d'Hercule »* (coquille évidente). Dans les *Troyennes,* et dans *Hécube,* Euripide a mis en scène l'épouse de Priam, qui perdit la plupart de ses enfants dans la guerre de Troie, ou dans des circonstances tragiques (Polydore et Polyxène).
2. L'information concernant le crime et le suicide du fils Van Blarenberghe parut dans *Le Figaro* du vendredi 25 janvier 1907.
3. *Fig :* « propre à l'énergique stimulation »

4. *Fig :* « laissé sombrer son premier mois de l'avenir au passé, »

5. Sophocle, *Ajax,* v. 51-60, jusqu'à « embûches »; v. 9-10 pour la dernière phrase.

6. *PM :* « Motos »* (coquille évidente).

7. *Ajax,* v. 257-262, jusqu'à « douleurs »; v. 315-326 pour le reste de la citation. *PM :* « dessin »*

Page 156.

1. *Fig :* « la princesse dans Tolstoï ». Allusion probable, à *La Guerre et la Paix,* Hachette, 1903, 3 vol., p. 363-364, vol. I, 1re partie, chap. IV, IX : « Les yeux de la morte étaient fermés, mais son petit visage n'avait pas changé et elle semblait toujours dire : " Qu'avez-vous fait de moi ? " [...] Le vieux prince baisa à son tour une des frêles mains de cire [...] et l'on aurait cru que la pauvre petite figure lui répétait aussi : " Qu'avez-vous fait de moi ? " ».

2. *Fig :* « en criant, criant : " Henri ! "

3. *Fig :* « du secours. Peu après quatre agents qu'on est allé chercher forcent les portes verrouillées de la chambre d'Henri Van Blarenberghe. En dehors des blessures ». Le texte de *Fig* semble bien plus cohérent que celui de *PM.* Dans ce dernier, on voit mal le rapport entre « qu'on est allé chercher » et « forcèrent ».

4. *Fig :* « le plus terrible et le plus beau que nous ait »

5. Sophocle, *Œdipe roi,* v. 1252-1289. Proust n'a pas respecté l'ordre des derniers vers qu'il cite.

Sur ce rapprochement « mythique », voir la lettre de Proust à Mme Catusse (vers le 27 janvier 1907, lettre nº XXXI, p. 91) : « Imaginez-vous que j'ai reçu, il y a dix jours, la lettre la plus fine, la plus triste et la plus touchante de ce malheureux Van Blarenberghe, qui le ferait plus à plaindre qu'Œdipe. Quelle horreur ! »

Page 157.

1. *PM:* « reviendrais »*

2. *Le Roi Lear,* V, scène dernière.

3. *Fig :* « de police (que *Le Matin* appelle, par erreur, je crois, M. Proust). Le malheureux n'est pas mort. M. Proust le prit par les épaules ».

4. *Fig :* « comprendre maintenant pourquoi, pourquoi »

5. *Fig :* « à propos de la mort d'une méduse, »

Page 158.

1. *Fig :* « ces caractères, irréprochables et fins... »

Page 159.

1. *Fig :* « Si nous pouvions voir »
2. *Fig :* « l'anime, si nous savions voir »
3. *Fig :* « les artères amollies, les reins »
4. *Fig :* « se jetterait sur un poignard, sur un fusil, »
5. *Fig :* « si douloureuse, s'ils sont capables de l'avoir, s'efface »
6. *Fig :* « Mais quelle joie de vivre, quelle raison de vivre, quelle vie peut résister »
7. « Jamais nous ne connaîtrons la fin d'article inspirée à Marcel Proust dans la soirée du jeudi et portée au *Figaro,* tandis qu'on imprimait le journal » (cf. R. Dreyfus, *Souvenirs,* p. 204 et 207). R. Dreyfus, qui s'exprime ainsi, se révèle mauvais prophète. En effet, Francis Ambrière a retrouvé, et publié dans *Les Nouvelles littéraires* du 24 septembre 1932, la fameuse « fin d'article ».

Voici ce texte, que Proust lui-même déclarait « assez bien vraiment » (lettre à R. Dreyfus, 3 février 1907, *Souvenirs,* p. 204) :

« Rappelons-nous que chez les Anciens il n'était pas d'autel plus sacré, entouré d'une vénération, d'une superstition plus profondes, gage de plus de grandeur et de gloire pour la terre qui les possédait et les avait chèrement disputés, que le tombeau d'Œdipe à Colone et que le tombeau d'Oreste à Sparte, cet Oreste que les Furies avaient poursuivi jusqu'aux pieds d'Apollon même et d'Athênê en disant : " Nous chassons loin des autels le fils parricide. " »

JOURNÉES DE LECTURE

Page 160.

1. Avant même que n'eût paru sa traduction de *La Bible d'Amiens* (en mars 1904), Proust s'occupait déjà de *Sésame et les lys.* Dans une lettre à Marie Nordlinger de la fin de janvier 1904[1], il fait allusion aux vers de *Lycidas,* de Milton, cités par Ruskin dans les « Trésors des rois ». Toute la correspondance de cette année 1904 avec la « distinguée artiste anglaise » témoigne des soucis et des scrupules que ce nouveau travail impose à Proust; elle révèle aussi, très directement, que la traduction de *Sésame et les lys* fut presque intégralement assumée par son amie. Leur méthode de travail apparaît sans ambiguïté dans une lettre de février 1904[2] : « Je vous envoie ce que j'ai

---

1. Lettre nº XIV, p. 35.
2. Lettre nº XXVI, p. 65.

trouvé de *Sésame*. Il me semble que ce n'est pas tout (car j'ai été jusqu'à la fin des *Kings' Treasuries*). Je vais chercher le reste et vous l'enverrai dès que je l'aurai. Les mots soulignés sont ceux qui m'ont paru douteux; les mots laissés en blanc, ceux incompris. Soulignez vous-même avec un crayon spécial tous les contresens, en écrivant au-dessus, dans la ligne laissée en blanc (ou sur un cahier spécial) le vrai sens (le vrai sens des contresens que vous avez trouvés, plus le vrai sens des mots soulignés par moi, plus le vrai sens des mots laissés en blanc). Pour les nuances, nous verrons après. »

On entrevoit assez bien les diverses phases de cette collaboration : un premier texte français fourni par Marie Nordlinger, une première série de corrections effectuées par Proust, d'autres échanges renouvelés jusqu'à ce que la traduction parût satisfaisante à l'écrivain français. Ce dernier usait d'ailleurs de beaucoup de précautions, et d'une grande courtoisie, pour expliquer à son amie le sens de son propre travail. Une lettre d'avril-mai 1904 est à cet égard particulièrement instructive[1] : « Merci [...] de la belle traduction que je vais revoir de près et, si vous permettez, changer, mais timidement, avec un affectueux respect. Mais changer cependant. Vous parlez le français non seulement mieux qu'une Française, mais comme une Française. Vous écrivez le français non seulement mieux qu'une Française, mais comme une Française. Mais quand vous traduisez l'anglais, toute la nature primitive reparaît : les mots retournent à leur genre, à leurs affinités, à leur sens, à leurs règles natales. Et quelque charme qu'il y ait à ce déguisement anglais de mots français, ou plutôt à cette apparition de tournures anglaises et de visages anglais brisant leur accoutrement et leurs masques français, il faudra refroidir toute cette vie, franciser, éloigner encore de l'original, et éteindre l'originalité. »

Dans le domaine qu'il se réservait ainsi, Proust fit preuve d'une grande conscience « professionnelle », refaisant tel passage[2], emplissant des cahiers de notes sur des choses qu'il voulait demander pour *Sésame et les lys* à Marie Nordlinger[3]. Son humilité — qui n'est pas feinte — va aussi loin qu'il est possible[4] : « J'ai peur que vous ne soyez fâchée pour *Sésame*, car j'ai tout bouleversé; du reste, je pourrai reprendre vos termes, si vous le préférez. Mais je crois que le texte que vous avez traduit ne doit pas être le même que celui de l'édition sur laquelle je travaille, car il y a tout le temps désaccord. Ou

1. Lettre n° XVIII, p. 45-47.
2. Lettre n° XV, 30 janvier 1904, p. 39-40.
3. Lettre n° XVII, mai 1904, p. 43-44.
4. Lettre citée, n° XVIII, 2e P.-S., p. 47-48.

alors vous avez sauté plusieurs fois des mots. Il vaut mieux que je révise seul ce que vous avez fait, et après, nous discuterons tout, ensemble. »

Cette « francisation » impose à Proust de travailler « comme un nègre[1] ». Au printemps 1904, elle semble bien avancée. Proust affirme à cette date[2] : « J'ai fini, il y a longtemps, ce que j'avais à traduire, et je voudrais que bientôt le tout fût sur pied. » Toutefois, le 27 mai 1904[3], l'échéance de la première publication n'apparaît pas très proche à Proust, qui écrit à Marie Nordlinger : « Notre[4] *Sésame* paraîtra dans les *Arts de la vie* dès qu'il sera prêt; mais quand le sera-t-il ? Je le refais de fond en comble[5]. Je n'ai pas demandé combien nous serions payés, mais je pense que cela ne sera pas trop mal pour cette revue. Imaginez-vous que j'ai retrouvé tous mes cahiers (six cahiers) de *Sésame et les lys.* »

En attendant de voir paraître ce travail, Proust s'efforçait de convaincre sa collaboratrice de consentir à ce que leurs noms fussent associés « sur la couverture de *Sésame*[6] ». Par ailleurs, il avait appris avec un certain plaisir qu'un libraire de Venise s'était procuré son adresse par Maurice Barrès, et qu'il souhaitait que Proust traduisît pour lui le *Repos de Saint-Marc,* projet qui provoqua la réaction suivante : « Je crois que je refuserai, car sans cela je mourrai sans avoir jamais rien écrit de moi[7]. »

Les premiers extraits traduits de *Sésame et les lys* ne parurent dans les *Arts de la vie* qu'en mars, avril et mai 1905. Le manuscrit complet fut remis en même temps au *Mercure de France* et à Marie Nordlinger dans l'été de la même année[8]. L'amie de Proust lui renvoya rapidement le texte corrigé et annoté[9]. Le volume parut l'année suivante. L'achevé d'imprimer est du 12 mai 1906. Dans l'intervalle, la préface seule avait été publiée dans *La Renaissance latine,* le 15 juin 1905, avec pour

---

1. Lettre nº XVI, 7 février 1904, p. 41.
2. Lettre nº XXIV, p. 59-60.
3. Lettre nº XXV, p. 62-63.
4. Remarquer la différence avec « mon Ruskin », à propos de *La Bible d'Amiens.* C'est un hommage discret, mais très net, à la part importante prise à cette traduction par la jeune Anglaise.
5. Phrase soulignée par Proust dans sa lettre.
6. Lettre nº XXXII, 17 septembre 1904, p. 78.
7. Lettre citée nº XXXII, p. 79-80 (Marie Nordlinger avait quitté Paris en juin 1904. Elle devait y faire un bref séjour, de nouveau, en juin 1905).
8. Cf. lettre nº XXXIV, 24 juin 1905, p. 89-90.
9. Cf. lettre nº XXXVI, été 1905, p. 96.

titre : « Sur la lecture », qui devint, dans *Pastiches et mélanges,* « Journées de lecture[1] ».

Les critiques ne se trompèrent pas sur la qualité de la traduction[2]. Dans *La Revue de Paris* du 1er juillet 1906, on trouve le jugement suivant : « [M. Proust] nous donne, aujourd'hui encore, non seulement une de ces traductions vivantes qui sont comme des œuvres originales, mais un commentaire intelligent et subtil qui nous découvre les plus secrètes intentions de Ruskin. » André Beaunier (dans *Le Figaro* du 14 juin 1906) se montra encore plus précis dans ses éloges : « M. Marcel Proust vient de traduire *Sésame et les lys* avec un soin délicieux, avec une admirable ingéniosité, avec une infinie complaisance. Attentif au moindre détail de la phrase, et comme à son accent, et, pour ainsi dire, à son impulsion première ainsi qu'à ses détours, il est fidèle et il réussit à écrire, en français excellent, du Ruskin. C'est le modèle d'une traduction bien faite, un chef-d'œuvre d'intelligente docilité, une étonnante réussite. »

Les critiques ne se trompèrent pas davantage sur l'originalité de la préface. Jean Bonnerot (dans *La Revue idéaliste* de septembre-octobre 1907) avança même que Proust n'avait pas réellement écrit de préface. « *Sésame et les lys* n'ont été qu'un heureux prétexte. » Cela ne l'empêcha pas d'exprimer plus loin son enthousiasme : « M. Proust a merveilleusement enluminé le livre qu'il avait traduit. La politesse de son style, le charme de ses souvenirs d'enfance parfumés de trèfle et d'armoise, la lenteur songeuse et pleine de détours de ses phrases, font de cette préface trop courte une admirable rêverie sur la lecture. » La même admiration apparaît dans *La Revue de Paris* (article cité), et dans la chronique d'André Beaunier, qui écrit : « Les pages où M. Marcel Proust réfute son auteur sont admirables, émouvantes d'accent, de vérité minutieuse, de nostalgie et de cette tristesse enjouée et de cette tendresse déçue que donne le regret des anciens jours. » Le plus remarquable est que Jean Bonnerot et André Beaunier, à un an d'intervalle (Bonnerot s'inspira-t-il de Beaunier ?) rapprochèrent la méthode de lecture de Proust de celle de Montaigne. Ce rapprochement était inévitable. La liberté, l'indépendance du traducteur s'expliquent peut-être par l'opinion personnelle qu'il avait de *Sésame et les lys.* En

1. À ne pas confondre avec les « Journées de lecture » (*Le Figaro,* 20 mars 1907, *Essais et articles,* p. 527, consacrées par Proust aux *Mémoires* de la comtesse de Boigne (cf. également dans le *Contre Sainte-Beuve,* p. 401-441, le même titre donné par B. de Fallois à une série d'articles et d'études concernant onze écrivains français et étrangers).

2. Les lecteurs non plus. En 1906, on en était déjà à la 4e édition.

effet, Proust n'éprouvait pas pour cet ouvrage une passion immodérée. Il écrit à Léon Bélugou en 1906[1] : « C'est à mon avis le plus mauvais ouvrage de Ruskin. » En fait, cet ouvrage de Ruskin n'est ni pire ni meilleur que les autres. Il est constitué par deux conférences, *Sésame* (« Des trésors des rois ») *et les lys* (« Des jardins des reines »). Seule la première est réellement consacrée à la lecture. La seconde, en effet, bien qu'elle se propose d'examiner « pourquoi il faut lire[2] », s'attache surtout à l'éducation des femmes. On y trouve quelques considérations seulement sur la vraie royauté « qui consiste dans un état de moralité plus puissante, dans un état de réflexion plus vraie que ceux des autres[3] », sur le roman[4], ou sur le choix des livres, qui est fonction du bien qu'ils renferment. C'est peut-être déjà cette attitude moralisatrice qui a indisposé M. Proust, mais ce sont surtout certaines idées, développées avec des redites — mais après tout il s'agit d'une conférence — dans la 1re partie, qui ont dû l'irriter.

Certes, au détour d'une note[5], le traducteur, commentant cette phrase de Ruskin : « Un livre est une chose non parlée, mais écrite », s'exprime ainsi : « En relisant cette phrase de Ruskin [...] je sens que je l'ai moins contredit que je ne croyais le faire. » Certes, sur d'autres points encore, Proust et Ruskin semblent se rejoindre. Pour l'écrivain anglais par exemple, un livre est écrit « non dans un but de simple communication, mais de permanence[6] »; ou encore il estime que « toute parcelle de l'œuvre d'un homme sage, qui est faite honnêtement et avec bonté, cette parcelle est son livre ou son morceau d'art[7] ». Il y a même une résonance proustienne dans l'idée qu'un bon livre est une « provision pour la vie, et pour la meilleure partie de nous-mêmes[8] ». Il n'en reste pas moins que

---

1. Lettre citée dans E. de Clermont-Tonnerre, *Robert de Montesquiou et Marcel Proust,* Flammarion, 1925, p. 148-149. Il est vrai que huit ans plus tard, Proust écrit à R. Hahn : « ... vous avez boscoup [beaucoup] sans vous en douter et sans l'avoir lu boschoup [beaucoup] de la grâce en apparence simplement originale, en réalité profonde et ésotérique du vieilch [vieux] Ruskin dans ses conférences. Lisez je vous prie le début de *Sésame,* vous vous en convaincrez et vous nourrirez de plus, par un aliment assimilable, votre don prodigieux » (lettre nº CLXI, janvier 1914, p. 243).
2. *SL,* p. 170, § 51.
3. *SL,* p. 171, § 52.
4. *SL,* p. 199, § 76.
5. *SL,* p. 75, n. 1.
6. *SL,* p. 75, § 9.
7. *SL,* p. 77, § 10.
8. *SL,* p. 125, § 32.

certains aspects de la conception de Ruskin étaient de nature à susciter en Proust des réactions courtoises, mais fermes : théorie de la « sensation », de la « passion » disciplinées[1] et surtout, importance excessive accordée à la lecture mot à mot[2]. Non que Proust fût insensible au choix des termes (lequel peut, selon Ruskin, faire un travail considérable). Mais l'auteur de *Sésame et les lys* tirait de cette lecture « philologique » une conséquence que ne pouvait admettre son traducteur, et ici son contradicteur : la lecture littérale attentive doit nous amener à annihiler notre propre personnalité et à chercher à entrer dans celle de l'auteur que nous lisons[3]. Enfin, l'opposition de Proust apparaît à plein dans la note 1 de la page 75, déjà citée, à la fin de laquelle il reproche à Ruskin de ne pas avoir essayé d'analyser « l'état d'âme original du lecteur ». Il eût sans doute préféré une telle analyse aux longues considérations relatives au matérialisme du peuple anglais.

L'on comprend donc que, dans sa préface, Proust à la fois ait critiqué les idées de l'écrivain anglais et exposé ses propres vues sur un « thème » qui l'intéressait[4] et devait encore l'intéresser[5] au plus haut point. Dans le texte qui nous occupe, la lecture, n'étant pas insérée dans un contexte romanesque, n'en est que plus systématiquement analysée. Pour Proust, elle n'est pas ce qu'en disait Descartes, et ce qu'en dit après lui Ruskin : « une conversation avec les plus honnêtes gens des siècles passés » qui ont été les auteurs des « bons livres[6] ». Elle est, elle doit être avant tout moyen de communication avec une autre pensée, mais dans les conditions les plus favorables, c'est-à-dire dans la solitude, qui permet le « travail fécond de l'esprit sur lui-même[7] ». Il ne faut pas, en effet, attendre des livres qu'ils nous apportent des documents, ou des leçons toutes faites, mais qu'ils nous apprennent à découvrir notre propre vérité. Ce sont pour le lecteur des « incitations[8] ». La lecture nous introduit à la vie spirituelle, « elle ne la constitue pas[9] ». Féconde si elle se limite à ce rôle, elle devient néfaste quand elle remplace la vie personnelle de l'esprit.

---

1. *SL*, p. 117, § 29.
2. *SL*, p. 97 sq. Voir l'avertissement publié dans *RL* sur le sens de la préface.
3. *SL*, p. 110, § 25.
4. *Jean Santeuil*, p. 309, et p. 366-368.
5. Pléiade, t. I, en particulier p. 39-43, 84-88, 93-97.
6. P. 173.
7. P. 174.
8. P. 176.
9. P. 178.

On voit donc clairement les dangers que représentent pour Proust les bons, les beaux livres : matérialité, passivité, usurpation. Matérialité du volume, qui endort au lieu d'éveiller, qui fait prendre le contenant pour le contenu; passivité, qui aboutit à n'assimiler qu'une vérité étrangère à soi-même; usurpation, puisque l'activité de la lecture est illusoire et ne doit pas faire oublier l'activité essentielle, qui est créatrice, du quotidien comme de l'exceptionnel.

Ces idées, si chères à Proust qu'il y reviendra sans cesse, sont encadrées et rehaussées par une émouvante introduction qui annonce les délices studieuses de Combray, ces délices qui reparaîtront en réminiscences involontaires, et par une admirable péroraison (surtout dans la version complète de la Préface) célébrant, déjà, le temps à l'état pur, par le biais des œuvres anciennes. Vérité des impressions de l'enfance, permanence « effrayante[1] » et exaltante à la fois du passé, tels sont les fondements sensibles ou métaphysiques d'une conception qui associe indissolublement la lecture et l'œuvre. L'esthète est celui qui n'assigne pas à l'art d'autre mission que de contempler son propre reflet, ce qui ouvre la porte à tous les byzantinismes. Les vues de Proust sont d'une tout autre profondeur. Curieusement modernes[2], elles rejoignent les « morales » authentiques dont l'ambition, grande et modeste, est de fournir à l'homme la transcendance esthétique indispensable à son achèvement[3].

---

1. Le terme est de Proust lui-même : cf. variante 3 de la note 3, p. 194.

2. Cf. Jean-Paul Sartre, *Qu'est-ce que la littérature ?,* Gallimard, 1948, chap. III, « Pour qui écrit-on ? » « Écriture et lecture sont les deux faces d'un même fait d'histoire » et plus loin : « Tous les ouvrages de l'esprit contiennent en eux-mêmes l'image du lecteur auquel ils sont destinés ». Certes, Sartre joue sur les rapports de la liberté (du lecteur) et de l'aliénation (de l'écrivain), mais les qualités artistiques des œuvres sont pour lui implicites.

3. Justement, Proust a précisé cette esthétique dans deux notes complémentaires insérées par lui aux pages 85 et 86 de *Sésame et les lys,* à l'endroit où Ruskin analyse la méthode qu'il préconise. Dans la première note, Proust évoque « cette sorte de brume qui enveloppe la splendeur des beaux livres comme celle des belles matinées » et qui est « une brume naturelle, l'haleine en quelque sorte du génie, qu'il exhale sans le savoir, et non un voile artificiel dont il entourerait volontairement son œuvre pour la cacher au vulgaire ». Il définit ensuite l'écrivain de premier ordre, qui « est celui qui emploie les mots mêmes que lui dicte une nécessité intérieure, la vision de sa pensée à laquelle il ne peut rien changer — et sans se

Titre dans *RL* et dans *SL :* « Sur la lecture ».

Dans *SL,* après le premier titre : « Préface du traducteur / Sur la lecture », on trouve la dédicace suivante : « À Madame. la Princesse Alexandre de Caraman-Chimay, dont les " Notes sur Florence " auraient fait les délices de Ruskin, je dédie respectueusement, comme un hommage de ma profonde admiration pour elle, ces pages que j'ai recueillies parce qu'elles lui ont plu » (cf. l'allusion à cette dédicace, p. 160, note*).

Dans la traduction de *SL,* après : « Préface du traducteur » (deuxième titre) on trouve la note 1 suivante, au bas des pages 7 et 8 : « 1. Je n'ai essayé, dans cette préface, que de réfléchir à mon tour sur le même sujet qu'avait traité Ruskin dans les « Trésors des rois » : l'utilité de la Lecture. Par là ces quelques pages où il n'est guère question de Ruskin constituent cependant, si l'on veut, une sorte de critique indirecte de sa doctrine. En exposant mes idées, je me trouve involontairement les opposer d'avance aux siennes. Comme commentaire direct, les notes que j'ai mises au bas de presque chaque page du texte de Ruskin suffisaient. Je n'aurais donc rien à ajouter ici si je ne tenais à renouveler l'expression de ma reconnaissance à mon amie Mlle Marie Nordlinger qui, tellement mieux occupée à ces beaux travaux de ciselure où elle montre tant d'originalité

---

demander si ces mots plairont au vulgaire ou l'écarteront ». Selon Proust, le grand écrivain « sent qu'au lieu de ces phrases, au fond desquelles tremble une lueur incertaine que tant de regards n'apercevront pas, il pourrait (rien qu'en juxtaposant et en exhibant les métaux charmants qu'il fait fondre sans pitié et disparaître pour composer ce sombre émail), se faire reconnaître grand homme par la foule... ». Le livre de second ordre se composerait alors de « tout ce qui est tu dans un beau livre et qui compose sa noble atmosphère de silence, ce merveilleux vernis qui brille du sacrifice de tout ce qu'on n'a pas dit ». Dans la seconde note, Proust s'éloigne encore un peu plus de Ruskin : « comprendre étant en quelque sorte, comme on l'a dit, égaler, comprendre une pensée profonde, c'est avoir soi-même, au moment où on la comprend, une pensée profonde : et cela exige quelque effort, une véritable descente au cœur de soi-même, en laissant loin derrière soi, après les avoir traversées, les quelques nuées de pensée éphémère à travers lesquelles nous nous contentons ordinairement de regarder les choses. Cet effort, seuls le désir et l'amour nous donnent la force de l'accomplir. Les seuls livres qu'on assimile bien sont ceux qu'on lit avec un véritable appétit, après avoir peiné pour se les procurer tant on avait besoin d'eux. »

et de maîtrise, a bien voulu pourtant revoir de près cette traduction, souvent la rendre moins imparfaite. Je veux remercier aussi pour tous les précieux renseignements qu'il a bien voulu me faire parvenir M. Charles Newton Scott, le poète et l'érudit à qui l'on doit *L'Église et la pitié envers les animaux* et *L'Époque de Marie-Antoinette,* deux livres charmants qui devraient être plus connus en France, pleins de savoir, de sensibilité et d'esprit.

« P.-S. — Cette traduction était déjà chez l'imprimeur quand a paru dans la magnifique édition anglaise (Library Edition) des œuvres de Ruskin que publient chez Allen MM. E.-T. Cook et Alexander Wedderburn, le tome contenant *Sésame et les lys* (au mois de juillet 1905). Je m'empressai de redemander mon manuscrit, espérant compléter quelques-unes de mes notes à l'aide de celles de MM. Cook et Wedderburn. Malheureusement si cette édition m'a infiniment intéressé, elle n'a pu autant que je l'aurais voulu me servir au point de vue de mon volume. Bien entendu la plupart des références étaient déjà indiquées dans mes notes. La Library Edition m'en a cependant fourni quelques nouvelles. Je les ai fait suivre des mots " nous dit la Library Edition ", n lui ayant jamais emprunté un renseignement sans indiquer immédiatement d'où il m'était venu. Quant aux rapprochements avec le reste de l'œuvre de Ruskin, on remarquera que la Library Edition renvoie à des textes dont je n'ai pas parlé, et que je renvoie à des textes qu'elle ne mentionne pas. Ceux de mes lecteurs qui ne connaissent pas ma préface à *La Bible d'Amiens* trouveront peut-être que, venant ici le second, j'aurais dû profiter des références ruskiniennes de MM. Cook et Wedderburn. Les autres, comprenant ce que je me propose dans ces éditions, ne s'étonneront pas que je ne l'aie pas fait. Ces rapprochements tels que je les conçois sont essentiellement individuels. Ils ne sont rien qu'un éclair de la mémoire, une lueur de la sensibilité qui éclairent brusquement ensemble deux passages différents. Et ces clartés ne sont pas aussi fortuites qu'elles en ont l'air. En ajouter d'artificielles, qui ne seraient pas jaillies du plus profond de moi-même, fausserait la vue que j'essaye, grâce à elles, de donner de Ruskin. La Library Edition donne aussi de nombreux renseignements historiques et biographiques, souvent d'un grand intérêt. On verra que j'en ai fait état quand je l'ai pu, rarement pourtant. D'abord ils ne répondaient pas absolument au but que je m'étais proposé. Puis la Library Edition, édition purement scientifique, s'interdit tout commentaire sur le texte de Ruskin, ce qui lui laisse beaucoup de place pour tous ces documents nouveaux, tous ces inédits dont la mise au jour est à vrai dire sa véritable raison d'être. Je fais au contraire suivre le texte de Ruskin d'un commentaire perpétuel qui donne à ce volume des proportions déjà si considérables qu'y ajouter la reproduction d'inédits, de variantes, etc., l'aurait déplorablement surchargé. (J'ai dû renoncer à donner les Préfaces de *Sésame*, et la 3ᵉ Conférence que Ruskin ajouta plus tard aux deux primitives.) Tout ceci dit pour m'excuser de n'avoir pu profiter davantage des notes de MM. Cook et Wedderburn et aussi pour témoigner de mon admiration pour cette édition vraiment définitive de Ruskin, qui offrira à tous les ruskiniens un si grand intérêt ».

Texte de la note 1 (p. 793, l. 12), fourni par le volume LI du fonds Proust : « En réalité... des « Trésors des Rois ». Première conférence d'un recueil intitulé *Sésame et les lys,* dont la traduction paraîtra prochainement au *Mercure de France.* Au moment de donner ici les parties essentielles de cette conférence, je tiens à remercier publiquement Mlle Marie Nordlinger, l'éminente artiste anglaise, qui plus d'une fois délaissa le chef-d'œuvre commencé, *L'Urne funéraire* ou *Le Plat de la pomme* et vint éclaircir auprès de moi tel sens obscur, préciser telle interprétation flottante. Puisque sa modestie a décliné pour cette traduction le titre de collaboratrice, je la place du moins sous sa gracieuse évocation. »

Dans *RL,* avant le texte, figure l'avertissement suivant : « Nous détachons ces pages d'une préface que M. Marcel Proust a écrite pour une traduction des « Trésors des rois » *(Sésame et les lys),* de John Ruskin, qu'il doit publier prochainement aux éditions du *Mercure de France.* Des « Trésors des rois » et de Ruskin, il est ici fort peu question, comme on le verra. M. Marcel Proust s'est réservé d'accompagner le texte de Ruskin d'un fréquent et minutieux commentaire. Mais dans la préface que nous donnons ici, prenant seulement texte et prétexte de ce que le sujet des « Trésors des Rois » est l'utilité de la lecture, il n'a au contraire visé qu'à exposer ses propres idées sur la lecture, très différentes de celles de Ruskin. Ce n'est donc pas en somme une étude ruskinienne, mais une sorte d'essai purement personnel que M. Marcel Proust s'est trouvé peu à peu amené à écrire et dont nos lecteurs auront aujourd'hui la primeur. »

Le volume XLVIII du fonds Marcel Proust fournit une première version incomplète de la préface *(Ms 1)* qui correspond aux pages 160, jusqu'à « des étangs qui n'existent plus », et p. 164 « ma chambre n'était nullement belle », jusqu'à p. 166 « au printemps de Botticelli »; une deuxième version complète *(Ms 2),* paginée 1 à 26, et quelques fragments *(Frag)* correspondant aux pages 164 à 194 de ce volume. Le volume L fournit trois jeux d'épreuves de la préface, avec des corrections et des enrichissements, concernant les notes du début, de la main de Proust.

Le volume LI fournit un jeu d'épreuves de la préface très

intéressant, car il comporte des annotations manuscrites de R. Hahn. Nous reproduisons celles qui nous ont paru le plus significatives. Elles constituent en fait la première critique de cette préface, écrite dans le « code » qu'utilisaient les deux amis dans leur correspondance.

Hahn (de part et d'autre du titre) : « Vous avez dit de mettre en marge observations. Je l'ai fait. Voilà. »

2. *Ms 1 :* « de notre enfance que nous nous rappelions aussi bien que ceux que nous avons cru laisser de côté sans les vivre »

3. *Ms 1 :* « actuel que ce qui était contenu dans les livres même que, s'il nous arrive aujourd'hui de feuilleter encore ces livres »

4. *Ms 1 :* « pages, la forme des étangs »

Page 161.

1. En face de cette phrase, Hahn a noté : « Josli » (joli).

2. En face de ce début de phrase, Hahn : « justesse absolue » (le début de la phrase a été souligné par R. Hahn).

3. Depuis « net », jusqu'à « sans bruit » (phrase soulignée), Hahn : « justesse absolue ».

4. Devant le passage : « L'heure passait », jusqu'à : « la parole fatale » (p. 162), barre verticale avec cette remarque de Hahn : « unique dans la littérature auto-narrative ».

Page 162.

1. *RL, SL :* « Méséglise » (« Méséglise » est le nom du village dans *La Recherche du temps perdu ;* « Méréglise » celui du village réel situé à l'O.-S.-Ouest d'Illiers).

2. *Ms 2, RL :* « que le déjeuner ne serait pas mal accueilli. Quelques-uns, sans plus attendre ». Dans *RL,* l'expression « ne serait pas mal accueilli » est entre guillemets, ce qui est pour Proust une façon de souligner son caractère de lieu commun.

3. *SL :* « arrivants, aller faire croire »

4. *Ms 2, RL :* « s'arrêtant exactement au rose ». (Pour ce détail, voir « Les comédiens de salon », *Essais et articles,* p. 424 et *Du côté de chez Swann,* Pléiade, I, p. 139.)

5. *Ms 2 :* « Ma grand-mère ne faisait »

Page 163.

1. *RL :* « plus de doigté que moi, »

2. La phrase « Mon grand-père », jusqu'à « manqués » est encadrée et ainsi commentée par Hahn : « phrase écrite inconsciemment avec une perfection équilibrée digne de Voltaire et de Mozart ».

3. En face de la phrase : « Souvent [...] défavorable », barre verticale avec cette remarque de Hahn : « vérité inouïe, aussi chez moi c'était ainsi ».

Page 164.

1. *Ms 2* : « ma fenêtre non sans avoir pu » (erreur de Proust, ou circonstance différente ?).
2. *Ms 2, RL, SL* : « fumer sa cigarette devant sa porte »
3. Poète, peintre et écrivain d'art anglais (1834-1896). Il contribua à renouveler l'art décoratif en Angleterre. Il fonda une fabrique d'objets d'art, en particulier de papiers à tentures. Il habita quelque temps avec Dante-Gabriel Rossetti. Vers la fin de sa vie, il s'intéressa aux questions sociales (pour D.-G. Rossetti, voir n. 3, p. 115).
4. *Frag* : « celles qui pouvaient servir à quelque chose. Mais c'est justement de là qu'elle recevait sa beauté. Toutes ces choses qui non seulement ne pouvaient répondre à aucun de mes besoins mais mettaient plutôt une entrave d'ailleurs bien fragile à leur satisfaction, n'avaient évidemment pas été mises dans cette chambre pour ma commodité ni pour celle de personne et étaient plutôt comme » (manuscrit interrompu). Autre leçon dans *Frag* : « Mais c'était justement de la présence de ces choses qui n'étaient pas là pour ma commodité mais semblaient y [être] venues pour leur plaisir que ma chambre tirait son mystère et sa beauté. »
5. *Frag* : « de Marie, à côté de lui la trinité du verre et du sucrier et de la carafe toujours vide sur l'ordre de ma mère depuis le lendemain de mon arrivée [*en interligne* : pour que je ne risque pas de la renverser] et que le soir »
6. *Ms 2* : « près d'eux et que je n'aurais pas cru »

Page 165.

1. *Frag* : « des calices ou des ciboires consacrés, »
2. *Frag* : « mouvement, ces charmantes étoles ajourées au crochet qui avaient couvert le dos des fauteuils »
3. *Frag* : « blanches jeté sur un mur et qui d'ailleurs ne devaient pas avoir moins d'épines »

Page 166.

1. *Ms 2, RL* : « qui n'avaient été évidemment mises là pour l'utilité de personne, pas plus que pour la mienne, peuplaient »
2. En face du passage : « Elles la remplissaient... pain bénit » (p. 166, l. 22), trait courbe avec ce commentaire de Hahn : « On dirait, par la multiplicité et la diversité des images et des plans, un de ces jouets d'enfants appelés *village*, comprenant d'innombrables objets différents, arbres verts, maison, meubles et papier, qu'on place d'après sa fantaisie

sur une table et qui forment une sorte de tableau primitif aux vives couleurs. »

3. *Ms 2 :* « elles en faisaient une sorte de petite » (fin de la page 5. La page 6 manque. La page 7 de *Ms 2* reprend à : « de géographie détaillée » (p. 167, l. 19).

4. *RL :* « de la grande proximité »

5. *Ms 1* fournit pour ces pages un long développement que nous avons jugé utile et intéressant de transcrire : « Ma chambre *[p. 164, l. 22]* au contraire était encombrée d'une foule de choses qui non seulement ne pouvaient me servir à rien mais devant l'existence desquel[les] la mienne était obligée continuellement de s'effacer et qui semblaient tout autant que moi les hôtes de la chambre où elles avaient élu domicile avec un plaisir évident. Dissimulée dans son alcôve comme au fond d'un sanctuaire dont des rideaux légers protégeaient de tous côtés le mystère et l'obscurité, disparaissant tout le jour comme un autel sous la blancheur de dessus ajourés, sous une foule de couvre-pieds brodés et à fleurs que je déposais le soir avec précaution sur un fauteuil, où ils consentaient à passer la nuit, le lit avait à côté de lui comme des sortes d'instruments de culte, de ciboires sacrés que personne n'eût jamais songé à profaner en s'en servant [pour] ses besoins personnels, une carafe ornée de dessins[1] bleus que dès le soir de l'arrivée mon père défendait qu'on emplît d'eau de peur que je la renverse, entourée d'un sucrier et d'un verre, que j'avais toujours peur de casser en me déshabillant. Mille choses disparates et gracieuses vivaient à côté de la pendule sous une cloche de verre si lourde que personne autre que l'horloger ne se serait risqué à la remonter. Une blanche [de ?][2] festonnée revêtait le dossier de chaque fauteuil comme un manteau de légères aubépines et n'avaient [*sic*] sans doute pas moins d'épines car j'y accrochais chaque jour. Mais ce n'était rien auprès des innombrables voiles superposés à fleurs blanches qui étaient arrivés à cacher presque complètement la fenêtre, légère mousseline sur les carreaux, voiles d'étamines [*sic*] retombant de la fenêtre, rideaux à fleurs descendant des deux côtés d'une tringle en bois, si bien que l'opération de fermer la fenêtre, afin de pouvoir me mettre à lire sans entendre les conversations de l'armurier, demandait[3] des efforts très longs et toujours infructueux. Je dégageais bien les petits rideaux mais alors les grands se prenaient dans la fenêtre, puis tous les grands dégagés, c'était la mousse-

---

1. *Ms 1 :* « de dessins de bleus ». Proust a répété « de » par inadvertance.

2. Le nom manque après « blanche » (étole ? cf. p. 165, l.4).

3. Autre version : « demandait fort longtemps, quand elle n'exigeait pas le secours d'une autre personne de la maison ».

line qui restait accrochée, heureux encore si la barre de bois d'en haut ne tombait pas tout d'un coup par terre en tirant les rideaux. Je finissais toujours par être obligé d'appeler à mon secours " une personne de la maison ". Un écran de tapisserie cachait la cheminée, les pieds des chaises eux-mêmes étaient enveloppés. Ainsi la chambre était pleine de choses inutiles et les choses utiles y étaient pudiquement dissimulées contrairement aux principes de William Morris dont nous voyons l'application dans les [ou « des » : *lecture douteuse*] chambres de Mappel où, s'il n'y a que les choses nécessaires, toutes les choses nécessaires, fût-ce le moindre clou, sont visibles et même en évidence. Quant aux choses " mises pour leur beauté " et qui correspondaient à ce qui dans une chambre de Mappel est la reproduction par Brown du *Printemps* de Botticelli elle » [fin de *Ms 1*].

Page 167.

1. *Ms 2 :* « détaillée du département est encore »
2. *SL, PM :* « souvenir »*. La leçon correcte : « souvenirs », est donnée par *Ms 2* et par *RL*.
3. En face du passage : « où le soir [...] des mourants et des amoureux » (p. 168, l. 3), trait vertical, avec cette remarque de Hahn : « étrange et beau, plus que toutes les edgarpoésies surfaites dont on nous rase ». « Edgarpoésies » : calembour fabriqué avec le nom d'Edgar Poe, alors à la mode.
4. *Ms 2 :* « inconnu; — et de coucher enfin »

Page 168.

1. Le pré Catelan, à Illiers. Sur ce point, voir l'article de P.-L. Larcher, *BSAMP*, nº 10, 1960, p. 242-248. — *RL* et *SL* insèrent après « village » une note de bas de page : « 1. Ce que nous appelions, je ne sais pourquoi, un village est un chef-lieu de canton auquel le guide Jouanne donne près de 3 000 habitants ». Cette note n'existe pas dans le manuscrit (cf. note suivante).
2. *Frag :* Début d'un fragment manuscrit : « [en ?] une grande image représentant le prince Eugène *[p. 166, l. 28]* que je fus très étonné de retrouver dans la gare de Chartres, au mur du buffet, comme une annonce de biscuits et dans un obus de la guerre de 1870 posé sur la cheminée. Je considérais ce prince Eugène comme un compagnon dont je partageais la chambre, compagnon silencieux, superbe et assez énigmatique. Sans plus m'occuper de lui, je me remettais à lire tandis que les mouches exécutaient avec une simplicité de moyens un peu monotone cette douce musique de chambre de l'été qui est pour nous plus inséparable de ses beaux jours qu'un air qui leur serait resté seulement associé dans la mémoire,

puisqu'elle est née de leur chaleur et meurt chaque année avec elle. Puis il fallait partir au parc qui était à un quart d'heure du village. »

3. *RL, PM :* « bordées »*

4. *Ms 2 :* « des statues, et encore par moments »; *RL, SL, PM :* « par moment »*

5. *Ms 2 :* « les boutons d'or et qui, tenant »

6. En face de : « les cris éloignés », Hahn : « Les *cris* qui *cherchent* est nouveau et vrai, ingénieux, c'est un trait inconnu et frappant du génie de la prose. »

7. *Ms 2 :* « des cloches qui semblait tinter au loin au ras des pleines [*sic*], derrière le ciel bleu, m'aurait averti de l'heure »

8. *Ms 2, RL :* « plus profond qui le suivait ». On trouve dans *Ms 2 :* « surpris par sa douceur et le silence [*en interligne :* « troublé puis »] plus profond qui le suivait »

Page 169.

1. En face de « quand on approchait » jusqu'à « corbeaux », Hahn : « parenthèse intéressante et caractéristique, mais qui détruit la chute et l'allure de la phrase ». — En face de la phrase suivante : « Elles n'arrivaient [...] me déranger », Hahn : « exquis »

2. *Ms 2 :* « passaient [« près de moi » : *rayé*] loin de moi, »

3. *Ms 2 :* « des châteaux qui, le dimanche, faisant, »

4. *Ms 2 :* « par un store et par l'ombre de l'église et dont l'odeur sucrée se mêlait pour moi »

Page 170.

1. En face de la phrase : « Déjà... pas à pas », barre verticale avec ce mot de Hahn : « poney ». (« Poney » est le terme par lequel Proust se caractérise dans sa correspondance avec R. Hahn. Cf. par exemple la lettre n° IX, 1894 ou 1895, p. 31.)

2. *Ms 2 :* « suivis jusque-là jour par jour. L'emploi »

3. *Ms 2, RL, SL, PM :* « narrée. »*

4. On pense évidemment à l'épilogue des *Chouans*. Mais le texte de Balzac est tout à fait différent. Il y a sans doute eu, de la part de Proust, qui cite de mémoire, confusion avec un autre roman.

5. Comtesse d'Albany (1752-1824). Devenue veuve, elle fut la compagne et sans doute l'épouse d'Alfieri. Son salon était fréquenté par les gens de lettres.

6. Cette note manque dans *Ms 2*.

Page 171.

1. Cette note manque dans *Ms 2* et dans *RL*. En revanche, elle figure dans *Frag*, avec les variantes qui suivent.

(Début de *Frag :*) « C'est ce qu'on peut essayer par une sorte de détour, pour les œuvres qui ne sont pas d'imagination seulement et qui reposent sur un substratum historique. »

2. *Frag :* « de réalité non transformée par lui, se prête »

3. Historien français (1842-1906). Il publia des articles dans *La Revue des Deux Mondes* et dans l'*Annuaire des Deux Mondes.* Son étude sur *La Bible d'Amiens* parut dans *Le Temps* du 11 juillet 1904 (cf. présentation de *BA*).

4. *Frag :* « de lecture. Du moins il a trouvé un tel lecteur et vraiment admirable en M. Albert Sorel qui a écrit sur *L'Envers de l'histoire contemporaine* et sur *Une Ténébreuse Affaire* d'incomparables *Essais* où comme le monsieur qu'il étudie il a fait œuvre à la fois de poète et d'historien. On l'imagine volontiers lisant Balzac à Honfleur, après une journée de grand air et goûtant cette jouissance à la fois exaltée et rassise de la lecture qui semble convenir si magnifiquement à ce Normand à l'esprit chercheur, au corps puissant et calme. La lecture ! pendant laquelle les mille sensations émanées du fond de notre bonne santé suivent le mouvement infini de nos pensées et composent autour d'elle, de la fleur de tous nos bien-êtres inconscients, le miel d'un plaisir doux et doré qui mêle à l'ardeur de notre méditation comme un calme sourire. Cet art »

5. *SL :* « que la traduction de *La Bible d'Amiens* »

6. *Frag :* « perfection. J'ai plus de raison[s] que quiconque de me souvenir (et avec quelle reconnaissance) que *La Bible d'Amiens* a été l'objet des plus belles pages [*en dessous de la ligne, non rayé :* « éclatantes et les plus »] [« les plus magistrales » : *rayé*] qu'il ait peut-être jamais écrites » (fin du fragment manuscrit).

Page 172.

1. *Ms 2 :* « parce que c'est de toute [*sic*] autre chose qu'elles m'ont parlé. »

2. *Ms 2 :* « éveillé [*RL, SL, PM :*] « éveillés »* d'autres chez le lecteur »

3. *Ms 2 :* « sauf pour faire quelques visites indispensables, et de fréquentes visites à Carlyle »

4. La note manque dans *Ms 2* et dans *RL.*

Page 173.

1. *Ms 2, RL :* « français, mais en réalité il n'a fait, dans toute sa conférence, que l'envelopper dans un or »

2. En face de : « son peintre préféré » *(expression soulignée)*, Hahn écrit : « trop morchant [*méchant*] de faire semblant de croire que tout le monde sait qui est ce peintre alors que chacun l'ignore, en commençant par moi ! Mais je me doute que c'est Turner ! ».

(L'hypothèse de Hahn est parfaitement exacte.)

Page 174.

1. Cette note manque dans *Ms 2.*

2. *Ms 2 :* « d'autres vérités qu'il énonce plus loin sur la lecture (notamment § 9), il est probable »

Page 175.

1. *Ms 2 :* « de l'après-midi, sous les aubépiniers du parc d'où tous les silences des champs infinis »

2. *Ms 2 :* « plus précieuse en ce genre de circonstances va vous dire »

3. Publié en 1863.

4. *Ms 2 :* « une réalité dont l'auteur ne nous laissait entrevoir une ou deux fois par volume, précisément dans ces phrases, qu'un petit coin ».

5. La note manque dans *Ms 2.*

6. L'expression « comme il appert en l'Odyssée du sieur Homerus » figure au chap. V du t. I (éd. Charpentier, 1881, 2 vol.). L'expression « il appert », se trouve t. I, chap. VI et l'expression « comme il appert », t. I, chap. VII, et t. II, chap. XI. L'adjectif « grégeois » figure t. I, chap. III.

L'expression « ainsi qu'il appert » a été utilisée par Proust dans « Fête chez Montesquiou à Neuilly », pastiche de Saint-Simon qui semble contemporain de la première rédaction de la préface de *SL* (cf. ici, p. 712).

7. *RL :* « aussi ne m'enchantât. »

Page 176.

1. *Ms 2 :* « une Antiquité merveilleuse, un moyen âge »

2. *Ms 2 :* « d'un château dont je ne me souciais point il écrivît »

3. *Ms 2 :* « ma quatrième et en étant »

4. *Ms 2 :* « trop insignifiante et trop laide pour que je pus[se] »

Page 177.

1. *Ms 2 :* « de la nôtre. Si nous leur posons »

2. Maeterlinck (Maurice) [1862-1949]. Auteur de poèmes, de méditations philosophiques, et surtout de drames qui ont assuré sa gloire : *La Princesse Maleine, Pelléas et Mélisande, L'Oiseau bleu.*

« Fleurs démodées » : chapitre du *Double Jardin,* Fasquelle (1904).

Anna de Noailles (1876-1933), amie et correspondante de Proust (voir *Corr,* II). Les vers que cite plus complètement Proust p. 178 appartiennent au recueil *L'Ombre des jours* (1902).

3. *RL :* « les peintres sont aussi des poètes) »

En face de la parenthèse (soulignée), Hahn : « inutilch » (*inutile*).

4. *Ms 2 :* « que Millet a peint dans son *Printemps,* et que M. Claude Monet »

Giverny est une localité de l'Eure où Claude Monet se retira et mourut en 1926. Il y peignit les célèbres *Nymphéas.*

5. *Ms 2, RL :* « l'occasion d'y venir, ont fait choisir »

6. *PM :* « donné »*

7. *Ms 2 :* « tels autres. Ce qu'ils ont pour nous d'autre et de plus beau que le reste du monde, c'est le reflet de leur imagination. Cette apparence »

Page 178.

1. *Ms 2 :* « mirage de couleurs sur une toile, qu'est leur vision »

2. *RL, SL, PM :* « initiation »*. *Ms 2* fournit très lisiblement : « incitation », qui est d'ailleurs la seule leçon cohérente, Proust revenant sur cette idée de l'incitation tout au long du développement. Cf. p. 178, l. 39, le terme « impulsion » qui évoque la même idée dans un domaine différent. Le volume L du fonds Proust (épreuves corrigées) donne « initiation », « initiatrice », mais ces termes ne représentent pas des corrections de Proust, alors que d'autres passages sont corrigés de sa main. On peut donc penser que la faute lui a échappé. Voir p. 180, n. 3.

3. *Ms 2 :* « puissante ne lui était tendue et ne l'aidait à en sortir. Son cerveau »

Page 179.

1. *Ms 2 :* « de dehors, ne " voulait " pour lui et ne rééduquait patiemment ses divers vouloirs »

2. Cette note manque dans *Ms 2.*

3. Dans *Chateaubriand et son groupe littéraire,* édition originale (1860), t. II, p. 131, n. 2.

Sainte-Beuve a publié dans *La Revue des Deux Mondes* des 1er et 15 décembre 1838 une longue étude sur Fontanes qui deviendra une des notices des *Œuvres de M. de Fontanes,* etc. (parues chez Hachette en 1839). Cf. *Portraits littéraires,* Pléiade, t. II, p. 1434, n. 1, et p. 192.

Les deux vers cités par Proust appartiennent à une ode de Fontanes reproduite par Sainte-Beuve dans son étude. Voici la strophe où figurent ces vers :

Je perds mon temps s'il faut les croire,
Eux seuls du siècle sont l'honneur,
J'y consens : qu'ils gardent leur gloire ;
J'y perds bien peu pour ma mémoire,
J'y gagne tout pour mon bonheur.

4. Alcan, 1883.

5. *PM :* « tirés »*

6. *Ms 2* s'interrompt ici. Manque la page 17. La page 18 (f° 17) reprend à : « rarement à sa table sans relire quelque page de Platon » (p. 180, l. 30).

7. *RL :* « de grand chemin, avait, pour avoir depuis trop longtemps cessé de le porter, oublié jusqu'à son nom, ils finiraient »

Page 180.

1. *RL :* « créatrice de l'esprit qu'il s'agit »

2. En face de cette phrase (marge de droite), Hahn : « Tout cela est d'une clarté et d'une suite absolument parfaite. »

Marge de gauche : « On peut objecter que si telle est la fonction de la lecture auprès des esprits supérieurs ou cultivés, elle peut en assumer une autre dans ses rapports avec le peuple ou avec les esprits neutres. »

3. *RL, SL, PM :* « l'initiatrice ». *Ms 2* donne la leçon correcte, confirmée par la répétition du mot. Sa leçon est en effet la suivante : « est pour nous l'incitatrice, l'incitatrice dont les clefs magiques » (cf. p. 178, n. 2, et p. 182, n. 3).

4. *Ms 2 :* « des demeures qui nous appartiennent mais où nous n'aurions ».

Page 181.

1. *Ms 2 :* « et d'esprit » (ici, dans *Ms 2,* astérisque qui renvoie à la page suivante, et un demi-folio rayé correspondant à peu près exactement aux pages 180 à 182 de *PM*).

2. Début de la phrase dans *Ms 2 :* « Je ne parle pas de ces cas où d'une façon un peu exceptionnelle la vérité, conçue »

3. En face de : « il faudra s'arrêter à Dordrecht », Hahn : « exquis, poétique, profondément artiste ».

4. *Ms 2 :* « d'Amersfoort, qui ne vous en ouvre pas facilement les portes. La conquête »

5. *Ms 2 :* « que nous entrions ou non en possession »

6. *Ms 2 :* « et nous montrerons leurs lettres »

Page 182.

1. En face de « don... de la vérité », Hahn : « Reynaldisme effronté ».

2. *Ms 2 :* « Et quant à l'acte d'entrée en possession de la vérité [*au-dessus :* « aux recherches mêmes qu'il nous faudra faire »] de la vérité que pour ». — Autre version : « Quant à l'acte lui-même de prise de possession de la vérité il consistera dans la simple lecture de quelques lignes dans l'in-folio unique, si difficile à approcher, de la bibliothèque du couvent »

3. *Ms 2,* version fragmentaire : « dès la fin de l'été que l'on aurait mauvaise grâce de [se] plaindre de ces peines [charmantes : *partiellement rayé*] qu'il faut prendre avant de

découvrir la vérité. Sans doute l'érudit, l'historien ont le droit et le devoir de chercher dans les livres l'indice ou la preuve d'une vérité. » [*En interligne :* « la lecture alors n'est plus une incitation à penser »].

4. *RL, SL, PM :* « exquises »*

5. En face du membre de phrase encadré : « qu'un peu de soleil pâle suffit à éblouir », commentaire de Hahn : « Suite d'images et de colorations d'une délicatesse extrême mais qui serait encore plus captivante sans le léger effort qu'il faut pour en embrasser l'ensemble à cause de » (ici, un trait qui rejoint la phrase encadrée et incriminée).

Page 183.

1. *PM :* « recommandations »*

2. *Ms 2 :* « la plus funeste de toutes. Car l'érudit et souvent l'historien ne peut ainsi chercher dans un livre que l'indice ou la preuve d'une vérité qu'il construit tout entière et cela alors est parfaitement légitime. La vérité est au ciel, mais » (tout ce passage est repris, rayé, très difficile à utiliser. Nous en avons extrait les phrases ou membres de phrase les plus significatifs).

Trait partant de : « de toutes », avec cette remarque de Hahn : « moschant [*méchant*], elle n'est pas dangereuse du tout et c'est la métaphysique qui vous hante ici ».

3. *Ms 2 :* « Pour lui, un livre n'est pas [pour lui : *non rayé*] l'ange presque invisible, aussitôt disparu, qui lui a ouvert les portes du jardin céleste, mais une idole qui ne lui rend aucun service divin, qu'il honore pour elle-même [*en interligne :* « qui ne reçoit pas sa dignité des pensées qu'elle éveille en lui »]»

4. *RL :* « Chateaubriand, voilà où le péché »

5. *Ms 2 :* « en souriant en faveur d'un nom propre, d'un usage, qu'il trouve dans Villehardouin, il trouve quelque poésie à se plier à une certaine coutume parce qu'elle est décrite dans Virgile. Son esprit [*en interligne :* superstitieux n'ose pas transformer à son usage] [*non rayé :* ne convertit pas la substance qu'il y a dans les livres en une nourriture assimilable qui le rende plus fort] [*au-dessous de la ligne :* la substance éparse dans les livres qui le rendrait plus fort]. Alors elle l'encombre de sa forme demeurée intacte, »

Page 184.

1. *Ms 2 :* « Si je qualifie de malsain (p. 183, l. 27) pour l'esprit cet amour fétichiste pour les livres, c'est relativement à ce que devraient être les habitudes idéales d'un esprit parfait qui bien entendu n'existe pas. Dans la réalité, »

2. *Ms 2 :* « d'esprit sans défaut que de corps entièrement sains, ». *Ms 2* fournit ici un passage rayé, surchargé, dont on peut retenir les éléments suivants : « sont affligés plus que les

autres, pourrait-on dire | le goût pour les livres croît avec l'intelligence. Il est même [*rayé :* à remarquer que le goût est plus vif, et moins dangereux] chez les esprits vraiment forts, sans doute parce que toute passion s'accompagne d'une sorte de goût pour ses entours et que les amoureux de la pensée se plaisent aux livres comme les amoureux de la patrie et de la guerre au son des musiques militaires et les amoureux de la femme à ses voilettes, à ses bottines et à ses gants. À vrai dire le fait que des esprits supérieurs [sont] souvent ce qu'on appelle " livresques " ne serait pas une [justification : *rayé*] très bonne raison à faire valoir en faveur [*rayé :* de ceux qui aiment la lecture] pour elle-même. [*en interligne :* (ne serait) nullement une preuve que ce n'est pas là un défaut]. De ce que les hommes médiocres ». [*En interligne, au-dessous de :* « goût pour ses entours », « Plus on aime la pensée, plus on aime tout ce qui a servi à la figurer [*ou* « fixer » : *lecture douteuse*] tout ce qui garde son empreinte. Les livres sont les reliques toutes précieuses du croyant de l'intelligence, de l'amoureux de la pensée. Qui donc aimerait les phrases écrites par d'autres sinon ceux qui sont capables d'aller jusqu'au fond de leur beauté et à qui elles parlent encore de ce qui fait la préoccupation constante de leur vie. N'est-il pas naturel que ceux qui [peuvent] le mieux goûter les livres sont ceux qui les aiment le plus »

3. Début de phrase encadré : « Il semble [...] tige », avec cette remarque de Hahn : « très Sainte-Beuve ». Fin de phrase encadrée : « comme [...] encore », Hahn : « très Marcel ».

4. La note manque dans *Ms 2.*

5. Proust fait ici allusion à la note 1, p. 93-96 de *SL,* dans laquelle il traite, à propos de Ruskin, des rapports de l'érudition et de la création littéraire. Il écrit : « Ruskin aurait dû voir que si l'écrivain obéit dans le choix de ses mots à un souci d'érudition [...] ce sera ce souci d'érudition [...] qui sera reflété, qui s'inscrira dans son livre. Un écrivain curieux cesse par cela même d'être un grand écrivain [...]

« Cela n'empêche pas naturellement qu'un grand écrivain, et ici Ruskin a bien raison, doit savoir à fond son dictionnaire, et pouvoir suivre un mot à travers les âges chez tous les grands écrivains qui l'ont employé. »

Proust raconte alors une anecdote empruntée, dit-il, à Paul Stapfer, « Victor Hugo à Guernesey », *La Revue de Paris,* 15 septembre 1904. À l'Académie, Cousin se rebiffe devant un néologisme utilisé dans un texte participant au concours d'éloquence. V. Hugo demande qu'on aille chercher *Le Voyage en Laponie,* de Regnard (t. III de ses œuvres), où il montre l'expression contestée. Proust poursuit ainsi : « Ce qui montre qu'un homme de génie peut être érudit (et ce qui vient, du reste, d'un tout autre côté, rejoindre l'idée si intéressante de Fernand Gregh dans son beau livre sur Victor Hugo, que le génie de V. Hugo n'était que le grandissement de son talent par le travail). D'ailleurs la simple lecture de l'œuvre de V. Hugo donne bien cette impression d'un écrivain connaissant admirablement sa langue » [...]

En face de la parenthèse (« J'ai montré [...] grand »), Hahn : « comme l'absence fait des passions ». (Cette formule, empruntée ou non à R. Hahn, fut illustrée par Proust dans *À la Recherche du temps perdu*. Cf. Pléiade, I, p. 304, et surtout II, p. 448 à 532.)

6. *Ms 2 :* « quand il nous décrit les gravures qui illustrent une vieille édition »

7. *SL :* « Sanderus ». [*PM :* « Sandrus »*]

Jacob Cats : homme d'État et poète hollandais (1577-1660).

Dans *Le Double jardin* (chap. « Fleurs démodées »), Maeterlinck fait allusion (outre Jacob Cats) à l'abbé Sanderus « qui décrivit et dessina, vers le milieu du XVIIe siècle, en sa *Flandria illustrata,* tous les châteaux de Flandre » (édit. Charpentier-Fasquelle, 1905, p. 221). Sanderus (1586-1664) publia sa *Flandria illustrata,* à Amsterdam, de 1641 à 1644.

Nous reproduisons ici un certain nombre de développements manuscrits fondés sur le thème du livre considéré dans sa beauté et sa réalité concrètes.

« Tous les arts mineurs de la pensée, dont la littérature n'est que le premier [« embellissement, ornement » : *rayés*] ont leur place au foyer de l'écrivain, qui est presque toujours par surcroît un lettré, même quand il n'est pas un bibliophile. »

« Qui donc s'étonnerait sachant que les beaux livres d'un écrivain, ceux que nous aimons le plus, nous n'en connaissons jamais qu'une partie et qu'ils ne se dévoilent tout entiers qu'à ceux qui auraient peut-être été capables de les écrire, aux autres écrivains », passage interrompu par un développement, presque identique à celui qui reprend au bas de la page, et qu'il était inutile de transcrire.

— Suite du passage interrompu : « excitent alors chez eux une admiration que nous ne pouvons même pas soupçonner, nous qui n'avons pas vu la beauté sans voiles — qui donc s'étonnerait que les écrivains se prennent alors pour les livres d'un [« culte » : *non rayé*] amour qu'ils ne devraient rendre qu'à la beauté universelle qu'ils peuvent refléter, annoncer, mais non contenir, et finissent par amour pour le travail de la pensée à se plaire à tout ce qui en est l'accessoire, à toutes sortes de livres, de savoir, d'histoire littéraire.

Car la passion de la pensée comme toutes les passions se complaît et s'intéresse à tout ce qu'elle approche, tout ce qu'elle touche, tout ce qui conserve sa trace; l'écrivain vit au milieu des livres comme un [« poète » : *rayé*] [« écrivain » : *rayure douteuse*] s'entoure volontiers de volumes de vers » (fo vo 20 vo).

Page 185.

1. *Ms 2 :* « anticipées à sa propre pensée où il aime en retrouver quelque trait, mais qu'elles ne l'ont »

2. *PM :* « Hérédote »*. Hérodote, V, 4 . « Quand un enfant est né, les proches, assis tout autour, déplorent les malheurs dont, dès lors qu'il est né, il doit être comblé nécessairement »

3. *Œuvres morales* (chapitre : Comment le jeune homme doit écouter la lecture des poètes) : « Quand l'homme vient au monde, on déplore les maux qui l'attendent »

4. Citation complète : « [de souhaiter] au nouveau-né la bienvenue en ces termes : « Mon enfant, tu es né pour pâtir, ainsi donc, pâtis, souffre et tais-toi »

5. 29 *a* et 40 *c* à 40 *e*.

6. Héraclite, fragment 53 : « Le nom de l'arc est archée (ou vie), son œuvre, mort ». Cette formule comporte un jeu de mots, à peu près intraduisible en français, qui repose sur l'identité de βίος : « arc », et de βιός : « vie », où n'intervient qu'une différence d'accent.

7. Dans *Ms 2,* la citation est plus complète : *« Optima sors homini natum non esse »* (« le plus enviable de tous les biens sur terre est de n'être point né »). Nous avons rétabli *« natum »,* qui manque dans *RL, SL* et *PM.* La citation est tirée de Théognis, livre I, v. 425.

8. *Ms 2 :* « à Colone (1225) ». Traduction : « Ne pas naître, voilà qui vaut mieux que tout »

9. « Toute vie d'homme est remplie de douleur »

10. *Iliade,* XVII, 446 : « Rien n'est plus misérable que l'homme, entre tous les êtres qui respirent »

11. Pline, *Histoire Naturelle,* XXVIII, 2 : « [Aussi chacun doit-il placer au premier rang des remèdes de son âme ce fait que de tous les biens accordés à l'homme par la nature,] il n'en est pas de meilleur qu'une mort opportune »

12. *Henri IV,* IIe partie, acte III, sc. 1. Traduction de la citation complète : « Oh, si tout cela pouvait se voir, le plus heureux jeune homme (à l'aspect de la route à parcourir, des périls passés, des traverses futures) voudrait fermer le livre et s'asseoir et mourir »

13. « [Et sache que, quoi que tu puisses avoir été,] il est encore quelque chose de meilleur : c'est de ne pas être »

Page 186.

1. La note manque dans *Ms 2.*

2. *Ms 2 :* « trop loin de mon sujet [-] car je dois [?] parler ici des purs écrivains et non des philosophes [-] j'aurais eu plaisir »

3. *Frag :* « un mort, au moins à un absent, »

4. *Frag, RL :* « tous tant que nous sommes que des morts »

5. *Frag :* [*En interligne, plus bas :* « Notre manière d'être tisse autour de nous les premiers fils d'une habitude, d'un caractère] d'une immuable manière »

Page 187.

1. *Frag :* « pour l'esprit de déchiffrer ces peintures »; *RL :* « de distinguer au fond du langage ces peintures »

2. En face de cette phrase, commentaire de Hahn : « Rien n'est plus vrai que ces lignes. Mais il avait le culte des [formes : *lecture douteuse*] extérieures comme Binnibuls a celui des sensations. »

« Binnibuls » est le nom burlesque conventionnel que les deux amis se donnaient dans leur correspondance. Cf. par exemple lettre n° XLIV, septembre 1904, p. 71. Ils employaient également : « Binchnibuls » (XLVI, 21 avril 1906, p. 78) ou « Hibuls » (XLVIII, mai 1906, p. 80).

3. *RL :* « simple, bon garçon, plein de goût » (nous rétablissons les deux virgules, qui manquent dans *SL* et dans *PM*).

4. *Frag :* « de penser qu'on l'a appelé la Perfection) nous plaît »

5. Ce fragment manuscrit s'achève avec : « nous ne »

6. *Tra los Montes,* V. Magen, 1843.

7. *SL, PM :* « laisser* une seule forme ». *RL* donne : « laisser passer une seule forme », ce qui semble la seule leçon acceptable.

Page 188.

1. *RL, SL, PM :* « triste »*. Mais partout ailleurs, Proust met le pluriel, car il s'agit des vivants (cf. p. 186, l. 16). Gautier fut reçu par Lebarbier de Tinan sur son brick *Le Voltigeur,* en rade de Cadix. En fait, c'est le cuivre des caronades qui « étincelait comme de l'or ». Voir *Voyage en Espagne,* édit. Charpentier, 1875, chap. xv, p. 346-348.

2. Fin de la note dans *RL :* « aux artistes, et grand-père du brillant capitaine de cavalerie. »

3. *RL :* « nous nous affligeons quand il récapitule avec une tristesse de feuilletoniste les hommes de sa génération »

4. *RL :* « à la postérité, n'en ont donné qu'un fort médiocre, encore nous intéressent-ils infiniment, même par cet échec si instructif. De sorte que quand les livres ne sont pas les miroirs d'une individualité puissante, ils sont les miroirs de défauts »

Page 189.

1. Cette phrase marque la reprise de *Ms 2,* interrompu à : « n'est pas mon fait » (p. 186, l. 9).

2. *Ms 2 :* « la plus anoblissante surtout, »

3. *Ms 2, RL :* « en font l'incomparable noblesse »

4. La note manque dans *Ms 2*. Dans *RL,* elle est insérée après : « aux livres des anciens » (l. 24 de cette page).

Page 190.

1. *RL :* « que Sainte-Beuve (qui, d'ailleurs, n'était pas un grand écrivain) a méconnu »
2. *RL :* « de son temps. Et qu'on ne dise pas »
3. *RL :* « de l'homme ! Cette cécité »
4. *Ms 2 :* « classiques. (Distinction qui pourrait s'étendre à tous les arts. Les publics vont écouter la musique ». *RL :* « Les publics vont entendre »
5. *RL :* « soi-même poète ou prosateur. »
6. *RL :* « les ont découverts, c'est ». *PM :* « Victor »*
7. Satire X, v. 199-200.
8. Épître VII, v. 23-24.
9. *Ms 2, RL :* « Monsigny. Les publics vont aux expositions »

Page 191.

1. Dans *Ms 2,* cette note est insérée dans le texte même, entre parenthèses, après « les ouvrages anciens ». Voir n. 2.
2. *Ms 2 :* « avoir été [*l. 2 de la note**, p. 191*] les écrits classiques ; ce qui à vrai dire peut et doit même arriver souvent puisque des livres anciens sont choisis parmi les meilleurs dans un espace de temps infiniment plus vaste que l'époque contemporaine. Mais une raison en quelque sorte accidentelle ne peut suffire à expliquer une attitude d'esprit si générale, » Dans *Ms 2,* le texte continue ainsi : « la raison, je crois » (voir n. 3).
3. *Ms 2 :* « d'esprit si générale, [*fin de la note insérée*] la raison, je crois, c'est que les livres anciens ne sont pas seulement l'œuvre individuelle d'un esprit ; leur matière »
4. *Ms 2 :* « du XIVe siècle, »
5. Accolade en face de « sentir », avec ce jugement de Hahn : « exquis »
6. *Ms 2 :* « le souvenir des usages qui les formèrent et qui n'existe[nt] plus »
7. *Ms 2 :* « dont le temps écoulé a pu seulement embellir la couleur. » [*En interligne :* « Je pourrais remonter plus haut le cours des âges et montrer que les phrases seules ne sont pas. Bien des livres français du XVIIe siècle, une tragédie de Racine. »]

Page 192.

1. *Ms 2 :* « apparaître et briller. C'est bien »
2. *Andromaque,* acte V, sc. III, v. 1542-1543.
3. *RL :* « qu'il me méprise, " dire que : »

4. Dans *PM,* on trouve : « un autre vers d'*Andromaque :* "Qui vous l'a dit ?" est pour »*. Une ligne a visiblement été oubliée par le typographe. *RL* et *SL* permettent de la rétablir. La note manque dans *Ms 2.* Cette deuxième citation appartient à la scène II de l'acte II, v. 550.

5. *RL :* « inconstant, qu'eussé-je fait » (*Andromaque,* acte IV, sc. V, v. 1365).

6. Vers prononcé par Hippolyte, *Phèdre,* acte I, sc. I, v. 113.

7. Vers prononcé par Oreste au moment de sa « folie », acte V, scène dernière, v. 1624.

À propos de quelques-uns de ces vers de Racine, Proust écrit à Mme Straus (*Corr,* VI, lettre n° XLVII, janvier 1908, p. 94) : « Hélas, les plus beaux vers de Racine : " Je t'aimais inconstant, qu'eussé-je fait fidèle ! Pourquoi l'assassiner ? Qu'a-t-il fait ? À quel titre ? Qui te l'a dit ? " n'auraient jamais passé, même de nos jours, dans une revue ».

Page 193.

1. À propos du passage : « les morceaux les plus doux » (p. 192, l. 13 et 14) jusqu'à : « complexe individualité (p. 193, fin de la 1re note) », note de Hahn dans la marge : « pages remplies d'innombrables faisceaux de pensées dont ne sont visibles que quelques-unes mais qu'on sent touffues et serrées à craquer ».

2. *RL :* « révolues, elles aussi, de l'architecture »

3. *RL :* « du cloître, dans le petit cimetière »

4. *Ms 2 :* « qui dessinent la forme charmante ou grave de l'âme ancienne. Entre elles — et je pense en ce moment à des livres bien plus antiques qui furent »

5. *Ms 2 :* « dont il l'a parsemé[1] ». *[En bas de page, on trouve :]* « mettre ceci en note 1 ». Le texte de la note est entouré d'un trait de plume. Il est, comme à d'autres endroits, inséré dans le passage entre « parsemé » et « j'ai entendu le silence ».

Page 194.

1. En face de cette phrase, remarque de Hahn : « Jamais Renan n'aurait trouvé ça. »

2. Le dernier fragment manuscrit, qui ne semble pas de la main de Proust, reprend à : « dans la salle haute »

3. *Ms 2, Frag, RL, SL :* « évaporé depuis dix-sept siècles »

Après « évaporé depuis près de deux mille ans » (l. 8 de cette page), le texte de *PM* s'écarte sensiblement de celui de *Ms 2, Frag,* RL et *SL.* Nous reproduisons celui de *SL* avec quelques variantes de *Frag* ou de *Ms 2.*

Texte de *SL :* « évaporé depuis dix-sept siècles.

« Que de fois, dans *La Divine Comédie,* dans Shakespeare, j'ai eu cette impression d'avoir devant moi, inséré dans l'heure présente, actuel, un peu du passé, cette impression de rêve qu'on ressent à Venise sur la Piazzetta, devant ses deux colonnes de granit gris et rose qui portent sur leurs chapiteaux grecs, l'une le lion de saint Marc, l'autre saint Théodore foulant aux pieds le crocodile — belles étrangères venues d'Orient sur la mer qu'elles regardent au loin et qui vient mourir à leurs pieds, et qui toutes deux, sans comprendre les propos échangés autour d'elles dans une langue qui n'est pas celle de leurs pays, sur cette place publique où brille encore leur sourire distrait[1], continuent à attarder au milieu de nous leurs jours du XIIe siècle qu'elles intercalent dans notre aujourd'hui. Oui, en pleine place publique, au milieu d'aujourd'hui dont il interrompt à cet endroit l'empire, un peu du XIIe siècle, du XIIe siècle depuis si longtemps enfui[2], se dresse en un double élan léger de granit rose. Tout autour, les jours actuels, les jours que nous vivons circulent, se pressent en bourdonnant autour des colonnes, mais là brusquement s'arrêtent, fuient comme des abeilles repoussées; car elles ne sont pas dans le présent, ces hautes et fines enclaves du passé, mais dans un autre temps où il est interdit au présent de pénétrer. Autour des colonnes roses, jaillies vers leurs larges chapiteaux, les jours actuels se pressent et bourdonnent. Mais, interposées entre eux, elles les écartent, réservant de toute leur mince épaisseur la place inviolable du passé : — du passé familièrement surgi au milieu du présent, avec cette couleur un peu irréelle des choses qu'une sorte d'illusion nous fait voir à quelques pas, et qui sont en réalité situées à bien des siècles; s'adressant dans tout son aspect un peu trop directement à l'esprit, l'exaltant un peu comme on ne saurait s'en étonner de la part du revenant d'un temps enseveli; pourtant là, au milieu de nous, approché, coudoyé, palpé, immobile, au soleil[3] » (fin de *SL*).

---

1. *Frag :* « autour d'elles dans le tumulte de cette place publique, elles continuent à attarder, à intercaler leurs jours du douzième siècle dans la foule d'aujourd'hui, au milieu de laquelle, tandis qu'elles regardent la mer sur laquelle elles vinrent jadis d'Orient, brille encore distraitement, tout près de nous, leur sourire si lointain » (fin de ce fragment manuscrit).

2. « ... depuis si longtemps enfui » : début d'un nouveau fragment.

3. *Ms 2 :* « se pressent autour des colonnes, mais en elles ils n'entrent pas, ne peuvent pénétrer dans le passé, dans le passé intercalé entre eux et présent tout autour comme des abeilles repoussées. Les colonnes roses les écartent et de leur mince épaisseur, réservent au milieu même des jours présents qui se pressent et bourdonnent la place du passé, du passé qui, chose assez effrayante, est là, visible, familièrement apparu au milieu du présent,

APPENDICE

Pastiches non publiés par Proust

Page 195.

1. Nous reproduisons ici quatre pastiches inédits de Proust relatifs à l'affaire Lemoine, et un pastiche inédit s'inspirant du dialogue de *Pelléas et Mélisande*. On trouvera dans les notes les dates vraisemblables auxquelles ils ont été composés.

Comme le révèlent deux lettres à G. de Lauris (fin 1908 et mars 1909), Proust ne fait pas de distinction essentielle entre le pastiche de Régnier et ceux de Chateaubriand, de Maeterlinck, et le second pastiche de Sainte-Beuve. On peut alors se demander pourquoi il ne les a pas publiés dans *Le Figaro,* comme les autres. Deux raisons apparaissent avec évidence. D'une part, la lassitude de l'écrivain[1]; d'autre part, la conscience que ces textes étaient moins étendus ou moins achevés que ceux qui avaient été jugés dignes d'être publiés. De fait, c'est l'impression qu'ils nous laissent. À côté de trouvailles étonnantes, on discerne des faiblesses, soulignées encore par l'état informe de certains brouillons.

En tout cas, il est significatif que Proust n'ait pas systématiquement persévéré dans cette voie. La « catharsis » obtenue, il voyait mieux à faire que des caricatures littéraires, fussent-elles d'un virtuose. La grande œuvre était là qui l'attendait, riche de difficultés, mais aussi de joies situées hors du temps, donc préservées de toutes les contingences.

---

violant [« ainsi » : *lecture douteuse*] sans façon les lois de la mort, tout au plus un peu singulier d'aspect, dans son élan immortel et charmant, d'une couleur s'adressant d'abord un peu trop directement à l'esprit, l'exaltant comme cela est explicable du revenant [d'] un temps depuis si longtemps enseveli, pourtant là, au milieu de nous, approché, coudoyé, touché, ne bougeant pas, au soleil » (fin de *Ms 2*). Après « d'une couleur », on trouve la note corrective suivante : « d'une couleur qui paraît un peu surnaturelle, la couleur d'une chose qui serait située dans le temps plutôt que dans l'espace, s'adressant ».

Après la préface, conclusion de Hahn : « Est-ce là toute la préface ? Non, je pense. Il me semble que si l'éloge de la lecture comme stimulant est complet, la critique de la lecture comme élément paralysant ne l'est pas. Ces pages sont belles et profondes, substantielles, nourries d'impressions intérieures, et admirablement écrites. »

1. Voir en particulier la lettre citée à R. Dreyfus de juillet 1909 (*Souvenirs,* p. 253).

[L'AFFAIRE LEMOINE PAR SAINTE-BEUVE]

2. Pastiche provenant d'un des carnets du fonds Proust (Bibliothèque nationale), reproduit par Ph. Kolb dans *TR*, ainsi que par J. Milly dans *Les Pastiches de Proust*. Voir le pastiche de Sainte-Beuve, p. 16, *Contre Sainte-Beuve*, p. 211-302, ainsi que l'article de Sainte-Beuve sur *Les Mémoires d'outre-tombe* dans *Le Constitutionnel* du 18 mars 1850.

3. *Ms* : « Charles X » est rayé en grande partie.

4. *Ms* : « il nous répété ». Kolb et Milly donnent : « il nous [a] répété ». Mais il est parfaitement possible — et courant chez Proust — qu'il y ait dans *Ms* une faute d'orthographe.

5. *Ms* : « à » n'est pas très net.

Page 196.

1. *L'histoire des Girondins*, parue en 1847.

2. Ouvrage d'Eugène Sue, publié en 1842-1843.

3. Nom que se donne V. Hugo, et qui apparaît pour la première fois dans les *Voix intérieures* (XXX, « À Olympio »). On connaît surtout la « Tristesse d'Olympio » (XXXIV, *Les Rayons et les Ombres*).

4. Voir l'article « Journées de lecture » (*Essais et articles*, p. 527), consacré par Proust aux *Mémoires* de la comtesse de Boigne.

5. Suite de *Ms* : « Mme Récamier, le Chancelier qui était homme à surenchérir ». Nous n'avons pas transcrit cette phrase, qui n'a aucun sens.

6. *Ms* : « hasarda » a été rayé par erreur.

7. *Ms* : « Joceylin »*

[L'AFFAIRE LEMOINE PAR CHATEAUBRIAND]

8. Pastiche provenant d'un des carnets du fonds Proust (Bibliothèque nationale), reproduit par Ph. Kolb dans *TR*, et par J. Milly dans *Les Pastiches de Proust* (voir, dans *À un ami*, la lettre à G. de Lauris, n° XLV, datée par Ph. Kolb, novembre-décembre 1908).

Page 197.

1. *Ms* : « sous ma protection [« il voulait » : *rayé*] m'associer aux profits. Je ne porte pas bonheur à ceux qui viennent [« à moi » : *rayé*] sous mon toit. Il voulait ». Nous n'avons pas retenu le membre de phrase, plus ou moins rayé, compris entre « protection » et « mon toit », car les mêmes éléments sont repris plus loin.

2. De 1793 à 1800.

3. En 1822. À cette date, Louis XVIII était encore vivant. Une variante de *Ms,* « du Roi de France », rayée, révèle les incertitudes chronologiques de Proust.

4. Ici, le texte de *Ms* est très difficilement lisible. Le chantre de la Révolution pourrait être Béranger.

5. La propriété des *Mémoires d'outre-tombe* fut cédée par Chateaubriand, en 1836, à une société chargée de les publier après sa mort. Il écrit dans l'*Avant-propos* de son œuvre : « Personne ne peut savoir ce que j'ai souffert d'avoir été obligé d'hypothéquer ma tombe. »

L'allusion à *Atala* n'est pas claire.

6. Kolb et Milly lisent : « se souviennent », mais l'examen du manuscrit et le sens nous ont incliné à lire : « se soucient ».

[L'AFFAIRE LEMOINE PAR MAETERLINCK]

7. Texte établi d'après un manuscrit figurant dans le cahier n° III du fonds Proust (Bibliothèque nationale), reproduit par Ph. Kolb dans *TR* et par J. Milly dans *Les Pastiches de Proust*. Le folio 50 v° fournit une première ébauche correspondant au début du pastiche (cf. de Maeterlinck, *Le Double Jardin* et *L'Intelligence des fleurs*).

Page 198.

1. Dans la marge de gauche de *Ms* figure un membre de phrase : « nos plus formidables engins », qu'il est malaisé de rattacher au reste du texte.

Page 199.

1. *Ms :* « la plus dernière »

2. *Ms :* « qu'en* emploient »

3. *Ms :* « les forces [...] aucune » : anacoluthe quelque peu surprenante.

4. *Ms :* après « escrocs » : « Quand ils ont vu que l'incendie », membre de phrase suivi d'un blanc.

5. *Ms :* « à le* poursuivre »

6. Proust semble ici confondre l'amaryllis, plante qui appartient à une famille dont les espèces sont éclatantes et odorantes, et le cypripédium ou sabot de Vénus, décrit dans *L'Intelligence des fleurs*.

7. *Ms :* « que* le guignon, ». Ce second « que » est inutile.

Page 200.

1. L'abbé Jean de Vatteville, dont parle Saint-Simon dans ses *Mémoires* (Cf. Chéruel, III, p. 202-206), et dont il dit en particulier : « ... le prodige de sa vie mérite de n'être pas

omis ». L'abbé de Vatteville eut effectivement une vie très mouvementée, avec meurtres, apostasie et circoncision, qui firent que le pape ne put le nommer archevêque de Besançon. *PM :* « Watteville »*

Maeterlinck lui-même évoque Saint-Simon dans *La Sagesse et la Destinée,* Fasquelle, 1898 (chap. XCVI à C).

2. Le futur peut s'expliquer ici par l'écriture hâtive de tout le texte.

3. Voir la note précédente.

4. Pour les lignes qui précèdent, à partir de : « la vénérable bourrache », *Ms* fournit la longue variante suivante : « la vieille bourrache de nos jardins, d'un ennui si salutaire, les quatre fleurs, bénévoles, inséparables et analogues, dont le nombre cabalistique multiplie les offices calmants; le tilleul qui donne un sommeil aussi léger que l'ombre de sa feuille et le parfum de sa fleur, enfin la malicieuse[1] mais excellente queue de cerise qu'on trouve encore parfumant la bouillotte aux tisanes sur le fourneau de certaines cuisines de province, et qui chante, pendant qu'elle compose son breuvage, comme une fée bienfaisante et un peu comique, qui s'apprête à remplir auprès d'un malade, avec une précipitation bien intentionnée, des fonctions de bonne d'enfant ».

Page 201.

1. Dans *Ms,* tout ce passage est difficile à lire, en raison des ratures et des reprises d'expressions ou de membres de phrases, d'autant plus que Proust, dans ces lignes, identifie constamment la mort et la vitesse. Une phrase de *Ms,* rayée : « que la vitesse réveille à chaque pas sur le sol », montre que, dans l'esprit de Proust, la mort prend le masque de la vitesse pour nous abuser.

Par ailleurs, nous n'avons pas repris, après « notre triomphe », le membre de phrase : « en apprenant seulement par une clameur presque effrayante de rage notre venue aux gueules de loup de la prairie » du fait qu'il reparaît à la fin du développement, sous une forme, il est vrai, un peu différente. Mais on ne pouvait le transcrire sans transcrire en même temps le membre de phrase : « qui laissent échapper [...] jusqu'à midi », qui, lui, est repris intégralement dans les dernières lignes du pastiche.

---

1. Ph. Kolb (*TR,* p. 50) lit : « matineuse » au sens de : « qui fait se lever le malade de bon matin ». Mais ce sens actif n'est guère acceptable, et la leçon que nous avons adoptée est assez clairement donnée par le manuscrit. C'est également celle de Jean Milly.

LA BÉNÉDICTION DU SANGLIER

2. Le manuscrit de ce pastiche (qui a été reproduit dans *La Nouvelle nouvelle Revue Française* du 1er octobre 1953) figure dans le cahier nº II du fonds Marcel Proust (Bibliothèque nationale).

Sur les rapports entre Proust et Ruskin, voir notre présentation des *Mélanges*. Ce pastiche est daté de 1909 par Ph. Kolb, d'après l'allusion d'une variante à certains romans de Lucien Daudet.

3. Cf. *BA*, p. 97, le titre complet de la traduction : « NOS PÈRES NOUS ONT DIT/Esquisses de l'histoire de la chrétienté/ Pour les garçons et les filles / Qui ont été tenus sur ses fonts baptismaux / Par / John Ruskin, LL.D., D.C.L. / Étudiant honoraire de Christ Church, à Oxford / Et membre honoraire de « Corpus Christi College », à Oxford /

— « d'*elle* » : voir dans la suite du pastiche d'autres termes peu importants soulignés par Proust, imitant en cela un « tic » de Ruskin.

4. Proust fait allusion à cette plaquette, Separate travellers' edition, 1881, non traduite en français, et vendue séparément, dans une note manuscrite que nous avons reproduite, p. 120, n. 1.

5. Titres réels des trois premiers chapitres de *La Bible d'Amiens :* I, « Au bord des courants d'eau vive »; II, « Sous le Drachenfels »; III, « Le dompteur de lions ».

Page 202.

1. Anachronisme. Ruskin est mort huit ans avant la traversée de la Manche par Blériot (juillet 1909).

2. Cf. *BA*, p. 105 et 109, et p. 73 de cette édition.

3. Louis Barthou (1862-1934) : homme politique français, assassiné à Marseille en même temps que le roi Alexandre Ier de Yougoslavie. Il fut ministre des Travaux publics de 1906 à 1909. Le réseau de l'Ouest fut racheté par le gouvernement pour plus de 5 milliards de francs (décembre 1908) après une séance à surprises, au Sénat, en juin 1908.

4. *Le Délire* (1907), selon J. Milly — ou *Léo* (1909) selon Kolb. Les lettres de Proust à Maurice Duplay ont été publiées en 1929. M. Duplay lui-même a évoqué ses souvenirs dans *Le Figaro littéraire* du 19 novembre 1960 : « Marcel Proust tel que je l'ai connu. »

5. Wilbur Wright (1867-1912). Les frères Wright accomplirent leur premier vol en décembre 1903. Wilbur réussit un parcours de 22 kilomètres, le 5 septembre 1908, à Auvours, et un nouveau parcours de 80 kilomètres avec Paul Painlevé, le 10 octobre 1908.

6. Hôtel situé près de la gare Saint-Lazare.

Page 203.

1. *Ms :* « cheminée [...] appelée »*. Il convient de rétablir ici le pluriel.
2. Cf. *BA,* p. 259, et p. 78 de cette édition.
3. Cf. la note ** de la page 122.

Page 204.

1. Cf. *BA,* p. 13, ainsi que le fragment manuscrit correspondant à ce passage, à la fin de notre présentation de *Journées de pèlerinage.*
2. Étymologiquement, « cockney » signifie « œuf de poule ». Le mot a signifié ensuite : « enfant choyé », puis « citadin », puis « homme né à Londres ». L'accent cockney est l'accent faubourien. Ici il est employé avec une légère nuance péjorative.
3. Peintre célèbre par ses portraits des « grands » de la IIIe République, qui vécut de 1833 à 1922. Chauchard (1821-1909) fonda en 1855 les magasins du Louvre, et se retira en 1885 avec une fortune considérable, dont il consacra les revenus à l'achat de tableaux et à des œuvres de bienfaisance. C'est lui qui racheta l'*Angélus* de Millet aux États-Unis. Par testament, il légua sa collection au Louvre. Son portrait fut exécuté, non par Bonnat, mais par Benjamin Constant (1845-1902).
4. Cf. *BA,* p. 195-196. Ruskin, dans ce passage, parle d'une orange et non d'une pomme de terre.
5. Cf. lettre no XXXVII à G. de Lauris, p. 140-142, 1908 : « J'ai demandé à Ruskin (à son œuvre, non à son esprit seul, c'est une citation et pas un pastiche) ce qu'il pensait de M. Berenson, voici sa réponse (*Mornings in the Florence,* VI, 118). Il paraît, assurent de laborieux Anglais, que je me suis trompé en attribuant à Giotto le tableau des Offices, qui est de Lorenzo Monaco... » Toute la suite de la lettre est, sous forme de citation, un plaidoyer de Ruskin en faveur d'une connaissance de la peinture fondée sur l'esthétique et non sur l'érudition.

Le tableau de Lorenzo Monaco (peintre et miniaturiste né à Sienne, XIVe-XVe siècle), qui se trouve aux Offices, est le *Couronnement de la Vierge.*

Avec Simone Martini, un illustre représentant de l'école de Sienne (XIIIe-XIVe siècle), et Lippo Memmi (peintre siennois du XIVe siècle), beau-frère et collaborateur de Simone Martini, Proust a « fabriqué » le peintre Simone Memmi.

Page 205.

1. Terme péjoratif, désignant un personnage prétentieux.
2. L'un des quartiers de Londres.

Page 206.

[PASTICHE DE PELLÉAS ET MÉLISANDE]

1. Nous reproduisons ce pastiche d'après un manuscrit autographe inédit, remis à M. Clarac par M. Maurice Chalvet. La fin de ce pastiche, depuis : « Il faisait là-dedans... », figure dans la lettre nº CXXX à R. Hahn, p. 204-205, datée par Ph. Kolb : mars 1911, d'après une allusion à la mort de Pablo Daireaux, survenue le 14 février 1911. Le pastiche de *Pelléas et Mélisande* a donc été composé vers cette date. Le texte cité, sans doute de mémoire, par Proust dans sa lettre, diffère du manuscrit par quelques détails et la disposition de certaines répliques.

2. Cet « écho » a été rédigé par Proust lui-même.

3. Ce prénom résulte d'une « contamination » entre Marcel (prénom de Proust) et Arkel, nom du grand-père de Golaud et de Pelléas.

4. Pelléas représente ici R. Hahn (« Guninuls » dans la lettre, selon le code des deux amis).

5. *Ms :* « doucement » est rayé.

Page 207.

1. *Ms :* « que »* (sans doute sous l'influence du « qui » suivant).

2. *À la Recherche du temps perdu.*

[CONTRE SAINTE-BEUVE]

Proust écrivait dès 1905[1] : « Sainte-Beuve a méconnu tous les grands écrivains de son temps [...]. Après avoir incroyablement rabaissé le romancier chez Stendhal, il célèbre, en manière de compensation, sa modestie, les procédés délicats de l'homme, comme s'il n'y avait rien d'autre de favorable à en dire ! Cette cécité de Sainte-Beuve en ce qui concerne son

1. Dans l'article *Sur la lecture* que publie *La Renaissance latine* (numéro du 15 juin 1905). L'année suivante, cet article devient la préface de *Sésame et les lys*. Il sera recueilli en 1919 dans *Pastiches et mélanges* (p. 160 sq). — À la fin de 1904 et au début de 1905, on célèbre le centenaire de Sainte-Beuve, né le 23 décembre 1804. Dans la *Revue universelle* de janvier 1905 Fernand Bournon assure que Sainte-Beuve est entré « définitivement dans cette immortalité où il n'y a plus de place pour les querelles littéraires... ». Des éloges de ce genre ont pu inspirer à Proust le désir d'une protestation.

époque contraste singulièrement avec ses prétentions à la clairvoyance, à la prescience. »

Au cours des années qui suivent, l'idée de relever les erreurs d'un critique réputé infaillible ne cesse de hanter l'esprit de Proust. Vers le milieu de décembre 1908, il confie à Georges de Lauris (lettre XLIV) : « De nouveau je commence à oublier ce *Sainte-Beuve* qui est écrit dans ma tête et que je ne peux écrire sur le papier, ne pouvant me lever. Et s'il faut recommencer de tête une quatrième fois (car déjà l'année dernière...), ce sera trop [...]. Je crois que mon étude vous plaira, si elle est jamais écrite. »

En fait, Proust ne songe à attaquer Sainte-Beuve que pour exposer par ce biais ses propres idées sur l'art et sur la critique[1]. Il s'agit moins ici d'un homme que de quelques principes essentiels. Comment un juge si cultivé et subtil entre tous a-t-il pu se tromper avec tant de constance sur la valeur de ses contemporains ? La jalousie qu'on lui reproche n'explique pas ses plus graves méprises. Quelle jalousie d'ailleurs pouvait-il avoir contre des écrivains aussi méconnus de leur vivant que Stendhal, Nerval ou Baudelaire ? C'est bien sa méthode qui est en cause. Les secrets d'un auteur, il les cherche non au cœur de son œuvre, mais dans ce que rapportent de lui les personnes qui l'ont rencontré, dans les lettres qu'il leur écrivait, dans les propos qu'on lui prête. Or, aucune des anecdotes que nous recueillerons sur cet homme extérieur, sur ses apparences sociales, ne saurait nous aider à comprendre ce qu'il a écrit dans ses heures d'inspiration, ne nous fera entrer en communication avec ce génie créateur qu'il portait au fond de lui-même et dont la voix, à nulle autre semblable, ne s'élevait que dans la solitude.

Proust est amené ainsi à formuler une des idées maîtresses de son esthétique. Nous sommes en cette année 1908 que M. Henri Bonnet appelle « l'année des pastiches ». Sans doute ces pastiches sont-ils d'abord des jeux pleins de malice, mais ils sont aussi de la critique littéraire puisque, lorsqu'il parodie un écrivain, Proust s'applique à retrouver son rythme[2] et son accent; et c'est là, à ses yeux, l'objet

1. Cf. *Contre Sainte-Beuve* : « Il me semble que j'aurais ainsi à dire sur Sainte-Beuve, et bientôt beaucoup plus à propos de lui que sur lui-même, des choses qui ont peut-être leur importance, qu'en montrant en quoi il a péché, à mon avis, comme écrivain et comme critique, j'arriverais peut-être à dire, sur ce que doit être la critique et sur ce qu'est l'art, quelques choses auxquelles j'ai souvent pensé... » (p. 219).

2. Au sujet du pastiche de Renan : « J'avais réglé mon métronome intérieur à son rythme » (lettre à Robert Dreyfus, 23 mars 1908).

même de la critique. Rappelons-nous ce qu'il dira dans *La Prisonnière*[1] de « l'accent de Vinteuil », de cet « accent unique ». Ainsi, entre ces pastiches qu'il crayonne et ce *Sainte-Beuve* dont il rêve, la parenté est étroite. C'est ce qu'il explique à Robert Dreyfus dans sa lettre du 18 mars 1908 : « Quant aux pastiches, Dieu merci ! il n'y en a plus qu'un. C'était, par paresse de faire de la critique littéraire, amusement de faire de la critique littéraire *en action*. Mais cela va peut-être, au contraire, m'y forcer, pour les expliquer à ceux qui ne les comprennent pas. » Entendez : pour montrer que ses pastiches sont de la critique à leur manière, il va être obligé de faire de la vraie critique — et d'écrire son *Sainte-Beuve*.

Cependant il retarde sans cesse le moment de se mettre à l'œuvre. C'est que d'autres projets encore sont dans son esprit. Vers le début de mai 1908, il consulte de vive voix Robert Dreyfus sur un article auquel il pense et qu'il voudrait faire paraître dans un journal. Dreyfus l'en dissuade, jugeant la chose dangereuse. De quoi pouvait-il s'agir ? Dix-huit ans plus tard, Dreyfus dira ne plus s'en souvenir[2]. Mais la lettre que Proust lui écrit le 16 mai, bien que très vague, peut nous mettre sur la voie : « J'avais l'intention de te demander si tu trouvais que l'article défendu[3] serait aussi inoffensif [...] au *Mercure* ou dans une autre revue qu'en volume. Mais dans l'intervalle mon projet se précise. Ce sera plutôt une nouvelle, et alors il y aura le temps de te reconsulter. Mais la même raison qui me fait penser que l'importance et la réalité supra-sensible de l'art empêchent certains romans anecdotiques, si agréables qu'ils soient, de mériter peut-être tout à fait le rang où tu sembles les placer (l'art étant quelque chose de trop supérieur à la vie, telle que nous la jugeons par l'intelligence et la dépeignons dans la conversation, pour se contenter de la contrefaire), — cette même raison ne me permet pas de faire dépendre la réalisation d'un rêve d'art, de raisons elles aussi anecdotiques et trop tirées de la vie pour ne pas participer à sa contingence et à son irréalité .»

Notons bien que Dreyfus n'avait pu lire l'article, puisqu'il n'était pas encore écrit. Ce qui l'a effrayé, c'est le sujet qui y serait abordé. Proust, de son côté, loin de renoncer à traiter ce sujet, entend le faire sous la forme non plus d'un article, mais d'une « nouvelle ». Comment s'agirait-il d'une étude contre Sainte-Beuve ? Il est évident que le sujet auquel

---

1. *À la Recherche du temps perdu*, t. III, p. 256.

2. « Pourquoi son projet me paraissait-il inquiétant ? Je n'en ai plus le moindre souvenir » (*Souvenirs sur Marcel Proust*, p. 239).

3. Le mot « défendu » est employé avec un sourire. Dreyfus avait dissuadé Proust de faire paraître l'article dans un journal, où il ferait scandale. Dans un volume, au contraire, il paraîtrait « inoffensif ».

Proust songeait était osé — pour l'époque ! Il devait concerner le sadisme ou l'inversion sexuelle. Sodome, Gomorrhe et le sadisme avaient eu déjà leur place dans *Jean Santeuil*[1]. Dans les « cahiers » apparaît souvent le vicomte de Guercy[2] qui deviendra le baron de Charlus. En tout cas, Proust laisse entendre qu'il ne se laissera plus arrêter par des raisons de bienséance; il ne cédera plus à des conseils de prudence et d'opportunité. L'art tel qu'il le conçoit n'a pas à se soumettre aux conditions sociales et mondaines. Au passage, il a un mot dédaigneux pour ces « romans anecdotiques » qu'admire Robert Dreyfus et que l'on juge vrais parce que la vie la plus extérieure y est servilement « contrefaite ».

Ainsi, dès ce mois de mai 1908, quand il songe à se détourner des pastiches et ne se résout pas encore à écrire son *Sainte-Beuve,* Proust demeure attaché profondément à sa vocation véritable, celle de romancier. Les soixante-deux « cahiers » qu'il a laissés contiennent d'innombrables esquisses et ébauches de ce qui deviendra *À la Recherche du temps perdu*[3]. Comme au temps de *Jean Santeuil,* il procède par développements indépendants, de longueur très inégale, qu'il laisse souvent inachevés. Pour les amender, plutôt que de les raturer, il les recopie inlassablement. Le moment viendra plus tard de les raccorder.

Pendant six mois encore, le *Sainte-Beuve* demeure à l'état de projet. Proust ne sait même pas quelle forme il lui donnera. « Je vais écrire quelque chose sur Sainte-Beuve, annonce-t-il à Georges de Lauris (lettre XLIII) au début de décembre 1908[4]. J'ai en quelque sorte deux articles bâtis en ma pensée (articles de revue) : l'un est un essai de forme classique, l'essai de Taine en moins bien; l'autre débuterait par le récit d'une matinée : maman viendrait près de mon lit,

---

1. Sodome avec le vicomte de Lomperolles (p. 676 sq, 683, 718 sq); Gomorrhe avec Françoise et Charlotte (p. 810 sq). Pour le sadisme, voir p. 848, n. 2.

2. Et non Quercy.

3. Il me paraît probable que, peu après avoir abandonné *Jean Santeuil* (vers 1900), Proust a conçu le dessein d'écrire un autre roman où il reprendrait les mêmes thèmes en leur donnant plus d'ampleur. Cf. sa lettre à Antoine Bibesco (20 décembre 1902) : « Cent personnages de roman, mille idées me demandent de leur donner un corps. » Il commence alors à couvrir d'ébauches romanesques ses soixante-deux cahiers. Dans son « agenda » n° 1, vers juillet 1908, il dresse, en les désignant par des titres provisoires, une liste de fragments qui prendront place dans les premiers livres d'*À la Recherche du temps perdu ;* et il intitule cette liste : « Pages écrites. »

4. Date probable, mais non certaine.

et je lui raconterais l'article que je veux faire sur Sainte-Beuve, et je le lui développerais[1]. »

Les autres lettres qu'il écrit à Lauris en décembre 1908 (XLIV, XLV) nous apprennent qu'à la fin de l'année il n'a pas encore « commencé » *Sainte-Beuve.* Il s'y est seulement préparé en faisant des lectures et, contre son habitude, en prenant des notes. Même en mars 1909 pas une ligne n'est écrite. On a l'impression pourtant que le projet prend une certaine ampleur. Pour le réaliser il lui faudra non plus « quelques heures », comme il le disait en décembre, mais plusieurs mois. « Ce qui a le plus de chance de paraître un jour est *Sainte-Beuve* (pas le second pastiche, mais l'étude), parce que cette malle pleine au milieu de mon esprit me gêne et qu'il faut se décider à partir ou à la défaire... Si je suis encore vivant cet automne, il y a des chances pour que *Sainte-Beuve* ait paru[2]. »

C'est sans doute à propos de ce *Sainte-Beuve* qu'il écrit à Lauris, le 23 mai 1909 : « Savez-vous si [...] le nom de comte ou de marquis de Guermantes[3] [...] est entièrement éteint et à prendre pour un littérateur ? » Les Guermantes auxquels il pense n'annoncent que de très loin ceux d'*À la recherche du temps perdu.* Le comte Henri a hérité de son père une bibliothèque où figurent pêle-mêle, dans des reliures identiques, des romans de Balzac, de Roger de Beauvoir, d'Alexandre Duval. Son frère, le marquis, et lui se plaisent à les feuilleter, parce que ces livres les « changent de la vie » et réveillent en eux des impressions anciennes. De ces gentilshommes qui se croient balzaciens Proust rapproche la marquise de Villeparisis qui, elle, refuse tout talent à Balzac parce que, jeune mariée, elle l'a rencontré dans un salon où il lui a paru manquer de réserve et de tact. « Sainte-Beuve », au contraire, « voilà un homme charmant, fin, de bonne

1. Plusieurs passages du *Contre Sainte-Beuve* se présentent encore sous la forme d'un dialogue entre Proust et sa mère. — Vers la même époque Proust consulte à peu près dans les mêmes termes Anna de Noailles au sujet de la forme à donner à son roman (Kolb, *Choix de lettres,* p. 164 sq).

2. À Lauris, lettre XLIX. — « Une malle pleine », cela ne veut pas dire qu'il a noirci beaucoup de papier. Du *Sainte-Beuve* il n'a pas écrit une ligne. Mais c'est dans sa tête que le projet tient beaucoup de place. Tout est prêt pour le départ, et il ne peut se décider à partir.

3. Il y a, en effet, dans *Contre Sainte-Beuve* un « comte » et un « marquis » de Guermantes : ils ne ressemblent guère au duc et au prince de Guermantes qu'on trouvera dans *À la recherche du temps perdu.*

compagnie; il se tenait parfaitement à sa place[1] ». Ces gens du monde, qui admirent ou condamnent une œuvre sur la mine de son auteur, ne font qu'exagérer jusqu'au ridicule la méthode de Sainte-Beuve. Aussi bien est-ce surtout d'eux qu'il tenait les témoignages sur lesquels il fondait ses arrêts.

Enfin, en juin, Proust peut écrire à Lauris : « Georges, je suis si épuisé d'avoir commencé *Sainte-Beuve* (*je suis en plein travail,* détestable du reste) que je ne sais ce que je vous écris. » L'effort qu'il s'impose aggrave peut-être son mal. Il est souffrant pendant tout l'été. En juillet il commençait une lettre adressée à Robert Dreyfus par ces mots : « Affreuse journée pour moi, moribonde. » « Il y a soixante heures, ajoute-t-il, que je n'ai, je ne dis pas dormi, mais éteint mon électricité. » Il ne partira pour Cabourg que dans la deuxième quinzaine d'août[2]. Encore y restera-t-il presque tout le temps calfeutré à l'hôtel. C'est pourtant pendant ces heures de souffrance que, si l'on s'en tenait à ce que semblent dire certaines des lettres qu'il écrivait alors, son *Sainte-Beuve,* dont avant juin rien n'était écrit, serait devenu un livre, un gros livre — et, ce qui est plus étrange encore, un livre « obscène ». Quel est ce mystère ? Lisons ces lettres de près, mais en nous armant de prudence. Proust ne dit pas tout à tous. Entre les indications qu'il donne simultanément à deux de ses amis, on relève parfois des différences et même des contradictions. À un éditeur comme Vallette il ne présente pas les choses sous le même éclairage qu'à des intimes comme Lauris ou Reynaldo. De tel projet qui vient de traverser son esprit il parle comme d'une décision fermement arrêtée.

Dans la première quinzaine d'août il écrit de Paris à Lauris : « Georges, ma température ne me permet pas de vous écrire plus long. Vous me demandez si *Sainte-Beuve* est fini. Comme vous y allez! Je m'y remettrai quand je pourrai [...] L'ennui est de ne savoir où le publier. *Le Mercure* m'a tout refusé depuis quelque temps. Je suis découragé d'écrire une lettre qui sera pour solliciter un nouveau refus. » Il pense à Calmann-Lévy chez qui Lauris va sans doute faire paraître sa *Ginette Châtenay.* « C'est cela que j'aimerais pour moi, si mon livre n'était obscène, mais il l'est, et c'est impossible. »

---

1. *Contre Sainte-Beuve,* p. 283 sq. — La marquise de Villeparisis des *Jeunes filles en fleurs* tiendra des propos analogues (*À la recherche du temps perdu,* t. I, p. 710).

2. Dans ses *Souvenirs,* R. Dreyfus cite deux lettres de Proust qu'il date, l'une du 15 août, l'autre du 23; la première semble avoir été écrite de Paris; dans la seconde Proust annonce qu'il vient d'arriver à Cabourg.

De cette lettre qui pose bien des problèmes, une autre doit être rapprochée, bien surprenante aussi, mais qui peut-être explique la première. Elle semble avoir été écrite deux ou trois jours plus tard. Proust disait à Lauris ne rien vouloir demander au directeur du *Mercure de France,* Alfred Vallette, qui lui avait déjà opposé plusieurs refus; c'est à lui pourtant qu'il s'adresse encore. Sa lettre porte la mention : « Confidentielle et assez urgente. » En voici le passage principal : « Je termine un livre qui, malgré son titre provisoire : *Contre Sainte-Beuve. Souvenirs d'une matinée* est un véritable roman, et un roman extrêmement impudique en certaines parties. Un des principaux personnages est un homosexuel. Le nom de Sainte-Beuve ne vient pas par hasard. Le livre finit bien par une longue conversation sur Sainte-Beuve et l'esthétique[1]. »

Ainsi des deux modes de présentation que Proust envisageait huit mois plus tôt pour son étude critique, c'est celui d'une conversation matinale avec sa mère qu'il semble avoir maintenant choisi. Cette étude viendra s'ajouter à son roman comme une conclusion imprévue, mais qui aidera à le comprendre, car elle dégagera les principes esthétiques selon lesquels il a été conçu. Le titre qu'il donne provisoirement à l'ensemble ne s'applique, en fait, qu'à cette conclusion.

C'est dans le roman naturellement, et non dans l'essai sur Sainte-Beuve que devaient se trouver les passages scabreux dont parle Proust[2], les scènes de sadisme et la peinture de l'inversion sexuelle. L'expression « Je termine » était ambiguë à dessein : en fait, un long travail était encore nécessaire. Le roman lui-même était sans doute représenté à cette date par les développements touffus, incomplets et non raccordés, dont les « cahiers » sont remplis. Quant au *Sainte-Beuve,* en mettant les choses au mieux, il ne comprenait, comme aujourd'hui, que des fragments inachevés, bien éloignés de former un ensemble cohérent.

Vallette, une fois de plus, refusa. De Cabourg Proust annonce ce refus à Lauris. Il lui apprend aussi que son livre compte (ou comptera) « quatre ou cinq cents pages ». Il est bien évident que le *Sainte-Beuve* commencé en juin n'a pu, à lui seul, prendre en deux mois une telle importance. C'est

1. Catalogue de l'Exposition M. Proust à la Bibliothèque nationale, 1965, p. 74.

2. Il en parle même avec beaucoup de complaisance dans sa lettre à Vallette. On peut se demander s'il ne pense pas se faire bien voir du directeur du *Mercure* en se présentant comme un auteur audacieux. Le *Mercure* est alors une revue d'avant-garde, et un roman de la femme de Vallette, Rachilde, *Monsieur Vénus,* a eu en 1889 un succès de scandale.

le roman qui devait occuper la plus grande partie de ces « quatre ou cinq cents pages ».

Mais rien de tout cela n'est encore bien arrêté. Au moment même où il adressait cette lettre à Lauris, Proust en écrivait une autre à Robert Dreyfus, où il présentait son étude critique et son roman comme deux ouvrages nettement distincts : « Calmette, que j'ai vu ici, m'a demandé très gentiment et avec beaucoup d'insistance de publier en feuilleton dans *Le Figaro* un roman que je suis en train de faire. Je t'ajoute entre nous que, pour beaucoup de raisons, je ne crois pas que je donnerai ce roman au *Figaro* ni à aucun autre journal ou revue, et qu'il paraîtra seulement en volume. — D'autre part, j'ai parlé à Z*** d'une étude critique que j'avais faite (qui ne paraîtra pas non plus dans un journal) ... » À la fin d'août, Proust écrit à Mme Straus : « Je viens de commencer — et de finir — tout un long livre. Peut-être une partie paraîtra-t-elle dans *Le Figaro,* mais une partie seulement, car c'est trop inconvenant et trop long pour être donné en entier. Mais je voudrais bien finir, aboutir. Si tout est écrit, beaucoup de choses sont à remanier. » Ici encore, il ne peut s'agir que du roman, sans que Proust indique, cette fois, si le *Sainte-Beuve* en sera ou non la conclusion. Mais en septembre, dans une lettre à Lauris, il continue à appeler son roman *Sainte-Beuve :* pour l'achever, « un mois de calme » lui serait nécessaire. En octobre, après son retour à Paris, il donne au même Lauris des indications plus précises : « Je vais faire copier sur mes informes brouillons le premier paragraphe du chapitre de *Sainte-Beuve* (c'est presque un volume, ce premier paragraphe) et, dès que ce sera copié, voulez-vous [...] venir le lire près de moi ? » *Sainte-Beuve,* c'est toujours le roman complété par l'essai. Le « premier chapitre » de ce roman doit, sous une forme encore toute provisoire, correspondre à ce qui deviendra *Swann,* et le « premier paragraphe » de ce « premier chapitre » semble être la première partie de *Swann,* ce qui s'appellera *Combray. Combray,* dans l'édition de 1913, occupera 229 pages : c'est « presque » la dimension d' « un volume ».

Cette lettre d'octobre à Lauris est la dernière où Proust donne à son roman le titre de *Sainte-Beuve.* À Montesquiou, vers la fin de l'année, il ne parle que d'un « long ouvrage, sorte de roman », expression qui s'applique fort bien à la *Recherche du temps perdu.* L'idée d'incorporer à ce roman son essai critique paraît dès maintenant abandonnée. Trois ans plus tard, il rappellera à Mme Straus son « désir ancien d'écrire sur Sainte-Beuve ». Mais, ajoute-t-il, maintenant « mon roman bouche tout ». Les deux projets sont redevenus tout à fait indépendants.

À quelles conclusions nous conduisent les textes que nous venons de rappeler ? Aucun d'eux ne nous impose cette idée hors de vraisemblance que le grand roman est sorti de l'essai critique et que l'essai critique n'a eu qu'à se développer pour devenir un grand roman. Depuis plusieurs années Proust remplissait ses « cahiers » de notes et d'esquisses par lesquelles il se préparait à reprendre dans une composition de plus d'ampleur les thèmes de *Jean Santeuil*. D'autre part, l'intention d'exposer, sous les apparences d'un réquisitoire contre Sainte-Beuve, les principes de son esthétique personnelle, semble être née en lui au début de 1905 ; elle mûrit dans son esprit pendant quatre ans. En 1909, au début de l'été, il amorce, selon son habitude, plusieurs développements indépendants qui se rattachent à ce projet. Le grand roman ébauché n'en demeure pas moins son principal souci et son ambition la plus haute. Or, il sait que ce roman risque de déconcerter ses contemporains, lecteurs de Bourget, de Loti et d'Anatole France. D'où l'idée qu'il envisage un moment de faire de son essai critique la conclusion justificative de son ouvrage romanesque[1]. Comme cet ouvrage n'a pas encore de titre, il le désigne à cette époque dans ses lettres par celui qui, en fait, ne convient qu'à son essai : *Sainte-Beuve* ou *Contre Sainte-Beuve*. Mais, dès la fin de 1909, il renonce à souder les deux ouvrages. Le roman désormais l'absorbe tout entier et ne cessera de se ramifier. L'essai, au contraire, est mis de côté et reste inachevé. Il ne sera jamais repris.

Si, comme il semble, les choses se sont à peu près passées de la sorte, quel parti s'impose aujourd'hui à l'éditeur du *Sainte-Beuve ?* Essayer de reconstituer l'ouvrage composite et inachevé de l'été de 1909, lorsque Proust envisageait d'incorporer l'essai au roman ? Entreprise évidemment chimérique, qui d'ailleurs ne saurait être tentée que dans le cadre d'une édition critique d'*À la recherche du temps perdu*. Notre tâche nous a paru plus modeste et moins hasardeuse. Nous nous sommes appliqués à rassembler, après en avoir rigoureusement vérifié le texte, tous les fragments de l'essai abandonné, et ceux-là seulement : les uns sont épars à travers les « cahiers[2] »; les autres, d'une rédaction plus poussée, figu-

1. Il pense aussi à prêter à un de ses personnages ses propres idées esthétiques, ou à les exposer lui-même dans la première partie de son roman (« le côté de Méséglise »). Cf. p. 312, n. 3, une importante indication inédite. Rien n'est encore bien arrêté dans son esprit.

2. Les « cahiers » où figurent les principaux fragments de *Sainte-Beuve* ont été numérotés de 1 à 7 après leur entrée à la Biblio-

raient sur des feuilles indépendantes qui ont été reliées par les soins de la Bibliothèque nationale en 1967. À ces fragments nous n'avons cru devoir ajouter aucune des ébauches de tel ou tel passage d'*À la recherche du temps perdu* que présentent les « cahiers[1] ».

Nous nous trouvions ainsi en présence d'une bigarrure de développements distincts, de longueur très inégale. Comme pour *Jean Santeuil* nous les reproduisons tels que les donne le manuscrit, sans les mêler ni amalgamer, et toujours dans leur intégrité. Sur un point seulement nous avons cru devoir nous affranchir de cette dernière règle. Pendant l'été de 1909, lorsqu'il pensait faire de son essai la conclusion de son roman[2], Proust songeait aussi, nous l'avons vu, à présenter cet essai sous la forme d'un dialogue entre sa mère et lui. Mais, dans l'état d'inachèvement où nous pouvons le lire, ce dialogue n'appartient guère qu'au roman. Bien des sujets y sont abordés avant qu'y soit prononcé le nom de Sainte-Beuve, et c'est juste au moment où Mme Proust et son fils vont enfin parler de lui que la conversation s'interrompt. Quelle solution dès lors devions-nous adopter ? Reproduire tout ce qui dans ce dialogue concerne l'article du *Figaro* et les rêves de voyage ? Mais ce sont là des esquisses de développement qui n'appartiennent qu'à la *Recherche du temps perdu*. Pour une fois donc, pour cette fois seulement,

---

thèque nationale. À ces fragments se mêlent de nombreuses ébauches d'*À la recherche du temps perdu* qui n'ont avec eux aucune relation. Nous avons d'ailleurs trouvé dans d'autres « cahiers » (22 et 29) quatre passages qui se rapportent, l'un certainement, les trois autres vraisemblablement, à l'essai sur Sainte-Beuve. — On ne saurait, selon nous, s'arrêter à l'idée que le *Sainte-Beuve* de 1909 était constitué par l'ensemble des textes que contiennent les « cahiers » 1 à 7. Ces sept « cahiers » qu'on a pris l'habitude d'isoler et d'étudier à part, ne diffèrent pas essentiellement des cinquante-cinq autres, ils sont, eux aussi, d'une composition très bigarrée. Proust y notait, sur le moment, au hasard de l'inspiration, tout ce qui traversait son esprit.

1. Comme M. B. de Fallois nous rangeons parmi les essais qui peuvent se rattacher au *Contre Sainte-Beuve,* les deux notes sur Nerval qu'ont inspirées à Proust la séance académique du 17 janvier 1907 et la conclusion du *Racine* de Jules Lemaitre (cf. ci-dessus, p. 233, note 1). Il faut pourtant reconnaître que dans l'une de ces notes il est à peine question de Sainte-Beuve et point du tout dans l'autre.

2. Ainsi s'explique que dans certains fragments du *Sainte-Beuve* apparaissent des personnages qui annoncent, d'ailleurs de fort loin, quelques-uns de ceux du roman : les Guermantes, la marquise de Villeparisis et aussi (p. 293-294) une jeune marquise de Cardaillec, née Forcheville, vague préfigure de Gilberte Swann.

nous n'avons retenu que les deux dernières pages d'un ensemble qui dans le manuscrit en compte plus de vingt (cf. p. 217, n. 1).

Nous avons disposé nos fragments dans un ordre inspiré de celui qu'avait adopté le premier éditeur. Nous avons conservé à l'essai le titre *Contre Sainte-Beuve* auquel les proustiens sont habitués. Proust cependant ne l'a employé lui-même que deux fois, dans sa lettre à Vallette et dans un de nos fragments[1]. Aux manuscrits qu'avait déjà publiés M. de Fallois et que nous avons tous retrouvés à la Bibliothèque nationale, nous avons pu en ajouter quelques-uns qui étaient restés inédits.

Pour juger équitablement de cet ouvrage, on n'oubliera pas que la rédaction en a été à peine ébauchée et qu'il est demeuré à l'état de fragments discontinus, de notes préparatoires parfois mystérieuses. Tel quel, il n'en est pas moins admirable de verve et de vie. Jamais Proust n'a mieux exprimé sa pensée profonde sur l'art et la littérature auxquels il a tout sacrifié.

PIERRE CLARAC.

Nous avons reproduit aussi fidèlement que possible le texte autographe d'après les documents conservés à la Bibliothèque nationale. L'indication du document (manuscrit n° 45 ou cahiers numérotés), auquel est emprunté chaque fragment, figure en tête des notes consacrées à ce fragment.

Voici à quelles éditions renvoient nos références :

Pour les *Portraits littéraires et contemporains* et les *Causeries du lundi* de Sainte-Beuve à l'édition Garnier, pour les *Nouveaux lundis* à l'édition Calmann-Lévy;

Pour Gérard de Nerval, à l'édition d'Henri Lemaitre (« classiques Garnier »);

Pour Baudelaire, à l'édition des *Œuvres complètes* qu'Yves-Gérard Le Dantec a fait paraître dans la Bibliothèque de la Pléiade;

Pour Balzac et Flaubert, aux éditions publiées chez Louis Conard.

[PROJETS DE PRÉFACE]

Page 211.

1. *Ms* relié (Proust, n° 45) f°s 1-6.
2. *Ms :* « elles »* (Proust avait écrit d'abord « plusieurs

---

1. P. 217.

années » et « je pensais à ces années ». Il a remplacé deux fois « années » par « étés », mais n'a pas corrigé « elles »).

Page 213.

1. Première version : « rien pour nous dans ces résurrections ». Proust a remplacé « dans » par « pour », en omettant sans doute de biffer « pour nous ».

2. Proust a hésité entre « où » et « en qui ».

3. *Ms :* « consciencement »*

4. *Ms :* « en le voyant »*

Page 214.

1. *Ms :* « rencontrons, mais la sensation »*

2. Les mots que nous plaçons entre crochets sont des conjectures ; le bord du *Ms* est déchiré.

Page 215.

1. Première version : « Une médiocre représentation dans un théâtre. » Proust a remplacé « médiocre » par « détestable » et ajouté « musicale » ; en outre, il a fait commencer sa phrase par : « Il pourra se faire », en omettant la conjonction « que ».

2. Première version : « Le nom d'une station. » Proust a remplacé « d'une » par « de » et mis « station » au pluriel ; il semble que sa correction soit restée incomplète.

Page 216.

1. *Ms* relié, f°s 9-11. — Le développement qu'on vient de lire est une mise au point provisoire recopiée par Proust sur des feuilles d'assez grand format qui se trouvent aujourd'hui en tête du volume relié de la Bibliothèque nationale (n° 45) dont le titre est *Contre Sainte-Beuve ; fragments*. Sur d'autres feuilles du même recueil figurent des ébauches préparatoires : en voici deux qui ont des rapports évidents avec le projet de préface déjà cité.

2. Proust avait écrit et a biffé « petit » devant « essai ».

3. Proust s'est amusé à dessiner ce nom en grandes lettres ornées.

4. Cette phrase est suivie de quatre lignes biffées et de six lignes barrées en travers.

Page 217.

1. *Ms :* Cahiers II, f° 21 v°. — Retourné et feuilleté à l'envers, le Cahier II offre un long développement continu au verso des folios dont le recto est numéroté de 41 à 19. De nombreuses additions figurent au recto, en regard des pages

où elles doivent s'insérer. Ce développement contient une ébauche d'un épisode qui prendra place dans *À la recherche du temps perdu* (t. III, p. 566 sq) : en effet, le narrateur, dont le prénom eſt Marcel (f° 33 v°), décrit l'émotion que lui a causée la publication d'un article de lui dans *Le Figaro ;* après quoi il s'abandonne à des rêves de voyage; enfin, au cours d'une conversation avec sa mère, il lui annonce son intention d'écrire « un article » contre la méthode de Sainte-Beuve. Nous ne pouvions songer à reproduire en entier ce développement du Cahier II, peu cohérent, incomplet et qui, en dehors de ses dernières répliques, celles que nous citons, eſt aussi étranger à Sainte-Beuve que tant d'autres ébauches de *À la recherche du temps perdu* dont les cahiers sont remplis. — Sur l'intention qu'a eue Prouſt de donner à son essai sur Sainte-Beuve la forme d'une conversation entre sa mère et lui, voir ci-dessus, p. 822 sq.

2. *Esther*, v. 633 :

Gardes!... C'eſt vous, Eſther? Quoi? sans être attendue?

3. *Ibid.*, v. 631 sq.
4. *Ibid.*, v. 637 sq. (*Eſther :* « ... qu'eſt fait un ordre... »).

Page 218.

1. Molière, *Amphitryon*, v. 530.
2. Allusion à la réplique de Marotte dans *Les Précieuses ridicules :* « ... Je n'ai pas appris comme vous la filofie dans *Le Grand Cyre.* »
3. Cf. p. 220, n. 2 et 3.
4. Ce fragment et les deux qui le suivent figurent sur trois feuilles indépendantes du *Ms* relié (f°s 12, 13 et 14). On retrouve ici les indications contenues dans le passage du Cahier II qu'on vient de lire. — Dans le premier fragment, comme dans celui du Cahier II, Prouſt s'entretient avec sa mère.
5. Cf. p. 220, n. 2.
6. Cf. p. 221, n. 1.
7. Dans ses *Portraits contemporains,* I, 86, Sainte-Beuve écrit : « J'ai toujours gardé à M. Valincour la même rancune que lui témoigne l'honnête Louis Racine pour n'avoir pas laissé quelques pages de renseignements biographiques et littéraires sur ses illuſtres amis, les poètes. »
8. Tout ce passage eſt littéralement emprunté à l'article de Bourget auquel faisait allusion la remarque précédente (cf. ci-dessous, p. 220, n. 2).

[LA MÉTHODE DE SAINTE-BEUVE]

Page 219.

1. *Ms* relié (n° 45), f°s 15-31 v°.
2. Souvenir de *L'Évangile selon saint Jean,* XII, 35 sq. : « Pour un peu de temps seulement la lumière est parmi nous. Marchez pendant que vous avez la lumière... Pendant que vous avez la lumière, croyez en la lumière. » Cf. lettre XLII de Proust à Georges de Lauris (décembre 1908).
3. Passage très raturé : certains mots sont indéchiffrables.

Page 220.

1. *Ms :* « je l'ai demandé »*
2. Cette définition que le *Ms* ne cite pas, Proust l'eût certainement empruntée à l'article que Paul Bourget avait publié dans *Le Figaro* du 7 juillet 1907 pour rendre hommage à la mémoire de Spoelberch de Lovenjoul, mort le 4. On trouvera cet article au tome I des *Pages de critique et de doctrine* (p. 294 sq). Voici les lignes que Proust en avait surtout retenues : « M. de Spoelberch était un des rares élèves d'un maître qui aurait dû, semble-t-il, en laisser beaucoup, tant sa méthode fut excellente : Sainte-Beuve. On compte ceux qui l'ont vraiment suivie. L'auteur des *Lundis* définissait la critique : une botanique morale. Il voulait qu'avant de juger une œuvre, l'analyste littéraire essayât de la comprendre, et d'abord de la situer, de noter dans leur détail les moindres circonstantces où elle se produisit. Une telle étude comporte des recherches qui ne sauraient être trop minutieuses, sur la biographie de l'écrivain, ses hérédités, sa famille, ses amis, son temps, les étapes de son labeur, recherches appuyées sur des documents vérifiés... ». Ci-dessus (p. 218) on a pu relever déjà des allusions précises à cet article de Bourget.
3. Article écrit par Taine le 17 octobre 1869, quatre jours après la mort de Sainte-Beuve. Il a été recueilli dans les *Derniers essais de critique et d'histoire* (1894).
4. « ... Il a montré comment il faut s'y prendre pour connaître l'homme ... »
5. « Cette sorte d'analyse botanique pratiquée sur les individus humains est le seul moyen de rapprocher les sciences morales des sciences positives, et il n'y a qu'à l'appliquer aux peuples, aux époques, aux races, pour lui faire porter ses fruits. »
6. Proust s'était d'abord proposé d'arrêter presque aussitôt cette seconde citation et avait écrit : « jusqu'à faire porter des fruits » (voir la note précédente). Mais ensuite il a jugé

préférable de donner un texte plus étendu et d'aller jusqu'à la fin de l'article : « ... les bases d'un monument grand et durable ».

7. Première version : « Tout est enfermé dans l'individu. » Proust a biffé « Tout est enfermé », et a récrit « Tout » sans verbe.

8. Proust a écrit « ont » à la fin d'une ligne et a omis d'écrire « été » au début de la ligne suivante.

Page 221.

1. Proust se proposait de citer ici, au moins partiellement, les trois premières pages du célèbre article de Sainte-Beuve daté du 22 juillet 1862 et recueilli au tome III des *Nouveaux lundis* (p. 15 sq). Il aurait supprimé le paragraphe qui commence par : « Avec les anciens on n'a pas les moyens suffisants d'observation... »

2. Dans l'article des *Nouveaux lundis* cité à la note précédente. Proust cite le début du deuxième alinéa : « La littérature, la production littéraire n'est point pour moi distincte... »

3. *Nouveaux lundis,* t. III, p. 28.

4. La phrase est restée inachevée; au-dessous d'elle il y a un grand blanc sur la p. 18 du *Ms* relié.

Page 222.

1. Phrase inachevée.

2. *Causeries du lundi,* t. IX, p. 272.

3. *Causeries du lundi,* t. IX, p. 262 : « Je viens de relire la plupart de ses romans. » *Ibid.,* t. XIII, p. 276 : « Ayant connu Stendhal, l'ayant goûté, ayant relu encore assez récemment ou essayé de relire ses romans tant préconisés (romans toujours manqués, malgré de jolies parties, et, somme toute, détestables), il m'est impossible d'en passer par l'admiration... »

4. *Causeries du lundi,* t. IX, p. 263-270 *(passim).*

Page 223.

1. *Ibid.,* p. 271 sq.

2. *Ibid.,* p. 273.

3. Voir au tome IX des *Nouveaux lundis* (p. 258 sq) l'article intitulé « Mlle Eugénie de Guérin et Mme de Gasparin ».

4. Première version : « nous apparaîtrait au-dessous de..., de..., de... » etc. Proust a remplacé « au-dessous » par « inférieur », mais a omis de changer la préposition; il a corrigé cependant « de tant d'autres » en « à combien d'autres ».

5. Après « Jacquemont » Proust avait écrit ce passage

inachevé qu'il a rayé de traits obliques : « Je montrerai d'ailleurs qu'il en a été de même à l'égard de presque tous ses contemporains vraiment originaux : beau succès pour un homme qui assignait comme premier rôle à la critique de deviner ses grands contemporains! (citation du *Génie*)[1]. Mais pour en revenir à Stendhal que j'ai cité de préférence parce que là on ne peut découvrir à son jugement aucune raison personnelle, il ne fit pas valoir seulement l'argument d'autorité tiré de ses amis, mais de lui-même... »

Page 224.

1. Comment savoir à quel passage de Carlyle songeait Proust ? En tout cas, il se souvient de Flaubert : dans la préface que celui-ci a mise aux *Dernières Chansons* de Louis Bouilhet, il dit de l'écrivain que « les accidents du monde lui apparaissent tous transposés comme pour l'emploi d'une illusion à décrire ».

2. Proust songeait à citer ici un passage de la préface de *Chateaubriand et son groupe* (1861) : « Écrire de temps en temps des choses agréables, en lire et d'agréables et de sérieuses, mais surtout ne pas trop écrire, cultiver ses amis, [...] donner plus à l'intimité qu'au public, [...] ainsi se dessinait pour moi le rêve du *galant homme* littéraire qui sait le prix des choses vraies, et qui ne laisse pas trop le métier et la besogne empiéter sur l'essentiel de son âme et de ses pensées. La nécessité depuis m'a saisi et m'a contraint de renoncer à ce que je considérais comme le seul bonheur ou la consolation exquise du mélancolique et du sage... ». (éd. orig., t. I, p. 6).

3. *Ms :* « vague, quelque chose »*. En se recopiant (tout ce passage est une mise au net) Proust a omis au moins deux mots. Il est évident qu'il veut opposer la vie créatrice de l'écrivain et sa vie sociale : la première seule est vraiment « intérieure »; or Sainte-Beuve la juge « extérieure ». La deuxième est toute superficielle; Sainte-Beuve la trouve profonde.

4. Proust a écrit : « Fabre »; mais il songe certainement à l'article des *Lundis* (XIII, p. 240 sq) consacré à Guillaume Favre auquel il compare Fauriel : « Il est bon quelquefois aux hommes de science de se sentir en présence d'un public moins sérieux, moins solide, et qui, par sa plus grande indifférence au fond, oblige les écrivains à s'évertuer [...] Si on

---

1. C'est par confusion que Proust renvoie ici au *Génie* [*du christianisme*]. Il pense au passage de Sainte-Beuve (*Chateaubriand et son groupe,* éd. orig., t. II, p. 117, n. 2) qu'il avait déjà cité en 1905 dans son article « Sur la lecture » (ci-dessus, p. 190).

ne l'avait pas mis en demeure une bonne fois de *débiter* sa science, [...] il n'aurait peut-être accumulé que des notes immenses et des réservoirs cachés. »

Page 225.

1. Allusion à un passage de l'article écrit par Sainte-Beuve au lendemain de la mort de Balzac (*Lundis,* t. II, p. 353). Dans *La Cousine Bette* (éd. Conard, XVII, p. 239, 244), à propos du sculpteur Wenceslas Steinbock, Balzac insiste sur la distance qu'il y a en art de la Conception à l'Exécution : « Penser, rêver, concevoir de belles œuvres est une occupation délicieuse [...] Mais produire! [...] Le travail constant est la loi de l'art [...] Aussi les grands artistes, les poètes complets n'attendent-ils ni les commandes, ni les chalands : ils enfantent aujourd'hui, demain, toujours. Il en résulte cette habitude du labeur, cette perpétuelle connaissance des difficultés qui les maintient en concubinage avec la Muse... » C'est surtout cette dernière expression qui a choqué Sainte-Beuve : « Non, Homère ni Phidias n'ont pas vécu ainsi en *concubinage* avec la Muse; ils l'ont toujours accueillie et connue chaste et sévère » (*Lundis,* t. II, p. 354). Proust revient sur ce passage de Balzac et sur la protestation de Sainte-Beuve page 278.

2. Allusion sans doute à l'article des *Lundis,* t. VI, p. 417, consacré à Boileau. Sainte-Beuve y développe cette idée, alors communément admise, que Boileau a exercé une influence profonde et heureuse sur les grands écrivains de son temps. « Savez-vous ce qui, de nos jours, a manqué à nos poètes ?... Il a manqué un Boileau... »

3. On lit ensuite dans le *Ms* (p. 24 v°) cette phrase inachevée : « Citation de *Chateaubriand et son groupe,* dupe ici de l'image menteuse qui semble attribuer à la littérature pour intimes... »

4. Mot de lecture très douteuse.

5. La phrase est restée inachevée. Sur la même page 24 v° cette première rédaction, inachevée elle aussi, et biffée : « Bientôt la nécessité le contraint de renoncer à cette vie. Obligé de donner sa démission de conservateur de la bibliothèque Mazarine, il lui fallut pour vivre, d'abord accepter un cours à Liège, puis de faire le Lundi au *Constitutionnel.* Si, à partir des *Lundis* sa... »

6. Au sujet de Guillaume Favre (ici aussi Proust écrit « Fabre ») et de Fauriel, cf. ci-dessus p. 224, n. 4.

Page 226.

1. Lecture douteuse.

2. Proust se proposait sans doute de citer ici quelques lignes de l'article *Horace* qui fait suite à l'*Étude* de Sainte-Beuve *sur Virgile* (p. 455 sq).

3. Proust pense à l'émotion qu'il éprouva lui-même quand son premier article parut dans *Le Figaro;* ce souvenir est plusieurs fois évoqué dans les Cahiers (cf. ci-dessus p. 217, n. 1).

4. Tel semble bien être le texte du *Ms,* ici fort peu lisible. Il faut comprendre sans doute : qui a en dépôt, en attente.

Page 227.

1. Pasquier.

Page 228.

1. Mot de lecture douteuse.

2. *Portraits contemporains,* t. I, p. 139. — Le nom de Béranger est suivi de quelques mots difficiles à déchiffrer : « On vous attendait [?] sur le pré et comme il a une belle... sagesse antique il dit... Raconter qu'en mourant... littéraires »*; ici reprend notre texte : « Il se demande. »

3. Cf. *Journal des Goncourt* (éd. de 1888), à la date du 2 mars 1869 (III, p. 275) : « Comme nous lui déclarons fièrement qu'il n'y a pour nous qu'un public, non celui du moment, mais celui de l'avenir, il nous dit avec un haussement d'épaules : Est-ce qu'il y a un avenir, une postérité ?... Vous vous figurez ça, vous ! »

Page 229.

1. *Lundis,* t. I, p. 343 (article du 18 mars 1850 sur les *Mémoires d'outre-tombe*) : « Ils sont peu aimables [...], et là est le grand défaut. Car pour le talent, [...] on y sent à bien des pages le trait du maître... »

2. Dans le monde.

3. *Ms :* « si peu que deux pages plus loin *il l'* que... ». Proust a biffé « il l' », et a omis de biffer « que deux pages plus loin ».

4. *Portraits littéraires,* t. III, p. 534 *(Pensées) :* « En critique j'ai assez fait l'avocat, faisons maintenant le juge. »

5. Voici la remarque de Chateaubriand, que cite Sainte-Beuve dans ses *Portraits contemporains* (1834), I, p. 25 : « Mais n'est-ce pas là d'étranges détails, des prétentions malsonnantes dans un temps où l'on ne veut que personne soit le fils de son père ? Voilà bien des vanités à une époque de progrès, de révolution ! » Et voici la « protestation » de Sainte-Beuve : « Non pas; dans M. de Chateaubriand le chevaleresque est une qualité inaliénable; le gentilhomme en lui n'a jamais failli, mais n'a jamais été obstacle à mieux. »

6. Souvenir des *Animaux malades de la peste.*

7. Les reproches que Sainte-Beuve adresse sur ce point à Chateaubriand se trouvent dans les *Lundis,* t. I, p. 350.

8. Cf. la lettre de G. Sand à Sainte-Beuve datée du 19 septembre 1833.

9. Pasquier est mort, à quatre-vingt-douze ans, en 1862; Mme de Boigne, à quatre-vingt-cinq ans, quatre ans plus tard.

10. *Ms :* « Pasquier »*

11. « ... Dans la société de Chateaubriand il était à peine toléré... Joubert le couvrait de son mépris » (*Journal des Goncourt,* éd. 1887, II, 189, à la date du 11 avril 1864). Le piquant est que Sainte-Beuve, avant de tenir ces propos sur Pasquier, s'était présenté comme « le défenseur et le champion » de sa mémoire. C'est alors que Goncourt déclare à Sainte-Beuve : « Si je meurs avant vous, Dieu me garde d'être pleuré par vous ! »

12. *Ms :* « et il dit à Goncourt au dîner Magny qui ne peut »*

Page 230.

1. Proust ne donne pas le titre de l'ouvrage; il pense sans doute au tome II des *Lundis* où se trouve un article sur Béranger daté du 15 juillet 1850. Sainte-Beuve y fait allusion au portrait tout élogieux qu'il avait tracé du chansonnier « il y a plus de quinze ans ». Il n'a plus qu'un désir maintenant, celui de « montrer les personnes telles qu'elles sont » (t. II, p. 225).

2. Cf. *Nouveaux lundis,* t. I, p. 387 (article du 20 janvier 1862 intitulé : « Des prochaines élections de l'Académie »). Sainte-Beuve s'y déclare hostile à l'élection du duc Albert de Broglie au fauteuil de Lacordaire (mais aucune allusion aux concierges !). Le duc fut élu.

3. Cf. l'article des *Nouveaux lundis,* t. I, p. 400 : « On s'est demandé d'abord si M. Baudelaire, en se présentant, voulait faire une niche à l'Académie... »

4. Cf. lettre de Sainte-Beuve à Baudelaire du 15 février 1862 (voir ci-dessous, p. 246).

5. Pongerville, traducteur en vers de Lucrèce, était entré à l'Académie en 1830. Le mot que cite Proust est rapporté dans les *Nouveaux lundis,* t. XII, p. 442.

Page 231.

1. Pontmartin avait dénoncé Sainte-Beuve comme un « critique immoral, un patron d'immoralité ». « Je n'aurais pas attendu, écrit Sainte-Beuve, un tel procédé de ce galant homme » (*Causeries du lundi,* XV, p. 349).

2. Les Goncourt avaient dit à la Princesse Mathilde qui les félicitait « d'avoir un article de Sainte-Beuve » : « Il n'y a pas tant à nous complimenter, M. Sainte-Beuve ne nous a pas

laissé ignorer que ce serait un *éreintement.* » Quand on lui rapporta le mot, Sainte-Beuve entra en fureur : « Éreintement! Je fais de la critique, je ne fais pas d'éreintement. » (*Journal des Goncourt,* édition de 1888, t. III, p. 292.)

3. Phrase inachevée (*Ms,* p. 28).

4. Ce passage (*Ms,* p. 29) se lit sur une feuille à part, de petit format, qui ressemble à une feuille de papier à lettres.

5. Première version (celle que nous avons adoptée est dans l'interligne) : « ... en enfilade... où il fait entrer à tout moment un nouvel interlocuteur qu'il fait parler, contredire les autres pour qu'un jugement plus vrai sorte des contradictions ».

6. Cette seconde anecdote (Ampère et Lamartine) se trouve mot pour mot dans les « Notes et pensées » de Sainte-Beuve à la fin du tome XI des *Causeries du lundi.* On peut donc penser que celle qui la précède et qui se rapporte à Lamartine et à Royer-Collard, vient de la même source. Mais, comme si souvent, Proust, écrivant hâtivement, a brouillé les noms et les faits. D'abord, il a écrit « voter contre lui » qui est un non-sens. D'autre part, Lamartine n'a pu demander à Royer-Collard de voter pour ou contre qui que ce fût, quand Royer-Collard était lui-même candidat; Lamartine enfin n'entrera à l'Académie qu'en 1829, c'est-à-dire deux ans après Royer-Collard. En fait, il ne s'agit pas de Royer-Collard, mais de Pasquier, et la scène se passe en 1842. Voici ce que rapporte Sainte-Beuve : « [Lamartine] apprend un jour que M. Pasquier a l'idée de se présenter et qu'il fait sonder ses amis; Lamartine lui écrit *de lui-même* une lettre dans laquelle il lui dit qu'il croit devoir se plaindre d'avoir été oublié parmi ceux sur qui on pouvait compter [...]. Bref, il offre sa voix. M. Pasquier lui répond une lettre bien sentie et telle qu'en appelle un tel procédé. Le jour de l'élection, le voisin de Lamartine lui voit écrire sur son bulletin le nom d'Aimé Martin. « Mais je croyais que vous votiez pour M. Pasquier ! — Bah! répond Lamartine, je pense que mon vote serait inutile, il en a bien assez sans cela. » Il faudrait donc corriger ainsi le texte de Proust : « quand il apprit que [Pasquier] se présentait à l'Académie, lui écrivit spontanément pour lui demander de [le compter parmi ceux qui voteraient pour] lui, mais... ».

Page 232.

1. Souvenir de Baudelaire *(L'Albatros) :*

> *Comme il est gauche et veule !*
> *Lui, naguère si beau, qu'il est comique et laid !*

[GÉRARD DE NERVAL]

Page 233.

1. On trouve dans les Cahiers deux développements sur G. de Nerval, l'un dans le Cahier V (de la p. 6 à la p. 18), l'autre dans le Cahier VI (de la p. 33 à la p. 36). Ils semblent avoir été inspirés à Proust, celui du Cahier VI par le discours que prononça Barrès le jour de sa réception académique, et par la réponse de Melchior de Vogüé (17 janvier 1907); celui du Cahier V par la citation de *Sylvie* que fait Jules Lemaitre à la fin de son *Racine ;* ce *Racine* a paru en librairie au milieu de 1908; il reproduit le texte des dix conférences que Lemaitre avait faites pendant l'hiver 1907-1908. Nous citons d'abord le développement du Cahier V (p. 233 à 240, jusqu'à « dans sa nouvelle,... »), puis celui du Cahier VI (p. 240 à 242, de « Si quand M. Barrès... » à « ... d'un matin de Chantilly »).

2. Il est possible, mais non certain, que le « jugement » auquel pensait Proust et qu'il ne cite pas, soit de Sainte-Beuve. Dans ce cas on ne peut hésiter qu'entre « Gérard de Nerval qui... était comme le commis voyageur littéraire de Paris à Munich (*Nouveaux lundis,* t. IV, p. 454) et « l'aimable et gentil Gérard de Nerval » (*Nouveaux lundis*, t. III, p. 311; cf. *Causeries du lundi,* t. XIV, p. 82 : « l'aimable Gérard de Nerval »). Ces deux jugements ont frappé Proust qui les a recopiés tous deux (*Ms* relié, p. 23). Sur cette même page Proust a noté (dans une intention de pastiche ?) bien d'autres formules empruntées à Sainte-Beuve. En voici quelques-unes (elles viennent toutes des *Nouveaux lundis;* après chacune d'elles nous indiquons le tome et la page où on pourra les retrouver) : « France, France » (V, 148). — « Faut-il aller jusqu'au marc et jusqu'à la lie ? » (V, 373). — « M. Cousin a attaché au métier un rayon » (V, 375). — « oreille qu'on a envie de pincer... Mais il fait beau; le temps sourit; allez à Ems » (V, 375). — « Il n'y a pas lieu de sonner toutes les cloches de Paris » (X, 420; cf. *Pastiches et mélanges,* p. 19).

3. *Ms :* « qu'elle »*

4. Première version : « où l'avait conduit le dérangement ». Proust a ajouté dans l'interligne « l'excentricité de sa nature », en oubliant de relier ce second sujet au premier par une conjonction et de mettre le verbe au pluriel.

Page 234.

1. Voir ci-dessus p. 224, n. 1.

2. C'est le début d'*El Desdichado* (« Le Déshérité »), le premier sonnet des *Chimères.*

Page 235.

1. *La Chevelure*, v. 20.

2. Proust a écrit en abrégé : « un ciel p. où se prél. l'éter. ch. » (*Un hémisphère dans une chevelure :* « sur un ciel immense où se prélasse l'éternelle chaleur »).

3. *El Desdichado,* v. 8 (Proust, citant de mémoire, a écrit par inadvertance : « Et le pampre où la vigne... »

4. Ed. H. Lemaitre, I, p. 597 : « Je revis sa fenêtre où le pampre s'enlace au rosier. »

5. Voici comment, à la fin de son *Racine,* Lemaitre amène cette citation de *Sylvie :* « L'histoire se passe dans le pays même de Racine, le Valois. Elle sent à chaque page la vieille France et nullement l'antiquité grecque ou biblique. Et pourtant il me semble qu'on pourrait dire des savantes tragédies de Racine ce que dit Gérard de Nerval des chansons de la terre où Jean Racine est né : « Des jeunes filles dansaient en rond sur la pelouse en chantant de vieux airs transmis par leurs mères, et d'un français si naturellement pur, que l'on se sentait bien exister dans ce vieux pays du Valois où, pendant plus de mille ans, a battu le cœur de la France. » — Ce passage de Nerval ne se trouve pas au « début de *Sylvie* », mais au deuxième paragraphe du chapitre II, « Adrienne ».

6. Début du chapitre II de *Sylvie :* « Je regagnai mon lit et je ne pus y trouver le repos. Plongé dans une demi-somnolence, toute ma jeunesse repassait en mes souvenirs. Cet état, où l'esprit résiste encore aux bizarres combinaisons du songe... »

7. C'est le premier vers du poème *Fantaisie* qui figure dans *Petits châteaux de Bohême.*

Page 236.

1. C'est la fin de *Fantaisie :*

> *Puis une dame, à sa haute fenêtre,*
> *Blonde aux yeux noirs, en ses habits anciens,*
> *Que dans une autre existence peut-être*
> *J'ai déjà vue ... et dont je me souviens!*

2. *Ms :* « pareil »*

3. Mot de lecture très douteuse. — Proust semble faire allusion à la fin de la huitième conférence de Jules Lemaitre : Phèdre, petite-fille du Soleil, Aricie, arrière-petite-fille de la Terre, « nous apparaissent à certains moments comme les vagues personnages sidéraux d'un vieux mythe... »

4. Mot illisible.

Page 237.

1. Curieuse reprise d'un thème de *Jean Santeuil :* les Sauvalgue (p. 355).

2. Ou « ton » ?

3. Première version : « Seulement la rapidité du voyage et l'aisance de l'arrivée sont assez indifférentes. » Proust a biffé « l'aisance de l'arrivée », mais non la conjonction, et n'a pas mis le verbe et l'attribut au singulier.

4. Première version biffée : « Si un tel art peut se réclamer du passé, c'est de Gérard de Nerval... » Proust a fait précéder sa phrase de « C'est à tort qu'on croit », mais a omis d'écrire la conjonction « que » et a biffé « si » ; la phrase se poursuit ainsi : « un tel art a pu se réclamer du passé, il le peut, en tout cas, moins que de personne, se réclamer... ». D'autres corrections très confuses achèvent de rendre le texte inintelligible. Nous avons supprimé le pronom « le » devant « peut » et essayé de dégager le sens.

5. Le *Ms* a ici un mot illisible.

Page 238.

1. *Ms :* « pour voir à tout moment où »*

2. *Sylvie,* VII : « Le frère de Sylvie était un peu gris ce soir-là. »

Page 239.

1. *Ms :* « mon admiration quand rien qu'en »*

2. Mot de lecture douteuse; en tout cas, Proust a écrit « transparents » et « verts » au masculin.

3. On peut hésiter entre « patinés » et « satinés ». — Passage peu lisible.

4. Après « faire » on lit sur le *Ms* cette phrase biffée : « C'est cette émotion-là que Gérard éprouva chez la grand-mère de Sylvie » (en fait, sa grand-tante).

5. *Ms :* « met »*

6. Voir note 5.

7. *Ms :* « c'est eux plutôt qui peuvent... de lui que ceux »*

Page 240.

1. Le développement du Cahier V semble inachevé; celui que nous citons ensuite se trouve dans le Cahier VI.

2. Barrès, comme académicien, succédait à Heredia. Celui-ci, Cubain de naissance, vint en France à neuf ans pour faire ses études à Senlis. Belle occasion pour Barrès de parler du Valois, des « cantons de Chantilly, de Compiègne et d'Ermenonville ». Il est évident que Proust écrit tout ceci avec le discours de Barrès sous les yeux : les expressions placées entre guillemets en viennent directement.

3. André Hallays (1859-1930), essayiste de style académique. Pour Boulenger, on peut hésiter entre Marcel Boulenger (1873-1932), écrivain très attaché aux traditions mon-

daines, qui habitait Chantilly, et son frère Jacques (1870-1944), qui devait publier, mais seulement en 1914, un ouvrage intitulé *Au pays de Nerval.*

4. Proust suit de près le discours de Barrès : « Quand... les cloches résonnent à travers la brume d'octobre... » « Ce jeune Heredia n'a pas, de père en fils, entendu les cloches françaises..., subi la divine douceur des cierges vacillants au plein jour de nos enterrements. »

5. Après « évocation » le *Ms* a trois mots illisibles. Ceux que nous plaçons entre crochets sont arbitraires, mais ils respectent, croyons-nous, la pensée de Proust.

6. Pour prouver que Heredia, quoi qu'en dise Barrès, a eu « le sens des grâces purement françaises », Vogüé cite le sonnet *La Belle Viole.* Les expressions placées entre guillemets sont empruntées au discours de Vogüé.

7. Mot de lecture incertaine. L'écriture de Proust est dans tout ce passage presque indéchiffrable.

Page 241.

1. Lecture très douteuse.
2. Conjecture (« pays » est suivi d'un adjectif illisible).
3. *L'Imprévu,* v. 32.
4. Dans le sonnet *La Belle Viole* (voir la note suivante).
5. Il s'agit encore de *La Belle Viole,* qui commence ainsi :

Accoudée au balcon d'où l'on voit le chemin
Qui va des bords de Loire aux rives d'Italie...

6. *Ms :* « qu'on voudrait brut par calcul, avoir sans l'éprouver, mais qui »*
7. Ou « une marque de goût charmant ». Toute cette page est peu lisible.

Page 242.

1. Texte à peu près illisible.

SAINTE-BEUVE ET BAUDELAIRE

Page 243.

1. Ce titre est de la main de Proust. — De la page 243 à la page 257, nous donnons le texte continu qui figure sous ce titre dans le Cahier VII, du f° 56 au f° 71. — C'est encore ici l'un de ces passages du *Contre Sainte-Beuve* où Proust feint de s'entretenir avec sa mère.
2. *Ms :* « à demi et *pour il est* convenu », et au-dessus, dans l'interligne, « à l'égard de qui » sans autre correction.

3. Baudelaire à Sainte-Beuve (lettre du 1er juillet 1860) : « Il y a peu de jours, mais alors par pur besoin de vous voir, comme Antée avait besoin de la Terre, je suis allé rue Montparnasse. En route, je passai devant une boutique de pain d'épices, et l'idée fixe me prit que vous deviez aimer le pain d'épices. [...] J'espère bien que vous n'aurez pas pris ce morceau de pain d'épices incrusté d'angélique pour une plaisanterie de polisson, et que vous l'aurez mangé avec simplicité. »

Page 244.

1. On trouvera cette lettre de Sainte-Beuve, datée du 20 juillet 1857, dans la troisième édition des *Causeries du lundi,* t. XI, p. 527 sq. Les citations de Proust sont, en général, très exactes.

2. Ici un renvoi de Proust indique que la suite du texte se trouve en regard (Cahier VII, f° 56 v°); cette addition se poursuit au verso du f° 57 jusqu'à « Copier la fin ». Mais après « à la défense » Proust avait écrit ceci dont les deux premières lignes seulement sont biffées : « Il y a de charmantes appréciations sur certaines pièces des *Fleurs du mal,* sur l'une notamment que le critique regrette de ne pas voir « écrite en latin », ce qui n'est peut-être pas un éloge bien flatteur, et où, dans son goût de métaphore poursuivie, Sainte-Beuve termine en disant à Baudelaire, après *les Fleurs du mal,* après le plus beau volume de vers qu'il y ait dans la poésie française, comme à un commençant qui n'aurait pas encore « piqué sa première tête et quitté les rives connues... ». Le passage reste inachevé.

3. « Vous n'avez reculé, en rassemblant vos *Fleurs,* devant aucune sorte d'image et de couleur, si effrayante, si affligeante qu'elle fût, vous le savez mieux que moi. »

4. « Vous m'avez depuis longtemps accoutumé à vos bons et fidèles sentiments à mon égard. »

5. *Ms :* « trop sage »*

6. Sainte-Beuve reprend son « éloge » de ces deux pièces dans les *Causeries du lundi,* t. XV, p. 351.

7. La « métaphore suivie » (cf. ci-dessus n. 2) se trouve à la fin de la lettre (voir la note suivante).

8. La voici : « ... de gronder; et si je me promenais avec vous au bord de la mer, le long d'une falaise, sans prétendre à faire le Mentor, je tâcherais de vous donner un croc-en-jambe, mon cher ami, et de vous jeter brusquement à l'eau, pour que vous, qui savez nager, vous alliez désormais sous le soleil et en plein courant. »

Page 245.

1. *Ms :* « n'a »*

2. Cf. la note 3 de la p. 243.

3. Entendez : Suivent les lignes...
4. Cahier VII, f° 58.
5. *Nouveaux lundis,* t. I, p. 400 sq : « Des prochaines élections de l'Académie » (20 janvier 1862).

Page 246.

1. Voici un passage de l'article de Sainte-Beuve : « Ce singulier kiosque, fait en marqueterie, d'une originalité concertée et composite, qui, depuis quelque temps, attire les regards à la pointe extrême du Kamtchatka romantique, j'appelle cela la *folie Baudelaire.* »
2. Citation textuelle (*Nouveaux lundis,* t. I, p. 401 sq).
3. Il l'adresse le 10 février 1862 à Villemain, secrétaire perpétuel de l'Académie; il lui demande de remercier en son nom « ceux de ces messieurs » qu'il a eu le plaisir de voir « pour la manière toute gracieuse et cordiale » dont ils ont bien voulu l'accueillir. Le 15, Sainte-Beuve écrit à Baudelaire le billet où se trouve le passage (« Quand on a lu... ») que Proust cite très exactement.

Page 247.

1. *Ms :* « ses »*
2. Extrait de la lettre que Baudelaire écrit à Poulet-Malassis le 28 février 1859.
3. Extrait (depuis « Babou sait bien... ») de la lettre que Baudelaire écrit à Asselineau le 24 février 1859.
4. Extrait (depuis « Babou a l'air... ») de la lettre à Poulet-Malassis signalée ci-dessus, n. 2.
5. Extrait de la lettre que Baudelaire écrit à Sainte-Beuve le 21 février 1859. Toutes ces citations sont à peu de chose près très fidèles.
6. Toutes les citations qui suivent (jusqu'à « votre admirable article ») sont tirées de la lettre que Baudelaire écrit à Sainte-Beuve le 25 janvier 1862 (éd. Crépet, t. IV, p. 45 sq).

Page 248.

1. Baudelaire a écrit « cette certitude de plume ».
2. Citation empruntée à l'article que Baudelaire publie (deuxième quinzaine de janvier 1862) sous le titre « Une réforme à l'Académie » dans la *Revue anecdotique* (*Œuvres complètes,* Bibl. de la Pléiade, p. 1139).
3. Dans ces pages du Cahier VII, très hâtivement recopiées, l'écriture est fort peu lisible. M. R. de Chantal (*Proust critique littéraire,* t. I, p. 99, n. 213) propose de lire « vaut » au lieu de « veut ». Le *Ms* donne plutôt « veut », qui est satisfaisant pour le sens. Le moi extérieur et social du poète est étranger à son moi créateur et ignore ses désirs profonds. Le passage

que donne l'édition de 1954 après « vit en lui » est emprunté au Cahier XIV; on ne peut s'appuyer sur lui pour choisir entre les deux leçons.

Page 249.

1. Cette note de Proust se lit dans le Cahier XIV, p. 2. Il s'agit de la candidature de Bergson à l'Académie des Sciences morales et politiques. En 1908 Proust évoque dans son « almanach » n° 1 les démarches de « Bergson cherchant à se présenter aux Sciences morales ». Il y avait été élu le 14 décembre 1901 et n'entra à l'Académie française que le 12 janvier 1914. Voir dans *À l'ombre des jeunes filles* (Bibl. Pléiade, t. I, p. 557) les ruses auxquelles s'abaisse Bergotte pour devenir académicien.

2. *Ms :* « dont l'apparence »*

3. On sait que ce vers célèbre est d'un poète obscur, Lemierre (1727-1793).

Page 250.

1. Page 84 v° (en regard de la p. 85) où il recopie ces vers des *Petites Vieilles* (vers 33, 48, 9 sq, 14) Proust a écrit : « Sa poésie sur *Les Aveugles* commence ainsi :

Regarde-les, mon âme ; ils sont vraiment affreux. »

Au-dessous de « Regarde », il s'est donné à lui-même ce conseil : « Vérifier. » En effet, le début du sonnet est, comme on sait : « Contemple-les. »

2. *Les Petites Vieilles* (v. 15) : « Ou dansent ». — Les vers qui suivent sont empruntés au même poème (v. 57, 21-24, 29-32, 73-76).

Page 251.

1. Souvenir du célèbre couplet : « Aimer Molière... » (*Nouveaux lundis,* t. V, p. 277 sq). Cf. ci-dessous p. 272, n. 1.

2. V. 72.

3. *Harmonie du soir,* v. 9.

Page 252.

1. *Ms :* « avec lui »*

2. *Ms :* « ses »*

3. *Le Rebelle,* v. 7 sq.

4. *Ibid.*, v. 1-8.

5. V. 41-44.

Page 253.

1. *Ms :* « chaudes... suaves... pleines »*

2. *Les Petites Vieilles* (v. 45-48).

3. Proust a écrit « surchargé » au lieu de « surchargea ».
4. La phrase « Chacun pose... nourrissantes » est ajoutée dans l'interligne. Après « dans ces cœurs » Proust a répété le vers : « L'une, par sa patrie au malheur exercée. »
5. *Le Voyage* (v. 9).
6. *La Mort des pauvres* (v. 13).
7. *Le Voyage* (v. 10).

Page 254.

1. *Bénédiction* (v. 33-37, 39, 5-6).
2. *Bénédiction* (v. 29).
3. Cf. *Harmonie du soir* (v. 5).
4. *Bénédiction* (v. 19 sq). — Au lieu de « consacrés » Proust a écrit « préparés ».
5. *Ibid.* (v. 64-68). — Proust a écrit : « Les Trônes, les Vertus, les Dominations. »
6. *La Voix* (v. 20).
7. *Ms :* « qu'il aime qui tellement de l'Écriture »*
8. Tel est bien le texte du *Ms.* Il contient un non-sens (« belle dans tes pieds ») et un contresens (« sans souliers »). Le verset VII, 2, du *Cantique des Cantiques* est : « Que tes pieds sont beaux dans tes sandales, fille de prince ! » Proust le cite moins inexactement p. 305, et très exactement p. 97.
9. *Ms :* « les pieds »*

Page 255.

1. En regard de la page du *Ms* où se trouve ce passage Proust a écrit plusieurs vers ou fragments de vers de Baudelaire; nous en indiquons la référence entre parenthèses :

Que Tivoli jadis ombragea dans sa fleur.
(*Les Petites Vieilles,* v. 40.)

Et c'est encor, Seigneur, le meilleur témoignage...
(*Les Phares,* v. 41.)

Le vers de Baudelaire est : *Car c'est vraiment, Seigneur...*

Ô mon Dieu, donnez-moi la force et le courage...
(*Un voyage à Cythère,* v. 60.)

... avec sa jambe de statue
(*À une passante,* v. 5.)

... On eût dit sa prunelle trempée
Dans le fiel ; son regard aiguisait les frimas,
Et sa barbe à longs poils, roide comme une épée,
Se projetait, *pareille à celle de Judas.*
(*Les Sept Vieillards,* v. 17-20.)

Sous ce dernier quatrain Proust a écrit : « (Giotto de Padoue). Demander à Mâle. » Cf. p. 305.

2. « Comme dans un salon... certaine montagne... tout cela... vous sentez » : construction très lâche; nous suivons le *Ms.* — Sur le « poète à figure de femme » de Gustave Moreau, cf. ci-dessous, p. 534 sq.

3. *Parfum exotique* (v. 10). — Suivent trois vers (18-20) de *La Chevelure ;* Proust a écrit : « des vaisseaux nageant ».

4. *La Vie antérieure* (v. 1 sq).

5. *La Mort des pauvres* (v. 14) — Proust a écrit : « des Cieux ».

6. *Le Cygne* (v. 43 sq).

7. *À une Malabaraise* (v. 28).

8. Première version : « Ces soirs, dès qu'ils s'allument et mettent. » Les corrections incomplètes laissent la phrase invertébrée.

9. *Je n'ai pas oublié* (v. 9 sq).

10. *La mort des amants* (v. 9).

Page 256.

1. Première version : « de musiques qui y traînent et que ». Proust a biffé « et que », ajouté « chez lui » et a omis de biffer « y ».

2. *Les Petites Vieilles* (v. 53-56).

3. *L'Imprévu* (v. 49 sq). Proust a oublié « solennels » et fait un vers faux.

4. *L'Âme du vin* (v. 5). Proust emprunte aussi deux citations au vers 11 du même poème :

Et sa chaude poitrine est une douce tombe.

5. *Ms :* « il entre »*

6. *La Mort des pauvres* (v. 3 sq).

7. De « Les horizons bleus » à « un tableau de Manet » : addition postérieure.

8. *Lesbos* (v. 48 sq).

9. *Un voyage à Cythère* (v. 53).

10. Cf. le poème « Viens, mon beau chat » où Jeanne Duval est identifiée à un chat.

11. De « Du reste » à « son odeur » : note indépendante qui se trouve dans le Cahier VI, p. 9, v°.

12. Proust s'entretient avec sa mère.

13. Les deux expressions placées entre guillemets viennent de *Chant d'automne* (v. 7 et 8).

Page 257.

1. Cf. *Tristesse de la lune* (v. 10 et 13) :

Elle laisse filer une larme furtive...
Aux reflets irisés comme un fragment d'opale.

2. *Confession* (v. 5 sq) :

... ainsi qu'une médaille neuve
La pleine lune s'étalait.

3. *L'Horloge* (v. 5) :

Le Plaisir vaporeux fuira vers l'horizon

Il n'est pas question du printemps dans ce poème de Baudelaire.

4. *Le Goût du néant* (v. 10).

5. Ici commence un second développement qui va dans le Cahier VI de la p. 10 à la p. 15. Le titre « Fin de Baudelaire » est de la main de Proust.

6. *Les Litanies de Satan* (v. 40, 16, 17). Proust a écrit : « au bord de l'échafaud ».

7. *La Mort des pauvres* (v. 7 sq, 11, 12, 14).

8. *La Pipe* (v. 6). Proust a écrit : « Tu fumes. »

Page 258.

1. *La Voix* (v. 6). Le vers et demi qui suit vient du *Voyage* (v. 128 sq).

2. *Causerie* (v. 1).

3. *Le Balcon* (v. 7).

4. *L'Amour du mensonge* (v. 19). Cette note se trouve p. 10 v°, en regard de la page 11.

5. *Paysage* (v. 8).

6. Après avoir écrit d'abord « des vers comme », Proust, à quatre reprises, a substitué « que » à « comme » que nous rétablissons.

7. *L'Amour du mensonge* (v. 8).

8. *À une passante* (v. 14).

Page 259.

1. *Bénédiction* (v. 29).

2. *Danse macabre* (v. 16). — Baudelaire a écrit : « Ô charme d'un néant... »

3. *Les Sept Vieillards* (v. 15 sq). — Le texte de Baudelaire est : « Et dont l'aspect aurait... » et « qui luisait dans ses yeux ».

4. *Le Cygne* (v. 1-3). Texte de Baudelaire : « Pauvre et triste. »

5. Cette note se trouve p. 11 en regard de la page 12.

6. *Les Sept Vieillards* (v. 30 sq). Texte de Baudelaire : « Nul trait ». — Pour rendre sensible le « tournant », nous rétablissons l'hémistiche : « Ce jumeau centenaire », que ne donne pas le *Ms*.

Page 260.

1. *Le Cygne* (« Andromaque, je pense à vous... »). Le vers cité est le dernier du poème.

2. Conjecture (le *Ms* a ici un mot illisible).

3. De « Hélas, un jour » à « il salua! », développement indépendant (Cahier VI, p. 15).

4. *Châtiment de l'orgueil* (v. 15-26).

Page 261.

1. Cf. p. 260, n. 1.

2. *Bénédiction* (v. 55 sq). — Texte de Baudelaire : « Lui dérobent. »

3. Parlant des lettres de Jeanne Duval à Baudelaire, Mme Aupick écrivait : « J'en vois une, la dernière, datée d'avril 1866, lorsque mon pauvre enfant était sur son lit de douleur, paralysé [...]. Et dans cette lettre, comme dans les précédentes, elle le tiraillait, le persécutait pour de l'argent qu'il fallait lui envoyer immédiatement » (*Les Fleurs du mal,* éd. Crépet-Blin, p. 252, n. 3).

4. *Bénédiction* (v. 26). — Texte de Baudelaire : « Et s'enivre. »

Page 262.

1. Mot de lecture douteuse.

2. *Correspondances* (v. 6).

[SAINTE-BEUVE ET BALZAC]

Page 263.

1. Sur Balzac jugé par Sainte-Beuve et sur le Balzac de M. de Guermantes on trouve dans le Cahier I un développement continu que nous citons ici (p. 263-285). Nous rassemblons ensuite des notes complémentaires se rapportant aux mêmes sujets, qui sont éparses à travers plusieurs Cahiers. — Le développement continu occupe les pages 54 v° à 24 v° du Cahier I lu à l'envers. — Proust est toujours censé s'entretenir avec sa mère.

2. Lettre à Laure Surville, de Wierzchownia, 22 mars 1849 (*Correspondance de Balzac,* 2 vol., éd. Calmann-Lévy, 1876).

3. Dans la même lettre du 22 mars 1849.

Page 264.

1. *Le Lys dans la vallée,* XXVI, p. 146 (pour les citations de Balzac nous renvoyons à l'édition Conard).

2. C'est dans *Le Père Goriot* (VI, p. 293) que Rastignac demande à Mme de Bauséant son appui.
3. Note en regard du texte (Cahier I, p. 53 v°).
4. Roman publié en 1903.
5. Cette note se trouve dans le Cahier I, p. 51 v°. L'indication par laquelle elle commence nous invite à la placer ici.
6. *Les Secrets de la princesse de Cadignan,* XVI, p. 347.
7. *Ms :* « connues (voir p. de mon article) sentirent »
8. *Une fille d'Ève,* IV, p. 95 sq.

Page 265.

1. Nous donnons la première version du *Ms.* Proust a ensuite remplacé « cette » par « la » et supprimé « -là » après « vulgarité »; mais sa correction, semble-t-il, est restée incomplète.
2. Cf. ci-dessus p. 224, n. 1.
3. Lettre du 22 mars 1849, datée de Wierzchownia.
4. Note en regard du texte (Cahier I, p. 53 v°).
5. Cette note est suivie d'une phrase inachevée et peu lisible : « En effet, je lis dans un article de M. Bataille sur M. Burnet Provins [?]... »
6. *Ms :* « ne s'y reportent »*

Page 266.

1. *Ms :* « le »*
2. Lettre à Laure du 22 mars 1849. Balzac a écrit : « tout est à vau-l'eau ».
3. C'est en avril 1838 que Balzac étudie en Sardaigne les moyens d'exploiter les scories de plomb laissées par les Romains dans leurs mines et d'en extraire de l'argent. Il voulait intéresser Surville à cette chimère. — Proust confond Sardaigne et Sicile.
4. Lettre à Théophile Thoré, 13 décembre 1846, de Paris.

Page 267.

1. Lettre adressée non à Laure, mais à ses filles Sophie et Valentine; elle est datée dans l'éd. Calmann-Lévy de novembre 1848, et dans l'éd. Pierrot (t. V, p. 670, note 2) du 29 novembre 1849.
2. Lettre à Laure, 22 mars 1849, de Wierzchownia.
3. Lettre à Mme Hanska, 15 juin 1846, de Paris.
4. Entre « trois mille francs » et « À Rome » une phrase peu lisible est dans le *Ms :* « Au milieu des solides peintures qu'il y a dans mon cabinet, le Natoire est un peu mignard » (voir plus bas).
5. Lettre à Laure, 21 avril 1846, de Civita Vecchia.

6. Lettre à Mme Hanska, 12 février 1846, de Passy. Latreille (1762-1833), naturaliste français, a publié un *Précis des caractères généraux des insectes...* (1796).

7. *Ms :* « jamais vu, de son lustre »*. La phrase qui concerne le lustre est dans la même lettre à Mme Hanska.

8. Lettre à Mme Hanska, 18 février 1846, de Passy.

9. Lettre à Mme Hanska, 15 juin 1846. Proust fond en une seule deux phrases distinctes de cette lettre.

10. Lettre à Mme Hanska, 4 août 1846. Nous rétablissons le mot « coiffés » omis par Proust.

11. Phrases empruntées à la longue lettre que Balzac adresse de Paris en août 1846 à Georges Mniszech, gendre de Mme Hanska.

Page 268.

1. Lettre à Thoré, déjà citée.

2. Lettre à Laure, 21 octobre 1849.

3. Balzac précise : « la comtesse Georges », fille de Mme Hanska.

4. *Ms :* « sont »*

5. *Ms :* « dans Balzac »*

Page 269.

1. Ce développement indépendant se trouve en regard de notre texte (Cahier I, p. 47 v°) et se rapporte au même thème.

2. Sainte-Beuve a écrit, en réalité (*Causeries du lundi,* II, p. 351) : « Ce style si souvent chatouilleux et dissolvant... tout asiatique, comme disaient nos maîtres, plus brisé par places et plus amolli que le corps d'un mime antique. »

Page 270.

1. « S'il dira... c'est par des images... qu'il emploiera... » : tout ce passage est d'une rédaction très hâtive.

2. Lettre à Laure, 22 mars 1849 : « Sache qu'il en est des mariages comme de la crème qu'un rien, une atmosphère changée, une odeur fait tourner. »

3. *Illusions perdues,* XI, p. 252 : « [M. de Bargeton] se permettait des sourires qui partaient comme des boulets enterrés qui se réveillent... »

4. *La Duchesse de Langeais,* XIII, p. 174 : « ... le ton chaud d'une coupe de porcelaine sous laquelle est enfermée une faible lumière ».

5. *Le Colonel Chabert,* VII, p. 15 sq.

6. *Illusions perdues,* XII, p. 387 : « Enfin... il portait des conserves à l'aide desquelles il cachait son regard. »

7. Cette note se trouve p. 49 v° du Cahier I, en regard de notre texte.

8. *Le Lys dans la vallée,* XXVI, p. 153.
9. *Illusions perdues,* XI, p. 214.
10. *Illusions perdues,* XI, p. 213.
11. Allusion sans doute au ton dédaigneux sur lequel Balzac parle de la province dans cette page (XI, p. 213) des *Illusions perdues* : « Loin du centre où brillent les grands esprits, où l'air est chargé de pensées..., l'instruction vieillit, le goût se dénature... ». Cf. *La Comtesse d'Escarbagnas,* sc. II.
12. *Illusions perdues,* XI, p. 213.
13. Nous plaçons en bas de page un passage qui se trouve, lui aussi, dans le Cahier I (p. 45).
14. *Le Lys dans la vallée,* XXVI, p. 58.

Page 271.

1. *Ms :* « se, au milieu »*
2. Les deux phrases se suivent dans les *Illusions perdues* (XII, p. 375). Balzac a écrit : « la majeure partie ».
3. *La Duchesse de Langeais,* XIII, p. 162.
4. *Illusions perdues,* XI, p. 280 (Fifine est le diminutif de Joséphine, prénom de Mme de Bartas).
5. *Les Secrets,* XVI, p. 324.

Page 272.

1. Allusion au fameux « morceau » des *Nouveaux lundis,* V, p. 277 sq : « Aimer Molière, j'entends l'aimer sincèrement et de tout son cœur, c'est, savez-vous ? avoir une garantie de soi contre bien des défauts... Aimer Molière... » (Cf. ci-dessus, p. 251, n. 1).
2. Comme dans les manuscrits de ses propres romans, dans celui de *Jean Santeuil* en particulier, Proust confond ici les noms, les villes, les professions. Il écrit « Rognon » au lieu de Roguin et « Roguin » au lieu de Rogron. Bien plus, il appelle « Mme Roguin » celle qui est, en réalité, Mme Tiphaine, née Roguin; il la situe à Tours, quand elle réside à Provins; il en fait la femme du préfet, quand son mari est président du tribunal. Mais il est bien vrai que dans *Pierrette* (IX, p. 35 sq) elle brocarde le manque de savoir-vivre des Rogron.
3. Par exemple, dans *La Duchesse de Langeais* (XIII, p. 219) : « J'aime à participer aux souffrances ressenties par un homme de courage, car je les ressens, vrai! »
4. Proust a laissé ici un blanc.
5. *Le Colonel Chabert,* VII, p. 11.
6. *La Duchesse de Langeais,* XIII, p. 288 sq.

Page 273.

1. On trouvera ces quatre répliques dans les *Illusions perdues* (XII, p. 545, 554, 548, 542). Celle qui les suit vient de *Splendeurs et misères des courtisanes,* XV, p. 67.

2. Nous plaçons en bas de page un développement qui se trouve dans le Cahier I, p. 43 v°, en regard de notre texte.

3. Cf. *Illusions perdues,* XII, p. 534.

Page 274.

1. Cf. *À la recherche du temps perdu,* t. II, p. 1050 : Charlus voit dans le même passage « la *Tristesse d'Olympio* de la pédérastie ».

2. *Tristesse d'Olympio,* v. 13. Cf. *Illusions perdues,* XII, p. 537 : « Il voulut, par curiosité, parcourir la petite avenue... et regarda tout avec plus d'intérêt que Lucien n'en attendait d'un prêtre espagnol. »

3. *Ms* (après « sa vie ») : « Vautrin a fait assassiner [*illisible*] pour lui faire épouser [*illisible*]. » Cette phrase et celle qui lui fait suite semblent se rapporter non à un roman de Balzac, mais à la suite en plusieurs tomes que Charles Rabou a prétendu donner au *Député d'Arcis* (voir ci-dessous, p. 277, n. 6).

4. *Ms :* après « toucher », un mot illisible.

5. Suite de la citation : « ... conduit à une idée des plus fausses et des plus contraires à l'intérêt, je veux dire à faire reparaître sans cesse d'un roman à l'autre les mêmes personnages... Rien ne nuit plus à... ce charme de l'imprévu qui fait l'attrait du roman... ».

Page 275.

1. *Le Curé de Tours,* IX, p. 226.

2. *Ibid.*, p. 238.

3. Suppléer un verbe comme : il déclare.

Page 276.

1. La servante d'*Un cœur simple.*

Page 277.

1. Marcel est toujours censé s'entretenir avec sa mère.

2. Tel est bien le texte du *Ms*. Faut-il entendre : où ceux des personnages de Balzac qui, à leur entrée dans la vie, étaient aussi purs que d'Arthez, recevront... ? Marsay lui-même, à dix-sept ans, a été capable d'un amour sincère (cf. ci-dessous, n. 5).

3. Proust avait d'abord écrit : « ... de Nucingen est frappante ». L'addition qui va de « ou de Lucien » jusqu'à « des devoirs-là » est restée, semble-t-il, inachevée.

4. Proust a laissé le nom de cette famille en blanc. Cf. *Sarrasine* (éd. Conard, t. XVI).

5. Henri de Marsay ressemble à sa demi-sœur, la marquise de San Réal. Paquita Valdès, « la fille aux yeux d'or », qui

n'a connu l'amour qu'avec cette marquise, devient amoureuse d'Henri. La marquise la tue.

6. De « comme Vautrin » à « épousant (suivi d'un blanc) », Proust se réfère non plus à une œuvre de Balzac, mais à l'interminable suite du *Député d'Arcis* publiée après la mort du romancier par le journaliste Charles Rabou. Elle comprenait treize volumes : cinq d'entre eux parurent en 1855 sous le titre *Le Comte de Sallenauve*.

7. Ici se trouvent dans le *Ms* quelques lignes peu lisibles : « Classique dans fin d'*Illusions perdues*. Tradition. Concubinage. Sainte-Beuve a là des mots agréables : "L'alchimiste qui ne sait pas tout son secret", mais il nous [?] parle aussi de "peintures finement touchées, débuts heureux, faciles [?]". Il a toujours ses idées de dilettantisme (Steinbock) et d'antiquité ("concubinage avec la Muse"). La seule chose... » (cf. p. 225, n. 1 et p. 278, n. 3).

Page 278.

1. Ève Chardon qui épouse David Séchard (*Illusions perdues*).
2. Voir les *Causeries du lundi*, II, p. 348.
3. Cf. p. 225, n. 1.
4. Proust a placé ici une note dont les derniers mots sont illisibles : « Citer Sainte-Beuve sur Littré et Bataille... » L'article de Sainte-Beuve sur Littré est au tome V des *Nouveaux lundis*.

Page 279.

1. Les *Scènes de la vie privée* et *de la vie parisienne* ont paru en 1834 et 1835 chez la Veuve Ch. Béchet; les deux premiers tomes des *Scènes de la vie de province* ont été publiés aussi en 1834 par Mme Vve Ch. Béchet, et les deux suivants en 1837 par Werdet. Werdet a édité, en outre, les *Études philosophiques* (1835-1836) et le *Livre mystique* (1835).
2. Nous plaçons en note un paragraphe qui complète ce passage et qui se trouve isolé à la p. 32 du Cahier I.
3. Nom peu lisible.

Page 280.

1. Entendez : « pour qu'il consentît » (tour de la syntaxe classique).
2. Le père de Bloch (*À la recherche du temps perdu,* t. I, p. 748) succédera au comte de Guermantes dans le maniement du stéréoscope.
3. Un renvoi du *Ms* indique que « La pièce était fraîche... » (p. 30) doit venir aussitôt après « ... du second »). Proust a ainsi sacrifié un paragraphe qui faisait suite à « du second » :

« Par discrétion, je ne “ mettais ” pas souvent M. de Guermantes sur Balzac, mais quand le marquis venait, ils en parlaient tous les deux, parce que c’était de leur temps et qu’ils l’avaient dans la bibliothèque de leur père, celle-là précisément qui était maintenant chez le comte. Les romans dont ils parlaient n’étaient pas ceux que nous aimons le plus, mais *Le Bal de Sceaux* qu’il trouvait [*sic*] “ charmant ”, ainsi que *Le Lys dans la vallée* d’ailleurs et que *Le Contrat de mariage* qu’il appelait de son premier nom *La Fleur des pois.* » L’essentiel de ce paragraphe sera repris plus loin (p. 282).

Page 281.

1. Dans le *Ms* (p. 30 v°) la phrase continue ainsi : « ... la fenêtre fît naître en lui sur son canapé de la bibliothèque... », mais elle reste inachevée. La vraie suite (« dévidât en lui... ») se trouve en regard, sur la page 31.

2. Nous plaçons en bas de page un paragraphe qui se trouve dans le *Ms* p. 31, en regard de la page 30 v°.

3. On trouve au bas de la page 31, à droite, une autre version de ce passage : « ... et qui se sent s’affaiblir et se glacer comme si chaque goutte d’eau, chaque larme était une goutte de son sang qui s’en allait. Musique douce comme le regard d’une femme qui voit que le ciel est gâté pour toute la journée et dont le seul mouvement est comme le geste de la main qui dans la pièce humide serre à peine une fourrure précieuse *sur le corps grelottant qu’elle refroidit plutôt* [ces derniers mots ont été biffés]. »

4. Ce paragraphe (de « D’ailleurs la pluie... » à « ... d’atteler ») se trouve aussi dans le *Ms* p. 30; il semble une mise au net d’un passage très raturé de la p. 31.

Page 282.

1. Le comte de Guermantes que le lecteur a un peu perdu de vue au cours des additions et digressions qui précèdent.

2. Dans l’édition de 1954 on lit ici deux longs développements empruntés au Cahier V (p. 39-36 v° et 41-38), ébauches de passages d’*À la recherche du temps perdu* où ne se trouve aucune allusion à Balzac ni à Sainte-Beuve.

3. Le *Ms* a ici un mot illisible.

4. *Ms :* « biscuits, où les dimanches d’été, le bruit d’une musique foraine ou militaire faisait une bordure éclatante au jour poussiéreux, et où, les jours de pluie, par la fenêtre ouverte, s’il n’y avait personne qui pût le voir d’en bas, il recevait les saluts du peuplier fouetté par le vent qui faisait la révérence trois fois par minute, était pourvue... » (voir ci-dessus).

Page 283.

1. Le nom est resté en blanc.
2. *Ms :* « de ne pas croire »*
3. Cette marquise est-elle la « cousine pauvre » du même nom qui est déjà intervenue p. 280 ?
4. De « Je ne sais pas... » à « ... sélection » nous insérons, selon les indications de Proust lui-même, dans le texte de la page 27 v° un passage qui se trouve en regard de ce texte, p. 28.

Page 284.

1. Le château de Molé, près de Luzarches.

Page 285.

1. Cf. p. 283. Inutile de dire que la *Duchesse de Mers* n'est pas de Balzac.
2. Le développement qui a commencé à la p. 54 v° du Cahier I (notre page 263) s'arrête ici, inachevé, à la p. 24 v° du même Cahier. Après « je l'ai vu », on lit ce début de phrase : « La personne de la famille sur qui Balzac eut le plus d'influence fut le marquis... » (cf. la première phrase du fragment cité ci-dessous p. 293).

[NOTES COMPLÉMENTAIRES]

3. Ces fragments indépendants complètent sur certains points le développement qu'on vient de lire. Nous les empruntons aux Cahiers I, IV et V. Le premier se trouve dans le Cahier I, p. 51 (à l'envers).
4. L'état actuel du *Ms* ne permet pas de désigner avec assurance le passage de son texte auquel Proust renvoie ici.

Page 286.

1. Cette citation et toutes celles qui suivent sont à peu près textuelles (*Autre étude de femme,* VII, p. 366 sq.).

Page 287.

1. Au lieu d' « observée », Balzac (VII, p. 372) a écrit « formulée ».
2. Dans Balzac (VII, p. 394) la remarque est faite par Émile Blondet.
3. *Ms :* « ne veut-il pas nous laisser ignorer en rien »*

Page 288.

1. Après « une telle verve », il y a encore dans le *Ms* trois mots dont le dernier est illisible (« un tel ? »).
2. *Ms :* Cahier I, p. 50. — Les parenthèses embrouillent

un peu cette longue phrase. Il faut comprendre : De même que sa sœur, son beau-frère, sa mère... nous plaisent..., de même ses tableaux... sont aussi...

3. Cette phrase et la suivante sont empruntées à la lettre à Laure datée du 22 mars 1849.

Page 289.

1. Personnage du *Curé de Tours.*
2. *Ms :* Cahier I, p. 45 v°.
3. *Ms :* Cahier I, p. 45 v°.
4. *Les Secrets de la princesse de Cadignan,* XVI, p. 324.
5. *Splendeurs et misères des courtisanes,* XVI, p. 124.
6. Proust a laissé le nom en blanc.
7. Voir p. 271, n. 4.
8. *Splendeurs et misères des courtisanes,* XV, p. 87.
9. *Ms :* Cahier I, p. 44 (à l'envers).
10. On trouve bien dans *Le Député d'Arcis* (XXI, p. 387 et 395) les deux membres de phrase que cite Proust.

Page 290.

1. *Splendeurs et misères des courtisanes* (XV, p. 100) : « ... ce salon où Mme de Sérizy n'avait jamais pu se faire admettre, quoique née de Ronquerolles ».
2. Policier. Son vrai nom est de La Peyrade, mais il se fait appeler simplement Peyrade *(Une ténébreuse affaire, Splendeurs et misères...).*
3. Historien français (1842-1906).
4. *Ms :* Cahier I, p. 42.

Page 291.

1. *Ms :* « a »*. Nous avons mis au pluriel les singuliers qui suivent (« il sait », « il croit », « s'il se rappelle »). Le *Ms* donne bien cependant : « Leur ton. »
2. *Les Secrets de la princesse de Cadignan,* XVI, p. 325.
3. *Le Lys dans la vallée,* XXVI, p. 34.
4. *Splendeurs et misères des courtisanes,* XV, p. 280 (Balzac : « par leurs prénoms »).

Page 292.

1. *Splendeurs et misères des courtisanes,* XVI, p. 230 (il s'agit du duc de Grandlieu).
2. *Ms :* Cahier I, p. 42 (à l'envers).
3. *Ms :* Cahier I, p. 25 sq.
4. « Nul doute que Troubert n'eût été en d'autres temps Hildebrandt ou Alexandre VI » (*Le Curé de Tours,* IX, p. 246).
5. Avocat général et président de Chambre sous l'Empire,

procureur général à Paris sous la Restauration, pair de France sous Louis-Philippe. Il apparaît dans de nombreux romans de Balzac.

Page 293.

1. *Splendeurs et misères des courtisanes,* XVI, p. 117 sq.

2. *Ms :* Cahier I, p. 20 v°.

3. La suite nous amène à reconnaître en cette jeune marquise une première figure de Gilberte Swann qui deviendra Mlle de Forcheville après le remariage de sa mère, puis marquise elle-même par son propre mariage. — À cette place, dans le *Ms,* son nom est « Cardaillier », mais il devient plus loin « Cardaillec ».

4. Voilà qui ne s'entend guère. Si cette jeune marquise est « du sang Swann » (p. 294), comment est-elle « née Forcheville » ? Et si elle est « née Forcheville », comment l'hôtel de Forcheville peut-il compter parmi » les propriétés de son mari » ?

5. Le jardin de Mlle Cormon, « la vieille fille » de Balzac, est au centre d'Alençon et descend jusqu'à la Brillante (ou Briante), affluent de la Sarthe.

6. *Ms :* « qu'est »*

7. Ce relatif, comme les précédents, a pour antécédent « ces femmes de la société aristocratique ».

Page 294.

1. Voir p. 293, n. 5.

2. Le salon de Mme de Bargeton était le plus brillant d'Angoulême.

3. *La Vieille Fille* (X, p. 325 sq) : « Quatre fois par an, au commencement de chaque saison, mademoiselle Cormon allait passer un certain nombre de jours à sa terre du Prébaudet. »

4. Proust a laissé le mot en blanc.

5. À la fin de *La Vieille Fille,* M. du Bousquier épouse Rose Cormon, et la rend très malheureuse.

6. Lucien, arrivé le premier à la soirée de Mme de Bargeton, « ne vit pas sans terreur le petit lustre à vieilles pendeloques de cristal dépouillé de sa gaze [...] Ces apprêts annonçaient une réunion extraordinaire » (*Illusions perdues,* XI, p. 253).

Page 295.

1. *Ms :* Cahier IV, p. 49 v°.

2. Proust est toujours censé s'entretenir avec sa mère.

3. On trouvera ce jugement de Faguet et ceux qui suivent, dans son *Dix-neuvième siècle,* p. 299 sq, 414, 443 sq, 448.

Page 296.

1. Le développement est resté inachevé.
2. *Ms :* Cahier IV, p. 66 v°.

Page 297.

1. Cf. ci-dessus p. 270, n. 3.
2. « Quant au vieux Beau de l'Empire, le mariage l'avait avancé comme ces melons qui, de verts encore la veille, deviennent jaunes dans une seule nuit » (*Illusions perdues,* XII, p. 489).
3. Cette phrase est suivie dans le *Ms* de notes hâtives et incomplètes : « Il dit ce que sont les gens, et cette [mot illisible], résultat de son opinion personnelle, est une des choses qui nous plaisent et nous font sourire. " Comment ", répondit l'altière Négrepelisse. " Comment ", répondit l'auguste fille des Négrepelisse. " Profond penseur ", " effrayant ". Il veut dire que quelqu'un [ ] : " il est [de] ces sons de voix que [ ] ". Il veut donner une explication, il est pressé, il la donne et met simplement comme transition : " Voici pourquoi. " Pour la même raison il entasse des choses qui demanderaient plus d'air : dans une phrase il dit, il fit, il fut [?], enfin il eut de ces mots. Et comme il est une intelligence, tout ce qu'il a à dire il le met dans la phrase sans se gêner plus que par ce qui... (abus du papier Séchard, voir...) " Et le premier mois " (Ève, voir...). Il ne cache rien, il dit tout. Aussi est-on étonné de voir que cependant il y a de beaux effets de *silence* dans son œuvre. Goncourt s'étonnait pour *Éducation ;* moi, je m'étonne bien plus des *dessous* de l'œuvre de Balzac. " Vous connaissez Rastignac ? " " Vrai ? " Ressemblances de *[illisible]*. Physique de Marsay, de Rubempré. » — La plupart des indications contenues dans ces notes hâtives s'éclairent si l'on se reporte ci-dessus aux pages 270, 271, 272.
4. *Ms :* Cahier V, p. 40 v°. — Proust a noté ici quelques-uns des thèmes qu'il devait reprendre dans les pages consacrées au Balzac de M. de Guermantes (voir ci-dessus, p. 279-283).
5. Le père du comte de Guermantes.
6. Romancier et dramaturge (1809-1866).
7. Auteur de drames historiques (1767-1842).
8. Cf. p. 279, n. 1.
9. La marquise de Villeparisis ? (cf. p. 283, note 3).

Page 298.

1. Inachevé.

À AJOUTER À FLAUBERT

Page 299.

1. *Ms :* Cahier XXIX, f° 43-45. Texte entièrement inédit. — Il n'est pas sûr que Proust ait écrit ces notes hâtives pour les faire figurer dans l'essai qu'il voulait consacrer à Sainte-Beuve. Mais elles semblent remonter à 1910 : c'est le 7 avril 1910, en effet, que René Doumic a été reçu à l'Académie française où il succédait à Gaston Boissier; l'allusion qu'on trouve ici à son discours ne doit pas être de beaucoup postérieure à la lecture que Proust a pu en faire au lendemain de la réception. Or, c'est moins d'un an avant cette date qu'il avait écrit l'essentiel de ses remarques sur Sainte-Beuve. Il n'est pas impossible qu'au printemps de 1910 il songe encore à poursuivre ce travail. La première phrase du texte autorise cette hypothèse. — Le titre est de la main de Proust, il n'est pas facile à interpréter. On ne voit pas quelle autre étude que celle-ci Proust a consacrée à Flaubert avant l'article que publiera la *N.R.F.* en janvier 1920. — Pour les citations de Flaubert, nous renvoyons à l'édition Conard.

2. *Ms :* « ces »*

Page 300.

1. Éd. Conard, p. 109. — Le *Ms* donne ensuite : « Comme, d'autre part, il rapportait sans réflexions, sans liens, les réflexions saugrenues de gens... voir dans la même page les chiens perdus. » Tout ceci sera repris et développé dans l'addition que nous citons plus bas : « Quand ce tableau était... » — D'autre part, Proust a recopié dans la marge, à la hauteur de « s'approcha de la cheminée », cette citation : « *Éducation sentimentale,* p. 159 [éd. Conard, p. 185] : "Deux valets se précipitèrent sous la marquise, et un troisième, au haut de l'escalier, se mit à marcher devant lui" » (« lui », c'est Frédéric qui rend pour la première fois visite à Mme Dambreuse).

2. *Ms* (Cahier XXIX, f°s 44 sq) : Proust a placé, après « c'est dit : Mme Bovary », un appel de note « 1 » auquel répond cette addition (jusqu'à « en bourgeois »).

3. La ressemblance entre les deux phrases n'est qu'extérieure. Celle de Flaubert dégage toute la « moralité » de son roman; la réplique qu'Augier prête à Poirier est une épigramme : dès février 48 la Chambre des Pairs disparaîtra! Proust reprendra sa remarque dans l'article de 1920.

4. Allusion obscure. Il ne semble pas qu'il puisse s'agir du romancier Pierre Mille (1864-1941).

5. Voir la note 1 de la page 299.

6. Dans le *Ms* le relatif « qui » est suivi d'un mot peu lisible : on croit deviner « liesse » précédé d'un signe indéchiffrable.

7. *Ms :* « nous paraît bien banal »*

8. Éd. Conard, p. 96.

9. *Ibid.,* p. 305 sq. Il s'agit de l'hôtel de la Croix-Rouge à Rouen : « C'était une de ces auberges [...]; — bons vieux gîtes [...] qui, sentant toujours le village, comme des valets de ferme habillés en bourgeois... »

10. Cette addition figure au verso du folio 44, donc « en face » du recto du folio 45.

11. *Madame Bovary,* p. 17 : « Le long des bâtiments s'étendait un large fumier [...] et, parmi les poules et les dindons, picoraient dessus cinq ou six paons, luxe des basses-cours cauchoises. »

12. Maupassant. Voici des maximes tirées de *Boule-de-suif :* « L'angoisse de l'attente fait désirer la venue de l'ennemi »; « Car la haine de l'Étranger arme toujours quelques Intrépides prêts à mourir pour une Idée »; « Car l'amour légal le prend toujours de haut avec son libre confrère ».

13. *Ms* (Cahiers XXIX, p. 43 v°, en face de la page 44). Proust développe la distinction qu'il a déjà faite (p. 299) : « Quand le tableau était purement matériel... » correspond à « les choses existent ». « Si c'était un tableau de personnes... » correspond à « même quand l'objet représenté est humain ».

14. Lecture douteuse. Il est vrai que « l'état » cesse quand se produit « l'action ». Même opposition entre l'état et l'action dans l'article de 1920, p. 589 sq.

15. Flaubert appelle « parfait » le passé simple (cf. l'article de 1920, p. 589). — La p. 74 à laquelle Proust renvoie (éd. Conard, p. 93 sq) est la dernière de la « première partie » de *Madame Bovary :* on y trouve de nombreux passages de l'imparfait au passé simple.

Page 301.

1. Cf. l'article de 1920, p. 589.

2. Par exemple (Emma jette au feu son bouquet de mariage) : « les corolles de papier, racornies, *se balançant* le long de la plaque comme des papillons noirs, enfin *s'envolèrent* par la cheminée » (éd. Conard, p. 94).

3. Éd. Conard, p. 108.

4. P. 469.

5. Cette addition se trouve dans le *Ms* p. 44 v°, en face de la page 45.

6. Ces trois passages, cités exactement, sont empruntés au portrait du ténor Lagardy, venu chanter à Rouen *Lucie de Lammermoor* (*Madame Bovary,* p. 310).

7. Proust songe peut-être à la casquette de Bovary dont

« la laideur muette » avait « des profondeurs d'expression comme le visage d'un imbécile » (p. 2 sq).

8. *Ibid.*, p. 478 : « Il se promenait [...], en méditant sur l'ineptie du gouvernement... »

9. Faguet, *XIXe siècle*, p. 411 (article sur Balzac) : « Il a des intuitions de génie, et des réflexions d'imbécile. »

10. Sur Henri de Régnier, cf. p. 502 sq.

Page 302.

1. Mot de lecture très douteuse. — Cette phrase doit être rapprochée de ce que Proust dit plus haut des « formules symétriques » et de son allusion au discours académique de René Doumic.

[NOTES SUR LA LITTÉRATURE ET LA CRITIQUE]

Page 303.

1. Nous groupons sous ce titre des remarques éparses à travers les Cahiers, qui se rapportent aux problèmes généraux abordés dans les fragments du *Contre Sainte-Beuve*.

2. *Ms :* Cahier II, p. 17 et 16 v°.

3. Après « tout à fait » on croit lire dans le *Ms :* « pour marquer la mesure et le retour de l'air »*. Tout le passage est très raturé et d'un déchiffrement difficile.

4. Cf. *À la recherche du temps perdu,* t. III, p. 118.

Page 304.

1. Cette note écrite par Proust en regard de son développement (p. 18), est restée inachevée.

2. Ce développement d'une rédaction très hâtive est resté inachevé.

3. *Ms :* Cahier II, p. 45.

Page 305.

1. Pour définir ce qui à ses yeux est l'objet de l'art, Proust vient de recourir à une image bergsonienne (« briser [...] la glace de l'habitude »).

2. *Ms :* Cahier IV, p. 67 v°.

3. Roman de Barbey d'Aurevilly (1854).

4. Tornabuoni ? Il s'agirait alors de Jeanne Degli Albizzi, femme de Laurent Tornabuoni, cousin du Magnifique. Botticelli l'a représentée dans une fresque qui est aujourd'hui au Louvre.

5. C'est précisément au dernier vers du sonnet de Verlaine

Tite et Bérénice (Jadis et naguère ; le vrai titre est *La Princesse Bérénice)* que se trouve ce solécisme :

La reine, hélas! défaille et tendrement se pâme.

« Il défaille » est un subjonctif; mais peut-on dire aujourd'hui : « il défaut » ?

6. Cf. p. 254, note 8.
7. Cf. p. 255, n. 1 et *À la recherche du temps perdu,* t. I, p. 81 sq.
8. Cf. p. 254, n. 8.
9. *Ms :* Cahier IV, p. 67.
10. Henri de Régnier.
11. Adolphe Brisson, le gendre de Sarcey.
12. Proust, qui avait écrit ces deux mots, les a biffés par erreur.

Page 306.

1. La phrase est restée en suspens.
2. *Ms :* Cahier XXIX, p. 67 sq.
3. Le mot « chose » est suivi dans le *Ms* d'un mot illisible, Tout ce passage est difficile à déchiffrer.
4. Lecture douteuse.
5. Proust s'adresse à sa mère.
6. La phrase continue ainsi : « dans une même rangée, cependant que sur une autre rangée tu verras Barrès, sur une autre Loti ». Cette fin a été biffée.

Page 307.

1. Cahier XXIX, p. 53-57. Proust songe moins ici à critiquer Romain Rolland qu'à opposer l'art tel qu'il le conçoit à l'art utilitaire et « populaire ». Aussi croyons-nous pouvoir ranger ce développement non avec les portraits littéraires, mais parmi les remarques d'esthétique générale apparentées au *Contre Sainte-Beuve.* — *Jean-Christophe* a paru de 1904 à 1912. — Le titre est de la main de Proust.
2. *Ms :* « et de l'art »*
3. La phrase s'arrêtait d'abord à « futile », et une deuxième phrase lui faisait suite : « Les buts élevés sont eux aussi de l'apparence. » Proust a biffé cette deuxième phrase et l'a remplacée par « ceux qui font... » On devine sa pensée, mais dans la forme l'opposition devient boiteuse.

Page 308.

1. Au singulier, car le vrai sujet est la comparaison qui vient d'être citée.
2. Jules Renard, Paul Adam, Marius Leblond.

Page 309.

1. Cf. p. 225, n. 1 et la note 7 de la page 277.

2. *Ms :* « sachent »* (Construction : « Il n'y a que les personnes qui ne savent pas... qui disent. »

3. Le mot « lumière » est suivi dans le *Ms* d'un adjectif ou participe illisible (« ciselées » ?).

Page 310.

1. Cette « note » se trouve dans le Cahier XXIX, p. 54 v°, en regard de la page 55.

2. Daniel Halévy avait publié en 1901 un *Essai sur le mouvement ouvrier en France.*

3. Cette seconde note fait suite à la précédente p. 54 v°, mais elle est séparée d'elle par un grand blanc.

4. *Ms :* « desquelles »*

5. *Ms :* Cahier XXII, p. 68 sq. — Pour Jean Moréas, féru d'archaïsme, toute la poésie est dans la forme; pour Romain Rolland, une œuvre littéraire se juge à son utilité. En s'opposant à ces deux écrivains qui s'opposent eux-mêmes l'un à l'autre, Proust songe surtout à se définir lui-même. — Le titre est de la main de Proust.

6. *L'Ériphyle* de Moréas (Proust écrit : « Éryphile ») a paru en 1894. Pour recueillir la confidence de son héroïne, le poète, comme Virgile, est descendu aux Enfers :

Suivant la docte trace
Du Mantouan fameux qui m'a nourri de sa grâce,
Sur le Styx odieux et l'Achéron avare,
Ériphyle, je viens au fond du noir Tartare...

7. Proust n'a écrit aucun nom après « de ». Ériphyle était la fille du roi d'Argos, Talaos.

8. Ériphyle était la jeune femme du vieil Amphiaraos. Pour plaire à son amant Polynice, elle a forcé Amphiaraos à prendre part à l'expédition des Sept contre Thèbes; il devait y trouver la mort. Aux Enfers elle avoue sa faute :

Mon époux, c'était un héros...
Mais sa barbe était à son menton
Chenue et dure...

Page 311.

1. Polynice avait abordé Ériphyle en lui disant :

Les dieux vous gardent, noble dame.

2. Barrès déclare dans son *Voyage de Sparte* (1906) avoir été surtout ému en Grèce par les souvenirs des chevaliers français qui avaient fondé au XIIIe siècle le duché d'Athènes.

Moréas, lui, était athénien de naissance et de cœur, mais il trouve un plaisir d'artiste à faire parler un héros thébain légendaire comme un gentilhomme français.

3. Sans doute Marcel Boulenger (voir p. 240, n. 3), essayiste de tendances néo-classiques. — Entendez : en se contentant de rapides indications au lieu de développer, Moréas se rattache à l'école de Boulenger, ou, si l'on préfère un nom plus prestigieux, de Barrès. Nous respectons la ponctuation du *Ms*.

4. Proust a bien écrit « voulues », l'idée de banalité l'emportant dans son esprit. Nous sommes obligés de maintenir cette orthographe, car, trois mots plus loin, le pronom « elles » représente aussi la banalité et le manque de souffle.

5. Les *Stances* de Moréas ont paru de 1899 à 1905. Voici les vers auxquels pensait Proust :

Ne dites pas : la vie est un joyeux festin ;
Ou c'est d'un esprit sot ou c'est d'une âme basse.
Surtout ne dites point : elle est malheur sans fin ;
C'est d'un mauvais courage et qui trop tôt se lasse.

Riez comme au printemps s'agitent les rameaux,
Pleurez comme la bise ou le flot sur la grève,
Goûtez tous les plaisirs et souffrez tous les maux ;
Et dites : c'est beaucoup et c'est l'ombre d'un rêve.

6. *Ms :* Cahier IV, p. 67 sq.

7. Proust a écrit « cette », mais « intérieur » (au masculin); « instinct » n'est qu'une conjecture, d'ailleurs satisfaisante pour le sens.

8. Dans la première rédaction « superflus » faisait immédiatement suite à « trompés » et se rapportait clairement à « poteaux indicateurs ».

9. *Ms :* « montrent ce qui nous paru »*

Page 312.

1. *Ms :* Cahier IV, p. 69.

2. Ou « à l'art ».

3. Précieuse indication. Lorsque aux environs de 1909, à propos de Sainte-Beuve, de Romain Rolland, de Moréas, Proust cherche à formuler ses idées sur l'art, il ne sait encore si ces exposés de doctrine s'incorporeront à son roman (le « côté de Méséglise » est le « côté de Swann »), s'il les prêtera à un de ses personnages ou s'il en fera la conclusion de l'ouvrage.

4. Proust avait d'abord écrit, puis a biffé « ceux qui ». En se corrigeant il a oublié l'article.

5. Sous la dernière ligne de ce fragment Proust a écrit : « finir là ».

ESSAIS ET ARTICLES

NOTICE

Nous avons groupé sous cette rubrique tous les articles et essais de Proust non recueillis par lui en volume[1], qu'il les ait fait paraître dans des journaux et revues ou qu'il les ait gardés inédits. Nous avons essayé de les classer dans l'ordre chronologique. Ce classement posait des problèmes difficiles, et nous avons dû recourir parfois à des indices peu décisifs. Pour certaines réflexions consignées par Proust à la hâte dans ses « cahiers » ou sur des feuilles volantes, nous n'avons rien pu découvrir qui permît, fût-ce approximativement, de deviner à quelle époque elles remontent : nous les avons rangées après tous les autres articles, sous le titre : « Notes de date incertaine ».

Sauf indication contraire, nous reproduisons le dernier texte publié par Proust ou celui du manuscrit autographe[2], sans tenir compte des éditions posthumes. Les variantes signalées dans les notes sont empruntées aux publications qui ont précédé l'édition de base ou aux manuscrits autographes.

Comme dans l'annotation de *Jean Santeuil* et de *Contre Sainte-Beuve,* nous renvoyons aux éditions suivantes :

Pour Musset, Vigny, Balzac, Flaubert et la correspondance de Baudelaire aux éditions Conard; pour les poèmes de Baudelaire à l'édition Y.-G. Le Dantec (Bibl. de la Pléiade); pour Nerval aux deux volumes des « Classiques Garnier » publiés par Henri Lemaitre; pour les *Portraits littéraires et contemporains* de Sainte-Beuve ainsi que pour les *Causeries du lundi* à l'édition Garnier; pour les *Nouveaux lundis* à l'édition Calmann-Lévy; pour Renan à l'édition Calmann-Lévy in-8°.

Voici le titre complet de quelques ouvrages auxquels nous renvoyons fréquemment :

---

1. Rappelons que le recueil « Chroniques » n'a paru chez Gallimard qu'en 1927. Proust n'a pris aucune part à sa préparation.

2. Les manuscrits de la plupart des articles posthumes sont conservés à la Bibliothèque nationale (recueils reliés n° 39, 44, 45 et « Cahiers »). MM. Kolb et Price ont publié dans leurs *Textes retrouvés* des inédits dont les manuscrits sont en Amérique, particulièrement dans la bibliothèque de l'université de l'Illinois.

Léon Daudet : *Souvenirs des milieux littéraires, politiques, artistiques et médicaux* (« Fantômes et vivants », « Devant la douleur », « L'Entre-deux-guerres », « Salons et journaux »), Nouvelle Librairie nationale, 1920.

Correspondance générale de M. Proust, 6 volumes parus, Plon, depuis 1930.

Bulletin de la Société des amis de Marcel Proust et des amis de Combray, depuis 1950.

M. Proust : *Correspondance avec sa mère.* Lettres inédites présentées par Philip Kolb, Plon, 1953.

M. Proust : *Nouveaux mélanges (NM),* publiés à la suite de *Contre Sainte-Beuve* par Bernard de Fallois, Gallimard, 1954.

M. Proust : *Lettres à Reynaldo Hahn,* présentées par Philip Kolb, Gallimard, 1956.

A. Ferré : *Les Années de collège de Marcel Proust,* Gallimard, 1959.

M. Proust : *Choix de lettres,* présenté par Philip Kolb, Plon, 1965.

M. Proust : *Lettres retrouvées (LR),* présentées par Philip Kolb, Plon, 1966.

M. Proust : *Textes retrouvés (TR),* recueillis et présentés par Philip Kolb et Larkin B. Price, University of Illinois Press, 1968.

Page 315.

JUVENILIA

1. En 1959, dans ses *Années de collège de Marcel Proust,* André Ferré publiait six essais littéraires inédits que leur écriture, au moins pour cinq d'entre eux[1], permet de faire remonter à l'enfance de Proust ou à sa prime jeunesse. Ce ne sont pas des brouillons, mais des copies assez soignées[2].

Il semble bien qu'il s'agisse de devoirs : le sujet, d'ordinaire, en est classique; quelques-uns portent expressément la mention : « Devoir de français », « Composition en français »; l'élève brode sur un canevas qui parfois nous a été conservé. Mais ces devoirs ont-ils été remis à un professeur dans le cadre de l'activité normale d'une classe ? Cela, au contraire, est des plus douteux. Ils ne portent aucune observation, aucune note d'un correcteur. D'ailleurs, d'octobre 1883 à juillet 1887, l'assiduité de Proust à Condorcet, comme élève

---

1. En effet, sur les six, il en est un qui a été recopié par la mère de Proust. Ces essais sont aujourd'hui à la Bibliothèque nationale (Ms relié n° 39 : « Papiers scolaires »).

2. Une seule exception : *Le Gladiateur mourant,* pour lequel nous n'avons qu'un brouillon raturé.

de quatrième, de troisième et de seconde, a été fort peu régulière. Du fait de sa mauvaise santé, en quatrième et en troisième, il est absent pendant tout le dernier trimestre; en seconde, il l'est presque toute l'année; aussi doit-il « redoubler ». Il lui faut donc travailler chez lui. Qu'il prenne des leçons particulières, c'est ce que semble prouver le canevas d'une de ses narrations, qui figure dans le dossier n° 39 de la Bibliothèque nationale : il est entièrement de la main d'un professeur; l'écriture, sur ce point, ne laisse aucun doute. On n'imagine pas M. Legouez ou M. Guillemot, titulaires à Condorcet des chaires de quatrième et de troisième, recopiant eux-mêmes le sujet d'un devoir pour chacun de leurs élèves. Mais Mme Adrien Proust s'intéresse certainement de près, au moins pour ce qui est du français, au travail de son fils. C'est elle qui a dû l'encourager à imaginer un thème aussi peu scolaire que celui des *Nuages* et à le traiter à sa fantaisie. C'est pour elle, comme le supposait André Ferré, que Proust a dû s'amuser à écrire en tête d'une de ses narrations : *Lege, quaeso*[1].

Il faut mettre à part un septième essai (il s'agit indiscutablement, cette fois, d'une dissertation scolaire) dont le manuscrit appartenait à Henri Mondor. Il l'avait communiqué à André Maurois qui le cite dans *À la recherche de M. Proust* (p. 33 sq.). Pendant l'année scolaire 1887-1888, Maxime Gaucher avait invité ses rhétoriciens à donner leur avis sur deux jugements de Sainte-Beuve. Proust les discute sans parti pris d'hostilité (l'ennemi de Sainte-Beuve ne perce pas encore), mais avec une délicatesse et une ingéniosité peu communes : il n'avait pas dix-sept ans[2].

Dans ses *Souvenirs...,* Robert Dreyfus cite trois notes de Proust qui remontent sans doute à 1888 et dont il avait sous les yeux le manuscrit autographe. Elles se rattachent à ces petites revues littéraires que publiaient alors ou rêvaient de publier quelques élèves de Condorcet. L'une de ces revues devait s'appeler *La Revue verte*[3]. Elle aurait eu pour princi-

1. Les professeurs du siècle dernier engageaient leurs élèves à user de cette formule. Elle les dispensait implicitement de lire les devoirs en tête desquels elle ne figurait pas.

2. Le début de cette dissertation est reproduit dans l'*Album Proust* (p. 72). On y trouve aussi (p. 78 sq.) ce qui subsiste d'un devoir de philosophie corrigé par Darlu (ce fragment est à la B. N., dans le dossier 39).

3. Parmi les futurs collaborateurs de cette revue il y avait des élèves de seconde qui pour leurs devoirs devaient se servir de papier vert. Ainsi en avait décidé leur professeur, le pittoresque Eugène Linthilhac, soucieux de ménager sa vue. Cette couleur eût donné à la revue un aspect plus original.

paux collaborateurs Daniel Halévy et Jacques Bizet; le premier était le fils du collaborateur de Meilhac; le second, celui du compositeur de *Carmen*[1]. Marcel Proust, à peine plus âgé qu'eux, achevait sa rhétorique ou venait d'entrer en philosophie; il eût été le secrétaire de la revue. Mais un désaccord éclata entre les jeunes gens : Proust voulait que l'exemplaire unique de chaque numéro fût lu seulement dans un petit cercle, puis aussitôt détruit. Halévy désirait, au contraire, en copier pour lui-même et en conserver quelques articles. Encore faut-il en toute cette histoire faire la part de l'amusement. Motion ou sentence, le texte de Proust que cite Robert Dreyfus est d'abord un pastiche.

La Revue verte mourut sans doute avant de naître. *La Revue lilas* lui succéda. Elle « paraissait, écrit Dreyfus, sous la couverture mauve pâle des minces cahiers de deux ou trois sous que nous avions choisis pour elle chez le papetier du passage du Havre ». Aucun numéro n'en subsiste; mais Dreyfus avait conservé le manuscrit très raturé de deux articles de Proust dont nous lui empruntons le texte.

De ces documents doivent être rapprochées les réponses de Proust à deux questionnaires qui lui ont été proposés, l'un vers 1885, l'autre vers 1891. L'évidente sincérité de ces réponses leur donne un vif intérêt.

TRAVAUX D'ÉCOLIER

DEVOIR DE FRANÇAIS
[*L'air est embaumé...*]

2. *Ms :* B. N., fonds Proust, nº 39, p. 5 sq. — 1re publication : *Années de collège,* p. 100 sq. — Impossible de dater ce « devoir » dont l'écriture est enfantine, l'orthographe trébuchante, mais dont le style dégagé, ironique, presque oral, n'a aucune banalité. Cette horrible histoire commence dans la joie du printemps proustien, parfumé de lilas et d'aubépines, et dans la douceur de la tendresse familiale. Le drame lui-même est rapporté en trois lignes. Du moins le sacrifice que Jacques a fait de sa vie lui vaudra-t-il une reconnaissance « éternelle » ? Proust le laisse prévoir dans une première conclusion optimiste. Alors est formulée la conclusion véritable, aussi amère que celle d'un roman naturaliste : « C'est triste, mais c'est vrai. » Çà et là, plusieurs pastiches de textes classiques. Non que le bon élève s'applique à briller, mais il joue avec son savoir. Il parodie aussi les bavardages mondains.

---

1. Georges Bizet avait épousé Geneviève Halévy, fille du compositeur de *La Juive* et cousine germaine de Ludovic. Il mourut en 1875; sa veuve se remaria avec Émile Straus.

Sans doute la précocité presque effrayante qu'atteste ce récit est-elle d'abord une précocité de lecteur. Il y a moins d'imperfections dans les autres essais qui ont été conservés, de l'enfance de Proust. Mais c'est celui-ci qui pose le plus de problèmes.

3. *La Mort et le Bûcheron*, v. 4.

4. *Le Cid*, v. 35 :

Ses rides sur son front ont gravé ses exploits.

5. *Les Plaideurs*, v. 154 :

Ses rides sur son front gravaient tous ses exploits.

Denis eût trouvé mauvais qu'on parlât de rides à propos de de sa « jeune femme ».

6. La fille de Denis : il n'a pas encore été question d'elle.

Page 316.

1. Emploi étrange de « possible » au sens de « capable ».

2. Aux charpentes.

3. C'est l'expression que Bossuet emprunte à Tertullien dans le sermon « Sur la mort » de 1662.

4. Vers de l'*Alaric* de Scudéry, déjà parodié par Boileau (*L'Art poétique*, chant I, v. 56).

Page 318.

1. Ceux que la petite fille a criés en voyant son père : « Hé, ma poupée, papa. »

2. Du moins ce cœur, le cœur de celui à qui il s'est sacrifié, s'en souviendra-t-il...

3. *Sic.* — Faut-il comprendre : les bienfaits que les autres ont reçus d'eux, les services qu'ils ont rendus ?

NARRATION

PROCÈS DE PISON DEVANT LE SÉNAT ROMAIN

4. *Ms :* B. N. 39, p. 1 sq. — Ire publication : *Années de collège*, p. 105 sq. — C'est en tête de cette « narration » que Proust a écrit *Lege, quaeso*. Il a recopié de sa main le canevas qui lui avait été proposé : « Agrippine, à peine arrivée à Rome, avait accusé Pison du meurtre de son mari. Pison fut emprisonné. La cause fut déférée au Sénat. »

Les faits rapportés par Tacite (*Annales*, III, X-XVIII) sont ici bien romancés. Rappelons-les. En 19 avant Jésus-Christ, Germanicus, l'idole du peuple romain, le deuxième personnage de l'Empire après Tibère dont il est le fils adoptif, meurt soudainement près d'Antioche. Le bruit court que le gouverneur de Syrie, Cn. Calpurnius Pison, l'a fait empoisonner, exécutant en cela un ordre de Tibère. La veuve de

Germanicus, Agrippina Major, revient à Rome et réclame le châtiment de celui qui a tué son mari. Pendant que le Sénat délibère, on apprend que Pison, rentré à Rome lui aussi, a été trouvé poignardé dans sa maison : Tibère a-t-il eu peur des révélations qu'il pouvait faire ?

5. Pour « influencer »!

Page 320.

1. Séjan prête curieusement à Pison des sentiments chrétiens.
2. Le fils de Pison. Son prénom était, en réalité, Marcus.
3. Tout ceci est pur roman.

Page 321.

LE GLADIATEUR MOURANT

1. *Ms :* B. N. 39, p. 9 sq. — Ire publication : *Années de collège,* p. 114 sq. — En haut de la page, on lit une date qui semble de la main de Mme Adrien Proust : « 1er Xbre 84 ». Proust a écrit lui-même son prénom, son nom et sa classe : « 3eA ». — C'est ici le seul brouillon raturé que nous ayons d'un devoir de Proust. Sans doute a-t-il remis la copie à son professeur, M. Guillemot, qui ne la lui a pas rendue parce que, comme Marcel l'indique sur ce brouillon même, il s'agissait, cette fois, d'une « composition ». Au premier trimestre de l'année scolaire 1884-1885, Proust obtint les notes « T.B. » et « B. » en français (archives du lycée Condorcet).

Sur une autre feuille on lit les phrases suivantes, écrites et raturées de la main de Proust :

« Le gladiateur blessé à mort est étendu sur l'arène, sa tête appuyée sur sa main. Il consent à mourir, mais il déguise son agonie. Il ne veut avouer ni sa douleur ni sa défaite. Pendant que tombent les dernières gouttes de son sang, l'amphithéâtre retentit des acclamations qui saluent la victoire de son adversaire. Il ne s'en émeut pas. Son cœur est bien loin du cirque. Il songe à la hutte sauvage qu'il habitait sur les rives du Danube, [à ses enfants] et à leur mère. Il **va** mourir pour le plaisir de Rome. Expirera-t-il sans être vengé ? »

Il est évident que ce texte n'est pas celui d'un canevas dicté par le professeur. Proust l'a mis au point en se corrigeant, et il en reprendra les divers passages presque mot pour mot dans la rédaction définitive. Avant de passer au détail de son développement, il a tenu à établir avec force les phrases qui en seraient l'armature.

Page 322.

1. *Polyeucte,* v. 1125.

2. Cette construction incorrecte est bien donnée par le *Ms*.

3. Même tendance à christianiser l'ancienne Rome que dans l'essai précédent (p. 320, n. 1).

COMPOSITION FRANÇAISE

[*Depuis trois jours Corinthe...*]

4. *Ms* : B. N. 39, p. 13 sq. — 1re publication : *Années de collège*, p. 117 sq. — On trouve aussi dans le *Ms* 39 cette note d'une écriture universitaire ; c'est le canevas qu'a dû remettre à Proust le professeur qui lui donnait des leçons particulières (voir la note 1 de la page 315) :

Narration

Tout Grec libre savait lire. Après la prise de Corinthe, le général romain, pour distinguer les enfants de condition libre d'avec les autres, ordonna à chacun d'eux de tracer quelques mots. L'un de ces enfants écrivit aussitôt ces vers d'Homère dans lesquels Ulysse regrette de n'être point mort sur le champ de bataille et de survivre aux héros ses compatriotes : « Trois et quatre fois heureux ceux qui sont morts en combattant dans les champs d'Ilion! » Cet enfant, le jour de la ruine de sa patrie, écrivit ces vers sous les yeux du vainqueur, et le fier Romain ne put retenir une larme.

(Sainte-Beuve, d'après Plutarque.)

5. En 146 avant Jésus-Christ.

Page 324.

1. *Odyssée*, V, 305 sq.

Page 325.

L'ÉCLIPSE

1. *Ms* : B. N. 39, p. 20. — 1re publication : *Années de collège*, p. 125 sq. — Ce manuscrit est entièrement de la main de Mme Adrien Proust. C'est elle qui a écrit en tête : « Marcel, mars 1886. » Pendant l'année scolaire 1885-1886, Proust aurait dû faire sa seconde à Condorcet, mais sa santé le retint presque constamment à la maison où il recevait des leçons particulières et où sa mère le faisait travailler. Il fit sa seconde comme lycéen l'année suivante. — On remarque dans toute la deuxième partie de ce récit une imitation, peut-être involontaire, des descriptions de Chateaubriand.

2. En 1502 ; Colomb devait mourir quatre ans plus tard.

Page 327.

LES NUAGES

1. *Ms* : B. N. 39, p. 18 sq. — 1re publication : *Années de collège*, p. 138 sq. — Écriture encore un peu enfantine. Cet essai

semble dater, comme le précédent, de l'année scolaire 1885-1886 où Proust travaillait chez ses parents, sa santé ne lui permettant pas de suivre les cours de Condorcet.

Page 328.

1. Évocation ossianique; elle se précisera plus bas.
2. Cf. Hugo, *Orientales,* « L'Enfant », v. 6.
3. Lacune d'un mot dans le *Ms.*
4. Cf. *À la recherche du temps perdu,* t. I, p. 145.

Page 329.

1. *Odyssée,* I, 58. Cf. Du Bellay, « Heureux qui comme Ulysse... », v. 6.
2. Cf. Baudelaire, « L'Étranger » dans *Le Spleen de Paris* : « J'aime les nuages... les nuages qui passent... là-bas... là-bas... les merveilleux nuages! »

[DISSERTATION FRANÇAISE]

[*Celui qui aime*]

3. Le manuscrit autographe de cette « dissertation » avait été offert à Henri Mondor par Mme Mante-Proust. Il n'est pas à la B. N. On trouvera une photographie de sa première page dans l'*Album Proust* (p. 72). — 1re publication : A. Maurois, *À la recherche de Marcel Proust,* p. 33 sq. — Le manuscrit est une copie très soignée, qui porte quelques corrections. L'écriture, élégante et un peu anguleuse, est bien celle de Proust rhétoricien.
4. Ces deux phrases sont tirées de l'article célèbre (*Nouveaux lundis,* V, p. 277 sq.) où Sainte-Beuve énumère les raisons que nous avons, selon lui, d' « aimer Molière ». La seconde de ces phrases a été un peu « arrangée ». En voici le texte exact : « Enfin, tant aimer Racine, c'est risquer d'avoir trop de ce qu'on appelle en France le goût et qui rend si dégoûtés. »

Page 330.

1. Première version, non biffée : « qui les individualise ».
2. Première version, non biffée : « sans l'emporter ».
3. Le verbe « modère » est placé entre parenthèses dans l'ouvrage de Maurois. Est-il biffé dans le manuscrit ?
4. Souvenir amusé de La Fontaine (*Les Animaux malades de la peste,* v. 35).

Page 331.

1. Boileau, *Art poétique,* ch. III, v. 123.

Page 332.

1. Proust cite de mémoire : Molière (*Les Femmes savantes,* v. 75 sq.) fait dire à Henriette :

Et ce n'est point du tout la prendre pour modèle,
Ma sœur, que de tousser et de cracher comme elle.

LA REVUE VERTE

[*Considérant que* La Revue Verte...].

2. Le *Ms,* « presque sans ratures », appartenait à Daniel Halévy qui l'avait communiqué à Robert Dreyfus. — 1re publication : R. Dreyfus, *Souvenirs sur M. Proust,* p. 70 sq. — Selon Dreyfus (*ibid.*, p. 69), lorsqu'il rédigea cette « motion », Proust « débutait en Philosophie dans la classe de Darlu ». Mais les deux articles destinés à *La Revue lilas* que nous citons ensuite seraient de « novembre 1888 », et c'est en octobre de cette année-là que Proust était entré en philosophie. Il semble que plus d'un mois ait séparé la disparition de *La Revue verte* et la naissance de *La Revue lilas.* Nous penserions donc que Proust était en Rhétorique (et Halévy en Seconde) quand il a formulé, non sans humour, ces « considérants ». — Pour les circonstances dans lesquelles Proust les a rédigés, cf. la note 1 de la page 315.

Page 333.

LA REVUE LILAS

[*Le ciel est d'un violet sombre...*]

1. R. Dreyfus a publié ce texte et le suivant (*Souvenirs sur M. Proust,* p. 57-60) d'après les manuscrits autographes qui étaient en sa possession. Ces manuscrits sont aujourd'hui à la Bibliothèque nationale; mais le dossier où ils figurent et qui contient aussi les lettres de Proust à Dreyfus, ne peut être communiqué. Mme Callu a bien voulu nous assurer que les textes qui commencent par « Le ciel est d'un violet sombre... » et par « La lampe illumine... » sont de la même écriture et se suivent sur la même feuille.

R. Dreyfus faisait remonter ces deux essais et l'article sur le théâtre à « novembre 1888 ». Cette date est certaine pour ce que nous appelons « Impressions de théâtre » (voir les notes); elle est très probable pour l'essai que précède l'indication : « Dix-sept ans » (Proust a eu dix-sept ans le 10 juillet 1888). Quant aux impressions de « quinze ans », l'indication fournie par Mme Callu nous fait penser qu'elles ont été décrites non sur le moment, mais deux ans après avoir été éprouvées.

Page 334.

[IMPRESSIONS DE THÉÂTRE]

1. Pour cette note, voir p. 333, n. 1.

2. Proust a pu le voir au Théâtre libre ou à l'Odéon, lors des représentations dont il va parler. Jules Lemaitre a consacré à *L'Amante du Christ,* « scène évangélique par M. Rodolphe Darzens » son feuilleton du 29 octobre 1888 (*Impressions de théâtre,* t. IV, p. 313 sq.) — La représentation d'*Athalie* dont il est question ensuite, avait été donnée en matinée à l'Odéon et précédée d'une conférence de Francisque Sarcey. Lemaitre résume cette conférence dans le plus amusant de ses feuilletons dramatiques (22 octobre 1888; *Impressions de théâtre,* t. IV, p. 49 sq.).

3. Lemaitre détestait ces spectacles où l'Évangile était accommodé au goût « fin de siècle » (cf. p. 388, n. 1). Il s'explique sur ce point dans son feuilleton du 29 octobre; de la pièce elle-même il parle à peine; de son interprétation il ne dit rien. — Le titre de Darzens désigne Marie-Madeleine.

4. Rodolphe Darzens (1865-1939), auteur et critique dramatique.

5. Pseudonyme d'Auguste-Marie Wisteaux (1859-1927). Lié de bonne heure avec Antoine, il fut l'un des premiers acteurs du Théâtre libre. Le vœu de Proust ne tarda pas à être satisfait : dès 1889, Mévisto entrait à l'Odéon.

6. Mounet-Sully (1841-1916).

7. Cette tragédienne (1867-1945) prendra bientôt le nom de Segond-Weber et fera une longue carrière à la Comédie-Française. Jules Lemaitre qui l'a vue, le même jour que Proust, jouer le rôle de Zacharie en 1888, écrivait dans son feuilleton : « Avec ses grands yeux ardents, sa maigreur fine de jeune Arabe, sa mimique rapide et singulièrement expressive, Mlle Weber a bien l'air d'un petit fanatique de là-bas, d'un joli Madhi adolescent » (*Impressions de théâtre,* t. IV, p. 54).

8. Aimée Tessandier, tragédienne. Selon Jules Lemaitre, Francisque Sarcey ne la jugeait pas « assez nerveuse, assez hagarde », au IIe acte, dans le rôle d'Athalie.

Page 335.

1. Proust parodie les expressions toutes faites dont Sarcey remplissait ses articles du *Temps*.

2. Le chanteur boulangiste (1845-1908).

3. Thérésa (1837-1913) a connu de grands succès comme chanteuse à la fin du Second Empire et aussitôt après la guerre franco-allemande.

4. Encore, sans doute, une expression de Sarcey.

QUESTIONNAIRE

5. On ne sait en quelle année Antoinette Faure, l'une des filles du futur président de la République, demanda à Marcel Proust (elle avait le même âge que lui) de répondre aux questions d'un album anglais. L'écriture de Proust est encore d'un enfant (cf. *Album Proust,* p. 91), mais certaines de ses réponses attestent un esprit déjà formé. On peut penser qu'il avait de treize à quatorze ans.

6. Proust n'a pas répondu à cette question.

Page 336.

1. Proust n'a pas répondu à cette question, ni à la suivante, ni à deux autres plus bas (« Quels personnages historiques détestez-vous le plus ? » et « Quel est votre état d'esprit actuel ? »).

2. *Ms :* « ce qui a de beau »*

MARCEL PROUST PAR LUI-MÊME

3. Titre autographe. — L'écriture (cf. *Album Proust,* p. 121) semble indiquer que Proust a, cette fois, plus de vingt ans. Il a achevé, en tout cas, son année de volontariat.

4. *Ms :* « et, p[r] préciser, plutôt le besoin... »*

Page 337.

1. Ces noms font penser que l'influence du salon de Mme Arman de Caillavet est encore forte sur Proust; mais il pressent que ses goûts changeront ; d'où cette restriction : « aujourd'hui ».

2. Proust avait d'abord écrit, puis a biffé « Phèdre ».

3. Proust n'a pas répondu à cette question.

Page 338.

DÉBUTS LITTÉRAIRES

[LA SATIRE ET L'ESPRIT FRANÇAIS]

1. *Ms :* B. N. 45, p. 37 sq. — 1re publication : *NM.* — L'écriture, le style scolaire font penser que, lorsqu'il écrit ces pages, Proust est encore adolescent; certaines allusions invitent même à les situer aux environs de 1888. Mais la protestation qui y est formulée contre une certaine définition de « l'esprit français », procède d'idées esthétiques auxquels Proust sera toujours fidèle.

2. L'expression se trouve dans un article de Jules Lemaitre paru en 1888; *Paul Verlaine et les poètes « symbolistes » et « décadents »* (*Contemporains,* t. IV, p. 64).

Page 339.

1. Le recueil poétique de Jacques Normand, *Les Moineaux francs,* a paru en 1887. — Dionys Ordinaire (1826-1896) a été surtout un journaliste et un homme politique.

2. Ou Gringore (1475 ?-1538 ?), auteur de sotties.

3. « Sonne-moi ces beaux sonnets » (Du Bellay, *Défense et illustration de la langue française,* liv. II, chap. IV)

4. Donc en se limitant au XVIIe et au XVIIIe siècle.

5. « Elles veulent écrire et devenir auteurs » (*Les Femmes savantes,* v. 586).

Page 340.

1. Le mot « castoiement » désigne au Moyen Âge une fiction d'intention moralisatrice (il se rattache au verbe latin *castigare*).

Page 341.

1. *Ms :* « pas que régulièrement »*. En donnant à sa phrase un autre tour, Proust a oublié de biffer « que ».

2. *Ms :* « tous les moins »*. Peut-être Proust voulait-il écrire : « tous les lundis au moins »; l'article de critique dramatique de Francisque Sarcey au *Temps* était hebdomadaire.

[PÂLES, AINSI QU'ON VOIT...]

3. 1re publication : *A Tribute to the Memory of a Friend.* La préface de ce petit recueil d'écrits proustiens est signée « Alec Ralph Hobson, London 1925 ». Nous n'avons pu vérifier le texte du poème. Proust l'a sans doute composé aux environs de sa dix-huitième année : il figure, en effet, nous dit-on, « au dos de l'enveloppe d'une lettre envoyée d'Aix-en-Provence par son père le 9 octobre 1889 ». — Cf. *Bulletin,* 1962, p. 478 sq.

4. Le vers exigerait la diérèse de « pommi-er », qui est peu vraisemblable. Texte suspect.

Page 342.

[LA BEAUTÉ VÉRITABLE]

1. *Ms :* B. N. 45, p. 35 sq. — 1re publication *NM.* — L'écriture, le papier à en-tête de la revue *Le Banquet* permettent de faire remonter cette note aux environs de la vingtième année de Proust. Les scrupules dont elle témoigne n'en sont que plus remarquables.

2. Première rédaction : « ne suffit plus à leurs rêves ». Proust a remplacé « à leurs rêves » par « aux exigences de leurs rêves » et a biffé « plus » par erreur.

3. Première rédaction : « de ce qu'ici-bas peut prêter seulement la naïve simplicité ». La version qui résulte des corrections de Proust, est elle-même incomplète.

Page 343.

Un conte de Noël

LES PETITS SOULIERS

par M. Louis Ganderax

1. 1re publication : *Le Banquet*, nº 1, mars 1892. — L'article est signé « Marcel Proust ». — Louis Ganderax (1855-1940) occupait une situation importante dans le monde littéraire à la fin du siècle dernier. Il collaborait à *La Revue des Deux Mondes*, au *Temps*, au *Journal des Débats*. En 1897 il devait prendre avec Ernest Lavisse la direction de la *Revue de Paris*.

Page 344.

1. Ce conte célèbre a été recueilli dans le volume intitulé *L'Étui de nacre* (1892).

Page 345.

1. Proust s'amuse à rapprocher le drame flamboyant de Hugo (1831) du conte réaliste de Maupassant (1880).

Page 346.

Un livre contre l'élégance

SENS DESSUS DESSOUS

1. 1re publication : *Le Banquet*, nº 2, (avril 1892) signé « Marcel Proust ». Le *Ms* conservé à la B. N. donne une première version assez différente, mais seulement dans le détail, du texte définitif. — La plaquette à laquelle cet article est consacré, a paru anonyme; son auteur, d'après R. Dreyfus (*Souvenirs*, p. 90), était Édouard Delessert.

2. *Le Bonhomme Jadis*, comédie en un acte d'Henri Murger (1852).

3. Alexis, poète grec de la « comédie moyenne » (IVe siècle av. J.-C.); il était l'oncle de Ménandre. De son œuvre ne nous sont parvenus que des fragments.

4. Peut-être y a-t-il ici une allusion à un passage des *Syracusaines* (v. 25-37).

5. Satire anonyme contre les femmes (XVe siècle).

6. Prédicateur français (XVe siècle).

Page 347.

1. *Le Banquet :* « Calonice »* — C'est bien Cléonice qui, au début de *Lysistrata*, prononce les vers que Proust traduit assez fidèlement (v. 42-45).

2. Érudit français (1811-1896) qui a consacré plusieurs ouvrages à l'histoire de la société du XVIe siècle.

3. Érudit français (1860-1928), frère de Joseph et de Salomon.

Page 348.

L'IRRÉLIGION D'ÉTAT

1re publication : *Le Banquet,* n° 3, mai 1892. — Il faut convenir qu'on a de la peine à reconnaître Proust dans cet article signé « Laurence ». La seule raison que nous ayons de le ranger parmi ses œuvres, c'est que son ami de jeunesse Robert Dreyfus (*Souvenirs sur M. Proust,* p. 95 sq.) le lui attribue formellement; il n'appuie d'ailleurs son affirmation d'aucune raison.

2. En publiant *Le Disciple* (1889), Bourget prenait nettement parti contre le positivisme. Taine, qu'il reconnaissait pourtant comme un de ses maîtres, se sentit visé et protesta. L'œuvre eut un grand retentissement.

3. M. Sixte est, dans le roman, le philosophe positiviste dont Robert Greslou prétend être « le disciple ».

Page 349.

1. Cette « lutte pour la civilisation » (en fait, contre l'Église catholique) fut menée par Bismarck de 1873 à 1878.

2. La « philosophie » du pharmacien de *Madame Bovary* se réduit à un anticléricalisme sans nuances.

Page 350.

CHOSES D'ORIENT

1. Proust a fait paraître cet article dans le n° 3 de *Littérature et critique* (25 mai 1892). — *Ms :* B. N. 44, f°s 1 à 7.

2. Le titre complet de l'ouvrage est : *Voyage en Turquie d'Asie : Arménie, Kurdistan et Mésopotamie* (1 vol., Plon, édit., 1892). — Le comte Armand-Pierre de Cholet était lieutenant à Orléans, au 76e régiment d'infanterie, lorsque Proust, en 1889, y fit son volontariat. Une photographie de lui, dédicacée à Marcel Proust, figure dans l'*Album Proust* (p. 109).

3. Sous le pseudonyme d'André Pascal, Henri de Rothschild (1872-1942) a fait jouer des pièces de théâtre.

4. V. 49-57. — Une seule inexactitude : « Ouvrez-nous », au lieu de « Montrez-nous ».

5. *Ms :* « enivré de la beauté des choses et déçu de leur vanité ».

Page 351.

1. *Ibid.*, v. 65-67, 86, 88, 109-112. Baudelaire a écrit : « les plus grands paysages » et « Jamais ne contenaient ».

2. Paul Desjardins (1859-1940) a exercé sur Proust une grande influence, orientée dans le même sens que celle de Darlu. *Le Devoir présent* venait de paraître en 1892, lorsque fut écrit cet article. La contribution de Paul Desjardins à l' « Hommage » de la *N.R.F.* (numéro de janvier 1923) s'ouvre sur un vivant portrait de Proust adolescent.

3. Aujourd'hui Diyarbakir, ville de Turquie (Anatolie méridionale).

Page 353.

1. Du gouverneur de province au simple gendarme.

Page 354.

1. *Ms :* « soufferte par la personne même »

TEL QU'EN SONGE
par Henri de Régnier

2. 1re publication : *Le Banquet,* n° 6 (novembre 1892). — *Tel qu'en songe,* recueil de poèmes, avait paru cette année-là aux éditions de *L'Art indépendant.*

3. Construction assez confuse. La poésie d'Edmond Haraucourt (1856-1941), comme celle de Jean Richepin (1849-1926), contient des éléments étrangers : c'est par là qu'elle plaît à ceux qui n'aiment pas la poésie pure. Ce qui crée quelque difficulté, c'est l'article défini (« *la* dose ») et la fin de la phrase (« à partir... » semble dépendre du mot « audace »). On peut se demander, il est vrai, si « dose » n'est pas un verbe et « la » un pronom. Il faudrait alors comprendre : y introduit une dose d'éloquence. Mais ce sens de « doser » n'est pas attesté.

Page 355.

1. *Le Banquet :* « présente »*. Proust avait signalé à Fernand Gregh cette faute d'impression (cf. R. Dreyfus, *Souvenirs sur M. Proust,* p. 106, n. 1). — Dès 1892 Proust a pris conscience du principe qui commandera toute son esthétique. Du point de vue de la création artistique ou littéraire, une certaine forme de sensibilité, qui est en même temps « une raison supérieure », est bien « au-dessus de ce qu'on appelle généralement intelligence ».

LA CONFÉRENCE PARLEMENTAIRE
DE LA RUE SERPENTE

2. 1re publication : *Le Banquet,* n° 7 (février 1893). Signé : « Marcel Proust ». — Dans le VIe arrondissement de Paris,

la rue Serpente va du boulevard Saint-Michel à la rue de l'Éperon. — Robert Dreyfus écrit dans ses *Souvenirs sur M. Proust* (p. 97) au sujet de cette « Conférence » : « Les étudiants en droit de ma génération se souviennent d'avoir suivi, au moins en curieux, les débats de ce Parlement minuscule, soustrait à l'insécurité du suffrage universel par son président-fondateur, M. André Lebon, alors professeur à l'École des Sciences politiques, qui devint ensuite un vrai ministre... »

3. Au sens de « mail-coach ».

Page 357.

1. Entendez naturellement : l'étudiant à qui ses camarades de la Conférence avaient confié, provisoirement, les fonctions tout irréelles de « président du Conseil ». Dans la suite Proust affecte de prendre au sérieux les débats fictifs de la rue Serpente.

2. Ces éloges parurent-ils ironiques à Fernand Gregh et aux autres directeurs du *Banquet ?* Ils crurent devoir accompagner l'article de Proust de la note suivante : « *Le Banquet* croit intéressant de donner ces quelques renseignements sur cette assemblée où se trouvent sans doute quelques-uns de nos futurs gouvernants. Mais il reste bien entendu que les opinions exprimées dans un article n'engagent que le signataire. — N.D.L.R. » Robert Dreyfus (*ibid.*, p. 104) écrit à ce sujet : « Je ne sais si Marcel se sentit blessé par la petite note de désaveu. En tout cas, son nom ne figure pas au sommaire du numéro suivant, qui fut le huitième et dernier numéro du *Banquet.* »

Page 358.

Un roman à lire

LE NEZ DE CLÉOPÂTRE

par Henri de Saussine

1. Cet article a paru en juillet 1893, non signé, dans *Gratis-Journal,* feuille de publicité de la maison Ollendorff. Mais le texte de *Gratis-Journal* est infidèle; en effet, Proust avait soumis son article au comte de Saussine qui l'avait modifié. Sa fille, Mme Renée de Saussine, a communiqué à MM. Kolb et Price le *Ms* de Proust : c'est le texte de ce *Ms* que nous reproduisons. Il a été publié pour la première fois dans les *Textes retrouvés,* p. 236 sq. Sur le comte Henri de Saussine, grand amateur de musique, cf. *Les Plaisirs et les jours,* Bibl. de la Pléiade, p. 50, n. 3 et p. 64, n. 5.

Page 359.

1. L'article de *Gratis-Journal,* reproduit dans les *Textes retrouvés,* p. 61 sq., s'achevait sur cette phrase : « Mais il est

difficile de rien détacher de la belle unité du livre. Le lecteur devra l'aborder dans son ensemble pour y saisir surtout l'espèce de transposition dans l'écriture du leitmotiv wagnérien, qui en constitue la plus saisissante nouveauté. » Ici Proust avait placé une note : « Par exemple, le rappel rythmique de l'aïeul Bassompierre qui solidarise de façon si philosophique et si étrangement poétique, le présent au passé, le type à l'individu, le particulier au général. »

Page 360.

UNE FÊTE LITTÉRAIRE À VERSAILLES

1. 1re publication : *Le Gaulois,* 31 mai 1894. Cet article est signé : « Tout-Paris ». Mais l'attribution à Proust est certaine. En effet, dans une lettre adressée à Montesquiou (*Correspondance générale,* t. I, LXXVIII), il se plaint que son texte ait été infidèlement reproduit dans *Le Gaulois :* « Quelle déception ce matin ! Pendant toute la journée j'avais noté des descriptions de robes, toutes revues et corrigées par les femmes les plus élégantes. Quelle main tardive, imprévue, mystérieuse et maladroite a corrigé cet article ?... Nombre de descriptions de robes ont disparu : celle de Mme de Potocka, celle de Mme de Brantes, etc... etc. Au lieu d'une description rigoureuse de la robe de Sarah Bernhardt, des banalités vagues ; les pervenches de Mlle Bartet sont devenues des bleuets... » On a retrouvé un exemplaire du programme de la fête au dos duquel Proust a inscrit les noms de certaines invitées et des notes sur leurs toilettes. Cette fête donnée à Versailles par Robert de Montesquiou avait été prévue d'abord pour le 24 mai ; elle dut être ajournée en raison du mauvais temps et se déroula le 30. — En revanche, nous ne voyons aucune raison d'attribuer à Proust un autre article non signé, d'un style plus impersonnel encore, paru dans *Le Gaulois* du 20 mai 1894 et consacré à une soirée chez Madeleine Lemaire.

2. Entendez « F.M.R. », initiales retournées de Robert de Montesquiou-Fezensac.

Page 361.

1. *Le Gaulois :* « Mlle Madeleine Lemaire »*.

Page 362.

1. Ce pianiste sera l'un des modèles du violoniste Charles Morel.

2. Pseudonyme d'Albert-Auguste Robin. Ce marin breton avait publié des poèmes.

Page 365.

[« L'ESPRIT CHRÉTIEN ET LE PATRIOTISME » DE TOLSTOI]

1. *Ms* : B. N. 45, p. 26. 1re publication : *Nouveaux Mélanges.* — C'est en 1894 qu'a paru la traduction française de l'ouvrage de Tolstoï, *L'esprit chrétien et le patriotisme,* auquel se rapportent ces réflexions.

2. *Ms* : « elle »*.

Page 366.

[À MADELEINE LEMAIRE]

1. 1re publication : *A Tribute to the Memory of a Friend* (cf. p. 341, n. 3). — MM. Kolb et Price ont vérifié le texte de ces vers sur le manuscrit (Bibliothèque de l'université de l'Illinois). Ils les datent de 1894 (*Textes retrouvés,* p. 239).

Page 367.

1. Le *Ms* donne bien « vivant ». La correction « vivantes » est interdite par la versification et par le sens. Le participe a une valeur active (= qui vivent).

2. La versification exigerait une diérèse peu naturelle (« jardini-ère »). Texte suspect.

MENSONGES

3. Sur ce poème le pianiste Léon Delafosse a composé l'une des *Six mélodies* qui ont paru « au Ménestrel » en 1895. — MM. Kolb et Price ont trouvé dans le fonds Proust de l'université de l'Illinois une version plus étendue et sans titre de ce poème. Nous la reproduisons d'après les *Textes retrouvés,* p. 241 sq.[1]. Notons qu'à cet ensemble d'octosyllabes et d'alexandrins se mêlent ici trois vers de sept syllabes (le 27e, le 35e et le 37e), dont le texte, à ce titre, est suspect :

Si le bleu de l'opale est tendre,
Est-ce d'aimer confusément ?
Son clair de lune semble attendre
Un cœur qui saura le comprendre...

La douceur du ciel bleu sourit au cœur aimant
Comme un pardon pour sa démence.
Dans le ciel est-ce encor la nature qui ment,
Est-ce déjà Dieu qui commence ?

---

1. Nous corrigeons cependant une faute évidente (« trépignant » au lieu de « le pigment ») d'après le *Bulletin,* 1962, p. 484.

Si le bleu de vos yeux est triste,
Est-ce d'aimer ce qui n'existe
Pas en ce monde? Aimer est triste.

Tes yeux sont moins profonds que n'est vide ton cœur ;
Le ciel est vide aussi jusqu'en sa profondeur.

Tes yeux vagues, tes yeux avides,
Tes yeux profonds, hélas! sont vides.
Profonds et vides sont les cieux,
Et la tendresse du bleu pâle
Est un mensonge dans l'opale
Et dans le ciel et dans tes yeux.

Si le bleu de l'opale est tendre,
Est-ce d'aimer confusément?
Son clair de lune semble attendre
Un cœur qui saura le comprendre...

Si le bleu du ciel est si doux,
Est-ce qu'il a pitié de nous?
Pitié, sympathie et clémence,
Si doux à travers la nue,
Est-ce donc indéfiniment
La matière qui continue,
Ou bien est-ce Dieu qui commence?

Si le bleu de vos yeux est triste,
Est-ce de n'aimer pas d'aimer?
Est-ce d'aimer ce qui n'existe
Pas dans ce monde? Aimer est triste.
Un doux regret qui persiste
Bleuit tristement vos yeux verts,
Clair de lune sur les mers.

L'insensibilité de la nature entière
Ainsi semble combler le vide de nos cœurs.
C'est un jeu décevant de l'aveugle matière
Dans l'opale et le ciel et les yeux où, vainqueur
Et tour à tour blessé, semble rêver l'amour.
La forme des cristaux, le pigment des prunelles,
Et l'épaisseur de l'air nous trompent tour à tour,
Essayant de tromper nos douleurs éternelles
À travers la nature, et la femme, et les yeux ;
Et la tendresse du bleu pâle,
Est un mensonge dans l'opale
Et dans le ciel et dans vos yeux.

UN DIMANCHE AU CONSERVATOIRE

4. Article publié dans *Le Gaulois* du 14 janvier 1895.

Page 368.

1. Néphélococcygie, la cité féerique des *Oiseaux*.

Page 371.

1. Accord de genre avec les Thyades, le mot le plus rapproché.

Page 372.

[CHARDIN ET REMBRANDT]

1. *Ms :* B. N. 45, p. 64-73. — 1re publication : *Le Figaro littéraire,* 27 mars 1954; *Nouveaux mélanges.* — C'est bien, semble-t-il, à cet article que se rapporte la lettre qu'en 1895, sans doute à la fin de novembre (cf. *Lettres retrouvées,* p. 30), Proust adressait au directeur de la *Revue hebdomadaire,* Pierre Mainguet : « Je viens d'écrire une petite étude de philosophie de l'art, si le terme n'est pas trop prétentieux, où j'essaie de montrer comment les grands peintres nous initient à la connaissance et à l'amour du monde extérieur, comment ils sont ceux " par qui nos yeux sont déclos " et ouverts en effet sur le monde. C'est l'œuvre de Chardin que je prends dans cette étude comme exemple, et j'essaie de montrer son influence sur notre vie, quel charme et quelle sagesse elle répand sur nos plus humbles journées en nous initiant à la vie de la nature morte. Croyez-vous que ce genre d'essai pourrait intéresser les lecteurs de la *Revue hebdomadaire ?* » Il semble que Proust n'ait jamais envoyé ni même achevé cet article. Peut-être est-ce après coup qu'il y a fait entrer les pages qui concernent Rembrandt. — D'un passage de la lettre adressée à Mainguet on rapprochera la page célèbre de la *Recherche du temps perdu* (t. II, p. 327) sur Renoir.

2. Première rédaction : « l'argenterie brillante ». Au-dessus de « brillante » Proust a écrit : « luisante et nette », mais n'a pas biffé le premier adjectif.

Page 373.

1. Première rédaction : « Lacaze ou dans la galerie des Rubens. »

Page 374.

1. *Ms :* « ses »*

Page 375.

1. *Le Buffet* et *La Raie* décrite plus bas (musée du Louvre) sont les œuvres maîtresses de la jeunesse de Chardin.

Page 376.

1. Mot de lecture douteuse.
2. *Ms* : « ses »*

Page 377.

1. *Ms* : après « de nuit », deux mots illisibles dont le second semble inachevé.

Page 381.

1. *Ms* : « que nous ne connaissons »*
2. Après « il l'a peint », le *Ms* (p. 71) donne quelques lignes dont l'idée sera reprise plus loin avec plus de nuances : « ... et c'est toute la justification que je fais ici valoir aux peintres, puisqu'ils accusent sans cesse les littérateurs de déraisonner sur la peinture et de mettre dans un tableau ce qu'eux, les peintres, n'avaient jamais voulu y mettre. Mais, ce qui me suffit, ils l'y ont mis. J'accorde très bien que Chardin n'a jamais pensé, en peignant des poires, à montrer qu'elles avaient leur... et que, n'y ayant jamais pensé, il ne l'a jamais voulu ». Ces lignes sont suivies d'un grand blanc.
3. Première version : « qu'elle déplace, lentement ».

Page 382.

1. Inachevé.

[CAMILLE SAINT-SAËNS, PIANISTE]

2. *Ms* : B. N. 45, p. 39. — 1re publication : *Nouveaux Mélanges*. — Cet article a été écrit après un concert donné par Saint-Saëns au Conservatoire, le 8 décembre 1895 (Cf. les *Textes retrouvés,* p. 83). Un autre article consacré aussi à Saint-Saëns parut dans *Le Gaulois* du 14 décembre de la même année (voir p. 385).

Page 383.

1. Ce « ni » n'a pas son correspondant; le passage est très raturé.
2. Proust avait d'abord écrit : « Il n'y avait rien de cela dans le jeu de Saint-Saëns. » Il a remplacé ensuite : « Il n'y avait » par « Saint-Saëns n'avait », mais n'a pas corrigé la fin de la phrase.

Page 384.

1. *Ms* : « amusement » est suivi d'un mot illisible.

Page 385.

FIGURES PARISIENNES

CAMILLE SAINT-SAËNS

1. Cet article a paru dans *Le Gaulois* du 14 décembre 1895.
2. Opéra de Saint-Saëns (1890).
3. Cet article parut le jour même où se donnait à l'Opéra la répétition générale de *Frédégonde*, opéra laissé inachevé par Ernest Guiraud (mort en 1892) et terminé par Saint-Saëns. Cf. *Jean Santeuil,* p. 679 sq.
4. Opéra de Saint-Saëns représenté à Weimar en 1877 et à Paris en 1892.

Page 386.

1. Opéra de Saint-Saëns représenté à l'Opéra en 1883.

Page 387.

AU TEMPS DE " JEAN SANTEUIL "

[ÉROS ET VÉNUS]

1. *Ms :* B. N. 45, p. 43 sq. — 1re publication : *Nouveaux Mélanges.* — *La Bonne Hélène* de Jules Lemaitre, comédie en deux actes en vers, a été représentée pour la première fois au théâtre du Vaudeville, le 31 janvier 1896. Réjane tenait le rôle d'Hélène.
2. La Bruyère, *Caractères,* IV, 39 : « L'on veut faire tout le bonheur ou, si cela ne se peut ainsi, tout le malheur de ce qu'on aime. »

Page 388.

1. Proust se souvient ici de l'article que Lemaitre avait consacré dans *Le Journal des Débats* aux *Drames sacrés* d'Armand Silvestre et Eugène Morand (19 mars 1893 ; *Impressions de théâtre,* t. VIII, p. 207) : « [Jésus] avise les enfants qui sont là, et dit :

Laissez venir à moi jusqu'aux petits enfants.

Ce « jusque » est un bien beau contresens. Un autre poète avait dit avant M. Armand Silvestre :

Laissez venir à moi les petits enfants blonds,

ce qui était désobligeant pour les bruns et les châtains. Il se pourrait que le texte de l'Évangile fût le meilleur. »

2. Proust semble penser à trois comédies de Jules Lemaitre remarquables par la simplicité de l'action et la délicatesse de l'analyse, *Révoltée* (1889), *L'Âge difficile* (1895), *Le Pardon* (1895).

Page 389.

1. *Sonnets pour Hélène,* II, XLV. Ronsard, comme on sait, a écrit : « Dessus le mur troyen » et « nous souffrons tant de peine ».

2. Stésichore d'Himère semble avoir vécu entre 640 et 540 avant Jésus-Christ. Il avait écrit de nombreux hymnes : on lui attribuait l'invention de la « triade » lyrique. La légende que Proust évoque est rapportée par Platon dans le *Phèdre* (243 A). Proust donne une traduction assez fidèle des vers, cités dans le *Phèdre,* par lesquels le poète se serait rétracté. Grâce à cette « palinodie » Stésichore aurait recouvré la vue.

3. *Ms :* « écrivit aussitôt un poème »*

4. Allusion au caractère ondoyant et « impressionniste » de la critique dramatique de Jules Lemaitre ; les articles qu'il donnait aux *Débats* paraissaient le lundi.

Page 390.

CONTRE L'OBSCURITÉ

1. Article publié dans *La Revue blanche* du 15 juillet 1896. — Le 16, Proust écrivait à sa mère : « ... Je suis fâché. *La Revue blanche* a publié hier sans me consulter, sans m'avertir, sans m'avoir envoyé les épreuves à corriger, un article (tout tronqué), que j'avais donné il y a six mois (l'article sur l'Obscurité en poésie), que j'avais tout à fait oublié et que je croyais mis au panier. » Le père de Mme Proust, Nathé Weil, était mort à la fin de juin. Peut-être Proust veut-il surtout s'excuser auprès de sa mère qu'un article de lui paraisse si peu de temps après cette mort. — Avant d'envoyer son article à *La Revue blanche,* Proust l'avait proposé à la *Revue hebdomadaire* (*Lettres retrouvées,* p. 31 sq.). On rapprochera cet article de celui que nous intitulons « La Jeunesse flagornée ».

Page 395.

[LA JEUNESSE FLAGORNÉE]

1. *Ms :* B. N. 45, p. 32-34. — 1re publication : *Nouveaux Mélanges.* — Une allusion au « ralliement » prouve que cette note inachevée et amère a été rédigée après 1891 (cf. n. 2). Par l'intention générale elle s'apparente à l'article « Contre l'obscurité » qui paraît en 1896.

2. Le ralliement des catholiques à la république avait été conseillé en 1890 par le cardinal Lavigerie, qu'approuve Léon XIII dans son encyclique du 20 février 1892. Jacques Piou prend la tête des « ralliés » au Parlement dès 1891.

Page 396.

JULES RENARD

1. *Ms :* Cahier XIV, p. 60. — 1re publication : *Nouveaux Mélanges.* — Le titre est de la main de Proust. Toutes les allusions de cette note se rapportent aux *Histoires naturelles* publiées en 1896.

2. *Ms :* « tous si ne pouvant »*

3. Mot de lecture incertaine.

Page 397.

1. *Ms :* « sur eux »* (ce masculin renvoie au mot « métaux »)

2. Proust ne cite de « La pintade » que la deuxième phrase et la dernière (dont voici le texte exact : « Elle se roule dans la poussière, comme une bossue »).

3. *Ms :* « la perdrix »*

4. C'est le premier texte du recueil.

SILHOUETTE D'ARTISTE

5. 1re publication : *La Revue d'art dramatique,* janvier 1897.

6. Willy (1859-1931), le premier mari de Colette. Il signait ses articles de critique musicale, à *L'Écho de Paris :* « L'Ouvreuse du Cirque d'été. »

Page 398.

1. Worms (1836-1910) et Maubant (1821-1902) étaient des tragédiens; Jules Truffier (né en 1856) et Raphaël Duflos (1858-1941), des comédiens. Tous quatre étaient sociétaires de la Comédie-Française.

2. C'est le cri de Lucrèce Borgia dans le drame de Hugo (acte III, sc. II). Maubant jouait les pères nobles; on l'imagine prononçant de sa voix profonde des paroles de mélodrame.

3. Truffier rimaillait; Duflos, qui se piquait d'élégance, pratiquait l'un des sports à la mode, la bicyclette.

Page 399.

1. Félix Duquesnel (1832-1915), directeur de théâtre, critique dramatique du *Gaulois.*

LA PERSONNE D'ALPHONSE DAUDET,
« ŒUVRE D'ART »

2. Le 11 août 1897, quatre mois avant la mort d'Alphonse Daudet, paraissait dans *La Presse* un article que Proust lui consacrait. D'autre part, la B. N. possède (45, p. 45-47) le manuscrit autographe d'une autre version de cet article.

M. Bernard de Fallois l'a publiée dans les *Nouveaux Mélanges*. On a supposé que la version du *Ms* était une première esquisse de celle de *La Presse*. Il se peut; mais, lorsque l'on compare les deux textes, on est obligé de convenir que celui du *Ms*, plus ramassé, plus concis, est parfaitement au point, alors que celui du journal fourmille de non-sens et de maladresses. Aussi avons-nous préféré le premier; mais nous publions l'autre en appendice, à la suite de ces notes.

3. Première version autographe de cette introduction : « La personne de quelques rares artistes n'a pas moins que leur esprit la forme de la beauté, mais nous pouvons la contempler si [elle] devient pour nous comme une autre, et non la moins personnelle, de leurs œuvres d'art, sur laquelle nous pouvons rêver. Non moins que du critique, ils relèvent du peintre, et leur portrait — que ce soit celui de M. de Goncourt par Bracquemond ou celui de M. de Montesquiou par Whistler — ne répond pas exclusivement, comme les autres portraits d'hommes de lettres, à la badauderie aveugle du public qui chaque année défile dans les expositions, également curieux de l'embonpoint d'un romancier et de la calvitie d'un journaliste. On a tout dit sur M. Daudet artiste; je voudrais parler aujourd'hui de M. Daudet, œuvre d'art... »

Page 400.

1. Dans le langage de la fortification, le mot « sarrasine » désigne une sorte de herse.

2. Proust s'était lié avec Lucien Daudet, le second fils du romancier, en 1895.

3. *Ms :* « pour lui »*

4. C'est vers 1893 que Proust a recommencé à souffrir des crises d'asthme qui avaient éprouvé son enfance.

Page 401.

1. Jésus. Daudet passait pour avoir une figure de Christ. La comparaison se poursuit, implicitement, à travers tout l'article.

2. Allusion (plus précise dans l'article de *La Presse*) à l'expression de saint Paul (I Cor., IX, 22) : *omnibus omnia factus*.

3. *Booz endormi* (v. 23 sq.) :

> *Et l'on voit de la flamme aux yeux des jeunes gens,*
> *Mais dans l'œil du vieillard on voit de la lumière.*

4. En 1895, Daudet avait passé trois semaines à Londres du 6 au 27 mai (*Journal des Goncourt*, éd. Fasquelle-Flammarion, t. IV, p. 785 et 796).

Page 402.

1. Daudet a habité rue de Bellechasse de 1885 à 1897. Il déménagea peu avant sa mort (15 décembre 1897) pour s'installer 41, rue de l'Université.

2. Voici l'article de *La Presse* (11 août 1897) :

OPINIONS : SUR M. ALPHONSE DAUDET

Je ne connais qu'un portrait de M. Daudet, celui de Carrière[1], qui est beau comme l'heure mystérieuse où l'ombre s'épaissit. Ce n'est pas assez pour moi qui, dans toute cette souffrance et toute cette nuit, aperçois, comme au travers du mythe d'Hélios, la touchante victoire de la lumière.

On a tout dit sur M. Daudet artiste, il me semble que j'ai quelque chose à dire sur M. Daudet œuvre d'art.

Dans les autres œuvres d'art la puissance expressive n'est achetée qu'au prix de la plastique, de la pureté des lignes. Le feu intérieur en fondant le métal efface l'effigie de la médaille : dans la figure de M. Daudet l'intensité de la souffrance n'a pas altéré la perfection de la beauté. La gloire de ce front, où la chevelure palpitante est partagée comme deux ailes vastes et légères, n'est pas seulement celle d'un martyr, c'est celle d'un dieu ou d'un roi. Car le charme royal, aisance souveraine des attitudes et des formes, existe ailleurs que dans l'imagination des snobs et les romans pour les portiers.

Moins matérielle que la beauté, moins spirituelle que la hauteur de la pensée et du caractère, cette noblesse visible est, si l'on veut, comme l'habitude de la noblesse intérieure, c'est-à-dire de cette noblesse devenue inconsciente, consécutive des belles lignes du visage et du corps, des mouvements larges et simples de la noblesse incarnée. Seulement, les snobs se trompent en la cherchant sur le trône. Les rois dans ce sens sont aussi souvent parmi les pasteurs que parmi les pasteurs de peuples. M. Daudet est un roi, un roi maure, au visage énergique et fin, comme le fer d'une sarrasine. Un souverain et un prétendant viennent en ce moment à mon esprit, qui sont doués aussi d'une véritable grâce royale. C'est le roi Charles Ier, peint par Van Dyck, et le prince Hamlet, figuré par Mounet-Sully.

Mais si le visage de M. Daudet est un noble poème de souffrance et de mélancolie, plein de courage et de foi, un poème héroïque, j'en dois dire maintenant la grandeur réconfortante.

J'osais à peine lever les yeux sur M. Daudet, le jour où je le vis pour la première fois. Je savais que depuis dix ans la

1. Eugène Carrière (1849-1906) avait peint en 1891 le portrait d'A. Daudet et de sa fille Edmée.

continuité de ses douleurs atroces, la nécessité quotidienne de calmants plus dangereux encore, et chaque soir la souffrance de son corps, dès qu'il était tendu[1], devenant intolérable, il devait avaler une bouteille de chloral pour s'endormir.

Je me rappelais combien un mal, auprès du sien si léger qu'il l'eût goûté comme un répit, m'avait détaché des autres, rendu indifférent à tout ce qui n'intéressait pas mon corps souffrant vers qui mon esprit restait obstinément fixé, comme un malade demeure dans son lit, la tête tournée contre le mur. Je ne pouvais comprendre comment, à ces attaques quotidiennes d'une douleur incomparablement plus cruelle, M. Daudet avait résisté, mais je sentais que toute la force que l'épuisement, la souffrance et la peur lui avaient pourtant laissée devait être remède contre le mal, au-devant de lui, dans l'attente[2] et que ma vue lui serait une fatigue, ma bonne santé une insulte, mon existence même une inhumaine importunité.

Alors j'ai vu cette chose sublime qui doit nous faire rougir, lâches que nous sommes tous, ou plutôt qui doit, comme la parole de celui par qui nous connûmes qu'au lieu de malades et de serfs nous étions des esprits et des rois, nous faire lever, rhumatisants et paralytiques, nous rendre à la pensée, esclaves de la chair jouissante ou torturée, nous donner aux autres, égoïstes, j'ai vu ce beau malade embelli par la souffrance, ce poète à l'approche de qui encore le mal devenait poésie, comme à l'aimant le fer s'aimante, détaché de soi et tout à nous tous, préoccupé de mon avenir et de l'avenir d'autres amis, nous souriant, célébrant le bonheur, célébrant l'amour.

Il célébrait aussi la vie, l'employait d'ailleurs mieux que combien de nous, continuant à penser, à dicter, et quand son écriture pouvait toucher[3], à écrire, ardent pour la vérité comme un jeune homme, passionné de courage, de beauté, nous parlant sans cesse et, plus brave encore, nous écoutant.

On parle[4] de courage et, comme il reprochait à ceux qui aujourd'hui médisent du courage et de l'amour, d'appauvrir, d'épuiser les forces vives de la vie, il sortit un instant, jetant encore de la porte une parole brûlante. Quand, au bout de quelques instants, il rentra, il reprit la conversation où il l'avait laissée, l'attisant avec le même feu, un feu qui jette des flammes et qui chante; car sa voix crépitante et douce est comme un instrument de musique, de musique de fête dans un pays de soleil.

Et pourtant j'appris que, s'il nous avait un moment quittés,

1. Faut-il lire « étendu » ?
2. Passage peu intelligible.
3. Texte probablement altéré.
4. Par erreur, sans doute, au lieu de « parla ».

c'est que la douleur était devenue si vive qu'à peine sorti du salon il se trouva presque mal.

Et je me rappelle maintenant que, quand il rentra, son front brillait de gouttes de sueur. Il semblait sortir d'une lutte, mais il respirait le calme de la victoire. Sur ce beau front, dans ses yeux où la flamme, de la jeunesse encore, était déjà, selon le beau dire de Victor Hugo, de la lumière, je voyais les traces du combat de la lumière, de la pensée, d'Hélios contre les perfides esprits de la nuit. Hélios a vaincu, lentement les a repoussés dans le royaume sombre.

Depuis plusieurs années, M. Daudet va mieux; après sa longue passion nous pouvons tous entonner le cantique du jour de Pâques : « Il est ressuscité. »

Après un voyage en Angleterre, dernier acte d'héroïsme qui semblait devoir lui coûter la vie, la vie est reconquise. Dans le corps, il semblait qu'il n'y eût plus la force d'où tirer tant d'espoir. Hé bien, du tout, une autre force, la force de cette énergie qui avait, en 1870, fait face aux ennemis et qui dut se centupler dans ce combat effrayant, incessant et silencieux, combat assis, combat couché contre l'ennemi, c'est son âme[1] qui a recréé l'espoir, la vie. Ce n'est qu'à l'énergie que la vie se donne. Pour rendre Alceste à Admète, il fallut Hercule.

Et cette fois — voyez le divin « trésor d'Arlatan »[2] — Hercule a épousé la Jeunesse Éternelle, M. Daudet va mieux; c'est une parole que personne ne peut écouter sans trouble; bonne nouvelle d'un monde que nous ne connaissons pas ou que nous connaissons seuls[3] et qui de temps en temps envoie un fait éloquent, nous annonce que par-dessus la loi de fer de la nécessité physique, il y a la loi de la lumière, de la grâce et de l'âme.

C'est pourquoi je sais et crois que tout homme aurait joie et profit spirituel à aller souvent dans l'appartement sanctifié par tant de mystères de la rue de Bellechasse, en pèlerinage auprès de cette œuvre d'art délicate et profonde qu'est M. Daudet.

La nature, dans un langage autrement expressif et vivant que le nôtre, car elle use de prunelles plus transparentes et plus profondes que nos symboles, de peau plus fine, plus subtilement colorée que nos images, de rude et nerveux vocabulaire, des muscles plissés par la souffrance et redressés par

1. Phrase non construite.

2. C'est le titre d'un ouvrage d'A. Daudet (Fasquelle, 1897) : Arlatan, gardian de Camargue un peu sorcier, possède l'herbe qui sauve et l'herbe qui tue.

3. Texte douteux.

l'énergie[1], nous anime de tout le sens de la beauté, de la volonté et de la douleur.

C'est ainsi que toute chose de la nature et tout fait de l'âme est plein de poésie qui attend son poète, de signification qui réclame un interprète.

La mission du poète, sans doute moins haute, est, par là, aussi inépuisable que celle du prêtre, puisque si toujours une nouvelle âme tend à celui-là[2] quelque misère à secourir, toujours une nouvelle créature donne à celui-ci toute une poésie captive qu'il doit délivrer, pour qu'elle plane ensuite au-dessus des esprits des hommes. Aujourd'hui j'ai voulu seulement montrer comme, tout près de nous, la vie nous propose de beaux sujets de méditation, et, car un terme sacré est à sa place dans un sujet religieux, d'élévation.

ADIEUX

3. Cette note, signée « Marcel Proust », a paru dans *La Presse* du 19 décembre 1897. — Alphonse Daudet était mort le 15 à Paris, 41, rue de l'Université.

4. Cf. *Jean Santeuil,* Bibl. de la Pléiade, p. 675, n. 3.

Page 403.

ROBERT DE FLERS

1. Article publié, sans signature, dans *La Revue d'art dramatique* du 20 janvier 1898. — Une étroite amitié unissait Proust à Robert de Flers; d'autre part, Proust avait fait paraître l'année précédente « Silhouette d'artiste » dans *La Revue d'art dramatique.* Il y a donc des raisons de penser que cet article anonyme est de lui, mais la chose n'est pas certaine. Il a pris place dans les *Textes retrouvés.*

2. Robert de Flers était né en 1872; il devait mourir en 1927.

3. En 1896, R. de Flers publie le récit de son voyage sous le titre *Vers l'Orient*. Dans *Quelques lettres de M. Proust* (Hachette édit., 1928), Jeanne de Caillavet cite le billet par lequel Proust, le 26 mai 1896, félicite R. de Flers d'avoir été « couronné par l'Académie ».

Page 404.

1. John Lubbock (1834-1913), naturaliste, banquier, homme politique.

2. R. de Flers est devenu de bonne heure le président du

---

1. Cette phrase semble une ébauche maladroite de celle qui lui correspond dans le *Ms* (ci-dessus p. 402).

2. « Celui-là » désigne le prêtre; « celui-ci », le poète. Il eût donc fallu intervertir les deux pronoms.

Club des Escholiers fondé en 1886 pour essayer de rajeunir le théâtre.

3. Henri Mayer (1857-1941) avait créé aux Escholiers, en 1897, *Le Plaisir de rompre* de Jules Renard ; il devait entrer en 1901 à la Comédie-Française. — Jeanne Granier (1852-1939) et Édouard de Max (1869-1924) ont atteint la célébrité.

4. La grand-mère maternelle de Robert de Flers (voir p. 545 sq.) habitait le château de Malzieu, en Lozère.

5. Une semaine exactement avant que ne paraisse cet article, le 13 janvier 1898, Zola publiait dans *L'Aurore* sa lettre « J'accuse ».

Page 405.

[ROBERT DE MONTESQUIOU]

« LE SOUVERAIN DES CHOSES TRANSITOIRES »

1. Nous rapprochons trois notes que Proust n'a pas publiées et qui ont trait à des œuvres poétiques de Robert de Montesquiou. Celle-ci (*Ms :* B. N. 45, p. 105-107 ; 1re publication : *Nouveaux Mélanges*) se réfère au recueil *Le Chef des odeurs suaves* (1894). Il est possible que cette note soit l'article que Proust avait proposé en vain, vers la même époque, à *La Revue blanche* et à *La Revue de Paris*. Cet article devait s'intituler *De la simplicité du comte de Montesquiou* (cf. *Correspondance générale,* t. I, lettres nº XLVIII-LIV).

2. Opéra de Donizetti (1840), très populaire en France.

Page 406.

1. C'était bien l'idée que pouvaient se faire de Montesquiou ceux qui le connaissaient d'après le portrait que Huysmans avait fait de lui sous le nom de Des Esseintes, dans son roman *À rebours* (1884).

2. C'est le premier recueil de poèmes publié par Montesquiou (1892).

3. Gautier a écrit cette préface pour la première édition posthume des *Fleurs du mal* (1868). Les citations que Proust en donne ci-dessous sont très exactes.

Page 407.

1. *Les Petites Vieilles,* v. 53-56.

Page 408.

1. *Le Chef des odeurs suaves* (XV) : « Paon, l'oiseau Paon est mort... »

2. *Les Chauves-souris* (XXII : « Laus Noctis ») :

Vous que la pudeur fière a voués à l'œil sec...

Proust s'est-il amusé à déformer ce vers dans une intention parodique ?

3. *Ibid.* : *Le charme de la nuit éclaire l'âme sombre ;*
Elle y voit mieux en elle au déclin des clartés.

4. *Fleurs du mal*, « Les Phares » (v. 41-44) : « Car c'est vraiment, Seigneur... »

Page 409.

1. *Ibid.* « Un voyage à Cythère » (v. 59 sq.).
2. *Les Chauves-souris*, II.
3. Ce sont deux poèmes des *Chauves-souris*.

[ROBERT DE MONTESQUIOU À VERSAILLES]

4. *Ms* : B. N. 45, p. 108-111. — 1re publication : *Nouveaux Mélanges*. — Note recopiée d'une écriture soignée sur du papier à lettres de l'établissement thermal d'Évian-les-Bains. Les ratures sont peu nombreuses. Tous les vers cités viennent du recueil *Les Perles rouges* (93 sonnets), que Montesquiou a publié chez Fasquelle en 1899. — Proust et ses parents ont passé à Évian une partie de l'été de 1899.
5. *Les Perles rouges* (VI) :

Soixante-dix bambins font un troupeau complet
Sous vingt-deux miroirs d'eau qu'évente la feuillée.

6. *Ibid.* (LXXXVI) :

Faites pleuvoir sur nous un baiser que disculpe...

7. *Ibid.* (LXXXVI).

Page 410.

1. *Les Perles rouges* (LXVI).
2. *Ibid.* (LXVI).
3. *Ibid.* (XLV).
4. Faut-il comprendre : au milieu de statues de marbre qui représentent les *Métamorphoses* d'Ovide mises en rondeaux par Benserade ?
5. *Les Perles rouges* (XLV) : « aux Grands Prêtres ».
6. *Ibid.* (III).
7. *Ibid.* (XVIII et XC).
8. *Ibid.* (XVIII) :

Et le soleil mourant qui fuse sur les stucs
Y verse les joyaux des verrières de Chartres.

9. *Ibid.* (III) :

Leur gloire immesurée et leurs grâces injustes
Ne sont plus que de l'herbe au dallage des cours.

10. *Ibid.* (XVIII). En citant ce vers Proust a omis « les rois ».
11. *Ibid.* (III).

Page 411.

1. *Les Perles rouges* (LXXXIX) :

> *Je trace mon portrait sous les ombres du parc,*
> *Songeur et souriant, jeune et de race antique...*

[M. DE MONTESQUIOU, HISTORIEN ET POÈTE]

2. *Ms :* B. N. 45, p. 112. — 1re publication : *Nouveaux Mélanges.* — Cette note, dont l'écriture est bien plus rapide que celle de la précédente, se rapporte aussi aux *Perles rouges.*

3. Peu après la première édition des *Perles rouges,* Fasquelle en publie une seconde, in-8° et illustrée de quatre eaux-fortes d'Albert Besnard.

Page 412.

1. La deuxième édition des *Chauves-souris* (1893) était précédée d'une lettre de Leconte de Lisle.

[LA CRÉATION POÉTIQUE]

2. *Ms :* B. N. 45, p. 48 sq. — 1re publication : *Nouveaux Mélanges.* — Des allusions à la mort de Mallarmé (9 septembre 1898) et à l'affaire Dreyfus font penser que cette note a été écrite dans une des toutes dernières années du siècle.

Page 413.

[LE POUVOIR DU ROMANCIER]

1. *Ms :* B. N. 45, p. 50 sq. — 1re publication : *Nouveaux Mélanges.* — Peut-être cette note a-t-elle été écrite par Proust lorsqu'il travaillait à *Jean Santeuil,* entre 1895 et 1900.

Page 414.

[« VOICI LA SEMAINE... »]

1. 1re publication : *Le Point, revue artistique et littéraire,* LV/LVI, 1959. Cf. *Textes retrouvés,* p. 116-118. — Le *Ms* autographe appartient à M. Claude Mauriac. — Aucune indication précise sur la date à laquelle Proust a écrit cette page; elle s'apparente à certaines descriptions de *Jean Santeuil.*

Page 415.

1. Entendez : Il en est de même quand... Après la comparaison avec une maison, nous revenons aux arbres.

Page 416.

1. *Ms :* « n'en cesse pas moins »*
2. *Ms :* « dérobée, plus dans »*
3. Thème familier à Proust. Cf. *Jean Santeuil*, Bibl. de la Pléiade, p. 305 ; *À la recherche du temps perdu*, t. I, p. 134, 171.
4. Cf. *À la recherche du temps perdu*, t. I, p. 168.

Page 417.

1. *Ms :* « rapport entre ce petit lavoir »*

[LA POÉSIE OU LES LOIS MYSTÉRIEUSES]

2. *Ms :* B. N. 45, p. 53-57. — 1re publication : *Nouveaux Mélanges*. — Cette note d'une rédaction hâtive, mais où Proust est déjà tout entier, nous apporte peut-être un écho de l'attention qu'il prêtait aux problèmes de la création littéraire lorsqu'il travaillait à *Jean Santeuil*.
3. *Ms :* « de ce que l'arbre »*

Page 419.

1. *Ms :* « de la mort » a été ajouté après coup dans l'interligne.
2. *Ms,* première version : « à avoir [*sic*] les êtres comme des formes intellectuelles à travers l'esprit du poète qui les a seules ainsi disposées ». Proust a ajouté « lesquels » après « à travers » et a mis au masculin « seules » et « disposées ». Il n'a pas corrigé « avoir ». Nous avons déplacé « les êtres », antécédent de « lesquels ».

Page 420.

1. Mot de lecture incertaine.
2. Allusion au fameux roman de Stevenson, *Le Docteur Jekyll et Mr Hyde* (1886).

Page 421.

1. Nous avons dû ajouter ici quelques mots : dans le *Ms,* la page 56 a pour derniers mots « chacune des », et le verso de cette page commence par « donner naissance ».
2. *Ms :* « soient-ils »*
3. *Ms,* première version : « Mais cet obj ». Proust l'a remplacée par : « Mais dans ces derniers c'est leur essence ». Cette nouvelle construction ne s'accorde pas avec la suite de la phrase. Nous avons dû revenir à la première rédaction.
4. Le *Ms* montre que ce membre de phrase (de « d'où sans doute » à « et de l'amour ») est une addition postérieure. Tout le passage est d'une rédaction manifestement improvisée.

Page 422.

[LE DÉCLIN DE L'INSPIRATION]

1. *Ms* : B. N. 45, p. 38. — 1re publication : *Nouveaux Mélanges*. — Cette note inachevée se rapporte peut-être, comme les précédentes, à l'élaboration de *Jean Santeuil*. Même jeune, le poète peut craindre que l'inspiration ne tarisse en lui.

Page 423.

1. *Ms* : « l'hiver qui ne »*

Page 424.

Lettres de Perse et d'ailleurs

LES COMÉDIENS DE SALON

BERNARD D'ALGOUVRES À FRANÇOISE DE BREYVES

1. Cette lettre et la suivante ont paru dans *La Presse (Pr)* du 19 septembre et du 12 octobre 1899. La première avait été suivie, le 20 septembre, dans le même journal, d'une réponse de Françoise, signée : Robert de Flers. On rapprochera de ces lettres le dialogue que nous citons, p. 431 sq.

2. Sur ce personnage, cf. *Les Plaisirs et les jours*, Bibl. de la Pléiade, p. 66 sq.

3. Cf. « Sur la lecture », *Pastiches et mélanges*, p. 162, et *À la recherche du temps perdu*, t. I, p. 139.

Page 425.

1. À partir d'ici, de « Comment! tu ne savais pas » à « ses cheveux vieillissants » (p. 426), Proust insère dans sa lettre un développement qu'il emprunte (avec des changements) au manuscrit de *Jean Santeuil* (Bibl. de la Pléiade, p. 738 sq).

2. *Pr* : « Bonain » *

Page 426.

1. *Pr* : « était »*

2. Allusion à Sarah Bernhardt (cf. *Jean Santeuil*, Bibl. de la Pléiade, p. 739).

Page 427.

1. Cf. *Jean Santeuil*, Bibl. de la Pléiade, p. 292 sq.

BERNARD D'ALGOUVRES À FRANÇOISE DE BREYVES

2. Lettre parue dans *La Presse* du 12 octobre 1899 (cf. p. 424, n. 1). — Vers le 24 septembre 1899, Proust écrivait d'Évian à sa mère (éd. Kolb, p. 143 sq.) : « Je n'ai rien de ce qu'il me faut pour cette stupide collaboration à *La Presse* ;

j'en suis réduit à faire une sorte de notice sur Mme de Beaumont. Le lecteur la trouvera mauvaise, et Bailby aussi. » Léon Bailby (1867-1954) était devenu en 1896 le directeur de *La Presse*.

3. Nous avons ici un premier crayon du développement consacré dans *À la recherche du temps perdu* (t. II, p. 656 sq.) au jet d'eau du prince de Guermantes.

Page 428.

1. Entendez : de son ascension à chaque moment de laquelle, ou plutôt, [...] à chaque degré de laquelle...
2. Le duc de Tournefort déjà cité p. 426.
3. Cf. *À la recherche du temps perdu,* t. II, p. 814 : « elles [les mouettes] sentent la mer ».
4. *Pr :* « apprises »*
5. Proust va citer quelques phrases empruntées à deux lettres adressées d'Auvergne à Joubert par Pauline de Beaumont. Il les emprunte à l'ouvrage de Paul Raynal, *Les correspondants de Joubert* (Calmann-Lévy, 1883).
6. De « Tout le monde... » à «... me désole » : lettre du 20 août 1803, envoyée de Clermont (Raynal, *op. cit.*, p. 145).

Page 429.

1. De « Une légion de puces... » à « où l'on boit » : lettre du 26 août 1803, envoyée du Mont-Dore (Raynal, *ibid.*, p. 149).
2. Pauline a écrit : « pour le Mont-Dore : mon logement est en face de la fontaine... ».
3. L'expression est de Joubert (Raynal, *ibid.*, p. 91).
4. Pauline de Montmorin (1768-1803), fille du ministre de Louis XVI, avait épousé en 1786 Christophe, comte de Beaumont.
5. Cette proposition à l'indicatif reprend et développe le pronom neutre « cela ».
6. *Pr :* « une petite »*
7. Page aussi imaginaire que « le chapitre des chapeaux » d'Hippocrate.
8. À Savigny-sur-Orge. La maison où se trouvait cette chambre a disparu au début du siècle.
9. Un roman qui ressemblait à *Atala* par la ferveur amoureuse de Pauline, promise elle aussi à une mort prochaine. *Atala* avait été publié le 2 avril 1801 ; peu après Pauline louait une maison à Savigny; Chateaubriand l'y rejoignit en mai et y resta jusqu'à l'automne.

Page 430.

1. Tout ceci vient de Sainte-Beuve (*Chateaubriand et son groupe,* t. II, p. 198).

2. Ceci encore est emprunté à Sainte-Beuve *(ibid.)*.

3. *Pr :* « l'attachement »

4. Par exemple : « En approchant de ma fin, il me semble que tout ce qui m'a été cher, m'a été cher dans madame Récamier, et qu'elle était la source cachée de mes affections » (*Mémoires d'outre-tombe,* Bibl. de la Pléiade, II, p. 222).

5. Voir la lettre précédente.

6. Allusion au « complot » nationaliste auquel aurait été mêlé Déroulède et à sa tentative d'entraîner le général Roget à l'Élysée, à l'issue des obsèques de Félix Faure (23 février 1899).

7. Cf. *Lettres de Proust à sa mère* (éd. Kolb, p. 135), 20 septembre 1899 (?) : allusion aux dames qui disent « en somme au gouvernement : *Ah ! pour l'amour du chic souffrez qu'on vous renverse !* Un complot pour un bal... Les complots vont remplacer les œuvres de charité. Du moment que les patronnesses sont chiques, on s'affiliera... Je t'ajoute d'ailleurs que je trouve ce procès stupide, ce complot grotesque, et ce réquisitoire un néant... ».

Page 431.

[DIALOGUE]

1. 1re publication : Henry Levin, *An Unpublished Dialogue by Marcel Proust,* Harvard Library Bulletin III, nº 2 (1949). MM. Kolb et Price ont publié, à leur tour, ce dialogue dans les *Textes retrouvés* (p. 104-109), après en avoir vérifié le texte sur une photocopie que leur avait communiquée la Houghton Library de Harvard University. — Il semble s'apparenter aux *Lettres de Perse et d'ailleurs ;* il est dédié, d'ailleurs, à Robert de Flers qui avait publié une réponse à la première de ces *Lettres* (voir p. 424, n. 1). — Date probable de composition : 1900 (cf. *Textes retrouvés,* p. 109, n. 1). En septembre 1904 et mars 1905, dans des lettres adressées à Antoine Bibesco et à Gabriel de La Rochefoucauld, Proust se plaint que Paul Ollendorff, co-directeur du *Gil Blas,* n'ait pas publié son dialogue.

2. Ce prénom revient souvent dans les fragments de *Jean Santeuil* que nous avons rangés sous le titre « De l'amour » (p. 745 sq.), mais l'Henri de ce dialogue ne semble avoir rien de commun avec Henri de Réveillon ni avec Henri Loisel.

Page 433.

1. *Ms :* « par Françoise »*

Page 434.

1. Cf. *Les Plaisirs et les jours,* Bibl. de la Pléiade, p. 161 sq.

VIE MONDAINE

L'INFLUENCE DE RUSKIN

Page 436.

[LE SALON DE LA COMTESSE AIMERY DE LA ROCHEFOUCAULD]

1. 1re publication : *Textes retrouvés,* p. 38 sq. MM. Kolb et Price ont établi leur texte d'après le manuscrit autographe (au crayon et sans titre), appartenant à l'université de l'Illinois. Cette note semble antérieure à 1900 : le prince Edmond de Polignac et le vice-amiral Duperré étaient sans doute encore vivants lorsque Proust l'a rédigée (voir la note 5 ci-dessous et la note 2 de la page 437).

2. Le *Ms* commence par les mots : « Loin de s'attacher » que Proust a biffés. Le sujet de la phrase manque.

3. C'est le premier recueil poétique publié par Robert de Montesquiou.

4. Dès 1895, à dix-huit ans, elle avait fait paraître quatre poèmes, non signés, dans *La Revue des Deux Mondes.* Son premier recueil, *Le Cœur innombrable,* obtint un vif succès en 1901.

5. Il devait mourir au début d'août 1901. Voir p. 464.

6. Un trou dans le papier n'a laissé subsister que la première lettre du mot, un *b.*

7. Proust est sévère pour Chaplin (1825-1891), et particulièrement pour ce portrait, dans *À la recherche du temps perdu,* t. III, p. 722.

Page 437.

1. Mlle Nélie Jacquemart (1840-1912), portraitiste et peintre de genre, avait épousé en 1881 le collectionneur Édouard André : elle devait léguer à l'Institut de France son hôtel du boulevard Haussmann, aujourd'hui musée Jacquemart-André.

2. Fils du ministre de Louis-Philippe, le vice-amiral baron Duperré devait mourir en 1900.

3. Ainsi fera Mme Verdurin (*À la recherche du temps perdu,* t. I, p. 205).

Page 438.

1. Mère d'Anna de Noailles; elle avait un grand talent de pianiste.

2. Ce dernier nom a été ajouté après coup dans l'interligne.

3. Non pas l'auteur des *Maximes,* mais son fils, le duc François VII de La Rochefoucauld (cf. *Textes retrouvés,* p. 41, n. 9).

Page 439.

JOHN RUSKIN

1. 1re publication : *La Chronique des arts et de la curiosité,* 27 janvier 1900. Signé : « M. P.».

2. Ruskin est mort le 20 janvier 1900, à Coniston Lake, près de Brantwood, où il avait acheté une propriété.

3. Deux articles de Proust consacrés à Ruskin paraîtront dans la *Gazette des Beaux-Arts,* le 1er avril et le 1er août 1900. Ils ont été recueillis dans *Pastiches et mélanges* (cf. ci-dessus p. 105-115 et 115-129).

Page 440.

1. *Chron :* « 1831 »*

2. Cf. p. 526, n. 1.

Page 441.

PÈLERINAGES RUSKINIENS EN FRANCE

1. 1re publication : *Le Figaro,* 13 février 1900. Signé « Marcel Proust ». — C'est le deuxième article nécrologique consacré par Proust à Ruskin; le premier avait paru le 27 janvier dans *La Chronique des arts et de la curiosité* (cf. ci-dessus, p. 439).

2. Cf. la préface de *La Bible d'Amiens (Pastiches et mélanges,* p. 70 sq.).

3. Allusion à *The Stones of Venice.*

4. Citation empruntée à *Praeterita,* comme les deux suivantes; elle reparaîtra dans *Pastiches et mélanges* (p. 75).

Page 442.

1. Cf. *Pastiches et mélanges,* p. 74 sq.

2. Cf. *ibid.*, p. 75.

3. Cf. *ibid.*, p. 75-77.

4. Proust annonce les deux articles du 1er avril et du 1er août 1900.

Page 443.

1. Cf. *Pastiches et mélanges,* p. 103.

2. Cf. *À la recherche du temps perdu,* t. I, p. 80 sq., p. 121.

Page 444.

1. Cf. *Pastiches et mélanges,* p. 97.

PAYS DES AROMATES

par le comte Robert de Montesquiou

2. 1re publication : *La Chronique des arts et de la curiosité,* 5 janvier 1901. Signé « Marcel Proust ».

3. Chateaubriand prétendait, en réalité, à moins et à beaucoup plus.

4. À la requête de Victor Duruy, Ravaisson (1813-1900) rédigea, en 1868, son célèbre *Rapport sur la philosophie en France au XIXe siècle.*

5. *Chron :* « encensées, et quand, après »*

6. Montesquiou avait publié en 1892 et en 1896 deux recueils de poèmes intitulés, le premier les *Chauves-souris,* le second les *Hortensias bleus.*

7. Deux peintres, Chassériau (1819-1856) et Monticelli (1824-1886), et deux verriers, Gallé et Lalique. Ces deux derniers étaient alors en pleine célébrité; quant à Chassériau et à Monticelli, Gustave Moreau reconnaissait le premier pour un de ses maîtres, et le second était admiré de Cézanne et de Van Gogh.

8. Dans ces deux volumes de prose, Montesquiou évoquait « des physionomies d'artistes oubliés ou méconnus ». *Roseaux pensants* avait paru en 1897; *Autels privilégiés,* en 1899.

9. *Chron :* « des boîtes »*

10. Le parfumeur de Balzac avait donné à son premier prospectus le titre suivant : « Double Pâte des Sultanes et Eau carminative de César Birotteau, découverte merveilleuse approuvée par l'Institut de France » (*César Birotteau,* p. 38).

Page 445.

1. Souvenir de Marceline Desbordes-Valmore (*Les Roses de Saadi,* v. 9).

UN SALON HISTORIQUE

LE SALON DE S.A.I. LA PRINCESSE MATHILDE

2. Cet article a paru dans *Le Figaro* du 25 février 1903, inaugurant la série des « Salons parisiens ». Il est signé « Dominique ». — M. Price a bien voulu mettre à notre disposition une photographie de quelques pages du manuscrit autographe; nous en donnons ci-dessous *(Ms)* les principales variantes.

3. Fils cadet du prince Jérôme (1864-1932).

4. Cf. *À la recherche du temps perdu,* t. I, p. 543. — Après « dans ta famille! » le *Ms* donne ces lignes biffées : « La Princesse Mathilde est pourtant la preuve vivante que c'est quelquefois une raison " d'avoir eu un militaire dans sa famille ". On peut supposer, en effet, que son atavisme ou tout au

moins son héritage de gloire napoléonienne est pour quelque chose dans le parti si net qu'elle a pris dans les divisions politiques de ces dernières années, parti qui au point de vue mondain (le seul qui nous intéresse ici) a fait subir à son salon une transformation si complète que M. Joseph Reinach, pour ne citer que ce seul exemple, y a été remplacé par M. le général Mercier. Mais c'est déjà trop d'avoir effleuré la politique dans un article où elle n'a que faire, et ce n'était pas pour en tirer cette conséquence que nous citions ce mot, mais bien parce qu'il est très caractéristique du trait le plus frappant... »

5. Après « et au rang », le *Ms* donne ce passage biffé : « C'est, avec la plus haute distinction, presque une simplicité de femme du peuple. Si, pour parler de sa parenté avec Napoléon Ier, elle dit : " avoir un militaire dans sa famille ", elle s'exprime avec autant de franchise et avec aussi peu d'affectation, disons le mot avec une aussi fière humilité, au sujet de la Révolution française ».

6. Après « d'Ajaccio », le *Ms* donne ce passage non biffé : « ce qui n'est d'ailleurs pas tout à fait exact puisqu'elle est fille du roi héréditaire de Westphalie. Cette simplicité glorieuse, et la franchise un peu crue par laquelle elle s'exprime, est chez la Princesse un trait de caractère d'une séduction infinie ».

Page 446.

1. *Ms :* « qui tombe comme une caresse de ses beaux yeux »
2. Cf. *À la recherche du temps perdu,* t. I, p. 542.

Page 448.

1. *Ms :* « l'une petite et rose, l'autre grande et brune »

Page 449.

1. Après « M. et Mme du Bos », le *Ms* donne ce membre de phrase, non biffé : « l'admirable comtesse d'Haussonville dont l'affabilité adoucit ce que la majesté d'un port incomparable pourrait avoir d'intimidant ».
2. Cf. *Jean Santeuil,* Bibl. de la Pléiade, p. 893, n. 4.
3. *Ms :* « a été le foyer littéraire le plus lumineux de la seconde partie du XIXe siècle »

Page 450.

1. *Causeries du Lundi,* t. XI, p. 389 sq.

Page 452.

1. L'emploi de ce mot placé entre guillemets est une allusion à « l'Affaire ». La princesse et le prince recherchaient la

compagnie de ces « intellectuels » qu'on exclut aujourd'hui des salons aristocratiques, parce qu'ils ont pris le parti de Dreyfus.

Page 454.

1. Cf. *À la recherche du temps perdu,* t. I, p. 543.
2. Petite-fille de Murat.

Page 455.

1. On sait quelle étroite amitié unissait les familles Proust et Félix Faure.

JOHN RUSKIN, SA VIE ET SON ŒUVRE
Étude critique par Marie de Bunsen

2. 1re publication : *La Chronique des arts et de la curiosité,* 7 mars 1903. Signé : « Marcel Proust ». Dans cette revue l'article a pour titre « *John Ruskin, sein Leben und sein Wirken,* von Marie von Bunsen. Leipzig, Hermann Seemann, 1903. In-8°, 123 p. ». — Le titre que nous donnons est celui du manuscrit autographe (Bibl. de l'université de l'Illinois); cf. *Textes retrouvés,* p. 119 sq.
3. Robert de La Sizeranne, *Ruskin et la religion de la beauté,* Paris, 1897.
4. Jacques Bardoux, *Le Mouvement idéaliste et social dans la littérature anglaise au XIXe siècle,* Paris, 1900.
5. Ruskin a passé les dix dernières années de sa vie dans la retraite à Coniston Lake, près de Brantwood.
6. Le texte du *Ms,* plus sévère en quelques endroits, donne ici, par exemple : « incomplet, bien bizarrement arbitraire ».

Page 456.

1. Cf. *Pastiches et mélanges,* p. 123.
2. Proust travaille alors à la traduction de *La Bible d'Amiens.*
3. Robert de La Sizeranne.

Page 457.

LA COUR AUX LILAS
ET L'ATELIER DES ROSES
LE SALON DE MME MADELEINE LEMAIRE

1. 1re publication : *Le Figaro,* 11 mai 1903. Signé : « Dominique ».
2. Sur Madeleine Lemaire (1845-1928), voir *Les Plaisirs et les jours,* p. 4 et 5.
3. Proust ne résiste pas au plaisir d'ébaucher un pastiche : celui-ci est d'une rare justesse de ton.

4. L'hôtel, très « petit » en effet, de Madeleine Lemaire était situé 35, rue Monceau.

Page 458.

1. Alexandre Dumas fils, dit-on.
2. Sauf Puvis de Chavannes que son génie met à part, ce sont autant de peintres mondains de « la Belle Époque »; on trouvera leurs noms à l'Index.
3. Comédiens alors célèbres : on trouvera leurs noms à l'Index. « Coquelin » désigne sans doute Coquelin l'aîné.

Page 459.

1. Rosita Mauri (1856-1923), danseuse espagnole.
2. Paul Deschanel (1855-1922) avait été président de la Chambre de 1898 à 1902. Il le redevint de 1912 à 1920 où il fût élu président de la République.
3. *Le Sire de Vergy*, opérette (1903) : le livret était de Flers et Caillavet, la musique de Claude Terrasse.

Page 460.

1. Cf. *Phèdre*, v. 639.
2. Boniface de Castellane, le fameux « Boni » (1867-1932) a été élu député en 1898 et réélu en 1902 et 1906.
3. Anna Gould, fille du « roi des chemins de fer américains ». Boni et elle divorcèrent en 1906.
4. Le général Brugère (1841-1918) était en 1903 gouverneur de Paris. Il fut désigné comme généralissime en 1904.
5. Peintre de genre (1848-1935).

Page 461.

1. Vers 1897 Proust se lie étroitement avec Antoine et Emmanuel Bibesco, dont la cousine Marthe publiera, sous le nom de « la Princesse Bibesco », *Au bal avec Marcel Proust*.
2. Alfred Mézières (1826-1915), membre de l'Académie française, a publié de nombreux ouvrages sur les littératures anglaise, italienne, allemande. Il a été député (1881-1900), puis sénateur de la Meurthe-et-Moselle.

Page 462.

1. Belle-sœur d'Alexandre III et tante de Nicolas II. Elle devait mourir en 1920.

Page 463.

1. Étienne Grosclaude (1858-1932), journaliste et humoriste. D'un voyage à Madagascar il avait rapporté en 1898 un

ouvrage intitulé *Un Parisien à Madagascar*. Cf. Jules Lemaitre, *Contemporains,* t. IV, p. 309 sq.

2. Francis Wiener (1877-1937) a fait jouer, sous le nom de Francis de Croisset, des comédies de boulevard.

3. C'est la plus célèbre mélodie des *Amours du poète* de Schumann (1840).

Page 464.

1. *Le Passé,* comédie de Porto-Riche, a été créé à l'Odéon en 1897.

2. Proust adapte à son récit le vers 1951 de *Hernani,* tout en lui conservant son nombre de syllabes :

Tout s'est éteint, flambeaux et musique de fête.

3. Deux ténors fort célèbres au début du siècle.

LE SALON DE LA PRINCESSE
EDMOND DE POLIGNAC

4. 1re publication : *Le Figaro,* 6 septembre 1903. Signé : « Horatio ». — Winnaretta Singer, fille des fabricants de machines à coudre, avait épousé en 1893 le prince Edmond de Polignac, fils du ministre de Charles X. Le prince était mort au début d'août 1901.

5. *Hamlet,* acte V, sc. II. La citation se trouve déjà dans *Les Plaisirs et les jours* (Bibl. de la Pléiade, p. 25, n. 1). Proust reproduit à peu de chose près la traduction qui se trouvait au début et à la fin d'un article d'Anatole France sur *Hamlet,* qui avait paru dans *Le Temps* en 1885 (*Vie littéraire,* t. I, p. 1 et 8). Cette traduction, A. France l'avait lui-même empruntée à Émile Montégut (*Œuvres complètes de Shakespeare,* 1870, Hachette édit., t. III, p. 544). Shakespeare prête cette réplique à l'ami d'Hamlet, Horatio; c'est du nom d'Horatio que Proust a signé plusieurs de ses articles, et en particulier celui-ci.

Page 465.

1. V. Hugo, *Les Contemplations,* II, XIII :

Viens! Une flûte invisible...

2. V. Hugo, *Eviradnus (La Légende des siècles),* XI, *Un peu de musique,* v. 707-708. Dans le poème, les deux vers cités par Proust sont dans l'ordre inverse.

Page 466.

1. Souvenir de La Fontaine, *Fables,* II, 1, 55.

2. Professeur de latin de Proust en rhétorique B (cf. André Ferré, *Les Années de collège de Marcel Proust,* p. 177 sq.).

On trouve dans les *Souvenirs sur M. Proust* de R. Dreyfus (p. 27-30) une lettre de Proust relative à Cucheval.

Page 468.

1. Tragédie lyrique de Rameau (1739).
2. Heredia, *Le Cydnus :*

Cléopâtre debout en la splendeur du soir
Semble un grand oiseau d'or qui guette au loin sa proie.

3. Sur Anna de Noailles, voir en particulier, p. 436, note 4 et p. 533 sq. La princesse de Caraman-Chimay était sa sœur.

Page 469.

1. Cf. p. 464, n. 5.

Page 470.

DANTE — GABRIEL ROSSETTI
ET ÉLIZABETH SIDDAL

1. 1re publication : *La Chronique des arts et de la curiosité,* 7 et 14 novembre 1903. Signé : « M. P. ». — Sur Rossetti, voir *Pastiches et mélanges,* p. 115, n. 3.
2. L'un des plus célèbres poètes anglais de l'époque victorienne (1809-1892).

Page 471.

1. Cf. *Pastiches et mélanges,* p. 115, n. 2.
2. *Ibid.,* p. 115, n. 4.
3. Cf. ci-dessus, p. 455 sq.

Page 472.

1. Rappelons au sujet d'Algernon-Charles Swinburne (1837-1909) ce que Ruskin écrivait de lui : « Dans le domaine de l'imagination et de la compréhension, il me balaie littéralement devant lui, comme un torrent balaie un caillou. » Les diverses séries de *Poèmes et Ballades* de Swinburne ont été traduites par Gabriel Mourey (voir l'article de Proust sur le *Gainsborough* de G. Mourey, p. 524 sq). W. M. Rossetti défendit la première série des *Poèmes et Ballades,* dont la hardiesse avait fait scandale.

Page 474.

[PORTRAIT DU PRINCE LÉON RADZIWILL]

1. 1re publication : *Les Cahiers Marcel Proust,* no 1, 1927. — Le prince Léon Radziwill faisait partie du petit groupe de

jeunes gens de haute famille dans lequel Proust s'était introduit au début du siècle. Un soir d'hiver de 1903 ou 1904, au château que le prince Constantin, père de Léon, possédait à Ermenonville, Proust demeura seul dans la salle à manger qui n'était plus chauffée et griffonna ce portrait inachevé.

2. Le prince Léon était énorme, aussi haut que large.
3. Surnom du prince Léon Radziwill.
4. L'Hippolyte de *Phèdre*.

Page 478.

CHARLOTTE BROICHER, *John Ruskin und sein Werk...*

1. 1re publication : *La Chronique des arts et de la curiosité*, 2 janvier 1904. Signé : « M. P. ».
2. Voir ci-dessus, p. 455 sq.
3. Voir ci-dessus, p. 455, n. 5.

Page 480.

1. Gœthe a publié, en 1796, *Les Années d'apprentissage de Wilhelm Meister,* ouvrage auquel il travaillait depuis vingt ans et, en 1821, *Les Années de pèlerinage de Wilhelm Meister*.
2. C'est l'un des plus importants recueils d'essais (1850) qu'ait publiés le philosophe américain Emerson (1803-1882).
3. L'Écossais Thomas Carlyle (1795-1881) avait traduit en anglais les deux ouvrages de Gœthe consacrés à Wilhelm Meister. Il a exposé ses idées directrices dans les six conférences qu'il publie en 1840 sous le titre *Les Héros et le culte des héros*.
4. C'est le titre donné par Frédéric Nietzsche à l'une de ses œuvres maîtresses (1878).
5. C'est là une idée chère à Proust, une de celles qui dominent son esthétique.

Page 481.

1. Le roman que Gœthe publie en 1809 sous ce titre avait d'abord été conçu par lui comme une nouvelle qui devait faire partie de *Wilhelm Meister*.
2. « qui s'accorde en tout avec nous »
3. *Proverbes,* III, 17.

Page 482.

LE SALON DE LA COMTESSE D'HAUSSONVILLE

1. Cet article a paru, signé « Horatio », dans *Le Figaro* du 4 janvier 1904. Le comte Othenin d'Haussonville (1843-

1924), arrière-petit-fils de Mme de Staël, comptait à l'Académie française parmi les « cardinaux verts ». La comtesse Pauline née d'Harcourt, était d'une grande beauté.

2. *L'Action française,* groupement nationaliste et monarchiste qui publiait une revue depuis 1899, reconnaissait Renan pour un de ses maîtres spirituels, surtout à cause de *La Réforme intellectuelle et morale de la France* (1871).

3. Le 13 septembre 1903 avait été inaugurée à Tréguier la statue de Renan, à côté de qui le sculpteur avait représenté Pallas Athéné. Dans le discours qu'il prononça au cours de cette inauguration, Anatole France faisait parler la déesse; elle répondait à « la prière sur l'Acropole ». — André Beaunier (1869-1925), essayiste et polémiste, était lié avec Proust.

Page 483.

1. Le comte d'Haussonville tenait d'héritage le château de Mme de Staël.

Page 484.

1. Proust, en s'amusant, prête à Jaurès, « Messie du monde nouveau », le langage de l'Évangile.

2. Chef de l'opposition libérale sous l'Empire, il fut nommé sénateur inamovible en 1878 et siégea parmi les conservateurs. Il avait été élu à l'Académie française en 1869.

Page 486.

1. C'est le salut de la duchesse de Réveillon dans *Jean Santeuil* (p. 444) et de certaines dames de Guermantes dans *À la recherche du temps perdu,* t. II, p. 445.

2. Ces deux amis de Proust avaient fait représenter en 1901 *Les Travaux d'Hercule,* opéra-bouffe.

3. L'hôtel du comte et de la comtesse d'Haussonville était situé à Paris, 5 rue de Constantine.

4. Béatrix de Lillebonne, née en 1662, nommée abbesse de Remiremont en 1711 (cf. *À la recherche du temps perdu,* t. II, p. 199).

Page 487.

1. Fondée en 1898 contre les « intellectuels » qui proclamaient l'innocence de Dreyfus. Le comte d'Haussonville ne donna à cette Ligue qu'une adhésion nuancée.

2. Dans ce roman (1902), Paul Bourget essaie de montrer que, même pour les individus les mieux doués, l'ascension sociale ne doit s'opérer que lentement et par paliers.

UNE MINIATURISTE DU SECOND EMPIRE : MME HERBELIN

3. 1re publication : *La Chronique des arts et de la curiosité*, 23 avril 1904. Signé : « Marcel Proust ». — MM. Kolb et Price ont comparé le texte de cette revue avec celui du *Ms* qui appartient à l'université de l'Illinois (*Textes retrouvés*, p. 144 sq.).

Page 488.

1. Armand Dayot (1851-1934), critique d'art. Il fut inspecteur général des Beaux-Arts. Il a publié un nombre considérable d'albums où l'histoire est évoquée par l'image.

2. Rosa Bonheur (1822-1899). Elle a peint surtout des scènes rustiques.

Page 489.

1. *Ms :* « avec le même succès »

2. Suzette était la fille de Madeleine, et peintre comme elle (cf. *Album Proust*, p. 98-100).

LE SALON DE LA COMTESSE POTOCKA

3. 1re publication : *Le Figaro*, 13 mai 1904. Signé : « Horatio ». — La comtesse Emmanuela Potocka a tenu une grande place dans la vie mondaine et littéraire de Paris à la fin du XIXe siècle.

4. Balzac, éd. Conard, t. XVI, p. 306 sq.

Page 490.

1. Proust se souvient peut-être de ce passage de *La Chartreuse de Parme* (chap. VI) : « La chétive pension de veuve péniblement obtenue, les gens congédiés, ce qui eut de l'éclat, la petite chambre au cinquième qui amenait vingt carrosses à la porte, tout cela forma jadis un spectacle singulier. » — Comment Proust peut-il écrire que « la comtesse quitta son mari » ? Le général comte Pietranera a été tué en duel au chapitre II du roman; c'est alors que Gina abandonne son palais, loue à Milan « deux chambres à un cinquième étage », renvoie « tous ses gens, et jusqu'à sa femme de chambre remplacée par une pauvre vieille faisant des ménages ».

Page 491.

1. Chien de berger écossais. — Parodie de Heredia, *Soir de bataille* (v. 13) :

Superbe, maîtrisant son cheval qui s'effare.

2. C'est encore Heredia, *La Chasse,* v. 9, 10, 14 :

C'est l'heure flamboyante où, par la ronce et l'herbe,
Bondissant au milieu des molosses, superbe [...],
Invincible, Artémis épouvante les bois.

Page 492.

1. Proust prévoyait-il ce qu'il annonce à sa mère quatre mois plus tard, en septembre 1904 : « C'est pour Gabriel de La Rochefoucauld que Mme [...] s'est tuée ? » (*Correspondance avec sa mère,* éd. Kolb, p. 257 sq.).

Page 493.

1. La citation est dans l'ensemble très exacte.

2. On racontait bien des histoires sur les tours que jouait la comtesse à Elme Caro (1826-1887), le Bellac du *Monde ou l'on s'ennuie.*

3. Dans l'*Art religieux du XIII*e *siècle en France* (p. 391), Émile Mâle donne une photographie du bas-relief de la cathédrale de Lyon où « Aristote marche à quatre pattes en portant sur son dos la courtisane Campaspe ». Émile Mâle (1862-1954) a été l'un des correspondants de Proust.

Page 494.

1. Citation de Baudelaire (*La Beauté,* v. 1).

2. Poêle de chauffage très employé à la fin du siècle dernier.

L'ÎLE ET L'EMPIRE DE GRANDE-BRETAGNE...
par Robert d'Humières

3. 1re publication : *La Chronique des arts et de la curiosité,* 13 août 1904. L'article est signé : « M. P. ».

4. *La Chronique des arts et de la curiosité* était un supplément hebdomadaire de *La Gazette des Beaux-Arts.* Ces revues de luxe avaient alors pour directeur Charles Ephrussi.

5. Robert d'Humières (1868-1915) a été le premier traducteur de Kipling en français.

Page 495.

1. *Chron :* « de cette conversation »*

2. En 1902, Robert d'Humières avait fait paraître au *Mercure de France* un recueil de poèmes, *Du Désir aux Destinées.* — Les cinq mots que Proust a placés entre guillemets sont empruntés à Baudelaire (*Les Fleurs du mal,* « Je te donne ces vers... », v. 7).

[LES BEAUX-ARTS ET L'ÉTAT]

3. Dans son numéro de septembre 1904, la revue *Les Arts de la vie* annonce qu'un de ses collaborateurs, Maurice Le Blond, vient de poser à plusieurs personnalités de la littérature et de l'art les questions suivantes : « Êtes-vous partisan du dogmatisme académique ? Acceptez-vous la tyrannie séculaire de Rome sur notre art populaire et national ? Croyez-vous que l'État ait le droit d'asservir les tempéraments et d'imposer aux individus une foi artistique quelconque ? » Les résultats de l'enquête devaient être publiés dans le numéro d'octobre. Proust avait été consulté. Sa réponse a la forme d'une lettre adressée à Maurice Le Blond. Le *Ms*, très raturé, de cette lettre se trouve à la Bibliothèque de l'université de l'Illinois. M. Ph. Kolb l'a publié en 1966 dans les *Lettres retrouvées* (p. 50 sq.), puis dans les *Textes retrouvés* (p. 148 sq.). Cette réponse n'a d'ailleurs jamais paru dans *Les Arts de la vie*. Peut-être a-t-elle été écartée par Maurice Le Blond à qui elle ne pouvait plaire. Peut-être même Proust ne l'a-t-il pas adressée à la revue, de peur de mécontenter son directeur qui, au printemps précédent, lui avait promis de publier la traduction de *Sésame et les lys*.

M. Ph. Kolb a relevé dans le *Ms* cette phrase biffée (voir la n. 1 de la p. 497) : « J'allais ajouter M. Fantin-Latour, mais j'apprends qu'il vient de mourir. » Le peintre Fantin-Latour était mort le 25 août 1904. C'est aux environs de cette date que Proust a écrit son article. — Maurice Le Blond (1877-1944), journaliste, a mené campagne en faveur du naturisme. Grand admirateur de Zola qu'il devait soutenir au cours de l'affaire Dreyfus, il a épousé sa fille Denise.

Page 496.

1. De l'Académie de France à Rome (la Villa Médicis).

2. Proust a écrit dans l'interligne « d'un artiste », mais il n'a pas remplacé « un tempérament » par « le tempérament ».

3. En 1904, Vuillard (1868-1940) est encore discuté même dans les milieux qui ne sont pas académiques. Proust avait pu le rencontrer à Condorcet.

4. Cf. *Pastiches et mélanges*, p. 103.

Page 497.

1. C'est après « intéressant » que Proust a écrit, puis biffé la phrase sur Fantin-Latour citée à la note 3 de la page 495.

2. G. Boissier (1823-1908), professeur à la Sorbonne, l'auteur de *Cicéron et ses amis*.

3. Tous cinq philosophes. On sait la place que Darlu, Boutroux et Bergson ont tenue dans la formation intellectuelle de M. Proust. Lachelier (1832-1918) appartenait à la génération précédente. Léon Brunschvicg n'avait que trente-cinq ans en 1904, mais sa thèse sur *La Modalité du jugement* (1897) l'avait déjà mis en lumière.

Page 498.

1. Maeterlinck venait de publier *Le Double Jardin* (1904) où se trouve un chapitre sur « La vue de Rome ».

2. « À coup sûr, la plus belle sculpture du monde est en ce lieu », s'écrie Huysmans dans *La Cathédrale* (1898), à propos des statues de rois et surtout de reines qui se dressent au porche royal de la cathédrale de Chartres (chap. IX).

3. Cette phrase ne s'accorde pas avec le contexte. Après « s'exercer » Proust avait écrit et a biffé « d'un secours ». La correction est restée inachevée.

4. Ils imiteraient non plus un maître officiel comme Jean-Paul Laurens (1838-1921), mais un peintre qui se prétendrait plus « avancé ». Félix Vallotton (1865-1925) était Suisse. Peintre, dessinateur et même caricaturiste, il fit partie du groupe des « nabis ». Les gravures sur bois dont il a illustré *Le Livre des masques* de Remy de Gourmont, sont restées célèbres.

Page 499.

LE PRINCE ANTOINE BIBESCO

1. MM. Kolb et Price ont publié ces notes (*Textes retrouvés,* p. 243-245) d'après le manuscrit autographe que possède l'université de l'Illinois. Antoine Bibesco l'avait eu entre les mains puisqu'il y a apporté des corrections. Nous rétablissons partout le texte de Proust. — *Le Jaloux,* comédie d'Antoine Bibesco, a été joué le 6 octobre 1904, au théâtre Marigny par la troupe de l'Œuvre. — Proust n'a rien publié lui-même de ces notes. Les a-t-il communiquées au courriériste dramatique Serge Basset ? Ce qui est sûr, c'est que des paragraphes entiers en sont passés dans l'article signé de Serge Basset que *Le Figaro* du 8 avril 1904 a consacré au *Jaloux*.

Page 501.

1. De 1902 à 1909, Lucien Guitry (1860-1925), l'un des plus grands comédiens de son temps, a été directeur du théâtre de la Renaissance.

2. Proust se proposait apparemment d'ajouter à cette note quelques lignes sur les « interprètes » du *Jaloux* et sur les « autres pièces » de Bibesco.

NOTULES

Étude sur Victor Hugo, par Fernand Gregh

3. 1re publication : *Gil Blas*, 14 décembre 1904. Signé : « Marc Antoine ». — Nous avons corrigé le texte du *Gil Blas* d'après les indications que donne Proust lui-même dans une lettre à Fernand Gregh, datée du jeudi [15 décembre 1904] (F. Gregh, *Mon amitié avec M. Proust*, p. 107 sq.) : « Cher ami, Antoine [Bibesco] me dit que tu sais ou sauras qui a signé Marc Antoine. Il est donc extrêmement utile que je me justifie d'effarantes coquilles... ». — Fernand Gregh (1873-1960) avait été le fondateur du *Banquet ;* son manifeste en faveur d'une poésie « humaniste » avait paru en 1902 dans *Le Figaro* et avait été réimprimé dans l'*Étude sur Victor Hugo* à laquelle Proust consacre cet article.

4. *Gil Blas :* « un vrai poète, qui nous lit ». — Lettre à F. Gregh : « J'avais mis [...] *un poète, un vrai poète, un grand poète*, etc. *Un grand poète* a été supprimé au journal, de sorte que la phrase devient idiote... »

5. *Gil Blas :* « une pierre sans feux ». — Lettre à F. Gregh : « J'avais parlé [...] de pierres sans *prix*, ce qui était extrêmement banal. On a mis des pierres sans *feux*, [...] ce qui est imbécile, et presque sataniquement imbécile, car l'image se suit et *cela n'a pas l'air d'une coquille.* »

Page 502.

1. *Gil Blas :* « dit Sainte-Beuve, qui reste toujours un pâtissier ». — Lettre à F. G. : « La suppression de *lui* et le présent de l'indicatif *reste* rend cela absurde. J'avais voulu dire que Sainte-Beuve, lui, ne fit jamais que des friandises... »

2. Recueil de poèmes que Fernand Gregh venait de faire paraître chez Fasquelle (1904).

3. Lettre à F. Gregh : « Il me semble qu'il y a encore une ou deux erreurs, mais je n'ai pas le journal sous les yeux. Et toute une phrase supprimée... »

[HENRI DE RÉGNIER]

4. *Ms :* B. N. 45, p. 115 sq., 1re publication : *Nouveaux Mélanges*. — Aucune indication précise sur la date à laquelle Proust a rédigé cette note. L'allusion au goût d'imiter la langue du XVIIe siècle fait penser au *Bon Plaisir* que cite Proust, mais encore aux *Rencontres de M. de Bréot* (1904).

5. Sans doute avec Robert de Montesquiou en 1897 (voir *Un professeur de beauté*, p. 511, n. 2). — *Ms :* « son duel dont il a fait » (ces quatre derniers mots non rayés sont suivis de : « en faisant »).

6. Dans *Le Bon Plaisir,* publié par Régnier en 1902, Antoine de Pocancy, âgé de vingt ans, accompagne à la guerre le maréchal de Manissart. La phrase suivante contient une allusion au même roman.

7. Les principales scènes de ce roman (1900) se passent à Rome au XVIIIe siècle.

Page 503.

LA COMTESSE DE GUERNE

1. Cet article a paru pour la première fois, signé « Écho », dans *Le Figaro* (7 mai 1905). Nous avons comparé le texte du journal à celui du *Ms* (B. N. 44, f° 63 sq.).

Page 504.

1. *Ms :* « ... charité. Mais ils savent seulement qu'il y a là, parmi eux, dans la fine fleur de cette coterie Ségur qui est une des plus fermées de Paris, une très grande artiste. Ce qu'elle a de plus délicieux, d'à peu près unique... ». La comtesse de Guerne était née Ségur.

2. Nous corrigeons le texte du *Figaro* (« orages ») d'après le *Ms.*

3. *Fig :* « matérielles ». Nous donnons le texte du *Ms.*

Page 505.

1. Hugo, *Les Contemplations,* II, XIII, v. 1-4.

2. *Ms :* « lui »*

3. *Fig :* « suffisait »*

Page 506.

1. Sans doute celle de Rossini (1823).

2. Le marquis Pierre de Ségur, qui avait publié en 1897 une étude sur *Mme Geoffrin et sa fille,* sera élu à l'Académie française en 1907.

3. *Ms :* « le comte de Guerne, cousin du poète bien connu ». Ce poète, parnassien de stricte observance, a secondé Heredia dans la publication des œuvres posthumes de Leconte de Lisle.

UN PROFESSEUR DE BEAUTÉ

4. Cet article a paru pour la première fois le 15 août 1905, signé : « Marcel Proust », dans la revue mensuelle *Les Arts de la vie* (aux éditions Larousse). Montesquiou l'a inséré en 1907 dans l'appendice de son ouvrage *Altesses sérénissimes.* Proust avait déjà publié dans *Les Arts de la vie,* en avril et mai 1905, sa traduction des *Trésors des rois* de Ruskin. — Notre

texte est, en principe, celui des *Arts de la vie (AV)*. Quand nous avons cru devoir le corriger d'après celui d'*Altesses sérénissimes (AS)*, une note en prévient le lecteur. La longue citation sur laquelle s'achève l'article est empruntée à un ouvrage de Montesquiou, *Roseaux pensants*. Comme toujours, Proust cite assez librement. Des notes signalent les points sur lesquels nous avons rectifié sa transcription d'après Montesquiou lui-même *(RP)*. Le manuscrit *(Ms)* de cet article se trouve à la B. N. (44, p. 67 sq.). Plusieurs allusions à *Un professeur de beauté* figurent dans les lettres (mal classées) de Proust à Montesquiou (XLVII, CLI, CLXXVI...). On lira avec intérêt l'étude de M. Léon Guichard, « Un article inconnu de Proust » (*Revue d'histoire littéraire de la France*, 1949, n° 2).

5. « Tous deux riaient de pitié quand il était question des souverains de Fezensac, de Fezensaguet et d'Astarac. Cette étude, en effet, ne serait bonne que pour leurs héritiers, s'ils en avaient » (*L'Ingénu*, chap. X).

Page 507.

1. *Le Bourgeois gentilhomme*, acte II, sc. IV.

2. « Un gentleman instruit peut ne pas connaître un grand nombre de langues..., mais, quelque langue qu'il sache, il la sait d'une manière précise...; il est versé dans l'armorial des mots...; il a dans la tête les noms de leurs ancêtres, quels mariages ils ont contractés entre eux..., dans quelle mesure ils sont reçus » (Ruskin, *Sésame et les lys*, trad. Proust, p. 88 sq.).

3. Proust, en effet, a ajouté une note à sa traduction de ce passage de *Sésame et les lys*. Il s'étonne de la comparaison dont Ruskin s'est servi : « Qu'une personne soit de bon sang ou de sang obscur, voilà qui a peu d'importance aux yeux d'un penseur... Le plaisir que de telles images donnent au lecteur (et d'abord à l'auteur) est, en réalité, à base d'insincérité intellectuelle ».

4. Heredia, *Soir de bataille*, v. 13; Hugo, *Les Châtiments*, « Éblouissements » (dernier vers); *Les Contemplations*, « Ibo » (v. 115 sq.) :

J'irai vers elles, penseur blême,
Mage effaré!

Page 508.

1. Suzette Lemaire, la fille de Madeleine.

Page 509.

1. Sarah Bernhardt avait donné au début de 1905, dans le théâtre qui a longtemps porté son nom, des représentations d'*Esther* aussi conformes que possible à ce qu'avaient été

celles de Saint-Cyr en 1689. Tous les rôles étaient joués par des actrices. Sarah Bernhardt elle-même tenait celui d'Assuérus en un costume bleu turquoise rehaussé d'or (cf. *L'Illustration,* numéro du 22 avril 1905, p. 255).

2. En juin 1905, Montesquiou avait fait paraître dans *Les Arts de la vie* un article d'une rare insolence contre le peintre mondain John Sargent.

Page 510.

1. *AV :* « inexactes adressées »* (faute corrigée d'après *AS*).

2. Les expressions que nous plaçons entre guillemets sont empruntées à Vigny (*L'Esprit pur,* v. 3 sq.).

3. Louis XIV avait fait venir le cavalier Bernin à Paris en 1665.

Page 511.

1. Barrès fut élu le 26 janvier 1906 au fauteuil de Heredia.

2. Régnier n'entrera à l'Académie que le 9 février 1911, succédant à Eugène Melchior de Vogüé. — On croit deviner dans cet article de Proust bien des malices sous les éloges démesurés. Tous ceux qui le lurent en 1905 se souvenaient que, huit ans auparavant, à la suite de l'incendie du Bazar de la Charité, Montesquiou s'était jugé offensé par des propos de Mme Henri de Régnier et qu'un duel avait mis aux prises les deux poètes.

3. Maeterlinck, de nationalité belge, n'entrera pas à l'Académie française.

4. *AV* et *AS :* « de ces »*

5. *Autels privilégiés* avait paru en 1899; *Roseaux pensants,* en 1897; *Professionnelles beautés,* en 1905.

Page 512.

1. *Chateaubriand et son groupe*, t. II, p. 117, n. 2. Deux mois plus tôt, dans son article « Sur la lecture » (*La Renaissance latine,* 15 juin 1905), Proust avait retourné ce jugement contre Sainte-Beuve lui-même.

Page 513.

1. Les verres demi-translucides du nancéien Émile Gallé étaient alors fort à la mode; René Lalique était le spécialiste du verre moulé.

2. Montesquiou avait publié en 1894, sous le titre *Félicité,* une étude admirative sur l'œuvre poétique de Marceline Desbordes-Valmore.

3. Souvenir de Vigny (*La Bouteille à la mer,* v. 168) :

Sur la pierre des morts croît l'arbre de grandeur.

Page 514.

1. Cf. *John Ruskin* (ci-dessus, p. 135) : Proust esquisse la même comparaison entre Ruskin et Montesquiou (désigné par une périphrase : « un de nos contemporains les plus justement célèbres »).

2. *AV* et *AS* : « nous » (corr. d'après *Ms*).

3. *Évangile selon saint Luc,* XIX, 1-10.

4. *Les Femmes savantes,* acte III, sc. II. — Évariste Boulay-Paty, poète français familier du Cénacle (1808-1864). — Dans la première rédaction que révèle le *Ms,* Boulay-Paty n'était pas cité, mais la note qui accompagnait le nom de Molière était ainsi rédigée : « Je citerais ici, si je ne voulais pas avoir l'air de me mettre moi-même sur les rangs et d'entrer en compétition, le beau poème de Boulay-Paty sur l'amarante. »

5. Proust prêtera à Charlus ce propos de Montesquiou (*À la recherche du temps perdu,* t. II, p. 1010).

6. Cf. Balzac, *Pierre Grassou* (éd. Conard, XVI, 452) : « il avait choisi un pantalon fort avantageux ».

7. Vieux beau de province; il épousera Mme de Bargeton devenue veuve.

Page 515.

1. Dans *La Cousine Bette,* non seulement la baronne Hulot ne se livre pas avec le riche Crevel à cette manœuvre de coquetterie, mais Balzac prend la peine de noter qu'elle en serait bien incapable : « Elle ignorait totalement l'art d'avancer, au moment décisif, un joli pied en le faisant dépasser de quelques lignes une robe à demi soulevée pour ouvrir des horizons au désir » (éd. Conard, XVII, p. 334).

2. On voit plus bas que ce Pisanello est un « portrait de la princesse d'Este ».

3. *Robertianum* semble être une allusion au prénom de l'écrivain d'art Robert de La Sizeranne. Pour tous ces noms de peintres et de critiques, voir l'Index.

4. Cf. *Genèse,* XVIII, 2 et 33; XIX, 1.

5. Ce collectionneur et mécène (voir l'Index) a été très lié avec tous les grands peintres du Second Empire; nombre d'entre eux ont fait son portrait.

6. Ou plutôt « de Senonnes » : son portrait par Ingres est aujourd'hui au musée de Nantes.

Page 516.

1. Gustave Moreau.

2. Proust semble se souvenir de la réflexion qu'inspirait à Sainte-Beuve une page où les Goncourt analysaient le plaisir qu'ils avaient eu à passer quelques jours dans une agréable société : « Qui n'aimerait des amis qui savent payer par une

telle page une quinzaine d'hospitalité ? » (*Nouveaux Lundis,* chap. x, p. 414).

Page 517.

1. Poème de Hugo (*Les Voix intérieures,* IV). On y trouve bien les mots « attique » (v. 441), « chevet » (v. 209), « claveau » (v. 214) et même « archivolte » et « architrave » (v. 110 et 455), mais non « abaque ».

2. *AV :* « à son époque » (correction d'après *AS*).

3. Mme Aubernon (1825-1899) qui, à ses dîners, réglait la conversation, une sonnette à la main.

4. Tout cela pour dire, comme le prouve la suite, que Mme Aubernon attachait autant d'importance à la qualité de sa table qu'à l'esprit de ses convives. Pétrone représente le raffinement du goût, comme Hugo, le génie littéraire; Quasimodo (« maître sonneur »... de cloches ?) est amené par Hugo, comme Trimalcion par Pétrone; Apicius est le type classique du gastronome; mais d'où vient « Borlunt » ? (*AS* donne « Borluut »).

5. Moïse à Raphidim (ou Rephidim), dans le désert, fit jaillir l'eau du rocher, comme Pégase, sur l'Hélicon, la fontaine Hippocrène.

Page 518.

1. En lisant les descriptions qu'en donne Montesquiou.

2. Ce tableau célèbre a paru au Salon de 1843.

Page 519.

1. *AV* : « l'air raréfié » manque (corr. d'après *RP*).

2. Le *Quos ego* menaçant de Neptune (*L'Énéide,* I, 135).

3. Delacroix.

4. Pour Balzac, il y a une relation entre le nom d'une personne et son caractère.

5. « Ingres » rime avec « pingre ».

6. *AV :* « en prophète » (corr. d'après *RP*).

7. C'est le prénom d'Ingres.

8. *AV :* « mais à un » (corr. d'après *RP*).

9. *AV :* « se fie en son » (corr. d'après *RP*).

Page 520.

1. *AV :* « D'autres, l'ennemi, le rival innommable » (corr. d'après *RP*). — Ce « rival » est toujours Delacroix.

2. *AV :* « brillante » (corr. d'après *RP*).

3. *La Mort de Sardanapale,* de Delacroix, a été exposée au Salon de 1828.

4. Fresque de Raphaël, au Vatican (1514).

5. Allusion à l'une des toiles les plus célèbres d'Ingres, *Roger délivrant Angélique*.
6. Et non le feu!

JOHN RUSKIN, *Les Pierres de Venise*
Traduction de Mme Crémieux

7. 1re publication : *La Chronique des arts et de la curiosité*, 5 mai 1906. Signé : « Marcel Proust ».
8. *Sur trois marches de marbre rose* (février 1849), v. 12.
9. Un prosateur, deux poètes, un graveur, un érudit, deux peintres. Montesquiou avait dédié à Maurice Lobre (1862-1951) son recueil de sonnets *Les Perles rouges* (1899).

Page 521.

1. Pseudonyme de Mme Bulteau, romancière.
2. Proust parle toujours de son ancien camarade avec un mélange d'affection et de réserve. Il pense ici à deux articles que Daniel Halévy avait donnés à *La Revue de Paris* (1er août et 1er septembre 1898) sous le titre *Vénétie et Toscane*.
3. Influence de Huysmans ?
4. Le don des langues.

Page 523.

[TOLSTOÏ CONTRE SHAKESPEARE]

1. *Ms :* B.N. 45, p. 58-61. — C'est en 1906 que parut la première traduction française du *Shakespeare* de Tolstoï : Shakespeare y était durement critiqué du point de vue de l'art et surtout de la morale. La revue *Les Lettres* invita aussitôt nombre d'écrivains français à dire s'ils approuvaient ou non le réquisitoire de Tolstoï. Proust fut de ceux-là, mais sa réponse n'a pas été publiée. Peut-être ne l'avait-il pas adressée à la revue. On en a retrouvé deux brouillons dans ses papiers, tous deux inachevés, tous deux sur du papier à lettres de grand deuil (la mère de Proust était morte l'année précédente). Le journaliste qui avait organisé l'enquête s'appelait Muller (voir ci-dessous, n. 2). Peut-être s'agit-il de Charles Muller (1877-1914), l'auteur avec Paul Reboux des pastiches *À la manière de...* (1908 et 1913).
2. Voici le second brouillon que nous signalons ci-dessus; il semble antérieur à celui que nous citons : « Monsieur, Il m'a paru d'abord que votre question avait quelque chose d'un peu diabolique en ce qu'elle appelait méchamment notre attention sur une des plus singulières hérésies qui ait pu jamais nous troubler dans notre foi de croyants à l'art. Notre religion n'est donc pas " catholique ", me disais-je, ne saurait s'imposer universellement, puisque Tolstoï peut nier Shakes-

peare. M. Muller ouvre là bien cruellement une lutte douloureuse où nous serons finalement forcés de choisir entre le génie de Shakespeare et, sinon le génie de Tolstoï, au moins (car [il] est seul en cause, mais n'est-ce pas déjà beaucoup ?) son pouvoir de discerner la beauté et la vérité. Peut-être, au fond, est-ce moins grave que cela, Monsieur — ou davantage : moins grave pour Tolstoï, plus grave pour la critique en général, pour la possibilité de former en matière d'art ces jugements objectifs... »

Page 524.

GAINSBOROUGH, par Gabriel Mourey...

1. 1re publication : *La Chronique des arts et de la curiosité,* 9 mars 1907. L'article est signé « M. P. ». — Gainsborough (1727-1788) : peintre anglais de portraits et de paysages. — Gabriel Mourey (1865-1943), critique d'art; il a surtout étudié la peinture anglaise.

Page 525.

1. La *Biographie critique de Nicolas Poussin,* par Paul Desjardins, avait paru chez H. Laurens en 1904. Paul Desjardins, dont la personnalité avait tant de rayonnement, a eu sur Marcel Proust une influence profonde.

Page 526.

1. Camille Groult, riche amateur d'art, avait rassemblé dans son hôtel de l'avenue Malakoff une magnifique collection de peinture. Il devait mourir au début de 1908 (voir *L'Illustration* du 18 janvier 1908).

Page 527.

LES ANNÉES CRÉATRICES

JOURNÉES DE LECTURE

1. 1re publication : *Le Figaro,* 20 mars 1907. Signé « Marcel Proust ». — *Les Récits d'une tante : Mémoires de la comtesse de Boigne, née d'Osmond (1781-1866)* venaient de commencer à paraître chez Émile-Paul. — Dans la nuit du 18 au 19 mars 1907, Proust écrit à R. Hahn (éd. Kolb, p. 132) : « Je viens de lire mes épreuves. On a coupé tout le long passage pour lequel l'article était fait, la seule chose qui me plût... » Nous reproduisons ci-dessous ce « long passage » d'après le manuscrit (B. N. 44).

2. Ici commence un développement sur le téléphone qui reparaîtra, avec des changements, dans *Le Côté de Guermantes* (*À la recherche du temps perdu,* t. II, p. 133 sq.).

Page 528.

1. Ce paragraphe ne sera pas repris dans *Guermantes.*

Page 529.

1. *Ms :* « et non une imitation, si parfaite qu'elle soit, de ce qu'elle dit, où l'on n'aurait retenu que ce qui nous concerne »

2. Contrairement au précédent, ce paragraphe reparaîtra à peu près textuellement dans *Guermantes (À la recherche du temps perdu,* t. II, p. 134).

3. *« De profundis clamavi... ».*

4. *Fig* : « devais »*

Page 530.

1. Au sujet de ce recueil qui allait paraître et des deux autres cités ensuite, cf. p. 533, n. 1.

2. La comtesse de Boigne était née elle-même « sous Louis XVI » en 1781.

3. *Ms :* « ... prénoms et répondent encore — ne parlons pas des femmes, des Gilonne, des Ghislaine, des Slanie, des Cloton et des Victurienne — aux doux vocables d'Artus, de Jacquelin... ».

4. *La Bonne Chanson,* VIII, v. 16-17 (le vrai texte est : « j'entends toutes ces choses »). Mathilde : ce « prénom carlovingien » était celui de Mlle Mauté (dite « de Fleurville ») que Verlaine devait épouser le 11 août 1870. Il avait écrit pour elle *La Bonne Chanson ;* bien qu'achevé en juin 1870, ce recueil, du fait de la guerre, ne parut que deux ans plus tard.

Page 531.

1. Dans le conte de Perrault, c'est le soleil qui « poudroie ».

2. Ces panoramas étaient encore en grande vogue au début du siècle.

Page 532.

1. « Cette Mme de Boigne... j'ai vu bien souvent sa nièce » : tour expressif du langage parlé.

2. Ici se place dans le *Ms* le « long passage » que la rédaction du *Figaro* a « coupé ». En voici l'essentiel : « Et tout en lisant ces Mémoires de la comtesse de Boignes — assez bizarrement intitulés « Récits d'une tante » —, je me demandais ce qu'avaient pu, en général, être, de leur vivant, ces femmes auteurs de Mémoires où elles étourdissent la postérité frivole du fracas de leur élégance, et je me demandais aussi quelles sont celles de nos contemporaines, des femmes avec qui nous dînons tous les soirs, qui ont chance de donner

d'elles-mêmes aux âges à venir une aussi fastueuse image. Ceci a d'ailleurs son importance pratique, même et surtout pour de pures femmes du monde, et elles en conviendraient si elles voulaient méditer les quelques observations qui suivent et si ce n'était pas demander l'impossible que de vouloir qu'une femme du monde pensât un instant sérieusement, même à une chose frivole. Les poètes et les philosophes nous ont dit longtemps, que pour nous tous tant que nous sommes, même pour les plus grands, notre vie était promise à l'immense oubli qui en quelques années dévore et abolit ce qui paraissait le plus assuré de durer dans la mémoire des hommes. Mais voici que les archéologues et les archivistes nous montrent, au contraire, que rien n'est oublié, rien n'est détruit, que la plus chétive circonstance de la vie, la plus éloignée de nous, est allée marquer son sillon dans les immenses catacombes du passé où l'humanité raconte sa vie heure par heure; qu'il n'est pas un champ de Crète, d'Égypte ou d'Assyrie où n'attendent, depuis les premiers âges, que vienne se soucier d'eux l'Histoire : les plus oiseux détails, les plus vains plaisirs de la vie de Thésée, d'Aménothès ou de Sargon qui, si frivoles qu'ils parurent à ceux qui n'y trouvaient qu'un divertissement et les jugeaient sinon coupables, au moins sans intérêt par eux-mêmes, sont, aujourd'hui que ce divertissement est évanoui depuis tant de siècles, la matière des plus graves travaux de nos savants.

« Comment Assourbanipal s'y prenait quand il voulait donner une chasse en l'honneur d'Oummanigâsh, d'Oummanappa, de Tamaritou et de Koudourrou, dans les tirés voisins de Dour-Sharoukin, les divers épisodes des battues, les incidents du lancer, la mise à mort du gros gibier, le luxe du déjeuner servi sur le terrain de chasse dans un pavillon, l'exagération même des tableaux (Tiglath-Phalazar se vantant d'avoir tué cent vingt lions), le retour des invités, nous savons tout cela avec la même exactitude que s'il s'agissait des battues de Bois-Boudran ou des laisser-courre de Vallière. M. Ferrari ne m'en voudra pas si je lui dis qu'il n'est pas mieux renseigné sur les chasses d'Esclimont, de Courances, de Ferrières ou de Bonnelles que M. Maspéro sur celles de Val-d'Ajon ou des étangs du Dab; il y a dans ces dernières certains vieux amis de Sennacherib, chasseurs éprouvés qu'Assourbanipal admet seuls aux difficiles, et qui ressemblent à s'y méprendre à M. de La Force ou à M. H. C. Pour les chasses que Nakhtminon donne en son château d'Ajon quand il a Psarou pour hôte, M. Maspéro peut même nous donner les noms des lévriers que les piqueurs tiennent en laisse, Abaïkaro, Pouhtes, Togrou. Et ce passé si antique n'a pas seul le privilège de nous être ainsi présent. Tout près de nous, à la fin du XVIIIe siècle, la minute où le plus obscur révolutionnaire acheta, sans même le choisir, le pauvre mobilier au milieu duquel il vécut et que, n'ayant point d'amis, il fut peut-être le seul à voir, une de ces humbles minutes qui n'ont que pour celui qui les vit un intérêt qu'il ne peut pas espérer je ne dis même pas faire durer au-delà de lui, mais seulement de son vivant faire comprendre et partager avec quelqu'un, même cette minute survit, et M. Lenôtre n'aura qu'à l'aller chercher dans ce grand répertoire des siècles où il semble que le passé tout entier ait son double exact et minutieux. Proche ou lointain, presque contemporain de nous ou antéhistorique, il n'est pas un détail, pas un entour de vie, si futile ou fragile qu'il paraisse, qui ait péri. Et si la fleur d'un rosier de Thèbes ou le rayon d'une ruche de l'Hymette fut oublié au fond d'un hypogée il y a des centaines de siècles, le savant qui y pénètre le premier les retrouve si intacts qu'il est obligé d'en disputer la proie millénaire et pourtant fraîche aux abeilles du présent, aux abeilles d'aujourd'hui qui, sur le soleil de la route, s'y méprennent et la lui voudraient arracher.

« Dans cette immense survie de tout ce qui parut à la surface de la terre, il est donc à craindre que le snobisme n'ait sa part, et nous verrons encore souvent, comme nous l'avons déjà vu, de pures femmes du monde survivre dans les Mémoires frivoles qu'elles nous laissent.

« Mais que furent de leur vivant celles qui dans leurs Mémoires font ainsi figure de " reines " de l'élégance ? Que furent-elles ? Des reines de l'élégance, vraiment ? De ces femmes à la mode dans les salons de qui tout ce qu'il y avait de plus brillant à leur époque cherchait à pénétrer ? À vrai dire (excepté peut-être pour Mme de Boigne) j'avoue que je n'en crois pas un mot. Je croirais plutôt que (sauf exceptions et notamment celle que je viens de dire) ces Mémoires furent et seront presque toujours écrits par cette sorte de personnes, souvent très bien nées, mais, on ne sait pourquoi, peu recherchées et que les femmes à la mode désignent volontiers par l'appellation de " chameaux ". De sorte que leur salon qui nous donnait dans leurs écrits l'impression d'un sanctuaire précieux, inaccessible et clos, était de leur vivant systématiquement fui par les personnes élégantes auxquelles elles en ouvraient vainement les portes toutes grandes. Il y a à cela bien des raisons. La première est que les femmes élégantes ne savent pas écrire et, quand elles savent, n'ont ni le temps ni le désir de le faire, les meilleures se le reprocheraient comme une faute de goût. Les autres peuvent mettre beaucoup de grâce à écrire sur un carton : " Pensez à moi vendredi prochain à 10 heures ", mais les rédactions plus longues leur sont inconnues. Tout de même j'imagine que la postérité, même pour le snobisme, sera plus exigeante et ne se contentera pas de si peu; que même pour arriver à ne lui donner qu'une impression de frivolité, beaucoup de sérieux aura été nécessaire, ce sérieux spécial qui, dans un salon, sent si désagréablement le pédantisme et la cuisine. La pure frivolité est impuissante à éveiller aucune impression, même celle de la frivolité. Un ouvrage frivole est encore un ouvrage, et c'est tout de même un auteur qui l'écrit. Il est possible que Mme de Boigne ait été de son vivant une femme extrêmement recherchée, et j'admets que l'impression d'élégance qu'elle nous donne d'elle dans ses Mémoires, n'a rien d'un bluff posthume et littéraire. Toujours est-il que, pour écrire ces charmants Mémoires frivoles, il lui fallut faire d'abord de mauvais livres sérieux qu'on ne lit plus guère aujourd'hui[1], et tout cela n'alla pas sans dégager un parfum de gravité, de "livresque ", de libéralisme, de chimère et d'acrimonie qui, même au travers de ces Mémoires, ne paraît pas avoir été toujours entièrement goûté de certaines coteries élégantes de son temps. Lisez dans les *Lundis* de Sainte-Beuve[2] la vraiment belle lettre qu'elle lui écrivit après la mort du duc Pasquier. Son tour est si remarquable que tout esprit habitué a voir dans les choses le signe d'autres choses qui semblent d'un ordre tout différent, se représentera aussitôt la dame capable d'écrire une pareille lettre (et il aura tort, puisque c'est Mme de Boigne) légèrement " dropée "[3] à la sortie d'une matinée par des jeunes femmes qui lui adressent des bonjours vagues, excessifs et éloignants, des bonjours cérémonieux qui ne " reconnaissent " pas. La balance des biens et des maux est inflexible et délicate. Et il n'est pas de gloire posthume qui ne s'achète au prix de quelques avanies viagères. Mais la revanche des dames auteurs de Mémoires commence avec ces Mémoires mêmes. Alors tout change, et la dame, recherchée ou non de son vivant, peut nous en faire croire tout ce qu'il lui plaît. Si elle nous dit qu'elle eut le salon le plus élégant de Paris, qui donc ira y voir ? Songez avec quel petit nombre de personnes brillantes il suffit que la dame auteur ait été liée pour qu'elle puisse donner au lecteur l'impression maximum d'élégance qu'un lecteur est susceptible de recevoir. Elle en aurait connu cent fois plus, que cela ne servirait absolument à rien, car elle ne pourrait pas les faire entrer dans son cadre forcément limité. Et si elle fréquenta beaucoup de gens qui n'étaient rien moins qu'élégants, comme elle n'aurait pas eu non plus la place de les nommer, cela reviendra absolument

1. Cf. Sainte-Beuve, *Nouveaux Lundis,* t. X, p. 459 : « ... On a publié de Mme de Boigne deux romans posthumes [...]. Cette publication a été, selon moi, une faute... ».

2. *Ibid.,* p. 460.

3. Nous dirions, dans le même argot mondain, « semée ».

au même que si elle avait été " difficile dans le choix de ses relations ". Dans l'absurde conception actuelle de l'élégance, sans doute quelques amitiés illustres ne préjugent en rien de l'élégance de celle qui a su les conquérir. Mais ce n'est plus de même pour la postérité. Qui faut-il qu'un mémorialiste ait connu, qui faut-il qu'il puisse citer dans ses Mémoires ? De grands personnages politiques sont utiles et, même sous une monarchie, ce ne sont pas les salons les plus élégants où ils fréquentent surtout [...]. Des souverains ? Excellent. Or on sait qu'ils sont souvent de très mauvaises relations, à moins de n'avoir commencé à régner que très tard et d'avoir été aussi pendant longtemps de simples gens du monde élégants (par exemple, les souverains actuels d'Angleterre). Des Altesses ? Il y en a en ce moment quatre ou cinq en France chez qui il est trop facile d'aller pour que ce ne soit pas un peu déconsidérant aux yeux d'un snob [...] " Pas trop d'Altesses, pas trop d'Altesses, cela ne prouve rien ", recommandait naguère à sa belle-fille quelqu'un que Balzac aurait appelé " un des hommes les plus en vue du faubourg Saint-Germain ". Dans la conception actuelle de l'élégance une Américaine snob qui ne reçoit que des gens brillants est " plus élégante " qu'un prince qui fréquente n'importe qui. Ce n'est pas ce qu'il est, ce sont les gens qu'il voit qui sont la mesure de l'élégance de chacun. Croyons bien que la postérité n'entrera pas dans ces folies et dites-vous qu'elle aura bien raison [...]. Pour ma part, quand je cherche entre toutes les femmes que j'ai connues celles qui ont chance de faire figure de grandes dames aux yeux de la postérité, ce sont (j'étonnerais beaucoup de contemporains en les nommant) deux femmes [...] de grande naissance, mais que les décrets mystérieux de la mode avaient rejetées à recevoir surtout des gens qui n'étaient pas de leur monde, malgré quelques exceptions qui seront parfaitement suffisantes à meubler très somptueusement leurs mémoires. Rien que ce qui se rattachera à leur parenté, de la noblesse la plus illustre (et très assidue chez elles, soit par respect du passé, soit par espérance de l'avenir, représenté sous la forme d'un gros héritage) donnera au lecteur l'impression de la vie la plus brillante et du milieu le plus aristocratique. Leurs deux salons où tant de gens du monde ne voulaient pas aller, seront déclarés les plus élégants du XIXe siècle, d'abord par elles-mêmes, ensuite par des écrivains connus qui le diront sincèrement parce qu'elles le leur ont très facilement fait croire. Elles pourront parler dans leurs Mémoires de beaucoup d'artistes fameux, d'hommes politiques, de grands personnages étrangers, de familles célèbres et de noms historiques, et tout cela intéressera la postérité, parce que cela se rattachera à des choses qu'elle saura. Comme elles étaient l'une et l'autre très intelligentes, qu'elles avaient beaucoup de temps parce qu'on les invitait peu, et qu'on ne venait pas beaucoup les voir, elles ont pu beaucoup lire et beaucoup écrire, et l'originalité d'esprit qui les empêcha de réussir dans le monde, fera réussir leurs Mémoires. Les personnes de ce genre ont souvent une longue liaison avec un vieil homme d'État qui vient causer politique avec elles tous les soirs[1] en jouant au bézigue et qui généralement n'a pu parvenir à fixer chez elles la société élégante qu'il fréquente, mais a attiré chez elles de temps en temps ce qu'il y avait de plus intéressant parmi les grandes personnalités européennes avec qui il était en rapport et qui désiraient lui être agréables, et avec qui elles auront le ridicule de parler des plus grandes affaires, ce qui leur permettra de raconter à nos petits-enfants des choses plus intéressantes pour eux tout de même que ces petits dîners de Mme X auxquels de leur vivant elles regrettaient tant de ne pas être invitées. [...] Je vois, en visite l'une chez l'autre, dans un triste salon du faubourg Saint-Germain à peine chauffé par un maigre feu de bois, les deux « chameaux » dont je viens de vous parler. Deux visiteurs seulement, de la bourgeoisie la moins brillante et de la littérature la moins notoire. Ils regardent au mur le portrait de l'arrière-grand-père, le grand ami de Louis XV, et du père, frère de la Grande-duchesse de Hombourg. Et la maîtresse de maison s'exerce déjà inconsciemment sur eux, tout intimidés, au grand truc des Mémoires : « À ce moment là, voyez-vous, mon cher Monsieur, personne dans la société ne voulait voir les ministres, et j'entends encore, j'étais encore bien petite, mon père disant au roi Charles X : ‘ Je ferai toujours ce qui pourra plaire à Votre Majesté. Mais me laisser présenter M. de Villèle, jamais.’ Mais à quelque temps de là j'étais en train de regarder avec les petites princesses des images que m'avait envoyées madame Adélaïde pour me distraire, quand le Roi entre : ‘ Florimond, je fais appel à ton patriotisme ’, dit-il à mon père, etc. » La vieille et charmante maîtresse de maison en était là de son récit quand entra une jolie jeune femme pressée, en costume tailleur : « Je vous présente ma nièce, la princesse de Gênes. » Les deux visiteurs n'eurent plus aucun doute qu'ils étaient venus passer l'après-midi dans le salon le plus élégant de Paris. Ils étaient déjà « des lecteurs de leurs Mémoires ». Ils étaient déjà un peu de la Postérité. Croyez-moi, c'est ces deux dames ou deux de leurs congénères qu'elle choisira. Que voulez-vous ? Elles auront plus de choses intéressantes à lui raconter que celles qui n'ont fait que de jouer au golf. »

1. On a ici comme une première esquisse du portrait de Mme de Villeparisis.

3. L'article occupe, en effet, presque trois colonnes du *Figaro*.

4. Cf. *L'Odyssée,* XI, 49 sq.

Page 533.

LES ÉBLOUISSEMENTS
par la comtesse de Noailles

1. 1re publication : *Le Figaro* (supplément littéraire du 15 juin 1907). Signé « Marcel Proust ». Nous avons comparé le texte que donne ce journal avec les brouillons autographes (B. N. 44, f° 119 sq.). — *Les Éblouissements* ont paru en 1907; Anna de Noailles avait déjà publié deux autres recueils de vers, *Le Cœur innombrable* en 1901 et *L'Ombre des jours* en 1902. — Cf. Lettres de Proust à Anna de Noailles (*Corr. gén.*, II, p. 164 sq.).

2. *Ms :* « ... pas volé! Voilà la première impression ressentie déjà en face des deux premiers volumes. Mais peut-être avec moins de force et d'irrésistible évidence. La seconde impression, qui se confond presque d'ailleurs avec la première, à savoir que le charme d'un tel livre a quelque chose d'unique, où il entre un peu d'enchantement et de sorcellerie et sur quoi il semble que la critique n'aura guère de prise, c'est à une lettre de Joubert que nous demanderons de l'exprimer. Il écrivait à Mme de Beaumont, à la veille de l'apparition d'*Atala :* " Il y a... " » *(inachevé).*

3. Cette lettre, écrite à Villeneuve-sur-Yonne, est datée du 6 mars 1801. *Atala* ne paraîtra en librairie que le 2 avril. La citation de Proust, çà et là un peu arrangée, est dans l'ensemble très exacte.

Page 534.

1. *Cantique des cantiques,* III, 6.

2. Inspiré du *Cantique des Cantiques,* VII, 13.

3. Cf. dans l'*Album Proust* (p. 176) la reproduction d'une étude de G. Moreau pour son « Chanteur indien ». On se reportera aussi à une lettre à Douglas Ainslie, publiée par M. Bryant C. Freeman (*Bulletin,* n° 10, p. 176 sq.).

4. *Fig :* « prendre »*. Nous corrigeons d'après le *Ms.*

Page 536.

1. Ce souvenir de *Phèdre* (v. 176) prépare l'allusion à Racine que contient la phrase suivante.

2. *Ms :* « ce livre où son corps charmant paraît à chaque page, plus délicieux encore quand elle demande à l'effacer si bien contre le mur... »

3. *Ms :* « A-t-elle jamais dansé dans un bal, a-t-elle connu le moindre luxe, dans quelle civilisation vit-elle, à quoi le

devinerez-vous ? Elle ne vit qu'au milieu des lys, des rayons et des ondées, qui n'ont pas de situation sociale... »

Page 537.

1. *Poésies nouvelles,* « À M. Alfred Tattet », v. 11. Les armes de Musset étaient d'azur à l'épervier d'or.
2. *L'Esprit pur,* v. 3.
3. Ouvrage de satire politique publié en 1905. C'est sans doute au *Figaro* que Proust s'était lié avec André Beaunier (1869-1925).
4. Allusion au premier prénom du comte Anne-Jules de Noailles, fils d'Anna de Noailles. Proust pense avec un sourire au connétable Anne de Montmorency.
5. *Ms :* « le jardin de John Ruskin pour lequel il quitta les Turner, le della Robbia, les missels, les collections de minéraux de son grand cabinet de travail... »

Page 538.

1. Personnages de contes et romans d'H. de Régnier, *La Canne de jaspe* (1897), *La Double Maîtresse* (1900).

Page 539.

1. Dans tout ce passage Proust évoque le *Roman du lièvre* de Francis Jammes (1902).
2. *Fig :* « théologie »*
3. Cf. *Fables,* IX, IV, 1 sq.
4. À Giverny.

Page 540.

1. *Ms :* « [...] Je me souviens qu'un jour où je partais en voyage, ayant quitté Paris légèrement grisé par le vin dont un philosophe nous a dit qu'il nous donne momentanément la liberté, regardant du wagon les seins bombés des coteaux de Sèvres, le fleuve, l'arche immense du ciel, je les sentais reposer légèrement — de simples peintures — sur le globe de mon œil qui saillait, s'offrant à porter bien d'autres fardeaux [...] sur sa surface délicate. Le cercle de mon regard se trouvait insuffisamment rempli par la sphère de l'horizon ; tout ce que la nature m'apportait de vie dans les jours d'été me semblait un souffle bien chétif et court auprès de l'immense aspiration qui gonflait ma poitrine. La vie n'était pas hors de moi dans le monde ; elle était en moi. Je n'étais pas perdu dans l'univers ; l'univers était perdu dans mon cœur infini où je m'amusais dédaigneusement à le jeter dans un coin. Aussi, à cette minute, la pensée que je mourrais un jour, que la force éternelle qu'il y avait en ces coteaux, en ce fleuve, en ce soleil, me survivrait, et que je n'étais qu'un grain

de poussière sous ses pieds divins, cette pensée me fit sourire. Comment pourrais-je durer moins longtemps que ces choses, comment pourraient-elles m'opprimer de leur puissance, puisqu'elles étaient en moi, puisque c'est l'univers qui était prisonnier et perdu au sein de ma conscience, comme ces coteaux et ce ciel ensoleillé reposaient sur mon œil ? Sans doute l'ivresse artificielle et vulgaire dont j'évoque ici la raisonnable frénésie ne peut donner qu'une idée bien imparfaite de l'inspiration qui possède Mme de Noailles [...]. Mme de Noailles a beau nous dire parfois qu'elle ne croit pas à l'éternité de la pensée et remplacer les vieilles croyances par des fables gracieuses [...], la philosophie à laquelle elle se rattache et qu'elle exprime quelquefois directement dans ses vers, est démentie ou tout au moins dépassée par une philosophie plus haute qui se dégage, qu'elle le veuille ou non, de sa poésie. Sans doute elle appelle son livre : " Les Éblouissements ", mais si l'univers l'éblouit, elle sait rendre feu pour feu à toutes les clartés qu'il lui verse. » (Tout ce développement a été en partie repris dans *À l'Ombre des jeunes filles en fleurs,* Bibl. de la Pléiade, t. I, p. 933.)

Page 541.

1. C'est dans la région de Hizen (île de Kyû Shû) que se fabrique la porcelaine japonaise la plus fine.

Page 543.

1. Cf. A. de Noailles, « Jeunesse » *(L'Ombre des Jours) :* « La bouche pleine d'ombre et les yeux pleins de cris... ».
2. L'abbé Morellet (1727-1819) n'est plus guère connu aujourd'hui que pour avoir critiqué *Atala* et particulièrement, dans le prologue du roman, les expressions alors audacieuses que Proust vient de citer.
3. C'est le mois de mai qui parle.

Page 545.

UNE GRAND-MÈRE

1. Cet article a paru, signé « Marcel Proust », dans *Le Figaro* du 23 juillet 1907 sous le titre « La vie de Paris : Une grand-mère ».
2. La grand-mère maternelle de Robert de Flers était morte au château de Malzieu, par Malzieu-Ville (Lozère). Son mari, M. de Rozière, paléographe et historien, était membre de l'Institut et sénateur de la Lozère.

Page 546.

1. Robert de Flers avait épousé en 1898 Geneviève Sardou, fille de Victorien Sardou.

2. Jeanne Pouquet, amie d'enfance de Proust, avait épousé en premières noces Gaston de Caillavet, le fils de Mme Arman de Caillavet. Devenue veuve en 1915, elle se remaria avec son cousin Maurice Pouquet.

Page 547.

1. *Athalie,* v. 685.
2. *Mémoires d'outre-tombe* (Bibl. de la Pléiade, t. I, p. 450) : « Afin de retrouver des forces, [M. Joubert] se croyait souvent obligé de fermer les yeux et de ne point parler pendant des heures entières. Dieu sait quel bruit et quel mouvement se passaient intérieurement chez lui, pendant ce silence et ce repos qu'il s'ordonnait. »
3. Mme de Sévigné à Mme de Grignan, 24 janvier 1689 (le marquis de Grignan, âgé de dix-sept ans, n'aime pas lire) : « Sa jeunesse lui fait du bruit; il n'entend pas. »
4. Allusion à la « vision en Dieu ».

Page 549.

GUSTAVE DE BORDA

1. Article paru sous ce titre et sans autre signature que l'initiale D. (Dominique) dans *Le Figaro* du 26 décembre 1907. Il a été recueilli dans les *Chroniques* (1927).
2. Bretteur alors célèbre. Le 6 février 1897, lorsque Proust se battit en duel au pistolet avec Jean Lorrain qui avait écrit sur lui dans *Le Journal* des lignes injurieuses, Borda et le peintre Jean Béraud avaient été ses témoins.

Page 550.

1. Dans ses *Souvenirs* Léon Daudet parle souvent, et avec une grande admiration, de son ami le docteur Henri Vivier.

LE CHEMIN MORT

2. 1re publication : *L'Intransigeant,* 8 septembre 1908. L'article est signé « Marc Eodonte », mais sans doute par erreur. Il semble que Proust ait voulu s'amuser à faire suivre son prénom (« Marc El ») du nom de « Dante ». — *Le Chemin mort,* roman de Lucien Daudet (1883-1946), avait paru en 1908 chez Flammarion.
3. Mme Alphonse Daudet, née Julia Allard (1847-1940), avait publié *L'Enfance d'une Parisienne* en 1883, *Miroirs et mirages* en 1905, *Au bord des terrasses* en 1907.

Page 551.

1. Lucien Daudet avait fait des études de peinture; Whistler était l'un de ses maîtres (cf. l'article suivant).
2. *Intrans :* « de ses personnages et nous permet »*

3. Toutes ces citations, en général fidèles, sont empruntées aux vingt-cinq premières pages du *Chemin mort,* sauf les deux dernières (la dame avare et le petit pauvre) qui se trouvent aux pages 173 sq. et 95.

Page 552.

1. *Jack,* l'un des plus célèbres romans d'Alphonse Daudet, a paru en 1876; *Journées de femme,* de Julia Daudet, en 1898; *Le Partage de l'enfant,* de Léon Daudet, en 1905.

AUTOUR D'UN LIVRE :
« LE PRINCE DES CRAVATES »

2. 1re publication : *L'Intransigeant,* 21 septembre 1910. Signé « Marcel Proust ». — *Le Prince des cravates,* recueil de quatre nouvelles de Lucien Daudet, avait paru, cette année-là, chez Flammarion. — Cf. l'article de Proust sur *Le Chemin mort* (p. 550 sq.).

3. Les deux premiers de ces ouvrages avaient paru aussi chez Flammarion, en 1908 et en 1909.

4. Roman d'A. Daudet (1883).

5. Ouvrage de Mme A. Daudet (1898).

6. Léon Daudet, frère aîné de Lucien, avait publié ces deux romans en 1896 et en 1905.

7. Ces deux personnages de Balzac paraissent surtout, le premier dans *Le Contrat de mariage,* le second dans *La Maison Nucingen.*

8. Le texte de *L'Intransigeant* donne : « du jeune et élégant »*.

9. Ou plutôt de *L'Économique* (de Xénophon).

10. Dans les *Souvenirs autour d'un groupe littéraire,* que venait de publier Mme A. Daudet, est citée une lettre adressée à sa mère, Mme Léonide Allard, par Marceline Desbordes-Valmore et où se trouve proposée en exemple la femme du compositeur Grétry.

11. A. Daudet avait publié *Jack* en 1876 et *Fromont jeune et Risler aîné* en 1874.

12. Voir p. 551, n. 1.

Page 553.

1. *Le Prince des cravates* comprend quatre nouvelles dont la première, dédiée à Proust, donne son nom au recueil, et dont les autres s'intitulent *Brisacier, Mnanie* et *?.*

2. La comtesse Georges Mniszech, fille de Mme Hanska.

3. Sur l'amitié qui unissait Proust à Georges de Lauris, voir la notice du *Contre Sainte-Beuve.* Proust avait lu en manuscrit le roman de *Ginette Chatenay,* publié chez Grasset au printemps de 1910. Au début de septembre, en tout cas avant

que cet article ne parût, Proust écrivait à Lauris : « Je vous avais pompeusement annoncé une parenthèse d'une demi-ligne sur *Ginette* dans une notice de *L'Intransigeant* sur *Le Prince des cravates*. Or, elle n'est pas encore parue, je ne sais pourquoi. »

4. Demi-rideaux formant draperie. C'est dans le château du Houlme que s'est retiré Jacques Bretan, le héros de *La Fourmilière*.

5. Lucie Delarue-Mardrus (1880-1945), poétesse et romancière.

6. Roman publié en 1893.

7. L'abbé Reure se jette dans une rivière, et son suicide reste inexpliqué.

8. Le vieux curé Rubercy et son successeur, l'abbé Hirgon.

Page 554.

1. *Le Prince des cravates,* p. 2 : « ... l'un de ces petits demi-dieux de la Grèce, dont nous ne connaissons plus rien qu'un profil de pierre blanche ». L'expression « mauve clarté ensoleillée » est à la même page.

2. Jean Cocteau venait de publier un recueil poétique intitulé *Le Prince frivole.*

3. Ce pronom démonstratif et celui qui le suit (« et celle ») reprennent « la première nouvelle ».

4. Surtout de la cousine Bette.

[REYNALDO HAHN]

5. Cet article n'a pas été publié du vivant de Proust. Il a paru pour la première fois, sous le titre « Les œuvres de M. Reynaldo Hahn », dans *Conferencia,* supplément des *Annales politiques et littéraires* (numéro du 1er décembre 1923). Une note indiquait que l'article était « inédit » et qu'il avait été « retrouvé dans les papiers » de Proust. MM. Kolb et Price l'ont reproduit et annoté dans *Textes retrouvés ;* ils font observer que Reynaldo a été le critique musical du *Journal* de 1909 à 1914 : c'est entre ces deux dates que l'article a été écrit.

6. T. IX (1896), p. 177. La citation est exacte.

7. Maurice Rollinat (1846-1903), le poète des *Névroses*. Il était né à Châteauroux, et ses vers ont souvent un accent de terroir.

8. Comédie en quatre actes d'A. Daudet (1890).

9. C'est l'*Avant-dire* que lut Marguerite Moreno au début d'un concert consacré à Reynaldo, le 21 avril 1897; on le trouvera dans les *Œuvres complètes* de Mallarmé (éd. Mondor et Aubry, 1945, p. 860).

Page 555.

1. Non un distique, mais un quatrain :

Le pleur qui chante au langage
Du poète, Reynaldo
Hahn tendrement le dégage,
Comme en l'allée un jet d'eau.

2. Mendès, né en 1841, est mort, victime d'un accident de chemin de fer, le 7 février 1909.

Page 556.

1. C'est en 1897 qu'a été représentée *L'Ile du rêve,* « idylle polynésienne en trois actes »; la musique en était de Reynaldo Hahn, alors âgé de vingt-trois ans; le livret, signé de Pierre Loti, d'André Alexandre et de Georges Hartmann, était tiré du *Mariage de Loti.*

2. Proust compare successivement deux œuvres d'A. France, de Hugo, d'Anna de Noailles, l'une de leur jeunesse, l'autre de leur maturité.

3. L'école de Léoncavallo, de Mascagni, de Puccini.

4. *Hernani,* acte V, scène II (v. 1964) : « Ta parole est un chant où rien d'humain ne reste. »

Page 557.

1. Ces deux vers se trouvent dans *La Bonne Chanson* (VIII). Ils sont cités inexactement dans *Conferencia :*

Tout ce que la parole humaine
Contient de grâce et d'amour

(Le dernier vers a sept syllabes; le rythme en exige huit.)

[« SWANN » EXPLIQUÉ PAR PROUST]

2. *Du côté de chez Swann* parut chez Grasset le 14 novembre 1913. L'avant-veille, *Le Temps* du 12 (daté du 13) avait publié une interview de Proust signée d'Élie-Joseph Bois. Les propos prêtés à Proust dans cet article semblent être la reproduction pure et simple d'une note rédigée par lui à loisir[1]. Aussi croyons-nous devoir faire figurer cette déclaration parmi ses œuvres.

---

1. Sans doute Proust a-t-il laissé entendre le contraire (cf., par exemple, sa lettre à René Blum du 16 novembre 1913); mais en fait, l'essentiel des propos rapportés par Élie-Joseph Bois se trouve déjà, et parfois littéralement, dans une lettre que Proust avait adressée à Antoine Bibesco en novembre 1912 (*Lettres à Bibesco,* 1949, p. 174 sq.).

3. C'est seulement vers la fin du roman qu'un pur Guermantes, Robert de Saint-Loup, épousera la fille d'un juif, Swann, et d'une demi-mondaine, Odette de Crécy. Mais dès le début de *Du côté de chez Swann,* il est indiqué que Gilberte deviendra « Madame de Saint-Loup ».

Page 558.

1. Cf. *À la recherche du temps perdu*, t. I, p. 47 sq.

Page 559.

1. Peu après Élie-Joseph Bois, le 19 novembre 1913, un autre journaliste, André Arnyvelde (anagramme d'André Lévy), a questionné Proust sur *Du côté de chez Swann.* Cette interview a paru dans *Le Miroir* du 21 décembre. Au sujet de la vie retirée qui était la sienne, Proust aurait déclaré : « Cette réclusion, je la crois profondément profitable à mon œuvre. L'ombre, le silence et la solitude, en abattant sur moi leurs chapes épaisses, m'ont obligé de recréer en moi toutes les lumières et les musiques et les frémissements de la nature et du monde. Mon être spirituel ne se heurte plus aux barrières du visible et rien n'entrave sa liberté [...] Lorsque, par hasard, un mince rayon de soleil parvient à se glisser ici, pareil à l'antique statue de Memnon qui faisait entendre des sons harmonieux quand les rayons de l'astre levant la venaient frapper, tout mon être éclate de joie, et je me sens transporté dans des mondes resplendissants... J'ai dans mon emprisonnement des voluptés profondes. Ainsi, je vous assure, et ne riez point, car vous allez me comprendre, je ne sais s'il est pour moi une lecture qui vaille celle... des indicateurs de chemin de fer. Ah! la douceur et la caresse de tous ces noms de villages et de villes du P.L.M., l'évocation charmante des pays de lumière et de vie où je n'irai jamais... ».

Au sujet de *Swann,* les propos qu'Arnyvelde prête à Proust sont assez brefs (nous ne citons pas ceux qui font double emploi avec l'interview du *Temps*) : « *Du côté de chez Swann* [...] n'est que le premier livre d'une trilogie que j'appelle *À la recherche du temps perdu.* Le second livre sera : *Le Côté de Guermantes ;* le troisième, *Le Temps retrouvé.* Il va de soi que chaque volume peut ou pourra être considéré comme complet par lui-même. Cependant ce n'est qu'après avoir lu les trois livres que le lecteur possédera l'identité de mes personnages. J'ai tenté de suivre la vie où se révèlent soudain à nos yeux des aspects insoupçonnés d'une personne [...]. Ainsi, dans mon livre, verra-t-on, entre beaucoup d'autres, un certain Vinteuil qui, dans *Du côté de chez Swann,* est un brave homme, un bourgeois un peu lourd, plutôt banal; et ce n'est que dans le volume suivant qu'on apprendra qu'il est un musicien de génie, auteur d'une cantate sublime... »

Nous ne croyons pas devoir faire figurer parmi les œuvres de Marcel Proust les échos publicitaires qu'il a adressés à divers journaux (*Gil Blas* et *Le Figaro* du 18 avril 1914, *Débats* du 24 avril) pour signaler l'article favorable que son ami le peintre J.-E. Blanche avait consacré à *Swann* dans *L'Écho de Paris* du 15 avril.

[RÉVÉLATIONS DE PROUST
SUR LA SUITE DE SON ROMAN,
VERS LA FIN DE 1915]

2. Marie Scheikévitch, qui, en 1935, retracera dans ses *Souvenirs du temps disparu* l'histoire de son amitié avec Marcel Proust, était fort liée avec Adrien Hébrard, le directeur du *Temps*. C'est grâce à elle que ce grave journal consacra à *Du côté de chez Swann,* en 1913, l'interview d'Élie-Joseph Bois et un article de Paul Souday. Sachant que pendant la guerre, Proust continuait son roman, elle lui demanda ce qu'allaient devenir les personnages auxquels elle s'intéressait. D'où cette note précieuse écrite de la main de Proust à la fin de 1915, sans doute en novembre, sur les pages blanches d'un exemplaire de *Du côté de chez Swann.* — 1re publication : *Les Cahiers de Marcel Proust*, I (1927).

Page 560.

1. *À la recherche du temps perdu,* « Jeunes filles », t. I, p. 617.
2. *Ibid.*, p. 599.
3. *Ibid.*, p. 603 sq.
4. « Sodome et Gomorrhe », t. II, p. 833.
5. *Ibid.*, p. 835.

Page 561.

1. *À la recherche du temps perdu,* « Sodome et Gomorrhe », t. II, p. 1114.
2. *Ibid.*, p. 1131.
3. « La Fugitive », t. III, p. 420.
4. *Ibid.*, p. 430. Le texte définitif, à partir d'ici, est assez différent de ce qu'il était encore en 1915.

Page 562.

1. « La Fugitive », t. III, p. 447. — Dans toute la suite, Proust résume à grands traits toute la partie de *La Fugitive* où il décrit la succession de ses sentiments après la mort d'Albertine. On retrouvera ses citations, plus ou moins modifiées, au tome III de la Bibl. de la Pléiade, p. 475, 478, 483 sq., 490, 529, 531 (n. 1), 558, 595 sq., 601, 644.

Page 564.

[DÉDICACE]

1. En avril 1918, M. Jacques de Lacretelle, qui avait pu se procurer un des cinq exemplaires sur japon impérial de l'édition originale de *Du côté de chez Swann* (Grasset, 1913), demanda à Proust de le lui dédicacer. Comme il l'avait déjà interrogé sur les « sourcès » du roman, Proust écrivit sur les trois premières pages du livre cette note précieuse. — Texte établi d'après une photographie de l'autographe.

2. Après la date, on lit dans le *Ms* ces deux lignes d'une écriture plus menue et écrites après coup : « ... 1918, un Paris-Plage et fin de saison, très vide depuis le canon et les gothas, d'où je regrette que nous ne fréquentions pas le même casino ».

Page 566.

1. Au-dessous de sa signature Proust a écrit ces trois lignes : « Je vous [ici Proust a oublié un ou plusieurs mots] car décidément la réalité se reproduit par division comme les infusoires, aussi bien que par amalgame, le monocle de M. de Bréauté est aussi celui de Louis de Turenne. »

AU ROYAUME DU BISTOURI

2. Préface d'*Au royaume du bistouri. 30 dessins par* R. *de* M., édition Henn, s. d. [1920 ?]. — Rita de Maugny était la femme du comte Clément de Maugny avec qui Proust était lié depuis longtemps. Il composa sa préface « de tête » (cf. *Correspondance générale,* V, p. 191 sq.).

3. Peintre et caricaturiste français (1867-1945). C'est surtout pendant la guerre de 1914-1918 qu'il acquit une grande notoriété.

4. Dans l'été de 1899.

Page 567.

1. Allusion au petit chemin de fer de Balbec (« Sodome et Gomorrhe »).

2. Judith Gautier (1845-1917), fille aînée de Théophile Gautier, femme de lettres, élue à l'académie Goncourt en 1910. Elle épousa Catulle Mendès en 1866 et divorça d'avec lui en 1896.

Page 568.

[SENANCOUR, C'EST MOI]

1. Le manuscrit de cette note sans titre ne se trouve pas à la B. N. Nous reproduisons le texte de MM. Kolb et Price

(Textes retrouvés) qui avaient pu consulter l'autographe dans les archives de Mme Mante-Proust. Ils indiquent (*op. cit.*, p. XI) les raisons, sérieuses mais non décisives, pour lesquelles cette note leur semble avoir été rédigée après la publication d'*À l'ombre des jeunes filles en fleurs*. — Il n'est pas impossible que Proust ait pris d'abord conscience de la parenté de sensibilité qui l'unissait à Senancour, en lisant la XIVe leçon de *Chateaubriand et son groupe :* Sainte-Beuve y cite de longs passages des *Rêveries sur la nature primitive de l'homme,* d'après l'édition originale, d'ailleurs incomplète (1798). Cependant ce n'est pas à cette publication que renvoie sa pagination, mais à une « troisième édition » (en fait, la 4e) qui a paru en 1833 sous le simple titre *Rêveries* et qui donne un texte profondément remanié. En 1833, Senancour avait 63 ans; il devait mourir en 1846. — On lira avec intérêt l'article de Béatrice Didier : *Sur un inédit de Proust* (*Revue de Paris,* mai 1968).

2. Sainte-Beuve, *Chateaubriand et son groupe* (t. I, p. 341) : « À force d'être ennuyé, Obermann court risque à la longue de devenir ennuyeux. »

3. À cette page de l'édition de 1833, Senancour oppose à « la fastidieuse gaieté des villes » la paix de la campagne « où se réunissent le bruit des eaux rapides et les murmures de la forêt... ».

4. Cette citation est littérale comme la suivante.

5. Proust « se rappelle » les séjours qu'il a fait à Kreuznach avec sa mère en 1895 et 1897. Le Nahe (ou la Nahe), affluent du Rhin, traverse Kreuznach.

6. Cette citation se trouve p. 71 dans la « troisième édition » des *Rêveries*.

7. On lit p. 66 des *Rêveries :* « Nos fatigues sont suspendues par la fraîcheur du matin... Les jours sombres ou les maladies n'interrompent pas entièrement cette sorte de réparation journalière. Tant que nous l'éprouvons, nous restons jeunes. »

Page 569.

1. En 1896, Proust avait fait un séjour à Fontainebleau avec Léon Daudet.

2. *Rêveries,* p. 21 : « ... Nous sommes ce que nous font le calme, l'ombre, le bruit d'un insecte, l'odeur d'une herbe : nous partageons cette vie générale, et nous nous écoulons avec ces formes instantanées. Nous nous retrouvons nous-mêmes dans ce qui agit, dans ce qui végète, dans l'attitude assurée d'un chamois, dans le port d'un cèdre... »

3. *Rêveries,* p. 154 : citation textuelle, comme les suivantes.

4. *Rêveries,* p. 190 : « Des hommes qui ne posséderaient qu'un toit auprès d'une source et qui se nourriraient presque toujours d'aliments sauvages, ne se croiraient pas indigents,

pourvu qu'ils restassent robustes, et que l'opinion ne les eût pas subjugués. » — Dans son roman *Kenilworth,* Walter Scott conte les malheurs d'Amy Robsart.

5. Ces deux citations sont empruntées à la page 214 des *Rêveries.*

6. À la page 324 des *Rêveries* Proust a été frappé par cette remarque de Senancour : « Sur la terre même quelque chose fut accordé à l'homme pour entretenir avec force ce besoin d'impressions nouvelles...; c'est la vue des constellations inconnues jusqu'alors. » Ces derniers mots devaient naturellement rappeler à Proust la fin du sonnet *Les Conquérants.* Dans d'autres sonnets de la même série *(Jouvence, À un fondateur de ville, À une ville morte)* Heredia emploie le mot espagnol *conquistador.*

APRÈS LA GUERRE

Page 570.

PRÉFACE DES « PROPOS DE PEINTRE »

1. En mars 1919, Jacques-Émile Blanche publie la « première série » de ses *Propos de peintre — De David à Degas*[1], Paris, Émile-Paul, édit. — Le volume s'ouvre sur une préface signée « Marcel Proust ». Les idées que Proust reprenait dans cette préface différaient sensiblement de celles que Blanche avait développées lui-même au cours de son ouvrage. De longues discussions avaient abouti de part et d'autre à quelques concessions. En multipliant les éloges Proust essaie de masquer ce désaccord. — Jacques-Émile Blanche (1861-1942) a eu, en son temps, une grande réputation de portraitiste mondain.

2. On sait que Proust est né à Auteuil, le 10 juillet 1871, chez un oncle de sa mère, Louis Weil, au 96 de la rue La Fontaine. Pendant longtemps il revint à Auteuil avec ses parents au début des vacances d'été (cf. *Jean Santeuil,* p. 864).

3. Le père de Jacques-Émile Blanche, le docteur Émile Blanche, célèbre aliéniste, s'était installé en 1872 au 19 de la rue des Fontis (ancienne « sente des Fontis », qui porte auaujourd'hui le nom de « rue du Docteur-Blanche »). Le mot *fontis* ou *fondis* désigne ici des fondrières causées par l'exploitation de carrières.

---

1. Voici la dédicace de l'ouvrage : « Ce livre est dédié à Marcel Proust, en souvenir de l'Auteuil de son enfance et de ma jeunesse et comme un hommage d'admiration pour l'auteur de *Du côté de chez Swann.* Son ami J.-É. Blanche. »

4. Cf. la préface de *Tendres Stocks* (p. 616, n. 2 et *À la recherche du temps perdu,* t. II, p. 326 sq.).

Page 571.

1. Tout en lui reconnaissant du « talent dans son art » Léon Daudet écrit de J.-É. Blanche (*Souvenirs,* t. I, p. 601) : « Il appartient à la race des commères tragiques, brouillant les gens sous prétexte de les réconcilier,... colportant les racontars et les fables déshonorantes... »

2. *Les Fleurs du mal*, « Le Rebelle », v. 4.

3. Hugo, *Les Contemplations*, « À Villequier », v. 75 sq.

4. Mme Baignières avait un salon à Paris; son fils Jacques avait été à Condorcet le camarade de Proust.

Page 572.

1. Bénéficiant du régime du volontariat, Proust n'a fait qu'un an de service militaire; il avait seulement dix-huit ans quand il a été incorporé à Orléans, au 76e régiment d'infanterie, le 15 novembre 1889.

2. Cette esquisse est datée du 1er octobre 1891; le portrait où Blanche a représenté Proust en tenue de soirée est de quatre ans postérieur (cf. *Album Proust,* p. 138 sq.).

3. Cf. p. 570, n. 2 et 3.

4. Louis Weil.

5. Le roman de Paul Bourget, *L'Étape,* avait paru en 1902.

6. À l'hospice des vieillards de Harlem.

Page 573.

1. 1859-1927. Ses « pointes sèches » étaient alors en grande vogue.

2. Cette préface, sous sa première forme, avait été écrite au printemps de 1918.

Page 575.

1. Nathé Weil, le père de Mme Adrien Proust.

2. Henri Fantin-Latour (1836-1904), peintre ami de Manet.

3. Lucrèce, *De natura rerum,* II, 1.

Page 576.

1. Blanche a peint des portraits de Bergson, Bourdelle, Cocteau, Gide, Giraudoux, Mallarmé, Valéry...

Page 577.

1. *Préface :* « ces »*

Page 578.

1. Dans « À l'ombre des jeunes filles en fleurs » (*À la recherche du temps perdu,* t. I, p. 547), le narrateur ne peut reconnaître dans le vrai Bergotte le « doux Chantre aux cheveux blancs » qu'il a rêvé en lisant ses livres.

2. Loti ou Maeterlinck.

3. On retrouve dans le développement qui suit bien des remarques du *Contre Sainte-Beuve,* p. 222 sq.

Page 579.

1. Peintre mondain (1825-1891).

2. Alfred Roll (1846-1919), peintre alors en vogue.

3. *Préface :* « Manet »*

Page 580.

1. Cf. *À la recherche du temps perdu,* t. I, p. 40.

2. En 1814, le maréchal Moncey avait établi son quartier général à la barrière de Clichy, dans le cabaret du père Lathuille. L'endroit était resté célèbre; Edmond de Goncourt y déjeune avec Antoine en 1890 (*Journal,* éd. 1895, t. VIII, p. 159). — *Préface :* « s'asseyèrent »*

3. Mallarmé, *Le Tombeau d'Edgar Poe,* v. 1.

Page 581.

1. *La Famille Dubourg* est un des tableaux les plus connus de Fantin-Latour. — Nadar est considéré ici comme photographe.

Page 582.

1. Peintre de vastes ensembles, né et mort à Barcelone (1876-1945). Claudel lui a dédié *Le Soulier de satin.*

Page 583.

1. La collection de tableaux d'Henri Rouart fut vendue aux enchères en décembre 1912. Elle était d'une grande richesse. Ce sont les toiles des impressionnistes qui atteignirent les prix les plus élevés. *Les Danseuses à la barre* de Degas « montèrent » jusqu'à près d'un demi-million de francs-or.

2. Peintre norvégien (1847-1906). Il est surpris de trouver si démodé et si bourgeois l'appartement où les Rouart ont rassemblé tant de toiles audacieuses. En matière d'ameublement, le « modern style » était alors à la mode.

Page 584.

1. Cette « copie » d'une toile de Poussin figurait dans la collection Rouart. Elle fut vendue en 1912, 55 000 francs.

2. Poète mallarméen (1861-1919).
3. Peintre religieux (1870-1943).
4. Ce peintre (1868-1940) était l'ami intime de Maurice Denis.

Page 585.

1. Ce terme de peinture désigne tout bâtiment représenté dans un tableau.
2. Chez les Rouart.
3. Millet était né à Gréville, près de Cherbourg.

Page 586.

À PROPOS DU « STYLE » DE FLAUBERT

1. 1re publication : *Nouvelle Revue française* (janvier 1920). Signé : « Marcel Proust ». — Nous avons comparé le texte de la *N.R.F.* avec celui de la dactylographie conservée à la B. N. (44, f° 166-179). — Dans le numéro de novembre 1919, Albert Thibaudet avait publié un article intitulé : « Une querelle littéraire sur le style de Flaubert ». C'est à cet article que répond Proust. Thibaudet lui répondra à son tour : « Lettre à Marcel Proust sur le style de Flaubert » (*N.R.F.*, mars 1920). — Pour les citations de Flaubert nous renvoyons dans les notes à l'édition Conard.
2. Thibaudet avait écrit : « ... Flaubert n'est pas un grand écrivain de race...; la pleine maîtrise verbale ne lui était pas donnée dans sa nature même. »

Page 587.

1. *L'Éducation sentimentale,* p. 603 sq.
2. *Trois Contes,* p. 101.
3. *Ibid.,* p. 124.
4. Montesquieu, *Lysimaque* (*Œuvres complètes,* édit. Masson, t. I, p. 499).

Page 588.

1. *L'Éducation sentimentale,* p. 2 : « Sa mère... l'avait envoyé au Havre voir un oncle dont elle espérait pour lui l'héritage; il en était revenu la veille. » Il n'y a là aucune « faute » ni même aucune ambiguïté. Même remarque pour la suite (Frédéric et Arnoux).
2. Proust songe-t-il à cette phrase (*L'Éducation sentimentale,* p. 5.) : « Presque tous portaient de vieilles calottes grecques ou des chapeaux déteints... Ils causaient debout » ? Ici encore, nulle amphibologie.
3. *L'Éducation sentimentale,* p. 2 sq.

4. Cf. *Contre Sainte-Beuve,* p. 300, n. 3. Proust reprend ici quelques-unes des idées qu'il exprimait déjà dans cette note « À ajouter à Flaubert », sans doute de dix ans antérieure.

Page 589.

1. *Trois Contes,* p. 109 (« Les hyènes marchaient *devant* lui... »).
2. *Ibid.*, p. 86.
3. Cf. *Contre Sainte-Beuve,* p. 224, n. 1.

Page 590.

1. Cf. *Trois Contes,* p. 101 sq.
2. *L'Éducation sentimentale,* p. 440 sq. (Flaubert a écrit : « L'État devait s'emparer de la Banque et des Assurances... »). — Après « des riches », *N.R.F.* donne : « Tout était tranquille maintenant », phrase qui, à cette place, n'a guère de sens.
3. *L'Éducation sentimentale,* p. 429.

Page 591.

1. *L'Éducation sentimentale,* p. 600.
2. *Ibid.,* p. 600 (« Mais le souvenir continuel du premier... »).
3. *Ibid.,* p. 602.
4. *Salammbô,* p. 280 : « Les Nomades regrettaient la chaleur des sables [...], et les Celtes, trois pierres brutes, sous un ciel pluvieux, au fond d'un golfe plein d'îlots. »
5. *Salammbô,* p. 1.
6. *Trois Contes,* p. 77.
7. *L'Éducation sentimentale,* p. 413.

Page 592.

1. Selon la princesse Bibesco (*Au bal avec M. Proust,* p. 26), cette image de « hausse » était familière aux Bibesco et serait ici un souvenir des entretiens de Proust avec eux.

Page 593.

1. Thibaudet avait écrit au sujet des lettres de Flaubert : « Évidemment, elles doivent nous intéresser beaucoup pour les renseignements qu'elles nous apportent sur [...] la formation des idées de Flaubert qui sont d'un cerveau de premier ordre [...]; mais [...] la *Correspondance,* si elle nous amuse par tant de pages verveuses, fourmille de platitudes... »
2. *N.R.F.* : « bientôt serait été »*

Page 594.

1. Auguste Renoir était mort à Cagnes-sur-Mer, le 3 décembre 1919.

Page 595.

1. *L'Éducation sentimentale,* p. 599 sq.

Page 598.

1. Thibaudet : « Redites-vous la phrase célèbre de Chateaubriand que Guizot récitait avec des inflexions qui enthousiasmaient Mme de Staël : *Lorsque dans le silence de l'abjection...* » Cette « phrase » si souvent citée se trouve dans l'article sur le *Voyage pittoresque et historique de l'Espagne* par Alexandre de Laborde (*Mercure de France,* juillet 1807).

2. Musset, *Chanson* (*Poésies nouvelles,* éd. Conard, p. 34). Cf. *À la recherche du temps perdu,* t. I, p. 768 (le texte de Musset : « Vous étiez, vous étiez bien aise... » y est fidèlement reproduit). — Le frère de Musset, Paul, date la chanson « À Saint-Blaise... » de « Venise, 3 février 1834 »; ce qui est sûr, c'est qu'elle n'a été publiée pour la première fois qu'en 1841, dans *La Revue des Deux Mondes.* Or, les *Nuits* ont été composées entre 1835 et 1837. Dans la meilleure hypothèse, l' « ascension » de Musset ne lui aurait pas demandé beaucoup de temps. Quant à Molière, faut-il rappeler que *Scapin* (1re représentation : 24 mai 1671) est de cinq ans postérieur au *Misanthrope* (1re représentation : 4 juin 1666) ?

Page 599.

1. Cf. *À la recherche du temps perdu,* t. III, p. 919.

2. Proust a songé un moment à donner pour titre général à son œuvre : « Les intermittences du cœur » ou « Les intermittences du passé ». Dans le résumé du *Temps retrouvé* qu'on pouvait lire à la fin de l'édition originale de *Swann,* figurait l'expression : « Les intermittences du cœur » (*À la recherche du temps perdu,* t. I, p. xxv, n. **; cf. aussi *ibid.,* p. 591).

Page 600.

[SUR RÉJANE]

1. Ces propos de Proust ont été rapportés par Louis Handler dans le journal *Comœdia* (20 janvier 1920). Proust possédait une photographie de Réjane costumée en prince de Sagan[1], et le journaliste était venu lui demander la permission

---

1. Lorsque Proust obtint le prix Goncourt (10 décembre 1919), il était le locataire de Réjane (au 4e étage du 8 *bis* de l'avenue Laurent-Pichat). Réjane lui fit demander, à cette occasion, par son fils Jacques Porel quel cadeau lui ferait plaisir. Proust choisit la photographie de la comédienne en prince de Sagan (cf. *Le Figaro littéraire* du 17-23 novembre 1969; une reproduction de cette photographie illustre l'article).

de la reproduire. L'actrice s'était ainsi travestie autrefois pour jouer dans une revue chez le marquis de Massa[1]. Sagan, Massa, ces deux « beaux » du Second Empire étaient morts tous les deux la même année, en 1910. Proust prêta la photographie à Handler. Réjane y avait inscrit cette dédicace : « Hommage d'un Prince. Admiration d'une artiste. Amitié d'une amie. Réjane, l'interprète des Goncourt, 10 décembre. » Réjane devait mourir le 14 juin 1920. Son fils, Jacques Porel, pensait que Proust pourrait faire un article sur elle, que publierait la *N.R.F.* En juillet, dans une lettre à Jacques Rivière, Proust déclare que sa santé ne lui permet pas d'écrire cet article. — Cf. *Album Proust,* p. 258.

2. C'est nous qui restituons « M. Marcel Proust ». Le texte du journal est : « nous a-t-il dit en ».

3. Du *Faust* de Gounod.

4. Le masque comique et le masque tragique.

5. Ce sont les héroïnes de deux drames tirés, l'un d'un roman de Daudet, l'autre d'un roman de Goncourt. *Sapho* fut jouée en 1885 ; *Germinie Lacerteux,* en 1888.

Page 601.

[UNE TRIBUNE FRANÇAISE AU LOUVRE ?]

1. 1re publication : *L'Opinion,* 28 février 1920. Voici comment étaient rédigées les questions auxquelles Proust répond :

« Nous avons posé à un certain nombre d'artistes, écrivains et amateurs d'art les questions suivantes :

« Le musée du Louvre vient de dédier une " Tribune " à quelques chefs-d'œuvre de la peinture italienne. Ne croyez-vous pas qu'on pourrait imaginer dans ce musée un pendant à cette tribune ? Cette deuxième tribune serait consacrée à l'art français. Voudriez-vous nous adresser une liste de huit tableaux français, choisis parmi les toiles que possède le Louvre, sans limitation d'époque, qui pourraient, selon vous, trouver place dans cette tribune idéale ? Nous vous serions très reconnaissants de nous indiquer non d'immenses toiles décoratives, mais des œuvres de la dimension de la Joconde, *du* Concert Champêtre, *en tenant davantage compte de vos goûts personnels que de la réputation et de la célébrité des tableaux à désigner ? »*

2. Première journée de la *Tétralogie* de Wagner.

3. On ne connaît pas d'hôtel de ce nom. Peut-être Proust avait-il écrit « Porgès ». En 1892, le banquier hollandais

---

1. Sur ce que pouvait évoquer dans l'esprit de Proust une revue jouée chez le marquis de Massa (revue dont le marquis lui-même, sans doute, était l'auteur), cf. R. Dreyfus, *Souvenirs sur M. Proust,* p. 250.

Porgès s'était fait construire à Paris, avenue Montaigne, un hôtel où il entassa les toiles innombrables de sa collection.

UN ESPRIT ET UN GÉNIE INNOMBRABLES : LÉON DAUDET

4. *Ms* : B. N. 45, p. 117-123. 1re publication : *Nouveaux Mélanges.* — Cet article a été écrit à l'occasion de la publication du cinquième volume de *Souvenirs* de Léon Daudet, *Au temps de Judas,* en mars 1920. Le 10 décembre 1919, Léon Daudet avait fait obtenir à Proust le prix Goncourt pour *À l'ombre des jeunes filles en fleurs.*

5. L'expression est, naturellement, de Proust.

6. *L'Hérédo* avait paru en octobre 1916; *Le Monde des images,* en septembre 1919.

7. *Ms* : « Discours sur la méthode »

Page 602.

1. Tel est bien le texte, parfaitement lisible, du *Ms* autographe. Nous n'avons pu trouver dans *Le Monde des images* cette page « célèbre ».

2. Noblemaire et Loucheur ne sont entrés au Parlement, comme Léon Daudet lui-même, qu'en 1919. Ils ne sont pas cités dans les volumes de *Souvenirs* de Daudet qui ont paru avant la mort de Proust (*Vers le roi,* publié en juin 1921, s'arrête au seuil de la guerre). C'est dans *L'Action française* que Proust a dû lire le récit de la scène à laquelle il fait ici allusion.

3. *Au temps de Judas* (éd. de 1926), p. 17.

Page 603.

1. L'article de Jacques Bainville (1879-1936) dans *L'Action française,* une demi-colonne en général, traitait de la politique extérieure.

2. Dans *L'Action française* du 13 mars 1920, Charles Maurras avait consacré la deuxième partie de son article quotidien sur « la politique » au « Centenaire des *Méditations* dans l'Université ». Cf. dans *Lettres retrouvées,* p. 135 sq., la lettre dans laquelle Proust parle à Maurras de cet article. — Parce que Lamartine avait, dès 1859, salué *Mireille* comme un chef-d'œuvre, le Provençal Maurras lui pardonnait d'avoir été romantique et d'avoir écrit *La Marseillaise de la paix.* Dans son discours académique, en 1939, Maurras, qui rend hommage à ses maîtres, appelle Lamartine « le plus grand de tous ».

3. Sous la signature d'Orion, pseudonyme collectif, paraissaient dans *L'Action française* des articles de critique littéraire.

4. Allusion à l'épisode le plus dramatique de l'affaire Dreyfus. Maurras fut parmi les premiers à qualifier d' « héroïque » (ou de « patriotique ») le faux du lieutenant-colonel Henry.

5. Ce vers se trouve dans la dernière strophe du poème de Lamartine *À Némésis* (1832).

6. *Au temps de Judas* a paru en 1920. Or, le premier chapitre du livre est consacré à la période 1894-1900; le dernier, à la mort de Syveton (1904).

Page 604.

1. Bien que nationaliste, Ernest Judet (1851-1943), directeur de *L'Éclair,* avait été, avant 1914, une des « têtes de Turc » de Léon Daudet. Pendant la guerre il fut accusé de sympathies pour l'Allemagne, condamné par défaut, puis acquitté. En 1906, lorsque son ennemi politique Clemenceau devint ministre de l'Intérieur, Judet crut qu'il allait être arrêté. Selon Daudet, il ne sortait qu'avec « une canne plombée de cinquante kilos. Cette canne étant tombée un jour sur le pied d'Henry Houssaye, dans l'antichambre de Mme de Loynes, l'auteur de *1814* et de *Waterloo* faillit en demeurer estropié [...] Pauvre Houssaye, je l'entends encore, je le vois, son pied dans la main, pestant et sacrant contre la masse d'armes d'Ernest Judet » (*Au temps de Judas,* p. 29 sq.).

2. Léon Daudet avait la passion de Shakespeare; il revenait sans cesse à lui dans ses articles de *L'Action française.* En 1896, il avait publié *Le Voyage de Shakespeare.*

[SI VOUS ÉTIEZ OBLIGÉ D'EXERCER UN MÉTIER MANUEL...]

3. Un journaliste, collaborateur de *L'Intransigeant,* Maurice Montabré, avait posé à quelques personnalités la question suivante : « Si vous étiez obligé, pour une raison quelconque, d'exercer un métier manuel, lequel choisiriez-vous, selon vos goûts, vos aptitudes et vos capacités ? » Proust, consulté, adresse à Montabré une réponse que *L'Intransigeant* publie, le 3 août 1920. — Le manuscrit de cette réponse figure dans le fonds Proust de l'université de l'Illinois. Il a permis à M. Kolb de rétablir deux phrases que *L'Intransigeant* avait coupées par pruderie (*TR,* p. 227 et *Lettres retrouvées,* p. 143 sq.).

4. Cf. *À la recherche du temps perdu,* t. I, p. 500.

5. Ces deux phrases (« On peut parmi... si fatigant. ») ne figurent pas dans le texte de *L'Intransigeant* (voir la n. 3).

Page 605.

1. *Cantiques spirituels,* IV, v. 23-30. Il n'y a que deux « fautes », et très légères, dans la citation de Proust. Racine

a écrit au vers 26 : « sert point » et au vers 28 : « qui me veut suivre ».

[SUR LES CABINETS DE LECTURE]

2. 1re publication : *L'Intransigeant* (28 août 1920). Cf. *TR*, p. 228. — Voici la question que « les Treize » avaient posée dans ce journal et à laquelle Proust répond : « Êtes-vous partisan ou non des cabinets de lecture ? Quelles raisons vous portent à croire à leur bonne ou à leur mauvaise influence ? Et, si vous estimez qu'ils causent du tort aux jeunes auteurs, quel remède jugez-vous opportun ? »

3. Il s'agit ici, comme Proust va l'indiquer, non pas des anciens cabinets de lecture où l'on ne pouvait guère emprunter que des ouvrages passés de mode, mais d'organisations qui louaient, pour une ou deux semaines, les livres nouveaux et les faisaient circuler de main en main. On voit en quoi cette combinaison risquait de léser les intérêts des éditeurs et des auteurs.

Page 606.

1. La « comtesse d'Asche » (ou « d'H ») est une signature fantaisiste. Quant à Céleste Mogador (1824-1909), elle était née Céleste Vénard; elle se fit connaître comme danseuse et comme actrice, devint par un mariage inespéré comtesse de Chabrillan, écrivit ses *Mémoires,* fit jouer des vaudevilles et des drames et publia quelques romans : *Les Voleurs d'or* (1857), *Miss Pewel* (1859)...

2. On a souvent réimprimé *La Chartreuse de Parme* de Stendhal en la faisant précéder du fameux article que Balzac lui avait consacré dans *La Revue parisienne* du 25 septembre 1840.

3. Allusion à l'*Histoire des Treize* de Balzac : la lettre de Proust est adressée aux « Treize » de *L'Intransigeant* !

PRÉFACE DE « TENDRES STOCKS »

4. Ces pages ont d'abord paru, signées « Marcel Proust », dans *La Revue de Paris (RP)* du 15 novembre 1920, sous le titre : « Pour un ami (remarques sur le style) ». Elles ont pris place ensuite en tête du recueil de Paul Morand, *Tendres Stocks* (1921), dont nous suivons le texte *(TS)*. — Au début de 1920, Morand avait publié un recueil poétique, *Lampes à arc,* où l'on pouvait lire une « Ode à Marcel Proust ».

5. *Tendres Stocks* comprenait trois nouvelles : « Clarisse », « Aurore » et « Delphine ». — Dans *À la recherche du temps perdu* (t. III, p. 793), Charlus appelle P. Morand « l'auteur délicieux de *Clarisse* ».

6. Dans *RP* l'article commence ici : « J'aurais voulu prendre l'inutile soin de composer pour Morand une préface... »

7. Tout au long de 1920, Proust parle dans ses lettres du mauvais état de sa santé.

8. *RP :* « pour un écrivain »

Page 607.

1. N° du 1er septembre 1920 : c'est un article sur Stendhal.

2. Pour répondre à la question : « Beyle écrivait-il bien ? » France déclare d'abord que personne en son temps « n'écrivait bien, que la langue française était tout à fait perdue et que tout auteur du commencement du XIXe siècle, Chateaubriand aussi bien que Marchangy, [...] écrivait mal ». À quoi il ajoute : « En ces temps déplorables, les écrivains en qui subsistait encore le sens de l'exactitude et le goût de la forme, s'efforcèrent d'échapper au fléau; chacun, à l'exemple de Paul-Louis, se composa un langage à sa convenance et selon ses moyens, et l'on rechercha de toutes parts la singularité. L'originalité, que l'on ne goûtait au XVIIe siècle que dans le choix et l'ordre des idées, fut affectée dans les mots et les tournures de phrases, dans le vocabulaire et la syntaxe. Ce fut un mal si l'on considère que, le langage étant fait pour la communauté des oreilles, toute singularité doit en être bannie. Mais enfin il fallait refaire la langue, et il se trouva, pour accomplir cette œuvre, de bons artisans; on en connut même de prodigieux... ».

3. La citation (*Crime de S.B.,* p. 4) est à peu près exacte. A. France a écrit : « Dans cette bibliothèque silencieuse que protègent tes vertus » et « Car tu réunis en ta personne l'aspect [...] à la grâce appesantie d'une femme d'Orient. »

4. A. France : « Le désastre de la langue [...] grandit sous la Révolution [...]; le mal s'aggrava encore sous l'Empire et la Restauration; il apparut effroyable dans les ouvrages de Thiers et de Guizot. »

Page 608.

1. *RP :* « chez un écrivain de haute valeur »

2. *La Vie de Jésus* (éd. 1863), p. 210 : « Les constructions hérodiennes le disputent... ». La citation est fidèle.

3. Peintre académique (1795-1858). Renan avait épousé une de ses nièces. Dans son *Salon de 1846* Baudelaire est féroce pour Ary Scheffer (Bibl. de la Pléiade, p. 659 sq.).

4. « Déjà la barque apostolique a tendu ses voiles » (*Les Apôtres,* éd. Calmann-Lévy, p. 386).

5. Cette citation et celles qui la suivent sont tirées de la *Vie de Jésus,* les deux premières de la dédicace à Henriette, les trois autres des chapitres XIV (p. 227) et XXI (p. 338 et 344).

6. *Les Fleurs du mal,* « Le Rebelle », v. 1-3, 5-8.

Page 609.

1. *RP* : « de plus sublime et de moins “ dévoué ” que... »
2. *Les Petites Vieilles,* v. 43 sq.
3. *RP* : « des poèmes condamnés. Dans celui qui fit... »
4. *Femmes damnées,* v. 11 sq.
5. À partir d'ici Proust reprend en partie ce qu'il avait écrit dans ses Cahiers VI et VII sur Baudelaire et Sainte-Beuve (voir *Contre Sainte-Beuve,* p. 244 sq.).
6. Proust et Daniel Halévy s'étaient liés à Condorcet et avaient collaboré à *La Revue verte* aux environs de 1888 (cf. R. Dreyfus, *Souvenirs sur M. Proust,* p. 69 sq). Daniel Halévy avait un an de moins que Proust; son père, Ludovic, était le cousin germain de la veuve de Bizet, Mme Straus.

Page 610.

1. On trouvera le texte de cette citation dans *Contre Sainte-Beuve,* p. 244, n. 8.
2. *RP* : « un tableau buriné à l'eau-forte »
3. *RP* : la parenthèse manque.
4. *Le Voyage,* v. 1-4.
5. Pour cette citation et la suivante, voir *Contre Sainte-Beuve,* p. 243 sq.

Page 611.

1. Cf. *Contre Sainte-Beuve,* p. 246, n. 3.
2. *RP* et *TS* : « Banès »*. Cf. ci-dessous, p. 654 sq., et *À la recherche du temps perdu,* t. III, p. 377.
3. Par exemple, Sonia « sans savoir elle-même pourquoi, tombant à genoux devant Raskolnikov » (*Crime et châtiment,* Bibl. de la Pléiade, p. 470).

Page 612.

1. « Avertissement » de *La Chartreuse de Parme* : Stendhal, « repassant à Padoue vers la fin de 1830 », a voulu revoir la maison du « bon chanoine » qui l'avait hébergé près de trente ans auparavant. Le chanoine était mort, mais son neveu le reçut « comme un vieil ami ».
2. Proust omet ici une phrase indispensable au sens : « Ce qui nous fit veiller surtout, ce fut l'histoire de la duchesse Sanseverina à laquelle quelqu'un fit allusion, et que le neveu voulut bien raconter tout entière, en mon honneur. — Dans le pays... »
3. Stendhal : « de soirées ».
4. Stendhal : « une nouvelle de votre histoire ».
5. Reprise de la phrase d'A. France déjà citée (p. 607).
6. *RP* : « la phrase de violon, de chant, ne feront plus... »
7. *L'Éducation sentimentale* (éd. Conard), p. 2.

Page 613.

1. A. France ne pose pas la question sur ce ton dogmatique, mais avec la souplesse qui lui est habituelle : « Cherchez le langage français dans un chapitre du *Pantagruel* ou des *Essais* [...]; et vous sentirez tout de suite qu'on ne retrouvera pas dans les âges qui suivront une telle fleur, une telle vénusté. Passez vite et abordez les grands siècles. Si vous prenez alors comme exemple du bon style la *Conversation du maréchal d'Hocquincourt avec le P. Cannaye*, le *Roman comique*, les *Lettres* de Racine *sur les Imaginaires* [...], Beyle n'écrit pas bien... »

2. *RP :* manquent les mots « d'André Chaumeix ».

3. Dans ses *Lettres sur l'hérésie imaginaire* (on les appelait couramment *les Imaginaires*) Nicole avait traité les écrivains de théâtre d' « empoisonneurs publics ». Fier du succès d'*Alexandre*, Racine réplique à Nicole en 1666 dans deux lettres dont il ne publie que la première. — L'expression « Lettres aux imaginaires » est de Proust; elle ne se justifie guère.

4. Cette phrase est empruntée à la deuxième lettre de Racine, celle qu'il n'a pas publiée lui-même. Elle n'a paru pour la première fois qu'au XVIIIe siècle, d'après une copie : c'est assez dire que le texte n'en est pas sûr.

5. Cette seconde citation est tirée de la première lettre de Racine.

6. Chaque jour, *L'Action française* publiait en première page un article satirique de Léon Daudet, un article de doctrine politique de Charles Maurras et un article de politique étrangère de Jacques Bainville. Le duc d'Orléans (1869-1926) était le « prétendant » en faveur de qui se battaient ces trois écrivains royalistes.

7. Dans tout ce paragraphe Proust fait allusion à la lettre que Boileau adresse à Racine le 19 août 1687; il est à Bourbon-l'Archambault où il soigne sa gorge. Le 13, Racine lui écrivait de Paris : « Le roi me demanda avant-hier au soir si vous étiez revenu : je lui répondis que non, et que les eaux jusqu'ici ne vous avaient pas fort soulagé. Il me dit ces propres mots : " Il fera mieux de se remettre à son train de vie ordinaire; la voix lui reviendra lorsqu'il y pensera le moins. " Tout le monde a été charmé de la bonté que S. M. a témoignée pour vous en parlant ainsi... » Boileau répond à Racine, le 19 : « Si quelque chose pouvait me rendre la santé et la joie, ce serait la bonté qu'a S. M. de s'enquérir de moi toutes les fois que vous vous présentez devant lui. Il ne saurait guère rien arriver de plus glorieux, je ne dis pas à un misérable comme moi, mais à tout ce qu'il y a de gens plus considérables à la Cour; et je gage qu'il y en a plus de vingt d'entre eux qui, à l'heure qu'il est, envient ma bonne fortune, et qui voudraient avoir perdu la voix et même la parole à ce prix. Je

ne manquerai pas, avant qu'il soit peu, de profiter du bon avis qu'un si grand prince me donne, sauf à désobliger [...] mon médecin et [...] mon apothicaire qui prétendent maintenir contre lui que les eaux de Bourbon sont admirables pour rendre la voix. Mais je m'imagine qu'ils réussiront dans cette entreprise à peu près comme toutes les puissances de l'Europe ont réussi à lui empêcher de prendre Luxembourg [...]. Pour moi, je suis persuadé qu'il fait bon suivre ses ordonnances en fait même de médecine [...]. Un prince qui a exécuté tant de choses miraculeuses est vraisemblablement inspiré du ciel, et toutes les choses qu'il dit sont des oracles. » L'interprétation de ce passage est moins aisée que ne le croyait Proust. Il y a ici un curieux mélange de sérieux et d'ironie à l'adresse sinon du roi, du moins des courtisans.

Page 614.

1. M. Gérard-Gailly (*Lettres de Mme de Sévigné,* Bibl. de la Pléiade, t. I, p. 1056) montre que cette lettre doit être datée du 25 janvier 1673. En décembre Mme de Sévigné était revenue à Paris.

2. *Ibid.,* t. I, p. 600. La citation de Proust est très exacte.

3. Il y a des Castellane parmi les ancêtres de la famille de Grignan (cf. *ibid.,* lettres 1029, n. 3, et 1070, n. 18).

4. Le fameux « Boni » (1867-1932).

5. *RP :* « ... de génie, mise sous le contrôle d'une intelligence supérieure, se débattait-elle en Racine... »

Page 615.

1. Nerval, *Œuvres,* éd. Garnier, t. I, p. 503 (une seule inexactitude; Nerval a écrit : « probablement, ce sera de me croire poète »).

2. Voici le passage de Giraudoux auquel Proust fait ici allusion. Il se trouve dans la « Nuit à Châteauroux » sur laquelle s'ouvre *Adorable Clio* (1920) : « Le lendemain, à 5 heures, je compris pourquoi le colonel directeur de l'Infanterie [...] m'avait soudain demandé à voix basse si j'aimais Falconet, m'approuvant à voix haute de l'aimer, puis à voix haute si j'aimais Natoire, me blâmant à voix basse de le haïr. Je compris pourquoi il les défendait et louait, comme s'ils formaient un couple inséparable, déjouant les tentatives où j'essayais d'unir Falconet à Fragonard, et Natoire à Houdon. Son planton vint demander si j'emporterais à Limoges, où était sa femme, deux objets détournés de Paris par crainte des obus [...], une petite *Délie* de Falconet, *La Découverte de Moïse enfant* par Natoire... ».

3. Ici commence un développement dont l'essentiel reparaîtra en 1921 dans « Le côté de Guermantes II » (*À la recherche du temps perdu,* t. II, p. 326 sq.).

4. *À la recherche du temps perdu :* « un artiste original »
5. *Ms, TS :* « manquerait » ; *RP :* « manquaient »

Page 616.

1. Héroïnes des trois nouvelles qui composent le recueil *Tendres Stocks.*
2. Ici s'arrête le texte de *RP.* — En quoi la mort héroïque de Péguy, au début de la bataille de la Marne, a-t-elle pu « effacer » les reproches, mal fondés d'ailleurs, qu' « on » adressait à son style ? Voilà une phrase bien peu proustienne et qui porte sa date.
3. *Phèdre,* v. 650 sq. :

> *Malgré tous les détours de sa vaste retraite.*
> *Pour en développer l'embarras incertain...*

4. Voir la note précédente.
5. *Phèdre,* v. 655 sq. (Proust adapte à son propos le second vers qui dans Racine commence par : « Vous eût du Labyrinthe... ».)

Page 617.

[CLASSICISME ET ROMANTISME]

1. 1re publication : *La Renaissance politique, littéraire, artistique,* 8 janvier 1921. — Au cours de l'automne de 1920, Émile Henriot (1889-1961) avait demandé à Proust un rendez-vous pour l'interviewer au sujet d'une enquête qu'il menait dans cette revue sur le classicisme et le romantisme. La santé de Proust ne lui permit pas de le recevoir (voir *Bulletin,* 1954, p. 3 sq.), mais il lui adressa cette lettre qui parut dans *La Renaissance politique, littéraire, artistique.*
2. Pour ces allusions, voir ci-dessous, p. 641.

Page 618.

1. *Phèdre,* v. 36. Ce vers, que Théophile Gautier daignait trouver harmonieux mais jugeait vide de sens, oppose les deux hérédités de Phèdre déchirée entre les instincts qu'elle tient de sa mère et la conscience morale qu'elle tient de son père. Il résume toute la tragédie.
2. Maurras signait du pseudonyme socratique de « Criton » les articles littéraires qu'il faisait paraître dans *L'Action française.*

À PROPOS DE BAUDELAIRE

3. Cette « lettre » a d'abord paru, signée « Marcel Proust », dans *La Nouvelle Revue française* (juin 1921). Nous avons comparé le texte de cette publication avec celui du manus-

crit (B. N. 44, f° 204-246); les variantes sont nombreuses, mais en général de peu d'intérêt.

4. À l'occasion du centenaire de sa naissance. Voir la *Correspondance de Proust et de Jacques Rivière,* éd. Kolb, p. 184 sq.

5. *Ms :* « dans Baudelaire (je ne parle que des *Fleurs du mal* naturellement) qu'on aurait à le chercher. »

Page 619.

1. Tous les vers cités jusqu'à « Alfred de Vigny n'a pas procédé autrement... » (p. 620) sont empruntés à *Booz endormi*. Dans le détail les inexactitudes sont assez nombreuses : Proust cite de mémoire.

2. *N.R.F.* : « Zifine »* (mauvaise lecture du *Ms*. Cf. *Contre Sainte-Beuve,* p. 271, n. 4).

3. *N.R.F.* : « s'anoblissent » (corr. d'après *Ms*).

Page 620.

1. *La colère de Samson,* v. 78.

Page 621.

1. *La Maison du Berger,* v. 313 et 315.

2. *Ibid.*, v. 335 sq.

3. *L'Imprévu,* v. 33 et 29-32.

Page 622.

1. *La Mort des pauvres,* v. 11.

2. P. Valéry, *Œuvres,* t. II, Bibl. de la Pléiade, p. 119 (citation approximative).

3. *L'Âme du vin,* v. 18-20 (citation inexacte).

4. *Ibid.*, v. 11 sq. :

Et sa chaude poitrine est une douce tombe
Où je me plais bien mieux que dans mes froids caveaux.

Page 623.

1. *Les Petites Vieilles,* v. 53-56 (Baudelaire : « dans ces soirs d'or »).

2. *L'Imprévu,* dernière strophe.

Page 624.

1. Allusion aux campagnes antiwagnériennes menées en France pendant et aussitôt après la Première Guerre mondiale. Il s'agit naturellement ici du *Faust* et du *Roméo et Juliette,* de Gounod.

2. C'est la première strophe du poème.

3. C'est le début du poème *Le Cygne*.

Page 625.

1. *L'Imprévu.*
2. *Chant d'automne, I.*
3. *Chant d'automne, II.*
4. *Causerie*, v. 9.
5. *Ibid.*, v. 11-14.
6. *Les Petites Vieilles*, v. 15 et 76.

Page 626.

1. *Les Petites Vieilles*, v. 72.
2. *Ibid.*, v. 57-60.
3. *Le Voyage*, 34e strophe.
4. *N.R.F.* : « au jour »* (corr. d'après *Ms*). — Racine « en jour ».

Page 627.

1. *Au lecteur*, dernier vers.
2. *Les Phares*, dernière strophe (« Car c'est vraiment, Seigneur... »).
3. *Un voyage à Cythère*, avant-dernier vers.
4. *Femmes damnées*, v. 11 sq.
5. Horace, *Odes*, I, III, 8 (« moitié de mon âme »).
6. *Femmes damnées*, v. 36.
7. *Contemplations*, *Lettre*, v. 44. — Cf. Virgile, *Géorgiques*, I, 470 sq.
8. Premier vers de *Recueillement*.
9. *Le Cid*, acte III, scène III, v. 799.

Page 628.

1. *Le Cid*, acte V, scène II, v. 1565.
2. *Femmes damnées*, v. 23 sq. (« Et cette gratitude... »).
3. *Contemplations*, I, XXI (« Elle était déchaussée... »), v. 5 sq.

Page 629.

1. *Femmes damnées*, v. 81 (« Que nos rideaux fermés nous séparent du monde »).
2. *La Mort des amants*, v. 1 sq. :

> *Nous aurons des lits pleins d'odeurs légères,*
> *Des divans profonds comme des tombeaux,*
> *Et d'étranges fleurs sur des étagères...*

3. *Femmes damnées*, v. 1 : « des lampes languissantes ».
4. *Le Balcon*, v. 6 : « Les soirs illuminés par l'ardeur du charbon. »
5. « Une nuit que j'étais... », v. 10 sq.

Page 630.

1. Cf. *Contre Sainte-Beuve,* p. 244.
2. *N.R.F.* : « ainsi » (corr. d'après *Ms*).
3. En 1918 avait paru à la N.R.F. une édition critique des *Fleurs du mal,* établie par Féli Gautier. Il avait adopté comme texte de base celui de la première édition : les pièces qui devaient être condamnées y figuraient naturellement à leur place.
4. Entendez : *Femmes damnées* (ces deux femmes s'appellent Delphine et Hippolyte).
5. Du vivant de Baudelaire, ces deux poèmes n'ont pas figuré ensemble dans *Les Fleurs du mal* : « Le Voyage » n'apparaît que dans la deuxième édition, et « Femmes damnées » pièce condamnée, disparaît après la première.
6. *Lesbos,* v. 21 et 25.
7. Marie-Joseph (et non André) dans une *Épître à Voltaire :*

> *Trois mille ans ont passé sur la cendre d'Homère,*
> *Et depuis trois mille ans Homère respecté*
> *Est jeune encor...*

Page 631.

1. *Une charogne* (dernière strophe).
2. *Une martyre,* v. 49 et 57.
3. *Les Bijoux* (dernière strophe).
4. *Lesbos,* v. 51 et 55.
5. *N.R.F.* : « les »* (corr. d'après *Ms*).

Page 632.

1. Sur Hippolyte Babou, voir *Les Fleurs du mal,* éd. Crepet (chez Conard), p. 304; cf. *Contre Sainte-Beuve,* p. 247 et Index.
2. Ce vers et les cinq qui suivent sont tirés de *La Colère de Samson.*

Page 633.

1. *Lesbos,* v. 41-43.
2. En 1921, avec « Le Côté de Guermantes II » (*À la recherche du temps perdu,* t. II, p. 1173).
3. *N.R.F.* : « réparti »* (corr. d'après *Ms*).
4. *À mon frère revenant d'Italie,* v. 16-18 (le texte de Musset est : « quatre ou cinq fois l'an »). Cf. *À la recherche du temps perdu,* t. I, p. 768, où d'autres vers du même poème sont cités.

Page 634.

1. *Les Solitudes* : « La voie lactée » (Sully Prudhomme : « Vous ne paraissez pas heureuses* »). — Les deux vers « affreux » qui suivent, sont exactement cités.

2. *Et la solitaire immortelle*
Brûle en silence dans la nuit.

3. *Les Solitudes :* « Les vieilles maisons ». Voici le texte de Sully Prudhomme :

Je n'aime pas les maisons neuves,
Leur visage est indifférent ;
Les anciennes ont l'air de veuves
Qui se souviennent en pleurant.

En écrivant : « Les vieilles ont l'air » Proust fait un vers faux, ce qui lui arrive rarement.

Page 635.

1. Dans l'Invocation de *La Coupe et les lèvres.*
2. V. 22.
3. *La Fontaine aux lianes,* v. 57 (« Il ne sommeillait pas... »).

Page 636.

1. « Le Lévrier de Magnus » *(Poèmes tragiques),* v. 106 sq. — Pour Flaubert, voir ci-dessus, p. 589 sq.
2. « La Maya » *(Poèmes tragiques),* derniers vers.
3. « L'Illusion suprême » *(Poèmes tragiques),* v. 76 (« L'esprit qui vous songea vous entraîne... »).
4. *N.R.F. :* « le »* (corr. d'après *Ms*). — Entendez : ce qui neutralise les inconvénients que pourrait avoir l'excès de cette lumière.

Page 637.

1. *Le Cygne,* v. 44 et 43.
2. « Le Bernica » *(Poèmes barbares),* v. 3-5 et 36.
3. « La Fontaine aux lianes » *(Poèmes barbares),* v. 76 sq : [L'oiseau]

tout couvert d'étincelles,
Volait sécher sa plume au tiède firmament.

4. *Le Bernica,* v. 29 : [*Tout un essaim d'oiseaux fourmille*],

Ceux-là, séchant leur plume à la brise plus chaude...

5. *La Fontaine aux lianes,* voir la note 3.
6. « La Ravine Saint-Gilles » *(Poèmes barbares),* v. 49-52.

Page 638.

1. *Un hémisphère dans une chevelure.* Les deux citations sont exactes.

Page 639.

1. Renaissance due surtout à l'influence de Charles Maurras, très grande au lendemain de la Première Guerre mondiale. — *Ms :* « ... de Moréas. Au reste, je n'ai voulu ici que lire (ce qu'on appelait en classe : " expliquer ") pour quelques amis, connus ou inconnus, de la *N.R.F.* Ils ont quelquefois une si singulière façon de juger. On mène grand bruit... ».

2. Paul-Jean Toulet était mort à Guéthary, le 26 septembre 1920.

3. Roger Allard, critique littéraire, collaborateur de la *N.R.F.* Dans sa correspondance avec Jacques Rivière, Proust se plaint souvent du peu de sympathie qu'Allard lui témoigne. Il y eut, semble-t-il, une réconciliation entre eux en 1922 (cf. *Correspondance de M. Proust et de J. Rivière,* éd. Kolb, p. 249 sq.).

Page 640.

[RÉPONSES À UNE ENQUÊTE DES « ANNALES »]

1. 1re publication : *Les Annales politiques et littéraires,* 26 février 1922. En tête de l'article on lisait cette note rédigée par le journaliste André Lang à qui la réponse de Proust est adressée :

NOS ÉCRIVAINS PARLENT LIBREMENT
M. Marcel Proust.

Dans une première lettre, M. Marcel Proust me répondit qu'une grave indisposition l'empêchait, à ce moment, de me recevoir. Vivement désireux d'interviewer le grand écrivain, j'insistai et lui proposai d'attendre son entier rétablissement. M. Proust me répliqua qu'il ne fallait point compter sur son « entier rétablissement », que les caprices d'une santé fragile ne lui permettaient pas d'engager l'avenir, et qu'il n'osait fixer le moindre rendez-vous. Mais il ajouta fort aimablement qu'il me répondrait volontiers par correspondance.

Je lui posai alors ces deux questions :

1° Y a-t-il encore des écoles littéraires ?

2° Quand on établit une distinction entre le roman d'analyse et le roman d'aventures, cela veut-il, à votre avis, dire quelque chose, et quoi ?

M. Marcel Proust m'adressa aussitôt cette lettre si riche en substance.

Cf. *Lettres retrouvées,* p. 157 sq. M. Kolb cite un fragment de cette lettre, dont le texte diffère de la version définitive.

2. Cf. *À la recherche du temps perdu,* t. III, p. 1041.

3. Cf. *ibid.*, t. I, p. 500.

4. Romancier anglais (1850-1894).

5. Allusion aux *Nouvelles mille et une nuits,* recueil de contes de Stevenson publié en 1882 et traduit en français en 1885.

6. Ce prince philanthrope se délasse du pouvoir en jouant au détective amateur. À la fin de l'une des nouvelles du recueil, *Le Diamant du rajah,* Florizel, contraint d'abdiquer, se fait marchand de tabac.

Page 641.

1. *Annales :* « de la mutiler »*
2. Ce tableau de Manet avait fait scandale au Salon de 1865. Cf. *À la recherche du temps perdu,* t. II, p. 420.
3. Cf. *Album Proust,* p. 319 sq.
4. Ainsi commencent deux pièces des *Fleurs du mal,* « Parfum exotique » et « La Chevelure ».
5. Cf. Clarac, *Boileau,* « Connaissance des lettres », p. 182.

LES GONCOURT DEVANT LEURS CADETS :
M. MARCEL PROUST

6. Proust avait obtenu le prix Goncourt le 10 décembre 1919 pour *À l'ombre des jeunes filles en fleurs.* En 1922, *Le Gaulois* demanda à trois écrivains jugés d'avant-garde ce qu'ils pensaient de l'œuvre et de l'influence des Goncourt. Voici en quels termes la question leur fut posée : « Dans les années d'heureuses fièvres où l'esprit que tout émerveille prend contact avec la vie, la grande forêt littéraire était pour nous mystérieuse et peuplée de géants ! Et notre rêve encore imprécis, de Hugo à Chateaubriand, de Balzac à Lamartine, de Musset aux Goncourt, errait inquiet entre ces grandes ombres chargées d'un fardeau de chefs-d'œuvre. Les jours ont passé et des rideaux inattendus se lèvent sans cesse sur la mélancolique vie [...] Puisque nous parlons des Goncourt aujourd'hui, il nous a semblé curieux de savoir ce que pensait d'eux l'école littéraire nouvelle, synthétisée par quelques noms. Il ne s'agit pas d'une enquête, mais plutôt de satisfaire une curiosité légitime et de pouvoir remercier M. Marcel Proust, M. René Bizet, M. Jean Giraudoux — la nouvelle psychologie, la nouvelle aventure et le nouveau lyrisme » (signé : « Pierre Plessis »). La réponse de Proust parut dans *Le Gaulois* du 27 mai 1922.

7. Ce roman des frères Goncourt avait paru en 1864.

Page 642.

1. Le « cher » Calmette, parce qu'il avait ouvert à Proust les portes du *Figaro* dont il était le directeur (*Du côté de chez Swann* lui est dédié) ; le « pauvre » Calmette, parce qu'il avait

été assassiné dans son cabinet de travail par Mme Caillaux, le 16 mars 1914. — Proust met un peu d'ironie à rappeler que Calmette avait dans son bureau un buste du richissime Chauchard, le fondateur des magasins du Louvre : ce parvenu subventionnait-il *Le Figaro ?*

2. Le *Journal* des Goncourt montre, en effet, qu'Edmond fréquentait surtout ces deux maisons.

3. Saint-Gratien était la résidence d'été de la princesse Mathilde.

4. Le mot est emprunté au rédacteur du *Gaulois* (voir ci-dessus).

5. Chacun avait peur, en effet, que ce qu'il avait pu dire ne fût consigné (ou déformé) dans le fameux *Journal*. L'indiscrétion d'Edmond de Goncourt n'était dépassée que par sa naïveté.

6. Texte obscur et douteux.

7. Cela est vrai du *Journal* que Proust a pu lire, c'est-à-dire des neuf volumes publiés par Edmond de Goncourt lui-même, entre 1887 et 1896 : ce sont des extraits habilement choisis. La publication intégrale entre 1956 et 1959 a paru bien décevante.

8. Voir ci-dessus, p. 24-27.

9. *À la recherche du temps perdu,* t. III, p. 709-717.

Page 643.

1. *Germinie Lacerteux,* pièce tirée par Edmond de Goncourt du roman que les deux frères avaient publié en 1865, fut jouée pour la première fois à l'Odéon, le 19 décembre 1888. Ce fut un échec.

2. De l'admirable récit paru sous ce titre dans les *Lettres de mon moulin* (1866) A. Daudet a tiré en 1872 un drame dont Georges Bizet a composé la musique. Ce drame a mis plus de dix ans à conquérir le public.

3. Réjane avait créé le rôle de Germinie dans la pièce de Goncourt.

4. C'est « au nouvel officier » qu'il fallait dire. Ce banquet eut lieu le 1er mars 1895 à l'occasion de la remise à Edmond de Goncourt de la rosette de la Légion d'honneur par Raymond Poincaré, alors tout jeune ministre de l'Instruction publique (il n'avait pas trente-cinq ans).

5. Dans son *Journal* (éd. Ricatte), Goncourt écrivait le 1er mars à propos du discours de Régnier : « Puis de Henri de Régnier, un délicat morceau littéraire. » Mais le 3, après une soirée passée chez l'éditeur Charpentier avec Daudet et Zola, il se ravise : « Il est question du morceau littéraire de Régnier, qu'on trouve *sécot,* peu admiratif. »

Page 644.

[DOSTOÏEVSKI]

1. Cahier LIX, p. 71. — 1re publication : *NM.* — Pas de titre, mais en haut de la page Proust a écrit : « Pour le dernier cahier. Capitalissime ». Ces remarques semblent pouvoir être datées de l'année de la mort de Proust (voir ci-dessous les notes 3 de la p. 644 et 1 de la p. 645).

2. Première version : « de l'imagination, sait si bien ». Proust a biffé ces trois derniers mots et les a remplacés par « devait être si »*.

3. Allusion peut-être à ce passage d'une allocution lue par Gide au théâtre du Vieux-Colombier en novembre 1921, pour la célébration du centenaire de Dostoïevski : « Il n'y a pas de question si haute que le roman de Dostoïevski ne l'aborde. Mais, immédiatement après avoir dit ceci, il me faut ajouter : il ne l'aborde jamais d'une manière abstraite; les idées n'existent jamais chez lui qu'en fonction de l'individu. »

Page 645.

1. Un article de Jacques Rivière sur Dostoïevski a paru dans la *N.R.F.* en février 1922.

[ENQUÊTE SUR LE RENOUVELLEMENT DU STYLE]

2. Réponse de Proust à une enquête organisée par *La Renaissance politique, littéraire, artistique :* « Sommes-nous en présence d'un renouvellement du style ? » Cette réponse parut, signée « Marcel Proust », dans le numéro de *La Renaissance* daté du 22 juillet 1922.

[« UNE PETITE QUESTION » : ET SI LE MONDE ALLAIT FINIR... QUE FERIEZ-VOUS ?]

3. Cette réponse a paru dans *L'Intransigeant* du 14 août 1922. Le titre que nous avons reproduit est celui qu'on peut lire dans le journal. Voici le texte complet de la question posée :

Un savant américain annonce la fin du monde, ou tout au moins la destruction d'une si grande partie du continent, et cela d'une façon si brusque, que la mort serait certaine pour des centaines de millions d'hommes. Si cette prédiction devenait une certitude, quels en seraient, à votre avis, les effets sur l'activité des hommes entre le moment où ils acquerraient ladite certitude et la minute du cataclysme ? Enfin, en ce qui vous concerne personnellement, que feriez-vous avant cette dernière heure ?

NOTES DE DATE INCERTAINE

Page 647.

1. Nous rassemblons ici quelques notes, pour la plupart assez brèves, qui ont été retrouvées dans les papiers de Proust et dont la date ne peut être précisée. Elles se rapportent à des écrivains et à des peintres.

Écrivains

[SUR GŒTHE]

2. *Ms :* B. N. 45, p. 93 sq. — 1re publication : *NM.*

3. Entendez sans doute : les rapports qui existent entre lui et les diverses choses...

Page 648.

1. *Ms :* « Ils nous indiquent »*

Page 650.

[JOUBERT]

1. *Ms :* B. N. 45, p. 97 sq. — 1re publication : *NM.* — Proust a écrit, puis a biffé le titre : « Joubert ».

2. Proust lit les lettres de Joubert dans la troisième édition (1862) des *Pensées de Joubert précédées de sa correspondance* (tome I) publiées par Paul de Raynal. Le « morceau » auquel il fait allusion se trouve dans la lettre que Joubert adresse à Fontanes de Villeneuve-sur-Yonne, le 5 novembre 1794; il commence ainsi : « Achetez et lisez les livres faits par les vieillards qui ont su y mettre l'originalité de leur caractère et de leur âge... ». Joubert en cite quelques-uns : après « le vieil Homère », et « le vieil Eschyle », Varron, Marculphe, Cornaro. En 1794, Joubert a quarante ans et Fontanes trente-sept.

3. Proust condense en une ligne trois indications éparses dans cette même lettre du 5 novembre 1794 : « J'ai froid et je vais me chauffer [...] J'en connais, je crois, encore un ou deux [des ouvrages écrits par des vieillards], mais je n'ai pas le temps de m'en souvenir [...]. Vos diables de lettres me fournissent toujours à traiter des matières qui excitent dans mon esprit une si grande activité que je suis las et tout *recru* de la fatigue de penser quand il est temps de vous répondre. »

Page 651.

[SUR CHATEAUBRIAND]

1. *Ms :* B. N. 45, p. 95 sq. — 1re publication : *NM.* — Note postérieure à 1898, puisque c'est cette année là qu'Ed-

mond Biré commence à faire paraître son édition des *Mémoires d'outre-tombe.* — Cf. *À la recherche du temps perdu* (t. III, p. 728); ce rapprochement ne nous apprend rien d'ailleurs sur la date à laquelle la note a été écrite.

2. Proust renvoie ici à l'édition Biré (t. II). Page 463, sont évoqués, dans le cadre de Chantilly, le duc d'Enghien et les Condés ses ancêtres. Page 485, Chateaubriand, revenant en 1805 de Genève à Lyon, doit attendre l'ouverture des portes à la frontière. Il se souvient des grands mouvements d'inspiration poétique qui ont marqué sa vie. Dans l'édition de la Bibliothèque de la Pléiade, les deux passages signalés par Proust se trouvent au tome I, p. 573 et p. 585 sq.

Page 652.

1. Cf. la citation des *Mémoires d'outre-tombe* inscrite en tête de cette note. D'ailleurs, à Chantilly, Chateaubriand pense davantage au duc d'Enghien qu'à son ancêtre le Grand Condé.

Page 653.

1. L'essence poétique des *Mémoires* de Chateaubriand est « supérieure » 1° à leur intérêt historique, 2° à leur intérêt intellectuel, 3° à la force tragique du désespoir qui s'y exprime. Cette énumération, d'abord rapidement indiquée, est reprise plus bas. L'expression « en 3e » renverra aux « réalités de la mort », au sentiment de la vanité universelle partout présent dans les *Mémoires,* et l'expression « en 2e » aux idées exposées dans l'ouvrage.

NOTES SUR STENDHAL

2. *Ms :* B. N. 45, p. 99 sq. — 1re publication : *NM.* — Le titre est de Proust.

Page 654.

1. Stendhal : « bonne et prompte ». — Cette citation et la précédente sont empruntées au chapitre I de *La Chartreuse de Parme.*
2. *La Chartreuse de Parme,* chap. II.
3. *Le Rouge et le noir,* II, chap. XV.
4. *Le Rouge et le noir,* « Moments cruels » est le titre du chapitre XVIII du tome II.
5. *Ibid.,* II, chap. XVIII.
6. C'est la dernière phrase du chapitre XX du tome II.
7. *Le Rouge et le noir,* II, chap. XXIV.
8. Cf. *À la recherche du temps perdu,* t. III, p. 377. Le premier de ces deux passages se trouve dans *Le Rouge et le noir,* II, chap. XXXVII; le second, dans *La Chartreuse de Parme,* chap. VIII.

Page 655.

1. *Le Rouge et le noir,* I, chap. XII.

2. *Ibid.,* II, chap. XLV : « L'ambition a enflammé mon cœur : alors c'était ma passion [...] Enfin, cette grotte m'est chère, et l'on ne peut disconvenir qu'elle ne soit située d'une façon à faire envie à l'âme d'un philosophe... »

3. *La Chartreuse de Parme,* chap. IX : « Du clocher, ses regards plongeaient sur les deux branches du lac à une distance de plusieurs lieues, et cette vue sublime lui fit bientôt oublier toutes les autres... Cette journée passée en prison dans un clocher fut peut-être l'une des plus heureuses de sa vie. »

4. *Le Rouge et le noir,* II, chap. XXXVI : « La lettre qui lui avait été imposée [à Mme de Rénal] par son confesseur actuel, et qu'elle avait écrite à M. de la Môle, avait donné le dernier coup à cet être affaibli par un malheur trop constant. Ce malheur était l'absence de Julien; elle l'appelait, elle, *le remords.* »

5. *La Chartreuse de Parme,* chap. XXVIII. Clélia a fait vœu à la Madone de ne jamais *voir* Fabrice : « En conséquence, elle ne le recevait que de nuit, et jamais il n'y avait de lumières dans l'appartement. »

6. Nous n'avons pu retrouver cette dernière note dans le Ms relié à la B. N. Nous la reproduisons d'après l'édition de 1954.

Page 656.

1. *Le Rouge et le noir,* I, chap. VI (Julien vient de porter à ses lèvres la main de Mme de Rénal) : « Elle fut étonnée de ce geste, et par réflexion choquée ». *Ibid.,* I, chap. VII : « [Julien] n'éprouvait que haine et horreur pour la haute société où il était admis à la vérité au bas bout de la table, ce qui explique peut-être la haine et l'horreur. »

[SUR GEORGE ELIOT]

2. *Ms :* B. N. 45, p. 101-104. — 1re publication : *NM.* — Notes écrites au crayon, dont la lecture est aujourd'hui très malaisée. — Dans une lettre datée du 19 février 1920 Jacques Rivière écrit à Proust : « Je transmettrai l'expression de votre " Eliotisme " à Thibaudet, qui ne manquera pas de s'en réjouir. »

3. C'est tout le sujet d'*Adam Bede.*

4. C'est tout le sujet de *Silas Marner.*

5. Anatole France.

6. Suivent sur le *Ms* quelques mots peu lisibles.

Page 657.

1. Mot de lecture douteuse.

TOLSTOÏ

2. *Ms :* cahier XXV, p. 12. — 1re publication : *NM.* — Le titre est de la main de Proust.

Page 658.

1. Anna et Vronski, Kitty et Levine, le prince Stcherbatski sont des personnages d'*Anna Karénine ;* Natacha Rostov, le vieux prince Bolkonski, son fils le prince André, le comte Pierre Bézoukhov sont des personnages de *Guerre et paix.*
2. Dans *Anna Karénine,* II, XXI.
3. Dans *Guerre et paix,* I, I, 9.
4. Mots de lecture douteuse.
5. Après « le ciel » Proust a écrit dans l'interligne un adjectif illisible.
6. *Guerre et paix,* II, V, 22.

Page 659.

Peintres

[REMBRANDT]

1. *Ms :* B. N. 45, p. 74-78. — 1re publication : *NM.* — Ces pages semblent avoir été écrites après la mort de Ruskin (1900). Elles se rattachent à l'idée maîtresse de l'esthétique de Proust, puisqu'il s'y applique à décrire l'univers propre à Rembrandt.

Page 660.

1. Le célèbre *Bœuf écorché* du Louvre.
2. *Ms :* « grand homme est lui-même, et pour qui »*

Page 661.

1. Après « heurtée » Proust avait écrit et a biffé : « par touches irrégulières ».
2. Ce relatif se rattache librement à ce qui précède : il représente les personnages de Rembrandt qui viennent d'être évoqués.
3. Leurs yeux.

Page 662.

1. *Ms :* « du fait et de »*

Page 663.

1. Ruskin est mort le 20 février 1900, à quatre-vingt-un ans. Il ne semble pas que Proust l'ait jamais rencontré.

Page 664.

1. Entendez : il se fût avancé vers lui.

Page 665.

[WATTEAU]

1. *Ms :* B. N. 45, p. 62 sq. — 1re publication : *NM.* — L'importance que donne Proust à la mauvaise santé de Watteau, ne nous apprend rien sur la date à laquelle cette note a été écrite. Depuis que ses crises d'asthme ont repris (vers 1893), Proust lui-même est toujours malade.

2. *Ms,* première version : « avec sympathie à la vie du peintre... ». Proust en allongeant son texte a omis d'écrire « une ».

3. *Ms :* Proust avait écrit et a biffé « tiennent », sans le remplacer.

Page 666.

1. On lit ici dans le *Ms* une phrase inachevée, mais non biffée : « Et ses dernières œuvres furent... »

2. Entendez *La Vie de Watteau* par le comte de Caylus (1692-1765). Voir *Journal des Goncourt,* éd. orig. (1887), t. I, p. 155.

Page 667.

[NOTES SUR LE MONDE MYSTÉRIEUX DE GUSTAVE MOREAU]

1. *Ms :* B. N. 45, p. 79 sq., 81 sq., 84. Nous avons donc ici trois notes distinctes. La seconde a certainement été écrite après la mort de G. Moreau (1898); les deux autres aussi, semble-t-il. Dans toutes trois Proust, fidèle au principe fondamental de son esthétique, essaie de définir le « monde » propre à G. Moreau, sa « patrie véritable ». — 1re publication : *NM.*

Page 668.

1. Il s'agit en réalité de saint Georges.

Page 669.

1. Ici commence la seconde note, indépendante de celle qui précède.

2. *Ms :* « qui donnent »*

Page 670.

1. Le *Ms* donne « éblouie », « revenue ». Proust, en effet, a substitué dans sa pensée à l'ensemble des toiles de Moreau la toile particulière qu'il a en ce moment devant lui. D'où le singulier encore dans la phrase suivante : « La voici. »

Page 671.

1. Pour tout ce passage, cf. une lettre de Proust à Douglas Ainslie, publiée par Bryant C. Freeman dans le *Bulletin* n° 10, p. 177, n. 6.

2. On trouvera dans l'*Album Proust* (p. 176 sq.) une reproduction de ce tableau et d'une étude pour *Chanteur indien* (voir p. 673).

3. G. Moreau a légué à l'État son hôtel parisien de la rue de La Rochefoucauld avec les toiles qu'il contenait. C'est aujourd'hui le musée Gustave Moreau.

Page 672.

1. *Ms,* première version : « si le ver à soie met ». Proust a écrit dans l'interligne « l'araignée en » et a omis de rayer « le ver à soie ».

Page 673.

1. Entendez : j'écoutais les paroles que le chanteur réveillé en moi avait à me dire.

2. *Ms :* « inspirés, se ressemblent toutes et si »* (voir la suite).

3. Ici commence la troisième note.

Page 674.

1. Entendez : recherche d'être ambassadeur, célèbre, etc.

2. *Ms :* « matérialiste et de la grandeur »*

3. Parce qu'il reconnaît Edgar Poe pour son maître ? Une confusion de Proust est plus vraisemblable : peut-être pensait-il au voyage de 1841 et aux séjours de Baudelaire aux îles Maurice et Bourbon; à moins que, par inadvertance, il n'ait écrit deux fois « Baudelaire » au lieu de « Chateaubriand ».

4. Cette phrase, qui n'est pas une phrase de conclusion, est suivie dans le *Ms* de quelques lignes malicieuses : « Les dehors d'une muse, une personne très drôle, très amusante, avec une voix douce et un peu prétentieuse, beaucoup de charmes et dans les dessous [? ?] dont on parle, une maladie nerveuse (Mme H. de Régnier, la comtesse de Noailles). » — On peut lire dans le cahier V (f° 49 sq.) un développement consacré aux figures et scènes mythologiques que G. Moreau a placées dans des paysages observés par lui, mais encore sem-

blables à ce qu'ils auraient pu être aux époques légendaires. Il commence de la sorte : « C'est ainsi que dans l'œuvre de G. Moreau les Muses sont représentées... » Nous ne le reproduisons pas, car on en retrouve le texte, à peine modifié, dans *À la recherche du temps perdu,* t. II, p. 421, et dans la note de la page 422 (p. 1162). Il s'agit d'un passage du *Côté de Guermantes,* et de sa suite que Proust avait retranchée mais dont nous avons découvert le texte dans les épreuves d'imprimerie. Ce que Proust avait d'abord écrit en pensant à G. Moreau, il l'a repris en l'appliquant à Elstir. Dans le cahier V le morceau était intitulé « L'hermaphrodite ». Ce titre ne correspond à rien de précis dans le texte, inachevé il est vrai, que donne le Cahier, ni dans celui de *Guermantes.* — Page 48 v° du cahier V, en regard du développement principal, on lit cette phrase qui ne figure ni dans *Guermantes* ni dans les épreuves : « Le peintre a comme arrêté les rayons du soleil prêt à s'abîmer dans les flots, comme il aurait arrêté l'aiguille de l'horloge du temps, pour nous faire trouver à quelle heure le drame eut lieu, à quelle heure Œdipe interrogea le Sphinx ou Europe fut enlevée. »

Page 675.

[LE PEINTRE. —
OMBRES. — MONET]

1. *Ms :* B. N. 45, p. 87 sq. — 1re publication : *NM.* — Ce titre est de la main de Proust.

2. Entraîné par la comparaison de l'amateur de peinture avec les astrologues, Proust passe du singulier au pluriel.

Page 677.

1. Le roman populaire de Xavier Saintine (1836).

2. Charles Gleyre, peintre académique; il était né en Suisse, dans le canton de Vaud, en 1806, et mourut à Paris en 1874. Son tableau *Les Illusions perdues* (1843) le rendit un moment célèbre.

INDEX
DES NOMS DE PERSONNES

TABLE

APPENDICE

CONTRE SAINTE-BEUVE

Texte établi, présenté et annoté par Pierre Clarac

ESSAIS ET ARTICLES

Texte établi, présenté et annoté par Pierre Clarac et Yves Sandre

JUVENILIA

DÉBUTS LITTÉRAIRES

AU TEMPS DE JEAN SANTEUIL

NOTICES, NOTES ET CHOIX DE VARIANTES

Ce volume, portant le numéro
deux cent vingt-neuf
de la « Bibliothèque de la Pléiade »
publiée aux Éditions Gallimard,
a été achevé d'imprimer
sur Bible des Papeteries Bolloré Technologies
le 20 juillet 2009
par Aubin Imprimeur
à Ligugé,
et relié en pleine peau,
dorée à l'or fin 23 carats,
par Babouot à Lagny.

ISBN : 978-2-07-010651-6.
N° d'édition : 145053 - N° d'impression : L 72958.
Dépôt légal : juillet 2009.
Premier dépôt légal : 1971.
Imprimé en France.